【일러두기】

1. 이 책은 2004년 12월부터 2016년 10월까지 '개정 22쇄'를 찍은 현암사판 평전 『세계 최고의 철강인 박태준』을 증보한 것으로, 특히 기존 평전의 에 필로그가 2004년 여름에 멈췄으므로 거기서부터 주인공이 타계한 2011년 12월에 이르는 삼십여 계절 동안의 기록할 만한 일들을 새로 추가하고, 기 존 평전을 군데군데 보충하거나 손질하였다.

2. 증보한 내용은 현암사판 평전 출간 후에도 박태준의 타계 때까지 끊임없이 이어졌던 '주인공과 작가'의 대화, 그의 주변인물에 대한 작가의 추가 인터 뷰, 기타 자료 등에서 가져온 것이다.

3. '왜 나는 박태준 평전을 쓰는가?'에 대한 작가의 생각은 현암사판에 후기 형식으로 달았던 「작가의 말」에 고스란히 담겨 있었고 또 현재도 작가의 생 각에 변함이 없어서 다시 이 책의 끝에 그대로 옮겨와 붙였다.

4. 이 책의 맨앞에 '작가의 말'로 놓은 에세이 「내 영혼에 남은 거장(巨匠) 박태 준」은 주인공과 작가의 인연에 대해 어느 정도 알려줄 것이다.

세계 최고의 철강인

박태준 평전

아시아

내 영혼에 남은 거장(巨匠) 박태준

　부산광역시 기장군 장안읍. 동해와 남해가 몸을 섞으며 기장미역의 이름을 드높인 그 앞바다는 오영수의 단편소설 「갯마을」 같은 갯마을을 여럿 거느렸다. 이제는 모두 도회 냄새를 물씬 풍기는 동네로 변모했지만, 철의 사나이로 세계가 주목한 박태준의 고향마을 임랑리도 그런 갯마을의 하나다.

　임랑리에서 제일 높다란 것은 지킴이나무로 받들어도 좋을, 올해(2016년) 가을에는 나이테를 백여 차례쯤 감았을 우람한 곰솔이다. 해질녘이면 그 곰솔의 우듬지 그림자 닿는 집이 박태준의 생가다. 옛집 그대로는 아니다. '철의 사나이'에 어울리게 스틸하우스다. 요즘 그 옆에는 기장군이 '박태준 기념관'을 세우고 있다. 아마도 다음해에는 단장을 마칠 것이다.

　주인의 성품을 나타내듯 단정하고 아담하게 꾸려진 집에서 나는 무엇보다 응접실의 두 폭짜리 병풍을 잊지 못한다. 붓으로 쓴 세련된 달필의 세 단어 때문이다.

　　結緣 尊緣 隨緣

　나카소네 전 일본 총리의 글씨다. 인연을 맺고, 인연을 존중하고, 인연을 따른다. 처음 발견한 순간, 내 머리에는 번개가 번쩍였다. '아, 그래, 저것은 사람이 사람답게 살아가는 길이구나. 박태준 선생이 저 길로 걸어온 거로구나. 연심기묘(緣尋機妙), 좋은 인연이 더욱 좋은 인연을 부른다는 귀한 말을 붓으로 쓰기도 했던 것이 예사가 아니었구나.' 한참 지난 다음에는 '내가 먼저 배신하지 않는다'라는 내 대인관계의 원칙에 대해 참으로 부박한 표현이라는 자괴감을 맛봐야 했다.

포스코, 박태준.

두 이름이 내 생에 어떤 연(緣)으로 다가선 때는 1968년 늦봄이었다. 영일군(현 포항시) 대송면 송정동, 한국 최초의 쇳물을 받아내고 걸러내게 되는 그 가난만 푸짐한 모래동네에 '제선공장'이라는 깃발이 나부낀 것이었다. 그 말이 '용광로'인 줄이야 아주 뒷날에 알게 되지만, 어린 눈에도 그것을 높다란 허공에 매단 깃대는 예사롭지 않았던 듯하다. 꼿꼿한 바지랑대 같은데 만져보니 쇳덩어리였던 것이다. 그해 가을 우리 동네는 몽땅 남루한 보따리를 쌌다. 철거민 신세였다. 우리 동네에서 혼자만 현대풍을 과시해온 수녀원과 고아원도 사라져야 했다. 전후(戰後)의 절대빈곤이 헌신짝처럼 한데에 버려놓은 고아 오백여 명을 거두어 돌보는 수녀 백오십여 명, 이들 대식구도 머잖아 긴 행렬을 이룰 이사준비에 들어갔다. 나는 교실이 달랑 두 칸뿐인 '송정분교(分校)' 4학년이었다. 고아원에 사는 짝꿍 철호와 기약 없는 이별의 시간을 맞아야 했다. 모두가 뿔뿔이 헤어져야 하는 쓸쓸한 어느 대낮, 나는 눈이 붓도록 펑펑 울었다.

누구에게나 삶의 미래란 미지의 세계이다. 눈물을 닦으며 고향마을을 떠났던 나는 스물두 살에 처음 써본 장편소설이 어느 현상 공모에 당선돼서 소설가라는 명칭을 얻었다. 어설픈 작가 시절에는 미처 몰랐으나 그것은 인간의 길을 옹호하고 야만의 급소를 탐지하면서 당대와의 긴장을 늦출 수 없는 인간으로 살아가야 한다는 운명의 딱지와 다름없는 것이었다. 1980년대 후반, 철강공단 노조 설립 과정을 얼개로 짠 중편소설 「철의 혀」초고를 쓰고 있었을 때(발표지면《창작과비평》1990년 가을호), 포항시내에 떠도는 '포철 회장 박태준' 풍문은 나에게 자측(資側)의 전형적 인물 묘사

장면을 손쉽게 넘어갈 수 있게 해줬다. 전혀 실명(實名)을 쓰지 않은 작품이어서 따로 탐사하는 수고를 바칠 필요도 없었다.

그리고 1995년 여름이었다. 김영삼 정부가 광복절 특별사면을 만지작거리는 무렵, 나는 한 신문에 「사람 박태준씨를 위하여」라는 칼럼을 썼다.

백 번 양보하여 설령 박태준의 정치적 과오가 63빌딩에 들어간 철근의 무게와 맞먹는다 하더라도 그가 포스코를 통해 한국 현대사에 이바지한 공적은 63빌딩을 63개나 건설할 철근의 무게와 맞먹는다.

그러니까 1993년 봄날에 정치적 보복을 당한 뒤부터 줄곧 해외에서 유랑의 날들을 보내고 있는 박태준 전 포스코 회장을, 김영삼 대통령이 당연히 사면해야 한다는 주장이었다. 포항의 지식인들과 함께 지역연구와 시민운동에 앞장서며 이것저것 깊이 파헤쳐보는 가운데 몇 년 전에 허구(중편소설)를 위해 부담 없이 차용했던 풍문에는 사실과 다른 점이 많다는 사실을 챙기고 있었으니, 남모르는 미안한 마음도 얹어 그만큼 더 당찬 발언을 던졌다.

그러나 나는 그때까지도 박태준과 전혀 모르는 사람이었다. 악수를 나눈 적이 없었을 뿐더러 먼발치에서나마 실물을 본 적이 없었다. 그는 나에게 그저 언론에서 낯익은 타인일 따름이었다.

다시 두 해가 더 지나갔다. 1997년 여름, 포항에는 국회의원 보궐선거가 열렸다. 김영삼 정권의 '역사바로세우기' 법정에서 국회의원 자격을 박탈당한 허화평의 빈자리에 마련된 선거였다. 무소속 박태준 후보, 민주당 총재 이기택 후보. 두 거물의 정치적 생명이 걸린 진검승부였고, 선거운동에는 매섭고 드세게 부딪치는 검과 검의 불씨 같은 파편이 튀기도 했다. 그즈음에 나는 이미 진보적 세계관의 조정을 거친 작가로서 고향의 파수꾼 노릇도 제대로 해볼까 하는 배짱을 부리며 그대로 포항에 눌러 살고 있었다.

고르바초프의 페레스트로이카가 지구적 지각변동을 일으켰음에도 여전히 한반도만 냉전의 섬으로 남은 그때, 나는 다음과 같은 믿음을 가슴에 품은 작가였다.

인간은 사회주의를 할 수 있는 천부적 윤리의 자질이 턱없이 부족한 존재다. 이념이 인간조건을 창조하는 것이 아니라, 인간조건이 이념을 창조한다. 인민이 체제를 위해 복무하는 것이 아니라, 체제가 인민을 위해 변화해야 한다.

그렇게 세계관의 조정을 거치지 않았더라면 나는 '고향에 살고 있는 실향민'으로서 내 유년의 땅에다 '영일만의 기적'을 이룩해놓은 이른바 보수진영의 박태준이란 걸출한 인물을 제대로 들여다보지 않았을 것이다.

4년 만에 조국으로, 포항으로 돌아온 박태준. 뜻밖에 나는 그의 실물을 직접 살필 기회를 맞았다. 삼십대를 마감하는 내가 불혹(不惑)의 기념으로 장편소설『붉은 고래』를 쓰기 위해 유럽 배낭여행을 계획하면서 자금마련도 되고 고향사랑도 되는 일거리 하나를 쥐고 있던 때였다. 포스텍(포항공과대학교) 설립에 얽힌 일화들을 한자리에 엮는『노벨동산의 신화』라는 단행본 집필이 그것이었다. 누구보다도 포스텍 건설본부장을 지낸 이대공전 포스코 부사장과 자주 인터뷰해야 하는 일이었다. 어느 저녁은 그의 주선으로 박득표 전 포스코 사장과 더불어 술잔을 나누었다. 물론 선거를 준비하는 '박태준의 팔들'이 나에게 도움을 청하는 자리였다. 어떤 술자리든 거리낌 없는 시절, 나 혼자만 엉망으로 취했다.

이튿날 오전에 나는 간밤의 언약대로 박태준 예비후보의 숙소라는 아파트를 찾아갔다. 그가 일흔 살의 노인이라는 점을, 나는 숙취에 시달리며 만나러 가는 걸음에야 떠올렸다. 그랬다. 그는 노인이었다. 최초의 악수. 억세 보이는 손이 인상적이었다. 펜이나 잡는 내 손과 달랐다. 일에 길든 손이었다.

내가 물었다.

"포철 건설 기간에는 포항시민과 친밀하지 못하셨는데, 진정으로 인사부터 하셔야 하지 않습니까?"

그가 버럭 성을 냈다.

"죽도시장에서 돗자리 깔고 큰 절을 했소. 나는 마음에 없는 짓은 안해!"

그런데 나는 노인의 성내는 모습이 그냥 좋았다. 속에 깊숙이 따로 꼬불쳐 뒀다가 곧잘 속닥속닥 뒷일을 꾸며대는 정치꾼과는 거리를 멀리 두고 살아왔다는 점을 단박에 알아차렸다. 내가 또 물었다.

"국회의원이 되면 문화에도 깊은 관심을 기울여 주시겠습니까?"

그가 통쾌하게 웃었다.

"포항에 돌아와서 문화라는 말은 당신한테 처음 들었소. 국민소득 1만 불부터는 본격적으로 문화에 눈을 돌려서 기획도 하고 육성도 해야 하는 거요."

나는 노인의 파안대소가 매력적이었다. 웃는 모습이 아이 같았다. 버럭 성을 낼 때도 맑아 보이고 활짝 웃을 때는 더 맑아 보이는 일흔 살 노인. 그 나이의 그 맑음은 어떤 연기자도 감당할 수 없는, 맑은 영혼에서만 우러날 수 있는 것이었다. 그 맑음이 작가의 영혼을 지남철처럼 건드렸다.

말뜻에 한 올 어긋남 없는 '자원봉사'인 나에게 기획과 홍보를 총괄하는 '기획상황실장'이라는 끗발 센 직책이 맡겨졌다. 이때부터 나는 '작가로서 박태준과의 만남'을 시작하였다. 그렇게 느닷없이 맺은 인연이 그때부터 십오 년에 걸쳐 거의 매주 한두 차례씩 온갖 대화를 스스럼없이 나누게 만들었다. 서로 편안한 마음으로 '존엄과 수엄의 길'을 닦아 나가는 우리의 대화를 끊은 것은 자연의 섭리를 받은 그의 타계였다. 2011년 12월 13일, 나보다 서른 해쯤 먼저 이 땅에 왔던 박태준은 숨을 멈추었다. 지금은 나 홀로 둘이서 닦아 나가던 그 길을 걸어가는 중이고……

그해 여름에 나는 박태준 후보에게 "겡제는 가라! 경제가 왔다!"라는 선거 슬로건을 건의했다. '겡제'는 경제를 겡제라 발음하는 경제실정의 YS

를, '경제'는 실물경제의 대가 TJ를 상징하는 말이었고, 그래서 이기택 후보와의 승부가 아니라 YS와의 승부라는 예각을 돌출한 말이었다. 박태준이 이겼다. 아니, 시민이 '63빌딩을 63개나 건설할 무게'를 지닌 그의 공적에 승리를 선물했다. 국회진출과 명예회복을 함께 이룩한 그의 앞에는 대통령선거와 외환위기사태가 마치 결투준비를 마친 두 거인처럼 기다리고 있었다. 시민이 그에게 안긴 진짜 선물은 그것이었는지 모른다.

가을이 깊어가는 절기를 맞아 나는 작정했던 그대로 유레일패스를 구매했다. 짐을 꾸리기에 앞서 박태준과 만났다. 우리의 대화에는 '산업화세력과 민주화세력의 화해, 영남과 호남의 화합'이라는 말이 몇 번이나 섞였다. 참으로 우연한 '발견'이었다고 할 수밖에 없겠다. 그러나 무릇 삶에 우연이란 얼마나 아름답게 신묘할 수 있는가. 밥에 목말라서 더 지쳐 있었던 파리 오페라극장 인근의 그날 오후, 조잡한 육필 광고의 '전기밥솥 있음'이란 그 '밥'이 내 코에 참을 수 없는 마혹(魔惑)의 냄새를 풍겨 어느 한국인 민박집에 들었는데, 내 몫으로 돌아온 이층 다락방, 떠난 나그네가 두고 갔을 거기 타블로이드판 교민신문 첫머리에 '김대중-김종필-박태준' 세 노인이 손에 손을 잡고 만세 부르는 자세로 뻣뻣이 서 있었다. 『붉은 고래』의 주요인물들이 달포쯤 유럽대륙을 떠돌게 하겠다는 작품구상을 위해 그들의 발길을 먼저 찍어대고 있는 작가에게 그것은 확실한 증거였다. 둘이서 진지하게 대화했던 그 화해, 그 화합을 박태준은 결코 허튼 빈말로 만들지 않았다는.

아직은 휴대폰이 일상의 손바닥을 점거하지 않았던 그때, 나는 서울의 아침시간을 기다려서 수신자부담으로 북아현동에 전화를 넣었다. 박태준은 '배낭'을 마치 나의 아버지가 어린 아들에게 그랬던 것처럼 '룩사쿠'라 불렀다. "나는 당신이 있으면 좋겠는데, 혼자서 팔자 좋게 룩사쿠 둘러매고 돌아댕기니 재미가 좋소?" 특유의 쾌활한 목소리였다. 나는 '룩사쿠여행'의 마침표를 찍기로 했다. '정치에 몸을 담은' 세계 최고의 철강인이 빈말을 했던 것이 아닌데 작가가 빈말로 만들 수야 없는 노릇이었다.

작가로서 내가 지켜본 박태준의 최고 매력은 무엇인가? 지장, 덕장, 용장의 리더십을 두루 갖춘 그의 탁월한 능력인가? 흔히들 그것을 꼽는다. 나도 흔쾌히 인정한다. 그러나 그것을 최고 매력으로 꼽진 않는다. 내 시선이 포착한 박태준의 최고 매력은 '정신적 가치'를 가치의 최상에 두는 삶의 태도였다.

몇 년 전 에세이에 쓴 그 판단을 나는 여전히 바꿀 생각이 없다. 박태준이 이승을 떠났으니 앞으로도 나에게는 불변이 될 수밖에 없다. 이것은 한 작가의 삶에 그가 남겨준 행복한 선물이다. 성자(聖者)도 아니고 작가정신으로 관철한 인생도 아니었는데……

그가 내 삶에 남긴 또 하나의 소중한 선물이 있다. 존재와 소멸이라는 자연의 진리를 모순관계로 인식하고는 거의 학교공부를 팽개치고 문학적 철학적 방황으로써 밀고 나갔던 십대 청춘의 어느 날부터 숱한 계절이 바뀌는 긴 세월에 걸쳐 인생의 가장 중요로운 재산이며 의의인 양 내 안에 수없이 지어놓은 관념의 건축들, 그 허상들을 지천명의 고개도 넘은 내가 다시 현실의 인간조건에 비춰 스스로 많이 허물게 해준 이가 박태준이었다.

그리고 그는 나에게 '진정한 신뢰'가 얼마나 위대한 결실을 창조할 수 있는가를 실증적으로 보여주었다. 2003년 가을, 광양의 한 장면을 나는 잊을 수 없다. 막걸리를 반주 삼아 긴 대화를 나누는 가운데 불쑥 박태준이 말했다. "내가 포스코에서 딴생각을 했다? 그러면 죽어서 박정희 대통령과 만났을 때 이거 한 잔 나눌 수 있겠소?" '딴생각'은 '검은 돈'을 빼돌려 챙기는 것, '이거'는 '막걸리'였다. 작가를 빤히 쳐다보았으나 자기 맹세 같았다. 공로주로든 뭐로든 포스코 주식을 단 한 주도 받지 않았다는 사실로써 거듭 한국사회를 놀라게 만들었던 박태준. 그는 박정희와의 약속을 끝까지 완벽하게 실천했다. 기필코 종합제철을 성공시켜서 조국 근대화를 성공시키자. 이 대의(大義)의 언약이 가리키는 길을, 무사심(無私心)과 순명(殉命)의 애국주의·일류국가주의, 천하위공(天下爲公)의 가치관으로 무장한 박태준은 박정희 서거 후에도 전혀 삐끗하지 않으며 훌륭하게 완주했다. 물론 그것은 이른바 '종이마패'(393쪽) 같은 장면에 단적으로 드러나듯이 제왕적 권좌의 박정희가 박태준을 완전히 믿고 맡겨준 그 '절대적 신뢰'(761쪽)를 끝끝내 소중하고 아름다운 가치로 지켜낸 일이기도 했다. 어떤 경우든 옹호해야 할 가치를 반드시 옹호해야 하는 작가정신이 인간의 이름으로 주목할 수밖에 없는 '박태준의 박정희를 향한 신뢰와 박정희의 박태준에 대한 신뢰'는, 종합제철 대성취가 우리 근대화에 기여한 공로의 크기에 비례하여 '대한민국 100년의 위대한 만남'으로 기록될 것이다.

1997년 5월 포항의 한 아파트에서 첫 만남을 이룬 날로부터 8년 가까이 지난 2004년 12월, 희수(喜壽) 생일을 막 보낸 박태준에게 나는 굵은 사전처럼 생긴 평전 『세계 최고의 철강인 박태준』을 헌정할 수 있었다. 고향과 나라에 더 도움이 되도록 하는 선거나 거들겠다고 만났는데, 주인공이 먼저 나에게 부탁한 일도 아니요 무슨 계약을 맺은 일은 더더욱 아닌데, 대체 무엇이 나에게 소설쓰기를 오래 쉬도록 하면서 평전의 고된 작업을 완수하게 했을까?

주인공과 숱하게 나눈 허심탄회한 대화들이 켜켜이 내 안에 쌓여 저절로 하나의 거대한 상(像)으로 완성되었다는 것도 털어놓아야겠지만, 조정된 나의 세계관, 나의 뇌리에 각인된 '박태준의 첫인상과 그 인연'을 빼놓고는 온전한 답을 찾을 수 없겠다.

'부강한 국가를 이루기 위해 헌신하자는 사내들이 모여 순수한 영혼과 뜨거운 열정으로 인생을 바쳐 창조한 불후의 예술품'이 포스코라고 생각하는 내 주인공이 21세기를 맞았을 때, 바야흐로 일흔세 살의 노인은 자신의 폐 밑에 신생아 무게로 성장한 물혹을 달고 있었다. 그것을 적출하기 위해 그가 목숨을 건 수술을 선택한 2001년 여름, 숱한 자료를 섭렵한 나는 '맑은 거장(巨匠)의 노인'에 대한 평전을 집필하기 위해 그 골격과 같은 목차를 짜고 있었다.

내가 박태준의 인생에는 작가의 진지한 시선이 오래 머물러야 한다고 확신했을 때, 그의 인생을 재구성하여 '20세기 한국의 초상'을 그려낼 수 있다고 확신했을 때, 내 주인공이 걸어온 길을 나는 마치 풍경화 속 미루나무 가로수 사이의 신작로처럼 지켜보고 있었다. 내가 보기에 내 주인공은 나에게 각인시킨 첫인상 그대로 자신의 필생을 관통하는 '맑음'으로써 포스코 신화와 위대한 생애로 가는 길을 개척했다. 작가로서 나는 다른 무엇보다도 그 길을 혼탁한 우리 시대의 진귀한 자산으로 남기려 했다.

주인공보다 꼬박 한 세대 아래인 나는 그의 일흔 살에 그와 결연을 했다. 이 인연을 내가 존중하고 따르며 가꾸는 길은 무엇인가? 파란만장한 한국 현대사의 한복판을 꿰뚫은 그의 생애를 문학과 예술과 연구의 방법론으로 당대의 거울에 비춰보면서 무형의 사회적 자산으로 길이 후세에 남기는 일이다. 이것이 내가 할 수 있는 최선 존연(尊緣)이요 '몸에 지녀서 따르는' 최상 수연(隨緣)이다. 나는 작가니까. 바로 그래서『세계 최고의 철강인 박태준』에는 담을 수 없었던 '주인공의 희수부터 타계까지' 일곱 해 넘는 황혼의 소일을 마저 살펴서 챙기고 그 책의 곳곳을 손질하고 더 보태서 이렇게『박태준 평전』으로 완결하였다.

이 책을 주인공의 유택에 바치는 날은 어느덧 '박태준 5주기(週忌)'를 헤아리게 된다. 한 작가의 존연과 수연이 고인의 영혼에 시들지 않을 한 떨기 꽃으로 피어나기를 빌어볼 것이다. 아주 맑은 마음으로 나는.

2016년 11월 포스텍 노벨동산 '박태준 조각상' 앞에서

이대환

차 례

작가의 말 | 내 영혼에 남은 거장(巨匠) 박태준 · 5

프롤로그 · 17

식민지 아이, 지배자의 땅에 서다 · 25
1927~1945

사선을 넘나드는 청년장교 · 67
1945~1953

부패의 늪을 건너며 · 115
1953~1961

경영수업 · 161
1961~1965

황무지의 개척자 · 245
1965~1969

우향우의 기적 · 383
1969~1973

신화의 완성 · 449
1973~1979

울타리 되어 광양만 가기 · 551
1979~1981

바다에 그리는 꿈의 설계도 · 587
1981~1985

한국 사학의 새 지평을 열다 · 617
1970~1985

영광의 계절들 · 649
1986~1989

철의 용상에 하루만 앉다 · 709
1990~1992

4시간 담판, 유랑의 4년으로 · 763
1992~1997

'겡제'는 가라, '경제'가 왔다 · 841
1997~1998

'정축국치'를 넘은 뒤 · 875
1998~2000

에필로그 · 945
2001~2011

일러두기 · 2   왜 나는 박태준 평전을 쓰는가? · 1016
박태준 연보 · 1021   참고문헌 · 1026

프롤로그

2001년 7월 하순, 뉴욕의 한낮은 찜통이었다. 어둠이 두텁게 깔린 뒤에도 더위는 좀체 식지 않았다. 열대야 현상은 우주로부터 의연히 내려온 강력한 정규군마냥 지구에서 가장 막강하다는 국가의 거대한 도시를 점령해 버렸다. 그러나 평화로웠다. 뒷골목의 소란마저 더위에 지쳐 얌전해진 듯했다. 강력한 정규군의 전과(戰果)는 기껏해야 도시 기상대에 달린 화씨 온도계의 최고 신기록 갱신으로나 남을지.

그 무렵, 한국의 어느 노인이 뉴욕 코넬대학병원에 누워 있었다. 7월 25일 오후 1시 30분, 수술실에서 중환자실로 옮겨져 빈사지경(瀕死地境)을 막 벗어난 몸이다. 왼쪽 옆구리 33센티미터를 갈라 갈비뼈 하나를 톱으로 잘라 통째로 빼낸 다음, 그 구멍으로 폐 밑에서 폐를 압박해온 풍선 같은 물혹을 끄집어내는 대수술. 소요 시간 6시간 30분, 물혹 무게 3.2킬로그램. 이는 일찍이 어머니가 그를 출산하면서 겪은 격렬한 진통 시간에 견줄 만하고, 갓 태어났을 때 그의 몸무게보다도 더 무거울 만한 기록이었다. 이집트 출신의, 손이 자그마한 집도의(執刀醫)는 신생아 무게의 물혹을 세계적 기록이라 했다.

이틀 만에 노인은 일반병동 10층 247호로 옮겼다. 일흔넷이란 나이가 무색하게 등은 사관학교 생도처럼 꼿꼿하고 피부는 고왔다. 젊은 시절의 기백도 고스란히 간직한 걸까. 걸으면 회복 속도가 빨라진다는 의사의 말이 떨어지기 바쁘게 무조건 걷겠다고 했다. 40대 중반의 노련한 흑인 간호사가 앞에서 두 손을 종긋 세워 보였다. 하루나 이틀만 더 쉬었다가 시작하자, 늘 붙어서 함께 걸어줄 테니 기력을 더 회복하자는 부탁이었다.

간호사가 옳았다. '죽으면 화장하여 뼛가루를 포항제철이 보이는 곳에 묻어 달라'고 유언했던 피투성이 늙은 환자가 서둘러 무리하게 회복 운동을 감행한다면 뜻밖의 후유증이 발생할 수 있었다. 또한 165센티미터의 날씬한 체구에 항생·영양·배설을 위한 큼직한 유리병을 넷이나 주렁주렁 매달고 걷는 모습은 우스꽝스러울 것이다. 그러나 노인은 돋보기 안경알 너머로 팍팍 튀는 눈빛을 쏘았다.

"이봐요, 간호사 선생. 나는 내 아들의 피로 수혈했소. 그 값을 하자면 한시 바삐 설쳐야 하지 않겠소."

간호사가 이번엔 명치 앞에 두 손바닥을 펼쳤다. 항복의 표시다. 혈압, 혈당, 키, 몸무게 등 그녀는 자기 환자의 의학적 정보는 훤히 꿰고 있어도 삶에 대해서는 깜깜했다. 막연히 '한국의 대표적 철강기업인'으로만 알고 있었다.

기어코 노인이 몸을 일으켰다. 왼쪽 옆구리의 기다랗게 꿰맨 부위에서 뭔가 와르르 쏟아져 속수무책으로 온몸이 망가질 듯했다. 도로 눕고 싶은 유혹이 덮쳤다. 하지만 어금니를 물었다. 아무리 늙었어도 의지력 시험에 스스로 패배하는 수모를 용인할 수야 없었다. 걸어야 한다는 일념을 튼튼한 지팡이처럼 손아귀에 쥐었다. 저승의 문지방을 넘을 뻔했던 생의 아슬아슬한 고비에서 최후의 도전이란 각오로 다시 한 번 자기 의지력을 믿고 싶었다. 쾌유를 기원한다는 김대중 대통령과 자유민주연합 김종필 총재의 화분이 곁에 있었다. 화사한 꽃이 향기로웠으나 지친 코는 위안을 맡을 수 없었다.

노인이 병실 문을 나섰다. 뒷날 스스로가 익살스레 표현한 대로 '몸에 생명 구걸의 깡통을 네 개나 매단 늙은 로봇'이 코넬대학병원 복도에 등장했다. 좌우엔 칠순의 건강한 아내와 노련한 간호사가 따라붙었다. 문득 노인의 귓바퀴에 집도의의 말이 맴돌았다. 수술실로 실려 가는 환자에게 의사는 자신감으로 뭉친 따뜻한 목소리로 말했다.

"생일이 가을이더군요. 당신은 올해 아주 행복한 생일을 누리게 될 겁니다."

그리고 중환자실을 나가는 환자에게 의사는 하얀 앞니를 드러내며 소곤소곤 일러주었다.

"물혹이 커지면서 심장까지 오른쪽으로 밀어버렸고 한쪽 폐는 접혀서 제 기능을 잃었지만, 모두 원래의 위치로 돌아옵니다. 알맞게 걸어주면 회복 속도가 훨씬 빨라질 겁니다."

의사의 이름은 우리말 표기로 '알 토끼'였다. 노인에게는 그것마저 예사롭지 않았다. 1927년생, 토끼띠. 자신의 띠가 이집트인 명의의 손에 연(緣)으로 걸린 것만 같았다.

알 토끼의 예언은 적중했다. 노인이 병원 복도를 세 바퀴 돌면 거의 7천 걸음. 하루 세 바퀴씩 한 주일을 반복한 즈음부터 밀려 있던 심장이 제자리로 돌아오고, 접혀 있던 한쪽 폐가 조금씩 펼쳐지면서 멀쩡히 살아나고 있었다. 폐의 놀라운 회복, 여기엔 일생 동안 담배를 멀리한 생활 습관도 큰 도움이 되었다.

노인은 세 바퀴 강행군을 끝내고 병상으로 돌아오면 곧잘 창 아래 이스트강의 넘실대는 물결에 시선을 드리웠다. 이럴 때는 묘한 감정에 사로잡혔다. 죽음의 계곡으로 떨어졌다가 기적의 동아줄을 부여잡고 간신히 부활한 것 같은 벅찬 희열이 엄습해오는가 하면, 굉장히 많은 일을 했다고 자부해왔던 인생에서 한 거라곤 두 가지밖에 없다는 회한이 밀려들기도 했다. 6·25전쟁과 포항제철(POSCO).

생사를 넘나든 전쟁터 장면이 파노라마처럼 스쳐 지나갔다. 포항제철을 창설하는 과정의 온갖 애환과 동지들의 얼굴이 차례차례 무성영화의 화면으로 왔다 갔다. 감격과 영광의 장면은 조금 더 길게 머물렀다. 포항제철소 제1고로에 첫 쇳물이 쏟아져 나오는 순간의 뜨겁고 시뻘건 감격, 철강업계의 노벨상으로 불리는 '베서머 금메달'을 목에 건 기쁨, 카네기멜런 대학에서 받은 명예박사학위와 연설, 프랑스가 외국인에게 주는 최고훈장 '레종 도뇌르 코망되르'와 미테랑 대통령의 치사(致謝)……

토막토막 끊기는 기나긴 추억의 필름을 돌리다보니, 노인의 머리엔 영롱한 언어가 남는다. 그건 미테랑의 선물이었다. 1990년 11월 16일, 미테랑은 머나먼 동방에 사는 한 인물의 인생 역정을 몇 개의 문장으로 평가했다. 오랫동안 관찰해온 예리한 비평가처럼.

한국이 군대를 필요로 했을 때 귀하께서는 장교로 투신했습니다. 한국이 현대경제를 위해 기업인을 찾았을 때 귀하께서는 기업인이 되었습니다. 한국이 미래의 비전을 필요로 할 때 귀하께서는 정치인이 되었습니다. 한국에 봉사하고 또 봉사하는 것, 그것이 귀하의 삶에는 끊임없는 지상명령이었습니다.

저녁놀이 뉴욕의 동쪽 강물을 물들였다. 노인은 조용히 눈을 감았다. 동족상잔 전쟁터에서 단지 운이 좋아 멀쩡히 살아남은 청년장교시절의 어느 날, 자기 가슴에다 '짧은 인생을 영원 조국에'란 좌우명을 못질해 걸던 장면이 어슴푸레 떠올랐다. 그날 이후 무려 50년의 세월이 흘러갔다.

1968년 영일만 황량한 모래벌판에서 남은 인생을 '제철보국(製鐵報國)'에 바치겠다고 맹세한 장면도 아련히 피어났다. 그 뒤로 33년이 꿈같이 흘러갔다. 어느 순간에 노인이 미소를 머금었다. '한국이 군대를 필요로 했을 때', '한국이 기업인을 찾았을 때'라는 조건을 '내가 나의 건강을 필요로 할 때'로 슬쩍 바꿔서 다짐하는 것이었다.

'군인으로서 전쟁을 치를 때처럼, 기업인으로서 포항제철을 만들 때처럼, 병원에서 나는 건강을 되찾기 위해 내 의지를 불태워야 한다.'

8월 초순, 노인은 나이에 어울리지 않는 놀라운 회복 속도에 힘입어 병원과 가까운 요양병동으로 옮겨갔다. 뉴욕의 폭염이 절정으로 치닫는 때였다.

2001년 8월 9일 현지 언론들이 최고기온 갱신을 보도했다. 뉴욕 화씨 102도. 센트럴파크마저 오후 12시 18분에 101도로 1949년의 최고기록 100도를 돌파한 데 이어, 오후 2시에 102도로 갱신됐다. 뉴욕과 뉴저지 일대 전기 사용량이 급증하여 일부 지역에선 단전 소동이 벌어졌다. 뉴욕 주지사는 주정부 공무원에게 오후 2시 조기퇴근을 지시했다. 뉴욕 메츠와 밀워키 브루어스가 메이저리그 경기를 벌인 세이스타디움은 열대야에 수많은 관중의 열기가 겹쳐져 120도를 가리켰다.

재앙에 민감한 예언가가 뉴욕에 산다면 모종의 불길한 낌새를 맡았을 기록적 폭염 속에서도 노인의 걸음걸이는 거의 정상으로 돌아와 있었다. 날마다 어김없이 아침 6시부터 30분 동안 아내, 자녀, 비서, 문병 온 지인들과 어울려 강변을 따라 속보했다. 조깅하는 흑백의 젊은이들에게 노인 일행은 환자 일행이 아니라 건강한 시민 일행으로 비쳤다.

마이클 무어의 다큐멘터리영화 〈화씨 9/11〉에서는 전혀 관심을 기울이지 않았지만, 뉴욕의 기록적 폭염은 정말 대재앙의 암시가 아니었을까. 그로부터 한 달 지난 9월 11일, 여객기 두 대가 잇따라 뉴욕의 쌍둥이빌딩을 들이받는 미증유의 참극이 일어났다. 노인은 아물어가는 옆구리를 추스르며 졸지에 아비규환의 생생한 목격자가 되고 말았다.

'1929년 뉴욕발 증시 대폭락이 세계대공황의 신호탄이었다면, 2001년 뉴욕발 대폭발은 얼마나 끔찍한 대재앙의 신호탄이 될까. 이게 한반도 정세에는 어떤 영향을 미칠 것인가.'

잿더미 뉴욕에서 회복기를 맞은 노인이 통증조차 깜박 잊은 채 가슴을 쓸어내렸다.

21세기 개막과 함께 삶의 종지부를 찍을 듯 남모르는 각혈에 시달려오다 코넬대학병원에서 폐 밑의 물혹을 적출하고 극적으로 회생해가는 박태준.

'한국에 봉사하고 또 봉사하는 것이 귀하의 삶'이란 미테랑의 헌사를 외교적 수사로 떨어뜨리지 않을 만큼, 20세기 후반 한반도 남녘에서 대립과 열정으로 전개된 근대화에 탁월한 업적을 남긴 이 인물에 다가가려면 1927년으로 거슬러 올라가야 한다. 뉴욕 월스트리트의 주식들이 휴지조각으로 흩날리기 이태 전, 그는 극동의 조그만 갯마을에서 인생의 길에 아장아장 들어서고 있었던 것이다.

1927 | 1945

식민지 아이, 지배자의 땅에 서다

중세의 갯마을

1920년대의 숱한 조선 농민은 보습 댈 땅을 잃었다. 시인 김소월이 비통하게 노래한 대로 '하루 일을 마치고 석양에 돌아오는 꿈'마저 상실했다. 그러나 유리걸식의 떠돌이로 살아갈 수는 없었다. 생계를 위한 최후 수단으로 어디론가 떠나야 했다. 만주, 연해주, 시베리아, 일본, 하와이, 멕시코……. 유랑의 길은 멀고 무리는 줄을 이었다.

대규모 유민(流民)을 발생시킨 식민지 지배의 도구는 1912년부터 실시한 토지조사령이었다. 광업령, 임업령, 어업령도 함께 떨어졌다. 전면적 식민지 지배 시스템이 도입된 것이다. 토지조사령은 그때까지 나라가 위임해온 조선 농민의 '경작권'을 수탈했다. 십여 년 간 조선총독부는 전국 토지의 40%를 차지했으며, 지역마다 일본인이나 조선인 대지주가 속속 등장했다. 어업령은 조선 어민의 어업권을 빼앗았다. 황금어장도 미역바위도 '어업허가권'을 취득한 일본인의 사유재산으로 넘어갔다. 농사의 소작관계와 흡사한 어업의 소작관계가 생긴 것이다.

미역 명산지로 이름 높은 동해안 최남단의 경남 동래군 장안면(현 부산광역시 기장군 장안읍) 일대, 그곳의 어촌 상황도 마찬가지였다. 3·1운동이 가라앉은 즈음 벌써 장안면 임랑리의 멸치잡이 공동어장과 미역바위는 특정 일본인의 개인 소유물로 바뀌었다.

1927년 음력 9월 29일, 그 궁핍한 갯마을에 한 아기가 태어났다. 사내였다. 박봉관과 김소순, 이들 젊고 평범한 부부는 토끼해에 얻은 첫 아이의 이름을 '태준(泰俊)'이라 지었다. 한학을 공부한 남편이 아내에게 '장차 크게 잘 되라'는 뜻이라고 풀이해주었다. 젊은 어머니는 비로소 친척들에게 태몽을 들려줬다.

"올해 정초 어느 날 밤에 달음산이 갑자기 커다란 용으로 변해 용트림하는 꿈을 꿨는데, 그런 다음에 태기가 있었어요."

'인물이 되려면 논두렁 정기라도 받고 나야 한다'는 말이 있긴 해도, 탁월한 인물의 태몽은 자칫 그의 삶을 신비롭게 채색하려는 고의로 둔갑할 수 있다. 박태준의 어머니는 그저 평범한 여인으로, 갓난 아들의 태몽을 꾸며내지 않았다.

태몽의 주인공인 '달음산'은 그 정기를 나눠준 한 아이의 미래를 대비하듯 지명이 '철(鐵)'과 관련 있다. 달이 뜬다 하여 '달음산(月陰山)'이라고도 하나, '달구어진 산'을 뜻한다고도 한다. 『동국여지승람』에는 달음산이 '탄산(炭山)'으로 나와 있다. '타는 산'을 향찰과 유사하게 표기한 것으로 추측한다. 달음산을 '타는 산'이라 부른 까닭은, 산의 형세가 불길 타오르는 모양 같고 아득한 고대에 야철장(冶鐵場)이 있었기 때문이라는 설이 있다.

달음산은 박태준의 집안과 인연이 깊다. 5대조 할아버지 박창세는 동래부 관직에 있었는데, 벼슬보다 풍수지리가로 널리 알려진 인물이다. 그가 세상을 하직하면서 아들에게 유언하길, 큰 인물을 얻으려면 달음산에 터를 잡아야 한다고 했다. 달음산 중턱의 옥정사. 신라 원효대사가 창건했는데, 임진왜란 때 병화(兵火)로 소실되었으나, 300년쯤 지나서 박긍해 선사가 옛 절터를 찾아내 다시 세운 가람이라 전해진다. 박 선사가 열반에 들자 박태준의 재종숙인 박한봉 스님이 이어받았다. 먼 훗날 박태준의 아버지와 어머니가 차례로 이 절에 영가(靈駕)를 의탁하게 되고…….

박태준이 태어나 걸음마를 익히고 잔뼈를 키운 1927년부터 1933년까지 임랑리는 문명의 오지였다. 1950년대와 60년대까지도 세계 도처는 '중세'에 머물렀다는 역사학자 에릭 홉스봄의 표현을 빌리면, 박태준은 여섯 살 먹도록 '근대'가 아닌 '중세'에 살았다.

백사장을 따라 오막조막 늘어선 초가, 그 앞의 창망한 바다, 달음산에서 내려와 마을 가장자리로 흘러 바다에 스며드는 맑은 내, 백사장에 뒹구는 누렁이 몇 마리……. 이것이 임랑리의 풍경이었다. 전기도 수도도 없었다. 박태준의 집은 대문을 나서면 곧 백사장이고 바다였다. 이 갯마을에 푸짐한 것이라고는 가난과 파도소리뿐. 어른이든 아이든 사철 어느 하루도 실컷 배부를 날이 없었고, 밤낮 파도소리는 잠들지 않았다. 장가드는 신랑이

나귀나 조랑말에 얹혀가는 동네에서 아이들은 자동차도 구경하지 못했다.

당시 세계는 대격변의 소용돌이에 휩싸였다. 박태준이 걸음마를 익히고 두 번째 생일을 앞두었을 때, 세계 산업자본주의는 급격히 휘청거리고 있었다. 1929년 10월 24일 미국 뉴욕 월스트리트가 '암흑의 목요일'을 기록하면서 세계경제는 미증유의 대공황에 빠져들었다. 대공황은 파시즘이 창궐할 정치적 경제적 사회적 환경을 조성했다.

제1차 세계대전의 패전국 독일은 베르사유조약의 막대한 전쟁배상금을 짊어지고 허덕이던 중 대공황의 치명타를 입었다. 기업과 은행은 파산행렬을 이루고, 국민은 실의와 절망에 짓눌렸다. 메시아가 와야 했다. 마침 히틀러가 국가사회주의독일노동당(나치, Nazi)을 키우고 있었다.

일본은 중국을 넘보는 야욕을 더 참을 수 없었다. 1931년 9월 만주를 집어삼킨 일본 군부는 1932년 5월 쿠데타를 일으켜 파시즘체제를 구축해나갔다. 본디 결속을 뜻하는 이탈리아어 '파시즘'도 그들에겐 매력덩어리의 이념적 언어였다. 그들은 파시즘의 젖줄을 물어야 역사의 승자가 된다고

임랑리 전경(2004년)

확신했다.

미국은 파시즘체제와 다른 방식으로 대공황에 도전했다. 케인즈의 수정자본주의를 수용한 프랭클린 루스벨트는 뉴딜정책으로 밀고 나갔다. 테네시강 유역 종합개발, 경작면적을 제한하고 농산물 가격에 정부가 적극 개입하는 농업조정법 제정, 통화량 조절과 외환관리를 위한 중앙은행 신설, 사회보장법 제정, 누진세 제도 등이 대표적이었다.

중국은 장제스의 국민당 군대에 내몰린 마오쩌둥의 공산당 군대가 '만리장성'의 후손다운 불가사의에 도전했다. 그들이 꼬박 일 년 걸려 1935년 10월에야 목적지인 서북 내륙지방에 당도한 2만5천 리 대장정은 곳곳에 혁명의 씨앗을 뿌리는 길고 험난한 춘경(春耕)이기도 했다.

한편, 소련은 레닌의 갑작스런 죽음 이후의 권력 투쟁에서 스탈린이 승리하여 골치 아픈 트로츠키를 국외로 추방하고 '계획경제'를 강력히 추진하고 있었다. 1930년대의 소련은 어느덧 철·석유·전기·석탄 생산력이 근대화 선진국에 비견할 수준에 이르러 어떤 강대국과의 전쟁도 피하지 않을 자신감을 갖추었다.

가까운 장래에 한반도의 운명을 결정지을 열강이 저마다 부국강병의 총력을 기울이는 시대, 박태준이 자라는 갯마을은 세계의 온갖 소용돌이가 식민지의 빈궁으로 응축된 것처럼 끝자락 모를 초근목피 생계를 근근이 이어가야 했다. 그럼에도 유년의 세계에는 성년의 세계와는 다른 독특한 배경이 있기 마련이다. 눈부신 백사장, 파도소리, 물새들, 창망한 바다, 맑은 냇물, 부모와 친척들, 이웃 어른들과 소꿉친구들……. 이 모두가 박태준의 유년을 구성하는 세계였다. 정작 어린 박태준은 감지하지 못했지만, 임랑리에는 세계 심장부로도 진입할 수 있는 실핏줄이 자라고 있었다. 그것은 부산으로 가는 뽀얀 신작로였다.

임랑리 어민들은 공동어장과 미역바위 어업권을 거머쥔 일본인과 소통할 대표로 박태준의 큰아버지인 박봉줄을 뽑았다. 처음엔 그도 일본어를 몰라 한문 필담(筆談)으로 나서야 했다. 어느 일본인과 큰아버지가 맺은 아주 소박한 인연은 박태준의 운명으로 이어진다.

　1930년대 초반기에 임랑리 바닷가를 들락거린 야타로라는 일본인이 있었다. 규슈 오이타현 출신으로 알려진 그가 자기 고향에서 어떤 자랑을 했는지는 몰라도 일본인들이 '중세의 갯마을'에 드문드문 드나들었다. 그들 중에는 사가라, 소메야라는 두 사람이 있었다. 사가라는 일본 토건회사 하자마구미 계열사 사가라구미 대표였고, 소메야는 와세다대학을 나온 차분하고 후덕한 성품의 지식인이었다. 두 사람은 임랑리의 박씨 형제에게 호감을 가졌다. 본국에 들어간 사가라가 박봉줄에게 일자리를 마련해주겠다며 의사를 타진해왔다. 박봉줄은 단호히 보따리를 꾸렸다. 생계를 위해 '중세의 갯마을'을 떠날 한 유민이 생겼다. 그나마 다행스런 점은 그의 앞길엔 정처가 분명했다.

　"가서 형편 보아가며 연락하마."

　형이 남긴 작별 인사는 몇 달 만에 아우를 부르는 사연으로 바뀌어 임랑리로 날아들었다. '소메야 씨가 함께 일하고 싶어한다'고 했다. 박태준의 아버지 박봉관이 결심할 차례였다. 그는 아내와 아들을 고향에 두고 홀몸으로 현해탄(대한해협)을 건넜다. 대공황의 타격을 돌파해나가는 일본의 산업화가 블랙홀처럼 빨아들이는 조선의 값싼 노동력. 이제 그것은 '중세의 갯마을'에 사는 똘똘한 한 아이까지 흡입하는 것을 단지 시간의 문제로 남겨두었다.

미지의 운명

　1933년 8월 하순, 박태준의 고향집 사립문 근처에는 곰솔 두 그루가 꿋꿋이 뿌리를 내리고 있었다. 어느 날 그 나무 곁을 지나 우체부가 나타났다. 일본에서 온 박봉관의 편지.

　이제 박태준은 만으로 여섯 살. 여태껏 근대문명을 구경한 적 없었던 식민지 아이가 처음으로 자동차에 몸을 맡기고 마을 뒷덜미의 자갈길을 따라 덜컹덜컹 낯선 곳으로 실려 갔다.

"수평선 저 너머에 아버지가 기다리고 계신다."

어머니의 이 말씀에 귀를 쫑긋 세운 아이가 아버지를 찾아 현해탄을 건너는 생애 첫 여행에 올랐을 무렵, 일본을 둘러싼 국제 정세는 1933년 8월 7일 인도의 네루가 딸에게 쓴 편지에 잘 담겨 있다.

일본은 사정이야 어떻든 침략을 계속해 중국 영토의 광대한 지역에 걸쳐 세력을 확장하고 있다. 그러나 중국은 그 유구한 역사를 통해 무수한 침략과 위험을 견뎌왔기 때문에 이번에도 일본의 침략을 이겨내리라는 것을 의심치 않는다. 반(半)봉건적이며, 군부 세력이 강하고, 지금은 공업적으로도 고도의 진보를 이루고 있는 일본은 과거와 현재와의 이상한 혼합체이며, 세계 제국을 건설한다는 야망을 품고 있다. 그러나 현재 최강의 나라인 미국의 적대감은 이 몽상의 실현을 가로막고 있는 큰 장벽이 되고 있다. 아시아에서 일본의 팽창에 대한 또 하나의 강력한 장벽은 소비에트러시아다. 많은 관측자의 예리한 눈길은 만주 또는 태평양의 넓은 해상에 이미 대규모의 전운이 드리운 것을 간파하고 있다.

『세계사편력』

'과거와 현재와의 이상한 혼합체'로서 세계 제국을 건설할 야망을 품었으나 미국과 소련의 견제를 받으며 부국강병의 길로 매진하는 일본. 그 열도의 한 귀퉁이에서 박봉관은 아내와 아들을 기다리고 있었다. 그에겐 네루 같은 식견까지는 없었으나 알뜰히 돈 벌어 자식들에게 근대교육을 시키겠다는 목적의식만은 어느 아버지에 뒤지지 않을 만큼 강렬했다.

1933년 9월 초순 이른 저녁, 박태준은 어머니의 손을 잡고 전등이 어둠을 밀어낸 부산항 부두에 서 있었다. 눈동자가 샛별처럼 반짝이고 귀가 손바닥만 하고 유난히 인중이 긴 아이의 얼굴엔 옅게 그늘이 깔려 있었다. 그것은 설렘보다 두려움이었다. 아버지가 기다리고 있다는 미지의 세계로 출발하려는 조그만 가슴은 감당하기 벅찬 무엇에 짓눌려야 했다.

젊은 어머니와 어린 아들은 부관연락선에 올랐다. 어머니에겐 멀미와 갑갑한 선실의 기억이 오래 남고, 아들에겐 거대한 배와 인파의 기억이 희미하게 남는 뱃길 여행. 부관연락선과 항해에 대한 박태준의 지워진 기억을 유추할 재료는 많다.

부관연락선. 시모노세키와 부산을 잇는 이 항로는 러일전쟁에 승리한 일본이 반도를 거쳐 대륙으로 진출하기 위해 전리품처럼 획득한 매우 긴요한 '침략의 길'이었다. 역사의 일정표도 이를 뒷받침해준다. 1905년 9월 5일 러일강화조약 체결, 9월 25일 부관연락선 첫 취항, 이해 11월 17일 을사조약 체결. 부관연락선 개통은 한반도와 중국대륙을 지배하려는 일본의 카운트다운이 시작된 것과 마찬가지였다.

해상교통이 현해탄을 왕래하는 유일한 수단이었던 시대, 부관연락선 이전의 그 항로는 민간 목선(木船)으로 한 달 안팎, 해군 군용선으로는 사나흘 걸려야 했다. 그러나 첫 취항부터 1천600톤 규모의 철선 두 척을 동원한 부관연락선은 날씨에 따라 다소 지체될 수 있어도 11시간 소요를 기준으로 삼았다. 조선을 1박2일 생활권 안에 넣은 일본은 일본열도와 한반도를 연결하는 튼튼한 '다리' 하나를 건설했다는 감회에 젖을 만한 사건이었다.

1920년대 들어 부관연락선으로 도일하는 조선인은 기하급수적으로 증가하였다. 1916년엔 연간 5천624명, 1926년엔 14만8천503명, 1936년엔 69만501명이 부관연락선으로 현해탄을 건넜다. 이런 추세에 따라 일본은 1923년부터 3천 톤급 두 여객선을 화물선으로 돌리고 4천 톤급 '쇼케이마루'를 투입했다.

어린 박태준의 눈을 휘둥그레지게 만든 철(鐵)로 건조한 4천 톤급 쇼케이마루는 고무신 같은 고기잡이 목선밖에 보지 못했던 동심에 어마어마한 괴물로 비쳤다. 그것은 장차 세계 최고의 철강인으로 웅비하게 될 아이의 눈이 최초로 발견한, 철로 만든 근대의 웅장한 실체였다.

거대한 근대의 괴물이 잔뜩 벌린 입 속으로 어머니와 함께 새우처럼 빨려 들어간 박태준은 곧장 그 밑바닥으로 떨어졌다. 삼등실이었다. 어머니는 일등실을 넘볼 엄두조차 내지 못했다. 낯선 땅으로 생을 도모하러 떠나는 조선여인은 아무리 고달프더라도 돈을 아껴야 했다. 삼등실은 한 사람의 멀미가 옆 사람의 멀미를 연쇄적으로 깨워 급기야 넓은 밑바닥이 온통 멀미의 지옥으로 바뀌었다. 박태준의 유년 시절에 대한 기억의 한 갈피에 '인파와 멀미'로 채집되었다가 시나브로 바래진 부관연락선 삼등실.

인간은 엔간히 견디기 어려운 고통에도 견뎌야 할 시간이 한정된 경우에는 좀처럼 쓰러지지 않는다. 중세의 갯마을을 떠난 모자(母子)가 부관연락선 밑바닥에서 보낸 12시간 남짓은 그것을 입증하는 시간이었다.

만약 어머니가 두둑한 주머니를 찼더라면 일등실로 옮길 수 있었을까? 이 아이가 부관연락선에 몸을 실었던 날로부터 무려 사십여 년이 흐른 어느 날, 삼성그룹 회장 이병철은 아끼는 후배 '포항제철 박태준 사장'에게 자신이 스무 살 새신랑 시절에 부관연락선에서 받은 모욕 한 타래를 들려준다. 멀미에 못 이겨 일등실을 기웃거리다가 일본 형사에게 혼쭐날 뻔했는데, 그게 자기 인생에 심대한 영향을 끼쳤다는 것.

부관연락선 밑바닥에 어린 수인처럼 갇힌 박태준은 어머니의 무릎을 베고 눕고, 어머니는 보따리에 등을 기댔다. 어서 아버지를 만나고 싶은 일념밖에 없는 아이는 그때 까맣게 몰랐다. 어머니도 상상조차 할 수 없었다. 이제 하룻밤을 바쳐 현해탄을 건너가면 식민지 출신의 한 아이가 어쩔 도리 없이 익혀나가야 하는 일본어와 일본문화, 피할 수 없이 다녀야 하는 일본학교들이 삼십여 년이 흐른 다음에 그의 인생에서 어떤 운명으로 돌아올 것인지, 지배자의 땅에서 보내야 하는 유년·소년시절의 이력이 되찾은 조국의 먼 후일을 위해 어떤 방식으로 얼마나 기여하게 될 것인지……. 오로지 수평선 너머의 세계 소식들을 싣고 와서 그의 고향마을 백사장에다 하염없이 하얀 포말로 부리는 파도만 어렴풋이 예견했는지 모른다.

두부

갯마을 아이는 꼬박 하룻밤을 바쳐 '중세의 마을'을 벗어나 '근대의 도시'에 첫발을 디뎠다. 아버지는 보이지 않았다. 하지만 놀라지 않았다. 일이 바빠 다른 사람을 대신 보낸다는 연락을 미리 받았던 것이다. 시모노세키 부두에는 20대 중반의 조선인 사내가 '朴泰俊 母子'란 팻말을 들고 기다리고 있었다.

그 사내는 지치고 두근거리고 어리둥절한 모자(母子)를 기차역으로 데려갔다. 역은 부두를 나서면 왼쪽 방향 가까운 곳에 있었다. 그 반대 방향 가까운 언덕에는 1895년 청일전쟁에서 승리한 이토 히로부미가 청나라의 강화전권대사 이홍장을 맞아 시모노세키조약을 맺었던 춘범루(春帆樓)가 자리하고 있었다. 조선에 대한 청나라의 종주권을 파기한 그 자리와 반대 방향으로 걸어간 세 조선인은 역 앞에 닿아 우동으로 요기를 하고 열차에 몸을 실었다. 목적지까지는 2천 리나 더 가야 했다. 열차는 계속 달렸다. 날이 저문 뒤에도 내리고 타는 승객들이 많았다. 열차는 거대한 선박이 그랬듯 캄캄한 밤에도 달렸다. 박태준은 달리는 열차에서 어머니 품에 기대어 두 번의 밤을 보냈다. 끼니는 열차 안에서 파는 '벤또'로 때웠다. 모자는 어디가 어딘지 몰라도 열차를 갈아타기도 했다. 이윽고 그들 일행이 내린 곳은 아다미. 마중 나온 아버지가 몰라보게 자란 맏이를 번쩍 안아 올렸다.

아다미는 요코하마와 이즈반도 사이의 사가미만을 끼고 있는 고장이다. 산과 바다가 도로 하나를 사이에 두고 맞붙어 있고, 부락은 산비탈을 따라 형성되어 있었다. '아다미(熱海)'란 지명납게 온천이 흔하고 기온이 온화하여 밀감이 열렸다. 매실도 유명했다.

박봉관은 형(박봉줄)과 같은 집에 동거자로 살면서 이즈반도의 이토센(伊東線) 단나터널공사 현장에서 일하고 있었다. 이토센은 1898년에 처음 짧은 거리로 개통되어 1924년 무렵엔 산자락을 따라 빙 두르는 레일이 이즈반도의 끄트머리 근처까지 연장되었다. 하지만 둘러가는 불편과 낭비를 없애기 위해 박태준이 도착했을 당시에는 한창 터널을 뚫는 중이었다.

박태준의 초롱초롱한 눈에는 일하러 나가는 아버지의 차림새가 낯선 동네와 낯선 말씨만큼이나 무척 낯설어 보였다.

"아버지, 모두 이런 옷을 입고 일해요?"

고사리손이 만지작거리는 '이런 옷'이란 우의보다 거추장스런 시커먼 '고무옷'이었다.

"그래, 인마. 기찻굴을 뚫는데, 그 안에서 온천수가 터져 나오니까 이런 옷을 입어야 한다고 정해져 있어."

아버지의 거친 손이 귀여운 아들의 머리를 쓰다듬었다.

어린 아들의 뇌리에 '고무옷' 얘기를 새겨준 박봉관은 눈썰미가 남달랐다. 고향에선 한학의 기본서적이나 뒤적이며 농사짓던 사내가 이국의 건설현장에선 하루가 다르게 토목기술을 쌓았다. 노무관리나 장비관리 문서도 다룰 수 있게 되었다. 경우 발라 보이는 호감에 끌려 그를 일본으로 불렀던 중소건설사 대표 소메야는 몇 달 만에 박봉관과 만난 것을 고마운 복(福)으로 여긴다고 했다.

소메야에게 박봉관이 복이었다면, 박봉관에게 소메야는 행운이었다. 생계를 위해 부관연락선을 타고 일본에 들어선 수백만 조선인 중에 박봉관처럼 사람 좋은 일본인과 맺어진 경우가 과연 얼마나 되었겠는가? 소메야는 가학적 기질이 없고 연민이 두터운 지식인이었다. 재물에도 큰 욕심이 없었다. 가끔씩 박봉관에게 "인생에서 돈은 적절히 벌면 된다" 하는 인품이었다. 이것이 바로 박봉관에게는 행운이었다. 흔히 자신의 노력보다 우연의 선물로 날아드는 것이 행운이라면, 꼭 그런 행운이 박태준의 아버지를 방문한 격이었다. 다만 그의 능력과 인간성은, 그것이 자신의 인생으로부터 이탈하지 못하도록 붙잡아매는 힘으로 작용했다.

박봉관의 일취월장한 토목기술은 기사 자격증을 딸 수는 없어도 건설현장의 인부들을 이끌어나가는 매우 중요한 재능이었다. 특히 그의 업무 중 노무관리는 까다로웠다. 조선인 노동자에 대한 임금 관리와 처우, 이 예민한 문제를 원만하게 처리하려면 조선인 인부들의 처지를 적절히 반영하면서 일본인 오너의 이해를 얻어내야 했다. 여기엔 고리 역할을 맡은 이의 현명한 판단과 정직한 품성이 요구되었다. 만약 어느 한쪽의 신임을 잃는다면 원망이나 해고를 감수해야 할 자리였다. 원망은 곧 동포들의 손가락질을 받는 것, 해고란 곧 직책에서 쫓겨나는 것. 그러나 기사 자격증 없는 일류 토목기술자 박봉관은 손가락질도 받지 않고 쫓겨나지도 않았다. 못된 일본인 오너와 짜거나 만만한 일본인 오너의 눈을 속여 동포들의 임금을 깎아먹거나 빼먹는, 다른 현장에선 비일비재한 그런 허튼 수작에 그는 결코 눈길을 주지 않았다. 선량한 지식인 오너의 인간적 품성을 바탕으로 정직하게 관리 서류를 다루었다. 뒷날에 박봉관 일가가 해방과 더불어 귀향한 뒤, 그의 집에는 일본에서 돌아온 인근 지역 귀향 농민들이 놀러오곤 했다. 명절에는 선물을 들고 오기도 했다. 그들의 방문은 일본에서 보여준 박봉관의 바른 처신에 대한 감사의 뜻이었다.

지배자의 땅에 몸을 들여놓은 식민지 아이는 무엇보다 일본어 익히기가 급선무였다. 박태준에겐 소학교(초등학교) 1학년인 사촌형 박태정이 좋은 의지가 되었다. 박봉관은 다음 해면 여덟 살이 되는 맏이를 반드시 소학교에 보내고 형의 신세를 덜 지기 위해 따로 살림을 날 생각이었다. 추석 쇠고 가을걷이 마친 다음에 아내와 아들을 일본으로 부르려던 계획을 앞당긴 까닭은 무엇보다 박태준의 취학을 고려해서 말과 글과 풍속을 익힐 수 있는 기간을 마련해주는 뜻이었다.

밀감이 열리는 동네는 기후만큼 인심이 너그러운 편이었다. 이방인 아이가 낯선 환경에 순탄하게 적응해나갈 수 있는 분위기였다. 도착한 지 보름쯤 지났을 무렵, 그는 사촌형 없이 혼자서도 동네 아이들과 어울렸다. 아이가 어른보다 훨씬 빠른 속도로 외국어를 익히기 마련이지만, 세 번의 계절을 나는 동안에 박태준의 일본어 실력은 소학교에 입학해도 지장 없을 수준으로 발전해 있었다.

이듬해 4월, 박태준은 소학교에 입학했다. 아다미의 다가심상소학교. 한

학년에 70명 안팎이 다니는 목조건물의 조그만 학교는 산중턱에 자리해 있었다. 운동장에서는 오 리쯤 떨어진 '하쓰시마'라 부르는 작은 섬이 내려다보였다. 그는 총명한 아이로 주목을 받았다. 산수, 언어, 미술이 돋보였다. 체육시간에도 선두를 놓치지 않았다. 달리기, 수영, 철봉은 다른 아이들의 부러움을 사는 종목이었다.

이 학교는 해마다 여름방학을 앞두고 '하쓰시마 원영(遠泳)대회'를 열었다. 태평양 연안의 한 점이라 할 그 섬까지 헤엄으로 왕복하는 원영대회의 목적은 어린 학생들의 담력과 체력을 키워주는 데 있었다. 원영에 성공하면 마치 유도의 유단자를 표시하듯 흰 모자에 검은 띠 하나를 새겨주었고, 그것은 여름을 나는 머슴애들의 우쭐한 자부심이기도 했다.

지배자의 땅에서 자라나는 식민지 아이는 일종의 방어본능처럼 지배자의 아이들에게 지기 싫다는 의식을 자신도 모르게 빳빳이 키우고 있었다. 박태준은 2학년 여름에 처음 '하쓰시마 원영대회'에 참가했다. 만약의 사고에 대비하고 지친 아이들을 보호하기 위해 보트가 어린 선수들을 따라가니 익사할 염려는 없었다. 임랑리 갯마을에서 파도소리와 더불어 삶의 실핏줄을 짜고 잔뼈를 키운 아이는 보트에 실리지 않았다. 그는 어린 상어처럼 헤엄쳐 나가 흰 모자에 검은 띠를 새길 수 있었다. 그것은 박태준의 인생에서 최초로 뿌듯하게 받아들인 성취감이요 자부심이었다. 식민지 아이의 내면에 아무도 모르게 자기보호의 방어실력이 발아한 사건이기도 했다.

3학년 운동회 때였다. 박태준은 달리기에서 일등을 했다. 뜻밖에도 일본 아이들이 당연하게 여기는 눈치였다. 왜 그런가 했더니, 조선인은 모두 달리기를 잘하는 것으로 믿고 있었다. 순전히 손기정 선수 덕분이었다. 1936년 베를린올림픽 마라톤대회에서 월계관을 쓴 사내가 조선인이란 사실은 아다미의 조그만 소학교에도 알려졌고, 그것이 엉뚱하게도 일본 아이들끼리 똘똘한 조선 아이의 두 다리를 천부적 건각쯤이라 착각하게 만들었다.

아다미에서 박태준은 무럭무럭 자랐다. 1936년 가을쯤에는 유창한 일본어에 비해 오히려 모국어 어휘력이 훨씬 뒤처질 정도로 변했고, 키는 작은 편이어도 다부진 소년의 골격을 갖추는 중이었다. 그 즈음에 아버지는 새 일터를 찾아야 했다. 그것은 회사 오너가 판단할 몫이었다.

아다미에서 세 해 가까이 보낸 박태준은 문명의 혜택을 제외하더라도 아다미와 고향 갯마을의 차이점을 세 가지로 꼽을 수 있었다. 첫째는 고향에 선 구경조차 할 수 없었던 '밀감'이 흔하다, 둘째는 고향에선 '동래에 있다'는 소문으로만 들었지 한 번도 몸을 담가보지 못했던 '온천'을 쉽게 찾을 수 있다, 셋째는 고향에선 명절에나 맛볼 수 있었던 '두부'를 일용의 반찬으로 먹을 수 있다.

콩 생산량이 적은 고장에 두부 만드는 곳이 흔하다는, 이 어울릴 수 없는 상관관계를 푸는 열쇠는 멀리 '만주벌판'에서 찾아야 했다. 만주벌판에서 수확된 콩들이 무더기무더기 화물열차에 실려 한반도를 관통하고 부산 부두에 내려졌다가, 다시 부관연락 화물선에 옮겨져 현해탄을 건너고, 시모노세키에 부려진 뒤 아다미까지 팔려오는 것이었다. 식민지 아이에게 톡톡한 영양분이 되어준 두부는 일본의 만주침략과 뗄 수 없는 음식이었다.

최초의 나침반

박봉관의 새 일터는 나가노현 시나노강의 줄기인 치구마가와 수력발전소 건설현장이었다. 이제 그는 가형(家兄)과 멀리 헤어져야 했다. 박태준의 큰댁은 불원간 나가사키로 내려가게 되었다. 1936년 11월 초순, 박봉관은 아내와 아이들을 데리고 에치고산맥을 넘었다. 길쭉한 일본열도에서 가장 두터운 지대를 거의 가로지르는 천 리 길 이사였다.

박태준이 닿은 낯선 고장은 이야마. 겨울에 유난히 눈이 많은 조용한 산골의 소읍(小邑) 같은 마을이었다. 이야마는 일본 스키의 발상지로 겨울엔 토박이보다 도쿄에서 온 스키족(族)으로 더 북적거렸다.

박봉관은 설국(雪國) 같은 이야마의 겨울을 보내고 나서 이따금씩 장남에게 공부의 중요성을 이야기했다. 세 가지 점이었다. 중학교 진학을 생각하여 착실히 준비할 것을 각성시키고, 동생들의 본보기가 되도록 의젓하게 행동해야 한다는 책임감을 일깨우고, 일본에 사는 조선인 학생으로서 일본인 학생과 경쟁할 수 있는 유일한 수단은 '공부'밖에 없다는 사실을 강조하는 것.

아버지의 말씀은 아들의 머리에 새겨졌다. 장남의 책임감이란 인생의 무게도 서서히 느끼는 박태준 스스로도 각성을 거쳐 모종의 굳센 결심을 세우고 있었다. 일본에 건너와 몇 년을 지내는 동안 묘한 열등의식처럼 느껴왔던 '식민지 아이'라는 태생적 조건을 '지배자의 땅에 와 있는 피지배자의 처지'라고 뚜렷이 인식할 나이에 닿은 소년은 '공부든 운동이든 일본인 학생보다 앞서는 것'만이 자신의 굴레를 벗어날 거의 유일한 무기라는 사실을 깨달았다. 머잖아 그것을 자신의 인생에서 첫 번째 삶의 나침반으로 간직하게 되는 박태준은 또박또박 외듯이 생활의 구체적 목표를 정했다.

'공부를 잘해야 한다. 운동을 잘해야 한다. 일본인 학생들을 이겨야 한다.'

아무도 모르게 속으로 되뇌는 다짐은 성숙의 절기로 들어서는 소년에게 자기분발을 촉구하는 각성제가 되었다.

박태준의 가족이 이야마로 이주한 이듬해 여름(1937. 7.), 일본은 기어코 중일전쟁을 도발했다. 6년 전 만주사변처럼, 일본은 베이징을 비롯한 중국의 주요 거점들을 손쉽게 점령해나갔다. 그러나 중국 국민당과 공산당이 제2차 국공합작으로 강고한 항일전선을 형성했다. 일본은 애초 의도와 달리 장기전에 말려들었다.

아다미에 바다 냄새가 물씬했다면, 이야마는 산골 정취가 그득했다. 아다미에 두부가 흔했다면, 이야마는 달콤한 사과가 흔했다. 아다미에 도쿄의 그림자 같은 것이 어른거렸다면, 이야마는 대도시와 거의 단절된 분위기였다. 아이들의 교실에는 세상의 소문이 다양하지 못했다. 도쿄, 조선, 중국, 유럽, 그리고 미국에 어떤 사건이 일어나는지······.

몇 번의 계절이 특별한 사건 없이 똘똘한 조선인 아이의 몸을 통과했다. 아버지는 댐 건설현장에서 고달팠지만 아들은 학교에서 탈 없이 평화롭게 훌쩍 성장했다. 그리고 어느 틈엔가 새로운 세계로 진입할 기회가 다가와 있었다.

1939년 늦가을, 박태준은 5년제 중학교(현재 중·고교를 합친 과정)를 선택할 때를 맞았다. 일본에 건너온 뒤로 일곱 살을 더 먹었다. 아이의 허물을 완전히 벗었다. 정말 의젓한 소년이 되었다. 박태준은 이야마에 있는 이야마북중학교와 도쿄에 있는 야자부중학교를 놓고 갈림길에 선 행인처럼 갈등을 했다. 둘 중 어느 쪽을 택해도 좋은 자격을 갖춘 그의 마음은 슬며시 야자부 쪽으로 기울었다. 무엇보다 도쿄에 있다는 점이 호기심을 끌었다. 일본의 수도에서 일본인 학생들과 경쟁하면 실력을 높이고 견문을 넓히는 데 큰 도움이 될 것 같았다.

아버지도 장남의 진로 문제로 고심을 했다. 야자부중학교가 훨씬 더 좋은 학교라는 사실을 생각하면 미련 없이 아들을 도쿄로 보내야겠지만, 어린 나이에 너무 일찍 객지로 내보내는 것은 바람직하지 않다는 생각이 더 강했다.

박태준은 야자부중학교에 합격했으나 도쿄로 가지 않았다. 가족관계를 중시한 아버지의 결정을 따랐다. 그해 겨울, 그는 홀가분한 기분으로 스키 대회에 나갔다. 일본 스키의 발상지에서 네 번째 겨울을 맞는 소년은, 레이스는 말할 것 없고 활강과 점프도 만만찮은 실력이었다. 물론 거기에는 '일본인 친구들에게 지지 않겠다'는 의지도 담겨 있었다.

아다미에서의 수영, 이야마에서의 스키. 아주 다른 두 운동으로 튼튼한 체력의 기초를 다지는 박태준. 몸은 단순히 정신을 운반하는 도구가 아니다. 정신이 현장의 성취를 창조하는 과정에서 몸은 가장 중요한 도구다. 이 불가분의 관계를 볼 때 어린 소년의 체력 단련은 자신도 모르는 사이에 미래의 소중한 자산을 축적하는 일이었다.

소학교 졸업을 앞둔 무렵, 그는 머나먼 유럽대륙이 전쟁에 휘말리고 있다는 소문을 들었다. 1939년 9월 폴란드를 짓밟은 히틀러의 독일은 영국과 프랑스의 선전포고를 비웃듯 승승장구의 기세로 프랑스마저 간단히 집어삼켰다. 바야흐로 태평양 상공으로도 꿈틀꿈틀 전운이 몰려들었다. 미국은 일본에 철강수출 금지조치를 단행했다. 무기 생산에 차질을 주려는 결정이었다.

후지산의 지갑

1940년 새봄, 박태준은 이야마에서 중학교 교복을 입었다. 이야마북중학교. 일본에서도 손꼽히는 나가노현의 높은 교육수준과 교육열을 반영하듯, 나가노현의 이야마북중학교는 일찍이 1903년에 개교했다. 이 학교의 교목은 영광과 승리를 뜻하는 '월계수'였다. 4년 전 베를린올림픽 마라톤대회에서 우승한 손기정 선수의 머리를 빛낸 바로 그 장식과 관련된 나무

유도를 잘하고 하모니카 연주를 즐겼던 중학생 시절의 박태준

가 교목이라는 사실이 저절로 그의 주먹을 꽉 쥐게 만들었다.

'언젠가는 나도 세계 최고가 돼봤으면, 언젠가는 나도 월계관을 한 번 써봤으면……'

짧은 동안 세계 최고를 꿈꾸어본 소년은 무엇보다 새 학교의 교목이 가장 마음에 들었다. 그리고 중학생이 된 기념으로 유도를 시작했다.

키는 작은 편이어도 수영, 스키에 유도로 단련하는 박태준의 체격은 균형이 딱 잡혀 옹골차 보였다. 하지만 운동선수를 하겠다는 생각을 해본 적은 없었다. 중학교 2학년에 유도 2단에 오르는 그의 남다른 정열은 일본인 학생과 체력으로 겨뤄도 뒤지지 말아야 한다는 자신의 나침반에 순응하는 결실이었다. 그는 이따금 저음의 미성으로 노래를 부르거나 하모니카를 불었다. 사춘기 시절의 감상적인 낭만이었다.

일본이 파시즘 강대국 독일·이탈리아와 삼국동맹을 맺고 더 큰 침략을 위한 계책을 짜는 1940년, 파국으로 치닫는 세계 정세 속에서 이야마북중학교 1학년 박태준은 평생 잊을 수 없는 개인적 추억을 얻는다.

기말시험이 끝난 뒤 여름방학을 앞두고 박태준은 교내 수영대회에 1학년 대표선수로 출전하여 2학년 대표선수들과 경합을 벌였다. 소학교 2학년 때 '하쓰시마 원영대회'를 소화한 그의 몸에는 수영 실력이 배어 있었다. 종목은 평영. 평영에선 고개를 좌우로 돌리면 실격이나 벌칙을 당한다. 뜨거운 응원전 속에서 선수들은 젖 먹던 힘까지 짜내며 거리를 좁혀 나갔다. 간발의 차이로 박태준의 손이 맨 먼저 결승점을 건드렸다. 그러나 거친 숨을 몰아쉬는 그의 고막을 때린 것은 축하의 박수가 아니었다. 2학년 응원석에서 퍼붓는 야유의 아우성과 손가락질이 그의 젖은 얼굴로 쏟아졌다. 1학년 선수가 교묘하게 고개를 돌리는 반칙을 했다는 것. 우승을 차지한 1학년이 조선인이란 사실을 알아차린 심판은 급격히 마음이 흔들렸다. 응원석의 아우성과 손가락질은 자존심을 상하지 않으려는 집단적 대응이었다. 그것이 결국 우승자를 2등의 자리로 끌어내렸다.

박태준은 속이 끓었다. 그러나 참고 다스리는 수밖에 없었다. 참아야 한다고 생각하니, 더 속이 상했다. 그래서 생각을 바꾸기로 했다. 그들은 단순히 선배로서 체면이 구겨졌기에 시끄러웠을 뿐인데, 내 머리에 조선인이라는 피해의식이 박혀 있어서 조선인 차별로 느꼈는지 모른다……. 사춘기 소년은 이렇게 간신히 억울함과 서러움을 달래려 했다.

여름방학에 그는 교내 수영대회의 꺼림칙한 기억을 지울 수 있는 계기를 만든다. 사촌형 박태정과 함께 해발 3천776미터의 후지산 정복에 나섰다. 2박3일 일정으로 산행을 떠나는 그의 지갑은 두툼했다. 아버지의 특별 용돈, 오랜 세월을 아버지와 함께 일하며 허물없이 지내는 소메야 사장의 고액권 몇 장.

사촌형제는 후지산 정상에 올라 화구 구덩이를 내려다보며 만세를 불렀다. 박태준은 뭔가 큰일을 해낸 것 같은 듬직한 희열에 젖었다. 하산할 때는 내리막길을 달리기로 내려가자고 했다. 해발 1천900미터 지점부터 나무가 없는 후지산, 그 산의 자갈 섞인 모래비탈을 달리기로 완주한다면 남아 대장부로서의 체력을 공인받을 수 있다는 말을 언젠가 들은 적이 있었다. 발목을 삐거나 넘어지기 쉬운 모래비탈을 사촌형제는 가속을 받으며 달려 내려갔다. 완주하고 말겠다는 뾰족한 의식, 이것은 성장의 몸짓이었다. 일본에서 제일 높은 후지산을 정복한 김에 사내다운 체력까지 확인해보려는 소년 특유의.

문득 박태준이 멈춰섰다. 박태정이 숨을 헐떡이며 물었다.

"왜? 발목 삐었나?"

"발에 뭔가 걸렸어."

박태준이 지갑 하나를 집어 올렸다.

"빈 지갑 아닌가?"

"두툼한데."

지갑엔 지폐가 수북이 꽂혀 있었다.

"횡재했네."

"파출소 갖다주자."

"그게 좋겠다. 후지산 산신령이 착하다고 복 주겠다."

아우의 결정에 흔쾌히 동의한 형이 덤으로 덕담까지 얹었다. 뜻하지 않게 중간에 잠시 숨을 돌리긴 했으나 후지산 모래비탈을 완주한 사촌형제는 가까운 파출소에 들러 지갑을 맡겼다. 파출소 책임자는 지갑을 '공짜'로 받지 않았다. 분실물을 신고하는 이에 대한 포상 규정에 따라 지갑 속의 지폐 몇 장을 기분 좋게 내주었다.

"이걸로 먹고 싶은 거 다 사먹자."

"그래, 호강하게 생겼다."

사촌형제는 눈길이 이끄는 대로 군것질을 했다. '아이스케이크'는 마지막 순서에서 빼놓을 수 없는 것이었다.

대장부로서의 체력을 확인하고 이야마 집으로 돌아오는 열차 안에서 박태준은 '지갑'의 영상을 떠올렸다. 정직하게 파출소에 넘긴 것, 규정에 따라 보상을 받은 것, 그리고 지갑을 주운 행운. 그저 예사로운 일로 여겨지지 않았다. 즐겁기도 했지만, 삶의 보이지 않는 어떤 손길이 눈앞에 어른거리는 것 같았다. 귀가하는 동안은 그가 처음으로 정직과 규칙, 행운이란 추상적 가치에 대해 골똘히 사색하는 시간이었다.

'제철'과의 첫 만남

이야마북중학교에는 박태준을 알뜰히 살피는 교사가 있었다. 수학을 가르치는 사쿠라이였다. 총명하고 다부지게 생긴 조선인 학생의 수학적 재능을 발견하고 마치 후계자를 키우려는 양 따뜻한 관심과 애정을 아끼지 않았다. 교과서 문제보다 더 깊이 있는 수학 문제들을 제시하여 수학세계에 숨겨진 원리의 매력을 가르치려 했다. 그는 선생님의 그러한 배려가 전혀 부담스럽지 않았을 뿐더러 오히려 미로를 빠져나오는 게임을 하듯 흥미로웠다.

박태준이 중학교 2학년이 된 1941년 봄, 벚꽃이 만개한 절기에 일본 군국주의는 이른바 '대동아공영권' 건설의 야욕을 맹금의 날개처럼 펼쳤다. 4월에 일·소 불가침조약을 맺어 소련의 남하를 지연시킬 장치를 마련했으며, 6월에는 독일이 독·소 불가침조약(1939)을 파기하고 소련으로 침공해 들어가자 프랑스령 인도차이나 남부에 군대를 진주시켰다. 이는 미·일 관계를 일촉즉발로 악화시켰다. 미국은 즉각 재미(在美) 일본인의 자산을 동결하고 일본에 대한 석유 수출을 전면 금지했다.

미국의 압박에도 불구하고 일본은 이른바 대동아공영권을 깃발로 내걸고는 강렬한 유혹에 빠지듯 거침없이 개전(開戰)을 향해 달려가고 있었다. 8월에는 일단의 군국주의자들이 정치적 주도권을 장악한 데 이어 10월에는 드디어 주전파(主戰派)로 알려진 도조 히데키 내각이 등장했다. 이제는 노골적으로 미국과의 일전을 결행하자는 도조 내각의 자신감은 공군 전력과 해군 전력에 바탕을 두고 있었다. 1930년대 초반부터 중국대륙 일대에서 쌓아올린 일본의 공군 전력은 세계 최고 수준이었고, 한창 해군력 강화에 몰두하는 미국과 비교해도 함정 보유율이 그다지 뒤지지 않았다.

하버드대학 출신의 일본군 연합함대 사령관 야마모토 제독은 진주만 작전을 장기적인 방어전략으로 구상했다. 진주만을 기습 공격하여 미국 태평양함대의 기능을 무력화시키고, 그 공백기를 이용해 서둘러 동남아로 진격하여 강력한 방어벽을 구축한 다음, 1~2년 정도 소모전을 벌이는 가운데 미국·영국과의 협상을 통해 영토 분할의 우위를 차지하겠다는 것.

12월 8일, 일본 항공모함에서 발진한 첫 폭격기 편대가, 하와이 거주 일본인들이 사탕수수밭을 깎아 큼직하게 만들어둔 화살표를 따라 날아갔다. 30분 동안 193대 출격. 마침내 태평양전쟁은 터졌다.

진주만 공습의 성공에 대한 일본의 환호성은 그 폭격만큼 요란했으나 그 폭격만큼 짧은 축제였다. 장기전에서 인력 부족과 물자 빈곤이 패배의 징후로 대두되었다. 인력 부족은 곧 자국의 중학생에서 소년병을 발탁하고도 모자라 조선의 청년들을 전쟁터로 내몰았고, 물자 빈곤은 특히 무기를 만드는 '철'에서 두드러졌다. 일본의 전시동원체제는 철강 품귀를 극복하기 위해 안간힘을 짜내며 조선민중의 놋그릇과 놋수저까지 거둬갔다.

박태준이 중학교 2학년 가을학기에 들었을 때, 같은 학교 2학년 네댓 명이 '육군유년학교'로 뽑혀나갔다. 장차 '일본 육군사관학교'에 들어갈 똑똑한 소년들이었다. 3학년 때에는 동급생 여남은 명이 또 학교를 떠났다. 그들은 '소년 비행학교'나 '소년 전차학교'를 거쳐 조만간 전투기나 전차를 몰고 전쟁터로 나갈 것이라 했다. 이러한 학교의 상황을 박태준의 부모도 잘 알고 있어서 어떡하든 장남을 그런 곳에 보내지 말아야겠다는 각오를 세워야 했다.

일본이 철강 부족으로 허덕이는 시기에 박태준은 묘하게도 한 제철(製鐵) 현장으로 불려나갔다. 중학교 4학년 때였다. 총기 넘치는 조선인 학생은 육군유년학교와 소년병을 모면하고 근로봉사에 동원되었다. 그의 하루는 크게 네 토막으로 나누어졌다. 수업, 작업, 야간의 독학, 그리고 4시간 수면.

박태준은 '소결로'에 배치되었다. 이른 아침부터 점심시간까지 오전을 꼬박 바쳐야 했던 그 공장은 '일본소결철강주식회사'. '소결'이란 간단히 말해 인공철광석이다. 가루철광석은 녹이기가 까다로워 석회석과 함께 숯 형태로 만드는데, 이러한 인공철광석을 소결이라 하고, 이를 만드는 장치를 소결로라 부른다. 그러니까 일본소결철강주식회사는 일관제철소의 한 공정을 담당하는 소결로공장이었다.

박태준이 일하는 현장은 직경 3미터짜리 소결로 12개를 갖춘 공장이었다. 소결로 하나에는 숙련기능공 1명과 학생 2명이 붙었다. 그는 아직 철에 깊은 관심이 없었다. 철강사업으로 세계적 갑부가 되었다는 미국의 앤드루 카네기란 이름을 아는 정도였다. 하지만 소결로 작업은 흥미로웠다. 온도를 미지수로 놓으면 어떤 방정식이 성립되는가. 어떤 화학적 반응이 일어나는가. 이 순수하고 진지한 과학적 호기심은 날마다 반복되는 단순 작업의 염증을 예방해주는 한편으로 생산성 향상에도 적잖은 영향을 끼친 모양이어서 월간 생산량 우승자로 뽑히기도 했다.

"소결로에 소질이 많은 학생이야."

일본인 감독이 틈틈이 박태준을 칭찬했다. 하지만 그는 한 귀로 듣고 한 귀로 흘렸다. 진작부터 그에겐 명백한 목표가 서 있었다. 하루 4시간씩 자고 근면하게 공부해서 반드시 와세다대학 공과대학에 진학하겠다는 것. 근로봉사, 학교수업, 귀가, 독학, 4시간 수면. 중학교 4학년이 된 날부터 하루도 빠짐없이 자신의 시간표에 따라 규칙적으로 움직였다. 절대 한눈을 팔지 않았다. 카페를 기웃거리거나 여학생에게 집적거리는 동급생이 많았으나 와세다대학 공대로 진학하겠다는 꿈이 곁눈질 유혹을 단호히 막아주었다.

징병 피하기

중학교 5학년에 올랐다. 목표한 대학에 들어가느냐, 징병 대상자로 분류되느냐. 이 갈림길에서 어느 한쪽으로 결정될 1944년. 박태준이 일본으로 건너온 지도 어언 10년이 넘었다. 이해 늦봄부터 교사들은 학생 개개인의 진로 지도에 한층 깊은 관심을 기울였다. 어느 날 늦은 오후, 그는 학교에 근무하는 장교의 부름을 받았다.

칼날처럼 날카로운 눈매와 말씨를 뽐내는 장교는 만주 정복과 중국 침략에 참전한 인물이었다. 그의 무용담이 박태준은 정말 싫었다. 누런 군복에 칼까지 차고 교단에 올라선 황군 장교의 무용담은 늘 비슷하게 마무리되었다.

"이틀이나 사흘씩 휴가를 받으면 그 넓은 땅의 모든 것이 나의 것이었다."

잔뜩 거드름 바른 이 자랑에 이를 때마다 그는 으레 징그러워 보이는 오만한 미소를 머금었다.

'저 사람이 자랑하는 모든 것이란 남의 재산을 강탈해도 좋고 여자를 겁탈해도 좋다는 무한대의 야만적 정복욕을 말하는 것이구나.'

그의 말투와 웃음을 통해 박태준은 '모든 것'의 주요 내용물을 충분히 짐작할 수 있었다.

행복한 추억에 젖은 황군 장교의 결론은 늘 똑같았다.

"너희도 지금부터 제대로 훈련을 쌓아야 한다. 그래야 출전해서 승리할 수 있다. 승리하면 너희도 나와 똑같이 모든 것을 차지할 수 있다. 그런 보상이 부럽지 않으냐? 하루 빨리 황군에 들어가라. 가서, 싸우고, 이겨라. 그리고 맘껏 차지하라."

박태준이 부동자세로 바로 그 장교 앞에 섰다. 막 청년기에 접어들어 키가 160센티미터를 넘어선 그의 단단한 얼굴에선 까맣게 짙은 눈썹이 유난히 돋보였다.

"너는 육군사관학교에 들어가라."

장교가 다짜고짜 윽박질렀다. 박태준은 머리를 굴렸다.

"육군사관학교는 아버지가 허락하지 않습니다."

둘러댄 변명이 아니었다. 아버지는 장남을 천황의 총알받이로 내보낼 생각은 추호도 없었고, 박태준 자신도 천황 만세나 부르짖으며 황천으로 떨어질 생각은 터럭만큼도 없었다.

"육군사관학교는 천황 폐하의 가장 영예로운 황군이 되는 길이다."

박태준이 또박또박 둘러댔다.

"아버지는 제가 해군사관학교에 가겠다고 하면 허락하실 겁니다."

"뭐야? 이 자식, 너 지금 나를 놀리는 거야!"

벌떡 일어선 장교의 얼굴이 벌겋게 달았다. 장교가 분노할 만도 했다. 사실 박태준도 그를 골려주자고 덤빈 셈이었다. 조선인 학생이 해군사관학교에 들어가는 길은 원천적으로 봉쇄되어 있었다. 이유는 단순했다. 오랜 기간 배를 타고 해외로 나도는 훈련과정이 있기에 그 기회를 이용해 도망칠 가능성이 높다는 것. 이런 점을 장교가 모를 리 없었다.

박태준은 육군사관학교에 들어가라는 강요를 모면하려고 둘러대다 엎드려뻗쳐를 하고 매를 맞고도 모자라 한참 더 호된 벌을 받아야 했지만, 전황은 오래 전부터 일본의 돌이킬 수 없는 패배를 예고하고 있었다.

1943년 7월 미·영·중 삼국이 포츠담회담에서 일본의 무조건 항복을 권고한 선언은 단순히 심리전을 위한 홍보 선전의 재료가 아니었다. 그때 이미 일본은 야마모토 제독의 예견대로 물적 자원에서 딸리고 있었다. 인적 자원도 마찬가지였다. 조선인 징용과 징병을 늦출 수 없었다. 학병(학도지원병)도 끌어내야 했다. 이것은 박태준에게도 두려운 그물이었다.

1943년 10월 1일, 일본은 '대학생 징집연기 임시특례법'을 공포했다. 전문학교와 대학교 재학생들에게 일괄적으로 부여해준 징집연기 혜택을 대폭 축소하여, 앞으로는 이공계와 사범계 학생에게만 그 혜택을 준다는 법이었다. 부족한 병력조달과 전후복구사업에 필요한 인재보호를 동시에 감안한 정책적 결정이었다.

미국과의 전쟁에 오래 버티지 못할 징조를 속속 드러내는 1944년 늦가을, 박태준은 불안하고 초조하지 않을 수 없었다. 대학에 낙방하면 징병의 그물이 덮쳐올 것이고, 합격한다 해도 공대를 선택하지 않는다면 검은 사각모가 곧 누런 군모로 바뀔 것이었다. 더구나 그의 자존심은 세칭 일류 대학을 고집했다. 그는 막다른 골목으로 몰리고 있었다. 그 끝에 부닥치는 벽에 기어코 탈출의 구멍을 뚫어야 했다. 와세다대학 공대 합격, 이것만이 그의 유일한 비상구였다.

박태준은 하루 4시간씩 자는 엄격한 생활로 와세다대학에 들어갈 만반의 준비를 갖춰왔다. 그러나 심각한 장애물이 그의 앞길을 가로막았다. 일본 대학으로 진학하려는 조선인 학생에 대한 사상 검증이 강화되었다. 도쿄의 조선인 친일어용단체로부터 사상보증을 얻은 자에게만 지원 자격을 준다고 했다. 더구나 이공계와 사범계에서는 조선인 학생을 받지 않으려 했다.

조선에선 벌써 1943년 가을부터 학병징집 독려가 대대적 캠페인으로 전개되고 있었다. 전문학교와 대학교의 재학생·졸업생은 1943년 11월 20일까지 관할지 군사령관에게 지원서를 제출하고 1944년 1월 20일에 입영하라는 조선총독부의 명령이 떨어진 것이었다.

결과는 엄청났다. 1943년 10월 1일 공포된 특례법에 해당하는 조선인 학생 총 6천300여 명의 70%에 이르는 4천385명이 지원서를 제출했다. 물론 대다수의 지원서는 당사자의 의사와 상반된 강제 동원이었다. 실제로 4천385명 중 절반이 입영을 거부했고, 이들은 대개 은신생활에 들어가거나 노동자로 위장해 목숨을 지키려 했다.

1944년 1월 20일, 젊고 똑똑한 조선 인재들이 대거 일본군대에 끌려갔다. 뒷날에 '1·20동지회'를 탄생시킨 그 마(魔)의 날, 검은 교복을 벗고 누런 군복을 입어야 했던 인재들 중에는 미래의 대한민국에서 쟁쟁한 역할을 맡는 이도 많았다. 김수환 추기경, 외무부 장관을 역임한 이원경과 박동진, 대학 총장을 지낸 이재철과 조영식, 재계의 고상겸과 구태회……. 연희전문의 박병권도 있었다. 박병권은 청년 박태준이 해방조국으로 돌아와 인생의 길을 모색하는 과정에서 도움을 준다. 박병권처럼 학병에 끌려갔다가 해방조국의 창군시대를 이끄는 인재들도 적지 않았다. 최영희, 장도영, 김종오, 한신, 백석주…….

재일조선인 유학생이 학병의 그물을 피하는 길은 크게 두 갈래였다. 하나는, 급히 일본에서 도망치는 길. 여기서 시인 윤동주는 체포되어 1945년 2월 후쿠오카 감옥에서 생애를 마쳤다. 또 하나는, 합법적으로 일본에서 빠져나가는 길. 여기서 윤동주의 친구인 신학도 문익환은 일본인 신학교 교장을 설득하여 '전학 서류'를 쥐고 만주로 빠져나갔다. 아주 특별한 제3의 길도 있다. 학병으로 끌려 나갔다가 병영을 탈출하는 길. 여기에는 장준하가 있다. 그는 1950~60년대 한국 지식인의 거점이 된 《사상계》를 이끌었다.

학병으로 끌려간 유학생이든 용케 도망친 유학생이든, 그들은 모두 일본 사법상 야나가와 헤이스케의 "나는 히틀러 총통의 유태인에 대한 정책과 마찬가지로 불령선인(不逞鮮人 : 불온한 조선 사람. 일제강점기에 일본 제국주의자들이 자기네 말을 따르지 않는 조선 사람을 이르던 말)을 전부 어느 섬으로 격리하여 전원 거세시키는 방법이 좋다고 생각한다. 그렇게 한다면 불령선인은 없어질 것이고 앞으로도 나타나지 못할 것"이라는 발언에 몸서리쳤던 조선의 귀중한 젊은 인재들이었다.

그렇게 험악한 시기에 대학입시를 앞둔 박태준과 그의 아버지는 심각한 고민에 빠졌다. 이 난국을 헤쳐 나갈 묘안은 없는가. 박봉관은 괴로웠다. 장남이 와세다대학 공대에 들어가지 못한다면 불원간 군대로 끌려갈 것이다. 만약 그런 사태를 맞이한다면? 그건 일본에서 십 년 넘게 고생하며 차근차근 쌓아올린 공든 탑이 하루아침에 무너지는 일이었다.

"어떡하나……."

아버지의 한숨을 장남이 대범하게 받았다.

"그렇다고 육사를 갈 수는 없으니, 낙방하면 그때 다시 생각한다는 각오로 애초 계획대로 밀고 나갔으면 합니다."

"그깟 대학 낙방은 아무 문제도 아니다. 네 목숨이 문젠데……. 일본이 지는 건 틀림없는데, 어디 가서 손쓸 데도 없고."

박봉관은 가슴이 무너져 내릴 듯했다. 그의 답답한 속을 알아줄 일본인이 딱 한 명 있었다. 일본에 발을 들인 후부터 지금까지 한결같이 신의를 지키며 흉허물 없이 지내온 소메야 사장. 어느 날 저녁, 박봉관은 고급 정종을 들고 휘적휘적 하소연할 상대를 찾아갔다. 라디오를 틀어놓은 채 신문을 뒤적이던 주인이 절친한 손님을 반가이 맞았다.

"술까지 들고 오셨네."

"예, 워낙 답답한 일이 있어서요."

"그래요? 맺힌 것은 어서 풀어야지요."

두 사람은 술상에 마주 앉았다. 박봉관은 자기 장남이 맞이한 난관을 있는 그대로 솔직히 털어놓았다. 패전의 기색이 역력한 군대에 보내고 싶지 않다는, 아무한테도 함부로 꺼낼 수 없는 속내마저 모조리 뒤집었다.

"조선인 학생이 도쿄의 대학에 들어가자면, 그에 앞서 무슨 단체에 가서 사상검증까지 받아야 한답니다. 차라리 내가 나가서 거짓말 연기라도 한다면 몰라도, 아들에게 그런 정신적 상처까지 강요할 수야 없는 것 아닙니까?"

묵묵히 하소연을 들어준 소메야 사장이 잔을 비웠다.

"잘 알다시피 나도 태준이를 내 아들처럼 생각하고 그렇게 대해왔는데……. 쉬쉬하고 있지만 본토가 무차별 폭격을 당하는 상황에서 이제 나와 같은 세대는 패전 이후를 준비해야 합니다."

마치 조국의 임종을 지켜보는 것 같은 소메야 사장의 숨죽인 말에 박봉관은 숨을 졸였다.

"한 가지 물어봅시다."

"예."

"만약 내일 일본이 항복한다면, 어떻게 할 건가요?"

박봉관은 시선을 내렸다. 사람 좋은 지식인의 쓸쓸한 눈빛을 차마 고스란히 쳐다볼 수가 없었다.

"빠른 시일 안에 솔가하여 고향으로 돌아가겠습니다."

"만약 내일 일본이 항복하는데 태준이가 대학에 다니고 있다면, 태준이는 어떻게 할 건가요?"

"같이 데리고 가겠습니다."

"그 말 진심이오?"

"예."

박봉관은 시선을 바로잡았다.

"그렇다면, 당장의 문제는 태준이의 신변 안전과 와세다대학 합격이 최우선 아니오?"

"예, 그렇습니다."

"그러면 내가 하자는 대로 해요. 태준이를 내 양자로 잠시 보내놓으세요."

"예에?"

박봉관은 눈이 휘둥그레졌지만, 상대는 그저 침착했다.

"서류에만 양자로 보내놨다가 적당한 시기에 도로 찾아가는 겁니다. 혹시 그 전이라도 전쟁이 끝나서 조선으로 돌아가게 된다면, 그것으로 그만이고요. 지금 태준이를 와세다대학 공대로 보낼 수 있는 방법은 오직 이 길밖에 없어요. 그러니 번거롭더라도 잠시 내 밑으로 보내놓도록 합시다. 조선에서 하고 있는 창씨개명보다도 덜 번거로울 겁니다. 위장으로 양자를 보내는 거지요. 총명한 인재의 장래와 목숨이 걸린 문젠데, 우리의 오랜 우정을 보아서 내가 그 정도는 해야만 인간의 도리를 지키는 거라고 생각합니다."

박봉관은 벌떡 일어나서 큰절이라도 올리고 싶었다. 장남에게 진학의 길을 열어주고 징집의 그물을 피할 수 있게 해주는 은인의 무릎에 이마를 조아리고 싶었다. 점잖게 술잔을 드는 눈앞의 지식인이 선량한 조선인 혈육 같았다.

대공습의 기적

1945년 미국의 일본 본토 점령은 시간 문제였다. 일본인들이 공포에 질려 '삐상'이라 부르는 미군 B29 폭격기들이 수시로 적국의 대도시에 포탄을 퍼부었다. 일본열도에는 패망의 그림자가 두텁게 드리웠다. 그것은 와세다대학 신입생 숫자에도 고스란히 반영되었다. 1943년에 3천545명이었던 신입생이 이듬해는 거의 절반으로 줄어든 1천803명이었고 그 이듬해는 더 줄어서 1천686명에 불과했다.

1945년 2월 하순에 박태준은 군국주의의 심장이 팔딱팔딱 뛰는 도쿄로 거처를 옮겨갔다. 달포 남짓 미리 와서 도쿄 생활에 적응하려는 계획이었다. 도쿄 입성과 징집 연기를 한꺼번에 달성한 '위장 양자'는 학생이 많은 작은 아파트에 하숙을 잡았다. 와세다대학에서 가까운 동네로, 근처에 일본 육군 기갑훈련소가 있었다.

봄기운이 아물아물 살아나고 있어도 도쿄는 활력을 잃은 도시였다. 불안과 초조가 유령처럼 거리를 배회하고 있었다. 가끔씩 느닷없이 공습경보가 울리기도 했다. 일본은 모질게도 항복을 거부하고, 미국은 집요하게 포탄을 퍼부었다. 미국의 목표는 항복하지 않는 일본 전역을 초토화시키는 데 있는 것 같았다.

당시 전황에 대해 이런 기록이 남아 있다. 1944년 11월부터 1945년 8월까지 B29기 1만7천500대 출격, 폭탄 16만 톤 투하, 사망자 35만 명, 부상자 42만 명, 전소 가옥 221만 채, 재난자 920만 명. 미군은 1944년 11월 한 달 동안 도쿄 상공에서 10회에 걸쳐 정찰비행을 실시하다가 11월 24일 도쿄 대공습의 막을 올렸다. 그 뒤 악명을 길이 남긴 공습은 일곱 차례였다. 1945년 1월 27일, 2월 25일, 3월 10일, 4월 13일, 4월 15일, 5월 24일, 5월 26일. 도쿄가 아비규환의 불바다로 타오른 날들이다.

징집을 연기 받은 일본 대학생들의 정신에는 '그래도 내일을 위해 공부해야 한다'는 책임의식이 도덕의 촛불처럼 깜박였다. 그것은 일본 할머니들이 그들의 머릿속으로 옮겨준 불씨인지도 모른다. 공습과 대피를 일상으로 여기던 도쿄 생활에서 박태준은 평생 잊을 수 없는 놀라운 광경을 보았다.

공습경보가 숨 가쁘게 울린다. 남녀노소 모두 일손을 놓고 지정된 방공호로 뛰어든다. 이제 곧 미군의 포탄이 떨어지고 굉음이 지진처럼 지축을 흔들 것이다. 하지만 방공호 안은 질서가 정연해진다. 이 일에는 노인들, 특히 할머니들이 나선다.

"젊은이는 모두 안으로 들어가라. 위험한 곳은 우리가 막는다."

"왜 책을 들고 오지 않았느냐? 대피하러 올 때도 꼭 책을 들고 와야지."

"책을 가지고 온 젊은이는 모두 책을 펴고 공부해라."

어느새 방공호 입구에는 천막이 처지고 젊은이들이 모인 제일 안쪽엔 두 개의 촛불이 켜진다.

"우리가 진다는 것은 우리 모두가 알고 있다. 옥쇄(玉碎)의 각오로 임한다고는 하지만 패전은 시간문제다. 그렇다고 나라가 없어지고 국토가 없어지느냐? 앞으로 이 나라를 누가 재건해야 하느냐? 바로 너희 젊은이들이고, 특히 대학생들이 각계의 선두로 나서야 한다. 그러니 공부해야지, 왜 책을 멀리 하느냐.”

박태준은 죽음을 앞둔 할머니들의 준엄한 꾸짖음에 크게 감화를 받았다. 그들의 그런 가르침은 식민지 대학생의 가슴으로 들어와 새삼 조국에 대한 책임감을 일깨웠다.

‘그렇다. 나는 반드시 살아남아, 열심히 배운 지식으로 해방된 조국의 발전에 기여해야 한다.’

3월 초, 고향에서 그의 와세다대 합격을 축하하는 손님이 왔다. 외삼촌 김재성. 먹물 냄새를 풍기는 그의 말은 예사롭지 않았다. 이태 전 12월 부관연락선 곤고마루가 미군 기뢰(機雷)에 침몰되어 수많은 조선인이 수장된 사건과 미군의 일본 본토 공습을 들먹이며 “목숨 걸고 조카를 축하하러 왔다. 일본 형사처럼 맑스 레닌을 미워하는 미군 기뢰와 삐상은 조선 민중을 식별하지 못한다.” 했다. 박태준은 똑똑한 외삼촌이 사회주의자라는 것을 알아차렸다. 며칠 뒤 외삼촌은 시모노세키로 가는 열차에 올랐다. 꽃다발처럼 남긴 것은 “우리 장한 조카는 군대도 피하고 폭격도 피해서 끝까지 몸을 잘 간수해야 한다.” 하는 당부였다.

아마도 1945년 3월 10일 심야였을 것이다. 등화관제에 따라 잠자리에 들었던 박태준은 공습경보에 놀라 부리나케 방공호로 뛰어들었다. 초조한 시간이 20분 남짓 흘렀을까. 폭탄 터지는 굉음이 들려오기 시작했다. 이번에도 할머니들이 젊은 학생들을 안쪽으로 몰아넣었고, 그는 기도하듯 눈을 감고 있었다. 공습은 길었다. 3시간쯤 지난 다음에야 해제경보가 울렸다. 하지만 선뜻 밖으로 나서는 이가 없었다. 방공호 안에는 처참한 죽음과 파괴를 예감하는 공포의 침묵이 가득 찼다. 몇 사람이 침묵의 도가니를 빠져나갔다. 그들은 이내 털썩 주저앉았다. 폐허의 광장에 시체 타는 냄새와 화약 냄새가 저주의 혼령처럼 떠도는 참혹한 새벽이었다.

기록에 의하면 그날 2시간 40분 동안 B29기 334대가 소이탄 19만 발을 도쿄 시내에 융단 깔듯 떨어뜨렸다고 한다. 차라리 불길을 쏟아 붓는다고 해야 할 소이탄 공격, 이것은 특히 목조건물에 치명적이었다. 사나흘에 걸쳐 신사(神社) 마당이나 빈터로 옮겨놓은 시체만 7만2천439구. 검게 타서 부서지고 무너진 건물더미에 깔린 시신은 헤아릴 수도 없었다.

1945년 도쿄의 봄은 지옥의 계절이었다.

어쩌면 군국주의 일본이 한반도와 중국대륙을 비롯한 동남아 지역에서 저지른 죄악에 대해 미국이 이들 약소국을 대신하여 복수해준 것이었을까? 태평양전쟁 말기에 중학생 신분으로 오사카에서 미군 폭격을 경험했던 일본 작가 오다 마코토는 이렇게 술회했다.

메이지 혁명으로부터 1945년에 이르기까지 일본의 '전전(戰前)'의 근대사는 대범하게 말하면 '부국강병'으로 힘을 기른 일본이 조선 침략, 식민지지배를 시작으로 '죽이고, 태우고, 빼앗는' 역사를 아시아에 전개하여 많은 아시아인들을 괴롭힌 다음, 그것은 또 '대동아전쟁'이 말기로 접어들 무렵이지만, 아시아인들에게 지워진 고난이 전부 되돌아오는 모습으로, 이번에는 스스로가 '죽임을 당하고, 불태워지고, 빼앗기는' 경험을 갖는 역사였다.

『전쟁이냐 평화냐』

무자비한 미국의 대리 복수에 용케 다치지 않은 박태준은 폐허의 이른 아침에 통곡조차 잃은 사람들 곁에서 놀라운 광경을 목격했다. 희한하게도 자기가 거처하는 건물만 말짱했다. 무슨 이적(異蹟)을 보는 것 같았다. 문득 두 가닥의 서로 다른 생각이 스쳐 지나갔다. 아주 냉랭한 한 가닥은 '전쟁터로 끌려 나가지 않아도 살아남기가 쉽지 않겠구나.' 하는 섬뜩한 생각, 아주 따뜻한 한 가닥은 '내 앞날의 운이 나쁘진 않을 것 같구나. 내가 사는 아파트만 저렇게 말짱하게 남은 것을 보니.' 하는 막연한 안도감. 그리고 판단했다. 미국의 대공습은 일본의 패망이 임박했음을 알리는 뉴스와 같다고. 외삼촌의 당부도 새록새록 되살아났다. 어떡하든 군대에 끌

와세다대학 입학 무렵의 박태준

려가지 말고 몸도 다치지 말아야 한다는.

4월 2일, 박태준은 사각모를 썼다. 교문 앞 커다란 은행나무 아래에서 함께 공부하게 될 친구들과 나란히 사진을 찍었다. 집으로 보낼 '사각모 증명사진'도 찍었다. 입학식이 끝나고 이틀 만에 강의가 시작되었다. 그러나 분위기는 어수선했다. 일본인 대학생들의 표정에는 안도감 같기도 하고 미안함 같기도 한 기운이 어른거렸다.

5월에는 독일의 항복 소식과 더불어 히틀러가 자살했다는 소문이 떠돌았다. 그는 캠퍼스에서 감지할 수 있었다. 일본보다 더 강대하다고 여겨온 독일의 항복 소식이 일본인 대학생들 사이에 이심전심 충격의 파문으로 번져나가는 것을.

날씨가 더워졌다. 도쿄 시민들이 짧은 옷으로 갈아입은 한낮이었다. 박태준은 히비야공원에서 '야스오카 강연회'가 열린다는 소식을 들었다. 야스오카의 명성은 어렴풋이 알고 있었다. 양명학(陽明學)과 중국 고전을 두루 통달하고 영어에도 능통하며 좌파를 제외한 일본사회에서 널리 존경받는다는 인물.

황궁과 가까운, 햇볕이 따갑게 내리쬐는 히비야공원. 일본 최초의 서구식 공원에는 남녀노소 많은 군중이 모였다. 박태준은 앞쪽으로 나가 연단 위의 키 작은 사내가 외치는 소리를 귀에 담았다. 야스오카는 강연에서 '패전'이란 단어를 쓰진 않았지만 전후 일본을 이끌어나갈 지도자의 덕목에 초점을 맞추었다.

"나라를 이끌어나가는 리더십이 갖춰야 하는 제일의 덕목은 사욕을 비우는 것입니다. 사욕을 비우는 것이 가장 어렵고 가장 중요합니다. 사욕을 비우지 못한 지도자는 자신의 지식과 비전을 자신의 행동과 일치시킬 수 없습니다."

사사로운 욕망을 비우는 것이 지도자가 되려는 사람의 첫째 조건이다. 이 말이 박태준의 가슴에 공명을 일으켰다. 강연이 끝나자 청중은 감동적인 영화를 감상하고 극장을 나서는 관객 같은 표정으로 뿔뿔이 흩어졌다.

거리는 무더웠으나 그는 사뿐사뿐 가벼운 걸음을 옮겼다. 뭔가 굉장히 큰 깨우침을 얻은 기분이었다.

하늘을 우러러보다

1945년 7월 하순, 박태준은 몇몇 동급생들과 함께 뒤늦게 도쿄를 떠났다. 소개령에 따르는 피란이었다. 전쟁을 개시한 즈음엔 687만 명을 헤아렸던 도쿄 인구가, 해를 거듭할수록 피란민이 급증하고 사망자가 속출하여 어느덧 250만 명에도 못 미쳤다. 시골로 떠나가는 도쿄 시민의 행렬은 끊이지 않았고 학교들도 자꾸만 시골로 들어갔다.

박태준은 도쿄 북동 방향으로 400리쯤 떨어진 산골로 옮겨갔다. 군마현 아가쓰마군 가와라유. 에치고산맥 남쪽 끄트머리에 위치한, 비쭉비쭉 치솟은 산이 사방을 에워싸는 조그만 마을. 산 아래로 철길이 지나가긴 해도 B29기가 이곳을 찾아내기란 좀처럼 쉽지 않을 터. 인근에 온천이 흔하고 마을 한복판으로 아가쓰마가와라는 깊은 골짜기가 흐르고 있었다.

미군 공습을 피해온 박태준이 젊음의 한때를 부려놓은 군마현은 그 수려한 산세의 정기로써 정계의 거물을 길러낸 듯, 전후의 20세기 후반기에 일본 수상을 셋이나 배출한다. 후쿠다, 나카소네, 그리고 오부치. 이들 선후배는 뒷날에 한결같이 박태준과 각별하고 돈독한 우의를 맺는다.

먹고사는 사정이 빈곤하다는 점, 젊은 남자가 보이지 않는다는 점, 참호파기에 동원된다는 점. 이 세 가지만 뺄 수 있다면 전쟁의 참극과 혼란으로부터 멀리 떨어진, 요양생활을 지내기에 딱 좋을 마을에서 박태준의 피란생활은 따분하다면 따분한 나날이었다. 단지 확실한 희망이 있다면, 조만간 틀림없이 일본이 항복하게 된다는 엄연한 현실적 조건이었다. 물론 라디오는 '옥쇄'의 민심을 조장하기 위해 군국주의적 애국심을 자극하는 소식을 자주 떠들었다. 어느 곳의 누가 할복자살을 했다, 마지막으로 '천황폐하 만세'를 부른 그의 유언은 이렇다, 이런 종류였다. 하지만 그런 소식이야말로 일본의 항복이 눈앞에 다가왔음을 알리는 절규의 몸부림 같았다.

8월 6일이었다. 박태준은 무더위와 씨름하며 참호를 파고 있었다. 11시가 조금 지났을 때였다. 옆에서 삽질하고 있던 일본인 대학생이 다가왔다.

"오늘 아침 히로시마에 삐상이 신형폭탄을 떨어뜨렸는데, 히로시마 전체가 사라져버렸다고 해."

박태준은 삽을 놓았다. 덜 판 구덩이에서 회오리바람이 올라오는 것 같았다.

미군 B29기가 히로시마에 떨어뜨린 신형폭탄. 히로시마에 투하된 원자폭탄, 전쟁의 버릇을 고치지 못하는 인간에게 '인간의 과학'이 내린 20세기 가장 참혹한 저주는 그렇게 박태준의 고막을 건드렸다. 그때로서는 '핵폭탄'의 참상을 상상할 수조차 없었지만, 그는 뭔지 몰라도 일본이 항복할 수밖에 없는 끔찍한 사태가 벌어진 모양이구나 하고 짐작했다. 그로부터 한 달이 지나지 않아 육안으로 직접 목격하게 되는 히로시마……

1945년 8월 6일. 히로시마 시내는 아침 7시부터 분주히 돌아갔다. 도시 방위대책의 하나로 진행되는 건물 강제철거 작업을 위해 의용대원과 학생들이 모여들었다. 고작 한 시간 뒤에 벌어질 미증유의 참극사태를 짐작했더라면 아무도 아침부터 땀을 빼는 일에 나서지 않았을 것이다.

미군 티니안 기지를 떠난 기상관측기 두 대와 에놀라 게이(Enola Gay)라는 B29기 한 대가 히로시마 동북 방향에서 시내로 접근하자, 공습경보 사이렌이 긴박하게 울렸다. 정확히 8시 15분. 고도 9천600미터 상공에서 투하된 폭탄이 45초 만에 히로시마 상공에서 섬광을 일으켰다. 어마어마한 버섯 모양의 구름덩어리가 솟아오르고 긴 침묵의 시간이 흘렀다. 그 '긴' 침묵의 시간은 너무 많은 사람을 죽이고 수많은 물체를 잿더미로 바꾼 대재앙을 초래한 시간으로서는 '찰나보다 짧은' 시간이었다. 그나마 살아남은 자들이 '찰나보다 짧았던 침묵'이 남긴 떼죽음의 통계를 남겼다. 34만 3천여 시민 중에서 한순간에 행방불명되거나 사망한 사람이 7만8천여 명, 방사능에 노출되거나 화상 후유증으로 5년 동안 차례차례 죽어간 사람이

24만여 명.

원자폭탄을 탑재한 B29기에 자기 어머니의 이름 '에놀라 게이'를 선사한 조종사 폴 티페츠. 전대미문의 살인마 이름을 붙여야 할 자리에 자기 어머니의 이름을 끌어댄 그는 이렇게 증언했다.

눈을 찌르는 듯한 빛이 비행기 안에 가득 찼다. 우리는 히로시마 방향을 바라보았다. 그곳은 부글부글 끓어오르며 번져가는 거대한 버섯처럼 무시무시한 구름에 휩싸여 있었다. 그 구름은 얼마 지나지 않아 공깃돌만 한 빗방울의 먹물 같은 검은 비로 변해 히로시마 대지에 죽음의 병마를 뿌렸고……

히로시마 참상에 대한 풍문은 군마현 산골마을에도 공포의 안개처럼 퍼졌다. 그것은 사흘이 지나도록 걷힐 줄 몰랐다. 8월 9일이 밝아왔다. 일본은 아직 항복선언을 망설이고 있었다. 항복선언을 하지 않았으므로 '옥쇄의 구덩이'를 파는 작업은 아침부터 진행되어야 했다. 이날 오후에 다시 박태준을 경악케 하는 비보가 떠돌았다. 나가사키에 또 '신형폭탄'이 떨어졌다고 했다.

나가사키엔 박태준의 큰집이 있었다. 그는 눈을 감았다. 큰집 식구들의 얼굴이 하나하나 떠올랐다. 히로시마에 대한 풍문으로 봐서는 아무래도 모두가 순식간에 처참한 몰골로 절명했을 것 같았다.

나가사키. 1571년 개항한 이래 외국과의 교역이 빈번하여 이국적이란 딱지가 붙은 도시는 항구와 언덕으로 이루어져 있다. '오란다 사카(네덜란드 언덕길)'라는 돌계단이 유명하다. 나가사키 사람들은 네덜란드를 '오란다'라 부른다. 푸치니의 오페라 〈나비부인〉의 무대가 된 도시, 리아스식 해안으로 이루어진 비취빛 푸른 도시, 동서양의 문물이 잘 어우러진 동양의 나폴리. 이 아름다운 도시에는 불행히도 미쓰비시의 조선소와 병기제작소가 있었다. 진주만 공습에 동원된 전함과 무기를 만들고 어뢰의 80%를 생산하는 이 아름다운 도시가 미군에게는 건방져 보였을 것이다. 미국의 무자비한 복수는 원자폭탄 투하였다.

8월 15일. 박태준은 산골 온천마을의 라디오 앞에 앉아 어서 정오가 되기를 기다렸다. 중대 발표가 있다고 했는데, 틀림없이 천황의 항복선언일 거란 예감에 가슴이 터질 듯했다. 정오 시보가 울렸다. 과연 라디오엔 천황이 나와 있었다. 히로히토가 떨리는 목소리로 '무조건 항복'을 선언했다. 그는 자신의 신민(臣民)에게 "견딜 수 없는 바를 견디고 참을 수 없는 바를 참아가자." 했지만, 박태준이 견딜 수 없고 참을 수 없는 것은 가슴 밑바닥으로부터 북받쳐 오르는 감격이었다. 일본인의 땅, 일본인의 집에 머물고 있어서 차마 날뛸 수 없는 감격이 견딜 수 없고 참을 수 없는 눈물로 흘러내렸다.

그는 조용히 마당으로 나섰다. 햇볕이 내리쬐고 있었다. 하늘을 우러러보았다. 원자폭탄 두 개가 내려왔다는 허공에서 눈부신 햇빛만 쏟아졌다. 바로 그 시각, 그의 고향 마을에선 그것을 '되찾은 빛'이란 뜻으로 '광복'이라 했다.

히로시마를 지나 나가사키로 가다

박태준은 도쿄로 돌아왔다. 중학교 다니는 동생이 합류했다. 떠나던 날보다 더 파괴된 도쿄. 그러나 지난 3월 대공습 후 그가 새벽에 보았던 기적은 여전히 유효했다. 그의 짐을 보관한 작은 아파트는 말짱했다. 공습을 무사히 견딘 주인 할머니도 다친 데가 없었다. 젊은이에게 끊임없는 공부를 강조하던 정 많은 할머니가 눈물을 비쳤다.

"일본은 항복했지만, 조선에겐 잘됐어."

박태준은 입을 다물었다.

"이제 떠나는 거지?"

"예, 우선 부모님 계신 곳으로 가야겠습니다."

"무탈해야 할 텐데."

"걱정해주셔서 감사합니다."

"방에 들어가 봐."

"예."

오랜만에 자신의 체취가 묻은 방으로 들어선 박태준은 깜짝 놀랐다. 한 무더기의 선물이 기다리고 있었다. 게살통조림과 과자들. 전시배급품으로 나온 음식을 할머니가 보관해둔 것이었다. 형제는 침부터 삼켰다. 밥풀 숫자를 헤아릴 정도로 형편없는 밥에다 반찬이라곤 된장국밖에 없는 식생활을 감내해왔던 것이다. 파티를 생각했다. 종전, 일본항복, 조선해방을 한꺼번에 기념하는 파티를.

박태준은 동생을 데리고 이야마로 돌아갔다. 가족은 모두 무사히 잘 있었다. 그러나 부모의 표정이 어두웠다. 나가사키의 큰집 소식을 몰라서 애태우는 중이었다. 만 18세 청년이 오랜만에 장남 도리에 나서야 했다.

그는 짐 하나 없이 경비만 챙겨 역으로 나갔다. 4천 리나 떨어진 나가사키까지 며칠이 걸릴지 몰라도 큰댁의 생사를 알아내야 했다. 한반도, 만주, 중국, 동남아 등지를 침략한 황군들이 허약한 패배자의 몰골로 줄줄이 귀환하는 때라 열차는 몹시 북적댔다. 하지만 나가사키 행을 포기할 수 없었다.

패배 탓인지 열차마저 맥이 빠져 있었다. 상처 입은 짐승처럼 느림보였다. 낮과 밤을 꼬박 달리고 다시 한 나절을 더 달렸다. 열차가 들어선 곳은 히로시마였다. 승객들이 웅성웅성 고개를 뺐다.

"신형폭탄이 어쨌다는 거야?"

한 사내의 무심한 말에 박태준은 차창 밖으로 시선을 쏘았다. 거기, 거의 그대로 있었다. 풍문으로만 들었던 끔찍한 참상이.

엿가락처럼 휘어진 레일이 아직 땅바닥에 버려져 있었다. 건물이란 건물은 시커먼 흉물이었다. 부러진 나무들이 새까맣게 그을었다.

기괴한 죽음의 땅에 멀쩡해 보이는 트럭 두 대가 멈춰서 있었다. 박태준은 보았다. 마스크로 입을 가린 인부들이 트럭 꽁무니에 붙어 느릿느릿 삽질하는 모습을.

"여름에 마스크를 한 저 사람들은 뭘 하고 있나?"

"시체야. 신형폭탄이 태워버린 사람들 시체를 트럭에 싣고 있어."

그의 뒤통수에서 오간 대화였다.

새까만 시신들을 큰 삽으로 트럭에 싣고 있는 히로시마 역두. 그는 그만 질려서 돌아가는 열차로 갈아타고 싶었다. 나가사키에 가면 큰집 식구들이 저렇게 처참히 버려져 있을 것만 같았다.

"오, 하느님."

큰집 동네에 이른 박태준은 외마디 소리부터 질렀다. 비명이 아니었다. 기쁨의 탄성이었다.

큰집 식구들은 나가사키에서 무사했다. 원폭이 투하된 날에도 나가사키에 있었지만 사람도 집도 마당의 나무도 모두 살아 있었다.

히로시마보다 나가사키에 더 위력적인 원폭이 투하되었지만 피해 규모는 나가사키가 오히려 더 적었다. 그것은 지형과 날씨 덕분이었다. 히로시마는 평탄한 델타지대이지만, 나가사키는 산으로 둘러싸인 데다 구릉이 많다. 원폭이 떨어진 날 히로시마는 악천후여서 투하 직후 거대한 폭풍우가 일어나고 방사능이 땅속으로 깊이 침잠했지만, 나가사키는 쾌청하여 방사능이 대기 속으로 빠르게 산화할 수 있었고 폭발의 위력이 대부분 바다 쪽으로 퍼졌다.

이런 절묘한 사정 속에서 정말 운 좋게도 박태준의 큰집은 구릉 뒤편에 자리해 있었다. 사망 7만3천여 명, 부상 7만6천여 명, 건물 전소 1만3천여 채, 건물 대파 5천여 채, 불에 타버린 땅 203만 평. 창졸간 일어난 이 연옥의 대재앙 속에서도 눈썹 하나 다치지 않고 화를 모면한 큰집은 일본에 그냥 남는 쪽으로 가닥을 잡았다. 그러나 사상적 혼돈이 얽혀 있었다. 부모와 장남이 우파적이라면, 장녀는 좌파적이었다. 박태준은 큰집에서 하룻밤을 묵고 다시 길을 나섰다. 안도감을 푸짐히 쌓은 그의 머리에는 사회주의 지하운동에 투신했던 경험을 자랑하는 젊은 여성의 모습도 고이 담겼다.

박봉관은 형이 일본에 남기로 했다는 소식을 듣고 지체 없이 귀향 보따리를 꾸렸다. 박태준은 아버지의 선택을 따랐다. 대학은 학적만 그대로 두고 도쿄를 떠났다. 1933년 가을 어머니의 손을 잡고 부관연락선에 올랐던 아이가 꼬박 12년 만에 청년으로 변신하여 현해탄을 건너 귀향 뱃길에 올랐다.

귀향, 귀국. 이 설레는 단어 앞에서 박태준은 찬찬히 자아를 성찰해보았다. 이내 허전한 구석이 느껴졌다. 모국어를 어느 정도는 익힌 나이에 일본으로 들어왔지만 고향의 또래들에 비할 수 없게 너무 많은 모국어 어휘를 까먹었다는 사실, 바로 그 문제였다. 하지만 한숨을 쉬진 않았다. 한 달만 바치면 얼마든지 조국의 청년과 같은 수준으로 모국어를 구사할 수 있을 듯했다.

더군다나 그는 자신이 미처 의식하지 못한 몇 가지 재산을 간직하고 있었다. 수학과 과학 지식, 완벽하게 구사하는 일본어와 체득한 일본문화, 청소년기를 벗어나는 시기에 찾아온 조국해방과 순수한 처녀지처럼 간직한 민족의식, 그리고 누런 군복도 피하고 융단폭격에도 손끝 하나 다치지 않고 건강하게 잘 지켜낸 몸.

건장한 신체의 만 18세 청년, 그의 내면에 순수하게 고인 민족의식이 해방조국을 향한 애국심으로 전화된다면, 자기도 모르게 쌓은 그 재산들은 대한민국 건국시대의 어느 자리에서 매우 유용하게 쓰일 수 있을 것이다.

1945 | 1953

사선을 넘나드는 청년장교

길을 찾는 청년

눈부신 백사장, 찬란한 쪽빛 바다, 맑고 정겨운 내, 올망졸망한 초가집
들…… . 동해안의 최남단 임랑리 갯마을은 박태준의 머리에 희미하게 남
은 12년 전 모습을 고스란히 간직하고 있었다. 항공모함, 전함, 어뢰, 폭격
기, 소결로, 제철공장, 병기공장…… . 그가 일본에서 질리도록 들어야 했
던 근대의 모습을 고향에선 찾아볼 수 없었다. 아직 전기도 상수도도 없
고, 배라곤 조그만 목선이 전부였다. 다만 사립문 곁 곰솔 두 그루만이 눈
에 띄게 달라졌다. 자신이 아이에서 청년으로 성장한 것처럼, 일본에서 흔
히 보았던 전봇대만큼이나 성장해 있었다. 겨우 그것이 유일하게 달라진
모습이었다.

그랬다. 세계정세가 급변하는 1945년 가을에도 그의 고향은 '문명의 오
지'로 남아 있었다. '20세기의 중세'에 머물러 있었다. 그러나 해방공간은
격변의 계절이었다. 박태준은 아직 제대로 몰랐지만 조선 민중이 만세 부
른 그 손으로 흙을 다시 만져야 하는 여름, 한반도는 20세기 후반 세계 냉
전체제가 일으킬 정치적 갈등·대결·상처의 백화점으로 변신하기 위한 준
비를 거의 마치는 중이었다. 훨씬 뒷날에 햇빛을 받는 미국 문서보관소의
한 자료에는 그때의 '우스개 같은 일화'마저 마련돼 있었다. 해방 직후 조
선 사람들을 경악시킬 만한 엄청난 이야기가.

1945년 8월 10일 자정 무렵, 그러니까 나가사키에 B29기가 원자폭탄을
떨어뜨린 다음날, 미국 국무·전쟁·해군 군정위원회의 존 머클로이는 딘
러스크 대령과 찰스 본스틸 대령에게 "옆방에서 조선을 두 개로 분할할 지
점을 찾아라." 하는 지시를 내렸다. 주어진 시간은 30분. 두 대령은 지도
를 펼쳐놓고 초등학생이 숙제하는 기분으로 간단히 38선에 금을 그었다.
이 즉흥적인 결정에서 유일한 고려사항은 수도 서울을 미군이 점령할 남
쪽에 포함시키는 것뿐이었다.

두 백인 대령의 장난 같은 분할선이 '38선'이란 신생어를 만든 1945년
가을, 남과 북은 저마다 분단 확정을 향한 큰 걸음을 내딛는다. 서울의 이

승만은 미군 하지 장군이 지켜주는 자리에서 '반공'을 외치고, 평양의 김일성은 소련군 장성과 관리들이 지켜주는 자리에서 '항일투쟁의 영웅'으로 등극한다.

1948년 2월 유엔한국임시위원회 단장으로 서울에 와서 처음 얼마 동안은 한반도의 분단 확정에 반대하는 인도인 크리슈나 메논이 "신이 합한 것을 사람이 나눌 수 없다."라는 말을 남기게 되지만, 해방을 맞은 한반도의 운명은 신도 말릴 수 없는, 신의 힘보다 더 강력한 물리력을 소유한 미국·소련의 타협점이란 억센 손아귀에 찢겨 둘로 갈라질 지경이었다.

1945년 겨울이 다가오고 있었다. 임랑리의 헐벗은 뒷산에 드문드문 박힌 떡갈나무들이 낙엽을 뿌렸다. 듬성듬성 버티고 선 소나무들은 퍼렇게 추위를 타는 듯했다.

'무엇을 할 것인가?'

박태준은 길게 한숨을 쉬었다. 어느덧 모국어를 자유로이 구사하는 청년이었지만, 혼돈과 분열에 빠진 해방조국은 그에게 마땅한 일거리를 내주지 못했다. 정치계로 나가겠다는 야심은 터럭만큼도 없었다. 만약 그런 야심을 품었다면, 정치적 지도자를 찾아가 큰절을 올리고 문하생 노릇에서 시작한다는 각오로 잔심부름부터 맡아도 좋은 때였다. 민족과 국토의 분단을 잉태한 해방공간은 정치적 비극의 무대였고, 웬만한 실력과 재빠른 눈치를 갖춘 젊은이라면 정치로 발을 뻗어 입신의 기회를 포착할 수 있는 시절이었다.

그해 11월 하순 창군(創軍)에 관한 일편 소식이 박태준의 귀를 건드렸다. 미군정이 한국군 창설에 필요한 기간요원을 양성할 목적으로 군사 경력이 있는 한국인 200명을 선발해 '군사영어학교'를 개교한다는 것. 그러나 그는 별 관심이 끌리지 않았다. 만약 중학교에서 만났던 그 일본군 장교의 강권에 따라 일본 육사를 택했더라면 적극 기웃거렸을지 몰라도.

군사영어학교는 12월 5일 문을 열었다. 한국 젊은이 110명이 짧은 기간 동안 미국식 군사훈련을 거쳐 최초의 한국군 장교로 태어났다. 저마다의 경력을 참작하여, 계급은 소령에서 대령까지였다. 혜성처럼 나타났지만, 머지않아 그들을 주축으로 '국방경비대'라는 한국군대가 조직된다.

해방 첫해가 뉘엿뉘엿 저물어가는 12월 하순, 박태준은 두 가지 계획을 세웠다. 와세다대학에서 맛만 보고 덮어버린 기계공학을 조국에서 계속 공부할 수 있는 길을 찾는다, 이게 안 된다면 소질을 살릴 수 있는 일자리를 구한다.

곧바로 그는 발품을 팔기로 했다. 느려터진 열차에 몸을 싣고 서울로 올라갔다. 맨 먼저 경성대학을 찾았다. 하지만 자신과 상담해줄 교수를 만날 수 없었다. 중학교 교사로 있는 대학 선배 몇 명을 만났다. 역시 그들에게도 뾰족한 방책은 없었다. 그냥 돌아서기가 아쉬워 경성공업전문학교에도 들렀다. 낙엽이 뒹구는 교정에는 좀처럼 사람이 보이지 않았다. 강의실은 텅 비어 있었다. 그럴 수밖에 없는 형편이었다. 일제가 1924년 의학부와 법학부로 설립한 경성제국대학은 1938년에야 이공학부를 만들었다. 해방 직후 1945년 9월, 미군정의 하지 사령관이 교명을 '경성대학'으로 바꾸고 군목(軍牧) 앤스테드를 총장으로 임명했다. 군정청 학무국이 '국립 서울대학교 설립에 관한 법령'을 공포한 때는 1946년 8월 22일이다. 서울과 그 부근의 각종 관립 고등교육기관을 경성대학에 병합시켜 대규모 종합대학을 세우겠다는 계획인데, 여러 좌익 세력들이 똘똘 뭉쳐서 '국대안(國大案)' 반대투쟁을 극렬한 파괴적 양상으로 몰아가게 되고……. 해방공간에는 경성대학 재건마저 예외 없이 이념충돌의 혼돈에 빠졌다.

아무런 소득도 올리지 못한 박태준은 해방조국의 수도에서 크리스마스를 맞았다. 아직은 그의 신앙과 무관한 날, 길을 찾는 청년은 울적했다. 행방의 가닥부터 잡아야 했다. 수학문제의 해답을 적듯 정리했다. 며칠 더 머물면서 일자리로 눈을 돌려보고 그래도 몸 놓을 자리가 띄지 않으면 일단 미련 없이 고향으로 내려간다, 고향 가서도 답답해지면 다시 일본으로 건너가 학업을 계속할 방도를 강구해본다.

그는 이틀을 더 돌아다녔다. 헛걸음이었다. 그런데 사태가 벌어졌다. 세

밑의 서울 거리로 시위인파가 몰려나왔다. 1945년 12월 27일 모스크바협정 – 한국에서는 '모스크바 3상회의'라는 이름으로 알려짐 – 에 신탁통치안이 포함되었다는 것. 결정문 제1항은 멋있는 문구로 보였다.

조선을 독립국으로 부흥시키고 조선이 민주주의 원칙 위에서 발전하게 하며 장시간에 걸친 일본 통치의 악독한 결과를 쾌속히 청산할 제 조건을 창조할 목적으로 조선민주주의 임시정부가 창건되는데, 임시정부는 조선의 산업·운수·농촌경제 및 조선인민의 민족문화 발전을 위하여 모든 필요한 방책을 강구할 것이다.

그러나 3항을 보면 5년 이내 기한으로 4개국이 조선에 대해 후견한다고 명시돼 있다. 이것은 곧 지난 36년 동안 망가질 대로 망가진 민족적 자존심을 다시 한 번 짓밟겠다는 선언이었다. 남한사회에는 새해 벽두부터 극단적 좌우대결의 장이 열렸다.

박헌영, 여운형, 김규식, 김구, 이승만 등이 신탁통치 찬반의 무정부적 투쟁으로 치달아가는 1946년 봄, 박태준은 다시 현해탄을 건넜다. 체질적으로 빈둥빈둥 세월만 까먹는 걸 싫어하는 청년은 어쨌든 학업이나 마치고 보아야겠다는 생각에 기대를 걸었다. 그러나 패배의 수도 도쿄는 고통에 빠져 있었다. 무질서, 무력감, 그리고 폐허. 파괴된 캠퍼스도 마찬가지였다. 강의가 제대로 진행되지 않았다. 이념적 집회로 아침을 열고 저녁을 맞았다.

교포 학생들은 사회주의나 공산주의를 지지하는 경향이 두드러졌다. 일본을 접수한 미국의 제일 목표는 군국주의의 뿌리까지 제거하는 것이었으므로 미군정은 일본의 좌익세력을 적절히 이용하려 했다. 당시 도쿄는 지하에 있던 사회주의자나 공산주의자가 지상으로 나와 맘껏 햇볕을 쬐는 도시였다. 태평양전쟁 막바지에 중학교를 겨우 졸업한 박태준. 그때는 아직 미숙한 나이였고 한적한 산골에서 지냈기에 특별히 이념적 세례를 받을 기회가 없었다. 하지만 어느덧 세상의 문리가 트이기 시작하고 이념에 대해서도 생각해보게 되었다. 완전한 평등사회, 그게 과연 가능할 것인가? 이러한 자문에 그는 고개를 갸웃거릴 수밖에 없었다. 고향에서 외삼촌과도 토의해봤지만, 긍정이 되지 않은 명제였고, 불가능한 이상향 같았다. 이러한 회의(懷疑)는 도쿄를 다시 찾은 박태준을 좌파적 이념 세례로부터 먼 쪽으로 이끌었다. 그는 전공 공부를 제대로 하고 싶었다. 그 방면의 실력을 쌓아 해방조국으로 돌아갈 계획이었다.

패배의 수도에서 학구의 길을 갈구하는 이 청년은 일본의 무서운 면모를 목격했다. 쓰레기더미 같은 데서 쓸 만한 목재를 골라내 임시로 지은 판잣집들. 전쟁터에서 살아 돌아온 사내들은 죽은 듯이 집안에 엎드려 있지만, 여성들은 집을 짓고 길을 닦고 하수도를 고치고 치안 문제까지 협의한다. 우울해하거나 짜증내지도 않고 밝고 힘차게 남편을 격려하며 집안을 꾸려나갔다.

미군들이 여자를 겁탈한다는 소문이 나돌더니, 어느새 유곽의 여자들이 조직적으로 미군을 상대하겠다며 나섰다.

"우리가 일본 처녀들과 부인들의 정절을 지켜주자. 우리는 기왕에 불행해진 처지 아닌가. 몸을 바쳐 나라를 도울 수만 있다면 목숨도 아깝지 않다."

이렇게 서로를 격려해가면서 조합을 이루고 조합장들이 결속하여 조합원의 정신교육까지 맡고 있었다.

"여러분은 미국 군인을 상대한 값으로 생필품이 아니라 반드시 군표(미국군인 전용화폐)를 받아야 한다. 지금 당장은 생필품이 급선무지만 우리나라는 재기할 돈이 더 필요하다. 나라가 있어야 우리 개인도 존재한다. 우리가 미국 제품에 반해서 미제 화장품 같은 걸 계속해서 쓴다면 우리나라 공장은 영영 일어서지 못한다. 우리 모두 철저하게 군표를 받아서 공장 짓는 일에 참여하자. 여러분은 윤락여성이 아니다. 여러분은 애국자다."

화장을 요란하게 하거나 물건을 탐내는 천한 윤락녀를 볼 수 없었다는 것이 일본에 진주했던 미군들의 후일담으로 남았다. 박태준은 등골이 오싹했다. 무서운 민족 같았다. 그는 사회공동체의 번영을 추구하는 일본인의 구심점도 발견했다. 감수성 예민한 시기에 책에서는 배울 수 없는 공부였다. 완전한 평등사회는 불가능한 꿈이지만, 국가의 구심점과 사회의 가치관이 바로 서기만 하면 사회공동체의 공동번영을 추구할 수 있는 길이 보이는 것 같았다.

박태준이 체험하고 목격한 패전의 도쿄 모습은 그때 일본사회의 주류적 분위기였다. 패전 직후 미군정이 지배하는 일본사회의 분위기는 정복자뿐만 아니라 일본을 아는 서양인들을 당황스럽고 놀라게 만드는 것이었다. 미국의 인류학자 루스 베네딕트는 당대의 명저(名著)로 남은『국화와 칼』에서 그때 일본사회를 이렇게 묘사했다.

전쟁에 패한 유럽인은 어느 나라에서나 무리를 지어 저항운동을 계속했다. 소수의 완강한 저항자를 제외하고 일본은 미국 점령군에게 불복종운동을 하거나 저항운동을 할 필요를 인정하지 않았다. 전쟁 초기부터 미국인은 혼자서 만원열차를 타고 일본 오지를 여행해도 위험을 느끼지 않았으며, 이제까지 국가주의에 굳어져 있던 관리들에게 정중한 환대를 받기도 했다. 아직까지 복수가 이루어진 일은 한 번도 없었다.

루스 베네딕트가 그 책에서 말했듯, 대다수 서양인이 전쟁에 대해서는 승리 아니면 패배밖에 모를 것이고 패전에 대해서는 필사적인 폭력으로 집요하게 복수해야 하는 모욕으로 받아들일 것이라고 생각했던 일본인은 그러나 그들의 예상과는 전혀 딴판으로 집요하게 복수를 감행하기는커녕 한 번도 복수를 일으키지 않았다. 점령군조차 놀라게 한 그 폐허 위의 평화에 대해, 1996년 노벨문학상을 수상한 일본 작가 오에 겐자부로는 '일본 평화헌법 수호'를 위한 어느 강연에서 자신이 열두 살이었던 패전 직후의 기억을 회고한 적이 있다.

일본인이 역사에서 경험한 최대의 곤경과 궁지에서도 (중략) 내 주위의 어른들은 어떻게든 살아남아 사회를 부흥시키려는 활력을 잃지 않았습니다. 그리고 새로운 국가의 민주주의와 평화주의의 질서를 만들어내기를 바라고 있었습니다. 그것이 전후 일본의 국민감정이었습니다. 그런 기분을 가진 사람 또는 사람들이 같은 기분을 공유하고 있는 일본인 동포에게 쓴 것이 바로 헌법과 교육기본법입니다.

'국권의 발동에 의거한 전쟁 및 무력에 의한 위협 또는 무력의 행사는 국제 분쟁을 해결하는 수단으로서는 영구히 이를 포기한다'라는 헌법 9조를 제정하고 '개인의 존엄을 존중하고 진리와 평화를 희구하는 인간의 육성을 기하는' 교육기본법을 창안하며 새로운 국가를 도모하려는 일본사회. 그러나 박태준에게 1946년의 도쿄는 학구열을 채울 수 없는 패전의 수도에 불과했다. 거기서 몇 번의 계절을 보낸 그는 더 이상 머무를 필요가 없다는 결론을 내렸다. 다시 고향으로 돌아가기로 했다. 일자리가 있든 없든, 공부할 자리가 있든 없든, 이번엔 조국에서 결판내기로 했다.

와세다대학 기계공학과 2학년에서 학업을 중단한 그가 부산 부두에 내렸을 즈음, 남한은 수렁에 빠져 허우적대고 있었다. 수렁에 빠진 사회, 이는 남한의 총체적 실상이었다. 인플레 격화, 생활 파탄, 부정·부패 만연, 치안 난맥, 정부재정의 막대한 적자, 끊임없는 사회불안. 이런 것들이 나날의 주요 뉴스였고, 그것은 그대로 빈곤한 민중의 일상을 옭아맸다.

남한을 근대국가로 세우기 위한 미군정의 마스터플랜과 로드맵은 엉성했지만, 근대국가의 모양새를 갖추기 위한 노력은 그나마 여러 방면에서 추진되었다. 그런 맥락에서 국방경비대를 창설하고 창군의 서까래를 키울 남조선경비사관학교도 설립했다.

1947년 년 이른 봄, 임랑리에는 미역수확이 한창이었다. 거칠고 맑은 바다의 암초에서 자라난 싱싱한 미역들, 한반도에서 가장 유명한 '기장미역'이 궁핍한 마을을 다소 풍요로운 색채로 꾸며주는 절기였다. 그러나 이 고장에도 이념적 갈등은 상존했다. 김두봉, 김약수 같은 좌파의 거두를 배출한 곳에서 좌익세력은 미약하지 않았다. 박태준의 어머니도 무거운 근심을 안고 있었다. 남동생 때문이었다. 조카 박태준의 와세다대학 입학을 축하하기 위해 미군의 기뢰와 폭격을 두려워하지 않고 도쿄까지 달려왔던 김재성, 어느덧 그는 인근지역에서 주목받는 좌익 인물이었다.

박태준은 고향에 그리 오래 머물지 않았다. 한 집안의 장남은 예술가 지망생이 아니었다. 파도소리와 쪽빛 바다, 수평선에 아낌없이 감성을 바치는 청년은 아니었다. 그렇다고 정치 지망생은 더욱 아니었다. 다만 생의 터전을 마련하자니 고향의 논밭이나 미역바위에 등을 돌려야 하는 청년이었다.

그는 전공과 소질을 살릴 일자리를 찾아 남한 수도권을 두루 돌아다녔다. 그러나 이번에도 헛걸음이었다. 1945년 겨울에 그를 받아줄 대학이 없었던 것처럼, 이번에는 그가 붙잡을 일터가 없었다. 기계공학에 인생을 걸겠다는 젊은이의 소망을 풀어줄 공장 하나 없는 남한의 딱한 현실은 식민지산업정책과 관련이 깊었다. 일본은 공출을 목적으로 농토가 넓은 남쪽에는 식량증산을 독려하였고, 산악이 많고 대륙과 가까운 북쪽에는 병기생산과 직결되는 중공업공장을 배치하였다. 청년 박태준이 일할 만한 공장들은 38선 이북 지역에서나 가동되고 있었다.

실의에 빠진 그에게 귀가 번쩍 띄는 소문이 들려왔다. 인천에 '조선기계'라는 공장이 남아 있다는 것. 그는 무지개를 향하는 아이처럼 인천으로 달려갔다. 조선기계는 들뜬 청년을 기다리고 있었다. 그러나 사람의 그림자도 얼씬거리지 않았다. 뜯겨진 기계나 낡아빠진 설비는 고철로 팔려나가면 딱 알맞아 보였다. 그는 쓸모없이 버려진 식민지 유산 앞에서 한숨을 내쉬었다.

허탈하게 인천을 떠나는 박태준은 문득 교단에 서 있는 자신의 모습을 그려보았다. 그러한 상상은 강렬한 유혹이었다.

'진명여고의 신응균 선배, 이화여고의 김창규 선배처럼 나도 교사가 된

다면? 그래, 수학을 가르치면 유능한 교사가 될 수 있을 거야.'

그는 당장이라도 두 선배를 찾아갈 것처럼 안달을 부렸다. 하지만 사도(師徒)의 길에 평생을 바칠 자신감이 생기지 않았다. 인격과 실력을 아낌없이 바쳐야 하는 교직에 임시방편으로 덤벼드는 것은 스스로 용납할 수 없었다. 젊지만 그의 몸에는 사도에 대한 동양적 가치관이 배어 있었다. 국민총동원령을 내린 전시체제의 일본이 왜 '사범계' 대학을 끝까지 존중했는가, 이 점을 그는 잘 알고 있었다.

이제 어디로 갈 것인가? 오라는 곳 없는 청년이 방황을 접으려면 일단 고향으로 돌아가야 했다.

통밀밥

청년 박태준은 1947년 가을과 겨울을 고향집에서 났다. 농사를 거들면서 틈틈이 책을 읽는 조용한 칩거생활이었다.

봄이 돌아왔다. 그는 직시했다. 설익은 것이나마 공학도로서 지식을 펼쳐놓을 자리가 없는 현실을. 그는 깨달았다. 어디든 시대적 책임의식을 가지고 덤벼야 한다는 것을. 어느덧 그의 시선에는 분단의 초읽기에 들어선 신생독립국가의 초췌한 몰골이 제법 객관적으로 드러나 보였다. 허겁지겁 창군에 몰두하는 모습도 보였다. 그는 처음으로 자신의 체력과 능력을 군대라는 조직에 견줘보았다. 딱히 모자라는 부분은 없었다. 군인의 길로 나가는 것도 건국시대의 청년에겐 매력적인 선택일 것 같았다.

오랜만에 박태준은 부산을 다녀왔다. 국방경비대에 관한 정보를 수합했다. 병사들 중에서 사관학교 후보생을 발탁한다는 소문이 있었다. 이것이 박태준을 자극했다. 그는 더 머뭇거리지 않기로 했다. 짧은 외출 후, 아버지를 만났다.

"아버지, 군인이 되기로 했습니다. 국방경비대에 입대하겠습니다."

맏이가 불쑥 내놓은 뜻밖의 선언에 아버지는 못마땅한 반응부터 보였다.

"징병을 면하자고 임시방편으로 위장 양자까지 보냈는데……."

"건국에는 반드시 건군(建軍)이 있어야 합니다. 훈련만 받으면 사관학교에 들어갈 수도 있다고 하니 우선 그렇게 시작하겠습니다. 무슨 일이든 조국에서 뜻 깊은 일을 하고 싶습니다."

"최종 선택이야 본인이 해야지. 하긴 너의 소질을 살려나갈 마땅한 자리도 안 보이니……. 몸이나 상하지 않게 조심해라."

그는 친구들에게도 심경을 털어놨다. 그들은 아버지보다 더 노골적으로 반대했다.

"기계공학도하고 군인이 어울리겠나? 이왕 늦은 거, 더 기다려봐라. 나라의 모양새가 더 갖춰지면, 그때는 자리가 생길 거다. 군인은 너 아니어도 할 사람이 많잖아? 전쟁터에 나갔던 사람들도 많이 돌아와 있고."

"아니야, 나는 더 고민하지 않겠어."

그동안 품었던 학업 지속과 전공 살릴 구직에 대한 미련을 그는 싹둑 잘라버렸다.

만 21세. 박태준은 부모에게 하직하고 거의 출가하는 심정으로 머리를 깎았다. 조국 간성(干城)의 길로 고정한 청년의 나침반이 안내한 새로운 길의 첫 관문은 부산 국방경비대 정문이었다. 훌륭한 장교가 되겠다는 야무진 포부를 품었다. 마침 시대적 조건은 갖추어져 있었다. 미군정은 남한 단독정부 수립을 추진하면서 한국군대의 장교 양성을 시급한 당면 과제로 삼아 남조선경비사관학교를 통해 꾸준히 '속성 장교'를 배출하고 있었다.

남조선경비사관학교는 1946년 5월 1일 태릉에서 1기생 80명으로 문을 열었다. 이 학교는 일본군이 쓰던 산기슭의 적산건물 두 채에서 꾀죄죄하게 출발하지만 대한민국 건국과 더불어 육군사관학교로 거듭난다.

"우리는 장차 수립될 조국과 정부에 충성을 다한다."

신생 조국의 건아들은 우렁차게 애국선서를 했다. 그러나 메아리가 없었다. 사관학교 개교식이 세상에 알려지지도 않았다.

남조선경비사관학교 6기생은 국방경비대 각 연대의 하사관과 사병 중에서 선발했다. 1948년 5월 6일 총 277명 입교, 경쟁률 4 대 1. 국어, 국사, 영어, 수학, 논문 등 필기고사와 구두시험, 신체검사를 거쳤다. 해방 후 우리나라에서 처음 군대생활을 시작한 그들은 자칭 '메이드 인 코리아'라 했다. 신병 기초훈련은 생략하고 석 달짜리 단기 사관교육을 받고 임관된다.

부산경비대 연병장의 박태준을 사관학교 6기로 추천한 장교는 박병권이었다. 학병으로 끌려 나갔다가 창군시절부터 육군에 투신하여 뒷날 육사교장과 국방장관을 거치는 그가 박태준을 특별한 훈련병으로 보았던 것이다.

7월 28일 소위 계급장을 받은 '메이드 인 코리아' 초급장교 박태준. 태릉 생활 중에서 기억에 남는 것은 몸서리나는 '통밀밥'이다. 통밀을 쪄서 밥이랍시고 내놓았으니, 그게 소화될 리 만무했다. 변소는 아예 대충 삶긴 밀 창고였다. 통밀밥은 생도들의 영양실조를 불렀다. 도중에 생도 20명 정도는 빌빌거린다는 이유로 내쫓기기도 했다. 6기생 교육의 하이라이트는 졸업을 앞두고 실시되는, 실전을 방불케 하는 공격·방어훈련을 병행한 1주간 행군과 숙영이었다. 7월 하순의 무더위 속에 완전무장을 하고 젖 먹던 힘까지 쏟아내는 고역이었으니, 제때 급식을 받지 못해 끼니를 거른 후보생의 상당수가 교문에 들어서자 졸도해 쓰러지는 소동도 벌어졌다.

배가 고파서 지옥훈련으로 변질된 임관기념 훈련. 그러나 박태준은 낙오하지도 쓰러지지도 않았다. 수영과 스키와 유도로 단련되고 일찍이 중학교 1학년 여름에 후지산 꼭대기를 밟았던 튼튼한 체력이었다. 하지만 거의 날마다 반복된 통밀밥 설사에 몸의 저항력은 급격히 떨어져 있었다.

박정희와 만나다

나라의 빈곤을 상징하는 통밀밥을 억지로 먹여대는 태릉 골짜기. 그곳에 강렬한 인상을 남긴 한 교관이 있었다. 그로부터 십여 년이 흐른 어느 날, 육군본부 인사처리과장 자리를 지키는 박태준 대령의 어깨를 툭 건드려 깜짝 놀라게 만드는 그 교관의 이름은 박정희.

2개 중대 8개 구대로 편성된 6기생 생도대. 제1중대장은 박정희 대위였고, 제2중대장은 강창선 대위였다. 박태준 생도는 2중대 소속이었다. 박정희 대위는 2중대 강의도 맡았다. 박태준 생도가 박정희 대위와 인상 깊게 마주친 것은 탄도학 첫 시간이었다.

강의실에 들어서는 박정희 교관을 쳐다본 순간, 박태준은 싸늘한 새벽 공기가 앞문으로 불어 닥치는 느낌을 받았다. 그것은 신선한 긴장감으로 돌아났다. 그는 자신도 모르게 자세를 빳빳이 고쳐 앉았다. 깐깐하게 생긴 교관의 작은 체구는 온통 강한 의지로 똘똘 뭉쳐진 것 같았다. 강의실 공기가 삽시간에 팽팽해졌다. 목소리도 카랑카랑했다.

탄도학은 대다수 생도들에게 버거운 과목이었다. 탄도궤적 계산법에는 해석기하학, 미분, 삼각함수 등 각종 수학 원리가 포함되기 때문이다. 강의 중간에 박정희가 어려운 문제를 칠판에 적었다.

"어느 생도가 나와서 풀어보겠나?"

아무도 선뜻 손을 들지 않았다.

"자원이 없으면 지명해야지."

강의실을 탐조등처럼 훑어나가던 교관의 시선이 박태준 생도의 동공에 딱 머물렀다. 수학에 남다른 재능을 보였던 박태준에게 그것은 벅찬 문제가 아니었다. 문제를 술술 풀어내자 교관의 차가운 얼굴에 살짝 미소가 피었다. 무언의 칭찬 같았다.

그날 점심시간이 끝날 무렵이었다. 박태준은 복도에서 박정희와 스치듯 지나쳤다. 생도가 거수경례를 붙였다.

"탄도학 문제를 푼 생도로군."

교관이 미소를 지었다. 이번엔 눈웃음도 곁들였다.

박정희는 내무반 사열도 했다. 박태준에겐 그의 그 시간도 특별했다. 박정희가 나타나면 별안간 어떤 기운이 꿈틀대는 것을 느낄 수 있었다. 번번이 그랬다. 비범하고 속이 꽉 찬 사람 같았다. 박정희가 박태준의 영혼을 건드린 것이었다.

박정희와 박태준, 이들은 그렇게 허술한 교정의 허술한 강의실에서 우연히 만났다. 그 인연의 끈으로 두 사람은 1950년대 막바지부터 한 사람이 먼저 생을 마치는 날까지 20여 년간 불가분의 관계를 형성해간다. 그리고 선배가 먼저 떠난 뒤에도 후배는 언제나 그것을 붙잡고 있게 되는데…….

박정희가 주역으로 등장하는 1961년 5월부터의 무대에 이르러 자세히 들여다보겠지만, 박정희와 박태준의 오랜 불가분의 관계를 통틀어 관찰할 때 매우 특이한 점이 있다. 오늘날에 보편적으로 '박정희의 영예'로 평가되는 공적의 자리에서는 박태준의 영예도 함께 빛나지만, '박정희의 음영'으로 평가되는 과오의 자리에서는 박태준의 모습을 발견할 수 없다는 사실이다. 이러한 진귀한 귀결은 박정희와 박태준의 관계를 살피는 가장 흥미로운 관점이다. 그 관계를 규명해 나가면서 박태준이 역사에 기여한 실증을 밝히는 작업은, 자본주의체제를 갖추는 대한민국 건국시대의 근대화 무대를 지나치게 정치운동사 중심으로 조명하고 해석해온 기존의 편견과 왜곡을 바로잡는 역할도 할 것이다.

박태준 소위의 운

통밀밥 설사를 가난한 나라의 어쩔 수 없는 쓰라린 추억으로, 비범해 보이는 박정희 교관을 즐거운 기억으로 간직하고 태릉을 떠난 박태준 소위. 그는 1948년 8월 10일 제1여단 제1연대로 배치되었고, 6기생 전원은 닷새 뒤 8월 15일에 열린 이승만 초대 대통령 취임식에 나가서 식장을 돋보이게 했다. 태릉에 석 달간 있었고 석 달만 더 있었다면 전쟁에 나가기도 전에 영양실조로 죽었을 것이라고 '노인 박태준'은 회고하게 되지만, 그날 그 자리의 '메이드 인 코리아' 신임 소위들은 통밀밥이나 먹였던 홀대에 대해 뒤늦게 사과를 받는 기분이었다.

누구의 인생이든 '운'이란 것이 있다. '운이 좋다'는 말을 크게 확대하면

'천시(天時)가 맞다'는 뜻도 된다. 개인이든 집단이든 운이 어긋나면 성공에 이를 수 없다. 물론 이런 단정은 운명론자로 오해받을 수 있다. 이 책의 주인공도 엄정한 과학성과 확고한 신념, 성실한 노력을 가장 확실한 성공의 요인으로 꼽으며 운명론을 무책임의 전형으로 비판하는 사람이다. 그러나 군인의 길은 운이라는 부적이 지켜줘야 한다. 그것이 액을 막아줘야 자기 능력을 맘껏 발휘할 수 있다. 전쟁의 역사에 고명(高名)을 남긴 지휘관들은 '99%의 실력을 갖췄더라도 1%의 운이 어긋나면 승리할 수 없다'라는 말을 결코 부인하지 않았다.

초급장교 시절의 박태준은 스스로 의식한 적은 없었지만 운이 따른 인물이었다. 최소한 운이 나쁘진 않았다.

갓 임관된 소위 박태준이 1연대 2대대에 배속되어 서울 용산에 근무하면서 전라남도 남해안으로 내려가지 않은 것은 운이 좋은 쪽으로 작용한 경우다. 1948년 여수·순천사건 때 진압부대의 초급지휘관으로 내려갔던 육사 6기생 소위 10명이 전사했고, 사건이 일어난 14연대에서는 6기생 출신의 소·중대장 7명이 피살되었다. 여수·순천사건에 이어 몰아친 숙군 회오리에서 6기생 전체 임관자의 10%가 넘는 25명이 좌익 관련 혐의로 파면되었다. 그때의 숙군 회오리는 장교 박정희의 군복을 벗기기도 했다.

햇병아리 장교 박태준이 토벌군 소대장이나 중대장으로 여수·순천사건 현장에 투입되었더라면, 또는 1연대가 아니라 14연대에 배속되었더라면, 과연 그는 목숨을 건질 수 있었을까? 박정희 교관의 남다른 면모를 존경해 온 그에게 그때 벌써 지척에서 박정희를 스승으로 모실 기회가 있었다면, 과연 이 맑은 청년장교는 스승의 자장(磁場) 안에서 숙군의 회오리를 무사히 넘길 수 있었을까? 1948년 가을의 박태준 소위는 여수·순천으로부터 아득히 먼 거리에 있었으며 장교 박정희와 만나기는커녕 단 한 번 시선을 마주칠 기회조차 없었다.

1949년 1월 수도여단으로 배속된 박태준은 3월에 중위로 진급했다. 이때 그는 통밀밥 설사의 후유증을 앓는다. 적십자병원에서 늑막염이란 진단을 받았다. 제대로 치료할 약이 없었다. 의사는 가끔씩 주사로 옆구리의 물만 빼내었다. 어쩌다 약이라는 것이 투여되기도 했지만 도무지 효험이 없었다. 병세는 좀처럼 호전의 낌새를 보이지 않았다. 그는 이대로 병상에서 죽을지도 모른다는 불안을 느꼈다. 1945년 3월 미군 도쿄대공습 때 그가 거처하는 건물만 말짱하게 남겨줬던 그런 운까지는 아니더라도, 어떠한 운이 지켜줘야만 일어설 수 있을 것 같았다. 유·소년기에 일본에서 갈고 닦은 체력은 그 어떠한 운도 놓치지 않을 만했다.

먼 남녘 갯마을에서 아버지가 올라왔다. 병가를 얻은 박태준은 아버지의 등에 업혀 병원을 나섰다. 청년장교를 등에 업은 아버지가 단호히 말했다.

"야 인마, 내가 너를 일본군대에 안 보내려고 위장 양자도 보냈는데, 여기서 죽어? 그건 절대로 안 돼. 내 목숨하고 바꾸면 바꾸지. 걱정 마라. 내가 살린다."

아들은 눈물이 핑 돌았다.

부모는 아들의 병을 못 먹어서 생긴 것이라고 판단했다. 늑막염이 '골탕병'이란 민간의 믿음을 의심하지 않았다. 골탕병, 이건 '영양실조'의 한국 민간학명이었다.

박태준의 고향집 굴뚝에선 날마다 보약 끓는 연기가 피어올랐다. 닭과 지네를 함께 넣어 삶고, 옥수수수염과 인진쑥을 함께 넣어 끓였다. 그걸 먹고 환자는 달포 만에 툭툭 털고 일어났다.

애치슨라인과 포천 막걸리

박태준이 근무지로 복귀했을 때 서울에선 미군 철수가 공공연히 거론되고 있었다. 한반도 운명이 참담한 방향으로 움직여가는 전조였다. 머지않아 그의 청춘을 소모하게 될 참극의 격랑. 미국을 비롯한 서방세계는 '한국전쟁'으로, 남한은 '6·25사변'으로, 북한은 '해방전쟁'으로 부르는 동족상잔 전쟁.

전후(戰後) 냉전체제를 구상하는 미국과 소련의 세계 전략에 따라 분단된 한반도. 이는 미국이 한국에 반공적 방파제를 구축하려는 것이라고 미국 학자 브루스 커밍스는 밝혔다. '반공적 방파제'와 '미군 철수'는 자가당착이었다. 미군이 빠진 한국군대는 너무 볼품없는 반공적 방파제였다. 그럼에도 미군은 떠났다. 조지프 굴든은 여기서 미국의 국내사정을 지적했다. 전후 미군은 철저한 긴축에 돌입해 있었고, 트루먼 대통령은 외국에 주둔하는 미군을 가정으로 돌려보내라는 국민의 아우성을 무시할 수 없었다. 남편과 아버지를 학수고대하는 아내와 아이들은 간절한 마음을 알리기 위해 의원들에게 어린이 신발을 무더기로 보내기도 했다.

'철저한 긴축'을 내세운 미 육군성은 한국에 미군을 주둔시킬 예산을 1949년 이후로는 편성하지 않았다. 미 국가안보회의는 1949년 6월 30일을 미군 철수 마감 기한으로 못 박았다. 4만5천여 미군이 썰물처럼 한국을 빠져나가고, 군사고문단으로 장교 472명과 소수 사병들만 남았다. 더구나 미군은 탱크, 비행기, 중형 군함 등을 한국에 남기지 않았다. 당시 도쿄에 있던 맥아더 사령관의 지령이었다. 한국군대는 침략에 대해 '명목상의 저항'만 할 수 있어야 한다고. 그래서 한국군대는 북한에게 명백한 위협이 되지 않는 범위 내에서 조직되어야 했다. 여기엔 '북진통일'을 외쳐대는 한국의 늙은 대통령의 허장성세도 크게 작용했다. 트루먼도 맥아더도 이승만에게 '위험한 장난감'을 맡기고 싶지 않았다. 제2차 세계대전의 탱크부대 지휘관 출신으로, 퇴역 직전의 잔여 근무기간을 한국에서 한가로이 보내고 있던 주한 미 군사고문단장 윌리엄 로버츠 준장은 한국 지형에는 탱크전이 맞지 않는다고 맞장구쳤다.

38선 인접지역에서 미군이 철수한 자리를 한국군이 메워야 했다. 그것은 박태준을 예외로 두지 않았다. 1949년 12월, 대위로 진급한 그는 7사단 1연대 2대대 소속으로 서울 북부 경기도 포천에 배치됐다. 소총과 경포로 무장한 부대에는 장제스 군대에서 중대장을 지냈다는, 사냥을 좋아하는 대대장이 있었다. 5중대장 박태준은 상관의 취미 덕분에 생애 처음으로 가끔은 '꿩 샤브샤브' 요리를 맛보며 소문으로만 들어온 포천 이동막걸리를 거나하게 마시곤 했다. 하지만 긴장은 늘 도사리고 있었다. 박태준의 부대는 미군이 철수한 자리에 미군의 보잘것없는 무기를 인계받아 주둔해 있었고, 가끔씩 38선에선 인민군과 국지적 무력충돌이 벌어지곤 했다. 6·25전쟁의 알려지지 않은 이야기를 파헤친 조지프 굴든의 표현에 따르면, 닥쳐올 '고래 싸움에 새우등 터질 날'에 대한 짤막한 예고편이었다.

'고래'는 거대한 미국과 소련을, '새우'는 분단된 조그만 신생독립국 대한민국을 비유한다. 전쟁과 개인의 관계도 고래 싸움과 새우등의 관계로 비유할 수 있다. 한국군이 강철처럼 단단한 애국심과 용기로 무장할지라도, 전쟁터의 개개인은 고래 싸움에 휘말린 새우에 지나지 않는다.

연대는 3개 대대 12개 중대로 구성되었다. 이들 병력은 어쩌면 고래의 커다란 아가리로 단숨에 빨려들 새우 떼거리였다. 박태준은 5중대를 철저히 관리하면서 국제뉴스에 촉각을 곤두세웠다. 1950년 1월의 몹시 추운 어느 날이었다. 꺼림칙한 뉴스가 워싱턴에서 날아왔다. 그것은 미 국무장관 애치슨이 내셔널프레스 클럽에서 연설했다는 내용이었다.

미국의 방어선은 알류샨열도에서 시작되어 일본을 거쳐 류큐열도에 이른다. 우리는 류큐열도 내에 중요한 방어 진지를 갖고 있다. 우리는 이것을 계속 고수할 것이다. 방위영역은 다시 류큐열도에서 필리핀제도까지 계속된다.

평양과 모스크바와 베이징이 원더풀 뉴스로 다뤘을 애치슨라인. 그 지도상의 선긋기는 남한과 대만을 미국의 보호막 밖으로 밀어냈다. 미국의 전략적 목표에 남한이 반공적 방파제로 설정돼 있다면, 이는 자기중심적이고 이율배반적인 선언이었다. 그래서 애치슨은 조금 염려됐는지 모호한 말을 덧붙였다.

(제외된 지역에 대해서는) 어느 누구도 군사적인 공격으로부터 이 지역을 방어

한다는 보증을 할 수 없다. 만일 그런 공격이 있다면, 우선은 공격받은 지역의 주민이 저항해야 하며, 그리고 나서 유엔헌장을 준수하는 전세계 문명국의 개입에 의존해야 할 것이다.

이날 저녁, 박태준은 동료 중대장 몇 명과 막걸리를 마셨다. 접경 지역과 인접한 일선 지휘관들의 눈빛에는 여느 때와 달리 긴장감이 흘렀다.

"애치슨의 발언이 영 심상치 않아. 괜한 빌미를 제공하는 것 같아."

박태준의 근심을 한 동료가 받았다.

"그런데 왜 우리 정부는 반발이 없는 거야?"

다른 동료가 살짝 비꼬았다.

"막강한 군대가 있다고 큰소리치잖아."

술자리는 '우리의 임무를 충실히 하자'는 충성 다짐과 서로에 대한 격려로 막을 내렸다. 이때부터 박태준은 남다른 '술실력'을 과시했다. 내기를 걸고 겨룬 적은 없지만, 서너 명과 대작해도 먼저 나가떨어지진 않을 정도였다.

애치슨의 찜찜한 발언이 있은 다음날, 또 하나의 묘한 외신이 뉴욕으로부터 날아온다. 유엔 주재 소련 대표가 "유엔안전보장이사회에서 대만의 장제스 정부를 내쫓고 중국 공산당을 가입시킬 때까지는 어떤 의사의 정당성도 인정하지 않겠으며 회의에도 참석하지 않겠다."라는 선언을 남기고 퇴장했다는 것.

박태준은 처음에는 그 뉴스를 그저 가볍게 들었다. 소련이 중국대륙을 장악한 공산당 친구를 위해 '땡깡' 부리는 정도로 여겼다. 여섯 달 넘게 지속된 소련 대표의 땡깡이 한국에 얼마나 큰 행운으로 돌아왔는지 깨달은 것은, 전쟁이 터지고 미국 주도의 유엔군이 한국에 파병될 즈음이었다. 북측 군대의 기습침공을 받은 남측 군대는 애치슨의 주문대로 '공격받은 지역의 주민들'로서 결사적으로 저항한다. 애치슨은 자신의 근시안적 결정을 뼈저리게 후회하며 여섯 달 전에 약속한 대로 '유엔헌장을 준수하는 전

세계 문명국의 개입'을 발 빠르게 촉구하는데, 고맙게도 소련이란 거인이 콧대를 지키느라 한국전 참전을 결의하는 유엔안전보장이사회에 불참하는 것이다.

폭풍전야

전쟁을 획책하는 평양은 미군 철수와 애치슨라인을 전쟁 도발의 기회로 활용하면서 두 우방의 국내 정세도 주시하고 있었다. 중국 공산당은 1948년 8월 내전에서 승리하여 국민당을 대만으로 축출하고 중국대륙을 완전히 장악했다. 이때부터 미국은 중공의 비위에 거슬리는 발언을 삼갔다. 실제로 트루먼은 1950년 1월 5일, 미국은 중국의 어떠한 영토도 약탈할 계획이 없다고 천명했다. 1949년 9월에는 소련이 최초의 핵탄두 실험에 성공했다. 이는 소련의 군사력을 미국과 대등한 위치로 상승시켰다. 태평양전쟁의 최후에 미국이 히로시마와 나가사키에 보여준 본때는 더 이상 미국만의 무기가 아니었다.

1950년 6월 1일 트루먼은 기자회견에서, "앞으로 5년 동안은 전쟁의 위험이 없을 것이다. 세계는 그 어느 때보다도 평화에 가깝게 다가가고 있다."고 했다. 김일성과 박헌영이 비밀리 모스크바와 베이징을 오가며 전쟁준비를 마쳐놓은 평양은 위장전술을 썼다. 북측은 통일을 의논하기 위해 서울로 대표단을 보내겠다고 일방적으로 발표한 다음 3명을 접경지대로 내려 보냈다. 한국군과 미국 대사관은 북측 대표단을 심문하여 북측이 침공할 조짐은 없다는 만족할 만한 정보를 얻어냈다. 1950년 6월 20일 미 국무성 극동담당 차관보 딘 러스크—한반도에 38선을 그었던 인물—는 미 하원 외교위원회에서 북한이 큰 전쟁을 치를 의도를 갖고 있다 볼 수 없다고 했다.

미국의 태평스런 호언장담과는 달리 한국정부는 이따금 초조한 신음소리를 냈다. 전쟁이 나면 점심은 평양에서 먹고 저녁은 신의주에서 먹는다는 터무니없는 소리로 국민을 기만해온 경무대가, 위험한 일이 일어날지 모른다고 실토했다. 갑자기 엄살을 부리는 것이 아니었다. 뒤늦게 정신을 차려 '신나는 잠꼬대'를 집어치우고 '위험한 현실'을 직시한 것이었다.

1950년 6월 23일 금요일. 오키나와 남쪽에 소규모 태풍 '엘시'가 발생했다. 농민들은 태풍의 북상 뉴스에 기뻐했다. 드디어 지독한 가뭄이 끝나서 모내기할 수 있겠다는 기대에 부풀었다. 목 빠지게 기다려온 단비 소식에 고무된 양, 국방부는 4월 21일 이래로 계속 발효해온 비상경계 명령을 6월 23일 24시로 해제한다는 명령을 하달했다. 날이 밝으면 한국군의 각 부대에서는 고향의 모심기를 돕기 위해 외박이나 휴가를 가는 장병이 속출할 것이었다.

6월 23일 밤 38선 지역의 날씨는 남쪽과 북쪽이 똑같았다. 남쪽도 북쪽도 가랑비가 뿌리는 캄캄한 칠흑이었다. 그러나 비상이 해제된 남쪽과는 반대로 북쪽엔 정중동의 긴장이 맴돌았다. 북쪽의 정체는 7개 보병사단과 1개 기갑여단, 1개 독립보병연대, 1개 오토바이연대, 변경경찰대인 보안대 1개 연대의 총 9만 병력이었다.

1950년 6월 24일 토요일. 포천 1연대의 박태준은 두어 달 만에 서울 시내로 외박을 나갔다. 비상경계 명령이 해제되고 마침 외박 차례가 돌아와 조금 느긋해졌다. 와세다대학 동문이자 한때 잠시 하숙을 했던 청파동 선배네로 갔다. 오랜만에 만나 회포도 풀고 세상 돌아가는 얘기로 술잔을 나누었다. 서울의 밤은 특별한 느낌을 주지 않았다. 태풍 엘시의 간접영향권에 들어 제법 세찬 빗줄기가 퍼붓는다는 점이 특별하다면 특별한 정도였다. 오랜 가뭄에 시달려온 농민에게 그것은 하늘이 내린 위안의 선물 같았다.

박태준이 청파동 한 민가에 누워 창연한 빗소리에 귀를 기울이던 그 밤, 육군본부 장교구락부에선 한국군 장교와 주한 미 군사고문단 소속 미군 장교들이 파티를 열고 있었다. 평양의 명령으로 38선을 넘어온 이른바 '평화교섭' 북측 대표단 3명이 한국으로 망명하고 대북 방송에도 협조하겠다고 밝힌 것에 대한 자축의 자리였다. '폭풍 전야의 고요'란 말이 진리처럼 통용되지만, 폭풍 전야의 육군본부는 이처럼 고요와는 먼 소란에 휘말려 있었다. '폭풍', 이는 인민군의 공격개시 전화 암호였다.

자정이 넘어 꼭두새벽에 접어들었다. 육군본부도 명동거리도 모든 서울 시가지가 고요해졌다. 드디어 '폭풍'을 맞이할 준비를 갖추는 꼴이었다. 어둠이 한 겹 벗겨지면서 빗줄기가 가늘어졌다. 새벽 4시. 희붐하게 먼동이 트는 시간에 인민군 이학구 대좌는 송화기에 딱 한마디만 넣었다.

"폭풍."

북에서 몰아치는 '폭풍'은 다섯 방향이었다. 웅진반도 방면, 개성 방면, 의정부 방면, 춘천 방면, 강릉 방면. 38선 전역을 뚫는 전면전이었다.

박태준의 연대가 맞서야 할 적의 주력부대는 동두천과 포천의 방어망을 뚫고 의정부를 거쳐 서울로 직행하는 인민군 제3사단과 제109전차연대, 제4사단과 제107전차연대였다. 인민군에게 의정부 방면은 가장 매력적인 공격 루트였다. 38선에서 의정부를 거쳐 서울까지 닿는 경원(京元)가도는 50킬로미터에 불과한 최단 거리이며, 넓고 단단하여 탱크와 차량이 달리기에 좋은 도로였다. 인민군의 최정예 3·4사단과 2개 전차연대를 투입한 것은 그런 사정을 감안한 선택이었다.

새벽 4시에 터진 38선의 '폭풍' 소식은 20분쯤 지난 뒤 한국군 채병덕 참모총장 관사의 전화기를 울렸다. 그러나 일본 육사 27기 출신 참모총장의 고막을 건드리는 데는 실패했다. 두 시간 전에 심야 파티를 마치고 막 잠자리에 든 그 거구는 곯아떨어져 있었다.

'폭풍' 전야가 지난 아침의 서울 상공에는 폭풍의 흔적조차 찾아볼 수 없었다. 맑게 갠 하늘만 싱그럽게 푸르렀다. 일찍 잠을 깬 박태준은 왠지 가슴 한 구석이 먹먹했다. 몇 군데 전화를 걸었다. 38선 상황이 심각하다고 했다. 전쟁이 터졌다고 했다. 시계를 보니 7시가 가까웠다. 라디오를 틀었다. 북괴군이 공격해왔지만, 국군은 건재하니 시민들은 염려하지 말라고 당부했다. 그는 '국군 건재'란 말을 믿을 수 없었다.

박태준 대위는 병영에 비상이 걸린 것처럼 서둘러 군복을 입고 군화를 졸라맸다. 어떤 수단을 쓰든 무조건 최단 시간 내 귀대해야 한다는 의무감과 책임감이 그를 압박해왔다.

그가 거리로 뛰쳐나갔다. 단박에 의정부 가는 차를 잡으려 했지만 도무지 그런 차가 없었다. 무조건 북쪽으로 가는 차를 세웠다. 서울을 벗어나는 지점에서 군용 트럭과 만났다. 그는 서너 차례 차를 갈아탄 끝에 간신히 본대에 닿았다. 상황판은 이미 전면전을 가리키고 있었다. 다급한 상황에서 지휘관 경험이 없는 참모요원도 모조리 전선으로 배치되었다.

육탄, 그리고 포항을 밟다

6월 25일 오전 11시부터 육군본부 지프가 서울 시내를 돌아다니며 '장병의 외출 중지와 원대 복귀'를 명령하는 방송을 떠들었다. 다급한 가두방송이 웅변하듯, 동두천과 포천을 방어해야 하는 국군 7사단은 전투병력이 크게 모자랐다. 제3연대가 수도경비에 차출되어 2개 연대만 보유한 상황에서 많은 장병이 휴가나 외출을 떠났으니…….

오후 3시쯤 서울 거리엔 신문 호외가 뿌려졌다. '국군 정예부대 북진, 총반격전 전개'라는 위세 당당한 제목 밑에는 '한국군이 북괴군을 격퇴하고 추격중'이란 육군본부 정훈국장의 담화까지 실렸다. 오후 6시 KBS 라디오는 신나게 떠들었다. "북으로 진격하라는 명령이 없는 게 불만이다.", "동두천 방면에서 아군은 적 전차부대를 완전히 격파했다."

그러나 그것은 시민을 속이는 이승만 정권의 협잡이었다. 그 시각 박태준의 연대는 적의 탱크에 속수무책으로 당하고 있었다. 60밀리 박격포를 때려도 2.36인치 바주카포를 날려도 소련제 T34탱크는 단지 성가신 돌멩이에 얻어맞은 코끼리처럼 끄떡도 하지 않았다. 더 강력한 중화기가 필요했지만 그보다 더 센 중화기를 보유하지 않았다. 아니, 한 번 만져본 적조차 없었다.

의정부를 사수하라는 명령이 떨어졌다. 임진강 철교의 폭파시간을 놓쳐 동두천 방면에서 의정부로 몰려오는 적의 진군속도가 빨라지고 있었다. 그러나 T34탱크를 때려잡을 무기를 구해오지 않는 한, 그 명령은 단지 적의 진군속도만 다소 늦추는 효과를 내면서 아군의 괴멸을 초래할 뿐이었다.

박태준의 중대에는 전투 경험을 쌓은 일본군대 출신의 고참 하사관들이 있었다. 그들이 나섰다.

"아무리 쏘아봤자 헛일입니다. 탱크는 옆구리가 약점입니다. 옆으로 공격하겠습니다."

탱크 옆구리로 덤벼드는 수단은 바로 '육탄'이었다. 탱크 옆구리로 올라가 뚜껑 열고 수류탄을 집어넣는 싸움. 그의 중대도 자살특공대 같은 병사들의 활약으로 탱크 2대를 잡았다. 허나 소용없는 사투였다. 고철덩어리로 변한 괴물을 치우는 시간만큼만 적의 진격이 지체될 따름이었다.

한국 지형에는 탱크전이 맞지 않는다는 윌리엄 로버츠의 큰소리를 우악스런 캐터필러 소리로 짓밟아버린 T34 소련제 탱크들. '비문명국' 대한민국 군인들이 육탄의 순국으로 맞섰으나 불가항력의 상대였던 철갑 괴물들. 한국군에게 '개전 사흘'은 오직 적이 서울에 도착하는 시간을 다소나마 지체시키며 후퇴에 후퇴를 거듭한 사망의 사흘이었다.

6월 27일 저녁 무렵, 박태준은 살아남은 중대병력을 미아리 서라벌중학교에 배치했다. 1연대와 9연대의 잔류병력으로 창동에서 미아리까지 구축한 방어전선. 하지만 무기도 볼품없고 병력도 너무 모자라 낡은 철조망처럼 허술할 수밖에 없었다. 그의 지척에 친구 김동혁 대위가 있었다. 유능한 장교지만 뒷날 그의 부친이 이승만 대통령 암살미수사건에 연루되어 예편을 당한다. 두 청년장교는 죽음을 각오했다. 미아리가 떨어지면 수도를 빼앗기니 그러면 나라가 망하는 것이라고, 이심전심으로 비감에 젖어 있었다. 남은 선택은 결사항전, 일본식으로 말하면 '옥쇄'뿐이었다.

어둠이 내렸다. 빗줄기가 굵어졌다. 병사들은 배고픔과 한기를 이겨내며 전방을 주시했다. 그때 이승만은 땅거미 깔린 대전역에서 서울 귀환을 강조했지만, 그런 잠꼬대가 전혀 들리지 않는 상황이었다. 거센 빗속에서 박태준은 담담히 마음을 비웠다. 소속 부대 연대장이 전사하고, 대대장이 전사하고, 중대장 12명 중 10명이 전사했다. 마지막 남은 두 지휘관의 한 사람으로서 그는 초연히 죽음을 받아들일 자세를 가다듬었다. 폭우를 피하려는 계산인지 아직은 잠잠하지만, 적들이 도도한 캐터필러 소리를 앞세우고 밀려온다면 군인다운 장렬한 죽음뿐이다. 이번에도 총알과 포탄이 자신을 비켜갈 것이라는 기대는 손톱만큼도 하지 않았다. 날이 새면 나의 몸뚱이도 미아리공동묘지로 옮겨질 테지. 그는 질척한 미아리고개에 청춘을 묻기로 했다. 술 생각이 간절해졌다. 한 모금 마시고 나면 집요하게 덤벼드는 배고픔과 한기를 물릴 수 있을 듯했다. 내리 사흘이나 거의 굶으며 잠을 설친 데다 비까지 쏟아지는 칠흑의 밤, 격전을 앞둔 고요가 차라리 부담스럽고 처량했다. 어둠이 빈틈없이 포위한 사위는 잠잠했다. 전쟁도 인간의 노동이니 휴식시간이 있어야 한다는 하늘의 지시가 빗줄기를 타고 내려오는 것 같았다.

몇 시간이 지났을까. 문득 고요가 깨지고 수유리 쪽에서 총성과 포성이 터졌다. 하지만 길지 않았다. 적군이 스스로 물러갔는지 아군이 격퇴했는지 다시 빗소리가 사위를 장악했다. 한참이 더 지났다. 그의 귓구멍으로 빗줄기 같은 한 소식이 들어왔다. 특공대로 조직된 공병학교 간부후보생들이 수유리 부근에 전차를 앞세우고 출현한 적을 향해 105밀리 곡사포, 2.36인치 로켓포, 대전차포 등 있는 화력을 집중적으로 퍼부어 선두 전차를 격파했고, 그래서 적이 슬그머니 물러갔다는 것. 희소식이었다. 그는 추측했다. 적이 위력정찰을 시도해보고 돌아갔으니 최소한 몇 시간은 조용히 넘어가겠다고.

미아리 일대는 흥건히 비에 젖으며 밤의 정적 속으로 가라앉았다. 아직은 전쟁에 노출되지 않은 남녘 농민에게는 희망을 안겨줄 빗줄기가, 패잔병들이 죽음의 시간을 기다리는 미아리 능선의 모든 참호를 웅덩이로 만

들어버렸다. 마치 전쟁의 휴식시간이 너무 길다고 꾸짖는 하늘의 뜻이 고인 것처럼. 눈이라도 붙여둬야 '옥쇄'의 전투에서 최선을 다할 수 있을 텐데. 두 지휘관은 병사들을 처마 밑으로 이동시켰다. 그러나 긴 것은 빗줄기였고, 짧은 것은 적과의 거리였다.

새벽 1시, 캐터필러 소음이 유난히 선명하게 들려왔다. 촘촘한 빗줄기가 적의 거드름 소리를 한껏 키운 탓이었다. 박태준은 최후의 시간이 임박했음을 느꼈다. 미군이 물려준 낡은 소총들이 불을 뿜었다. 그의 소총도 닥치는 대로 갈겨댔다. 적과의 거리도 분간할 수 없는 질척질척한 어둠의 전방을 향해 '제발 밀려오지 말라'고 비는 심정으로 당기는 방아쇠였다. 누군가 황급히 그를 불렀다.

6·25전쟁 중에 쌍안경으로 정찰하는 박태준

"중대장이라도 이 전문을 접수하시오."

육군본부에서 나온 연락장교였다. 박태준이 그것을 받았다. 연락장교의 손에서 뜻밖에도 구원의 동아줄이 나왔다. '현 잔존병력은 즉시 한강 도하 후 시흥에 집결할 것.' 한강을 건너서 후퇴하라는 명령이었다. 여기서 죽을 팔자는 아닌 모양이구나. 그는 무심결에 어금니를 깨물었다. 통신망이 완전히 망가진 상황에서 군대의 최고위 지휘부에서 달려온 사자(使者)는 죽음의 사자가 아니라 생존의 사자였다.

박태준은 김동혁 대위와 함께 잔존병력을 이끌었다. 운 좋은 장정 150 여 명이 두 중대장을 따라 안암골을 거쳐 전찻길을 따라 광나루에 닿았다. 먼동이 훤하게 트고 있었다. 비는 그치고 햇빛이 나왔다. 인민군은 서울 함락을 하늘이 축하해주는 거라고 지껄일 텐데, 광나루는 이른 아침부터 피란민들로 북새통을 이루었다. 전쟁하는 정부가 군대도 철수하기 전에 지레 겁을 먹고 한강 인도교와 철교를 폭파해버렸다. 강을 건너려니 그는 속이 부글부글 끓었다. 무슨 놈의 정부가 군대도 넘어가기 전에 다리부터 부순단 말인가. 부리부리한 그의 눈에는 분노의 빛이 튀어나왔다.

너무 서두른 한강교 폭파. 1950년 6월 28일 새벽 2시 28분께 부통령 이시영의 승용차가 다리를 통과한 직후에 무능한 인간의 머리와 손이 일으킨 대재앙이었다. 인도교, 철교가 차례로 폭파되었지만 폭음은 겹쳐졌다. 중지도에서 북한강 파출소에 이르는 다리가 막혀 그 위에 서 있던 자동차 40여 대는 다리가 둘로 갈라지자 바위처럼 풍덩풍덩 강물에 떨어졌다. 피난 가던 다리 위의 시민들도 폭풍에 휙 날아가 비명을 지를 새도 없이 강물에 떨어졌다.

서울시민의 피란길도 문제였지만, 더 심각한 것은 한강 이북에서 밀리는 군대의 후퇴였다. 지축과 강물을 뒤흔든 그 밤하늘의 오렌지색 불꽃은 한강 이북에 있던 4만4천여 병력의 손실을 초래했다. 대포와 장비도 그들과 함께 잃어버렸다. 탈출한 부대는 적었다. 치열한 전투를 했던 유재흥 장군의 7사단은 불과 군인 1천500명과 기관총 4문만 한강 이남으로 넘겨올 수 있었다. 철봉으로 탱크와 싸운 제1사단은 겨우 5천여 명이 김포 쪽으로 넘어오고 포병대는 남겨두고 왔다. 6월 28일에는 한강 남쪽에서 오합지졸이 엉성하게 방어하고 있었다. 육군본부는 25일의 병적부에 9만8천 명이 올라있던 병력 중에 불과 2만2천 명을 확인할 수 있었다. 대한민국 국군은 단지 패배한 것만이 아니었다. 사흘 만에 붕괴된 것이었다.

붕괴된 군대의 150명 남짓한 병사를 이끌고 광나루에 닿은 박태준은 분노를 삭이며 질서를 잡았다. 권총 두 발을 허공으로 쏘았다. 느닷없는 총소리에 피란민들의 소란이 가라앉았다. 그가 칼칼한 목소리로 말했다.

"전쟁에서는 군인이 최우선입니다. 지금부터 우리 병사들 80% 정도가 제일 먼저 강을 건너갑니다. 이 병사들은 건너편에서 엄호를 맡게 됩니다. 시민 여러분은 우리의 지시에 따라 질서정연하게 건너가십시오. 만약 적이 출현하면 그때는 남은 우리 병사들부터 먼저 건너갑니다. 모두 따르시오. 불상사가 일어나지 않기 바랍니다."

도하에 질서가 잡혔다. 그는 하사관 3명을 높은 위치에 배치시켜 시내 방향을 주시하게 했다. 병력의 80%가 먼저 무사히 건너갔다. 시민들도 차례차례 건너갔다. 도하는 한 시간 남짓 차분하게 진행되었다. 전방 주시 임무를 수행하던 한 하사관이 그에게 뛰어왔다. 아직 보병은 보이지 않지만 전차가 육안에 들어왔다고 했다. 그는 즉시 지휘부와 남은 병력에게 승선을 명령했다.

강 건너 잠실벌은 너른 밭이었다. 정말 고맙게도 오이와 토마토가 기다리고 있었다. 덜 자라고 덜 익은 놈들이었지만 굶주린 배를 채울 수 있는 귀한 음식이었다. 박태준은 허기에 지친 병사들에게 오이나마 실컷 먹게 했다. 김홍일 장군이 지휘하는 시흥에는 큰 밥솥이 기다리고 있었다. 포천에서 시흥까지 나흘 동안 죽음의 골짜기를 헤쳐 나오면서 그저 운이 좋아 살아남은 후퇴 병력을 밥 냄새가 환영해주었다. 6월 25일 새벽 4시로부터 6월 28일 오전 11시 30분 인민군이 서울 함락을 공식 선언한 때까지 79시간 30분 동안 한국군은 무려 4만4천여 명의 손실을 입었으니, 시흥에 이르러 밥 냄새의 환영을 받은 그들은 명줄 긴 팔자를 타고난 사내들이었다.

며칠 만에 밥맛을 보여준 지휘부가 곧 박태준에게 새 임무를 하달했다. 노량진으로 이동해 장택상 별장 근처에서 방어하라. 그는 군말 없이 군장을 꾸렸다. 오합지졸의 일부를 이끌고 엉성하게 한강 남쪽의 강둑을 지키러 가야 했다. 방어? 그저 총이나 탕탕 쏘면서 인민군의 도하 솜씨나 구경할 노릇이었다.

그가 한강과 등을 돌린 뒤부터는 한 달 넘게 후퇴의 나날이었다. 물론 적과 끊임없이 접촉했고 또 그래야 퇴로도 덜 위험하지만, 후퇴하다가 싸우고 싸우다가 또 후퇴하고……, 그런 날들의 연속이었다.

6월 30일, 대전의 이승만은 채병덕 참모총장을 해임하고 그의 후배 정일권 준장을 소장으로 승진시켜 육·해·공 총사령관으로 임명했다. 군 수뇌의 책임을 묻긴 했지만, 파죽지세로 밀리는 전황은 조금도 개선되지 않았다. 한국군에게 희망과 위안이 있다면 미군의 참전 소식이었다.

7월 5일쯤 박태준은 평택 위의 성환에서 흑인병사를 처음 보았다. 흑인병사와의 조우, 이건 소문으로만 들어온 미군 개입을 알리는 신호였다. 그러나 한국군의 후퇴엔 브레이크가 걸리지 않았다. 총구든 시선이든 방향을 북으로 돌리는 날이 오긴 올까. 미군 본진이 들어오면 그날이 올까. 그는 속절없이 남하의 행군을 이어가야 했다. 6일엔 평택을 포기했다.

박태준이 성환에서 처음 본 흑인병사는 맥아더가 일본에서 급파한 스미스기동부대 소속이었다. 그들이 투입됐으나 후퇴를 멈출 수 없었던 이유는 T34탱크를 파괴할 수 없었기 때문이었다. 7월 5일 수원 근처에서 인민군과의 첫 교전을 경험한 그들은, 105밀리 곡사포로 때려도 끄떡없이 전진해오는 탱크대열을 바라보며 "오, 마이 갓!"이나 연발해야 했다.

박태준의 부대는 미군도 죽이지 못하는 소련제 괴물 캐터필러 소리가 들려오지 않는 곳까지 내려갈 것처럼 남하를 계속해나갔다. 8일엔 천안, 15일엔 대전까지 밀렸다. 이때 한국정부, 육군본부, 미 대사관, 미8군사령부는 이미 대구로 내려가 있었다. 20일엔 대전을 빼앗겼다. 이 전투에서 미군은 딘 소장을 잃었다. '전차 사냥팀'을 편성해 3.5인치 바주카포로 소련제 T34탱크를 때려잡은 그 용맹한 백인 지휘관은, 산악을 헤매다가 뒷날 인민군 포로로 잡힌다. 대전을 잃은 박태준 대위의 부대는 추풍령 방향으로 내려갔다. 황간에서 다시 적과 교전했지만, 역시 후퇴의 시간을 벌기 위한 소극적 전투였다. 그의 부대는 상주 쪽으로 남하의 길을 잡았다.

서부전선은 중부전선보다 더 급속히 무너지고 있었다. 광주를 점령한 인민군은 7월 24일 목포, 보성, 여수 방면으로 진군에 박차를 가했다. 25일 순천에 집결한 그들은 하동을 거쳐 진주로 진입할 계획이었다. 이때 대구의 국방부가 채병덕 소장에게 명예회복의 기회를 제공했다. 하동 방면으로 나가 적을 방어하라고 명령한 것이다. 피란의 도시 부산으로 내려와 갓 태어난 아들에게 '영진(榮進)'이란 이름을 지어준 후 명예를 찾아 전선으로 떠난 그는 안타깝게도 하동에서 장렬히 전사한다.

박태준은 소개된 경주 시가지에 닿았다. 수색을 하다가 술통을 발견했다. 누군가 유명한 경주 법주라고 했다. 그는 몇 잔을 거푸 마셨다. 당장에 백 리라도 진격할 것 같은 힘이 솟구쳤다. 생애에서 가장 잊지 못할 '술'로 목을 축이는 그의 가슴에는 이미 두 개의 무공훈장이 걸려 있었다. 그게 싫지도 않았으나 기쁘지도 않았다. 우연히 운 좋게 살아남은 자의 '채무 보증표'처럼 느껴졌다.

8월 4일, 맥아더와 워커는 낙동강을 따라 최후의 교두보를 설정했다. 앞으로 최소한 한 달은 버텨야만 극적 반전의 기회를 잡을 수 있다고 계산한 최후의 선택이었다. 대한민국의 존폐를 건 최후의 교두보, 미군을 주축으로 한 유엔군이 한국을 포기할 것인가 구출할 것인가. 그 기로가 결정된 어느 날, 박태준은 포항에 첫발을 디딘다.

포항, 안강, 기계의 치열한 전투들이 기다리는 거기는 그의 부대가 닿은 막다른 골목이었다. 영일만과 형산강이 퇴로를 끊어버렸다. 배수진을 쳐야 했다. 회생할 것인가 패망할 것인가. 그의 인생이 걸렸다.

북진의 가을

9월 15일, 마침내 맥아더가 인천상륙작전을 감행했다. 16일엔 낙동강 교두보의 모든 전선에 북진 명령이 떨어졌다. 한국군으로서는 전쟁 발발 후 처음 받는 감격의 명령이었다. 정확히 82일 만에 떨어진 최초의 진격 명령. 만세라도 부를 극적 반전의 시기에 박태준은 1군단 김웅수 대령의 보좌관으로 발탁되었다. 작은 키에 군살 없는 몸집의 김 대령은 명민한 지휘관으로 알려져 있었다.

북진의 첫걸음에 박태준은 재일동포 대학생으로 자원입대한 한 살 아래의 김수용 중위와 조우했다. 순수한 애국심으로 뭉친 그 청년에게 그는 따뜻한 시선을 아끼지 않았다. 전투를 쉬며 대화를 나누는 자리에선 김 중위

무공훈장을 받는 박태준

가 박 대위를 '형님'이라 불렀다.

"나한테 한 살 많은 사촌형이 있어. 와세다대 대학원을 다닌다는 소리를 들었는데……."

"잘됐네요. 그런데 왜 형님 얘기를 하면서 한숨을 쉬어요?"

"그 형은 너하고 성격이 비슷해. 공산주의에 반대하며 민족의식과 애국심이 강한 사람이거든."

"혹시 나처럼 자원입대했나 하는 생각을 하는군요."

"그래……. 너는 어쩔 건가, 이제 전쟁은 이길 것 같은데, 전쟁 끝나면?"

"임무를 마치면 일본에 가서 공부부터 마칠 겁니다. 조국에 대한 부채의식이 없어지면 무슨 일이든 홀가분하게 덤빌 수 있을 것 같습니다."

"그래야지. 언제 어디서 헤어질지 모르지만, 서로 운 좋기를 빌자."

"예, 형님. 평생 형님을 기억할 겁니다."

일단 북진의 시동이 걸리자 한국군에는 후퇴속도보다 더 빠른 전진속도가 붙었다. 경북 내륙의 산악지대를 타고 북으로 북으로 올라가는 박태준의 부대도 마찬가지였다. 적과의 특별한 교전이 없는 조건에서 오히려 자주 넘어야 하는 높은 고개가 장애물이었다. 그의 부대는 기계와 죽장을 지나 거침없이 청송으로 진격해갔다. 맥아더를 따라 인천으로 들어간 한국 해병이 서울 중앙청 국기게양대에 인공기를 내리고 태극기를 올렸다는 희소식이 경북의 깊은 산악으로 날아들었다.

모든 한국군은 신나는 가을을 맞았다. 그러나 박태준의 집안은 비보를 접하고 말았다. 그의 사촌형이 전사한 것이다. 와세다대학 대학원생, 일찍이 박태준의 중학 시절에 함께 후지산 정상에 올랐던 박태정. 항일의 빨치산 누이와는 상반된 신념을 지녔던 지식인 청년은 애국심을 누르지 못하고 기어코 현해탄을 건너와 국군에 지원했었다. 그를 심의한 부산의 우리 정부는, 전투 경력은 없어도 학력이 높은 점을 중시하여 병기 담당 중위로 임관했다는데…….

박태정이 순국한 곳은 포항이었다. 그는 포탄을 옮기는 중에 뜻밖의 사고로 고향과 가까운 바닷가에서 숨을 거두었다. 박태준은 1·4후퇴 뒤에야 그 비보를 듣고 가슴부터 쳤다. 자기가 알았더라면 입대하지 못하게 말렸을 텐데, 전쟁은 형의 몫까지 자신이 떠맡을 테니까 이왕에 학문의 길로 나섰으니 끝까지 공부해서 그때 조국에 도움이 되는 일을 해도 늦지 않는다고 말렸을 텐데. 그는 차마 울 수 없어서 어금니를 깨물었다. 그리고 외삼촌이 사라졌다는 소식도 들었다. 어여쁜 아내와 귀여운 아들을 남겨두고 종적이 묘연해졌다고 했다. 그렇게 박태준의 집안에도 그가 모르는 사이에 동족상잔의 전사자와 이념적 이산가족이 생겨난 계절이었다. 1950년 가을은…….

9월 하순에 박태준의 부대는 강원도 평창에서 방향을 동쪽으로 꺾었다. 북진의 길이 동해안으로 조정되었다. 그는 강릉을 거쳐 주문진에 닿아 오랜만에 설레는 마음으로 창망한 바다를 바라볼 수 있었다. 통한의 38선을 넘을 것인가, 여기서 멈출 것인가. 한국군의 사기는 조만간 통일의 위업을 달성할 것처럼 충천해 있었지만, 일단 숨을 고르며 기다려야 했다. 진격이냐 정지냐. 이는 한국 대통령의 권한이 아니었다. 워싱턴과 협의하는 맥아더의 머리에 있었다.

신임 미 국방장관 조지 마셜은 9월 30일 맥아더에게 서한을 보내, 38선을 넘어 진격하기 위한 기술적·전략적인 면을 임의대로 하라는 지시를 내렸다. 이에 따라 맥아더는 외교적 기술을 발휘하듯 10월 1일 김일성에게 전면적 패배와 완전한 붕괴는 이제 필연적 사실이 되었다며 즉시 무기를 버리고 적대적 행위를 중지하라는 항복을 요구했다. 패잔병으로 전락한 인민군 부대는 양곡 창고에 불이나 지르며 내빼고 있었다. 물론 이승만은 당장 북진을 계속해야 한다고 아우성이었다. 실제로 그가 한국군 지휘부에 맥아더보다 먼저 북진 명령을 내려, 10월 7일 맥아더의 미군이 38선 너머로 진격하기 앞서 동해안의 한국군 일부는 38선을 넘어섰다.

박태준은 주문진에서 안타까운 낭비와 같은 이틀을 기다리며 체력을 아꼈다. 미군이 세워둔 '지금 당신은 38선을 통과하고 있습니다'라는 표지판은 이제 곧 불쏘시개로 쓰게 될 거라고 생각했다. 한국군의 위용은 당당했다. 서울로 진격해오던 인민군이 소련제 T34탱크를 앞세웠던 것처럼, 한국군은 그보다 더 두껍고 더 무서운 대포를 장착한 미제 M46탱크를 앞세웠다. 부산항에 부려져 곧바로 낙동강 전선으로 투입되었을 때 수많은 한국군 병사를 흐느끼게 했던, 숱한 미군 병사들이 애마처럼 쓰다듬고 어루만졌던 M46탱크.

인민군은 모두 어디로 숨어버렸나. 꼭두새벽에 한강을 넘어가야 했던 이승만처럼 비밀리에 압록강 너머로 몸을 빼낸 김일성을 따라 만주벌판으로 잠입했는지, 10월 14일 박태준의 부대는 무혈로 원산을 점령하여 그곳에 상륙한 미군과 합류했다. 미 10군단 앨먼드 장군과 한국군 1군단 김백일 장군이 감격의 악수를 나누었다. 10월 15일, 박태준은 소령으로 진급했다. 만 23세, 요즘 같으면 육사 졸업이나 중위 진급을 고대하고 있을 나이였다. 그는 원산에서 휴가 같은 며칠을 보냈다. 미군도 국군도 목전의 승리를 예감하고 있었다.

10월 1일에 내놓은 맥아더의 항복 요구를 침묵으로 깔아뭉갠 김일성을 대변하듯, 마오쩌둥이 가만히 보고만 있지 않을 것이라고 경고했다. 하지만 미군 지휘부는 이미 중공군은 개입시기를 놓쳤고 북한군은 패잔병 수준으로 지리멸렬하다고 판단했다.

청진에 태극기를 꽂고

미군 지휘부가 미처 예측하지 못한 엄청난 강적 셋이 소리도 없이 호시탐탐 미군을 노리고 있었다.

하나의 강적은 추위였다. 10월이 저물어가자 얼음이 얼기 시작하더니 11월에는 섭씨 온도계의 수은주를 영하 10도 이하로 끌어내렸다. 거의 모든 미군에게 한반도 북쪽 끄트머리로 몰아치는 시베리아의 혹한은 견디기 어려운 혹독한 고통이었다.

또 하나의 강적은 중공군이었다. 마오쩌둥의 경고를 외교적 협박 정도로 치부하고 싶었지만 그래도 맥아더는 만주 정세에 촉각을 곤두세우고 있었다. 하루에도 몇 차례씩 정찰기를 만주 상공으로 띄웠다. 그것은 수백 차례나 반복되었다. 하지만 정찰을 맡은 장교의 육안이나 항공사진에는 단한 번도 이상한 징후가 포착되지 않았다. 이는 미군의 착오였다. 대장정을 거친 거대한 재래식 군대의 원시적 전술을 상대한 경험이 없었기에, 과학적 무기로 승부를 거는 데 익숙한 그들은 너무 조용한 중공군을 의심하지 않았다. 바로 그 허를 찌르듯이 중공군은 여러 경로로 나누어, 주로 산악을 이용해 밤에는 걷고 낮에는 수면과 휴식을 취하는 행군으로 국경에 다가서고 있었던 것이다.

다른 하나의 강적은 지형이었다. 험준한 산악이 중첩된 지형에선 제공권을 완전히 장악한 미 공군의 공습도, 제해권을 완전히 장악한 미 해군의 함포사격도 뚜렷한 전과를 올리기 어려웠다. 육중한 M46탱크도 멧돼지만 다닐 수 있는 길로 들어가는 코끼리 꼴이었다.

원산을 출발한 박태준의 부대는 동해안을 따라 느린 밀물처럼 며칠에 걸쳐 한 고을씩 차례차례 점거해나갔다. 영흥, 흥남, 함흥을 점령하고 홍원, 북청, 이원을 거쳐 단천에서 숨을 돌렸다. 단천에서 성진으로 가는 어설픈 자갈도로는 가파른 낭떠러지 위를 사형(蛇形)으로 아슬아슬하게 기어가고 있었다. 적의 공격보다 운전 미숙이 더 위험해 보였다. 따뜻한 남쪽에서 태어나고 자란 그에게 한반도 북쪽의 겨울바람은 자꾸만 바늘이 뼈마디를 쑤시는 것 같았다.

그러나 북진을 멈출 수는 없었다. 길주, 명천에 태극기를 꽂고 주을까지 치달았다. 추위는 더욱 매서워지고 있었다. 오줌을 누면 오줌발이 그대로 고드름이 된다는 그 추위가 곧 닥칠 것 같았다. 따뜻한 물이 그립고 지독한 술이 그리운 날씨였다. 소련군은 추위를 이기려고 보드카를 물처럼 마신다는 고참 상관의 말을 박태준은 비로소 이해할 수 있었다. 하지만 승전과 통일의 시간이 임박했다는 믿음이 추위보다 강했다. 손가락, 발가락에 동상이 걸려도 견뎌내야 한다고 이심전심 독려했다. 죽지 않고 살아남아 승전과 통일의 주역이 된다는 벅찬 상상, 이것이야말로 사기를 북돋우는 원천이었다.

주을에는 온천이 있었다. 적의 그림자도 얼씬거리지 않는 주을온천은 추위와 피로를 녹여주는 온돌방의 아랫목이었다. 잠시 온천욕을 즐긴 통일의 용사들에겐 아직 북진의 앞길이 남아 있었다. 국제정세를 헤아리지 못하는 병사들은 하루 빨리 청진을 점령하고 곧장 나아가 나진, 경흥을 지나 조국 강토의 최북단 온성에 태극기를 꽂자는 분위기였다. 하지만 박태준은 우리 군대든 미군이든 성급하게 소련과의 접경지역에까지 올라가긴 어려울 것이라고 판단했다. 중공의 개입을 경계하는 미국은 소련의 발가락에 달린 터럭 하나라도 건드리고 싶지 않을 것이었다. 중공과 소련이 개입하면 극동의 조그만 땅덩어리에서 벌어진 '세계의 국지전'은 즉각 제3차 세계대전으로 비화할 것이었다.

한국군은 청진에 진입했다. 청진시청 국기게양대에서 인공기를 내리고 태극기를 올리는 모습을 박태준은 감격에 젖은 눈빛으로 묵묵히 바라보았다. 쓰러지지 않는 괴물처럼 그저 태평스레 어슬렁어슬렁 내려오는 소련제 T34탱크에 육탄을 던지고 산화한 전우들, 비 내리는 미아리 언덕에 청춘을 묻기로 각오했던 밤, 절망을 짊어졌던 하염없는 후퇴의 발길, 처절했던 안강·기계 전투와 형산강 전투······. 모든 회한이 그 태극기에 그려진 것 같았다.

그는 곧 북진 명령이 떨어질 것으로 기대했다. 청진을 평정한 다음 나진까지 올라가서 대기하라, 이런 명령을 예상했다. 아, 그러나, 정반대의 명령이 떨어질 줄이야!

11월 24일 맥아더는 다시 진격 명령을 내렸다. 그러나 이미 바람처럼 압록강을 넘어와 있던 중공군에게 옆구리를 찔리고 말았다. 11월 26일 밤, 미 육군은 평양 북쪽의 청천강 일대에서 도깨비처럼 느닷없이 나타난 중공군의 기습으로 쑥밭이 되었다. 11월 27일 밤, 함경도 장진호 부근에서 미 해병대는 바위처럼 매복해 있던 중공군의 공격을 받아 800여 명이 전사하고 겨우 200여 명이 빠져나왔다. 흥남 철수의 전주곡이었다.

중공군을 돕는 보충대는 넉넉히 확보되어 있었다. 천혜의 험준한 산악지형, 그것은 야간전투에 약한 미군을 잡기 위해 주간에 몸을 쉬어야 하는 중공군을 절묘하게 숨겨주면서 미군기의 공습을 폭탄 낭비로 만들어주었다. 또한 혹독한 추위는 미군에겐 매복한 중공군만큼이나 두려운 상대였다. 12월 들어 미군에서는 손가락, 발가락을 잘라야 하는 동상 환자들이 속출했다. 한국전쟁사에서 적에게는 혁혁한 전과로 빛나고 미국인에게는 반전(反戰) 여론에 큰 반향을 일으킨 장진호 전투. 여기서 패배한 미 해병대는 12월 9일에 그들을 구출하러 진군하는 미 육군 부대와 극적으로 상봉한다.

대대적인 철수를 준비하는 미군 선발대가 성탄절의 흥남 시가지를 불바다로 만들 때, 박태준의 부대는 흥남으로 내려오고 있었다. 그는 추위를 곱빼기로 탔다. 통일의 깃발을 꽂으려고 깃대 꼭대기까지 올라갔다가 미끄러져 내리는 것 같은 낭패감과 허탈감은 그의 가슴을 후벼 파는 또 하나의 바늘 같은 추위였다. 날씨의 추위든 정신의 추위든 조금은 걷어내고 싶었다. 그의 유일한 위안은 호스로 빨아먹는 엉터리 술이었다. 그것은 일종의 전리품이었다.

북진 막바지에 어느 화학공장에 들렀을 때였다. 드럼통이 많았다. 하나씩 조사하던 한 병사가 소리를 질렀다.

"술이 있습니다!"

박태준은 귀가 번쩍 띄었다.

"진짜 술이야?"

그는 직접 들여다보았다. 술 냄새를 물씬 풍기는 액체가 가득했다. 그러나 진짜 술은 아니었다. 카바이드 술이었다. 몸도 마음도 추운 판이었다. 그는 드럼통을 지프 뒷자리에 싣고 구멍에 기다란 고무호스를 꽂았다. 따로 술잔이 필요 없었다. 그 전리품을 후퇴의 길에도 취하지 않을 만큼, 그러나 줄기차게 빨아마셨다.

한국전쟁에 개입한 마오쩌둥. 그는 1937년 여름 대장정을 마친 뒤 미국의 백인 기자 에드가 스노우를 접견하여 자신의 존재와 이상을 서방세계에 널리 알리는 기회로 활용한 적이 있었다. 그 자리에서 중국혁명의 지도자는 자아의식의 밑바닥에 깔린 조선에 대한 고정관념을 드러냈다. 정치의식에 눈뜨기 시작할 13세 무렵에 한 소책자에서 중국의 실상을 발견하고 조국을 구해야 하는 국민의 의무를 깨달았다고 털어놓으며, 조선에 대한 중국의 종주권 상실에 대해 탄식했다고 말한 것이다. 마오쩌둥의 어린 눈이 시모노세키조약이라도 발견한 모양이었다. 1937년 여름엔 마오쩌둥의 나이 44세. 그의 조선에 대한 고정관념은 과연 13세 시절에 비해 본질적으로 얼마나 변해 있었을까? 그는 일본을 몰아내는 범위에 대한 기자의 질문에 "우리는 중국의 식민지였던 조선을 포함시키지는 않습니다."라고 대답했다. 어린 시절엔 '종주권'의 문제로 인식했던 조선을 44세 혁명가는 한 발 더 나아가 '식민지'로 인식하고 있었다.

1950년 11월 펑더화이 군대를 월경시킨 57세 마오쩌둥의 의식엔 조선에 대한 그 케케묵은 본능적 고정관념이 더 정교하고 세련된 전략적 사고로 변질돼 있었다. 그는 중국의 식민지라고 믿어온 조선의 북쪽 절반을 송두리째 미국의 수중에 내줌으로써 세계에서 가장 강력한 군대가 상시로 자신의 항문에 총구를 겨누게 되는 꼴이 끔찍스럽게 저주스러웠을 것이다.

1951년 새해 벽두의 흥남 부두는 남으로 내려가려는 피란민들과 군인들로 인산인해를 이루었다. 이 상황에서 박태준은 덜컥 야전병원에 누워야 했다. 부상병보다 동상환자가 훨씬 많은 야전병원. 그는 병원에서 군의관보다 잘린 손가락, 발가락을 먼저 만났다. 수술대 밑에 놓인 요강 같은 바가지엔 도끼로 잘라낸, 얼어서 썩어버린 손가락과 발가락이 수북수북 쌓여 있었다. 중공군보다 더 무서운 게 혹한이라는 소문의 말없는 증거들. 그는 새삼 치를 떨었다.

군의관은 그의 복통을 맹장염으로 진단했다. 수술은 지체 없이 실시됐다. 다행히 오진이 아니었다. 이제 그는 꿰맨 뱃살이 아물기를 기다리며 최소한 한 주일은 병상을 지켜야 했다. 그러나 다급한 전세가 그를 가만두지 않았다. 문제는 꿰맨 자국이었다. 그것이 터지지 않도록 하려면 똑바로 누운 채로 배에 실릴 수 있는 방안을 찾아야 했다.

똑똑한 학도병 조규기가 친형의 일처럼 뛰어다녀 희소식을 안고 돌아왔다. 해병대 양륙함(LST)에 자리를 구해놓았다는 것. 수술 하루 만에 박태준은 두 개의 유리병을 얼굴 위에 매단 몸으로 들것에 실려 나갔다. 그를 받아준 양륙함의 이름은 '조치원호'. 바다와는 너무 먼 내륙의 지명을 딴 것이 야릇했지만, 조규기의 날렵한 교섭이 환자를 선장실로 모시는 특혜로 돌아왔다. 추위와 비통, 흥남의 아우성으로부터 등을 돌린 그의 시간표는 이제 묵호항에 내려져 강릉의 병원으로 옮겨질 차례였다.

명란 또는 명랑

1950년 크리스마스이브. 미 극동군사령부는 두 가지 고통을 감당했다. 지프 전복사고로 전사한 미 8군사령관 워커 중장의 유해를 23일 도쿄 하네다공항에서 맞이했고, 이어서 미 제10군단의 흥남 철수가 완료되었다는 보고를 받았다.

흥남에는 12월 20일 무렵부터 미군 군단 병력과 한국군 10만5천여 명, 피란민 10만여 명, 차량 1만7천500여 대, 장비 35만 톤이 집결하였다. 군대와 군장비 철수에만 매달려도 해를 넘길 상황이었으나, 한국군 제1군단 지휘부의 '피란민과 함께 죽거나 함께 남하한다'는 결의가 결국 앨먼드 소장을 설득했다. 장병과 장비를 태우고 남은 자리에 피란민을 무제한 승선시킨다는 결정이 내려졌고, 울부짖는 2천여 명을 '눈보라가 휘날리는 흥남 부두'에 버려두긴 했지만 9만8천여 명을 싣고 남으로 내려올 수 있었다.

새해 1월 4일 최후의 배가 출발하자 침착한 손길이 항구에 장착된 폭약의 도화선에 불을 댕겼다. 곧 어마어마한 폭발이 일어났다. 그것은 미완의 전쟁, 원한의 재분단을 알리는 요란한 신호탄이었다.

박태준 소령이 강릉에서 퇴원할 무렵, 트루먼은 맥아더에게 동맹국들의 반미 분위기, 미국의 형편, 소련의 입장 등에 주의하여 확전하지 말아야 한다는 내용의 전문을 보냈다. 그것은 휴전 카드를 곧 꺼낼 조짐이었다. 물론 맥아더는 '워싱턴의 머저리들'을 비난하며 여전히 중국 공격의 정당성을 굽히지 않았다.

추위가 누그러지고 언 땅이 풀렸다. 파괴된 금수강산의 골짜기마다 개울물 소리가 되살아났다. 진달래꽃이 피었다. 전후 한국 시인들이 '죽은 이의 핏빛 눈망울'에 비유할 꽃이 흐드러지게 피었다. 전선의 전체 형세는 한반도의 중부지역을 울퉁불퉁한 곡선으로 연결했다. 전쟁은 일진일퇴의 지루한 소모전 양상으로 굳어져갔다. 이 계절에 박태준은 강릉에 주둔하고 있었다. 제공권과 제해권을 상실한 적군은 아름다운 해안도시를 집적댈 수 없었다. 가장 예민한 신경계를 전황 소식의 전파에 맞추고 있어야 했지만, 강릉에선 시민도 피란민도 군인도 총성 없는 평화를 누릴 수 있었다.

어느 날 청년장교 박태준은 뜻밖의 제안을 받는다. 자주 어울려 인정을 나눠온 아저씨가 당신 딸을 주겠다고 했다. 그의 딸을 그는 알고 있었다. 여고를 졸업하고 간호부대에 자원한 예쁘고 날씬한 아가씨. 아버지가 청을 넣으면 장교들 앞에서 청아한 목소리로 가곡을 부르곤 했다. 이름도 예쁘고 독특해서 오랫동안 잊히지 않는 '명란'. '명랑'인가 '명태 알'인가, 처음 그녀의 인사를 받던 자리에서 그는 이런 싱거운 생각을 품었다.

박태준은 그녀와 따로 데이트를 한 적은 없었다. 단지 매력적이고 참한 아가씨라는 호감은 갖고 있었다. 명석한 두뇌인지 아닌지 물어볼 수야 없어도 아버지가 고등학교에서 수학을 가르쳤다니, 둔한 여성은 아닐 것이라 여겼다.

따뜻한 봄기운이 아른아른 피어오르는 어느 밤, 청년장교와 전직 교사는 막걸리를 나누었다. 안주는 강릉이 자랑하는 두부였다.

"두부는 초당두부가 제일이지."

"어릴 때 일본 아다미에서 처음으로 두부반찬을 먹었습니다."

두부를 술과 대화의 안주로 삼아 좋은 분위기를 일군 전직 교사가 문득 말투를 바꾸었다.

"오늘은 단도직입적으로 묻겠네. 우리 딸이 마음에 들지 않는가?"

"아닙니다."

"그럼 왜 거절하는가?"

"불행하게 만들 수 없기 때문입니다."

"박 소령처럼 현명한 장교의 앞날이 어때서? 내 눈에는 창창해 보여."

"그게 문제가 아닙니다. 지금은 전쟁 중입니다. 요새야 전쟁 발발 6개월 만에 처음으로 한가하게 지내고 있지만, 언제 어느 전선으로 투입될지 모르는 몸입니다."

전직 교사가 잔을 들었다. 청년장교도 잔을 들었다. 두 사람은 단숨에 들이켰다.

"그래도 나는 너무 섭섭해."

"저도 아쉽습니다. 하지만 너그럽게 이해해주십시오. 제 욕심으로 젊은 아가씨를 과부로 만든다면……."

"알았네, 그런 소리 말게. 내 딸 안 받아줘도 좋으니까, 부디 끝까지 총알이 자네를 피해가기를 바라네."

"강릉은 저에게 좋은 사람과 인연을 맺어주게 돼 있었나 봅니다."

박태준은 맹장염 수술을 받고 누워 있는 자신에게 안전한 자리를 마련해준 학도병이 바로 강릉상고 졸업반이라고 알려줬다. 전직 교사가 미소를 머금었다.

부모의 허락이나 참석도 없이 졸지에 장가들 뻔했던 청년장교는 곧 속초 1군단 사령부로 이동했다. 어여쁜 '명란'과 사람 좋은 그 아버지를 인생의 꽃송이 같은 삽화로 간직한 채.

노병은 사라지고

한반도 들녘에 아지랑이가 아물아물 피어오르는데, 맥아더와 트루먼의 갈등은 돌이킬 수 없이 깊어졌다. 맥아더는 중부지역까지 밀고 내려온 중공군의 한계와 약점을 꿰차고 있었다. 혹한의 절기를 틈타 미군을 기습했을 때의 중공군이 야간전투와 산악지형과 강추위에 약한 미군의 약점을 눈치 채고 있었던 것처럼, 그는 석 달의 경험을 통해 중공군이 현대전쟁을 수행하는 데 필요한 공업적 기반이 없어서 탱크든 중포든 정밀무기를 제조할 능력이 없다는 약점을 간파했다. 간단히 말해 아직 중국에는 한국처럼 현대적 제철시설이 없었다.

그러나 만주폭격을 구상하는 도쿄의 맥아더를 워싱턴의 트루먼이 해임시켰다. 4월 11일 워싱턴, 베이징, 평양, 모스크바, 그리고 런던과 파리가 한숨을 돌렸다. 그러나 서울에선 비탄이 터졌다. 스스로 자신을 위대하게 만든 파이프의 백전노장은 곧 미 의회에서의 연설을 마지막으로 죽지 않고 다만 사라져갔다.

사라진 노병의 후임은 매튜 리지웨이 장군. 그는 6월 30일 휴전회담을 열 용의가 있다고 밝혔다. 6·25전쟁이 끝났다는 선언과 같았다. 마오쩌둥과 김일성이 오랜 가뭄 끝의 단비처럼 즉각 받아들여, 휴전회담은 이해 7월 30일까지 한 달 동안에만 무려 14차례나 본회의를 개최했다. 그러나 휴전협정을 진행하면서도 전투는 전투대로 전개되었다. 어처구니없으면서 정말 비극적인 전쟁은 그로부터 2년이나 더 지속되었다.

'계속 싸워라. 지지도 말고 이기지도 말아라. 현 전선은 지키고 있어라. 그동안 정치외교가 우물쭈물 해결할 것이다.' 이것이 미군의 전투 수칙이었고, 그대로 한국군의 전투 수칙이 되었다.

휴전협정이 진행되는 동안에도 피아의 젊은이들이 헐벗은 벌거숭이 산야에 청춘을 묻고 있던 1952년 6월, 이승만 정권은 또 하나의 놀라운 부패사건을 일으켰다. 이른바 '중석불 사건'. 정부가 중석불(重石弗 : 텅스텐을 수출해 획득한 달러)을 민간상사에 불하하여 밀가루와 비료를 수입하게 하고,

그것을 농민에게 비싼 가격으로 되팔아 막대한 '검은 돈'을 챙긴 파렴치한 범죄행위였다. 중석불로는 양곡이나 비료를 수입할 수 없다는 규정을 어긴 고위 정치권과 민간상사들의 50년대식 정경유착은, 전쟁 중에 굶주리는 농민을 상대로 무려 500억 원에 달하는 부당 이익을 갈취했다. 국회조사단이 구성되었지만 당연히 형식적 조사에 그쳤다. 겨우 재무장관이 사임했다. 상사 대표들은 폭리취득죄로 기소되었으나 이듬해 5월 모두 무죄를 선고받는다.

중석불 사건이 터졌을 때, 박태준은 중령으로 진급해 5사단 참모부에 근무하고 있었다. 전쟁에 시달리는 농민들을 부패한 정치권력이 쥐어짜다니. 그는 자신도 모르게 몇 번이나 허리에 찬 권총으로 손이 내려갔다. 대한중석, 가난하기 짝이 없는 대한민국에서 거의 유일하게 달러를 벌어주는 텅스텐 광산. 달러를 생산하는 것이나 다름없는 이 광산에 버글거리는 권력형 부정비리를 언제 누가 청소할 것인지…….

5사단 참모부의 박태준은 예술적 소질이 뛰어난 네 살 아래의 문관 청년을 데리고 있었다. 그의 이름은 한인현. 1·4후퇴 때 남쪽으로 내려온 외로운 젊은이였다. 한인현의 사연은 전쟁과 분단이 낳은 전형적 비극이다. 남쪽으로 내려오기 위해 할아버지를 모시러 갔던 아버지가 제때 돌아오지 않아 어머니와 동생들은 집에서 기다리고 자기 혼자만 남하하는 배에 올랐다. 졸지에 혈혈단신 신세로 전락한 청년이 내린 곳은 남해안 거제도. 그는 친구들과 함께 마산의 방위군에 자원했다. 맨발, 굶주림, 죽창. 이것이 방위군의 실정이었다. 권력자들이 방위군에 보급되는 물품을 빼돌린 '방위군 부패사건'이 월남한 젊은이들을 거지처럼 만들었던 것이다. 한인현의 구세주는 밀양 육군병원의 정훈과장이었다. 마산 방위군 훈련소에 쓸 만한 인재가 있다는 소식을 듣고 달려온 정훈과장이 찍어낸 젊은이들 중에 한인현도 포함되었다. 밀양으로 옮긴 한인현은 다시 5사단 사령부의 문관으로 뽑힌다. 글씨와 차트 작성에서 드러나는 탁월한 솜씨 덕분이었다.

외로운 청년의 새 근무처엔 눈썹 짙은 젊은 중령이 기다리고 있었다. 상황판이나 궤도를 만드는 한인현의 손에 담긴 천부적 예술재능을 박태준은 첫눈에 알아보았다. 젊은 고혼(孤魂)이 남몰래 쓰는 쓸쓸한 시의 독자가 되어주기도 했다.

"너는 파리 유학이나 가야 할 사람인데 이러고 있구나."

"뜻밖에 박 중령님 만나서 마음이 놓입니다."

박태준은 늘 한인현을 곁에 두어 친동생처럼 돌봐주고 예술적 재능을 키워주고 싶었다. 그러나 군대의 일이, 더구나 전쟁 중에 군대의 일이 육군 중령의 마음대로 돌아갈 리 만무했다.

1952년 12월, 휴전협정은 석 달째 중단되고 있었다. 아이젠하워가 미국 대통령 당선자 신분으로 수원 비행장에 내렸다. 그의 '포로교환' 회담 제의는 다시 석 달이 더 지난 다음에야 '예비회담 즉시 개최'라는 답변으로 돌아왔다. 모스크바의 크렘린이 스탈린 사망(1953. 3. 5.)으로 혼돈에 빠져 있는 때였다. 여섯 달 만에 재개된 휴전협정에선 역시 포로교환 문제가 핫이슈로 떠올랐다. 미국의 가장 큰 걸림돌은 이승만이었다. 북진통일을 외치며 휴전협정을 극구 반대해온 그가 기어코 최대의 방해공작을 극비리에 실행했다.

1953년 6월 18일 반공포로 석방이 터졌다. 인민군 포로 3만7천여 명 중 2만7천여 명 석방. 워싱턴이 발칵 뒤집혔다. 휴전협정을 깨뜨릴 뻔했던 아이젠하워는 전쟁 발발 3주년인 6월 25일 특사를 서울로 급파해 이승만의 협조를 구했다. 휴전협정에 서명하지 않겠지만 방해하지도 않겠다고 약속한 이승만은 한미공동방위조약체결, 한국군 20개 사단으로 증강, 2억 달러 장기 원조와 1천만 파운드 식량지원 등 외교적 성과를 챙겼다.

휴전협정을 진행하는 가운데 어처구니없는 소모전이 계속되는 시기, 박태준은 최전선에서 한 발 물러나 있는 날들이 많았다. 가장 험악했던 개전 이후의 일곱 달 동안 숱하게 사선을 넘나들며 무공훈장을 세 번이나 받고도 말짱하게 살아남은 이 청년장교는, 보병학교를 거친 뒤부터 육군본부·1군단·5사단의 참모부에 배치되었다. 짧은 휴가를 받아 사병으로 입대한 동생을 데리고 나란히 고향에 다녀오기도 했다. 요행히 전쟁의 포화를 피한 임랑리엔 궁핍한 평화가 깃들어 있었다. 부모와 아우들도 모두 무사했다.

조만간 휴전협정이 조인될 것이란 예측이 무성한 소문으로 나돌고 있었다. 그는 사단장을 찾아갔다. 그의 의식은 명료했다. 전투현장이 아닌 자리에 너무 오래 머물렀다는 부채의식의 무게를 줄이고 싶었다. 그가 펜대만 돌리고 있으니 전투를 다 잊어버리겠다며 일선 지휘관을 자청하자, 사단장은 반대했다. 하지만 그는 부당한 청이 아니며 마음의 부채의식도 비우고 싶다고 맞섰다. 사단장이 행운을 빈다며 중령 박태준의 보직을 부연대장으로 조정했다.

그는 곧장 최전선으로 나갔다. 강원도 화천 방면이었다. 전선의 정세는 탄약을 남김없이 소모하기로 작정한 것처럼 치열해지고 있었다. 6월부터

휴전 무렵 어느 날의 박태준

적극공세로 나온 중공군과 인민군의 '7월 공세'가 더욱 격렬해졌다. 한 뼘의 땅이라도 더 차지하겠다고 결의를 했는지, 3년 넘게 끌어온 전쟁을 승패의 결말도 없이 원점에서 그만두게 될 수는 없다고 작심을 했는지.

적군의 강공은 아군의 반사적 반격을 불렀다. 미군과 한국군은 월등한 우위의 전쟁 물자를 유감없이 쏟아 부었다. 전선의 북쪽에선 포탄을 4월의 5만1천900발에서 7월엔 37만5천565발로 급증시켰고, 전선의 남쪽에선 포탄을 4월의 125만5천15발에서 7월엔 200만982발로 늘렸다. 그만큼 피아의 전사자도 몇 갑절 불어났다.

전쟁을 새로 개시하는 것처럼 치열한 공방전이 전개되는 상황에서 박태준은 화천 '949 고지'를 방어하고 있었다. 화천수력발전소를 사수하는 임무였다. 포탄과 총탄을 아끼지 않는 산등성이에서 중공군과 일진일퇴를 거듭했다. 국군 대대장과 대대 참모들이 한꺼번에 희생되기도 했다. 완전무장한 몸으로 고무보트를 타고 북한강 상류로 철수하다가 포탄에 당한 희생이었다. 화천수력발전소는 간신히 남쪽 수중에 넣었지만, 박태준이 겪은 최후의 아찔한 격전이었다.

1953년 7월 27일 마침내 휴전협정 조인식이 열렸다. 책상에는 세 종류의 서류가 놓였다. 영어, 중국어, 한국어. 미국 웨인 클라크 장군과 중국 펑더화이와 북한 김일성. 남한 대표는 없었다. 반공포로를 석방한 이승만이 미군을 남한에 붙들어두는 조건으로 휴전협정에는 빠지기로 했기에 그때 판문점에서 행사할 주권 하나를 날렸던 것이다.

승리도 패배도 없이 전쟁은 38선을 울퉁불퉁한 휴전선으로 대체했다. 대다수 미군은 태평양을 건너가고, 한반도엔 기약할 수 없는 불안한 평화가 남았다. 또한 남쪽과 북쪽에는 휴전선의 철조망보다 더 분명하고 날카로운 적개심이 남았다. 그것은 가장 모질고 가장 끈질긴 전쟁의 상처로 남을 것이었다. 그리하여 앞으로 수십 년이 걸릴지 몰라도 평양의 통치권력은 '반미(反美)'를 최고가치의 이념으로, 서울의 통치권력은 '반공(反共)'을 최고가치의 이념으로 외쳐댈 차례였다. 그리고 그것은 북이든 남이든 전쟁과 빈곤에 지칠 대로 지친 대중의 광범한 지지를 받았다. 휴전의 분단체제는 한반도에서 남북의 극단적 모순을 완성시켰다. 분단의 백화점에 온갖 신종의 비극적 제품들을 진열시킬 최적의 조건이 탄생되었다.

바로 그 지점에 박태준의 청춘은 멀쩡한 몸으로 우뚝 서 있었다. 그는 역시 운 좋은 군인이었다. 소위로 임관된 직후에 운 좋게도 남해안의 이념투쟁 현장으로 내려가지 않았던 것처럼, 이번에는 그보다 훨씬 더 운이 좋아서 우연히도 총알과 포탄이 그의 몸을 피해갔다. 만약 청년장교 시절에 운이 나빴더라면, 일찌감치 그의 인생은 순국(殉國)의 비석에 이름 석 자가 새겨지면서 종지부를 찍었을 것이다. 그랬다면 산업화시대의 대한민국은 세계 철강산업 역사에 전무후무한 불후의 금자탑을 남기는 '걸출한 일꾼'을 잃었을 것이다.

1953 | 1961

부패의 늪을 건너며

전쟁의 선물

에릭 홉스봄은 소비에트연방(소련)의 해체와 현존 사회주의 국가의 잇따른 붕괴로 단기 20세기가 막을 내렸다고 규정한다. 자크 아탈리는 이 '단기'를, 20세기는 1918년에 시작되고 21세기는 이미 1989년에 시작된 셈이라고 풀이한다. 이들의 척도를 수용한다면 실질적인 20세기의 말은 1980년 무렵부터다. 그 '20세기의 황혼' 십여 년 동안 한국사회의 큰 특징 중 하나는, 급진적인 운동권 대학생들과 지식인들이 6·25전쟁 전후의 지리산을 신성한 혁명의 제단으로 숭배하는 경향을 보였다는 것이다. 그들은 지리산에서 혁명 열정의 마지막 잔불을 일으킬 불씨를 찾으려 했다.

그러나 6·25전쟁 기간과 휴전 직후의 현실 시간대에서 지리산은 한국 정부에게 '공비의 산'이었다. 토벌의 대상이었다. 포화에 몸서리친 국민에게도 지리산은 몇 명의 공비를 사살·생포하거나 귀순시킨 뉴스의 무대로 등장했다. 전방의 최전선과는 먼 남녘에 따로 박혀 있는 암적 존재처럼 인식되었다. 따라서 휴전이 성립된 후 한국 정부는 '지리산 잔비'를 서둘러 깨끗이 제거해야 했다. 남한 내부의 혼란을 예방·수습하기 위한 가장 시급한 통치 과제로 다시 지리산이 떠올랐다. 여기에 분단의 희생양으로 내몰린 지리산의 비극이 있다.

박태준은 포성이 멈추자 몇 년 만에 진지하게 자신을 성찰할 기회를 갖는다. 현재 군인으로서 나는 어디쯤 서 있는가? 승패 없는 휴전을 맞고 보니 갑자기 머리가 텅텅 비어버린 듯했다. 그건 소스라치는 자각이었다. 육사도 날치기로 나온 데다 전쟁터만 돌아다녔으니 뭐든 제대로 공부할 시간이 없었다는 사실을 뼈저리게 인정해야 했다. 이왕 군인의 길에 나섰으니 군인으로서 성공해야겠는데, 이대로 가다간 멍청한 장교가 될지 모른다는 염려마저 생겼다. 전쟁 중에는 군인이므로 다른 머리를 굴릴 틈이 없었지만, 이젠 공부 욕심을 앞세워야겠다고 생각했다.

그는 자신에게 엄중한 질문을 던졌다.

'앞으로 어떻게 살아가야 하는가?'

전쟁이 끝난 뒤에 남은 것은 단순한 몸이 아니었다. 인생이 온전히 남은 거였다. 그렇다면 인생의 항로를 이끌어나갈 확실한 나침반을 가져야 했다. 식민지와 전쟁과 빈곤. 여태껏 그의 젊음이 헤쳐 나온 가시밭길이었다. 그것은 고스란히 조국의 실체였다. 엉망으로 널브러진 국가, 그 위에 한 군인으로 서 있었다. 그는 좌우명을 결정했다.

짧은 인생을 영원 조국에.
절대적 절망은 없다.

6·25전쟁은 하나다. 그러나 모든 전쟁이 그렇듯 6·25전쟁도 수백만 개의 전쟁이었다. 전선에서 총을 겨누었던 모든 개인이 다 저마다의 전쟁을 간직하기 때문이다. 전사한 이는 그의 전쟁마저 상실한다. 부상당한 이는 평생을 온몸으로 그의 전쟁 후유증을 모질게 감당해야 한다. 온전히 살아남은 이는 세월과 더불어 시나브로 그의 전쟁 기억을 지워나가게 된다.

고통은 인간의 성격을 창조한다. 전쟁은 전쟁터의 인간에게 최악의 고통이다. 박태준의 전쟁은 박태준의 신념으로 다시 태어났다. 그는 세월의 풍화작용을 거치며 전쟁의 기억을 지워가겠지만, 전쟁의 고통은 이 세상의 존귀한 선물처럼 인생을 이끌어나갈 좌우명으로 남았다.

금시계, 그리고 결혼

박태준 중령은 5사단 작전참모였다. 당시 직속상관인 참모장은 한신 대령, 사단장은 박병권 장군, 군단장은 정일권 장군이었다. 하루는 사단장이 그를 불렀다.

"작전참모를 당분간 더 해줘야겠어."

인간적으로 절친한 상관이 미안한 미소를 머금었다. 박태준은 섭섭한 속내를 비쳤다. 부연대장을 거치고 참모도 하고 있으니 다음은 연대장으로 가야 무난한 순서였다.

"이젠 경력 관리에도 신경을 좀 써주셔야 하지 않습니까?"

"알아. 그런데 이건 매우 중요한 작전이야. 대부대가 지리산으로 이동해야 하는 극비 작전이 있어."

사단장의 귀띔이 군단장의 명령으로 떨어졌다.

"작전참모는 보좌관 1명만 데리고 5사단 병력의 지리산 이동계획을 세워라. 기간은 10일이다."

조그만 천막 하나를 지었다. 그것은 박태준과 그의 보좌관이 극비의 작전계획을 완벽하게 짜기 위해 앞으로 열흘 동안 꼼짝없이 갇혀 지내야 하는 감옥이었다.

1만2천여 병력을 수송할 차량들은 몇 미터 간격으로 시속 몇 킬로미터의 속도로 전진해야 하는가? 중간의 돌발변수에 대한 예측과 그 대응은? 몇 개의 부대로 나눌 것인가? 부식 보급은? 식사시간과 장소는? 야전군 사령부와 사단본부는 어디에? CP(전방지휘소)는 어디에? …… 큰 줄기부터 숱한 잔가지에 이르기까지, 작전계획은 온갖 공식을 동원해야 하는 고등수학 문제와 진배없었다.

두 장교가 갇힌 천막엔 밤이 깊어도 불이 꺼질 줄 몰랐다. 박태준은 '잘 세워야 한다'는 의무감이 조금 부담스럽기는 했지만, 아주 오랜만에 자신의 기획능력을 발휘할 수 있는 막중한 일에 매력을 느꼈다. 텅텅 비어 버린 것 같은 자신의 머리를 확인할 기회로 여겼다. 모든 신경이 날카롭게 돋아나고 입술이 바싹바싹 마르는 10일이 10시간처럼 빠르게 지나갔다. 천막을 빠져나온 그를 기다리는 것은 브리핑이었다. 박태준은 군단장, 사단장, 참모장 앞에서 또박또박 설명해나갔다.

"이봐, 작전참모."

정일권의 동공이 빛났다. 박태준은 기합을 먹는 건가 싶어 뒷덜미가 뻣뻣해졌다.

"이런 작전계획은 어디서 배웠나? 우리 군대엔 제대로 가르치는 교육기관도 없잖아? 나는 아직 이만한 작전계획을 보고받은 적이 없어."

칭찬받은 부하의 혀가 부드러워졌다.

"중부전선에서 동부전선까지 전투하는 과정에서 익히기도 했고 책도 좀 보며, 그렇게 만들었습니다."

군단장의 얼굴에 웃음꽃이 활짝 피었다.

"정말이야. 굉장히 치밀하고 놀라울 정도로 잘됐어."

"감사합니다."

"자네가 박태준 중령이라고 했지?"

"예, 그렇습니다."

"고생 많았어."

박태준은 군단장이 내민 오른손을 잡았다. 일시에 피로가 가시는 듯했다. 군단장의 칭찬이 기뻤고, 사단장과 참모장의 흐뭇해하는 표정이 기뻤다. 스스로 가능성을 확인한 것이 즐거웠다.

박태준의 작전계획은 한 대의 차량 사고나 시간적 오차 없이 성공적으로 실행되었다. 남원, 구례, 함양 등지로 배치된 사단본부나 전방지휘소의 위치도 적절하다는 평을 얻었다. 머지않아 남로당 전북도당을 이끌어오던 부위원장 조병하가 국군 5사단 토벌대에 의해 뱀사골에서 생포된다.

총을 들고 직접 지리산으로 기어오르지 않아도 괜찮은 사단본부의 박태준은 전후의 낭만을 맛보기도 했다. 장소는 대전, 외출은 주말. 헌병대대장(김시진 중령) 등 여러 동기생들과 밤늦도록 술을 마시다가 대전발 0시 50분 남행열차에 몸을 싣곤 했다. 삶과 죽음의 거리를 새삼 실감하는 자리였다. 술잔엔 죽은 동기생이나 전우의 얼굴이 자주 담겼다.

1953년 가을 어느 날이었다. 정일권 군단장을 흐뭇하게 만족시킨 작전 참모에게 포상처럼 지휘관으로 나갈 기회가 열렸다. 그러나 박태준은 다른 길을 생각하고 있었다.

"왜 반대하나? 연대장 안 보내준다고 툴툴거린 게 언젠데?"

박병권 사단장이 의아하게 쳐다보았다.

"바보가 되긴 싫습니다. 이러다가 바보 되겠습니다."

"그건 또 무슨 소리야?"

"살아남은 실감은 술 몇 잔으로 됐습니다만, 육군대학에 가겠습니다. 거기서 공부할 수 있게 도와주십시오."

"진심인가?"

"예."

"좋아, 가서 열심히 해. 앞으로 장군이 되려면 반드시 육군대학을 좋은 성적으로 나와야 하는 거야."

"감사합니다."

조만간 육사 교장으로 옮겨갈 사단장의 허락이 떨어졌다. 청년장교 박태준에게 총 대신 책을 잡을 수 있는 평화의 무대가 열렸다.

미처 창군의 골격도 완비하지 못한 채 전쟁에 휘말렸던 한국 군대. 전쟁 중에도 지휘관과 참모의 능력을 향상시켜야 했기에 1951년 10월 4일 육군대학이 창설되었다. 육군 최고 교육기관은 대구 달성초등학교에서 개교했다. 초대총장은 이종찬 소장. 입학하는 영관급 장교들은 사명감과 자부심을 겸비했다.

정부와 군 수뇌부는 육군대학에 깊은 관심을 기울였다. 입학식과 졸업식에는 특별한 사유가 없는 한 이승만 대통령이 참석했고 국방장관, 미 8군 사령부 참모장, 참모총장, 유엔군 장성들이 빠지지 않았다.

1953년 11월 16일 박태준 중령은 5기로 육군대학에 입교했다. 5기생은 총 56명. 이들 가운데 육사 6기생은 4명. 넷 중 둘은 기혼, 둘은 미혼이었다. 미혼의 박태준은 하숙생 신세였다. 하숙집은 그가 대구를 떠나고 오랜 세월이 흐른 뒤에 다시 생생한 기억을 더듬게 해준다. 그때로부터 십여 년 후 한국 최고 스타배우로 떠오른 신성일이 교복을 입고 드나드는, 신성일의 모친이 손맛을 자랑하는 하숙집이었던 것이다. 운 좋게 살아남은 그의 동기들은 휴전의 후방도시 대구에서 자주 막걸리를 마시고 따로국밥 외식을 즐겼다. 기혼 동기생의 살림을 축내기도 했다.

오랜만에 잡은 책은 박태준에게 총과는 다른 종류의 긴장을 요구했다. 그것은 그의 두 가지 의식에서 비롯되었다. 우수한 성적으로 졸업하는 것이 장군 진급의 유리한 고지를 확보하는 것이란 데서 말미암은 무언의 경쟁의식, 그리고 우리 군대의 근간이 될 수 있어야 한다는 간택된 장교로서의 사명의식.

육대 5기생부터는 복 하나를 더 받았다. 4기생까지는 사단 규모를 지휘하는 내용(사단과정)에서 멈췄지만, 5기생부터는 군단 규모를 지휘하는 내용(군단과정)까지 배우게 되었다. 사단과정에선 독도법, 원자탄과 화생방전에 대한 방어, 인사참모 업무, 정보참모 업무, 작전참모 업무, 군수참모 업무, 보병사단 공격, 보병사단 방어 등이 주요 과목이었고, 군단과정에선 사단과정을 포함하여 사단전투명령, 군단 도하작전, 군단공격, 군단공세 등 더 광범위한 상위개념을 배울 수 있었다.

육군대학은 수석 졸업자에게 대통령상과 금시계를 수여했다. 1953년 11월 16일 입교한 5기생은 이듬해 6월 17일 졸업했다. 25주 동안의 총평을 통해 가려낸 영예의 수석 졸업자는 박태준 중령이었다. 이승만 대통령은 그날따라 졸업식에 참석하지 못했다. 대신 부통령이 대독한 훈시에서 졸업생들을 열정적으로 치하하며 복스러운 일이 증진될 것이란 축하를 보냈다.

대통령상과 금시계를 받은 수석 졸업자 박태준은 임석한 상관들과 악수를 나누었다. 정일권 참모총장이 반갑게 속삭였다.

"나를 놀라게 했던 그 박 중령이구먼. 자네라서 더 기분이 좋아. 축하하네."

"감사합니다."

박태준은 일계급 특진을 받는 것처럼 기분이 좋았다. 육군 총수가 자신의 병력이동 작전계획에 대한 강렬한 인상을 여전히 간직하고 있었던 것이다.

"내가 자네를 데려가야겠어."

정일권의 갑작스런 제안을 그 옆의 이종찬 총장이 얼른 받았다.

"이미 육사에 빼앗겼습니다. 여기서 교수부장을 시키려고 했는데, 박병권 교장이 선수를 쳤습니다."

순간, 박태준은 육군 총수의 못마땅해 하는 표정을 보았다. 그것은 출신 지역에 따라 확연히 갈라져 있던 육군 내부의 파벌을 드러낸 찡그림이었다.

박태준 중령 쟁탈전이 벌어진 것은 6월 초순이었다. 그에게 대통령상이 수여된다는 사실이 알려지고 이틀 지나서였다. 강의 중에 메모를 받은 교수가 그에게 지금 총장실로 가라고 일렀다. 그는 조금 긴장했다. 총장실에는 뜻밖에도 이종찬 총장과 박병권 육사 교장이 나란히 앉아 있었다. 이 총장은 박태준을 육군대학 교수부장으로 찍었다 하고, 박 교장은 그를 육사 교무처장으로 데려가겠다는 거였다. 박 교장의 논리가 조금 더 무거웠다. 기성장교를 교육하는 것도 중요하지만 그보다는 미래장교를 제대로 교육하는 것이 더 중요하다고 했다. 약간 밀리는 이 총장에게 박 교장은 진해의 육사를 태릉으로 이전해야 하는 과제도 털어놓았다. 그러자 이 총장은 남의 즐거움을 빼앗으려 하느냐며 사람 좋게 허허거렸다. 박태준은 난처했다. 그는 이럴 수도 저럴 수도 없었다. 두 선배가 똑같이 자신을 아껴준다는 사실을 잘 알고 있었다.

"두 분께서 결정해주십시오. 어느 쪽이든 저는 무조건 따르겠습니다."

박태준의 제안을 육사 교장이 받았다.

"좋아, 자네는 빠지게."

육군대학 제5기 '금시계'를 남해안 진해의 육사 교무처장으로 모셔가는 박병권 장군. 그가 아끼는 후배에게 긴급히 맡긴 임무는 예고했던 그대로였다.

육사는 6·25전쟁이 발발하자 10기 생도들을 전투에 투입하는 고난을 겪으며 일시 폐교했다. 1951년 10월에야 진해로 옮겨 11기생 모집을 했다. 전쟁 와중에 재개교하는 육사의 환골탈태는 11기생부터 '4년제 정규사관교육'을 실시한다는 것. 전쟁 중이라 홍보에 어려움이 많았음에도 '7 대 1'의 경쟁률을 기록한 11기 사관생도는 1952년 1월 1일 새해 첫날을 기념해 육사에 첫발을 들여놓았다. 1월 20일 거행된 재개교 식장은 성대 했다. 이승만도 몸소 참석했다. 12기생과 13기생도 진해로 입학했다.

육사에 부임한 새 교무처장을 생도들은 한동안 '금시계'라 불렀다. 육 군대학을 수석 졸업한 선배에 대한 선망과 존경, 기대를 담은 별명이었다. '금시계' 중령은 보직 신고를 마치기 바쁘게 육군작전지시 제562호에 따 라 육사를 태릉으로 복귀시킬 구체적인 이전계획 수립에 돌입했다. 1학년 생도 259명, 2학년생도 181명, 3학년생도 166명, 그리고 소수의 병력과 물품들. 박태준은 소규모 이전계획이야 한 손으로 덤벼도 만만해 보였다. 불과 여남은 달 전에 1만2천여 대병력과 물자를 이동시키는 성공적인 작 전계획을 수립했고, 육군대학에서 이론적 지식까지 습득했으니까.

교무처장 박태준은 이틀 만에 이전계획을 교장에게 보고했다. 교장은 희 색이 만연해졌다.

"완벽하구먼, 완벽해. 후퇴계획까지 세웠어. 후퇴계획에 착안한 것만 해 도 놀라운데, 그것마저 완벽해. 과연 자네는 작전통이고 기획통이야."

교무처장은 얼굴이 따끔거렸다. 다른 참모들의 눈총을 받는 것 같았다.

"만약의 경우를 가정한 것입니다. 다시 전쟁이 터지면 육사는 안전한 후 방으로 빼내야 하지 않겠습니까?"

"맞아, 그래야 미래가 있지."

교장의 유난스런 칭찬이 교무처장을 당혹스럽게 만든 이전계획에 의거 해 육사는 진해시절의 막을 내렸다. 1954년 6월 21일부터 24일까지 4일 에 걸친 이동이었다. 태릉에는 골프장 자리도 잡혔다. 장차 세계 어느 나 라의 어떤 장교와 어울리든 모든 면에서 상대할 수 있도록 교육해야 한다 는 것이 박태준의 주장이었다.

21세 입대, 23세부터 3년간 전쟁. 포연과 더불어 아름다운 청춘을 흘려 보내며 이성(異性)에 한눈 팔 여유도 없었던 청년장교 박태준. 만 27세의 생일을 막 지나자 드디어 총각 시절을 마감할 절기가 들었다. 1954년 11월 초순, 그를 어머니가 고향으로 불러 내렸다. 그는 인생의 한 매듭과 새로운 시작을 예감했다. 중매를 선 이는, 어머니의 고향인 경남 울산군 서생면과 이웃한 경북 감포에서 어장을 하는 친척이었다. 묘하게도 그댁 어른은 신랑 후보에겐 8촌뻘이고 신부 후보에겐 고모부로, 양가와 두 젊은이의 성장과정을 잘 알았다. 그러니 어느 날 갑자기 전격적으로 이뤄진 맞선은 아니었다. 이태 가까이 양가의 관심사로 올라 있던 일이었다.

박태준이 신부 후보에 대해 아는 정보는 겨우 다섯 가지였다. 이름은 장옥자, 인동 장씨, 이화여대 정외과 졸업, 나이 24세, 3남2녀 중 맏딸. 그녀도 신랑 후보에 대해 아는 것은 그런 수준이었다. '장래가 밝은 군인'이란 평이 매력으로 다가왔다.

어머니는 장남을 부산 영도로 데려가면서 말했다.

"7남매 장남에 우리 집이 촌이라, 저쪽 어른들이 망설였다. 내가 절대로 시집살이 안 시키고 신세 지지도 않겠다고 했다. 아버지야 전쟁 나기 바쁘게 맏이는 나라에 바쳤다고 선언한 사람이니까 맏며느리 밥상 받을 생각도 없다. 형제가 많은 집안에는 맏며느리 역할이 중요하다. 집안 화목이 그 손에 달렸다."

당신이 보아둔 규수는 그런 후보로 손색없다는 말씀과 마찬가지였다. 그는 묵묵히 듣고만 있었다.

안채와 사랑채가 넓은 집. 두 빈객은 안채의 안방으로 안내됐다. 신부 후보가 어머니의 뒤를 따라 방으로 들어왔다. 청년장교와 갓 대학을 나온 처녀가 서로 들키지 않게 틈틈이 전광석화 같은 시선을 날리는 가운데 어른들이 자리를 비켰다. 두 청춘 사이에는 화롯불이 놓여 있었다. 신부의 기억에 화석처럼 박히는 대화 한 토막이 오갔다.

"육사에는 생도가 몇 명이나 됩니까?"

"그건 군사기밀이어서 알려줄 수 없습니다."

태릉으로 올라온 박태준은 부산으로 편지를 띄웠다. 수신인의 뇌리에 새겨지는 사연도 담겨 있었다.

서로 충분히 시간을 가질 수 없지만 우리가 만나기 위해 겪어온 과정은 우리의 미풍이라고 생각하오.

결혼에 대해 매우 긍정적인 편지를 받은 부산의 답장에도 긍정의 목소리가 담겼다. 그래서 맞선을 본 지 두 달도 안 되어 결혼에 이른다. 12월 20일, 부산 백화당예식장. 신혼부부는 신혼여행을 떠나지 못했다. 신랑의 짓궂은 우인들이 무서워 부산의 호텔로 갈 수도 없었다. 신부는 친정에 신방을 꾸며야 했다. 나흘 뒤에는 시댁으로 가서 전통혼례를 한 번 더 올렸다.
　신혼 휴가가 끝났다. 박태준은 신부를 부산에 남겨두고 혼자서 기차를 타야 했다. 신부가 그에게 최초의 선물을 건넸다. 최호준 교수의 『경제학

신혼 시절의 박태준·장옥자 내외

원론』. 대학 은사의 저서를 건네는 신부는 '군대와 전쟁'밖에 모르는 신랑의 '경제적 무식'을 염려했는데, 그것이 박태준의 인생에서 '경제'와 첫 만남이었다.

신혼 재미가 복사꽃처럼 만발한 1955년 봄날에 박태준은 대령으로 진급했다.

학사학위 받아내기

한국 창군 역사에서 4년제 육사의 첫 입학식이 진해에서 국가적 관심과 축하 속에서 진행되었던 것처럼, 1955년 10월 4일 현 태릉에서 열린 졸업식에도 대통령을 비롯한 주요 인사들이 대거 참석하여 감격과 환호를 아끼지 않았다. 그런데 실제로는 졸업식을 앞두고 힘겹고 아슬아슬하기까지 했던 과정이 있었다. 그것은 첫 해산에 쏟은 어머니의 진통과 같았다. 그래서 유능한 산파들이 있어야 했다.

졸업이 임박하면서부터 수여해야 할 학위가 커다란 문제로 대두되었다. 그 때까지만 해도 육사를 정식으로 4년제 대학과정으로 규정한 이렇다 할 법적 근거가 없었기 때문에 제11기생이 졸업하기에 앞서 먼저 사관학교의 지위에 관한 법률적 규정이 꼭 필요하게 되었다. 그러나 국회의 의결을 거치고, 이에 관한 법률이 제정 공포된다는 것은 결코 순탄한 일이 아니었다. 이때 교장 장 창국 소장과 교수부장 방희 대령은 '출장입상'의 설변으로 학위 문제에 주목표를 두고 국회의원 설득 작업에 나섰다. 한편 문교부측과도 긴밀히 협의하였는데, 특히 한상봉 고등교육국장의 협조는 적극적인 것이었다.

『육군사관학교 30년사』

태릉 주변 산야에 하얀 억새꽃이 피어났다. 육사에는 11기생 졸업식이 성큼성큼 다가왔다. 그러나 문교부도 국회도 좀처럼 '이학사 학위'에 관심을 기울이지 않았다. 교장, 교수부장, 교무처장으로 이어지는 실무 책임라인은 속을 태워야 했다. 임관을 앞둔 생도들의 가슴엔 불만의 풍선이 부풀었다. 교무처장은 그들의 마음을 넉넉히 헤아렸다. 그는 조만간 폭발할 것 같은 젊은 혈기를 달래는 한편, 부지런히 문교부에 드나들었다. 그러나 상황은 쉽게 좋아지지 않았다. 급기야 두 사건이 잇따라 터지고 말았다.

육사 장교들을 일제히 긴장시킨 사건은 생도 대표의 '행동돌입'이었다. 애초의 졸업예정일이 코앞으로 다가온 9월 어느 날 아침, 4학년 생도 2명이 점호시간에 보이지 않았다. 4년제 육사의 첫 입학과 첫 졸업에 영예의 수석을 차지한 김성진 생도, 그리고 백운택 생도. 뒷날 각각 체신부 장관과 육군 1군단장을 역임하게 되는 두 생도의 행방불명에 비상이 걸렸다. 사회적 이슈로 만들기 위해 극단적 행동을 하지 않겠느냐는 염려가 대두되었다. 육사 생도들의 소망을 못마땅해 하는 문교부의 관료, 사관학교 위상의 법률적 확립에 선뜻 나서지 않는 국회. 이들을 상대하여 단숨에 승부내려면 여론을 집중시킬 만큼 희생하는 쪽이 지름길일 수 있었다.

그러나 박태준은 다른 방향으로 짚어나갔다. 한 군데 짚이는 데가 있었다. 아무래도 두 생도는 육군본부의 출근시간을 기다렸다가 참모총장의 방으로 쳐들어갈 듯했다. 시민들의 출근 시간이 다가서는 거리를 그의 지프는 앰뷸런스처럼 달렸다.

"용산역 세워."

"예에?"

운전병의 반문은 왜 육군본부로 직행하지 않고 갑자기 목적지를 바꾸느냐는 뜻이었다.

"용산역이야. 일을 벌여도 밥을 먹고 벌일 계획이겠지."

박태준은 육군본부와 가까운 용산역 주변의 국밥집부터 수색할 계획이었다. 그의 예측은 적중했다. 정복을 말끔히 차려입은 두 생도는 옷차림과 어울리지 않는 꾀죄죄한 식탁에서 국밥을 말아놓고 있었다. 식탁에 술병은 없었다. 그는 그 사실이 고맙고 기특했다. 젊은 교무처장과 두 생도의 토론이 벌어졌다.

"저희는 선배가 없어서 학사학위 받는 것조차 불가능해진 것 같습니다."

"저희는 11기 하지 않겠습니다. 1기 하겠습니다."

두 생도가 빳빳하게 나왔다.

"선배가 없다니, 11기를 안 하겠다니, 그게 무슨 말인가?"

"저희가 정규 육사 1기니까, 1기로 하겠습니다."

"너희 교육은 누가 시켰나?"

두 생도가 머뭇거렸다. 교무처장이 세게 나무랐다.

"육사 선배들이야. 너희 선배들이 실질적인 교육을 다 맡아왔는데 그런 소리를 하면 얼마나 섭섭하겠나?"

두 생도가 눈썹을 밑으로 깔았다. 그는 목소리를 낮추었다.

"정규과정이 없었던 것만으로도 가슴 아픈 선배들이야. 그때 나라의 형편이 어땠나? 뭐가 있긴 있었나? 그나마 있던 것도 전쟁이 다 짓이겨버렸고……. 그때 장교양성은 시급하지, 어떻게 해야 돼? 그래서 단기양성이 될 수밖에 없었던 거야. 그 선배들이 살아남아서 후배들을 가르쳐왔어. 그래도 너희가 1기야?"

두 생도가 고개를 숙였다. 그는 딱 부러지게 약속을 걸었다.

"이학사 학위는 어떤 일이 있어도 수여하게 만든다. 믿고 기다려."

"곧 졸업식인데, 그때까지 안 되면 허사로 돌아가는 것 아닙니까?"

그는 자신과 몇 사람의 끈덕진 노력에 대해 일절 언급하지 않았다.

"허사? 그런 일은 없어. 믿고 기다려. 자, 들어가지, 우리 탈영병들."

교무처장의 지프에 태워져 태릉으로 돌아온 두 생도는 교칙에 따라 처벌을 받아야 했다. 하지만 박태준은 그들을 보호할 생각이었다. 비록 규칙에 어긋난 행동을 하긴 했지만 충분히 고려해야 할 요소들을 포착했다. 문교부나 국회가 생도들의 원망을 부른 점은 인정해야 했다. 또 전체를 위해 희생하겠다는 각오가 기특했고, 자칫 영웅심리에 빠져 엉뚱한 호기를 부릴 수 있는 시간에도 반듯하게 생도의 명예를 지키고 있었던 태도가 마음에 들었다. 정규과정 1기생 대표로서의 자부심과 긍지에 상처를 주고 싶지도 않았다. 그는 교장에게 건의했다.

"책임지고 훈육하겠습니다. 관대하게 용서해주십시오."

교무처장의 건의는 수용되었다. 그런데 졸업식이 코앞에 임박해오고 있었다. 이만저만 골치 아픈 일이 아니었다. 여전히 '이학사 학위'가 태릉으로 배달될 조건은 뿌연 안개에 가려져 있었다. 행방불명된 두 생도를 찾아내 없었던 일로 처리하는 것은 내부적으로 조용히 마무리했지만, 졸업식 연기는 조용히 내부적으로 처리할 수 없는 사안이었다. 자칫하면 큰 사건으로 떠오를 가능성도 있었다.

졸업식 연기를 결정했는데 이학사 받아내기가 긴 씨름으로 간다고 하자. 그러면 5학년이 생기는 초유의 사단이 벌어질 수 있다. 그러면 '졸업시키지 못한 5학년'을 위한 예산을 새로 확보해야 할 테고, 그게 안 되면 어떡하든 기존의 빠듯한 예산에서 융통을 부려 '불만 가득 찬 5학년'을 잘 먹이고 잘 재우고 잘 입혀야 한다. 이만저만 골칫거리가 아닐 터. 그러나 박태준은 과감한 주장을 냈다.

"우리도 배수진을 칩시다. 만약 5학년을 두게 되는 사태가 발생한다면 특별예산을 편성합시다. 그래야 생도들 사기가 오르고, 학위문제 해결도 앞당기게 될 겁니다."

그의 의견은 채택되었다. 사태의 핵심은 학위수여 결정을 하루라도 앞당기는 데 있었다. 육사 보직장교들이 새로운 각오로 뛰어나갔다. 국회로, 국방부로, 문교부로. '십고초려'도 감내하겠다고 작심한 박태준은 또 다시 문교부의 문을 두드렸다.

경기도 양평 출생으로 경성제국대학을 졸업하고 조선총독부 시절부터 문교부에 근무했다는 담당국장은 야릇한 미소로 젊은 육군 대령을 맞이했다. 그동안 몇 차례 반복한 설전을 통해 '미운 정'이라도 생긴 모양이었다.

"일본에선 육사 출신들이 대단했잖아요?"

"그렇습니다."

"비록 미국한테 지긴 했지만 높이 평가해야 하겠지요?"

"일본 육사 사관교육은 국가 간성을 기르는 교육의 본보기였다고 평가할 수 있습니다."

국장이 앞니를 드러냈다. 냉소 같은 웃음, 이건 또 거절이란 뜻이었다.

"그만한 수준의 일본 육사에서 학사학위를 수여했습니까?"

"아닙니다."

박태준은 침을 삼켰다. 최소한 경성제대 정도는 나와야 학사학위를 받을 자격이 있다고 뻐기는 관료 앞에서 혈기를 누르지 못한다면 또 실패할 것이었다. 그는 끓는 속을 다스렸다.

"그래도 우리 문교부가 육사에 학위를 수여해야 하는가요?"

"미국 아이젠하워 대통령은 하버드대를 나왔습니까, 육사를 나왔습니까?"

그의 새로운 반격에 국장이 미간을 찌푸렸다. 그는 틈을 파고들었다.

"아이젠하워는 미국 육사 출신으로 구라파 사령관을 지냈지만, 현재 미국 대통령입니다. 우리도 미래의 국방을 책임질 젊은이들을 격려해야 합니다. 올해 졸업생들은 긍지와 자부심이 남다르고 교육 내용으로 보아도 학사학위를 받을 만한 자격이 충분합니다. 더 늦기 전에 결단을 내리셔서 국회 쪽으로도 긍정적인 의견을 보내주시기를 부탁드립니다."

울컥 치솟는 덩어리를 삼킨 그는 오히려 지난번보다 더 정중히 나갔다.

"참 끈질긴 사람이오. 그 끈기에 그 집념이면 박 대령도 육사 교무처장이 아니라 육사 교장도 하고 육군 참모총장도 하겠소."

국장이 소리 내어 웃었다. 박태준의 귀에는 백기를 드는 소리로 들렸다. 비로소 한 관료의 협조를 받아내게 되었다.

1955년 10월 1일 육사 교정에 함성과 박수갈채가 터졌다. '사관학교 설치법'이 국회를 통과하여 법률 제374호로 공포된 것이다. 육군만 아니라 해군과 공군에도 사관학교를 두도록 한 그 법은, 사관학교는 그 자격에 있어서 수업연한 4년의 대학으로 간주하고 졸업자에게 이학사의 학위를 수여하기로 규정했다. 뿐만 아니라, 공포한 날로부터 시행하며, 시행 당시 각 군의 사관학교는 그 법에 의해 설치된 것으로 간주한다는 부칙을 명시했다.

박태준은 대학도, 대학생도 귀한 세상에서 학사학위는 임관 소위들의 자존심이 걸린 문제라고 판단했다. 어렵게 학위를 받으며 임관된 소위들 중에는 전두환과 노태우도 있었다. 아직은 그의 귀에 익은 이름이 아니었다.

태릉 골짜기에서 박태준은 눈에 띄는 후배장교를 만났다. 육사 교무과장 황경노. 보고서를 하나 올려도 직속상관이 손댈 데가 없었다. 1965년 박태준은 대한중석 사장으로 부임하는 길에 이 유능한 후배를 데려가는데, 그것은 포항제철 동행을 넘어 필생의 동지로 이어진다.

수색의 고통, 그리고 국회 구경

1956년 1월, 박태준은 며칠 동안 '원자전 교육'을 받고 나와 국방대학에 입교한다. 총체적인 시각에서 국가경영을 공부할 수 있는 기회였다. 수색동 근처의 셋방으로 옮기는 그는 첫딸을 안고 있었다. 관사에서 나와 셋방살이 신세로 전락한 육군 대령은 아내에게 딱 하나 셋방 조건을 달았다. 출퇴근 지프가 들어설 수 있는 골목이어야 한다는 것.

살림을 풀어놓은 한겨울의 문간방은 몹시 추웠다. 방문 앞 쪽마루 밑에 연탄아궁이가 있지만 머리맡에 놓은 냉수엔 곧잘 살얼음이 끼었다. 아기에겐 좋지 않은 방이었다.

1955년 8월 15일 광복 10주년을 기념하여 서울시 종로구 관훈동에 문을 연 국방대학은 1956년 은평구 수색동으로 이전한 뒤, 1957년 '국방연구원'으로 개칭하였다가 1961년 '국방대학원'으로 바뀐다. 다시 40년이 지난 2000년부터는 기존의 국방대학원과 1990년에 설립된 국방참모대학을 통합하여 '국방대학교'란 명칭으로 거듭난다.

한국군과 미 8군사령부는 판문점에서 휴전협정이 진행될 때부터 국방대학 설립을 논의해왔다. 고도의 국가정책을 수립하고 그것을 지휘할 인재를 길러야 한다는 목적이었다.

국방대학 설립은 전쟁과 불가분의 관계다. 전쟁은 국가의 총력으로 수행된다. 한 국가의 정치·경제·군사·외교·이념 등 모든 역량이 통합된 국가의 총력, 여기에 전쟁의 성패가 걸린다는 근대적 전쟁 경험이 국방대학 설립으로 직결되었다.

선진 근대국가들이 제1차 세계대전 뒤에 당면한 주요 군사정책의 하나는 국가의 정치적·군사적 지도를 조화시킬 방법론이었다. 독일에서는 '재상들의 무능, 정치가들의 전략적 훈련 결여, 장군들의 정치적 훈련 부족 등이 국가권력의 최고단계에서 협조를 불가능하게 했으며, 그것이 패전의 주요 원인'이었다는 분석이 대두되었다. 이것은 승전국에게도 똑같은 과제였다. 런던대학에서 최초로 '국가정책'을 강의한 모리스는, "전쟁은 군인의 전유물이 아니라 모든 국민의 문제이며, 전쟁에 관한 기본적 이해가 없는 민주정치란 독재자의 명예욕과 마찬가지로 평화의 대적(大敵)이다."라고 지적했다. 이런 배경으로 1927년 영국이 맨 먼저 국방대학을 세웠다. 미국은 1946년에 국방대학을 설립했다.

우리나라는 육사의 시작이 그랬던 것처럼, 국방대학도 단기과정으로 출범할 수밖에 없었다. 국가의 모든 분야가 허술하고 빈약했던 때여서 국가안보의 인재를 키우는 교육기관에도 교과과정, 교수요원, 시설 등 모든 준비가 미흡했다.

엉성하게 문을 연 국방대학에 1기로 들어간 박태준은 자리끼에 살얼음이 끼는 문간방에서 겨울을 나지 못하고 첫딸을 잃는다. 폐렴이었다. 아직 걸음마도 해보지 못한 아기는 의사에게 보일 틈도 없이 싸늘히 식어버렸다. 박태준은 가슴이 찢어질 지경이었다. 오열을 깨무는 아내 곁을 꼬박 하루 지키고 다시 군복을 차려 입었다. 그는 어렵게 속의 말을 꺼냈다.

"무슨 뜻이 있을 거요. 앞으로 이보다 더 어려운 일을 겪을지도 모르는데, 이 세상 풍파에 내성을 길러주려는 하늘의 뜻이라고 생각합시다."

1956년 8월 18일 박태준은 국방대학 정규과정을 절반으로 단축시킨 '5개월 파일럿 과정'을 이수했다. 그리고 그 자리에 붙들렸다. 국방대학 국가정책 수립담당 제2과정 책임교수. 그에게 시급한 임무가 떨어졌다. 그해 10월부터 10개월 정규과정으로 입학시킨다는 국방부의 방침에 따라 최대한 완벽에 가까운 국방대학 교육시스템부터 만들어야 했다.

이제 그는 서른 살, 이립(而立)의 나이에 들어섰다. 새로운 자리는 뜻 깊은 나이에 국가경영을 총체적으로 통찰할 기회였다. 국방대학의 교육과정 마스터플랜 작성은 국가경영의 시야를 넓히는 것과 직결되었다. 그는 1956년 여름과 초가을을 다 바쳐 국가의 최종목표인 통일국가에 맞춘 교육과정까지 완성했다.

1956년 10월 하순 어느 날, 박태준은 정복을 단정히 차려입고 국방부 장관실에 들어섰다. 김용우 장관이 부동자세의 젊은 대령을 반갑게 쳐다보았다.

"귀관이 박태준 대령인가?"

"예, 그렇습니다."

"이리로 앉게."

그는 장관과 마주앉았다.

"귀관이 지금 국방대학에서 맡고 있는 일이 뭔가?"

그는 또박또박 자신의 긴 직책을 일렀다.

"그것도 중요한 일이긴 한데, 우리 국방부의 인사정책을 바로잡아야 하겠는데, 귀관이 적임자라는 추천이 많았어."

"과분하신 말씀입니다."

"아니야. 국방부 인사정책이 잘못돼서 국회에 나갈 때마다 곤욕을 치르게 되는데, 박 대령이 한번 바로 세워봐. 국회에도 나하고 같이 나가고 말이야."

돌아온 그는 즉시 상관에게 국방장관과의 면담 결과를 보고했다. 박임항 총장이 대뜸 손사래를 쳤다.

"여보게, 그건 곤란해. 가지 말게. 우리 일이 얼마나 중요한데."

"저도 그렇게 생각합니다. 하지만 명령이 떨어지면 어떡하겠습니까? 장관님을 만나서 직접 얘기하셔야 될 것 같습니다."

그러나 국방대학 책임자가 국방장관의 뜻을 거역할 수는 없었다. 박태준은 유감스럽게도 자신의 손으로 만든 교육과정을 직접 실행할 기회를 박탈당하고 말았다. 그 대신에 뜻밖에도 인생에서 처음 대한민국 국회라는 공간으로 몸을 들여놓았다.

그가 국방부 인사과장으로 근무한 기간은 정확히 1956년 11월 1일부터 1957년 10월 18일까지였다. 이승만의 자유당 정권이 파국의 막바지로 가며 허덕이는 시기였다. 국회로 나가는 그의 머리에는 국방장관을 만족시킬 자료를 가지런히 정돈하고 있어야 했다.

국방장관이 국회에 출석할 때마다 박태준은 거의 빠짐없이 보좌관처럼 붙어야 했다. 이때 국회 국방위원회 위원장은 포항 출신의 하태환이었고,

국방대학 교수 시절의 박태준(앞줄 가운데)

이철승과 김영삼도 국방위 소속 의원이었다. 그로부터 34년쯤 흐른 뒤, '민자당'이란 집권여당의 지도부에서 이태 남짓 한솥밥을 먹게 되는 박태준과 김영삼은 그렇게 얼굴을 익혔다.

국회로 나가든 사무실을 지키든 박태준은 따분하고 괴로웠다. 부패한 정치권력이 전횡을 부리는 시대, 국방부 인사과장 자리는 온갖 청탁이 드나드는 출입구와 다름없었다. 뒷구멍을 몰래 열어두기만 하면 마치 부엌의 음식을 훔쳐 나르는 영특한 쥐를 키우는 것처럼 청탁의 재물들을 소복소복 쌓을 수 있는 요직이었다. 그러나 그따위 뒷거래를 경멸할 뿐만 아니라 박멸해야 한다고 확신하는 장교에게 그것은 무엇보다 자신과의 투쟁을 요구했다. 셋방살이 처지를 유혹하는 금품에 넘어가지 않기, 부당한 압력과 청탁에 굴복하지 않기. 이는 바로 자기와의 가혹하고 치열한 투쟁이었다.

혼탁한 시대든 정돈된 시대든 원칙을 지키는 개인에게는 고통과 명예가 동전의 양면처럼 따라붙기 마련이다. 이는 1957년의 박태준 대령을 예외로 두지 않았다. 그는 원칙을 세웠다. 국무위원, 국회의원, 고급관료, 그리고 장성까지. 그들이 들이미는 청탁의 주종은 전방에서 후방으로 빼달라는 거였고, 장군 진급 자료를 잘 꾸며달라는 경우도 가끔 있었다. 전자에 대해서는 상관과 크게 갈등하지 않을 수준의 유연성을 발휘했고, 후자에 대해서는 장군 진급은 각 군 참모총장의 추천이 중요하니까 그쪽으로 알아보라고 발뺌하는 것을 상책으로 삼았다.

1957년 가을의 박태준은 국방부 인사과장이란 노른자위의 비린내에 질렸고, 권위는 땅에 떨어졌으나 권세는 높은 국회의 행태에도 신물을 내고 있었다. 부패한 사회의 그릇된 통념이 금은보화를 챙기는 자리라고 확신하는 요직에서 하루 빨리 벗어나고 싶었다. 이 진절머리를 내는 공간에서 그는 8년 뒤부터 동지로서 평생을 함께 완주할 공군 대령을 만난다. '물동과장' 고준식. 빵빵한 체구의 고준식을 박태준은 1965년 대한중석에서 재회하여 3년 뒤엔 함께 영일만 모래벌판에 가서 제철보국의 도전장을 던지는 것이다.

국방부 인사과장을 박차고 싶은 그때는, 박태준이 군복을 입은 지 꼬박 10년째였다. 어느덧 그의 내면에는 자기도 모르는 사이에 미래를 위한 역량이 쌓여 있었다. 전쟁을 통해 체득한 확고한 국가적 신념, 사단 병력 이동작전이나 육사 이전계획에서 확인한 기획능력, 육군대학에서 배운 지휘 개념, 국방대학에서 공부한 국가경영의 목표와 운영, 국방부에서 손에 익힌 인사관리. 이런 무형의 자산들은 앞으로 그의 내면에서 유기적으로 결합하고 성장한다.

진짜 김장

따분한 어느 날이었다. 박태준 대령은 아주 오랜만에 박정희 장군을 만났다. 두 사람만 마주서는 일은 평생 처음 같기도 했다. 국방부에 들렀던 1군 참모장이 일찍이 '탄도학 시간에 찍었던 제자'인 인사과장을 일부러 찾은 것이었다. 제자는 제자대로 뜻밖의 재회가 정말 반가웠다.

"자네 소문은 잘 듣고 있었어. 얼굴은 못 봤지만 자주 만나온 사람 같아."

"감사합니다."

박태준은 육사 시절의 은사 앞에서 환한 웃음을 지었다.

"1군으로 오지?"

"방법을 강구해주십시오. 따분하고 지긋지긋해서 어서 떠나고 싶습니다."

"우리 25사단에 참모장이 필요해. 문제가 많은 사단인데, 참모장이 중요해. 참모장 다음엔 연대장으로 나가야지. 조금씩 조금씩, 그러면서 빨리 나가야지."

이날 박정희가 박태준을 찾아온 것은 결코 우연한 걸음이 아니다. 1948년 8월 박태준이 소위로 임관되고 나서부터는 한 번도 따로 만나거나 같은 부대에 근무하지 않았던 두 사내가 지난 십여 년 그 격동의 세월을 가로지르는 길은 달랐다. 박정희는 이념과 숙군의 질곡에서 생사를 넘나들던 다음에 지각으로 장군의 길을 걸어왔고, 박태준은 전쟁터의 생사를 넘나들던 다음에 꾸준히 엘리트 장교의 길을 걸어왔다. 그런데 왜 어느 날 갑자기 박정희는 불쑥 박태준의 손을 잡으러 왔을까? 이것은 '사람 찾기'의 기획방문으로 봐야 한다. '내 사람'을 찾아 모으는 그의 가슴과 머리에는 거사의 꿈이 잉태돼 있었다. 1956년 대통령선거 때 육군 수뇌부의 이승만 당선을 위한 부정투표 획책에 반기를 들었던 박정희. 대선 후 그는 괘씸죄에 걸려 육군대학으로 좌천당한다. 박정희 연구자들은 장군으로서는 유일하게 육대에 '입학 당했던' 박정희가 그즈음부터 거사를 꿈꾸었다고 유추한다. 수모의 기간을 벗어나 일선부대로 복귀한 그가 소중하게 찍은 '내 사람'이 바로 박태준이었다.

박정희는 곧 약속을 지켰다. 박태준이 1군 산하 25사단 참모장으로 옮긴 것은 1957년 10월 25일이었다. 25사단은 1군 전투서열의 꼴찌였다. 육군 2개 사단 해체결정 대상에서 간신히 빠진 사단이었다. 그가 받은 새 보직이 그의 인생에서 가장 중요한 의미는 바로 박정희를 같은 명령계통의 상관으로 모시면서 가끔씩 연락하고 만나게 되었다는 점이다. 그건 두 사람에게 서로의 내면을 엿볼 수 있는 기회를 제공했다. 마침 이 무렵의 박태준 내외는 잃어버린 첫 아기의 슬픔으로부터 엔간히 벗어났다. 4월에 다시 얻은 딸(진아)이 백일잔치를 넘긴 뒤에도 새록새록 잘 자라나고 있었다.

사단 참모장으로 부임한 박태준 대령의 첫 번째 큰일은 사단장병의 월동(越冬)준비에서 매우 긴요한 김장이었다. 그가 부임했을 때는 각종 김장 재료들이 납품돼 김장이 막 진행되고 있었다. 그는 현장으로 나갔다. 그런데 이상했다. 왕릉같이 쌓여 있는 고춧가루 자루에서 전혀 매운 냄새가 나지 않았다. 옆에 선 병참장교에게 지시했다.

"저거 하나 가져오고, 물 한 양동이 떠와봐."

대뜸 살벌한 분위기가 잡혔다.

"고춧가루를 부어봐."

순식간에 '이적(異蹟)'이 일어났다. 말간 맹물이 뻘겋게 물들어버렸다. 그는 소매를 걷고 양동이에 팔을 넣었다. 그의 오른손에 집혀 올라온 것은 톱밥 같은 물질이었다.

"이런 걸 병사들에게 먹여? 이런 개돼지 같은 새끼들! 적이고 반역자야!"

그가 오른손의 젖은 톱밥을 병참장교의 가슴과 얼굴에 뿌렸다. 양동이를 그의 머리에 뒤집어 씌웠다. 오른발 왼발을 번갈아 몇 차례 움직였다. 이승만 정권 말기의 부패가 일으킨 이적의 실체가 하급 관리인 하나를 혼쭐내는 것이었다.

박태준은 이글이글 타는 눈으로 사병식당 주방의 위생 상태와 설비를 살펴보았다. 식당 뒤편으로 나갔다. 잔반통은 소금에 절여진 배추들로 넘쳐났다. 먹는 문제를 해결하지 못하는 나라에서 모든 장병들의 한결같은 첫 번째 소원이 배불리 실컷 먹어보는 것일 텐데, 군대 잔반통에 멀쩡한 배추가 쓰레기로 쌓인다는 것은 도저히 일어날 수 없는 사건이었다.

그는 사병식당으로 들어갔다. 점심을 먹고 있던 병사들이 벌떡벌떡 일어나 신임 참모장에게 거수경례를 올렸다.

"모두 김치에는 손도 대지 않았군. 왜 김치를 안 먹나?"

사병식당이 쥐 죽은 듯 잠잠해졌다.

"왜 김치를 먹지 않나?"

그의 날카로운 추궁이 벽면을 울렸다. 병사들은 잠자코 입을 다물었다.

"이봐, 자네."

신임 참모장의 지휘봉이 한 지점을 가리켰다. 하사 한 명이 냉큼 일어섰다.

"정직하게 말해봐. 도대체 귀한 음식을 버리는 이유가 뭔가?"

"예, 말씀드리겠습니다."

"괜찮으니까 어서 말해봐."

하사가 천장을 향해 외쳤다.

"결코 불평하는 것은 아닙니다. 우리 식당의 김치는 맵지가 않습니다. 맛도 없고, 먹고 나면 소화도 되지 않습니다. 그러나 앞으로는 군인답게 남김없이 먹겠습니다. 이상입니다."

"여기에서도 가짜가 판치고 있었구먼."

그는 취사장 창고에 보관된 김치도 조사하라고 했다. 식당엔 긴장감만 팽배했다.

"제군들! 당분간 김치엔 손도 대지 말고, 다른 건 남기지 마라!"

그는 쩌렁쩌렁 울리도록 소리를 질렀다. 고개를 갸웃거린 병사들이 희미한 미소를 머금었다. 기대 반 회의 반, 꼭 그런 표정이었다.

그는 울화통과 분노가 치밀어 올랐다. 본때를 보이자면 당장에 줄줄이 불러들여 가짜 고춧가루를 한 줌씩 그 입에다 집어넣고 싶었다. 하지만 신속하게 사후 처리에 착수했다. 가짜 고춧가루가 얼마나 되는지 확인하라. 납품업자의 신상을 들고 오라. 병참계통의 관련자들을 조사하라.

재고 물량부터 파악했다. 김장용을 빼더라도 30포대 정도가 남아 있다고 했다. 곧 납품업자의 신상보고도 올라왔다. 보나마나 줄줄이 엮어져 있을 것이었다.

박태준은 '가짜 고춧가루사건'을 사단장에게 보고했다. 어쩐지 반응이 밋밋했다. 뭐 그만한 일로 흥분하느냐고 은근히 책망하는 낌새마저 풍겼다. 적당히 넘어가는 게 누이 좋고 매부 좋다는 암시 같았다. 만만한 일은 아니겠군. 그는 야무지게 입술을 다물었다. 30분쯤 지나 더 높은 상부의 전화가 걸려왔다. 납품업자를 교체하지 말고 앞으로는 진짜 고춧가루를 납품하겠다는 선에서 적당히 타협하여 마무리하라는 압력이었다. 그는 전화통을 집어던지고 싶었다. 몇 분 지나지 않아 또 전화가 왔다. 육군본부의 어느 높은 나리도 똑같은 주문을 종용했다.

그날 저녁이었다. 박태준의 숙소로 낯선 사내가 방문했다. 문제의 납품업자였다. 자꾸만 머리를 조아리며 변명을 늘어놓았다. 물의를 일으켜서 정말 죄송하지만, 내용을 알고 보면 자신도 억울한 피해자라고 했다. 듣다 못해 버럭 고함을 질렀다.

"적반하장이란 말 정도는 알만한 놈이!"

"아닙니다, 정말 억울합니다. 저도 중간상인한테 속은 겁니다. 물품을 확인하지 않은 것은 제 잘못이지만, 우리 업계의 관행상 서로 믿고 하기 때문에……."

"야, 이 새끼야, 말로 할 때 썩 꺼져!"

그의 부리부리한 눈이 매섭게 번뜩였다. 문득 납품업자의 입가에 배시시 미소가 피었다.

"참모장님, 다 저의 잘못이라고 하겠습니다. 앞으로는 절대 그런 일이 없도록 하겠다고 약속하겠습니다. 한 번만 봐주십시오. 이번에 참모장님이 저의 뒤를 봐주시면 저는 두고두고 참모장님의 뒤를 봐드리겠습니다. 이게 다 세상 이치 아닙니까? 절대로 후회하지 않도록 해드리겠습니다."

매끄러운 하소연을 마친 사내의 오른손이 익숙하게 자신의 품으로 들어가더니 두툼한 봉투를 물고 나왔다. 박태준의 눈에서 팍팍 불꽃이 튀었다. 오른손이 권총을 잡았다.

"야, 이 새끼야! 그 더러운 돈 가지고 당장 꺼져! 쏘아 죽이기 전에 다시는 우리 부대 근처에 얼쩡거리지도 마!"

사내가 부리나케 봉투를 집었다. 문을 닫지 못한 그는 뒤도 돌아보지 않았다.

그 납품업자의 뒤를 봐주는 장성과 고위 장교는 몇 명이나 될까? 그가 터득했던 '세상의 이치'에 따라 그의 뒤를 봐주는 그들은 또 얼마나 될까?

이튿날 오전에 박태준은 1군 참모장 박정희의 전화를 받았다.

"오늘 회의에 보고가 올라왔던데, 큰일 하나 저질렀다며?"

"큰일은 아닙니다. 김장을 제대로 담그려는 것뿐입니다."

"나중에 김치 맛보러 가야겠구먼. 불원간 한 잔 해야겠어."

두 사람은 웃으며 전화를 끊었다.

정작 박태준을 어렵게 만든 일은 따로 있었다. 상부의 압력 앞에서는 분노 때문에 짙은 눈썹을 까딱거릴 수밖에 없었지만, 기존 납품업자를 쫓아낸 다음에 어마어마한 양의 진짜 고춧가루를 구하는 일에서는 눈썹을 휘날려야 했다. 기존 납품계약을 파기한 후 병사들의 사기와 건강을 위해 한시바삐 진짜 고춧가루부터 들여와야 했다. 며칠 만에 우선 급한 대로 10포대는 확보할 수 있었다. 하지만 대량을 안정적으로 공급하겠다는 정직한 계약자를 찾아야 했다.

'가짜 고춧가루사건'이 터지고 나서 사나흘 지나서였다. 트럭 한 대가 연병장으로 들어서자 휴식을 취하고 있던 병사들이 너도나도 환호성을 질렀다. 지나가는 바람에 매콤한 냄새가 묻어왔던 것이다. 진짜 고춧가루의 입영을 뜨겁게 환영하는 병사들의 모습, '만연한 비리'와 '창궐한 부패'의 권력세계가 병영에서 연출한 웃지는 못할 희극의 한 장면이었다. 연병장에 매콤한 냄새를 몰고 나타난 새 납품업자는 정두화였다.

사단 군수장교 윤 대위가 청량리 용두동 나의 사무실을 찾아온 것은 아주 이례적인 일이었다. 업자가 찾아가 만났으면 만났지 시세말로 당시 끗발 있던 군수장교가, 그것도 전방 사단에서 서울로 업자를 만나러 온다는 것은 거의 생각할 수 없는 일이었다.

윤 대위는 나의 사무실에 도착하자마자, 지금 당장 함께 전방 부대로 올라가야 하니 채비를 하라고 독촉했다. 이때는 내 심사가 매우 뒤틀려져 있던 차였다. 서너 달 전에 있었던 일 때문이었다. 전방 군단에 부임한 모 장군이 부임하자마자 나에게 부대운영비 조로 500만원을 내놓아야 한다는 것이었다. 하긴 당시 군납업자는 '군수부대의 봉'이었으니까 탓할 일은 아니었다. 이걸 거절해 윤 대위가 나의 사무실에 오기까지 나는 벌써 3개월째 고전 중이었다.

부대에 도착할 즈음 윤 대위가 가짜 고춧가루사건을 얘기했다. 참모장실에는 꽤 늦은 시간이었는데도 사단 내 보급장교와 하사관들이 대기하고 있었다. 박태준 대령은 앉자마자 본론을 얘기하였다.

"지금의 일정으로는 2, 3일 내에 김장을 담그지 않으면 급식 일정에 차질을 빚습니다. 고춧가루를 모레까지 납품해주세요. 전량 진짜여야 하며 납품 가격은 규정대로입니다."

박 대령의 어투는 시종 명령조였다. 그런데도 왠지 불쾌하다거나 거절해야겠다는 생각이 들지 않았다. 이틀 만에, 그것도 일일이 제분 과정을 지켜보는 검사관들을 앞세우고 양질의 고춧가루를 전량 납품하여 김장 기일을 맞출 수 있었다. 시장이란 시장을 다 뒤져서 최상품으로 전량 구매해 마련한 것이었다. 이러한 우여곡절을 거쳐 25사단의 김장 작업은 무사히 끝났고, 후일 김장 품질평가에서 우수를 받았다 한다.

정두화, 『우리 친구 박태준』

전쟁에서 일선 지휘관을 지낸 뒤로는 대부분 인사참모·작전참모·육사 교무처장·국방대학 책임교수·국방부 인사과장의 자리를 지켜온 젊은 엘리트 장교. 오랜만에 전방부대로 나간 그에게 기념품처럼 배달된 가짜 고춧가루. 박태준은 한 대접의 진짜 고춧가루를 한꺼번에 퍼먹은 것처럼 통렬히 체험했다. 비리와 부패가 얼마나 위험한 수준에 도달해 있는가를. 그것은 그의 고뇌를 더 넓은 쪽으로 뻗어나가게 하는 자극제가 되었다.

박태준이 나라의 됨됨이를 가슴 아프게 고민할 때, 박정희는 부군단장으로 옮겼다. 별을 달긴 했으나 지휘 실권이 없는 직책이었다. 하지만 그에게 선배의 직책은 관심의 대상이 아니었다. 속마음을 터놓을 선배가 인접 지역에 있다는 사실만으로도 큰 위안이었다. 십여 년 전 육사에서 처음 인연을 맺었으나 함께 지낼 기회가 없었던 두 사람은 뒤늦게 해후하여 오랜 공백을 만회하듯 가끔씩 만났다.

"군대마저 썩어도 너무 썩었습니다. 지금의 군대는 국가의 최후보루가 아니라 부패집단으로 타락한 것 같습니다."

"그 기분 이해해. 그러나 잘 봐. 군대가 다 썩진 않았어. 썩은 놈들은 자유당 정권에 기생하는 놈들이야. 그들 외엔 경무대도 자유당도 지지하지 않아. 여기에 희망이 있는 거야."

"이 부패는 어디까지 가야 끝이 나겠습니까?"

"부패는 부패 때문에 망하지. 시간이 문제야. 다 망한 뒤에야 뭐 하겠어?"

"전쟁에서도 간신히 망하지 않았던 나라를……."

"너무 어두워 말게. 자기 안에서부터 희망을 키워야지."

"희망을 키워야 한다고 하셨습니까?"

"케말 파샤도 희망을 보여주지."

"케말 파샤? 토이기의 국부 아닙니까?"

토이기는 '터키'의 한자 음역어다. 박정희가 말없이 잔을 들었다. 박태준도 묵묵히 잔을 들었다.

희망 키우기, 케말 파샤. 선배의 이 말이 후배의 뇌리에 박혔다. 가짜 고춧가루가 보여준 붉은 이적의 현장에서 치를 떨었던 박태준. 바야흐로 그의 영혼에서 나온 고뇌의 한 가닥은 담쟁이넝쿨처럼 사회변혁의 담벼락에 아슬아슬하게 닿아 있었다.

서슬 퍼런 연대장, 1958년을 나다

8·15광복 후 1960년대 중반에 이르는 '대한민국 20년'을 관찰할 때 주목할 만한 연도는 1950년과 1953년, 1960년과 1961년이다. 6·25와 7·27, 4·19와 5·16이 있기 때문이다. 당연히 1958년은 주목받지 못한다. 그런 고유명사로 고정된 날짜가 없는 해이다.

그러나 1958년을 통찰할 필요가 있다. 상반기까지만 훑어보아도 역사적 대격변의 전조들이 노골적으로 드러난다. 그것은 박태준에게 자신이 처한 시대를 근본적으로 회의하게 만드는 자극적인 재료였다.

지나간 우리의 1년은 결코 행복한 것이 아니었습니다. 민생은 날로 핍박(逼

144

迫)의 도를 가하는 반면에 대적을 바로 눈앞에 두고도 일반민중과 전적으로 유리(遊離)된 무리들의 하잘 것 없는 정쟁은 그칠 날이 없었습니다. 기한(飢寒)에 우는 동포들이 가두를 헤매는 바로 지척에는 사치에 겨워 인생의 권태를 고급차(高級車)에 싣고 다니는 도당(徒黨)을 수없이 보았습니다. 법의 구멍을 빠져 뭇 백성을 희생으로 치부하는 족속 또한 그치지 않았습니다. 이 틈에 공과 사는 그 서(序)를 잃고 나라의 기반은 흔들리고 위국진충(爲國盡忠)하는 조야(朝野) 모든 인사들의 노력의 성과는 허다히 수포로 돌아간 것입니다.

우리는 무엇보다도 새해를 계기로 하여 이 같은 온갖 폐단이 일소되기를 바랍니다. 이것은 물론 말로써 이루어질 일이 아닙니다.

장준하, 『사상계』 1958년 1월호 권두언

이 통탄하는 지성의 눈에 비친 희망의 싹은 1957년에 몇 차례 있었던 대학생들의 집단행동이었다. 그것은 대학사회부터 조금씩 전쟁의 마취에서 깨어나기 시작한다는 징후일 수 있었다. 그러나 1958년의 한국사회는 장준하의 희원(希願)과는 반대 방향으로 열려 있었다. 날이 갈수록 독재와 부패의 폐단이 심각해졌다. 그의 희원이 실현되려면 국민이 행동으로 나서야 했다. 물론 국민은 독재를 싫어하고 부패에 분노했다. 그럼에도 정의의 손발은 광장으로 모일 줄 몰랐다. 국민은 여전히 전쟁의 마취에 걸려 있었다. 전쟁 후유증에 시달리는 국민은 독재나 부패보다 공산주의를 훨씬 더 혐오했다. 그래서 독재와 부패 권력은 자신을 비호해주는 '반공의 주술'을 퍼뜨리기 위해 희생양을 찾았고, 반드시 반공이라는 절대적 가치의 이름으로 포장하여 공개 처형할 필요가 있었다.

1958년 1월 14일 동아일보는 1면 머리기사를 7명의 얼굴 사진으로 장식했다. 이른바 조봉암의 '진보당 사건'. 타락한 집권세력의 계산대로 반공을 위해 쉽게 궐기하는 국민의 관심이 쏠렸다. 독재와 부패 권력은 일시적이나마 반공의 이름으로 존립의 정당성을 얻는 것 같았다. 그러나 집권세력의 목표가 독재와 부패의 태평천하를 끝없이 유지하겠다는 데 있었으므로 혼탁한 사건은 꼬리에 꼬리를 물고 일어날 수밖에 없었다.

군부도 예외가 아니었다. 부패가 만연·창궐하고 있었다. 상명하복이란 조직의 특성상 '흐린 윗물의 아랫물 흐리기'는 정계나 관료계보다 더 쉽게 이루어질 수 있었고, 조직의 상부가 집권층의 핵심과 밀착된 경우에는 어마어마한 비리마저 일사불란하게 획책할 수 있었다. 그러나 군부엔 양심적인 젊은 장교들이 있었다. 그들은 자신의 자리에서 소신껏 양심을 지켜나가거나 참을 수 없는 상황에서 극단적 행동으로 저항하기도 했다.

1958년 1월 하순에는 양심적인 젊은 장교들과 관련된 두 사건이 연쇄적으로 사회에 충격을 던졌다. 부정사건으로 해임된 현역군인이 후임자에게 부정사건의 합리화를 요구하다가 거절당하자 권총으로 동료 장교와 부하 사병 등 6명을 사살하고 자살한 끔찍한 사건이 발생했다. 1월 30일에는 현역 육군 중위가 국회의사당 내 출입기자실에서 권총자살을 기도한 사건이 터졌다. 그가 자기 아버지 앞으로 남긴 장문의 유서와 혈서는 군 수사기관이 압수해갔다. 그가 왜 목숨을 던졌는가는 유서에 있을 테지만 사회에 공개되지 않았다. 현장에 남은 '내 조국아, 길이 번영하라'는 혈서만 젊은 장교의 내면을 짐작케 할 뿐.

미 육군은 인공위성을 부착한 주피터C 로켓 미사일을 발사해 세계인의 이목을 끌었다. 1958년 2월 1일의 일이다. 한국은 총선을 몇 달 앞두고 혼탁과 혼란의 물결이 더 거칠어졌다. 그것은 두 달 만에 자유당 중앙위원장인 국회의장 이기붕의 단독 출마사건으로 클라이맥스에 달했다. 그가 서울 서대문구를 포기하고 도깨비처럼 경기도 이천에 입후보하여 진짜 몽둥이를 든 '어깨'들과 경찰조직을 대대적으로 동원하자, 이에 질린 민주당 후보가 잠적해 버렸다. 이 파렴치한 사건은 부패와 타락과 무능으로 점철된 이승만과 자유당 집권세력이 전국적으로 획책할 대담한 부정선거의 전주곡으로 울려 퍼졌다. 5월 2일 총선은 추악한 부정선거로 실현되었다. 자유당은 승리했지만 그들을 기다리는 것은 그들의 오만과 달리 붕괴의 시간이었다.

1958년 상반기에 속속 불거져 나온 군부 고위층과 집권세력 핵심부의 결탁이 만든 부정부패의 압권은 탈모비누사건이었다. 어처구니없게도 그것은 총선 직후 곧 개각이 단행될 것이란 소문에 휩싸인 국무회의에서 불의의 총성처럼 튀어나왔다. 해외공관으로 좌천될 것이 확실시되는 국방장관이 국무회의 중에, 유임이 확실시되는 상공장관을 향하여 '당신이 장려한 비누가 장병들의 머리를 빠지게 했다'는 책임추궁의 발언을 던진 것이었다.

1957년 6월 4일 대구와 부산의 두 비누공장이 국군부대에 2억4천621만8천820환에 해당하는 세숫비누 633만800개를 납품했는데, 이 비누를 사용한 수많은 장병들이 피부 통증과 탈모를 호소했다. 그럼에도 1년 가까이 숨겨져 있다가, 그렇게 느닷없이 국무회의 책상 위에 한 뭉치의 머리칼처럼 떨어진 권력암투의 고발. '탈모비누'가 권력의 뒷구멍으로 어마어마한 뇌물을 제공한 사실이 이렇게 어처구니없는 방식으로 들통 나자 3부(상공·재무·내무) 장관이 사의를 표명했다. 이승만은 장관들은 자기 몸이 개인이 아닌 것을 알아야 한다며 즉시 사표를 반려했다.

탈모비누사건이 슬그머니 국민의 기억 속으로 가라앉은 6월 중순, 또 다른 국가적 불행이 겹쳤다. 제대로 되는 것이 없는 나라에서 거의 유일하게 외화벌이를 해온 대한중석마저 늪에 빠져버렸다. 국제시장의 텅스텐 가격 하락과 경영 불합리성이 겹쳐 부채가 14억 환으로 누적되고 5월 말까지 미불 노임만 해도 2억1천만 환에 육박했다. 대한중석은 이때로부터 6년 6개월이 지난 1965년 박태준의 손에 맡겨져, 단 한 해 만에 기나긴 적자 행진의 마침표를 찍고 흑자로 돌아선다.

1958년 7월 7일, 박태준 대령은 25사단 참모장에서 71연대장으로 보직이 변경되었다. '조금씩 조금씩 빨리 나가면 된다'고 했던 박정희의 그 묘한 표현대로 적절한 경력관리가 이뤄지는 셈이었지만, 그가 맡은 연대는 그 무렵에 최하급 부대로 평가받고 있었다. 당연히 피복부터 엉망이었다. 그는 일거에 일등 연대로 발전시킬 해법을 찾았다. 그것은 국군의 날 시가

행진 부대로 선발되는 길.

　그는 육군의 요직을 두루 거치며 맺어온 주요 위치의 상관들에게 자기 연대의 상황을 설명했다. 최하위 부대를 최상위 부대로 끌어올리겠다는 의욕과 계획이 그들의 마음을 움직였다. 국군의 날 시가행진 부대로 선발되자, 병사들의 몸에 닿는 모든 것이 새것으로 교체되었다. 군화를 갈아 신고 군복을 갈아입은 것만으로도 그의 연대는 빠릿빠릿해졌다. 한결 좋아진 식사를 해가며 빈틈없는 연대장의 지휘 밑에서 진행되는 제식훈련은 한껏 단결력을 고취시켰다.

　국군의 날 행사가 끝난 뒤의 평가는 호평이었다. 연대장은 우쭐해진 병사들을 트럭에 태우고 원대로 복귀했다. 연대는 거듭났다. 그러나 나라는 여전히 엉망이었다.

　그해 가을 박태준 대령은 나라가 이 꼴로 가다가는 국민의 절망밖에 남을 것이 없다는 생각을 가슴속 깊이 갈무리하고 있었다. 그것은 자신의 원칙을 지켜내는 원동력이 되기도 했다. 혼탁한 세상의 장교로서 현재 자신이 지켜야 할 것은 무엇인가를 자문하곤 했다. 아침마다 거울 앞에서 정중하게 군복으로 갈아입으면서 되풀이하는 자문은 자아 가다듬기의 반복이었다. 대답은 늘 똑같았다.

　'군인으로서 명령에 따라 움직일 수밖에 없지만 최소한 두 가지는 반드시 지킨다. 하나, 어떤 경우에도 비리와 부패의 유혹에 넘어가지 않으며 내 앞에 닥쳐오는 그것들을 반드시 물리쳐야 한다. 둘, 정권 실세와 결탁된 부패한 군 고위 실력자들 곁으로 다가서지 말아야 한다.'

　그의 원칙은 그의 연대를 강건한 부대로 만들었다. 그는 훈련에 철저하듯, 보급품과 부식 확인에도 철저했다. 서면보고로 끝내는 법이 없었다. 사병들을 만나 청취하고, 취사장에 들러 정량급식 여부를 확인했다. 사병들은 좋아했다. 영외 장교들과 하사관들은 괴로웠다. 취사장에 생선이나 육류가 나오는 날에는 아예 가방을 들지 않아야 퇴근길의 몸수색을 면했다.

　박태준은 자신에게도 항상 엄격했다. 솔선수범, 이것이 지휘(리더)의 제일 덕목이란 것을 양심에 새기고 몸으로 체득하고 있었다. 그가 군단 산하 연대장 회의에 출장을 가게 된 어느 날이었다. 연대 재무담당관이 연대장에게 여비를 챙겨주었다. 그것은 통상적인 일이고 당연한 일로 여겨져 오고 있었다. 그러나 박태준은 부당한 관행이며 자신의 솔선수범 원칙에 어긋나는 부정이라고 판단했다. 봉투를 거절하는 그의 호통은 매섭고 단호했다.

"이게 귀관의 돈이야? 귀관이 뭔데 공금을 함부로 쓰나? 그러려면 군을 떠나야지!"

그해 가을 어느 날, '딸깍발이 연대장'은 육사 7기 정재봉 중령(뒷날 포항 제철에서 외국계약 담당이사를 역임)의 소개로 박철언을 만났다. 다섯 척 단구를 겨우 모면했을 키 작은 사내는 판문점에 나와 있는 유엔군사령부 군사 정전위원회의 미군 문관이라고 했다. 박태준은 처음 만난 사내의 영특한 눈빛에 호감을 느꼈다. 술잔이 오갔다. 그런데 박태준의 고막을 찌르는 말이 박철언의 입에서 나왔다. 일본에서 야스오카 선생을 자주 모신다고 하

연대장으로 '국군의 날' 시가행진을 지휘하는 박태준

지 않는가. 박태준은 그의 강연을 딱 한 번 들어봤다고 얘기했다. 패전 직전의 도쿄 히바야공원, 지도자의 자질론. 술자리는 길어졌다.

1960년부터 1969년까지, 전면에 드러난 적은 없지만 한일관계의 까다롭고 중대한 현안문제에서 매듭의 실마리를 찾는 데 기여한 박철언. 1926년 평북 강계에서 태어난 그는 1945년 서울로 내려온 다음 1946년에 일본으로 밀항하여 일본대학 영문학과에 들어갔다. 영어, 일본어에 능통하게 된 그는 미 극동군 사령부 2국에 재직할 때 야스오카의 제자인 야기 노부오와 자주 어울렸다. 전후 일본의 정·재계에서 최강의 영향력을 행사한다고 알려진 막후의 인물 야스오카, 일제강점기 조선총독부 보안책임자와 전남 지사를 역임한 친한파(親韓派) 야기. 1953년 12월 박철언은 야스오카를 처음 만났다. 그 뒤로 깊어진 둘의 친교는 먼 뒷날에 박태준과 야스오카, 포항제철과 야스오카를 잇는 긴요한 다리가 된다.

1958년 12월, 박태준은 둘째 아기마저 폐렴으로 잃을 뻔했다.

미국 구경 후 박정희와 부산으로

1959년 이른 봄, 박태준의 연대는 다시 한 번 특별한 행사에 뽑혀나갔다. 3월 26일 이승만 대통령 생일기념 시가행진. 국군의 날 행진에서 받아둔 호평 덕이었다.

그는 시가행진을 마치는 아스팔트에서 인사명령을 받았다. 육군본부로 들어오라는 것. 25사단에 대한 육군본부의 평가는 이미 '꼴찌'에서 수도사단을 제외한 '일등'으로 꼽히고 있었다. 1959년 3월 29일 박태준 대령은 육군본부 인사처리과장으로 부임한다. 뒷구멍을 열어두면 '쏠쏠한 재미'들이 두더지 행렬처럼 기어들겠지만, 그는 국방부 인사과장 재임 때 그랬듯이 쥐새끼 한 마리도 설치지 못하게 뒷구멍을 막아버렸다. 그러니 따분한 일상의 연속이었다.

타인들의 따가운 눈총이나 얻어먹는 요직의 대령에게 뜻밖에도 미국 구경을 갈 기회가 왔다. '도미 시찰단' 단장 박태준. 1959년 8월 16일부터 1개월 일정.

일본에서 미드웨이까지 10시간, 미드웨이에서 하와이까지 10시간, 하와이에서 샌프란시스코까지 10시간. 대강 그렇게 30시간 동안 미군 프로펠러 비행기를 탔다. 하와이에 내려 와이키키에 잠시 머물렀다. 나체를 자랑하는 젊은 여자들이 바글거렸다. 박태준은 까맣게 몰랐다. 앞으로 10년 뒤에 바로 이 해변에 다시 와서 포항제철을 살려내는 구원의 동아줄을 붙잡게 된다는 것을.

미군은 30시간 비행에 파김치로 시든 한국장교들이 샤워하고 정신을 차리기 바쁘게 불러냈다. 그것도 겨울 정복차림으로 나오라 했다. 못 말리게도 댄스파티가 열렸다. 다음날부터는 3박 4일 기차여행이었다. 최고급 침대열차를 태워줬다. 샌프란시스코에서 시카고까지 갔으니 미국대륙을 거의 횡단한 여행이었다. 로키산맥, 끝없는 밀밭, 사통팔달의 비행장 같은 고속도로, 곳곳의 굴뚝들, 번화한 도시, 바다 같은 미시간호……. 박태준은 놀랄 대로 놀라면서 기죽지 않으려고 안간힘을 짜내야 했다. 다시 프로펠러 비행기에 태워져 7시간 만에 조지아주 애틀랜타의 보병학교에 내렸다. 또 거기서 워싱턴으로 이동했다. 펜타곤 지하의 브리핑룸으로 안내됐다. 땅속으로 내려가는 승강기에는 층수 표시가 없었다. 몇십 미터나 내려왔는가 몰라도 커다란 세계전도를 펼쳐놓은 방이 있었다. 세계 각처에 주둔해 있는 미군 규모에 대해 안내장교가 브리핑했다. 질문을 요구했다. 박태준은 단장의 체면을 세워야 했다. 세계전도에 왜 소련군의 배치도는 보이지 않느냐고 물었다. 그걸 공개하려면 정보참모의 허가를 받아야 한다는 답변이 돌아왔다. 어느 사무실엔 커다란 컴퓨터가 있었다.

연수란 명목의 끝없는 주마간산 여행. 최초의 미국 구경은 그에게 통한과 오기를 남겼다. 가끔 기가 죽어야 했던 통한, 우리도 한 번 해보자는 오기.

9월 17일 귀국했다. 박태준의 자리는 여전히 육군본부 인사처리과장이었다. 아무리 따분하더라도 한 달 미국 구경이 1950년대 마지막 계절을 버텨줄 만한 활력으로 비축돼 있었다. 11월이 가고 12월이 오는 사이, 그는 1주일간 원자력교육을 받으러 갔다. 휴가를 얻은 기분이었다.

드디어 1960년대의 막이 올랐다. '대망의 60년대'란 말을 썼다. 상투적인 그 '대망'은 두 갈래였다. 전쟁과 부패와 독재의 그늘을 걷어내야 한다는 시대적 당위, 그리고 이승만의 영구집권이 안정적으로 지속되어야 한다는 기득권 세력의 집요한 욕망.

새해에 한국 민심은 이승만과 자유당 정권에 등을 돌렸다. 전쟁의 마취에서 풀려났다는 증거였다. 새봄의 길목엔 총선이 기다리고 있었다. 민심을 잃은 통치권력이 온갖 부정을 자행할 것이란 예상은 삼척동자도 할 수 있는 정치적 상식이었다.

바지런한 사내들이 먹을 갈아 대문에 '입춘대길(立春大吉)'을 붙이는 절기의 어느 하루, 인사서류를 만지고 있는 박태준의 어깨를 툭 건드리는 손

박태준(앞줄 맨 가운데)이 인솔한 도미사찰단이 미국 공항에 내린 모습

이 있었다. 약간 놀라며 고개를 돌린 그가 벌떡 일어섰다. 박정희였다.

"좋은 자리에 와 있구나."

"이런 데가 좋은 자립니까? 골치 아파 죽겠습니다."

박태준의 말씨와 표정엔 넌덜머리가 묻어 있었다. 박정희가 피식 웃었다. 부당한 압력과의 싸움, 부정한 청탁과의 싸움을 손바닥 들여다보듯 훤히 알고 있다는 눈치였다.

"자네한테는 부담이겠지. 부산 안 갈래?"

쿡 찌르듯 내민 제안. 박태준은 알고 있었다. 박정희가 부산에 신설된 군수기지사령부 사령관으로 옮겨간다는 사실을. 그는 애타게 기다려온 것처럼 대뜸 반색을 했다.

"갈 수만 있다면 당장 내려가겠습니다."

"이 사람아, 부산은 좋아. 회도 많고 술도 많아."

"우리 인사참모부장께 허락을 받아주십시오."

박정희는 육군본부 인사참모부장 방으로 직행했다. 그의 부탁은 간단명료했다. 신설부대엔 인사참모가 중요하다, 그래서 박태준 대령을 쓰고 싶다, 본인의 동의는 구해 놨다. 상대는 쉽게 고개를 끄덕였다. 박태준의 처지로만 재면 자원한 좌천인사나 마찬가지여서 시빗거리가 따라붙을 게 없었다.

박태준의 발걸음은 모처럼 가벼웠다. 육사 생도 시절부터 존경해온 선배를 직접 모신다는 기쁨, 막연하긴 해도 뭔가 큰일을 도모하게 될 것 같은 설렘, 그리고 고향 근처로 간다는 즐거움. 그의 아내도 환한 낯으로 살림 보따리를 챙겼다. 오랜만에 부모형제가 살고 있는 고향으로 내려간다는 사실이 무조건 즐거웠다.

부산군수기지사령부 참모들은 박정희의 사람들로 짜였다. 참모장 황필주-김용순 준장, 인사참모 박태준 대령, 작전참모 김경옥 대령, 헌병부장 김시진 대령, 비서실장 윤필용 중령, 공보실장 이낙선 소령.

1960년 2월 7일, 박태준 대령은 박정희 사령관의 부산군수기지사령부

인사참모로 부임했다. 신설부대의 조직을 짜는 임무가 그를 기다리고 있었다. 육군 전체의 인사이동, 승진, 보직 등을 다뤄온 업무에 비하면 휘파람 불어가며 처리할 일거리였다. 박정희가 군기(軍紀) 담당도 맡는 박태준에게 두 가지 지시를 내렸다.

"후방부대는 일선과 멀리 떨어져 있고 대민(對民) 접촉이 많으니 적절한 훈련을 통해서 규율을 확립하도록 해야 하니 그에 맞는 훈련 작전계획을 세우고, 우리 예하 부대와 부산 시민들이 함께 참여하는 체육대회를 동대신동 운동장에서 개최하는 계획을 세워 봐."

시민과 함께하는 체육대회는 좀 특이한 것이었다. 하지만 박태준은 조금도 엉뚱한 지시로 여겨지지 않았다. 오히려 즐거웠다.

며칠이 지났다. 박태준은 참모들끼리의 술자리로 나갔다. 다음날 아침에 사령관에게 보고해야 할 일거리가 있어 빠지고 싶었으나 차마 뿌리치지 못했다. 그런데 좀 수상쩍은 낌새였다. 묘하게 술잔이 자꾸만 자신에게 집중되었다. 술을 피할 그는 아니었으나 급히 계략을 세웠다. 주는 대로 받아 마시되, 돌려주는 잔은 약해 보이는 사람부터 집중적으로 공격하기. 다섯 개의 술잔이 차례차례 건너오면 그걸 빠짐없이 비우고 한 사람에게만 차례차례 넘겨주는 전술. 과연 그 계략은 적중이었다. 그가 찍어둔 차례대로 나가떨어졌다.

'박태준 뻗게 만들기'의 술자리에서 거꾸로 최후의 생존자로 남은 그에게 주어진 당장의 임무는 뻗은 동료들을 숙소까지 안전하게 배달해주는 일이었다. 소란스럽지 않게 동료들을 지프에 태워 보낸 그는 사무실로 나갔다. 자정이 임박했으나 잠자리로 들어갈 형편이 아니었다. 군수본부의 장비소요계획서를 작성해서 다음날 아침 8시에 보고하려면 찬물로 세면부터 하고 책상에 앉아야 했다.

인사참모가 보고서를 끼고 사령관실로 들어섰다. 박정희는 반가움과 놀라움을 감추지 못하는 표정이었다.

"자네는 무쇠덩어린가? 어젯밤에 뒤치다꺼리까지 했다며?"

"벌써 보고를 받았습니까?"

박정희가 빙긋이 웃었다. 비로소 그는 간밤에 자신이 '사령관의 음모'에 걸렸다가 무사히 벗어났다는 점을 짐작할 수 있었다. 사실이었다. 그것은 박정희의 박태준에 대한 시험이었다. 인사참모에게 까다로운 보고서를 다음날 아침 8시까지 보고하라는 지시를 하달한 후, 다른 참모들에겐 '오늘밤 박태준에게 술을 실컷 먹여서 뻗게 해보라'는 비밀 특명을 내렸던 것이다.

한가로운 후방부대에서 거사를 꿈꾸는 박정희는 무엇보다 '내 사람'이 중요했다. 능력과 신의와 신념을 공유할 진짜 동지를 발굴해야 했다.

부산군수사령부 관사는 동래 온천장 동네였다. 이른 봄날에 박정희는 흔히 술집의 일차를 마치면 얼큰한 술기운 속에서 자기 관사로 참모들을 몰고 갔다. 대화도 노래도 참으로 편한 장소였다. 우리 집으로 가자, 나를 따르라. 이 취중 호기를 부리던 박정희가 갑자기 꼬리를 내리는 경우도 없지 않았다. 그것은 비상 상황 발생 탓이었다. 군수사령부에 도둑이 들지 않은 다음에야 무슨 비상이 걸리겠는가. 그 비상은 부대의 비상이 아니라 가정의 비상이었다. 술을 마시고 사령관 관사로 몰려가는 일행이 발길을 딱 멈추는 경우는 서울에 있어야 할 '사모님(육영수)'이 예고 없이 내려온 날이었다. 사랑하는 아내가 내려와 기다리는 밤, 박정희는 참모들에게 이랬다.

"오늘밤은 안 되겠다. 비상이야 비상. 해산!"

술을 마시며 울분을 삭이고 거사의 그림을 그려 나가는 부산 시절의 박정희는 여야 정치인들의 청탁에 대해 원칙을 두고 처리했다. 합리적인 것이면 야당 의원이라도 들어주고 무리한 것은 여당 의원이라도 묵살했다. 자유당 실세 의원의 친척이 관련된 군내 부정사건도 철저히 수사하게 했다. 그 의원이 항의하러 사령관실로 찾아오자 몇 시간이고 기다리게 해놓고는 끝내 만나주지도 않았다. 사령관의 원칙은 인사참모의 성정에도 딱 맞는 것이었다.

함께 생활한 지 보름도 지나지 않아 박태준의 내면에는 박정희의 인간상이 뚜렷이 새겨졌다. 술자리에서는 사람 좋은 낭만적인 애주가, 공적 업무에서는 원칙이 확고하고 현장 확인과 대민 화합을 중시하는 지휘관, 가슴과 머리에는 거대한 꿈을 품은 몽상가. 그해 2월이 마감될 무렵, 그는 속으로 이렇게 정리하기도 했다.

'아, 이분은 이 정도 자리에 있을 사람이 아니구나. 육사에서 생도 교육을 받을 때부터 장교들 중에 이분만 반짝반짝 빛나는 것 같았는데, 잘못 느낀 게 아니었구나.'

동백섬에, 4월에

부산에는 박정희의 말마따나 회도 많고 술도 많았다. 사령관은 참모들과 무수히 술잔을 기울이며 1960년대의 첫 봄을 맞았다. 시나브로 그들의 술잔은 이심전심 국가와 국민을 비참한 처지에 마냥 버려둘 수 없다는 굳센 공감대를 형성하고 있었다.

박정희는 박태준과 둘이서 민간복 차림으로 해운대 백사장을 거닐곤 했다. 그때마다 봄이 오는 동백섬을 바라보았다. '꽃피는 동백섬에 봄이 왔건만……' 이렇게 열리는 불세출 가수 조용필의 〈돌아와요 부산항에〉는 훨씬 더 세월이 흐른 다음에 우리 국민의 심금을 울리게 되는데, 그때 두 사내의 가슴은 춘래불사춘(春來不似春) 그대로였다. 그리고 그때부터 쌍박(雙朴)의 대화에는 유난한 특징 하나가 있었다. 일절 사적인 욕망이 섞이지 않는다는 것이었다. 조선의 잘못된 역사와 유습, 피폐한 국가 현실, 통치 권력과 관료사회와 군대사회의 부정부패, 궁핍에 내던져진 국민 생활 등을 어떻게 극복할 것인가? 우리가 희망을 키워나가야 한다고 하지 않았던가? 국가를 재건하지 않고서야 그것이 가능하겠는가? 이러한 대화들이 남모르게 목숨을 거는 결의를 낳았다. 서로 충분히 예비한 것이었다. '내 일생을 국가와 민족을 위해'라고 표현되는 사령관의 신념과 '짧은 인생을 영원 조국에'라는 인사참모의 좌우명이 바로 그것이었다. 쌍박이 시대의 새 지평을 열어 봄을 맞이하려는 꿈도 바로 그것 속에서 자라나고 있었다.

2월의 마지막 날이 저무는 일요일 오후였다. 박태준은 심상찮은 소식을 들었다. 대구에서 고등학생들이 데모를 일으켰다고 했다. 그는 한숨을 몰아쉬었다. 나라가 격동의 소용돌이에 휘말린다는 예고 같았다. 그랬다. 1960년 2월 28일 한낮에 경북고교, 대구고교, 경북여고, 경북대 사대부고 등 고등학생 천여 명이 '민주주의를 살리자'는 구호를 외치며 시내 중심가로 행진한 것은 '꼭 와야 할 것이 드디어 온다'는 신호탄이었다.

그날 대구지역 고등학생들의 '일요시위'는 한 편의 희극 대본이 연출자의 의도와는 정반대로 뒤집어진 경우였다. 학생들을 자극한 직접적 계기는 '일요등교'였다. 2월 28일 일요일은 민주당 부통령후보 장면이 대구에서 선거유세를 열기로 되어 있었다. 자유당 정권은 교장들을 소집해 고등학생들의 정치집회 참가를 막는다는 명분으로 일요일에도 등교시키라는 긴급지시를 내렸다. 경북고교는 학기말 시험을, 대구고교는 토끼사냥을, 경북대 사대부고는 임시수업을, 대구상고는 졸업생 송별회를 내세웠다. 그러나 학생 대표들은 비밀회합을 갖고 하교 뒤에 항의시위를 벌이자는 결의를 했다.

마침 3·1운동 41주년을 맞은 한국 신문들이 대구지역 고등학생들의 장쾌한 행동에 대해 비민주적 경향에 커다란 각성의 기회를 준 것이라며 적극 옹호했다. 대구의 '2·28'은 물꼬였다. 학생시위의 봇물이 터졌다. 3월 5일 서울운동장에서 '민주주의 만세'를 외치며 학생을 비롯한 천여 명이 가두시위를 벌였고, 3월 8일에는 대전고교, 3월 10일에는 대전상고·수원농고·충주고교, 3월 12일에는 청주고교와 부산의 해동고교, 그리고 선거를 하루 앞둔 3월 14일에는 포항고교, 원주농고, 동래고교, 문경고교 등 전국 각처의 고등학생들이 민주주의와 공명선거를 외치며 시위를 벌였다. 아직 대학에서는 두드러진 움직임이 없었다. 1960년에 건국 이후 처음으로 10만 명을 돌파한 대학생들은 머리를 군인처럼 밀고 다니는 후배들의 행동을 기특하게 여기며 지켜보는 중이었다.

3월 15일 방방곡곡 폭력과 테러의 공포 분위기 속에서 자유당의 상상력을 자랑하는 온갖 부정선거가 자행되었다. 3인조 공개투표, 대리투표, 환표, 환함……. 마산의 민주당은 '4할 사전투표함'을 발견했다. '선거포기'를 선언했다. 투표소로 가지 않는 시민들이 거리로 몰려나왔다. 바로 이 시위에 열일곱 살 김주열 학도의 죽음이 있었다.

한 청년의 꽃다운 얼굴을 처참히 짓이기고 사라졌던 최루탄. 그의 시신이 시민들의 품으로 돌아오는 것과 더불어 민주주의의 기폭제로 거듭났다. 마산의 시위는 나날이 북상하였다. 4월 18일 한낮 고려대 학생 3천여 명이 교정에 운집하여 '대학은 반항과 자유의 표상이니 진정한 민주역사 창조의 역군이 될 수 있음을 명심하여 총궐기하라'는 선언문을 채택했다. 4·19의거, 4·19운동, 4·19혁명으로 명명된 역사의 새 지평이 두근두근 열리려는 참이었다.

4·19비상계엄. 박정희가 부산지구 계엄사무소장이 되었다. 박태준은 부산시청 통제관으로 나갔다. 이때 박태준은 충격을 받는다. 공무원들의 후진성과 낙후성을 똑똑히 목격한 때문이었다. 군대에서는 이미 미군 제도를 받아들여 행정전문가 시스템으로 조직을 관리하는데, 민간 관료들의 행정은 일제시대의 방법을 답습하고 있었다. 문서 작성만 해도 그랬다. 군대에서는 한글 타자기를 사용해 요점 위주로 작성하는데, 공무원들은 펜대로써 '수제지건(首題之件)에 대하여'로 시작되는 작문을 하고 있었다. 유장한 것 같아도 유치한 문장…….

박정희의 계엄업무는 이승만의 하야 이전과 이후로 대비되었다. 하야 이전에는 학생들과 시민들을 이해하고 보호하는 작전으로 나갔고, 하야 이후의 극열 시위에는 훈계하고 해산하는 작전으로 나갔다. 이것이 박정희 계엄업무의 일관된 원칙이었다.

역사적 중대한 고비에서 박정희가 그랬듯이, 서울 군부도 시위대의 편으로 기울었다. 시위대가 악덕과 부패의 대명사 이기붕의 집을 포위하자 계엄군이 출동했지만 '국군 만세'를 외치는 비무장의 가슴으로 총부리를 겨누지는 않았던 것이다.

1960년 4월 26일 오전 10시 30분, 박태준은 라디오에서 흘러나오는 이승만의 하야 방송을 들었다. 여러 느낌이 뒤엉켰다. 역사에 건국의 아버지로 기록되어야 하는 인물이 초췌한 몰골로 쫓겨나는 모습이 착잡하고, 전쟁까지 겪었지만 부정부패에 휘말려 나라를 망쳐놓은 것이 원망스럽고, 마음 한 귀퉁이엔 모락모락 희열이 피어오르기도 하고……. 그리고 궁금했다. 대구를 시작으로 전국의 고등학생들이 거리로 뛰쳐나온 3월에 "겁 없는 고등학생들이 겁 많은 장교들보다 낫군." 하고 쓸쓸히 웃었던 박정희 사령관은 과연 어떤 안목으로 현 사태를 분석하며 어떤 심정으로 받아들이는지.

"부정선거에 연루됐다는 소문에 시달리던 송요찬 계엄사령관이 이 박사의 하야를 건의했다고 하니, 그래도 현명하게 판단하신 것 같습니다."

박태준이 조심스레 의견을 냈다. 4월 중순부터 말수를 퍽 줄인 박정희가 담배에 불을 댕겼다.

"정치권에 현 시국을 극복해나갈 능력이 있겠나? 십중팔구 그게 아닌데……. 학생들이 단기적으로는 장한 일을 했지만, 장기적으로는 일을 어렵게 꼬이게 한 거야."

사령관의 담배연기를 쳐다보는 인사참모의 뇌리에 전광석화처럼 꽂히는 것이 있었다.

'아, 명분을 지적한 거구나, 명분을.'

박태준은 혁명의 교과서를 섭렵할 기회를 가지지 못했다. 청소년기엔 공학도의 길을 가겠다는 꿈을 품었고, 그 꿈의 좌절과 더불어 전쟁터에서 청춘을 바친 탓이었다. 그러나 그는 헤아렸다. 정치적 변혁을 주도하는 세력은 명분을 충분히 쌓아야 하며, 그것이 그들의 성패를 좌우할 천시(天時)와 직결된다는 대원칙을.

4월 28일 부산지역에는 시위대가 트럭들을 빼앗아 타고 마산, 밀양, 창녕 등지를 돌아다니면서 형무소와 경찰서를 습격하고 약탈을 자행하는 혼란이 일어났다. 박정희는 39사단 병력을 출동시켜 난동자 86명을 붙잡는 소탕작전을 벌였다.

고통과 감격의 4월이 저물었다. 자유당 정권은 붕괴했다. 거리엔 환희가 넘쳤다. 승자들의 성급한 열망과 지도력이 새로운 질서를 부여할지, 승리의 세력이 스스로 오만을 경계하여 자율의 질서를 잡을지는 엄연한 미지수인 채…….

1961 | 1965

경영수업

낙화유수의 밤에

4·19의 신선한 기풍은 군부에도 변화의 바람을 일으키고 있었다. 이승만의 부패 정권과 공생해온 군부권력은 타락의 길을 걸어왔다. 국가예산의 40% 이상을 사용하고 매년 미국으로부터 4억 달러 상당의 무기와 상품화될 수 있는 물자를 원조 받는 군부는 이승만의 거대한 정치조직을 꾸려나가는 데 필요한 정치자금의 주공급원이었다. 자금 확보를 위한 수많은 불법행위들 중 가장 흔한 것은 석유, 자동차, 자동차부품, 식품원료 등 상품가치가 있는 군수물자를 공공연히 팔아먹는 일이었다. 더 교묘하게 거금을 남기는 방식은 60만 대군의 부식비를 유용하는 일이었다. 부패한 국가에서 부패한 군부권력의 '군대 부식비' 빼먹기, 그에 맞서는 양심적인 고위 장교의 고투 – 이 전형적인 사례를 몇 년 전 박태준의 '진짜 김장' 과정에서도 확인했다시피 그러한 부정부패는 여전히 만연해 있었다.

부산의 박정희는 군부 쇄신을 갈원했다. 그가 박태준을 비롯한 핵심참모들과 숙의하고 드디어 과감한 행동에 나선 때는 1960년 5월 2일. 그것은 송요찬 계엄사령관(육군참모총장)에게 박정희의 이름으로 서신을 인편에 보내는 방식으로 이뤄졌다. 세월이 흐른 뒤에 박태준이 "태풍의 눈과 같은 것"이었다고 회고하게 되는, 박정희가 시대적 격랑의 한복판으로 뛰어든다는 선언과 진배없었던 그 문제의 서신은 어떤 사연이었을까?

4·19사태를 민주적으로 원만히 수습하신 각하의 공적이 절찬에 값하는 바임은 물론이오나 3·15부정선거에 대한 책임도 또한 결코 면할 수 없는 것이며 따라서 그 공과(功過)는 상쇄(相殺)가 불가능한 사실에 비추어 가급 조속히 진퇴를 영단(英斷)하심이 국민과 군의 진의에 영합하는 것이라 사료되옵니다.

현명한 상관은 부하의 성심(誠心)을 수락함에 인색하지 않을 것입니다. 각별한 은혜를 입은 부하로서 각하를 길이 받들려는 미충(微忠)에서 감히 진언드리는 충고를 경청하시어 성심에 답하는 재량(載量)이 있으시기를 복망(伏望)합니다.

이승만 하야 후 송요찬은 시민사회에서 거의 영웅 대접을 받는 중이었다. 시위대에 끝까지 발포하지 않고 대통령 하야를 건의한 것이 그의 영웅적 공로로 칭송되고 있었다. 그러나 송요찬이 과거의 부정선거에 깊숙이 연루된 것은 숨길 수 없는 사실이었다. 부패하고 무능한 자유당 정권의 지속과 연명에 공로를 세운 군부의 대표적 권력자였던 것이다. 발신자와 수신자의 인간적 관계는 '각별한 은혜'라는 말 그대로 박정희를 1군 참모장으로 발탁하고 부산군수기지 사령관으로 밀어준 은인이 송요찬이었다.

그 서신이 부산에서 서울로 출발한 날, 부산에는 대학생부터 중학생까지 2만여 학생들이 시내로 쏟아져 나와 '국회 해산' 등을 외쳤다. 휴교 15일 만에 개학한 중·고교의 교문이 시위거리를 향해 열린 형국이었다. 같은 날, 허정 과도정부 내각 수반은 이종찬 전 육군대학 총장을 국방부 장관에 임명했다.

1952년 5월 전쟁 중에 일어난 '부산 정치파동' 때 박정희와 함께 이승만 정권의 전복을 생각했고 한때는 많은 청년 장교들에 의해 군사혁명의 지도자로 지목 받았던 이종찬. 그의 국방부 장관 취임을 박정희는 좋은 일이라고 했다. 박태준에게도 기쁜 일이었다. 이종찬이 육군대학 총장으로 재임한 당시에 수석 졸업자가 바로 박태준이었고, 그때부터 이종찬은 박태준에게 남다른 관심을 보내주고 있었다.

"그 부산 정치파동 때, 내가 뭘 했는지 얘기해줘?"

박정희가 싱거운 농담이나 건넬 듯이 박태준을 쳐다보았다. 박태준도 그 사건의 개요는 알고 있었다. 야당이 국회 의석의 과반을 차지하고 있던 1951년 11월, 국회에서 대통령을 뽑는 기존 제도로는 연임에 실패할 것이 빤한 상황에서 이승만이 대통령 직선제 개헌안을 국회에 낸다. 이듬해 1월 국회가 그것을 부결하자 이승만은 국회 해산을 목적으로 그해 5월 26일 부산, 경남, 호남 지역에 계엄령을 선포한 데 이어 부산에서 병력을 동원하여 등원하는 국회의원들이 타고 있는 버스를 강제로 납치한다. 헌병대에 끌려온 야당 의원은 오십여 명······.

"그때 이종찬 육군참모총장 명의의 〈육군장병에게 고함〉이라는 훈령이 나갔는데."

박정희가 피식 웃었다. 박태준의 기억에도 한두 토막 남은 그 훈령의 요지는 '군인의 본분을 망각하고 정사(政事)에 관여하여 경거망동하지 말라.' 이것은 군의 정치개입에 반대하는 명분을 앞세워 통치권력의 부패와 횡포에 항거한 한국군 지휘부의 최초 반기로 기록돼 있다.

"그때 그 훈령을 작성한 장본인이 바로 나야."

"그렇습니까?"

비로소 박태준은 박정희의 묘한 미소에 담긴 뜻을 엔간히 헤아릴 수 있었다.

박정희의 서신에 송요찬은 분개했다. 박정희의 거사 낌새를 경계하는 장성과 고위 장교들만 골라 그것을 회람시켰다. 그래도 그는 분이 풀리지 않았다. 육본 장병들을 연병장에 집합시켜 '하극상'이라는 말까지 동원하며 박정희에게 찔린 급소의 고통을 호소했다. 그러나 이미 군심은 송요찬에게서 등을 돌리고 있었다.

5월 8일 육사 8기 김종필 중령 등 동기생 여덟 명이 연판장을 쓰기로 합의한다. 정군(整軍)을 통해 부패 장성들을 군에서 추방하자는 운동의 서막이 열린 것과 동시에, 박정희의 거사를 획책하는 김종필의 행동이 개시된 것이었다. 육군의 정군운동은 전군으로 번져나갔다. 해병대에서는 해병 제1상륙 사단장 김동하 준장이 사령관 김대식 중장의 즉각 해임을 권유한다. 이승만이 임명한 공군 참모총장 김창규 중장이 해임되고, 후임에는 이승만의 불운한 정적이었던 백범 김구의 아들 김신 중장이 발탁된다. 해군에서도 비슷한 일이 일어난다.

송요찬의 분개는 '해방공간에 남긴 박정희의 남로당 전력'을 들쑤시기도 했다. 시위가 격화되는 부산에 일본 조총련이 개입했다는 유언비어가 퍼졌다. 이것은 박정희의 전력을 악용해 그의 연루 의혹을 부풀리기에 딱 알맞은 소재였다. 부산의 민주당 두 국회의원이 허정에게 박정희가 조총련 자금 10억 환을 받았다는 밀고까지 했다. 박정희를 알고 박태준을 믿는 이종찬은 그것을 믿으려 하지 않았다. 송요찬은 박정희를 못 믿으니 부산에 추가파병을 해야 한다고 했다. 그러나 박정희는 이종찬에게 추가파병에 반대하는 의견을 올렸다. 결국 송요찬은 부산에 감찰만 파견했다. 이때 주한유엔군(미군) 사령관 카터 맥그루더 대장도 박정희의 전력에 의심의 눈초리를 보내고 있었다.

최영희 중장과 서종철 소장이 부산에 감찰하러 내려왔다. 최영희의 의견에 따라 그가 혼자서 박정희를 만났다. 두 장군은 함께 근무한 적이 없는 사이였다. 그러나 박정희와 술잔을 기울인 그는 사흘 만에 박정희를 이해하고 두둔하는 사람으로 바뀐다.

키가 훌쩍 크고 덩치가 좋은 서종철 접대. 박태준은 그를 직속상관으로 모신 적이 있어서 박정희에게 자신이 맡겠다고 했다. 이태 전 서종철은 25사단장이었고 박태준은 참모장이었던 것이다.

서종철은 박태준의 영접이 반가웠다. 사단장 시절에 톡톡히 신세를 졌던, 꼴찌 사단을 일등 사단으로 거듭나게 만든 '일등공신'이었던 후배와 오랜만에 만났으니 술이라도 한턱내고 싶은 심정이었다. 박태준은 한때의 직속상관을 생선회 좋은 술집으로 모셔갔다.

"갑자기 어쩐 일로 오셨습니까?"

"해병대다 뭐다, 여기 자꾸 이상한 사람들이 모인다는 정보가 올라와서 말이야. 야, 박 대령, 여기 이상한 사람들만 모이고 있던데, 정말 뭐 하려는 거 아니야?"

1960년 5월부터 7월까지 석 달 동안 부산 군수기지사령부를 들락거린 대표 인물은 해병대 김동하 장군과 육군 김종필 중령이었다.

"하긴 뭘 한단 말씀입니까? 답답하니까 이래저래 모여서 이런 식으로 술잔이나 나누는 겁니다."

서종철은 박태준을 괴롭힐 마음이 아닌 듯했다. 두 사람의 '공식적 대화'는 그런 수준에서 더 나가지 않았다. 거구의 서울 손님은 물렁물렁했다.

최영희에 이어 송요찬이 직접 비행기로 부산에 내려왔다. 그러나 그는 군수기지사령부 장병들 앞에서 박정희의 계엄업무에 대해 칭찬을 했다. 권력 상층부와 군부의 대세가 송요찬과 반대방향으로 기울고 있다는 증거였다. 이종찬 국방부 장관도 부산을 시찰하러 내려왔다. 5월 9일에는 정부 대변인이 부산 시위에 공산 세력이 개입했다는 일부 정치인들의 주장에 대해 '공식적'으로 부인했다. 박정희가 유언비어의 마술에서 '공식적'으로 풀려난 순간이었다.

5월 27일 터키에서 쿠데타가 일어났다. 터키 군부가 야당과 언론을 탄압하느라 학생 시위를 야기한 멘데레스 정부를 타도한 것이었다. 한국 신문이 크게 보도했다. 터키 근대혁명의 아버지 케말 파샤에 관심이 많은 '박정희 사람들'을 자극하는 뉴스이고 정부와 군부의 고위층이 그들을 더욱 경계하게 만드는 뉴스였다.

정군 파동의 연판장을 돌린 김종필과 석정선이 송요찬의 후임인 최영희 육군참모총장을 찾아가 나라의 혼돈을 군대가 가만히 지켜보기만 해서야 되겠느냐고 건의하듯 따진 적이 있지만, 6월에도 방첩대는 '박정희 장군을 중심으로 장교들이 심상치 않은 움직임을 보이고 있다'는 보고를 더러 올리고 있었다. 육군 수뇌부가 마냥 깔아뭉갤 수 없는 것이었다. 잡아가두든가, 옷을 벗기든가, 쪼개버리든가.

1960년 7월 하순, 박정희는 참모들과 출입 기자들을 데리고 부산 송도 해수욕장 근처 음식점에서 회식을 열었다. 이 술자리를 박태준은 팔순이 넘은 다음에도 선명히 기억하게 되는데, 평소에는 과묵하고 정확하고 딱딱한 박정희가 '낭만 취객'의 딴사람으로 변했다. 남인수의 〈낙화유수〉를 부르는 장면은 기자들을 놀라게 했다. '이 강산 낙화유수 흐르는 봄에 새파란 젊은 꿈을 엮은 맹세야 세월은 흘러가고 청춘도 가고 한 많은 인생살이 꿈같이 갔네…….' 사령관이 독창하는 그 노랫말의 의미도 심장하게 들렸거니와 참모들이 "하나, 둘, 셋" 하는 장단에 맞춰 군가처럼 불러댄 것이었다. 박정희는 방석을 머리에 올려 수근으로 질끈 동여매고 '안남춤'

이란 걸 추기도 했다.

그런데 갑자기 벼락같은 소식이 술상 위에 떨어졌다. 육본이 하달한 인사명령, 박정희는 7월 28일자로 광주 1관구 사령관으로 부임하라. 명백한 좌천이었다. 그는 울화가 치밀었다. 마시고 또 마셨다. 그날 밤, 박정희는 부하들에게 업혀서 술상과 떨어졌다.

술이 깨고 새날이 밝으면 광주로 떠날 준비를 해야 하는 박정희는 박태준에게 무슨 말을 할 것인가? 새파란 젊은 꿈을 엮은 맹세, 인생의 전부를 걸라 하는 그것을 이제 어쩌자 할 것인가?

이튿날 박정희는 사령관실로 박태준을 따로 불렀다.

"광주로 같이 가자. 참모장을 맡아줘."

어느덧 박정희는 박태준을 완전히 신뢰하고 있었다.

"회는 없어도 술이야 많지 않겠습니까?"

박정희가 미소를 지었다. 박태준은 이미 운명의 나침반을 고정시킨 사람이었다. 그것은 박정희와 운명을 함께 하겠다는 의지였다. 거사의 꿈을 품었으나 성공의 길은 요원해 보이는 상관. 어쩌면 숙청을 당하거나 예편 당할지도 모르는 상관. 그러나 박태준은 '꿈'을 품고 그 실현의 길을 모색하는 쪽으로 주사위를 던져 버렸다. 쌍박(雙朴) 관계에서 한 번은 박태준이 박정희의 제안을 거절한 적도 있었다. 박태준이 25사단에서 참모장과 연대장을 지내던 시절이었는데, 1군 참모장 박정희가 그에게 "함께 일하자"며 본부사령직을 제안했을 때 박태준은 "그건 밥장사 아닙니까?" 하고 퇴짜를 놓았었다.

그런데 이번에는 박태준의 의지를 상부가 막아섰다. 장도영 2군 사령관이 박정희에게 지금 광주 1관구 사령부의 참모장은 자기가 보낸 지 얼마 되지 않으니 경력관리를 감안해서 계속 써달라고 부탁한 것이었다. 부산을 떠나는 박정희를 따라 스스로 광주로 옮긴 참모는 윤필용이었다.

부산 군수기지사령관을 6개월도 채우지 못하고 보따리를 꾸린 박정희. 한 자리에서 여섯 달을 못 채웠으니 인사고과에 반영되지 않는 '경력의 낭비'였다. 박정희가 떠나고 한 주일이 지나지 않아 박태준은 편지 한 통을 받았다. 인편으로 온 박정희의 짧은 육필이었다.

자네에게 미안한 마음이 크네. 자네마저 6개월을 못 채우고 부산을 떠나게 된다면, 그건 경력에도 포함되지 않을 테니, 자네를 부른 나의 마음은 괴롭다네. 자네의 다음 보직을 걱정하면서도 그걸 도울 수 없는 입장을 이해해주게.

즉시 박태준은 만년필을 잡았다. 거침없는 필치에 당당한 목소리를 담았다.

대한민국 육군에서 저와 같은 경력의 소유자가 몇 명이나 있겠습니까? 저도 어디론가 쫓겨가게 되겠지만 좋은 데로 가게 될 테니 아무 걱정 마십시오.

금속제 모형배

박정희에게 보낸 박태준의 큰소리가 허장성세는 아님을 증명하듯, 1960년 8월 하순에 그는 '미국 육군부관학교'로 연수 가겠느냐는 제안을 받는다. 곧바로 수락하고 싶었다. 1년 전의 1개월 간 미국 연수에서 얻었던 신선한 충격을 새로이 체험하고 싶었다. 그러나 그는 '거사'가 염려되었다. 혼자서 결정할 일이 아니었다.

박태준은 광주부터 다녀오기로 했다. 가장 빠른 교통수단은 열차였다. 부산에서 경부선으로 대전까지 올라가 대전에서 호남선으로 갈아타고 광주로 내려갔다.

박태준을 맞은 박정희는 손가락으로 육갑을 짚듯 찬찬히 셈을 했다. 자신의 머릿속에 있는 거사일정에 후배의 일정을 견주는 모양이었다.

"내년 1월에 돌아온다고 했나?"

"예."

"그럼 됐어."

"다녀와도 되겠습니까?"

"그래, 넉넉해. 나도 1955년에 미군 포병학교 고급반에서 공부한 적 있었는데, 양놈들한테 배울 게 많아."

"알겠습니다."

박태준이 일어섰다.

"자네 시간 없는 사정을 내가 맨입에 보내는 핑계로 삼는구먼."

"아닙니다."

"가서 잘 보고, 잘 배워. 나중에 다 나라를 위해 쓰일 날이 올 거야."

박태준의 거수경례를 박정희가 거수경례로 받았다. 그것만으로는 뭔가 허전하여 군센 악수도 나누었다.

1960년 9월, 박태준은 아내와 어린 딸을 서울에 두고 장도에 올랐다. 가난한 나라의 젊은 대령이 두 번째로 미국에 발을 디딘 기념으로 꼬박 하루를 바쳐 샌프란시스코를 돌아보았다. 금문교를 자랑하는 도시는 그의 가슴에 쓰라린 한 문장의 희원으로 남았다.

'우리는 언제쯤에나 이런 문명사회를 건설할 수 있을까……'

샌프란시스코에서 고급열차에 올라 미 육군부관학교가 있는 인디애나폴리스로 가는 사흘 여정 내내 박태준은 우울한 기분을 떨칠 수 없었다. 광활한 미국의 '문명'이 조국의 초가집을 짓누르는 거대한 바위처럼 보였다.

강대한 부자 나라의 육군부관학교에서 박태준은 최신 행정이론과 관리제도를 중점적으로 배웠다. 오퍼레이션 리서치(Operation Research), 군사 물자의 효율적 배치와 관리에 필요한 공정관리기법(PERT)과 선형계획법(LP)…… . 뒷날에 경영자로 나서는 그에게 보탬이 된, 한국군 장교로선 처음 공부하는 과정이었다.

1961년 1월 귀국하는 그의 가방엔 '금속제 모형선박'이 들어 있었다. 아내를 위한 선물이었다. 미제 화장품을 기대하고 있던 아내를 시무룩하게 만들기에 충분한 '공학도'다운 선물. 그나마 공돈으로 산 것이었다. 미군 안내자가 한반도의 촌놈들에게 주눅을 더 먹이려고 돌아오는 길에 데려간 라스베이거스, 그 도박의 요지경에서 그가 빙고에 덤벼 단번에 왕창 먹은 돈이었으니.

1961년 봄

1961년 새해, 박태준이 미국 연수를 마치고 귀국한 무렵, 한국 육군 수뇌부엔 중요한 인사가 이루어졌다. 장면 정권이 최경록 육군 참모총장을 2군 사령관으로 좌천시키고 장도영 장군을 그 자리에 앉힌 일이었다. 광주로 밀려나 있다가 최 참모총장의 배려로 육군본부 작전참모부장으로 올라와 있던 박정희는 다시 그를 따라 대구로 내려가야 했다. 그때 국방장관 이종찬과 함께 군부의 두터운 존경과 신망을 받고 있던 최경록. 곧 옷을 벗고 마는(1961. 2. 17.) 그는 몇 년 뒤에 장면 정부로부터 군사자금에서 17억 환(약 250만 달러)을 헌납할 것을 강요받았다고 고백한다.

경북 구미 출신으로 일찍이 대구사범을 졸업한 박정희가 서울의 육군본부에서 밀려나 자신의 고향과 다름없는 대구로 내려온 것은, 몇 달 뒤로 잡힌 '거사'를 위한 동지규합이 그만큼 더 어려워질 수밖에 없다는 뜻이었다. 이는 '거사'를 '거의 모든 한국군대의 이름'으로 일으킬 수 있는 조건을 상실했다는 뜻이기도 했다.

귀국한 박태준도 귀동냥으로 듣긴 했지만, 그가 미국에서 열심히 선진문물을 습득하는 동안 박정희는 위기의 시간을 보내야 했다. 광주에서 '거의 잠깐'이라 부를 만하게 근무하고 육군본부 작전참모부장으로 옮겨갔어도 그의 심기는 불편하고 불안했다. 맥그루더 주한유엔군 사령관이 장면 정부의 권중돈 국방장관과 최경록 참모총장에게 박정희를 예편시키라는 압력을 넣은 것이었다. 김종필 중령이 주동한 이른바 '하극상 16인'의 배후 조종자로 박정희를 지목하고 있었다. 그는 초조했다. 군법회의에 회부된 김종필 등 '박정희 사람들'이 불원간 군복을 벗게 될 상황에서 필경 그에게도 일대 위기가 닥쳐올 수밖에 없었다. 박정희는 구명운동에 나섰다. 줄을 잡아야 했다. 그가 간신히 붙잡은 줄은 국회 국방위원장 이철승이었다. 썩은 줄이 아니었다. 당시 정치권력 지형도에서 다행히 이철승은 장면에게 말발이 세게 먹히는 국회의원이었다.

박태준은 귀대 보고를 마치고 맨 먼저 대구로 내려갔다. 대구는 그에게도 낯설지 않았다. 1953년 11월 미혼의 육군 중령으로 대구에 있던 육군대학에 5기생으로 입교하여 7개월간 하숙생 신세로 살아본 도시였다. 박정희는 박태준 귀국 환영연을 '청수원(淸水園)'에서 베풀었다. 시인 구상(具常)을 비롯한 박정희와 마냥 허물없는 지우지기들이 단골로 모였던 요정, 300여 평 규모의 골기와 한옥집. 여기서 그해 추운 겨울의 박정희는 핏발선 눈빛으로, 술기운 묻은 목소리로, "해치워야 해"라는 자기맹세를 외치기도 하고 '밤을 타서 강을 건너니 새벽에 병사들이 대장기를 에워싼다'라는 일본 전국시대 대결전의 노래를 혼자서 시음(詩吟)하기도 했다. 청수원에 첫발을 들인 박태준은 마당의 향나무 몇 그루와 박정희가 '누님'이라부른 주인장의 넉넉하고 푸짐한 인상을 오래 기억하게 된다.

숱한 술잔이 오갔으나 어쩐지 박정희는 '거사'와 '혁명'의 첫 글자도 입밖에 내지 않았다. 동지규합이 꼬이게 되어 근심이 많은지, 그저 묵묵히 때만 기다리고 있는지. 애써 섣부른 짐작을 삼가는 박태준에게 박정희는 혁명의 꿈을 깨끗이 포기한 사람처럼 미국에 대한 질문이나 던질 따름이었다. 술판이 무르익어서야 박태준이 슬쩍 건드려 보았다.

"성이 밀양 박씬데 홍길동 홍씨 같습니다. 동에 번쩍, 서에 번쩍, 그렇게 다니십니다. 아닙니다. 순서가 틀렸습니다. 서에 번쩍, 동에 번쩍, 입니다."

박태준의 말은 광주(서)에 계시더니 언제 또 대구(동)에 오셨느냐, 언제까지 그렇게 쫓겨만 다니시겠느냐, 하는 뜻이었다.

"그렇게 홍길동처럼 신출귀몰로 돌아다니다 보면 한곳에 오래 머무는 날도 오게 되겠지. 자, 오늘은 박태준이 밤이다. 부산 시절처럼 〈낙화유

수〉나 해볼까?"

"이 강산 낙화유수 흐르는 봄에 새파란 젊은 꿈을 엮은 맹세야 어디로 도망가겠습니까?"

박태준이 정색을 갖추며 말했다. 그러나 박정희는 그저 유쾌하게 받았다.

"지금은 겨울이야. 이 겨울이 가면 봄이 오지. 자, 박태준이, 마셔."

박정희의 동지가 아니면 알아듣지 못할 은유적 표현이, 그가 그날 술자리에서 속옷의 끄트머리처럼 살짝 내비친 '거사'의 전부였다.

1월 13일 박태준은 육군본부 경력관리기구 위원에 뽑혔다. 미국에서 공부한 보따리를 풀어놓으라는 명령 같았다. 그는 미 국방부에서 널리 사용하던 OR기법을 바탕으로 인사관리의 새로운 시스템을 정립하기로 했다.

'지휘 실권이 없는' 박정희는 대구에서 거사진행표를 짜고 있었다. 1948년 늦가을 '여순사건'에 연루되어 사경으로 내몰리며 군복을 벗었다가, 6·25전쟁이 발발했을 때 육군본부 정보국 문관으로 근무하던 중 육본 후퇴작전에서 함정에 빠진 육본 요원들을 안전하게 구출하는 공을 세워 다시 장교로 돌아올 수 있었던 박정희. 1950년 7월부터 1961년 5월 16일까지 11년 동안 25차례나 보직이동을 했던 '5·16의 지도자'가 최후의 근무지에서 결행의 청사진을 그리고 있었다. 그때 공개적으로 정군운동을 주도해온 김종필 중령은 사임을 강요받아 1961년 2월 17일 예비역에 편입되었다. 예비역 해병 소장 김동하, 예비역 육군 중령 김종필, 그리고 지휘 실권이 없는 박정희 소장. 이들에게 '병력동원' 문제는 가장 불리한 여건이었지만 '민심의 향방'은 가장 유리한 여건이었다.

박정희가 거사의 청사진에 세부 터치를 가하던 1961년 3월, 질 좋은 지하자원(텅스텐)을 팔아 달러를 벌어오는 대한중석은 또다시 정치적 스캔들에 휘말렸다. '국영' 대한중석을 '민영'으로 불하하려는 계획단계에서 장면 총리 연루설이 제기되었다. 장면을 공격하는 최선봉에는 김영삼 의원이 서 있었다. 그는 집권 민주당에서 갈려나와 야당으로 변신한 '신민당'(창당 1960. 9. 22.) 소속이었다. 그로부터 30년이 더 지나 대통령에 오르는 김영삼은 '민의원 중석수출계약사건조사위원회' 신민당 소속 조사위원 자격으로 장면 총리를 목표물로 삼았다. 민주당측 조사위원 3인은 3월 21일 아침 공동성명을 발표하여, 야당 조사위원이 아무런 근거 없이 장면 총리 연루설을 유포한 것은 정치적 작희(作戱)로 볼 수밖에 없다고 주장하였다. 그러나 김영삼은 장면 총리의 관련성을 거듭 주장하면서 민주당이 그러한 성명을 일방적으로 발표한 것은 부정을 은폐하려는 자유당식 수법이라고 응수했다.

장면 정권의 막바지에 불거진 대한중석 스캔들은 몇 가지를 시사한다. 정치자금 조달에서 장면 정권도 도덕성의 의심을 받고 있었다는 것, 원래 한 몸으로 있다가 두 몸으로 갈라진 민주당과 신민당의 갈등과 대립이 극점에 도달해 있었다는 것, 그리고 최고 국영기업인 대한중석이 운영자금을 다급히 조달해야 할 정도로 변함없이 부실경영에 시달리고 있었다는 것, 그런 기업이 정치자금의 보이지 않는 젖줄 역할을 하면서 정치권력에 휘둘리고 있었다는 것.

장면 정권의 대일청구권 교섭

1961년 4월 3일 미국 뉴스위크는, 현재 한국 국민 2천200만 명의 경제 상태가 전후 최악의 상태라고 보도했다. 실상을 그대로 알린 것이다. 이승만 정권이 미국의 방대한 원조에도 불구하고 한국경제를 거의 원시상태로 방치한 가운데 국민의 80%가 농업에 매달려 허덕이는 나라를 사라호 태풍(1959)과 긴 가뭄(1960)이 덮쳐 억눌렀다. 1960년 2월과 1961년 1월 두 차례에 걸친 환율 인상은 빈곤한 경제를 더 깊은 나락으로 밀어 넣었다.

정치적 분열, 대립과 충돌이 끊이지 않았으나 장면 정권은 책무의 깃발과 같은 '경제개건'을 내걸었다. 그러나 불행히도 미국의 원조는 '굶주림'을 면하기에도 급급하고, 기술력은 보잘것없고, 도로·공항·항만·철도 등 인프라도 형편없었다. 두말할 것 없이 자금도 빈털터리였다.

　이러한 한국의 치명적 약점을 거머쥔 미국은 한국에 대한 미국의 부담을 줄이려고 집요하게 한국정부에 '한일(韓日)국교정상화'를 요구했다. 장면 정권은 응하지 않을 수 없었다. 일본경제를 위해 터진 것 같았던 6·25전쟁, 한반도의 그 처참한 고통을 보약으로 받아 마시며 성장의 기반을 축적한 일본경제. 실제로 대한해협 너머엔 산업을 일으킬 밑천(식민지 배상금)과 기술력이 기다리고 있었다. 그러나 장면의 앞길엔 무시무시한 장애물이 가로놓여 있었다. 그것은 국민의 '반일감정'이었다. 섣불리 건드렸다간 정권존립이 불가능해지는 사태를 맞이할 것이었다. 그럼에도 장면은 현해탄 너머로 손짓을 보내야 했다. 미국의 압력, 국내의 열악한 경제사정, 그리고 경제개발 구상. 이들 앞에 다른 선택이란 존재하지 않았다.

　6·25전쟁 중 한일회담, 휴전 후 한일회담. 이 기록은 남았다. 그러나 1953년 10월부터 1958년 3월까지 한일 양국은 단 한 차례의 공식회담도 열지 않았다. 공식적 한일회담이 재개된 때는 1958년 4월 15일로, 1960년 4월까지 계속된 이 회담을 흔히 '한일 제4차 회담'이라 부른다. 이 시기는 미국의 중공 봉쇄정책이나 북한의 재일동포 북송사업과 맞물려 있었다. 그러나 이승만 정권과 일본정부는 종래 주장을 반복하면서 시간만 낭비하고 말았다.

　제5차 한일회담은 장면 정권이 불안한 행보로 더듬더듬 나가고 있던 1960년 10월 15일에 재개되어 1961년 5월 15일까지 진행되었다. 이 기간에 일본은 이른바 '이와도 경기'의 붐을 타고 눈부신 고도성장의 일로를 달렸다. 한반도의 절반이 요구하는 '절반의 식민지 배상금'에 대해 흥정할 만한 실력도 갖추는 중이었다.

　한일 쌍방의 국내 조건과 미국의 압력이 결합한 제5차 한일회담은, 일본이 다급한 한국보다 우위에 선 상태에서, 한국의 청구권 문제와 일본의 어업권 문제가 엇박자를 일으키느라 큰 진전을 이루지 못하고 해를 넘겨서도 질질 끌었다. 1961년 3월 들어 비로소 쌍방은 현안문제들을 포괄적으로 다루는 본회의를 열기로 합의하고, 5월 6일 일본측 의원 대표단과 외무성 아시아국장이 서울로 날아왔다.

1961년 4월부터 5월 초순에 걸쳐 한일관계가 급박하게 돌아가는 막후에는 박철언이 있었다. 장면이 그에게 '특별한 역할'을 주문한 까닭은 일본 정·재계의 거물들을 움직이는 '막후의 큰손' 야스오카를 주목했기 때문이다. 물론 박철언의 역할은 언론에 드러나지 않았다.

박태준과 박철언은 정재봉의 소개로 처음 만난 뒤 서로 호감을 갖고 가끔 연락하는 관계였다. 박태준이 있어서 박철언은 5·16 후에도 한일관계 막후 역할을 조용하고 정확하게 수행하는 인물이 된다.

박철언은 1961년 2월 초에 장면의 특사로 도쿄에 파견된 한전 사장 유동진을 야스오카에게 인사시킨다. 유동진의 방일 목적은 한일국교정상화의 속도를 붙이는 데 있었다. 야스오카는 손님의 목적에 깊은 관심을 표명했다. 만시지탄은 있으나 신생 한국정부가 한일 양국의 국교정상화에 전향적인 태도를 취하는 듯하여 다행이고 한일 양국은 일의대수(一衣帶水 : 한 가닥의 띠와 같은 좁은 물 - 대한해협 - 을 사이에 둠)의 관계에 있다고 말했다. 그리고 그는 유동진에게 기시 노부스케 전 수상과의 만남을 주선했다. 기시는 장면 총리에 대한 야스오카의 우의에 따르겠다는 뜻을 밝혔다. 일본 집권층에 대한 야스오카의 정신적 영향력을 모두가 확인한 순간이었다.

3월 5일, 유동진이 달포의 일본 체류를 마치고 출국했다. 곧 야스오카가 박철언을 불렀다. 뜻밖에도 자신의 친서를 장면 총리에게 전해달라고 제안했다. 그는 붓글씨로 '國務總理 張勉 閣下'라 쓴 두툼한 흰 봉투서한을 건네면서 서신의 내용이 극히 원론적이고 원칙적인 것이어서 구두로 첨가할 말은 없다고 했다. 오랜만에 서울에 온 박철언은 늦은 저녁에 유동진과 함께 장면 총리의 집무실이 있는 반도호텔 8층으로 갔다. 그는 직립 자세에서 경건하게 허리를 구부려 처음 대면하는 한국 최고권력자에게 인사를 올렸다.

서류가방에서 야스오카의 서한을 꺼내 총리에게 건넸다. 총리는 흰 봉투에 활달하게 씌어진 붓글씨를 음미하듯 잠깐 들고 보았다. 길게 말린 화지(和紙)에 일어로 쓰인 글을 읽기 시작한다. 꽤 빠른 속도로 넘어간다. 다 읽었을 때 먹글씨가 쓰여진 백색 종이의 길이는 거의 2미터가 되어 보였다.

"아주 좋은 서찰이었소. 대학자다운 기품이 서린 내용이었소. 돌아갈 때 나의 답신을 가지고 갔으면 합니다."

박철언, 『나의 삶, 역사의 궤적』

장면 총리는 박철언에게 제법 긴 시간을 할애하여 주로 질문하고 답변을 경청했다. 일본에서 야스오카가 차지하는 비중, 그의 한국에 대한 진심, 일본 정부의 외환보유고, 일본의 한국정부에 대한 요구사항, 박철언의 이력에 대한 궁금증 등이었다.

사흘 뒤에 박철언은 장면 총리의 부름을 받고 다시 반도호텔로 갔다. 총리는 영어로 쓴 꽤 두툼한 봉서를 건넸다. 박철언은 심야에 야스오카의 제자 야기 노부오에게 전화를 걸었다. 야기는 일본 국회의 방한의원단이 5~6명 선에서 조직될 것이고, 노다 우이치 의원이 단장으로 내정되었다는 소식을 알려주었다. 박철언은 아직 언론에 공개되지 않은 뉴스를 유동진에게 전하고 급히 도쿄로 날아가 야기와 함께 야스오카를 찾아갔다.

야스오카는 개봉용 칼을 써서 봉투를 땄다. 다섯 장으로 된 서한을 읽는 야스오카의 표정은 담담하기만 하다. 마지막 장을 읽고 난 그는 첫 쪽부터 다시 읽는다. 혼잣말 같기도 한 중얼거림이 들린다.

"음, far sighted라는 어휘가 세 번이나 들어있어요. 생각이 깊으신 분인 듯해요."

대답하기도 어색하고 동의하기도 어정쩡한 야스오카의 말에 야기도 나도 그저 말없이 앉아 있었다. 야스오카의 또렷한 칭찬이 떨어졌다.

"좋은 서한이었소. 인품이 보이는 문장이오. 한일 두 나라의 외교사에 남을 문서가 될 수 있어요."

야스오카는 한국의 치안을 걱정했다. 박철언은 학생들의 시위가 끊이지 않지만 치안의 위협이 될 수준은 아니라고 답했다. 하지만 야스오카는 일본 정부의 정보로는 안이하지 않고 심각하다고 일러주었다.

야스오카가 지적한 '치안'에는 시위에 관한 대책뿐만 아니라 군부의 동향에 대한 염려와 궁금증도 포함되었다. '대책'이 있을 것이라고 답한 박철언은 야기의 안내를 받아 일본측 방한단장 노다 의원을 만나고 다시 서울로 돌아왔다. 일본 의원단이 5월 6일 방한하기로 결정된 상황에서 박철언의 과제는 '장면 총리와 노다 단장'의 단독 회견을 주선하는 일이었다. 단독 회견은 노다의 희망사항인데 국민의 시선을 의식할 수밖에 없는 장면이 결심해야 가능할 문제였다. 박철언은 장면을 면담했다. 총리는 당장 결정할 수 없으니 시간을 더 두고 꼼꼼히 검토해보자고 했다. 여태까지의 대일접촉 과정이 성공적이었으니 당연히 그 끝이 좋기를 바라는 총리는 자신감에 찬 예리한 눈빛을 띠었다. 박철언은 희망을 품은 총리에게 찬물을 끼얹는 듯한 말을 덧붙였다.

"야스오카 씨는 한국의 치안 상태가 심상치 않다고 보고 있었습니다. 일본 정부의 내각조사실을 비롯한 정보기관이 그렇게 보고 있다고 했습니다. 저의 개인 의견을 묻기에, 국가안위에 영향을 줄 만한 규모는 아니라고 했습니다. 그런데 야스오카 씨의 관심은 여전히 심각한 듯했습니다."

"말 잘했어요. 지금은 억압의 때가 아니에요. 사람들의 숨통을 터주어야 해요. 방금 장도영이 앉아 있다 갔는데, 100퍼센트 보증한다고 했어요. 사태의 추이에 따른 단계적인 작전계획이 완비되어 있어요. 국가의 안위가 그리 허술할 수야 없지 않아요. 그 점 염려놓으시라 전하세요."

조금 전에 육군 참모총장이 큰소리쳤다니 박철언은 후련해졌다. 하지만 그때 일본측의 한국치안에 관한 우려할 정보는, 아주 뒷날인 1977년 3월 1일, 미국 하원 국제관계위원회가 채택한 한미관계 조사보고서의 내용과 같았다. 도널드 M. 프레이즈 의원이 작성책임자인 그 보고서에 따르면, 1961년 4월 말 미 중앙정보부는, 박정희가 이끄는 국군 내 중요 집단이 쿠데타를 계획하고 있음을 알았고 분명히 쿠데타의 위협이 있으리란 믿음이 만연했으나 내각수반인 장면은 쿠데타의 소문을 흘려버렸다고 한다.

1961년 5월 초순, 반도호텔의 장면 총리는 박철언에게 큼직한 답례의 선물을 내놓았다. 서울 시내에 운영되는 노면전차가 노후해 전면 교체해야 하니 그 사업을 맡으라는 것이었다. 한전의 노면전차 증설계획서는 200대의 신규 구매를 담고 있었다.

5월 6일, 일본 의원단이 김포공항에 내렸다. 박철언은 장면과 노다의 반도호텔 심야 단독회담 성사에도 막후의 역할을 맡았다.

장면과의 회담 내용에 만족을 표한 노다는 5월 12일 방한 일정을 마치고 도쿄로 돌아갔다. 박철언은 불과 나흘 뒤에 '200대 전차 사업'이 담배연기처럼 사라질 것을 까맣게 몰랐다. 5월 16일 새벽에 반도호텔 8층을 내려와 수녀원으로 피신한 장면 총리도 권좌의 종말을 희미하게나마 예감했을 리 만무했다. 며칠 전까지만 해도 '100% 치안'을 보증한 장도영 육군 참모총장이 느닷없이 '5·16군사혁명의 마담'으로 등장할 줄이야!

새벽에 강을 건너니

5월 16일 새벽 김동하 예비역 소장이 이끄는 해병 제1여단이 선두에 서서 한강 다리를 건너 서울시내로 진입할 때, 정부측 방어군대는 한강 북안에 급파된 헌병대 100여 명이 전부였다. 기껏해야 바리케이드 수준의 이 저항세력을 간단히 무혈로 치워버린 '거사의 군대'는 3시간 만에 시나리오의 첫 단계를 완수했다. 주요 점령목표인 방송국, 정부기관, 경찰서 등을 완전히 장악한 것이었다.

먼동이 훤히 튼 5시 정각. 정부를 장악했다는 발표가 육군 참모총장 장도영의 이름으로 방송을 타고 전국에 퍼졌다. 이어서 그 발표문을 담은 전단 35만 장이 이른 아침의 서울 거리에 하얗게 뿌려졌다.

친애하는 애국동포 여러분!
은인자중하던 군부는 드디어 금조 미명을 기해 일제히 행동을 개시하여 국가의 행정, 입법, 사법의 3권을 완전히 장악하고 이어 군사혁명위원회를 조직하였습니다.

군사혁명위원회는 6개 공약을 내걸었다. 국민의 가슴에 먼저 닿을 약속은 셋이었다.

사회의 모든 부패와 구악을 일소하고 퇴폐(頹廢)한 국민도의와 민족정기를 다시 바로 잡기 위하여 청신한 기풍을 진작한다.(제3항)
절망과 기아선상에 허덕이는 민생고를 시급히 해결하고 국가자주경제 재건에 총력을 경주한다.(제4항)
우리의 과업이 성취되면 참신하고도 양심적인 정치인들에게 언제든지 정권을 이양하고 우리는 본연의 임무에 복귀할 준비를 갖춘다.(제6항)

그러나 군부가 일제히 행동을 개시했다는 발표는 사실과 크게 달랐다. 함께 한 것으로 하자고 하여 육군 총수가 일단 '얼굴'로 나서긴 했으나, 그는 군사혁명위원회 의장직 수락을 망설였고 거사 군대는 3천600여 명에 불과했다. 서울 인근에 주둔하는 1군 사령관 이한림이 군대를 이끌고 진압에 나선다면 그들은 분쇄될 운명이었다. 더구나 주한유엔군 사령관 맥그루더 대장과 주한 미국 대리대사 마셜 그린은 5·16을 명백히 반대했다.

그러나 우호적인 모습도 발견할 수 있었다. 군사혁명위원회의 공약들이 국민의 광범위한 지지를 받을 만한 것이었고, 제6항 단서로 비판적인 지식인과 양심적인 젊은 장교들의 호응을 얻을 수 있었으며, 정부와 군부에는 장면 정권을 열성적으로 지지하지 않으면서 유혈사태만은 피해야 한다고 생각하는 실권자들이 포진하고 있었다. 윤보선 대통령만 해도 장면과는 다른 파벌의 지도자였다.

16일 오전 9시 장도영 육군 참모총장의 이름으로 전국에 비상계엄령이 선포되고, 오전 11시 5·16을 비난하는 주한유엔군 사령관과 주한 미국 대리대사의 성명이 발표되었다. 그러나 그날 늦은 오후부터 대세는 군사혁명위원회에 유리한 쪽으로 기울고 있었다. 그것은 국가의 상징적 존재인 대통령의 힘이었다. 윤보선은 미군 1개 기갑대대와 한국군 제1야전군 일부 병력을 동원하여 서울의 혁명군을 진압하겠다는 맥그루더 사령관의 작전계획을 전면 반대했다. 윤보선은 오후 1시 30분, 우리는 침착하고 냉정하게 이 나라의 일을 판단해야 하며 희생 없이 사태를 수습하는 데 성의와 노력을 다해야 한다고 호소했다. 신변이 보장되니 장면 총리 이하 전 국무위원은 한시바삐 나와야 한다고 촉구하기도 했다. 오후 4시 30분엔 장도영이 군사혁명위원회 의장직을 수락했다. 5·16을 반대했지만 장면 정권을 달가워하지도 않았던 이한림 1군 사령관은 합법적 지휘 계통의 어떤 상급자로부터도 병력동원의 명령을 받지 않았다. 이런 정황들이 얽혀, 박정희 소장쯤은 전차 1개 중대만 동원하면 해치울 수 있다고 호언한 이한림의 발목을 잡았다.

이한림이 5·16을 반대한 데는 공산분자가 많다는 정보를 들은 이유도 있었다. 그는 박정희의 '여순반란 연루'를 의식했는지도 모른다. 그래서 '반공을 국시의 제일의(第一義)로 삼고 반공체제를 재정비 강화한다'라는 혁명공약 제1항을 액면 그대로 믿지 않았을 가능성도 있다. 처음엔 미국도 그렇게 의심했다. 쿠데타 지도자에 대한 보고서에는, 남한에서 통제권 수립이 불확실했을 때인 1940년대 중반경 장교 시절의 박정희가 공산주의에 연루되었음이 명시되어 있었다.

군사혁명위원회가 5·16 직후의 위태로운 '55시간'을 총성 없이 보내면서 사태를 안정시킨 데는 윤보선의 공헌이 컸다. 신변안전을 보장한 그의 촉구에 따라 수녀원에 숨어 있던 장면이 5월 18일 국무회의에 모습을 드러내 '조용하게' 정권을 군사혁명위원회에 이양함으로써 사실상 5·16은 '모양 좋게' 완성될 수 있었다. 그리고 19일 하야를 발표했던 윤보선이 군사혁명위원회의 간청으로 하루 뒤 뜻을 번복하여 군정이 진행된 10개월 동안 대통령직에 머물렀으므로 군사정부는 외국의 승인에 연연하지 않을 수 있었다.

5월 16일 '금조 미명'의 그 시각, 박태준은 어디서 무엇을 하고 있었을까?

형장의 이슬로 사라지면 내 처자를…

5월 16일 새벽, 박태준은 전투복 차림으로 군화 끈을 졸라맸다. 그리고 대문까지 배웅을 나온 아내에게 묵직하게 말했다.

"지금 나가면 집으로 돌아오지 못할 수도 있소. 그럴 때는 아이들을 잘 부탁하오."

미명을 헤집고 쏜살같이 사라지는 지프 꽁무니를 멍하니 바라보는 아내는 숨이 막힐 것만 같았다.

박정희는 거사의 새벽을 위한 '특별 임무'를 박태준에게 맡기지 않았다. 이른바 '거사명단'에서 육군본부의 박태준 대령을 빼놓았다. 그러나 박태준은 거사 계획을 바싹하게 알고 있었다. 자신이 병력을 움직일 수 있는 위치가 아니라는 점도 잘 알고 있었다. 자신에게 특별 임무가 하달되지 않은 이유는 '병력 동원'과 무관하지 않을 것이라고 혼자서 짐작만 했다. 하지만 그에게 무엇보다 중요한 것은 도저히 집에서 기다릴 수 없다는 점이었다. 운명을 함께하기로 한 제자로서, 후배로서, 부하로서, 사내로서 그리고 동지로서 도저히 그럴 수는 없었다.

그날 새벽에 박정희와 박태준이 마주친 곳은 군사혁명위원회였다.

"기어이 왔군."

"생사가 걸린 상황에서 기다려야 합니까?"

"우선 상황을 완전히 장악해야지. 여기가 자네 위치야."

박태준은 박정희의 속마음을 알아차리진 못해도 변함없이 굳건한 인간적 신뢰를 느낄 수 있었다. 계엄사령부 요원이 된 그는 즉시 박정희의 비서실장 역할을 맡았다. 서로 말이 없어도 자연스레 그렇게 되었다.

5월 17일은 박정희에게 혼돈과 불안의 절정이었다. 호랑이 등에 올라타긴 했으나 굴러 떨어지는 것이 시간문제로 느껴질 지경이었다. 맥그루더 사령관이 이한림의 1군 병력을 동원해 곧 서울을 포위할 것이라는 첩보를 접한 박정희는 서울지구 방어군 사령부에 진지구축을 명령하고 1군 예하 사단장 채명신에게 5사단을 포천에서 서울로 이동시키라고 지시했다.

5월 18일은 쿠데타가 성공의 길목에 들어선 날이었다. 1군 사령관 이한림 체포와 압송, 장면의 출현과 내각 총사퇴 의결, 육사 생도들의 혁명지지 가두행진 등이 그날 하루에 이루어졌다. 맥그루더는 당황했다. 무력을 버리고 대화를 택해야 했다. 이날 아침에는 김정렬 전 국방장관도 나섰다. 그가 박정희의 비서실장 역할을 하고 있는 박태준에게 전화를 걸었다.

"내가 맥그루더 사령관을 잘 아니까 한번 만나 보려고 하네."

"네, 감사합니다. 그쪽의 오해를 꼭 풀어주십시오."

박태준은 김정렬을 믿을 수 있는 선배라고 판단했다. 미리 알려주는 것에 담긴 '오해'를 피하고 싶다는 뜻도 금세 알아차렸다. 박정희가 김정렬을 향해 감사한 마음을 갖게 된 사연을, 박태준은 부산 시절에 박정희에게서 들은 적이 있었다.

1956년 7월 장군으로는 처음 육대에 입교를 했다가(박태준은 박정희가 '입교 당했다'는 표현을 했다고 기억함) 이듬해 무사히 졸업한 박정희가 소장 진급 심사대상자 명단에 들어서 진급심사위원회(심사위원 22명)의 심사를 무난히 통과했는데, 그때 무소불위 권력을 휘두르고 있던 경무대 행정관 곽영주가 끼어들어서 '사상 문제'를 들고 나와 강하게 반대를 했다. 이때 구세주처럼 등장한 이가 김정렬이었다. 그는 박정희의 과거 사상 문제에 대해 완전히 안심해도 된다며 심사위원들을 다시 설득하고 다녔다. 그래서 소장 진급의 까다로운 관문을 어렵게 넘어선 박정희는 6군단 부군단장으로 부임했다.

박태준과 통화한 김정렬이 용산 미 8군 사령부로 달려갔다. 이례적으로 맥그루더는 멜로이 부사령관과 같이 현관까지 나와서 기다리고 있었다고 한다. 미군 측도 상당히 다급해 한다는 반증이었다. 맥그루더는 '박정희의 공산주의자로서의 본색'을 염려했다. 김정렬은 후배인 박정희가 군내 남로당 조직원으로 체포돼 조사 받고 있었을 때 자신이 구명운동을 벌였던 과정까지 들려주며 안심을 시키려고 했다.

맥그루더를 만나고 나온 김정렬이 다시 박태준에게 전화를 걸었다. 면담 결과를 간략히 알려주고 박정희와 만날 시간을 잡아 달라는 부탁이었다. 김정렬은 박정희에게 맥그루더와 나눈 대화를 솔직하게 들려주었다. 자신은 맥그루더에게 박정희 장군을 만나보라고 권유했다는 것과 맥그루더는 박정희 장군에게 이한림 장군의 석방을 부탁했다는 것이 포함되었다.

5월 18일 저녁, 박정희가 비서실장과 진배없는 박태준을 불렀다. 한숨을 돌리긴 했으나 긴장과 피로가 범벅된 얼굴들이었다. 박정희가 박태준에게 의자를 권했다.

"한 고비 넘겼으니 우선 할 얘기가 있어."

박태준이 의자에 앉자, 박정희가 담배를 물었다.

"내가 왜 혁명동지 명단에서 자네 이름을 뺄 줄 아나?"

박태준은 눈동자를 고정시켰다.

"자네를 아끼고 믿기 때문이었어. 국가적인 이유와 개인적인 이유야. 국가적인 이유는, 우리 계획이 중도에 실패로 돌아가면 자네라도 무사히 살아남아서 우리 육군을 제대로 이끌어나갈 지도자가 되어야 한다는 것. 개인적인 이유는, 혁명에 실패하여 내가 군사법정에서 사형선고를 받고 형장의 이슬로 사라지게 되면 내 처자를 자네한테 부탁하려 했어."

박태준은 콧잔등이 시큰했다. 박정희가 연기 한 모금을 길게 불었다.

최고 권력의 비서실장

5월 19일 군사혁명위원회는 명칭을 '국가재건최고회의'로 고치고, 20일 국가재건최고회의는 5·16의 실질적 지휘자 박정희 소장을 부의장으로 하는 혁명내각을 구성, 21일 각료 취임선서식을 거행했다.

거사의 주체세력이 가장 촉각을 곤두세우고 있는 군부의 동향은 빠른 속도로 안정을 되찾고 있었다. 18일 육사 생도와 교관들이 시청 광장에서 혁명지지 기념식을 거행하고 시가행진을 벌였다. 19일 공군사관학교 생도들이 같은 행동을 보였다. 군사혁명위원회도 적극적으로 움직였다. 19일 오전 10시, 장도영과 박정희가 나란히 참석해 거사 후 처음으로 공식기자회견을 가졌다.

엄숙히 진행된 그날 회견에선 군사혁명위원회가 최고 권력기관이란 답변도 있었다. 모든 상황을 장악했다는 확고한 자신감의 표현이었다. 이 회견과는 별도로, 밀수행위자를 극형에 처하고 16일에 실시된 금융동결 조치를 곧 전면적으로 해제할 것이란 계엄사령부의 경제정상화 성명이 발표되었다. 한국의 19일치 신문에는 미 국무부 차관 체스터 보울즈가 밝힌, 미국이 군지도자들이 수립한 한국의 신정권을 승인하리라고 생각한다는 워싱턴 발 AP통신 기사가 일제히 보도되었다.

청신한 기풍을 진작하겠다는 혁명공약 제3항의 한 조목이 맨 먼저 거리에 구체적으로 나타났다. 21일, 사회악으로 지목된 깡패 두목 150여 명이 "나는 깡패입니다. 국민의 심판을 받겠습니다." 하는 슬로건을 앞세우고 시가행진을 벌이는 진풍경이 펼쳐졌고, 비밀 댄스홀에서 춤을 즐기던 남녀들이 줄줄이 구속되어 곧 열리는 군법회의를 기다려야 했다.

흔히 사람은 가장 절박한 시간을 가장 믿는 이와 함께하려 한다. 임종을 앞둔 부모가 자식을 찾고 입원한 지아비가 지어미를 찾는 것도 그러한 심정이라 할 수 있다. 5월 24일, 박정희가 박태준을 따로 불렀다. 혁명의 첫 단계를 성공했다고 확신한 그는 피로가 좀 풀린 얼굴이었다.

"오래 계획해온 우리의 역사적 임무가 이제 막 시작됐어. 자네가 내 비서실장으로 와야겠어."

갑작스런 제안을 받은 박태준은 얼른 생각해보아도 호락호락 덤벼들 자리가 아닌 듯했다. 그가 한 발 물러섰다.

"저는 여러 모로 부족하지 않겠습니까?"

박정희의 눈빛이 예리해졌다.

"여보게. 우리가 택한 길은 결코 권력이나 영광을 탐하는 길이 아니야. 지금 우리에게 시급한 과제는, 국가의 골격을 바로 세우고 기아선상의 국민을 구하는 것이야. 기필코 절대빈곤의 사슬을 끊고 모든 국민의 의식주부터 해결해야 돼. 그래서 무엇보다 시급한 게 가능한 경제개발계획을 세우고 실행하는 거야."

"저는 군인입니다. 정치도 모르고 경제도 모르지 않습니까?"

"이러한 비상 상황에서 겸손은 미덕이 될 수 없어. 대의를 위해 신명을 바쳐야 할 때야. 국가 장래에 대한 신념과 열정으로 목숨을 걸고 한 번 하자고 했던 거, 잊었나? 이건 명령이야."

박태준은 군인으로 일생을 마치기로 했던 자신의 인생이 이제 막 새로운 세계로 진입하는 길목에 도달해 있음을 깨달았다. 거기는 '겸손'조차도 주저함이나 망설임처럼 꽁무니를 빼는 '비겁'으로 분류되는 시간이요 공간이었다. 박태준은 최고 권력자 박정희의 첫 비서실장이 되어야 했고 되기로 했다. 한국 산업화의 대들보가 되어야 하는 시간이 자신도 모르는 사이에 전격적으로 그의 삶으로 들어온 순간이었다.

아직은 군복을 입고 있지만 박태준의 책무는 막중했다. 군사정부 최고 권력자의 중요한 정책 결정에 필요한 정보를 제공하여 올바른 판단을 내릴 수 있도록 보좌하고 적재적소의 인재를 물색하여 추천하는 자리였다.

물론 어떤 사람과 만나게 하느냐는 기본적으로 중대한 역할이었다.

　국가재건최고회의는 국가재건의 준비된 계획을 머뭇거림 없이 추진해나 갔다. 농어촌의 고리채 일단 정지, 부정축재처리위원회 구성과 조사 착수, 경제기본계획 발표, 국가재건비상조치법 제정, 농어촌 고리채 정리법 공포 및 시행, 병역미필 공무원 7천300여 명 해임, 부정축재처리법 공포 등 '구 악 일소'에 필요한 조치들이 속속 실행되었다.

　이 특별한 시기에 한 지성은 이렇게 썼다.

　1년 전 우리나라의 젊은 학도들은 그 꿈 많은 청춘을 바쳐, 부패와 탐욕과 수탈과 부정에 도취한 이승만 독재정권을 타도하고 민주주의를 사경에서 회 생시켰었다. 그러나 정치생리와 정치적 행장(行狀)과 사고방식에 있어서 자유 당과 본질적으로 다를 것이 없는 민주당은 혁명 직후의 정치적 공백기를 기화 로 지나치게 비대해진 나머지 스스로 오만과 독선에 사로잡혀 정권을 마치 전 리품처럼 착각하고, 혁명과업의 수행은커녕 추잡하고 비열한 파쟁과 이권운 동에 몰두하여 그 바쁘고 귀중한 시간을 부질없이 낭비해 왔음은 우리들이 바 로 며칠 전까지 목격해온 바이다.

　그러는 동안 국민경제는 황폐화하고 대중의 물질생활은 더 한층 악화되고 사회적 부는 소수자의 수중으로만 집중하였다. 그 결과로 절망, 사치, 퇴폐, 패배주의의 풍조가 이 강산을 풍미하고 있었다. 이를 틈타서 북한의 공산도당 들은 내부적 혼란의 조성과 붕괴를 백방으로 획책하였다. 절정에 달한 국정의 문란, 고질화한 부패, 마비상태에 빠진 사회적 기강 등 누란의 위기에서 민족 적 활로를 타개하기 위하여 최후 수단으로 일어난 것이 다름 아닌 5·16군사 혁명이다.

　4·19혁명이 입헌정치와 자유를 쟁취하기 위한 민주주의 혁명이었다면, 5·16혁명은 부패와 무능과 무질서와 공산주의의 책동을 타파하고 국가의 진 로를 바로잡으려는 민족주의적 군사혁명이다. 따라서 5·16혁명은 우리들이 육성하고 개화시켜야 할 민주주의의 이념에 비추어 볼 때는 불행한 일이요,

안타까운 일이 아닐 수 없으나 위급한 민족적 현실에서 볼 때는 불가피한 일이다.

장준하, 『사상계』 1961년 6월호 권두언

박태준이 박정희의 비서실장을 맡아 보름쯤 지났을 때, 한국의 대표 기업인으로 알려진 인물이 나타났다. 삼성그룹 창업자 이병철. 유명 기업인의 얼굴을 쳐다본 찰나, 박태준은 속으로 좀 놀랐다. 선입견과는 퍽 다르게 학자풍을 물씬 풍겼기 때문이다.

"안녕하십니까? 비서실장 박태준입니다."

군복의 대령이 공손히 허리를 구부렸다.

"예, 이병철이오."

이른바 부정축재 혐의로 몰려 일본에서 귀국 시기를 재며 기다렸다는 인물이, 그런 정황과는 반대로 오히려 무슨 훈장을 받으러 온 듯이 의연하고 당당했다. 물론 얼굴에는 긴장감이 서렸다. 그러나 겁이나 주눅과는 무관해 보였으며, 사소한 실수도 하지 않으려는 경계심 같았다. 여태껏 스쳐간 이들과는 어딘가 다른 데가 있었다. 이병철이 돌아간 뒤 박정희가 들려준 그의 주장도 예사롭지 않았다. 경제를 발전시켜 국가와 국민을 구하겠다는 혁명이 기업인의 자유로운 활동을 보장해줘야지, 돈 버는 기업인을 죄인시하면 국민에게 일시적으로 환심은 살 수 있으나 경제는 발전시킬 수 없다고 했다지 않은가. 서슬 퍼런 군복의 최고 권력자 앞에서 누구도 섣불리 꺼낼 수 없는 말이었다. 박태준이 이병철에 대해 훌륭하다는 첫인상을 받은 날, 상대도 예의바른 비서실장을 인상 깊게 기억하였다.

박태준이 빈틈없이 업무를 장악하여 국가 최고 권력의 비서실 체계가 안정적으로 돌아가던 7월 2일, 박정희는 최고회의 의장으로 취임했다. 5·16 거사의 최고지휘자라는 세인의 주목이 최고위 권력층 안에서 명실상부한 현실적 실체로 등장했다.

며칠 뒤 박정희와 이병철의 두 번째 만남이 이루어졌다. 이번에도 박태준은 손님을 정중히 맞이했다. 이병철은 경제인에게 부정축재의 벌금 대신에 공장을 건설하게 하고 그 주식을 정부에 납부케 하는 방안을 제의했다. 이렇게 하면 납부자는 시간 여유를 벌고 그들이 국가에도 이바지하는 길이라는 것이었다. 박정희는 정치 명분 때문에 얼른 납득하지 않았다. 이병철이 돌아간 뒤 박정희는 박태준을 불러 그의 제안을 들려줬다. 용기 있는 기업인의 현명한 제안에 대해 박태준은 그 제안대로 하는 것이 좋겠다는 의견을 냈다. 국가재건최고회의는 이병철의 제안을 수용하는 '투자명령'의 법령을 제정하기에 이르고, 그에 따라 경제인들은 기간산업의 공장을 세우게 된다.

박정희가 명실상부한 최고권좌에 등극하는 과정은, 군정 내부의 실질적인 5·16 주체세력이 군부에 대해 안정적 통제를 확보하는 과정과 맞물려 있었다. 이 까다롭고 위험한 과제는, 최고회의에 협력하는 모든 장교를 흡수한 뒤 신뢰할 수 없는 인물을 하나하나 배제하는 식으로 수행했다. 6월 초에 5·16 주체는 협력을 거부하는 장성 3인을 체포하고, 송요찬에게 내각수반을 맡겼다. 7월 8일에 장도영은 반혁명음모죄로 체포되어 1962년 1월 10일 사형을 언도받지만, 곧 사면되어 미국 망명길에 오른다. 5·16 주체는 7월에 정군작업에 착수했다.

박정희는 권력의 안정적 기반을 다지는 가운데 '경제'에 매진하고 있었다. 7월 중순, 국가재건최고회의 전체회의가 열렸다. 중요한 회의였다. 정소영, 김성범, 백용찬 등 민간에서 발굴한 경제전문가 3인이 주도적으로 작성한 '최고회의 종합경제재건계획'에 대한 브리핑이었다. 백용찬은 박태준이 천거한 사람이었다.

그들은 '불균형 성장정책'을 위한 두 가지 전술적 목표를 제시했다. 첫째 수출주도형에 의한 2차산업 우선육성과 모방성장 방식에 의한 고도성장, 둘째 조립방식에 의한 수출증대와 고용증대. 조립방식은 라디오를 예로 들어 설명했다. 라디오 생산에 드는 수백 가지 부품과 기초자재를 생산할 능력이 없으니 우선은 부품을 수입해 와서 완성품으로 조립하여 수출하고, 단계적으로 국산화 비율을 늘려 순수 국산 라디오를 생산하자.

박정희가 함박웃음을 머금고 일어나 박수를 쳤다. 그것은 '5개년 종합 경제기획안'과 '제1차 경제개발5개년계획'의 기초였다. 작성 과정에는 이승만 정부의 '경제개발3개년계획'과 이를 비판적으로 검토해 새로 작성한

준장 시절의 박태준

장면 정부의 '제1차 경제개발5개년계획'이 참고자료로 활용되었다. 하지만 기존 두 계획안에 대해 정소영은, "검토는 했지만 이용가치가 없어 새 계획을 짰던 것"이라고 밝혔다.

박정희와 최고회의 군인들의 박수 속에서 한국경제정책의 핵심은 '수출주도형'으로 확정되었다. 7월 22일, 경제기획원 창설. '한강의 기적'을 이끌 두뇌가 탄생했다. 그러나 앞길은 캄캄했다. 1961년 한국경제의 각종 수치들이 그것을 알려준다. 1인당 GNP 83달러, 국내 저축률 3.9%, 투자율 13.1%, 수출 4088만 달러, 수입 3억 1600만 달러. 한마디로 참담했다.

무엇보다도 자금 확보가 절실하고 시급했다. 더 이상 경제개발계획을 '찬란한 문서'로만 처박아둔다면, 그들의 혁명공약은 거창한 거짓말로 나가떨어질 것이었다. 일본에 가서 식민지 배상금도 받아내고, 미국에 가서 원조 아닌 돈이 나올 구멍도 알아보고, 라인강의 기적을 이룬 분단국가 서독(독일)에 가서 차관 교섭도 해봐야 했다.

1961년 8월 10일 박태준은 준장으로 진급했다. 이틀 뒤 박정희는 정권이양 시기, 정부형태, 국회구성 문제 등 향후 일정을 밝히는 '정권이양시기에 관한 성명'을 발표했다. 8월 13일 한국 신문들은 '명후년(1963) 여름 정권 완전이양, 헌법제정은 동년 3월 이전, 동년 5월에 총선'이란 굵은 머리기사로 성명의 중요성을 강조하면서 '대통령책임제 채택'과 '단원제 국회'를 구상하고 있다는 사실을 알렸다. 박정희 군정이 혁명공약 제6항의 구체적 실천방안을 최초로 국민 앞에 선포한 것이었다.

8월 12일 성명에 대한 국내외의 반응은, 너무 오래 끄는 것 아니냐고 불평하는 쪽도 있었으나 대체로 구체적 일정이 제시된 것을 환영하는 분위기였다. 미국 방문 및 케네디 대통령과의 회담을 추진하는 박정희는 특히 미국의 반응에 촉각을 곤두세웠다. 워싱턴 발 외신 기사는, 백악관 분위기가 나쁜 쪽으로 가고 있진 않음을 알려줬다. 미 국무부 관리들은, 군정을 1963년 여름까지 연기한다는 결정에 대해 가벼운 실망을 표명하면서도 시기를 확정한 것은 좋은 일이며 약속을 지킬 것으로 확신한다고 했다.

경제와 만나다

박태준은 국가재건최고회의 의장의 8월 12일 성명을 그대로 신뢰하는 쪽이었다. 아직 군정에는 '인간적 갈등'도 남아 있었다. 광범위한 정군작업을 통해 군 내부의 안정적 기반을 확보했다고는 하지만, 이른바 반혁명 대열에 섰던 장군들을 어떻게 처리할 것인가. '5·16 박정희'의 반대편에 선 장성들의 처리 문제를 두고 고심을 거듭하는 박정희에게 비서실장 박태준은 미국으로 유학을 보내라고 건의한다. 용기를 담은 그의 차분한 건의는 미래지향적이었다.

"혁명의 취지와 목표를 구현해 나가기만 한다면 언젠가는 화해하고 협력할 수도 있지 않겠습니까? 미 대사관의 협조를 얻어 미국으로 보냈으면 합니다. 그쪽 대학에서 공부하는 길을 열어준다면, 후일에는 국가에도 도움이 되지 않겠습니까?"

몇 달 더 지나서부터 5·16에 반대한 장성들이 미국으로 떠난다. 이한림, 강영훈, 김웅수, 장도영······. 그들 가운데는 뒷날 조국으로 돌아와 정부에 협조한 이도 있고, 미국에 남아 대학 교수로 살아간 이도 있다.

'정권이양시기에 관한 성명'이 단적으로 보여주듯 광복절 무렵의 신생 군정에는 앞으로 '정치적'으로 다뤄야 할 난제들이 급증하고 있었다. 박태준은 의장 비서실장에는 한국의 정치적 환경에 잘 적응하고 대처할 인물이 적임자라고 판단했다. 이러한 뜻을 그는 곧 박정희에게 건의했다.

9월 4일, 박태준은 국가재건최고회의 의장 비서실장에서 동 재정경제위원회 상공담당 최고위원으로 임명되었다. 8년 전 아내에게서 신혼 첫 선물로 『경제학원론』을 선물 받았던 그가 드디어 국가경제의 일선으로 옮겨간 이 인사는 중대한 의미를 지닌다. '박정희와 박태준의 관계'를 역사의 어두운 그늘에 들어서지 않게 만든 첫걸음이기 때문이다. 박태준의 능력을 '정치' 방면으로 활용하기보다는 5·16 거사의 최고 명분이자 가치라 할 '경제' 방면으로 활용하겠다는 박정희의 포석인 것이다. 이는 5·16을 통해 어느 누구보다 크게 돋보인 김종필을 박태준과 나란히 세울 때 확연히 드러난다. 박정희의 용인술은 김종필을 정치 방면으로, 박태준을 경제 방면으로 배치했다고 볼 수 있다.

군정은 거사의 기반이 안정되기 바쁘게 한일회담의 물꼬를 트려고 적극 나서고 있었다. 박태준은 상공위원으로 옮기고 나서 박정희에게 세 사람을 추천했다. 야스오카와 연결할 박철언, 야스오카의 제자 야기 노부오, 그리고 특사를 맡아줄 사람으로는 이용희 교수(기미독립선언 민족대표 33인에 들어간 이갑성의 아들).

박태준은 야스오카의 인맥과 맺어진 경위를 묻는 박정희에게 히비야공원의 연설, 박철언과의 인연, 박철언·야기·야스오카의 밀접한 관계 등을 들려줬다. 박정희는 만족스러워했다. 곧, 그 라인이 가동되었다. 박태준은 '군정참여' 이미지를 경계하는 이용희와 따로 만나서 국가의 앞날을 위해 박정희부터 만나볼 것을 설득하는 한편, 도쿄의 박철언에게 연락을 취해 서울의 의지가 야스오카의 귀에 들어갈 수 있도록 했다. 이 라인이 원만

상공담당 최고위원 시절의 박태준(가운데)

하게 가동될 수 있는 기본 조건은, 야스오카와 야기가 친한파란 점이었다. 야기는 일본의 조선 강점을 사죄할 때 곧잘 눈물을 흘리는 인물이었다.

5·16이 터졌을 때 서울에 있었던 박철언이 몇 달 뒤에 도쿄로 나가게 되는 과정은 간단하지 않았다. 1961년 5월 하순의 어느 날 아침, 박철언은 정릉 전셋집에서 꼼짝 않고 있다가 갑자기 검은 지프차에 태워졌다. 연행된 곳은 서울시청 옆 원창빌딩이었다. 뜻밖에도 중앙정보부장 김종필의 고문이란 사람이 매일 나와서 일본 사정을 교육해달라며 정중히 대우했다. 그 사람은 군정의 한일회담 재개를 맡아보려는 속셈이었으나 불의의 의혹사건에 연루돼 뜻을 이루지 못했다. 이런 가운데 몇 달을 보낸 박철언은 그동안 자기가 겪은 일과 자기 생각을 자세히 정리했다. 그것을 받아줄 상대는 박태준이었다. 며칠 뒤 박태준은 박철언에게 김재춘 특무대장과의 회담을 권했다. 박철언은 김재춘을 남산 외교클럽에서 만났다. 김재춘의 속내도 한일회담의 주역이 되려는 데 있었다. 그는 '특무'란 말의 거부감을 지적했다. 결국 박철언은 다시 박태준에게 고충을 털어놓아야 했다.

"일본에 가서 대기하시오. 항상 연락은 닿을 수 있게 해놓으시오."

박태준은 박철언의 출국허가를 받아주었다. 군정이 발행한 제1호였다. 열흘 뒤, 그는 박철언에게 통보했다.

"이용희 교수가 도쿄에 갑니다. 통치권자를 대신해서 가는 것이니 그의 체면에 손상이 안 되도록 도와주세요."

10월 4일 아침에 박철언은 하네다공항에서 이용희를 맞이했다. 야스오카의 도움을 받은 그는 이미 이케다 수상 사저에서의 면담까지 주선해 두었다. 이용희와 이케다의 만남. 이는 1961년 11월 12일 전격적으로 이뤄지는 '박정희-이케다 회담'의 싹이었다.

1961년 크리스마스, 박태준은 구라파통상사절단장을 맡아 유럽으로 날아갔다. 선진국의 산업현장을 견학할 좋은 기회였다. '백문불여일견(百聞不如一見)'을 진리로 신봉하는 목적의식은 '통상'보다 오히려 선진국의 공장들을 살피는 데 있었다. 두 번 미국 연수를 갔을 때처럼 그를 자극한 여행이었다. 조선시대 오백 년의 '사농공상'이 우리를 얼마나 낙후시켰는가를 새삼 뼈저리게 느낄 수밖에 없었다. 우거진 숲도 우리의 벌거숭이 민둥산과 대비되어 참 부러웠다. 서독에서는 베를린장벽의 철조망도 보았다. 눈 덮인 냉전체제의 상징물은 한반도의 휴전선에 비하면 장난감 같았다.

이 서유견문에서 박태준은 그리운 선배와 재회했다. 허정 임시내각에서 국방장관을 지내고 장면 정권 때부터 이탈리아 대사로 나와 있는 이종찬 장군. 그는 아끼는 후배를 따뜻하게 맞았다. 이탈리아에서 비행기 타면 바로라며 승용차를 내줬다. 박태준은 그 차를 얻어 타고 피사의 사탑을 보았다. 꼭대기를 쳐다보는 동방의 상공담당 최고위원은 거기 올라가 중력실험을 했다는 갈릴레이의 일화를 떠올리며, 우리에게는 언제 그런 과학시대가 열릴까 생각하고 쓴맛을 다셨다.

박태준이 유럽을 순방하는 동안 해가 바뀌었다. 최고회의는 새해부터 단기를 버리고 서기를 도입하여, 1962년 1월 1일부터 한국의 신문들은 일제

구라파통상사절단을 인솔하고 베를린장벽 앞에 선 박태준

히 서기를 썼다. 1962년 첫날 동아일보는 박정희 의장과 편집국장의 신념 대담으로 1면을 장식했다. 머리기사만 보면 대통령책임제, 국회단원제, 헌법개정절차 등 지난해 8·12성명을 새삼 확인하는 수준이지만, 본문에서 중점적으로 다룬 문제는 '경제부흥'이었다. 박정희는 일반 국민에게 전하고 싶은 말을 하라는 주문을 받자, 경제개발5개년계획 제1차 연도사업의 집행을 위해 총력을 집중해나가는 것이 지금의 목표라고 밝혔다.

그 목표 앞에서 누구보다 명민하게 움직여야 하는 군정내각 실무책임자는 박태준 상공담당 최고위원이었다. 국가경영에 대한 그의 기초지식은 어느 정도 확보되어 있었다. 1957년 국방대학에서 국가경영을 총체적으로 통찰하던 시절에 경제정책론에도 눈을 떴던 것이다. 물론 그것으로야 턱없이 부족했다. 책임자가 자신의 업무를 완벽하게 파악하지 못하면 그 일은 결코 성공할 수 없다는 생각, 어떤 업무를 맡든 누구에게도 지지 않을 역량을 쌓아야 직성이 풀리는 자존심. 이것들을 유감없이 발휘해야 하는 그는 남다른 공부의 시간을 아끼지 않았다.

박태준은 과외수업을 받는 수험생처럼 경제학 교수를 초빙해 경제학 강의를 듣고, 유능한 경제전문가들을 찾아다니며 조언을 얻었다. 그들과의 포럼을 정례화 하여 다양한 의견을 정돈할 자리도 만들었다. 그렇게 경제적 실력을 다지는 가운데 국가경제정책의 방향을 파악하고 실무를 장악해나갔다.

박태준은 농경사회를 산업사회로 환골탈태시키려는 제1차 경제개발5개년계획의 거시적 목표에 접근하려면 무엇보다도 '중공업의 집중 육성'과 '산업 인프라 구축'이 시급하다는 판단에 동의했다. 국가의 경제정책도 그런 방향으로 나아가고 있었다. 인구의 80%를 차지하면서도 피폐에 빠진 농촌부터 현대화하려는 목표가 정책의 최우선이어야 한다는 경제학자들의 목소리도 높았지만, 군정의 브레인들은 '시급한 산업화'에는 중공업 우선 정책이 더 효과적이라는 판단에서 흔들리지 않았다. 초근목피의 춘궁기를 영원히 추방하기 위한 비료공장, 공장에 동력을 공급할 발전소와 정유공장, 모든 산업의 기간이 되는 제철공장, 건설에 필수적인 시멘트공장, 물류를 보장할 고속도로·철도·항만건설 등이 핵심 사업으로 선정되었다. 부패에 휘둘리거나, 계획이 잘못되거나, 머뭇거리거나, 꿍무니를 빼거나……. 이들 중 어느 하나만 일어나도 군정의 프로젝트는 실패로 귀결할 것이었다.

1962년은 한국사회가 오천 년 농경사회의 막을 내리고 산업사회로 진입하려는 국민 총동원의 체제로 굳어지는 시기이면서, 박태준이 군인에서 정치인이 아닌 경제인으로 변모하면서 인생의 새 지평으로 돌진해간 시기였다. 박태준의 특장(特長)이 형성되고 훈련되는 시기이기도 했다. 그는 업무추진의 원칙을 확립하고 있었다. 완벽한 과학주의, 확고한 신념, 강력한 추진력, 그것의 삼위일체. 이것은 날이 갈수록 특장으로 자라났다. 그는 경제이론과 열악한 현실 사이의 모순을 통찰하면서, 모순이 상충으로 치닫지 않고 상보(相補)로 나아갈 수 없는가를 고민할 때가 잦았다. 이론과 현실의 변증법적 통합을 '완벽한 과학주의'라고 생각했다.

박태준은 결재서류에 도장이나 찍고 회의나 주재하는 '최고위원'과는 거리가 먼 권력자였다. 신념과 추진력이 스스로를 그런 인간형으로 버려두지 않았다. 경제개발5개년 사업의 핵심 현장을 찾아 전국을 누비면서, 중요한 기공식엔 반드시 참여하고, 이후 네댓 번씩 현장을 찾아 확인과 독려, 애로사항 경청을 되풀이했다. 그것은 자신도 모르게 '경영수업'의 제1장이 되었다.

1962년에는 우리 경제가 일차방정식도 필요 없을 만큼 단순하고 왜소했다. 텅스텐 같은 귀중한 지하자원과 싱싱한 해산물을 몽땅 팔아보았자 수출은 4천만 달러였다. 전력은 20만 킬로와트가 전부였고, 시멘트 생산은 16만 톤에 불과했으며, 철강 생산력은 6만5천 톤에도 못 미쳤다. 도로는 일제시대의 신작로 수준이었고, 철도는 그럭저럭 깔려 있었으나 공항과 항만 시설은 형편없었다. 한국경제는 한마디로 '무(無)'의 상태에 널브러져 있었다.

박태준의 현장 방문에는 숱한 일화가 생겼는데, 울산공업지구 부지조성과 삼척 삼화제철에 얽힌 에피소드가 대표적이다.

제1차 경제개발5개년계획에서 울산공업지구는 핵심산업을 건설할 지역이었다. 공장 건설을 일정대로 추진하려면 부지조성과 지원설비가 늑장을 부리지 않아야 했다. 박태준은 직접 현장을 찾았다. 확인과 독려, 애로사항 경청을 위한 방문이었다. 그런데 공사 진도가 지지부진을 면치 못하고 있었다. 그는 감독을 제치고 기술자들을 불렀다. 전기가 없어서 일을 못한다고 했다. 그의 짙은 눈썹이 꿈틀거렸다. 상공부의 관료는 그에게 전력이 부족하지 않다고 보고했던 것이다.

박태준은 서울 사무실로 돌아온 즉시 전력국장을 불러 매섭게 다그쳤다. 기록에 나온 발전용량은 20만 킬로와트인데 실제 발전량은 왜 13만 킬로와트밖에 되지 않는가. 전력국장의 답변은 상상을 초월했다. 자유당 때 다 빼먹고 지금은 그것밖에 안 남았다고 했다. 당황한 나머지 황당무계한 거짓말을 둘러댔는지, 군인이니까 전기에 대해 모를 것이라고 짐작했는지. 그는 더 따지지 않고 호통만 쳤다. 당신 같은 사람이 그런 자리에 앉아 있으면 국가경제가 발전할 수 있겠느냐고.

상공담당 최고위원이 아니라 의장이 직접 호통을 치더라도 없는 전기가 나올 턱은 만무했다. 그렇다고 공사지연을 방치할 수도 없는 노릇이었다. 박태준은 궁리했다. '궁즉통'의 답을 구하는 머리에 번개처럼 묘안이 떠올랐다. 오키나와의 미군 발전선! 그는 지체 없이 미 8군의 요로에 협조를 요청했다. 며칠 지나 울산 앞바다엔 미군 발전선이 정박했다. 비로소 공사 현장엔 활력이 살아났다.

철(鐵)이 있어야 철길도 깔고 교량을 만들어 도로도 연결하고 항만설비도 갖출 수 있다. 철이 있어야 건물도 짓고 공장도 짓고 학교도 짓는다. 철이 있어야 선박도 만들고 자동차도 만들고 밥 지을 솥도 만든다. 하물며 못도 바늘도 철이 있어야 만든다. 한국은 빚을 내더라도 철을 수입해야 했다. 그래서 제1차 경제개발5개년계획에 '제철공장 건설'이 포함될 수밖에 없었다. 1962년 5월 삼척에서 열린 삼화제철 용광로 화입식에 박태준은 설레는 마음으로 달려갔다. 회사 대표와 함께 불을 넣고 사진을 찍고 박수를 쳤다. 서울로 돌아온 그는 비록 소규모이지만 기대를 걸었다. 잘되라고 속으로 빌기도 했다. 이튿날, 삼척 소식이 궁금했다. 그런데 믿기 싫은 소식이 돌아왔다. 쇳물이 끓지 않고 고로의 불이 꺼져버렸다는 것.

박정희는 국가 기간산업으로서 제철소의 중요성을 깊이 인식하고 있었다. 1963년 9월에 혁명 2년간의 성과를 집대성한 그의 보고서에는, 1962년부터 6년간 울산에 건설할 제철소는 연간 30만1천 톤을 생산할 능력을 갖게 될 것이고 이렇게 되는 날에는 연간 외화 약 2천120만 달러를 절약하게 됨은 물론 2천여 명의 고용도 이루어진다는 내용이 있다.

국가경제가 '무(無)'에서 꿈틀대던 시절에 박정희는 고작 연산 조강 30만 톤 규모의 종합제철소 건설에 장밋빛 희망을 걸고 있었다. 그로부터 꼬박 30년이 흐른 뒤에는 그가 지목했던 박태준이 연산 조강 2천100만 톤의 세계 최고 종합제철소를 완공하게 되지만……

국토녹화, 그리고 화폐개혁

'제철소'가 자기 인생의 운명으로 다가왔을 때 대뜸 '숲속의 사원주택단지와 제철소 녹화'를 꿈꾸게 되는 박태준, 그는 일찍부터 국토녹화에 남다른 관심을 갖고 있었다. 한국의 야산들이 겨울나기의 땔감을 대는 창고였던 1962년 당시, 국내 형편에서 '연료문제'의 대전환이 선행되지 않으면 국토녹화는 공염불이 될 수밖에 없었다. 민둥산을 푸르게 가꾸려면 나무를 많이 심어야 한다. 아무리 심어봤자 땔감으로 써버리면 헛수고에 불과하다. 그렇다면 나무를 대신할 연료정책이 확보되어야 한다. 이 함수관계를 박태준은 명백히 인식하고 있었다.

5·16혁명 직후 산업관련 기관은 모두 제1차 경제개발5개년계획을 추진하

는 것과 함께 활발한 업무활동을 시작했으나 지질연구사업만은 계획사업으로 인정받지 못해 국립지질광물연구소는 더욱 유명무실한 기관으로 취급되어 전 직원은 사기가 땅에 떨어지고 허탈감에 빠져 있었다. 이러한 상황에서 62년 1월 5일자로 동 연구소장 서리에 임명된 나는 어떻게든 지하광물자원을 경제개발5개년계획에 포함시키기 위한 묘안을 짜내기 위해 부심했다. 결론적으로 '산림녹화를 위해서는 국내자원을 개발해야 한다. 무연탄을 쓰면 자원도 되고 산림녹화도 된다'는 취지의 캐치프레이즈를 내걸기로 하고 밤을 새워가면서 상부기관에 보고할 브리핑 자료를 마련했다.

나는 초면인 박태준 위원 앞에서 1시간 30분에 걸쳐 당시 3천만 톤에 불과했던 무연탄 매장 발견량을 15억 톤으로 늘릴 수 있으니 이를 위해 연구소 인원을 25명에서 220명으로 늘리고 연간 3억 원씩 5년간 15억 원의 예산을 투입해줄 것을 건의했다.

그러나 박 위원의 반응은 의외로 무표정했고 가부의 말없이 그냥 돌아가 있으라고만 하기에 광물자원 개발에는 그다지 관심이 없는 사람으로 생각하고 낙담한 채 돌아왔다. 그런데 이틀 후 예고도 없이 박 위원이 박정희 최고회의 의장을 모시고 남영동 소재 연구소를 직접 방문해 "지난번 보고한 내용을 자세하게, 그리고 소신껏 박 의장께 보고드리라."고 일러주었다. 그 자리의 참석자들은 모두 군 장성급들이었고 공무원복 차림은 나를 포함한 두 명뿐이어서 긴장감이 더했다.

열과 성을 다한 설명 및 건의가 끝난 뒤 박 의장은 이 사업의 중요성을 실감하고 그 자리에서 연구소 정원을 나의 건의대로 220명으로 대폭 늘리고 연간예산도 전년의 2천만 원에서 15배로 늘려 3억 원으로 늘리도록 관계 장관에게 지시했다. 기존기관의 인원 및 예산이 이런 정도로 크게 확대된 것은 유례가 없는 일이었던 만큼 다른 기관들의 부러움도 대단했던 것으로 기억된다.

박 의장의 순시를 계기로 그때까지 부진했던 지질조사 및 광물개발 사업은 본궤도에 오르게 됐고 1차 5개년계획이 끝날 무렵에는 우리나라 가용 무연탄 매장량은 62년 초의 3천만 톤에서 16억 톤으로 무려 50배가 넘게 확보할 수 있게 되었다. 이에 따라 대단위 탄좌회사가 국책으로 설립됨으로써 오늘에 이르기까지 무연탄이 중요한 에너지자원으로 쓰여온 것이다. 이러한 배후에는 당시 박태준 최고위원의 지하자원개발사업에 대한 남다른 관심과 이해가 숨겨져 있었다.

이정환(당시 동력자원연구소 고문), 1984년 10월 19일자 한국경제신문

박태준은 이정환의 캐치프레이즈를 보는 순간 지음(知音)과 만났다는 확신을 얻어 박정희에게 건의했고, 그는 박태준의 설명에 귀를 열었다.

'치산녹화 7개년계획'(1965-1971)이 벌거숭이 붉은 산에 끈덕지게 묘목을 심는다. '수계별 산림복구 종합계획'(1967-1976)도 가세한다. 무연탄 개발로 전국 각처에 연탄공장이 탄생한다. 십구공탄. 서민의 온갖 애환을 태우는 19개의 조그만 불구멍이 서민들의 방을 데우고 밥을 짓고 찌개를 끓인다. 나무 심기와 나무 지키기는 그렇게 손발이 맞아떨어진다.

1970년대에도 연탄을 싣고 가는 달동네의 리어카는 빈곤과 소외의 상징이었고, 연탄가스중독 사고 뉴스들이 국민의 가슴을 아프게 했다. 그런 쓰라린 사연을 뒤로하고 민둥산들은 푸르게 우거져갔다. 가난한 농촌 사람들이 '사방사업'의 일당을 받으며 지칠 줄 모르고 심어주는 묘목들을 받아 마치 잃었던 아이들을 되찾은 어미처럼 키워낸 우리네 붉은 산들. 그 대지의 모성을 일깨우고 북돋운 강한 기운은 박정희의 정책이었고, 그것을 지켜준 소중한 울타리 하나는 이정환과 박태준의 보이지 않는 착안이었다.

1962년 6월 초. 상공담당 최고위원도 까맣게 모르는, 엄청난 국가적 혼란을 불러오는 일대 사변이 일어났다. 6월 9일 저녁 8시. 정부가 라디오를 통해 기습적이고 전격적으로 중대발표를 했다. 통화의 호칭을 '환'에서 '원'으로 바꾸고, '10대 1의 평가절하'를 단행하며…… 한마디로 '화폐개혁'을 선언한 것이었다. 신화폐와의 교환액은 한 사람에게 하루 500원으로 제한한다는 실행의 단서도 달렸다. 목적은 예금을 동결하여 공장건설에 집중 투자하는 데 있다고 했다.

6월 9일 밤 송요찬 내각 수반의 초청을 받고 요정 '대하'로 갔다. 송요찬 수반을 위시하여 다수의 경제담당자들이 참석했고 홍재선, 이정림, 남궁련, 설경동 씨 등 동료 경제인들이 동석했던 것으로 기억한다. 모두 자리를 잡자, 송수반은 여덟 시에 중대발표가 있으니 함께 듣자고 하면서 라디오를 가져오게했다. 송 수반 말대로 여덟 시에 임시뉴스가 흘러나왔다. 통화개혁의 발표였던 것이다. 초청받은 경제인들은 모두 깜짝 놀랐다.

이병철,『호암자전』

그 자리엔 박태준도 있었는데, 동석한 최고위원들도 방금 나온 군사정부의 중대발표에 관한 한 초청된 경제인들과 비슷한 처지였다. 불과 두어 시간 전에야 귀띔으로 들은 들러리에 지나지 않았다. 이튿날 아침에 이병철은 박정희의 호출을 받는다.

"어떻게 생각하십니까?"

"큰 혼란에 빠질 겁니다."

"경제건설을 위한 자금조달에는 이 길밖에 없다고 해서 단행한 것입니다. 극비리에 진행됐기 때문에 최고회의 내에서도 모르는 사람이 많았습니다. 새지폐는 천병규 재무장관이 영국에서 인쇄했습니다."

"신화폐의 교환을 위해서 날마다 수백 명이 은행창구에 줄을 서야 하므로 그 원성은 모두 정부에 돌아갈 것이고, 국민경제적인 면에서도 큰 에너지의 낭비일 뿐만 아니라 세계적으로 화폐개혁은 성공한 예가 거의 없습니다. 2차 대전 후 서독은 워낙 인플레가 심해 그 수습책으로 통화개혁을 단행했지만, 한국의 사정은 다릅니다. 큰 돈 가진 사람도 많지 않습니다."

"경제인의 의견도 사전에 들을 것을 그랬군요."

앞의 책

화폐개혁의 실무를 주도한 이는 재정담당 최고위원 류원식이었다. 그의 부족한 금융지식을 실질적으로 보좌한 이는 한국은행에서 근무한 적이 있는 충남 출신의 김정렴. 그래서 김정렴 중심의 실무팀이 짜였다. 나중에 박정희의 비서실장과 재무장관도 지내게 되는 그를 천거한 인물은 김종필. 최고위원 이상의 권력자들 중에 화폐개혁의 진행과정을 속속 아는 인물은 박정희, 김종필, 류원식 정도이고 모든 사정을 세세히 꿰찬 이는 김정렴이었던 셈이다.

영국에서 인쇄했다는 신화폐는 굉장한 혼란을 초래했다. 산업은행에 부랴부랴 화폐개혁대책위원회를 만들었으나 최고회의가 시끄러워졌다. 미국도 눈을 부릅떴다.

최고위원들의 분노 앞에서 류원식은 화교들의 돈을 지상으로 불러내는 것이 가장 중요한 목표라고 해명했다. 그것만으로 잠잠해질 사안이 아니었다. 그렇게 중대한 국가대사를 재정담당 최고위원이 허술하게 추진한 것에 대한 비난과 비판이 빗발쳤다. 이런 마당에 미국은 한마디의 사전 협의도 없었던 사실에 대해 강력히 항의했다. '괘씸죄'에 대한 벌이 곧 따랐다. 잉여농산물 원조를 중단하겠다는 통보. 이 소식이야말로 군사정부에 심각한 충격이었다. 미국 공법 480호(PL480)에 따라 미국이 한국에 원조해온 잉여농산물은 한국 정부예산의 주요 원천이었다. 거둬들일 세원이 너무 없는 빈곤의 정부는 원조로 들어오는 밀과 면화를 제분업자와 방직업자에게 되팔아 그 돈으로 정부예산의 상당 부분을 충당하는 형편이었다. 그러니 그것을 중단하겠다는 미국의 통보는 성난 어머니가 배고픈 아기에게 젖을 주지 않겠다는 선언과도 같았다.

최고위원들은 미국을 설득할 조를 편성해야 했다. 박태준은 몇몇 최고위원과 함께 USOM(주한 미국경제협조처 : 미국의 한국에 대한 원조계획과 조정을 담당한 기관. 1968년에 USAID로 개명)을 찾아가 머리를 숙여야 했다. 자존심이 깨지는 노릇이었으나 어쩔 도리가 없었다. 그들은 최고권력자에게 일을 엉성하게 진행한 류원식의 해임을 건의했다. 박정희가 수용했다. 미국의 강경한 태도는 달포쯤 지나 누그러졌다.

정치의 계절에

박태준이 경제학을 공부하고 경제전문가들과 포럼을 개최하면서 중요한 산업정책을 점검하고 건설현장을 찾아다니는 동안, 국가재건최고회의의 정치 방면은 복잡하고 시끄럽게 돌아가고 있었다.

1962년 막바지엔 '내각제 폐기와 대통령중심제 채택'을 골격으로 한 개헌안을 국민투표에 부쳐 통과시키고(12. 17.), 잇따라 민정이양의 절차를 발표했다(12. 27.). 1963년 벽두부터 '정치의 계절'이 개막되어야 했다. 새해 1월 민주공화당 발기인대회부터 정치적 사건들이 꼬리에 꼬리를 물고 일어났다.

5·16의 새벽에 해병대를 이끌었던 김동하의 최고위원직 사퇴와 공화당 참여거부 선언(1963. 1. 21.), 박정희의 민정불참과 정국수습 9개 방안 성명 발표(2. 18.), 군정 1년 6개월 동안 내각수반·외무장관·국방장관을 역임한 송요찬의 '민정이양에 관한 혁명공약의 이행 촉구'와 공화당 참여거부 선언(2. 21. 오전), 김종필의 당직 등 공직사퇴 선언(2. 21. 오후), 공화당 창당대회(2. 26.), 박정희의 군복귀 의지 천명(2. 27.), 박정희의 '군정 4년 연장안을 국민투표에 부치겠다'는 성명 발표(3. 16.), 박정희의 '군정연장 국민투표 9월까지 보류 및 정당 활동 재개 허용' 성명 발표(4. 8.), 박정희의 연내 민정이양 재천명(5. 16.), 공화당 대통령 후보에 박정희 추대(5. 27), 제3공화국 대통령 선거일 10월 15일로 결정(8. 15.)······.

"이 나라의 정치적 새 질서를 위해, 민주공화당의 창당을 위해 그 산파역을 맡아왔으나 이제 본인은 이러한 일들이 본인의 소임이 아니라고 믿게 되었기 때문에 일체의 공직에서 물러나 초야의 몸이 되고자 한다."

그렇게 자못 낭만적인 선언을 남기고 외유를 떠났던 김종필. 사퇴와 복귀, 외유와 귀국을 반복한 그와 내각수반 송요찬의 갈등이 1963년 여름 송요찬의 구속으로 귀결되었다. 송요찬은, 김종필 때문에 내각수반을 그만둔 셈이고 박정희에게는 김종필의 말을 씹지도 않고 순진하게 삼킨 죄밖에 없다고 분노하며 감옥으로 갔다.

1963년 여름, 박태준은 권좌에서 멀어지는 방향을 바라보고 있었다. 그의 나침반은 이미 그해 벽두에 고정되었다. 공화당의 정체가 수면 위로 부상한 것을 계기로 군정의 핵심권력층 내부에 갈등이 일어난 1월, 박태준은 5·16혁명공약 제6항에 따라 군정을 연장하지 말아야 한다고 생각했다. 민정이양을 하고 민정에 참여하지 않겠다고 했다가, 번복하여 '군정 4년 연장'의 애드벌룬을 띄웠다가, 또 번복하여 군복을 벗고 민선 대통령후보로 나서겠다고 밝힌 박정희. 군정과 신생 공화당이 국민을 헷갈리게 만든 1963년 봄에 박태준은 2·18성명을 탄생시키는 현장에서 중역을 맡았었다.

2월 17일, 육군 참모총장 공관에서는 박 의장의 민정불참 결심을 촉구하기 위한 최종 회합이 열려 '최후까지 나라를 위한 건의를 하나 박 의장에 대한 충성에는 변함이 없음'을 거듭 다짐하고 마지막 건의를 하기로 했다. 모인 사람은 김종오 육군 참모총장을 비롯한 각 총장과 최고회의 쪽에서 류양수, 박태준 두 최고위원, 그리고 김재춘 씨였다.

우선 대표로 김종오 장군이 의장공관에 갔다. 각군 수뇌를 망라한 그들의 의견이 어떻다는 뜻을 전하고 박 의장의 최종적인 결심을 촉구하기 위한 것이었다.

"그럼 좋소. 밤 9시에 모두들 이리 오시오. 공연히 요란스레 하지 말고 모두 두어 차로 합해서 들어오시오."

김종오 장군은 곧 모두가 기다리는 육군공관으로 들어왔다. 그러나 또 하나의 의문이 제기되었다. 아직 9시까지에는 상당한 시간이 있고, 그 사이 반대편에서 무슨 작용을 할지 모른다는 것.

사태는 급변해 있었다. 김종필 씨를 비롯한 길재호, 김형욱, 홍종철 씨 등이 박 의장을 둘러싸고 자리를 비키지 않는다는 것이었다. 9시가 지나고 밤12시가 되도록 그들은 물러가지 않았다.

가까스로 2시경에 들어오라는 지시를 받았다. 새벽 2시에 의장공관을 찾아간 사람은 각 군 총장과 류양수, 박태준, 김재춘 씨 등이었다. 박 의장은 시종 심각한 표정으로 얘기를 듣고 있었다.

"좋소. 나도 그만둘 생각이오. 아니, 그만두겠소. 그리고 모든 부정을 뿌리 뽑읍시다."

이리하여 이후락 공보실장이 미리 마련해뒀던 민정불참 성명문을 최종적으로 검토하느라 거의 뜬눈으로 밤을 새우고, 다음날 역사적인 2·18성명을 발표하게 된 것이다.

《신동아》 1964년 10월호

박정희의 2·18성명은, 민간 지도자들이 군정 지도자들에게 보복하지 않고 군복 벗은 군부 지도자들의 자발적 정치활동 참여를 허락하고 새 헌법을 준수하고 한일회담의 타결을 위해 노력할 것을 서명한다면 자신이 물러나겠다는 뜻을 담고 있었다. 박태준은 이 과정의 긴박한 상황에서, 박정희와의 독특한 관계를 형성하는 제2막 무대를 개막할 행동을 드러냈다. 육사에서 스승과 제자로서의 만남, 1960년 부산 군수기지사령부에서 사령관과 인사참모로서의 만남은 박정희와 박태준의 관계에서 서막이었다. 제1막은 군정의 국가재건최고회의에서 박정희가 박태준을 경제 방면으로 선택한 것이라 할 수 있는데, 역할 주체가 어디까지나 선배 또는 스승인 박정희였다. 그러나 제2막은 달랐다. 주체적 역할의 상당한 부분이 후배 또는 제자인 박태준에게로 넘어왔다. 권좌에서 스스로 멀어지려 하는 박태준의 의지, 그 앞날은 당분간 불투명했다.

6월 초순에 박태준은 한국일보에 연재되는 이병철의 「우리가 잘 사는 길」을 유심히 읽고 있었다. 1인당 국민소득이 겨우 76달러로 세계에서 가장 가난한 대한민국, 우리가 절대빈곤에 빠지게 된 원인과 경제적으로 일어설 방법을 간략하고 솔직하게 주장하는 칼럼이었다. 농촌을 구제하는 길은 과감한 외자도입에 의한 공업화를 통해서만 가능할 것이란 주장 등 많은 내용이 박태준의 생각과 일치했다.

박정희의 민정 참여냐 불참이냐. 63년 3월 30일부터 박정희, 윤보선, 허정이 사흘 연속으로 청와대에서 담판을 벌였다. 박정희의 뒤에는 군부가 있고, 윤보선과 허정의 뒤에는 야당세력과 미국이 있었다. 정구영(공화당 총재)이 윤보선, 허정과 막후협상을 벌였다. 박정희의 '민정불참 선언'(2월 27일)과 '4년간 군정연장 성명'(3월 16일)을 상쇄시켜 털어버리고 민정이양 기한을 그해 8월 15일에서 연말까지로 연기하자는 데 합의를 했다.

그 절충안을 놓고 박정희는 박태준, 류양수, 유병현 최고위원, 김재춘 정보부장과 둘러앉았다. 그들은 민간 정치인들도 참여시키는 군민(軍民) 합작 정당을 만들어야 한다는 의견을 개진했다. 곧 검토와 준비에 돌입했다. 최고회의의 박태준, 류양수, 유병현, 정보부장 김재춘, 공화당의 박준규, 김재순, 민정당의 김용성, 이상신 등이 한자리에 둘러앉았다. 결국 공화당은 유지하게 되었다. 혁명주체 세력의 민정 참여와 박정희의 대선 출마가 기정사실로 굳어졌으니 굳이 새 정당까지 만들 필요는 없었다. 공화당에 애착이 강한 김종필을 달래는 방법이기도 했다.

공화당 대통령 후보로 지명된 박정희가 대장으로 진급하며 군복을 벗고(63. 8. 30.) 공화당 총재로 추대된 다음이었다. 9월 초순의 어느 날, 박태준은 박정희의 부름을 받고 장충동 의장 공관으로 갔다. 대선을 달포 남짓 앞두어서 공화당이든 야당이든 정치권이 긴장에 돌입한 때였지만, 두 사람은 오랜만에 푸근한 자리를 누렸다. 서로 속내를 툭툭 털어놓을 차례에 이르러 여당 총재인 박정희가 먼저 말머리를 틀었다.

"나는 자네를 놓기 싫은데, 자네는 요즘 자꾸 멀어지려는 것 같아. 앞날의 계획은 세웠나? 군으로 복귀할 건가?"

박태준은 담백하게 말했다.

"이제 군 복귀는 불가능합니다. 제가 군 복귀를 원하는 것은 도리에 어긋나고, 제가 원한다 해도 돌아갈 수 없게 되었습니다."

"그게 무슨 소리야?"

국군최고통수권자이기도 한 박정희가 의아한 눈빛으로 되물었다.

"저는 이미 순수한 군인정신을 상실한 사람입니다. 동료들이나 후배들이 훈련장에서 땀 흘리는 동안 저는 밖에 나와 최고위원이랍시고 권력의 단물을 마셨습니다. 그런데 지금 와서 군으로 복귀해 동료들의 자리를 차지하게 되면, 저는 나쁜 놈이 되고 군에는 새로운 불만이 일어나지 않겠습니까?"

박정희는 잠시 침묵했다.

"그러면?"

"미국 유학 갈 준비를 하겠습니다."

박태준은 공관을 빠져나와 다시 생각해보았다. 혁명공약 제6항을 지켜야 한다는 의견을 냈고 군으로 복귀하지 않겠다고 했으니 최고권력이 섭섭해 할 것도 같았다. 하지만 어쩔 수 없다고 생각했다.

그 무렵 박태준에겐 '군으로의 복귀'를 권유하는 선배가 또 있었다. 민정이양의 구체적 일정이 발표된 다음 이탈리아에서 편지를 보낸 사람. 이탈리아 대사 이종찬이었다. 육군대학을 수석 졸업한 박태준을 곁에 두려 했다가 육사의 박병권 교장에게 양보했던 선배로, 1961년 세모에 후배가 구라파통상사절단장으로 이탈리아에 들렀을 때 진심으로 반가이 맞아주었다. 그의 편지는, "부디 자네만은 군으로 돌아가 불행했던 우리 군대를 건지는 일에 앞장서라." 하는 간곡한 당부로 넘쳐났다. 존경해온 선배의 과분한 기대와 배려에 후배는 가슴이 뭉클했지만 새로운 길로 나가려는 뜻을 바꿀 수가 없었다.

박태준이 군 복귀 의사가 없다는 것을 밝힌 그날 그 자리에서 박정희는 그에게 국회의원 출마를 권유할 속내를 비치기도 했다. 박태준은 정식으로 탁자에 올린 화제가 아니어서 즉각 반대의사를 밝히진 않았으나 집으로 돌아와 아내에게 걱정스레 털어놓았다.

"고향에서 국회의원으로 출마한다? 나는 정치가 생리에 안 맞아. 다음에는 정식으로 권유를 하실 것 같은데, 사양이든 반대든 나도 말할 근거는 있어야 하니, 당신이 고향에 한번 다녀오면 어떻겠소?"

이리하여 박태준의 아내(장옥자)는 일종의 여론 청취 차원에서 오랜만에 부산 기장으로 내려가 친인척들을 광범위하게 만났다. 상공담당 최고위원 박태준. 인지도가 높고 그만큼 여론도 좋았다. 출마하면 앞으로 몇 선은 걱정하지 않아도 될 것 같았다. 그런데 기차를 타고 서울로 돌아오는 여행가방 안에는 육법전서만큼 두터운 서류들도 들어 있었다. 모두가 청탁 받은 이력서였다. 아내가 내놓은 서류뭉치를 바라보며 그가 담담히 말했다.

"그거 잘 됐소."

며칠 지나지 않아 박태준은 다시 장충동 공관으로 불려갔다. 박정희는 모종의 결심을 세운 표정이었다.

"군으로는 돌아가지 않겠다는 생각 변함없는가?"

"예, 그렇습니다."

"미국 유학을 가겠다고?"

"예."

직선적 질문에 박태준은 명쾌히 답했다.

"여보게, 자네 왜 그러나? 나를 도와줘. 군으로는 복귀하지 않겠다고 하니까 나와 함께 정치에 뛰어들기로 해. 우선 다가오는 총선에 우리 당 후보로 출마하는 거야. 이미 조사시켜 봤어. 자네 고향에 출마한다면 당선에 아무 문제없어."

두 사람 관계의 제2막이 서서히 오르고 있었다. 박정희의 명령에 가까운 제안을 박태준이 매력적으로 받아들이거나 마지못해 순종한다면, 두 사람의 미래는 '권력층의 통속적 역학관계'로 나아갈 수밖에 없는 지점이었다. 그러한 길로 진입하느냐, '경제부흥의 창조적 역학관계'의 길로 진입하느냐. 박태준은 어느덧 갈림길에 서고 말았다. 선택권은 막 예편한 국군최고 통수권자 앞에 앉은 현역 육군 준장의 의지에 맡겨졌다. 더구나 그것은 단순한 의지가 아니었다. 최고권력자로부터 스스로 멀어지느냐 최고권력자에게 스스로 다가서느냐, 즉 자신의 미래 전체를 걸어야 하는 선택인 만큼 신념과 직결된 것이었다. 바로 이 지점에서 박태준은 짐짓 부드럽게 미소

지었다.

"배려에 대해선 진심으로 감사드립니다. 하지만 제 성격을 누구보다 잘 아시지 않습니까? 지난 3년 동안 정치를 옆에서 봐왔습니다만, 석연치 않은 점이 너무 많았습니다. 한마디로 불합리의 종합판 같았습니다. 특히 정치인은 살아남으려면 무조건 당의 결정에 따라야 하지 않습니까? 저는 당이 결정해도 옳지 않다고 생각하면 번번이 반대할 놈인데, 그런 일이 자꾸 생기면 얼마나 불편해지겠습니까? 제 성미를 잘 아시지 않습니까? 골치 아픈 말썽꾸러기로 만들지 마십시오."

"자네의 그 못 말리는 성미를 내가 이기려고 덤벼드는 꼴이군."

"제 앞날에 대해선, 저놈이 공부할 욕심이 있구나 하고 봐주십시오. 대선에서 승리하는 일이 급선무 아닙니까? 열심히 도와드리고 유학 떠나겠습니다."

정치로 나서지 않겠다는 박태준의 결심은 확고했다.

장관도 마다하고

1963년의 선거법은 9월 15일까지 대통령후보 등록을 마감하고 그때부터 선거일 10월 15일까지 30일 동안을 법정 선거운동기간으로 허용했다. '제3공화국'으로 불리게 되는 제5대 대통령선거에는 일곱 후보가 등록했다. 군복을 벗은 지 45일 된 공화당 박정희, 제2공화국과 군정의 대통령을 지낸 민정당 윤보선, 4·19 직후 과도정부의 수반을 맡았던 국민의당 허정, 4·19의 계엄사령관 출신으로 군정에 참여했으나 달포쯤 전에 구속되어 옥중출마를 강행한 자유민주당 송요찬, 이승만 밑에서 국무총리를 지낸 정민회 변영태, 추풍회의 오재영과 신흥당의 장이석.

치열한 선거전은 예상대로 박정희 후보와 윤보선 후보의 대결로 압축되었다. 10월 2일엔 허정 후보가 윤보선 지지를 선언하면서 사퇴했고, 8일엔 송요찬 후보가 사퇴했다. 자금과 조직은 박정희 후보가 월등히 앞섰으나 서울의 기류는 윤보선 후보 쪽으로 기울어갔다. 박 후보의 민정이양 약속에 대한 번의가, 정치의식이 높은 서울시민의 비판을 불렀다고 풀이할 만한 대목이었다.

마침내 '5·16의 2년 6개월'을 국민에게서 심판받는 날이 밝아왔다. 선거운동기간 중의 공화당 활동에 대한 부정시비의 논란이 일어났지만 선거 자체에는 부정행위가 없었다는 게 일반적인 여론이었던 대통령선거가 남한 전역에서 일제히 실시되어 비교적 순탄하게 진행되었다. 날이 저물어 최고위원들이 속속 최고회의 개표상황실로 모여들었다. 대다수가 이길 것이란 기대감을 앞세운 표정이었다. 박태준도 서울이 걱정되긴 해도 이길 것으로 예측했다. 그러나 개표는 출발부터 불안했다. 서울을 비롯한 도시의 집계 소식이 먼저 날아들면서 윤보선 후보가 선두로 치고 올랐다. 한번 앞선 윤 후보는 꾸준히 선두를 지켜나갔으며, 박 후보도 꾸준히 뒤를 따라붙었다. 부지런한 두 거북이의 경주 같았다. 자정이 지나도, 16일 오전 1시가 넘어도 역전의 기미가 없었다. 최고회의 상황실은 침묵에 빠져들었다. 불길한 예감에 휩싸였다. 아무래도 근소한 표차의 패배를 면할 수 없을 듯했다.

'진다면, 나의 앞날은 어떻게 될 것인가?'

박태준은 앞설 줄 모르는 박정희의 득표수를 지켜보며 깊은 상념에 잠겼다. 만약 윤보선의 새 정권이 '혁명'을 '반란'으로 전락시키면, 거사 명단엔 빠졌다 해도 명백한 '거사 일원'으로서 그 책임을 공유해야 하는 사태를 맞아 틀림없이 법정의 심판대에 서게 될 것이었다. 물론 미국 유학도 물거품이 될 테고……

오전 2시가 지나도 박정희 후보는 뒤지고 있었다. 박태준은 새삼 마음을 담담하게 정리했다. 지금 귀가한다고 바뀔 것도 아니고 감옥으로 가게 되면 당당하게 갈 것이니, 개표는 끝까지 지켜보겠다고. 심판대에 올랐다가 투옥되는 자기 모습을 상상해보는 박태준에게 힘을 준 원천은 스스로 확신할 수 있는 '사심 없었던 헌신'이었다.

'그래, 최선을 다했고 나쁜 짓 하지 않았다. 부정축재처리위원회 위원으로서 손을 더럽히지 않았고, 상공위원으로서도 최선을 다했다. 새로운 공부와 체험도 많이 했다. 그래, 후회는 없다.'

여명이 밝아왔다. 믿기 어려운 일이 벌어졌다. '박정희 거북이'가 문득 막걸리를 얻어 마신 것처럼 슬슬 속력을 더 내는 게 아닌가. 그 기운을 아침까지 버텨준다면 '윤보선 거북이'를 따라잡고 급기야 앞지를 수도 있을 것 같았다. 박태준은 주먹을 쥐었다. '박정희 거북이'에게 응원을 보내는 두 주먹에 흥건히 땀이 고였다. 남해안과 서해안의 섬을 출발해 육지에 닿은 투표함들이 아침에도 '박정희 거북이'에게 한 주전자씩 막걸리를 먹여주었다.

16일 정오가 지났다. 아슬아슬한 박빙의 승부는 역전되어 있었다. 작은 리드지만 대세는 박 후보 쪽으로 기울어진 듯했다. 그래도 마음 놓고 승리를 장담하기엔 조심스러웠다. 실제로 민정당 윤 후보측이 패배를 자인한 시각은 16일 오후 4시 40분이었다. 그 시간에 박 후보는 윤 후보보다 겨우 5만5천여 표를 앞서고 있었다.

박정희와 윤보선. 끝까지 아슬아슬하게 자웅을 겨룬 두 후보의 득표상황은 특이하게 나타났다. 박 후보는 영남과 호남에서 압승을 보였고, 윤 후보는 서울을 비롯한 충청도와 강원도에서 큰 승리를 거두었다. 표차는 불과 15만6천28표. 그러나 낙선자는 깨끗한 승복의 표시로 당선자에게 축전을 보냈다.

이 대선의 특징은 이른바 '정치적 지역감정'이 전혀 나타나지 않은 점이었다. 1963년 가을에 만약 소백산맥과 섬진강으로 갈라진 정치적 지역감정이 선거를 좌우했더라면 박정희 후보는 윤보선 후보에게 완패를 당했을 것이다. 전남이 당선자에게 57.2%를 몰아줬듯이, 아직은 전라도의 투표민심에 '반(反)경상도' 정서가 없었다. 아직은 충청도의 투표민심에 '친(親)김종필' 정서도 없었다.

제5대 대통령선거운동에서는 두 인물이 이따금 자기 존재를 드러냈다.

한 사람은 제법 크게, 다른 한 사람은 아주 작게. 미래의 정계에서 큰 영향력을 행사하게 되는 전자는 윤보선 후보 진영의 대변인 김영삼(YS), 후자는 김대중(DJ)이다. 한국의 근대화시대에 민주화세력의 정치적 대표로 꼽히게 되는 두 사람, 그리고 한국의 근대화시대에 산업화세력의 대표로 최후까지 남는 박태준(TJ). 1990년부터 21세기 벽두까지 10여 년 동안 TJ는 YS, DJ와 각각 다른 방식으로 관계를 맺게 된다.

1963년 11월 어느 날이었다. 조각을 구상하는 박정희가 박태준을 불렀다. 곧 민선 대통령으로 취임할 박정희, 정통성 시비에서 가까스로 벗어난 통치자. 하지만 박태준에게 박정희는 동백섬을 바라보며 우국충정의 술잔 속에다 거사의 꿈을 담았던 그날들과 다르지 않은 따뜻한 상관이요 스승이었다.

"국회의원이다 정치다 그딴 거는 다 싫다고 했으니 상공장관을 맡아서 도와줘야겠어."

박정희의 말은 단도직입이었다. 박태준에게는 뜻밖의 강권 같은 제안이었다. 하지만 그는 머뭇거리지 않았다. 역사적인 민정 출범의 새로운 내각을 기웃거리지 말아야 하는 이유를 똑바로 세우고 있었던 것이다.

"각하의 배려에 뭐라고 감사를 드려야할지, 또 저에 대한 변함없는 신뢰를 어떻게 보답해야 할지, 지금 당장은 적합한 말이 떠오르지 않습니다. 오직 각하의 그 마음만은 다시 한 번 저의 마음에도 새기겠습니다."

"또 거절하는 건가?"

"각하의 뜻에 거역하는 것이 아닙니다. 각하를 도와드리고, 제 자신을 돌보려는 것입니다."

"무슨 소리야?"

"저는 장관을 맡을 수 없습니다. 이유는 두 가집니다. 첫째, 군복을 벗었다고는 하지만 저와 같은 사람이 장관을 맡게 되면 국민들에게 각하의 민간정부가 군정의 연장이라는 인상을 강하게 심어줄 것입니다. 둘째, 저는 아직 마흔도 안 됐는데, 장관 하다가 물러나면 무엇을 해야 합니까? 설상

가상으로 저는 아는 것이 너무 모자라서 더 배워야 합니다. 그러니 이해해
주십시오."

박정희는 나무랄 말이 얼른 떠오르지 않았다.

"다들 일등공신이라며 한자리 달라고 아우성인데, 자네를 본받게 해야
겠어. 그래도 내 마음은 자네를 놓고 싶지 않아. 기어이 미국 유학을 갈 거
야?"

"새해에 준비되는 대로 떠날 계획입니다."

"미국 어디로?"

"김웅수 장군이 공부하고 계시는 시애틀 워싱턴대학을 생각하고 있습니
다."

박정희가 고개를 끄덕였다. 김웅수, 훌륭한 장군이지만 박정희에겐 좀
껄끄러운 이름이기도 했다. 6군단장으로서 5·16에 반대했던 것이다. 박태
준은 6·25전쟁 때 김웅수를 보좌한 적 있었고……

박정희의 장충동 공관에서 나와 가을바람이 소슬한 거리를 산책하는 박
태준은 비로소 발걸음이 가벼웠다. 텅 빈 마음도 마냥 평안했다. 박정희
의 따뜻한 배려와 든든한 신뢰가 따끈한 손바닥처럼 가슴을 쓰다듬어주는
기분이었다.

1963년 12월 17일 오후 2시, 서울 중앙청 광장에서 대한민국 제5대 박
정희 대통령 취임식이 열렸다. 박정희의 권좌에 크게 결핍되었던 '정당성'
을 주입하는 행사였지만, 박태준에겐 스스로 권좌와 이별하는 행사였다.
제3공화국 출범을 앞둔 12월 12일, 박태준은 국가재건최고회의 상공담당
최고위원을 물러나 소장 진급과 함께 군복을 벗음으로써 '권좌와 군인의
신분'을 동시에 벗고 '홀가분한 민간인'으로 돌아왔다. 1948년 육사에 입
교하면서 벗었던 민간인 복장을 15년 만에 다시 입은 그는 대통령 취임식
이 열렸을 때 이미 미국으로 유학 떠날 준비를 마무리 지었다.

박태준의 새로운 선택을 도와준 이는 주한 미대사관의 문정관 해리슨이
었다. 한국말에도 능숙한 해리슨은 그를 특이한 사람으로 보고 있었다. 국

무총리 최두선, 부총리 김유택, 외무장관 정일권 등을 발탁한 제3공화국 초대 내각의 명단과 얼굴이 신문을 도배한 12월 14일 토요일, 박태준은 유학 준비를 최후 점검하는 용건으로 오전에 해리슨과 만났다. 그가 고개부터 갸웃거렸다.

"왜 그래요?"

박태준이 의아하게 물었다.

"오늘 아침에 신문은 보셨나요?"

"봤지요."

"기분이 묘하지 않아요?"

"무슨 뜻인가요?"

박태준은 짐짓 되물었다.

"장관들의 명단을 보아도 아무렇지도 않아요?"

"그분들이 잘해나가겠지요. 명실상부한 민정이양이 되었으니 경제재건의 목표를 완수해 나가야지요."

"당신은 정말 특이합니다. 군정에 참가했던 사람들은 국회의원이 되겠다, 장관이 되겠다, 또 뭐가 되겠다, 모두 감투를 쓰겠다고 뛰어다니는 판에 당신은 이상한 고집을 피우는군요."

박태준이 유학 관계의 일로 공화당 국회의원 후보 공천이 끝나갈 즈음에 해리슨을 만났을 때도 그는 왜 감투를 찾지 않느냐고 물은 적이 있었다.

"새로운 시작을 하는 것도 즐거운 일입니다."

"왜 하필 미국 유학을 선택했습니까? 어떻게 그런 생각을 하게 되었습니까?"

"미국이 세계를 이끌어가는 시대에 무엇보다 미국을 제대로 알아야 하지 않겠어요? 길게 보면 미래를 위한 준비라고 생각합니다."

해리슨이 고개를 갸웃거렸다.

"그 뜻을 이해하겠습니다만……. 준비는 차질 없이 됐습니다. 모든 수속이 잘됐으니까 서울 떠날 날짜만 잡으면 됩니다."

박태준은 새해 1월 중순에서 하순 사이에 유학 보따리를 꾸릴 계획이었다. 아내와 어린 딸들을 서울에 남겨두고 떠난다는 죄책감이 괴롭혔지만, 못 다했던 공부에 대한 열망과 미래를 위한 준비를 연기하거나 포기할 수 없었다.

박태준이 백악관과 가장 먼 시애틀에 있는 워싱턴대학을 택한 데는, 인간관계와 의리를 중시하고 인연에 소홀하지 않으려는 성품이 작용했다. '5·16의 박정희'에 반대했다가 미국으로 떠난 김웅수 장군. 그는 6·25전쟁 때 38선 인근의 파주에서 동해 남단의 포항까지 밀려 내려오면서 용케 죽지도 않고 다치지도 않은 박태준을 자기 밑의 인사참모 보좌관으로 끌어줬던 인물이다. 바로 그가 1963년 12월 시애틀 워싱턴대학에서 공부하고 있었다. 박태준은 그 인연의 자계(磁界)를 따라 움직일 생각이었다.

가장 신임하는 인물

1964년 새해 설날이었다. 박태준은 집에서 대통령 비서실장 이후락의 전화를 받았다. 박정희의 저녁초대였다. 어둠이 깔리는 무렵, 그는 청와대에서 보낸 지프를 탔다. 현관에 경호실장 박종규가 기다리고 있었다. 무슨 영문인지 그는 손님을 집무실 아닌 2층 사택으로 안내했다. 박정희는 혼자 서재에 서 있었다. 책 찾기에 몰두한 것처럼.

"박태준이 왔습니다."

박태준이 고했다. 그러나 박정희는 반응이 없었다. 손님이 다시 고했다. 주인은 들은 체도 하지 않았다. 그가 세 번째 고했을 때, 갑자기 박정희가 홱 고개를 돌렸다.

"임자는 나한테 무슨 불만이야?"

그가 성큼성큼 다가서며 다그쳐 물었다. 눈동자를 고정시킨 이에게 다시 날카로운 질문이 떨어졌다.

"왜 떠나겠다고 고집을 부리는 거야?"

"지난번에 말씀드린 그대롭니다. 머리를 더 채워서 오겠습니다."

"그래? 밥 먹자고 불렀으니 밥부터 먹자."

박정희가 그의 앞을 지나쳤다. 박태준의 느낌에 찬바람이 이는 것 같지는 않았다.

박태준은 대통령 내외에게 세배부터 올렸다. 작별인사를 하기엔 안성맞춤의 자리라고 생각하면서. 이내 술상이 나왔다.

"요즘도 많이 드세요?"

청와대 안주인이 눈을 곱게 흘기며 손수 첫 잔을 따라줬다.

"마셔야 할 때는 사양하지 않습니다."

박정희가 받았다.

"그거 잘됐네. 오늘 한 번 마셔보자고."

저마다 한마디씩 하는 사이에 분위기는 금세 따뜻해졌다. 따끈한 정종 한 주전자를 거의 비운 다음이었다. 박정희가 불쑥 편지 한 통을 내밀었다.

"이거 읽어봐."

붓글씨로 쓴 일본어 편지. 그것은 일본 자민당 부총재인 오노의 친필이었다. 요점은 명확했다. 한국의 현 정세로 볼 때 가장 시급한 일은, 한일국교정상화를 이루고 대일청구권 자금을 받아 경제개발5개년계획의 밑천으로 활용해야 한다는 것. 현재 한국의 신용으로서는 외국은행이나 국제금융기구로부터 차관을 얻기 어려울 것이란 예측도 담고 있었다. 박태준의 판단에도 그의 논리나 주장은 옳아 보였다. 경제개발을 강력히 추진하겠다는 대통령의 의지와 국민의 여망은 있어도 그것을 밀고 나갈 자금, 국제적 신인도, 기술력이 거의 제로에 머물고 있는 대한민국은 미국의 압력이 아니더라도 서둘러 일본의 지원을 받아내야 할 형편이었다.

"잘 봤습니다."

박태준이 편지를 돌려줬다.

"어때?"

"좋은 충고 같습니다."

"편지에 내가 특별히 파견할 사람의 조건이 나와 있었지?"

"예, 있었습니다."

오노가 제시한 '대통령이 일본으로 파견할 사람'의 조건은 기본적으로 세 가지였다. 대통령이 가장 신임하는 인물, 통역 없이 자유롭게 대화할 수 있는 인물, 가능하다면 일본에서 학교를 다녔던 인물.

"그 조건에 딱 맞는 사람이 바로 자네야."

박태준은 얼떨떨해졌다.

"예에? 현 내각이나 그 주변엔 동경대, 와세다대, 경도대 나온 사람들이 많지 않습니까?"

"그렇지."

"그 사람들 중에서 찾아보시면 되지 않습니까?"

"그러면 우선 첫째 조건이 안 맞아."

박정희가 고집을 부리려 덤비는 후배를 힐끗 쏘아보았다. 명령이나 질타와는 먼 눈빛이었다.

"일본도 낡은 사람을 원하지 않아. 명치유신 때 자기네가 그랬던 것처럼 신진기예를 원해. 자유당, 민주당을 거쳐온 인물을 원하지 않아."

그는 잠시 생각에 잠겼다. 박정희가 타이르듯 말했다.

"이보게, 우리 국민들은 일본과의 회담조차 싫어하지만 현실을 직시할 수밖에 없어. 한일국교정상화는 경제발전의 첫 고비를 넘어서는 일이야. 마침 일본정부가 나를 대신할 인물을 요청해왔어. 이 일은 공식적인 국교정상화를 위해 일본측에 사전 정지작업을 하는 임무야. 일본 지도층에도 반한파가 만만찮아. 그들의 반대를 최소화해야지. 이 일에 자네를 능가할 사람을 찾을 수 없었네."

"저는 미국 갈 준비를 다 마쳤습니다."

"일본 가서 열 달쯤 돌아다니면서 중요한 사람들을 다 만나고 이것저것 보게 된다면 미국 가는 것보다 열 배, 백 배 더 공부가 될 거야."

대통령의 결심이 확고해 보였다. 박태준의 마음에 균열이 일었다.

"언제 떠나야 합니까?"

"가능한 한 하루라도 빨리."

"혼자 갑니까?"

"김종필이 추천하는데……."

대통령이 거명한 두 인물을 박태준은 잘 알고 있었다. 최고회의에서 함께 지내봤기에 썩 내키진 않았다. 하지만 그에게 선택권은 없었다.

"한참 동안은 매국노로 찍힐 수밖에 없는 임무로 보입니다."

"그럴 거야. 아마 한바탕 대격전을 치르게 될 거야. 그러나 우리는 앞으로 나아가야 해."

박태준은 말을 삼켰다.

"이거 받게."

대통령이 부드럽게 봉투를 내밀었다.

"자네는 여태 집도 없더구먼. 고생만 시키고, 내가 너무 무심해서 애들 엄마한테 미안하게 됐어. 게다가 오래 나가 있게 되는데, 자네 집사람은 집이라도 있어야 애들 잘 키울 거 아닌가. 집이나 장만하게."

박태준은 정중히 받았다. 졸지에 아득히 잊고 살아온 '내 집 마련'의 기회를 맞았다. 신접살림을 육사 관사에서 편안하게 출발한 이래 문간방 사글세에서 첫딸을 잃고 열다섯 차례나 셋방살이를 전전해오다가, 서대문구 북아현동에 단독주택을 잡게 되었다. 대통령의 하사금과 전세 뺀 돈을 절반씩 넣어 마련한 집에 가장 없이 여자 네 식구만 짐을 풀었다.

일본열도를 훑다

1964년 1월 초순 박태준은 도쿄 하네다공항에 내렸다. 오노가 일본 중의원 의장, 내각 대신 두 명과 같이 기다리고 있었다. 박태준 일행도 넷이었다. 김종필이 천거한 두 명과 회계담당 최정렬.

그 시기에 한일회담은 최후 고비를 남겨두고 있었다. 1961년 11월 12일의 '박정희-이케다 회담'이 마치 1주년을 기념하는 것처럼 1962년 11월 12일의 '김종필-오히라 회담'에서 대일청구권 문제의 원칙적 합의에 이르렀다. 두 대표의 비밀메모에는 '무상공여 3억 달러, 유상공여 2억 달러, 무역차관 1억 달러'라는 구체적 수치가 적혔다. 그 뒤부터 한일회담의 중심은 1952년 1월에 선포된 '이승만 라인'의 철폐를 위한 어업권 협상으로 이동했다. 한국은 청구권과 어업권을 별개 사안으로 다루자고 주장했으나, 일본은 '60마일의 배타적 경계수역'을 포기하지 않으면 청구권 타결도 결렬된다고 압박했다. 다시 지루한 입씨름이 진행되면서 초조해지는 한국이 '대일 굴욕외교'를 잉태했다. 한반도에 대한 부담을 일본과 나누려는 미국의 의도, 호황을 거듭하면서 급성장 대로에 들어선 일본의 경제적 자신감, 미국의 원조가 급감하는 중 경제개발 밑천을 확보해야 하는 한국의 절박한 사정. 이들 세 조건이 유기적으로 얽힌 상황에서 제일 약한 쪽은 한국이었다. 더구나 5·16의 이른 아침에 '기아선상'이라 불렀던 굶주림이 전국적으로 상존하고 있었다.

한국의 어디에서도 볼 수 있는 현상, 그것은 기아에 허덕이는 군중이다. 기아의 군중은 분노에 떨고 있다. 모든 학교의 결식 아동수가 50%를 넘고 있다. 길고 긴 하루를 낮에는 학교에서 주는 한 조각 빵으로, 저녁은 물오른 겨릅대 껍질로 때우는 소녀의 얼굴빛은 누렇게 떠 있다.

1964년 5월 15일자 경향신문

한일회담은 1963년 12월까지 분과별 전문가 회합이 무려 60회쯤 열렸다. 지지부진한 중에 돌발사고까지 겹쳤다. 박정희 대통령 취임식에 축하객으로 온 일본 자민당 부총재 오노가, 한국에는 원양어업이 필요 없다는 식의 시대착오적 발언을 하여 한국인의 반일감정을 쑤시고 말았다. 풍파의 장본인이 본국으로 돌아가 박정희에게 친필의 밀서를 보낸 까닭은 두

가지로 해석할 수 있었다. 자기 실수를 적극적으로 만회하겠다는 약속, 한일회담의 원만한 성사를 위해 일본 각계 지도층 인사들의 '한국 이해도'를 높이려는 한국정부의 노력이 병행될 필요가 있다는 권유.

박태준이 일본 잠행을 위해 도쿄에 도착했을 때, 서울에는 '오노 파문'이 가라앉고 '김종필 파문'이 술렁이고 있었다. 1월 17일 김종필은, 한일회담이 6월 중에 타결되지 않더라도 경제개발5개년계획의 수행에 필요한 물자는 일본에서 공급받아야 한다고 주장했다. 이것은 한국경제의 곤궁함과 대일청구권 자금의 절박함을 강조하면서 '대일 의존'의 속내를 뒤집어 보여주는 발언이었다. 실정이 그렇더라도 스스로 민족적 자존심을 할퀸 부적절한 발언은 의혹의 눈초리를 받기도 했다.

친한파에서 반한파까지의 숱한 일본 지도층 인사와 접촉하여 그들이 평소보다 한국에 대해 한 걸음 진전된 호의를 갖도록 하는 일, 이것이 박태준의 가장 중요한 역할이었다. 박태준은 각오를 단단히 했다. 한국에 대한 그들의 인식과 반응은 다양할 것이었다. 그러나 그는 가능한 한 한국인의

1964년에 일본을 순방하는 모습

전형으로 보일 수 있어야 하고, 언제나 한국 대통령이 가장 신뢰하는 인물로 손색없는 인품을 보여야 했다.

1964년 벽두의 일본은 도쿄올림픽 준비로 해가 뜨고 해가 지는 나라였다. 도쿄 중심가에서 하네다공항까지는 동양 최초의 모노레일이 깔리고, 도쿄와 오사카 구간에는 시속 250킬로미터의 초고속 열차운행을 위한 광궤철로(신간센) 부설공사가 진행되고 있었다. 도쿄의 겉모습은 패전의 악몽에서 완전히 벗어나 있었다. 곳곳에 건설용 크레인이 허공을 지키고, 화장실을 수세식으로 개조하는 집들이 급증하고 있었다. 흑백 텔레비전을 컬러로 바꾸는 시험방송도 시작했다. 한마디로 일본은 융성의 대로에 진입한 것 같았다. 박태준은 그런 모습이 부러웠다. 우리도 하루 빨리 분발해서 이렇게 일어서야 한다는 각오와 다짐이 솟기도 했다.

박태준은 도쿄에서 사흘째 되는 한낮에 자신의 세 동행자와 떨어져 박철언과의 약속장소로 나갔다. 1961년에 미 극동군 총사령부 문관을 사임한 그는 1962년부터 도쿄에서 개인사업에 열중하는 가운데 야스오카와 변함없는 친분을 유지했다. 일의 실마리를 쉽게 풀어가려면 누구보다 먼저 야스오카의 이해와 협조를 얻어야 했다. 미리 박태준의 연락을 받은 박철언은 야기 노부오와 상의하여 만반의 준비를 갖춰두었다. 장면 총리의 특사 유동진, 박정희의 전권대사 이용희, 그리고 박정희의 특사 박태준. 그들 모두에게 반드시 거쳐야 하는 제일의 관문과 같은 존재 야스오카.

야스오카는 1904년 일본 중부지방의 호족 홋타씨 가문에 태어났다. 소학교 시절에 『논어』, 『맹자』, 『중용』, 『대학』 등 사서를 배워 익혔다. 나아가 『태평기』, 『일본외사』, 『십팔사략』, 『삼국지』 등 한서를 탐독하기에 이르렀다. 일본의 일고, 동대라는 최고 엘리트길을 걸었다.

그가 고등학교 재학중에 쓴 장편의 논문 「소동파의 생애와 인격」이 동경대학 학지 『동대문학』에 실린 적이 있다. 그 논문은 학계의 관심 대상이었고, 세간에 화제가 되었다. 읽는 이들은 동경대학의 전공교수가 쓴 논문으로 믿었다고 한다. 그는 1922년 대학을 졸업했는데, 재학중에 출판한 저서 『중국의 사상 및 인물 강화』는 당시 학계나 경제계에서 경탄의 대상이 되었다.

그는 26세가 되는 어느 가을 해군대장 야시로 로쿠로와 첫 대면을 했다. 야시로 제독은 자타가 공인하는 양명학의 대가였다. 그 양명학이 두 사람 사이의 논제가 되었다. 저녁 술상을 놓고 시작한 토론이 격화되어 자정이 넘어도 그치지 않았다. 제독 부인의 만류로 새벽 녘 가까이에 양쪽이 다 이견(異見)을 안은 채 헤어졌다.

다음날 야시로가 야스오카를 찾아왔다. 야스오카는 자기를 찾아온 연장의 야시로가 상좌에 앉기를 권했다. 야시로는 사양하고 낮은 자리에 앉아 입을 열었다.

"야스오카 선생, 이제부터 저는 귀하를 선생으로 모시겠습니다. 일생, 선생의 학문에 사숙하고자 합니다. 잘 지도해주십시오."

박철언, 『나의 삶, 역사의 궤적』

야스오카는 군국주의 일본에서 군의 지도자들과 친교를 맺은 까닭에 미국측 전범의 명단에 오르기도 했으나 오해가 풀려 무사히 살아남았는데, 그 일로 전후 일본에서 좌익을 제외한 모든 지도층 인사와 광범한 국민들에게 자신의 명성과 영향력을 더 높이게 되었다고 한다. 또한 히로히토의 항복 칙어(勅語) 산수(刪修)에도 깊이 관여했다고 한다.

일본 재야의 막강한 이 거물은 박태준과의 첫 만남에서 강렬한 호의적 인상을 받았다. 그리고 그것은 초면의 두 사람이 일말의 예견도 잡지 못한 사이에 4년 뒤 '포항제철의 운명'과 직결된다.

나는 박태준을 선도해서 동경 분쿄쿠 하쿠산의 자택으로 야스오카 마사아쓰를 찾았다.

"어서 오십시오. 원방래(遠方來)한 벗을 만나는 기분입니다."

야스오카는 멀리서 온 벗을 맞아 기쁘다는 고구(古句)가 섞인 말로 박태준을 초면의 어색함 없이 맞았다. 야스오카와 박태준 사이에는 광범위한 문제가 화제로 꽃피었다. 예정시간을 훨씬 넘긴 회견이 계속되었다.

"침착 중후한 인물이오. 마치 큰 바위를 대하는 듯한 무게가 있었소."

박태준을 만나고 난 야스오카가 배석했던 야기와 나에게 한 말이었다. 박태준, 야스오카 양자의 이때의 해후는 뒤에 오는 포항제철 건설 문제에서 그 성패를 가늠하는 막중한 역할을 하게 되었다.

앞의 책

일본열도를 순례하는 박태준에게 야스오카는 위태로운 돛배에 불어오는 순풍과도 같았다. 박태준의 단단한 각오는 '대통령의 특사'로서 한 치의 실수도 용납하지 않았다. 어느 도시에서 어떤 지도자를 만나든지, 한국정부가 구상하는 한국의 미래상을 강조하며 이해를 높이려고 전심을 기울였다. 정작 그의 각오에 균열을 일으키는 소식은 본국에서 날아왔다. 여름이 다가서는 어느 날, 박태준은 송곳처럼 파고드는 회의에 전율을 느꼈다.

'내가 매국노 노릇을 하는 거란 말인가. 일본 지도자들에게 한국의 상황을 제대로 인식시키고 경제협력을 받아내려는 이 역할이⋯⋯.'

그는 맥이 빠졌다. 차라리 신문을 보지 말 것을 그랬다는 부질없는 후회마저 생겨났다. 1964년 6월 초, 일본 신문은 날마다 '서울의 한일협정 반대데모'를 보도하고 있었다. 그는 보지 않았으나, 조총련 기관지 조선신보나 그들의 손을 타고 일본으로 들어오는 평양의 신문도 서울 시가지에 몰려나온 데모 군중의 사진으로 도배하고 있었다.

1964년 한국은 봄부터 시위로 막을 올렸다. 3월 24일 서울에서 대학생 5천여 명이 한일회담 반대시위에 나선 뒤, 요원의 불길처럼 전국의 주요 도시로 번져나갔다. 급기야 고등학생들이 가세하면서 제2의 4·19로 발전할 조짐마저 드러냈다. 일단 청와대는 대화를 시도했다. 일본에 나가 있는 김종필을 긴급 소환하고 대학생 대표들과 박정희 대통령과의 면담을 주선했다. 3월 30일 열린 대화는 일단 효과가 있었다. 대학생들은 정부의 성의 있는 태도를 기다리기로 했다. 그러나 조마조마한 평화는 보름을 넘기지 못해 위태로운 지경을 맞았다. 4월 10일부터 서울 시내 주요 대학가에 중앙정보부가 학생대표들을 회유하려고 3천만 원을 뿌렸다는 소문이 퍼지고 있었다. 17일엔 다시 시위가 터졌다. "못 살겠다!", "정보부 해체하라!" 하는 구호가 등장했다. 4월 19일을 지나면서 더욱 힘을 받은 시위의 열기는 5월에 들어서도 식을 줄 몰랐다. 5월 27일에 최초로 '하야 권고'란 구호가 등장했고, 30일에는 1960년대 학생운동에서 최초로 '단식투쟁'이 나왔으며, 6월 2일부터 구호가 '박정권 하야하라'로 통일되고 있었다. 결국 정부는 3일 저녁 9시 40분 서울시 전역에 비상계엄령을 선포하고 각급 학교에 무기 휴교령을 내렸다.

1964년 6월의 평양정권은 주체적 자립경제의 자신감을 드러냈다. 남녘의 들판에선 황소들만 쟁기를 끌어야 했지만, 북녘에선 '또락또르(트랙터)'란 농기계들이 논밭에서 설치고 있었다. 때마침 평양에서 개최된 아세아 경제토론회에서는, 남조선에 대한 미국의 원조와 그 후과는 군사침략적 약탈이고 남조선 경제를 파멸시키는 독약이며 미국 독점자본의 횡포한 수탈이란 주장이 당당히 펼쳐졌다. 그것은 '미국의 원조로 연명하다가 민족의 자존심을 팔아 일본에 구걸의 손을 내미는 것'이 바로 서울의 괴뢰정권이므로 '여기 평양을 쳐다보며 부끄러워하라'는 외침이었다.

일본에도 '일한국교정상화' 반대가 드센 상황이었다. 야당, 특히 사회당과 그들을 지지하는 지식인들이 일한조약의 '절대저지'와 '분쇄'를 외치고 있었다. 사회당은, 정부가 추진하는 일한조약이 국회에 상정되기 전부터 혼란 속으로 몰아넣고 있는 것이 훌륭한 공로라고 당당히 밝혔으며, 또한 정부가 제안하는 조약 안건의 의문점을 국민들 앞에 분명히 밝히고 정상적인 심의를 통해 결정하는 것이 의회민주주의라고 목청을 높였다.

1964년 6월의 박태준은 다시 어금니를 물었다. 현재 자기 위치에서 고유의 임무를 충실히 이행하는 것이 국가를 위한 최선이라고 확인했다. 그는 한일회담이 어떤 문장으로 다듬어지는가를 전혀 알 수 없었지만 현재의 난관을 슬기롭게 극복하여 반드시 경제부흥의 '밑천'을 잡아야 한다는 판단만은 뚜렷했다. 외교 행랑을 통해 이따금 청와대로 띄우는 보고서에는 '실기(失機)하지 말아야 한다'는 의견을 강하게 담았다.

이번에 다시 포기하면 10년은 늦어지고, 경제개발도 계획대로 추진할 수 없게 되며, 이는 국민을 속이는 것으로, 다음 대선에서 국민의 심판을 받을 수 밖에 없게 되며, 결과적으로 국가도 혁명도 불행해집니다.

일본 전역을 잠행하는 박태준이 한 달에 쓸 수 있는 돈은 100만 엔이었다. 나라의 형편에 견주면 제법 큰돈이었다. 박태준에게 무엇보다 까다로운 짐은 자신의 젊음이었다. 북방의 홋카이도에서 남방의 규수까지 세 번의 계절에 걸쳐 일본열도를 훑고 다니며 각계각층의 지도층 인물과 만나는 자리에서 늘 '젊음'을 가장 조심스럽게 다뤄야 했다. 가는 곳마다 술이 있고 여자가 있었으니, 바로 젊음을 시험하는 함정이었다. 하지만 박태준은 자신의 일거수일투족이 경시청에 보고된다는 사실, 그것이 곧 대통령과 정부의 이미지에 영향을 미친다는 점을 헤아리고 있었다. 술은 마시되 언행을 흩트리지 말아야 하고, 시중드는 여자가 곁에 앉아도 접촉을 삼가야 했다.

홋카이도의 어느 날이었다. 이른 아침에 눈을 뜬 박태준은 깜짝 놀랐다. 기모노 차림의 아리따운 아가씨가 머리맡에 앉아 있었다. 수침을 거절했는데도 떠나지 않은 그녀를 위해 다상(茶床)을 불러들였다.

"명치 천황께서 하룻밤 묵으신 적 있는 방입니다."

"그래? 너는 황비가 될 수 있었던 밤을 놓쳤고 나는 황제가 될 수 있었던 밤을 허송했구나."

방을 나서자 또 다른 놀라운 광경이 기다리고 있었다. 기모노 차림의 여인들이 낭하를 따라 길게 늘어서 있는 것이었다. 특별한 예우의 전송의식을 하듯이.

대한중석 구하기

1964년 10월, 박태준은 성공적으로 임무를 마쳤다. 미국 유학보다 열 배 더 공부가 될 거라고 한 대통령의 예언이 빗나간 것 같지 않다고 느꼈다. 근대화에 성공한 일본을 보고, 여러 방면의 사람을 사귀고, 자기와의 싸움을 잘 견디어 한층 성숙해진 것을 보람으로 여겼다. 그러한 뿌듯함을 안고 서울로 돌아왔다.

북아현동 산기슭 언덕배기의 '내 집'에서는 네 식구가 아버지를 애타게 기다리고 있었다. 돌아온 아버지의 첫눈에는 초등학교 2학년생 맏딸이 의 젓해 보였다. 맏이 구실을 해야 한다는 자각이 뚜렷한 모양이었다.

"우리도 잘 살아봐야지."

그는 아내를 향해 미소 짓고는 어린 세 딸을 차례로 머리 위로 안아 올 렸다. 하지만 아이들에겐 차마 말 못할 갈등이 있었다. 국내에 남느냐, 미 뤄둔 미국 유학을 재추진하느냐. 그는 후자 쪽으로 기울었다. 석 달쯤 쉬 었다가 떠날 계획을 잡았다. 가장 마음에 걸리는 문제는 식구들이었다. 열 달의 긴 이별을 마치기 바쁘게 다시 몇 곱절 더 긴 이별을 준비해야 함을 털어놓자, 아내는 섭섭함과 서러움을 뒤로 밀고는 남편의 장래를 위해 받 아들였다. 미국 시애틀로 떠나려는 박태준의 앞길은 열려 있었다. 거의 일 년 동안 묵힌 서류를 꺼내 먼지만 털면 되었다.

경복궁에는 단풍이 지고 있었다. 박태준은 귀국보고를 하러 청와대로 올 라갔다. 박정희가 함박웃음의 악수를 풀고 그의 어깨를 툭툭 두들겼다.

"아무리 바빠도 임자가 보낸 보고서는 다 읽었어. 좋은 참고가 됐어."

"머리를 좀 채운 것 같습니다."

이날 독대에서는 막 귀국한 사람의 앞날에 대한 대화를 나누지 않았다.

박태준의 눈에는 오랜만에 다시 보는 가을날의 서울 거리가 차분해 보 였다. 대일 굴욕외교를 규탄하며 한일협정을 반대하던 격렬한 학생운동이 일찌감치 동면에 들어간 것 같았다. 새삼 일본에서의 착잡했던 순간들을 떠올렸다. 학생들을 이해할 수야 있었지만 십 보 전진을 위해 다섯 보라도 양보하여 우리 민족의 저력과 우수성을 한번 믿어보자는 호소라도 하고 싶었으며, 학생들의 뜨거운 민족적 자존심을 협상의 유리한 카드로 활용할 수 없게 만드는 나라의 빈궁한 몰골이 쓰라리기도 했다.

그해 12월 초, 박태준은 청와대로 들어오라는 전갈을 받았다. 자신의 뜻을 대통령에게 알릴 좋은 기회라고 생각했다. 서독 방문을 앞둔 대통령의 표정도 모처럼 평안해 보였다. 그는 미뤄둔 유학 계획을 솔직히 밝혔다. 그러나 박정희는 전혀 다른 제안을 쥐고 있었다.

"대한중석을 맡아줘야겠어."

민영기업들은 구멍가게 수준이고 국영기업들도 적자에 허덕이는 실정에서 '달러박스' 대한중석이라도 정상화해야 하는데, 그것을 책임지라는 거였다.

박태준은 박정희의 눈빛을 피할 수 없었다. 더구나 '정치'의 자리가 아니라 '경제'의 자리였다.

"서독 갔다와서 만나자. 그 사이에 대한중석에 대해 이것저것 알아봐."

그는 숨을 들이쉬었다. 자기 인생과 미국 유학은 인연에 없는 일로 여겨야 했다.

1964년 세모의 어중간한 시기에 박정희가 박태준에게 맡긴 그 자리는, 박태준도 며칠 지나는 사이에 알아채게 되는 모종의 권력투쟁이 개입되어 있었다. 5·16 거사에는 무임승차한 처지에 대통령 비서실장 자리를 꿰차고 앉아 날이 갈수록 권세를 키워가는 이후락. 이 사람을 김종필은 꺼림칙하게 보고 있었다. 그를 대체할 만한 인물을 물색하던 터에 마침 박태준이 돌아왔다. 김종필은 새해 기념으로 청와대 분위기를 쇄신하는 인사에 박태준을 천거할 작정이었다. 그의 눈에 박태준은 썩 매력적인 카드로 보였다. 정치적 야망이 없어 보여 뒤탈을 걱정하지 않아도 될 듯했고, 그 자리의 경험도 있을 뿐만 아니라 대통령의 신임도 유난하니까. 이러한 낌새를 맡은 이후락이 선수를 쳤다. 박태준을 정치 방면에 배치하지 않는다는 대통령의 심중을 꿰뚫은 그가 박태준을 대한중석 사장으로 보내면 어떻겠냐고 건의했다. 마침 그를 경제 방면으로 활용하려고 그 자리를 고려하던 박정희가 쉽게 낙점을 했다.

군정 시절과 달리 정치적 권모술수가 빈번할 자리에 박태준의 성품이 어울리지 않는다고 판단한 박정희는, 미국과 좀 더 수월히 연결되는 '끈'을 원했다. 이후락의 남다른 용도는 그 '끈'에도 있었다. 군사영어학교 출신으로 군번은 79번. 6·25전쟁 후에는 미 대사관 부무관으로 3년간 해외근무도 했던 그는, 장면 정권이 미국 CIA의 요청에 따라 설립한 '79부대'(자신의 군번을 붙임)의 책임자로 활약하면서 그쪽과 질긴 끈을 달아두었다. 그런 경력이 5·16 직후에는 짧은 옥고로 이어지기도 했다.

박태준의 성품, 박정희의 안목, 권력 핵심부의 암투. 이 세 요인이 하나로 얽혀 박태준의 미국행을 가로막는 대신 그에게 대한중석을 맡긴 것이었다.

흔히 눈에 띄는 텅스텐(중석)은 전구의 필라멘트인데, 우주선 로켓에도 꼭 들어가는 귀한 광물이다. 무기 제조, 특히 대포의 포신(砲身) 제작에는 필수 소재다.

1934년부터 경북 달성광산과 강원도 상동광산을 합병해 양질의 텅스텐을 생산해온 고바야시광업주식회사가 1949년 10월 상공부 직할 국영기업 대한중석광업주식회사로 거듭났다. 중석(重石)은 대한민국 건국 초기 이승만 대통령 시대에 '구국의 자원'으로 대접 받았다. 태백산맥에 묻혀 있는 지하자원을 캐고 팔아서 비료를 사겠다고 생각했던 시대. 남한에서 달러로 바꿀 수 있는 광물은 중석, 금, 석탄 정도였다. 그때 이승만의 광산 전문팀이 일제 때 개발한 중석 광산을 주목했다. 중석에는 회중석이 있고 흑중석이 있다. 상동광산은 주로 회중석을 생산했다. 미국이 이승만 정부에 상동광산 매각을 요청한 적도 있었다. 그것을 거부함으로써 탄생한 것이 1953년 체결한 한미중석협정이었다. 이 협정은 그때 우리 정부의 금고에 달러를 넣어주는 가장 확실하고 가장 안정적인 통로였고, 텅스텐은 1960년대 초반까지 한국 수출총액의 으뜸(연간 수출 총액 3천만 달러 중 500~600

만 달러)을 차지한 품목이었다. 그렇게 '먹을 것 많은 사정' 때문에 역설적으로 대한중석은 이승만 정권과 장면 정권에서 정치적 스캔들에 말려들곤 했다.

박태준은 취임에 앞서 대한중석을 살펴보았다. 경영상태, 인사체계, 재무체계, 인력보강의 필요성……. 회사에 대한 기초지식을 파악한 그는 경영원칙부터 확립하기 위해 청와대로 들어가 서독 방문을 마치고 돌아온 박정희와 독대했다.

"어때?"

박정희가 부드럽게 물었다.

"이번 사장은 열심히 했던 흔적이 역력했습니다."

박태준에게 대한중석 사장 자리를 물려줄 이는 공군 참모총장 출신이었다.

"장난칠 사람이 아니지."

"그렇습니다. 능력도 있는 분인데, 제가 자리를 빼앗은 것 같아서 마음에 걸립니다. 비료공장도 두 개나 새로 생기지 않습니까? 그 중에 하나를 맡겨도 훌륭하게 해내실 겁니다. 또 그렇게 해주시면 저도 인간적인 부담을 덜 것 같습니다."

"그래? 알았어."

박정희가 고개를 끄덕였다. 이래서 박태준의 전임 대한중석 사장은 신설 '영남비료' 사장에 취임하게 된다.

"건의가 있습니다."

박태준이 박정희를 진지하게 쳐다보았다.

"뭔가?"

"현재 대한중석의 심각한 외부적 문제는 중공입니다. 소련과 중공의 관계가 나빠서 소련이 중공산 텅스텐 수입을 금지하자 중공이 서방 국가들에게 덤핑으로 내다팔기 때문에 우리가 수출경쟁에서 불이익을 당하게 돼 있습니다. 그런데 더 중요한 것은 내부적 문제입니다. 내부적 문제만 잘

해결하면 외부적 문제는 충분히 극복할 수 있습니다. 과거에 대한중석은 정치적 부정부패에 휩싸이기 일쑤였고 또 그것이 부실경영을 더 악화시켰습니다. 파벌도 심한 조직입니다. 공군파다, 경기파다, 뭐다. 이것도 퇴치해야 합니다. 그래서 저에게 맡기신 이상, 앞으로는 정부나 여당에서 일절 회사경영에 간섭하지 않도록 보장해주십시오."

박정희가 대뜸 답했다.

"약속하지."

기분 좋게 청와대를 물러난 박태준에겐 드디어 '경영의 실제'가 기다리고 있었다. 군에서 육군대학·국방대학·참모·지휘관을 두루 거치며 갈고 닦은 실력, 국가재건최고회의 비서실장과 상공담당 최고위원으로서 국가경영에 참여한 경험, 그 기간에 보충학습처럼 배운 경제·경영학 지식 등을 총동원했다. 어떡하든 만성적자의 부실경영에 허덕여온 '최대 달러박스' 국영기업을 정상궤도에 올려놓아야 했다.

박태준은 경영 실제를 손대기에 앞서 무엇보다도 '사람'을 중시했다. 인재의 적재적소 배치, 외압배격과 투명인사의 원칙 확립, 선진적이고 합리적인 재무관리, 영업원리의 개선, 사원의 후생복지 개선 등 모든 일들을 일사불란하게 개선해 나가려는 자신의 철학과 원칙을 실행할 '사람'이 있어야 했다.

그러나 '사람'이 그냥 굴러들어오는 금덩어리는 아니었다. 안에서도 찾고 밖에서도 찾아야 했다. 빈곤한 한국에서 수출의 주력을 담당하는 기업답게 대한중석엔 신임사장의 눈에 띄는 쓸 만한 사람들이 박혀 있었다. 우선, 그가 국방부 인사과장 시절 물동과장으로 함께 일했던 고준식이 전무로 있었다. 뉴욕에 나가 있는 안병화, 상동광산을 관리하는 박종태, 런던에 나가 있는 조용식, 최영춘, 장경환…… 그래도 마음을 놓을 수 없었다. 특히 재무관리와 인사관리에 구멍이 뚫려 있는 듯했다. 매우 중요한 문제였다. 박태준은 적임자를 밖에서 찾기로 했다. '밖'이란 군대였다. 육사 교무처장 시절에 교무과장으로 있었던 황경노부터 떠올렸다.

그의 제안을 황경노가 받았다. 6·25전쟁 때는 유격대원이었으나 미국 육군경리학교에 유학한 경리 방면의 전문장교 출신으로 대학에 출강도 하던 그는 내친걸음에 친구 한 사람을 천거했다. 황경노와 비슷한 경력의 노중열이었다. 두 예비역 장교는 대한중석 과장으로 임명됐다. 한국 최고 수출기업에서 '구식 부기'가 사라지고 현대식 관리기법이 도입된 날이었다. 지난해 일본열도를 같이 종주했던 인사관리의 베테랑 최정렬도 합류하였다. 몇 달 뒤에는 경리장교 홍건유도 군복을 벗고 입사했다. 박태준, 기존 대한중석 인재들, 막 삶의 길을 바꾼 예비역 장교들이 하나의 유기적 조직으로 뭉친 일은 단순히 대한중석의 인습을 깨뜨리는 작은 성과에만 머물지 않는다. 팀워크를 맞추고 새로운 국가목표에 정신적 공명을 일으킨 그들은 불과 3년 뒤에 영일만 모래벌판으로 이동하게 된다.

대한중석 사장에 부임한 박태준은 '철저한 공정인사'와 '인사청탁 배격'을 내걸고 이를 어기면 가차 없이 불이익을 주겠다고 공약했다. 신임사장은 명예와 진퇴를 건 폭탄선언이었으나, 곧이곧대로 듣는 분위기가 잡히지 않았다. 불과 며칠 만에 청와대 고위인사의 메모가 사장실로 들어왔다. 특정인 하나를 승진시키라는 청탁이었다. 그는 시험당하는 기분이었다. 도저히 묵과할 수 없었다. 즉각 인사위원회를 개최하고 절차를 거쳤다. 바깥의 줄을 끌어들이면 불이익을 돌려주겠다던 공약에 따라 그 '특정인'에게 권고사직을 통보했다. 조롱당한 권력자가 얌전히 넘어갈 리 만무했다. 박태준은 냉큼 받아쳤다.

"청탁을 말려야 할 분이 너무 심하지 않소? 그 사람에게 실력껏 일하면 능력대로 대접받게 되어 있다는 이치부터 가르치는 게 좋겠소. 그리고 각자 맡은 일이나 제대로 합시다."

그러나 청와대 고위인사보다 훨씬 상대하기 어려운 이가 찾아왔다. 쫓겨날 사원의 어머니. 초로의 여인은 다짜고짜 눈물을 앞세웠다. 6·25전쟁 때 남편을 잃고 혼자 키운 외아들이 좋은 직장에 취직한 보람 하나로 살아가고 있으니, 어미의 불쌍한 처지를 봐서라도 한 번만 봐달라는 것이었다.

부산 자갈치시장에서 서울까지 올라온 지극의 모정(母情)이 박태준의 가슴을 울렸다. 반칙을 시도했다가 시범 케이스에 걸려든 사원은 부산의 명문 고교를 거쳐 서울대를 졸업한, 학벌로만 따지면 이른바 '일류'인 사람이었다. 그럼에도 그는 가슴을 쓸어내려야 했다. 새로운 기풍을 확립하기 위해 인정을 희생해야 할 때였다. 다만, 그의 뇌리에는 전쟁미망인의 하소연이 가시로 박혀서 몇 년 뒤에는 문제의 젊은이를 찾아내 영일만으로 부르게 된다.

청탁배제와 능력본위의 인사원칙 확립은 대한중석의 기강을 바로잡는 기초작업이었다. 박태준의 머리엔 사명의식 고취, 후생복지 제고, 현장중시 경영, 경영관리 합리화 등이 가지런히 정돈되어 있었다.

박태준은 '현장'으로 달려갔다. 대한중석의 모든 현황을 한눈에 살필 수 있는 현장은 바로 중석을 캐내는 광산이었다. 강원도 상동광산은 '세계 굴지의 텅스텐 광산'이란 명성에 어울릴 만큼 외형이 커보였다. 그러나 신임 사장의 첫눈에 비친 종업원들의 표정이 어두웠다. 작업의 피로와는 다른 종류 같았다. 그는 막장까지 직접 내려갔다. 안전관리 시스템과 굴착기를 유심히 살폈다. 비교적 양호해 보였다. 그런데 왜 표정이 어두운가?

의문을 품고 지상으로 올라온 사장이 산기슭의 사원주택단지를 둘러보았다. 일제 때 지은 다락집들이 그대로 방치돼 있었다. 한결같이 헛간 수준이었다. 분노가 울컥 치밀었다. 그는 종업원들의 얼굴에 어른거리는 어두운 것의 정체를 비로소 알아차렸다. 서둘러 재건축 계획을 세우고 연차적으로 아파트를 지어서 다락집들을 모조리 헐어버려야 했다.

박태준은 형편없는 사택 앞의 개울에서 빨래하고 있는 광부 부인들 곁으로 다가갔다. 새로 부임한 사장이니 건의가 있으면 무엇이든 말하라고 하니 너도나도 데면데면한 얼굴이었다. 여러 차례 같은 권유를 하자 한 아낙이 망설이듯 겨우 입을 열었다.

"사택에 빈대약 좀 쳐주세요."

이것이 약속한 신호였던 것처럼 아낙들의 말문이 터졌다.

"빈대가 하도 많아서 식구들이 밤잠을 제대로 못 자고 있어요."

"밤잠을 설치고 막장으로 가야 하는 사람의 심정을 생각해 보세요."

"그렇게 보낸 우리 심정도요."

별안간 박태준은 빈대 떼가 자신의 얼굴을 물어뜯는 듯했다. 즉시 관리사무소로 발길을 돌렸다. 책임자는 행정부소장이었다.

"대체 업무가 뭐야? 빈대 때문에 직원들이 밤잠을 설친다, 이게 말이나 돼? 해지기 전에 DDT 구해서 사택에 뿌려."

"하지만 사장님, 예산이 책정되지 않아서 어렵습니다. 더구나 DDT는 시중에 없어서 암시장에서 구해야 하는데 값이 엄청나고, 회사 규정상 암시장 구입은 절차가 매우 복잡합니다."

"여러 말 할 것 없이 당장 사택에 DDT를 뿌려. 그리고 사택을 새로 짓는 데 필요한 예산과 절차를 급히 보고해."

"사장님, 안 됩니다. 우리 회사는 수년 동안 적자를 면치 못해서 매달 직원들에게 제때 봉급을 주는 것만도 다행입니다."

"회사경영은 내가 책임져. 지금 당장 사원사택 지을 계획을 시작하겠나, 아니면 사표를 쓰겠나? 이 자리에서 결정해."

최후통첩과도 같은 사장의 지시를 거부하지 못한 행정부소장이 머리를 조아렸다.

회사가 운영하는 병원과 학교도 사택과 마찬가지로 엉망이었다. 병원과 학교에 필요한 기자재뿐만 아니라 의사와 선생님도 더 좋은 조건으로 더 모셔오도록 지시했다. 종업원 후생복지가 무엇보다 중요한 회사방침으로 바뀐다는 선언이었다.

박태준은 종업원의 후생복지 수준을 획기적으로 높이면서 경영의 불합리성을 신속하고 강력하게 개혁해 나갔다. 물론 고준식, 황경노, 노중열, 안병화, 홍건유 등 그의 인재들이 제대로 솜씨를 발휘해야 성공할 수 있는 일이었다.

일상업무와 전략업무의 분리, 그 절차의 표준화, 미국 육군부관학교 유학에서 배운 최신 관리기법 도입, 인사관리와 재무관리의 제도적 개선 등을 통해 '주먹구구식 재래적 경영형태'를 '선진적 경영체계'로 뜯어고쳤다. 또한 중석의 매장 분포도를 조사해 장기적인 전략을 수립했다. 상동광산에는 두 종류의 중석이 매장되어 있었다. 지표면에 가까운 광상엔 중석 함유율이 1%나 되는 고품위 광석이, 땅속 깊이 있는 광상엔 중석함유율이 0.3%에 불과한 저품위 광석이 매장되어 있어서 수익성 좋은 지표면만 채광하는 관행이 있었다. 0.3%의 저품위 광석을 사장해온 낭비를 일거에 없애는 방법은 간단했다. 고품위 광석과 저품위 광석을 혼합하여 함유율 0.6~0.7%의 광석분말을 만들면 되었다.

박태준은 정신적 쇄신을 불어넣었다. 총체적 경영관의 확립을 강조하고, 파벌과 관료주의, 부서이기주의의 추방을 역설했다. 현장제일주의도 빼놓을 수 없는 방침이었다. 현장에 적합한 의사결정을 내리기 위해 생산 관련

상동광산 막장을 시찰하는 박태준

부서들을 서울 본사에서 광산 현장으로 내려 보냈다. 이를 거부하는 간부들은 회사를 떠나야 했다.

축구, 말표구두약, 김기수

박태준은 어느 날 상동광산 현장에서 낯익은 광부들을 발견했다. 축구 국가대표선수 함흥철, 김정석, 조윤옥 등이었다. 국가대표팀 감독 한홍기의 얼굴도 보였다. 사정을 알아봤다. 축구단 운영에 연간 1억 원쯤 소요되어 평소엔 광부로 부려먹다가 시합이 다가오면 합숙훈련을 시키는데, 대우도 형편없다고 했다. 그는 부아가 치밀었다. 뒷구멍으로 권력에 상납해온 돈만 끊었어도 너끈히 키웠을 축구선수들을 광부로 부려먹다니, 이건 절약이 아니라 낭비 중의 낭비라고 판단했다.

선수들에게 당장 보따리 챙겨 서울로 올라가라고 지시해놓고, 대한중석 축구팀을 제대로 육성할 방안을 마련하라고 호령했다. 석효길, 황종현 등 당대의 일급선수들이 모여들었다. 곡괭이 짊어진 축구선수들을 우연히 발견한 것이 번듯한 실업축구단 하나를 탄생시키는 일대 사건으로 발전된 것이다. 박태준은 축구를 좋아했다. 온 국민이 즐기는 국기(國技)인 데다, 곤궁함에 빠진 한국이 축구로는 번번이 일본을 이겼기 때문이다. 대한중석 축구단은 뒷날 포스코축구단 창단의 주축을 이루게 된다.

대한중석 축구단이 이름을 휘날리던 1966년, 한국축구에 거의 안보 차원의 비상이 걸렸다. 북한이 런던월드컵대회에서 8강에 오르는 쾌거를 올렸기 때문이다. 이탈리아를 꺾고 8강에 올라 포르투갈과 겨뤄 전반전을 압도했으나 후반전에서 체력이 모자라 분루를 삼켜야 했던 북한. 이 소식이 서울 심장부에 한바탕 소동을 일으켰다. 중앙정보부장(현 국가정보원장) 김형욱이 혼쭐나서 부랴부랴 '양지팀'을 급조했다. 대한중석도 선수 차출을 당했다. 북한과 극단적 체제 대결을 벌이는 시절에 일어난 웃지 못할 해프닝이었다.

1965년의 한국은 구두약을 국내 생산하고 있었다. 그러나 생산방식도 품질도 수준미달이었다. 겨울철에는 부산 구두약과 최전방 구두약이 달라야 했지만, 그마저 맞추지 못했다. 하필 구두약 생산업자는 정두화였다. 1957년 25사단 참모장 박태준 대령이 '가짜 고춧가루'를 전량 폐기시켰을 때 며칠 만에 '진짜 고춧가루'를 싣고 달려온 양심적인 군납업자. 그가 구두약 생산업자로 변모한 데는 나라의 딱한 사정이 깔려 있었다.

6·25전쟁이 끝나고 나서는 일반 시민들도 미군 군화를 즐겨 신었다. 미국 군수물자 중 제일 많이 들어오는 품목도 군화였다. 그런데 한국군의 군화 수명이 매우 짧다는 사실이 밝혀졌다. 미군은 민간으로의 유출이 많은 탓이라고 여겼다. 그들이 조사하자 뚱딴지같은 결과가 나왔다. 한국군이 구두약을 쓰지 않아 군화가 쉽게 망가진다는 것. 그들도, 한국군도 놀랐다. 그때까지 한국 병사들은 군화에 구두약 칠하는 것을 멋 내는 잔손질쯤으로 여겼던 것이다. 우리 국방부가 미군에게 구두약 지원을 요청했으나, 구두약 정도는 국내에서 생산하라는 충고만 돌려받았다. 국방부는 국내 업체를 물색했다. 없었다. 군납업자 중에 골라야 했고, 정두화가 뽑혔다. '말표구두약'이 태어난 날이었다.

그러나 1965년까지도 말표구두약은 생산방식부터 곰탕 끓이는 수준이었다. 가마솥에 원료를 넣고 푹 끓여 일일이 수작업으로 깡통에 넣은 다음 군납마크를 찍는 가내수공업. 품질이 좋아질 리 만무했다. '국산은 역시 국산'이란 모욕이 무성했다.

정두화는 어느 날 대한중석 사장을 만나 구두약 고충을 털어놓았다. 박태준은 일본에서 유명한 구두약이 뭐냐고 물었다. '3H'라고 했다. 한 달쯤 지났다. 정두화는 박태준에게서 귀를 의심할 만한 연락을 받았다. 일본 정계의 원로들로부터 3H사가 한국의 말표구두약과 기술제휴를 맺도록 협조해달라는 요청이 있었다고 했다. 박태준은 자존심 때문에 거꾸로 제안한 거였고, 3H라는 조그만 중소기업의 대표는 자기 나라 거물들의 천거를 받들어 자못 영광스런 표정으로 서울에 들어왔다. 이제 국산 구두약이 박태준의 기지에 힘입어 세계적 수준의 구두약으로 거듭날 차례였다. 한국 군대에서 '국산은 역시 국산'이란 자기비하의 원성 하나가 사라질 때가 도래한 것이기도 했다.

1965년 가을 어느 날 박태준은 청와대로 불려갔다. 그가 맡은 대한중석이 적자의 터널을 탈출하여 흑자 체제를 굳히는 즈음이었다.

"우리나라에 동양챔피언 있는 거 알아?"

"무슨 챔피언입니까?"

"김기수란 친구가 있어. 물건이야. 이게 굉장히 세다는데, 우리 국민의 사기진작을 위해 세계챔피언도 나와야지. 지금은 우리 민족이 뭐든 우수하다는 자신감이 절대 필요해."

훅 먹이는 시늉을 보인 박정희가 멋쩍게 웃었다. 대한중석을 구했으니, 덤으로 김기수도 세계 최고로 키워보라는 뜻이었다. '헝그리 복서'란 말이 회자되는 시절, 말 그대로 배고픈 권투선수. 오늘의 상처와 내일의 골병을 감내하겠다는 각오로 나서야 하는 프로복서의 길. 열 명 태어나면 여덟 명은 출생기념으로 빈곤의 굴레를 짊어졌던 1960년대 한국엔 주먹깨나 쓰는 배고픈 소년들이 더러 챔피언을 꿈꾸었다. 김기수도 마찬가지였다.

박태준은 즉시 김기수를 데려오게 했다. 주니어미들급이라는데, 과연 신체 좋은 친구가 나타났다. 악수를 나누었다. 아주 크고 빳빳한 손이었다.

"어디 출신인가?"

"함흥에서 내려왔습니다."

"1·4후퇴 때?"

"예, 흥남에서 배를 탔습니다."

1·4후퇴 때 배를 타고 내려오다가 강릉, 포항에 못 내리고 여수까지 가게 되었다고 했다.

"복싱은 언제 배웠나?"

"여수 여항중학교에서 시작했습니다."

박태준의 가슴으로 묘한 기운이 번지고 있었다. 1·4후퇴, 함흥, 흥남……. 이런 단어들이 김기수에 대한 관심을 더 자극했다. 1950년 겨울의 그는 원산, 함흥, 성진을 거쳐 청진까지 북진했다가 1·4후퇴 때 맹장수술을 받은 직후의 환자 상태로 흥남에서 통한의 철수에 올라야 했으니…….

"지금 너의 상대가 어떤 놈이야?"

"이탈리아의 니노 벤베누티라는 놈입니다."

"그런 놈이 있어? 자신 있나?"

"한 6개월 연습에 전념한다면, 얼마든지 붙어볼 자신 있습니다."

박태준은 김기수에게 필요한 것을 다 말하라고 했다. 무엇보다 도장이 급하다고 했다. 집이 어디냐고 물으니 경희대 근처라고 했다. 그가 총무이사를 불러 집과 가까운 곳에다 가장 빠른 시일 안에 도장을 지어주라고 지시했다. 며칠 뒤부터 신설동에 터를 잡고 공사에 돌입했다. 근사한 권투체육관이 생겼다. 개관식을 앞두고 박태준에게 '작명 의뢰'가 들어왔다. 전혀 고민거리가 아니었다. '주먹으로 세계 일등이 되라'는 기원을 담아 '권일(拳一)'이란 이름을 선물했다.

김기수의 주니어미들급 WBA세계타이틀매치는 1966년 6월 25일, 전쟁 16주년 저녁 장충체육관에서 열렸다. 국민적 관심이 집중되었다. 박정희도, 박태준도 관전했다. 비슷비슷하게 맞고 때리는 예측불허의 승부였다. 대통령 앞의 큰 재떨이에 꽁초가 수북해졌다. 밤10시가 넘어 15회전이 끝났다. 한국 심판은 '김기수 승', 이탈리아 심판은 '벤베누티 승'을 알렸다. 라디오에 귀를 대고 있는 온 국민이 초조했다. 코쟁이 주심이 '김기수 승'을 내놨다. 까짓, 텃세가 좀 붙었으면 어떤가. 박태준은 아낌없는 박수를 보냈다. 한국 최초의 세계챔피언 탄생. 온 국민은 오랜 가뭄 끝에 한바탕 소나기가 지나간 것처럼 신명을 올렸다.

이튿날 김기수 내외가 북아현동 박태준의 집으로 인사를 왔다. 갓 탄생한 세계 챔프의 얼굴은 군데군데 시퍼렇게 멍들어 있었다.

"사장님 덕분에 운동에만 전념한 결과입니다. 정말 감사합니다."

"아니야. 우리 챔피언이 고맙고 장해. 지금 우리 국민들에게 누가 그만 큼 큰 기쁨을 줄 수 있겠나. 권일체육관은 선물이야. 대통령 각하와 내가 주는 거라고 생각해."

김기수 내외가 다소곳이 고개를 수그렸다.

모순 잉태의 절기에

박태준과 그의 사람들이 대한중석을 만성적자의 부실경영에서 건져낼 채비를 갖춘 1965년 4월, 서울에는 또다시 시위 물결이 출렁였다. 2월 20 일 한일기본조약 가조인을 계기로 6·3사태 후 기나긴 동면에 들어갔던 학 생운동이 새봄의 기운을 충전한 것처럼 거리로 밀려나왔다. 시위는 4·19 혁명 5주년을 앞두고 급속히 전국으로 번져나갔다. 고등학생들이 가세했 다. 4월 17일부터 24일까지 전국 34개 대학과 119개 고등학교에 휴교령 이 내려졌다. 그래도 시위의 기세는 꺾이지 않았다. 학생들은 한일협정을

권일체육관에서 훈련에 몰두한 김기수를 지켜보는 박태준

'제2의 을사보호조약'이라 치부하고 이를 종용한 미국에도 적대적이었다. 반미구호도 등장했다. "우정은 좋지만 간섭은 싫다.", "양키여, 침묵하라!" 미국은 신경질적인 반응을 보였다. 워싱턴 데일리뉴스나 타임 같은 유력 언론이 사설로써 한국 학생의 행동을 근거가 불확실한 좌익의 선동이라고 비판했다.

미국은 원조를 급감시켰다. 장면 정권의 1960년에 2억2천500만 달러를 기록한 무상원조액이 1963년엔 1억1천900만 달러, 1964년엔 8천800만 달러, 1965년엔 7천100만 달러로 줄어들었다. '경제개발'에 명운을 건 박정희 정권에는 학생들의 압력보다 미국의 압력이 더 부담스러웠다. 원조 삭감은 '심각한 식량난'과 '경제개발 자금고갈'로 직결되는 문제였던 것이다. 앞으로 나아가자니 시위학생들이 막아서고, 뒤로 물러나자니 미국이 막아서는 진퇴양난에 빠진 박정희 정권. 그러나 그들의 나침반은 이미 고정되어 있었다. 경제부터 일으켜 세우겠다는 쪽이었다.

박태준은 정치로 시선을 돌리지 않았다. 대한중석의 경영지표에 몇 달 만에 청신호가 들어왔다. 출구가 보이지 않던 적자의 터널을 벗어나는 조짐이었다. 5월 초순, 대한중석이 회생의 기운을 차리고 있을 때, 미국방문을 앞둔 박정희가 박태준을 찾았다. 독대였다. 대한중석을 민간에 불하하면 어떻겠느냐고 물었다. 장면 정권이 추진하다가 말썽만 낳고 유산시킨 그 일에 박태준은 반대의견을 개진했다. 광산업에 덤벼드는 민간 기업은 일반적으로 단기적 수익성에 매달리는 속성이 있어서 경제성 높은 지표부터 집중적으로 파내어 한 밑천 잡은 뒤에는 폐광할 가능성이 높다고 했다. 이내 고개를 끄덕인 박정희가 불쑥 '종합제철소'란 단어를 꺼냈다.

"이번에 미국 가면 피츠버그를 가게 돼. 종합제철소 때문에 가는 거야. 철강인들과 만나서 얘기해봐야지."

"좋은 착안이십니다."

박정희의 날카로운 시선이 박태준의 반짝이는 동공을 쏘았다.

"우리에겐 종합제철이 절대적 급선무야."

박태준은 등골이 오싹했다. 문득 벌겋게 달궈진 칼이 눈앞을 스친 듯했다.

6월 22일 '한일조약'이 조인되었다. 7월 들어 교수·종교인·문학인의 시국성명이 꼬리에 꼬리를 물었다. 14일엔 예비역 장성 11명이 반대성명을 발표했다. 중앙정보부장을 지낸 예비역 육군소장 김재춘, 국방장관을 지낸 예비역 육군중장 박병권, 군정 내각수반을 지낸 예비역 육군중장 송요찬, 예비역 육군중장 최경록 등 박정희와 인연 깊은 사람들이 포함되어 국민의 관심을 끌었다. 그들은 무상원조 3억 달러와 유상원조 2억 달러로써 우리의 생명과 재산과 문화의 강탈에 대한 청구권에 대차한다는 것은 민족의 역사가 용인할 수 없다고 했다.

거침없는 흑백논리가 세워지고 있었다. 한일조약의 비준을 반대하는 사람은 '정의와 자주'의 민족주의 세력, 한일조약의 비준을 찬성하는 사람은 '불의와 매판'의 대일종속 세력. 이렇게 극단적으로 갈라진 사회에서 무더운 여름의 퇴각은 더디게 느껴졌다. 8월 11일 밤 11시 10분 국회 특별위원회에서 비준안을 1분 만에 날치기로 통과시킨 공화당은 8월 14일 단독으로 국회 본회의에서 비준안을 통과시켰다.

한일조약 비준의 국회통과를 기념하듯, 바로 이날 대학가엔 때 아닌 된서리가 덮쳤다. 중앙정보부장 김형욱이 발표한 '인민혁명단 사건'. 이는 중정이 송치한 47명 중 13명만 기소되고 1심에서 무려 11명이 무죄선고를 받아 그 날조가 폭로되는 가운데 앞으로 박정희 정권의 중앙정보부가 인권과 민주주의를 억압해나갈 하나의 전형적 상징을 제시했다. 인혁당 사건이 발표되어도 진정될 기미가 없던 한일조약 비준반대 시위는, 8월 26일 서울 전역에 위수령이 내려져 또다시 군대가 캠퍼스를 장악하는 사태에 이르러 진압되었다.

그런데 한일조약의 국회비준과 위수령선포 사이에서 한국 현대사의 매우 중대한 결정이 내려졌다. 8월 18일 국회가 2만 병력을 베트남에 파병할 권한을 정부에 부여하는 파병동의안을 통과시킨 것. 더구나 벌써부터 예고된 대사건이었다. 1965년 5월 박정희의 방미, 존슨과의 그 정상회담도 한국정부의 베트남 파병 결정에 대한 미국정부의 답례 초청으로 이뤄졌던 것이다.

굴욕의 한일협정을 반대하는 울분의 물결이 다른 약소민족을 침략하게 되는 결정에 대한 이성적 관심을 마비시켰던 1965년 여름, 민족의 자존심을 부르짖는 뜨거운 목소리들이 베트남 파병의 침략성을 우려하는 목소리를 덮어버린 모순의 계절. 시위대가 안고 있었던 그 모순은, 이쪽도 저쪽도 박정희 정권에는 경제개발을 위한 듬직한 '밑천'이었다. 그리고 대일청구권 자금과 베트남 특수라는 두 밑천을 확보한 시기의 박정희 정권은 인혁당 사건으로 적나라하게 드러난 것처럼 '경제개발과 민주주의 억압'이라는 모순을 잉태하고 있었다. 바야흐로 그것이 거친 황야와 같은 새 지평으로 열리는 1965년 가을, 대한중석을 만성적자의 늪에서 구출해 흑자 기업으로 바꿔놓은 박태준은 정치의 현장에서 멀리 떨어진 자리에 존재의 뿌리를 내린 채 서서히 '철(鐵)'에 관심을 기울여갔다.

1965 1969

황무지의 개척자

종합제철소의 꿈

1965년 6월 초, 대한중석 사장 박태준은 도쿄에 머물고 있었다. 텅스텐을 수출하기 위한 방일이 아니었다. '종합제철소 건설'과 관련된 특수 임무 수행 – 일본의 제철 전문가를 청와대로 초청하기 위해서였다.

군정(軍政)의 국가재건최고회의가 제1차 경제개발5개년계획을 수립하던 1961년 가을, 의장과 상공담당 최고위원은 1차 계획에 종합제철소 건설을 포함했다. 산업화를 성공시키기 위한 기간산업 중의 기간산업으로 '석유와 철'을 꼽으면서, 석유는 수입해올 수밖에 없지만 철은 우리 손으로 만들어야 한다고 결의도 다졌다. 그것은 지난 3년 6개월 동안 실질적 성과를 거두지 못한 채 무거운 탁상공론처럼 다뤄오다가 1965년 들어서야 가장 중요한 국가 프로젝트로 자리 잡았다.

철은 산업의 쌀이며 국가 기간산업 중의 으뜸이다. 바늘, 나사에서 조선, 철도에 이르기까지 모든 산업에 철이 필요하고 철 없이는 생활도 유지할 수 없다. 종합제철은 철 생산의 모든 공정을 일관으로 처리하는 설비를 두루 갖춰 모든 형태의 제품을 생산함을 의미한다. 지금이야 '제철'하면 으레 종합제철을 말하지만, 1960년대에는 둘의 개념을 구분했다. 당시 한국에는 종합제철에 명실상부하는 제철소가 없었기 때문이다. 제선·제강·압연 공정을 다 갖춘 종합제철소를 세워 안정적으로 '산업의 쌀'을 공급해야 했다.

한반도에 근대적 제철소가 처음 등장한 때는 1918년 6월로, 일본이 중국대륙을 지배하려는 장기적 포석으로 황해도 송림에 겸이포제철소를 건설했다. 1일 생산량 150톤의 미국식 제1고로를 세우고, 이어 같은 용량의 제2고로까지 세워 쇳물을 생산했다. 후판공장은 5만 톤 규모로, 주로 함선 제조용 후판을 생산하다가 제1차 세계대전 후에 군비를 축소하며 해군 88함대 건조를 중지하자 1922년 조업을 중단했다.

만주사변(1931)에 이어 중일전쟁(1937)을 획책한 일본은 군사적 수요를 충족하기 위해 1937년에 쇳물을 연간 35만 톤 생산할 규모의 청진제철소를 건설했다. 항만을 갖춘 함경도 청진은 무산 지역의 철광석과 만주 길산의 연료탄을 활용하기에 알맞은 위치였다. 청진제철소가 제대로 가동되는 무렵에 이미 긴장을 넘어 대립으로 치닫던 미·일 관계는 날이 갈수록 악화되었다. 미국은 대일 철강 수출을 축소하고 일본에 대한 전면적 고철 금수 조치를 단행한다. 이러한 상황에서 일본이 1943년 삼척에 제철소를 신설한 것도 군수용 철의 부족과 깊은 관련이 있었다.

일본이 군사적 목적에 따라 한반도 북부지역에 세운 근대적 제철소에는 일본인 제철 기술자가 많았다. 그러나 그들은 일본이 패망하자 한꺼번에 일본으로 돌아갔다. 광복 직후 분단된 남한엔 철강산업의 공동화 사태가 일어났다. 이는 그 후 20년간 세 가지 문제를 고착시켰다. 철강산업 분야의 민족자본 전무, 철강산업의 북한지역 편중에 따른 남한 제철산업의 빈약, 철강 기술 인력의 절대적 부족.

1965년의 한국정부는 종합제철소 건설에 매달릴 수밖에 없었다. 종합제철소를 갖추지 못한 상황에서 '재래적 농업국가'를 '근대적 산업국가'로 탈바꿈하겠다는 공약은 허황할 뿐이었다. 6·25전쟁의 기억이 고스란히 반공으로 뭉친 남한에서 '눈앞의 적'이 월등한 철강생산력을 보유하고 있다는 사실은 안보 불안의 요인이기도 했다. 그렇다고 해방 후 20년 동안 남한 정권이 철강산업에 무심했던 것도 아니었다.

이승만 정권은 1949년 10월부터 연산 1만 톤 규모의 선철 생산을 목표로 삼화제철 삼척공장 20톤급 소형 용광로 8기, 조선이연금속 인천공장 50톤급 평로 2기 제강설비 보수공사에 착수했다. 그러나 6·25전쟁이 발발해 미완에 그쳤으며, 돌아가지 않는 제철공장마저 전화를 입었다. 이런 와중에 정부는 1952년 '철강업 재건계획'을 입안해 삼화제철 삼척공장 복구공사를 시작했고, 전쟁 고철을 재생할 방안을 강구하려고 1953년 6월 조선이연금속 인천공장을 모체로 한 대한중공업공사를 발족했다. 휴전협정을 조인한 뒤에도 제철소를 건설하려는 정부의 노력은 계속되었다. 1954년 9월 대한중공업공사 주관으로 5만 톤 규모 평로 제강공사 국제입찰이 있었다. 미국, 스위스, 독일의 전문업체가 참여했다. 낙찰은 독일 데

마그가 받았다. 이어진 압연공장 건설도 데마그가 차지했다. 빈곤한 우리 정부가 외환보유고에서 530만 달러나 투입한 '대형 프로젝트'였는데, 아이젠버그라는 유대인 괴상의 손이 깊숙이 들어간 일이었다. 그로부터 계절이 수십 차례 바뀐 뒤에는 영일만에서 박태준과 승부를 하게 되는 '큰손 국제 로비스트' 아이젠버그…….

1956년 8월에는 '철강개발5개년계획'을 입안하여 상공부가 1957년 국제협력기금(ICA)과 접촉했다. ICA 자금 300만 달러로 묵호에 연산 5만 톤 규모의 선철공장을 1962년까지 완공하기로 하고, 1958년에 ICA 자금 3천만 달러와 내자 248억 원을 들여 1965년까지 연산 선철 20만 톤 규모의 일관제철소를 양양에 건설할 계획을 세웠다. 그러나 두 번의 희망은 모두 이루어지지 않았다. 소규모 제철소 건설 계획이었지만 외국 투자기관은 한국 제철산업의 성공 가능성이 희박하다고 판단했기 때문이다. 하물며 대형 종합제철소 건설을 꿈꿀 수 있었겠는가.

종합제철소 건설의 꿈을 허망하게 날린 빈곤의 한국은 경제적 공황, 부패 창궐, 독재정치 억압이 유기적으로 얽혀 폭발할 수밖에 없는 임계상태에 도달해 있었다. 3·15부정선거가 그 도화선에 불을 댕겨 4·19를 낳았고, 다시 일 년 만에 5·16이 치고 나왔다.

경제개발을 지상 최고의 가치와 명분으로 내건 박정희 군정은 1961년 7월 22일 발표한 5개년종합경제재건계획에 종합제철소 건설을 포함했다. 이는 1962년 확정한 제1차 경제개발5개년계획에서 핵심 사업의 하나로 확정된다. 연산 선철 25만 톤, 강괴 22만 톤 규모의 종합제철소를, 외자 3천200만 달러와 내자 300억 환(약 2천300만 달러)을 들여 1962년부터 1966년까지 울산공단 안에 비료공장, 화학공장, 시멘트공장, 정유공장 등과 함께 건설한다는 계획이었다. 외자는 외자유치위원회가 차관을 끌어오기로 하고, 내자는 부정축재자처리법이 환수한 국고를 바탕으로 주식 공모를 통해 유치하기로 했다.

군정은 제철산업의 외자유치를 위해 노력했다. 이동준, 이정림 등 종합제철공장 건설팀은 서독에서 공장 건설에 필요한 상업차관을 도입하려고 당시 세계적인 철강기업인 독일의 데마그, 크루프, GHH 등 3사를 차례로 방문했다. 일부는 미국 철강업계와의 교섭을 추진했다. 1962년 3월 20일 교섭단의 일원으로 방미 중이던 남궁연과 블로녹스의 스나이더 사장이 공동으로 '울산 철강공장건설 사업계획'을 발표했으며, 사업 내용을 구체적으로 협의하기 위해 미국측에서 경제사절단을 파견할 것이라고 했다.

1962년 4월 11일 최고회의는 종합제철소와 비료공장 건설에 우선 투여할 '부정축재 환수를 위한 회사설립 임시특별법안'을 통과시켰다. 4월 30일에는 종합제철 투자공동체 대표 이정림을 주축으로 한 '한국종합제철 주식회사' 발기인대회를 개최하여 내자 충당의 구체적 절차를 밟았다. 5월 11일에는 6·25전쟁 때 유엔군 사령관을 지냈던 제임스 밴 플리트 장군을 단장으로 한 미국경제사절단 28명이 내한했다. 5월 15일에는 한국종합제철에 제1회 불입금 약 39억 원이 입금된 동시에 이정림이 사장으로 임명됐다. 5월 17일에는 미국경제사절단에 포함된 미국 철강업계 관계자들과 한국측 대표들이 만나 종합제철 건설에 대한 가계약을 체결했다. 미국의 블로녹스, 코퍼스, 웨스팅하우스, 국제투자회사 등 4사가 공동 투자하고 코퍼스는 경영과 기술 협력을 담당하며 제철소 규모는 연산 35만 톤으로 하고 이에 소요되는 건설자금 중 외자 8천만 달러는 AID(미국국제개발처) 차관 75%, 미국 민간자본 25%로 한다는 내용이었다. 박태준은 아직 이런 활발한 움직임에 직접 관여하지 않고 있었다.

그런데 외자 도입의 길이 막혔다. AID가 한국의 제철소 건설을 회의적으로 전망했다. 자연자원이 빈약하고 원료수입을 감당할 수 없으며 일본과 상대가 되지 않아 견디지 못하므로 한국은 철을 생산하는 것보다 수입하는 것이 더 유리하다고 했다.

1964년 11월 장기영 경제기획원 부총리는 침통한 표정으로 박정희 대통령에게 종합제철 프로젝트를 제2차 경제개발5개년계획으로 연기할 수밖에 없다는 보고를 올렸다. 박정희는 수용할 수밖에 없었다. 12월 4일

제102차 경제장관회의의 주요 안건은 '종합제철'이었다. 미국과 서독에 거절당한 한국은 새로운 계획을 세우기로 한다. 그러나 그저 원칙적인 방향의 되풀이에 불과했다.

그 경제회의가 끝난 직후, 박태준은 대한중석을 정상화해야 한다는 박정희의 새 요청을 받았다. 이때 박정희는 박태준을 대한중석에서 시험해보고 종합제철소를 맡겨야겠다는 생각을 갖고 있었다. 앞으로 해외출장을 나갈 기회가 있으면 선진 제철소를 유심히 살펴보라고 박태준에게 특별히 당부한 것이었다. 제철소 건설을 위한 요란한 발표들이 모두 허사로 돌아간 직후, 드디어 그가 '박태준과 제철소'의 궁합을 맞춰보는 셈이었다.

'조국 근대화'를 기획한 박정희에게 비원처럼 남은 종합제철소 건설, 이것을 향한 그의 집념이 더욱 강렬해지는 계기가 찾아온 것은 1964년 12월 11일이었다. 그날 박정희는 서독(독일)에 있었다. 베를린공과대학을 둘러본 다음 지멘스공장, AEC전공장, 독일개발협회를 시찰했다. 그는 지멘스공장에서 철강산업의 실상을 목격할 수 있었다. 그때 브레마이어 소장이 그의 아픈 데를 찔렀다. "각하, 철강이 없으면 근대화가 불가능합니다." 고개를 무겁게 끄덕인 가난한 나라의 대통령은 그저 설비의 가격과 기능이나 물어볼 따름이었다. 그러나 그날 밤에 그는 경제 각료(장기영 부총리, 박충훈 장관)를 숙소로 불러 강하게 지시했다. "돌아가면 제철공장 건설계획을 다시 세워 보고하시오." 12월 13일 아침, 교포 유학생 초청 조찬회. 이 자리에는 '한국 강철산업 발전계획 시안'을 박정희에게 선물한 학자가 있었다. 김재관 박사였다. 이승만 대통령 시절에 국비로 독일 유학을 나온 사람으로, 뒷날에 귀국하여 국방과학연구소 부소장과 한국표준연구소 소장을 역임하게 되는 김재관의 손을 잡은 박정희는 "정말 고맙습니다. 돌아가서 꼭 철강회사를 만들 생각입니다. 잘 보겠습니다."라고 단단히 약속을 걸었다. 간밤에 두 각료에게 지시한 때의 그 자기다짐이기도 했다.

경제개발계획을 구상한 때부터 4년여 동안 종합제철소 건설 문제로 노심초사해온 박정희가 그것을 박태준에게 맡겨야겠다는 결심의 한 자락을 희미하게 드러낸 때는 1965년 5월로, 5·16을 만 4년 채우는 즈음이었다. 한국의 베트남 파병 결정에 대한 미국 존슨 대통령의 답례 초청을 받은 박정희가 방미를 앞두고 박태준을 청와대로 불러 독대했다고 앞에서 밝혔는데, 그날 박정희와 박태준은 종합제철에 대해 깊은 대화를 나누었다.

"전후 일본에서 제철소를 가장 잘 지은 사람이 누군지 알고 있나?"

"가와사키제철소가 단연 최고인데, 니시야마 야타로 사장의 집념이 가와사키를 만들었다고 들었습니다. 특히 그분은 IBRD 차관을 도입해서 일본에다 세계 최초로 임해(臨海) 종합제철소를 건설한 인물입니다."

"입지 선정이나 기술적으로 배울 게 많겠군."

"물론입니다. 우리도 제철의 원료가 없으니 일본과 비슷한 조건입니다."

1964년 박정희의 특사로 일본에 나가 있던 열 달 동안 제철소도 열심히 살폈던 박태준의 대답에는 막힘이 없었다.

"니시야마 사장을 여기로 불러올 수 없겠나?"

"그건 어렵지 않을 겁니다."

"미국 다녀오면 일정을 잡아봐."

"그렇게 하겠습니다. 현재로서는 제철소 건설 계획이 무산되는 원인을 규명하는 것이 급선무라고 생각합니다."

박태준은 종합제철소 건설에 대한 정리된 생각을 피력했다. 그의 결론은, 종합제철소는 용광로, 소결로, 전로, 압연기, 전력, 항만 시설, 막대한 원료 등 수많은 공장과 부대설비로 구성되기 때문에 소규모로는 성공하기 어렵고 장기적 안목에서 대규모로 건설해야 경제적으로도 유리하고 국가에도 이득이 될 것이라는 주장이었다.

"자본도 기술도 선진국에 기대야 하는데, 규모를 더 늘려야 한다는 건가?"

"그렇습니다. 어차피 우리나라의 장래와 직결된 문제니 멀리 내다보는 것이 좋을 것 같습니다."

대통령과 대한중석 사장이 마치 종합제철소 건설의 간절한 꿈을 실현하기 위해 일차적으로 역할을 분담한 것처럼, 박정희는 방미 일정 중에 펜실베이니아주 피츠버그시 철강공업단지를 둘러본 뒤 미국 철강업계 인사들과 만나고, 같은 기간에 박태준은 일본으로 날아가 가와사키제철소 니시야마 야타로 사장과 만난다.

일본은 패전 후에 조강 생산 능력이 연산 200만 톤까지 떨어졌다가 1950년에 500만 톤 수준으로 회복했다. 이때 철강 강국은 미국, 소련, 독일, 프랑스, 영국 순이었다. 일본은 영국의 30%에 미달하는 수준에서 세계 6위를 기록했다. 아직 중국엔 대규모 현대적 종합제철소가 없었다. 6·25전쟁에 참전한 중공에 대해 무기를 제조할 능력이 형편없던 맥아더의 판단은 조강 능력만 봐도 정확한 것이었다.

6·25전쟁의 특수와 더불어 경제 발전의 가속을 확보한 일본은 1960년에 연산 2천200만 톤을 돌파하여 미국, 소련, 독일, 영국에 이은 세계 5위에 진입하고, 1964년엔 연산 3천900만 톤 규모에 이르러 독일을 제치고 세계 3위의 철강대국으로 떠올랐다. 이때 미국은 연산 1억1천500만 톤, 소련은 8천500만 톤을 기록했고, 남한은 군소 제철소의 조강 능력을 합쳐도 간신히 연산 20만 톤을 채우는 수준이었다. 북한은 연산 200만 톤 이상을 생산하여 조강 능력에서 남한보다 10배쯤 우위에 있었다. 전후 10여 년이 지난 1964년을 기준으로 보면, 조강 생산 능력에서 단적으로 드러나듯 남한의 경제력은 북한보다 상당히 열세였다.

그런데 제1차 경제개발5개년계획이 탄력 받는 한국에는 철강수요가 급격히 불어나고 있었다. 1966년의 경우에 국내 조강 생산력은 고작 21만 톤으로 예견되는 데 비해 수입할 철강은 45만 톤으로 전망됐다. 더구나 산업화 궤도에 진입하면 철강수요는 기하급수적으로 증대할 것이었다.

종합제철의 자력에 이끌리다

베트남에 대규모 병력을 보내겠다는 '조그만 나라'의 '새 지도자'를 뉴욕 시민들은 카퍼레이드로 환영했고, 존슨 대통령도 따뜻하게 영접했다. 그러나 피츠버그는 가난한 나라의 대통령을 압도해버렸다. 카네기, 모간, 멜런 등 세계적 철강 대기업의 높다란 굴뚝들이 끊임없이 연기를 뿜어대고, 거대한 도시를 가로지르는 앨러게니강과 머단거힐라강 유역에 자리한 항구에는 완제품과 원자재를 실어 나르는 바지선과 화물선이 시끌벅적 드나들고 있었다. 24시간 내내 쉴 새 없이 돌아가는 공장에서 세계 최대의 철을 생산하는 피츠버그 철강 노동자들은 세계 최고의 임금을 받고 있었으며, 시민들은 한껏 번영을 구가하는 도시에서 행복해 보였다.

5월 26일 박정희는 세계적 철강엔지니어링 기업 코퍼스의 대표 프레드 포이를 만났다. 1962년 11월 30일, 울산공업단지에다 연산 31만 톤 규모의 종합제철을 건설한다는 계획에 대해, 포이는 미국측 투자공동체의 대표로 한국측 대표와 가계약을 맺는 과정에서 애매한 태도를 보인 적이 있었다. 그때 외교적 수사에 자신의 진심을 내비쳤었다. "소요자금의 반 이상을 차지하는 8천243만3천 달러의 AID차관에 대해 아직 확답할 수 없으나, 사업계획이 건전하다면 AID측이 거부할 수 없을 것입니다." 그때 그 발언은 사실상 한국의 사업계획에 대해 자신은 부정적이라는 뜻이었다. 그로부터 2년 6개월이 지나 백악관의 주선으로 박정희와 만난 포이는 적극적인 태도를 보였다. 연산 50만 톤 규모의 종합제철소 건설 프로젝트에는 장기적으로 막대한 자금이 소요되어 단독으로 조달할 수 있는 개발도상국이 없으니 세계 철강업계와 금융기관 대표들로 국제적 컨소시엄을 형성하는 것이 바람직하다고 말하면서, 이를 실현하기 위해 최대한 협력할 용의가 있음을 밝혔다.

포이의 약속을 받고 피츠버그를 떠나는 박정희의 마음은 한결 가벼워졌다. 카네기 제철공장의 높다란 굴뚝들이 늦어도 3년 안에는 한국의 어느 해안에도 박힐 것만 같았다. 그는 귀국하기 바쁘게 박태준을 불러 가와사키제철 니시야마 사장을 모셔오라는 지시를 내렸다. 임무를 맡은 박태준이 다시 도쿄로 간 사이, 부총리 장기영은 국회 본회의장에서 종합제철소 프로젝트에 대한 대통령의 메시지를 알리고 있었다.

우리나라가 예속경제를 벗어나 경제성장을 가속화하기 위해서는 무엇보다도 하루빨리 철강을 생산하는 길밖에 없습니다. 철강재를 수입하느라 외화의 대부분을 쓰는 바람에 우리 경제의 숨통이 막힐 지경입니다. 제선·제강·압연 과정으로 이루어진 종합제철소를 기필코 건설할 것입니다.

6월 23일 니시야마 사장은 서울에 도착해서 청와대로 직행했다. 차를 마시며 환담을 나누는 자리엔 국무총리, 경제기획원 부총리, 대한중석 사장이 배석했다. 이튿날부터 박태준은 니시야마를 안내해 제철소 입지로 거론되는 인천, 포항, 울산 등 5개 지역을 둘러보았다. 일본 철강업계의 거목은 제철소 입지의 타당성에 대한 의견들을 제시했다. 박태준은 경청했다. 울산에서 동래로 가는 승용차 안에서 제철소 규모에 대한 의견도 나누었다. 니시야마는 세계적 추세로 보아 100만 톤부터 시작하는 것이 경제성이 있다고 했다. 박태준은 속으로 깜짝 놀랐다. 한국은 겨우 30만 톤부터 시작할 계획에 매달려 있었으니 그 규모가 굉장히 커 보이기도 했거니와, 대통령에게 100만 톤 정도로 출발하는 것이 좋겠다고 건의했던 자신의 생각과 일치했기 때문이었다. 박태준의 판단은 국내 철강수요의 추이와 철강수출에 근거했다. 현재 연간 35~40만 톤을 수입하고 매년 수입량이 급증하는 사정으로 볼 때 1970년에 가면 매년 100만 톤 이상의 철강 수입이 필요하여 70년대 중반쯤에는 500만 톤 규모의 제철소를 갖추어야 할 것으로 내다보고 있었다. 철강수출의 꿈은 대규모 제철소로 가야만 실현될 수 있다고도 생각했다.

답사 일정을 마친 두 사람은 동래온천에 여장을 풀었다. 니시야마는 대통령에게 브리핑할 보고서 작성도 돕겠다며 박태준에게 활짝 마음을 열었다. 그러나 그 밤에 일본에서 전화가 왔다. 그의 안색이 굳어졌다.

"지금 곧 귀국 비행기를 예약해야겠습니다. 고노 이치로 대신께서 작고

하셨다고 합니다. 그분은 저와 동향이고 늘 형제처럼 지낸 사이였습니다. 서둘러 가는 것이 저의 도리라고 생각합니다."

다음날 니시야마는 올 때처럼 조용히 떠나갔다. 보고서를 작성하는 박태준의 머리에는 중요한 내용들이 정돈되어 있었다. 무엇보다 '항만시설'을 소중히 챙겼다. 제철 원자재가 절대 부족한 나라에서는 모든 것을 외국에서 들여와야 하니 대형선박이 자유롭게 드나들 수 있는 항만시설이 매우 중요하다는 니시야마의 충고를 깊이 새겨보는 그는 문득 강한 자력에 이끌리듯 종합제철소 쪽으로 성큼성큼 다가가고 있었다.

며칠 뒤 박태준은 청와대로 들어갔다. 보고서에는 '시작규모 100만 톤'과 '항만시설의 중요성'이 포함돼 있었다. 보고를 경청하며 서류까지 살펴본 박정희가 입을 열었다.

"미국으로 도망가려는 자네를 붙잡아 대한중석을 살릴 수 있었는데, 이제부터는 제철소 건설하는 일을 맡아. 계획단계부터 자네가 참여해서 차질 없이 진행되도록 해주게. 아무리 둘러봐도 이 일을 맡길 사람은 자네밖에 없어. 나는 고속도로를 직접 감독할 거야. 자네는 제철소를 맡아. 고속도로가 되고 제철소가 되면 공업국가의 꿈은 실현되는 거야."

박태준은 육중한 철근이 어깨 위에 얹히는 것 같았다. 그러나 내려놓을 수 없었다.

"황무지를 개간하라고 하시는군요."

"그래, 황무지를 개간해야 절대빈곤의 사슬을 끊을 수 있지 않겠나. 자네의 능력과 뚝심을 믿어."

박정희의 '비공식적 특명(밀명)'을 받은 박태준의 공식 직함은 국영기업 대한중석 사장일 뿐이었다. 그러나 그것이 두 인물의 관계에서는 변경불가, 취소불능의 신용장과 다름없는 동지적 언약이었다. 때가 무르익으면 박정희는 박태준에게 종합제철소 건설의 공식 직함을 부여할 테지만, 그 자리는 박정희가 박태준에게 종합제철소 건설의 대임을 맡긴 것이나 진배없는 자리였다.

아직은 종합제철소 건설에 대한 공식 직함이 없다는 점, 이는 오히려 박태준에게 유리한 조건으로 작용한다. 대한중석 경영에 주력하는 한편으로 제철과는 한 걸음 비켜선 자리에서 공부하고 견문하며 제대로 준비할 수 있게 되는 것이다.

박정희의 밀지(密旨) 같은 특명을 받고 청와대를 나와 대한중석 사장실로 돌아온 박태준은 대한중석 부설 금속연료종합연구소장을 불렀다. 소장은 상상도 해본 적이 없는 전혀 뜻밖의 지시를 들어야 했다.

"조속한 시일 내에 종합제철소 예비건설계획을 작성하고 매주 진행 상황을 보고하시오."

경제성장의 토대와 정치갈등의 뿌리

국회에서 한일협정 비준안이 날치기로 통과돼 간신히 한일국교정상화의 길이 열린 1965년 9월, 정부 차원에서 종합제철소 건설의 협조를 얻으려고 IBRD(세계은행)와 접촉하며 포이 회장과 만나는 등 다각적인 철강외교를 전개하고 있었다. 성과가 나왔다. 코퍼스는 한국의 종합제철소 건설을 지원할 국제차관단을 구성하려는 본격적인 활동을 개시했고, IBRD는 한국의 100만 톤 규모 종합제철소 건설사업에 대한 타당성 조사를 실시하기로 했다. 피츠버그의 한 귀퉁이를 한국의 어느 해안에 옮겨놓는 일과 진배없는 대역사의 엔진에 막 시동이 걸리고 있다는 뜻이었다. 이번엔 순탄하게 전진할지, 과거에 그랬듯이 얼마 못 가서 다시 시동이 꺼질지 아직 판단할 수 없었다. 다만 희망을 걸어야 일을 진행할 수 있다는 뜻에서, 1965년 늦가을 청와대와 한국 경제부처는 종합제철소 건설에 대해 '이제는 뭔가 되어가는 분위기'를 느끼고 있었다.

그 시기에 박태준은 대통령의 재가를 얻어 '사업타당성 조사를 할 수 있는 철강조사단을 파견해 달라'는 공식요청서를 일본으로 보냈다. 9월 16일 니혼강관의 도야마를 단장으로 하고 일본 내 철강 대기업 6개사에서 추천한 조사단 10명이 서울로 왔다. 그들의 역할은, 미국과 유럽이 내놓을 타당성 조사의 정확성을 검증하기 위한 최적의 비교자료를 만드는 것이었다. 마침 대한중석은 만성적자를 완전히 벗어나 순이익 12억 원의 흑자를 향해 순항하고 있었다.

종합제철소 건설계획의 실현을 위한 다각적 노력이 가까스로 '사업타당성 조사 실시'라는 첫 관문을 통과하던 1965년 10월, 박정희 정권의 공화당은 벌써 67년 5월의 대통령선거와 6월의 국회의원선거에 대비할 계략을 짜고 있었다. 1965년 12월 김종필이 당의장에 복귀하였다. 1966년 중반까지 이·동 단위 세포조직까지 만들어 120만 당원을 확보하려는 공화당의 계획은 막대한 정치자금을 부르고 있었다. 그것이 나올 큰 구멍은 셋이었다. 민영기업에 상업차관의 길을 열어주고 챙기는 알선 수수료, 국영기업에서 빼내기, 은행대출의 알선 수수료.

1966~67년의 한국에는 그러한 구멍들이 갖춰져 있었다. 한일국교정상화와 베트남 파병의 선물이었다. 1966년에 1차 연도 청구권자금 지불을 시작한 일본은 1967년까지 2년 동안 총 1억850만 달러의 민간차관을 제공했으며, 1965년에 이은 1966년의 대규모 베트남 파병을 통해 미국의 확고한 대한(對韓) 방위 의사를 확인한 여러 서방국가는 한국에 대한 상업차관 제공을 주저하지 않았다. 1968년판 『합동연감』에 의하면, 1966~67년의 한국은 미국에서 1천990만 달러, 서독에서 5천310만 달러, 이탈리아와 프랑스에서 390만 달러, 영국에서 250만 달러, 기타 국가에서 4천120만 달러 등 총 2억5천610만 달러의 상업차관을 들여올 수 있었다. 외국 차관을 들여오는 한국 기업은 정부의 인가를 얻으려고 일정비율의 뇌물을 바쳐야 했다. 반대급부의 비율을 10%로 잡아도 2천560만 달러의 정치자금을 제공한 셈이다. 이렇게 1966년의 집권당은 이승만 정권처럼 군부까지 들볶을 필요도 없이 한일협정과 베트남 파병이 불러들인 경제부흥의 조류에 그물을 쳐두고 적절히 정치자금을 조달할 수 있었다.

한국군 대규모 베트남 증파가 한국경제와 한국국방에 얼마나 큰 영향을 끼쳤는지는, 1966년 3월 7일 브라운 주한 미국 대사가 밝힌 주요 양해사항만 봐도 충분히 짐작할 수 있다.

추가 파병에 따른 모든 비용은 미국 정부가 부담한다. 한국군 육군 17개 사단과 해병대 1개 사단의 장비를 현대화한다. 월남에 파병된 병력을 대신하여 미국은 추가로 한국군 3개 사단의 장비를 현대화한다. 한국에 대한 군사원조 계획은 미국 상품 대신 미화로 한국 상품을 구입한다. 한국이 탄약 생산을 늘리는 데 필요한 자재를 제공한다. 한국 정부와 주월한국군 간의 지속적인 연락을 유지하는 데 필요한 통신장비를 미국 정부의 부담으로 제공한다.

이것은 산업화와 민주화에 성공한 21세기 벽두의 한국인이 '통일의 바탕 위에서 경제개발에 박차를 가하는 베트남'에 과거 몇 년간 얼마나 엄청난 신세를 졌는가에 대한 인식의 근거로 삼아야 한다. 또한 빈곤의 사슬을 끊고 떨쳐 일어서기 위해 젊은이들을 머나먼 전쟁터로 보내야 했던 쓰라린 과거를 제대로 기억하는 근거로 삼아야 한다.

한국이 1966∼67년에 베트남에서 벌어들인 돈은 2억360만 달러나 된다. 박정희 정권은 '외부의 원조로 호랑이 등에 올라타는' 시기를 맞고 있었다. 5천 년 대물림의 절대빈곤을 타파하고 기필코 경제부흥을 이룩하겠다는 그의 깃발은 순풍에 나부끼는 셈이었다. 그러나 정치에선 인권 탄압과 민주주의 억압이 불거지고 있었다. 뚜렷한 징조는 민간차관과 공영기업과 은행대출에서 흘러나온 정치자금이 학원과 언론으로도 유입되어 정치적 통제수단으로 쓰인 것이었다. 김형욱의 중앙정보부가 활동을 강화함으로써 정치적 통제가 확대되었다. 중앙정보부 요원은 학원, 신문사 편집국, 술집과 다방 등 곳곳에 나타났다. '남의 눈치를 보는 것이 전국적 신경과민의 증상'이 되어버렸다.

정치자금을 조성하는 방식의 변화는 필연적으로 권력 내부의 변화를 일으켰다. 공화당은 김종필 의장이 애초에 기도한 것과 정반대로 행정부 부속기관으로 전락했다. 공화당 내 육사 8기생 그룹의 영향력은 감소하기 시작하여, 곧 전날의 주류는 신비주류로, 전날의 비주류는 신주류로 불리게 되었고, 당내 파벌투쟁이 급속하게 첨예해졌다.

한국경제가 성장의 토대를 준비하고 한국정치는 갈등의 뿌리를 키우던 1966년, 박태준은 정치에 관심을 기울이지 않는 경제인으로 변신하는 데 성공했다. 대한중석의 만성적인 불합리 구조를 과감히 뜯어고쳐 흑자체계로 돌려놓으면서 실제 경영수업 기간에 탁월한 성적을 거두는 최고경영자로 거듭났다. 이제 그는 대한중석을 더욱 튼튼한 반석으로 올려놓는 가운데 종합제철소 프로젝트의 진척 상황에 꾸준히 관심을 기울이고 있었다.

1966년 5월 13일 IBRD가 '한국의 50만 톤 규모 제철공장 건설에 대한 타당성을 인정한다'라는 보고서를 경제기획원에 보내왔다. 1차 경제개발 5개년계획의 종료를 여섯 달쯤 앞둔 1966년 6월, 한국 정부는 다시 종합제철소 건설계획에 속도를 붙였다. 몇 차례 회의를 거쳐 국제차관단 구성을 더 늦출 수 없다는 결론을 내리고 6월 22일 경제기획원 부총리 이름으로 미국의 코퍼스·블로녹스·웨스팅하우스, 독일의 데마크·지멘스, 일본의 야하타제철·히다치조선소·미쓰비시전기공업 등 8개사에 국제차관단 구성에 관한 동의서를 발송했다. 7월 21일 경제기획원은 차관단에 종합제철소 건설사업을 위임한다는 계획안을 확정했다. 50만 톤 규모의 1차 설비를 1966년에, 같은 규모의 2차 설비를 1970년에 각각 착공하고, 외자 1억 3천892만5천 달러와 내자 2천350만8천 달러를 조달하며, 입지 후보지는 울산 태화강 동쪽, 부산 해운대의 공업지대, 삼천포, 기타 순위로 조사한다는 내용이었다. 1965년 늦가을의 '뭔가 되어가는 분위기'가 비로소 계획서로 등장한 것이었다. 다만 이번에도 변하지 않은 문제의 핵심은, '한국 종합제철소 탄생'이 '외국의 마음먹기'에 달려 있다는 점이었다. 그들이 이번에도 사업성공률이 낮아 보인다는 판단을 내린다면, 철을 직접 생산하려는 한국정부의 숙원은 또다시 무산될 조건이었다.

경제기획원은 의욕적으로 계획을 밀고 나갔다. 8월 9일 미국 코퍼스를 중심으로 9월 15일까지 국제차관단을 구성하기로 했다. 하지만 10월 들어도 성사는 불투명했다. 일본이 소극적으로 나왔다. 그럴 만한 이유가 있었다. 한국의 요청에 따라 사업조사단을 파견하고 조사보고서까지 제출하며 협조를 아끼지 않았던 일본은, 차관단 구성의 주도권이 미국 코퍼스로 넘어간 것이 불만이었다. 11월 16일 장기영 부총리는 일본 업계의 참여를 기다리지 말고 국제적으로 공신력 있는 회사들을 망라한 국제차관단을 조기에 구성하라는 공한을 포이 회장에게 발송했다. 이에 따라 미국 피츠버그에서 한국 종합제철소 건설 지원을 위한 국제차관단 구성회의가 개최되었다. 코퍼스·블로녹스·웨스팅하우스 등 미국의 3개사, 독일의 데마크·지멘스, 영국의 엘만, 이탈리아의 임피안티 등 4개국 7개사가 4일간의 협의 끝에 마침내 대한국제제철차관단(KISA : Korea International Steel Associates)을 정식으로 발족했다. 한국 언론에 '종합제철소 건설의 찬란한 무지개'처럼 보도된 제1차 KISA회의의 합의사항에서 두드러지는 점은, 한국의 종합제철 건설을 위해 차관단이 1억 달러, 한국이 2천500만 달러를 출자하여 차관단과 한국 정부가 합의한 장소에 1967년 봄까지 공장을 착공하도록 최선을 다한다는 것이었다.

일본이 껄끄럽게 나오면 꾸물댈 여유도 이유도 없이 일본을 빼버리고 서방 선진국들의 손만 잡아도 얼마든지 종합제철을 건설할 수 있다고 판단한 경제기획원이 딱히 틀린 것은 아니었다. 아니, 틀리지 않아 보였다. '베서머 제강법'이 증명하듯 영국은 산업혁명의 본거지답게 철강기술의 발전을 이끌어온 나라이고, 1966년에는 제철기술이나 조강능력에서 미국이 가장 앞서는 나라였다. 그러니 일본이 자존심을 내세우며 엉덩이를 뺀다고 해서 한국이 매달려야 하겠는가. 그때 국민 정서나 감정으로는 더욱 그랬다.

일본은 어떻게 보았을까? 일본 경제기획청 관료들은 한마디로 국제 컨소시엄으로는 위험한 프로젝트라고 판단했다. '고로는 이탈리아, 전로(轉爐)는 독일, 압연은 오스트리아, 미국 등 제 각각의 기술과 설비가 개별적으로는 우수할지 모르지만 컨소시엄 형태로는 일관적인 기술 체계를 필요로 하는 종합제철소에서는 위험한 구상이다.' 이 판단에 근거해 그들은 한국 종합제철 건설에 참여하려는 후지제철과 야와타제철 경영층에 부정적 의사를 전달하고 한국 경제기획원으로 불참의사를 통보했다. 그런데 세상의 인연은 기묘한 데가 있다. 그 불참판단을 결정한 아키자와 쇼이치가 불과 3년 뒤에 '한국 영일만'에 타당성 조사를 하러 왔다가 그만 박태준에게 감동을 받게 되는 것이다.

김철우와 신격호의 준비도 있었다

한국 관료들이 종합제철소 건설을 위해 백인들과 접촉하여 일차적 중대 결과물인 KISA를 꾸려내는 동안에 박정희의 밀명을 받은 박태준은 도쿄 출장을 가는 기회마다 종합제철에 깊은 관심을 기울이며 철강 전문가들과 만나곤 했다. 이 시기에 그가 소중한 도움을 받은 재일동포 두 사람이 있었다. 김철우 박사와 롯데 사장 신격호였다.

1965년 가을의 어느 날이었다. 박태준은 대한중석 도쿄 주재원인 주영석에게 특별 지시를 내렸다.

'동경대학교 생산기술연구소에 근무하는 김철우 박사를 모셔 오라.'

1926년 일본에서 태어난 김철우. 아버지는 경남 의령, 어머니는 합천이 고향이다. 열심히 일해도 가난을 벗어나지 못한 부모 슬하에서 김철우는 희망의 끈을 놓지 않고 금속학도의 길을 택해 도쿄공업대학, 도쿄대 대학원에서 공부한 뒤 도쿄대 생산기술연구소에 둥지를 틀었다. 그는 첫 봉급이 1만2000엔이었다는 것을 늘 잊지 못한다.

김철우는 한국에서 왔다는 어떤 사장이 만나자고 하는 느닷없는 제안을 받고 조금은 긴장한 마음가짐으로 도쿄의 고급호텔 레스토랑으로 나갔다. 당시 그의 봉급으로는 출입하기 어려운 레스토랑이었다. 박태준과 김철우의 첫 만남. 김철우의 한국말이 어눌해서 일본말도 유창한 박태준이 일본

말을 써야 했다. 김철우는 인생의 황혼을 거니는 무렵에도 박태준과의 첫 만남을 좋은 추억으로 간직하게 된다. 이대환이 엮은 『쇳물에 흐르는 푸른 청춘』에서 김철우는 이렇게 털어놓았다.

이미 박 사장(박태준 대한중석 사장)은 제철소에 관심이 많았다. 아마도 박정희 대통령의 언질을 받았던 것일 텐데, 그 자리에서 박 사장이 그런 말을 안 했지만 나는 그렇게 직감을 했고, 나중에는 내가 적중한 거였다는 것을 알게 됐다. 첫 만남에서 박 사장이 나에게 제철소 건설에 대해 기술적으로나 여러 가지로 도와 달라고 부탁했다. 당시 낙후된 조국의 경제나 산업의 실상을 잘 아는 자이니치(재일조선인 2세) 지식인으로서, 제철이나 금속을 잘 아는 자이니치 엔지니어 학자로서, 두 손 들어 환영할 부탁이었지 주저할 부탁이 아니었다.

그리고 김철우는 박태준과의 첫 만남에서 특히 '망고'를 잊지 못한다.

첫 식사 자리에 후식으로 내가 먹어보지 못한 과일이 나왔는데, 아주 맛이 좋아서 내가 이름을 물었더니, 박 사장이 '망고'라고 알려줬다. 이렇게 우리의 첫 만남에는 망고가 남았는데, 가난하게 살아온 나는 그것을 '대단한 사람'이나 먹는 거라고 알게 됐지. 그 뒤로는 '대단한 망고'를 맛보게 해준 박 사장과 자주 만나게 되었고……

나중에 김철우는 고국의 종합제철소와 돈독한 인연을 맺게 된다. KISA가 작성한 한국 종합제철소 건설의 일반기술계획(GEP)에 대한 검토작업에도 참여하여 그것이 얼마나 엉터리이고 설비들이 어떤 중고품인가를 알아내게 되는데, 1971년에는 박태준의 초빙을 받아 포항종합제철 기술담당 이사로 부임하여, 제1고로 건설에서 기술자문을 하고 포철 2기(연산 270만 톤 체제) 건설의 계획위원장도 맡는다.

그러나 이 뛰어난 제철엔지니어의 인생에도 '분단 조국의 비극'이 관통한다. 103만 톤 체제의 포항제철 1기 준공 무렵인 1973년, 그는 졸지에 구속되어 무려 6년 6개월이나 영어생활을 하게 된다. '1970년에 한 번 입북(入北)한 경력'이 뒤늦게 밝혀진 탓이었다. 평양정권이 획책한 재일동포 북송사업 조류를 타고(남한은 '북송선'이라 부르고 북한은 '귀국선'이라 부른 '만경봉호'를 타고) 북한으로 들어간 동생네 가족과 상봉하기 위한 입북이었지만, 그때 살벌한 분단체제는 그런 인물을 간단히 '스파이'로 몰아세웠으니……

　1979년 늦가을에 스파이 혐의를 벗고 감옥을 나온 김철우는 그의 공로를 잊지 않은 박태준의 배려로 정부의 승인을 받아 1982년부터 포항제철에 복직하여 1989년까지 부사장, 포항산업과학연구원(RIST) 초대 원장 등을 역임한다. 자신의 처지야말로 분단 조국의 비극적 전형이란 인식을 뼈에 사무치게 하면서 원망도 절망도 없이 감옥살이 6년 6개월을 감당했던 그는 앞의 책에서 그저 담담한 회고를 남긴다.

　　한국 산업화의 기간(基幹)이 되었던 포항제철에 기여했다는 점이 자이니치로서 큰 보람이었다는 생각을 하고 있고, 당시의 극단적인 냉전체제는 나 같은 사람에게도 그토록 가혹한 고통을 안겼는데, 오늘날의 번영 앞에서 나는 박정희 대통령의 공적을 높이 평가한다.

　1965년 가을부터 1966년 봄까지, 그 언저리에는 박태준 아닌 또 다른 한국인이 '한국 종합제철 건설' 프로젝트와 관련해 도쿄의 김철우와 접촉하고 있었다. 롯데 신격호 사장으로, 그의 배후는 청와대 비서실장 이후락이었다.
　1966년 봄날을 기준으로 잡는 경우, 박정희가 중심에 서서 추진하고 있는 '한국 종합제철 건설' 프로젝트는 정부 관료들이 나서서 국제금융기관이나 선진국 철강기업 고위층과 교섭하는 가운데 박태준은 대한중석 사장으로서 그 프로젝트에 대한 공식적 직위가 없는 상태에서 치밀한 준비 작업을 해나가고, 그러한 움직임들과는 별개로 이후락에 의해 신격호도 그 프로젝트에 사업적인 관심을 기울이는 형국이었다.

일본에서 맨손으로 사업을 시작한 동포 신격호. 와세다대학을 나와 무슨 사업을 할까 고민하던 중에 '일본인들이 미군의 추잉껌을 좋아하지만 일본에는 껌 공장이 없다'는 데 착안하여 수공업식 껌을 제조했는데, 그 껌이 불티나게 팔려서 기업가로 우뚝 일어설 수 있었다. 롯데가 껌의 힘으로 초콜릿을 생산하면서 창업 100년의 일본 제과회사 모리나가, 메이지 등과 어깨를 나란히 하고 있던 시절의 어느 날이었다. 신격호는 서울에 나왔다가 굉장히 막강한 권력자와 만나게 된다. 안상기가 엮은 『우리 친구 박태준』에 신격호의 그때 회고가 담겨 있다.

고향(경남 울산) 친구이자 당시 청와대 비서실장으로 근무하던 이후락 씨가 나를 만나자고 했다. 이후락 씨는 나를 만나자 대뜸 이렇게 말하는 것이었다.

"현재 박 대통령께서 국가의 기초 산업이 될 제철소 건설을 계획하고 계시다네. 그러나 알다시피 우리나라에 뭐가 있는가? 기술이 있나, 자본이 있나. 그러니 계획만 거창할 뿐 이 일을 실행에 옮길 수가 없네. 그러니 자네가 좀 발 벗고 나서서 도와주게. 자네는 일본 정계에도 영향력이 있지 않은가?"

이후락 씨의 제안을 받은 나는 얼떨떨하지 않을 수 없었다. 제과업으로 성공을 거두어 유통업에까지 진출한 나였지만, 그리고 박 대통령의 산업입국에 대한 의지를 모르는 바는 아니었지만 그 제의가 금방 내 가슴에 와 닿는 것은 아니었다. 왜냐하면 우선 나는 철(鐵)이란 것에 관해서는 문외한이었기 때문이다. 내가 머뭇거리자 그 자리에 함께 있던 청와대 경제수석 비서관이 "철에 관해서라면 재일동포로서 일본에서도 유명한 K모 박사가 있으니 함께 의논해 보십시오"라면서 말을 거들었다.

신격호는 일본으로 돌아온 즉시 비서를 시켜 도쿄 근교의 지바(千葉)에 있는 '동경대학 산업기술연구소'의 김철우 박사를 찾으라고 했다. 그에게 김철우는 일면식도 없는 사람이었다. 이튿날 두 사람은 도쿄 시내의 한 중화요리 식당에서 만났다. 김철우는 '롯데'사장이 찾으니 응하긴 했어도 영문을 모르고 나갔다. 그러나 그의 얼굴은 곧 환하게 밝아졌다. 박정희 대통령의 비서실장이 종합제철을 세워 보라고 했다니, 조국을 위하여 무조건 돕고 싶었던 것이다. 이날 첫 만남에서 신격호도 김철우도 서로에게 마음을 열었다. 사업가는 일본인들이 높이 인정하는 고로 전문가가 한국인이라는 점에 긍지를 느꼈고, 고로 전문가는 일본에서 사업으로 명성을 날리는 기업의 경영자가 한국인이라는 점에 긍지를 느꼈다.

두 사람은 머뭇거리지 않았다. 쇠뿔도 단 김에 뽑는다는 조국의 속담을 실천하듯, 대번에 의기를 투합하여 연간 100만 톤 규모 종합제철소 기본기술계획(Master Plan)과 타당성 조사(Feasibility Study)에 착수했다. 신격호는 그때로서는 거금이었던 3천만 엔 이상을 투입했고, 그 작업에 몰두하기로 약속한 김철우는 그에게 후지제철의 나가노 시게오 사장을 소개했다. 나가노 사장도 적극 찬성하였다. 그의 협조를 받아 후지제철 기술자 22명과 도쿄대학의 전문인력 12명 등 34명이 작업에 합류했다. 그래서 8개월 만에 종합제철소 기본기술계획과 타당성 조사를 마치게 되었다.

김철우는『쇳물이 흐르는 푸른 청춘』에서 좀 더 구체적으로 기억했다.

롯데 신격호 사장이 비서를 시켜서 만나자는 연락을 넣고 차를 보냈다. 울산이 고향인 그는 나에게 동향의 이후락 씨로부터 "한국에서 제철소를 해봐라. 박정희 대통령이 어떡하든 하라는 엄명이다."라는 부탁을 들었다며 도움을 청했다. 나는 조국을 위해 좋은 일이니 도와 드리겠다고 답했다. 내 주변의 제철 전문가는 20명쯤 되었다. 특히 후지제철소 기술본부장으로 있는 은사가 중요한 사람이었다. 그 은사의 소개로 신 사장과 함께 후지제철 나가노 사장을 만나러 갔다.

이때 나가노 사장한테서 '터키'에서 온 제철소 관계자 얘기를 들었다. 터키에 50만 톤짜리 제철소를 짓기로 했는데, 중간에서 다 뜯어 먹히고는 20만 톤도 하기 어렵게 됐으니 도와 달라는 부탁을 하더라는 것이었다. 여기서 나는 '제철소 건설'과 '못난 권력'의 위험한 관계를 알아챘다.

초콜릿과 껌과 과자로 일본에 널리 알려진 신 사장은 나가노 사장에게 이렇게 말했다. "저는 얇은 것은 잘 만들지만 두꺼운 것은 못 만드는데 한국 청와대에서 김철우 박사를 만나면 잘 풀릴 거라고 하여 오늘 여기 같이 왔습니다." 이 자리에서 나가노 사장이 소개한 사람이 뒷날 포항제철의 JG(일본기술단) 단장으로 가는 아리가 부장이었다. 그도 돕겠다고 했다. 물론 롯데와 제철소는 멀어졌다.

신격호와 접촉하면서 '대한중석 박태준 사장'과 만난 사실을 알리지 않고 있던 김철우가 전격적으로 신격호에게 박태준을 소개한 때는 1967년 어느 봄날이었다. 그날은 처음으로 김철우가 먼저 신격호에게 만나자고 청한 경우였다. 그때까지 두 사람의 만남은 번번이 신격호의 연락으로 이뤄졌던 것이다. 그래서 김철우의 연구실로 찾아가는 신격호는 무슨 중대한 일이 생겼나 궁금증을 지녀야 했다. 앞의 책에서 그는 생생한 기억을 밝혀놓았다.

연구실 문을 열고 들어섰을 때, 나는 직감적으로 '아! 저 사람 때문에 나를 이곳으로 불렀구나' 하고 느꼈다. 그곳에는 짙은 눈썹에 형형한 눈빛을 하고 있는 호랑이 같은 인상의 한 사람이 앉아 있었다. 마치 거대한 산이 버티고 앉아 있는 듯한 강렬한 느낌을 주었다. 그가 바로 박태준이었다.

그날 밤, 우리 세 사람은 밤을 새우며 얘기를 나눴다. 그러는 동안 나도 모르게 점차 그에게 이끌려 들어가는 느낌을 받았는데, 지금 생각해 보니 그것은 내가 그의 신념에 찬 어조와 장부다운 기백에 이끌린 것만이 아니라, 마치 계곡을 흐르는 물처럼 맑은 서로의 교감 때문이었다고 생각된다.

박태준은 나에게 담백하고 솔직한 사람이라는 첫인상을 남겼다. 그 느낌은 20년이 훨씬 지난 오늘까지 그대로 남아 있다. 그는 산중의 물처럼 맑고 깨끗한 사람이다. 그러나 노자(老子)가 얘기하는 물처럼 그는 자기를 고집하지 않는다. 노자는 '최고의 선은 물과 같다'고 했거니와 만물을 이롭게 해줄 뿐 결코 다투지 않는 물처럼, 그는 오늘날까지 자기를 고집하지 않으면서도 결코 자신을 잃어 본 적이 없는 사람이다. 어떤 일본인은 그를 '고대 무사풍(武士風)의 인물'이라고 평가하기도 했는데, 그것은 그를 잘 모르는 데에서 나온 말이다.

그렇게 박태준과 나와의 첫 대면은 퍽 인상적으로 이루어졌다. 그는 그때 자신이 종합제철소의 기획 및 건설 책임자로 '내정'되어 있다면서 자신을 소개했다. 그의 설명을 들은 나는 그동안 조사해 두었던 자료를 그에게 넘겼다.

박정희와 박태준, 한국 관료들, 이후락과 신격호. 이렇게 1965년 하반기부터 1967년 상반기에 걸쳐 한국의 지도력은 종합제철 건설을 위해 움직이고 있었다. 답답하고 막연해도 그들의 마음은 바빴을 것이다. 오리가 몸통을 물속으로 빠뜨리기 위해 물속의 두 발을 분주히 젓고 있는 것처럼, 종합제철이 수면 아래로 가라앉는 사태를 막기 위해 흡사 그렇게 마음들을 젓고 있었을 것이다.

제철소는 포항 '어링불'로

한국 정부가 종합제철소 건설의 운명을 백인들로 구성된 KISA의 손에 맡겨놓은 1967년 새해 벽두, 북한은 철강생산에 신명을 올리고 있었다. 1967년 1월 2일 로동신문은 제1면을 '철'로 장식했다. '경제건설과 국방건설을 튼튼히 틀어쥐고 새해, 새 전투에서 새로운 앙양을 일으키자'는 제하에 황해제철소 천리마강철직장 2고로 철로공들의 새해 첫 작업 모습 사진을 곁들였다. 황해제철소 강철전사들은 새해 첫날 계획을 강철은 106.7%, 선철은 114.3%로 넘쳐 수행했다면서, 경제건설과 국방건설에 필요한 강철을 더 많이 더 좋게 생산하는 데서 반드시 승리하리라는 것을 의심할 바 없다고 했다.

이른바 '천리마운동'을 대대적으로 전개하며 전후복구사업 수준에서 한 단계 더 성숙한 경제로 진입하려고 몸부림치는 평양 정권이 철을 경제건설과 국방건설의 기반으로 인식하는 것은 서울 정권과 마찬가지였다. 그들의 그 자랑은, 평양 권력과 극단적 경쟁관계를 형성하고 있는 서울 권력이 '종합제철소 건설'에 분발하도록 자극하는 것이기도 했다.

1967년 1월 16일 독일 뒤스부르크에서 제2차 KISA회의가 열렸다. 프랑스의 엥시드가 추가로 참여, KISA는 5개국 8개사가 되었다. 제철소 건설에 필요한 제반 설비의 국가별 공급내역을 할당했고, 영국은 2천만 달러 차관제공에 대한 정부의 승인을 통보했으며, 2차 회의의 후속조치로 코퍼스 대표단이 내한하여 소요내자 조달 방안과 입지 후보지에 대한 타당성 조사를 실시했다.

제3차 KISA회의는 3월 13일부터 사흘간 미국 피츠버그에서 열렸다. 이 회의는 한국의 제철소 건설에 필요한 외자 규모를 총 1억 달러로 정하고 미국 30%, 독일 30%, 이탈리아 20%, 영국 20% 등으로 분담할 것을 확정했다. '뭔가 확실히 되어가는 분위기'가 잡히고 있었다. 그러나 모호했다. 차관 제공의 주체, 조달일정 등에 대한 '구체성'이 보이지 않았으며, 무엇보다도 '책임소재'가 빠져 있었다. '뭔가 확실히 되어가는 분위기'에 고무된 정부 관계자들은 이 허점을 제대로 간파하지 못하고 있었다. 그것을 제대로 문제 삼는 정확한 눈이 나타나지 않는다면, 한국정부는 KISA의 농간에 놀림당하면서 종합제철소의 꿈을 또다시 무산시킬 것이었다.

3월 7일 한국정부는 기쁜 소식을 받았다. 한국이 관세 및 무역에 관한 협정(GATT)에 가입되었다. 1995년 세계무역기구(WTO)로 대체될 때까지 세계무역의 질서를 관장한 GATT. 자주와 주체를 외치는 평양 정권은 가입 생각도 없고 가입할 방법도 없는 GATT. 여기에 세계 70번째 나라로 가입한 대한민국. 이 가난하고 조그만 신생독립의 분단국가가 세계로 진출할 수 있는 장사의 길을 민족중흥의 기회로 삼겠다며 주먹을 쥐고 술잔을 올렸다. 그 결의가 식지 않은 서울로 KISA 일행이 들어왔다. 4월 6일 오전 8시 30분 경제기획원에서 한국 장기영 부총리, KISA 대표 포이 회장이 '종합제철소 건설 가협정'을 체결하였다. 포이가 최종으로 내놓은 예비 제안서의 특징은 크게 두 가지였다. 1차 50만 톤 규모 건설비에서 외자 소요를 2천500만 달러 더 늘린 1억2천500만 달러로 추정한 것, 차관단이 소요 외자에 대한 차관을 주선한다는 것. 더구나 '차관'의 조건까지 등장했다. 미국과 서독이 각 30%, 이탈리아와 영국이 각 20% 조달하되 조건은 연리 6%로 3년 거치 12년 상환으로 한다는 것. 서명을 마친 두 사람이 환히 웃는 모습은 길이 남을 만한 역사적 장면이었다. 그렇게 남을 것인가는 여전히 전적으로 KISA의 판단에 달려 있었다.

그런데 그 가협정 문안은 '정확한 눈'이 덤벼들어 세심히 살피기도 전에 말썽을 일으켰다. 박태준이 요청했던 일본조사단의 소요예산 추정치보다 너무 높았다. 단번에 100만 톤을 짓지 않고 두 단계로 나눈 경우에도 일본의 것이 35%쯤 낮은 견적이었다. 한국정부는 깜짝 놀랐다. 박태준의 속지 않기 위한 장치가 적기에 제대로 기능을 발휘한 것이었다. 이래서 박정희는 종합제철소 건설과 관련한 아무런 직책도 없는 그에게 "계획 단계부터 직접 챙겨 보라"는 밀명을 내렸을 가능성이 높다. 몇 달 뒤에는 국제연합개발계획(UNDP)에 의뢰한 '종합제철소 건설계획 타당성' 조사결과도 나왔다. KISA의 계획대로 50만 톤씩 두 차례 나눠서 건설하지 않고 단번에 100만 톤 규모로 건설하면 총 공사비의 30~35%까지 절감할 수 있다는 견해였다. 이것이 알려지자 언론들은 KISA의 건설비 측정치와 함께 높게 책정된 차관금리에 대해 강도 높은 비판을 제기했다.

KISA를 미심쩍은 시각으로 보아온 박태준은 그때부터 그들을 몹시 못마땅하게 생각했다. 그러나 KISA와 공식적으로 교섭하고 협상하는 업무들을 죄다 경제관료들이 맡고 있었다. 그는 관료들이 KISA와 손잡고 추진하는 종합제철을 지켜보느라 속을 끓이면서 믿을 만한 사람들에게는 불만을 터뜨리곤 했다.

"우리는 임해(臨海) 제철소로 가야 하는데, 미국에는 임해 제철소가 없어.

피츠버그 제철소들은 주로 펜실베이니아 탄전의 석탄을 쓰고, 슈피리어호 서쪽 호안에서 나오는 철광석을 쓰고 있어. 호주 같은 외국에서 배로 싣고 와야 하는 우리 조건과는 천양지차야. 그러니 포이가 주도해서야 기술적으로 기대할 것이 뭐가 있겠어? KISA 놈들은 장사꾼들이야. 생각이 다른 나라들, 생각이 다른 회사들이 설비나 팔아먹을 꿍꿍이속으로 국제컨소시엄이다 뭐다 해서 뭉친 거지. 그것들은 한마디로 어중이떠중이야. 까딱하면 국가의 대들보가 무너지는 수가 생겨. 그러나 지금은 어떡해? 잘 살피면서 앞으로 나가는 거지."

'KISA에 대한 불만, KISA의 미심쩍은 행동에 대해 당차게 지적하고 개선하지 못하는 관료들에 대한 불만'을 가슴속에 가둬놓은 박태준은 다만 때를 기다리고 있었다. 그가 기다리는 '때'란, 2년 전 초여름에 박정희가 청와대 독대를 통해 그에게 밀지처럼 내렸던 특명에 걸맞은 공식 직위를 부여하는 그날이었다.

KISA의 불순한 장삿속이 들통 났으나 한국의 종합제철소 건설은 때마침 불어오는 '선거의 바람'에 실리며 앞으로 나아가고 있었다. KISA와의 가협정에 나온 대로 7월에 착공하자면 입지 선정을 더 늦출 수 없는 시기였다. 이미 자료는 준비되어 있었다. 몇 차례에 걸친 타당성 조사 보고서, 2월에 내한했던 코퍼스 기술진이 남한 전역을 답사한 결과 보고서. 가장 유력한 종합제철소 후보지는 삼천포와 울산으로 떠올라 있었다. 포항, 포항의 북방 20km에 위치한 월포, 군산, 보성도 포함되었다. 울산은 곧 제외되었다. 제철소까지 유치하기에 울산공단은 협소하다는 의견이었다. 5월 11일, 제6대 대통령선거가 실시된 바로 그날, 건설부는 한국종합기술개발공사와 이들 5개 지역에 대한 현지조사와 비교검토에 대한 용역계약을 체결했다.

박정희 후보와 윤보선 후보가 재대결한 대선의 결과는 1963년에 비해 판이해졌다. 4년 전에는 박 후보가 윤 후보를 아슬아슬하게 역전승한 박빙이었지만, 이번엔 박 후보가 유효투표의 51.4%를 획득하여 41%를 얻는

데 그친 윤 후보를 압도했다. 도시지역 득표율에서도 박 후보가 윤 후보를 앞질렀다. 1963년엔 도시지역에서 37.7%밖에 득표하지 못한 박 후보가 이번엔 50.4%나 얻으면서 서울만 따로 보아도 49%를 득표한 윤 후보에 비해 3% 뒤진 46%의 득표율을 기록했다. 이는 무엇보다도 '경제개발'에 대한 국민적 지지를 반영한 결과였다.

6월 8일엔 국회의원 선거가 있었다. 종합제철소 후보지로 떠오른 지역의 여당 후보는 '제철소 유치'를 주요 공약으로 삼았다. 객관적 실사가 진행되는 가운데 매우 유력한 후보지로 거론돼온 삼천포의 공화당 중진 김용순 후보는 그것을 제1공약으로 내걸었다.

6월 21일 종합제철소 부지선정에 대한 용역결과 보고서가 나왔다. 부지 조성, 공업용수, 항만, 전력 등 4개 부문을 집중적으로 검토한 결과, 포항이 1위를 차지했다. 위치는 현재 포항시 남구 대송면 송정동과 동촌동 일대의 영일만 안쪽 모래사장. 남한 10대 하천에 꼽히며 일찍이 찬란한 신라문화의 젖줄이 되었던 형산강 하구 옆의 모래로 된 대지였다. 신라인이 일본에 빛(문명)을 전하고 그곳의 왕과 왕비가 되었다는 이야기로 『삼국유사』를 빛내주는 「연오랑·세오녀 설화」. 그 공간적 배경인 곳이다. 여기에서 먼 삼천포의 김용순은 지역민에 대한 사과의 뜻으로 삭발했다. 마침 '영일만 모래밭'에는 일찍이 모든 것을 예언한 시(詩) 한 편이 있었다.

竹生魚龍沙 어링불에 대나무가 나면
可活萬人地 수만 사람이 살 만한 땅이 된다
西器東天來 서양문물이 동쪽나라로 올 때
回望無沙場 돌아보니 모래밭이 없어졌구나

정확한 연대는 미상이지만, 조선 후기 풍수지리가로 알려진 이성지가 송정동 일대의 영일만 백사장을 둘러보고 남긴 예언의 시다. '어룡사'란 그 백사장의 이름이다. 포항 사람들은 바다와 백사장을 통틀어 '불'이라 했다. 그래서 어룡사는 '어룡불'로 불렸고, 그것이 간이화 발음으로 '어링불'이 되었다. '죽'은 제철공장의 숱한 '굴뚝'을 비유하고, '서기'라는 서양문명은 물론 '종합제철소'를 뜻한다. 몇 년 뒤의 일이지만, 그의 예언대로 과연 '어링불'은 가뭇없이 사라져버렸다.

제철소 입지 결정은 결과적으로 비정치적이고 과학적이었다. 그러나 과정에는 김용순 의원의 삭발 사과가 보여주듯 정치권력의 치열한 유치경쟁이 개입했다. 박태준은 손을 놓고 있을 수 없었다. 정치논리가 객관적 데이터를 깔아뭉개는 것을 막아야 했다. 제철소는 입지선정이 곧 성패와 직결된다는 사실을 공부해둔 사람으로서 확실한 목소리를 내야 했다. 하지만 아직은 제철소와 관련된 어떤 직함도 없었다. 남몰래 박정희의 특명만 받아뒀을 뿐. 그래서 그는 대통령을 찾아갔다.

다른 많은 사람들은 포항이 아닌 곳을 지목했다. 경제기획원은 삼천포를 지목했다. 박태준은 박 대통령에게 포항이 제철소가 들어서야 할 적지라고 강력하게 주장했다. 당연히 다른 지역을 천거한 각료나 의원들로부터 미움을 살 수밖에 없었다. 그의 주장은 후에 입증되었다시피 정말 타당했다. 최종 선정지가 포항으로 결정된 이유 가운데 하나로서, 무엇보다 그에 대한 박 대통령의 깊은 신뢰를 빼놓을 수 없을 것이다.

이맹기(전 해군 제독), 『우리 친구 박태준』

1970년 4월 1일 포항제철 착공에 즈음하여 일본 3대 제철회사가 엔지니어들로 일본기술단(JG)을 조직하게 되는데, 그 초대 단장으로 와서 오랜 기간을 영일만에서 생활하는 아리가도 증언을 남겼다.

영일만 제철소 부지의 지형, 수리(水利), 해상(海象), 기상조건 등 상세한 데이터를 조사하면서 나는 진심으로 여기에다 제철소를 건설하고 싶다는 의욕이 솟구쳐 올랐다. 일본의 제철소들이나 세계의 많은 제철소들을 보아왔지만,

임해(臨海) 제철소의 입지조건을, 특히 자연조건을 이토록 완전하게 갖춘 곳은 본 적이 없었다. 누가 어떻게 조사해서 이 지역을 선택한 것인가? KISA가 구성되기 전부터 박태준과 접촉이 있었던 가와사키제철의 상무이사 우에노 나가미쓰의 조언이 큰 영향을 미쳤을 것으로 생각한다.

종합제철 부지 선정은 다음과 같은 일화도 남겼다. 정치적 이해관계를 뛰어넘은 박태준이 가장 적합하다고 강하게 건의하는 '포항'을 택하기 위한 박정희의 기지(機智)가 돋보이는데, 조갑제의 『박정희』에는 다음과 같이 재미난 장면도 등장한다.

당시 정계 실력자들 사이에서는 종합제철소 유치경쟁이 치열했다. 충남 비인은 김종필 의장의 연고지, 울산은 이후락 실장의 고향, 삼천포는 박 대통령의 대구사범 동창생이자 재계의 막후인물인 서정귀의 연고지 하는 식이었다. 포항만은 아무도 미는 사람이 없었다. 정부가 후보지 18개소를 대상으로 조사해보니 포항이 가장 적합한 곳으로 나타났다.

어느 날 박 대통령은 황병태 국장을 부르더니 김포로 가는 자신의 차에 동승하게 했다. 차중에서 대통령은 황병태의 무릎을 잡으면서 말했다.

"황 국장, 소신대로 이야기해주어야겠어. 종합제철 입지를 놓고 말이 많은데 어디가 제일 좋아?"

"다른 데는 미는 사람들이 있는데……. 사실상 포항이 제일 바람직한 것으로 판단됩니다. 미국 용역회사 보고서도 수심이 깊은 포항이 제일 좋다고 합니다."

"알았네. 포항은 미는 사람이 없으니 자네가 미는 걸로 하지. 나중에 경제동향보고회의 때 자네를 부를 테니, 그때 소신대로 이야기하게."

며칠 뒤 월례 경제동향보고가 청와대에서 열렸다. 황병태는 맨 뒷자리에 있었다. 보고를 경청하고 지시를 내리던 박 대통령이 갑자기 "뒤에 황국장 있나. 이리 나오게."라고 말했다.

"요새 종합제철소 입지를 둘러싸고 의견이 분분한 것 같은데 어떤가."

"실무적 입장에서는 포항이 적지라고 판단됩니다."

"왜?"

"바다 수심이 깊어 배가 드나들기 용이하고……."

황 국장은 미리 준비한 대로 자세하게 설명해갔다. 다 듣고 나서 박 대통령이 말했다.

"좋아. 그러면 포항으로 하지."

아무도 이견을 말하지 못했다.

종합제철소 건설에 유력 정치인의 이해관계를 차단하려는 박정희. 1961년부터 장장 7년에 걸친 노심초사와 굴욕과 인내의 시간을 이겨내고 마침내 종합제철소를 포항에 건설하기로 결정한 박정희. 이제 그에게는 가장 중요한 최후의 선택이 남아 있었다. 누구에게 맡길 것인가? 어떤 인물에게 한국 산업화의 명운을 건 그 막중한 국가대업에 대한 실질적인 창업의 대임을 맡길 것인가? 그의 머리와 가슴은 이미 확실한 답을 알고 있었다.

종합제철 기공식에 안 가다

KISA와 맺은 가협정이 출발 단계부터 말썽을 일으킨 탓이었을까. 제철소 입지선정을 마친 뒤 그들이 약속한 '착공의 7월'을 맞았으나, 7월이 다 지나도록 한국정부와 KISA는 가협정 다음의 기본협정조차 체결하지 못했다. 초조한 쪽은 한국정부, 특히 청와대의 주인이었다. KISA와의 기본협정 체결을 위한 실무교섭단을 미국으로 급파할 수밖에 없었다.

1967년 8월, 경제기획원 경제협력국장 황병태를 단장으로 한 실무교섭단이 도미를 앞두고 청와대로 들어섰다. 이 자리에서 박정희는 마침내 승부의 마지막 카드를 꺼내들었다. 참석자들에겐 불쑥 내민 것으로 보였겠지만 비장의 카드였다.

"대한중석은 2년 반 동안 박태준 사장이 경영을 잘한 결과 재무상태가 매우 건실해졌고, 더구나 박 사장은 제철소 프로젝트에 필요한 리더십과 뛰어난 경영능력을 갖고 있습니다."

박정희가 선언했다.

KISA와 체결한 문서가 정확한 눈과 처음 만날 시간이 다가오는 즈음, 대한중석 사장 박태준은 아시아, 미주, 유럽을 순방하고 있었다. 이듬해의 중석판매 협상을 위한 긴 여행이었다. 9월 8일 그는 런던 메탈마켓센터에서 한창 협상을 진행하는 중 전문을 받았다. 장기영 부총리의 지시를 받아 대한중석 고준식 전무가 띄운 것.

대한중석이 종합제철소 건설사업의 책임자로 선정되었음. 박태준 사장은 종합제철소 건설추진위원회 위원장으로 내정되었음. 즉시 귀국 바람.

3대 조건도 담고 있었다.

1. 대한중석은 외국차관협상과 교섭문제를 관장한다.
2. 대한중석의 정부 보유 주식에 대한 배당은 제철소건설 프로젝트로 전용 키로 한다.
3. 대한중석이 종합제철소 건설자금의 내자 충당분을 조달하지 못할 경우 에는 나머지를 정부의 재정자금에서 충당키로 한다.

이미 알고 있었던 것, 기어코 올 것이 왔다고 받아들인 박태준은 문득 자신의 나이를 생각했다. 마흔 살, 공자 말씀의 불혹(不惑)이었다. 흔들림 없이 무슨 일에든 도전할 나이에 이르렀다는 생각이 들었다. 그것이 여유와 심사숙고로 이어졌다. 그의 회신은 간단했다.

정부가 제시한 3대 조건대로 한다면 그 일을 맡겠음. 그러나 즉시 귀국하기는 불가능함.

대한중석 사장으로서 박태준에겐 아직 만나기로 약속한 한국산 텅스텐 수요자들이 기다리고 있었다. 그리고 종합제철소건설추진위원장 내정자로서 박태준에겐 고로의 원조로 알려진 영국에 살펴봐야할 종합제철소도 있었다.

9월 11일 월간경제동향회의를 마친 뒤에 이어진 정부여당 연석회의에서 박정희가 대한중석을 종합제철공장의 실수요자로 결정했다는 사실을 공표했다. 아직 유럽에 머물고 있는 박태준이 종합제철소의 지휘봉을 잡는 것은 단순히 시간문제로만 남게 되었다.

미국 피츠버그로 날아갔던 황병태 일행의 노력이 성과를 거두어, 9월 25일 코퍼스 샌드빅 부사장을 비롯한 KISA 대표 3명이 기본계약서 수정안을 들고 서울로 들어왔다. 다소 진전된 안이었다. 1억3천70만 달러를 들여 연산 60만 톤 규모의 1단계 제철소를 1972년 9월에 완성하며, 국제차관으로 9천570만 달러, 한국 정부가 내자 3천500만 달러를 조달한다는 것. 지난번 가협정에 비해 생산규모는 20% 늘어난 반면에 건설비용은 20%쯤 줄인 안이었다.

샌드빅 부사장은 IBRD의 건의서도 지참했다. 그것은 그들보다 먼저 서울에 도착한 서류로, 한국 정부는 이미 확인해두고 있었다. 차관의 열쇠를 쥔 것과 진배없는 IBRD는 네 가지 주의사항을 환기시켰다.

1. 단계적 제한 계약으로 할 것(즉, 공장을 두 단계로 건설할 것)
2. 계약 수행을 위해 국제적인 컨설턴트를 고용할 것.
3. 최근에 차관단이 건설한 터키, 브라질, 인도의 제철소를 견학할 것.
4. 제철소 가동 초기의 원활한 운영을 위해 외부기관과 관리 용역 계약을 할 것.

한국정부가 도저히 무시할 수 없는 IBRD의 충고는 한마디로 '너희는 외자도입과 거대 제철소에 대한 경험도, 능력도 없으니 전문기관에 용역을 맡겨야 하고 먼저 지은 공장에 찾아가 착실히 견학부터 해두라'는 지시였다. 한국 상공부는 순순히 터키 에르데미르제철소로 방문단을 파견했다.

9월 28일 경제기획원에서 경제관료 6명과 KISA 대표 3명 그리고 대한중석 대표 3명이 기본협정 체결을 위한 예비회담을 가졌다. 10월 3일 개천절, 단군이 처음 이 땅에 하늘을 열었다는 그 뜻 깊은 날, 종합제철 후보지로 결정된 포항에서 '종합제철공장 기공식'을 열기로 공표돼 있었다. 어떡하든 늦어도 10월 2일에는 한국정부 대표와 KISA 대표가 나란히 앉아 기본계약서에 서명을 해야 모양이 날 것이었다.

그러나 몇 가지 중요한 문제점들에 대해 양측 견해가 어긋났다. 특히 실수요자로 선정된 대한중석 대표들이 눈에 불을 켰다. 박태준의 '완벽주의' 원칙과 성품을 익히 아는 그들로서는 야무지게 살피고 따져야 했다. 예비회담은 10월 12일에 다시 만난다는 회의록을 남기고 끝났다. 기본협정 체결 없이 기공식을 열어야 하는 딱한 형편이 되었다. 불원간 KISA와 기본협정을 체결하기야 하겠지만.

귀국에 앞서 IBRD의 4가지 조건과 기본협정 체결 연기에 대한 보고를 받은 박태준은 비행기 안에서 잠이 오지 않았다. 그는 '한국을 모욕하는 4가지 조건'이라고 생각했다. 4번 항은 특히 목에 가시처럼 걸렸다. 초기에 공장을 직접 돌리지도 말고 회사를 직접 경영하지도 말고 외국 용역기관에 의뢰하라는 것은 국가적 차원으로 말하면 신탁통치와 같은 것이 아닌가? 기술식민지, 경영식민지의 종합제철회사로 출발하라는 주장 아닌가? 설상가상 기본협정안도 문제투성이라니. 그는 속이 부글부글 끓고 있었다.

'애초에 KISA 놈들은 IBRD 같은 국제금융기관과 직접 교섭하지 않는다고 했는데, 그게 차관 도입에 대한 책임 회피의 수단이고, 우리가 대들어서 옳게 하자, 정직하게 하자, 이렇게 맞서면 오히려 자기편들에게 프로젝트를 무산시켜 버리자고 로비할 놈들이었던 거지. 어중이떠중이 장사치들

인 거지.'

9월 30일 박태준은 김포공항에 내려 장기영 부총리실로 직행했다. 포항 종합제철 기공식을 사흘 앞둔 날이었다. 기공식 날짜의 명분은 '개천절'이 었다. 단군 이래 단일 규모의 최대 역사, 단군 이래 최초의 현대적 일관제 철소 건설, '산업의 쌀'을 생산하는 국가 기간공장 건설. 이것만으로도 개 천절에 기공식을 열어야 하는 이유는 충분했다.

장기영은 기나긴 산고를 거쳐 귀하디 귀한 옥동자를 얻은 어머니 같은 표정으로 박태준을 맞아 KISA와의 합의각서를 내밀었다. 건설추진위원장 내정자이니 당연히 서명해야 한다고 했다. 부총리가 귀국선물처럼 내놓은 그것을, 그러나 박태준은 그대로 받을 수가 없었다. 전혀 뜻하지 않은 거 절에 장기영은 어안이 벙벙할 노릇이었다.

"아직 정식발령을 받지 않았으니 서명할 입장이 아니지 않습니까? 또한 원안을 제대로 검토해보지 못했습니다."

철저함과 완벽함을 일의 원칙으로 삼는 박태준의 의사는 완강했다. 전자 는 명분이었고, 후자는 속뜻이었다.

"박 사장, 기공식이 사흘 앞입니다. 기공식 행사는 물릴 수 없습니다. 우 선 건설추진위원장 자격으로 여기에 서명하시고, 합의각서는 천천히 검토 하시는 것이 어떻소?"

"아닙니다, 추진위원장에 임명되면 저는 제철소 건설에 대한 전부를 책 임져야 합니다. 그래서 합의각서를 세밀히 검토하고 나서 다음의 일을 결 정하겠습니다."

부총리 집무실을 나온 박태준은 기본계약서 사본을 들고 미국변호사 자격 증이 있는 변호사를 찾았다. 김홍한 변호사가 있었다. 그는 곧바로 달려갔 다. 여독이 덮쳐왔으나 면밀한 법률적 검토를 지체할 수 없는 상황이었다.

그리고 박태준은 귀국 보고를 겸하여 청와대로 들어갔다. 대통령이 희망 찬 결의를 내비치며 그를 반가이 맞았다. 종합제철소 건설에 대한 어떤 우 려를 내비친다면 다 된 밥에 재 뿌리는 격이 될 것 같았다. 문득 박정희가 비장해졌다.

"우리가 오래 기다리고 준비했는데, 이제 때가 왔어. 나는 임자를 잘 알아. 이건 아무나 할 수 있는 일이 아니야. 어떤 고통을 당해도 국가와 민족을 위해 자기 한몸 희생할 수 있는 인물만이 할 수 있어. 아무 소리 말고 맡아! 임자 뒤에는 내가 있어! 소신껏 밀어붙여 봐!"

박태준은 가슴이 짜안했다. 순간적으로 내면의 저 밑바닥에서 불덩이 같은 무엇이 울컥 솟아올랐다.

김홍환 변호사의 검토의견은 박태준이 보고를 받았던 그 우려와 일치했다. 5개국 8개사의 자금 조달시기와 책임소재 등에 대한 명시가 없다고 했다. 다시 말해 언제든 KISA가 마음대로 발뺌해도 법률적으로 아무런 제약을 걸 수 없는 약정이었다. 이런 문서에 등장하는 '최선을 다한다'란 말과 똑같은 차원의 치명적 결함이었다.

이튿날 박태준은 서둘러 부총리 집무실로 들어섰다. 합의각서의 심각한 결함에 대해 단단히 확인할 작정이었다. 미리 약속 안 된 내방객을 비서가 막아섰다.

"지금은 만날 수 없습니다."

박태준은 눈썹을 치켜세웠다.

"이봐, 제철소는 국가적 중대사야! 그런데 도대체 진전은 없고 계약서도 엉터리란 말이야! 그래서 내가 직접 물어보려고 왔어!"

그의 목소리가 비서실을 쩌렁쩌렁 울렸다. 다른 사무실의 귀들을 쫑긋 일으키기에 충분한 고함이었다.

"아무리 그러시더라도 갑자기 오셨기 때문에 기다리셔야 합니다."

"뭐? 안에 손님이 있다는 거야!"

"그렇습니다, 들어가신 분이 나가셔야 합니다."

"웃기지 마! 어제 기분 나쁘게 했다, 이거잖아. 저리 비켜!"

거듭된 그의 고함에 다급한 구둣발 소리가 복도를 울렸다. 옆방의 김성곤이었다. 앞으로 몇 년 뒤에는 정치자금 문제로 박태준을 괴롭힐 악역에

서는 이가 갑작스런 소란의 목소리를 알아듣고 부리나케 달려나온 것이
다.

"어디 한번 봐!"

박태준이 부총리실 문을 열었다.

"야, 인마! 손님이 어딨어! 너희 같은 인간들을 그냥 두면 내가 역적이
되는 거야!"

그의 손목을 붙잡는 손이 있었다.

"박 장군, 참아야 합니다."

김성곤이었다.

이 장면은 날이 갈수록 퍼져나가 포항제철이 종합착공식을 할 무렵엔 한
국 재계에 모르는 사람이 거의 없을 지경이 되었다. 삼성그룹 이병철 회장
의 귀에도 들어갔다.

장기영은 한바탕 소동을 일으킨 박태준에게 기공식에 참여하라는 종용
을 접지 않았다. 그는 귀를 닫았다. 이번엔 '정식으로 임명되지 않았다'는
명분을 아예 들먹이지도 않았다. 종합제철소 건설의 실질적 책임자가 될
사람으로서 사전에 충분한 준비도 없이 무작정 기공식에 참여할 수 없다
는 이유를 똑 부러지게 밝혔다.

그의 기공식 불참 통보는 곧 박정희의 귀에 들어갔다. 10월 2일 오후에
그는 청와대로 불려갔다. 대통령이 화를 삭이는 표정으로 맞은편에 앉으
라고 손짓했다.

"왜 반기를 드나? 이것 봐, 너무 까다롭게 굴지 마. 그렇게 해서 적을 너
무 많이 만들면 일도 제대로 끌고 갈 수 없잖아. 복잡하게 생각하지 말고
일단 포항 가서 기공식부터 원만하게 끝마치고 와."

그는 애써 언성을 낮추는 대통령을 똑바로 쳐다보기가 민망스러웠다. 그
의 내면엔 두 세력이 겨루고 있었다. 국가대사를 위해 이실직고하느냐, 상
대가 없는 자리에서의 비판을 자제하느냐. 그는 몇 번이나 망설이다 어렵
게 입을 열었다.

"남을 헐뜯을 생각은 추호도 없습니다. 공연한 트집을 잡고 싶은 생각은 더욱 없습니다. 그러나 계약서에는 중대한 결함이 있습니다. 첫걸음부터 허술하면 국가대사가 어떻게 되겠습니까?"

"무슨 소리야?"

박태준은 찬찬히 계약서의 허점을 지적했다. 주의 깊게 듣는 박정희의 얼굴이 어두워졌다.

"내가 한 번 볼 테니 놓고 가게."

종합제철소건설추진위원장 내정자 박태준은 포항으로 내려가지 않을 결심이었지만, 대한중석엔 이미 종합제철 실무팀이 구성되어 있었다. 9월 11일 대통령이 월간 경제동향 보고를 받는 자리에서 대한중석을 종합제철의 실수요자로 지정한다고 공표한 뒤, 대한중석 고준식 전무가 유럽에 체류 중인 박태준과 연락을 취해 진작에 꾸려뒀던 조직을 즉각 가동했던 것

종합제철 유치를 경축하는 포항시민들

이다. 종합제철 실무팀은 고준식 전무 밑에 황경노 관리부장이 팀장, 노중열 개발실장이 부팀장을 맡고 있었다.

1967년 10월 3일 뜻 깊은 개천절 오후 2시에 종합제철 기공식이 포항시 공설운동장에서 성대히 열렸다. 수천 명의 주민들이 참석한 가운데 경제기획원 부총리, 건설장관, 상공장관, 재무장관 등 정부 각료들이 천막을 지키고 코퍼스의 샌드빅 부사장을 비롯한 KISA 대표단, 전력회사·건설회사·무역회사의 임원 등 많은 내외 귀빈이 참석했다. 내빈 소개를 맡은 경북 지사가 종합제철추진위원장을 호명하지 않았지만, 주민들과 내외 귀빈들은 아무도 그 점을 의아해하지 않았다. 한 사람만 확실히 알고 있었다. 장기영 부총리. 기공식장으로 이동하는 길에 자신의 해임소식을 들었던 그는 대범하게 감격적인 치사를 했다.

한반도에 하늘과 땅이 열린 지 4천300년 만에 우리는 마침내 선진국들의 도움을 받아 종합제철소를 건설하게 되었습니다. 제2차 경제개발5개년계획의 성패가 이 제철소 건설에 달려 있는 만큼 강철같이 굳센 책임감과 철석같은 단결로 우리의 과업을 성취해나갑시다.

그때 박태준은 서울 대한중석 사무실을 지키고 있었다. 장기영에겐 인간적으로 미안한 노릇이었으나 국가대사를 위해 어쩔 도리가 없었다. 당시그에게 남은 인간적 과제는 해임된 부총리와의 악연 아닌 악연을 푸는 일이었고, 들이닥친 태산 같은 국가적 과제는 기공식까지 거행했으나 자금도 기술도 오리무중에 빠져 있는 종합제철소의 암담한 내일을 타개해나가는 일이었다.

종합제철이 박태준의 어깨로

10월 8일 대한중석은 KISA와의 기본협정 체결을 위한 교섭권을 위임받았다. 박태준은 KISA와의 기본협정 체결을 연기하면서 굴종에 가까운 타협을 단호히 배제했다. 생각할수록 KISA가 괘씸했다. 감정을 앞세울 일은 아니어도 실망을 금할 수 없었다. 새로운 실무책임자로서 KISA에 합의각서의 내용과 조건에 대한 불만을 표시하고 '외국차관 도입 보장'을 요구했다. 5개 회원국이 못하면 8개사가 책임져야 한다는 것이 그의 주장이었다. 하지만 5개국이든 8개사든 '책임조달'을 약속하지 않았다. 자금 회수가 불확실한 가난한 나라의 대형투자에 들어갔다가 덮어쓸 수 있는 대형 손실에 대해 미리 예방하겠다는 뜻이었다.

박정희는 장기영의 후임으로 상공장관 박충훈을 경제기획원 부총리에 발탁했다. 박충훈은 그동안 종합제철 건설 프로젝트에도 깊숙이 관여해온 관료였다. 1967년 10월 12일 박충훈의 경제팀(한국정부)이 KISA와 종합제철 건설 기본협정에 서명을 했다. 두 주일을 더 끌었으나 이번에도 'KISA가 차관 도입에 대한 책임을 진다'는 내용은 포함되지 않았다. 그들이 손사래를 쳐대니 억지로 명시할 수도 없는 노릇이었다. 그것 때문에 장기영도 엔간히 속을 끓이며 답답해했을 것이다. 기자들에게 '종합제철병에 걸렸다'라는 평을 들을 정도였던 그는, 실무공무원들이 KISA의 기본계획에 대한 수정과 보완의 브리핑을 여러 차례 반복하자 이렇게 토로한 적도 있었다.

차트로 설명만 하고 있을 게 아니라 당장 일을 벌여놔야 한다. 일본이 제철공장을 본궤도에 올려놓기까지 약 60년간 속았다는 사실을 타산지석으로 삼아야 한다. 신중론도 좋지만 속는 게 곧 자산이요 코스트다. 각계의 비판을 받을 수 있지만 때로는 얻어맞을수록 쇠는 더 단단해진다.

11월 8일, 마침내 박정희가 청와대에서 박태준을 종합제철건설사업추진위원회 위원장에 임명했다. 추진위는 정부관료, 학자, 대한중석 임원 등 12명으로 구성되었다. 학자는 두 명이었다. 포항제철 창립기에 부사장을 맡게 되는 윤동석 서울대학교 공대 교수, 최형섭 한국과학기술연구원장. 관료는 다섯 명이었다. 정부 부처 간 업무조정을 위해 정문도 경제기획원 차관보를 비롯해 상공부, 재무부, 건설부에서 각각 차관보급이 차출되었으며, 공장부지 매입 및 조성 업무를 주관할 양택식 경북 지사도 포함되었다.

박정희가 박태준을 종합제철추진위원장에 공식 임명한 것은 어떤 의미였을까? 물론 기본적으로는 종합제철 건설의 대임에 대한 책임이 '박정희에 의해 공식적으로 관료들의 어깨에서 박태준의 어깨로 넘어갔다'는 뜻이었는데, 또한 그것은 이제부터 KISA가 'KISA의 야박한 장삿속을 경멸하는 인물이자 철저한 완벽주의자이며 사심 없는 애국주의자인 박태준'과 본격적이고 전면적으로 상대하게 된다는 중요한 뜻을 담고 있었다.

1965년 5월 박정희가 미국 피츠버그를 방문한 때부터 시작된 일이었지만, 1966년 11월 KISA가 출범한 뒤로만 보아도 꼬박 일 년이 지난 1967년 11월 7일까지 KISA의 한국측 파트너는 박태준이 아니라 한국정부의 경제팀 관료들이었다. 그러니까 그동안에 박정희가 강력한 의지로 추진해온 종합제철 건설은, 경제팀 관료들이 한국정부 대표로 전면에 나서서 KISA와 교섭하고 박태준은 KISA의 눈앞에 직접 나타나지 않는 자리에서 박정희를 보좌하는 모양새로 진행되었던 것이다.

'경제팀 관료들의 종합제철 건설'은 1967년 10월 12일 KISA와 기본협정을 체결하는 것으로 최대 성과를 거두었다. 과연 그 기본협정은 한국 포항에서 실현될 것인가? 11월 8일부터는 KISA와의 교섭권뿐만 아니라 협약 대표권이 박태준에게 일임되었다. 물론 경제팀 관료들은 '종합제철을 실제로 착공하는 그날까지' 박정희의 뜻을 받들어 종합제철 건설에 관한 국내외 업무에서 추진위원장을 조력하게 된다.

11월 10일 박태준은 첫 실무회의를 소집했다. 주요 주제의 하나가 종합제철공장 건설에 필요한 인프라 건설규모와 예산규모에 대한 논의였다. 그의 예견대로 첫 실무회의부터 관료와의 격렬한 설전이 벌어졌다. 공무원의 입장을 지키기 위해 단일 프로젝트에 대규모 예산을 배정하지 않으려는 관료주의와의 일차 논쟁 대상은 '항만시설의 규모'였다.

건설부에서는 항만규모를 일차로 5만 톤급 선박이 접안할 수 있도록 건설하고 나중에 증설이 필요해지면 8만 톤 또는 10만 톤급 규모로 늘려가자고 했다. 추진위원장은 10만 톤 이상의 선박이 접안할 수 있도록 만들고 앞으로 25만 톤급 규모까지 확장할 수 있도록 건설해야 한다고 맞섰다. 예산확보의 어려움을 먼저 고려하는 쪽은 제철소 현실에 대한 공부가 부족하고 미래에 대한 포부가 없는 반면, 상대는 그 둘을 겸비하고 있었다. 세계 각국의 제철소 실태를 조사한 박태준은 5만 톤급 규모의 항만시설은 너무 협소하여 제철소 규모도 확장할 수 없으며 경제성도 크게 떨어진다는 사실을 챙기고 있었다. 또한 그는 제2차 경제개발5개년계획의 핵심 사업인 대규모 종합제철소를 성공시켜 단순히 수입대체에 머물 것이 아니라 철강을 전 세계에 수출하겠다는 원대한 포부를 품고 있었다. '저비용 고품질'의 철강제품을 수출하는 대한민국. 이 꿈이 불혹(不惑)의 생일을 막 넘긴 그의 가슴속에는 커다란 알처럼 숨 쉬고 있었다.

박태준에게 첫 실무회의 결과를 보고받은 박정희는 예산문제를 직시하고 주저 없이 업무의 원활한 추진을 뒷받침하기 위해 '종합제철건설일반지침'을 관계자들에게 배포했다. 제철소 건설에 실수요자의 부담을 최대한 억제하고, 실수요자의 부담한계를 초과한 부족액은 정부가 보전하며, 국내 철강업의 합리적 육성을 위해 '철강공업 육성법'을 제정한다는 내용이었다.

박태준은 추진위의 법적 근거가 미약해 법률행위와 금융행위에 장애요소가 많다고 판단하여 '상임위원회'를 구성하고, 여기서 중심이 되어 회사설립의 문제를 검토하게 만들었다. KISA의 야박하고 모호한 태도로 차관도입이 여전히 불안한 미해결의 과제로 남긴 했지만, 이렇게 1967년 11월 들어 포항에 종합제철소를 세우겠다는 유사 이래 최대 공사는 '뭔가 실제로 되어가는 모양새'를 갖추는 중이었다.

나도 주주를 해봤으면

박태준 앞에는 종합제철소 건설과 관련해 당장 덤벼야 할 세 가지 시급한 문제가 기다리고 있었다. 대한중석 주주 설득, 회사설립의 형태, KISA와의 교섭.

대한중석에는 민간 주주들이 많았다. 당연히 그들은 대한중석의 이익 잉여금과 보유자금을 종합제철소 건설자금으로 사용한다는 정부의 결정에 반발했다. 대주주인 정부의 일방적 횡포라면서 먼저 주총을 열어 현재의 사업항목에 종합제철사업을 추가할 것인가에 대한 의견부터 물어야 한다고 목청을 높였다. 자신들의 배당금을 날리고 회사의 경영상태를 다시 악화할 수 있는 사안이었기에, 이는 공공의 이익보다 개인의 이익을 훨씬 더 중시하는 자본주의적 시스템에서 비난할 수 없었다.

박태준은 민간 주주들의 우려와 입장을 충분히 이해하고 있었다. 유일한 방법은 설득이었다. 설득에 성공하려면 실리적 대안과 정서적 접근이 동시에 필요했다. 그가 마련한 실리적 대안은 회사의 부담을 최소화하는 내용, 즉 종합제철사업을 대한중석의 신규사업으로 추가하지 않고 별개 사업으로 분리하여 추진하되 종합제철 회사가 설립될 때까지만 대한중석이 제철 업무를 대행한다는 것. 그가 들고 나간 정서적 접근은, 반(反)자본주의적 요소로 분류해야 하는 애국심에 호소하는 내용이었다. 조국 산업화의 명운이 걸린 대사업을 위해 최소한의 개인적 희생을 감수해야 하지 않겠느냐는 것. 그의 설득은 효험이 있었다. 정치권력이 거의 절대적 권위주의를 행세하는 세태에서도 권력에 의지해 힘으로 밀어붙이려 하지 않고 합리적 방법의 최선을 선택한 박태준의 방식이 작은 성공을 거두는 순간이었다.

온갖 아우성이 들끓은 대한중석 주주총회를 그래도 '사장의 뜻대로' 무사히 마친 날이었다. 임원들과 가볍게 한잔을 나누고 귀가한 박태준은 아내 앞에서 고개를 절레절레 흔들며 이렇게 토로했다.

"나도 주주라는 걸 한번 해봤으면 좋겠어."

박정희와 세 번 토론한 결과

종합제철을 어떤 형태의 회사로 설립할 것인가. 대통령은 '특별법에 의한 국영기업체'로 하자고 주장했고, 추진위원장은 '상법상의 주식회사'로 하자고 주장했다. 이는 매우 중대한 선택이었다. 회사설립 형태에 따라 경영통제, 의사결정, 정부간섭, 자금조달, 세금혜택, 배당정책 등 관리운영의 모든 요소가 큰 영향을 받기 때문이다.

국영기업체 형태는 감시와 통제가 심해 관료적인 관리운영이 이루어질 단점이 있지만, 재정지원과 조세감면의 혜택에 용이한 장점이 있다. 민간기업체 형태는 경영효율성을 살리고 시장의 상황에 민첩하게 능동적으로 대처할 수 있는 장점이 있지만, 초기부터 소요되는 막대한 투자자금을 자립적이고 주체적으로 조달하기에 어려운 단점이 있다.

박태준은 대한중석을 경영하는 수업에서 관료주의와 정부의 간섭이 국영기업체에 끼치는 폐해를 체험했기에 종합제철은 정치적 영향과 관료의 간섭을 적절히 막아낼 수 있는 상법상 민간기업 형태로 가야 하며, 미래의 언젠가는 민영화하게 될 것이라는 판단을 오롯이 세우고 있었다. 이 문제를 놓고 두 차례나 박정희와 길게 토론했다. 대통령이 좀처럼 물러서지 않을 눈치였지만, 그는 양보하거나 포기할 사안이 아니라고 판단했다.

청와대에서 세 번째 토론이 벌어졌다. 박정희와 박태준은 1962년 국가재건최고회의에서 국영기업인 '대한중공업공사'를 '인천중공업주식회사'로 바꾼 당시의 기억들도 들춰냈다. 서로가 선명히 기억하는 일이었는데, 박태준은 상공담당 최고위원이었으니 직접 관장한 업무이기도 했다. 국영기업을 주식회사로 전환한 그때는 경영의 자율성과 효율성을 고려했을 뿐만 아니라 법률을 제정·공포하여 민영화 전망도 제시했었다. '인천중공업주식회사법'에서 가장 주목할 점이 "정부가 소유한 주식을 매각할 수 있다"라는 것이었다. 멀리 내다보며 정부가 소유한 주식을 민간자본에 불하할 수 있는 길을 열어둔, 다시 말해 장기적인 전망으로 민영화의 길을 열어둔 정책적 결정이었던 것이다.

여러 개비의 담배를 태운 박정희가 결론을 내리듯 걱정스레 말했다.

"명치 30년 이후 세워진 일본 제철소들을 보아도 50년 이내에 적자를 모면한 제철소가 없었어. 자네는 민영기업으로 가서 어떻게 하겠다는 거야? 종합제철 설립에 관한 특별법을 제정하여 그것에 근거해서 회사를 만들고, 단서 조항에다 매년 회사를 경영한 결과를 정부 감사기관이 감사하기로 하고, 감사 결과 경영진이 올바르게 최선을 다했는데도 적자가 난 것은 정부의 예산으로 보증할 수 있다고 달아놓으면 돼. 이러면 자네도 회사를 경영하기가 쉽지 않나?"

박정희는 근대 일본의 종합제철 역사를 꿰차고 있었다. 일본도 철강업을 국영(관영)으로 시작했다. 1896년(메이지 29년)에 건설한 야와타제철소가 그것이다. 언제나 국가의 목적에 따라 통제도 받고 비호도 받던 야와타제철소가 주식회사로서 야와타제철소와 후지제철소로 분리된 때는 태평양전쟁이 끝난 뒤였다. 그러니까 국영으로 출발해서 50년 가까이 지난 다음에야 비로소 자주적인 민간 경영이 가능해진 것이었다. 이때 일본은 '제철사업법'을 제정하여 항만 철도 공업용수 같은 인프라를 정부예산으로 건설할 수 있는 길을 열어주었다. 물론 박태준도 다 공부한 내용이었다.

그는 자신의 장래까지 염려해주는 대통령의 애정을 느낄 수 있었다. 그러나 바로 그것의 약점을 날카롭게 지적했다.

"염려해주시는 마음은 잘 압니다. 바로 그러한 단서 조항 같은 것 때문에 여태껏 국영기업체들이 적자를 내고 있는 겁니다. 최고관리자의 책임의식이 희박해져서 그렇다고 봅니다. 모든 책임을 맡겨주십시오."

책임감. 이 말은 그의 진심이었다. 민영기업의 형태로 가야 자신과 함께하는 동료들의 책임의식도 그만큼 강렬해질 것이었다. 제철소에 인생을 건다는 각오를 세운 그가 내친걸음에 제철소 장래의 비전을 피력했다.

"우리가 국내 수요만 생각하는 제철소를 만들 수야 없지 않습니까? 국제경쟁력을 확보해서 수출해야 합니다. 수출 대상 국가를 감안하면 일차적으로는 일본과 미국입니다. 일본은 차치해도 미국에 수출한다고 했을 때,

특별한 설립법에 따라 설립된 제철소는 반드시 심각한 문제와 부닥칩니다. 미국은 무역에 대한 규제가 까다롭지 않습니까? 한국정부가 경영하는 제철소라 하면 규제조치를 받을 수밖에 없을 것입니다. 덤핑 제소 같은 말썽이 생기게 됩니다. 제철소 장래에 대한 이런 고려도 매우 중요하지 않습니까? 국내 수요도 충당하고 수출도 당당하게 해내는 제철소를 만들고 싶습니다."

박정희가 미소를 머금었다.

"임자한테 졌어. 좋은 방법을 강구해봐."

대통령을 설득한 박태준은 설립형태의 장단점을 세밀히 비교해 장점만 결합한 제3의 회사형태를 고안했다. 상법상의 민간기업 형태로 설립하되, 재원마련을 위해 정부가 지배주주가 되도록 지분을 인수하는 방식이었다. 정부 관리들은 반대했다. 그는 종합제철소 건설계획에 성공하려면 경영의 자율성, 경영자의 책임감, 조직의 기동성을 반드시 보장해야 한다고 역설했다. 최후 선택은 대통령의 몫이었다. 박정희는 박태준의 주장을 지지했다.

포항종합제철주식회사 탄생과 안개

종합제철소 건설에 소요될 자금 조달. 이 과제에서 심각한 불안덩어리는 여전히 KISA의 태도였다. 미국보다 더 적극적이고 우호적이던 서독의 태도에도 적신호가 들어와 있었다. 통영 출신의 재독(在獨) 작곡가 윤이상을 끝내 조국으로 돌아오지 못하게 만든 이른바 '동백림 사건'이 양국관계에 나쁜 영향을 미쳤기 때문이다. 중앙정보부가 여름에 발표한 '동베를린 거점 북괴 대남적화공작단 사건'에 대해 1967년 12월 13일의 선고공판에서 사형 2명, 무기징역 4명 등 피고인 34명이 유죄판결을 받았다. 같은 분단국가로서 한국의 광부와 간호사를 대거 받아들이고 KISA에서도 한국을 두둔하는 편에 섰던 서독이 항의를 하는 중이었다.

박태준 위원장은 앉아서 기다릴 수 없었다. 한국의 종합제철소 건설을 위해 KISA가 수행했던 용역 결과에 대한 '검토용역'을 의뢰하기로 하고, 이에 대해 미국·독일·영국·프랑스·호주·일본 등 10개국에 제안서를 발송했다. 4개국이 긍정적 답변을 보내왔다. 1968년 1월 15일 용역의 조건에서 가장 유리한 내용을 담은 일본이 결정되었다. 원료부족과 지형조건 등 철강산업의 환경이 우리와 비슷한 일본 철강자문 용역단이 1월 29일 계약서를 보내왔다. 후지제철, 야하타제철, 니혼강관 등 일본의 대표적 철강기업 3사가 합동한 용역단은 사업발전계획, 일반기술계획, 최종 외환비용, 재무계획 등 총체적 검토 작업을 수행하기로 했다. 용역 결과에 대한 검토용역은 일본에만 맡겨둘 수 없는 사안이었다. KISA가 기피할 염려도 있었고, 우리가 비교해볼 또 하나의 객관적 자료도 있어야 했다. 박태준은 미국의 바텔연구소를 추가했다. KISA와 관계 깊은 바텔연구소를 택한 것은 그들의 인심을 얻어 보려는 구애작전이기도 했다. 일본측과 미국측 양쪽 다 계약 날짜는 2월 2일이었다.

정부는 1월 25일 대통령령에 의거해 '종합제철공장 건설사업추진위원회 규정'을 공포하여 추진위의 법적 권한을 뒷받침했다. 2월 14일 추진위는 사무실을 대한중석에서 서울 명동 유네스코회관으로 이전했다. 이날 종합제철 회사의 최초 자본금인 정부 출자금 3억 원과 대한중석 출자금 1억 원이 불입되었다. 이제 회사 탄생은 절차를 밟을 시간문제로 남아 있었다. 정관 작성, 발기인대회, 총회, 상호 결정, 창립식, 설립공고 등. 다만, KISA의 차관도입이 불확실하고 불안한 미결로 남을 테지만······.

박태준은 인재 확보에는 자신감을 가졌다. 진작부터 대한중석 인재들을 종합제철로 데려갈 생각을 굳히고 있었던 것이다. 한국 최고의 안정된 직장을 버리고 도전하는 쪽을 택해야 하는 그들에게 그는 힘차게 말했다.

"대한민국도 이제 밥 먹고 사는 것은 별 문제가 없다. 그러나 남자로 태어나서 밥만 먹다가 죽을 수는 없는 것 아니냐? 내가 세계 각국을 돌아보면서 수없이 한국을 일본과 비교하며 생각해봤다. 나는 한국인과 일본인 사이에는 우열의 차이가 없다고 본다. 그런데 일본은 패전국이면서 잘 살고 있는데, 우리는 그렇지 못하다. 그러니 가자. 종합제철로 가서 우리가 함께 고생하면서 이런 상황을 극복하는 일에 앞장서 보자. 우리가 종합제철을 잘하게 되면 일본을 따라잡을 길도 열리게 된다."

대한중석의 똑똑하고 반듯한 인재들은 그의 호소를 받아 가슴에 공명을 일으켰다.

3월 4일 추진위가 창사 일정을 확정했다. 3월 6일 발기인 대회, 15일 창립총회, 20일 설립공고. 회사설립에 따른 발행주식의 모집방법은 재무장관으로부터 주식청약서를 받도록 한다는 결정도 내렸다.

회사 이름의 시안은 세 가지로 나왔다. 고려종합제철, 한국종합제철, 포항종합제철. 선택은 대통령에게 맡겼다. 박정희는 박태준에게 주저 없이 말했다.

"포항종합제철이 좋아. 이름을 거창하게 짓는다고 해서 성공하는 게 아니야."

박태준은 실질을 중시하는 대통령의 뜻을 새삼 확인했다. 비로소 '포항종합제철주식회사(POSCO)'란 이름이 역사에 등장하는 순간이었다.

3월 20일, 달포 전에 불입된 정부 출자금 3억 원과 대한중석 출자금 1억 원을 최초 자본금으로 삼아 종합제철 창립 주주총회를 개최한 이날, 박태준은 창립준비 책임자 신상은에게 회사 창립일을 잡아 보라고 했다. 실무자들은 뚜렷한 기준을 잡기 어려워서 유명한 역술인을 찾아갔다. 식당 개업 택일에도 온갖 정성을 바치는 한국 풍속이니까 살 떨리는 일이 아닐 수 없었다. 창립일 후보는 셋으로 나왔다. 3월 26일, 4월 1일, 4월 4일. 역술적 길일(吉日)이라는 점을 제외시켜도 저마다 특별한 의미를 지닌 날들이었다. 3월 26일은 건국(초대) 대통령 이승만의 생일, 4월 1일은 진정한 봄의 시작, 4월 4일은 청명. 그러나 찜찜한 맛을 풍기는 날들이기도 했다. 이승만은 말년에 다가설수록 성공한 대통령이 되지 못하는 길로 빠져버렸고, 만우절에는 어떤 약속을 걸든 허튼 수작으로 미끄러진다는 통념의 이미지가 짙고, 청명은 그 말뜻이야 기가 막히게 좋지만 한국인의 기분에

'4'자 겹침만은 피하고 싶은 것이고…….

박태준은 4월 1일을 찍었다. 속으로 3월 26일이 좋겠다며 만우절만은 피할 것이라 기대하고 있던 신상은이 가만히 거부감을 드러냈다.

"4월 1일은 만우절 아닙니까?"

박태준이 단호히 반문했다.

"우리나라에 언제부터 만우절이 있었어?"

이래서 포항종합제철주식회사(POSCO) 창립일은 4월 1일로 결정됐다. 그 때 창업준비 실무자들은 짐작하지 못했을 테지만, 종합제철 건설의 책임을 짊어진 박태준의 머릿속에는 두 개의 상관성에 대한 생각이 가지런히 정돈돼 있었다. 철(鐵)과 경제의 분리할 수 없는 상관성, 예비군 창설을 초래한 북한의 도발을 이겨내야 하는 철과 안보(국방)의 분리할 수 없는 상관성. 그런데 포항제철 창립일과 일치했더라면 뒷날에 한국 산업화시대의 국가적 기념일로 지정해도 좋았을 기념식이 그보다 두 달 앞서 열렸다. 2월 1일 착공한 경부고속도로가 그것이다. 김영삼과 김대중을 위시한 야당의 극렬 반대와 1·21사태의 후유증 속에서 박정희가 의연히 밀어붙인 경부고속도로……. 어쨌든 그렇게 "고소도로는 내가, 종합제철은 임자가" 맡자고 했던 박정희의 다짐대로 한국 산업화의 두 축은 건설의 대장정을 시작하게 되었다. 큰 차이는 있었다. 고속도로는 자금과 기술 조달이 준비됐으나 종합제철은 그 문제를 믿기 어려운 외국인들의 손에 맡겨놓은 상태였다.

1968년 4월 1일 오전 9시 30분, 서울 유네스코회관 3층 포항종합제철주식회사(이하 '포철'이라 약칭) 사무실. 역사적인 포항제철 창립식이 열렸다. 최초 불입자본금 4억 원으로 설립등기를 마친 회사의 박태준 사장을 포함한 임직원 39명과 내빈들이 참석했다. 화려하지도, 성대하지도 않은 식장이었다. 그저 소박하고 조촐했다. 마구간에 비할 바는 아니었지만, 빌딩에 비할 바도 못 되었다. 그러나 창립 사장의 목소리는 칼칼했다. 그의 말을 경청하는 창립요원들의 표정에는 결의가 서려 있었다.

모든 성공여부는 지금 이 시점부터 우리에게 주어진 직접적인 사명이며, 따라서 우리 자신의 잘못은 영원히 기록되고 추호도 용납될 수 없으며 가차없는 문책을 받아야 합니다.

모든 협의 또는 교섭 과정에서 한국적 행정풍토를 정확히 파악하고 납득하며 선의의 적응을 하여야 합니다. 이러한 점은 부문관리자급 이상의 재치 있는 사리판단에서만 기대할 수 있으며, 일에 대한 소신과 책임감으로만 효과를 얻을 수 있다고 생각합니다.

건전한 창업의 기반을 흔드는 전통적인 한국적 사회폐습의 침투력에는 과감히 도전하여 창업 시에 흔히 경험하는 사회사업적인 인사관리나 예산회계 관리, 물자관리가 되지 않도록 확고한 신념으로 모든 일을 계획하고 집행해나가는 것을 기본정신으로 삼아주시기를 강력히 요청합니다.

너무나 실용적인, 쇠토막처럼 딱딱하고 강건한 선언이며 맹세다. 직접적인 사명, 추호도 용납될 수 없음, 가차 없는 문책. 이 말들에는 벌써 목숨을 걸자는 비장미가 엿보인다. 한국적 사회폐습에 과감히 맞서야 한다는 주문에는 부정부패를 철저히 불식하고 인사 청탁이나 이권 청탁을 단호히 배격하자는 굳센 결의가 도드라진다. 창립사를 마무리한 이는 뒷날에 가서 '박태준에게 필생의 동지요 최고 참모였다'고 평가 받는 황경로 기획관리부장이었다. 박태준이 황경로에게 건넨 메모는 3가지 핵심정신을 담고 있었다. 첫째, 최저 비용으로 최고 회사로. 둘째, 금전과 물자에 대한 부패 근절. 셋째, 인화(人和). 박태준의 한 특징은 연설문을 누가 쓰든 자신의 뜻과 안 맞으면 수정을 지시하고 의문점을 확인한다는 점이었다. 이것은 자신의 말을 지켜야 한다는 책임감의 발로였다.

박태준은 네 가지 운영목표도 제시했다. 인화단결과 상호협조, 기술자 훈련의 적극추진, 건설관리의 합리화, 경제적 투자체제의 확립. 이에 따라 창설 회사의 조직은 2실 8부로 구성되었다. 비서실, 조사역실, 기획관리부, 총무부, 외국계약부, 업무부, 기술부, 생산·훈련부, 건설부, 포항건설본부.

창립요원엔 대한중석 인재들이 대거 포함되었다. 박태준의 말을 빌리면 '남자로 태어나서 밥만 먹다가 죽을 수는 없다'고 생각한 사내들, '한국인과 일본인은 우열의 차이가 없는데 우리가 종합제철을 잘해서 민족의 자존심도 세우고 우리도 일본처럼 잘 살아 보자'라는 사내들이 좋은 직장을 버리고 영일만으로 내려가겠다고 결정한 것이었다. 고준식 전무이사, 황경노 기획관리부장, 노중렬 외국계약부장, 안병화 업무부장, 장경환 생산·훈련부 차장, 홍건유, 김규원, 이종열, 이원희, 심인보, 김완주, 도재한, 이상수, 현영환, 이영직. 39명으로 출발했으나 곧 퇴사한 5명을 뺀 '창립요원 34명' 중 사장까지 16명이 대한중석 출신이었다. 박태준의 육사 후배로서 판문점에 근무하던 박철언을 소개해준 정재봉도 창립요원으로 참여했다. 이러한 인적 구성은 무엇보다 미래가 불확실한 신생 조직의 인화단결과 상호협조에 기여할 자산이었다.

대한중석 출신이 아닌 사람들로는 윤동석, 이홍종, 김창기, 배환식, 유석기, 최주선, 김명환, 이관희, 백덕현, 이건배, 육완식, 여상환, 권태협, 신광식, 박준민, 안덕주, 지영학 등이 창업요원에 이름을 올렸다. 비록 창립명

사무실에서 창립식을 치르는 모습

단에는 빠졌으나 대한중석의 박종태는 포항건설본부의 초대 소장이 되고, 박태준의 고향 후배이자 회계전문가인 박득표가 창립요원과 진배없이 합류하며, 머잖아 포항 출신의 이대공도 박태준의 청을 받은 포항 국회의원(김장섭)의 천거에 의해 입사한다.

1961년부터 무려 8년에 걸쳐 몇 번의 잉태와 유산을 경험한 포철이 간신히 법인으로 탄생했을 때, 포항 현지에선 이미 경상북도 주관으로 국유지 11만8천800평을 포함한 총 232만6천951평 공장부지 매수가 이루어지고 있었다. 그러나 포철의 장래는 여전히 암울한 안개에 휩싸여 있었다. 자꾸만 안개를 피워 올리는 곳은 포철의 외자도입을 맡은 KISA의 애매한 태도였다. 특히 미국과 독일이 부정적 태도를 견지하고 있었다. 포항 1기 건설의 총 소요예상 외자 1억900만 달러 중 도입이 확정된 것은 영국 1천500만 달러, 프랑스 1천300만 달러, 이탈리아 1천500만 달러 등 겨우 4천300만 달러였다. 나머지 더 큰 차관이 무산될 경우 확정된 그것마저 날아갈 처지였다. KISA를 통한 외자도입이 실패하고 새로운 길을 찾지 못한다면, 고작 4억 원의 자본금으로 태어난 포철은 '신생아' 단계에서 굶어죽는 운명을 맞아야 했다.

4월 8일 경제기획원은 KISA에게 기본협정상의 권리와 의무를 포철이 승계했음을 통보했다. 일본 철강자문 용역단, 미국 바텔연구소와의 용역계약도 포철이 이어받았다. 이제 앞으로는 박태준과 그의 동료들이 '신생아 포철'의 어버이로서 모든 책임을 떠맡아야 한다는 뜻이었다.

박태준은 치밀하게 희망의 시간표를 작성했다. 방대한 업무를 하나하나 빈틈없이 진행하는 한편, 정부 관료들과 함께 KISA를 접촉하면서 외자도입을 위해 노력해나갔다. KISA의 태도를 우려한 정부는 4월 16일부터 워싱턴에서 열리는 IECOK(대한국제경제협의체. 1966년 12월 파리에서 결성) 2차 총회에 기대를 걸고 종합제철 차관 1억916만9천 달러를 포함한 총 6억7천만 달러의 경제개발 차관을 요청했다. 하지만 겨우 4천269만 달러의 차관제공을 통보받았으며, 종합제철 차관에 대한 언급은 일언반구도 없었다.

불투명하고 불안한 상황 속에서 박태준은 그해 2월 2일 체결한 계약에 따라 4월 27일 일본철강연맹의 초청으로 일본에 가서 일반기술계획(GEP) 사전 검토, 기술자 훈련문제, 항만과 공장 건설의 공정관리 등을 의논했다. 그는 포스코 안에 구성할 GEP검토단을 매우 중요하게 보았다. 포철이 처음 경험하는 고급 제철기술을 다루는 과제이기 때문이었다. 한국정부가 KISA와 체결한 기본협정에는 '1968년 6월 20일 KISA가 GEP를 한국측에 제출하고 그것을 한국측이 30일 내에 검토해서 확정하기'로 돼 있었다. 이제 그 '한국측'은 포철이었다.

포철은 5월 초에 GEP검토단 구성을 확정했다. 윤동석 부사장이 단장, 유석기 기술부장이 팀장, 부문별로는 박준민이 제선설비, 신광식이 제강설비, 이상수가 일반설비, 이건배가 동력설비, 안덕주가 원료처리설비와 제철소 레이아웃, 백덕현이 압연설비와 전체 종합을 각각 맡았다. 박태준은 검토단의 역할에 대해 신중하고 정교한 결정을 내렸다.

'모든 제철설비가 생소하니 일본용역단과 함께 피츠버그로 떠나기에 앞서 충분한 여유를 갖고 먼저 일본으로 들어가서 제철소를 견학하고 어느 정도 사전 지식을 쌓은 다음에 일본측의 설비별 담당자와 일 대 일로 짝을 이뤄서 미국으로 출발할 것.'

이에 따라 포철 검토단은 5월 7일 일본으로 건너가 일본용역단과 GEP 주요 항목에 대한 체크리스트를 보완하고 제철소를 견학했다. 고로 4기, 연속식 열연공장, 냉연공장 등을 두루 갖춘 치바제철소와 홋카이도의 무로랑제철소였다. 이때 견학 소감을 백덕현은 이렇게 털어놓는다.

고로 높이가 110m였고 고로용 송풍발전의 구동용량이 최소 2만kw에서 3만kw였는데, 그 구조물의 높이는 상상을 초월하는 것이었고, 당시 우리나라 발전능력의 총량이 80만kw였으니 압도를 당할 수밖에 없었어요. 제선, 제강, 압연이라는 주력공장 외에도 코크스, 소결, 원료처리, 산소공장, 보일러공장, 발전소, 대형 항만설비, 공작공장, 각종 부대설비 등 모두가 우리의 상식을 완전히 벗어나는 내용이었어요. 그때 일본에서 첨단으로 알려진 무로랑제철소에서는 견학뿐만 아니라 질의응답도 많이 했는데, 비로소 종합제철소에 대한 어떤 감 같은 것을 잡게 되었어요.

5월 18일 포철검토단은 일본용역단과 함께 미국으로 건너가 바텔연구소 요원들과 결합해 20일부터 피츠버그에서 KISA의 GEP 초안을 검토하기 시작했다. KISA가 협정상의 일정보다 한 달쯤 앞당겨 그것을 마련한 것이었다.

포철검토단이 아무리 눈에 불을 켜도 일본용역단의 수준을 따라갈 수는 없었다. 일본용역단(JG)이 100여 개의 크고 작은 문제점을 지적했다. 그것을 한마디로 표현하면 'KISA가 제공하려는 기계설비는 엉성하기 짝이 없는 싸구려 결함상품'이었다. 코크스로도 없었다. 그렇기 때문에 고로에 필요한 코크스는 수입하지 않으면 안 되는데, 어떻게 구입해야할지 불분명했다. 따라서 일관제철소에 반드시 있어야 하는 코크스로의 가스에 의한 에너지 자급도 불가능했다. 자가발전 설비도 없었다. 철광석을 선처리하는 소결설비도 없었다. 제품은 후판과 핫코일이었지만, 압연기는 2기밖에 없었다. 이것만으로 분괴압연과 후판과 코일압연을 전부 처리한다는 것은 과거시대의 유물이라고 할 '간이 스트립 밀'에 불과했다. 자동차용 강판 등 고급제품의 제조를 기대하는 것은 난망한 일이었다. 소요예산도 장사치의 도둑 심보가 숨겨진 것이었다. 설비사양을 변경하고 또 변경하여 설비금액이 2천만 달러 가까이 상승해 1억1천200만 달러로 부풀어 있었다.

1970년에 포항종합제철을 지원할 일본기술단 단장으로 영일만에 부임하는 후지제철 기술부장 아리가는 그날로부터 사십여 년 세월이 더 흐른 뒤에도 이런 증언을 남긴다.

그때 KISA의 간사 회사인 코퍼스는 수년 전 이것과 거의 같은 설비를 터키에 판매해 제철소를 건설했지만, 그것이 순조롭게 가동되고 있지 않다는 것은 세계 철강업계가 다 아는 사실이었다.

허남정, 『박태준이 답이다』

아리가의 이 증언을 김철우의 회고가 뒷받침한다.

유태인이 하는 그 컨설팅 회사는 같은 제철 설비를 터키에도 팔아먹었는데, 결국 터키가 당했다. KISA의 프로젝트는 한국에 낡은 기계를 팔아먹기 위한 계획이었다. 포스코가 내게 그 계획서를 검토해달라고 보내왔는데, 계획은 엉터리였다. 60만 톤 계획이라면 실제로는 30만 톤 정도밖에 나오지 않는 내용이었는데, 이를 후지제철에 검토해 달라고 부탁했는데도 같은 의견이었다.

위의 책

KISA의 GEP를 검토한 결과를 보고 받은 박태준은 그의 얼굴에서 단연 타인의 시선을 끄는 '호랑이 눈썹'을 무섭게 치켜세웠다. 그동안 품어온 온갖 '미심쩍은 의문사항들'에 대한 결정적 증거를 잡은 것 같았다. 망연자실할 황당무계한 사기극에 대해 그는 치를 떨었다. 진작부터 코퍼스의 포이에게 달라붙어서 KISA 거간꾼 노릇을 하고 있는 아이젠버그를 당장 쫓아내고 싶었다. 그즈음에 서울로 들어온 박철언과 점심을 함께하는 자리에서 박태준은 분노를 감추지 않았다.

"종합제철과 같은 기간산업이 가져야 할 국가적인 좌표에 대해 확고한 신념은 어떤 경우에도 흔들려선 안 됩니다. 어떠한 사업이라도 성실함과 도덕성이 없는 상인(商人)이 개입하면 실패합니다. 지금 KISA의 주변을 얼쩡거리고 있는 아이젠버그의 그림자가 교활하고 싫습니다. 무섭습니다. 사업이 국제경쟁력이 없고 이윤이 보장되지 않으면 결국 국익에 해를 끼칩니다. 이것을 도외시한 계획은 죄악입니다. 제철에는 선진기술의 도입과 이전이 실현되지 않으면 안 되고, 필요자금의 해외 조달이 가능하지 않으면 안 됩니다. KISA는 내가 생각하는 필수조건을 충족시키지 못합니다."

박태준의 말에는 격정이 펄펄 뛰고 있었다. 박철언은, 그가 마음속으로 KISA와 교섭이 좌절되기를 바라는 것만 같았다. 그러나 박태준에게 당장 뾰족한 수가 있는 것은 아니었다. 부당성에 대한 문제를 똑바로 제기해서 바로잡도록 해야 한다, 이것뿐이었다. 물론 그는 결심대로 행동했다. 그때 일본에서 제철 기술자들과 자체적으로 KISA의 GEP를 검토한 신격호는 이런 회고를 남겼다.

그런 엉터리 공장을 짓는다는 것은 우리나라의 산업발전을 영원히 후진국의 늪으로 떨어지게 하는 것과 마찬가지였다. 그때 단신으로 그 부당성을 지적하고 나선 사람이 있었으니 그가 바로 박태준이었다. 박태준은 원리원칙에 입각해서 그 부당성을 지적하고 나섰다.

앞의 책

한국 관료들이 KISA에 매달려 있던 1967년 여름부터 이미 KISA를 '어중이떠중이 장사치들의 집합'이라고 못마땅해 했던 박태준. KISA에 맞서는 1968년 여름의 그가 지닌 치명적 약점은 포철에 자본도 없고 기술도 없다는 것이었다. 그래도 그는 KISA에게는 검증서류를 창처럼 들이댈 수 있었다. 자본도 기술도 전무한 포철 사장이 목에 박힌 가시처럼 여기는 존재는 따로 있었다. 아이젠버그. 오스트리아 국적과 이스라엘 국적을 갖고 일본을 중심으로 활개치고 있는 유대인 거상. 이승만 대통령이 한국 제철 산업의 걸음마를 시작한 것이었다고 평가할 수도 있는 1954년 대한중공업공사 5만 톤급 평로 제강공사 국제입찰 때 이미 아이젠버그란 인물이 개입했다고 밝혔지만, 1960년대에도 그는 한국 권력자들에게 막강한 위세를 떨치는 인물이었다. 그것을 단적으로 보여주는 장면이 채집돼 있다.

1964년 12월 박정희가 서독을 방문했을 때였다. 12월 7일 오전 10시 30분, 숙소인 쾨니히스호프 호텔에 도착하자 뤼브케 대통령이 박 대통령을 안내하여 들어섰다. 박 대통령 곁에서 통역을 하려고 바짝 따라 붙었던 백영훈 통역관의 증언.

"부동자세로 선 경호원들만 보이는 로비에 웬 서양인이 의자에서 신문을 읽고 있었습니다. 황당했지요. 그 순간 그는 신문을 천천히 접으며 박 대통령을 바라보며 웃더군요. 유태인 거상 아이젠버그였습니다. 순진한 박 대통령은 무척 반가워하면서 저를 통해 뤼브케 대통령에게 아이젠버그를 소개해 주었습니다. '우리나라를 잘되게 하기 위해 백방으로 도움을 주고 계신 아이젠버그 씨입니다'라고 말입니다. 그날 이후 박 대통령의 서독 체류 기간 내내 아이젠버그는 박 대통령 뒤를 따라다녔습니다."

조갑제, 『박정희』

그렇게 막강한 아이젠버그를 언제 어떻게 제거할 것인가? 가난한 한국 정부에 차관도입이나 공장설립을 주선하여 거대 이권을 챙기면서 KISA의 거간꾼 노릇까지 하고 있는 아이젠버그. 1968년 여름에는 아이젠버그가 박태준보다 훨씬 유리한 국면이었다. 아직 박정희나 박태준에게는 KISA를 대체할 어떤 카드도 없었기 때문이었다. 다만, 박태준은 KISA를 떨쳐내고 일본과 하면 좋겠다는 생각을 희망처럼 품고 있었다. 그러나 파트너를 교체할 방법론이 보이지 않았다. 무엇보다 일본 단독으로는 자금조달 문제를 감당할 수 없을 것 같았다.

박태준은 아이젠버그라는 목의 가시에 대해 우선 두 가지를 생각했다. KISA에 뻗친 그의 손을 최대한 약화시킨다. 포철에 자본과 기술이 확보되면 일절 상대하지 않는다.

1968년 상반기의 충격들

1968년의 첫 달이 가기도 전에 온 나라는 발칵 뒤집혔다. 1월 21일 북한 124군부대의 청와대 기습사건이 발발했다. '김신조'란 불행한 사람을 분단의 희생양으로 역사에 아로새긴 그 사건은 무려 36년 뒤에 영화 〈실미도〉 탄생의 씨앗이 되기도 하지만, 당시 '반공의식'으로 뭉친 국민의 치를 떨게 하고 분단의 골을 더 깊게 한 비극이었다. 상대를 적대적으로 자극하여 자신의 통치체제를 더욱 공고히 하고 정당화하는 분단체제. 소련파, 남로당파, 연안파를 차례로 숙청하고 평양 정권을 완전히 장악한 김일성과 항일 빨치산 출신들이 주도한 1·21사태는 남한의 반공옹벽을 한층 강화시켰다. 확고한 안보의식 고양, 박정희 정권에 대한 지지도 상승, 남한에 군대를 주둔하고 있는 미국에 대한 고마움 확인, 김일성 정권에 대한 규탄, 향토예비군 창설, 학생군사훈련 실시……

박정희는 1·21사태에 충격을 받아도 당황하지 않았다. 그런 점은, 그때 베트남 가는 길에 잠시 서울을 찾은 장도영과 해후하는 여유로도 나타났다. 국가재건최고회의 의장을 지냈으나 1962년 8월 군사법정을 거쳐 미국으로 떠나야 했던 사람을, 그는 비상시국 중에도 청와대로 초대했던 것이다.

혹한의 서울거리는 종로경찰서장 최규식 총경 등 희생자들을 애도하는 슬픔에 잠겼다. 그러나 놀랐던 가슴을 진정시킬 여가도 주지 않은 1월 23일, 평양의 강경파들은 거듭 대범한 도발을 감행한다. 이날 정오 무렵 동해의 공해상에서 북한군 초계정이 미 해군 장교와 민간인 등 83명을 태운 정보수집 보조함 푸에블로호를 나포했다. 이에 미국이 소련을 통한 외교교섭과는 별도로 핵항공모함 엔터프라이즈호를 동해에 급파함으로써 한반도는 일촉즉발의 초긴장 상태에 파묻혔다. 이 사건은 지루한 협상 끝에 미국이 영해침범 사실을 인정하는 서류에 서명함으로써 11개월 만에야 무력충돌 없이 일단락된다.

1968년 벽두에 모든 한국인을 경악시키고 세계인의 이목을 집중시킨 두 사건은 4월 1일 한국의 향토예비군 창설로 이어졌다. 바로 포철이 창립한 날이다. 그만큼 종합제철소엔 안보적 고려도 깊었다.

반공의 총궐기가 좀 가라앉은 1968년 초여름부터 한국정치는 불안에 휩

싸웠다. 여당 내부에선 서서히 후계자 문제로 분열과 파벌의 양상을 드러내는 중이었다. '대통령 3선 불가'를 규정한 헌법 때문에 집권당 내부에서 일어난 박정희 후계자 선정 문제. 이는 협상보다 헤게모니 선점을 위한 권력투쟁으로 접어들 공산이 높았다. 실제로 그런 파장이 일어났다. 1968년 5월 24일 국회의원 김용태는 김종필 의장을 박정희의 후계자로 옹립하려다 공화당에서 제명됐다. 당기위원회는 그의 제명 이유를, 그가 김종필 의장의 당권장악을 위해 '국민복지연구회란 명목으로 900여 명의 전 사무국 요원을 규합해서'라고 밝혔다. 제명된 김 의원은, 1970년까지 후계자 경쟁을 자제하라는 박 대통령의 명을 거역한 데다 '당중당(黨中黨)'을 만들어 분파행위까지 했다는 비난을 받았다. 국민복지연구회는 박 대통령의 3선을 허용하는 개헌에 반대한다는 전략문서를 준비했었다. 5월 30일 김종필 의장은 복지회 사건에 대한 강력한 항의로 당 의장직을 사퇴하고 탈당함으로써 의원직을 상실했다. 비주류가 당권을 완전히 장악하게 된 셈이었다.

물론 박정희는 1971년에도 청와대의 주인으로 있었다. 1971년 4월 실시된 제7대 대통령선거에 공화당 후보로 출마해 신민당 김대중 후보를 이기게 된다. 1968년 헌법은 명백히 '대통령 3선'을 금지했다. 그렇다면 마땅히 3선을 허용하는 이른바 '3선개헌'을 선행해야 했다. 물론 박정희를 위해 그렇게 되었다. 서울 한복판의 이러한 정치적 파동은 영일만의 박태준마저 집적대려 하고 있었다. 하지만 당사자는 예견할 수 없었다. 아예 그쪽으로 쳐다보지 않는 탓이었다. 어느 날 갑자기 그것이 자기 앞에 닥쳐왔을 때, 그가 대처한 방식은 칼로 무를 베는 것과 흡사했다.

롬멜하우스와 세계 최대 고아원

정초부터 충격적 테러가 서울을 발칵 뒤집은 데 이어 정치권이 권력투쟁과 여야대결로 혼미에 빠져들었지만, 박태준이 이끄는 종합제철소 건설 프로젝트는 앞으로 나아가고 있었다.

봄이 무르익은 영일만 현장에서 포철은 장차 '회사 재산 1호'로 꼽게 되는 초라한 건물 한 채를 신축했다. 5월 1일에 육완식 공사부장이 100만 원으로 현재 제1열연공장 가열로와 제1분괴공장 사이의 언덕에 지은 '포항사무소'. 이것은 슬레이트 지붕의 60평짜리 2층 목조건물로, 조만간 '롬멜하우스'란 애칭을 얻으면서 포철 건설 초기의 온갖 애환과 영광을 품게 된다.

공사 진척 상황을 둘러보려고 현장을 방문한 건설장관 주원은 영일만의 황량한 모래벌판을 중국의 황진만장(黃塵萬丈)에 빗대어 '사진만장(沙塵萬丈)'이라고 표현했다. 그러면서 직원들에게 보안경을 사줄 것을 당부했다. 식당이 없어 마을 어귀의 작은 절 부연사에서 밥을 사먹으며 게릴라 전투하듯 일을 추진해나간 시절, 포항사무소는 낮에는 건설지휘 사령탑이요 밤에는 여남은 직원들이 책상을 침대 삼아 모포 몇 장으로 새우잠을 자는 숙소였다. 철거와 부지정지 작업에 나선 건설요원들은 사막전에 투입

롬멜하우스

304

된 병사 같은 고된 작업을 계속해야만 했는데, 어느새 현장 직원들은 이심전심 건설의 사령탑인 포항사무소가 제2차 세계대전 당시 사막의 영웅 롬멜 장군의 야전군 지휘소와 흡사하다고 '롬멜하우스'라 불렀다. 1969년 봄에는 주변에 중장비들이 늘어서면서 사하라사막에 진을 친 기계화 부대를 닮기 때문에 애칭이 더욱 실감을 얻게 된다.

6월 24일에 유네스코회관에서 YMCA회관으로 이주한 서울의 포철 본사도 7월 8일부터 뜨거운 여름을 맞고 있었다. KISA의 이컨 대표가 제출한 GEP 4권(약 1만 쪽)에 대한 전면검토를 시작한 것이다. 그 방대한 서류는 일본용역단과 포철검토단이 40일 동안 피츠버그에서 잡아냈던 문제점들을 일부 반영한 수정계획서였다. 7월 10일에는 아리가를 포함한 일본용역단 9명도 합류했다. 이 작업으로 포철은 두 종류의 메모를 작성했다. 기본협정에 명시된 내용과 비교해 당연히 요구할 수 있는 20개 문제점은 '메모A'로 정리하고, 연산 60만 톤 능력을 원활히 달성하는 데 필요한 설비사양의 추가, 변경된 레이아웃에 대한 대안 등 75개 문제점은 '메모B'로 정리했다. 이는 7월 31일 KISA측에 제시하여 차관과는 별도의 협상으로 진행한다.

7월 8일부터는 롬멜하우스에도 활력이 일었다. 공장부지 내 지상물(가옥 533동, 그 몇 배의 무덤) 제거, 부지조성공사 관리 등 현장작업이 개시된 것이다. 보상에 순순히 응하는 주민이 있는가 하면, 거세게 저항하는 주민도 있었다.

당산나무도 말썽이었다. 현재의 포철 중앙도로 부근에는 큰 당산나무가 있었다. 마을의 수호신으로 섬기는 터라 훼손하면 재앙을 받아 죽는다는 미신이 구전되고 있을 때 당산나무 제거 소문이 돌자 주민들 누구도 작업에 나서려 하지 않았다. KBS포항방송국이 당산나무 괴담의 사실 무근을 알려야 하는 촌극까지 일어났다. 결국 구경꾼들이 불안과 초조의 눈빛으로 지켜보는 가운데 포철이 특별히 모셔온 불도저가 약 1시간 만에 말짱하게 제거작업을 마쳤지만.

철거작업에 속력이 붙은 1968년 여름, 포항제철 공장부지 안에는 독립 가옥 같은 조그만 학교가 하나 있었다. 초등학교, 그나마 분교(分校)였다. 이름은 '대송국민학교 송정분교'. 달랑 교실 두 칸의 이 분교는 1968년 여름방학이 끝나자 '분교' 딱지를 떼고 '송정국민학교'로 승격되었다. 교사들의 전학 업무를 도와주려는 당국의 배려였다. 승격과 거의 동시에 폐교되는 송정국민학교는 최고학년 4학년에 전기와 상하수도 없이 2부제 수업을 했다. 운동장이라곤 타작마당만 했는데, 그래도 모래바닥을 찰흙으로 덮어둬서 공을 튀길 수는 있었다.

송정분교 학생의 절반은 고아였다. 교실에서 5백여 미터 떨어진 예수성심시녀회 수녀원의 고아원에 사는 전쟁과 빈곤의 고아들. 1923년 성직자로서 조선에 첫발을 디뎠던 프랑스 출신 루이 델랑드 신부(한국 귀화 성명은 남대영)가 6·25전쟁의 총반격 북진 직후에 설립한 수녀원은 성당·고아원·양로원·장애인의 집·수도원·수련관·의무실·운동장을 두루 갖추고 발전기로 전기를 쓰는 현대식 시설에다 부지는 방풍과 방사(防沙)의 우거진 해

당산나무 제거작업 현장

306

송 숲 12만 평을 포함한 18만 평과 건평 4천 평이었다. 그리고 엄청난 대식구였다. 신부 2명과 수녀 160명이 500명 넘는 무의탁 인생을 돌보고 있었다. 아마도 동양 최대, 아니 세계 최대 규모의 고아원이었는지 모른다. 뒷날에 성립되는 역설이겠으나, 박정희와 박태준은 하필이면 빈곤 한국의 상징이나 다름없는 세계 최대 고아원 자리에다 세계 최고 제철소를 세운 것인데, 그 터에는 제강공장이 들어선다.

성모 마리아의 형제자매들이 수도하는 성전, 전쟁과 빈곤이 양산해놓은 소외된 자들의 요람―포항시 송정동(그때는 영일군 대송면 송정동)의 예수성심시녀회. 전쟁 때부터 1968년까지 온갖 정성과 노역을 바쳐 황무지 모래밭에 기적처럼 일궈놓은 그 성전, 그 요람을 성직자들은 함부로 덜컥 내놓을 수야 없었다. 영일만과 형산강을 낀 모래사장 동네가 포철 부지로 결정되고 기공식(1967. 10. 3.)이 열린 다음에 그들은 형산강 건너 효자동 야산(포철 사원주택단지가 들어서는 곳)에 새 터전을 잡겠다는 결정을 내려두긴 했으나 섣불리 움직일 생각이 아니었다.

예수성심시녀회 수녀원의 산책길

포철이 들어서기 전의 영일만 어링불

이주를 준비하는 어링불 주민들

공장부지 내 고아원 시설 철거작업 현장

공장부지를 가로지르는 '포항–구룡포' 옛 국도

1965년 육군본부 예산담당 장교로 근무하던 중 황경노의 뒤를 따라 대한중석에 입사하여 포철 창립요원으로 동참한 홍건유. 뒷날 포철 총무이사를 거쳐 도쿄사무소 책임자로 오래 일하게 되는 그는, 1968년 수녀원 길 신부와의 쉽지 않은 협상의 일차적 책임자였다. 그때 본사는 서울에 있었다. 서울에서 밤 10시 열차를 타고 대구에 내리면 새벽 4시, 잠시 눈 붙이고 도청에 들러 경북 지사와 몇 가지 협의하고 나면 11시, 포항에 도착하면 오후 2시, 다시 오후 7시 포항 발 대구 행 막차를 타고 가면 좀 쉬었다가 밤 11시에 미군 열차를 얻어 타고 서울로. 이런 생활의 반복이었다. 그래도 그는 프랑스에서 귀화한 신부와 총장수녀를 몇 번이나 만났다. 가을바람이 불어오는 즈음엔 성직자들 사이에 '포철과 조국근대화의 상관관계'에 대한 이해와 공감대가 형성되었다.

박태준도 성직자 대표를 찾아갔다. 예수성심시녀회가 가난한 나라의 소외된 국민을 위해 베풀어온 사랑과 자비와 봉사에 대해 심심한 감사를 표한 박태준이 벽안의 신부에게 결론을 짓듯이 진지하게 말했다.

"공사에 차질이 생기지 않도록 철거일정을 잡아주십시오. 신부님, 수녀님, 고아원을 계속 지을 수는 없지 않습니까? 우리가 종합제철을 성공시켜서 고아원을 더 짓지 않아도 되는 나라로 만들겠습니다."

예수성심시녀회는 박태준의 뜻에 동의했다. 남은 문제는 성직자들로서는 감당하기 어려운 엄청난 이사비용이었다. 여기에는 김수환 추기경, 박정희 대통령과 육영수 여사, 그리고 김학렬 부총리와 박태준 사장의 협심이 작용한다. 김 추기경이 영일만 성소에서 올라온 이사비용 문제를 듣고 육 여사에게 도움을 청하자, 육 여사가 박 대통령에게 귀띔을 하고, 이어서 박 대통령이 청와대에서 김 추기경을 만난 기회에 먼저 그 문제를 해결해 드리겠다고 밝힌 것이다. 그리고 실무적인 문제는 김 부총리와 박 사장이 풀었다.

"수녀원에 이사비용 명목으로 2천200만 원을 더 지급해 주시오."

김학렬의 요청을 박태준이 요청으로 받았다.

"좋은 결정입니다. 저도 마음 아프게 생각하고 있습니다. 그러나 우리 예산을 잘 알지 않습니까? 방법을 찾아주시지요."

잠깐 난색부터 표한 김학렬이 대안을 냈다.

"그럼 이렇게 합시다. 내년 예산에 그만큼 더 얹어드릴 테니, 집행을 미리 하는 겁니다."

박태준은 두말없이 받았다.

1968년 11월 수녀원을 철거하는 날, 벽안의 신부는 모든 건물을 폭파시키는 다이너마이트의 도화선에 직접 불을 댕겼다.

공동묘지의 낙원

이주하는 공장부지의 주민들과 그들을 지켜보는 포항 시민들이 포철 건설을 확신할 수밖에 없었던 1968년 여름, 포철의 미래는 여전히 불안했다. 한국 정부가 4월의 IECOK에서 '종합제철'을 외면당한 후에도 KISA와 GEP협상을 진행하고 있지만, 외자 도입은 난관에 봉착해 있었다. 박태준은 8월에 열리는 한일각료회의에서 우리측이 일본측에게 '종합제철 자금조달과 기술협력을 요청할 것'이란 소식을 들었다. 그는 세 가지 이유로 고개를 강하게 저었다. 한국 정부가 여전히 KISA를 쳐다보는 상황에서, 대일청구권자금을 지불하는 상황에서, 일본의 외환보유고에 여유가 있는 것도 아닌 상황에서.

포철이 '관료들의 KISA' 때문에 극심한 후유증을 앓고 있는 터에 집권여당은 정치적 불안정으로 몸살을 앓고 있었다. 김용태의 '국민복지연구회'에 대한 책임을 지고 김종필이 당과 국회를 떠나긴 했으나, 공화당 내부의 파벌문제는 그대로 남았다. 새로 당권을 장악하여 김종필에 반대하는 비주류, 김종필 외의 누구도 지지하지 않는 주류. 그들의 대립과 3선개헌 발의 여부로 인한 정치적 불안정은 가난한 나라의 외자 도입에도 악영향을 미치고 있었다.

박태준은 권력다툼에는 곁눈질도 보내지 않았다. 묵묵히 '희망의 시간표'에 따라 포철 건설의 중요한 결정들을 밀고 나갔다. 부지정리 공사가 마무리되면 대규모 건설공사에 투입할 사원을 대거 뽑아야 했다. 앞으로 사원 급증에 따른 '주택'과 '학교'를 어찌할 것인가? 유능한 인재들을 동해 남단 변방의 황량한 사막과 진배없는 230만여 평 모래밭으로 불러 모으기란 쉽지 않은 일이었다. 한 번 들인 발길을 붙잡아두기도 어려운 노릇이었다. '유능한 인재들을 모아 제대로 길러야 성공할 수 있다'는 명제 앞에서 박태준은 스스로 세 가지 원칙을 확정했다.

첫째는 인간에 대한 기본적 예의와 관련된 것으로, 자신과 함께 일하는 사람들이 사람답게 살아갈 수 있는 환경을 조성해줘야 한다는 것. 이는 대한중석 사장 시절에 체득하여 부분적으로 실천한 원칙이다. 둘째는 우리나라 성인들의 소망에 부응하는 경영정책을 펼쳐야 한다는 것. 이는 미래를 보장하는 안정된 직장을 얻으려는 소망, 내 집을 소유하려는 소망, 자녀를 좋은 학교에서 공부시키려는 소망 등 60년대 기성세대가 지닌 보편적 소망을 주시한 원칙이다. 셋째는 길게 내다보면서 교육시설과 주거환경을 세계 최고로 가꿔나가야 한다는 것. 구라파통상사절단장이나 대한중석 사장으로 몇 차례 유럽을 방문했을 때 그는 짬을 내어 공장과 제철소만 둘러본 것이 아니라 숲속의 주택단지와 학교도 유심히 살폈다. 시샘 나도록 부러운 환경을 바라보며 언젠가 우리나라 사람들도 저런 환경에서 살게 해야 한다는 포부가 생겼다. 이제 그때의 포부를 적어도 자기 영역 안에서 모범적으로 실현해 나가기로 각오한 것이다.

1968년 포항시는 조악한 주택도 그나마 보급률 60%에 못 미쳤고 초등학교의 콩나물교실도 학생수용력이 50%에 미달하여 2부제 수업으로 꾸려나가는 형편이었다. 자연환경은 양호한데 위생상태는 열악했다. 깨끗한 바다, 길고 넓은 백사장, 울창한 솔숲이 어우러진 국내 최고 해수욕장을 보듬고 있었지만, 여름엔 '베트남 모기하고만 사돈을 맺는다' 할 만큼 독한 모기가 들끓었다. 하수시설이 없는 시가지와 주택단지도 파리와 모기의 요람이었다. 시가지를 벗어나 포철 부지로 가는 도로변에는 갈대밭이 우거져 있었다. 겨울엔 사막을 방불케 하는 모래바람이 드셌다.

포항에 모여든 포철 사원들 대다수는 가족을 두고 혼자 먼저 와 하숙하거나 여인숙에 기거하면서 밥을 사먹는 생활을 할 수밖에 없었다. 박태준은 후생복지의 기본적 인프라부터 시급히 갖춰야 한다고 판단했다. 문제는 자금이었다. 내자조달의 속도가 느리고 외자도입은 막혀 있으니 그는 무턱대고 은행 문을 두드려보기로 했다.

행장실의 문은 얼른 열려도 금고의 문은 쉬이 열리지 않았다. 행장 두 사람을 만났지만 담보가 없다는 이유로 가난한 회사의 사장에게 퇴짜를 먹었다. 그렇다고 포기할 수는 없었다. 한일은행 하진수 행장을 찾아갔다. 집무실은 롬멜하우스와 비교할 수 없게 호화스러웠다. 한가운데에 놓인 반질반질한 티크재 대형책상, 책상 뒤의 번듯한 책장, 그 안의 유명 경제서적들……. 박태준은 은행장 집무실 인테리어를 한눈에 살피면서 새삼 궁색한 포철의 현실을 실감했다.

"박 사장님, 포철은 잘돼 갑니까?"

그 질문이 떨어지길 기다린 박태준은 포철의 진척상황과 장래계획에 대해 열변을 토하고 용건을 밝혔다. 하 행장이 미소를 머금었다.

"담보가 없어서 규정상 대출이 불가능합니다. 하지만 박 사장님의 열의는 신뢰할 수 있습니다. 예외 경우를 적용해서 특별히 20억 원을 대출해 드리겠습니다. 박 사장님의 열의를 담보로 하니, 반드시 성공하셔서 우리 손으로 철강을 생산해주세요."

포철에는 가뭄의 단비였다. 사원주택단지의 부지를 마련할 길이 열린 것이다. 현재 포철의 주거래 은행이 우리은행(옛 한일은행)으로 정해진 데는, 당시 행장에게 보은하려는 사연이 담겨 있다.

박태준은 '내 집 마련' 제도를 만들었다. 사원주택단지에 자기 집을 갖겠다는 직원들에게 회사가 장기저리로 대출해주는 조건을 포함했다. 그는 임대주택이나 회사주택을 거부했다. 소유권을 가져야만 '내 집'이란 애착으로 열심히 관리할 테고, 인플레이션이 심한 시기에는 심리적으로 안정될 수 있다는 판단에서다. 포철은 사원들의 '내 집'을 임대주택이나 사택과 구분하기 위해 '자가주택'이라 불렀다.

박태준은 부동산투기를 예방하기 위해 후보지 물색을 서두르며 직접 현장답사에 나섰다. 고려할 요소는 많았다. 출퇴근 거리, 단지규모, 자연환경, 학교위치, 교통편, 각종 인프라설비, 비용 등. 직접 찍은 곳이 포항시 효자동 야산 지역이었다. 나무들이 듬성듬성 박힌 야산에는 공동묘지가 있었다. 공동묘지를 꺼리는 반대 의견이 나왔으나 그는 명쾌하게 반박했다.

"우리나라 양지 바른 야산에는 반드시 묘지가 있다. 더구나 묘소를 명당에 쓰는 풍습이 있지 않나? 그러니 틀림없이 명당이야. 조상들의 안목을 믿어야지."

1968년 9월 10일 포철은 1차로 포항시 효자지구에 20만 평을 1억3천 700만 원에 매입하여, 사원용 주택단지 조성공사와 건설용역에 투입할 외국인 기술자를 위한 주택공사의 막을 올린다. 이듬해 다시 효자지구에 15만 평, 포철 정문과 인접한 인덕동에 6만4천 평의 주택부지를 매입하고, 정문 앞 동촌동에 독신자용 주택부지 2만5천900평을 추가로 확보한다.

국회부터 난리를 쳤다. 박태준은 귀가 아플 지경이었다. 공장 지을 돈도 없는 형편에 집 짓고 외국인 숙소 지을 돈이 어디서 났느냐는 힐난에서, 제철공장 지으라고 보내놨더니 엉뚱하게 부동산투기나 하고 있다는 모함까지. 그의 인격은 국회에서 하루아침에 박살났다. 그는 모욕을 참았다. 박정희도 그런 비판엔 귀를 열지 않고 한마디 잔소리도 보태지 않았다. 믿고 맡겼으니 소신껏 밀고 나가라, 이 격려와 다름없었다.

박태준의 사원주택단지 조성과 자가주택 제도가 한국의 기업경영 풍토에서 얼마나 선구적인 사원복지의 경영철학이며 실천이었을까? 그가 은행 무담보 대출로 사원주택단지를 마련한 뒤로 7년 가까이 지난 1975년 9월 1일 《동아일보》가 다음과 같은 기사를 쓴다.

정부가 금년에 근로자의 생활보호와 재산형성을 지원하기 위해 기업의 사원주택건설자금으로 50억원을 융자하기로 했으나 사원복지문제에 대한 기업주들의 무관심으로 8월말 현재 단 1건에 5천7백만원밖에 융자되지 않았다. 기업이 공업단지 등에 사원주택을 지을 경우 가구당 1백만원을 연리 8%로 융자, 모두 5천 가구를 짓도록 지원키로 했으나 8월말까지 융자된 것은 포항제철의 5천7백만원 1건뿐이다.

포철의 성장과 더불어 '낙원 같다'는 세평을 얻게 되는 효자지구 사원주택단지. 공장 세울 말뚝도 박기 전에 그 부지 조성공사부터 시작한 박태준은 기존 자연환경을 최대한 살리면서 온갖 나무를 심어 철저히 가꾸고, 인공연못을 꾸미고, 숲속 산책로를 내고, 국내외 내빈들과 외국 기술자들의 숙식문제를 해결할 호텔이 없는 형편을 감안해 고급의 영일대·청송대·백록대를 하나씩 짓고, 단독주택·아파트·쇼핑센터·아트홀을 배치하고, 사원의 자녀들을 위해 유치원부터 고등학교를 국내 최고 수준으로 차례차례 설립했다. 포철의 기초를 닦아나가는 박태준의 영혼에는, 포철 가족들에게 유럽 최고 수준의 전원단지와 교육단지를 제공하겠다는 마스터플랜이 그려져 있었다. 그는 그것의 세부를 늘 점검하고 수정해나갔다. 바야흐로 포철이 세계 최고 수준에 접어들 때는 위대한 설계도까지 함께 완성된다. 포항공과대학교(이하 '포항공대'로 약칭), 포항산업과학연구원, 포항방사광가속기를 탄생시키는 설계도.

1982년부터 광양제철소를 건설할 때도 박태준은 포항의 경험을 그대로 적용한다. 아니, 뛰어넘는다. 공장이든 주택단지든 학교시설이든 문화시설이든 스포츠시설이든 포항의 아쉬움을 다 해소하는 레이아웃과 디테일로써.

포철 주택단지에는 숱한 방문객이 다녀간다. 누구든 둘러보면 '사람은 누구나 이런 환경에서 살아야 한다'는 모범사례와 접한 감흥에 탄성을 아끼지 않는다. 김수환 추기경도 영일대에 하룻밤을 묵고 "낙원 같다"는 글을 남긴다.

1991년 8월에는 모스크바대학 빅토르 사도브니치 총장이 포철과 주택단지를 둘러본다. 물리학·정보과학·응용수학 방면의 저명한 학자로서 오랜 기간 총장으로 재직할 만큼 행정에도 유능한 인물이 귀국하는 길에 서울 성북동의 포철 영빈관(영광원)에서 박태준과 만난다. 포철 회장이 귀빈을 작별의 저녁식사에 초대한 것이다. 빅토르 사도브니치가 조용히 묻는다.

"제철소와 가깝게 있으면서도 사원주택단지가 그렇게 깨끗하고 아름답고 쾌적해서 정말 놀랐습니다. 주택은 회사의 소유입니까, 사원 개인의 소유입니까?"

"개인의 소유입니다."

박태준은 '자가주택'을 위한 회사의 금융대출제도, '내 집'을 소유하게 됐을 때의 장점을 차분히 들려준다. 문득 손님이 눈시울을 적시며 말한다.

"레닌 동지가 꿈꾸고 추구한 이상향을 저는 포철에 와서 보았습니다. 우리의 꿈이 그런 것이었습니다."

박태준은 빅토르의 눈물에서 '인간의 얼굴을 한 사회주의'에 실패했던 그때 소련의 좌절과 고통을 엿볼 수 있었다. 고르바초프가 외친 그 주의는 어느 정도는 가능할지 몰라도 완전히 실현하기 어려운 이상일 것이란 생각도 함께하면서.

1968년 가을에 포철 사원주택단지를 설계한 박태준. 그의 영혼에는, 올바른 지도력과 각성된 시민의식이 결합하면 빈곤과 억압은 얼마든지 물리칠 수 있고 나아가 사람다운 삶도 열린다는 신념이 둥지를 틀고 있었다.

박정희의 쓸쓸한 독백

박태준은 1968년 11월 5일에 반가운 소식을 들었다. 지난 7월 31일 KISA측에 제안한 GEP가 설왕설래를 거쳐 일괄 타결되었다는 것. 공장 일반배치의 변경에 소요되는 비용 88만5천 달러를 포철이 부담하는 대신, 포철의 가장 큰 부담이었던 제강공장 설계변경과 가스홀더공급·균열로 3기를 KISA가 무상으로 추가하겠다는 타결이 그 핵심이었다. GEP협상안이 타결되었으니, 남은 과제는 정말 '돈 조달'이었다. KISA의 5개국 8개사가 약속한 대로 차관만 제공해준다면, 포철 사장이 담보도 없이 은행에 돈을 빌리러 가는 궁상스러움은 더 보이지 않아도 될 것이었다.

그러나 돈 조달의 앞날은 여전히 불투명하고 어둡기조차 했다. 코퍼스사를 중심으로 한 KISA 대표들도 악영향을 끼치고 있었다. 마치 가난한 집에서 금가락지를 훔쳤다가 들통 나는 바람에 벌금형을 받은 것처럼 기분이 꿀꿀했을 그들이 'KISA 해체'를 운운하는가 하면 '한국은 제철소를 건설할 능력도, 운영할 여력도 없다'는 의견을 IBRD에 넣고 있었다. 그 소문은 서울과 영일만을 오가는 박태준의 귀에도 들어왔다. 이때 워싱턴 쪽에서 흘러나온 다른 고급정보 하나도 박정희와 박태준을 긴장시켰다. 제너럴 일렉트릭사를 비롯한 미국의 강력한 전기기계 제작업체들이 미국 수출입은행의 자금을 빌려서 한국에 원자력발전소를 건설하기 위해 열을 올리고 있기 때문에 그들에 비해서는 군소업체인 코퍼스사 등이 뒤로 밀려나고 있으며…….

속을 끓이며 기다려온 나쁜 선고가 떨어진 것과 마찬가지였다고나 할까. 누구보다 결정적인 열쇠를 쥐고 있는 IBRD가 한국 정부의 차관요청 심사에서 종합제철소 프로젝트를 부정적으로 평가하고 있다는 정보가 서울로 날아들었다. IBRD의 실무담당자인 영국인 자폐가 1968년 한국경제 평가보고서에서, 한국의 제철공장은 엄청난 외환비용에 비추어 경제성이 의심스러우므로 이를 연기하고 노동·기술 집약적인 기계공업 개발을 우선해야 한다고 정리했다는 것. 자폐의 의견이 그대로 채택되면 차관도입은 무산되고 포철은 수많은 주민의 보금자리만 파괴한 채 문을 닫아야 할 수도 있었다.

차관도입의 길이 막혀 있던 11월 12일 아침 8시, 포항사무소장 박종태가 긴급히 서울 사무실의 박태준 사장을 찾았다. 금일 오전 11시에 대통령이 헬리콥터 편으로 포항 현장을 불시에 방문한다는 소식을 포항경찰서장에게서 막 들었다고 했다. 박태준은 잠시 아찔했다. 포항 현장은 부지조성공사와 항만준설공사가 한창 진행 중인 황량한 모래벌판이었다. 건물이라곤 달랑 롬멜하우스 하나뿐. 그러니 대통령을 안내할 곳이라곤 거기밖에 없었다. 그는 두 가지 지시를 내렸다. 보고드릴 차트를 준비할 것, 헬리콥터가 안전하게 내릴 수 있도록 물을 뿌려 H자를 크게 표시할 것.

박태준은 군부대의 도움을 받았다. 민간항공기가 없는 시대에 포철 사장이 대통령보다 먼저 롬멜하우스에 도착할 유일한 방법은 대통령보다 먼저 서울을 이륙하는 것이었다. 군용 경비행기 세스나를 얻어타고 포항 해병

1968년 11월 12일 롬멜하우스를 나서는 박정희(첫줄 맨 오른쪽)와 박태준

318

사단에 내린 그는 곧바로 보고를 준비했다.

박태준은 대통령을 롬멜하우스 2층으로 정중히 모셨다. 박정희의 표정이 어두웠다. 폐허의 모래벌판에 충격을 받은 모습이었다. 장교 시절부터 빈틈없는 브리핑으로 명성이 높았던 박태준의 보고가 '외자조달 문제'로 끝을 맺었다. 대통령은 무거운 침묵에 잠겨 있었다.

"보고가 끝났습니다."

"응, 그래."

박정희가 무겁게 몸을 일으켜 천천히 바깥으로 나가 두 손으로 난간을 짚었다. 옆에 박태준이 섰다. 초가집을 헐어낸 자리, 준설선이 바닷물과 모래를 함께 퍼올린 늪과 비슷한 자리, 여기저기 찌꺼기를 태우는 불에서 꾸역꾸역 피어오르는 연기, 이따금 길다란 모래먼지를 일으키는 세찬 바닷바람……. 그 을씨년스런 풍경은 치열한 전투 후의 사막 같았다.

모래바람이 유리창을 때렸다. 문득 그가 쓸쓸한 혼잣말을 했다.

"이거, 남의 집 다 헐어놓고 제철소가 되기는 되는 건가."

순간, 박태준은 모골이 송연해졌다.

제철보국

차관도입이 오리무중인 상황에서 불쑥 영일만으로 날아와 박태준을 오싹하게 한 박정희. 그 장면에서 그는 '빈곤'을 동시대인이 이겨야 하는 '악'으로 규정하여 우리는 이길 수 있다고 확신하는 지도자였다. 또한 동시대인을 억압하게 될 또 하나의 악인 개발독재체제를 차후 문제로 간주하여 '민주주의체제의 일정한 유보와 희생 위에서 빈곤을 극복할 수 있다'고 판단하는 지도자였다. 그러므로 1968년 11월 롬멜하우스에서의 쓸쓸한 독백에는, 산업화에 맹진하는 시대의 모순이 담겨 있었을 것이다. '경제개발'과 '민주주의 발전'이 동일한 무대에서 상충하는 모순…….

1968년 겨울, 영일만의 황량한 모래벌판에서 이미 '철'에 목숨을 걸기로 한 박태준은 대통령의 쓸쓸한 독백을 계기로 변화했다.

하나는 금주와 절주. 박태준의 군대시절에 유난히 아껴준 선배 중 한 사람인 박병권에게서 이따금 "술 좀 적게 마셔라, 그 좋은 머리가 나빠진다. 그건 국가적 손실이야." 하는 충고를 받은 그에게 그것은 개인적으로 의미심장한 각오였다. 첫 쇳물이 나올 때까지 야무지게 실천한 그 결의는 제철소 실패를 막아줄 부적이 되었는지 모른다. 또 하나는 제철보국(製鐵報國)이란 신념의 일상화. 그는 '짧은 인생을 영원 조국에'라는 군대시절의 좌우명에 그것을 새로운 핵으로 주입시키며 한 문장을 완성했다. '기필코 제철소를 성공시켜 오천 년 절대빈곤의 사슬을 끊고 사람다운 삶을 영위할 수 있는 나라를 건설하는 데 앞장서겠다.'

그러나 아직은 박태준이 '제철보국'을 부르짖을 때가 아니었다. 돈이 마련되고 공장을 짓기 시작해야만 포철의 정신적 불씨로 간직할 수 있는 이념이었다.

'어서 차관만 들어온다면…….'

이 염원을 가슴 깊이 간직한 박태준은 자기 시간표에 따른 계획을 진행해나갔다. 과감하게 '기술연수 프로그램'을 가동했다. 차관 제공에 애매한 태도를 바꾸지 않는 KISA는 주제넘게도 초기 몇 년간 외국 전문기술단과 운영계약을 맺고 공장관리와 직원교육을 맡기라는 의견을 정부에 제안했다. 그러나 그는 그것이 초래할 장기적 기술식민의 상태를 주목했다. 기술식민의 제철소는 제철보국의 제철소가 아니라고 생각했다. 그는 기술력 축적에 대한 단기·장기 목표를 설정하고 있었다.

그의 단기 목표는, 첫 가동 단계부터 우리 손으로 직접 공장을 돌릴 수 있게 하는 것. 여기엔 무엇보다도 포철이 직접 선진 제철기술을 습득하는 것이 지름길이었다.

1968년 10월 24일 자금이 부족해도 연수원부터 착공한(이듬해 1월 15일 완공) 박태준은, 회사 장래에 교육이 지극히 중요함을 확신하고 그해 11월에 직원 9명을 1개월간 가와사키제철소로 연수를 보냈다. '기술연수교육'

의 막을 올린 것이다. 곧이어 6명이 3개월간 후지제철소로 연수를 떠났다. 1969년 4월에는 14명이 뒤따랐다. 이렇게 일본, 호주, 서독 등으로 떠난 포철 기술연수생은 포항 제1기 공사가 마무리된 1972년까지 600명에 이르렀고, 500만 달러에 이르는 비용을 지출했다.

박태준은 기술연수생들에게 늘 강조했다.

"여러분은 연수기간 동안 연수규정에 어긋난다 해도 무슨 수를 써서든 철강기술에 대해 하나도 빼놓지 말고 모두 배워 와야 합니다. 포철을 키워 줄 기술들을 머릿속에 듬뿍 담아 오시오."

'무슨 수'는 기술력 무(無)에서 출발하는 포철의 절박한 현실을 담고 있었다. 그래서 포철 사원의 해외연수엔 여러 일화가 생겼다. 비밀 도면을 훔쳐보려고 상대를 술자리로 유인하고, 보여주지 않는 공장을 보려고 기지를 발휘하고……. 당사자들 누구나 연수생이 아니라 산업스파이로 나서듯 조마조마한 긴장에 휩싸여야 했다.

박태준은 해외 출장기간에 틈을 쪼개서 포철 연수생들과 만나곤 했다. 어느 하루는, 그가 일본 홋카이도 무로랑제철소를 찾아가 그들과 대화시간을 가진 데 이어 저녁에는 술자리를 마련했다. "위하여!"를 포함해서 서너 차례 술잔을 비운 즈음, 그가 편안하게 말했다.

"무엇이든지 건의사항이 있으면 허심탄회하게 이야기들 해보시오."

잠깐 데면데면해지는 듯했으나 곧 활력이 살아났다. 네 번째는 키가 훌쩍 큰 사람이 일어섰다.

"사장님, 우리 회사로 오기 전의 직장에서는 월급을 6만원 받았는데, 포철로 가면 해외연수 기회도 잡을 수 있다고 해서 옮겼더니, 포철에서는 월급이 4만5천원으로 떨어졌습니다. 25퍼센트나 줄어들어서 집사람은 살림살이가 쪼들린다고 지금도 입이 튀어나와 있을 것 같습니다. 월급을 좀 올려주실 수는 없습니까?"

웃음보가 터지긴 했으나 그 가운데로 한 줄기 서늘한 냉기가 휙 지나갔다. 그것은 사장의 눈빛이었는지 모른다. 박태준이 키 큰 사원을 쳐다보았다.

"북한에서 혼자 내려왔소?"

"아닙니다."

"그러면 고향이 어디요?"

"울산 정자라는 곳입니다."

"울산 정자? 거기는 내 외가동네요."

다시 웃음보가 터졌다. 이번에는 냉기 같은 것을 느낄 수 없었다. 건의시간이 즐겁게 마무리되었다.

"자네, 자네, 자네, 자네."

박태준이 네 사람을 찍어서 앞으로 나오라고 했다. 사장의 표정은 전혀 화난 것이 아닌데 조금 심각해 보였다. 똑같은 작업복 차림의 네 사람이 사장 옆에 일렬로 섰다.

"작업복 상의를 배꼽까지 들어 올려봐."

영문을 모르는 네 사람이 순간적으로 눈을 껌벅거리며 그렇게 했다.

"모두 허리띠는 매고 있구나."

혼잣말을 좌중으로 보낸 박태준이 웃으며 말했다.

"허리띠 칸을 최대한 줄여 보고 각자 몇 칸까지 줄여지는지를 말해봐."

짧은 사이, 네 사람이 저마다 고개를 숙이고 애를 썼다. 그리고 보고가 이어졌다. 세 칸, 두 칸, 네 칸, 두 칸. 네 칸을 줄였다는 사람은 월급을 올려달라고 건의한 사원이었다. 박태준이 네 사람의 어깨를 한 번씩 다독였다. 그리고 좌중을 보며 진지하게 말했다.

"우리는 자손들을 위해서 허리띠를 졸라매고 살아갑시다."

문득 술자리가 숙연해졌다. 이날 이 자리의 그들은 그 말씀과 그 장면을 평생 잊을 수 없는 '짠한 기억'으로 간직하는데, 허리띠를 졸라매자던 박태준의 말은 1977년 5월에 이르러 "우리 세대는 다음 세대를 위해 순교자적으로 희생하는 세대다!"라는 외침이 된다.

박태준은 돌아온 해외 연수생들의 보고자료를 소중히 여기고 활용했다.

"모든 연수 자료는 마이크로필름화(化) 하여 전사원이 유효한 기술지식으로 활용할 수 있도록 하라."

최고경영자의 명확한 판단과 과감한 투자, 직원들의 투철한 사명과 근면한 자세. 이를 바탕으로 박태준은 1970년 4월 1일 포철 제1기 착공식에서 '첫 조업부터 우리 손으로 가동하자'는 포부를 제시하고, 실제 그것을 성취하게 만든다.

기술력 축적에 대한 박태준의 장기 목표는 세계 최고 기술력 확보였다. 그거야말로 결코 몇 년 사이에 이룩할 수 없는 일이었다. 기술력 개발을 위한 부단한 투자, 경험축적, 정보화와 과학화……. 그의 원대한 목표는 열서너 해가 지난 1982년부터 광양제철소에 집대성되고, 1992년 파이넥스 공법의 상용화 연구에 도전하는 것으로 거듭나며, 마침내 2004년 세계 최초로 파이넥스 공법의 용광로 건설에 착수하여 성공을 거두게 된다.

KISA의 포이와 담판하다

'자금 없는 포철 사장' 박태준에게 희망적인 일이 생겼다. 12월 18일 서울에서 KISA 대표단과 만나 연산 조강 60만 톤 규모 종합제철공장 건설을 위한 추가협정서에 서명한 것이었다. 최종 차관규모를 1억306만7천 달러로 확정하고 앞으로 4년간 이자조정 폭을 8%로 합의했다. 포철로 자금이 들어올 서류가 거의 완성단계에 이른 날이었다. 이제 KISA의 재무계획과 최종계약서를 받는 절차만 남겨두었다. 그러나 그는 KISA를 신뢰하기 어려웠다. '최선'을 다하겠다는 제스처를 보이긴 하지만, 문서에 그 최선을 '구체적 조건'으로 명시하지 않는 태도가 미심쩍었고, 자폐가 작성했다고 알려진 IBRD의 보고서가 아무래도 수상쩍었다.

1969년 벽두가 쏜살같이 지나가 1월 하순에 접어들었다. 박태준은 기다림에 지치고 있었다. 더 늦기 전에 KISA 대표단, 특히 코퍼스사 포이와 직접 씨름해야 한다고 판단했다. 그는 청와대로 올라가서 박정희와 만났다.

"피츠버그로 가서 직접 포이와 만나보겠습니다."

"그래. 그놈들 속을 들여다봐."

"정문도와 포철에서 두 사람을 데려갈 생각입니다."

고개를 끄덕이는 박정희의 표정은 어두운 편이었다. 그럴 만했다. KISA의 5개국 가운데 영국, 프랑스, 이탈리아는 할당 받은 차관을 제공하겠다고 약속했다. 그러나 미국과 서독이 난색을 표명하고 있었다. 미국의 태도 변화에는 코퍼스의 장삿속이 포항제철에는 통하지 않는 것이나 원자력발전소 건설에서 더 큰 이윤이 생길 것이라는 자본주의적 판단도 작용한 결과였지만, 서독의 태도 변화에는 아직 한국 법정에서 재판 중인 '동백림 사건'을 민주주의와 인권 문제로 보는 시각이 개입돼 있었다.

박정희가 박태준을 위로하듯 말했다.

"서독과 미국을 대체할 차관 제공선을 구라파에서 더 찾아보라고 지시해놨고, 조만간 경제부총리가 KISA 회원 국가들에게 종합제철 차관을 최우선적으로 제공하라는 독촉장을 보낼 거야."

박정희의 말은 실행된다. 2월 3일 경제기획원장관 명의로 KISA 회원국의 주한 대사관을 통해 한국의 종합제철 건설에 소요되는 차관을 최우선 제공하라고 촉구하는 공한을 보낸 것이다. 하지만 유럽에서 서독과 미국을 대체할 다른 차관선을 구하기란 난망한 일이었다.

"포이 영감을 성의껏 설득해 보겠습니다."

"해봐야지. 해내야지."

"워싱턴까지 갔다 오자면 시일이 제법 걸릴 겁니다."

박정희에게 '최선의 KISA 설득'을 약속한 뒤 회사로 돌아온 박태준은 황경로 기획관리부장만 따로 불렀다. 그리고 누구도 모르게 무시무시한 특명을 내렸다.

"회사 청산 절차를 준비해 놓으시오."

황경로는 되묻지 않았다. 어떤 토를 달지도 않았다. 비장한 결심이구나. 이 느낌만 받았다.

박태준은 미국 피츠버그로 가기 위해 서울을 출발했다. 그날은 1969년 1월 31일이었다. 폭설에 덮인 김포공항. 간신히 확보한 활주로가 있어 대한항공만 뜬다고 했다. 경제팀 관료로는 정문도 경제기획원 차관보, 포스코에선 정재봉이 동행이었다. 박태준이 김포공항으로 나가는 시각, 천안역에서는 대형 참사가 발생한다. 오전 11시 52분, 쏟아지는 눈보라 속에서 천안역으로 달려오는 부산 발 서울 행 열차, 그 기관사가 정지 신호등을 보지 못한다. 그것이 천안역 남쪽 800미터 지점에 멈춰 있는 '앞선 열차'의 꽁무니를 들이받는다. 사망 41명, 중경상 103명. 끔찍한 비극을 뒤로하고 그는 대한항공에 올랐다.

박태준은 황경로가 느낀 그대로 비장했다. 가장 믿는 참모에게 회사 청산 절차를 준비해 두라는 지시를 내린 그의 심정은 '배수진을 치고 사생결단의 일전에 나서는 장수'의 그것이었다. 서울 상공을 벗어나는 그의 머릿속으로는 착잡한 생각들이 정연히 지나가고 있었다.

'설마 KISA가 배반이야 하겠는가? 혈맹의 우방국들로 구성된 국제협력단 아닌가? 아니야. 그들은 정치지도자가 아니고 사업가 아닌가? 사업가 세계에 정치외교적 타산이 얼마나 먹히겠는가?'

사업가, 이 말이 그는 목구멍에 가시처럼 걸렸다. 사업가와 이윤. 이 함수관계가 못내 찜찜했다.

'만약 KISA가 등을 돌린다면? 그때 대안은? 애당초 KISA 구성에서 빠지겠다고 했던 일본밖에 없지 않는가? 이제라도 될 수만 있다면 일본이 좋다. 일본은 기술적으로나 문화적으로나 코쟁이들보다야 우리에게 훨씬 유리하다. 기술은 어떻게 하든 협력을 받아낸다고 하자. 문제는 차관 아닌가? 일본의 외환보유고나 재정 상태로는 한국, 인도네시아 같은 국가에 식민지배상금 물어주는 것만으로도 형편이 빡빡할 것 아닌……'

한일국교정상화 협약이 성사되어 일본이 한국에 대일청구권자금을 제공하겠다고 서명했던 1965년의 경우, 일본의 외환보유 총액은 8억 달러 수준이었다.

'더구나 일본에게는 이미 퇴짜를 맞지 않았나? 그러니 또 어떻게 일본에 가서 차관 제공에 협력을 해달라고 하겠는가?'

이 생각의 끝에 박태준은 씁쓸히 침을 삼켰다. 지난해(1968년) 8월에 열렸던 한일각료회의에 대한 아쉬움을 떠올리는 것이었다. 그때 박정희는 김정렴 상공장관, 김학렬 경제수석 등 한국 대표단에게 "종합제철에 대한 일본의 협력을 중점적으로 교섭하고 의사를 타진하라"는 지시를 내렸다. 그 한일각료회의에 박태준은 기대를 걸지 않았다. KISA가 결정적인 장애물이라고 판단했다. KISA에 참여하는 것 자체를 거부했던 일본이 아직도 KISA와 종합제철 건설을 추진하고 있는 한국에게 차관제공, 기술제공을 협력하겠는가? 그는 아니라고 보았다. 실제로 그때 회의는 아무런 성과를 얻지 못했다. 오히려 자존심만 상하고 말았다. 오히라 마사요시 통산상이, "한국을 위해서도 종합제철 건설은 안 되는 일이니, 현해탄만 건너면 되니 일본의 질 좋은 철강제품을 국제시세대로 수입하는 것이 훨씬 유리하다." 라고 충고했던 것이다.

대한항공 여객기가 도쿄에 내렸다. 도쿄에서 합류하는 포철 인재가 기다리고 있었다. 영어회화에 유창하며 영어문법책이라 불리는 최주선이었다. 박태준은 그를 통역으로 택했다. 혹시 생겨날지 모르는 문서작성에 대한 대비이기도 했다. 최주선은 홋카이도 무로랑제철소에서 관리연수를 받는 중에 불려나왔다.

박태준의 1차 목적지는 KISA의 산파역으로서 KISA에 영향력이 막강한 포이가 기다리는 피츠버그, 2차 목적지는 IBRD와 미국수출입은행이 있는 워싱턴. 시카고에서 갈아탄 항공기가 피츠버그에 착륙할 준비를 하는 즈음, 박태준은 다시 착잡하고 초조해졌다.

'차관 조달에 나서지 않으려는 포이를 설득할 수 있을까? 포이가, KISA가 판단을 바꾸지 않는 경우에는 나까지 워싱턴에 가볼 필요가 없지 않나. KISA가 끝까지 그 모양이라면 IBRD나 수출입은행은 만나볼 필요도 없지 않는가? 그렇다고 KISA에게 책임을 물을 방법도 없지 않는가?'

처음부터 허술하게 출발한 협약서에는 KISA가 책임을 지지 않도록 돼 있다. 협약 파기의 최악 사태가 오는 경우, 1966년부터 한국정부를 대표해서 포이나 KISA와 교섭해온 경제팀 관료들이 할 수 있는 일이란 '어떻게 우리를 배신할 수 있느냐?'라는 도덕적 항의밖에 없다.

피츠버그에 도착한 박태준 일행의 숙소는 현지 철강업계의 배려로 미국 철강산업의 역사가 숨 쉬는 듀케인 클럽에 마련되었다. 그는 가장 중요한 상대로 KISA 대표 자리에서 물러나긴 했으나 실질적인 대표라 할 포이를 찍었다. 3년 전 피츠버그를 방문한 한국 대통령에게 종합제철소 건설에 대한 협력과 지원의 추파를 던졌던 코퍼스사 대표. 아이젠버그도 끼고 있는 백발이 성성한 백인 노신사는 다부진 체격의 동양인 젊은이와 예의바른 태도로 대화를 나눴다.

"KISA가 포철에 지원하겠다는 결정을 내리면 IBRD도 차관 제공을 결정할 것이며, 우리는 반드시 종합제철소 건설 프로젝트를 성공시킬 것입니다. 종합제철을 하나의 대형사업으로만 판단하는 것이 아닙니다. 근대화의 새로운 역사를 창조하는 견인차를 만드는 것입니다. 이런 점도 깊이 고려해주기 바랍니다."

박태준의 표정과 말씨는 진지하고 당당했다. KISA의 다른 간부들에게도 똑같은 자세로 똑같은 논리를 피력했다. 그는 철강업계 거구들과 교섭하는 일에 꼬박 이틀을 바쳤다. 그러나 그들이 외교적 수사로 꾸민 답변의 메시지는 명확했다. 자페가 주도적으로 작성한 IBRD 보고서의 '한국 종합제철소 프로젝트는 경제적 타당성이 희박하다'는 것을 하나같이 인용했다. 그것은 차마 딱 부러지게 표현하지 못하는, 그러나 명백하고 확실한 'NO' 사인이었다.

박태준은 허탈하고 서글펐다. 자본주의 진영 5대 강대국의 세계적 8개 철강업체로 구성된 KISA. 그 부자들과 맺은 계약서만 믿고 초대형 프로젝트를 시작하여, 착하고 소박한 주민들과 고맙고도 고마운 수녀원을 이주시키고, 부지조성 공사에 박차를 가하고, 은행 융자를 내서 사원주택단지 부지를 매입하고, 직원들을 뽑고, 해외 기술연수를 보내고……, 희망의 시간표에 따랐던 그 모든 일들이 물거품으로 사라질 위기를 맞은 밤. 그는 부자 나라의 호화로운 침대에 드러누워 길게 한숨을 쉬었다. 날이 밝으면 IBRD와 미국수출입은행을 설득하기 위해 워싱턴으로 날아가게 되어 있었다. 아무래도 그 일정은 부질없는 시간낭비 같았다. KISA가 포기한 것을 철강업계보다 훨씬 더 약아빠진 금융기관이 받아줄 리 만무해 보였다.

밤이 깊었다. 박태준은 잠을 이루지 못했다. 방 안엔 어둠과 함께 무거운 침묵이 드리워져 있었다. 그대로는 더 견딜 수가 없었다. 약자의 설움에 짓눌려 있을 것이 아니라 최후의 오기라도 부려야 무슨 길이 뚫릴 것만 같았다. 최주선을 찾았다.

"포이 회장에게 지금 당장 만나자고 전화해."

"이 늦은 시간에 노인을 깨워도 되겠습니까?"

"돈은 있고 신의가 없는 사람들이잖아. 이대로는 못 가. 30분만 만나자고 해. 이게 KISA와는 마지막이야."

막 잠자리에 들었다는 포이는 당장 만나자는 제안에 깜짝 놀라서 시간을 물리려 했다. 내일 당신들이 워싱턴으로 떠나기 전에 일찍 시간을 내겠다는 것. 박태준은 지금 꼭 만나야겠다고 버텼다. 이윽고 정장으로 차려입은 노신사가 젊은이의 심야 무례를 점잖게 받았다.

박태준은 포이에게 심야 결례의 이해부터 구했다. 포이는 기분이 상한 표정은 아니었다. 한국어 바이블에 등장하는 단어를 빌리자면 '젊고 가난한' 한국인 사장을 '긍휼히' 여기는 것 같았다.

"박 사장님, 하고 싶은 말씀이 무엇입니까?"

박태준은 사업과 다른 차원의 설득을 시도했다.

"다른 나라들은 몰라도 미국이 이렇게 나오는 것은 매우 이해하기 어렵습니다."

실제로 그의 말은 '가시'를 달고 있었다. 아무리 사업세계지만 빈곤한 혈맹국을 상대로 지나치게 장사치 근성을 내세우는 것 아니냐, 이런 것이었다.

"한국은 공산주의의 확산을 막는 최일선 방어벽 역할을 하면서 산업화를 추진하고 있습니다. 오랜 빈곤에서 벗어나려고 온 국민이 발버둥을 치고 있는 상황이기도 합니다. 여기서 종합제철소를 갖지 못한다면 한국 산업계의 미래는 어두워질 수밖에 없습니다. 이런 특수한 사정을 혈맹국의 입장에서 고려해주시고, 특히 회장님께서 KISA 대표들을 직접 설득해주시기를 희망합니다."

백전노장의 자본가 포이는 담담하고 냉정했다.

"이것은 사업의 관점으로 접근해야 합니다. 경제적 타당성이 없는 프로젝트에 지원할 수는 없습니다. 당신의 애국심을 존중하고 실망감을 이해합니다. 그러나 IBRD의 한국경제에 대한 최종보고서 내용은 달라지지 않을 것입니다. 개인적으로는 박정희 대통령이 정열적으로 지도하는 한국을 도와드리고 싶지만 KISA의 미국측 회사로서는 IBRD의 의견을 무시할 수 없습니다. 그러니 내일 워싱턴에 가서 최선을 다하기 바랍니다."

사업의 관점, 이 첫마디에서 박태준은 포이의 마음이 잠겼다는 점을 대뜸 알아챘다. 자기 마음을 다시 열어줄 수 있는 열쇠는 워싱턴의 두 은행이 갖고 있다고 했지만, 점잖은 발뺌에 불과하다고 판단했다. 또한 그는 포이의 마음이 굳게 잠겼다는 것은 KISA의 문도 은행들의 문도 잠겼다는 뜻임을 명확히 알아차렸다.

날이 밝았다. 거의 뜬눈으로 밤을 새운 박태준은 최주선에게 말했다.

"워싱턴 일정은 취소야."

"사장님도 정부 사람들과 같이 가셔야 되는 것 아닙니까?"

"뻔해. 내가 포이에게 IBRD를 설득해달라고 하니 포이는 나한테 IBRD를 설득해서 다시 찾아오라고 하는 식인데, 퇴짜가 뻔해. 퇴짜 맞으러 왜 가? 푹 쉬었다가 짐이나 싸자. 돌아가서 생각하자."

그런데 아침에 포이가 박태준의 방에 들렀다. 노신사는 아들 또래밖에 안 되는 가난한 나라의 패기에 찬 젊은 사장을 빈손으로 돌려보내는 것이

사업적으로야 어쩔 수 없더라도 인간적으로는 찔리는 모양이었다.

"워싱턴의 일이 잘되기를 바랍니다."

노신사가 내민 손을 박태준은 정중히 잡았다.

"감사합니다. 하지만 저는 워싱턴에 가지 않습니다. 의례적 절차에 시간을 낭비하고 싶지 않습니다. 귀국해서 다른 방도를 찾아보겠습니다."

노신사는 그래도 가보라고 권유하지는 않았다. 오히려 따뜻한 눈빛으로 아주 엉뚱한 제안을 내놓았다. 하와이 와이키키 해변에 자기네 부사장의 콘도가 있으니 돌아가는 길에 거기 들러서 며칠 휴식하면 어떠하겠느냐는 것. 박태준은 호의를 거절하지 않았다. 지독한 실연에 빠진 젊은이처럼 지칠 대로 지친 몸, 허탈의 웅덩이에 빠진 정신부터 수습해야 했다. 아니, 푹 쉬면서 절망에서 빠져나갈 구원의 동아줄을 찾고 싶었다. '절대적 절망은 없다'고 6·25전쟁에서 말짱히 살아남은 직후에 세워둔 그 좌우명에 의지하고 싶었다.

하와이에서 구원의 동아줄을 잡다

피츠버그에서 시카고로, 시카고에서 다시 하와이로. 항공기 안의 박태준은 천만 근 쇳덩어리가 가슴을 짓누르는 듯했다. 압박감과 좌절감의 무게였다. 워싱턴으로 날아간 일행에게는 한 가닥의 미련도 두지 않았다. 포이와 KISA의 완전한 배신, IBRD의 명백한 차관 거부. 서로 맞물린 그 결정이 포철 앞의 엄연한 장벽이었다. 이를 애써 외면한 채 '워싱턴에서 만의 하나라도 성사될지 모른다'고 기대하는 것은, 그가 늘 거부하며 살아온 '요행수'에 매달리는 꼴이었다.

포이가 주선한 콘도는 힐튼하와이빌리지 호텔과 가까운 와이키키의 중심지였다. 백사장과 쪽빛 바다와 하얀 파도를 한눈에 내려다볼 수 있었다. 그 호텔은 미국 대중 드라마 〈하와이 눈동자〉의 중심무대로, 하와이 태생의 유명가수 돈 호가 노래를 불러 더 유명해진 곳이었다.

박태준은 뜨거운 햇볕이 쏟아지는 와이키키 해변으로 나갔다. 비키니만 걸친 나신의 여성들이 백사장을 차지하고 있었다. 백인은 거의 대부분 본토에서 온 휴양객이고, 동양인은 일본인과 중국인이 압도적으로 많았다. 십여 년 전 육군 대령 신분으로 미국 연수를 가는 길에 잠시 이곳에 들렀던 추억을 떠올려보았으나 조금도 즐겁지 않았다. 그때와 지금, 그새 강산이 한 번 변하는 세월이 가로놓여 있건만 변함없는 것은 가난한 나라의 국민이란 신세였다. 변한 것이 있다면, 그때는 '돈 없는 장교'였는데 지금은 '자금 없는 사장'이라는 점이었다. 또한 그때는 국가적 빈곤을 극복하겠다는 의지가 지도력에서 빈약했으나 지금은 그것이 국가적 목표로 확고히 세워져 있다는 점이었다. 그러나 포철 건설의 밑천 1억 달러가 없었다. 그놈의 차관 1억 달러가 없어서 지도력에 큼직한 구멍이 뚫려 있었다.

'제철에 인생을 건다고 했는데, 그놈의 1억 달러를 못 구해서 이렇게 나가떨어져야 한단 말인가?'

박태준은 하늘을 쏘아보았다. 강렬한 햇빛이 사정없이 동공을 찔렀다. 얼마 동안이나 하늘을 원망하고 있었을까. 내가 일본에 가서 돈을 구해볼까 하는 생각이 떠올랐다. 일본 철강사들과 KISA의 일반기술계획 등에 대한 용역체결을 하고 빈번하게 접촉하며 친분을 쌓았지만, 작년 여름에 우리 장관들이 도쿄에 가서 '일본 정부의 한국 종합제철에 대한 협력 거부 의사'를 확인한 후로는 박태준도 박정희와 마찬가지로 일본에서 차관을 구해보겠다는 생각을 접고 있었다. 게다가 KISA가 엄연히 실존하고 있고 한국이 대일청구권자금에다 상업차관까지 받아냈으니 일본의 외환보유고 수준으로 보든 우리의 자존심으로 보든 일본에 가서 새로 1억 달러나 빌려올 생각은 터무니없고 염치없는 수작 같았다.

'일본에서 차관은 무슨 차관……'

박태준은 새삼 일본 차관을 한쪽으로 밀어내며 아쉬워했다. 처음부터 일본하고 했으면 좋았을 텐데. 한 조각의 후회 같은 감상도 스쳐갔다. 그런 다음이었다. '일본 차관'이란 단어가 사라진 자리에 전광석화처럼 '대일청구권자금'이란 단어가 나타났다. 순간, 그는 전율했다.

"그래, 바로 그거다!"

박태준은 벌떡 일어섰다. 춤이라도 추고 싶었다.

대일청구권자금의 종합제철 건설비 전용. 하와이 와이키키의 뜨거운 해변에서 박태준이 구원의 밧줄처럼 거머쥔 그 아이디어를 뒷날에 포스코 사람들은 '하와이 구상'이라 명명한다. 그것은 한국 산업화시대의 중대한 이정표의 하나로 삼아도 좋다. 대일청구권자금 일부를 밑천으로 삼지 않았다면 걸음마조차 제대로 해보지 못한 채 쓰러지고 말았을 포철이 결과적으로 한국 산업화의 견인차 역할을 맡았기 때문이다.

대일청구권자금 일부를 전용하자는 박태준의 절묘한 아이디어는 확인하나마나 현실성을 담보했다. 3억 달러의 무상자금만 해도 1966년부터 10년간 지급하니 아직 남았을 터, 대외경제협력기금(유상자금) 2억 달러에도 여유가 있을 터. 더구나 대외경제협력기금은 조건이 좋았다. 미국수출입은행의 차관이 거치기간 2년을 포함해 상환기간 10년에 확정금리만 연 6.29%였지만, 그것은 거치기간 7년을 포함해 상환기간 20년에 확정금리가 연 3.5%에 불과했다.

'하와이 구상'을 서둘러 실현하려면 전제조건을 갖춰야 했다. 박태준은 두 가지를 판단했다. 하나는 기술지원 등 일본철강연맹의 협력을 받아내는 것. 이것은 거뜬히 해낼 자신이 있었다. 또 하나는 양국 정부가 농림수산업 발전을 위해 사용한다고 합의해둔 자금의 용처를 바꾸는 것. 이 해결의 실마리를 거머쥔 박정희 대통령은 종합제철에 대한 집념과 의지가 워낙 강렬하지 않은가?

박태준은 먼저 박정희에게 전화로 현재의 막막한 상황을 보고했다. 몇마디 더 묻는 대통령의 목소리에 실망감과 배반감이 묻어났다. 포철 사장이 자신의 새 아이디어도 짤막히 건의했다. 문득 대통령의 목소리에 힘이 들어갔다.

"아, 그래! 기막힌 아이디어야. 1억 달러는 남았을 거야. 문제는 일본측이야.”

박태준은 일본에 들러서 몇 군데 짚어보고 귀국하겠다는 생각도 밝혔다. 그리고 곧바로 이나야마 일본철강연맹 회장(야하타제철 사장)과 만날 수 있게 하라는 전보를 도쿄의 박철언에게 날렸다. 박철언은 야스오카의 힘으로 얼마든지 그 만남을 주선할 사람이었다.

야스오카와 이나야마

1969년 2월 12일 아침 택시를 타고 호놀룰루 국제공항에 도착한 박태준이 최주선과 함께 8시 45분 도쿄행 팬암 여객기에 올랐을 때, 워싱턴의 한국 관료들은 빈손으로 귀국할 준비를 서두르고 있었다. 그들이 서울로 돌아왔을 때는 이미 포이 회장이 경제기획원 부총리 앞으로 보낸 무언가가 도착해 있었다. 한국 정부가 KISA 회원국과 개별 교섭해보라는 것. 발뺌을 위한 최후통보였다. 잇따라 2월 27일에 KISA 대표 이컨이, 독일과 영국도 한국이 종합제철 사업을 우선적으로 추진한다는 데 회의적이라는 서한을 보내온다.

한국의 종합제철소 프로젝트를 구원할 유일한 희망이 되는 ‘하와이 구상’, 그것을 가슴 깊숙이 품고 도쿄에 도착한 박태준은 먼저 나가노 후지제철 사장을 찾아갔다. 두 사람은 낯익은 사이였다. KISA 계획안에 대한 검토용역 의뢰 과정, 김철우와 함께하는 자리 등에서 친분을 맺은 것이었다. 현 상황과 향후 계획에 대한 박태준의 말을 경청한 나가노가 기술지원에 따르는 정치적 문제를 언급하고 협력의사를 표명한 데 이어 “박 사장님의 생각대로 이나야마 회장님의 협조부터 구하는 것”이 좋겠다고 했다.

박태준은 박철언과 함께 야기 노부오를 만났다. 이어서 두 사람의 안내를 받아 야스오카를 방문했다. 퇴계 이황을 존경한다는 일본의 거물 지식인 야스오카는 직접 응접실 앞까지 나와 박태준의 손을 잡았다. 한국의 종합제철소 건설 당위성과 KISA의 배신에 대한 그의 설명을 묵묵히 들어준 야스오카는 서슴없이 흔쾌히 조력자로 나서겠다고 했다. 대일청구권 자금을 전용할 수 있게 일본 내각을 설득하려면 우선 일본 철강업계의 확고한 지지를 얻어야 한다는 박태준의 의견에도 고개를 끄덕인 그는 즉석에서 일본 철강업계의 지도자 이나야마에게 전화를 걸었다.

"지금 제 사무실에 한국 포철의 박태준 사장님이 와 계십니다. 그에게 당신의 충고와 지지가 필요합니다. 한일 양국에 이익이 되는 좋은 구상을 갖고 있으니, 가능하시면 박 사장의 구상이 실현되도록 방안을 찾아주셨으면 합니다."

박태준이 자리를 떠난 다음에 야스오카는 수제자 하야시 시게유키에게 이렇게 털어놓는다. "젊지만 정말 훌륭한 인물이야. 우리나라에도 저런 인물이 있다면 얼마나 좋겠나." 뒷날에 히야시는 "야스오카와 박태준은 국적과 연령의 차이를 초월한 금란지음(金蘭知音)의 교분을 나누었다."라는 증언을 남긴다.

부유한 은행가 집안에서 태어나 도쿄대학교 경제학부를 졸업하고 고등고시에 합격해 상공성에 들어갔다가 이듬해 관영 야하타제철소로 옮긴 뒤부터 철강의 외길을 걸어오고 있는 이나야마 요시히로. '철의 제왕' '미스터 카르텔' '셀러리맨의 챔피언' '온정주의자' '외유내강' 등으로 불리며 "세상에서 호황과 불황의 굴곡을 없애고 싶다. 모두가 사이좋게 살아가는 세상을 만들고 싶다."는 신념을 지닌 것으로 알려진 이나야마는 현재 야하타제철소 사장으로서 일본철강연맹 회장이다.

야하타제철소 본사는 야스오카의 사무실에서 겨우 몇 블록 떨어져 있었다. 이나야마의 응접실에 들어선 박태준은 편안한 분위기를 느끼는 가운데 바닥에 깔린 짙푸른 카펫에서 그냥 기분 좋은 인상을 받았다. 그가 이나야마 사장의 인품에 대해 귀동냥으로 듣긴 들었다. 하지만 직접 만나기는 처음이었다. 이나야마는 박태준을 정중히 맞이했다. 곤경에 빠진 젊은 동업자의 사정을 충분히 듣고는 평온한 표정으로 말했다.

"중도 폐기할 위기에 빠진 프로젝트를 구할 좋은 구상을 가지고 오셨군요. 복잡한 국제컨소시엄을 결성하지 않은 것이 오히려 다행인지도 모릅니다. 설사 건설자금을 확보할 수 있었다 할지라도 사고방식, 기술, 관리방식 등이 다른 사람들과 함께 힘을 합쳐 제철소를 짓는다는 것은 매우 어렵고 복잡한 일입니다."

박태준은 이나야마 사장의 긍정적 반응에 한층 더 기운을 내서 일본이 기술을 지원할 수 있는지 타진해 보았다.

"기술협력은 고도의 정치성을 띠기 마련이지요. 내 생각에는 한국의 제철소가 일본의 설비, 기자재, 기술 등을 가지고 세워지면 양국 모두의 큰 이익이 될 것입니다. 지리적으로 가까울 뿐만 아니라 문화적으로도 공통점이 많기 때문에 의사소통에 따르는 문제점도 그만큼 줄어들 겁니다."

첫 만남에서 종합제철소 프로젝트에 적극 관심을 표명해준 이나야마. 과거의 한일관계에 편견이 없고 오히려 사과하는 입장이었다. 그래서 '가난한 사장'은 그에게 더 호감을 느꼈다.

일본에서 기초적 정지작업을 마치고 서울로 돌아온 박태준은 곧 청와대

야하타제철소 사장 이나야마를 찾아가 환담하는 박태준

로 갔다.

"전화로 보고를 드린 대로 KISA는 희망이 없어 보였습니다. 일본철강연맹 이나야마 회장은 협조하겠다는 약속을 했습니다. 각하의 결심만 남았습니다."

박정희가 주저하는 것 같기도 하고 뭔가를 깊이 셈하는 것 같기도 한 표정을 지었다. 그것은 '순간'이라고 해도 될 만큼 아주 짧은 동안이었다. 그러나 박태준은 꽤 긴 시간처럼 느꼈다. 이윽고 박정희가 비서를 통해 대일청구권자금이 8천만 달러쯤 남아 있다는 점을 확인했다. 그리고 자못 심각하게 말했다.

"대일청구권자금 전용은 마지막 카드다. 4월 중순에 파리에서 열리는 IECOK 총회가 끝날 때까지는 결정을 보류해서 종래의 방침을 지속하기로 하고, 그때까지는 덮어놔야 해. 섣불리 건드리면 벌집을 건드리는 격이돼."

IECOK(International Economic Consultative Organization for Korea)는 이름 그대로 한국을 도와주겠다는 국제경제협의체, 미국 서독 영국 프랑스 등 서방 선진국들이 1966년 4월 파리에서 구성한 대한(對韓)국제경제협의체다. IECOK 총회의 결과까지만 기다려 보자는 박정희의 판단은 복합적이었다. 한국 국회의원의 80%가 농촌 출신이며 그들이 농업지원 정책을 강력히 지지하는 정치적 지형도를 감안할 때 농업부문에 쓰기로 돼 있는 대일청구권자금 전용 문제가 사전에 유출돼서는 절대 안 된다는 것, 전용을 결심하더라도 일본정부의 공식적 동의를 얻어야 한다는 것, KISA의 기본협정 해제 시한이 1969년 9월 1일이니 KISA가 정말로 한국 종합제철 건설을 포기할 뜻이라면 그 안에 더 분명한 입장을 한국 정부에 전달해줘야 하니 KISA를 압박하면서 그 태도에 따라 대통령으로서 새 결단을 해야 한다는 것. 박태준은 듣지 않아도 박정희의 그런 심경을 짐작할 수 있었다. 똑같은 각오로 똑같이 고민하고 똑같이 추구하고 있으니 이심전심이야 당연한 이치였다.

박정희가 박태준에게 새 임무를 내놓았다.

"만약 방향을 급선회하는 경우에는 임자가 일본과의 막후 협상을 직접 맡아."

"알겠습니다."

김학렬 경제수석과 박태준이 따로 만나서 정리를 했다. '대일청구권자금 사용 문제는 이미 용처가 정해졌고 아직은 KISA의 태도가 분명치 않으니 4월 IECOK 회의의 결과를 보고 대통령께 정식으로 보고를 올리겠다.' 그리고 두 사람은 어떤 경우에도 대통령의 결심과 재가가 있을 때까지는 그 문제를 완전히 덮어두기로 했다. 종합제철 건설 문제에 관해 성급한 말들이 새어나가게 되면 KISA 5개국과 일본이 한꺼번에 얽히는 국제적 중대 사안으로 대두하여 일이 엉망으로 꼬여버릴 것이었다.

공채 1기를 뽑고

1969년 2월 하순, 박태준은 포스코 공채 1기 신입사원을 뽑는 절차를 진행했다. 회사에 돌아와서 KISA의 차관 조달이 막힐 것이라는 소식을 전하면 "전부 도망갈 것 같아서" 미국 출장 결과를 도저히 이실직고할 수 없는 사장의 심정을, 그들은 까맣게 모르고 있었다. 그러나 차관 조달이 막혀 있음에도 과감히 신입사원을 채용하는 박태준은 새로운 무지개를 바라보고 있었다. 물론 그것은 박정희가 잠정적으로 재가한 대일청구권자금 전용의 아이디어였고, 그 실현의 디딤돌과 같은 이나야마의 적극적인 협력의사였다. 공채 1기에는 서울대 공대 금속학과를 졸업한 이구택 총각도 합격했는데, 뒷날에 포스코 제5대 회장을 지낸 그는 '1969년 3월 포항'의 기억을 이렇게 회고한다.

영일만이 우리 지도의 동해안 남쪽에 툭 튀어나온 안쪽에 붙어있다는 것만 알고 서울을 떠나야 했던 나는 기념행사처럼 영화 〈닥터 지바고〉를 봤어요.

기차로 대구까지 내려와서 다시 완행열차를 타고 포항까지 아주 느리게 종단하게 되었지요. 마침 산야에는 늦은 눈이 하얗게 덮여 있었습니다. 내가 포항에 내려온 뒤로 그렇게 엄청난 눈을 다시 만났던 기억이 없는데, 그때 닥터 지바고가 된 기분이었어요. 같이 내려온 동기들하고 밤에 포항역에 내렸는데, 여관이 안 보이더라고요. 그래서 가까운 곳으로 들어갔죠. 홍등을 켜놓은 집이었어요. 어떡해요? 그곳에서 첫날밤을 보낼 수도 없고.

우리는 나와서 다른 여관을 찾았지요. 제법 반듯해 보이는 상주여관이 눈에 띄었어요. 거기서 포항에서의 첫 밤을 보냈는데 곧 셋방처럼 되었습니다. 있는 짐 없는 짐 다 여관에 맡겨놓았습니다. 이튿날 아침에 털털거리는 시내버스를 타고 눈이 녹고 있는 질척질척한 길을 따라갔습니다. 낡은 다리 하나를 건너 이른바 입사신고를 하러 갔는데, 이건 뭐 아무 것도 없었습니다. 있다면 황량하기 짝이 없는 모래벌판과 그 너머의 창망한 영일만 바다가 전부였어요. 유배지로 온 기분도 들고, 다시 한 번 닥터 지바고가 된 듯한 낭만도 느꼈습니다.

우리 대졸 신출내기들은 나까지 모두 13명이었는데 이과 출신이 8명, 문과 출신이 5명이었어요. 어느 부서로 갈 거냐는 희망을 내라고 합디다. 우리 이과 출신은 제철소를 그저 용광로에서 쇳물 만드는 회사라고만 알고 있었으니 너도나도 몽땅 제선부, 제강부를 지원했습니다. 그러니까 위에선 곤란했겠죠. 부르더니 내일까지 너희끼리 조정해오라고 합디다. 우리는 여관방에 돌아와 뭐 심각하게 고민할 것도 없이 총각 특유의 치기를 발휘해서, 아주 간단히 패를 돌려 순서대로 희망부서 선점권한을 부여했습니다. 그렇게 우리는 공장이 들어선다는 실감도 못하는 와중에 선배들이 KISA가 만든 GEP를 공부하라고 하더군요. 그 시기에 박태준 사장께서 KISA로부터 배반당하고 '하와이 구상'이라는 구원의 동아줄을 붙잡고 황급히 도쿄로 날아간 일도 까맣게 모르고 있었습니다. 그런 사정까지 다 알았더라면 불안을 느꼈을 테지요. 그래도 다들 남긴 남았을 겁니다. 한번 해보자고 유배지로 왔는데 해봐야 한다는 분위기였거든요.

이구택(포스코 5대 회장)

심지가 굳세 보이는 똑똑한 공채 1기를 뽑자 박태준은 첫 아이를 얻은 기분이었다. 봄이 완연해졌다. 그런데 느닷없이 해일이 영일만을 덮쳤다. 바다가 미친 듯이 뒤집히자 준설선을 묶어둔 쇠줄이 뚝뚝 끊어졌다. 평소엔 거대해 보이던 배가 나무토막처럼 맥없이 흔들렸다. 이 아슬아슬한 현장에서 꽃다운 청춘이 스러져갔다.

그런 상황에서 준설선의 사람들을 구해야 한다고 나선 청년 직원이 있었다. 모두가 그를 붙들었는데 긴급한 상황에서 감시를 소홀히 하는 틈에 그는 기어이 전마선을 타고 나가 끝내 돌아오지 못하고 준설선 밑바닥에서 시신으로 발견됐다. 준설선은 다행히 급거 출동한 해병대 UDT요원들이 로프를 고정시켜서 무사할 수 있었지만.

김영택(당시 대한준설공사 포항사무소장), 『신들린 사람들의 합창』

해일이 거짓말처럼 가라앉았다. 꽃 소식이 들려왔다. 그러나 차관도입 소식은 잠잠했다. 그래도 박태준은 희망의 시간표에 따라 '영일대(迎日臺)'라는 포스코의 첫 영빈관도 착공한다. 머잖아 포항으로 들어올 외국 기술자들과 바이어들의 거처를 준비하는 일이었다. 1969년 7월에 준공된 영일대는 포항제철 1기 공사가 진행되는 기간에 포철을 방문한 대통령의 숙소로도 활용된다. 1970년 4월 1일과 10월 25일, 그리고 1971년 9월 2일에 박정희는 혼자서 또는 가족들과 영일대에서 일박을 한다.

정부는 3월 10일부터 4월 15일에 걸쳐 경제기획원 차관보를 단장으로 차관교섭단을 조직해 KISA의 5개 회원국 순방에 나섰다. 달포 전에 보내온 포이 회장의 개별교섭 권유에 따른 그들의 긴 여정은 그러나 'No'라는 답변만 차례로 확인한 채로 막을 내리게 된다. 4월 17일부터는 이틀간 파리에서 대한국제경제협의회(IECOK) 3차 회의가 열렸다. 이미 알려졌던 IBRD의 1968년도 한국경제 평가보고서엔 수정된 부분이 없었다. 종합제철소 프로젝트에 대한 자페의 의견도 수정 없이 그대로였다. 이 총회에는 박충훈 부총리가 한국 대표로 참석하고 오원철, 양윤세 등 관료들이 동행했다. 지난해 4월 16일 워싱턴에서 열린 제2차 IECOK 총회에서 종합제철소 차관을 포함한 총 6억7천만 달러의 차관을 요청했다가 총 4천269만 달러밖에 받지 못했던 한국. 이번에는 총 5억1천672만 달러가 소요되는 24건의 사업계획을 제시했다. 대통령의 최대 관심사인 종합제철소 프로젝트는 당연히 포함되었다. IECOK의 입장은 분명했다.

한국은 그간 경제개발5개년계획의 실시로 고도성장을 달성했으나, 현재까지 누적된 외채 중 70%가 상환 조건이 불리한 중단기 외채로서, 1970년대 이후 한국은 외채상환 능력이 한계점에 이를 것이다. 이런 상황에서 종합제철소 건설은 막대한 자본이 집약되기 때문에 성공 가능성이 희박하다.

1997년 김영삼 정권 말기에 'IMF사태'라 불린 국가부도사태를 겪은 이후 한국인은 외환위기가 얼마나 무시무시한가를 깨달았다. '모라토리움'이란 생소한 외국어가 국가부도사태를 일컫는다는 것도 알게 되었다. 1969년의 IECOK는 1970년대 한국경제가 맞이할 외환위기사태를 우려하고 있었다. 박충훈은 무엇보다 제철소에 매달렸다. 한국경제의 종합제철소 필요성을 역설하고 건설 방법·시기·규모 등을 재검토하여 외자부담의 대책을 강구하겠다는 타협안도 제시했다. 1억 달러 이상의 대자본을 쏟아야 하는 종합제철소 프로젝트. 그들은 냉정하게 없었던 일로 하자고 판단할 수밖에 없었다.

한국 대표단은 귀국하는 길에 도쿄에 들렀다. 종합제철 차관도입에서 빈손으로 돌아온 그들은 울적한 표정이었다. 도쿄에서 철강업계 지도자들과 만나고 있던 박태준도 대표단과 만나서 빈손을 확인했다. 그는 표정관리를 했다. 겉으로는 같이 우울한 얼굴을 해야겠지만 속으로는 '그거 듣던 중 반가운 소식'으로 받았다. 그는 이번에도 IECOK에 전혀 기대를 걸지 않았다. 차라리 깨끗하게 포기해 주기를 바랐다. 그럼에도 분개했다.

'지원 불가'의 첫째 이유인 '경제성 결여'가 그를 자극한 것이었다. 그들은 인도의 종합제철소 건설이 실패로 돌아갔으니 개발도상국의 그것을 위한 지원은 금물인 데다가 한국은 연산 60만 톤이니 너무 작아서 경제성이 없다는 것이었다. 인도 사례를 보라? 이것은 민족적 자존심 문제였다. 60만 톤이 너무 작다? 이것은 국가적 자존심 문제였다. 1962년 처음에 30만 톤, 1966년 50만 톤, 이어서 60만 톤. 이렇게 선진국의 월산(月産)에도 못 미치는 수치를 연산으로 잡은 것은 순전히 건설비(차관) 조달 능력이 없어서 첫 밑천을 적게 잡으려는 빈곤의 소치였다. 이미 1965년에 니시야마 가와사키제철 사장이 방한하여 박태준에게 '100만 톤 임해 제철소'로 시작하라는 충고를 했고 그것을 그가 그대로 박정희에게 보고를 했다. 박정희와 박태준이 몰라서 100만 톤을 주저한 것이 아니었다. 우리의 차관조달 능력을 감안한 결정이었다. 작게 시작하여 연차적으로 크게 가자는 장기적인 기획이었던 것이다.

IBRD는 한국을 약 올리듯이 브라질 이파팅가 우지미나스제철소 건설에 차관을 제공한다는 결정을 내렸다. 4월 29일 미국수출입은행이 한국의 종합제철소 건설은 경제적 타당성에서 의문이 제기된 상태이므로 차관을 제공할 수 없다는 최종적인 입장을 밝혔다.

긴 여정을 마치고 거의 빈손으로 돌아온 박충훈 부총리가 김포공항에서 종합제철 차관도입에 대한 비관적 전망을 알리며, 종합제철의 사업규모와 건설시기를 재검토하여 결정짓겠다고 발표했다. 이 발언에 박정희는 심기가 불편했다. 박충훈에게 박정희가 따끔하게 질책했다는 보도가 나왔으나, 포항시내엔 '종철이 공장 말뚝도 박기 전에 망했다'라는, 사실에 가까운 유언비어가 퍼지고 포철 직원들은 의기소침해져서 자기 미래와 회사 미래를 불안해했다. 그러나 박태준은 밝힐 수 없는 비장의 카드를 가슴에 품고서 언론이 뭐라든 관료가 뭐라든 포철은 반드시 성공하게 된다고 피력했다. 그래도 못 미더운 직원들은 보따리를 쌌다.

5월 2일 박정희가 청와대로 박태준, 박충훈, 김정렴(상공장관), 이한림(건

설장관)을 불러 모았다. 이 자리에서 세 가지 방침이 결정됐다. 첫째, 세계
은행에만 의지하지 말고 자체 검토를 강화해 차관제공을 설득할 입증자료
를 제시할 것. 둘째, 포철의 항만 도로 부지공사는 계속할 것. 셋째, 국제
경쟁력을 갖출 때까지 정부 투자를 정부 보조로 전환할 것. 이어서 22일엔
박정희가 다시 박충훈을 다그쳤다.

> 박정희 대통령은 22일 청와대에서 박충훈 경제기획원장관으로부터 미국측
> 이 경제성문제, 차관상환문제 등을 들어 종합제철건설에 난색을 표하고 있다
> 는 보고를 듣고 이같이 지시했다. "종합제철의 필요성, 경제성, 차관상환능력
> 등을 입증하는 자료를 제시, 외국차관단을 적극적으로 설득하라."
>
> 1969년 5월 23일자 동아일보

미국의 철강업계와 금융기관이 한국의 종합제철에 돈을 댔다가 떼일 염
려에 빠진 즈음, 모든 미국인의 시선은 때마침 허공의 달에 집중되어 있었
다. 유인우주선 아폴로 10호가 달 표면에 다가서고 있었던 것이다. 같은
날 동아일보는 미국과 한국의 아득한 격차를 깨우쳐주듯, 한국의 종합제
철 보도와 나란히 휴스턴의 NASA(미국항공우주국)에서 AP통신이 띄운 외신
을 받았다. 미국의 유인우주선이 '최첨단 과학의 카운트다운'으로 진행되
고 있을 때, 한국은 다시 '경제개발과 민주의의가 동시대 동일한 무대에서
공존할 수 없다'는 기나긴 정쟁을 예고하고 있었다. 5월 22일 한국 언론들
은 일제히 21일 서울시민회관에서 열린 신민당 전당대회를 보도했다. 신
임 유진오 총재는 독단과 공포에서 참된 민주주의로 나아가겠다면서, 어
떠한 개헌도 단호히 반대한다고 기염을 토했다.

5월 27일 박태준은 박충훈과 함께 KISA 대표단 7명을 경제기획원에서
만났다. 이날 박태준의 안주머니엔 이미 이나야마 일본철강연맹 회장의
편지가 꽂혀 있었다. '일본 정부가 대일청구권 자금의 제철소 전용에 동의
한다면 일본철강연맹은 종합제철소 건설을 적극 지원하겠으며 일본 6대

철강회사 중 어느 기업이 종합제철소 프로젝트에 참여할지를 개인적으로 알아봐주겠다'는 약속이었다. 박정희에게 보고한 것이기도 했다. 그래서 KISA 대표들과 상면하는 박태준의 속내는 명료했다. KISA와 계약이 공식 종료되지 않은 상황에서 최후 수순으로 강력히 책임 추궁을 해둠으로써 조만간 일본과 본격 접촉해나가는 과정에 제기될지 모르는 '성가신 이의 제기'를 미리 예방하겠다는 것. 이번에도 그들은 희망적인 의견을 내지 않았다. '자금 없는 사장'은 후련했다.

KISA와 회의가 또다시 성과 없이 끝났다는 것을 신문들이 가만두지 않았다. 종합제철소 건설에 대한 비관론마저 제기했다. 1969년 5월 30일 동아일보가 질타했다.

제철소를 세우려 한다면 60만 톤 용량의 고로를 한 개 만든다 하더라도 외화만 약 1억3천만 달러를 써야 하는데, 이를 마련한다는 것은 지금과 같은 형세 하에서는 전혀 엄두조차 서지 않는 것이다. 그러한 외화가 마련될 수 있다 하더라도 60만 톤이나 100만 톤 정도의 용량으로서는 국제경쟁이라는 견지에서 볼 때 장난감 같은 것이므로 수입하는 것보다 두 곱 세 곱의 생산비를 넣어야 할 것인데, 이는 우리가 지금 한창 머리를 앓고 있는 부실기업을 하나 더 만드는 것밖에 안 된다.

김학렬, 전담반, 비장의 최후 카드

6월 2일, 박정희는 박충훈을 내리고 김학렬을 올린다. 종합제철이 두 번째로 경제책임자를 바꾼 인사였다. 경제수석에서 경제기획원 부총리로 옮긴 김학렬은 취임 즉시 흑판에 '종합제철'이라 써놓고 "이 사업이 완결되거나 내가 그만둘 때까지는 지우지 말라."고 엄명한다. 취임 사흘째(6월 5일)는 박정희의 지시를 받들어 종합제철건설전담반(종합제철건설사업계획연구위원회)을 설치한다. 경제기획원의 정문도, 노인환을 비롯해 상공부, 건설부 관료들과 포항제철 4명(노중열, 김학기, 최주선, 조용선) 등 총 14명이었다.

전담반에는 일찍이 이승만 대통령 시절에 서독으로 국비 유학을 떠나 1964년 박정희 대통령이 서독을 방문했을 때 '종합제철 건설'을 건의한 적 있었던 김재관 박사도 합류했다. 이때 그는 한국과학기술연구소 제1금속연구실장이었다.

전담반은 저마다 고유한 업무를 맡아 사명감과 의욕을 불태우며 속도를 냈다. 예습도 해뒀고 참고서도 갖춘 격이었다. 문제점 많은 KISA의 각종 계획안 및 그에 대한 일본용역단과 포스코 사람들의 검증자료들을 적절히 활용할 수 있었던 것이다. 이미 세계 철강업계의 당당한 강자로 부상한 일본, 그들의 철강전문지에는 '연산 제강 총량'을 계산하는 공식까지 나와 있었건만, 아직 한국은 철강 엔지니어링에서 걸음마 수준이었다. 다행히 전담반에는 그것을 보강해줄 한국인 인재가 박혀 있었다. 바로 김재관이었다.

김재관이 맡은 것은 '제철소 종합건설계획안'이었다. 그가 주도하여 '연산 103만 톤' 계획안을 완성한다. 4년 전에 니시야마 가와사키제철 사장이 박태준과 박정희에게 처음 충고해줬고 근래에는 이나야마 일본철강연맹 회장도 '필수'라며 권유해준 "제1기를 연산 100만 톤으로 시작하라"는 그 '100만 톤 종합제철소'가 한국인의 손에 의해 계산된 '103만 톤 계획안'으로 등장하는 것(공식에 대입한 정확한 수치는 103만2000톤)이다. 물론 그 계획안은, 몇 달 뒤부터 일본기술단(단장 아리가)이 주도해나갈 '포철 1기 건설'의 방대하고 복잡한 '일반기술계획(GEP)'과는 차원이 다른 것이었다.

김학렬은 전담반의 활기찬 진도를 살피는 가운데 일본철강업계 지도자들의 긍정적 동향과 대일청구권자금의 전용 가능성을 확인하여 한층 더 자신감을 갖고 6월 19일 "시설규모에는 약간의 변동이 있을지 몰라도 종합제철 건설의 대원칙은 추호도 변함이 없다."고 천명한다.

7월 31일, 경제기획원이 다음과 같이 공표한다.

종합제철건설전담반으로 하여금 약 2개월 동안에 걸쳐 건설계획을 근본적으로 재검토하게 한 결과, KISA와의 기본협정은 포기하고 대일청구권자금으로 건설을 추진하기로 최종 결정을 내렸으며, 새로 마련된 계획은 종합제철의 시설규모를 당초의 연간 60만 톤으로부터 국제단위인 100만 톤으로 확장하고 청구권자금으로 이의 건설을 추진하기 위하여 이미 일본정부에 이를 정식으로 요청하였다.

　마침내 박정희가 박태준과 함께 가슴에 품고 있던 최후 비장의 카드를 빼든 것이었다. 다시 박태준이 발에 땀이 나도록 도쿄 바닥을 뛰어야 하는 차례이기도 했다. 그해 2월, 물밑 교섭은 임자가 책임지라고 하는 박정희의 말에 그렇게 하겠다고 약속을 했던 것이다.

"그 친구 원래 그래. 건드리지 마!"

　한국 정부가 KISA에 휘둘리고 있어서 포스코는 착공 시기조차 예측할 수 없었던 1969년 4월부터 국내 정치적 상황은 한층 더 갈등과 혼란으로 치닫고 있었다. 그해 1월 여당(공화당)이 박정희의 3선을 허용하는 개헌을 검토한다고 발표한 것이 벌집을 쑤신 것 같은 자극적 계기였다.

　야당(신민당)은 개헌 저지를 위한 '범국민투쟁위원회'를 결성하여 결사투쟁 태세에 돌입하고, 공화당 내부도 반(反)김종필파와 김종필파가 암투를 벌였다. 이것이 극적으로 표출된 사건은 4월의 '권오병 문교부 장관 불신임안' 국회 통과였다. 제3공화국 출범 이래 최초로 가결된 국회의 국무위원 불신임안 표결 결과는 찬성 89표, 반대 57표, 기권 3표였다. 김종필파 공화당 의원들이 여전히 정부는 자기네 지지에 의존하고 있다는 힘을 과시하려고 찬표를 던졌던 것이다.

　공화당 지도부는 그들 5명을 제명했다. 박정희는 '개헌 발의를 위한 국회의원 숫자'부터 확보해야 하는 비상한 국면을 맞았다. 국회의 개헌가능선 3분의 2 확보, 이것이 불투명해 보였다. 여당에서 쫓겨난 김종필과 의원들이 무소속으로 의원직을 유지하는 상황에서 공화당 안에도 김종필파로 분류되는, 개헌 저지를 위한 매복부대가 도사리고 있었다. 박정희는 '김종필과 그의 의원들'을 돌려세우는 작업에 착수할 수밖에 없었다. 3선개헌의 성공을 위한 첫 단계로 여권을 완전히 장악할 수 있는 '채찍과 당근'을 준비해야 하는 여름을 맞이했다.

박정희는 먼저 김종필을 청와대로 따로 불러서 태도를 돌려세움으로써 개헌안을 국민투표에 부치기 위한 '국회 통과' 요건인 의결정족수 3분의 2를 무난히 확보한다. 그리고 7월 25일 일대 정치적 승부수를 띄운다. 개헌안에 대한 국민투표를 통해 대통령 신임 여부까지 묻겠다는 요지의 대통령 특별담화 발표가 그것이다. 국민 여러분이 3선개헌안에 찬성해주면 대통령을 계속하고 반대한다면 대통령도 그만두겠다. 이 단서가 개헌 정국에서 태풍의 눈이 된다.

집권세력이 국민투표에서 3선개헌안을 통과시키려는 사회적 분위기를 뜨겁게 달구기 위해 총력을 기울여야 하는 여름, 그 입체적 총력전이 예비역 장성들도 응원세력으로 동원하게 된다. 더러는 능동적 적극적이고 더러는 수동적 소극적인 '별들의 행동'을 한곳에 모으는 계책을 짜는 여권 고위층과 중앙정보부. 그들의 망원경에는 당연히 예비역 소장 박태준의 모습이 크게 잡혔다.

김형욱 중앙정보부장이 예비역 장성들의 '3선개헌 지지 성명서'에 박태준의 서명을 받아오라며 포항으로 사람을 보낸다. 심부름꾼은 생각이 단순했다. 국가를 위한 것이라거나 근대화를 위한 것이라거나 뭐 그런 거창한 당위적 명분을 앞세울 필요도 없이 박정희를 위한 것이니까 마땅히 박태준은 적극 동조할 것이라고 철석같이 믿고 내려온다. 그의 확고한 믿음을 그러나 박태준은 보기 좋게 배반하듯이 단호히 거절한다.

"제철소 하나만 해도 바빠. 정치에는 끼지 않겠어."

칼로 무를 베듯 서명 요구마저 잘라버린 박태준. 이는 박정희와 박태준의 독특한 관계, 그 완전한 신뢰의 인간관계에 대해 현재를 가늠하고 미래를 예측할 수 있는 하나의 사건이었다.

박정희를 위한 서명에 거부한 박태준. 기획자들로서는 보잘것없이 작은 일이라고 보자면 그렇게 볼 수도 있는 일이겠으나 보기에 따라서는 봄날에 일어났던 김종필의 정치적 항명만큼 심각한 배반일 수도 있다고 판단한다. 그래서 대통령에게 보고하는 자들의 눈빛과 목소리에는 '감히 그럴 수 있나' 하는 분개가 묻어난다. 이제는 박태준도 끝났다는 고소한 기분마저 느꼈을지 모른다.

그런데 보고를 받는 이가 너무 무덤덤하다. 아니, 보고자들을 나무라듯이, 마치 박태준이 서명을 거절할 때 그랬던 것처럼, 박정희가 딱 자른다.

"그 친구 원래 그래. 건드리지 마!"

박태준의 복음과 극일론

박정희의 정치 방면이 3선개헌 통과를 위해 지략을 짜내는 8월, 박정희의 경제 방면은 무엇보다도 일본 정부와 포항제철 건설을 위한 대일청구권자금 전용에 합의하기 위해 국가적인 총력을 기울이는 중이었다. 그 총력의 핵심인자로서 '건드리지 마라'는 박정희의 보호를 받은 박태준은 박정희의 '특별담화'가 오뉴월 가마솥처럼 달궈놓은 서울을 떠나 도쿄로 날아갈 짐을 꾸렸다. 한국 정부가 8월 하순에 열릴 한일각료회담에서 '대일청구권자금 전용'에 대한 합의를 끌어낸다고 결정했으니, 박태준에게는 박정희의 지시를 받고 소리 없이 수행해온 대일 물밑교섭을 마무리할 시간이었다. 일본 정부가 한국 정부의 절박한 제안을 받게 만들자면, 무엇보다도 종합제철소 건설에 대한 일본철강연맹의 '기술협력 의사표시'를 서류로 확보해둬야 했다. 이것이 예정된 협상에서 소중한 무기였다.

한국 정부의 지휘자는 김학렬 부총리였다. 불퇴전의 각오로 반드시 해내야 한다는 박정희 대통령의 엄명을 받은 몸이었다. 그래서 그는 관료들 중 어느 누구보다 가장 철저한 자세로 대일청구권자금 일부의 포항제철 전용을 성사시키려는 한일협상 준비에 각고의 노력을 기울이고 있었다.

8월 6일 박태준은 실무교섭단과 함께 도쿄에 내렸다. 포철에서는 노중열 외국계약부장과 김학기 조사역이, 정부에서는 경제기획원 정문도 차관보와 양윤세 투자진흥관이 동행했다. 연산 조강 103만 톤 규모로 늘린 포항종합제철 건설안을 들고 도쿄에 도착한 박태준의 목표는 명백했다. 일본 3대 제철소인 야하타제철, 후지제철, 니혼강관의 지원을 바탕으로 일본철강연맹의 확약을 받아낼 것, 일본내각의 대신들과 의회 지도자들을 만나서 하나같이 동의하도록 마음을 돌려놓을 것.

8월의 도쿄는 서울보다 무더웠다. 박태준은 맨 먼저 야스오카를 찾아간다. 포철에 대해 협력을 아끼지 않겠다고 언약도 해주고 서신도 보내준 이나야마를 또다시 찾아가는 이번 길에도 박철언, 야기 노부오와 함께 야스오카의 방부터 거쳐야 더 힘이 붙을 것이고, 일본 정·재계의 거물들과 접촉하는 일도 그래야 더 수월해지고 더 힘이 붙을 것이라고, 그는 확신하고 있었다. 야스오카는 박태준과 포항제철의 막강한 후원자였다. 1969년 상반기 내내, 그해 여름 내내, 야스오카는 포철을 지원하는 막후 활동을 쉬지 않았다. 박철언은 자서전 『나의 삶, 역사의 궤적』에서 이렇게 정리하고 있다.

포항제철을 위한 야스오까의 집요한 막후 활동이 계속되었다. 야기와 나는 야스오까의 의중을 따라 야하따, 후지 제철사를 번갈아 빈번히 방문했다. 이나야마, 나가노, 양 거두의 합심과 협력으로 포철 문제는 일본철강연맹의 소관이 되었다. 포항제철은 연산 103만 톤을 기간으로 하는 종합제철소 건설 계획을 일본철강연맹에 제시했다. 철강연맹은 포항제철의 계획을 검토하고 그 타당성을 인정하는 공한을 발부했다.

69년 8월, 한일각료회의가 동경에서 열리게 되었다. 박태준은 사전 공작을 위해 일본으로 왔다. 그는 동경에 도착하는 대로 야스오까를 찾아왔다. 박태준은 일본철강연맹이 포항제철의 건설 계획을 적극적으로 검토하게 한 야스오까의 전력에 대하여 감사를 표하고, 한일각료회담 이전에 정·재계에 대한 접촉을 원만히 할 수 있게 주선해 줄 것을 청원했다.

과연 야스오카의 위력은 대단한 것이었다. 이때(1969년 8월) 박태준의 활약상은 박철언의 자서전에 잘 찍혀 있다.

야스오카는 즉각 주선의 손을 써서 박태준으로 하여금 정계에서 기시 노부스께(岸信介), 가야 오키노리(賀屋興宣), 지바 사부로(千葉三郎), 이찌마다 나오또(一萬田尚登), 재계에서 해외경제협력기금 총재 다까스기 신이찌(高彬晋一), 경단련 회장 우에무라 코고로(植村甲午郎) 등 주요 인사를 만나게 하였다.

박태준이 만난 이들은 모두가 입을 모아 포항제철의 출현을 축복하고 지지했다. 야스오카가 총리 대신 사또 에이사꾸(佐藤榮作)에게 포항제철에 관한 문제를 진지하게 말했다는 하야시 시게유끼의 말이 야기를 통해서 전해졌다. 수일 후에 야기는 내각 관방(官房)의 전갈을 받고 박태준과 같이 총리 관저로 관방부장관 기무리 도시오(木村俊男)를 찾았다. 셋이 하이어를 타고 총리 관저로 갔다. 야기와 박태준이 기무라를 만나는 동안 나는 대기실에 앉아 기다렸다. 상기된 두 사람과 나는 관저를 나와서 차에 올랐다. 차가 총리 관저의 문을 나서자 야기가 입을 연다.

"일은 성사됐어요. 기무라 관방장관의 말은 이래요. 사또 총리는 포항제철 건설 자금에 관한 한국정부의 제의를 수락할 것이다. 박 대통령에게 그 취지를 전하라. 그러나 일한각료회의를 앞두고 이 말이 누설되지 않도록 주의하라는 것이었어요."

박태준으로서는 하늘이 주는 일대 복음이었다. 이어 박태준은 야스오까의 주선으로 외상(外相) 아이찌 기이찌(愛知揆一), 대장(재무)상 후쿠다 다께오(福田赳夫), 통산상 오히라 마사요시(大平正芳) 등을 두루 만났다.

그때 그 고장(일본)에서 위에 적은 이름들이 "차지하는 무게와 권위"에 대하여 박철언은 "하늘을 찌르고도 남음이 있었다"라고 했다. 그럴 만하다. 총리, 장관들, 재계 최고실력자들이 두루 등장하는 것이다. 그리고 박철언은 "불혹의 한국인 박태준이 연일 이들을 차례차례 거침없이 만나고 다녔다면 누구나 쉬이 믿을 수 있는 일이 아니었다. 그 믿을 수 없는 일이 눈앞에서 현실로 일어났고 이어졌다. 야스오카가 있었음으로, 그를 그리하게 한 박태준이 있음으로 가능했던 일이다."라고 했다.

일본 정·재계의 존경과 신망을 한몸에 받는 야스오카를 감동시킨 박태준, 그 저력은 무엇이었나.

첫째는 박태준의 완벽한 일본어 구사와 일본문화 체득이다. 그는 1933년의 여섯 살부터 1945년의 열여덟 살까지 일본에서 성장했다. 그때 습득한 일본어와 체득한 일본문화가 이윽고 '근대화 조국'을 위한 보배로운 능력으로 발현된 것이다. 일본어를 완벽하게 구사할 수 없었다면, 일본인의 문화적 특성을 제대로 알지 못했다면, 그는 대학자로서도 저명한 야스오카에게 자신의 이상과 신념을 제대로 밝히지 못했을 것이다.

둘째는 1964년 1월 야스오카가 박정희의 특사로 장기간 방일한 박태준과 초대면하는 자리에서 과연 한국 대통령이 가장 신뢰하는 인물이라는 귀띔에 걸맞은 인물이라는 강렬한 첫인상을 받았던 점이다. 바로 그 인물이 맡은 국가적 대사(포항종합제철)이니 야스오카는 듬직했을 뿐만 아니라 그의 부탁은 곧 박정희의 뜻이 반영된 것이라고 믿을 수 있었다. 이러한 야스오카의 박태준에 대한 신뢰는 그가 대일관계를 헤쳐 나가는 길에서 보이지 않는, 그러나 든든하고도 큼직한 자산이었다.

셋째는 박태준의 강렬하고 순정한 무사(無私) 애국심이다. 대가는 대가를 알아보는 것처럼, 애국자는 애국자를 알아본다. 야스오카는 겨우 불혹을 넘어선 한국인과 대화하는 동안 난국에 빠진 조국을 위해 헌신하겠다는 그의 뜨겁고 순수한 영혼을 확인했을 것이다. 불타는 정열과 의지를 안으로 모을 줄 아는 침착성과 지혜도 발견했을 것이다.

넷째는 야스오카의 한국관과 박태준의 일본관이다. 한일관계를 일의대수에 비유하면서 일본의 과거를 사과하고 한국을 돕는 것이 일본에도 도움이 된다는 야스오카의 사고, 일본을 알아야 이용할 수 있고 이길 수 있다는 박태준의 용일주의(用日主義). 이것은 즐거운 손뼉소리를 낼 수 있는 정신적 조건이었다.

야스오카의 한국관에는 극단적 냉전체제 속에서 한국이 맡은 '반공 방파제론'도 포함돼 있었다. 박철언은, 야스오카가 일본철강연맹 회장 이나야마에게 전화를 넣은 뒤에 그의 뜻을 받아 야기 노부오와 함께 이나야마를 처음 찾아갔던 자리에서 나눈 대화를 다음과 같이 자서전에 정확히 되살려놓았다.

"야스오까 선생의 견해는 간단명료합니다. 한국은 공산세력에 대치해서 전방 방어를 맡고 있는 나라입니다. 한국은 제철에 관한 한 북측에 비해서 빈약합니다. 이는 보강해야 합니다. 두 나라는 일의대수의 상호관계에 있다고 믿고 계십니다."

"예. 야스오까 선생의 의견은 강경하셨어요. 옳은 말씀이셨습니다. 나라의 장래를 그르치지 않기 위해서도 선생의 의견은 존중되어야 하겠지요."

야스오까의 측근 야기 앞에서 이나야마의 발언은 신중했고 그 내용은 상적(商的) 경쟁이나 이해의 수위를 초월하는 것이었다.

미무라 료헤이 미쓰비시상사 회장은 박태준의 일본관을 "우리가 비즈니스를 하기 위해 한국을 연구하는 것처럼, 박태준 회장은 일본을 아주 깊이 연구하고 있는 전략가"라고 예리하게 간파했다. 일본 최장수 총리를 지낸 나카소네는 노년의 박태준에게 보낸 편지에서 "귀하는 일본에 와서 하나라도 더 한국에 도움될 것을 가져가려고 모든 것을 다했습니다. 귀하의 애국심에 나는 항상 감동합니다."라고 썼다.

박태준은 언제나 '일본을 아는 것이 먼저'라고 당당히 역설했다. 일본에 대한 그의 기본적 태도는 지일(知日)-용일(用日)-극일(克日)의 3단계를 밟아야 한다는 것. 감정에 압도당하면 일본을 알 수 없게 되고, 일본을 모르면 일본의 장점을 활용할 수 없게 되며, 그러면 일본에 앞설 수 없게 된다. 이렇게 정돈된 그의 전략이 확실한 실천으로 확립된 공간은 포항제철이다. 영일만에서 얻고 배운 일본기술을 광양만에서 보기 좋게 활용하고 극복하여 세계 최고의 광양제철소를 완성하게 되는 것이다.

몇 달 전 모씨와 한일 문제를 이야기하다가, 오래 전부터 일본학연구소 설립을 추진해오던 서울대학교가 설립배경에 대한 근거 없는 소문, 대일 국민감정 등의 이유로 이를 백지화했다는 말을 들었다.

걸핏하면 '극일(克日)을 하자'고 목청을 돋우면서도 독립 후 40년이 지난 이 시간까지 왜 우리에게는 변변한 일본 관계 연구소 하나 존재하지 않는 것인지. 오늘날 국가와 국가 간의 얽히고설킨 관계의 핵심은 한마디로 '전쟁'이다. 더구나 모든 분야에서 우리보다 앞서 있는 일본에서는 한국을 연구하는 기관이 한둘이 아니요, 한국학을 전공하는 학자의 수가 수백 명에 이른다고 하는 사실을 생각할 때, 장차 일본과의 경쟁에서 승부는 불을 보듯 뻔한 것이 되지 않겠는가.

박태준, 1985년 9월 15일자 한국경제신문

정말 인생에는 피할 수 없는 운명이란 것이 있을까? 있다면, 그 운명을 관장하는 존재가 절대자인가? 문학이나 철학에서는 진리의 실재(진실)에 도달해야 하는 여정이 참다운 삶의 운명이라고 한다. 그 운명이 필생의 과업이다. 진실(진리의 실재)은 삶과 세계를 지배하는 근원적이고 궁극적인 주체다. 물론 '그것'은 언어와 시간을 초월하는 존재, 곧 절대자다.

인간의 예지로는 온전히 해명할 수 없는 것이 역사다. 역사라는 것도 절대자에 근접하는 무엇이다. 그래서 역사는 특정 개인에게 피할 수 없는 운명을 굴레처럼 덮씌우는가? 궁극에는 지칠 수밖에 없는 그에게 기껏 '영웅'이라는 말을 훈장처럼 수여하는 것인가? 한국산업화 역사에서 한참을 유심히 들여다봐야 하는 장면이 '박정희의 종합제철 의지와 1969년 8월 도쿄의 박태준'이다. 여기엔 4개의 돋보기, 곧 4가지 가정이 필요하다.

만약 박정희가 1964년 정초에 미국 유학을 떠나려는 박태준을 돌려세워서 '10개월간 특사'로 일본에 파견하지 않았다면? 그래서 박태준이 그때 이미 야스오카를 만나지 못했거나 박정희의 특사로서 그에게 강렬한 첫인상을 남기지 못했다면? 일찍이 박철언의 됨됨이와 능력을 알아본 박태준이 박정희에게 그의 존재를 알리고 '혁명정부 제1호 출국허가증'을 내줘서 그의 삶터인 도쿄로 보내주지 않았다면? 그리고 박태준과 박철언이 서로 돈독한 인간관계를 맺지 않았다면?

위의 네 가지를 모두 충족하지 못했더라면, 제철기술 제공에 대한 일본 철강연맹의 협력이나 대일청구권자금 전용에 대한 일본 정부의 협력을 1969년 8월에 '단번에 순탄하게' 끌어내기란 대단히 어려웠을 것이다. 역사가 특정 개인 네댓을 간택해서 관장했던 그 운명의 현장이 아니었을까.

오히라의 실눈

1969년 8월 15일, 아이치 외무상이 한국 광복절을 축하하듯 기자회견을 통해 외무성 대장성 통산성 관계자들이 여러 차례 합동회의를 한 결과 대일청구권자금 전용에 대해 긍정적인 방향으로 검토가 이루어졌고 22일 일본 각의에서 최종 결정이 내려질 것이라 발표했다. 이러면 다 된 밥이었다. 며칠 전 관방부장관 기무리 도시오가 박태준, 야기, 박철언을 총리 관저로 불러서 "성사되었다. 박 대통령에게 보고해라. 단, 끝까지 기밀을 유지해라"하고 일러준 그대로 '성사'가 되었고, 8월 15일이라는 특별한 날을 맞아 일본정부가 먼저 공개한 것이었다.

신생아 포항제철을 기사회생시킬 대한민국 산업화시대의 그 중대한 외교적 성과는 '박정희의 사람들'이 저마다 최선을 기울이면서 연합작전을 성공적으로 수행한 결실이기도 했다. 박태준이 도쿄의 각계 거물들과 연쇄적으로 만나서 완벽한 정지작업과 실행준비를 해내고, 경제기획원의 정문도 운영차관보와 양윤세 투자진흥관을 비롯한 한국 관료들이 김학렬 부총리의 열정적인 지원과 지휘를 받으며 부지런히 뛰어다니고, 김종필까지 나서서 일본 정계 지도자들에게 '한국의 반공 방파제론, 그로 인한 과중한 방위비 부담론'을 설파했다. 박정희는 지시나 내리고 보고만 받았을까? 그렇지 않았다. 가나야마 주한 일본대사를 청와대로 불러 술잔을 기울이며 "이번에는 주일 대한민국 특명전권대사가 되라."며 사토 일본 총리에게 보내는 '종합제철 건설 지원 요청'의 친서를 건네고 "친서를 성사시키지 못하면 서울로 돌아오지 말라."고 엄중히 엄포를 놓았다.

그런데 오히라가 느닷없이 심통을 부리듯 다 된 밥에 재를 뿌렸다. "아직 검토단계에 있고 최종 결정을 내리기에는 시간이 좀 더 필요하다."라는 통산성 성명을 발표한 것이었다. 일본 각의가 열리는 8월22일까지는 일주일의 여유도 없었고, 한일각료회의까지는 딱 열흘이 남아 있었다.

마지막 장애물 오히라. 지난해(1968년) 8월 한일각료회의에서도 제철 차관을 타진하는 한국 장관들에게 "한국은 일본 철강제품을 수입하는 것이 훨씬 유리하다."라고 한 수 가르치듯 떠들었던 바로 그 오히라. 박태준은 아찔했다. 아이치 외무상의 공표에 앞서 이미 비선 라인으로 박정희 대통령에게 성사 보고까지 해뒀는데, 천운을 얻은 것처럼 순조롭게 풀려나가는 국가대사에 기어이 마(魔)가 한 번 끼는 건가? 그는 찜찜하기도 했다. 그러나 머뭇거릴 시간이 없었다. 무슨 수를 쓰든 오히라를 설득해야 했다. 일본 내각은 의사결정 구조가 전원합의체이므로 한 각료라도 비틀면 일을 그르칠 수도 있는 것이다.

박태준은 야스오카의 주선으로 오히라와 안면을 튼 사이여서 '무슨 수'를 쓰긴 써야겠지만 직접 다시 만나는 '수'가 최선의 '수'이자 유일의 '수'라고 생각했다. 그의 면담 신청을 오히라가 받아줬다. 경제학을 전공한 오히라는 독특하게 생긴 인물이었다. 유난히 큰 얼굴에 눈이 가늘어서 감고 있는 것 같았다. 그가 문제의 성명에 대한 근거를 대듯 박태준에게 경제학원론을 펼쳐놓았다.

"경제원칙에 의하면 산업화의 첫 단계는 농업자립화입니다. 농업자립화가 이루어졌을 때, 이를 바탕으로 성숙한 시장경제가 들어서게 됩니다. 제철소 건설은 그 다음의 일이지요. 지금의 한국은 농업에 투자할 시기입니다. 비료공장, 농기계공장을 세워 농업부터 발전시켜야 합니다. 수익성이 보장되지 않는다는 이유로 외국 은행들이 차관을 거부한 환경에서 제철소 건설을 밀어붙이겠다는 것은 무모한 선택이 아닐까요?"

오히라의 실눈은 상대를 똑바로 쳐다보지 않았으나 박태준은 경제전문가로서의 판단에 따라 반대한다는 점을 간파했다. 오히라가 '반한감정'을 앞세우지 않는다는 점을 그나마 다행이라고 여겨야 했다. 이것이 소득이었다. 그는 나쁜 인상을 남기지 않으려고 일단 얌전히 물러났다.

'농업자립화 우선'이라는 오히라의 주장은 장면 정권에서도 검토한 정책이었으나 박정희 정권은 중화학공업에 최우선으로 힘을 모았다. 이제 종합제철소만 건설하면 산업화의 확고한 기반을 다질 수 있는 단계였다. 한국은 비료공장을 이미 갖추고 있었다. 1966년 9월 '한비사건'이 터지긴 했으나, 이병철의 삼성이 일본과 협력해서 울산공업단지에 세운 야심작 한국비료가 대표적인 공장이었다. 농기계공장을 세워야 한다는 오히라의 충고도 틀리진 않았다. 몇 년 전부터 북한이 '또락또르'를 대대적으로 생산하며 농업 기계화를 부르짖고 있는 상황에서 남한도 농기계 생산에 깊은 관심을 기울이지 않을 리 없었다. 하지만 농기계를 나무로 만들랴. 북한은 종합제철소가 있지만 남한은 없으니 양질의 철을 생산해야 농기계공장도 갖출 수 있을 것 아닌가?

그러나 두 번째 만남에서도 오히라는 박태준에게 자신의 경제지식을 양보하지 않았다. 박태준은 어떡하든 꼼짝 못하게 항복시킬 논리를 찾아야 했다. 시간은 많지 않았다. 22일 전에 오히라를 설득하고, 22일 전후로 일본철강연맹의 구체적인 확약서를 받아야 했다. 박태준은 또다시 오히라에게 면담을 신청했다. 세 번째인데도 그는 선뜻 만나주었다.

"한 주일 내에 박 사장을 세 번째로 만나는데, 이런 일은 당신이 처음이오만, 내 원칙에는 아직 변함이 없어요."

"덕분에 공부를 많이 하게 되었습니다. 청일전쟁을 준비하는 과정에서 일본은 영국으로부터 군함을 차관으로 도입해왔습니다. 제철소가 없었기 때문입니다. 그래서 일본은 청일전쟁을 통해 제철소의 필요성을 절감했고, 명치 30년에 7만 톤짜리 야하타제철소를 세웠습니다. 그 뒤에 러일전쟁을 준비하는 일본에게 제철소의 필요성은 다시 절실해졌고, 제철소 건설을 서두르게 되었습니다. 그러니까 일본은 단순히 산업적 목적의식에서만 제철소를 세웠던 것이 아니라, 안보적 차원을 더 깊이 고려했습니다. 그때 제철소 건설에 심혈을 기울이고 있던 일본의 1인당 GNP는 오늘의 화폐가치로 100달러 미만이었고, 한국의 현재 1인당 GNP는 200달러에 육박하고 있습니다."

갑자기 오히라의 실눈이 드러났다. 세 번의 만남을 통틀어 눈동자가 처음 빛을 쏘았다.

"그걸 어디 가서 조사했어요?"

"정부간행물보관소를 뒤졌습니다."

그것은 사실이었다. 설득의 논리를 세우고 근거를 찾느라 골몰하고 있던 박태준의 머리에 섬광처럼 떠오른 생각이 그곳을 뒤져보자는 것이었다.

"정말 공부를 했군요."

박태준은 한 발 더 나갔다.

"북한은 일본이 남긴 제철소들이 있는 데다 소련의 지원까지 받으면서 이미 한국보다 열 배 넘는 철강을 생산해서 대규모로 무기를 만들고 농기계도 만듭니다. 한국이 제철소를 짓겠다는 것은 산업적 수익성뿐만 아니라 안보적 차원도 고려한 정책입니다. 현재의 냉전체제 대결에서 한국의 안보는 일본의 안보와 직결되는 문제가 아닙니까?"

오히라의 눈이 다시 사금파리처럼 반짝거렸다. 그가 불쑥 엉뚱한 말을 했다.

"사실은 내 숙부가 한국의 동남쪽에 사셨던 적이 있습니다. 경상북도 영일군 대송면의 대송국민학교에서 교장으로 봉직했습니다."

"예에? 그렇습니까? 그곳이 바로 우리 공장이 들어서는 자리입니다."

"정말 우연의 일치군요."

"인연이 있는 겁니다."

영일군(포항시로 통합됨) 대송면은 포항제철과 철강공단이 들어서는 터전이니, 박태준은 급히 '남다른 인연'을 들이대며 한숨을 돌렸다. 대일청구권자금을 전용하기 위한 장도의 마지막 장애물을 한쪽으로 확실히 밀어낸 순간이었다.

'일응'의 마라톤

8월 22일 일본철강연맹은 이나야마 회장의 주선으로 '한국제철소건설협력위원회'를 구성했다. 일본의 8개 철강회사와 종합상사들로 짠 이 위원회는 설계·건설의 기술지원과 기자재 선정의 협력을 위한 조직이었다. 이날 일본 정부는 한일각료회담의 의제를 검토하려는 각의를 소집하고 한국의 종합제철소 프로젝트를 상정해, 오히라 장관을 포함한 각료 전원의 지지를 확인했다. 23일 박태준은 야하타·후지·니혼강관 등 3개사 대표의 이름으로 된 '포항종합제철 계획의 검토에 관한 건'이라는 공문을 받을 수 있었다. 뿌듯한 마음으로 서울행 비행기에 오른 그는 야스오카와 이나야마의 은혜를 뼛속 깊이 아로새겼다.

야스오카는 세계를 통찰하는 학자의 덕성과 안목으로 한국의 종합제철소 프로젝트를 적극 지지했고, 이나야마는 사업가이면서도 사업적 이해관계보다 한일 양국의 우호협력을 먼저 고려했다. 두 사람의 마음은 똑같았다. 학자는 한국이 과거의 불행을 딛고 일어나 경제발전의 첫 단계인 종합제철소를 건설한다면 일본은 당연히 협조해야 한다고 했고, 사업가는 일본의 과거 잘못으로 한국 국민이 겪은 불행을 보상하기 위해서라도 종합제철소 프로젝트가 잘 되도록 도와줘야 한다고 했다.

서울로 돌아온 박태준은 홀가분한 마음으로 부총리를 방문했다. 뜻밖에도 김학렬의 태도는 딱딱했다.

"일본 정부가 22일 청구권 자금 전용 문제에 대해서는 사실상 동의했지만, 양국 각료회담에서는 기술협력에 대해 까다롭게 나올 수도 있습니다. 일본 철강업계의 확실한 보증이 필요합니다. 그걸 쥐고 있어야 안심할 수 있습니다. 일본 3대 철강회사 사장들의 서명이 담긴 기술협약 문서를 받아주세요."

"일본인의 특성상 더 이상의 문서를 요구하는 것은 생각할 수도 없는 일입니다. 제 판단에는 언약만으로도 충분합니다."

박태준은 항의하듯 말했다. 부총리의 요구가 일본의 사업 관행엔 결례였다.

"그래도 국가 간의 관계는 묘할 수 있습니다. 회담 개최 전까지 기술지원도 하겠다는 문서를 3대사 대표들의 공동서명으로 받아오세요."

그는 불가능한 사유를 꼽았다. 일본 철강사 사장들이 이제 막 포철 일을 마치고 시골별장으로 휴가 떠났을 가능성이 높다는 것, 한일각료회의가 겨우 나흘밖에 남지 않았다는 것, 그들의 신의를 의심하는 행동이 오히려 불신을 일으킬 수 있다는 것. 그러나 김학렬은 완강했다. 박태준의 마스코트와 다름없는 완벽주의를 들고 나왔다.

"일을 완벽하게 처리하기 위해 다시 한 번 수고해주실 수 없겠습니까?"

박태준은 여장을 풀 겨를도 없이 다시 공항으로 달려갔다. 참으로 멋쩍고 민망한 심부름에 내몰린 아이처럼 낭패감과 수치심이 마음속 깊이 달라붙었다. 하지만 대의의 달성에 도움이 된다면 그런 따위에 연연하고 싶지 않았다. 다만, 그 길이 사흘에 걸친 '마라톤 장정'으로 바뀔 줄은 몰랐다.

이나야마는 도쿄 본사에 있었다. 박태준은 괴로운 숙제를 솔직히 털어놓았다. 서양인(KISA)과의 약속에서 너무 크게 당했기 때문에 만의 하나라도 대비하려는 한국 정부의 노심초사를 이해해 달라는 양해도 구했다.

"다른 두 분 사장님과 관계 요로의 입장을 확인한 다음에 내일 연락을 드리겠습니다."

이나야마가 호의를 무시당한 섭섭함을 참느라 말씨를 낮게 깔았다. 박태준은 난처했다. 한국의 누구보다 일본의 관행을 잘 아는 사람으로서 더 매달리기 어려운 사정이었다. 체면을 구길 수밖에 없었다.

"시간이 너무 촉박하다는 점을 고려해주십시오. 한국정부는 확실한 희망을 갖고 싶은 것입니다."

골똘한 생각에 잠긴 이나야마가 입을 열었다.

"알았습니다. 최선을 다해보겠습니다. 두 분께 전화를 해볼 테니 대기실에서 기다려주십시오."

대기실로 나온 박태준은 면목이 없었다. 초조하기도 했다. 여태껏 수많은 일본인과 접촉했지만 지금처럼 마음이 무거웠던 적은 없었던 것 같았다. 그러나 행운은 여전히 박태준의 편이었다. 이나야마가 서명한 서류를 건네주면서, 후지제철소 사장과 니혼강관 사장도 마침 도쿄 사무실에 있으니 당장 찾아가라고 했다.

그는 김학렬이 요구한 문서를 품에 넣고 곧장 도쿄 시가지를 빠져나왔다. 하네다공항에는 서울행 오후 5시 노스웨스트오리엔트 항공기가 있었다. 아슬아슬하게 잡아타고 저녁놀에 물드는 동해를 건너오는 동안 가슴에는 성취의 희열이 넘쳐났다. 그런데 김학렬이 새로운 문제를 집어냈다.

"서류에는 '100만 톤 규모의 포항제철소 건설계획을 검토한 결과 일응 (一應) 타당성이 있다고 판단되며…….' 하는 구절이 있군요."

박태준은 잠자코 기다렸다. 부총리가 말을 이었다.

"일응 타당성이 있다? 이게 안 좋아요. '일응 타당성이 있다', '일응', 분명하지가 않아요. 이래서는 지원 의사가 확실하다고 생각할 수 없습니다. '일응'을 빼고 '타당성이 있다'고 쓴 문서를 다시 받아오세요."

박태준은 입술을 꼭 다물었다. 가슴엔 분노와 실망이 교차했다.

'일응을 불안해하다니……. 일응, 일정 정도, 이걸로 사람을 거듭 망신시켜야 한단 말인가!'

그는 버럭 고함을 지르고 싶었으나 차분하게 두 가지 불가능한 사유를 댔다. 이번엔 정말 그들이 시골로 휴가를 떠났다는 것, 오늘이 24일이니 시간이 없다는 것. 그러나 김학렬은 '애매모호한 문서'라고 몰아세우며 '일응'이란 단어를 뺀 각서를 새로 받아와야 한다고 버텼다.

박태준은 이번에도 얌전히 물러났다. 그렇게 자신이 없으면 한일각료회의에 나를 대표로 보내달라고 말하고 싶었지만, 그의 몸은 어느새 김포공항에 도착해 있었다. 김학렬에겐 아직은 박태준이 모르는 사정이 있었다. 박정희가 그에게 "이번 한일각료회의에서 포항제철 문제를 성사시키지 못하면 서울로 돌아오지 말라."고 했던 것이다.

박태준은 도쿄에 내리자마자 급히 이나야마 사장에게 연락했다. 예상대로 그는 도쿄에 없었다. 비서가 하코네에 있다고 했다. 후지제철소 나가노 사장은 800킬로미터나 떨어진 고향 히로시마에 가 있었고, 니혼강관 아카사카 사장만 도쿄에 머물러 있었다. 그는 얼굴에 철판을 깔고 이나야마의 비서실에 들렀다. 사장에게 연락을 취해달라는 박태준의 부탁을 비서는 얌전히 거절했다.

이제 구원을 요청할 곳은 딱 한 군데 남았다. 염치없는 부탁을 들고 야스오카를 찾았다. 야스오카는 휴가 중인 이나야마에게 직접 전화하기엔 곤란하다는 표정을 감추지 않았으나, 자신의 마음에 담아둔 젊은 사장의 간곡한 부탁에 마음을 열었다. 야스오카의 전화를 받은 이나야마의 비서는 먼 곳의 사장에게 보고를 올렸다. 이나야마는 따뜻한 사람이었다.

"박 사장님이 원하는 대로 해드리게. 나가노 사장에게는 내가 전화할 테니, 아카사카 사장에게는 자네가 전화해서 상황을 잘 말씀드리고 승낙을 받아내게."

남은 문제는 시간과의 싸움. 박태준은 '일응'을 뺀 새로운 협조각서를 들고 자동차로 비행기로 세 곳을 찾아다녔다. 하루와 한나절을 바친 일정이었다. 서울로 돌아왔을 때 한일각료회의는 하루 앞으로 다가와 있었다.

"해냈어요?"

김학렬이 고친 서류를 보자고 했다.

"여기 있습니다."

박태준은 점잖게 새 각서를 넘겨주었다. 피로가 몰려들었으나 마음은 잔잔해지고 있었다.

1969년 8월 도쿄를 누비며 뛰어다닌 그때 박태준의 모습에 대해 일본 지도자들은 어떻게 기억하고 있었을까?

과학기술처 장관, 방위성 장관, 운수상, 통산상 등 내각의 요직을 두루 거쳐 1982년부터 수상을 맡게 되는 나카소네 야스히로는 이렇게 증언했다.

뭐니뭐니해도 박태준 선생의 노력이 일본의 협력을 도출해냈던 것으로 보

일본조사단을 인솔하여 영일만 모래벌판에 나란히 선 박태준(왼쪽)과 아카자와

는 것이 타당할 것이다. 그는 보는 이들이 오히려 안타까워할 정도로 열심히 뛰어다녔다. 일본측은 박 선생의 진지한 노력에 감동을 받았다.

당시 일본 철강업계를 이끌고 있던 후지제철의 나가노 시게오 사장, 야하타 제철의 이나야마 요시히로 사장, 니혼강관의 아카사카 타케시 사장 등과 정계의 시나 에쓰사브로, 아이치 키이치 선생, 경단련의 우에무라 고고로 회장 등이 박 선생의 열의에 감동되어 한국의 종합제철소 건설에 진지한 노력을 기울이게 되었던 것이다.

결국 우리 일본 정부의 대장성, 통산성, 외무성도 이들의 적극적인 건의에 따라 한국에서의 종합제철소 건설 타당성을 조사하기 위한 조사단을 구성하기에 이르렀다.

나카소네 야스히로, 『우리 친구 박태준』

대장상, 외무상을 거쳐 1978년에는 수상을 맡게 되는 후쿠다 다케오는 이렇게 회고했다.

나는 '철강산업을 일으켜 국가건설의 초석이 되겠다'는 박태준 선생의 기백에 압도되었다. 박 선생은 '그것이 내가 이 땅에 태어난 뜻'이라고 단호히 말했다.

후쿠다 다케오, 앞의 책

'한국인으로 태어난 뜻이 철강산업을 일으켜 국가건설의 초석이 되는 것'이라는 확고한 신념을 일본 지도자들에게 당당히 천명한 박태준의 탁월한 활약, 그리고 불퇴전을 지시한 박정희의 강철 같은 의지를 받들어 박태준에게 '일응 빼기 마라톤'까지 부탁한 김학렬의 철저한 협상준비. 그 든든한 바탕 위에 1969년 8월 26일 도쿄에서 제3차 한일각료회의가 열렸다. 한국 정부의 대표단은 김학렬 부총리를 중심으로 외무장관 최규하, 재무장관 황종률, 농림장관 조시형, 상공장관 김정렴, 교통장관 강수종 등으로 꾸려져 있었다. 회담 사흘째, 드디어 종합제철소 프로젝트가 책상 위에 올랐다. 일본 정부의 대표단은 원칙적으로 찬성하지만 일본 철강업계와 상의한 후 자세하게 검토하겠다는 입장을 표명했다. 김학렬이 오직 그 순간을 노려서 준비해둔 비장의 카드를 꺼냈다. 박태준이 여름 한복판을 마라토너처럼 뛰어다니며 확보한, 일본철강업계 3사 대표가 서명한 '일응'을 뺀 그 문서에는, 100만 톤 규모는 경제적 타당성이 있다는 요지와 그들의 기술협력을 약속한다는 내용이 있었다.

회담의 마무리로서 양국 대표는 각서에 서명했다. 8월 28일 일본 정부는 종합제철소 프로젝트를 위해 서울로 대표단을 파견한다는 성명을 발표했고, 29일에는 야하타제철·후지제철·니혼강관의 사장들이 김학렬을 예방했다. 무려 10년 가까이 끌어온 한국의 종합제철이 극적으로 불임의 상태를 벗어날 가능성이 열린 시간이었다. 그러나 아직은 포철의 씨앗이 완전히 한국경제의 자궁에 착상된 상태는 아니었다. 일본조사단의 내한이 이루어져야 했고, 그들의 보고서가 어떤 방향으로 가느냐가 관건이었다.

큰비의 섭리, 연오랑 세오녀

1969년 여름에 일본 경제기획청 조정국장으로 근무하고 있던 아카자와 쇼이치. 도쿄대학 법학부를 졸업하고 상공성에서 관료생활을 마친 뒤 일본무역진흥회 이사장을 역임한 그는 뒷날에 제3차 한일각료회의의 팽팽한 긴장을 다음과 같이 증언한다.

나는 외무성, 대장성, 통산성을 뻔질나게 오가며 각료회의 공동성명 문안을 작성했다. 그런데 이 공동성명 문안이 '코에 걸면 코걸이, 귀에 걸면 귀걸이' 식이었다. 지금도 그 문구는 생생히 기억하고 있는데, "양측의 의견을 조정하기 위해 한국에 조사단을 파견하기로 했다." 하는 것으로서, 어떻게 보면 한국정부의 요청을 받아들인 것 같지만 사실은 그렇지 않은 것이었다.

김학렬 부총리가 김포공항의 귀국성명에서 "한일 양국은 종합제철 건설사업을 추진하는 데에 기본적 합의를 했다." 하고 발표했으나, 우리 일본측에서는 "일단 타당성 조사를 한 후 검토하기로 했다." 하는 식의 발표를 했다.

어쨌든 우리 일본정부는 그 공동성명에 따라 20명으로 구성된 조사단을 한국에 파견하기로 했는데, 내가 단장으로 임명되었다.

아카자와 쇼이치, 앞의 책

일본조사단이 서울에 도착한 것은 9월 17일이었다. 그보다 보름 앞선 8월 26일, 박태준은 참으로 속이 시원한 문서를 받았다. 한국 정부와 KISA 간 기본계약을 무효화한다는 KISA의 통보였다. 자금도 기술도 경험도 없는 포철의 운명이 꼼짝없이 일본조사단에 맡겨졌다. 이제 마지막 남은 고비는 그들의 보고서였고, 책임자 아카자와의 시각이 가장 중요했다. 박태준은 의연하고 정중하고 진솔하게 그를 상대했다.

우리 조사단의 방한 일정 중에는 포항 현지시찰도 포함되어 있었으며, 교통편은 전세기를 이용하기로 예정되어 있었다. 그런데 포항 현지시찰 예정일 전날부터 호우가 쏟아져 비행기가 뜰 수 없었다. 당시 나는 도쿄에서 중요한 업무를 처리해야 할 일이 있었기에 현장시찰을 중지하느냐, 귀국을 하루 이틀 연기하느냐를 놓고 고민을 했다. 그러나 그 고민은 아주 쉽게 풀렸다. 경제기획원으로부터 3량으로 편성된 특별논스톱 열차로 경주까지 우리 조사단을 수송하기로 했다는 연락을 받았기 때문이다.

이 3량의 특별열차 중 한 칸은 우리 조사단이, 다른 한 칸은 한국측 사람들이 이용했으며, 가운데 칸은 식당차로 되어 있었다. 내가 박 회장과 친히 이야기를 나눌 수 있는 기회를 갖게 된 것은 바로 이 열차 내에서였다. 빗속을 달리는 열차 안이어서였을까? 편안하고 여유 있게 나와 박 회장은 대화를 나눌 수 있었다. 신의 섭리라고나 할까, 아니면 사바세계의 인연에 의한 것이라 할까?

364

우리는 아주 오래 전에 만났던 사람들처럼 대화를 나눌 수 있었다. 때때로 차창 밖에 펼쳐지는 시골 풍경을 감상하기도 하면서 우리는 한국의 경제, 포항제철의 구체적인 건설계획과 연료문제, 장차 대제철소로 발돋움할 포항제철과 일본의 제철회사 간의 관계 등 생각나는 대로 흉금을 털어놓고 이야기를 나누었다.

박 회장과의 장시간에 걸친 대화를 통해서 나는 그의 인품에 대해 강한 신뢰를 갖게 되었다. 대화 중 나는 박 회장이 참으로 솔직하며 오로지 제철산업의 발전을 위해 목숨까지 아끼지 않는 순수하고 박력 있는 사람이라는 것을 느꼈고, 과정에서의 어려움은 많겠지만 박 회장이 지휘를 한다면 한국에서의 제철소 건립과 경영이 틀림없이 성공할 것이라는 확신을 얻었다.

경주에서 하루를 묵은 우리 조사단은 다음날 포항 현지를 시찰할 수 있었다. 말이 현장시찰이지 그곳은 황무지 바로 그것이었다. 지금으로서는 상상할 수 없는 황량한 풍경이었다. 그 황무지 위에 사람이 세운 것이라곤 '롬멜하우스'라 불리는 목조건물 하나와 브리핑용 공장 조감도 하나뿐이었다.

우리 조사단 일행은 기가 막혔고 탄식이 절로 나왔다. 그러나 이상하리만큼 나는 담담했고, 이 일은 일본 정부가 꼭 협력해야 한다고 생각할 뿐이었다. 그 이유는 박 회장이 나로 하여금 반하지 않고는 견딜 수 없을 만큼 훌륭한 인품을 가졌기 때문이었다.

결국 조사를 마치고 일본에 돌아온 나는 매우 긍정적인 보고서를 쓰기에 이르렀고, 양국 정부의 승인을 받아 포항제철 건설이 착수된 것이다.

앞의 책

그 비 내리는 가을날부터 16년이 지난 1985년 4월, 제17차 한일민간합동경제위원회가 경주에서 열린다. 그때 박태준은 한국측 대표로서 양국 대표단을 포항제철소로 초대해 성대한 리셉션을 베풀었다. 여기엔 아카자와 쇼이치도 참석했다. 박태준은 그에게 16년 전의 은혜를 우정 어린 말 한마디로 갚았다.

"우리 포철은 제1고로를 '아카자와 고로'라 부릅니다."

만장의 박수가 터졌다. 아카자와는 가슴이 뭉클해졌다. 두 사람은 오랜만에 재회한 죽마고우처럼 포옹했다.

그런데 서울에서 경주까지 무정차로 달리는 특별열차에서 박태준과 아카자와 쇼이치가 서로의 심장과 영혼을 맞댄 것 같은 특별대화를 나누게 해줬던 1969년 9월 중순 그 '큰비의 섭리'에는 까마득한 역사의 어느 서사(敍事) 하나가 그의 지극정성에 감화하여 '보이지 않는 개벽의 손'으로 작용하진 않았을까? 인간의 지각과 감각으로는 도저히 감지할 수 없는 그것이……

고려의 승려 일연이 남긴 역저 『삼국유사』의 '기이편'은 그때도 지금처럼 영일만을 비추었던 해와 달, 이 영원의 빛을 아주 귀중한 보배로 갈무리하고 있다.

제8대 아달라왕이 즉위한 지 4년 되는 정유(서기 157년)에 동해 바닷가에 연오랑과 세오녀 부부가 살고 있었다. 하루는 연오랑이 바다에 가서 해조를 따고 있는데 갑자기 어떤 바위가 나타나더니 연오랑을 태우고 일본으로 가버렸다. 일본 사람들이 연오랑을 보고 말하기를, "이는 비상한 사람이다" 하고, 올려 세워 왕으로 삼았다. 세오녀는 남편이 돌아오지 않는 것을 괴이히 여겨 나가서 찾다가, 남편이 벗어놓은 신이 있음을 보고 또한 역시 바위 위에 올라가니, 바위는 또한 앞서처럼 세오녀를 싣고 갔다. 그 나라 사람들이 보고 놀랍고도 이상하여 왕께 아뢰어 바쳤더니, 부부가 서로 만나고 세오녀를 귀비로 삼았다. 이때 신라에서는 해와 달이 빛을 잃으매 일관이 아뢰되, "우리나라에 내려와 있던 해와 달의 정기가 지금은 일본으로 가버렸기 때문에 이런 괴변이 생겼나이다" 하였다. 왕이 사자를 일본에 보내어 두 사람을 찾아 데려오도록 하였더니 연오가 이르기를, "내가 이 나라에 온 것은 하늘이 시킨 일이오. 이제 어찌 돌아갈 수 있겠소. 그러나 나의 비가 고운 생초 비단을 짠 것이 있으니, 이것으로 하늘에 제사를 지내면 좋아질 것이오." 하고 뒤이어 그 비단을 주었다. 사자가 신라로 돌아와 연유를 아뢰어 그의 말대로 제사를 지냈더니 그런 후에는 해와 달이 그 전과 같아졌다. 그 비단을 임금의 창고에 간직하여 국보로 삼고 그 창고를 귀비고라 하며, 하늘에 제사지낸 곳을 영일현 또는 도 기야라 하였다.

이 설화는 신라시대 영일현(迎日縣, 현 영일만 지역) 민초들의 자긍심도 함 께 담은 것이다. '철을 만들고 다루는' 대장장이 부부로 알려진 연오랑과 세오녀가 일본으로 건너가 왕과 왕비로 추대되었다는 것은 선진적 통치체 제를 전수했다는 뜻이며, 빛(해와 달)을 주었다는 것은 미개(야만) 사회에 철 기로 대표되는 문명(문화)을 전파했다는 뜻이다. '왜구침략'의 숱한 기록이 대표하는 '불편한 이웃나라'에 대한 정신적, 심리적 우월성을 그보다 더 함축적으로 구성하고 표현할 수 있겠는가?

'연오랑 세오녀'에 등장하는 '영일현'의 '영일'은 현재 '영일만'에 남았 으나 1896년부터 1994년까지는 '영일군'으로 존속했고(1994년 행정구역 개 편 때 포항시로 통합), 물론 1896년 이전에는 '영일현'이 실재했다. '도기야 (都祈野)'는 영일군(현 포항시) 동해면 면소재지를 가리키는 지명으로서 포항 토박이들은 '도기'를 간이화하여 '도구'라 불렀으며 언제부터인가 아예 '도구'로 굳어져 내려오고 있다. 그리고 동해면 그 도구에는 연오랑 세오 녀 부부가 살았다는 옛날 그때 이미 '일월동(日月洞)'이란 동네이름이 있었 고, 일월동은 현재도 호적에 쓰는 동네이름이다.

도기(도구)의 일월동과 포항제철소는 찬내(냉천)라는 개천 하나를 사이에 두는 바로 지적의 이웃이다. 그 정문에서는 동쪽으로 고작 오 리쯤 되니, 자동차로는 5분도 걸릴 것이 없다. 박태준이 자랑스러운 '신라의 조상'을 일본인들도 듣는 자리에서 불러낸 때는 2005년 6월 2일이다. 한일국교정 상화 40주년 기념 국제학술대회 기조연설. 그는 바람직한 한일관계의 미 래를 위하여 '연오랑 세오녀' 이야기의 참뜻을 이렇게 해석한다.

고대의 한국은 일본에 문명을 전수했습니다. 4세기말과 5세기초에 걸쳐 백제의 왕인 박사가 창시한 '아스카(飛鳥)문화'부터 떠오릅니다만, 포항제철소의 영일만 마을에는 『삼국유사』에 기록된 신라시대 '연오랑 세오녀'라는 민중설화가 전해옵니다. 연오랑 세오녀 부부가 일본에 '빛'을 건네주고 왕과 왕비로 추대되었다는 줄거리인데, '빛'은 곧 문명을 뜻하는 것으로, 일본에 문명을 전수한 신라인의 자부심을 담은 이야기입니다. 그 고대로부터 천수백 년 지난 1973년, 영일만에는 일본이 협력해준 용광로의 '빛'이 탄생했습니다. 영일만 배경의 이러한 '빛의 상관관계'는 한일관계의 미래를 비추는 등불로 삼아도 좋을 것입니다.

4천44명, 박태준의 신념체계

아카자와 쇼이치가 인솔한 일본조사단이 포항을 다녀간 무렵, 박태준은 포철에 건설기획조정위원회를 구성했다. 이 조직은 설계·공정 기획, 시공업체와의 계약업무 조정, 예산 통제, 설비구매 기획, 설비의 인도·설치 기획 등에 대한 실무적 검토와 실행을 맡았다. 그러나 여전히 포철은 '무(無)'였다. 직원들이 여러 선진국 제철소에서 기술연수를 받고 있었지만, 순수한 포철의 힘으로는 건설공정 관리를 감당할 능력이 모자랐다. 박태준은 업무를 크게 둘로 쪼갰다. 설비선정과 설치에 대한 감독은 일본 기술자문단에 맡기고 부지조성, 공장건물 신축, 국내 건설업체 감독은 포철이 전담하기로 했다.

이제는 조직체계와 구성원 배치도 심각한 문제였다. 어느 날 저녁에 박태준은 창업요원들과 담소를 나누는 가운데 그 고민의 한 자락을 내비쳤다.

"103만 톤에는 어느 정도 인원이 있어야 하나……."

순간, 여상환은 오싹했다. 인사조직부서 실무책임자인 자신에게도 캄캄한 문제였던 것이다.

여상환은 멈칫거리지 않고 일본인 전문가를 찾아갔다. 100만 톤이면 9천 명 정도가 적당하다 했다. 자료를 부탁하자 '감'으로 하는 거라 했다. 그는 아리송했다. 미국인 전문가를 찾아갔다. 1만2천 명에서 1만4천 명 정도라 했다. 두 견해의 격차가 너무 컸다. 더 중요한 것은 어느 쪽도 믿음이 가지 않았다.

그는 일본으로 들어가 야하타제철소 전무이사를 만났다. 고민에 빠진 손님이 좋은 대접을 받았다. 어느 섬에 있는 마토야마장(莊)으로 초대된 것이었다. 한쪽 벽면에 '國本'이라는 큼직한 글씨가 적힌 방이었다. 국본? 여상환은 이 공간에 자신이 구하는 답이 보관돼 있을 것만 같았다. 술잔이 오갔다. 두 가슴이 적당히 데워졌다. 그 기회에 손님이 조심스레 '고민하는 자료'가 없느냐고 물었다. 뜻밖의 대답이 떨어졌다.

"그런 게 있지요."

여상환은 몸이 달았다. 그러나 마음은 더 차분해졌다. 반출은 금지돼 있으나 눈으로 살펴보기엔 전혀 지장이 없는 자료.

서울로 돌아온 여상환이 '감'으로 하는 거라고 했던 일본인에게 따졌다. 있는 걸 왜 없다고 했느냐? 그러나 상대는 당당했다. 인원, 직제, 직무와 직무의 관계 등을 다 알려주면 우리는 무슨 용역을 얻을 수 있느냐? 일리를 갖춘 반격이었다. 용역비도 아끼고 실력도 쌓는 방법은 하나밖에 없었다. 직접 머리를 짜내는 것.

여상환은 곧바로 부서 안에 '추정직무분석팀'을 꾸렸다. 포철에 전무후무 조직 하나가 조용히 태어났다. 여상환, 조관행, 권무일, 이재호 등 여덟 명이었다. 그들은 분담과 통합으로 일했다. US스틸 직무사전을 파헤치고, 일본 자문단을 면접하듯 만나고, 서울대 행정대학원 박동수 교수의 조언도 받았다. 마침내 그들이 도달한 결론은 '4직계 64직종 328직무 총 4천 268명'이었다. 보고를 받은 박태준이 단박에 명쾌히 선언했다.

"좋다. 4천 명으로 103만 톤 한다."

보고서는 그대로 청와대에 올려졌다. 실제로 103만 톤을 달성했을 때 포철 임직원은 총 4천44명이었다. 1993년 포철 제2대 회장을 맡게 되는 황경로가 '포철 10년'을 맞는 무렵에 포철 성공 요인의 하나로 꼽는 '단계별 적정규모 인원확보'의 첫 단추는 그렇게 채워졌다.

자동차공장, 섬유공장, 비료공장, 조선소보다 훨씬 복잡한 종합제철소 건설. 박태준은 침착하게 전체를 통찰하며 모든 공사를 동시에 추진해나 갔다. 부지조성공사, 도로공사, 지원설비공사, 제철설비 선정과 주문, 기초공사와 제철설비 설치, 사양서 검토, 성능시험……. 험준한 산의 꼭대기에 포철을 짓는다고 비유하면, 수백 개의 등산로를 만들어 수백 개의 팀이 저마다 다른 장비를 짊어지고 한꺼번에 차근차근 정상을 향해 올라가는 모습이었다. 머리는 늘 산정에 머물면서 긴장된 시선으로 아래를 골고루 관찰하고, 몸은 늘 수백 개의 등산로를 빠짐없이 찾아다니며 점검과 독려를 쉬지 않아야 했던 박태준. 무대는 꾸며져 있는 거나 진배없었다. 일본조사단이 포철 지휘자에게 큰 감화를 받고 돌아갔으므로, 그들의 보고서가 완성되어 한일 양국이 종합제철소 프로젝트에 관한 기본협약서에 사인하는 일만 남았다. 자금과 기술 문제에서 한숨을 돌린 박태준에게 계획서와 시간표를 세밀히 검토할 수 있는 여유가 생겼다.

그는 조성된 부지에 비행장 같은 도로를 닦았다. 항만청이 맡은 항만건설의 진척상황을 주시했다. 건설부가 주도하고 있는 산업용수 확보를 위한 안계댐 건설공사와 파이프라인 매설공사도 점검해나갔다. 장차 230만 평이 넘는 부지에 세울 소결공장·석회소성공장·제선공장·코크스공장·주조공장·제강공장·빌레트공장·열연공장·후판공장·블룸/슬래브공장 등 1킬로미터에 이르는 건물을 포함한 22개의 대형건물, 그 안에 장착할 엄청난 무게와 부피의 설비들을 하나하나 카메라 찍듯 뇌리에 담았다. 1천200평 원료야적장과 하역시설을 생각하면서 직원 연수제도와 복지제도를 구체화하고 사원주택단지에도 관심을 기울였다. 전략적 요충지를 점령하려는 작전계획을 수립하듯 원료구매에 뛰어들 시기와 방법도 치밀하게 구상했다.

그뿐만 아니었다. 십여 년 전 미 육군부관학교에서 처음 본 뒤 다시 몇 년 전부터 일본 월간지 《토목》에서 접해온 '복잡한 공정관리를 위한 PERT 기법'을 도입하려 했다. 그래서 관련 서적과 자료를 수집했으며, 책임자에게 교재로 만들어 교육시키게 했다. PERT기법은 정해진 공기(工期)와 예산에 맞춰 효율적으로 프로젝트를 진행하기 위한 공사 실행계획이다. 이는 공사일정과 전체적 공기를 산출하고 각 부문의 상호의존활동을 조정하는 업무에 안성맞춤이었다.

공사부장 심인보가 며칠을 끙끙댄 끝에 『새로운 공정관리기법』이란 교재를 만들었다. 박태준은 모든 간부를 불러 모아 그의 강의를 듣게 했다. 그리고 못을 박았다.

"오늘 이 시점부터 모든 업무를 PERT기법으로 관리하고 모든 추진계획을 PERT기법에 의거해 보고하라."

1960년 가을에 미국 연수를 떠나는 박태준에게 뭐든 잘 배워오면 국가를 위해 쓰일 날이 올 것이라 했던 박정희. 그의 작별사가 현장 책임자의 각별한 노력과 어우러져 멋지게 실현되었다.

복잡하고 난삽한 상황을 총체적으로 통찰하여 하나의 지도를 그리듯 빈틈없이 완성해나가는 42세 박태준. 그의 능력은 무엇보다도 천부의 명석한 두뇌가 바탕을 이루었지만, 군대와 군정과 대한중석을 거치며 절차탁마한 결실이다. 휴전협정이 체결된 뒤 '지리산 잔비 토벌'을 위한 대규모 병력이동 작전계획을 수립해 정일권 군단장을 놀라게 했던 일, 육군대학과 국방대학에서 최고 성적을 성취하며 배우고 익힌 군대경영과 국가경영의 지식, 진해의 육사를 태릉으로 옮기는 작전계획에 후퇴계획까지 포함시킨 완벽성으로 박병권 교장을 감탄시킨 일, 미 육군부관학교에서 최신 관리기법을 배운 일, 국가재건최고회의 비서실장으로 발탁되어 국가를 총체적으로 통찰할 경험을 쌓은 일, 상공담당 최고위원으로서 제1차 경제개발5개년계획의 수립에 참여하고 학계·재계의 경제전문가들과 폭넓게 교류하면서 익힌 지식, 대한중석 사장으로서 실물경제를 이끌었던 체험과 여러 선진국의 경제현장을 직접 관찰한 '백문불여일견'의 지혜…….

그리고 박태준에게는 두뇌와 체험과 지식보다 더 귀중한 자산이 있었다. 바로 확고한 애국적 신념과 강력한 도덕성이다. 변방의 작은 갯마을에서 태어나 청년기에 갓 접어들 때 지배자의 땅에서 광복의 감격과 환희를 안은 이후, 대한민국의 혼란·전쟁·폐허·빈곤·부패·무능의 시대를 관통해온 박태준. 그의 청춘은 '짧은 인생을 영원한 조국에'라는 투철한 애국심, 부패에 타협하거나 권력에 아부하지 않는 도덕성이란 두 레일을 타고 달려온 기관차 같았다.

박태준의 애국심은 오늘날의 시각에서 국가주의의 부정적 해석을 낳을 수 있다. 어떤 과거를 살피든 '당대의 조건'을 간과하면 출발 지점이 오류라 할 수 있다. 제법 부강한 현재 한국인이 말하는 '민족주의'는, 1930년대 독일의 히틀러가 독성 바이러스처럼 퍼뜨린 '민족주의'와는 근본이 다른 개념으로 소통되고 있다. 우리의 '민족주의'는 침략적 성격을 배제하고 방어적 성격에 국한되며, 분단극복의 의지와 통일지향의 염원을 담고 있다.

기필코 포철을 성공시켜 국가의 은혜를 갚겠다는 박태준. 그의 '제철보국'에 담긴 국가주의는 오늘날 우리가 떳떳하게 쓰고 있는 '민족주의'의 개념에 대입할 수 있다. 그의 국가주의는 다른 국가를 침략할 강국을 만들자는 뜻이 아니었다. 6·25전쟁에서 운 좋게 살아남은 군인이었던 40대 박태준의 이념에는, 북한을 겨냥한 반공주의가 하나의 핵으로 박혀 있었지만, 그의 국가주의는 '북한을 공격하기 위한 강국을 만들자'는 것이 아니라 '새로운 남침을 저지할 자주국방의 강국을 만들자'는 것이었다. 절대빈곤을 극복하겠다는 의지와 사명감으로 불타는 것이기도 했다.

빼앗긴 국가, 부서진 국가, 갈라진 절대빈곤의 국가에서 42년 넘게 살아온 박태준의 영혼에는 제대로 된 국가를 만들어야 국민의 인간다운 삶을 보장할 수 있다는 믿음이 확고했다. 국가 이익과 자기 이익이 상충할 때 주저 없이 국익을 우선 택해왔으며, 그것을 영일만 현장에 모여든 모든 일꾼에게 역설하고 요구했다. 자신이 책임진 영역에서는 사람다운 삶을 보장하는 복지제도를 회사 성장과 동시에 추진하기를 염원했다.

국가와 국민의 이름으로 도전하는 '포항종합제철주식회사'에서 박태준의 포부란, 조직의 공공적 성취가 곧 조직원 개개인의 행복과 성취로 직결되는 시스템을 창조하려는 것이었다.

박태준의 '하와이 구상'에 대한 반박이나 트집은 틀린 것이다

1969년 2월 박태준이 하와이에서 착안한 대일청구권자금 일부의 포항 제철 건설비 전용. 이를 '하와이 구상'이라 부르는 명명(命名) 자체는 뒷날에 포스코가 했다. 당연한 일이다. 군사작전에는 암호명 같은 명명부터 이뤄지지만, 시대적 중대사에 대한 명명은 아주 나중에 이뤄진다. 을지문덕 장군의 '살수대첩'이 그렇고 이순신 장군의 '명량대첩'이 그렇고, 박정희 대통령과 우리 국민이 이룩한 '한강의 기적'이 그렇듯이.

그런데 포스코가 '하와이 구상의 실현'이라 부르는, 박정희가 박태준의 대일청구권자금 전용 아이디어를 재가하고 강력히 밀고나간 '사실'에 대해 의혹을 제기하며 반박하거나 부정하는 시각과 회고가 있다. 'KISA가 차관 조달을 회피하는 상황에서 대일청구권자금을 전용해 포항제철을 건설하자고 했던 최초 아이디어가 누구의 것인가?' 이에 관한 포스코의 기록과 어긋나는 것은 극소수인데, 포항제철을 연구한 송성수의 주장과 박정희 정권의 경제팀에서 공로를 세운 오원철의 회고가 대표적이다.

송성수는 2002년 《한국과학사회학지》의 「한국 종합제철사업계획의 변천과정: 1958-1969」에서 '하와이 구상'에 대한 반론을 펼쳤다. 그는 『포항제철10년사』와 『포항제철건설지』를 근거로, 박태준이 1969년 1월 KISA에 차관조달 가능성을 타진하기 위해 미국에 간 것은 사실이 아니라고 주장하고, 애초에 존재하지 않았던 '하와이 구상'이 1989년을 전후하여 인위적으로 재구성된 것이라고 판단했다. 그리고 오원철의 회고를 참조하여, 1969년 4월 하순에 도쿄에서 열렸던 회의를 전후하여 한국정부의 교섭팀은 일본정부를 대상으로, 박태준은 일본철강업계를 대상으로 협력 여부를 타진했다고 볼 수 있다고 정리했다.

송성수의 주장은, 박태준이 1969년 1월에 미국으로 간 사실이 없다는 것이 핵심적 전제이다. 박태준이 그때 미국으로 가지 않았기 때문에 돌아오는 길이어야 하는 '하와이 구상'이 있었을 리 없다는 것이다. 그러니까 포스코의 '하와이 구상'이 조작이라는 송성수의 주장은 무엇보다도 1969년 1월 31일에 박태준이 미국으로 출국하지 않았다는 점을 근거로 삼고 있다. 그런데 근거가 붕괴되면 어떻게 되겠는가? 당연히 그 위에 세운 논리들도 다 붕괴할 수밖에 없다. 이것이 논리세계의 준엄한 법칙이다.

1969년 1월 31일 폭설에 덮인 김포공항에서 미국으로 출발했다는 박태준의 회고를 정확히 뒷받침해주는 결정적인 자료가 존재한다. 그것은 1969년 2월 1일자 《매일경제신문》의 제2면에 자리 잡은 「공항왕래」라는 조그만 알림이다. 주요 인사의 출입국 동정을 일러주는 바로 거기에 '박태준이 1월 31일 14시 45분발 미국행 KAL편'으로 출국한 사실이 나와 있다. 출국 목적이나 정부의 동행자도 박태준의 회고와 정확히 일치한다. 출국 목적이 'KISA와 공장건설에 따른 확정재무계획 협의차 2주간 일정으

1969년 2월 1일 매일경제신문(박태준, 정문도의 미국 출국 사실과 폭설을 알려주고 있다.)

로 미국에 간다'고 되어 있으며, 같은 비행기에 경제기획원 운영차관보 정문도가 박태준과 같은 용무(외자도입협의차)로 탑승한 사실도 알려주고 있다. 또한 박태준이 회고를 통해 그때 홋가이도 무로랑제철소에 연수 나가 있던 최주선이 통역담당으로 도쿄에서 합류했다고 했는데, 미국 가는 그 대한항공이 도쿄에 들른다는 점을 확인해주듯 해당 지면은 '성강산업대표이사 장소(張邵) 씨가 상의(商議)차 20일간 예정으로 일본에' 간다는 것도 알려주고 있다. 뿐만 아니라, 그날 한국 신문들은 박태준의 폭설 기억을 증언해주듯 일제히 '폭설 피해'기사를 싣는다. 천안역 열차 추돌 대형참사는 가장 끔찍한 폭설 피해였다.

포스코가 '하와이 구상'이라는 명명을 하기 전에 박태준 스스로가 '1969년 2월 하와이'와 관련하여 직접 언급한 공식적 기록들 중에 가장 빠른 것으로 확인되는 자료는 포스코가 소장한 『임원간담회의 회의록』제3권으로, 1975년 5월 26일, 포철 창립 10주년을 3년이나 남겨놓은 그날, 박태준은 회의 자리에서 포항제철 건설 초창기에 이뤄진 주요 사항을 요약하여 임원들과 중간 간부들에게 직접 들려주었다. 그때 속기록을 살펴보자.

1968년 4월 1일 회사 창설 이후 KISA와 IBRD가 된다, 안 된다 해서 근 10개월 동안 허송세월을 하다가 더 이상 기다릴 수도 없고 해서 1969년 1월 31일 눈이 산더미 같이 쌓여 다른 여객기는 결항이 되고 마침 KAL만 운항한다고 해서 KAL기를 잡아타고 정문도(鄭文道) EPB 운영차관보와 같이 피츠버그에 갔음. 그때 워싱턴과 뉴욕에서 Westinghouse와 Blaw Knox의 사장 및 EXIM Bank들이 모여서 설명회를 개최한다고 전부 약속이 되어 있고 전용기까지 내놓으면서 야단법석인데, 그때 사람의 육감 같은 것이 있어서 가지 않고 본인은 피츠버그에서 하루 종일 잠만 잤음. 그때 이미 마음속으로는 이 사람들만 믿고 있다가는 안 되겠다는 결심을 하게 된 것임. 귀로에서 일본측과 교섭해 보아야 되겠다고 결심을 하고 八幡의 稻山嘉寬 사장과 만나자고 전보를 치고 돌아오면서 稻山嘉寬씨를 만났는데, 그때 기술협력을 해주겠다고 하는 결정적인 코멘트를 받은 것임. 그리고 귀국하여 회사에 돌아와 안 된다고 하면 전부 포기하고 도망갈 것 같아서 잘 되어간다고 했지만, 마음속으로는 청구권자금을 사용해야 되겠다고 하는 결심을 하고 있었음.

이 속기록에 담긴 박태준의 육성을 들으면, 박태준의 '하와이 구상'은 1989년 전후한 시기에 인위적으로 재구성되었다는 송성수의 주장과 달리, 실제로 1975년 시점에서 거의 동일한 내용이 박태준에 의해서 회고되었다는 점을 확인할 수 있다. 생사고락을 같이하는 임원들과 중간 간부들 앞에서 왜 있지도 않았던 얘기까지 꾸며내는 수고를 하겠는가? 그것은 박태준의 성품에도 전혀 맞지 않거니와, 더구나 그때는 박정희 대통령이 막 강한 가운데 KISA와 교섭했거나 종합제철에 관여했던 관료들이 더 성장하여 한창 활개를 치고 있었다. 낮말은 새가 듣고 밤말은 쥐가 듣는다고, 무엇 때문에 박태준이 자기 성품에도 맞지 않는 거짓말을 꾸며내서 대통령의 눈총을 받거나 관료들과 부질없는 다툼이나 일으킬 화근을 자초하겠는가?

그날 박태준의 설명에는 포이의 동정적인 주선에 의해 귀국 도중 하와이에서 휴식했다는 전후 사정이 빠져 있다. 하지만 '돌아오는 길'에 일본과의 교섭 구상을 하고, 야하타(八幡)제철소 이나야마 사장에게 만나자는 전보를 쳤다고 했다. 전보를 치는 행위는 분명히 해외의 어느 장소에서 이루어진 것이었다. 비행기 안에서 전보를 칠 수야 없지 않은가? 박태준은 돌아오는 길에 어딘가에 들렀을 때 그곳에서 일본과 교섭해야겠다는 구상을 하고 이를 위해 이나야마와의 만남을 주선해줄 상대(도쿄 박철언) 앞으로 전보를 보내서 약속을 잡게 했던 것이며, 그 구상의 장소에서 출발하여 일본으로 들어가 이나야마를 만난 뒤에 한국으로 돌아왔던 것이다.

그날 속기록에는 '하와이'라는 지명이 등장하지 않지만, 1969년 2월 하와이에 대한 박태준의 회고는 언제나 한결같았다. 그해 1월 31일 김포공항의 폭설 상황이 그러했고, 그때 '회사 청산 절차를 준비하라'는 비밀지시를 받은 황경로의 기억이 그러했고, 포이가 주선해준 콘도가 그러했다. 특히 그때 박태준의 미국행에 통역담당으로 일본에서 합류했던 최주선은 "하와이에서 대일청구권자금 전용의 아이디어를 시적인 영감처럼 포착"하고 나서 매우 좋아하던 박태준의 모습을 들려주었으며, 포항제철 사사(社史)를 쓰기 위해 박태준의 회고를 장시간 받아 적은 이대공도 그때 '하와이 아이디어'를 대단히 중요한 사건으로 기억했다.

오원철의 회고도 오해를 일으킬 소지가 다분하다.

1928년에 태어난 오원철은 1957년 시발자동차 공장장을 지낸 경력이 보여주듯 엔지니어 출신으로 1961년 국가재건최고회의 기획조사위원회 조사과장을 맡아 박정희 정권과 인연을 맺었고 1970년 상공부 차관을 거쳐 이듬해부터 대통령 경제2수석비서관이 되고 1974년부터는 중화학공업 기획단장도 맡는다. 박정희 정권의 '우수한 테크노크라트'로 평가 받는 그는 1990년대 후반『한국형 경제건설』이라는 회고록도 펴내는데, 그의 '포항제철 건설과 대일청구권자금 전용 아이디어'에 대한 회고는 사이트 한국형경제모델 www.CEOI.org에서 만날 수 있다. 오원철은 박충훈 부총리 일행이 1969년 4월 파리에서 열린 IEOCK 회의를 마치고 귀국할 때 도쿄에서 있었던 일을 다음과 같이 기억한다.

박 부총리 일행은 IECOK 회의 후, 서독과 미국을 방문하고 동경에 도착했다. 공항에는 박태준 사장이 기다리고 있다가 나에게 종합제철에 대한 그간의 교섭내용을 물어보기에 IECOK의 분위기를 설명하니 몹시 우울해 했다. 사절단 일행은 호텔에 모여 그간의 교섭 내용을 정리하는 회의를 가졌다. 박 대통령의 특명사항인 종합제철에 대한 차관 획득에 실패했으니 모두 암담할 뿐이었다. 이때 양윤세 투자진흥관이 대일청구권자금을 요청하면 가망성이 있을 것 같다는 의견을 내놓았다. 나는 이 말을 듣자마자 회의장 밖으로 나와 주일

대사관 직원에게 부탁해서 일본 통산성 담당국장과의 면회를 신청했다.

그리고 2013년 9월 12일 《포스코신문》에 '오원철 인터뷰'가 실렸는데, 관련 내용은 다음과 같이 정리돼 있다.

……도쿄에 도착하니 박태준 사장이 공항에 나와 있었다. 대표단으로부터 회의의 분위기를 전해들은 박태준 사장은 침울해 했다. 호텔로 가서 논의를 거듭하는 중에 대일청구권자금 전용을 요청하면 가능성이 있다는 이야기가 나왔다. 분위기가 이렇게 돌아가자 오 전 수석은 언뜻 떠오르는 것이 있었다. "내가 나서서 무언가 해야겠다는 생각이 들더군." 대일청구권자금을 사용한다는 것은 자금문제가 해결된다는 이상의 그 무엇이 있다고 생각했다. 일본의 설비와 기술까지 들여올 수 있다는 판단이 뇌리를 스쳤다. …… 그는 회의장을 빠져 나와 주일대사관 직원에게 부탁해 일본 통산성 철강국장에게 면회를 신청했다. 고토 국장은 쾌히 승낙하면서 통산성 사무실에서 만나자고 했다. "……한국에서 성공하면 일본은 세계 시장을 노크할 수 있을 것이다." 이렇게 설득해 들어갔다. 고토 국장은 한참 생각하다가 부하직원들을 불러 이야기를 나누더니 결정을 내린 듯 "야리마소(해봅시다). 나는 윗선에 보고할 테니 당신도 한국정부에 보고하시오." 했다. 오 전 수석은 순간 전율을 느꼈다고 했다. …… 사실 이 대목은 한국의 종합제철 건설 역사에 일대 분수령이 되는 순간이었으며, 포항제철 건설사업이 성공으로 방향을 잡는 결정적인 계기가 되었다. "나는 즉시 이 사실을 박충훈 부총리에게 보고했고, 다음날 아침 하네다공항에서 박태준 사장에게도 이야기해 주었어요. 박 사장의 표정이 상당히 밝아지더군." ……

오원철의 두 회고에서 좀 흥미로운 것은, IECOK 총회에 참석했다가 일단 도쿄에 내린 한국 관료들이 챙겨온 소식을 박태준이 〈나(오원철)〉에게서 또는 〈대표단〉에게서 듣고는 '몹시 우울해(침울해)'했는데 이튿날 아침에 하네다공항에서 대일청구권자금 전용에 대한 견해를 듣고는 '상당히 밝아지더군'이라는 표현이다. 어떤 독자는 행간에서 어쩐지 회고자의 '박태준을 향한 즐겁지 못한 감정' 같은 낌새를 맡을 수도 있다. 두 사람 사이에 남들이 모르는 어떤 불쾌한 사연이 있었나, 이런 생각이 언뜻 스쳐가게도 한다.

1969년 IECOK 파리 총회는 4월 17일에서 18일까지 양일간 열렸다. 그때는 박태준이 그해 1월 31일 출국하여 피츠버그, 하와이, 도쿄를 거친 뒤 서울로 돌아와 청와대에서 박정희와 대일청구권자금 전용에 대한 의견을 나눈 날로부터 두 달쯤 지나는 무렵이었다. 그래서 하루빨리 KISA와는 손을 털고 일본의 손을 잡아야 한다고 생각한 박태준은 4월 중순 다시 도쿄로 들어가 일본철강업계와 정·관계 지도자들과 접촉하고 있었다. 파리에서 돌아온 관료들로부터 공항에서 '파장 소식'을 확인한 그는 오히려 속으로 '그거 참 듣던 중 반가운 소식'이라 여겼다. 그렇다면 오원철이 아주 오래된 기억들 중에 '박태준의 표정 변화에 대한 미세기억'에서는 약간의 착오를 일으켰던 것일까? 아니면 대통령의 뜻을 받들어 함구 중이었던 박태준이 그렇게 표정 연기를 잘했던 것일까?

모든 인간의 기억에는 한계가 있지만, 그때 공항에서 만난 박태준의 얼굴에 스쳐간 두 가지의 상반된 표정을 오원철은 소설가처럼 묘사했다. 과연 그때 두 가지 미세기억은 오원철의 뇌리에 전광석화 찰나에 화석처럼 채집됨으로써 아무리 긴 세월이 흘러도 퇴색하지 않은 것일까? 아니면 그것을 세상의 햇볕 속으로 불러낸 찰나에 회고자의 어떤 감정이 묻은 것일까? 전자의 경우일 수도 있다. 왜냐하면 박태준과 오원철은 '한국의 종합제철이나 포항종합제철 건설'과 관련하여 각자가 접촉한 인물들이나 활약한 영역이 크게 달랐기 때문이다. 예컨대, 1969년 4월 오원철이 양윤세의 말을 듣고 즉각 일본 통산성 철강국장과 면담을 했다는 그즈음, 박태준은 일본내각 각료들이나 정계 지도자들이나 철강업계 대표들과 만나고 다녔다. 박태준이 일본철강업계 대표들과 만나고 다닌 이유는, 오원철이 테크노크라트로서 '뇌리'에 스쳤다고 회고한 바로 그 설비나 기술지원에 대해 적극적인 협력을 끌어내려는 것이었다. 일찍이 박철언이 매개한 야스오카를 비롯해 KISA 계획안에 대한 검토용역을 수행한 철강업체의 대표와 관계자들, 도쿄대학 김철우 박사, 신격호 롯데 사장 등을 십분 활용하면서……

또한, 1969년 4월에 오원철은 상공부 국장급(기획관리실장)이어서 대통령 박정희와 포항제철 사장 박태준(그는 가끔 대통령과 독대하고 있었다)이 둘이서 심각하게 나눈 대화를 알아차릴 만한 위치에 있지 않았다. 그때 박태준의 이른바 권력적 위상은, 1969년 10월부터 최장수 비서실장을 맡게 되는 김정렴도 증언했다시피, 박정희가 허용하는 '독대'라는 만남의 형식이 상징적으로 극명히 보여준다. 박태준은 대통령과 언약한 일을 공식화하기에 앞서 오원철, 양윤세 등 관료나 제3자에게 밝힐 까닭이 없었고, 그렇게 입이 가벼웠으면 박정희의 신임이 두터워질 수도 없었을 것이다.

다만, 오원철은 박태준의 고유한 영역에서 어떤 일들이 전개되고 있었던가를 자세히 알지 못했을 뿐이다. 그래서 오원철은 대일청구권자금 전용 아이디어가 '양윤세와 오원철의 것'이라고 회고했을 수 있다. 1966년 11월부터 관료들이 주도해온 '관료들의 KISA'가 해체되는 쪽으로 완전히 기울어진 1969년 4월 중순, 오원철은 몰랐으나 벌써부터 박정희와 박태준은 '대일청구권자금 전용'이라는 최후 비장의 카드를 거머쥐고 있었으며, 그것은 오원철이 평가한 그대로 '한국의 종합제철 건설 역사에 일대 분수령이 되는 순간이었으며 포항제철 건설사업이 성공으로 방향을 잡는 결정적인 계기가 되었다.' 물론 그때 두 관료가 도쿄에서 다루었던 동일한 아이디어도 큰 맥락에서 보면 분위기나 대세를 만드는 데 일조를 했을 것이다. 그렇게 포항종합제철은 국가적 중대사업이어서 그만큼 국가적 역량이 총체적으로 투입되어야 했다.

대일청구권자금 전용과는 별개 사안이지만, 1961년에는 국가재건최고회의 '비서실장(또는 상공담당 최고위원)과 기획조사위원회 조사과장'이란 직

함이 보여주듯 권력서열의 격차가 컸던 박태준과 오원철이 그때로부터 17
년쯤 더 지나서 날카롭게 대립한 적이 있었다. 1969년 4월로부터 10년쯤
더 지난 1978년인데, 사안은 '제2제철소 실수요자 선정'으로, 경제2수석
(중화학공업 기획단장) 오원철이 청와대 안에서 '정주영의 현대'를 강력히 지
지하지만 박정희는 끝내 '박태준의 포철'을 선택한다. 정주영-오원철, 박
태준-최각규(상공장관). 이렇게 짝을 지은 것처럼 전개되었던 '제2제철소
실수요자 경쟁'에 관한 이야기는 뒤에 나올 테지만, 노년의 박태준은 그때
그 일 때문에 오원철에게 마음을 좀 상했었다고 그저 덤덤히 회고한 적이
있었다. 동일한 사안 때문에 오원철은 박태준에게 어떤 마음이었을까?

그리고 2013년에 나온 『코리언 미러클』에도 짚어볼 대목이 있다. 산업
화시대에 열심히 일했던 관료들의 회고를 담은 그 책에는 '양윤세 경제기
획원 국장'이 '김학렬 경제기획원 부총리'에게 "청구권자금으로 제철이나
조선산업을 하면 어떻겠느냐"라는 의견을 냈고, 이에 김학렬 부총리가 "내
가 올라가서 각하께 잘 말씀을 드려보겠다"라고 한 것으로 나와 있다. 그
렇다면 그 대화의 시기는 아무리 빨라도 1969년 6월 2일 후의 어느 날이
라고 봐야 한다. 왜냐하면 그해 6월 1일까지는 박충훈이 경제기획원 부총
리였고 김학렬은 청와대 경제수석이었던 것이다. 김학렬의 "올라가서"라
는 표현에도 그가 청와대 안에서 근무한 때가 아니었다는 점이 드러나 있
는데, 그해 6월의 박정희에게는 이 책에서 보여준 그대로 이미 대일청구권
자금의 포철 건설 전용이 '종합제철소 건설'을 위한 최후 카드이고 확고부
동한 방침이었다.

1969 1973

우향우의 기적

3선개헌

포철이 공장 건설의 출발선을 향해 침착하게 다가가는 1969년 가을, 박태준이 전혀 기웃거리지 않은 정치계는 소란스러웠다. 2004년 3월 12일 '노무현 대통령 탄핵안'을 가결한 전후의 여의도 국회처럼, 1969년 9월 14일 전후의 세종로 국회는 농성하는 야당 의원들과 시위하는 학생들이 맡고 있었다. 3선개헌안 통과를 저지하기 위해 야당 의원들은 국회 본회의장을 점거하여 바리케이드를 설치하고, 3천여 학생은 의사당 앞에서 연좌데모를 벌였다.

개헌안 발의에 서명한 국회의원은 통과에 필요한 117명보다 5명 많은 122명이었다. 야당을 배반한 3명을 제외해도, 여당 의원 119명을 확보하는 과정에선 김종필의 활약이 있었다. 당내 항명파를 이끌던 그가 태도를 바꾼 것은, 박정희의 채찍과 당근이 효과를 톡톡히 거뒀기 때문이다. 공화당 내 이단적 권력집단을 이룬 친김(종필) 구주류 의원 20여 명은, 7·25담화 이전에는 당내의 매복세력으로 3선개헌안 발의를 저지하려고 수뇌부에 압력을 가했다. 그러나 7·25담화를 계기로 양자택일의 호된 시련을 겪어야 했다. 급기야 김종필은 9월 2일 밤 타워호텔의 구주류 회합에 참석하여 진퇴유곡에서 진로모색에 고민하는 그들에게 강조했다. 자기가 얘기하는 길을 걷기를 거부하면 정치적으로 이별할 수밖에 없다고.

7·25담화를 통한 박정희의 압박이 김종필에게 '채찍'이었다면, '당근'은 '강력한 권한을 행사해온 이후락 대통령비서실장 등 관료의 해임을 포함한 5개 건 합의'였다.

9월 12일 개헌안 표결 시도는 일단 무산됐다. 이효상 국회의장이 9월 15일 회의를 속개하겠다며 산회를 선언했다. 그러나 일요일인 9월 14일 새벽 2시 30분, 서명한 의원 전원이 통행금지 시간을 틈타, 야당의원들의 철야농성장으로 변한 국회 본회의장을 피해 제3별관 3층 회의실로 특수부대 요원들처럼 속속 모여들었다. 국회의장은 개헌안을 2분 만에 전격적으로 통과시켰다. 찬성 122표, 반대 0표.

3선개헌안 국민투표일은 10월 17일로 공포되었다. 이미 찬성으로 갈 탄탄한 대로는 열려 있었다. 박정희의 발언이 그것이다. 7월 7일 개헌에 반대하지 않는다고 밝힌 그가 7월 25일의 담화를 통해 몇 걸음 더 나아가, 개헌안 부결을 정부 불신임으로 간주하고 즉각 사퇴하겠다는 배수진까지 쳐뒀으니까.

1969년 가을, '빈곤에서 벗어나 잘살아 보겠다'는 열망에 찬 대다수 국민은 인기 좋은 '경제개발 대통령의 부재상황'을 끔찍스런 파국쯤으로 여기려 했다. 이러한 심리적 조건 때문에 개헌찬반 논쟁에서 야당의 '원칙론'과 여당의 '지도자론'이 쟁점으로 떠올랐다. 민주주의의 원칙론을 주장한 야당은 박정희를 대체할 만한 지도자를 내세우지 못하고 있었다. 그런데도 청와대와 공화당은 민심의 풍향을 불안해했다. 그래서 모든 역량과 수단을 총동원하여 '찬성률 끌어올리기'에 정권의 사활을 걸었다. 1969년 10월 17일 국민투표 결과 투표율 77.1%에 찬성률 65.1%였다.

조상의 혈세와 우향우

가을이 저물었다. 11월 하순에 접어들면서 국민투표 후유증이 가라앉는 가운데 한국경제 전망대엔 청신호가 켜졌다. 농업은 약 773만7천 석의 벼 수확을 올려 최대 풍작을 달성하고, GNP성장률은 15% 이상—1969년 GNP성장률은 역사상 유례없이 15.9%였음—으로 예상되고, 소비자물가 상승률은 9%대에 머물러 60년대의 최저치를 기록할 것 같았다.

1969년 12월 3일, 드디어 '박정희 근대화의 가장 선명한 청신호'에 불이 들어왔다. 한국 종합제철소 건설자금 조달을 위한 한일기본협약 조인식이 그것이다. 만약 아카자와가 보고서에 부정적 평가나 미적지근한 평가를 담았더라면 또 다시 얼마나 더 질질 끌게 될지 몰랐을 시대적 국가적 대사(大事)가 불과 100여일 만에 실현된 것이었다. 박태준도 곁에 앉아서 지켜보고, 김학렬 부총리와 가나야마 주한 일본대사가 양국을 공식 대표하여 서명한 문서에는 이러한 내용도 포함돼 있었다.

　　종합제철소의 규모, 설비, 내용, 건설, 공기 등에 관해서는 기본적으로 한국 측의 건설계획을 조정한 일본조사단의 보고서에 따라 실시한다. 일본측은 재산 및 청구권에 관한 일본국과 대한민국의 협정 및 관련 문서에 의거하여 한국의 종합제철 건설을 위한 협력을 제공한다는 의도를 표명한다.

　　여기서는 '일본조사단의 보고서'라는 단서를 주목해야 한다. 그들의 펜에 착공시기 등 포철의 장래가 걸렸는데, 이미 박태준이 그 단장(아카자와)을 감화시켜 놓았으니……．
　　협약서는 '일본측의 협력은 다음의 설비를 대상으로 구체화한다'라는 조항 밑에 제선공장(고로), 코크스공장, 소결공장, 제강공장, 연속주조공장, 분괴압연공장, 반(半)연속식 압연공장, 원료하역 및 처리 설비, 동력 및 용수설비 등을 구체적으로 제시했다. 특이한 한 가지는, 포철의 역사를 통틀

한일기본협약을 체결하는 모습(앞줄 맨 오른쪽이 박태준)

어 '첫 판매 제품'을 생산하게 되는 '중후판공장'이 빠져 있다는 점이다. 이것은 유대인 괴상이라 불린 아이젠버그가 선수를 쳐서 중후판공장 건설을 장악했기 때문인데, 1970년 여름에 박태준이 아이젠버그와 거의 결투에 가까운 한판 승부를 거치고 나서야 포철이 직접 맡아서 중후판공장(요새는 '후판공장'이라 함)을 첫 준공 공장으로 세우게 된다.

포철 1기 완공을 위해 3년에 걸쳐 일본이 제공할 자금은 총 1억2천370만 달러로, 청구권 자금 7천370만 달러와 일본수출입은행 상업차관 5천만 달러를 합한 액수였다. 청구권 자금은 유상 4천290만 달러와 무상 3천80만 달러. 1기에 소요될 내자 총액은 230억 원이었다.

조약식을 그 현장에서 증인처럼 지켜본 박태준은 '국가적 대의'에 순수하게 복무하라는 대명의 천만 근 무게를 온 영혼으로 감당하며 다시 옷깃을 가다듬었다. 자립경제 기반 위에서 번영을 구가하고 선진제국과 어깨를 나란히 한다는 국가적 숙원이 이루어질 수 있느냐 없느냐. 이것이 포항제철의 성패와 직결돼 있다는 자각을 새삼 똑바로 세웠다. 그 자리의 새삼스런 다짐이 어쩌면 자기 인생에서 영원히 잊지 못할 엄숙한 과제가 될 것 같았다. 그날 벅찬 가슴으로 귀가한 그는 대한중석을 정상 궤도에 끌어올린 뒤의 어느 날에 영혼 속으로 불러 들였던 '천하위공(天下爲公)'이란 말을 더듬어 보기도 했다. 중국 신해혁명을 이끈 쑨원[孫文]이 소중히 간직했던 천하위공은, 『예기(禮記)』〈예운(禮運)〉편에 나오는 말로 '천하는 모든 사람의 것이 된다'는 뜻이다. 그 말에 그는 영혼이 떨렸다.

마침내 박태준은 종합제철소 건설의 출발선에 섰다. 포철 탄생 직후에 거의 절대적 위기를 조장한 KISA의 배반. '하와이 구상'을 실현함으로써 거기서 확실히 빠져나온 그는 다시금 내면을 가다듬었다. 이 단계에서 자신의 가장 절실한 의무는 무엇인지, 사원들에겐 무엇이 필요한지…….

국가와 국민과 역사의 이름으로 도전하는 포항종합제철 건설. 겨울바람이 거세게 몰아치는 황량한 모래벌판에 쇳물 빛깔을 닮은 제복차림의 사원들이 군인들처럼 오와 열을 맞춰서 열중쉬어 자세로 집합해 있었다. 그들 앞의 연단 위에 올라선 박태준은 속으로 헤아렸다. 입으로 하는 말은 잔소리에 그치면서 잊기 쉽지만, 깊은 내면에서 뿜어져 나오는 외침은 다른 존재의 내면에 안착한다는 것을.

"우리 조상의 혈세로 짓는 제철소입니다. 실패하면 조상에게 죄를 짓는 것이고 우리 농민들에게 죄를 짓는 것이니, 목숨을 걸고 일해야 합니다. 실패란 있을 수 없습니다. 실패하면 우리 모두 '우향우'해서 영일만 바다에 빠져죽어야 합니다. 기필코 제철소를 성공시켜 나라와 조상의 은혜에 보답합시다. 제철보국! 이제부터 이 말은 우리의 확고한 생활신조요, 인생 철학이 되어야 합니다."

박태준은 비장했고 사원들은 뭉클했다. 누가 애쓸 필요도 없이 그 외침은 가슴과 가슴을 타고 번져나갔다. '조상의 혈세'는 포철 1기 건설에 투입되는 일제식민지 배상금을 의미했다. 이는 민족주의를 자극했다. 오른쪽으로 돌아서서 곧장 나아가 바다에 투신하자는 '우향우'는 비장한 애국주의를 고양했다. 둘은 '제철보국'이념에 자양분이 되었다. 제철로써 조국의 은혜를 갚고 조국 바로 세우기에 이바지하자는 것은, 민족과 국가를 위한 대역사에 참여한다는 자긍심을 조직에 불어넣었고 빠르게 '포철정신'으로 뿌리내렸다.

종이마패

종합제철소 건설의 출발선을 막 떠난 박태준 앞에는 장애물이 기다리고 있었다. 거대한 국가 프로젝트의 자금을 만지고 있으면 그림자처럼 따라붙는 부패세력과 정치자금이다.

1969년 세모의 어느 날, 박태준은 포항사무소에서 비서실장 조말수의 보고를 받았다. 서울사무소에 큰 문제가 발생했다고 했다.

"날마다 여기저기서 인사청탁하고 납품업자를 도와달라는 전화가 오는 바람에 업무가 마비될 정도랍니다."

그는 올 것이 빨리도 왔다고 생각했다.

"누가 그런 짓을 해? 그거 이리 내."

비서실장이 내민 메모는 청와대 실세를 포함한 권력자들의 청탁사항이었다. 박태준은 보지도 않고 쫙쫙 찢어서 쓰레기통에 버렸다.

"이 일은 내가 책임질 테니 나가봐."

그는 포철 창립기념식(1968년 4월 1일)에서 '사회사업적'인사관리를 철저히 배제하겠다고 선언한 일을 떠올렸다. 흔히 청탁을 거절당한 실력자들은 거절한 이를 모함마저 하니까 앞으로 더 철저한 원칙주의자로 일관해야 한다는 각오도 새로이 다졌다.

대일청구권자금으로 포항제철을 건설하는 박태준의 사명의식이나 윤리의식은 '조상의 혈세'라는 말에 함축돼 있다. 그 자금의 전용을 위한 사전정지 작업을 위해 도쿄에서 활약하고 있는 박태준과 만났던 도쿄대학 김철우 박사는 노년의 어느 날에 한국 대전에 마련한 자기 사무실에서 이렇게 증언했다.

한국이 제철소 건설에 일본의 식민지배상금을 쓰기로 하는 과정에서 나는 큰 걱정부터 앞섰다. 대표적으로 그때 인도네시아 정권은 권력자 개인과 정당이 그 돈을 뜯어먹었던 것이다. 그러한 내 염려에 대해 박태준 사장은 단호히 답했다.

"그런 실례가 있기는 있는데, 내가 맡은 이상 그렇게 못합니다. 김 박사는 저를 잘 모르실 겁니다. 한국에 오셔서 제 주변 사람들에게 물어보면 저를 아시게 될 겁니다."

이 자리에서 나는 박 사장에게 감명을 받았다. '이 사람은 믿어도 되겠구나' 하고 마음을 놓았다.

이대환 엮음, 『쇳물에 흐르는 푸른 청춘』

1970년대의 첫 태양이 영일만 수평선 위로 솟아올랐다. 그것이 바로 쇳물의 빛깔이란 것을 박태준은 알고 있었다. 1인당 국민소득 254달러로 세계 119위에 대롱대롱 매달려 있는 대한민국에서 '대망의 70년대'란 말이 나왔다. 강철의 무지개여야 할 그것은 누구보다도 '영일만 사내들'에게 선사해야 할 새해의 꽃다발이었다. 이제 곧 설비구매와 공장건설을 시작할 포철에 가장 어울리는 헌사였다. 박태준도 '국가적 대의'에 순수하게 복무하라는 대망을 받아들였다. 자립경제 기반 위에 번영을 구가하고 선진제국과 어깨를 나란히 한다는 국가적 숙원이 이루어질 수 있느냐 없느냐, 이것이 바로 포철의 성패에 달려 있다는 자각을 다시 새삼 새해의 소중한 사명으로 똑바로 세웠다. 어쩌면 1970년의 새해 첫 아침은 자신의 생애에서 가장 엄숙한 순간인 것 같았다.

1월 중순에는 벌써 '조상의 혈세'를 더럽힐 검은 손이 포철을 더듬고 있었다. 그것을 뿌리치거나 꺾어버릴 박태준의 신념은 확고했다. 그러나 그의 의지만으로 해결할 수 없는 구조적 문제와 맞닥뜨린 상태에서 혼자서는 그 투쟁에 진을 다 뺄 것이었다.

포철 1기 설비구매는 대금지불과 설비선정의 절차에 비능률과 잡음을 부르는 혼선이 깔려 있었다. 청구권자금은 정부 간 협정이어서 포철이 직접 사용할 수 없고, 상업차관은 계약 당사자의 합의를 거친 뒤 정부의 승인을 받도록 되어 있었다. 이는 포철을 설비구매의 주체로 나서지 못하게 하는 덫이었다. 포철은 정부기관인 '주일구매소'를 통해 설비구매를 계약할 수밖에 없었다. 이런 이중구조는 당장 말썽을 일으켰다. 주일구매소는 포철이 면밀한 검토를 거쳐 선정한 설비공급업체를 성능이나 가격에서 트집 잡았다. 그러면서 포철이 2류로 돌린 업체와 계약하겠다고 주장했다. 공급업체에서 상납과 리베이트를 받아내려는 정치인들의 협잡까지 개입했다.

박태준은 판단했다. 출발선을 떠나기 바쁘게 맞닥뜨린 장애들을 일거에 뛰어넘지 못하면 정치적 스캔들에 휘말리고, 설비구매 차질로 전체 공기와 비용에 심각한 결과가 따를 것이라고. 그것을 말끔히 해치울 존재가 필요했다. 바로 청와대에 있는 한 사람.

단단히 준비하고 있는 그에게 기회가 왔다. 1970년 2월 3일, 각하께서 포철의 진척 상황을 보고 받으시겠다고 한다는 청와대 비서실의 전화. 그는 눈앞에 닥친 문제점들과 개선방향을 가지런히 정리하여 대통령 집무실로 들어섰다. 브리핑을 시작하려 하자 박정희가 비서실장과 수석 비서관들에게 나가 있으라고 했다.

"완벽주의자인 임자가 알아서 잘하고 있을 텐데, 보고는 무슨 보고. 그래, 일은 순조롭게 되어가나?"

그는 대통령이 자기 속내를 꿰뚫는 듯했다.

"구매절차에 문제가 있습니다."

"어떤 건가?"

그는 설비구매에서 포철이 부닥친 난관에 대해 허심탄회하게 털어놓았다. 심각한 표정으로 경청한 박정희가 말했다.

"지금 건의한 내용을 여기에 간략히 적어봐."

박정희가 메모지를 내밀자, 박태준은 경제장관회의에서 지시할 자료로 쓰시려는가 하며 간밤에 정리해둔 것을 필사하듯 간략히 적었다.

한국의 이익을 최대한 보장하도록 결정해야 할 구매방식에 관한 건의는, 구매방법 결정에서 고려할 요소 4가지와 이를 뒷받침할 행정절차 3가지로 되어 있었다. 전문·목표·방법으로 짠 메모는, 설비구매를 둘러싼 모든 문제를 단번에 해결할 조건을 갖추었다. '포철이 일본기술협력회사와 협의하여 공급업체를 선정하도록 한다'는 것은 정부 관료의 간섭을 배제한다는 뜻이다. '경우에 따라 사전 시행을 할 수 있도록 하는 간편계약을 했을 때 정부에서 이를 보증해준다'는 것은, 포철이 구매계약의 주체로 나서고 정부가 구매절차의 간소화에 동의한다는 뜻이다.

박태준이 박정희에게 메모지를 넘겼다. 그런데 놀라운 일이 벌어졌다. 내용을 야무지게 훑어본 박정희가 메모지의 좌측 상단 모서리에 친필서명을 하여 도로 내밀지 않는가. 그는 당혹스러웠다. 박정희를 오래 보좌했지만 처음 본 결재방식이었다.

"내 생각에 임자에겐 이게 필요할 것 같아. 어려울 때마다 나를 만나러
오기 거북할 것 같아서 아예 서명해주는 거야. 고생이 많을 텐데, 소신대
로 밀고 나가."

종이마패

박정희는 따뜻한 목소리에 미소까지 지었다. 박태준은 가슴이 찡했다. 몇 달 전 '3선개헌 지지성명'의 서명에 동참해달라는 요청을 받고 거부했을 때도, "그 친구 원래 그래. 건드리지 마." 하고 받아넘긴 바로 그 사람이 이번엔 대통령 권한의 일부를 자신에게 일임하지 않는가.

"각하, 반드시 해내겠습니다."

박태준은 영혼으로 주먹을 불끈 쥐었다. 너무나 가볍고 건조한 종이 한 장. 성냥불을 댕기면 한숨 두어 번 쉬는 틈에 재로 사윌 종이 한 장. 그러나 그것은 박정희의 무겁고 극진한 마음의 선물이었다. 대일청구권자금의 전용을 착상하고 건의하고 실현하기에 앞장선 공로에 대한 고마움의 뜻도 담겼을 것이다. 박정희의 그 전폭적 신임과 지지는, 박태준이 책임감과 사명감을 더 키우는 영양분이 되었다.

그 메모지는 포철 역사에서 '종이마패'라 불린다. 임금이 암행어사에게 마패로써 전권을 위임했듯, 제왕적 대통령이 친필서명의 메모지로써 전권을 위임했기 때문이다. 종이마패는 경제관료들의 심기를 불편하게 했지만, 설비구매를 맡은 포철 임원들에겐 원칙대로 밀고 나갈 수 있는 버팀목이 되었다. 그러나 박태준은 한 번도 그것을 내민 적이 없다. 관계자 외에는 일절 공개하지 않다가, 1979년 10월 박정희 급서 후에 고인의 포철에 대한 집념을 회고하면서 처음 공개했다.

박태준에게 '종이마패'를 선물한 박정희는 불과 사흘 만인 2월 6일에 포항까지 내려왔다. 공사 진척 현황을 둘러보고 거듭 일꾼들을 격려하는 방문이었다.

착공식, 철과 조선의 만남

1970년 4월 1일 오후 3시. 영일만 모래벌판에서 천둥 같은 폭발음과 함께 오색찬란한 연기가 피어오르고, 지반을 다지기 위해 항타기로 파일을 두들겨 박는 굉음이 요란하게 울려 퍼졌다. 1961년부터 박정희가 꿈꿔온

종합제철, 그로부터 십 년 간 숱한 고난과 시련을 헤쳐 나와 마침내 종합
제철 착공식을 거행하는 그 굉음은 한국 산업화의 새 지평을 개척하는 출
발의 신호탄이었다. 한국 건설현장 착공식에서 최초로 선보인 파일 항타
에서 버튼을 누른 사람은 셋이었다. 박정희 대통령, 김학렬 부총리, 박태
준 사장.

　박정희의 기념사는 웅대한 포부, 그 자체였다. "공업국가 건설에 선행
돼야 할 근간산업 중 철강산업이 가장 중요한 분야"라는 사실을 강조하고
"공업국가 건설을 위해서는 온 국민이 총역량을 집중해야 하며, 포항종합
제철은 73년까지 103만 톤 규모의 공장을 예정대로 완공하면 계속 확장
하여 70년대에 1000만 톤 규모까지 생산 능력을 갖추기 바란다"고 역설
했다.

　'포항제철 1000만 톤'이라는 박정희의 비전을 받아 연단에 오른 박태준
은 "민족중흥의 기틀"을 놓겠다는 각오로써 포철의 '존재 이유'를 천명했
다. 그것은 사원들과 우리 국민, 그리고 박정희를 향한 약속이었다. "종합

착공식에서 파일항타의 버튼을 누르는 박태준, 박정희, 김학렬(왼쪽부터)

제철 건설은 바로 우리가 비축했던 민족역량의 결정일 뿐만 아니라, 강력한 국민 의지의 발현이며 우리의 오랜 꿈을 현실화하는 가교가 될 것"이라며 "훌륭한 공장을 최소 비용으로 건설하고, 완벽한 조업준비 자세로서 공장가동 시점에서 바로 정상조업에 돌입해야 하며, 보장된 품질의 철강재를 원활히 공급하겠다"고 당당히 밝혔다.

공장부지 232만 평에 주택단지와 연관단지 부지를 합하면 389만 평. 그 엄청난 단군 이래 최대 역사(役事)가 마침내 파일 박기를 시작하자 국내 언론의 태도도 완전히 달라졌다. 가난한 한국이 KISA에 배반당했을 때는 '무리한' 추진이라고 비판했으나, 대역사의 막이 오른 현장을 지켜보며 '희망찬' 미래를 예견했다.

성공이냐 실패냐. 포스코라는 거대한 열차를 성공으로 이끌어나갈 레일은 이미 깔려 있는 것이나 마찬가지였다. 그러나 사람들의 눈에는 띄지 않는 레일이었다. 박태준의 '우향우'와 그 정신으로 똘똘 뭉친 포스코의 일꾼들, 그리고 그들을 옹호하는 박정희의 신뢰—이것이 보이지 않는 두 레일이었다.

종합제철소 건설 방식에는 크게 전방방식과 후방방식이 있다. 전방방식은 제조 과정과 동일하게 제선공장(고로)과 제강공장을 먼저 지은 뒤에 압연공장을 세우며, 후방방식은 압연공장을 먼저 짓고 제강공장과 제선공장을 뒤에 세운다. 압연공장을 먼저 세우는 후방방식은, 쇳물이 나오기 전부터 반제품인 슬래브를 들여와서 완제품의 압연강판을 생산할 수 있다. 철강공급과 회사수익을 훨씬 앞당길 수 있는 길이다. 이 장점을 주목한 박태준은 후방방식을 택했다. 그러나 후방방식을 실현하는 데는 두 가지 전제조건부터 해결해야 했다. 하나는 '조상의 혈세'가 아닌 별도의 큰돈을 외국에서 들여오기, 또 하나는 아이젠버그의 막강한 빨대를 뽑아내기.

수입한 슬래브를 완제품으로 가공할 중후판공장 건설. 여기엔 2500만 달러 상당의 새로운 외자가 필요했다. 유일한 해결책은 외국의 유명한 제철설비 업체를 불러들이는 것. 박태준은 오스트리아의 푀스트 알피네를 파트너로 잡았다. 1970년 6월 23일 포철 사장과 푀스트 알피네 사장은 영일만의 '중후판공장 건설 기본계약'에 서명한다. 이때 투자 결정을 내렸던 오스트리아 국립은행 총재 헬무트 하세는 박태준과의 협상에 대해 다음과 같은 회고를 남긴다.

세계의 모든 철강인들이 과연 포철이 성공리에 건설될 수 있을까에 대해 반신반의하고 있던 때였습니다. 그러나 우리는 매우 큰 규모의 차관을 포철에 제공하기로 결정했습니다. 일부 사람들은 우리의 결정을 마치 자살행위로 보는 듯했어요. 박태준은 매우 끈기 있는 사람입니다. 모든 상황이 불리한 여건에서의 협상이란 피곤하기 마련입니다만, 그는 나를 꾸준히 설득하여 우리가 포항제철 1기 공사에서 큰 역할을 하도록 했습니다.

헬무트 하세(전 오스트리아 국립은행 총재),『우리 친구 박태준』

중후판은 주로 선박 건조에 쓰는 철강재다. 1972년 7월에 완공될 영일만의 중후판공장에 제일 먼저 눈독을 들인 한국 기업인은 정주영 현대 회장이었다. 어느 날 그가 박태준에게 만나자고 했다.

"조선소를 만들 생각입니다. 어디가 좋겠습니까?"

박태준은 선배의 선견지명에 반색을 했다.

"좋은 생각입니다. 후판은 굉장히 무거운데, 바다로 날라야 합니다. 물류원가도 절감해야 하니, 울산 정도면 적당할 겁니다. 울산이면 포항에서 바지선으로도 실어 나를 수 있는 위치입니다."

"고맙소. 일류제품을 만들 거라고 믿어요."

"물론입니다. 서로 도움이 돼야지요."

포철은 단골고객을 확보하고, 현대는 양질의 값싼 철판을 안정적으로 확보하는 만남이었다. 한국 중공업이 웅비의 날개를 준비하는 자리이기도 했다. 박태준이 선견지명이라고 생각했을 만큼 정주영과 조선소 얘기를 처음 나눈 그때는 몰랐다가 나중에 그도 듣게 되지만, 정주영이 박태준을 찾아왔을 때는 이미 청와대로 불려가서 박정희에게 혼쭐난 다음이었다.

정주영은 부총리 김학렬에게서 '조선업을 하라'는 권유를 받고 차관 도입을 위해 일본, 미국으로 돌아다녔으나 '정신 나간 사람'이란 푸대접만 당했다. 그래서 김학렬을 찾아가 기권할 수밖에 없다고 밝혔다. 이 보고를 들은 박정희가 정주영을 불러 단단히 야단을 쳤다. 한 나라의 대통령과 경제부총리가 적극 지원하겠다는데 그거 하나 못하느냐면서 무슨 일이 있어도 어떻게 하든 해내라고 몰아세운 것이었다. 머잖아 포철이 양질의 후판을 생산할 것이니 때를 맞춰서 반드시 선진국 규모의 조선소가 태어나야 한다. 이것이 박정희의 양보할 수 없는 판단이었다.

정주영의 현대는 1972년 3월 울산에서 조선소 건설을 착공한다. 건설에 3년 걸리는 도크와 역시 3년 남짓 걸리는 선박 건조를 동시에 시작한, 세계 조선업계의 기존 상식을 뛰어넘는 '정주영다운' 방식으로……

아이젠버그의 빨대 뽑아내기

아이젠버그. 앞쪽에 잠시 등장했다시피 1950년대부터 1970년대까지 한국 정·재계가 괴상(怪商)이라 부르기도 했던 그 막강한 유대인을 박태준도 잘 알고 있었다. 1961년 11월 그가 국가재건최고회의 상공담당 최고위원으로 활약한 시절에 정래혁 상공장관이 독일을 방문하여 3천750만 달러 상당의 마르크화 차관 도입을 성공시켰는데, 당시에 물밑 교섭을 맡은 이도 아이젠버그였다. 그때부터 이미 박태준은 아이젠버그를 빨리 내쳐야할 '필요악'으로 봤다. 나라가 가난하니 그따위 구전으로 더럽게 자기 뱃속을 채우는 로비스트를 활용할 수밖에 없다는 점을 통탄스러워했다.

1970년 초반 포철의 중후판공장 건설. 박태준은 아이젠버그와 정면승부를 할 수밖에 없다고 판단했다.

어느 재일교포가 포철 울타리와 가까운 자리에 포철 착공식에 앞서 '조일제철'이라는 중후판공장을 세우기로 했다. 그러니까 박태준보다 선수를

친 격이었다. 중후판공장은 대일청구권자금을 전용하는 항목에 빠져 있다는 점을 간파한 장사꾼의 재바른 손이 영밀만에 들어온 것이었다.

조일제철 건설에서 차관 알선은 아이젠버그가 맡았고, 한국정부는 지불보증을 섰다. 역시 아이젠버그는 막강하구나. 모두가 그렇게 입맛을 다셔야 했다. 아이젠버그가 소개한 파트너는 파나마 유나이티드개발회사였다. 그러나 그 회사의 실제 소유자는 바로 아이젠버그 자신이었다. 그러니까 그는 조일제철 건설 자금에서 이권을 이중으로 뜯어먹는 것이었다.

포철 역사의 첫 공장인 중후판공장. 박태준은 오스트리아의 푀스트 알피네와 추진하는 외자도입 및 설비도입 협상 과정에서 오스트리아 국적도 가진 아이젠버그의 개입을 철저히 차단했다. 박태준이 포철의 외자담당을 데리고 직접 뛰어다녔다. 그 차관을 승인한 오스트리아 국립은행 총재의 증언을 앞에서 들었다시피, 그는 오스트리아 철강인과 금융인을 '진정성'으로 감동시켰다.

그러나 문제는 조일제철이었다. 가난한 나라의 약점을 파고든 아이젠버그의 그것을 박태준은 헌신짝처럼 차버려야 했으나 한국정부가 지불보증을 섰으니 포철이 흡수(합병)하는 수밖에 없었다. 조일제철 흡수, 이것은 박태준의 포철이 자금과 정력을 낭비한 유일 사례였다.

조일제철 배후에는 한국 권력자들이 도사리고 있었다. 대통령도 함부로 다루지 않는 아이젠버그를 활용한 그들은 스위스 대사를 지낸 여당의 K의원과 군의 요직을 거쳐 정부 고위직도 지낸 더 막강한 권력자 J였다.

중후판공장 준공식(1972년 7월 4일)을 앞둔 어느 날이다. 느닷없이 아이젠버그가 박태준에게 전화를 걸어온다. 왜 자신에게는 여태껏 준공식 초청장이 오지 않느냐는 것. 박태준은 가난한 나라의 돈을 너무 많이 먹었으니 그걸 좀 게워내면 초청하겠다는 말이 목구멍까지 치밀어 올라도 침을 삼킨다. 아이젠버그는 한국 고위층의 이름들을 들먹인다. 일종의 무력시위에다 협박이다. 박태준은 일절 반응하지 않는다. 이 교활하고 거만한 인간에게는 끝까지 본때를 보여줘야 한다는 결심을 더 단단히 굳힌다. 그는 끝내 아이젠버그에게 초청장을 보내지 않는다. 당신과는 더 이상 어떤 관계도 맺지 않겠다는 강한 메시지를 보낸 것이다.

아직 유신헌법이 등장하기 전에 아이젠버그가 포철 설비 공급을 노리며 날뛰었던 배경에는 '포스트 박정희'를 노리는 권력 암투도 작동하고 있었다. 박정희 후계 경쟁자로는 K, L, J가 꼽혔다. 항간에는 "K, L은 자금이 많지만 J는 자금이 없어서 어쩌나" 하는 소문이 돌았다. 여기서 J에게 포철은 '정치자금'의 매력적인 원천으로 보일 수 있었다. 박태준을 포철에서 뽑아내고 자기 사람을 심게 된다면 앞으로 엄청난 공사들이 창창하게 남았으니 얼마든지 파이프를 꽂을 수 있다고 계산했을 것이다.

조일제철을 통해 톡톡한 재미를 챙기긴 했으나 포철의 중후판공장 준공식에 초청도 받지 못함으로써 박태준에게 자존심을 크게 다친 아이젠버그. 실상 그는 1970년 초부터 포항제철소 설비들을 노리며 음모를 꾸몄다. 1969년 12월 3일 대일청구권자금 전용과 제철기술 지원 등에 대한 한일기본협정 조약, 1970년 4월 1일 포항제철소 착공식. 그 넉 달 사이에 포철은 일본 철강설비업체들과 구매계약을 진행했다. 아이젠버그는 몸이 달았다. 그의 눈에는 박태준보다 먼저 손봐야 할 장애물이 있었다. 영일만 현장에 파견된 일본기술단 아리가 단장이었다. 아리가는 박정희와 박태준의 종합제철에 대한 '진정한 의지'를 충분히 이해하고 존중하는, 제철설비에 대해 빠삭하게 아는 양심적인 엔지니어로서, 1억 달러 넘는 포철 1기 설비구매에서 중요한 역할을 담당하고 있었다.

아이젠버그는 아리가부터 뽑아내고 싶었다. 아리가 대신 자기 입맛에 맞는 인물을 박아두는 것이 포철에 흡입력 좋은 빨대를 꽂아두는 방법이다, 이 잔머리를 굴렸다. 때마침 아이젠버그에게 절호의 기회가 왔다. 일본 철강업계의 합병이 그것이었다. 1970년 4월 1일 포철이 착공식을 거행한 그날, 야하타제철과 후지제철이 합병한 '신일본제철'이 탄생했다. 아리가는 후지 출신, 신일본제철 최고경영진은 야하타 출신. 아리가에게는 아주 불리한 여건이었다.

아이젠버그는 영일만에서 아리가를 솎아내기 위해 신속하고 기민하게 움직였다. 사업 거점이 일본이니 그럴 만한 능력과 인맥을 거머쥐고 있었다. 다만, 박태준이 그의 발을 따라잡고 손을 묶을 수 있나? 이게 관건이었다. 아이젠버그가 1970년 4월 일본에서 수상쩍게 움직인다는 소식이 박태준의 정보망에 걸려들었다. 그는 지체 없이 즉각 도쿄로 날아갔다. 만사를 제치고 황급히 만나야 할 상대는 합병을 거쳐 새로 태어난 '신일본제철'의 회장, 바로 이나야마였다. 아이젠버그가 박태준보다 한 발 빠르긴 했으나 그의 도착이 결코 지각은 아니었다. 이나야마는 박태준의 소상한 설명을 심각하게 경청했다. 아리가에게는 아무런 탈도 일어나지 않았다. 여름이 와도 그는 영일만에 그대로 남아 있었다. 아이젠버그가 '조일제철'에 이어 박태준에게 두 번째로 물을 먹은 사건이었다.

일본기술단을 꾸짖다

포철에겐 '자금'만큼이나 '기술'도 간절한 과제였다. 박태준과 창업요원들은 '기술용역'도 한 치의 오차 없이 챙기고 있었다. 3월 8일부터 4월 4일까지 '본기술 용역계약'을 위한 1차 협상단을 일본으로 파견해 대표적인 제철 3사(야하타·후지·니혼강관)와 협상을 벌였다. 이 과정에서 4월 1일 야하타제철과 후지제철이 합병하여 '신일본제철'로 출범함으로써 포철이 상대할 회사는 둘로 줄었다.

일본기술단이 초안한 '공장위치계획도'가 박태준의 손으로 넘어왔다. 그것을 살펴보다가 짙은 눈썹이 거칠게 일어섰다.

"이게 뭐야?"

박태준은 주먹으로 책상을 쿵쿵 찍었다.

"이놈들이 이거, 엉뚱한 생각을 하고 있는 거야."

도면에 연필로 선을 그었다. 연필의 자취는 모든 도로를 두 배 더 넓히는 것이었다. 계획도는 기껏 200~300만 톤을 건설할 만한 청사진에 불과했기 때문이다.

담당 임원이 조심스레 물었다.

"사장님, 일본 친구들은 포항에 몇만 톤을 세우려고 합니까?"

"그놈들에게 직접 물어봐. 책임자 아리가의 머리에 엉뚱한 것도 있는 모양이야. 유능하고 신용도 있는 친군데, 이것 한 가지는 안 맞겠어."

이튿날 아침, 아리가 밑의 요시다케 차장은 벌건 얼굴이었다.

"박 사장님, 이렇게 하시면 일을 진행할 수가 없습니다."

"왜 그러시오?"

"설계는 저희의 의견을 존중해주셔야 하지 않겠습니까?"

"그래요? 어제 일로 항의하러 온 모양인데, 그렇지 않아도 조만간 아리가 단장을 한국으로 소환할까 하는 참이었는데, 마침 잘 왔소. 하나 물어봅시다. 포철의 책임자는 누굽니까?"

요시다케가 입을 다물었다. 박태준은 점잖게 아이를 꾸중하듯 말했다.

"내가 책임자요. 일본기술단은 자문을 하는 겁니다. 자문에 대해서는 내가 100% 수용할 수도 있지만, 수용하지 않을 수도 있는 거요. 수용 여부의 판단은 포철이 하고 내가 하는 거요. 더구나 당신들이 여기에 봉사활동을 나와 있나요? 계약에 따라 엄연히 돈을 받고 일하는 사람들입니다. 그런데 일을 못 하겠다고요? 그게 말이나 되는 소린가요?"

요시다케는 고개를 들지 못했다.

그로부터 며칠 후였다. 조선내화 대표 이훈동이 찾아왔다. 그는 포철 맞은편에 조성된 연관단지 부지에 내화벽돌 공장을 건설할 사람이었다.

"제철소 최종 규모가 어떻게 됩니까? 그게 확실해야 저희도 거기에 맞춰서 공장 규모를 결정하지 않겠습니까?"

"그렇긴 하군요. 이미 발표한 우리 계획이 미심쩍다는 얘기 같은데, 그걸 안 믿는 게 좋을지 모르지요."

"예에?"

"지금은 850만 톤이라고 했지만, 그때 가봐서 1천만 톤을 하게 될 겁니다.”

“예에?”

이훈동이 두 번 눈을 크게 떴다. 의구심을 푼 것은 아니었다. 아니, 박태준의 큰소리를 믿지 않았다. 그는 안절부절못했다. 기어이 도쿄로 날아가서 아리가를 만났다. 포항으로 돌아온 그가 다시 박태준 앞에 나타나서는 중요한 정보라도 빼내온 것 같은 표정을 지었다.

“아리가는 잘하면 300만 톤을 할 수 있을 거라고 했습니다. 못하면 200만 톤으로 끝날 수 있다고도 했습니다.”

박태준은 화가 났다. 신뢰해온 아리가의 속내를 거듭 확인한 것이었다. 공정배치계획도 초안에는 ‘돈도 없고 기술도 없는 너희가 해봐야 얼마나 하겠나. 200만, 300만 톤이면 끝나겠지. 너희가 무슨 수로 차관을 더 얻겠으며 재투자할 내자를 마련하겠나.’ 하는 멸시의 시선이 투영되어 있었다. 그런 일본의 속내를 더 신뢰하면서 재를 뿌리는 이훈동의 경솔한 언행도 그는 못마땅했다.

“당신은 어쩔 거요?”

박태준이 퉁명스레 물었다. 이훈동의 대답을 딱히 듣고 싶진 않았다.

정직한 눈을 가졌으나, 그것이 도리어 불찰을 낳은 아리가. 그의 예측을 더 믿은 이훈동. 조선내화는 포철의 최종규모를 300만 톤으로 상정하여 공장부지를 협소하게 확보한다. 하지만 포철은 영일만에서만 910만 톤까지 성장하고, 결국 조선내화는 제2공장을 다른 곳에 따로 짓게 된다. 이 손실의 체험이 그들에겐 뼈아프게 남았을까. 1980년대 초 포철이 광양제철소 건설을 시작하면서 ‘1천만 톤 계획’을 밝히지만 조선내화는 처음부터 아예 ‘2천만 톤’까지 내다보는 공장 부지를 차지한다.

‘저우언라이 4원칙’의 위기

일본기술단이 예비기술보고서를 포철에 제출한 때는 착공식 직전인 3월 하순이었다. 포철은 5월 5일부터 한 달 예정으로 '본기술 용역계약'을 위한 2차 협상단을 다시 일본으로 파견할 계획을 잡았다. 그러나 강력한 복병이 별안간 포철의 앞길을 가로막았다.

1970년에 일본은 '죽의 장막'이라 불리는 중국의 굳게 잠긴 문을 열려고 다각적인 노력을 기울이고 있었다. 한 세대 전의 일본이 일찍 개화한 '제국주의적 무력'을 앞세워 중국에 진출했다면, 이제 일본은 미국과 독일에 견줄 만한 '경제력'을 앞세워 다시 중국으로 진출하려 했다. 공산당이 지배하는 거대 국가로 들어가려는 일본 경제계는, "자본주의는 이윤을 따라 흐르며 모든 만리장성을 무너뜨린다."라는 맑스의 예언을 금과옥조로 삼았는지도 모른다. 그런데 5월 2일 일본 경제계 대표단이 중국과의 무역협정을 연장하려는 교섭에 나서자, 중국 수상 저우언라이가 불쑥 중국의 대외 무역에 대한 4원칙을 선언했다.

첫째, 한국 및 대만과 경제협력관계를 맺고 있는 외국의 상사나 메이커와는 무역을 하지 않는다.

둘째, 한국 및 대만에 투자하고 있는 기업과는 경제 거래를 하지 않는다.

셋째, 무기를 생산하여 인도차이나 전쟁에서 미국을 돕고 있는 기업과는 절대로 거래를 하지 않는다.

넷째, 미국과의 합작회사 및 미국의 자회사와도 절대로 무역을 하지 않는다.

일명 '저우언라이 4원칙'은 중국이 북한과 북베트남을 지원하겠다는 거였다. 성가시게 대드는 대만과 한국에 불이익을 주겠다는 거였다. 그대로 실현된다면 가장 크게 타격 입을 나라는 일본이었다. 일본은 베트남전쟁에서 미국과의 협력을 통해 돈을 벌면서 한국이나 대만과도 긴밀한 경제협력관계를 유지한 반면, 한국은 중국과의 무역이 없었고 미국은 1974년에야 탁구경기를 매개로 중국과의 '핑퐁외교'를 완성했으니까. '저우언라이 4원칙'이 특히 노리는 것은 일본이었다. 엄포나 협박이 아니었다. 거의 즉각적으로 중국은 '저우언라이 4원칙'을 실행했다. 그 결과 일본의 스미토모화학과 미쓰비시중공업부터 직격탄을 맞았다. 제1원칙을 휘둘러 일방적으로 무역을 단절한 것이다. 그 불똥은 당연히 한국으로도 튀었고, 가장 큰 것이 포철 사장실에 떨어졌다. 고래 싸움에 새우등 터질 지경이었다.

박태준은 즉각 도쿄로 날아갔다. 포철의 본기술 용역 협상단도 애초의 일정대로 출발시켰다. 일본의 상황은 예사롭지 않았다. 저우언라이가 발사한 미사일을 맞고 당황하는 징조가 뚜렷했다. 미쓰비시, 미쓰이, 마루베니, 이토스 등 일본 4대 상사가 중국무역담당반을 별개 독립법인으로 만들고 있었다. 박태준의 신경을 곤두세우는 신일본제철마저 흔들리고 있었다. 포철에겐 또 한 번의 위기였다. KISA의 배반보다는 약해도 설비구매를 둘러싼 한국 관료들과의 갈등보다는 훨씬 강력한 외부의 적이었다. 신일본제철이 중국의 요구에 굴복하면 포철은 기술지원도 받을 수 없고 설비구매도 막혀서 거의 '개점휴업'에 내몰릴 테고, 그것은 어쩔 도리 없이 '공기지연'으로 직결되어 회사 재무구조에 영원한 악재로 작용할 것이었다.

박태준은 물러설 수 없었다. 하나의 승부처라면 혼신의 힘을 아낌없이 발휘해야 한다고 판단했다. 믿는 돌다리도 두들겨보듯 야스오카 선생, 이나야마 사장을 비롯한 일본의 친한파 인사들과 꾸준히 접촉하는 데 모든 성의를 다 바쳤다.

5월 14일 신일본제철은, 포철에 대한 기술원조가 '저우언라이 4원칙'에 저촉되지 않는다고 전제하면서 그 원칙을 인정한다는 모호한 결론을 중국에 통보했다. 그나마 '포철에 대한 기술원조'를 예외사항에 둔 것은, 박태준과 이나야마가 진지하게 의논한 결과였다.

5월 15일 도쿄에서 제2차 한일민간경제협력위원회가 열렸다. 미쓰비시중공업 사장을 비롯한 일본 재계의 몇몇 대표적 인사가 불참하거나 대리인을 참석시켰다. 그러나 중국은 강경한 태도를 바꾸지 않더니 5월 22일 신일본제철에 '저우언라이 4원칙'의 수락 여부를 명백히 밝히라고 요구했다. 여기서 이나야마는 꾸물거리지 않았다. 거대한 나라를 상대할 때 흔히 드러낸 일본 기업가들의 태도와는 딴판으로, 바로 그날 오후에 기자회견을 열었다. 이나야마는 단호했다.

"중국은 신일본제철이 한일협력위원회 및 일화(일본·대만)협력위원회에서 손을 떼겠다는 성명을 요구하고 있으나, 우리는 그와 같은 일을 할 수 없으며, 이들 협력위원회의 참석은 거래 관계상 당연하다. 중국측이 요구하는 양자택일에는 응할 수 없다."

박태준은 이마의 땀을 훔쳤다. 이나야마의 큰 은혜를 또 다시 입은 날이었다.

소화시대의 괴물과 대결

도쿄의 박태준이 '저우언라이 4원칙'의 강력한 미사일을 피하려고 동분서주하는 동안, 한국의 정치상황은 하루가 다르게 악화되어 갔다. 새봄을 맞아 3선개헌의 후폭풍이 불어 닥치고 있었다. 이제 그 이름은 '민주주의'로 굳어졌다. 학력 낮은 도시빈민의 귀에도 익은 말이었다. 그 계절에 '오적 필화사건'이 터졌다.

1961년 6월에 '군사혁명'의 필연성을 인정하면서 주체세력이 빠르게 사회의 기강을 바로잡고 군으로 복귀해야 한다고 주장한 장준하. 그가 이끈 《사상계》(1970년 5월호)에는 70년대 민주화운동의 횃불로 타오른 김지하의 담시 「오적」이 실려 있었다.

......

서울이라 장안 한복판에 다섯 도둑이 모여 살았겄다

......

저 솟고 싶은 대로 솟구쳐 올라 삐까번쩍

으리으리 꽃궁궐에 밤낮으로 풍악이 질펀 떡 치는 소리 쿵떡

406

예가 바로 재벌, 국회의원, 고급공무원, 장성, 장차관이라 이름하는

간뗑이 부어 남산 만하고 목 질기기 동탁 배꼽 같은

천하흉포 오적의 소굴이갔다

……

이 시를 야당 신민당이 6월 1일 당 기관지 《민주전선》에 전재하자, 곧 필화사건으로 꾸며졌다. 6월 2일 새벽 중앙정보부가 신민당사에 난입해 기관지를 압수한데 이어 시인과 《사상계》 편집진을 구속했다. 김지하는 계급투쟁을 선동한 반공법위반 혐의로 기소됐다.

때마침 '닉슨독트린'도 한미관계를 악화시켰다. 베트남전쟁 같은 미국의 직접적인 정치·군사개입 회피, 해외주둔 미군의 단계적 철수, 동맹국의 자주국방 강화, 미국의 측면지원 등을 골자로 하는 닉슨독트린(1969. 7. 25)에 따라 1970년 6월 미국은 주한미군의 철수를 발표했다(실제로 1971년 6월까지 주한미군 병력 1/3을 철수했다). 공교롭게도 PL480호에 의한 잉여농산물 원조가 막바지 – 1971년에 미국은 한국에 3천370만 달러어치의 식량을 마지막으로 원조했음 – 에 이르렀으며, 한국의 인권상황 간섭의 강도를 점점 높이고 있었다. '경제부흥'을 최고의 명분과 가치로 내세운 박정희에게 미국과의 관계 악화는 정권 기반에 심각한 균열이 생긴 것과 마찬가지였다. 게다가 한국경제의 큰 밑천이 되던 베트남전쟁도 종착역을 앞두고 있었다. 베트남 민족에겐 평화와 통일을 안겨줄 종전이 한국경제엔 위협으로 다가서는 아이러니가 조만간 아시아의 역사에 태연히 기록될 것이었다.

안으로는 저항세력이 강건해지고 밖으로는 어려움이 중첩되던 1970년 여름. 청와대와 공화당의 시각에는 틀림없이 '내우외환'으로 비쳤을 그때, 박정희는 현재의 딜레마를 뚫고 나갈 특단의 조치를 구상하고 있었을까? 그렇다면 그것은 닉슨독트린을 역이용할 '자주국방·자립경제·자주통일'의 깃발로 탄생할 가능성이 높았다.

그 여름에 박태준은 아이젠버그만큼이나 벅찬 브로커와 마주서야 했다. 음식 있는 창고를 쥐가 노리고 생선 있는 창고를 고양이가 노리듯, 거대한 설비구매가 있는 곳에는 정치적 거간꾼만 아니라 막강한 브로커가 따라붙기 마련이었다. '소화(昭和)시대의 최대 괴물'로 꼽히는 일본인. 그렇게 불리는 Y라는 골칫덩어리가, 포철이 일본의 철강설비회사들과 진행하고 있는 설비 계약에 개입하려 했다. 한일관계에도 상당한 막후 역할을 해온 것으로 알려진 문제의 인물은 박태준에게 간단명료한 요구를 했다. '나'라는 인물을 보면 알 테니 '나'를 경유해서 설비들을 구매하라. 박태준은 '괴물'을 상대하는 최고 비책은 그 앞에서 눈썹 하나 까딱하지 않는 '더 무서운 괴물'로 맞서는 것이라고 생각했다.

　　일본 괴물 Y의 요구를 받아든 심부름꾼이 박태준을 찾아왔다. 만남을 주저하거나 회피할 생각이 전혀 없었던 그는 그저 의연히 타이르기만 했다.

　　"나는 내 나라를 위해 취해야 할 올바른 방도를 취할 뿐이오. 이것이 일본을 위해서도 좋은 일이라고 생각하기에 내 방법을 그대로 밀고 나가겠소."

　　이때 박태준은 어떤 괴물도 물리칠 부적인 박정희의 선물(종이마패)도 품고 있었지만 수고스럽게 꺼내진 않았다. 박태준이 설비구매를 둘러싼 각종 외압을 물리친 것은, 뒷날 회사의 효율적인 설비구매 전통을 수립하는 본보기가 되고 저렴한 공장건설과 성공적 조업의 밑거름이 되었다.

리베이트로 만든 장학재단과 그 성장

　　박태준이 포철구매단과 일본기술단에 제시한 설비구매 원칙은 '가장 낮은 가격의 가장 좋은 품질'이었다. 국제철강시장은 침체기에 빠졌다. 다시 말해, 대규모 제철설비를 수주하려는 일본 업체들의 경쟁이 치열한 시기여서 포철은 유리한 협상위치를 선점할 수 있었다.

총 구매액 1억7천765만1천 달러가 들어갈 포항 1기 건설에 맨 먼저 오스트리아의 푀스터 알피네가 중후판공장 설비를 공급하게 되었다. 그 다음의 16건은 1970년 9월부터 1972년 9월 사이에 가장 조건 좋은 일본 업체와 차례차례 계약을 체결했다.

설비구매가 속속 진행되는 가운데 박태준은 전체적 상황을 하나씩 점검해보았다. 중요한 인프라는 네 가지였다. 항만, 도로, 철도, 산업용수.

항만시설이 핵심이었다. 거대하고 육중한 제철설비를 건설현장으로 옮겨올 유일한 길은 '바다'에 있었다. 간단히 말해, 300톤짜리 설비 하나를 부산항에 부렸을 경우 포항까지 육로로 운반해오려면 부산과 포항 사이의 다리를 3개나 뜯어고쳐야 했다. 앞으로 원료를 들여오는 것도 항만에서만 이루어질 작업이었다. 항만건설은 난공사였다. 수심을 깊게 하려고 바다 밑바닥의 흙을 공장부지로 퍼내는 준설작업, 준설된 모래가 떠밀려가지 않도록 하는 제방작업을 동시에 수행하면서 빈번한 태풍을 극복해야 했다. 15만 톤급 배가 접안할 항만공사에서 준설된 모래의 총량은 자그마치 1천370만 입방미터나 되었다. 공장부지 안의 도로는 이미 활주로처럼 건설되어 있었다. 공장부지 안에 깔아야 할 총연장 16킬로미터의 레일, 하루 10만 톤의 공업용수를 공급할 댐 공사도 순조롭게 진행되고 있었다.

'인프라 건설'이 정상궤도대로 진행되고 있음을 확인한 박태준은 사원주택단지, 교육·문화시설의 진척상황을 주기적으로 짚었다. 그것도 순탄해 보였다. 1969년 4월에 임원숙소 4동과 내빈숙소(영일대) 신축, 6월에 독신료(미혼자 숙소) 2동 건립, 이듬해 7월에 최초의 기혼자용 사원아파트 4동 착공. 이는 초기 건설요원들의 주거를 안정시키고 외국인 기술자들의 숙소문제를 해결했다. 사원주택에 대한 박태준의 경영정책은 줄기차게 추진되었다. 사세 확장에 맞춰 계속 건립해나가 1978년 말에 이르면 자가주택 3천611세대, 독신료 11동(3천771명), 임원숙소 10동, 외국인숙소 18동(320명)의 대단위 사원주택단지로 조성된다. 융자의 조건도 획기적이었다. 회사는 최대한의 대여금(20년 상환 무이자 대여)을 부담하는 한편, 은행융자금

(장기저리)을 알선함으로써 입주자는 전체 금액의 3분의 1 부담만으로 '내집 마련'을 할 수 있게 했다. 주택단지의 3분의 2 이상이 숲으로 둘러싸여 쾌적한 환경을 이루고, 단지 내에 교육·의료·생활편의·문화시설 등을 모두 갖추게 하여 주거환경을 최고 수준으로 가꾼다.

박태준의 이러한 결단은 '먼저 종업원에게 인간다운 삶의 조건을 갖춰줘야 한다'는 오랜 철학에서 비롯한 것이다. 여기엔 제철소 성공에 대한 확신이 있어야 했다. 그는 성공을 확신했다. 그것이 현장의 힘으로 전화하려면 사원들도 그의 확신을 믿고 따라야 했다. 사원복지에 대한 철학은 리더의 확신을 조직 전체로 확산시키는 효과까지 거두었다.

1970년 가을 어느 날이었다. 박태준의 인생에 처음으로 제법 큰 규모의 공돈이 저절로 굴러왔다. 보험회사 리베이트 6천만 원. 1기 건설이 시작돼 영일만으로 들어오는 고가 설비에는 규정상 거래하는 양측이 다 보험을 들어야 했는데, 그게 뜻밖에도 그만큼의 큼직한 떡고물로 떨어졌다.

그는 임원들과 의논한 끝에 대통령에게 통치자금으로 드리는 게 좋겠다고 판단했다. 공화당 재정담당 책임자가 정치자금 모으느라 포철에도 계속 압력을 가해오는 상황에서 부담 없는 공돈이 생겼으니 체면치레는 될 것 같았다.

"나라를 위해 쓰시라고 기부금 좀 가져왔습니다."

박태준이 6천만 원짜리 수표를 박정희 앞에 놓았다.

"포철은 절대 정치자금 안 낸다고 한 사람이 왜 이래?"

의아하게 쳐다보는 박정희에게 돈의 성격을 설명했다.

"임자는 앞으로 할 일이 태산이야. 가져가서 필요한 일에 마음대로 써."

박정희가 미소 지으며 탁자 위의 봉투를 도로 내밀었다.

"제가 쓰기엔 너무 많은 돈입니다."

"임자 스케일이 그렇게 작아? 떡을 사먹든 술을 사먹든 맘대로 해. 내 선물이라고 생각해."

봉투를 돌려받는 박태준의 머리엔 '장학재단 설립'이 떠올랐다. 그 순간 박정희의 눈빛이 날카롭게 반짝였다.

"여보게, 그러면 다른 국영기업체 사장들도 이런 리베이트를 받아왔다는 거 아닌가?"

박태준은 눈앞에 불꽃이 튀는 듯했다. 부정할 수도 긍정할 수도 없는 질문이었다. 청와대를 나서는데 곤혹스러웠다. 순수한 마음을 냈다가, 괜히 다른 사람들의 잘못을 고자질이나 한 꼴이 되고 말았다.

포항으로 내려온 박태준은 곧 임원회의를 열었다. '공돈 6천만 원을 어떻게 쓸 것인가'가 주제였다. 여기서 그는 미래를 위한 종자돈으로 쓰자는 안을 냈다.

"우리 회사의 주택문제는 어느 정도 해결되고 있으니, 하나 남은 중요한 과제는 우리 사원 자녀들의 교육문제요. 앞으로 사원이 대폭 늘어나고 젊은 사원이 나이 들어가면 무엇보다 자녀교육이 회사의 중요한 복지과제로 떠오를 텐데, 그때를 대비해서 이걸로 제철장학재단을 설립하면 어떻겠소?"

모두 흔쾌히 동의했다. 이튿날부터 실무진은 장학재단 설립을 위한 법적 절차에 들어갔다. 1970년 11월 5일 포철 제1회의실에서 '재단법인 제철장학회' 설립이사회가 열렸다. 박태준은 원대한 포부의 한 자락을 내비쳤다.

"오늘 조촐하게 출발의 첫걸음을 내디디지만, 장차 우리 사원들에게 최고의 교육시설과 장학혜택을 제공하게 될 것입니다. 더 나아가 국가 장래와 교육을 연결시키는 철학적 사고가 바탕이 되어야 합니다. 사람은 교육에 의하여 그 능력을 최대한 발휘할 수 있으며, 숨은 역량은 교육을 통해서만 계발되는 것입니다."

박태준이 장학재단 설립에 속도를 내는 상황에서 한국전력, 석탄공사 등 몇몇 국영기업체 사장들이 대통령에게 혼쭐났다는 소문이 들렸다. 더욱 경악할 노릇은, 박 아무개의 고자질 때문이라는 말까지 나돌았다. 박태준은 귀를 막고 싶었다. 미안하기도 하고 억울하기도 했다. 해명하러 다닐 수도 없는 터에 누군가는 복수의 손길마저 뻗쳐왔다.

"보험 리베이트가 어디 6천만 원뿐이었겠나?"

이런 의구심 띤 세력에 밀려 박태준과 임원들은 뒷조사를 받았다. 박태준은 순진한 대가로 어쩔 수 없이 겪어야 하는 곤욕으로 생각했다. 겁날 것은 눈곱만큼도 없었다. 어차피 자신과 동지들은 '뒷구멍' 따위에 한눈 판 사내들이 아니었기에.

박정희는 대선을 준비하고 있었지만, 박태준과의 관계에서만은 결코 얼룩을 만들고 싶지 않다고 거듭 확인하듯 박태준의 '저절로 생긴 돈'마저 거절했다. 두 사람의 '독특한 인간관계'를 새삼 확인하는 이 장면에서, 박정희는 '거절'의 선택이 돋보이고 박태준은 그것을 고스란히 자기 포부를 위한 밑거름으로 묻은 선택이 돋보인다.

은행융자를 얻어 사원주택 해결의 첫발을 내디딘 박태준은 묘하게도 리베이트라는 공돈으로 사원자녀 교육에 첫발을 내디뎠다. 제철장학재단은 장차 두 축으로 발전하고 성장해 나간다. 학교 설립과 운영의 인재양성, 장학과 봉사의 사회공헌사업이 그것이다.

제철장학재단이 1971년 9월 첫 유치원을 세운 뒤로 회사의 성장과 사원 자녀의 성장이 거의 일치함에 따라, 포철은 1976년 9월 '학교법인 제철교육재단'을 설립해 유치원 운영을 포함한 학교 설립과 운영에 관한 사업을 맡게 되며 박태준이 그 이사장으로서 각급 학교를 차례차례 세워 나간다. 포항의 직원들이 대거 옮겨간 1980년대 중후반의 광양에선 유치원부터 고등학교까지 거의 한꺼번에 세우게 된다.

2004년 3월 기준으로, 포철(제철교육재단)은 포항과 광양에 유치원 4개, 초등학교 5개, 중학교 2개, 고등학교 3개 등 한국 최고의 교육환경과 교육 시스템을 구축해놓았다. 또한 박태준의 진두지휘로 포철이 1986년 12월에 설립한 포스텍(포항공대)은 2004년 3월 현재 아시아 최고 이공계 대학으로 평가받고 있다.

박태준은 교육자인가? 교편 잡고 강의실에서 후학을 직접 가르치는 사람만을 교육자라고 한다면, 그는 교육자가 아니다. 그러나 좋은 학교를 세워 최고 수준의 교육을 받을 수 있는 환경을 육성해나가는 사람도 교육자에 속한다면, 그는 교육자다. 그는 당대의 한국사회에서 최고 수준의 사립유치원·초등학교·중학교·고등학교, 세계적 명문 수준의 사립대학을 설립했다. 더구나 학교 경영자금의 99% 이상을 국고에서 지원받는 거의 모든 사학과는 전혀 다르게, 2004년 3월 현재도 포철의 출연금으로 모든 학교를 운영하는 시스템을 정착시켰다.

포철을 건설하면서 '제철보국'을 부르짖었듯, 박태준은 학교를 설립하면서 '교육보국'의 기치를 내걸었다. '교육은 천하의 공업(公業)이며 만인의 정성으로 이루어진다'라는 그의 교육관은 분명히 20세기 한국 교육계에 새 지평을 열었다.

제철장학재단의 초기 수익사업은 포철 건설 현장의 고철 수거와 판매, 열연공장 핫코일 포장, 코크스공장의 부산물인 콜타르 수거, 산소공장에 납품한 공병의 재충전, 직원 편의시설 운영 등이었다. 박태준이 종합제철이라는 거대한 공장에서 떨어지는 낙엽과 같은 '사소한 이권'들을 공공자산의 밑천으로 잡은 것이었다. 1976년에 접어들면서 장학사업의 규모가 확대되었다. 자금 확보 방안을 개선해야 했다. 그는 고철 수거와 같은 직접 사업을 다른 업체에 넘겨주는 대신 주식을 기증 받고 투자 주식, 상장 주식, 건물과 토지의 임대 수익 등으로 재원을 확보했다. 1983년 3월에는 동진제강(주)으로부터 서울 종로구 수송동에 있는, 지상 12층 지하 2층의 거양빌딩을 매입했다. 여기서 나오는 임대 이익은 그때 기준으로 최대 7억 원이었다.

1984년 박태준은 제철장학재단을 통해 '아주 특별한 인재양성' 사업을 결심한다. 포철의 메인슬로건 그대로 '자원은 유한, 창의는 무한'인데 무한의 창의를 누가 현실의 실체로 구현할 수 있는가? 그 가능성은 특히 '특별한 인재들'에 잠재돼 있다. 그해 11월 22일 제철장학재단 이사회는 박태준의 뜻을 의결한다. '21세기 고도 산업사회의 고급 인재를 육성하고,

학문 수준과 첨단과학 기술을 제고하고, 인재의 국제교류 기반을 확충하고, 이를 통해 풍요로운 복지사회 건설과 국가 발전에 이바지하기'위하여 '미국, 영국, 일본, 독일, 프랑스 등 선진국에 유학하여 박사학위를 취득할 수 있게 하는 장학사업을 시행하기'로 결의한 것이다.

선발 대상은 자연과학, 공학, 사회과학 분야로 한정하고 4년제 대학 해당학과·관련학과 졸업 또는 졸업예정자로서 총장 추천을 받은 만 30세 이하로 규정했다. 해외 대학에서 박사학위를 취득할 때까지 5년 간 학비와 생활비 전액을 지원해주되 환율 변동에도 영향을 받지 않도록 했다. 그러나 박태준은 '박사학위 취득 후 포철을 위해 무엇을 해줘야 한다' 따위 어떤 구질구질한 조건도 달지 말자고 했다.

1985년부터 시행한 이 사업은 1994년까지 모두 71명을 지원했다. 국가별로는 미국 25명, 영국 8명, 일본 15명, 독일 13명, 프랑스 9명, 중국 1명 등이다. 이들 71명은 2015년 10월 기준으로 67명이 박사학위를 취득

포항제철고등학교 개교 직후 학교를 방문한 박태준(1981년 4월 1일)

했으며, 67명 중 51명은 귀국하여 교수, 연구원, 기업 임원으로 활약하고 있다. 장학생들은 스스로 '포스월드아카데미클럽(PWAC: POSCO Chungam World Academy Club)'을 조직했다. 회원 간 친목도모와 학술교류 네트워크를 꾸려 나가면서 '박태준의 참뜻'을 기리는 일도 해보자는 취지였다.

그런데 박태준이 직접 면접을 보기도 했던 그 특별한 인재양성 시스템이 왜 100명도 채우지 못하고 1994년에 갑자기 폐지되었을까? 이 애석한 일은 아무래도 한국의 후진적 정치풍토와 관련이 깊어 보인다. 그때 박태준은 김영삼 정권의 정치보복을 당해 해외유랑을 하는 중이고, 김영삼 대통령이 임명한 김만제가 포철 회장이었는데, 해외유학 장학사업을 없앤 즈음 포철 안에는 "박태준 흔적 지우기의 하나"라는 소문이 파다하게 퍼졌던 것이다.

제철장학재단은 1996년 2월 '재단법인 포철장학회'로 명칭을 변경하게 되고, 2002년 3월 포철이 사명(社名)을 '주식회사 포스코'로 변경함에 따라 그해 6월 '재단법인 포스코장학회'로 다시 이름을 바꾸어 2005년 8월까지 존속하다 그해 9월 8일 포스코청암재단이란 이름으로 거듭난다.

1971년 1월 법인 자격을 갖추었던 제철장학재단은 2005년 8월까지 총 1만6천414명의 장학생에게 총 272억 원의 장학금을 지원했다.

소통령

박태준의 포철이 교육에 대한 포부를 실행하는 첫걸음을 옮긴 지 1주일쯤 되었다. 1970년대의 첫 가을이 저물어가는 그때, 갑자기 한국의 잠든 노동운동에 뇌성벽력이 떨어졌다. 1970년 11월 13일 오후 1시 40분께, 서울 청계천 평화시장 한길에서, "우리는 기계가 아니다. 근로기준법을 준수하라." 절규하며 한 청년이 분신자살했다. '전태일 분신자살'이다. 이 사건과 '오적 필화사건'이 반독재 투쟁대열에 용기와 힘을 불어넣는 원천으로 자리 잡는 가운데 70년대 첫해의 달력이 넘어갔다.

1971년 새해 영일만에는 하나둘씩 사원복지제도의 기반이 마련되고, 하나둘씩 거대한 철골 구조물이 우후죽순으로 돋아났다. 바깥세상은 대통령 선거에 관심이 쏠리는 중이었다. 3선개헌을 통과시킨 박정희가 확고부동한 공화당 후보로 정해져 있었고, 신민당은 70년 9월의 전당대회에서 김영삼·김대중·이철승의 '40대 기수 3파전'의 경쟁을 거쳐 김대중을 후보로 내세웠다. 1차 투표에서 패했으나 2차 투표에서 이철승의 도움으로 김영삼을 이긴 김대중. 45세의 야당 후보가 서울을 비롯한 대도시의 높은 지지로 승리를 호언하는 마당에, 청와대와 공화당은 '힘겨운 선거전'을 예상하고 있었다. 힘겨운 선거를 내다보는 독재권력은 가장 손쉬운 방법으로 '관권'과 '금권'의 동원을 떠올렸다. 돈의 위력으로 표 모으기를 획책하는 선거운동 핵심부는 마땅히 돈이 들어올 여러 파이프라인을 만들어야 했다.

사방을 두리번거리는 공화당 재정위원장의 눈은 거대한 자금으로 한창 설비를 구매하고 있는 포철을 '가장 듬직한 파이프라인'으로 찍었을 것이다. 그는 박태준의 방문을 두드렸다. 즉시 뻐딱한 반응이 나오자 아예 방문을 쾅쾅 두들겼다. 대통령선거의 계절, 박태준에겐 '정치적 곤경'이 들이닥치고 있었다.

몇 해 전 부총리 장기영과 박태준의 싸움을 말렸던 김성곤. 공교롭게도 이번엔 그에게 악역이 배정되었다. 공화당 재정위원장이었던 것이다. 그는 박태준을 자기 집으로 불렀다. 거실에는 여러 사람이 차례를 기다리고 있었다. 모두 여당에 정치헌금을 내려고 초대받은 사람들이었다. 재정위원장의 가장 중요한 역할은 정치자금을 충분히 확보하는 것. 박태준도 그쯤이야 알고 있었다.

박태준과 김성곤은 가벼운 인사를 주고받았다. 주인이 본론을 꺼냈다.

"다가오는 선거를 생각해서 박 사장께서도 정치자금을 내주셨으면 고맙겠습니다. 다음달 도쿄에서 포철의 설비입찰이 있다고 들었는데, 마루베니로 낙찰해주세요. 무슨 말인지 아시지요?"

손님이 얼굴을 찌푸렸다. 주인은 짐짓 웃음 지었다.

"이것이 다가오는 대통령선거에서 우리 당을 돕는 일입니다."

"포철은 어떤 정치자금 조성에도 관여하지 말라는 각하의 특별당부가 있었습니다. 포철이 정치헌금 때문에 제대로 완공되지 못하면, 그때 가서 책임은 누가 지는 겁니까?"

주인의 눈가에 깊은 주름살이 생겼다.

"박 사장님, 자신과 회사를 생각해서라도 마루베니를 도와주세요."

"자격을 갖춘 응찰자 가운데 최저입찰자를 선정하는 것이 우리 회사의 방침입니다. 마루베니가 최저입찰자라면 당연히 낙찰되겠지요."

둘은 헤어졌다. 마루베니는 선정되지 않았다. 박태준은 다시 악역을 맡은 이에게 불려갔다.

"다음 입찰에서는 꼭 마루베니를 도와주세요."

"마루베니의 입찰가는 최저입찰가보다 무려 20%나 높았습니다. 내가 특정회사에 특혜를 줄 방법은 없습니다. 그런 식으로 하다가는 지금의 빠듯한 예산으로 포철을 제대로 완공할 수 없습니다."

"내가 모르는 바 아닙니다. 각하가 선거에서 이기셔야만 나라도 발전하고 우리도 제자리를 지킬 수 있는 게 아니겠습니까? 그러니 다음에는 무조건 마루베니를 밀어주세요."

그러나 마루베니는 번번이 입찰에서 떨어졌다. '20%'라는 정치자금을 더 얹었으니 그쪽으로 떨어질 국물조차 없었다. 그때마다 박태준은 같은 장소로 불려가야 했다. 무려 다섯 차례나 마루베니에 특혜를 주라는 압력을 받았다. 그는 결코 소신을 굽히지 않았다. 포철 1기의 설비입찰이 모두 끝났을 때 두 사람은 또 마주앉아야 했다.

"결국 한 번도 마루베니를 배려하지 않았더군요. 내 이익을 위해 정치자금을 모으는 것이 아니잖소? 지난 1년 반 동안 내가 그렇게 부탁했는데도 끝까지 우리와 당을 도와주지 않았소. 소통령이라도 된다는 거요?"

"그런 별명을 붙이시려거든 소통령보다는 차라리 중통령이라고 불러주시오."

박태준은 부드럽게 김성곤의 말을 받아넘겼다.

김성곤과의 긴 씨름에 버텨낸 뒤 박태준은 '소통령'이란 소리를 몇 번 더 들었다. 국회에 불려나갔다가 "저기 소통령 가시네." 하는 소리를 손가락질과 함께 표창처럼 맞곤 했다. 그러나 돌아보지 않았다. '소통령'은 훈장이었다. '모든 정치자금'을 철저히 배격하고 '최저비용 최고품질'이라는 설비구매 원칙을 관철한 것이 포철 성공을 담보하는 중요한 요인이었기 때문이다. 박태준이 '소통령'이 되지 않았다면 포철은 걸음마부터 휘청거려야 했다.

원료구매와 열연 비상

1971년 4월 19일이 지났다. 제7대 대통령선거운동은 절정으로 치달았다. 신민당 김대중 후보는 서울에서 청중 50만 명을 운집시키는 대집회로 승세를 잡는 듯했고, 국민투표로 얻은 3선개헌에 의지한 공화당 박정희 후보는 거듭 '이번이 마지막 출마'라고 강조했다. 김대중의 굵은 공약은 크게 4가지였다. 예비군 폐지, 노사공동위원회 구성, 비정치적 남북교류, 4대국 보장안. 이는 박정희의 안보논리와 경제성장론의 허구성을 정면에서 공격하는 정책으로, 대도시의 밤하늘을 가로지르는 불화살처럼 시민들의 시선을 끌었다. 물론 농촌에는 박정희를 '경제발전의 국부(國父)'로 떠받드는 지지층이 두터웠다.

선거 결과는 박정희 후보의 승리. 총 유효투표의 53.2%를 얻은 그가 45.3%에 그친 김대중 후보를 약 95만 표 차이로 따돌렸다. 그러나 부정불법의 관권선거였다는 비난이 높았다. 야당은 농촌에서 공공연한 협박까지 이루어졌다는 공세를 퍼부었다. 그렇다고 뒤집을 수 있는 패배는 아니었다. 다만 승자의 기반이 더욱 허약해지고 있다는 사실만은 패자에게 돌아간 뚜렷한 희망이었다. 특히 인구 550만 명의 서울에서 김 후보는 58%의

득표율을 보여 39%에 머문 박 후보를 넉넉히 물리쳤으며, 전체 도시에서의 평균 득표율도 51.5%를 기록해 박 후보를 앞질렀다. 그리고 '지역감정 투표'로 가는 조짐이 드러났다. 김 후보는 전북에서 58.8% 득표율을 올렸고, 박 후보는 경북에서 68.6% 득표율을 올렸다. 지역감정과 도시의 야당 지지 성향을 감안할 때, 김영삼이 야당 후보로 나섰다면 경상도를 반분하고 호남에서 우세하여 박정희를 이겼을 것이란 '아쉬운 분석'도 성립됐다. 그렇긴 해도 박정희는 정치적으로 자신을 위협할 만한 두 김(兩金)의 존재를 확인할 수 있었다.

대선이 끝나고 한 달 지난 5월 25일, 제8대 국회의원선거가 있었다. 공화당의 선거운동은 대선과 비교하면 상대적으로 깨끗하게 진행되었다. 새 국회의 총 204석 중 공화당은 113석(지역구 86, 비례대표 27)을 얻었고, 신민당은 89석(지역구 65, 비례대표 24)을 차지했다. 선거 후 박정희는 김종필을 국무총리에 임명했다. 신임 총리는 자신의 측근들을 내각에 포진시켰다. 이 기회를 반김파(反金派)는 놓치지 않았다. 공화당 조직은 총리에 적대적인 인사들의 수중으로 들어갔다. 후계자 지명을 둘러싼 당내 파벌투쟁이 재연될 조건을 갖추었다.

대통령선거와 국회의원선거, 1971년의 이 특별한 봄날에 박태준은 두 현장을 뛰어다니고 있었다. 건설 현장과 설비구매 현장. 황량한 모래벌판에서 작업복과 작업화와 안전모로 무장한 지휘관으로서 '우향우'와 '조상의 혈세'를 외치며 밤낮없이 구석구석 돌아다녔다. 번화한 도쿄의 빌딩 안에서는 모래바람이라곤 맞아본 적 없는 말쑥한 신사로 변신해 '가장 값싼 최고 품질'을 염불처럼 외고 다녔다.

1971년 7월, 뜨거운 햇볕 아래 박태준은 오싹한 한기를 느꼈다. 온몸에 소름이 끼치고 머리칼이 일어서는 것 같았다. 위기를 직감했다. 이것을 극복하지 않으면 큰 불행의 씨앗을 그대로 묻어두는 격이라고 생각했다. 머잖아 '특별한 투쟁'을 결정해야 할 것 같았다.

그는 야무지게 지휘봉을 잡았다. 'KISA의 배반', '저우언라이 4원칙'에 이은 새로운 위기를 예감했다. 더구나 KISA와 저우언라이가 외부에서 도래한 위기였다면, 이번엔 내부에서 발생한 위기가 될 것이었다.

후방방식에 따라 제일 먼저 착공한 열연공장. 대지 1만5천 평에 건평 1만4천 평 규모. 1970년 10월 1일 착공하여 1972년 10월 31일에 완공한다는 계획이었다. 엄청난 중량의 설비를 포함해 1만4천 개 이상의 단위기계를 정밀하게 설치해야 하는 대형 프로젝트는 기초공사에 들어갈 콘크리트 총량만 해도 9만6천 입방미터였다.

문제는 바로 콘크리트 기초공사였다. 4월에 시작해 석 달 만에 지연을 반복하고 있었다. 박태준은 원인 파악에 나섰다. 사장을 납득시킬 만한 것은 있었다. 설계변경에 따른 설계지연, 건설업체의 자재·인력·장비부족. 특히 인력난은 심각했다. 목수, 용접공, 중장비 기술자들을 대거 서울에서 모집했으나 포항은 너무 먼 '변방'이라 데려오기가 어려웠다. 그는 현재의 장애와 지연을 극복하기 위한 현장 책임자의 의견도 물었다. 국내 시공업체인 대림건설과 삼부토건에선 늦어진 공기를 1개월쯤은 만회할 수 있다는 반면에, 열연설비 공급업체인 미쓰비시상사는 3개월 지연이 불가피하다고 했다. 그는 빠른 시일 안에 늦어진 공기를 만회해 놓으라고 엄하게 지시했다.

이때는 제선, 제강, 분괴, 코크스, 소결 등 1기 설비구매 계약이 거의 완료되어 있었다. 다음 차례는 원료구매 계약이었다. 이것을 박태준은 설비구매나 공기단축 같은 차원에서 회사 미래가 걸린 문제라고 판단했다. 열연공장의 기초공사 지연이 큰 위기를 초래할 듯한 불안감을 지닌 채, 7월 28일, 그는 조정불가의 일정에 따라 호주로 떠났다.

연간 100만 톤의 쇳물을 생산하려면 170만 톤의 철광석과 70만 톤의 코크스용 유연탄이 들어가야 한다. 그래서 제철산업은 '철을 먹고 철을 낳는다'고 말한다. 한국은 철광석과 코크스용 유연탄의 매장량이 너무 빈약했다. 수입에 의존할 수밖에 없었다. 하지만 포철은 이제 겨우 열연공장의 기초공사에 허덕이고 있었다. 1973년 6월에나 위용을 완성할 제1고로는 여전히 설계도로만 존재했다. 외국의 광산업자들을 유혹할 만한 건더기가 없었다.

박태준은 항공기에 앉아 몇 번이나 어금니를 물었다. 국내에서 조달할 수 있는 철광석은 소요량의 20%에 불과한 30만 톤 수준이고 유연탄은 전량을 수입해야 했다. 미쓰비시에 위탁판매의 가능성을 타진해 보았다. 그러나 '직접 구매의 불가능'만 강조하면서 높은 가격을 제시하여 자존심을 긁었다. 미쓰비시상사의 한국지점장 미야모토가 이렇게 말한 것이었다.

"원료공급업체들이 한국처럼 준전시 상태에 있는 국가의 신용장을 받아줄지 의문입니다. 소비량과 대금지불 능력에 대해 100% 확신한 다음에야 주문을 받아줄 것입니다. 왜냐하면 공급업체는 미리 채굴해뒀다가 잘못되는 경우를 생각하지 않을 수 없기 때문입니다. 그러니 포철에서 위탁 수수료만 지불해주신다면 저희가 원료구매를 대행해드리고 싶습니다."

미야모토의 예견은 허풍이 아니었다. 포철의 원료구매 담당 임직원들이 호주와 인도의 철광석회사와 석탄회사를 순방했으나 그들의 빈손에 싸늘한 반문만 얻어줬다.

"귀사가 제철소를 성공적으로 건설할지 누가 보증합니까? 또 제철소를 완공한다고 해도 세계 시장에 팔 수 있는 제품을 만들어낼 수 있을지 누가 장담할 수 있습니까? 이러니 우리가 어떻게 귀사의 원료대금 지불능력을 신뢰하겠습니까?"

과연 박태준과 만난 호주의 광산업 대표들은 '모래벌판에 중장비들이 들어선 사진'과 '설계도'로만 존재하는 포철에 거래의 문호를 열어줄 것인가? 그의 가방엔 궁여지책으로 마련한 보잘것없는 '무기'도 들어 있었다. 부지에 영문으로 큼직하게 쓴 'Blast Furnace(제선공장)', 'Steel-Making Plant(제강공장)', 'Hot Strip Mill(열연공장)' 간판을 세워 그럴싸하게 찍은 사진들. 물론 이것보다 훨씬 강력한 무기도 품고 있었다. 인맥을 동원하여 단단히 연결해둔 주한 호주대사관. 그가 직접 호주로 날아가는 일정도 그쪽의 협조 덕분에 쉽게 성사된 것이었다.

박태준에겐 관건이 두 가지였다. 생산에 필요한 양을 제때 공급받을 수 있느냐, 낮은 가격에 장기적으로 공급해줄 안정된 공급선을 확보할 수 있느냐. 이 난관을 돌파하지 못하면 포철의 장래는 암울해질 수밖에 없었다.

시드니에 도착한 박태준은 원료부장 주영석과 함께 해머슬리, 마운트 뉴먼, 벨람비 등 호주의 대표적 광산업체들을 차례로 방문했다. 이쪽에서 내민 설득의 자료들이란 슬라이드와 사진앨범, 그리고 확신과 열정에 찬 사장의 설명이 전부였다. 이미 일본의 철강업체들과 10~15년 장기공급계약을 체결한 '잔뜩 배부른 장사꾼'의 눈에는 웃기지도 않는 뜨내기 약장사처럼 비칠 수도 있었다. 실제로 비아냥거리는 목소리도 나왔다.

"어떻게 당신을 믿으라는 겁니까?"

"2차대전 이후 신설 제철소와는 계약대로 이행한 예가 없어요."

박태준은 모욕에 신경을 껐다. 모름지기 그의 목표는 '일본과 동등한 조건의 계약체결'에 있었다. 그러나 광산주들은 협상테이블로 나올 낌새조차 보이지 않았다. 더 늦기 전에 긴급지원이 필요하다고 판단한 그는 무기처럼 품고 있던 '인맥'을 동원했다. 서울에 전화를 걸어 두 가지를 지시했다. 다시 주한 호주대사가 나서게 할 것, 직접 사람을 파견하게 할 것.

서울을 떠난 조력자가 시드니에 도착했다. 주한 호주대사관의 상무관 케리. 한국여성과 결혼한 그는 박태준과 교분이 두터웠다. 미리 박태준의 부탁을 받은 케리는 호주탄광협회를 직접 찾아갔다. 한국정부를 대신한 특사처럼 자기 나라의 배부른 장사꾼들을 진지하게 설득했다. 한국정부가 포철에 얼마나 집중적으로 투자하고 있는지, 포철 사장이 어떤 인물인지, 건설자금의 조달은 어떻게 확보되어 있는지, 건설의 진척상황과 앞으로의 공정은 어떠한지 등을 풀어놓았다.

시드니 주재 한국대사관도 바쁘게 움직였다. 박태준에게 들려오는 보고가 조금씩 좋아졌다. 벽창호들의 귀에 구멍을 뚫은 것 같았다. 그가 다시 그들을 찾아다녔다. 해머슬리의 사장은 좀 달라진 태도를 보였다. 모종의 가능성을 자신의 논리적 질문에 담았다.

"원료공급 계약은 간단한 문제가 아닙니다. 광산을 개발하려면 철도, 컨베이어벨트, 채굴장비 등을 새로 설치해야 합니다. 막대한 광산개발비와 시간이 필요하다는 겁니다. 그런데 당신의 말만 믿고 거금을 투자했다가 문제가 생기면 어떻게 되겠습니까? 우리가 엄청난 손실을 입게 됩니다. 개발도상국의 제철소 건설은 툭하면 몇 년씩이나 지체됩니다. 포철이 터키나 브라질처럼 공기가 지연되지 않는다고 누가 보장합니까? 또 가동이 지연되면 당신네를 믿고 막대한 돈을 들여 캐놓은 것은 어떻게 합니까?"

주한 호주대사관 직원에다 시드니 주재 우리 대사관까지 동원한 마당에 박태준은 당당히 나갔다.

"포철은 대한민국 정부가 보장하는 기업입니다. 내가 요구하는 대로 귀사가 응했는데도 손해를 입는다면 한국정부가 배상을 책임지겠다는 각서를 써줄 수도 있습니다."

높은 코가 고개를 끄덕였다. 박태준은 잇따라 호주 석탄업계에 막강한 영향력을 행사하고 있는 벨람비의 사장실을 찾았다. 그의 제안은 처음과 전혀 다르지 않았다. 일본과 동등한 가격으로 일본과 같은 장기계약을 하자는 것.

3주일이나 걸렸던 긴 협상을 성공리에 마무리 짓고 비행기에 오른 박태준은 뿌듯한 희열을 맛보았다. 아직 고로의 터나 닦고 있는 포철이 1년에 1억 톤의 철강을 생산하는 일본과 동일한 조건으로 원료 장기구매계약에 성공했다. 이는 삼중의 겹경사였다. 포철의 미래에 청신호가 켜졌다는 것, 빈곤의 질곡에서 벗어나려고 발버둥치는 한국이 다른 나라와 직접 거래할 수 있음을 세계에 보여준 것, 작은 일 같지만 권위가 서야 하는 리더로서 자존심을 살려낸 것.

1971년 여름의 원료구매 계약이 포철의 앞날에 끼친 영향력은, 포철이 제1고로를 가동한 지 넉 달도 되지 않은 1973년 늦가을에 들이닥친 제1차 석유파동에서 드러난다. 원료가격을 폭등시켜 세계 각국의 제철소들을 쩔쩔매게 만든 석유파동 때문에 평소보다 훨씬 비싼 가격으로도 원료를 확보하기 어려워진다. 이때 호주에서 원료가 정상적으로 들어올 수 없었으면, 포철은 고로의 불을 끄는 사태를 면하려고 가동 댓바람부터 엄청난 원료비 부담에 적자경영을 감수할 수밖에 없었을 것이다.

박태준이 호주에서 창업기의 중대 고비를 넘긴 당시, 서울 외곽은 발칵 뒤집혔다. 8월 10일 경기도 광주대단지(현 성남시)가 분노의 도가니로 돌변했다. 서울 시내 무허가 판잣집들을 헐어내면서 철거민을 집단으로 이주시킨 350만 평에서 발발한 이른바 '빈민항쟁'. 이것은 애초의 분양약속을 배반하려 덤빈 졸속행정과 '내 집 마련'을 향한 민중의 꿈이 충돌한 시국적 대사태였다. 인종(忍從)의 극한에서 터져 나온 5만여 민중의 궐기는, 서울시장이 그들의 요구를 무조건 수락하겠다고 약속함으로써 6시간 만에 간신히 수습되긴 했지만, 빈곤의 사슬에 묶여 정치적 억압에 침묵해온 우리 민중의 각성이 어느 수준에 이르렀는지를 웅변해주었다.

서울 외곽의 충격이 가라앉을 즈음, 시드니를 떠나 일본열도에 내린 박태준은 어느새 원료계약에 성공한 희열을 까마득히 잊은 사람처럼 표정이 무거워졌다. 열연공장의 공기지연 사태는 어느 정도 극복되었는지, 여기에 다시 관심이 쏠려 있었다. 도쿄에 도착해 미쓰비시상사부터 들렀다. 박태준은 그들의 코를 납작하게 만들 소식을 점잖게 알리고 나서 설비공급 현황을 점검하기 위해 중공업 담당 우츠미를 불렀다.

"박 사장님, 3개월 이상 지연된 공기를 만회할 방법이 없습니다. 설비 인도 계획을 공사 진척도에 맞추기 위해 조정하는 것이 좋겠습니다. 보관해 두었다가 나중에 현장으로 옮기려면 대형크레인을 동원해야 하고, 그만큼 추가비용이 발생합니다."

박태준은 발등에 도끼가 찍히는 것 같았다. 시드니에서 품고 온 희열의 덩어리마저 산산이 부서지는 것 같았다.

"우리는 계획대로 합니다. 예정한 일자에 설비를 인도할 것입니다."

우츠미가 웃었다.

"기적이 일어나면 가능할 것입니다. 현실적으로 공기를 만회할 방법은 없습니다."

"받아들일 수 없어요. 포철이 한다면 하는 겁니다. 설비인도를 늦출 생각은 하지 마시오."

결연한 선언을 뒤로하고 곧장 포항의 건설현장으로 뛰어든 박태준은 토건부장 정명식과 건설공정실장 심인보를 불렀다. 우츠미의 말대로 공기는 실제 계획보다 무려 3개월이나 지연되고 있었다. 이유가 어떻든 이거야말로 가장 큰 내부 위기라고 판단했다. 공기 3개월 지연은 건설비를 가중시킬 뿐 아니라, 불과 며칠 전 시드니에서 혼신의 힘을 쏟아 맺어놓은 원료공급업체와의 계약도 출발부터 위태해질 것이었다.

우물쭈물할 틈이 없었다. 8월 20일 임원간담회의에서 박태준은 호주로 출발하기 전에 골똘히 생각했던 특단의 결정을 내렸다.

"호주의 어떤 제철소에 가보았는데 좋은 크레인이 있어서 '저것을 갖고 오면 공기를 만회할 수 있지 않겠는가?' 하고 늘 생각했는데, 돌아와 보니

열연비상 선포 후 레미콘능력점검에 나선 박태준

공기가 단축된 것이 아니라 오히려 지연되고 있소."

'비상'선포에 앞서 장비와 인력, 포항 일대의 모래와 자갈, 시멘트 조달 실태를 점검해본 박태준은 공정보고서 위에다 붉은 글씨로 '9월－700입방미터'라 쓰고 특명을 내렸다.

"9월 중에는 무조건 하루에 700입방미터의 콘크리트 타설을 실시하라!"

포철의 제1호 건설비상으로 매겨진 '열연비상'이 떨어진 순간이었다.

9월 20일부터 비상체제는 더 팽팽해졌다. 회사의 모든 부장과 차장이 조별 총감독으로 나섰다. 하루에 700입방미터를 타설하지 못하면 승진에서 누락시킨다는 엄한 벌칙까지 덧붙였다. 하루에 많아야 300입방미터를 타설할 수 있었던 건설현장은 목표량 달성을 위한 전투장으로 바뀌지 않을 수 없었다. 각 조는 24시간 내내 일할 수 있도록 편성되었다. 조명탑을 세워 밤마다 건설현장을 대낮처럼 비추었다. 인근 지역의 모든 레미콘트럭을 동원하고도 모자라 리어카까지 이용했다. 박태준은 하루 3시간 눈을 붙이고 쉴 새 없이 현장을 독려했다.

"회사가 죽느냐 사느냐, 갈림길에 서 있다. 우리가 조상들에게 죄를 지을 수야 없다. 우향우 하겠느냐, 조상들에게 얼굴 똑바로 들겠느냐."

박태준은 잠시도 지휘봉을 내려놓지 않았다. 작업화를 벗지 못하고 사무소에서 새우잠을 붙이기도 했다. 비가 내리면 판초우의를 걸치고 인부들과 함께 현장을 누볐다. 심야와 새벽을 가리지 않았다. 전투의 지휘관에겐 밤과 낮, 궂은 날과 맑은 날이 따로 없었다.

어느 비 내리는 깊은 밤이었다. 박태준은 트럭이 일렬로 길가에 서 있는 것을 발견했다. 피곤에 지친 운전기사들이 운전대에 얼굴을 묻고 그대로 잠에 취해 있었다. 안쓰러웠다. 그러나 깨워야 했다. 차례차례 한 사람씩 흔들어 깨웠다. 그들은 오히려 미안한 낯으로 잠을 툭툭 털었다.

어느 심야엔 박태준이 혼자서 땅바닥에 주저앉은 일꾼 곁으로 다가갔다. 라이터 있느냐고 물었다. 지친 목소리였다. 담배를 피우지 않는 그가 라이

터를 구해 다시 찾아가 직접 불을 댕겼다. 고맙다는 인사를 한 일꾼이 화들짝 놀랐다. 손가락만 한 불빛이 비로소 사장의 얼굴을 비춘 것이었다. 그러나 그는 어깨를 다독여주고 돌아섰다.

악전고투는 헛되지 않았다. 불과 두 달 만에 5개월 분량의 콘크리트 타설을 완료했다. 지연된 공기를 완전히 만회한 1971년 10월 31일, 박태준은 비로소 '열연비상'을 풀었다. 모두 감격의 만세를 불렀다. 막걸리 사발을 치켜든 사람들의 눈에는 이슬이 맺혀 있었다.

> 시간이 갈수록 하청업자들은 박 사장의 신념과 포철 직원들의 순수한 사명감, 책임정신, 단결력 등에 감화되기 시작하여 이들 스스로가 이 계획에 참여하기 시작했다. 그때의 하청업체 사람들의 심정은 '돈벌이보다는 우리도 한번 해보자'는 심정이었다.
>
> 이완상(당시 대림산업 현장소장), 『포항제철 25년사』

일본인 우츠미가 '기적'이 일어나야 성공할 것이라 했던 일을 포철은 거뜬히 해냈다. 영일만에 공기단축의 중요성을 크게 일깨운 박태준의 열연비상 성공. 단 하루, 단 한 사람이 700입방미터에 3입방미터 미달했을 만큼, 직원들과 인부들의 눈물겨운 노고가 투입된 현장이었다. 개인사업이 아닌, 국가사업이었기에 그럴 수밖에 없었다.

영일의 녹색혁명

1971년 9월 2일 박정희가 포항제철 건설 현장을 찾았다. 1968년 11월 12일의 포철 첫 방문 후 다섯 번째 방문이었다. 그날 박정희는 박태준에게 새삼 국토녹화 의지를 드러냈다.

"그게 언제였나? 임자가 무연탄 개발하자고 나를 광물연구소로 데려갔잖아?"

"62년 연두순시 때였습니다."

"그때 우리가 잘 해치웠어. 그런데 말이야, 일본이나 갔다가 비행기를 타고 돌아올 때면 영일만 저쪽 상공을 지나게 되는데, 우리 국토의 초입부 터가 벌겋게 벌거숭이야. 아주 보기 싫어. 영일에 대대적인 사방공사를 해 야 하는데, 임자에게 여유가 있으면 좋겠어."

"현 상태에서는 아무리 좋은 사업이어도 제가 다른 데 관심을 두게 되면 포철에 문제가 생기게 됩니다."

"그렇다는 거야. 산림청장이 중요한데……. 불원간 모범 새마을을 보러 영일 기계로 한 번 더 내려올 거야."

박정희는 박태준에게 귀띔했던 언질을 그로부터 보름쯤 지나서 실행한 다. 1971년 9월 17일 영일군(포항시) 기계면 문성리 방문. 한국 새마을운동 의 모범적 효시 사례로 꼽히는 마을이다. 이때도 박정희는 박태준을 비롯 한 몇 사람에게 영일지역 사방공사에 대한 의지를 표명했다. 그것이 5개년 계획의 국가정책으로 시행된 것은 1973년이다. 전국 최대 규모의 영일사 방사업. 나무를 심고 가꾸기에는 까다로운 환경이었다. 특히 지질이 문제 였다. 영일만 해안지역 야산들은 표층이 이암(포항사람들은 '떡돌'이라 부름)이 어서 석재나 콘크리트로 층층 축대를 쌓아 나무 심을 자리부터 확보하고 묘목이 뿌리를 내릴 수 있게 흙을 갈아줘야 했다. 강한 해풍도 골칫거리였 다. 일차로 곰솔(해송), 오리나무를 심게 된다. 박정희가 갓 마흔을 넘은 손 수익 경기지사를 산림청장으로 발탁한 것은 1973년 1월이고 농림부 소속 이던 산림청을 내무부 소속으로 바꾼 것은 그해 3월이다. 믿음직스런 지휘 자가 촘촘한 행정망을 잘 활용할 수 있도록 해준 조치다. 5년8개월간 산림 청장에 재임하며 '명산림청장'이란 평을 받는 손수익은 대통령이 각별히 관심을 기울인 영일사방사업도 훌륭하게 이끈다.

박정희가 영일사방사업 현장인 영일군 흥해읍 오도리(영일만 해안의 북쪽 끝머리)를 방문한 것은 1975년 4월 17일. 하루 전에 대구시에서 연두순시 보고를 받은 대통령의 오도리 현장방문은 전용 헬기를 이용하는 것으로 잡혀 있었으나 당일에 진눈깨비가 내려서 승용차로 포항까지 오게 된다. 문제는 포항 시내에서 오도리까지 가는 30리 — 아직 도로가 제대로 개설되지 않은 데다가 눈비가 내려 진흙탕 길. 경호실과 비서실이 반대한다. 그러나 대통령의 의지가 더 강하다. 유일한 이동수단은 사륜구동의 강력한 지프. 박태준이 기상 상태를 보고 미리 대기시켜둔 포항제철 지프들을 출동시킨다. 지프들은 울퉁불퉁한 산길을 한 시간이나 달린다. 그날따라 오도리에는 해풍마저 세차게 불고 있다. 현장에서 기다리고 있던 김수학 경북지사, 박상현 경상북도 산림국장, 조성완 사방사업소장이 험한 산길과 궂은 날씨를 마다하지 않은 대통령에게 브리핑을 한다. 결론은 힘찬 다짐.

"각하, 바로 옆에 수령 100년이나 되는 소나무가 자라고 있습니다. 이곳이 비록 풀이 자랄 수 없을 정도로 메마르고 척박한 땅입니다만, 기필코 저 소나무와 같이 울창한 산림으로 조성하겠습니다."

그로부터 32년이 더 지난 2007년은 이 땅에서 사방사업이 시작된 지

포항시 흥해읍 오도리 사방기념공원의 디오라마 작품(1975년 4월 17일 오도리 사방공사 현장에서 박정희 대통령이 김수학 경북지사, 박상현 경상북도 산림국장, 조성완 사방사업소장의 브리핑을 받고 있다.)

100년이 되는 해. 사방사업 100년을 기념하는 '사방기념공원'이 한국 최초로 그해 10월 포항시 흥해읍 오도리에 건립된다. 1973년부터 1977년까지 그때 예산 38억3천여만 원을 들여서 연인원 360여만 명이 황폐한 야산 4천538ha를 푸르게 가꾼 녹색혁명의 롤 모델이 아담하고 체계적인 교육장으로 태어난 것이다. 전시관을 한 바퀴 돌고 나면 사방의 정의, 목적, 종류, 역사, 한국의 치산녹화 과정 등을 알 수 있다. 동해를 내려다보는 산비탈에 디오라마로 재현한 사방작업 모습들도 추억의 볼거리다. 길게 이어진 산책로에는 사람의 발길이 끊이지 않는다.

포항 사방기념공원은 풍광이 아름답다. 고요한 저물 무렵, 까치놀에 물드는 동해 바다를 내려다볼 때는 지친 마음에도 저절로 잔잔한 금빛 물살이 일어난다. 이 사방기념공원에는 일본, 중국, 몽골, 인도네시아, 아프리카 등 외국인을 포함해 수많은 연수생과 관광객이 다녀간다. 아시아, 아프리카의 개도국에서 코이카 새마을연수 프로그램으로 방한한 공무원이나 연구원이 종종 여기에 공부를 하러 온다. 13분짜리 영상물 방영이 끝나는 순간, 그들은 하나같이 박수를 치며 이구동성으로 외친다.

"Amazing! Great!"

이 경외의 외침, 이것이 한국 녹색혁명의 본성이다.

쇳물보다 먼저 『쇳물』이 나오다

열연공장의 건설현장이 '24시간 비상체제'로 돌아가는 1971년 가을, 포철은 '제1기 건설시대'의 한복판으로 진입하고 있었다. 70년엔 열연공장(10. 1.)과 중후판공장(10. 31.) 등 겨우 5건을 착공했지만, 71년엔 제선공장(4. 1.)을 필두로 분괴공장(6. 1.), 제강공장(7. 2.), 코크스공장(8. 2.) 등 주요 공장 18개를 착공했다. 73년 상반기 중 완공을 목표하여 동시다발로 진행하는 대역사 앞에서 박태준은 두 원칙을 확고히 세웠다. 부실공사 추방과 공기단축.

정보와 정신을 공유하고 일체감과 단결력을 더 높이기 위한 사보(社報)의 필요성도 대두했다. 1971년 4월 포철은 창립 3주년에 사보『쇳물』창간호를 발행한다.

박태준은 육필로 휘호를 썼다. 짧지만 야무진 집념과 목표가 빛나는 것이었다.

무엇이든지 첫째가 됩시다!

그는 사보의 역할과 기능이 궁극적으로 '과업달성에 선용'되기 위해 '다수 직원의 의견이 응축된 미디어'로 만들어야 한다고 기본방향을 제시했다.

초창기 사보는 각 부서 책임자들이 번갈아가며 업무현황과 전문용어의 풀이를 담았다. 황경노, 안병화, 노중열 등 각 부서 책임자들의 수고가 필요한 일이었다.

외국계약부장 노중열은 '포스코가 계약상대방을 대할 때'늘 염두에 두는 십계명 같은 원칙을 일러주기도 했다.

언질이나 약속을 하는 경우에는 포스코 내부의 협조를 구한 다음에 확약하도록 할 것.

일단 약속한 것은 불가항력 사태가 발생하지 아니하는 한 포스코는 지킨다는 믿음을 갖도록 할 것.

상대가 상반되어도 상대를 신사적으로 대하고 우호관계를 깨트리지 않도록 할 것.

사보『쇳물』6호

해외연수를 다녀온 현장의 목소리도 자주 실렸다.『쇳물』7호에는 오스트리아 퓌스터 알피네에 두 번째 팀으로 연수를 다녀온 사원 13명이 지면에 나와 '우리는 무엇을 보고 배웠는가'를 주제로 4개월 연수생활 체험담을 좌담 형식으로 털어놓았다. 해외여행이 낯선 시절에 '포철의 기술적 자산'이 되어 돌아온 그들의 육성은 사원들의 귀를 모았다.

설비구매, 공장건설, 조업준비를 위한 해외연수 등이 순조롭게 진행되고 있는 11월 중순, 포철 직원들의 마음에는 '공기단축'에 대한 자신감이 퍼져 있었다. 공기를 하루라도 단축해야만 생산원가를 절감할 수 있다는 인식이 상식처럼 정착되어 애사심으로 거듭나고 있었다. 이런 분위기를 어떤 방향으로 이끌 것인가, 어떤 목표를 제시하여 조직의 성취욕구를 자극할 것인가는 리더가 판단하고 결정할 몫이었다. 이 지점에서 박태준은 모든 공장의 공기 1개월 단축을 구상했다. 여기엔 미리 고려해야 할 요소들이 있었다. 국외에서 들여올 기자재의 선적시기를 앞당기는 협상, 내자 공사비를 앞당겨 조달하기 위한 교섭, 공기단축을 무리한 목표라고 여기는 일본기술단 설득.

박태준은 세밀한 분석작업을 끝낸 뒤 12월에 모든 현장의 '공기 1개월 단축'을 선언했다. 이때 포철 부지와 가까운 해병 사단에 변화가 일고 있었다. 우리 젊은이들이 베트남에서 완전히 철수하기 시작했다. 이상하게도 그 철군은 박정희 정권의 위기와 맞물렸다.

1972년이 밝아왔다. 정치계로는 곁눈질도 보내지 않고 친한 사람들과 만나면 '철에 목숨 걸었다'고 서슴없이 말하는 박태준은, 오직 고로에서 '붉은 쇳물'이 쏟아져 나오는 '역사적 순간'을 향해 매진 중이었다. 때로는 '미친 사람'이란 입방아에 올라야 했다. 남의 눈에 미친 사람으로 비칠 만큼 자나깨나 '철'에 매달린 그의 신념과 정열은 아직 나오지 않은 쇳물처럼 뜨거웠다. 그의 추진력과 돌파력은 지칠 줄 모르는 고성능의 강력 엔진 같았다. 하지만 그의 두뇌는 '완벽한 과학주의'로 짜여 있었다. '완벽한 과학주의로 구상한 일을 뜨거운 신념과 정열에서 우러난 강한 추진력과 돌파력으로 실현해나간다'라는 것이 박태준의 지도력이었다.

황경노(당시 관리부장)는 새해 첫 『쇳물』을 통해 조업상황에서의 자재공급

경험이 없는 사원들에게 지침이 될 만한 글을 실었다. 웅대한 공장의 골격들을 지켜보는 경영진의 머리에 '조업'이 구체적으로 그려지고 있다는 반영이기도 했다.

조업시 발주는 건설과 달라 최저 및 최고 저장량, 평균 재고량과 금액, 창고 유효수의 책정 등으로부터 출발한 발주점과 발주 수량의 결정이 선행되어야겠는데, 당사와 같이 무에서 유를 창조하여야 하고 새로운 시장을 개척해야 하며, 조업기술과 각종 노하우를 최단시일 내에 자기 것으로 만들어야 하는 처지에서는 수요부서와 공급부서의 모든 구성요원이 공동운명체적 방향의식과 상호이해로 자기위주가 아닌 총합적 회사이익을 도모하는 데 앞장서야 할 것이다.

사보 『쇳물』 창간호

2월 6일엔 박정희가 영일만을 다녀갔다. 일곱 번째 방문이었다. 3월엔 '연산조강 260만 톤' 규모의 포항 2기 기본계획이 완성되었다. 1971년 10월 7일 경제기획원·상공부·산업은행·한국과학기술연구소와 포항제철 요원으로 조직된 '포철 제2기 설비계획 심의위원회'가 작성한 방대한 서류를, 포철은 지체 없이 우리 정부와 세계은행에 보냈다. 어쩌나 보자 했던 IBRD는 4년 전 'KISA의 배반'을 결정적으로 유도할 때와는 전혀 다르게, 이번엔 신속히 타당성을 인정했다. 박태준은 새삼 '장사의 세계'를 지배하는 이해관계를 절감했다.

1기 건설과 함께 그것의 1.5배 되는, 연산 157만 톤 규모의 2기 건설을 준비하는 데도 활력이 붙고 있는 1972년 5월이었다. 영일만 모래벌판엔 서서히 건물의 형체들이 나타났다. 박태준은 어느 때보다 '안전제일'을 강조할 시기라고 판단했다. 안전사고 예방에는 무엇보다 개개인의 의식과 습성이 중요했다. 관리자에겐 틈틈이 그것을 일깨워야 하는 책임이 있었다. 또 개인에게 질 높은 안전모와 안전화를 보급하는 것도 관리자의 책임이었다. 그는 안전모와 안전화를 교체하기로 했다. 충격과 열에 약한 PVC 안전모를 버리고 내격성, 내열성, 절연성에서 국제규격을 갖춘 안전모를 들여왔다. 쇠토막이 떨어져도 발가락을 보호해주는 강철캡을 넣은 안전화는 국내 최초로 영일만 건설현장에 지급된 개인용 안전장비였다.

꽁초와 볼트 24만 개

봄날의 나른한 한낮이었다. 박태준은 제강공장 건설현장에 차를 세웠다. 기초공사가 마무리단계에 접어들고 있었다. 포철이 세우는 모든 공장의 기초공사가 다 그렇지만, 수백 톤의 설비를 천장에 매달아 움직이게 하는 제강공장 기초공사에선 강철 파일을 두들겨 땅속으로 박는 작업부터 제대로 해야 후환을 막을 수 있다. 파일항타의 작업 순서는 간단했다. 먼저 지하 20~50미터의 암반에 닿기까지 파일을 하나씩 때려 박는다. 암반 깊이가 파일 길이를 넘으면 다른 파일을 용접으로 잇대어야 한다. 대나무처럼 빽빽하게 들어선 파일들의 길이는 끝이 닿은 지점의 깊이에 따라 들쭉날쭉할 수밖에 없으므로, 지상에 남은 일정 길이 이상은 잘라낸다. 키를 통일한 모든 파일 속에 콘크리트를 쏟아 붓는다. 제대로 박히지 않은 파일이 있으면, 다시 말해 '부실공사'가 있으면 쏟아져 들어오는 콘크리트 무게부터 견디지 못해 슬며시 기울어질 수밖에 없다.

제강공장의 파일에 콘크리트를 먹이는 날, 그것이 포철의 미래를 위한 무슨 천우신조였는지 몰라도, 박태준은 지휘봉을 들고 마침 높다란 철구조물 위에서 우연히 그 작업을 지켜보았다. 그런데 묘한 현상이 벌어졌다. 레미콘트럭이 쏟아내는 콘크리트를 받아먹은 땅속의 강철 파일들이 슬며시 한쪽으로 기울지 않는가. 순간 그의 동공에 불꽃이 튀었다.

박태준은 즉각 공사를 중단시키고 불도저를 불러오게 했다. 가까운 다른 현장에 있던 중장비가 꾸물꾸물 달려오는 사이에 어느덧 비상이 걸려 간부들이 모여들었다.

"밀어봐."

불도저가 비스듬히 기운 파일을 건드리자 맥없이 쓰러졌다. 옆의 똑바로 서 있는 파일도 건드려보았다. 역시 맥없이 쓰러졌다. 더욱 경악할 노릇은, 파일 길이를 맞추느라 잘라낸 자투리를 아예 모래밭에다 나무처럼 꽂아둔 것도 있었다. 있을 수 없는, 도저히 있어서는 안 되는 장면에서 박태준은 또 한번 인격을 헌옷처럼 벗어던져야 했다.

"책임자 나왓!"

책임자는 일본 설비회사의 하청을 받은 한국 건설회사 소장이었다. 박태준은 지휘봉으로 그의 안전모를 내리쳤다. 단번에 지휘봉이 두 토막 났다. 나무로 된 연결부위가 부러진 것이다.

"이 새끼 이거, 너는 민족 반역자야. 조상의 혈세로 짓는 공장에서, 야 이 새끼야, 저게 파일로 보이나? 저건 담배꽁초야, 담배꽁초! 천장의 전로에서 쇳물이 엎질러지면 밑에서 일하는 동료가 타죽거나 치명적 화상을 입는 거야. 그래서 부실공사는 곧 적대행위야!"

비서가 건네준 두 번째 지휘봉이 부실공사 책임자의 안전모 위에서 또 부러졌다. 그가 꿇어앉았다.

"여기, 일본 회사 책임자 찾아와!"

최종 책임자는 일본 설비회사의 현장감독이었다. 그가 하청회사에 대한 공사감독을 맡도록 계약되어 있었다. 일단 소낙비는 피하려 했던 일본인 감독이 포철 사장 앞에 죄인처럼 불려나왔다. 박태준은 일본어로 사정없이 퍼부었다.

"이 나쁜 놈아, 너희 나라 공사도 이런 식으로 감독하나! 우리가 어떤 각오로 제철소를 짓고 있는지 몰라! 이 나쁜 놈아!"

박태준의 세 번째 지휘봉이 일본인 감독의 안전모를 후려쳤다. 이번에도 그것은 단번에 부러졌고, 얻어맞은 사람이 그 충격에 무너지듯 그대로 털썩 꿇어앉았다.

"죽을죄를 지었습니다. 정말 잘못했습니다."

큰 과오를 솔직히 인정하고 진실로 사죄하는 일본인 남성 특유의 자세와 목소리였다.

비로소 박태준의 분노는 한풀 꺾였다. 현장엔 잠시 바람이 죽어 있었다. 말소리도 숨소리도 덩달아 죽어 있었다. 이제 곧 바람과 함께 말소리와 숨소리가 살아나면, 제강공장의 '꽁초 사건'은 바람을 타고 아주 빠르게 모든 현장으로 빠짐없이 번져나갈 것이었다. '과연 무서운 소대장'이란 말도 다시 퍼질 것이었다.

"현장에 나오면 나는 사장이 아니라 전쟁터의 소대장이다. 전쟁터의 소대장에겐 인격이 없다."

박태준은 평소 이렇게 강조했다. 부실공사를 막고 안전제일의 생활화를 위해 현장에선 자신의 인격을 버리겠다는 선언이었다. 욕도 하고 지휘봉도 쓰고 경우에 따라서는 발까지 쓰겠다는 선언이었다. 1970년대 한국의 건설업 수준에서 지휘자가 고매한 인격에 매달린다면, 자신의 인격을 지키는 대신에 국가대업을 망칠 수밖에 없다고, 그는 확신하고 있었다.

1972년 6월 8일 포철은 '2기 설비추진본부'를 설립했다. 영일만으로 여름이 건너오고 있었다. 비상체제로 공기지연의 난관을 돌파했던 열연공장은 어느덧 준공일이 가까웠다. '부실공사는 적대행위'라며 현장에 나타날 때마다 눈에 불을 켜는 박태준은 그날따라 기초공사에서 큰 말썽을 일으킨 제강공장 현장을 찾았다. 한창 철구조물 공사가 진행되고 있었다. 솔선수범이 몸에 익은 그는 90미터 높이의 제강공장 지붕으로 올라갔다.

주먹만 한 대형볼트로 육중한 철구조물을 연결하는 작업에는 볼트를 확실히 조이는 일이 가장 중요하다. 그게 안 되면 대형사고의 씨앗을 뿌리는 격이다. 수백 톤씩 나가는 장비들의 반복운동을 견디지 못한 철구조물이 예고도 없이 갑자기 무너질 수 있기 때문이다. 그래서 대형볼트는 작업자의 눈으로 조임 상태를 확인할 수 있다. 제대로 조여진 것은 대가리부분이 말끔히 떨어져나가고, 허술하게 조여졌거나 오차가 생긴 것은 대가리부분이 지저분하게 남는다.

문득 박태준이 걸음을 멈췄다. 철구조물에 남은 '볼트의 지저분한 대가리'가 눈에 띄었다. 자세히 보니 한두 군데가 아니었다. 아찔했다. 자신의 몸이 까마득한 땅바닥으로 추락하는 것 같았다. 그는 시찰을 중단하고 사무실로 돌아와 간부들을 집합시켜 불호령을 내렸다.

"지금 즉시 모든 볼트를 하나도 남김없이 일일이 확인하라! 잘못 조인 볼트는 머리에 흰 분필로 표시하라! 서울사무소에 연락해서 시공회사의 책임자를 즉각 현장으로 내려오게 하라!"

무려 24만 개의 대형볼트. 그 중 약 400개에 흰 분필이 칠해졌다. 그것은 모조리 교체되었다. 눈여겨보지 않았으면 언젠가 제강공장에 '붕괴사고'가 일어날 수도 있었다. 직원들 사이에 '섬뜩할 만큼 예리한 육감을 지닌 사람', '남의 눈엔 멀쩡해 보이는 것에서 문제점을 발견하는 비정상의 눈을 지닌 사람'으로 불리게 되는 박태준. 그의 아주 특별한 감각은, 부실공사를 추방하여 포철의 미래에 느닷없이 덤벼들 큰 우환을 막아내는 예방주사 같았다.

풍성한 여름과 가을, 그리고 한파주의보

드디어 영일만 모래벌판에 최초의 공장이 태어났다. 1972년 7월 4일 오전 11시, 포항 1기 건설의 22개 공장 중 제일 먼저 '중후판공장 준공식'이 열렸다. 아이젠버그가 초청해주지 않는다고 성가시게 굴었으나 박태준은 준공식에 그의 모습이 보이지 않아서 더 기뻤다. 외자 2천430만 달러와 내자 24억 원을 투입해 8월에 준공할 계획이었던 것을 '공기 1개월 단축' 목표에 따라 한 달 앞당겨 완공한 중후판공장은, 당장 반제품인 슬래브를 들여와 길이 22미터의 완제품 조선용 중후판을 비롯해 오일탱크, 고압보일러탱크, 다리·댐건설용 강판 등을 연간 33만6천 톤 생산하여 400만 달러의 수입대체 효과를 올리게 되어 있었다. 이 공장의 시험조업은 순조롭게 진행되어, 7월 31일 최초의 국산 중후판 62톤이 호남정유 여수공장 유류저장 탱크 제작용으로 트럭에 실렸다. 고로에서 쇳물이 나온 것은 아니지만, 그래도 포철은 감격하지 않을 수 없었다. 가동스위치를 누르자 롤러테이블 위로 미끄러져 나온 시뻘건 슬래브가 4중 회전식 압연기를 거쳐 두꺼운 철판으로 거듭났다. 후판(厚板)생산의 개시. 박태준은 첫 생산품에 '품질로서 세계정상'이란 기념휘호를 썼다. '포항제철 제품 첫 출하'라는 플래카드를 붙인 20톤 대형트럭 3대가 사장을 비롯한 임직원의 가슴 벅찬 박수를 받으며 포철 정문을 빠져나갔다. 그는 나이 어린 맏딸을 시집 보내는 아버지와 같은 심정이었다.

영일만의 역사적인 첫 준공식보다 한 시간 빨랐던 7월 4일 오전 10시, 한반도의 모든 구성원을 설레게 하는, 조만간 한반도에서 천지개벽을 일으킬 듯한 사건이 터졌다. 서울과 평양이 똑같은 시간에 별안간 '7·4남북공동성명'을 발표한 것이다. 72년 5월 대한민국 중앙정보부장 이후락과 조선민주주의인민공화국 제2부장 박성철이 비밀리에 평양과 서울을 오가며 합의했다는 '자주·평화·민족대단결의 3대 통일원칙'을 비롯해 상호중

첫 생산한 열연코일에 '피와 땀의 결정'이라고 휘호하는 박태준 사장.

상·비방·무력도발 중지, 다방면에 걸친 교류 실현, 이를 위한 '남북조절위원회' 구성 등 어느 하나도 민족적 염원을 반영하지 않은 것이 없었다. 과연 서울과 평양의 집권자는 어떤 정치적 계산으로 이 대담한 선언을 했을까.

포철은 8월을 맞아 희망에 부풀었다. 본디 1974년 8월로 예정되었던 260만 톤 규모의 '포항 2기 사업'을 8개월 앞당긴 1973년 12월에 착공하기로 결정했다. 열연공장 가열로의 화입식(火入式)이 열렸고, 조업에 필요한 반제품 원료인 슬래브와 핫코일이 속속 선박에 실려 왔다. '공기 1개월 단축'의 목표도 뜨거운 태양을 두려워하지 않는 건설 요원들의 억수 같은 땀을 최고 영양분으로 받아 마시며 차질 없이 진행하고 있었다. 1972년 10월 3일 포철은 1기 건설의 핵심 설비 중 하나인 열연공장의 준공테이프를 끊었다. 연간 62만2천 톤의 슬래브를 처리하여 열연코일 18만3천 톤, 박판 22만 톤, 대강 18만 톤 등 58만3천 톤의 완제품을 생산할 이 공장의 준공식에 태완선 부총리가 참석하여 의의를 강조했다.

"이제 우리나라는 제3차 5개년계획의 3대 목표의 하나인 중화학공업 확충에 박차를 가하게 되었습니다."

박태준은 첫 열연제품에 흰 붓글씨로 '피와 땀의 결정체'라는 기념휘호를 쓰며 뜨거운 가슴을 진정했다. 이때 포항 1기 건설은 종합진도에서 79.2%의 공정률을 기록했다.

열연공장 준공식이 끝나고 서울 손님들이 돌아간 다음이었다. 박태준은 제3의 공기단축을 구상하고 있었다. '열연비상'에 이은 모든 공기의 '1개월 단축'을 이룩했으니 가능성은 열려 있을 것 같았다. 문제는 역시 구성원의 정신이었다. 무에서 유를 창조하겠다는 도전에 성공한 자신감, 민족적 염원을 실현한다는 자긍심, 애국적 의지를 불태우는 강한 집념. 포철의 건설현장에는 이런 정신적 자산의 요체인 '제철보국'이 든든한 기초공사로 안착해 있음을 박태준은 확신할 수 있었다.

그가 제3의 공기단축에 대한 세부사안을 면밀히 검토하고 있던 1972년

10월, 한반도는 정치적 배덕의 길에 접어들었다. 평양의 김일성이 제5기 최고인민회의를 열어 '국가주석 중심제'로 정부조직을 개편하면서 사실상 '영구집권체제'를 구축했다. 이어서 서울의 박정희는 1972년 10월 17일 이른바 '10월유신'을 단행하여 '영구집권체제' 구축에 들어갔다. 그날 저녁 7시 전격적으로 발표된 '대통령특별담화문'은 한반도 남녘을 일시에 얼어붙게 만든 한파였다.

"현행 법령과 체제는 냉전시대의 산물로서 오늘날의 상황에 적응할 수 없으며, 대의기구는 파벌과 정략의 희생이 되어 통일과 남북대화를 뒷받침할 수 없으므로 부득이 비상조치로써 체제개혁을 단행한다."

박정희는 이러한 취지에 맞춰 전국비상계엄선포, 국회해산, 정당활동중지, 비상국무회의설치 등 비상조치를 단행했다. 태평양의 작은 점 같은 섬에서 발표된 '닉슨독트린'에 자극을 받았을 한반도의 7·4남북공동성명, 그 설레는 화해무대에 졸지에 엄청난 한파가 몰려온 저녁이었다. 된서리도 내리기 전에 덮친 한파주의보. 대한민국은 단걸음에 '자립경제·자주국방·자주통일'의 이름으로 민주주의와 인권을 억압하는 '겨울공화국'으로 진입했다. 이제 사회 전반에 독재의 사슬이 더욱 노골적으로 드러날 차례였다.

10월유신의 통치체제는 불과 열흘 뒤에 등장한 '유신헌법'으로 합법화되었다. 여기에는 '평화적 통일지향'이 담겼다. 그러나 '한국적 민주주의의 토착화'란 새 조항이 단연 빼어나 보였다. 그것은 곧 억압에 동원할 독재의 사슬을 의미했다. 저항과 탄압의 악순환을 거듭하게 될 독재권력의 비극적 종말을 잉태한 자궁이기도 했다. 비상국무회의가 의결·공고한 유신헌법은, 개헌반대 발언이 원천적으로 봉쇄된 속에서 11월 21일 국민투표에 부쳐져 '투표율 91.9%에 찬성 91.5%'라는 결과를 낳았다. 북한식 선거에 버금가는 결과였다. 새 헌법이 규정한 '대통령 간접선거'에 의거해, 12월 23일 통일주체국민회의 대의원들은 제8대 대통령에 박정희 후보를 선출하였다.

"나왔다!"

스산한 겨울공화국의 1972년, 그러나 영일만 겨울은 '공기 2개월 단축'
이란 결전의 열정으로 뜨거웠다. 거대한 공장들이 속속 모양새를 갖춰가
고 있었다. 박태준은 1972년 12월 31일 서울 본사를 아예 포항으로 이전
했다. 현장제일주의의 실천이었다.

포철의 역량이 공정관리에 집중 투입된 영일만에는 1973년 벽두부터 준
공식이 이어지고 있었다. 정월 초하룻날의 급배수설비·시험검정설비 준공
을 필두로, 1기 설비의 10개 공장과 12개 설비가 차례차례 준공되어 시험
조업에 돌입했다. 박태준이 호주에서 '일본과 동등한 조건의 공급'을 기어
코 타결했던 원료들도 기나긴 항해를 거쳐 유라시아대륙의 동쪽 아름다운
영일만으로 진입하고 있었다. 2월 27일 호주의 원료탄을 실은 4만2천 톤
급 아잔타호가 포항항에 들어왔다. 4월 14일엔 월드뉴스호가 3만8천339
톤의 호주산 철광석을 싣고 포철이 훤히 바라보이는 수평선에 나타났다.

호주산 철광석이 처음으로 포철 원료부두에서 산더미를 이루었을 때, 박
태준은 이미 포철을 '1기 건설 종합 카운트다운 체제'로 운영하고 있었다.
국내 건설공사 최초로 도입한 이 관리기법은, 그때그때 해야 할 모든 일을
완전무결하게 처리하지 않으면 전체 흐름에 혼선을 일으킬 상황에서, 남
은 공정에 관련된 모든 사항을 한꺼번에 관리함으로써 '완벽한 마무리'에
도달하겠다는 목표를 담았다.

1기 공사의 절정은 '고로 화입'과 '첫 출선'이었다. 제1고로 화입일(火入
日)은 6월 8일로 잡혔다. 4월 초부터 일본기술단의 고로팀, 설비공급자, 부
문별 감독자들이 머리를 맞대고 마무리에 필요한 보완·추가공사의 항목
을 점검했다. 아직은 크고 작은 공사가 500여 항목이나 남아 있었다. 박태
준은 다시 비상을 걸었다. 'D-32일'의 표지판이 걸린 5월 7일에 '고로 잔
공사(殘工事) 비상'을 선포했다. 이에 따라 고로 운전실에 잔공사 지휘본부
를 설치했다. 고로에 달라붙은 모든 직원이 빨간 안전띠를 착용해 정신적
재무장을 결의했다. 사람이 하는 일은 사람의 정신에 달려 있다. 신선한

사명감으로 활력을 얻은 그들은 24개 송풍지관 설치를 24시간 내에 완료했고, 5월 15일엔 애초 계획대로 고로의 고압누설시험에 성공했으며, 5월 22일엔 고로 내부에 침목 2천725본을 쌓아 충전을 시작할 수 있었다.

숨 가쁜 날들이 이어지는 가운데 포철은 일본기술단으로부터 '2기 사업(157만 톤 규모)'의 근간이 되는 기본기술계획서의 중간보고서를 받았다. 일본기술단은 오는 9월까지 확정된 기본기술계획서를 제출하겠다고 약속했다. 조만간 포철은 조업과 건설을 병행하는 시대를 열게 된다.

1기 종합준공에 다가가는 어느 날, 박태준은 도쿄에서 이나야마 신일본제철 회장에게 아주 어려운 부탁을 꺼냈다.

"무로랑제철소를 단 하루만 포철 사람들이 돌려볼 수 있도록 해주시기를 정중히 청합니다."

포항제철소의 가동 첫날부터 '우리 손으로 직접 돌리자'라는 포철 사장의 포부를 이해해 달라는 부탁과 마찬가지였다. 그것을 실행하자면 무엇보다 소중한 것이 '포철 엔지니어들의 자신감'이란 사실을, 그는 주목하고 있었다. 잠시 생각에 잠겼던 이마나야가 미소를 머금었다.

"무슨 뜻인지 알 것 같군요. 그렇게 해드리지요."

과연 이나야마는 대범한 인물이었다. 박태준은 벌떡 일어나서 큰절이라도 올리고 싶은 심정이었다. 이 약속은 그대로 실현되었다.

'D-1일'이었다. 박태준은 본관 앞 광장에서 태양열을 채화하여 원화로로 보냈다. 마침내 디데이의 날이 밝았다. 일곱 명의 원화봉송 주자들이 차례차례 하늘의 불씨를 넘겨받았다. 오전 10시 30분, 일곱 번째 주자가 넘겨준 원화봉을 받은 박태준은 엄숙히 기도하는 마음으로 제1고로에 불을 지폈다. 불은 붙었다. 이제부터 21시간 동안이나 기다려야 했다. 그는 고로 앞에 엎드려 절을 올리는 것으로 기다림을 시작했다. 잘생긴 돼지머리가 올라앉은 조촐한 제상 앞에 다른 임원들도 엎드려 절을 올렸다. 성공적인 '첫 출선(出銑)'을 간절히 기원하면서.

한국 근대문명이나 근대문화 용어에는 일본식 한자어가 흔하다. '미술

(美術)'만 해도 그렇다. 한국 철강인들은 고로에서 쇳물이 나오는 것을 일본식 한자어대로 '출선'이라 불렀다.

박태준은 숙소로 돌아와 정갈히 몸을 씻었다. 좀처럼 잠을 이룰 수 없었다. 잠시도 긴장을 놓지 못했던 지나간 나날의 숱한 역경이 파노라마처럼 전개되는가 하면, 다음날 아침엔 정말 '우향우'를 실천해야 하지 않는가 하는 초조감도 떨쳐버릴 수 없었다.

'고로에서 쇳물이 나오지 않으면, 영일만에 빠져죽어야 한다. 전쟁에서 용케 살아남은 이 한 몸 죽는 거야 가족에게 죄스런 일이지만, 조상의 피 맺힌 돈을 헛되이 날려버린 민족적 죄업은 누가 짊어져야 하나.'

이런 생각이 스쳐갈 때마다 고개를 강하게 저으며 다그쳤다.

'불길한 생각을 버려야 한다. 반드시 된다고 낙관적으로 생각해야 한다.'

새벽 5시, 일찍 깨어난 박태준이 노심초사하는 시각, 제1고로에선 심각한 실수가 발생했다. 첫 출선을 확실하게 하려고 개공기로 출선구를 뚫다가 그만 파이프를 망가뜨린 것이다. 고로 공장장 조용선은 아찔했다. 벽 두께가 2미터나 되는 출선구를 산소불로 직접 뚫는 수밖에 없었다. 잘해보려던 일이 피 말리는 2시간 30분의 사투로 귀결된 사고였다.

박태준은 아침에 다시 몸을 깨끗이 씻었다. 아들의 성공을 빌려고 정한수 뜨러 나가는 어머니의 심정으로 숙소를 나섰다. 형산강 다리를 건넜다. 어느새 말간 해가 한 발 남짓 올라와 있었다. 영일만 바다에는 눈부신 아침햇살이 쏟아지고 있었다.

6월 9일 오전 7시 30분, 포철 사장을 포함한 임원들과 건설 요원들이 700입방미터 고로의 제2주상으로 올라섰다. 막 출선구 뚫기가 끝났다. 과연 한국 역사상 최초의 대형고로에서 쇳물이 터져 나올 것인가. 그리하여 22개 공장으로 구성된 '일관·종합제철'은 정상적으로 가동될 수 있을 것인가.

"펑!"

굉음이 터졌다. 출선구를 뚫고 나온 오렌지색 섬광이 사람 키보다 높이 치솟았다. 박태준은 자신도 모르게 주먹을 불끈 쥐었다. 천천히 불꽃이 스러졌다. 고로 안에 침묵이 가득 찼다. 그때였다. 숨을 죽이고 내려다보는 사람들의 발밑으로 꾸물꾸물 기어 나오는 물체가 있었다. 용암 같은 황금색 액체였다. 아침마다 본 영일만의 일출, 맑은 아침 수평선에 올라앉는 찰나의 태양이 내는 빛깔이었다. 쇳물이었다.

"나왔다! 나왔다!"

순식간에 고로 내부는 환호의 도가니로 바뀌었다. 포철의 상징마크와 닮은 乙형 도랑을 따라 흘러가는 황금색 쇳물. 그 역사적 현장을 지켜보는 사내들의 눈에서 왈칵왈칵 눈물이 흘러내렸다.

"만세! 만세!"

사람들의 두 팔이 머리 위로 힘차게 올라갔다. 박태준은 자신도 모르게 두 팔을 올렸다. 감격의 '만세'도 외쳤다. 영일만 제1고로의 폭포 같은 첫 출선, 한국 현대경제사의 새 지평이 벅차게 열렸다. 드디어 이날 저녁, 박태준은 꿀맛 같은 술맛을 보았다. 1968년 11월 박정희의 쓸쓸한 독백을

첫 출선에 감동하여 만세를 외치는 박태준(가운데)과 직원들

듣고 결의를 다진 뒤로 정말 오랜만에 뜨겁고 편안하게 잡아보는 술잔. 그 속에 남모르는 눈물을 담았다.

쇳물이 나오는 포철은 6월 19일 분괴공장과 강편공장을 준공하여 제선·제강·압연·지원 등 총 22개 공장과 부대설비로 구성된 '종합제철 일관공정' 전부를 완성하였다. 일찍이 풍수의 달인 이성지가 예언한 대로 황량한 모래벌판은 가뭇없이 사라지고 높다란 굴뚝들이 시(詩)의 대나무를 대신했다. 3년에 걸쳐 연 인원 810만 명, 경부고속도로 건설비의 3배에 이르는 1천135억5천300만 원을 투입했다. 약 8만2천 개의 기계를 공장에 설치하고, 약 2만7천 개의 콘크리트파일과 약 2만8천 개의 강철파일을 땅에 박았다. 한국 역사상 초유의 대역사가 예정 공기를 두 달이나 단축해 완벽하게 마무리되었다. 더욱 놀라운 일은, 포철의 조강 톤당 건설단가가 251달러에 불과했다는 것이다. 이는 비슷한 시기에 건설된 대만 CSC의 667달러, 일본 오기시마제철소의 626달러에 비해 40% 수준이었다. 이러한 결과는 세계적 철강기업으로 도약할 포철의 원가경쟁력을 담보했다.

박태준이 모든 공장의 시험가동 성적표를 확인해가며 정상조업을 준비하고 있던 6월 23일, 박정희는 '6·23선언'이라는 평화통일외교정책선언을 발표했다. 일곱 항목에는 "남북한 유엔동시가입에 반대하지 않는다."라는 중대한 정책전환도 포함되었다.

6·23선언에 대한 평양의 공식적 반응이 표명되지 않았으나 남북화해에 대한 국민의 기대가 높아가던 1973년 7월 3일, 포철 1기 설비 종합준공식이 열렸다. '사진만장(沙塵萬丈)'의 영일만 모래벌판엔 22개 대형공장이 늠름한 위용을 갖추고 있었다. 도저히 기대할 수 없다는 통념을 통쾌하게 깨버린 대역사이기에 사람들은 '무에서 창조한 유', '영일만의 기적'이라고도 불렀다.

대통령과 내외 귀빈, 회사 임직원과 건설요원들이 영일만 모래벌판에 세워진 '민족중흥의 기틀'에 모여들었다. 하나같이 이심전심 감격해 있는 식장에서 박정희가, 1968년 11월 첫 방문 때 "남의 집 다 헐어놓고 제철소가 되기는 되는 거냐"며 쓸쓸히 독백했던 바로 그 지도자가 드디어 기쁨을 감추지 못하고 있었다. 목소리는 카랑카랑했다.

"3년 3개월 만에 허허벌판이었던 이곳에 이와 같은 초현대적인 훌륭한 종합제철공장이 준공된 데 대하여 감개무량을 금할 수 없으며, 그동안 박태준 사장 이하 여러분들의 노고에 대하여 심심한 치하를 드리는 바입니다. 우리의 이 공장은 이제 시작입니다. 이제 우리는 남을 따라가기 위한 출발에 있어서 첫 개가를 여기서 올렸다고 나는 생각합니다."

박정희는 제2종합제철공장을 건설하겠다는 비전도 제시했다. '철강 2000만 톤 시대'를 열겠다는 의지의 천명이었다. 그리고 그는 포철의 존재 이유와 의의도 정리했다. 포철이 앞으로 우리나라 중화학공업 발전에 명실공히 핵심적이고 근간적인 역할을 훌륭하게 수행해야 한다는 것이었다.

박태준은 '경과보고'의 마무리에 이르러 숙연한 목소리로 박정희의 당부에 화답했다.

"앞으로 포철은 중화학공업의 핵심적 위치를 점하며, 보다 비약적인 국가경제 발전에 공헌할 것으로 확신합니다."

비록 조강 연산 103만 톤에 불과해도 웅대한 미래의 기반을 확고히 마련한 포철 1기 종합준공을 위해 서울 광화문에다 포철 전체를 완공한 것처럼 '1기'를 빼버리고 '포항종합제철 준공' 경축 아치를 설치할 만큼 국가적 경사로 여긴 박정희가 영일만 현장에 와서 박태준을 얼마나 장하고 고맙게 여겼을까? 일본 도메인 주재원으로서 그 자리를 지켜보았던 모모세 타다시, 그때로부터 24년 더 지나 1997년에 『한국이 죽어도 일본을 못 따라잡는 18가지 이유』, 『한국이 그래도 일본을 따라잡을 수 있는 18가지 이유』라는 책을 펴내게 되는 그가 이런 증언을 남겼다.

박정희 대통령은 연설에서 무려 세 번이나 박태준이라는 이름을 언급했으며 그 목소리에 애정이 담겨 있었다. 박태준을 발탁해서 제철소를 맡긴 것은 정말 옳은 판단이었으며 기대 이상으로 120% 목표를 달성하고 성공시켰다고 하는 신뢰와 감격이 담겨진 목소리였다.

이날 박태준은 박정희에게 철 병풍을 기념품처럼 선물했다. 현재 포스코 역사관에 진열돼 있는 그 병풍에는 제선공장 전경, 제강공장의 전로, 열연 공장의 압연기 등이 양각으로 배경을 이루고 노산 이은상이 지은 시가 새 겨져 있다.

보라 하늘을 향해 치솟는 불꽃
여기는 잠자지 않는 일터
지축을 흔드는 우렁찬 소리
파도보다 더 높은 젊은 의욕
우리는 땀과 양심과 성실을 바쳐
새 역사의 바퀴를 떠밀고 간다
조국과 인류의 영광을 위해

언론들은 '1973년 7월 3일은 포철의 임직원들을 위해 오래 기억해야 할 날이며 포철의 조국 근대화 기여도는 정당하게 평가되어야 한다'고 했다. '정당한 평가'란 아직 까마득한 미래의 일이라고 생각한 박태준은 거대한 포부를 품었다. 그것은 바로 박정희가 품은 '철강 2000만 톤 시대'라는 포 부였다. 포항에서 4기에 걸쳐 연산 1천만 톤 생산체제를 성공한 다음, 최 소한 포항 규모의 제2제철소까지 건설하여 포철을 세계 최고의 철강회사 로 키우고 싶다는 것. 실제로 이 무렵엔 정부의 일각이 조심스레 제2제철 소 입지선정을 거론하고 있었다. 그 결과, 그해 10월 초엔 정부가 미국의 UEC와 '제2제철소 건설 타당성조사' 및 '예비기술 용역계약'을 맺었다. 조사대상 후보지는 네 군데였다. 낙동강 하구의 동쪽과 서쪽, 아산만, 그 리고 광양만.

과연 '철에 목숨을 걸었다'는 박태준은 길고 험난한 '철의 여정'을 가장 빛나게 완주하는 영광의 마라토너로 등극할 것인가. 가능성은 열려 있었다. 그것은 일제 식민지 배상금으로 세운 고로 앞에서 박정희와 벅차게 나눈 짧은 대화를 진실로 실천하는 길이었다.

　"임자, 수고했어."

　"아닙니다."

　"이 용광로의 불꽃이 국가부흥, 민족중흥의 불꽃이야."

　"이 불꽃을 끝까지 짊어지고 가겠습니다."

　"그래, 우리는 이 불꽃을 짊어져야 해."

　우리는 이 불꽃을 짊어져야 해. 박정희가 되뇐 그 말을 박태준은 첫사랑의 밀어(蜜語)처럼 남몰래 가슴에 아로새겼다.

　바야흐로 국가의 계절은 여름에도 기나긴 겨울에 갇혔건만, 지독한 모래바람을 잠재워가는 영일만의 계절은 여름에도 따사로운 봄기운이 완연했다.

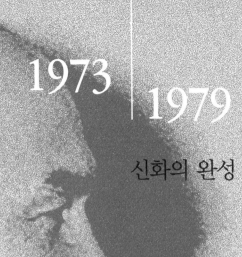

1973 | 1979

신화의 완성

김대중 납치사건의 파고

1973년 여름, 폭우가 쏟아지든 태풍이 덮쳐오든 포철 제1고로의 황금빛 쇳물은 Z형 도랑을 따라 말썽도 끊임도 없이 흐르고 있었다. 한숨 돌린 박태준과 그의 동지들은 연산 조강 260만 톤 규모로 확장하는 2기 건설 문제를 본격적으로 다뤄야 하는 때를 맞았다. 5년 전 완전히 무(無)에서 출발했던 그들은 이제 '준비된 팀'으로서 최소한 세 가지 자산을 갖추게 되었다.

첫째는 경험과 자신감이다. 현대적 대규모 용광로를 사진으로만 보았던 사람들에게 1기 공사를 두 달씩이나 앞당겨 완벽하게 완공한 경험은 '우리도 얼마든지 해낼 수 있다'는 자신감으로 정착되었다. 둘째는 자금 조달의 우월성과 확실성이다. 포철 1기 공사를 지켜본 외국의 금융기관이든 설비공급업체든 포철의 미래를 낙관하며 투자를 망설이지 않게 되었다. 셋째는 안정된 원료확보이다. 일본과 동등한 조건으로 장기공급계약을 체결해뒀으니 원료문제로 정상조업에 차질을 일으킬 염려는 놓아도 좋았다.

그렇다고 예측되는 단점이 없는 것은 아니었다. 조업과 건설을 병행해야 하는 점, 기존 설비를 증설할 때 발생할 수 있는 안전사고, 설비구매를 유럽과 미국으로 대폭 확대하는 데 따른 설비사양 다양화에 대비한 종합관리 문제. 하지만 무(無)에서 유(有)를 창조한 사람들에게 유에서 또 다른 유를 창조하는 일은 결코 두렵지 않았다.

종합준공식과 더불어 사장이 거듭 강조하는 '안전제일의 생활화'도 이미 눈에 띄게 개선되고 있었다. 우리나라 산업현장에 아직 '안전' 개념이 도입되지 않았을 때, 박태준은 엄격한 안전교육 프로그램을 강제규정 교범으로 만들어 작업자, 감독자, 관리자 구분 없이 모두 필수적으로 숙지하게 했다. 정상조업의 막을 올린 포철에서 '안전제일'은 생활 속의 캠페인으로 번져나갔다.

7월 25일 일본기술단으로부터 2기 건설에 필요한 일어판 기본계획을 받은 포철 2기설비추진본부는 건설의 기본방향을 설정하였다. 물론 이번에도 대원칙은, 최소비용으로 가장 합리적인 생산방식과 가장 효율적인 조업기술을 도입하여 수익성을 높이고 최상품질을 유지함으로써 국내시장의 철강공급을 안정시키고 국제경쟁 수준에 도달한다는 것이었다.

영일만에 자신감이 땀처럼 넘쳐흐르는 한여름, 세계의 시선을 한국으로 집중시키는 사건이 터졌다. 도쿄에 체류 중이던 김대중이 통일당 당수를 만나러 그랜드팔레스호텔로 갔다가 잠복해 있던 한국 중앙정보부 요원에게 납치되고(8. 8.), 승용차에 실린 채 선박으로 옮겨져 일본과 한국 간 공해상에서 수장되기 직전에 극적으로 구출되었다.

이 사건을 빌미로, 평양 정권은 일방적으로 남북대화를 파기했다. 남북조절위원회가 하루아침에 역사의 무대에서 사라지고 한반도는 다시 첨예한 냉전체제로 복귀했다. 일본의 항의도 강경했다. 대한(對韓)경제협력의 전면적 중단을 선언했다. 9월로 예정된 제7차 한일각료회담도 무기한 연기했다.

1973년 12월 1일 연산 157만 톤 규모의 2기 공사를 착공하여 2년 6개월 뒤에 연산 260만 톤 체제를 갖추려는 포철의 계획이 순탄하게 풀리려면 최소한 자금조달, 설비구매, 기술협력의 세 요소가 엇박자를 일으키지 않아야 했다. 전혀 고의가 없더라도 '특별한 상황에 따라 불가피하게' 엇박자를 일으킬 만한 힘을 거머쥔 쪽은 일본이었다. 이것이 현실로 대두했다. '영일만의 기적'으로 떠오른 포철은 '김대중 납치사건'과 완전무결하게 무관했지만 그 후폭풍이 영일만에 높은 파도를 일으키며 '포철의 위기'로 상존했다.

설상가상으로 제1차 석유파동이 일어났다. 세계경제의 급격한 위축 속에서 모든 나라가 강력한 에너지절약 정책을 긴급히 도입했다. 석유가 한 방울도 나지 않는 개발도상국 대열의 한국은 어느 나라보다 절박해질 수밖에 없었다. 수출액 17억 달러에 수입액 23억 달러의 국제수지 적자 국가는 유가폭등에 노심초사하면서 에너지절약을 위한 온갖 묘수를 다 짜내야 했다. 고층빌딩 엘리베이터의 홀짝운행이나 정지, 밤 10시부터 소등,

상점과 유흥업소의 네온사인 사용금지…….

2기 설비 착공 예정일을 불과 석 달도 앞두지 않은 포철은 '일본의 경협 중단'과 '석유파동'이란 강력한 프레스 사이에 낀 형국이었다. 이 신세를 빠져나올 열쇠는 일본 정부와 석유생산국의 손안에 있었다. 포철은 마냥 앉아 기다릴 수 없었다. 어떡하든 스스로 벗어나야 했다.

내자 1억9천만 달러, 외자 3억4천800만 달러를 투입할 2기 착공을 앞두고 박태준은 수십 차례 대책회의를 주재하면서 궁리에 궁리를 거듭했다. 이때 그의 유일한 위안은, 완공된 1기 조업이 순조롭게 정상가동하여 내자조달의 70% 이상을 포철 스스로 부담할 수 있게 된 청신호였다.

1973년이 서산 위에 놓였다. 미국은 4월에 터진 닉슨 대통령의 '워터게이트 사건'으로, 한국은 8월에 터진 '김대중 납치사건'으로 세계의 이목을 끌었던 한 해가 저물어갔다. 이제 영일만에는 '영일만의 기적'으로 길이 남을 찬란한 금자탑이 구체적 수치로 모습을 드러내고 있었다. 세계 모든 철강업계와 한국 정부의 일치된 예상과는 정반대로, 포철의 회계장부는 조업 6개월 만에 '흑자'를 기록하고 있었다. 박태준도 좀 미심쩍었다. 공인회계사들의 명백한 감리를 거쳐야만 비로소 안심하고 믿을 것 같았다. 흑자가 날 것이라는 보고를 받고 돌아선 박태준은 놀라운 소식을 들었다. '김대중 납치사건'으로 중단되었던 한일각료회담이 해를 넘기지 않고 개최된다는 것.

김대중 납치사건은 86일 만에 대충 외교적 결말이 났다. 중앙정보부의 관련자를 면직 처분한다는 공개적 발표를 통해 중앙정보부의 범죄였음을 천하에 자백한 다음의 일이었다. 한일각료회의는 12월 22일 도쿄에서 열렸다. 이날 저물 무렵, 박태준은 도쿄 제국호텔에서 초조한 시간을 보내고 있었다. 자신이 수집한 정보를 종합하여 '즉각적인 진전은 어렵다'고 판단하긴 했지만, 혹시 모를 일이므로 협상 당사자를 만나 직접 확인한 뒤 대책수립에 나설 계획이었다. 각료회의를 마치고 호텔로 돌아온 태완선 부총리와 장관들이 서둘러 침실로 들어갔다. 들으나마나 일이 풀리지 않았다는 뜻이었다.

박태준은 부총리 방을 찾았다.

"김대중 납치사건 때문에 여전히 완강합니다."

"포철도 포함됩니까?"

"예외가 없답니다."

그는 낙담이 컸으나 다시 상공장관의 방을 찾았다. 똑같은 대답이 기다리고 있었다. 여름에 일어난 '김대중의 고난'이 넉 달 지난 지금도 고스란히 '포철의 고난'으로 이어지는 연말이었다.

박태준은 상공부 장관의 방을 나서는 순간 전격적으로 결정했다.

'일본에 머물면서 상황진척을 위해 애쓰며 기다릴 것이 아니라 무조건 유럽으로 날아가자. 1기 건설에 성공했으니 우리는 환영받을 것이다. 정치인이 아닌 내가 왜 정치적 방법에 매달리고 있는가? 사업의 난관은 사업가의 방식으로 돌파해야 옳지 않은가?'

사업가의 방식. 이 말에서 그는 어떤 희열마저 느꼈다. 외국계약담당부장 노중열을 찾는 그의 입가엔 미소마저 피었다.

"독일 가는 비행기 알아보시오."

"독일요? 언제 말입니까?"

"내일 당장."

"크리스마스에다 연말인데……."

"그래도 즉시."

노중열은 영문도 모른 채 여행사에 전화했다. 다행히 프랑크푸르트 행 루프트한자에 딱 두 좌석이 남아 있었다.

박태준은 안병화에게도 지시를 내렸다. 미국 피츠버그로 가서 코퍼스와는 고로설비 구매에 대해, 블로녹스와는 냉연설비 구매에 대해 협상하라고. 그는 일본에 매달려 있을 때가 아님을 확신했다.

성서격동

노중열과 함께 비행기에 오른 박태준은 호텔 예약도 없고 누구를 만나자는 약속도 없었다. 딱히 프랑크프루트가 목적지도 아니었다. 이를테면 '무작정 여행'이었다. 그러나 전혀 무작정은 아니었다. '완벽한 작전'을 짜두고 있었기에.

10시간 넘게 날아온 비행기가 잠시 함부르크에 내렸다. 여명의 기운이 감도는 새벽이었다. 문득 박태준은 내리고 싶었다.

"비행기 더 타는 것도 지겨운데 여기서 내려버리지."

"호텔 예약도 안 돼 있지 않습니까?"

노중열이 뜨악하게 쳐다보았다.

"프랑크프루트까지 가면 돼 있소?"

"그건 아닙니다만……."

공항 청사 앞에 택시 두 대가 있었다. 최고급 호텔로 가자는 두 동양인을 태운 택시가 어둑어둑한 새벽의 거리를 질주했다. 한국은 곧 크리스마스 이브의 전야를 맞을 테고, 독일은 12월 23일이 밝아오는 중이었다. 애틀랜틱호텔 앞에 택시가 멎었다. 프런트에 혼자 앉아 꾸벅꾸벅 졸던 백인 사내가 수상쩍은 눈초리를 가다듬었다.

"예약했어요?"

"안 했소."

"그렇다면 물론 방은 없어요."

박태준이 싱긋 웃었다.

"국기게양대를 보니까 외국 국기가 없던데, 로열 스위트룸은 비었겠지. 그걸로 주시오."

외국 국기가 게양되어 있지 않다는 것은 외국 귀빈의 투숙이 없고 로열 스위트룸을 비워뒀다는 뜻. 그의 예상대로 비어 있었다. 하지만 안내인이 고개를 갸웃거렸다. 거기는 하루 숙박비가 500달러나 된다면서.

"이 친구가 우릴 빈틸터리로 아나 봐. 얼른 지불해. 올라가서 씻고 잠부터 푹 자고 봐야지.”

방이 두 개고 우아한 접견실까지 갖춘 로열 스위트룸. 둘은 걱정이라곤 모르는 팔자 좋은 사람처럼 잠들었다. 눈뜨자 아침 9시가 다 되었다. 더디게 더디게 돌아오는 독일의 아침은 퇴근시간도 한참 지났을 저녁 분위기였다.

“지금부터 전화를 해야지?”

“어딜 말입니까?”

“오스트리아의 푀스트, 독일의 오포. 거기 중역들한테 먼저.”

“아하, 그거였군요!”

노중열이 선물 받은 아이처럼 싱글벙글 웃었다. 비로소 사장의 속내를 알아챈 것이었다.

“사업도 좋은데, 크리스마스이브에 양놈들을 불러내서 미안하지만 우리를 산타클로스로 대접할려나.”

제철설비업체 중역들과의 약속은 24일 하오로 잡혔다. 열차를 타고 온 사람들과 손수 자동차를 굴려온 사람들이 함부르크 최고급 호텔의 최고급 룸으로 속속 모여들었다. 그들은 한결같이 설비사양을 담은 홍보물과 관련 자료를 챙기고 있었다. 박태준은 여유를 부렸다.

“포철은 1기 설비의 대부분을 일본 업체에서 구매했지만, 2기부터는 유럽의 여러분에게도 문호를 활짝 열기로 했습니다. 우리의 2기 공사에 들어갈 설비 예정금액은 3억5천만 달러입니다.”

노중열이 설비목록을 제시했다. 제2고로, 소결, 코크스……. 신설하거나 증설할 21개 공장의 설비사양과 구매일정을 하나하나 설명했다. 무려 3시간이나 걸렸다. 유럽의 장사꾼들은 군침당기는 표정으로 바뀌어 있었다. 크리스마스이브를 얼마든지 가족과 함께 보내지 않아도 좋다고 확신하는 것 같았다.

“나는 원활한 입찰을 진행하기 위해서 새해 1월 5일까지 여러분이 직접 포철로 오시길 희망합니다. 우리 회사 2기 설비구매의 문호는 틀림없이 여러분에게도 활짝 열려 있습니다.”

유럽 사업가들은 크리스마스이브부터 새해 벽두에 걸쳐 흔히 가족과 휴가를 즐긴다. 박태준은 그 사실을 꿰차고 있었지만, 그들에게 끌려가는 것이 아니라 그들이 끌려오게 하고 싶었다. 이윤을 따라 달려오느라 크리스마스이브의 ‘오붓한 가족시간’을 망친 자본주의 전사들은, 순간적으로는 어리둥절했으나 이내 미소를 머금었다.

“새해를 기념하는 좋은 여행이 될 것 같습니다.”

“극동의 바다가 궁금합니다.”

유난히 해가 짧은 독일의 겨울 하루는 어느덧 저물고 있었다. 그들과 즐겁게 저녁을 함께 하기로 했다. 푀스트 알피네 대표가 예약해둔 최고급 레스토랑은 우아했다. 에너지절약에 철저한 독일 시민의 칙칙한 함부르크 거리와는 아주 대조적이었다. 포도주도 음식도 최고급이었다.

1974년 1월 초순, 포철 사원주택단지 안의 내빈숙소인 영일대 앞뜰에는 날이 저물어도 어둠이 내리지 못했다. 온 나라가 절전운동에 매달려 있건만 박태준은 영일대 주변을 대낮처럼 환히 밝히라고 지시했다. 가까운 거리에 숙소가 있는 일본인 기술자들을 자극하려는 계략이었다. 박태준은 이틀도 지나지 않아 기다리던 전화를 받았다. 주한 일본대사였다. 그는 안부 나누는 예절을 마치기 바쁘게 단도직입으로 나왔다.

“유럽 설비업체들과의 교섭은 순조롭게 진행되고 있습니까?”

대뜸 일본측의 고민을 알아챈 박태준은 거두절미로 나갔다.

“포철로서는 예정된 공기를 맞추려면 더 머뭇거릴 수 없습니다. 우리도 귀국의 업체들과 먼저 교섭하고 싶었지만 귀국 정부의 제재조치 때문에 어쩔 수가 없군요.”

사흘이 지났다. 다시 일본대사의 전화가 포철 사장을 찾았다. 김대중 납치사건 때문에 다 정지되어 있지만 포철 프로젝트만 예외로 다루기로 일본 각의에서 양해했으니, 이제라도 일본 업체들이 입찰에 참여할 수 있겠느냐고 물었다. 사장은 점잖게 답변했다. 아직은 진행 중이니 그럴 수 있으며 기회는 균등하다고. 대사는 감사의 인사를 남기고 전화를 끊었다. 작전이 완벽하게 먹힌 순간이었다.

박태준의 목표는 일본의 자발적 참여까지 유도하는 것이었다. 동쪽을 치는 척 시끄럽게 굴면서 실은 서쪽을 친다는 성동격서(聲東擊西)란 말이 있지만, 서쪽(유럽)을 끌어들여 동쪽(일본)이 스스로 숙이고 들어오게 만들었으니 포철의 위기를 돌파해나간 그의 작전은 '성서격동'인 셈이었다.

한국의 정치정세는 새해 벽두부터 두텁게 얼어붙고 있었다. 1월 8일 헌법개정 논의를 금지하는 '대통령 긴급조치 1호와 2호'가 발동되었다. 비판의 목소리를 옥죄는 독재의 사슬은 대학생, 지식인, 언론인, 야당 정치인에 대한 대대적 탄압과 그들의 조직적 저항운동을 예고했다.

유신체제의 정치적 억압이 더욱 강화되고 있는 상황에서도 이윤 따라 흐르며 모든 만리장성을 무너뜨리는 자본논리는 한국의 국경을 두려워하지 않았다. 유럽인들과의 협상이 진행되고 있는 포항에 신일본제철의 아리가 부장이 조용히 나타났다. 포철 1기 공사에서 일본 기술자문단 단장과 설비구매 자문위원을 지냈던 그는 정직하고 헌신적으로 자기 일처럼 해줬기에 포철 사람들의 존경을 받는 인물이었다. 박태준도 아리가를 따뜻하게 맞이했다. 물론 마음 한 귀퉁이엔 포철의 미래를 기껏 300만 톤 체제로 예측했던 데 대한 괘씸함이 있었지만.

아리가가 정중히 물었다.

"일본 설비업체들에 대해 서운한 점이 있습니까?"

박태준은 진지하게 답했다.

"물심양면으로 지원해준 일본의 철강업계에 진심으로 감사하고 있고 당신을 포철의 가족으로 생각하고 있습니다. 다만 불행한 정치적 사건 때문에 한국경제의 주춧돌인 제철소 건설에 차질이 생겨서는 안 된다고 판단했을 뿐입니다."

아리가의 얼굴에 긴장이 걷혔다.

"그렇게 말씀해주시니 정말 감사합니다. 저 역시 정치적 문제로 우리 관계가 중단되는 것을 원치 않습니다."

아리가가 일본 설비업체들의 메시지를 꺼냈다. 한마디로, 지금 포항에 와 있는 유럽 업체들과 동등한 조건으로 경쟁할 수 있게 해달라는 부탁이었다. 기다려온 소식을 접한 박태준은 영일대에 숙소를 마련해주겠다고 약속했다.

1974년 새해가 열흘쯤 지났다. 포철의 영일대는 내빈숙소가 아니라 협상무대로 바뀌어 있었다. 오스트리아, 독일, 일본의 제철설비업체 계약담당 직원들이 한 건이라도 더 따내려고 조금씩 가격을 내리는 경쟁에 들어가 눈에 불을 켜고 있었다. 박태준은 노중열을 따로 불러 일렀다.

"나무망치 하나 준비해야지. 비싸게 부르면서 튀어 오르는 놈은 무조건 두들겨요. 그러면 자꾸 내려가게 돼 있는데, 그래도 머리는 안 다치도록 적당히 해야지."

그의 최후 지침은 통쾌한 유머였다.

포철은 포항 2기 설비구매를 입맛대로 골라잡았다. 1기 설비와 기술적 연관성이 많은 제선·제강·열연·분괴·동력계통·원료처리 설비는 일본 업체들, 소결·석회소성·연속주조 설비는 오스트리아 푀스트 알피네, 코크스·화성 설비는 독일의 오토에서 각각 구매하기로 계약했다. 유가폭등의 영향으로 모든 원자재 가격이 치솟는 악조건에서 '최저비용으로 최고품질'을 확보한 쾌거였다.

'영일만의 기적'의 뿌리

포항 2기의 최대·최악 위기를 '성서격동'의 양동작전으로 돌파한 1974년 1월 중순, 박태준은 박정희의 전화를 받았다.

"지금 포철 보고서를 보고 있어."

"그렇습니까?"

포철이 경제기획원과 재무부에 제출한 '1973년도 연차보고서'가 대통령의 책상 위에 올라가 있는 모양이었다.

"순이익을 표시하는 난에 제로가 너무 많이 들어간 것 같아. 1천200달 러겠지. 어떻게 가동한 지 6개월밖에 안 되는 공장에서 1천200만 달러의 이익을 낼 수 있겠나? 제로 4개가 더 붙은 거 같은데, 이거 나를 놀리려고 일부러 실수한 거 아닌가?"

대통령이 밝은 목소리로 포철 사장을 놀리려 했다. 하지만 박태준은 이 미 한 차례 겪은 일이었다. 부총리도 그랬던 것이다. 세계 제철소 역사상 신설 제철소가 가동 첫해부터 흑자를 냈다는 유례가 없고 포철도 당연히 처음 3년쯤은 적자를 낼 것이라고 했으니, 다시 한번 수치를 점검해보라고 했었다. 전혀 뜻밖의 보고서에 깜짝 놀라며, 차라리 '마이너스 1천200만 달러'로 기입되어 있다면 얼른 믿을 수 있겠다고도 했었다. 그처럼 대통령 도 선뜻 믿기지 않는 모양이었다.

포철 사장과 임직원들로선 서운할 수 있어도 대통령과 부총리의 첫 반 응은 당연히 그럴 수 있었다. 일본을 비롯한 세계의 모든 철강업계와 우리 정부 관계자들의 한결같은 '적자조업' 예상을 뒤엎고, 가동 여섯 달 만에 1천200만 달러(약 46억 원)의 '흑자조업'이라니…….

"그 수치는 정확한 사실입니다."

박태준은 명백히 대답했다.

"확실한 건가? 정말 믿어도 되는 거야?"

"주주총회에 보고하려고 7명이 넘는 공인회계사가 몇 주일에 걸쳐 면밀 하게 만든 재무제표입니다. 그들은 참빗으로 머리를 빗듯이 모든 사항을 일일이 검토했습니다. 허위기재나 오류는 한 점도 없습니다."

"내가 자네의 성품을 몰라서 이러겠나? 기쁘고 놀라서 이러는 거야. 자 네가 기적을 일궈냈구먼. 이건 기적이야, 기적!"

박정희가 상기된 목소리로 '기적'이란 말을 선물했다.

조업을 시작하여 여섯 달 만에 1천200만 달러의 순이익을 올린 사실은, 포철과 한국 정부의 단순한 기쁨에만 머무는 게 아니었다. 2기, 3기, 4기에 이어 제2제철소까지 건설해나갈 '포철과 박태준'의 국제적 신인도를 급등시켰고, 그것은 앞으로 외국 투자유치를 이끌 강력한 자석이었다.

1974년 1월에 '영일만의 기적'으로 우뚝 솟아난 포항제철. 황량했던 모래벌판에는 이미 기적의 뿌리들이 강철파일처럼 깊숙이 박혀 있었다. 굵은 것만 추려도 8가지를 꼽을 수 있다.

최저비용의 설비구매, 공기단축, 정상조업 조기달성, 염가의 안정적 원료구매, 기술인력 조기육성, 단계별 사원확보의 적절한 조절, 복지정책의 조기도입과 정착, 제철보국의 기업정신.

이러한 뿌리들을 만든 모태는 최고경영자의 리더십이었다. 박태준의 리더십은 포철의 구심점이었다. 그리고 그것을 신뢰하고 옹호하는 박정희의 의지가 있었다.

포철은 박정희 대통령의 강력한 의지와 박태준의 탁월한 리더십을 바탕으

조업현장의 직원들을 격려하는 박태준

로 성공할 수 있었다.

스탠포드대학교 비즈니스스쿨,「한국의 발전과 포철의 역할」

포철의 첫 번째 성공 요인은 모험사업 추진의 리더로서 지도력, 통찰력, 사명감을 충분히 발휘한 박태준 회장의 공헌이다.

미쓰비시 종합연구소,「한국의 성공기업을 본다」

박태준 회장의 탁월한 지도력이 포철 성공의 가장 중요한 요인이다.

하버드대학교 경영대학원&서울대학교,「포철의 성공사례 연구」

박태준 리더십의 요체는 '철저한 완벽주의를 기초로 탁월한 통찰력, 신속한 판단력, 강력한 추진력을 조화시킨 역동성'이다. 그것은 애국적 사명감과의 조화를 통해 함께 일하는 사람들의 정신에 공명을 일으켰다. 그러나 눈에 드러나지 않는 기적의 뿌리도 최소한 둘은 되었다. 하나는 박태준의 성장배경, 또 하나는 박정희와 박태준의 독특한 인간관계.

생존의 길을 찾아 일본으로 들어간 아버지의 뒤를 좇아 현해탄을 건너갔던 수많은 식민지 아이들 가운데, 사춘기를 벗어난 무렵에 해방된 고향으로 돌아와 빈곤에 허덕이는 신생독립국의 어른으로 성장한 다음, 유·소년기에 어쩔 수 없이 익혔던 일본어와 일본문화로써 가장 훌륭하고 가장 탁월하게 조국에 이바지한 인물은 박태준일 것이다.

박정희는 박태준의 순수하고 뜨거운 애국적 사명감만은 '범할 수 없는 처녀성'처럼 옹호했다. 정치권력의 방면으로 기웃거리지 않고 당겨도 단호히 뿌리치는 박태준의 기개를 높이 보았다. 여기엔 한 인간과 한 인간으로서, 한 사내와 한 사내로서 오직 두 사람만이 온전히 알아차릴 수 있는 서로의 빛깔과 향기가 있었을 것이다. 이러한 박정희와 박태준의 독특한, 완전한 신뢰의 인간관계는 박태준이 자신의 리더십과 사명감을 신명나게 발현할 수 있는 '양호한 정치적 환경'을 조성해주었다.

음모의 진행

1973년 12월에 포항 2기 157만 톤 공사를 시작한 포철은 1974년부터 '조업과 건설'을 병행해야 하는 시대에 들어섰다. 포항에서 3기, 4기 확장공사를 계속 진행하여 연산 조강 1천만 톤 체제에 육박해가려면 앞으로 6~7년에 걸쳐 영일만 사내들은 '한 손은 조업, 한 손은 건설'을 외쳐야 했다. 이것을 박태준은 '일면 조업, 일면 건설'이란 슬로건으로 내걸었다.

포철이 '조업과 건설'을 병행하는 원년에 들어간 1974년. 박정희와 박태준의 독특한 인간관계를 시험대에 올려놓을 모종의 음모가 슬그머니 진행되고 있었다. 가까운 장래의 피해자는 아직 모르고 있었지만, 그것은 박태준에게 중후판공장(조일제철), 아리가 문제에 이어서 세 번째로 물 먹은 아이젠버그가 관련된 일이었다.

박정희의 후견인처럼 행세해온 아이젠버그와 포철 사장 박태준의 세 번째 대결은 포철 2기 주요설비인 연속주조공장 계약과정에서 이뤄졌다. 1973년 4월 일본기술단의 용역을 거쳐 그해 12월에 착공한 포철 2기 157만 톤 공사. 1973년 가을에 포스코는 연속주조공장 설비구매 계약 협상을 시작했다. 당시만 해도 그것은 상용화된 지 얼마 지나지 않은 최신 설비였다. 세계 철강업계에서는 오스트리아의 푀스트 알피네, 스위스의 콩캐스트, 독일의 만네스만 등 3개사만 공급능력을 갖추고 있었다. 어떡하든 최저가격에 구매해야 하는 포철로서는 입찰 경쟁자가 셋뿐이라 불리한 조건이었다.

그런데 포철에 콩캐스트와 계약하라는 국내 권력 쪽의 압력이 들어왔다. 아이젠버그가 끼어든 것이었다. 보고를 접한 박태준은 속으로 '아이젠버그 이놈이 또!' 하며 호랑이눈썹을 곤두세우며 담당임원에게 엄명했다.

"우리 회사의 원칙대로 해."

공정하게 최저가격으로 유인할 국제입찰, 그래봤자 3개사가 전부였으나 그래도 그것만이 돈을 아끼는 길이었다.

박태준이 남아프리카연방공화국 요하네스버그에서 열린 세계철강협회

에 참석하고 있는 동안 유럽 3개사는 치열한 수주경쟁에 돌입했다. 1973
년 11월 26일 비엔나에서 공개입찰이 열렸다. 푀스트 알피네가 낙찰을 받
았다. 포스코 담당자들은 경쟁 3사 대표들과 악수를 나누었다. 콩캐스트
사람들이 뒤에서 불만을 늘어놓았다. 애당초 그들은 포철에 연속주조 설
비를 팔아봤자 운전이나 제대로 할 수 있겠느냐며 잔뜩 거드름을 부린 자
들이었다. 그것은 포철이 자기네 것을 살 수밖에 없다는 확신의 표현이었
다. 그들 뒤에는 아이젠버그가 있고, 아이젠버그는 한국 권력층을 움직이
는 큰손이라는 점을 꿰차고 있었던 것이다.

　박태준에게 내리 세 번씩이나 물을 먹은 아이젠버그는 1974년을 맞아
포철에서 박태준을 제거하겠다는 '거창한 목표'를 세우게 된다. 이런 경우
에 그런 종류의 인간들이 흔히 동원하는 방법이 쥐도 새도 모르게 덫을 놓
는 것이다. 물론 도덕적 모함이 제일 간편하고 효과적인 덫이고, 아이젠버
그도 그 효율성을 익히 잘 아는 인물이었다.

　　E씨, 유정회 국회의원 K씨, 주한 모국 대사 등은 정부요로에 로비활동을 하
　는 한편 중앙정보부, 감사원 등에 진정서를 내어 "동 설비를 푀스트사보다 싸
　게 공급할 수 있다." 하는 등 방해공작을 폈다.

　　　　　　　　　　　　　　　　　　　　　　　　　　『포항제철 25년사』

　'E씨'는 아이젠버그, '동 설비'란 연속주조 설비다. 문제의 진정서가 대
통령의 손에까지 들어갔을까? 음모 자체를 모르는 포철 사장은 진정서가
대통령 손으로 갔는지 중앙정보부장 손으로 갔는지 알 턱이 없었다. 당사
자는 까맣게 모르는 상태에서 은밀히 추진된 '진정서 작성과 접수'는 얼마
동안의 잉태기간을 거쳐 어떤 결과를 낳을 것인가?

　이런 어중간한 어느 봄날, 박정희가 불쑥 영일만으로 내려왔다. 순전히
격려 방문이었다. 박태준은 브리핑을 준비했다. 문제는 숙취였다. 약을 먹
었으나 좀처럼 속이 가라앉지 않았다. 숙취의 멀미는 전혀 사정을 봐주지

않았다. 그는 보고를 하는 중에 구토를 참을 수 없어 급히 자리를 비웠다. 생애 최초의 과음 후유증을 하필이면 대통령 앞에서 보여주고 말았다.

"고생이 많아서 그래."

박정희는 아무런 일도 아니란 듯이, 좀 고소한 듯이 웃고만 있었다. 그냥 웃어넘기는 거야 애주가의 덕망이라 치더라도 살짝 고소한 낌새를 풍기는 것은 저 부산 시절에 모든 술자리에서 언제나 멀쩡했던 호주가가 드디어 한 번 무너지는 모습을 재밌게 지켜보는 즐거움 같은 것인지 몰랐다.

"저 친구 다 낫게 해주고 올라오시오."

대통령의 주치의가 사흘이나 포항에 머물렀다. 박태준은 '과분한 벌'을 받는 셈이었다.

1960년 4월 이후 해마다 4월이면 '민주주의'를 외치는 함성이 드높던 한국은 1974년 4월에도 마찬가지였다. 4·19기념일을 앞두고 절정으로 치닫는 힘을 서둘러 꺾으려는 것처럼, 4월 3일 중앙정보부는 '전국민주청년학생총연맹(민청학련)' 사건을 발표하고 대통령은 긴급조치 4호를 발동했다. 윤보선, 지학순, 김지하, 인혁당 재건 관련자 21명, 일본인 2명 등 253명이 무더기로 비상군법회의에 송치되었다. 이미 '오적 필화사건'으로 70년대 민주화 운동의 횃불을 들었던 시인 김지하에겐 사형이 선고되었다. 당대 최고 지성으로 꼽힌 장 폴 사르트르를 비롯한 다수의 노벨문학상 수상작가와 일본의 오다 마코토를 비롯한 세계 각국의 대표적 문학인·지식인이 '김지하 구명운동'에 나섰다. 이것은 한국의 열악한 인권상황을 여러 나라에 알리는 계기가 되었다. 바야흐로 유신체제는 '경제발전과 민주주의 발전은 동일한 역사의 무대에 공존할 수 없다'는 어처구니없는 모순을 극명히 노정하고 있었다.

쇳물 100만 톤 생산 후 가택수색을 당하다

1974년 6월 26일, 별안간 포철에 긴 사이렌이 울려 퍼졌다. 소리가 절정에 이르렀다 뚝 떨어진 찰나, 조업현장과 건설현장 곳곳에서 함성과 박수가 터졌다. 연산 103만 톤 규모의 제1고로가 정상조업 1년을 눈앞에 두고 마침내 '쇳물 100만 톤'을 토해냈기 때문이다. '조업 1년'의 순이익은 242억 원을 기록하고 있었다.

이즈음 박태준은 다시 직원들의 복지후생을 강조했다. 천성적으로 '전시행정'의 속임수 따위를 혐오한 그는 조선일보와의 인터뷰에서, "직원의 복지후생을 허울 좋게 선전용으로 하는 것이 아니라 실질적으로 성과 있게 하고 있다. 이 노력을 가장 잘 알아주는 사람들은 우리 직원들이다." 하고 떳떳하게 자랑했다. 6월 27일 임원간담회에서도 박태준은 "우리 직원 중에서 부인이나 가족이 중병을 앓는 사람이 없는지 인사부에서 파악하라."는 지시를 내렸다. 그는 직원들에게 '목욕론'도 줄기차게 전파했다. 한마디로 "몸이 청결해야 정신이 청결해지고 그것이 공장의 청결로 이어진다. 공장의 청결은 제품의 완벽성과 안전사고 예방으로 이어진다." 하는 주장이었다. 그의 목욕론은 회사 안에 마련된 '깨끗한 샤워시설'에 모여든 직원들에게 '싱거운 농담'으로도 번져나가 그해 연말에 일어날 『쇳물』 에피소드를 예비했다.

6월 28일 대통령 가족이 포철을 방문했다. 그날 오전에 박정희는 울산의 현대조선소 1차 준공식 및 26만 톤짜리 유조선 두 척의 명명식에 참석했다. 거기서 '1977년까지 두 개의 거대 조선소를 더 지어 조선능력을 연간 600만 톤으로 늘리고 한 해 수출액의 10%인 10억 달러를 벌어들이겠다'고 천명한 그가 그것을 뒷받침할 곳으로 찾아온 것이었다. 여러 현장을 둘러보는 박정희의 표정이 환하게 피어났다. 고생 많다는 위로를 아끼지 않았다. 보트 타고 영일만으로 나가 항만시설도 둘러보았다. 그는 새로운 활력을 얻는 모습이었다.

그날 저녁, 대통령 가족은 포철의 새 영빈관 '백록대'에서 하룻밤을 묵었다. 백록대는 달포 전에 완공된 국가원수급 내빈을 위한 숙소였다. 전혀 뜻밖의 일이 벌어졌다. 뜰에 나선 박정희가 박태준을 불러 날카롭게 물었다.

"집이 왜 하필 흰색이야?"

"한라산 '백록담'에서 따온 이름입니다. 백록담의 '백(白)'을 생각해 희게 칠했습니다."

"이 사람아, 백악관 냄새가 나잖아. 나는 싫어. 백악관이야 뭐야."

거부감으로 뭉쳐진 목소리였다. 박정희에게 '처음 기합을 받는' 박태준은 머쓱했다. 국가통치의 첫걸음부터 여기에 이르도록 백악관과는 거의 내내 불편한 관계를 감당해온 그 내면을 미처 헤아리지 못한 자신의 불찰이 미안하기도 했다.

이튿날 대통령 가족은 주물선공장 건설 현장을 둘러보았다. 그 자리에선 특히 육영사 여사가 즐겁고 행복한 표정으로 박태준을 따뜻하게 격려했다. 1960년 부산 군수기지사령부 시절의 박정희는 과음이 잦은 편이라 서울에서 내려온 육영수의 안색을 흐리곤 했는데, 그때 제일 공범으로 찍혔던 박태준이기에 서로가 그만큼 더 친근한 사람이었다. 대통령의 자녀들

보트를 타고 포철 항만시설을 둘러보는 박정희 대통령, 육영수 여사, 박태준 사장

도 박태준을 그냥 '아저씨'라 불렀다.

1974년 7월 3일, 제1기 종합준공 첫돌을 맞았다. 포철은 조촐한 자축연과 더불어 정신무장을 가다듬는 계기로 삼았다. 국가적으로 기억할 만한 날을 언론들도 잊지 않았다.

포항종합제철이 그 가동 1년 만에 모든 의문을 해소하고 세계적인 인정을 받게 된 것은 한국과학교육의 성과요 경영자의 탁월한 통솔력의 결과라고 하겠다.

1974년 7월 4일자 중앙일보 사설

제품의 질에 있어서도 영국 로이드선급협회를 비롯한 주요국의 권위있는 기관으로부터 품질 및 규격에 있어서 인정을 받고 있다고 하며, 국내판매가격은 수입가격의 22~42%까지나 저렴한 편으로, 그에 따른 수입대체로서 지난 한해 동안에 1억5천만 달러의 외화를 절약한 셈으로 분석되고 있다.

1974년 7월 4일자 조선일보 사설

대통령이 가족과 함께 백록대에 하룻밤을 묵고 주물선공장을 방문한 데 이어서 사회적인 축하 속에 종합준공 첫돌을 맞았으니 포철로서는 기분 좋은 여름을 맞고 있었다. 단지 하나, 박태준이 까맣게 모르는 아이젠버그의 음모는?

어느 월요일 아침, 두 사내가 서울 북아현동 박태준 자택에 들이닥쳤다. 가택수색이었다. 마침 고2 맏딸 혼자였다. 포항의 아버지에게 내려간 어머니 대신으로 동생들을 챙겨 막 등교시킨 참이었다. 여고생이 대범하게 보여 달라고 요구한 수색영장에는 박태준, 장옥자란 이름이 적혀 있었다.

"밀수품을 사들였다는 혐의가 포착돼서 관세법 위반혐의로 집을 수색하는 거다."

그때 한국에는 미제나 일제가 '귀하신 몸'이어서 암시장 뒷거래가 흔했다. 면소재지 담뱃가게에도 양담배가 버젓이 진열된 요새 세상에야 웃을 노릇이지만, 양담배마저도 무슨 진귀한 물건인 양 암시장에 나돌던 시절이었다. 그래서 실력자들의 가택을 수색하면 외제품 두셋쯤은 나오기 일쑤였고, 당국은 미운 털 박힌 실력자를 혼내거나 망신시켜 제거할 수단으로 가택수색을 전가의 보도처럼 휘둘렀다.

두 사내가 장롱과 조그만 금고를 뒤졌다. 집문서, 패물 몇 가지, 잦은 해외출장의 흔적으로 남은 푼돈의 외화. 두 사내가 서로 난처한 시선을 교환했다.

"우리도 네 아버지를 존경하지만 공무집행상 어쩔 수 없었다."

"가택수색을 당하면 어른들도 벌벌 떠는데 네 침착성에 놀랐다."

가택수색은 한 편의 소극(笑劇) 같은 부질없는 소동으로 막을 내렸다. 그러나 객석에 앉은 관객들 중 오직 한 사람만 자리를 떠나지 못했다. 모종음모가 꾸며진 것이라고 직감한 박태준은 생각에 잠겼다.

'과연 각하도 알고 계셨는가? 어떤 모함이 각하의 귀에 들어갔고, 그래서 나에 대한 일말의 의구심이라도 품으셨는가? 신뢰가 없다면 어떻게 일할 수 있겠는가? 그따위 모함은 앞으로도 몇 번이고 반복될 수 있는데 그때마다 이런 곤욕을 겪어야 한단 말인가?'

박태준은 괴로웠다. 대통령이 서운하기도 했다. 한 번쯤 경각심을 일깨워주려는 조치였을지 모른다고 가정해 봐도 뒷맛이 영 개운치 않았다. 그렇다면 방법은 하나뿐. 그가 청와대의 피스톨 박(경호실장 박종규)에게 전화를 걸었다.

"각하를 뵐 일이 생겼는데 일정을 빨리 잡아봐."

"안 그래도 형님에게 알려야 했는데, 잘 됐습니다."

사석에선 박태준을 형님이라 부르는 피스톨 박이 모월모일 각하께서 대구에 내려가시는데 숙박은 포항에서 하신다고 했다. '포항'이란 포항제철 영빈관 백록대였다. 얼마 지나지 않아 대통령 일행이 백록대에 일박 여장을 풀었다. 박정희의 대통령 재임기간에 이뤄진 총 17회 포항 방문에서 공식적인 '포철 방문 총 13회'를 제외한 나머지 4회 중 하루였다.

백록대 아래층에서 저녁식사를 마친 박정희가 이층으로 올라갔다. 박태준은 경호실장, 비서실장과 함께 아래층에 남았다. 박태준이 경호실장을 부리부리한 시선으로 쏘아 보았다.

"사람을 모래벌판에 던져놓고 독약 먹이려는 음모나 꾸며?"

피스톨 박이 어리둥절한 표정을 지었다. 비서실장은 얌전히 있었다.

"형님, 대체 무슨 말이오?"

박태준은 경호실장의 반문에 아랑곳하지 않고 모래알처럼 쌓인 말을 뱉어냈다.

"서울에서 호사스러운 생활을 하고 있으니까 마음만 먹으면 누구든 손볼 수 있다고 생각하는 인간이 청와대에도 있는 모양인데, 더러운 놈 깨끗한 놈 가릴 줄은 알아야지. 그것 하나도 제대로 못하면서 서울에서 밥 먹고 하는 일이 뭐야?"

피스톨 박이 항의했다.

"도대체 무슨 일인지 귀띔이라도 해줘야지요?"

"모른다고? 그러면 됐어."

박태준은 무뚝뚝하게 말을 끊었다. 하지만 속은 조금 풀렸다. 경호실장이 모른다면 대통령도……. 이윽고 박정희가 박태준을 이층으로 불렀다. 두 사람은 탁자를 사이에 두고 마주앉았다.

"오늘 저녁은 아무래도 고민거리가 있구먼. 뭔가?"

"믿음이 없어서야 어떻게 일을 하겠습니까?"

"무슨 말이야, 그게?"

"포철을 떠나야 할 때가 온 것 같습니다."

박태준은 안주머니의 사표를 꺼내 정중히 대통령 앞에 내려놓았다.

"이게 뭐야? 도대체 왜 이래? 영문이나 알아야지."

"저는 훌륭한 보상을 받았습니다. 아이만 있는 집에서 가택수색까지 벌인 것은 너무 훌륭한 보상이었습니다."

"뭐? 가택수색을 당해?"

박정희가 깜짝 놀랐다. 비서실장이 불려 올라왔다.

"어떻게 된 거야?"

사정(司正) 쪽으로 들어왔다는 진정서에 대해 짤막히 보고를 올린 비서실장이 조심스레 말을 맺었다.

"진정서에 대한 진위 조사부터 해보겠다고 해서……."

박정희가 호되게 꾸짖었다.

"사람을 가릴 줄 알아야지! 아무에게나 그런 짓을 하나!"

슬픈 광복절

영일만의 여름이 막바지 기승을 부렸다. 광복절이 돌아왔다. 포철 본사엔 여느 날과 다름없이 아침 일찍 태극기가 게양되었다. 오전 10시가 조금 지났을 때였다. 불현듯 온 국민을 경악으로 몰아넣는 총성이 터졌다. 흑백텔레비전을 지켜보고 있던 시청자들은 똑똑히 보았다. 박정희 대통령이 재빨리 마이크를 받친 책상 뒤로 몸을 숨기고 육영수 여사가 옆으로 쓰러지는 모습을.

현장에서 체포된 범인 문세광은 조총련계 재일교포 2세로 그해 5월 평양으로부터 광복절 기념식장에서 대통령을 저격하라는 명령을 받은 것으로 조사되었다. 위조여권 발부와 총기입수 과정에 일본인 공범이 있었다는 사실이 밝혀져 지난해 '김대중 납치사건' 때와는 반대로 일본이 외교적 곤경에 빠졌다.

박태준은 모든 정치적 해석과 파장을 떠나 집안의 따뜻한 손위가 졸지에 세상을 버린 것처럼 가슴이 아팠다. 십여 년 전 정초에 술을 너무 마신다고 곱게 흘기던 고인의 어진 눈빛과 미소가 아른아른 다가왔다. 불과 한 달 보름 전쯤 영일만에서 들었던 녹녹한 격려의 목소리는 눈두덩을 시큰하게 달구었다. 그는 눈물을 참을 수 없는 시간이었다.

영부인을 보호하지 못한 자책감에 시달리는 경호실장 피스톨 박이 쓸쓸히 청와대에서 퇴장했다. 육영수의 급서가 불러온 박종규의 퇴장과 차지철의 등장(8월 22일), 이것은 시나브로 박정희에게 다가드는 비극적 종말을 암시해주는 복선 같은 것이었다. 그러나 그때는 모두가 그것을 놓치고 있었다. 피스톨 박의 퇴장은 박태준에게도 청와대의 만만한 상대가 사라진 일이었다.

사랑하는 아내를 잃은 박정희는 그 뒤로 공식 기록상 네 차례 더 포항을 방문한다. 그 앞의 아홉 차례에 견줘보면 뜸해지는 것이다. 대통령의 판단에도 그만큼 포철이 안정 궤도에 진입했다는 뜻이었을 테지만, 비단 그뿐이랴. 날이 갈수록 정치방면이 더 복잡해지고 더 위험해지고 더 난해해졌다는 뜻이기도 하다.

1974년 9월 24일 '한국종합제철주식회사'가 탄생했다. 1973년 7월 정부의 결정에 따라 포철 산하에 설치한 '제2종합제철소 설립추진위원회'가 그해 11월 11일 사기업 형태의 진용을 갖춰 태완선 전 부총리를 신임 사장으로 영입하면서 내건 사명이었다. 최초 자본금 4억 원으로 출발한 '한국제철(주)'는 초기 4년 동안 28억 달러를 투자하여 연산 조강 500만 톤 규모의 제철소를 먼저 건설하고, 이어서 1천만 톤까지 확장하며, 미국의 유에스스틸과 '80대 20'의 합작계약을 체결하고, 유에스스틸의 국제적 신인도를 이용해 국제 금융시장에서 전체 자본금의 60%에 해당되는 19억 달러를 조달한다는 계획을 세웠다. 만약 그 계획이 순조롭게 풀려나간다면 포철에 버금가는 한국의 제2종합제철소는 박태준과 포철의 손을 떠나도록 되어 있었다.

목욕론 신조

1974년이 저물고 있었다. 유신체제에 저항하는 민주화운동의 대오는 날이 갈수록 강건해졌다. 11월 18일 '문학인 101인 선언'이 발표되고 이들을 중심으로 '자유실천문인협회'가 결성된다. 동참한 문학인들은 '시인 김지하를 비롯하여 긴급조치로 구속된 인사들의 즉각 석방, 언론·출판·집회·결사 및 신앙·사상의 자유 보장' 등 다섯 가지 결의를 채택했다. 그해 크리스마스엔 서울 YMCA에서 범민주진영 연대기구인 '민주회복국민회의'가 발족한다. '민주화세력'이 외치는 '민주주의'를 억압하면서 '한국적 민주주의'를 강요하는 유신헌법이, 자신의 체제를 유지하기 위해 휘두르는 최후 무기는 '긴급조치'에 담보한 철권의 억압이었다.

영일만에는 『쇳물』 1974년 12월호가 발간되었다. 이 사보는 11월호가 12월에 발행되는 식으로 한 달씩 순연되었는데, 1974년 12월엔 11월호와 12월호를 동시에 발간하면서 '과월호' 신세를 벗어났다.

『쇳물』 1974년 12월호는 사원들의 눈길을 끌 만한 색다른 기획을 꾸렸다. 언론이 송년특집으로 꾸미는 '올해의 10대 뉴스'에서 힌트를 얻어 1974년 포철의 '어글리 10대 뉴스'를 마련했다. 기획하고, 설문지를 작성하고, 현장의 여러 부서에 설문지를 돌리고, 통계 내고, 해설 기사를 쓰고……. 이 실무의 일선 책임자는 공보과장 이대공이었다.

앞에서 밝혔다시피, '지역사회의 인재'를 천거해 달라는 포철 경영진의 요청에 따른 당시 포항 국회의원 김장섭의 추천으로 1969년 1월 13일부터 포철에 몸담은 이대공. 키가 훤칠한 이 젊은 사원은 포항에서 태어나 포항초·중학교를 거쳐 경기고교와 서울대 법대를 졸업한 포항 토박이였다. 그가 작성한 설문지에는 '사장의 목욕론'을 포함한 25개 문항의 '1974년 포철 어글리 뉴스 후보군'이 나와 있었는데, 통계를 내보니 그것이 당당히 3위에 올랐다는 사실도 눈에 띄었거니와 그의 해설기사가 걸작이었다. 「직원 부인에 목욕령 시달」이란 제하의 글은 슬며시 독자의 골계 신경을 건드렸다.

……직원 부인들도 목욕을 잘 시키라는 박태준 사장의 지시가 하달되자 드디어 가정생활까지 간섭이 시작되었다는 '비관형'에다 우리 마누라 몸에

때 있는 걸 우리 사장님이 언제 보셨느냐는 '의처증형(?)'에다……

원고의 내부결재를 거쳐 이윽고 사보가 발간되었다. 비서실장이 공보과장을 불렀다.

"어글리 10대 뉴스, 다시 봐도 너무 재밌어."

그는 도저히 웃음을 참지 못하겠다고 했다. 기획한 이는 흐뭇했다. '읽히는 사보'를 만들어 보겠다는 의도가 성공을 거둔 것 같았다.

박종태 제철소장도 그를 찾았다.

"어글리 10대 뉴스, 특히 목욕론 말이야, 참 재밌게 읽었어. 이제 읽히는 사보가 되겠어. 상의하달만 있으면 재미가 없어서 안 읽지."

공보과장은 기분 좋은 하루였다.

이틀쯤 지났다. 사원들에게 사보를 배부할 차례였다. 그런데 사장 비서실에서 이대공을 찾는 전화가 걸려왔다. '공보과장은 임원 숫자대로 이달 치 『쇳물』을 들고 급히 임원회의실로 올라올 것.' 그는 칼바람이 이마를 스치는 예감을 받았다. 과연 임원회의실 한복판에 앉은 사장의 짙은 눈썹이 가시처럼 돋아나 있었다. 그 밑의 부리부리한 눈에선 팍팍 불꽃이 튀어나오고 있었다. 이대공은 사장의 맞은편 정면에 부동자세로 꼿꼿이 섰다. 낯선 부하의 늘씬한 몸매를 쏘아보던 사장이 날카로운 명령을 차례차례 던졌다.

"그 사보 한 권씩 돌려."

"어글리 10대 뉴스 펴."

"읽어."

무서운 담임선생님 앞에서 읽기시험을 보는 똑똑한 반장처럼 그는 문제의 글을 읽어 내려갔다. 3위로 뽑힌 '사장의 목욕론'에 대한 해설기사가 '의처증형'을 지나는 순간이었다.

"거기, 의처증형 뒤에다가 물음표는 왜 쳤나?"

그가 얼른 대답했다.

"코믹하게 읽어달라는 뜻입니다."

"뭐, 코믹? 야 인마, 너는 사장의 공장관리 규칙 제1호가 코믹하게 보여?"

박태준의 불호령이 이어졌다.

"우리 사보도 언론이라고, 신문 흉내 내는 거야? 아주 심각한 문제는 회사 내부에서 의도적으로 부당하게 회사를 비판하고 비난하는 세력이 있다는 거야! 아주 심각해! 회사를 망치려고 하는 세력이 있단 말이야!"

순간, 임원회의실이 쥐 죽은 듯 고요해졌다. 숨소리도 죽었고 종이 바스락거리는 소리도 증발했다. 삼엄한 침묵이 실내를 짓눌렀다. 언뜻 이대공은 사태를 직감했다. 회사를 망치려는 세력, 이는 '한국종합제철'사장실의 입주와 관련된 듯했다. 포철 사장이 설비구매와 원료구매를 위해 한 달 넘게 해외를 돌아다니는 동안 제2제철소를 건설하겠다는 신설 회사의 사장실이 포철 본사에 입주했다. 포철의 온갖 노하우가 하나둘씩 그 방으로 스며든다는 소문마저 나돌았다. 실제로 포철의 간부들이 '한국제철㈜' 사장(태완선 전 부총리)과 수시로 접촉하고 있었다. 이제 간신히 103만 톤을 끝내고 157만 톤을 새로 시작한 박태준의 심기가 몹시 예민해질 수밖에 없는 환경이었다.

"나는 허벅지를 여러 번 꼬집어봐도 아프기만 하던데, 정신 나간 놈은 바로 너야!"

사장의 표창 같은 손가락질이 공보과장의 미간에 정통으로 꽂혔다. 그는 서슬 퍼런 침묵 속에서 몇몇 임원의 얼굴이 하얗게 질린 것을 곁눈질로 확인하고 번쩍 손을 들었다.

"사장님, 신상발언을 하겠습니다."

"뭐야?"

그가 침착하게 말을 이어나갔다.

"그동안 우리 회사 사보는 계속 한 달씩 밀려서 나왔습니다. 해 넘기기 전에 이번 달부터 바로잡으려고 11월호, 12월호를 한꺼번에 발간하다 보니, 비서실장님께 원고를 결재 받을 여유가 없어서 이런 일이 생겼습니다. 기획, 편집, 기사, 설문작성 등 모두 제가 직접 했습니다. 책임은 전적으로 제게 있습니다. 그런데 사보를 읽는 실태를 조사해봤더니 보지 않는다는 답이 가장 많았습니다. 그 다음이 사무실에서 제목만 본다는 것이고, 그 다음이 사무실에서만 읽는다는 것입니다. 집에까지 가져간다는 대답은 가장 낮았습니다. 읽은 사람이 거의 없고 집에 가져가지 않는 이유를 물어보니 상명하달만 있고 하의상달은 없는 일방적인 지시형 사보이기 때문이란 대답이 가장 높았습니다. 그래서 읽히는 사보를 만들고 싶었고, 그 방법의 하나로 신문이 연말에 하는 10대 뉴스 선정을 좀 더 재밌게 변형해 '어글리 10대 뉴스'를 편집한 것입니다. 우리 회사 간부사원의 50%는 최고경영자가 어떤 사람인가를 기준 삼아 회사를 선택하고 계속 다닌다고 합니다. 40%는 우리 회사가 어떤 회사인가를 고려하고, 생계문제는 10% 이내에 불과하다고 생각합니다. 저 역시 그렇습니다. 그런 저를 지금 '대역죄인'으로 규정하여 크게 꾸중하시는데, 천부당만부당한 말씀입니다. 이상입니다."

박태준의 야릇한 시선이 이대공의 동공을 찔렀다.

"그 자식, 말은 잘하네. 다음 보고."

곧 폭발할 것처럼 팽팽한 긴장감이 감돌고 있던 실내에 숨소리가 살아났다. '사장의 목욕론'을 어글리 뉴스 3위에 올려 '재밌게 씹은 사건'은 그것으로 종결이었다.

회의가 계속되었다. 여러 현안에 대한 보고와 지시가 이어졌다. 이대공은 묵묵히 자기 책상으로 돌아왔다. 회의가 끝난 뒤 고준식 부사장이 공보과장을 찾았다. 이대공의 고등학교·대학교 20년 선배인 그가 특유의 빠른 말씨로 따뜻한 격려를 아끼지 않았다.

"인마, 너 자랑스러워. 정말 잘했다. 우리 전부를 살린 거야. 우리 사장님은 신경이 곤두설 수밖에 없지. 우리가 오해 안 생기게 해야지."

곧이어 박종태 제철소장이 이대공을 불렀다.

"이 과장, 우리 임원들 비겁하다고 생각했지?"

"아닙니다. 확산시켜서야 되겠습니까?"

"아니다. 워낙 살벌해서 우리 선배들이 비겁했다. 사보 잘 만들었다고 칭찬한 입들이 모두 꽁꽁 얼어붙었으니⋯⋯. 오늘 참 용기 있게 잘했어. 우리 사장님도 참 특별하시지? 그것 봐. 그렇게 화를 내셨다가도 오해했다는 사실을 깨닫는 순간에 깨끗하게 철회하시잖아."

누구에게도 뒤지지 않을 강력한 카리스마를 발휘하는 박태준의 큰 장점은 '비판에 귀를 열고 옳으면 흔쾌히 수용하는' 자세였다. 다만 그의 뜨거운 성격은 '빌빌거리고 꾸물거리고 둘러대며 적당히 넘기려는' 모습 앞에서는 결코 가만있지 않았고, 거기서 '무섭다'는 인상비평이 붙었다.

이튿날 아침, 이대공은 평소와 다름없이 일찍 출근했다. 포항에 머무는 날에는 늘 그렇듯, 사장의 출근시간도 그에게 뒤지지 않았다. 출근 댓바람에 박태준이 공보과장을 불렀다. 이대공은 단단히 각오를 세웠다. 제철소장은 오해가 다 풀렸다고 예언했지만 그는 어쩔 수 없이 '매서운 추궁'을 생각했다.

박태준은 부동자세로 허리를 구부린 키 큰 부하를 부드럽게 맞았다.

"자네, 거기 앉아."

호칭까지 바뀌었다. 어제의 격한 자리에선 '인마·자식·너'였는데, 하룻밤 사이에 '자네'로 격상시켰다.

"자네는 내 목욕철학을 처음 듣나?"

"목욕에도 무슨 철학이 있습니까?"

이대공은 아직 사장의 목욕론에 담긴 참뜻을 몰랐다.

"비서실장이란 놈이 회사의 대변인이나 다름없는 공보과장에게 사장 공장관리의 제1호인 목욕철학도 전달하지 않았구나. 한마디로 말해? 목욕은 안전이야."

"예에?"

"논리에 비약이 있지. 정리·정돈·청소가 안전의 제1수칙이라는 거, 이건 알지?"

"예에."

"목욕은 품질이야. 이것도 논리의 비약이 있지?"

"얼른 이해가 안 됩니다."

박태준은 확실히 낯을 익힌 공보과장을 앉혀두고 30분 넘게 '목욕론'을 강의했다. 그의 결론은 이러했다.

"목욕을 잘해서 깨끗한 몸을 유지하는 사람은 정리, 정돈, 청소의 습성이 생겨서 안전·예방의식이 높아지고 제품관리의 최후절차인 포장까지도 깨끗하게 해낼 수 있게 된다. 우리 회사는 안전제일을 추구하고 최고제품을 추구한다. 그래서 나의 공장관리 원칙 제1호가 목욕론이다. 우리 직원 개개인이 나의 목욕론을 이해하고 몸에 익히려면 부인의 협조가 있어야 한다. 그래서 강조했던 것인데, 제대로 전파되어야지 희화화시켜서야 되겠나?"

"잘 알겠습니다."

"재밌게 만든 아이디어는 좋았지만, 사장의 중요한 원칙이 사원들에게 희화화되는 것은 영 안 좋아. 이번 사보는 배포금지야. 그래야 되겠지?"

"예, 그렇게 생각합니다."

"사장의 철학이 대내, 대외에 제대로 알려지는 것이 중요해."

박태준은 곧 특단의 지시를 내렸다. 이대공 공보과장은 오늘부터 모든 임원회의에 참석할 것.

『쇳물』 1974년 12월호 '목욕론 필화사건'은 장차 포철 홍보업무를 총괄하게 되는 인재를 발굴한 것으로 '생산적인 마무리'가 되었다. 그로부터 스무 해쯤 흐른 뒤 세간에서 '박태준의 4인방 중 하나' 또는 '박태준의 왼팔'로 지목받는 이대공은 장장 20년이나 임원회의에 참석하는 '포철의 최장수 임원회의 참석자'로 기록된다.

박태준은 기회 있을 때마다 목욕론을 공장관리 신조의 1호로 강조했다. 삼성그룹 이병철 회장에게도 '목욕론'을 설파했다.

주위 사람들은 성격적으로나 생활습관의 면에서 박 회장이나 나나 비슷한 데가 많다고들 한다. 깔끔한 것을 좋아하고 매사를 완벽하게 해야 안심이 된다든지, 공정한 인사를 경영관리의 으뜸으로 삼는 점, 그리고 하루에 한 번씩은 꼭 목욕을 하는 버릇 등이 그것이다. 특히 목욕에 관해서 박 회장은 나름대로의 지론을 가지고 있다.

'몸가짐이 단정해지면 저절로 자기 주변을 청결히 하고 가지런히 정돈하기 마련이다. 반면에 자기 몸가짐이 불결하면 주변의 더러움에 둔감하게 된다. 이것은 공사현장에서도 마찬가지다. 작업자가 단정하면 공장이 청결해지고 공장이 청결하면 제품이 완전무결해진다. 불결한 작업자와 무질서한 공장에서 제대로 된 제품이 나오기를 바란다면 그야말로 연목구어가 아닐 수 없다.'

과연 탁견이라 생각한다.

이병철, 『신종이산가족』

카네기를 생각한 밤

1975년 새해가 밝았다. 영일만의 겨울바람을 맞으며 한 손엔 조업을, 한 손엔 건설을 들고 있는 박태준은 '해를 맞이하는 바다'의 수평선을 뚫고 올라온 쇳물 빛깔의 태양 같은 희망을 바라볼 수 있었다.

1974년 포철의 순이익이 355억 원이었다. 여섯 달 조업했던 지난해의 순이익 46억 원과 비교하면 괄목할 성장이었다. 무엇보다 2기 공사에서 총 소요내자의 90% 이상을 포철의 힘으로 조달하려는 계획을 실현할 근거였다. 모든 직원에게 다시 신선한 성취감과 자신감을 불어넣을 수 있는 호재였다.

1975년 후반기에 접어들면 철강경기의 전망도 밝아질 것으로 예측되고 있었다. 석유파동에 휘말려 곤두박질쳤던 세계경기가 회복기에 들어선다면 하루라도 빨리 제품을 출하해야 그만큼 이익을 올릴 것이었다. 박태준은 2기 건설의 공기단축을 추진하지 않을 수 없었다. 두 가지부터 지시했다. 이미 계약된 해외 설비의 선적시기를 공급자측과 다각적으로 협상하여 최대한 앞당길 것, 신설 또는 증설되는 21개 설비의 상호간 공기를 면밀히 검토해 어느 한 곳도 지연되지 않도록 할 것.

포철의 놀라운 경영성과가 1975년 3월 포철과 박태준에게 푸짐한 선물을 안겼다. 새해 벽두에 제2제철소 계획안을 보류했던 국무회의가, 포철이 경영난에 봉착한 한국제철(주)를 4월 15일까지 인수하는 조건으로 포철에게 제2제철소를 건설할 권리를 인정한다고 결정했다. 박태준은 찜찜한 혹이 저절로 떨어져나간 기분이었다.

민간 기업으로 출범한 한국제철(주)이 무너진 까닭은 외국의 투자를 얻지 못한 데다 젖줄을 쥔 파트너 유에스스틸이 무리한 조건을 양보하지 않아서였다. 유에스스틸은 '투자수익율 20% 보장'을 요구했으며, 한국제철(주) 건설계획과 중복되는 포철 3기 공사를 1980년까지 연기하라는 조건까지 달았다.

포철이 제2제철소 건설의 실수요자로 결정된 날, 박태준은 깊은 밤에 혼자 사원주택단지 안의 '사장 숙소'로 돌아왔다. 1969년 7월 31일 건립한, 그저 평범한 가정집 같은 단층주택. 아이들이 없고 아내마저 없는 날이 훨씬 많은 절간 같은 집. 사장 혼자 기거하는 효자동 그 집을 회사에선 '효자사(孝子寺)'라 불렀고, 사장을 '효자사 주지스님'으로 부르기도 했다. 임원들은 흔히 'A동'이라 불렀다. 첫해의 어느 여름날엔 뱀이 현관 앞에서 똬리를 틀고 혼자 들어오는 주인을 기다린 적도 있었다. 그의 눈썹을 빳빳하게 일으켜 세운 사건으로, '효자사' 주위에 뱀이 싫어하는 맥반석 가루를 뿌리고 메리골드라는 화초를 심게 되었다. 2011년 12월 박태준 서거 후에는 회사가 고인의 손때 묻은 물품들을 그대로 보존하면서 그의 자취를 담은 여러 사진들을 상설로 전시하여 한국 철강창시와 관련한 조그만 기념관처럼 관리하게 되고…….

박태준은 '목욕론'의 주창자답게 몸을 정갈히 씻고 나서 일과를 정리하려고 책상 앞에 앉았다. 제2제철소 건설까지 맡았다는 막중한 책임이 새삼 포철 사장을 긴장시켰다. 그는 남은 여섯 단계를 헤아려보았다. 포항 3 기, 포항 4기, 그리고 제2제철소 1기, 2기, 3기, 4기. 그는 연산 조강 총량 도 계산해보았다. 약 2000만 톤. 또한 그는 소요될 세월을 꼽아보았다. 한 단계에 2년 6개월 남짓 들어간다손 쳐도 앞으로 어림잡아 17년. 그는 자 신의 나이와 건강도 생각해보았다. 만 40세에 포철 사장으로 부임하여 어 느덧 8년째 접어들었으니 향후 17년이면 65세. 그는 한숨을 들이쉬었다. 철에 목숨을 건다고 했더니 도리 없이 남은 인생을 철에 바쳐야 할 운명이 구나. 두렵진 않았다. 아니, 오히려 자신감이 생겨났다. 여태껏 해온 대로 밀고 나가면 해낼 수 있을 것 같았다. 문제는 건강이었다. 감기에 걸리면 보통 사람이 두 번 나눠 맞을 주사를 한꺼번에 맞으면서 아직은 까딱없이 버티고 있지만…….

박태준은 결심했다. '포항 4기'를 끝낼 때까지는 종합검진 따위를 받지 않겠다고. 포항을 다 마치고 제2제철소를 시작하면 그때 체크해 보겠다고. 그는 종합검진을 받으면 부정 탄다고 믿는 사람처럼 금세 자신의 결심을 쇠뭉치로 만들었다.

이날 밤, 박태준은 19세기 세계 철강왕 앤드루 카네기의 인생을 떠올렸 다. 남북전쟁을 전후한 시기에 사업가의 안목으로 철강업에 뛰어들어 자 기 당대에 800만 톤까지 달성하고, 주체할 수 없을 정도로 벌어들인 돈을 훌륭한 사회사업으로 세상에 되돌려줬던 사나이. 그는 어둠 속에서 미소 를 머금었다.

'먼 훗날 내 인생의 무게를 재보고 싶은 사람이 생긴다면, 나는 그에게 천칭을 들고 오게 해서 한쪽엔 카네기를, 한쪽엔 박태준을 올려놓도록 하 고 싶구나.'

그는 지그시 눈을 감았다. '효자사' 울타리로 꽃샘바람이 틈입하고 있었 다.

영일만의 상식

2기 설비의 초기공사가 순조롭게 진행되고 있는 1975년 봄, 박태준은 원료수입의 다변화를 서둘러야 한다고 판단했다. 이번에도 그의 원칙은 확고했다.

'어느 나라 어떤 업자와 계약하든 세계 굴지의 제철소보다 좋은 가격에 장기구매계약을 맺어야 한다. 또 합작개발도 추진해야 한다.'

포철 사장의 비행 스케줄은 빡빡하게 짜여졌다. 호주와 뉴질랜드로, 인도로, 브라질과 페루로, 캐나다와 미국으로.

1975년 5월, '긴급조치 9호'가 발동되었다. 대한민국은 '계절의 여왕'이란 표현을 지독한 역설로 들리게 하는 엄혹한 '겨울공화국'의 억압이 한층 더 강화되었다. 그 종착역이 어디쯤일까? 유신체제를 반대하는 지식인들의 대화에서는 벌써 '파국의 형태'를 예견하는 의견이 조심스레 논의되고 있었다. 그것은 대체로 두 갈래로 나눠졌다. 하나는 자유실천문학인협회의 결성선언문이 부드럽게 표현한 '전국민적인 지혜와 용기', 바로 그것이 유신체제를 무너뜨릴 것이라는, 즉 제2의 4·19로 명명될 만한 국민의 힘이 유신체제를 붕괴시킬 것이라는 주장. 또 하나는 백악관과의 갈등에 국내정세의 위기가 겹쳐지면서 권력 핵심부의 첨예한 대립이 자멸을 초래할 것이라는 주장.

그러나 박태준은 흔들림 없이 꿋꿋했다. 한 치의 곁눈질도 보내지 않았다. 이때 그는 임원간담회의를 통해 제철보국의 길을 함께 걸어가야 하는 직원들을 위한 주택단지의 '공원화 비전'을 다시 한 번 제시했다.

"회사 주택단지를 완전히 공원화하여 직원들에게 쾌적한 주택 환경을 만들어주는 것이 나의 직원 복지정책에 대한 기본입니다. 주택단지의 공원화를 위해서는 우선 그곳에 살고 있는 직원들이 자기 주위에 버려진 휴지 한 장이라도 줍고 나무 한 그루라도 심는 정신부터 생활화해야 합니다. 그러면 머지않아 주택단지는 훌륭한 공원으로 변할 것이며, 직원들은 공원 속에서 생활하게 될 것입니다."

밤이 가장 짧은 하지가 다가왔다. 영일만은 이미 잠들지 않는 시대를 살고 있었다. 공기를 앞당기기 위한 건설현장의 마지막 인부가 잠자리로 돌아간 밤에도 영일만 앞바다는 늘 깨어 있었다. 벌써 200만 톤 넘는 쇳물을 생산한 제1고로를 비롯한 일관제철소의 모든 현장이 24시간 내내 눈 깜짝할 틈도 없이 가동되기 때문이었다. 영일만 앞바다의 꺼질 줄 모르는 수천의 불빛은 제철산업의 숙련 기술자로 변모해가는 모든 조업 현장의 잠들지 않는 수천의 눈빛이었다. 이제 영일만 앞바다는 3교대 체제로 돌아가는 포철 직원들이 밤을 꼬박 새우고 있기에 어느 밤도 잠들지 못하는 운명을 받아들여야 했다.

지휘자 박태준은 1970년 4월 1일 착공식 이래 한결같은 자세를 견지했다. 출장이 없어 포항을 지키는 날이면 그는 무조건 현장을 누비고 다녔다. 전투현장을 독려하는 지휘관처럼 지칠 줄 모르고 공장의 구석구석에 발자국을 남기며 문제점을 찾아냈다. 아득한 허공의 파이프라인 위로 건너가다가 살짝 한 발을 헛디뎌 땅바닥으로 떨어질 뻔한 찰나도 겪었다. 아찔한 그 장면이 어떻게 카메라렌즈에 포착돼 그의 책상으로 '아찔한 사진'이 배달되기도 했다. 그러나 박태준은 꿈쩍하지 않았다. 현장제일주의, 솔선수범. 이 원칙은 전쟁터와 군대에서 단련된 그의 든든한 두 다리와 같았다.

박태준은 도쿄에 출장가면 꼬박꼬박 들리는 책방에서 구입해온 제철기술 서적을 늘 머리맡에 두고 살았다. 그의 눈이 빠른 속도로 읽어낸 책을 그의 손은 여러 묶음으로 해체했다. 포철의 해당 분야를 맡고 있는 책임자에게 넘겨주기 위한 간단한 수작업이었다. 박득표, 이대공 등 뒷날의 포철 고위 간부들은 이구동성으로 증언한다.

"박 사장님은 속독의 선수 같았어요. 일본 출장을 다녀오면 책을 뜯어서 이건 제선부장, 이건 제강부장, 이건 열연부장, 이렇게 호명하면서 나눠주라고 했어요."

영일만 파도가 자주 드세어졌다. 거센 파도가 잦다는 것은 겨울이 다가

온다는 뜻이었다. 이제 포철 2기 공장은 그 우람한 골격을 허공에 드러내고 있었다. 공기단축의 목표와 건설의 진도를 면밀히 비교해야 할 시간이었다. 박태준은 '주요공사 주간목표 관리기법'을 도입했다. 개별현장과 전체현장의 목표지점에 대해 1주일 단위로 반복되는 점검과 보고가 건설 요원들을 긴장시켰다. 하지만 이젠 낯설지도 두렵지도 않았다. 1기 건설의 '열연비상'이 상징하듯 포철의 모든 현장은 공기단축 체험을 공유하고 있었으며, 현장마다 그것을 미래를 위한 투자로 인식했다. 어느덧 공기단축은 영일만 건설현장의 건전한 상식으로 정착했다.

1976년 새해를 포철은 2기 준공에 대비한 '카운트다운'으로 시작하였다. 2기 전체 공정의 85%에 도달한 가운데, 당초 예정보다 '30일 공기단축'이 예측되면서 이미 산소·열연·분괴공장은 시험조업에 들어가 있었다. 그러나 코크스공장과 소결공장의 진도가 부진했다. '높은 건물에 높은 구조물이 많다'는 것이 원인이었다. 박태준이 특별조치를 내려야 했다.

2월 1일이었다. 최고경영자가 깊이 의식한 일은 아니었으나 그날로 포철은 서울에 '홍보 구멍가게'를 내게 된다. 포항에서만 해오던 대언론 홍보업무를 서울에서 조그맣게 개점한 날이다.

소공동 51번지, KAL빌딩 신관. 잊혀지지 않지요. 그때 입사한 지 2년 되는 총각이었어요. 사장까지 결재받은 4급 사원이 서울사무소 홍보담당자로 발령받는데, 우리 회사가 아직은 서울의 언론을 상대로 홍보활동도 해본 적이 없었어요. 2년 뒤에 창립 10주년을 기념해서 본격적으로 나서긴 하지요. 상공부 3층 출입기자실에 26명의 기자가 있었어요. 종합지, 경제지, 통신사 소속이었지요. 첫날을 못 잊어요. 2기 설비 보도자료를 들고 기자실에 들어갔죠. 청년 비슷한 낯선 사내가 처음 나타나니까 전부 주목했을 것 아닙니까? 한 기자가 물었어요. 어디서 왔느냐고. 포철에서 나왔다고 했더니, 거기 놓고 가라고 하더니, 보도자료를 획 집어던져 버리더군요. 그러나 어쩝니까? 임무를 다 해야지요. 흩어진 자료를 일일이 주웠지요. 그러니 어쨌겠습니까? 밀다 소리는 못했을 거 아닌가요. 76년 2월에는 이랬던 겁니다.

윤석만(전 포스코 사장)

　1976년 봄날의 영일만에는 기업홍보 정책이 정립되어 있지 않았다. '제철보국'의 깃발 아래 혼연일체로 뭉쳐서 훌륭한 제철소를 성공시키면 된다는 상식만 붙들고 있었다. 그러나 순수한 정신만으로는 돌파할 수 없도록 구조화된 세상의 이치가 영일만에 새로운 상식을 요구할 시기는 성큼성큼 다가오는 중이었다. 그것도 최고경영자가 의식하지 못하는 사이에.

　3·1절이었다. 이날 서울의 명동성당에선 재야 명망가들 중심의 '3·1민주구국선언'이 있었다. 윤보선, 김대중, 정일형, 함석헌, 문익환, 김승훈, 이문영 등 정치인·종교인·교수를 포함한 18명이 기소된 이 사건의 빌미는 3·1절 기념미사 끄트머리에 읽은 "이 나라는 민주주의 기반 위에 서야 한다. 경제입국의 구상과 자세가 근본적으로 재검토되어야 한다. 민족통일은 오늘 이 겨레가 짊어진 최대 과업이다."라는 선언이었다.

　유신체제의 경제개발과 재야 지도자들의 민주주의가 동일한 역사의 무대에 공존할 수 없는 또 하나의 전형적 사건이 일어났을 때, 영일만에서는 코크스공장과 소결공장의 공기지연을 만회하려는 비상조치가 '최고경영진과 건설현장'의 공감대 위에서 강구되고 있었다. 그 이름은 '공사독찰부장제도'. 포철 부장들이 순번제로 돌아가면서 일일 공사감찰부장으로 임명돼, 공사감독원 사무실에 일일 상황판을 설치하여 당일의 이벤트를 점검하고, 어떤 애로사항이 발생하면 전권으로 신속히 해결하는 제도였다.

　성취감, 자신감, 사명감으로 뭉친 현장의 일꾼들은 다시 찾아온 도전의 기회로 받아들였다. 경제학자 피터 드러커는 기업조직에 속한 인간의 심리를 "개개인은 안정을 요구하지만, 직업안정이나 상하간 안정관계가 주는 일상적인 평범한 일을 원하는 것은 아니다. 개개인은 성공과 실패의 도전과 기회를 제공받는 지위에서 안정성을 찾으려 한다." 했다. 리더는 인간의 내면에 잠재된 진취적 기상을 자극해야 한다는 뜻으로 해석해도 좋을 것이다. '조업과 건설'을 병행하는 포철 사장의 '인간경영'은 피터 드러커의 주장을 실증할 요소를 충분히 담고 있었다.

과감한 도전

1976년 5월, 박태준이 만사를 제쳐놓고 영접해야 할 손님이 포항을 찾아왔다. 야스오카 선생이다. 7년 전 '하와이 구상'을 실현시키는 대업의 첫걸음에서 결정적으로 도와준 일본의 양명학 대가. 공중분해 위기의 포철을 영일만 모래벌판에 굳건히 뿌리내리게 하는 과정에서 보이지 않는 큰손이 되어준 은인. 그가 노구를 이끌고 생전의 마지막 소원을 풀듯 영일만의 기적을 눈으로 확인하러 왔다. 1969년 9월 '빗속의 기차'에서 박태

영일만의 기적을 확인하러 포항에 온 야스오카(가운데)

준과 마주앉아 경주까지 내려왔던 일본조사단장 아카지와가 야스오카를 모시고 있었다.

박태준은 야스오카 선생을 정성껏 환영하는 행사를 베풀었다. 영빈관에서의 하룻밤은 무척 정겨웠으며, 한일 양국이 같은 문화를 바탕으로 서로 이해하고 정치·경제면에서 새로운 협력관계를 구축하지 않으면 안 된다는 대화를 나누었다. 겉으로는 드러내지 않으면서도 세심한 배려를 해준 것에 야스오카는 감탄하면서 박태준의 인품을 극구 칭찬했다.

"열렬한 기개를 갖기는 쉬우나, 그런 가운데 부드러운 정의(情誼)가 함축되어 있다는 점이 더욱 멋있습니다."

박태준은 은인을 안동 도산서원으로 안내하기도 했다. 퇴계의 자취를 더듬은 야스오카는 한국보다 일본에서 퇴계학 연구가 더 왕성하다는 사실을 귀띔해줬다. 그는 괜히 부끄러웠다.

5월 31일, 야스오카가 일본으로 돌아간 뒤 박태준은 포철 제2고로에 불을 넣었다. 포철 2기 공사가 예정보다 30일 앞당겨 준공된 것이다. 이날은 몇 가지 기록할 만한 의의를 남겼다. 용광로의 용적이 1고로보다 1.5배나 넓은데도 건설 기자재를 과감하게 우리 기술로 추진해 약 250억 원 상당을 국산화한 점, 포철 기술진이 설비 일부를 직접 설계하고 시공하여 약 102억 원을 절감한 점, 김대중 납치사건이 야기한 한일관계의 냉각상태와 석유파동이 초래한 원자재 급상승 및 국제적 불황 속에서 유럽 업자를 먼저 움직여 일본 업자가 따라오게 만듦으로써 최저가격의 설비구매에 성공하여 국제경쟁력의 기초를 놓은 점, 1기 건설 때와 달리 일본 중심의 설비도입에서 벗어나 유럽과 미국까지 포함시켜 설비도입선의 다변화를 추진한 점, 연산 260만 톤 체제를 완비한 포철이 국내 철강수요의 55%를 맡아 연간 2억2천600만 달러의 수입대체와 2억4천400만 달러의 수출을 달성하게 된다는 점, 그리고 국내 전체 조강능력이 연산 400만 톤으로 늘어나 북한의 320만 톤을 처음으로 앞지르게 된다는 점.

2기 건설을 완공한 포철은 숨 돌릴 틈도 없이 3기 착공을 위한 마지막 준비작업에 돌입했다. 일본기술단이 사업의 타당성을 인정하고 정부가 승인한 기본기술계획은 나와 있었다. 74년 여름과 75년 여름에 걸쳐 작성된 그것은 3기를 1단계와 2단계로 나누고, 1단계 연산 550만 톤 체제와 2단계 연산 850만 톤 체제를 1981년 6월까지 전부 완공한다고 되어 있었다. 그러나 1976년 6월 박태준은 제3기 1단계, 2단계를 제3기와 제4기로 완전히 분리하고, 연산 550만 톤 규모의 확장공사를 '포항 제3기 사업'으로 명명하여 사업계획서의 수정을 지시했다. 명확한 목표를 중시하는 그의 원칙이 그대로 반영된 일이었다.

3기, 4기로 계속되는 확장에서 영일만은 '부지 협소'라는 문제점을 드러냈다. 박태준은 형산강 일대의 고지도를 구해오라 해서 정명식을 비롯한 토건부서 인재들과 머리를 맞대었다. 영일만 바다에서 포철을 바라볼 때, 오른쪽은 형산강 하구이고 왼쪽은 냉천 하구이다. 두 하천의 흐름을 조절하면 부지가 더 나올 수 있는 지형이었다. 일제강점기에 실시한 직강공사에 다시 손을 대서 고지도의 흐름에 더 근접하도록 조정하면 새로 부지를 매입하지 않고도 필요한 면적을 확보할 수 있었다. 이 점을 그들은 돌파구로 찍었다.

'포철 3기 공사'는 외자 7억6천630만 달러와 내자 4억8천907만 달러를 합쳐 총 12억5천537만 달러(약 6천290억 원)가 소요될 것으로 예상되었다. 포철은 내자조달 총액 2천570억 원 중 42%에 육박하는 1천70억 원을 자체 경영이익금과 사내 보유자금으로 충당하기로 했다. 1973년 한국 정부의 국가총예산(6천516억 원)과 맞먹는, 제4차 경제개발5개년계획의 최대 역점사업으로 지정된 이 공사는 1976년 8월 2일 뜨거운 불볕 아래서 종합착공식의 축포를 터트렸다. 당시 세계에서 가장 큰 고로인 작업용적 3천759입방미터의 제3고로를 위시해 12개 단위공장과 11개 부속시설로 이루어질 3기 공사는 1기 공사와 2기 공사를 합친 것의 1.2배, 2기 공사의 2.5배에 해당하는 규모로, 250톤 대형크레인을 도입해야 하고 공사 절정기에는 하루 1만4천여 인원을 투입해야 한다. 모든 면모가 '역사 이래 최대 공사'였고, 포철 스스로 그 기록을 갱신하는 동시에 또다시 그 수식어를 동원할 수밖에 없는 대역사였다. 박태준은 3기 종합착공식에서 역설했다.

"한마디로 당사의 성장과 운명이 걸려 있을 뿐 아니라, 우리나라가 중진국으로 도약하는 제4차 경제개발5개년계획의 성패가 달린 중대한 계기임을 깊이 명심하고, 맨주먹으로 출발했던 창업정신을 다시 한 번 일깨워야 합니다."

3기 공사의 종합준공 예정일은 1979년 4월 30일로 잡혔다. 그러나 1976년 8월의 박태준과 포철에게는 어디까지나 '예정'일 따름이었다. '부실공사 없는 공기단축'이 회사의 경쟁력 확보에 매우 소중한 요인이 된다는 사실을 상식으로 체득한 영일만 사내들은, 뜨거운 모래벌판에서 '도전하는 지위에서 안정을 찾으려는' 기백을 재삼 가다듬었다.

3기 공사의 가장 큰 특징은 1고로나 2고로와는 다른 대형 고로를 도입한다는 점이었다. 기존의 두 고로를 합친 것보다 더 큰 거의 연산 조강 300만 톤 규모였다. 과연 포철이 대형 고로를 제대로 돌릴 능력을 갖추고 있는지, 아직 우리 실력에는 다소 무리한 게 아닌지 하는 우려가 나왔지만 박태준은 '과감한 도전'을 선택했다. 대형 고로의 생산성은 소형 고로의 그것보다 30%나 높아서 원료 없는 나라의 제철소는 도전장을 던져야 했다.

대규모 제철소를 위한 인프라 구축은 정부의 주관으로 별난 말썽 없이 진행되었다. 10만 톤 급 선박이 접안할 원료부두 확장, 제품부두 신설, 형산강 다리 신설, 경주-포항 간 국도의 4차선 확장공사 등이었다.

이제 언론이나 산업계에서도 '철강재 공급과 산업생산성'의 상관관계를 제대로 인식해가고 있었다. 이런 변화를 박태준은 즐거운 일로 받아들이면서 거듭 자신의 경영철학을 확인했다. 그의 지론은 명쾌하고 단호했다.

"철은 산업의 쌀이다. 바늘 제작에서 선박 건조까지, 국내 업계에 최고 양질의 철을 외국산보다 훨씬 낮은 가격으로 안정적으로 공급하여 우리 산업의 국제경쟁력을 제고하는 데 기여해야 한다. 포철은 이 원칙을 실천하는 바탕 위에서 적절한 수익성을 올리면 되는 것이지, 우리 산업의 국제경쟁력을 갉아먹으면서까지 수익을 더 많이 올리는 것은 바람직하지 않다."

산업화의 본궤도에 진입하는 시대가 요구하는 포철의 존재이유와 목표를 실현하기 위해서라도 우선 포철 스스로 건설과정에서 열과 성을 다해 최대한 경비를 절감하고 공기를 단축해 국제경쟁력의 밑바탕을 만들어야 했다.

박태준은 출발부터 자신의 지론을 실천해온 기업인이다. 2년 전 여름, 1974년 7월 4일, 중앙일보 인터뷰에서 그는, "우리 회사 제품의 국내 판매가격도 외국 오퍼가격보다 발레트는 33%, 열연코일은 21%, 후판은 42%씩 싸게 공급했다."고 당당히 밝혔다. 만약 그가 국가기간산업의 최고경영자로서 지켜야 할 대의(大義)를 외면하고 자신의 경영실적을 과시하려고 '순이익 올리기'에 빠져들었다면 조업 원년부터 순이익 규모는 발표된 수치보다 두 배쯤 늘어났을 것이다. 이 시절의 포철은 자본주의의 논리보다 국익우선의 논리가 관철되는 회사였다. 그것이 산업화시대의 한국을 이끄는 견인차로 나선 포철의 엔진에 휘발유로 주입되는 '제철보국' 이념이기도 했다.

그것을 언제쯤 적절히 수정할 것인가? 그러나 아직은 그런 일까지 설계할 여유가 없었다. 한국경제의 발전사 위에서 자연스레 불거질 과제였다.

포항 3기 공사의 첫걸음도 '최고 설비를 최저 가격에 구매하는 것'이 가장 중요한 관건이었다. 이 시기의 기억할 만한 사건은 전기강판공장 설비구매에서 발생했다. 처음에는 미국·유럽·일본의 업체로 몇 개의 국제 컨소시엄이 구성되었다. 막상 견적을 접수하고 보니 각 컨소시엄 사이의 큰 가격 격차가 노출되었다. 포철은 말려들지 않아야 했다. 방법은 품질과 규격이 보장되면서 가격이 낮은 업체만 따로 골라내 기존 컨소시엄에서 탈퇴시키고, 그들만 포항에 따로 불러 새로운 컨소시엄으로 묶는 것뿐이었다. 박태준은 그렇게 하라 했고, 포철 실무진은 까다로운 그 일을 성공했다. 독일의 슐레만 지마그·미국의 애트나 스탠다드·미국의 제너럴 일렉트릭이 결합하여 엉뚱한 새 컨소시엄으로 태어났다. 가격은 당연히 떨어졌다. 애초의 컨소시엄이 제시한 6천만 달러 내지 8천만 달러의 절반 수준인 4천365만2천 달러에서 계약이 체결되었다.

그 과정의 실무책임자 노중열은 철저히 사업의 논리로 일관한 당시의 상황을 덤덤하게 회고한다.

"공급사들의 불만이 대단했지만 어떤 방법으로든지 1, 2기 건설과 마찬가지로 건설단가를 낮추어야 한다는 대전제는 반드시 지켜야 했기 때문에 불가피했다."

쇳물을 바닥에 쏟다

1976년이 저물 무렵, 박정희는 중앙정보부장을 교체했다. 신임 김재규는 대통령과 동향으로, 육군 보안사령관과 유정회 국회의원을 지낸 인물이었다. 국내외 언론이나 정가의 주목을 받지 못하던 인물이 대통령의 최측근으로 발탁된 배경은 1976년 하반기의 두 사건과 무관해 보이지 않았다. 8월 중순, 판문점 공동경비구역 내 유엔군 초소 부근으로 난입한 북한 병사들이 미루나무 가지치기 작업을 감독하고 있던 미군 장교 2명을 도끼로 살해했다. 이 경악할 테러는 전쟁 직전의 위태위태한 상황으로 치달아가면서 삐걱거려온 한미관계를 일시적으로 결속시켰다. 그러나 두 달 뒤에는 워싱턴에서 '코리아게이트'라 부른 박동선의 미 의회 로비 사건이 폭로되었다. 이 사건은 한미관계를 급격히 악화시켰다. 한국정부의 정보 쪽 동맥에 경화증세가 있다는 증거였다. 평양 주석궁과의 대결은 서울 청와대의 권력기반을 강화해주고, 워싱턴 백악관과의 갈등은 서울 청와대의 권력기반에 심각한 균열을 만드는 기묘한 분단체제였다. 여기서 최고권력자는 응급처방이라도 내리듯 정보기관의 총수를 바꾸었다.

1977년 새해가 밝았다. 박태준은 회사 신년사를 통해, 1기·2기 설비의 안전조업과 병행하여 3기 설비 건설공사를 본격적으로 추진한다는 기본방향을 제시했다. 새해 4대 운영목표의 하나로, 기술개발체제를 확립하고 제품의 고급화를 서둘러 추진한다는 것을 포함시켰다.

박태준은 누가 대필을 하든 결코 자신의 생각에 없거나 어긋나는 말을 공식석상에서 내놓지 않는 원칙을 고수했다. 사전에 반드시 면밀히 읽어보고 한 단어라도 자신의 생각과 다르면 가차 없이 수정했다. 그의 인격과 성품에서 '자신의 말'은 곧 '자신의 결심'이었다. 또 그것은 그대로 실천으로 나타났다. 그래서 그의 공식적 언어는 대필자의 언어가 아니라 항상 그 자신의 언어였다. 이것은 평생을 관철하는 원칙이다.

1977년의 신년사에 포함시킨 박태준의 '기술개발'은 1월도 가기 전에 곧바로 '기술연구소' 발족으로 나타났다. 그는 공장부지 안의 1만8천500평 위에 첫 단계로 제1실험동부터 착공했다. 이를 위한 기본계획은 KIST를 비롯한 국내 연구기관과 일본, 호주, 오스트리아 등 세계 굴지의 철강회사가 운영하는 연구소 실태를 면밀히 조사한 바탕 위에서 벌써 6개월 전부터 확립되어 있었다. '제철기술의 식민지'를 빠른 시일 안에 극복하고 '세계 최고 기술'을 축적해야 한다는 박태준의 강력한 의지의 표상이었다.

1977년 4월 24일 새벽, 밤새 잠들지 않는 영일만 바다에 먼동의 기운이 어른거렸다. 기다란 빛의 수직선을 만들며 바다의 밑바닥으로 뻗어 내려간 수천 개의 불빛이 졸음에 잠기듯 시나브로 희미해지는 시간이었다.

"앗!"

한 사람의 외마디 비명소리와 함께 바다 속의 어느 한 불빛이 빨갛게 익었을지도 모른다.

엎질러진 물이란 말이 있지만, 엎질러진 쇳물이 바닥에 쏟아졌다. 엎질러진 물은 걸레로 닦아낼 수 있지만, 엎질러진 초고온의 쇳물은 닦을 수도 없고 식으면 쇳덩이로 엉겨 붙는다. 외마디 비명이 터진 곳은 제1제강공장이었다. 5년 전 기초공사 때 '담배꽁초'와 같은 파일을 박았던 그 공장이었다. 박태준의 눈에 발각되지 않았더라면 벌써 상상을 초월하는 대형

492

사고가 일어났을 곳에서 기어코 사고가 터졌다. 더구나 사장이 '안전조업'을 올해의 운영목표에 포함시켜 유난히 강조하고 있는 시기에…….

사고는 순식간에 발생했고, 사건 개요도 단순했다.

제1제강공장의 크레인 운전을 맡은 한 사원이 새벽에 몽롱한 눈으로 하품을 하며 깜박깜박 졸았다. 그의 임무는 막 고로에서 나온 100톤의 쇳물을 담은 레들을 천장으로 들어 올려 천천히 전로(轉爐)로 옮겨가 정확히 쏟아 붓는 것. 레들에 담긴 초고온의 쇳물 100톤, 용암처럼 펄펄 끓는 이 산업의 혈액은 운전공의 털끝 같은 실수에도 눈 깜짝할 사이 대재앙의 액체로 돌변할 수 있다. 크레인 운전공이 조종간을 잘못 조작한 두 경우를 가정하면, 레들을 너무 빨리 움직여 끓는 쇳물이 넘쳐흘러 밑으로 떨어지거나, 레들을 정확한 위치에 멈춰 전로 위에서 정확한 각도로 기울이지 않아 쇳물이 바닥으로 쏟아지는 것이다.

4월 24일 새벽의 사고는 후자였다. 크레인 운전공이 깜박 졸면서 조종

제1제강공장에서 전로의 쇳물이 잘못 쏟아진 사고현장

간을 잘못 건드렸고, 그 순간 레들이 전로 바로 앞에서 기울어져 펄펄 끓는 쇳물이 바닥으로 쏟아졌다. 총량은 100톤 중 44톤이었다.

이 사고의 가장 심각한 피해는 '공장의 신경계'라 할 케이블이 타버린 것이었다. 제강공장 지하에 매설되어 있던 케이블의 약 70%가 소실되었다. 총 142면의 운전조작실 계기장치도 큰 화재를 입었다. 21면 완전 소실, 81면 부분 소실. 직접적인 재산피해액 약 1억6천만 원. 기적적으로 인명피해는 전혀 없었다.

필리핀에서 사고소식을 보고 받은 박태준은 즉각 남은 일정을 취소하고 도쿄로 날아갔다. 일본의 경험을 경청하고 동원할 수 있는 모든 기술자를 포항으로 보내야 했다. 그가 도움을 청할 길은 미안하게도 남이 먼저 겪은 불행 속에 있었다. 마침 지난해에 일본의 두 제철소에서 비슷한 사고가 발생했던 것이다.

제강복구대책본부를 설치하여 비상근무 체제에 돌입한 영일만으로 일본 기술자들이 속속 모여들었다. 4월 25일부터 29일까지 포철에 도착한 일본 기술자는 모두 47명이나 되었다. 후지제철소의 각 창고에 보관되어 있던 케이블도 공수되었다. 도쿄의 포철 사장이 사방으로 뛰어다닌 결과였다.

일본 기술자 파견을 매듭지은 박태준은 4월 30일 사고현장에 도착했다. 새로운 문제가 기다리고 있었다. 일본 기술자들의 종합적 소견은 완전복구에 최소한 3~4개월 걸린다는 것. 그는 새로 대형사고를 당하는 기분이었다. 예측한 기간을 그대로 바쳐야 한다면 포철은 엄청난 생산 차질에 휘말려 국내외 수요자에게 심각한 타격을 안길 것이고, 그 대가로 신용을 잃게 될 것이다. 더구나 3기 건설공사는 절정기에 접어들고 있었다. 허술하게 대응하면 '조업도 건설도' 엉망으로 꼬일 수 있는, 창사 이후 최대의 위기였다. 더구나 '순수한 내우(內憂)'에서 말미암은.

박태준은 대응 전략을 세 방향으로 제시했다. 첫째, 최단 시일 내 복구완료. 둘째, 조업과 제품출하의 차질 최소화. 셋째, 사고원인 분석과 향후대책 수립. 첫째와 둘째 목표가 실현되려면 혼연일체의 불타는 의지가 필수적이었다. 그것은 사장을 비롯한 모든 간부가 솔선수범해야 이루어질 일이었다. 일본 기술자들이 고개를 저었지만 포철은 한 달 만에 케이블 교체를 끝낸다는 목표를 세웠다. 이게 핵심 작업이었다. 비상작업, 돌관작업에 승부를 걸어야 했다.

박태준은 진두에서 지휘봉을 잡았다. 정상적인 하루 케이블 포설량은 3~5천 미터였다. 그러나 전원 삭발한 복구팀은 철야의 강행군으로 하루 최장 3만7천 미터까지 포설했다. 이중, 삼중의 점검작업도 철저히 병행했다. 새살림부인회(회사 임직원 부인회, 회장 장옥자)에서도 간식과 야식을 마련하여 응원에 나섰다. 포철의 역량이 혼연일체로 뭉쳐진 가운데 그가 임직원들 앞에서 영혼의 목소리로 말했다.

"우리 세대는 희생하는 세대입니다. 다음 세대를 위하여 순교자적으로 희생해야 하는 세대입니다."

'한 달'이란 목표는 달성되었다. 제강부장 신광식은 사고공장의 관리책임자로서 비로소 사표를 낼 때라고 판단했다. 부사장 고준식이 사표를 받고는 곧장 찢어버렸다. 그러나 그는 도의상 물러나야 한다는 생각으로 아예 사장 비서실에 사표를 맡겼다. 박태준이 그를 불러 오히려 따뜻하게 격려했다.

"거기에 관련된 일은 이미 내가 다 책임지기로 위에 보고했어. 자네는 열심히 일만 하면 돼."

박태준은 사고원인을 분석하라고 했다. '이념적 요소'는 한 올도 섞여 있지 않았다. 완전히 과로와 부주의 탓이었다. 문제의 운전공은 대가족을 부양하려고 두 개의 직장을 갖고 있었다. 교대근무를 마친 다음에도 수면과 휴식을 제대로 취하지 못하는 생활이었다. 사고재발 방지를 위한 근본적 대책과 현장에 적용할 방안이 필요했다. 그의 방침은 확고했다.

"우리는 직원들의 판단과 행동을 믿을 수 있어야 한다. 그러므로 평소에 올바른 판단력과 작업습관을 훈련시키고 충분히 쉴 수 있도록 배려하라."

사고조사위원회는 크레인 운전공들이 항상 깨어 있도록 하는 세 가지 실용 방안을 제시했다.

단조로운 기계음을 상쇄하기 위해 라디오와 음악을 들려주자.
야간근무는 8시간 내내가 아닌, 3시간씩만 하도록 교대시간을 조정하자.
감독자를 늘려 자주 순찰하여 졸음을 예방해주자.

영일만 사내들이 회사의 명운을 걸고 밤낮없이 제강사고 복구작업에 매
달려 있는 어느 날, 정부의 위문단이 포철까지 내려왔다. 국무총리 김종필
이 몇몇 장관과 박태준의 군대 동료를 데리고 사고현장을 방문했다. 그는
땀으로 범벅된 사내들과 일일이 악수를 나누며 위로와 치하의 말을 아끼
지 않았다. 이날 저물 녘, 포철 사장은 작업복 차림 그대로 동래온천까지
실려 가서 국무총리의 저녁대접을 받았다.

긴급 파견된 일본 기술자들이 '최소 3~4개월'로 잡았던 복구작업을 불
과 34일 만에 완벽하게 끝낸 포철은 커다란 물질적 손실을 입었으나 그보
다 훨씬 귀중한 정신적 자산을 남겼다. 성취감과 단결력, 그리고 안전사고
예방에 대한 자발적 각성.

이병철 회장

제강사고를 완전히 복구한 영일만 사내들이 간신히 한숨을 돌린 6월 어
느 날이었다. 삼성그룹 이병철 회장이 17세 연하의 아끼는 후배가 이끌고
있는 포철을 방문했다.

불과 두어 달포 전, 포철에 제강사고가 터지기 전에도 그는 후배를 급히
부른 적이 있었다. 아마 4월의 첫 토요일이었을 것이다. 박태준은 포항에
서 이병철의 전화를 받았다.

이튿날 아침, 약속시간에 맞춰 안양의 골프장으로 나갔다. 전혀 뜻밖에
도 한국일보 장기영 사장이 초대한 이와 나란히 서 있었다. 포철 문제로

박태준과 크게 다투기도 했고, KISA와의 허술한 계약서 때문에 포철 기공식장으로 내려가는 길에 자신의 경제부총리 낙마 뉴스를 들어야 했던 인물. 그게 1967년 개천절의 사건이었으니, 서로 본의 아닌 악연을 맺고 헤어진 지가 어언 십 년을 헤아렸다.

"오랜만에 뵙겠습니다."

박태준은 건강해 보이는 십여 년 연장자에게 정중히 고개를 숙였다.

"아주 잘되고 있다고 들었습니다."

"염려해주신 덕분입니다."

초청인이 슬며시 나섰다.

"자, 한 바퀴 돌아보세. 그러면서 옛날 얘기도 해보시지 그래."

잔디밭을 돌아다니는 동안 박태준과 장기영은 이따금 호탕하게 웃었다. 과거의 응어리를 산산이 쪼개 허공으로 날리는 소리였다. 즐거운 라운딩을 마친 다음엔 점심을 함께 하면서 낮술도 주고받았다. 덕담이 꽃피었다. 진심으로 서로의 장도를 빌었다.

그리고 며칠이 지났다. 박태준은 호주로 출장 가면서 싱가포르에 들렀다. 현지의 한국 특파원들과 만나는 자리가 마련돼 있었다. 그때 한국일보 기자가 본사의 소식을 받았다. 장기영 사장이 급서했다는 것. 그는 깜짝 놀랐다. 바로 며칠 전 들었던 고인의 웃음소리와 덕담이 아직도 귀에 고스란히 고여 있었다.

이병철이 두 사람에게 화해의 자리를 마련하지 않았더라면, 고인도 박태준도 마음의 응어리 하나를 끝내 도려내지 못했을 터. 그렇게 후배에게 인생의 선물을 안겼던 선배가 이번엔 두 달 만에 영일만까지 직접 내려왔으니, 박태준은 그것만으로도 매우 고마웠다.

"재무구조가 어떻게 되나?"

공장 현황에 대한 브리핑을 경청한 선배의 첫 질문이었다. 숱한 거물이 '영일만의 기적'을 다녀갔지만 재무구조를 묻는 이는 그가 처음이었다. 황경노가 나서서 여러 정보를 들려줬다. 50% 수준의 부채비율, 대일청구권자금과 차관의 조기상환, 3기 건설 소요내자의 90% 포철 자체조달 계획……

이병철은 놀라운 표정을 감추지 못했다.

"박 사장, 그러면 포철은 박 사장의 것이네."

누군가 창업 초창기부터 부채비율 50% 미만의 '단단한 회사'를 추구해왔다는 사실도 덤처럼 말했다.

"박 사장, 이런 경영의 모든 것을 어디서 다 배웠나?"

선배의 질문은 답을 요구하는 것이 아니라 칭찬과 경탄이었다.

이병철은 고로를 보고 싶어 했다. 박태준은 선배를 1고로 주상으로 안내했다. 황금색 쇳물을 내려다보던 그는 시선을 몇 바퀴 돌린 뒤 말했다.

"여기는 안방이네. 다른 데는 더 안 봐도 되겠다. 박 사장의 목욕론이 실감나는군."

고개를 끄덕인 선배는 후배가 창안한 연수제도와 연수원과 연수투자에 대해 깊은 감명을 받았다. 연수가 기술식민지 극복의 첫 단계이고, 기술개발이 그 둘째 단계라는 박태준의 지론에 흔쾌히 동의했다.

"우리 삼성 사람들에게 포철의 연수제도를 견학시켜야겠어. 후배한테 한 수 배우는구먼. 박 사장, 정말 고생이 많았네. 말로만 기적이라고 듣고 있다가 내려와 보니 그게 피땀의 탑이란 걸 알겠네. 내가 선물하고 싶은데, 뭘 주면 좋을까?"

"장학금을 보태주십시오."

후배의 미소에 선배도 따라 웃었다.

이병철이 서울로 돌아갔다. 두터운 장학금 봉투가 내려왔다. 삼성 사람들이 영일만을 다녀갔다.

당장 폭파하라!

제강공장 복구작업을 마치고 돌아선 포철은 지난해 10월부터 준비에 착수했던 연산 조강 300만 톤 4기 건설계획의 불을 밝혔다. 포철을 연산 조강 850만 톤 체제로 끌어올릴 4기 건설에서 박태준과 임원들은 '기본기술계획서의 포철화'를 시도했다. 이는 제강공장 사고가 일어나기 전에 이미 일본기술단으로부터 '극히 양호하다'는 판정을 받아두었다. 고로를 비롯한 총 24개 설비에 대한 기본기술계획서를 설비기술본부 요원들이 5개월 만에 완성했다는 사실은, 포철이 세계적 철강기업으로 발돋움할 도약대 하나를 더 놓았다는 뜻이다. 1·2·3기의 지식과 경험이 드디어 굉장한 기술력으로 비축된 것이다. 이것은 기술식민지 극복과 세계최고 기술력 확보라는 포철의 목표를 달성할 밑바탕이었다.

기본기술계획서를 완성한 다음 차례는 소요예산의 조달방법을 확정하는 일이었다. 4기 건설에는 외자 6억7천만 달러, 내자 3천459억 원이 소요되고, 내자의 65%인 1천979억 원을 포철이 맡기로 했다. 여름에 접어들면서 포철 4기 설비본부는 바빠졌다. 6월에는 외자 조기 확보를 위한 차관교섭단을 일본으로 파견하고, 7월에는 설비를 공급할 업체들에게 견적을 요청했다.

1977년 여름의 포철은 세 종류의 큰 과업을 동시에 병행하고 있었다. 대형사고를 겪은 뒤의 팽팽한 긴장이 지속되는 정상조업, 3기 설비의 공기단축을 위한 노력, 4기 건설공사를 빈틈없이 추진하기 위한 면밀한 준비작업. 박태준은 어느 한쪽도 소홀히 다룰 수 없었다. 자신의 두뇌에 총체적 상황판을 넣고 다녀야 했다. 그는 긴장을 늦추지 않았다. 구매·판매·외자조달·국제회의의 일정에 따라 비행기에서 잠드는 시간이 더 많을 정도로 고달픈 여행을 강행했다. 해외출장이 없는 기간의 대부분은 현장에서 보냈다.

1977년 8월 1일, 아침부터 불볕이었다. 박태준은 발전송풍설비 공사현장 앞에 차를 세웠다. 기초 콘크리트 구조물이 80%쯤 진척되어 70미터의 굴뚝도 올라가 있었다. 그는 기초공사 상태를 둘러보다가 지휘봉으로 한 지점을 가리켰다.

"야 인마, 저긴 왜 저렇게 울룩불룩 나와 있어?"

포철에서 나와 있는 감독의 낯빛이 질렸다.

"너, 입사한 지 몇 년 됐나?"

"3년 조금 지났습니다."

"나는 10년 됐어. 저대로는 안 돼. 방법이 뭔가?"

"문제 부분을 뜯어내고 다시 하겠습니다."

감독이 조심스레 대답했다. 사장의 지휘봉이 움직였다. 턱, 안전모에서 소리가 났다. 퍽, 어깨에서 소리가 났다.

"너, 정신이 있는 놈이야, 없는 놈이야? 그러면 콘크리트 양성시기가 안 맞잖아?"

"예, 그건 그렇습니다."

박태준은 일본인 감독관도 앞으로 불렀다.

"너희는 뭐 했느냐!"

한국말과 일본말의 범벅이 소나기 오듯 퍼부어졌다. 짧은 정적이 흘렀

다이너마이트 세례를 받는 부실공사 현장

다.

"당장 폭파해!"

별안간 육중한 철근 같은 명령이 떨어졌다.

"무슨 말씀이신지……?"

그는 '폭파식' 준비까지 일러줬다.

"먼저 드릴 가져와서 군데군데 구멍을 뚫어. 다이너마이트를 넣어야 하니까. 다이너마이트는 대한중석에 연락하면 금세 오게 돼 있어. 다이너마이트가 오면 구멍에 넣고, 물 젖은 가마니를 덮어. 그러고는 바로 폭파야."

현장 책임자들에겐 바쁜 하룻밤이 지나갔다. 석산 현장에서 폭약을 구해 오랴, 포항경찰서에 폭파신고 하고 허가 받으랴, 폭약 장전하랴, 폭파기사 대기시키랴.

이튿날이었다. 그림자가 짧은 한낮에 '이상한 기념식'이 마련되었다. 포철 안에 있는 모든 건설현장의 책임자와 간부, 외국인 기술 감독자, 그리고 포철의 임직원이 한자리에 모였다. '나의 사전에 불가능은 없다'고 했다는 나폴레옹의 말을 떠올린 박태준은 문득 하나의 문장을 완성하며 미소를 머금었다. 포철의 사전에 부실공사는 없다. 진짜로 실현하려면 그런 거창한 말은 불필요하다고 생각했다. 80%나 진척된 공사를 다이너마이트로 완전히 날려버리는 '거창한 폭파식'이야말로 어떤 호소나 명령보다 훨씬 뛰어난 경각심을 불러일으킬 것이었다. 더구나 영일만의 건설현장은 8년째 접어들어 기강이 좀 풀리거나 타성에 젖을 수 있는 시기였다.

"꽝! 꽝! 꽝!"

굉음이 터졌다. 예산과 시간과 노력이 한순간에 먼지로 사라진 찰나, 모여든 사람들은 입을 다물었다. 사라진 것들과는 견줄 수 없는 무형의 자산이 그들의 머리와 가슴에 남아야 했다.

'포철의 사전에 부실공사는 없다.'

정부 보증 없는 첫 차관

영일만 바다 빛깔에 가을이 묻어나는 9월 7일, 박정희가 포철 3기 건설 현장을 찾아왔다. 박태준의 첫눈에 어딘가 모르게 지쳐 보이던 대통령의 얼굴이 포철의 활기찬 현장을 둘러보는 동안에 밝아진 것 같았다.

"한 방 쾅 날렸다고?"

"대포 한 방보다 약한 거였는데, 청와대까지 들렸습니까?"

두 사람은 풀썩풀썩 웃었다.

"내년 12월에 550만 톤 끝내면 1000만 톤까지는 훨씬 가깝고 쉬워집니다."

"포철은 든든하게 잘 가고 있는데 국가재건, 경제개발이 우리가 혁명 때 처음 생각했던 것보다는 오래 걸려. 시간은 빨리 가고."

박정희가 천천히 고개를 끄덕였다. 그게 그럴 수밖에 없지 않나, 하고 스스로 헤아리는 모습이었다.

가을이 깊었다. 영일만에는 '바다의 붕어'로 불리는 전어가 떼 지어 몰려들었다. '가을 전어에는 깨소금이 한 줌'이라는데, 포철 인근의 어여쁜 포구에는 이른 아침마다 '깨소금' 전어를 가득 실은 통통배들이 들어왔다. 포항 생활에 익숙해진 포철 사원들은 비번의 아침이면 오토바이를 타고 전어를 사러 나가곤 했다. 마침 포철도 깨소금 냄새가 솔솔 풍기는 계절이었다.

포철 4기 건설을 위한 외자도입 협상이 매끄럽게 진행되었다. 오스트리아에서 공급되는 소결공장과 연속주조공장, 프랑스에서 공급되는 분괴공장, 영국에서 공급되는 산소공장과 선재공장에 대해 해당업체들이 설비뿐만 아니라 착수금도 함께 제공하겠다고 했다. 다만 독일과 일본은 '전체 설비공급액의 15%를 착수금으로 지불해야만 계약이 발효된다'는 단서를 양보하지 않았다. 포철은 그들이 요구한 착수금을 먼저 내자에서 조달할 계획을 세웠다. 하지만 국회가 심통을 부렸다. 정부가 1978년 새해 예산에 긴급하게 포함시킨 그 항목을 정기국회가 전액 삭감했다.

박태준은 여당에 정치헌금을 내지 않고 국회로비를 무시해온 자신의 확고한 원칙이 보복으로 돌아왔다는 느낌을 지울 수 없었으나, 포철의 힘으로 차관을 들여와 착수금 1억 달러를 해결하겠다고 결정했다. 이런 경우의 핵심 문제는 '정부 보증'이었다. 그것은 국제금융기관이 국제적 신인도가 낮은 개발도상국 기업과 차관 협상을 벌일 때마다 요구하는 기본조건이었다. 박태준은 가난한 나라가 받아온 피할 수 없는 설움과 푸대접을, 한국 국회가 영일만에 대한 협조를 외면한 이 기회에 '포철과 박태준의 이름'으로 당당히 덤벼들어 극복하기로 결심했다. '애초 계획에 없었던 엉뚱한 다른 장애물이 발생하면 즉각 대안을 세워 돌파한다'라는 그의 장기를 이번에도 유감없이 발현하는 것이었다.

그는 '영일만의 기적'을 '한국정부의 보증'에 대용할 문서처럼 가슴에 넣고, 미국 시티은행의 홍콩소재 계열은행인 APCO의 문을 두드렸다. 그들은 당연히 난감한 기색부터 앞세웠다. 그러나 박태준이 펼쳐놓은 자료에 시선을 주었다. 1973년 7월 3일 제1기 종합준공 이후부터 현재까지의 조업실적, 순이익을 눈덩이처럼 키워온 경영실적, 포철이 제2제철 실수요자로 결정되어 있다는 서류…… 포항제철소를 850만 톤으로 확장한다 하더라도 1985년에는 철강재 국내공급이 638만 톤이나 모자라게 되어 제2제철소 건설이 불가피하다고 발표한 한국 상공장관의 기사 스크랩도 있었다. 그들은 바로 앞에 버티고 앉은 손님을 쳐다보았다. 서류에 소개된 사업을 이끌어왔고 또 이끌어나갈, 이미 세계 철강업계에 명성이 높은 한 인물의 풍모를 살폈다.

"포항제철의 신인도에는 정부보증이 필요하지 않습니다."

포철이 자사의 신용만으로 무담보 차관에 성공한 순간이었다. 한국경제사에 기록될 만한 하나의 사건이었다. 포철의 신인도가 국제금융시장에서 인정받는 실질적 전환점이 되어, 이후 설비 구매업무를 순풍에 돛 단 듯이 추진했을 뿐만 아니라 한국 기업들에게 '정부 보증 없는 차관의 길'을 개척한 업적이었다. 그 자리의 박태준은 '가난뱅이 나라'라는 너덜너덜해진 딱지와 같은, 가슴 깊은 곳에 박힌 설움 비슷한 무엇도 적출해버리는 희열을 덤으로 맛보았다.

국회가 심통을 부리자 박태준이 직접 홍콩에서 정부 보증 없이 들여온 1억 달러. 그것은 1977년 늦가을의 영일만에 쌓인 깨소금 포대들이었다.

제2제철소 쟁탈전 개막과 10주년 홍보

무오년(戊午年)이 밝았다. 창업 10주년을 맞는 뜻 깊은 새해에 포철은 금상첨화로 3기 설비 건설공사를 완공해 550만 톤 생산체제를 갖출 것이었다. 박태준은 1978년 신년사에서 새로운 비전을 제시했다.

"10년 전 오직 젊음과 정열, 사명감만으로 뭉쳐 우리나라 철강공업의 밑거름이 되기로 다짐한 이래 오늘에 이르기까지가 개척과 시련의 시기였다면, 금년을 기점으로 한 앞으로는 '성장과 안정'을 향하여 우리가 구축해온 성과를 다듬고 앞으로의 기반을 다져나가야 할 때라고 하겠습니다."

'성장과 안정'으로 나아가려는 첫 해에 포철은 '무사고 정상조업, 3기 설비 조기준공, 4기 설비 조기착공'이란 3대 과제를 짊어져야 했다. 포철의 큰 부담은 '조업'이 아니라 '건설'이었다. 이른바 '중동건설 붐'으로 명명된 중동 특수경기가 한국의 유능한 건설 일꾼들을 열사의 나라로 불러들인 탓에 한국의 모든 건설현장에는 인력이 모자랐다. 영일만의 건설현장도 예외가 아니었다.

그러한 상황에서 박태준은 정초부터 뜻밖의 소식을 들었다. 서울에서 신년 하례를 마치고 나오는 걸음에 잘 아는 언론인이 야릇한 귀띔을 했다.

"현대가 제2제철소를 먹으려고 합니다. 상당히 진척됐어요. 청와대 비서실이 현대를 민다고 합니다."

박태준은 의아했다. 제2제철소 실수요자 문제는 이미 태완선의 한국제철을 포철이 흡수하면서 일단락된 일로 여기고 있었다. 설마 하는 생각까지 스쳐갔다. 하지만 그것은 사실이었다. 한국을 대표하는 재벌기업의 하나로 성장한 '현대'가 현대중공업을 중심으로 자본금 2억 달러의 '현대제철소'를 설립하면서 제2제철소 실수요자가 되겠다고 선언했다. 현대의 주장은 '제2제철소의 민영화'를 핵으로 삼고 있었다.

포철은 뒤통수를 맞았으니 서둘러 대응책을 세워야 했다. 박태준은 첫 단계로 여론우위를 상정했다. 회사의 홍보역량을 대폭 강화해야 했다. 그는 이대공에게 긴박한 상황을 알려주고 대책을 주문했다.

"사장님, 일일이 대응하지 않는 것이 좋을 듯합니다. 석 달만 기다리면 회사 10주년입니다. 그날을 포철 홍보의 절정과 전기로 삼았으면 합니다. 이후 상황이 달라지도록 하겠습니다. 곧 홍보계획과 행사계획 보고서를 올리겠습니다."

"그래, 우리 회사도 그런 일을 할 때가 됐어."

드디어 '영일만의 기적'에도 홍보의 중요성을 하나의 '상식'으로 설정해야 할 시기가 무르익었다. 현대와의 제2제철소 쟁탈전이 벌어진 때에 딱 맞춰 돌아온 창업 10주년. 이대공, 윤석만 등 홍보 쪽 참모들은 절호의 기회를 놓칠 수 없었다. 창업 10주년을 '포철 홍보의 전국화·본격화·적극화'의 계기로 삼고, 현대와의 싸움에서 일차적으로 여론을 선점한다는 목표를 잡았다. 이제 포철은 지역적, 방어적, 소극적 홍보 관행을 하루아침에 벗어던지기로 했다. '영일만의 기적'은 언론의 조명을 받을 만한 충분한 자격을 갖추었고, 항간에는 바야흐로 '이제는 자기PR 시대'라는 말이 새로운 문화의 도래를 알리는 짤막한 선전구호처럼 번져나가고 있었다.

홍보예산과 홍보인력의 규모는 현대가 포철보다 월등한 우위였다. 정주영 회장 일가가 소유한 말 그대로의 '사기업 재벌'은 공기업 포철에 비해 홍보력이 월등히 앞설 수 있는 시스템이었다. 포철 홍보진영은 『10주년 홍보 계획서』란 굵은 책자를 만들어 사장의 결재를 받았다. 그에 따라 2월부터 서울의 유수 언론인들을 포항으로 초청했다. 그들에겐 필설로만 말해온 '영일만의 기적'을 눈으로 직접 살필 수 있는 기회였다. 포철도 까다로운 손님들을 상대할 자신감에 넘쳐 있었다.

2월부터 경제부장, 논설위원, 주필, 편집국장, 대표 등 주요 언론인들을 차례차례 포항으로 모셨지요. 홍보예산이 빠듯한 형편에서 회사를 보여드리는 게 최선의 홍보라고 믿었던 겁니다. 그땐 아직 항공노선이 없었어요. 동대구까지 열차로 이동, 동대구에서 포항까지는 회사 승용차로 이동. 이래서 회사에 닿으면 공장견학, 브리핑, 저녁식사로 이어졌어요. 공장안내에도 박 사장님이 거의 빠지지 않으셨고 저녁 자리엔 사장님이 꼭 참석하셨어요. 그냥 식사에 반주만 하시는 게 아니라, 반드시 토의와 토론을 했어요. 이 자리에서 제2제철소 얘기도 당연히 나왔고, 사장님은 사장님의 논리를 피력하실 기회로 삼았습니다. 이래서 서울 언론계에 '포항에서 봄날에 뭔가 큰일이 일어나는구나' 하는 분위기가 잡혔습니다.

윤석만(전 포스코 사장)

박태준은 제2제철소 실무책임자에게 조용히 서둘러 일을 진행하라는 지시도 내렸다. 포철은 3월 13일 상공부에 제2제철소를 짓겠다는 제안서를 보낸 데 이어 3월 21일 예비계획서까지 제출했다. 바로 이튿날 놀라운 일이 벌어졌다. 현대도 전격적으로 예비계획서를 제출한 것이었다. 울산에 우선 300만 톤 규모로 제철소를 짓고 최종 1천만 톤 규모의 제철소를 경북 영해에 짓겠다는 내용이었다. 현대의 선전포고가 실전의 개막을 알린 날이었다.

현대는 벌써 막강한 지원부대의 진용을 갖추고 있었다. 청와대에선 비서실장과 경제 제2수석이 현대의 편이었다. 마침 대통령이 포철 사장을 찾는 일도 아주 뜸했다. 유신체제의 종반기에 접어든 그는 정치적 방면이 너무 복잡하여 그 바깥에 있는 일꾼을 찾을 여유가 없는 모양이었다.

재계 일각에선 현대와 포철의 제2제철소 쟁탈전을 '재벌 오너 정주영'과 '포철 사장 박태준'의 씨름으로 보기도 했다. 재계와 언론계, 그리고 고위권력층의 관심이 집중된 가운데 포철은 창업 10주년에 바짝 다가서고 있었다. 3기 설비의 공기단축을 독려하고 4기 설비를 준비하면서 현대와 일전의 각오를 세운 박태준은 10주년 기념식을 사흘 앞둔 연수원 특강에서 마치 내부의 정신적 결속을 강조하는 것처럼 새삼 제철보국의 참뜻을 강조했다.

"철은 산업의 쌀입니다. 우리에게 쌀이 생명과 성장의 근원이듯이, 철은 모든 산업의 기초 소재입니다. 따라서 양질의 철을 값싸게 대량으로 생산하여 국부를 증대시키고, 국민 생활을 윤택하게 하며, 복지사회 건설에 이바지하는 것이 곧 제철보국인 것입니다."

4월 1일, 그는 10주년 기념사에서 '제2제철소를 맡겠다'는 자신의 솔직한 속내를 군이 숨기려 하지 않았다.

"포철 창립 10주년은, 충실한 사명감과 정열의 화신이었던 우리가 10년의 젊음을 불태워 봉사한 대가로서 온 겨레에게 희망과 용기를 안기고 후대에는 영광을 물릴 수 있게 된 것을 확인하는 제전(祭典)입니다. …… 본인은 여러분과 더불어 허다한 난관을 극복한 경험에서 '행운의 여신은 민족적 대의를 위하여 인내와 끈기로 슬기롭게 정진하는 자의 편에 선다'는 확신을 저버릴 수가 없습니다."

현대와의 일전을 감당해나가는 포철 최고경영자는 '제철보국 실현의 자부심'과 '민족적 대의'를 가장 듬직한 무기로 간직하고 있었다.

한국의 유력 일간지들이 일제히 사설을 통해 '포철 10년의 의의'에 찬사와 격려를 보냈다.

오일쇼크 이후 대부분의 제철소들이 조단(操短)과 운휴 속에 빠뜨려지고 있는 지금까지 포철은 도리어 평균 110%라는 높은 가동율을 유지하면서, 그동안 도합 820억 원이라는 순이익을 올렸던 것이며, 공장 확장공사의 소요내자 중 66%에 해당하는 2천848억 원을 자체 조달해왔다는 점은 특기할 만한 사실이 아닐 수 없다.

1978년 4월 1일자 조선일보

외국의 전문가들을 놀라게 한 포철이야말로, 우리 힘을 결집하기만 하면 못 해낼 것이 없다는 공업한국의 의지를 표상하는 상징적 존재이다.

1978년 4월 1일자 한국일보

포철 10년의 경영성과는, 다른 국영기업체들이 빠지기 쉬운 안이한 매너리 즘을 탈피하여 합리적으로 경영돼왔음을 실증하는 것이다.

1978년 4월 2일자 동아일보

역경을 헤쳐 나온 여정이 좁은 지면에 다 드러날 수야 없겠으나, 포철로 서는 응원가로 다가온 사설이었다. 축하와 격려 뒤에 '제2제철소 쟁탈전' 예고도 놓치지 않았다. 제2제철소 건설 사업자선정에 대해 정부가 거시적 인 안목에서 정책적으로 신중히 배려해야 한다는 지적이 주류를 이룬 가 운데, 기술·자본·경험의 축적도 고려해야 한다는 주장도 제기됐다. 이것 도 포철에겐 응원가였다.

현대도 가지런히 논리를 펼쳤다.

조만간 중동건설의 특수경기가 하강기에 접어들게 되니 '풍부한 돈과 인력 과 중장비'를 곧바로 제철소 건설에 투입할 수 있다.

자동차·중공업·조선소·건설 등 철을 대량 소비하는 업체를 소유하고 있다.

정부의 재정 지원을 받지 않고도 건설비를 조달할 수 있다.

현대그룹의 역량을 활용하면 제철소 건설과 제품생산에 필요한 기술력을 동원할 수 있다.

해외지사를 움직이면 제철소에 들어갈 원료를 확보할 수 있다.

국내 철강업에 경쟁사가 들어섬으로써 선의의 경쟁을 유발할 수 있다.

현대는 '선의의 경쟁'이란 그럴싸한 포장에 '포철의 철강독점체제'를 비 판하는 비수를 감추고 있었다. '독점은 폐해를 낳을 수밖에 없다'는 주장은 그 실태를 제쳐두고 무조건 옳게 들릴 만했다. 포철로선 억울한 노릇이었다. 시장독점을 악용해 자사이기주의에 빠져 있었다면 당연히 비판받아야 하지만, 조상의 혈세로 세운 기업으로서 민족적 대의 수호를 경영원칙으로 삼아왔기 때문이다.

차 한 잔을 나누며

언론의 표현이 '쟁탈전'이었다. 실제는 포철에겐 '방어전'이고 현대에겐 '공격전'이었다. 초기의 형세는 선제공격자에게 유리해지게 마련이다. 현대와 포철의 경우도 그랬다. 초반전에는 포철이 모르는 사이에 상당한 지원세력을 확보해둔 현대의 목소리가 우세했다. 그러나 포철의 10주년 행사 직후, 현대는 소나기를 피하려는 작전인지 숨을 고르는 듯했다.

포철 홍보팀은 승세를 잡은 김에 확실히 해두고 싶었다. 언론을 통해 정당하게 주장할 길을 찾아야 한다는 결론을 내렸다. 이대공은 홍보계획서의 마지막 페이지에 있는 카드를 써야 할 때라고 판단했다.

"조선일보 선우휘 주필의 「차 한 잔을 나누며」라는 인터뷰가 상당히 인기 높은 고정지면입니다."

"나도 가끔 봐. 하지만 그쪽에서 인터뷰 요청이 없는데 우리가 나설 수는 없잖아."

사장이 점잖게 반응했으나 홍보팀은 조선일보 주필실을 노크했다. 주필은 일단 유보하고 생각해 보자고 했다. 어느 토요일 오후, 예고 없이 선우휘가 이대공에게 전화했다. 대구까지 내려왔다면서 지금 포항 가면 박태준 사장과 인터뷰가 되겠느냐고 했다. 빠른 성사를 누구보다 애타게 기다려온 그는 곧 사장을 찾았다. 마침 박태준은 포항에 있었다. 인터뷰는 포철 영빈관 '청송대'에서 이뤄졌다. 선우휘는 혼자였다. 이미 포철 내부를 살펴보고 '영일만의 기적'이란 찬사에 흔쾌히 동의하고 있었다.

"정말로 훌륭한 일을 하셨습니다. 국민의 한 사람으로서 경의를 표합니다. 저도 6·25전쟁터에서 고생한 경험이 있지만, 우리 국민 모두가 조국의 경제전쟁을 승리로 이끌어온 박 사장님의 노고에 훈장을 드려야겠습니다."

선우휘는 깍듯한 인사부터 차린 뒤 대담에 들어갔다.

선우 : 그럼, 그 뒤의 경과를 ……

박 : 아이러니컬한 것은 IBRD가 타당성을 인정하고 돈을 빌려준 브라질의 CSN제철소는 아직까지 200만 톤밖에 건설하지 못했는데, 우리는 금년에 550만 톤을 건설하게 됐고, 건설단가에 있어서도 CSN이 톤당 1천750달러인

건설 중인 제3고로 풍구에서 선우휘(가운데)에게 설명하는 박태준

데 반하여 우리는 396달러로 400달러가 채 안 되고 있습니다. 그러니까 세계에서 가장 우수한 재정금융인들이 모인 IBRD조차 그 나라의 정확한 능력을 측정하지 못한 결과가 되었지요.

선우 : 4월 1일이면 만우절인데 포항제철만은 거짓말이 아니었다는 얘기군요. (웃음) 그런데 근래에 거론되고 있는 제2제철 문제에 대해 박 사장님은 어떻게 생각하시는지요?

박 : 요즘 제2제철 문제가 항간에서 상당히 논의되고 있는 것 같습니다만, 기업이라면 수요가 증가하면 당연히 확대재생산을 추진하게 되는 것이고, 증산의 필요성이 느껴지면 그동안에 축적된 기술과 경험을 바탕으로 기업을 확장하게 되는 것입니다. 저희 회사도 그에 대비해서 수요추정을 KDI(한국개발연구원)나 KIST(한국과학기술연구소)를 통하여 계속해서 시켜왔고, 자체적으로도 경영정책실에서 한 해에 한 번씩 수요추정을 하고 있습니다.

오일파동 이후 세계 철강경기가 계속해서 불황상태에 있는데도 불구하고 국내 철강수요는 점점 더 늘어나고 있기 때문에, 과거에 했던 수요추정 자체가 좀 미심스럽다고 해서 다시 KIST와 용역을 맺어서 금년 6월 말까지 보고서가 나오게 돼 있어요.

그런 식으로 수시로 수요추정을 하면서 제2공장의 필요성 유무나 설비용량을 어느 정도로 해야 되겠느냐 하는 검토를 해오고 있고, 또한 이미 제철소를 보유한 선진국들의 설비용량이나 1인당 철강소비량도 제철설비를 확장해나가는 데 하나의 바로미터가 될 수 있기 때문에 수시로 비교·검토해오고 있습니다.

그래서 우리는 제2공장이 필요하단 생각을 일찍부터 가졌고 또 그를 위하여 기술축적(해외연수비 2천200만 달러, 1천360명 육성)을 해왔고 이미 계획을 다 성안시켜놓고 있어요. 항간에서 어떤 민간재벌이 한다든지 하는 보도도 간혹 나오는데 제 개인의 생각은 이미 명확히 정립되어 있습니다.

선우 : 새로 민간에서 하는 경우에는 완전히 백지에서부터 다시 시작해야 되는 것 아닙니까?

박 : 그렇지요. 저는 그래서 이 문제를 두 가지 각도에서 보아야 되지 않느냐 봅니다. 하나는 경제적·기술적·사업적인, 극히 실무적인 측면에서 보는 것이고, 또 하나는 우리나라가 앞으로도 계속해서 확대경제 정책을 지향해나갈 텐데 소위 기초물자에 대한 기본적인 관리방향을 어디로 끌고 갈 것이냐 하는 정책적인 측면이 있을 것입니다.

새로운 제철소를 건설한다고 하면 여기에서 사람이 빠져나갈 수밖에 없는데, 우리가 맡아서 계획적으로 엔지니어링 단계부터 건설, 조업에 이르기까지 단계별로 필요한 사람을 지명해서 보내면 효율적인 인력 활용이 가능하겠지만, 민간기업이 한다고 가정해보면, 경험 있는 사람은 우리 회사밖에 없는데 우리 회사에서 무작정 사람을 빼내가게 되었을 때 거기서 일어나는 부작용은 상상하기조차 무섭습니다. 계획적으로 사람이 빠져나가지 않으니까 양쪽이 모두 잘못될 가능성이 큽니다.

그밖에 제1공장이 이미 있는 상태에서 제2공장을 건설할 때에는 상호보완 관계가 많이 이루어지기 때문에 절약 요인이 굉장히 많게 되지만, 새로 하려면 그 낭비는 엄청날 겁니다. 불필요한 설비가 더 추가되어야 하니까 자연히 부담이 가중되는 셈이지요. 그렇게 될 때에 과연 거기에서 나오는 제품의 원가에는 어떠한 영향을 끼치게 되겠느냐 하는 것은 명약관화한 일이겠지요.

어떤 시기에 가서 민영화를 하더라도 저의 개인적인 생각으로는 정부주도형 민영화가 바람직하지 않느냐 생각합니다. 국가경쟁력의 측면에서 보더라도 오늘날 영국, 오스트리아, 일본, 이탈리아, 인도 등 대부분의 나라들이 소수 공장들을 계속해서 통합해나가는 경향이 있는데, 우리나라와 같이 시장이 크지도 못한 나라에서 왜 이 같은 기초산업을 두 개, 세 개로 나누어 추진할 필요가 있느냐 하는 겁니다. 자유경쟁의 효과를 말하는 사람이 있을는지 모르나, 철의 경우에는 미국도 현재 관리가격제이고 기초물자이기 때문에 정부에서 단속을 하고 있습니다.

1978년 4월 18일자 조선일보「차 한 잔을 나누며」

유령들과 가장 커다란 차례 상

1978년 4월 하순엔 포철이 제2제철소 실수요자로 결정될 것이란 소문이 흘러나왔다. 현대의 공격이 주춤해졌다는 뜻이었다. 그러나 5월의 상황은 달라졌다. 현대가 인천제철을 인수하면서 재공세를 펼치고, 이에 발맞춰 일부 신문이 다시 '제2제철소 민영화' 논의에 불을 지폈다.

그런 와중에 영일만의 3기 공사는 전반적인 공기지연에 빠져 있었다. 가장 큰 원인은 '인력난'이었다. 3기 공사를 시작할 무렵부터 염려된 문제였다. 1973년 하반기부터 세계경제가 석유파동에 빠져 허우적거린 2년 동안 막대한 '오일 달러'를 축적한 중동의 원유생산국들이 1975년부터 도로, 항만, 수로, 학교, 병원, 군대시설 등을 무더기로 발주하여 거대한 '건설 붐'을 조성했다. 그래서 한국의 건설업체들은 무려 20만 명의 건설인력을 중동지역에 파견하고 있었다. 한국경제와 한국건설업체로선 절호의 기회였고, 포철에겐 커다란 시련이었다. 숙련공과 인력이 부족한 건설현장에서 공기는 지연될 수밖에 없었다. 이역만리 열사에서 일어난 모래폭풍이 영일만을 덮친 형국이었다.

1978년 6월을 맞는 박태준에겐 '현대와 일전'보다 '공기단축 방책'이 더 시급한 고민거리였다. 그는 비상수단을 강구하려는 준비작업의 하나로 각 현장의 인력실태를 점검했다. 수치로는 정상적으로 인원이 투입되고 있었다. 미숙련공이 너무 많아서인가 싶었지만, 뭔가 미심쩍었다.

6월 12일 아침이었다. 박태준은 8시 참모회의에 참석하러 가는 도중 건설관련 임직원을 데리고 예고 없이 제2제강공장 건설현장에 들렀다. 시공회사의 현장 소장은 없고 반장이 나타났다.

"오늘 현장에는 몇 명이 일하고 있나?"

"총원 725명입니다."

"그 인원을 어떻게 확인하나?"

"인부들이 날마다 자기 이름을 적은 일당표를 냅니다. 그걸 세어보면 알 수 있습니다."

그는 두말없이 등을 돌렸다. 8시 회의에는 제강공장 시공회사의 현장 소장이 헐레벌떡 나타났다. 과음한 기색이 역력했다.

"오늘 그 현장에서 일하는 인원은 몇 명인가?"

박태준이 퉁명스레 물었다.

"875명입니다."

"직접 현장을 점검해봤나?"

"그렇습니다."

소장의 거짓말은 들킬 수밖에 없었다. 현장에 있던 반장의 총 인원수와 그의 총 인원수가 너무 달랐다. 부랴부랴 뛰어오느라 현장의 어느 누구와도 연락을 취하지 못했던 것이다.

박태준은 포철 직원들에게 건설현장의 인원수를 정확히 세어보라고 지시했다. 그들은 조를 편성해 모든 현장에 투입되었다. 하지만 워낙 현장이 넓은 데다 뿔뿔이 흩어져 있고 모두 똑같은 제복을 입고 있어 정확히 헤아리긴 어려웠다. 그래도 틀림없는 것은 '번번이 숫자가 틀리다'는 사실이었다. 어떤 속임수가 있는 게 분명했다.

닷새를 바쳤으나 실태파악에 실패한 포철 직원들은 한쪽에서 인원수를 헤아리는 동안에 건설현장의 인부들과 똑같은 제복을 입고 잠입했다. 위장으로 들어간 포철 직원들의 눈에 비로소 속임수의 실체가 드러났다. 제강공장에서 인원수를 헤아린다는 소식이 나가면 고로설치장이나 쓰레기처리장에서 얼쩡거리던 수십 명이 자전거를 타거나 허겁지겁 내달려 제강공장으로 몰려가고, 쓰레기처리장에서 인원수를 헤아린다는 소식이 나가면 제강공장이나 고로설치장에서 얼쩡거리던 수십 명이 또 그렇게 몰려가는 식이었다.

박태준은 머리 숫자만 늘리는 그들을 '유령'이라 불렀다. 열사의 폭풍이 만든 유령이었다. 유령의 꼬리를 잡은 포철은 시공회사 책임자들로부터 실토를 받아냈다. 지난 몇 달에 걸쳐 그들은 작업인원을 무려 20%나 부풀려왔다고 했다.

"이놈들아, 유령들이 설치니까 공기가 지연되었던 거야. 과다계상된 인건비는 회수하겠지만, 지연된 공기는 어떻게 하나? 그저 돈욕심에 눈이 멀어 대역사를 소홀히 하다니! 사죄하는 유일한 길은 지연된 공기단축에 진심으로 동참하고 총력을 기울이는 거야."

그날로 박태준은 건설비상을 선포하고 종합 카운트다운 체제에 돌입했다. 건설현장마다 포철의 공사담당 책임자가 배치되어 공사 진도를 일일이 체크하고 문제점을 해결해나가는 시스템은 영일만 기적을 만들어낸 사나이들에게 오래 입은 옷처럼 익숙했다.

또다시 전투 같은 건설이 시작된 6월 중순, 포철은 '제2제철소 1기 설비 사업계획서'를 정부에 제출했다. 제2제철소 입지 후보지는 현대가 제시한 경북 영해와 건설부가 찍어둔 아산으로 갈라져 있었다. 정부는 포철의 의견을 물어왔고, 포철은 두 곳 중 아산을 추천했다. 제2제철소 입지 선정은 1981년 11월에 가서야 최종 결정되는데, 박태준의 지시에 따라 설비계획본부장 유상부가 그 실무를 맡는다.

공기준수 비상을 선포하고, '돌격' 휘호로 직원들의 의식을 무장시킨 박태준

1978년 8월 현대도 '제2제철소 1기 건설 사업계획서'를 정부에 제출했다. 정부 관계자들이 포철과 현대의 계획서 검토에 착수했다. 드디어 포철과 현대의 쟁탈전이 무대 위 실전으로 전개될 시간이었다. 하지만 이때는 한국 관료사회의 관행으로 보아 대통령이 직접 개입하지 않는 한 '계획서'보다 배후의 '끗발'이 좌우하기 십상이었다.

박태준은 또 다른 나쁜 소식을 들었다. 외국 설비공급사 감독들의 '3기 설비 11월 말 완공 불가'라는 건의였다. 이유는 크게 두 가지. 첫째 한국 건설업체의 시공능력 부족, 둘째 일부 국산화 설비의 납기지연과 하자발생으로 재시공 현장 증가. 그는 첫째 이유에는 어느 정도 납득을 했다. 숙련된 건설인력이 대거 중동으로 빠져나갔으니. 둘째 이유는 몹시 자존심이 상했다. 국산화 가능성이 높은 모든 설비와 기자재의 제작을 국내 64개 업체에 의뢰하여 '22% 이상 국산화 목표'를 내세운 것이 공기지연의 핵심 요인으로 돌아왔기 때문이다.

그러나 박태준은 물러서지 않았다. 아니, 물러설 수 없었다. 길은 보였다. '공기 5개월 단축'이란 목표를 위태롭게 하는 기술부족을 한국인의 뛰어난 장점으로 보충해나가겠다고 판단했다.

9월 17일은 추석이었다. 박태준은 솔선수범으로 차례모시기와 연휴를 포기했다. 임원들도 따르면서 '추석연휴반납운동'이 회사살리기 캠페인처럼 모든 부서에 전개되었다. 2만여 건설역군들에게도 '성묘 미루기'나 '성묘 후 빨리 돌아오기'란 말이 회자되었다. 이 운동에 동참할 것을 호소하며 '포항종합제철주식회사'의 이름으로 찍어낸 유인물에는 '번영 위해 바친 추석, 조상인들 탓할쏘냐'란 구호가 찍혀 있었다.

추석을 맞아 고향에 가지 못한 사원들을 위해 박태준은 묘안을 냈다. 회사 정문 앞에서 차례를 자내는 것. 추석을 하루 앞두고 총무과가 바쁘게 움직였다. '자원은 유한, 창의는 무한'이란 슬로건이 걸린 정문 밑에 기다란 상을 만들어 흰 종이를 입혔다. 제수는 포항 죽도시장에서 최고품으로 마련하여 올렸다. 때가 되자, 작업복을 입은 사람들이 속속 정문으로 모여

들었다. 박태준은 한국에서 가장 커다란 차례 상 앞에 꿇어앉아 맨 먼저 술잔을 올렸다.

추석연휴를 반납하거나 줄이자는 캠페인은 큰 성과를 거두었다. 추석 당일에도 38%의 건설역군들이 현장을 지켰다. 사흘 만에 67%, 닷새 만에 100% 출근율을 기록했다. 현장 사람들 스스로가 그 소식에 놀랐다. 그것은 고스란히 공기단축의 새로운 에너지로 충전되었다.

박태준은 9월 24일부터 임원회의를 '건설비상회의'로 대체했다. 매주 월·수·금 아침에 열려온 정례회의가 휴일도 없이 날마다 아침저녁으로 한 번씩 열렸다. 11월 28일 밤까지 꼬박 66일 동안 강행한 건설비상회의는 '공기 5개월 단축'을 지휘하는 야전사령부의 역할을 수행했다. 1·2기 건설에서 경험한 카운트다운 체제보다 더 빡빡한 날들이었다.

최각규와 토의하다

영일만 현장이 완전히 활력을 되찾은 가을 초입, 포스코와 현대의 제2제철소 쟁탈전은 승패의 고비를 맞았다. 그러나 박태준은 박정희와 독대할 길이 막혀 있었다. 정치와 절연하고 포철에 몰두하는 동안 어느새 대통령과 만날 기회가 대통령의 뜻에만 맡겨진 격이었다. 1961년부터 1973년까지 수시로 이뤄졌던 숱한 독대들에 비춰볼 경우에는 스스로 격세지감에다 고립감마저 느낄 만한 일이었다. 1977년 9월 7일에 포철을 다년간 박정희는 1978년도 벌써 10월에 접어들건만 그동안 한 번도 포철을 방문하지 않았는데, 더구나 그해는 정초부터 오원철 경제2수석(중화학공업단장)을 위시한 대통령 비서실이 줄기차게 현대를 밀고 있었다. 그렇다고 대통령이 포철을 방문할 3기 종합준공식(그해 12월) 때까지 마냥 기다릴 수도 없는 노릇이었다. 그날이 오기 전에 '제2제철소 쟁탈전'은 결말나게 돼 있었다.

우선 박태준은 내각으로 눈을 돌렸다. 소통의 선은 주무부처인 상공부의 최각규 장관이었다. 제2제철소 실수요자 선정에 국내의 비상한 관심이 쏠린 때, 마침 최각규는 부산까지 출장을 내려왔다가 포철이 3기 종합준공식을 준비하고 있는 영일만으로 '사전 점검'의 발길을 돌렸다. 특별히 예민한 시기여도 명분이 분명한 자연스러운 방문이었다.

포철 영빈관에서 박태준과 최각규는 밤늦도록 깊은 토의를 나누었다. 상공장관의 궁금증과 의구심을 차근차근 풀어주는 포철 사장의 말씨와 표정은 처음부터 끝까지 진지하고 확신에 차 있었다. 세계 철강업계에서 한국의 입장, 한국 철강업계의 장래, 성장하고 있는 동남아시장 공략에 대한 전략과 전망, 포스코가 비축한 노하우, 자금조달 능력, 해외연수를 다녀왔거나 나가 있는 기술인력의 실태⋯⋯. 특히 박태준의 견해는 제2제철소를 설계하고 건설하는 주체를 밝히는 대목에서 더욱 힘이 붙었다.

"우리는 포항 3기 공사에서 22.5%까지 끌어올린 장비와 기자재의 국산화율을 제2제철소에선 50~60% 수준으로 끌어올릴 계획입니다. 고도의 기술이 들어가는 장비만 수입할 것입니다. 그러나 가장 중요한 것은 제2제철소를 포철의 힘으로 짓겠다는 것입니다. 레이아웃, 기본계획서, 전체설계도, 건설, 조업 등 모든 것을 포철이 직접 할 것입니다. 지금의 포항 3기 공사도 대부분 우리 기술자들이 맡아서 하고 있습니다. 올해 11월 말에 3기가 완공되면 일본기술단도 우리 회사에서 완전히 떠나게 되어 있습니다."

최각규는 껄끄러운 질문을 피하지 않았다.

"현대는 제철소 건설에는 물론이고 철도, 항만, 용수 등 모든 인프라도 정부의 지원을 받지 않고 자체적으로 해결하겠다고 하니, 제2제철소에 대한 정부의 재정지원에 부담을 느끼는 경제부처 일각에서도 현대를 지지하는 분위기가 있습니다. 청와대 비서실만 현대를 미는 게 아닌 거지요."

박태준은 명쾌히 반격했다.

"우리나라 기업들, 특히 대기업들 중에 정부의 지원을 안 받은 기업이 있습니까? 이미 정부의 온갖 특혜를 받으며 성장해온 대기업이 이제 와서 인프라 사업 몇 개를 자체적으로 해결한다고 해서 그게 정부 지원은 없는 거라고 하면 어떻게 되는 겁니까?"

"정곡을 찌르는 반론이군요."

아침에 포항을 떠나는 손님의 마음은 편안했다. 오래 고민해온 숙제를 간밤에 해결했던 것이다.

최각규의 설득과 주장이 큰 도움이 되어서 정부 부처의 분위기는 청와대 비서실과 달리 포항제철을 지지하는 쪽으로 기울어졌다. 하지만 주무부처 장관이라고 해서 마음대로 할 수 있는 사안이 결코 아니었다. 현대냐 포철이냐, 정주영이냐 박태준이냐. 제2제철소 실수요자 선정은 결국 박정희의 뜻에 달려 있었다.

박정희가 박태준을 찾은 날

청와대에서 월간 경제장관회의가 열렸다. 부총리, 재무장관, 상공장관, 건설장관 등 경제부처 각료와 대통령 비서실장, 경제수석비서관이 한자리에 모였다. 세간의 관심이 집중된 제2제철소 실수요자 선정문제가 거론되지 않을 수 없었다. 의견은 딱 갈렸다. 청와대 참모 둘은 현대를 지지하고, 상공장관과 건설장관은 포철을 지지했다. 논리도 팽팽히 맞섰다. 경제수석은 사기업 육성과 선의의 경쟁, 시장경제 촉진, 중동 산유국들과 밀접한 현대의 외자도입 능력 등을 내세운 반면에, 상공장관은 포철의 노하우, 기술능력, 사명감으로 뭉친 정신력, 세계시장 진출 가능성, 국제 신인도 등을 내세웠다.

회의는 결론을 낳지 못했다. 최각규가 제2제철소 실수요자 관련 결재서류를 대통령에게 올렸다. 박정희는 대충 훑어보고 "놓고 가라"고만 했다. 결재를 하거나 수정을 지시하는 평소와는 다른 모습이었다. 그때 박정희는 속으로 의아해하고 있었다. 가끔 제2제철소에 대한 청와대 참모의 보고가 올라오고 언론이 종종 거론을 했지만, 정작 핵심 당사자인 박태준은 아무런 연락이 없었으니…… 최각규는 그 자리를 떠나기 전에 박정희의 속마음을 엿보게 되었다. 서류를 놓고 가라. 이 뒷말 때문이었다.

"박태준 사장에게 내일 청와대로 들어오라고 연락하고 헬기를 대기시켜 놓으라고 하시오."

1978년 10월 16일 대통령이 포철 사장을 청와대로 불렀다는 소식을 들었을 때, 아마도 경제수석과 비서실은 김이 팍 새는 느낌부터 받았을 것이다. 박태준을 청와대로 오게 하라. 박정희의 그 지시가 최각규의 느낌 그대로 "제2제철소는 박태준에게 맡긴다"라는 명확한 신호라는 것을, 왜 그들이 눈치 채지 못했으랴. 줄기차게 현대를 밀어온 처지에서는 난감하기도 하고 찜찜하기도 했을 것이다.

대통령 면담보다 30분 앞당겨 도착해 달라는 경제수석의 부탁을 받은 박태준은 그것이 일종의 '예비회의 또는 조율회의 제안'이란 점을 훤히 알아차렸으나 군말 없이 순순히 응해주었다. 하지만 제2제철소 실수요자 선정 문제는 결코 어정쩡하게 타협하거나 특정인의 처지를 감안해줄 수 없는, 국가적 명운과 직결된 대의며 대사라는 인식을 강철처럼 단단히 챙기고 있었다. 그러니 당초 그 회의가 어떤 성과를 낳을 리야 만무했다.

"이제는 얼굴 보기도 힘들구먼."

박정희가 반갑게 박태준을 맞았다.

"오래 뵙지 못했습니다."

"그래, 모든 일이 잘 되어가나? 그래서 얼굴 보기가 어려웠나?"

박태준은 잠깐 사이를 뒀다. 벌써 열 달 넘게 끌어온 제2제철소 쟁탈전을 떠올리는 그는 격한 감정을 억누르며 좀 냉소적으로 말했다.

"제가 뵙고 싶어도 그러기가 매우 어려웠을 것입니다."

"그래도 나는 임자가 보고 싶었어."

박태준은 오랜 고립감이 녹는 듯했다. 안 그래도 할 말은 남김없이 할 작정이었지만, 한결 마음이 편안해졌다. 몇 마디 안부와 포철 근황에 대한 대화가 오간 다음에 박정희가 제2제철소를 탁자에 올려놓았다.

"임자의 말을 들어보고 결정하기로 했어."

"여기 계신 분들이 객관적으로 많이 연구하셔서 보고 드린 것으로 알고 있습니다."

박정희가 씩 웃으며 박태준을 쳐다보았다.

"나는 포철 사장 박태준의 보고도 들어야겠어. 시작해."

박태준은 힐끗 자신의 손목시계부터 보았다.

"하지만 시간이 별로 없지 않습니까?"

"시간 걱정은 말고, 하고 싶은 말이 있으면 다 해봐."

박태준은 가슴의 응어리 같은 논리들을 꺼냈다. 대통령이 귀를 기울이자 비서들은 듣고만 있었다. 간간이 대화가 섞인 가운데 정연하게 전개해 나간 그의 긴 주장은 조선일보 선우휘 주필과 대담에서 처음 공개했던 내용들을 하나도 빼놓지 않았다. 뒷부분에 이르러서는 '사람 빼가기'가 야기할 수 있는 '양사(兩社) 공멸'을 우려하는 대목에다 또 하나의 방점을 세게 찍었다. 그리고 이렇게 마무리했다.

"세계 철강업계를 주도하는 선진국들은 개발도상국이 더 이상 제철소를 증설하는 것에 반대하고 있습니다. 세계 철강경기가 악화되면 더 심해질 것입니다. 앞으로는 포철 하나를 계속 확장해나가는 것만으로도 세계 철강업계의 압력을 견뎌내기가 어려울 것입니다."

이윽고 박정희가 비서들을 바라보았다.

"본인은 박 사장의 말을 완벽하게 이해했는데, 여러분의 생각은 어떤가요? 혹시 질문이 있나요?"

묘한 절충안을 내는 목소리가 있었다. 경제 2수석이었다.

"포철이 매년 이익을 내고 있으니, 제2제철소는 현대가 맡아서 하고 포철이 투자하는 방식은 어떻겠습니까?"

박태준은 즉각 반박했다.

"포철이 그런 데 쓸 돈은 없습니다. 밖으로는 융자상환과 설비도입에 막대한 돈이 필요하고 안으로는 사원훈련, 공장관리, 설비보수에 많은 돈이 들어갑니다. 더 중요한 것은, 제철소는 처음부터 끝까지 직접 맡아서 하지 않으면 실패하기 쉽습니다. 그 제안은 탁상공론에 불과합니다."

박정희가 손에 쥔 연필로 톡톡 탁자를 치면서 독백처럼 중얼거렸다.

"정주영은 불도저같이 일하지. 국가경제 발전에 공헌도 크고……."

문득 팽팽한 긴장이 드리웠다. 침묵하며 톡톡 탁자를 치던 연필이 멈췄
다.

"그러나 철은 역시 박태준이야. 오늘의 만남이 결정에 큰 도움이 됐어."

박정희가 똑 부러지게 말했다.

"제2제철소는 포철이 맡아야 합니다. 그렇게 하는 것이 국가발전에 도움
이 되는 길입니다. 모두 수고했습니다."

포항종합제철 창립 10주년을 기념하여 '鐵鋼은 國力'이란 휘호를 선물
했던 박정희, 그의 야무진 결정이 떨어졌다. 포철 사장이 대통령 비서진과
의 긴 씨름에서 승리한 순간이었다. 아니었다. 박정희의 박태준에 대한 완
전한 신뢰, 박태준의 논리에 대한 박정희의 냉철한 수긍이 하나로 뭉쳐져
서 현대 경영진과 대통령 비서진의 동맹을 격파한 순간이었다. 또한 그 결
정에는 박정희가 박태준의 '오랜 빛나는 노고에 대한 인간적인 보답'으
로서 그에게 안기는 선물의 의미도 담겼다. 물론 선물을 받는 쪽은 그만
한 자격을 갖추고 있었다. 제2제철소 실수요자라는, 포항제철소와 같은
제철소를 하나 더 세우라는 엄청나게 무거운 박정희의 선물을 받은 박태
준. 그러나 그는 까맣게 몰랐다. 그것이 박정희의 '마지막 선물'이 될 줄이
야……

제2제철소 실수요자 결정에 대해 박정희가 사실상 '박태준의 포철'로
결정한 것이나 다름없는 상황에서 박태준은 청와대 헬기에 올랐다. 앞 헬
기엔 대통령, 비서실장, 경제수석, 포철 사장이 탑승하고 뒤 헬기엔 포스
코의 건설계획부장, 대통령의 경호원들이 탔다. 박정희의 깊은 관심 속에
서 '제2제철소 입지 선정'의 여정을 출발하는 것이었다. 헬기의 목적지는
서해안 가로림 지역. 오원철 경제2수석이 대통령에게 건의한 곳으로, 경북
영해를 포기한 현대가 재빨리 새로 찍은 곳이자, 그가 또 하나의 울산공단

을 조성하자고 구상하는 곳이기도 했다.

답사를 마치고 박정희가 박태준에게 소감을 물었다. 그는 솔직히 답했다.

"제철소 입지를 간단하게 결정할 수는 없다고 생각합니다. 수많은 기술적, 경제적 요소들을 평가해야 하고 사전에 충분하고 면밀하게 조사해야 합니다."

박정희가 고개를 끄덕였다.

"조사가 충분치 못했다는 얘기구먼. 그러면 전문가들에게 철저한 조사부터 시키도록 해야지."

그런 다음에 박정희는 상공장관이 맡겨둔 서류에 결재를 했다. '제2제철소'라고 쓴 부분을 펜으로 지우고 친필로 '포철 제2공장'이라 쓰며 한마디를 덧붙였다.

"제2제철이 아냐. 포철 제2공장이지."

그 말은 친필 글씨에 단단히 입히는 보호막 같았다. 그것을 직접 지켜보는 최각규는 박정희 대통령의 포철에 대한 애착과 박태준 사장에 대한 강한 신뢰가 물씬 느껴져서 가슴이 짜안했다.

박정희와 박태준의 완전한 신뢰관계가 새삼 확인된 그해 가을, 머잖아 '흰 고양이든 검은 고양이든 쥐를 잘 잡으면 된다'는 한마디 비유로 거대한 대륙과 10억 인구를 개혁개방의 시대로 이끌어나갈 중국 최고실력자 덩샤오핑이 일본을 방문하고 있었다. 일본의 현대적 제철소에 진중한 시선을 기울이는 '작은 거인'을 10월 26일 이나야마 신일본제철 회장이 기미츠제철소로 안내하게 된다. 1965년 5월 한국의 박정희가 미국 피츠버그 제철소를 찾아갔던 것처럼, 1978년 10월 중국의 덩샤오핑은 일본 기미츠 제철소를 찾아간 것이다. 양국 지도자의 선진 제철소 방문에 나타난 시간적 격차는 그대로 양국 산업화의 시간적 격차로 이어지고……. 그런데 덩샤오핑은, 조그만 한반도의 동해안 남단에 붙은 영일만 모래벌판에서 신화를 완성해간다는 주인공을 은근히 궁금해하며 탐내고 있었다.

덩샤오핑의 부러움

홀가분하게 영일만으로 돌아온 박태준은 즉시 현장부터 샅샅이 둘러보았다. 3기 건설의 절정기에 이르러 '건설비상체제'로 돌아가는 곳곳이 구질구질하고 너저분했다. '목욕론'의 시각으로는 도저히 묵과할 수 없는 꼴이었다. 과감히 '목욕'부터 시켜야 했다. 그는 '정리정돈 별동대'를 조직하라고 지시했다. 인력 160명과 각종 장비 28대를 갖춘 특이한 조직의 임무는, 현장의 건설폐자재를 비롯해 모든 쓰레기를 남김없이 수거하는 것이었다. 11월 30일에 해체된 이 별동대는, 수명은 짧아도 10톤 트럭 4천 대분(하루 평균 830톤)의 건설폐자재와 쓰레기를 처리한 기록으로 포철 역사에 남았다.

10월 30일 최각규 상공장관이 '포항종합제철이 제2제철 실수요자로 선정'되었음을 공표했다. '포철 제2공장'을 건설할 박태준은 곧바로(11월 초순) 회사 내에 '제2제철소 입지조사위원회'를 출범시켰다. 위원회는 일본 해양컨설턴트, 가와사키제철, 네덜란드의 네데고 등 해외 용역업체에게 가로림 지역에 대한 종합적 정밀조사를 맡기기로 한다.

포철이 제2공장 입지선정의 '확실한 의견'을 내기 위한 준비작업에 들어간 즈음, 포항의 3기 건설은 '공기 5개월 단축'이란 목표의 9부 능선을 넘어서고 있었다. 영일만의 전사들이 치열한 작업강도를 11월 한 달만 더 감당해주면, 의심 가득한 외국인 기술자들에게 다시 한번 '기적'을 보여줄 수 있다는 뜻이었다.

11월 중순, 박태준은 모든 현장의 보고를 종합한 결과 포항 3기의 종합준공을 확인할 수 있었다. 영일만에 연산 조강 550만 톤 규모의 제철소를 탄생시켜 일약 세계 17위 제철소로 도약할 포철, 남은 것은 종합준공식이었다. 대통령의 일정에 맞춰 확정한 날짜는 12월 8일이었다.

박태준은 도쿄로 날아갔다. 지난 10년간 아낌없는 성원을 보내준 은인들에게 감사의 뜻을 담아 준공식에 초청하려는 걸음이었다. 그는 몰랐지만, 제법 오래 전에 배달된 '아주 특별한 화환'이 길이 시들지 않을 것처럼 기다리고 있었다.

박태준은 누구보다 먼저 신일본제철 이나야마 회장을 방문했다. 포철의 승승장구를 진심으로 축하해준 그가 미소를 지었다.

"박 사장님, 중국에 납치되지 않도록 조심하세요."

"무슨 말씀이십니까?"

박태준은 조금 긴장했다. 자라 보고 놀란 가슴, 솥뚜껑 보고 놀란다더니 순간적으로 포철의 걸음마 단계에서 맞았던 '저우언라이 4원칙'을 떠올렸다. 이나야마가 껄껄 웃었다.

"이번 10월에 중국의 덩샤오핑이 우리 제철소를 방문했습니다. 자본주의 경제제도에 관심이 많은 것을 보니 죽의 장막에도 조금씩 문이 열리는 것 같습니다."

"몇 년 전에 벌써 조그맣고 가벼운 탁구공이 거대한 죽의 장막에 구멍을 내지 않았습니까?"

'탁구공'은 1974년 미국과 중국의 '핑퐁외교'를 가리켰다.

1978년 10월 26일 덩샤오핑이 일본 기미츠제철소에서 방명록을 쓰고 있다.

"그렇지요. 그런데 덩샤오핑은 일본의 제철소에 대한 관심이 유난히 깊더군요. 기미츠제철소를 둘러보자 뜻밖에도 포철 이야기를 꺼냈습니다. 결론은, 우리한테 포철 같은 제철소를 중국에 지어달라는 것이었어요. 진심의 부탁이었는데, 가능할 것 같지 않다고 공손히 답했어요. 덩샤오핑은 조바심 내는 것 같더니, 그게 그렇게 불가능한 요청이냐고 정중히 되물었습니다."

이나야마는 환한 표정으로 말을 이었다.

"제철소는 돈으로 짓는 것이 아니라 사람이 짓는데 중국에는 박태준이 없지 않느냐고, 박태준 같은 인물이 없으면 포철 같은 제철소는 지을 수 없다고 명백히 말해줬습니다. '포철은 기적'이라는 말과 함께요. 덩샤오핑은 잠시 생각에 잠기더니, 그러면 박태준을 수입하면 되겠다고 했어요. 박 사장님, 중국이 당신을 납치할지도 모릅니다."

이나야마와 박태준은 홍소를 터뜨렸다.

그때 이미 중국 지도부는 '박태준 파일'을 갖추고 있었다. 어떤 인물이 어떤 신념과 어떤 리더십으로 포철의 기적을 이룩하였는지를 중국은 훤히 꿰차고 있었다. 그것은 1978년 여름 이후, 중국에서 한국의 경제인 가운데 '박태준'을 가장 훌륭한 인물로 인식시키는 계기가 되었다. 이 일화는 널리 퍼져나갔다. 이나야마가 일본, 한국, 중국의 여러 인사에게 즐거운 화제로 삼았던 것이다.

550만 톤, 제철기술의 식민지 극복

12월 8일 오후 3시, 3고로 주상에서 '포철 3기 설비 종합준공식'이 열렸다. 대통령, 상공장관, 건설장관을 비롯한 내외 귀빈 300여 명이 참석했다. 박정희는 "1984년까지 우리나라가 철강생산능력에 있어 전 세계 10위권대에 들어가면 조선, 석유화학, 자동차공업, 시멘트 생산능력에서 모두 전 세계 10위권 내에 들어가게 된다."라는 포부와 비전을 제시했다.

급속한 경제성장을 위해 '한국적 민주주의'를 할 수밖에 없다는 대전제를 존재의 근거로 밟고 있는 유신체제. 박정희는 영일만의 기적을 찾아와 '경제개발'을 당당히 실증하고 싶었는지 모른다.

국내 모든 언론은 정치상황과 무관한 시각에서 '포철의 위업'에 찬사와 격려를 아끼지 않았으며, 박태준을 '한국의 카네기'라 부르는 데 주저하지 않았다. '다른 욕심'은 없느냐며 은근히 정계진출 의사를 타진한 질문도 나왔다. 그러나 그는 '철에 미친 사람으로서 전혀 다른 욕심은 없다'고 잘라 말했다.

'종업원을 다그친' 지휘자와 그 아래서 정신적 일체감으로 뭉친 모든 사원의 피땀으로 550만 톤 체제를 갖춘 포철의 영광은, 박정희와 박태준의 '철강 2000만 톤 시대'라는 원대한 목표의 25%쯤에 접근한 수준이었다.

성대하고 자랑스러운 준공식을 마친 박정희는 그날 하룻밤을 경주 호텔에서 묵었다. 박태준이 영빈관 '백록대'를 권유했으나 미리 박정희가 사양을 했었다. 그는 대통령의 배려를 가슴으로 받았고⋯⋯.

경주로 가는 대통령의 차에는 상공부 장관이 동승했다. 이때 나눈 박정희와 대화를 최각규는 오래 잊지 못한다. 백록대로 가지 않은 대통령의 뜻을 헤아릴 수 없었던 그가 박태준 사장이 안 따라 온다며 좀 의아해했더니 박정희가 이렇게 말했다.

"내가 오지 말라고 했어. 외국 손님들도 많고 한데 그 일이나 잘하라고 했어. 사실은 그래서 내가 그 자리를 피해준 거야. 내가 거기 있어 봐. 내게 신경 쓸 일이 좀 많겠어?"

최각규는 새삼 놀랐다. 가슴에 잔잔한 감동의 파문이 일기도 했다. 두 사람의 특별한 관계에 대한 소문을 듣기도 하고 두어 달 전에는 제2제철소 실수요자 결정에서 그것을 직접 확인도 했지만, 긴 말 하지 않아도 서로 통하는 무언가가 없고서야 어떻게 그럴 수 있겠는가. 다른 국영기업체 사장 같으면 대통령이 오지 말란다고 해서 누가 그 말을 곧이곧대로 듣고 안 따라 오겠는가.

1978년 세모에 박태준은 포항 4기 설비의 '조기착공과 조기준공'에 관한 세부계획 작성을 지시했다. 제4고로·제2연주·제2열연공장을 비롯한 7개 공장의 신설, 제2제강공장을 포함한 6개 공장의 확장, 항만·하역·철도 등 11개 부대설비를 증설해야 하는 '4기 확장공사'는 3기까지 건설해온 지난 10년간 터득한 경험과 지혜를 총동원하기로 하고 건설본부 조직을 대폭 개편했다. 4기 확장공사를 '기필코 우리 손으로 제2제철소를 설계·건설하기 위한 마지막 수업 기간'으로 활용하겠다는 각오를 실행하는 조치였다.

3기 설비 종합준공식이 끝난 뒤에는 일본기술단이 보따리를 꾸려 본국으로 돌아갔다. 제철기술의 식민지를 극복하려고 과감한 해외연수와 기술개발에 투자해온 포철은, 이제 기술독립의 기반을 확고히 다져야 할 차례였다. 기술독립을 바탕으로 세계 최고 제철기술을 확보한다는 더 큰 목표를 향해 나아갈 수 있어야 했다. 10년 가까이 영일만에 머물렀던 일본기술단이 석별의 심정을 남겼다.

모든 역경을 딛고 포항제철은 단기간에 일본의 제철소에 버금가는 대규모의 선진제철소를 건설하는 데 성공했다. 이 회사가 4기 확장을 마칠 때면 아마도 생산능력과 시설 면에서 세계 최고가 될 것이다. 포항제철의 잠재능력은 경영정보시스템, 연수원, 정비관리센터 등 독창적인 조직에 기인한다. 고급인력과 최고경영자의 탁월한 경영능력이 합쳐져 포항제철은 머지않아 세계 최고가 될 것이다.

그냥 덕담이 아니었다. 실감과 실상 그대로였다.

박정희는 박태준에게 '특별한 보상'을 안겼다. 그동안 너무 많이 독수공방시킨 아내를 위로하는 뜻에서라도 한 달간 세계여행을 다녀오라는 것. 하지만 박태준은 휴가를 받을 수가 없었다. 사원들의 고생도 참 많았기에 사양했다.

1978년을 고작 이틀 남긴 날이었다. 사무실과 현장마다 박수와 환호성이 터졌다. 동아일보가 '올해의 인물'로 '포항제철의 박태준 사장'을 선정했기 때문이다. 사원들은 망년회에서 외칠 멋진 말을 챙길 수 있었다.

"철에 미친 우리 사장님이야말로 진짜 애국자다. 우리 사장님의 영광과 포항제철의 무궁한 발전을 위하여!"

동아일보는 1978년 12월 29일자 1면 한복판에 다음과 같이 선정 이유를 밝혔다.

마치 철인(鐵人)처럼 철(鐵)에 파묻혀 포철을 제1기 사업 연산 103만 톤 규모에서 이제 550만 톤으로 끌어올리기까지 그 자신이나 포철 종업원들은 한결같이 한의 세월을 보냈다. 지나간 10년 세월을 한국경제의 도약기로 본다면, 박 사장은 그 뒤에 숨은 말없는 주역의 한 사람으로 보아 무방할 것 같다. 비록 저임금, 물가고, 빈부격차의 확대 등 응달지역이 독버섯처럼 눈에 띄기는 하나, 70년대 들어 우리 경제가 양적으로 성장한 것만은 틀림없다. 이때 또 얼마나 많은 사람들이 '성장열차'에 올라앉아 자신의 기여도를 높이높이 자랑했는가. 그러나 박 사장의 경우 일선에 별로 나타나지 않았다. 그는 화려한 장막 뒤에서 말없이 10년을 보내면서 오늘의 한국경제를 이끌어갈 중화학 공장의 모체인 철강공업을 일으켰다. 그는 숨가쁘게 움직였으며 늘 바빴다.

이 기사가 놓친 것은 한국사회에는 1978년에도 낯설었던 '전산화'다. 1950년대부터 일본 제철회사들은 일본을 경제대국으로 끌어올리는 견인차 역할을 했다. '산업의 쌀'을 안정적으로 공급했을 뿐 아니라, 뛰어난 정보기술을 산업계에 전파한 공로가 컸다. 종합제철소는 다른 제조업과 달리 복잡하고 다양한 과정을 일관공정 체제로 관리해야 해서 전산화 도입시기가 빨라진 업종이다. 포철도 초창기부터 전산화에 깊은 관심과 노력을 기울였다. 설비자동화의 필수기술인 자동제어 시스템을 비롯해 공정계획·작업지시·품질관리·인력관리·조직관리·매출관리 등 회사의 모든 신경계를 컴퓨터에 집대성 한다는 목표에 다가서고 있었다.

일본 철강업계들이 '철과 전산화'로 일본경제에 기여했듯, 포철도 국내 제조업체에 '산업의 쌀'을 공급함으로써 산업발전의 견인차 역할을 하고 FA, OA, 통신 등 첨단시스템을 도입·적용하여 정착시키는 데 앞장서게 되었다.

박정희의 마지막 방문과 통음의 밤

1979년 1월 31일 저녁, 박정희가 포항으로 내려온다고 했다. 명목은 다음날로 잡힌 '포철 4기'(850만 톤 체제) 종합착공식 참석이었다. 그러나 진짜 목적은 다른 데 있는 듯했다. 대통령이 고향 막걸리를 마시고 싶다고 부탁한 것이었다. 박태준은 속마음을 헤아렸다. 막걸리 한잔 하자는 것이구나. 그는 선산(구미)으로 사람을 보내서 막걸리를 구해오고 신선한 해물들로 안주를 마련했다.

박태준은, 대통령이 지치고 외로워 보였다. 어떤 부담도 없이 편안하게 대작을 하고 싶어서 오셨구나. 사모님만 계셨더라도……. 육영수, 그 이름과 그 모습이 그의 가슴을 쓰라리게 했다.

오랜만에 불을 밝힌 백록대, 이층에 마련된 술상. 박정희와 박태준은 정말 오랜만에, 거의 20년 만에 인간적인 맨가슴을 열어놓고 있었다.

"이렇게 편안하게 모셔본 것이 정말 까마득한 옛일인 것 같습니다."

"나도 임자하고 이런 자리를 갖고 싶어서 훌쩍 찾아온 거야."

쌍박(雙朴)은 한참 동안 술잔에 추억을 담았다. 몇 해 전 숙취에 시달리는 포철 사장을 위해 대통령이 주치의를 사나흘 포항에 두었던 일도 서로 즐거이 더듬었다. 데면데면한 구석이라곤 전혀 없는 분위기 속에서 헤아리지 않는 술잔을 나누었다.

대화가 철강 쪽으로 이어졌다. 박태준이 보고하듯 또박또박 말했다.

"내일 착공하는 4기를 마치면 850만 톤 규모로 확장됩니다. 포항에서 1000만 톤은 부지가 협소해서 한 번 더 확장해도 역시 목표치를 달성하기 어렵겠지만, 제2공장에서 1200만 톤을 해버리면 대망의 철강 2000만 톤 시대를 넘어서게 됩니다. 자신감이야 넘칩니다만 아직 갈 길이 멀어 보입니다."

두세 차례 고개를 끄덕인 박정희가 불현듯 목소리를 깔았다.

"태준이."

'임자'도 아니고 '자네'도 아니고 참으로 오랜만에 박정희의 육성으로 들어보는 이름에 박태준은 좀 멍멍했다.

"네, 각하."

"내가 말했나? 우리가 가야할 길이 혁명 때 처음 생각했던 것보다 험하고 멀다고?"

"네. 포철에 오셔서 그런 말씀을 독백처럼 하셨지요."

"언제였나. 우리가 고로 앞에서 약속했지. 고로의 불꽃이 국가재건, 민족재건의 불꽃이니 끝까지 짊어지고 가자고,"

"1억 달러가 없어서 그렇게도 속을 태웠던 1고로 앞이었습니다. 그때 약속드린 대로 철강 2000만 톤의 그날까지 어떠한 일이 있어도 짊어지고 가겠습니다."

"태준이 약속은 신용장인 거 알아. 그렇게 해야지."

두 사람은 똑같이 눈높이로 막걸리 잔을 들었다.

문득 박정희가 대미(對美)관계를 꺼냈다. 그는 지미 카터 미국 대통령과의 불편한 속사정을 솔직히 토로했다. 묵묵히 듣고 있는 박태준은 그 대목에서 1974년 6월 가족과 함께 백록대의 첫 귀빈으로 찾아온 박정희가 건물의 흰색을 가리키며 "백악관이야 뭐야" 하고 짜증 부리던 장면을 얼핏 떠올려야 했다.

이윽고 국내정치가 화제에 올랐다. 박정희도 박태준도 피하고 싶었는지 몰라도 어쩔 수 없이 그렇게 흘러갔다. 박태준은 대미관계처럼 이번에도 주로 경청하는 입장이었다. 그러고 있는 어느 순간, 묵묵히 듣고만 있던 박태준이 마치 아슬아슬한 어떤 실마리를 조심스레 잡는 경우처럼 속에 가둬뒀던 생각 하나를 꺼냈다.

"각하께서 잘 알고 계시다시피 저는 최고회의를 떠난 뒤로 정치와는 담을 쌓고 제철에만 몰두해왔습니다. 원래부터 정치에는 소질이 부족한 데다 그래서 정치 감각이 더 둔해졌습니다만, 세상의 매사에는 다 단초라는 것이 있다고 한다면, 국내정치를 더 어렵게 만든 계기는 아무래도 73년 8월의 김대중 납치사건이 아닌가 합니다. 아무리 정적이어도 그런 방식으로 다룬 것은."

박태준이 말을 멈췄다. 박정희의 시선이 예사롭지 않았던 것이다.

"태준이마저 나를 그런 사람으로 보나?"

박태준은 움찔했다. 그 사건이 대통령의 획책이었다는 것이 아니라, 그때 중앙정보부장이었던 이후락의 엄청난 과오를 비판할 참이었는데, 박정희는 그런 틈조차 주지 않았다. 하지만 말씨는 오히려 차분했다. 회한 같은 것이 묻어 있었다.

"알아, 태준이 마음은……. 그때 이후락이 헐레벌떡 청와대로 올라와서 숨이 넘어갈 것처럼 보고한 것이 바로 그 사건이었는데, 나는 처음 듣는 거였어. 미국 쪽에서 당장 중단하라는 전화가 왔다나. 너무 화가 치밀어서 재떨인지 뭔지 탁자 위에 있던 걸 면상 쪽으로 확 집어 던지고는, 그따위 짓거리는 당장 집어치우라고 고함을 질렀어."

박정희가 잔을 비우고 말했다.

"김형욱이, 이후락이, 두 놈을 너무 오래 썼어."

박태준은 얼른 위로의 말이 떠오르지 않아 혼자서 잔을 들었다. 그리고 잔을 내려놓으며 밝은 목소리로 화제를 돌리려 했다.

"그때 그 사건 때문에 갑자기 저는 진짜 사업가로 변신하게 되었습니다."

"허어, 그래?"

이번에는 박태준의 이야기가 제법 길어졌다. 김대중 납치사건으로 한일경협마저 꽁꽁 얼어붙은 그 난국을 '사업가 방식'으로 돌파하자며 독일로 날아가서 포철 2기 설비구매에 유럽 철강업체를 끌어들이고 크게 성공을 거둔 사연이었다.

박태준의 즐거운 회고담이 무거웠던 분위기를 엔간히 걷어냈다. 박정희도 밝은 기운을 더 받고 싶은지 새로 박태준의 잔을 채워주며 거의 20년이나 흘러간 '회도 좋고 술도 좋다'고 했던 저 아득한 부산 시절의 한 토막을 술상 위에 올려놓았다.

"부산에서 기자들하고 한잔 하던 그날 밤에 광주로 가라는 인사명령을 받았잖아?"

"예. 그랬습니다."

박태준이 환히 웃었다. 사령관을 업고 나왔던 그날 밤에 사령관이 보여줬던 우스꽝스런 안남춤 장면을 언뜻 떠올린 것이었다. 박정희도 그러는지 미소를 머금었다.

1979년 1월의 마지막 밤, 창 밖에는 겨울바람이 으르렁거려도 하늘엔 들꽃 같은 별들이 총총히 피어 있었다. 그리고 총총한 별들만큼이나 무수한 이야기들이 두 사람의 술잔을 기다리고 있었다. 박정희의 고향 막걸리가 동이 나야만 자리를 작파할지 몰라도, 막걸리는 1월의 긴 밤처럼 넉넉히 남아 있었다.

포철의 공식 기록에는 '박정희의 13번 포철 방문' 날짜가 열두 번째까지만 남아 있다. 마지막 열세 번째는 보이지 않는다. 백록대에서 박태준과 단둘이서 맨가슴으로 '고향' 막걸리를 대작한 그날이 열세 번째 방문이었다. 이튿날 박정희는 포철에 들리지 않고 서울로 올라갔다.

2월 1일 포철은 4기 확장공사 종합착공 발파의 굉음을 터뜨리며 '영일만의 신화'를 완성하기 위한 제4막의 무대를 열었다. 연산조강 850만 톤 규모로 확장하는 4기 건설은 3기 건설과 비교해 장단점이 두드러졌다. 가장 큰 장점은 '경험축적'이었다. 중동 특수경기의 후퇴로 건설인력을 확보하기 쉬워졌다는 사실도 장점일 만했다. 단점은 크게 네 가지였다. 부지협소, 기존설비들과의 간섭사항 증가, 대폭 확대한 국산화 품목의 품질과 성능에 대한 불안, 컴퓨터시스템(전산화) 확충에 따른 신기술 습득. 하지만 단점들은 '무(無)'에서 도전했던 과거에 견주면 고민거리가 될 수 없었다.

여름의 잉태, 박정희의 예감

'건설은 공기단축, 조업은 예비점검'. 1979년 2월 초순에 박태준은 이 슬로건이 모든 현장에서 실천되도록 하는 것이 가장 중요하다고 판단했다. '자주관리운동' 강화가 좋은 방법이었다. 포철은 1973년 11월 처음 자주관리운동을 도입한 이래 꾸준히 분임조 단위의 현장 활동을 장려했다. 1974년과 1975년 두 해 동안 적용단계를 거친 뒤, 1976년부터 '자주관리 능력의 확충'을 회사 운영목표에 포함시켰다. 그래서 작업장 중심의 자주관리운동이 전면적으로 확산되었고, 1978년부터는 여섯 달 단위로 대대적인 '전사(全社) 자주관리 경진대회'를 개최했다.

1979년 2월 1일 포항 4기 종합착공식을 거행한 다음부터 박태준은 새로이 '자주관리'의 목청을 가다듬었다.

"그 어느 때보다 자주관리운동이 우리 사원들의 자발적, 주체적 동참 속에서 이뤄져야 합니다. 늘 강조했지만, 자주관리운동은 자기계발과 상호계발을 행하여 분임조원 개개인의 성장을 도모하고, 인간성을 존중하며 생기 있고 활력 있는 직장 분위기를 만들며, 상사의 방침을 달성하고 회사의 영속적인 발전에 기여하는 운동입니다. 지금 이 시간 우리는 2년 전 4월 24일에 겪은 제강사고와 그것을 극복하는 과정에서 건진 뼈아픈 교훈을 성찰하면서 정신무장을 새롭게 하지 않으면 안 됩니다."

850만 톤 체제의 조기완공에 도전장을 던진 시점에서, 박태준은 4·24 제강사고의 아픈 기억을 자극했다. 무엇보다 회사의 규모와 사원의 경험을 고려하고 있었다. 이미 550만 톤 체제부터 관리범위가 방대해졌지만 그만큼 경험도 축적된 조직이기에 자주관리 시스템을 정착시킬 적기라고 판단했다.

2월 7일 자주관리운동 매뉴얼을 제정해 배포한 데 이어, 3월 26일 부서마다 제1분기 자주관리활동 발표회를 열었다. 5월 11일 자주관리 특별독려비를 지급하고 6월 9일 자주관리추진위원회를 구성한 데 이어, 6월 27일 모든 부서가 참가한 자주관리 촉진대회와 전시회를 열었다.

하루가 다르게 무더워지는 어느 날, 박태준은 임원회의에서 솔직한 심경을 토로했다.

"나도 인격이란 문제를 생각하지 않을 수 없소. 그러나 내가 이 공장을 맡을 때는 전쟁터에 나온 소대장의 결의 그 이상의 다짐으로 시작했소. 이 사업이 실패하면 경제적으로 보아 국가의 기둥 하나가 빠지는 결과를 낳기 때문이오. 이건 변할 수 없는 신조지만, 이제부터는 정말 자주관리문화가 중요한 거요."

이것은 의지표명과 당부였다. 앞으로도 부실공사를 비롯한 온갖 허튼 수작은 단호히 척결하겠다는 의지. 말 그대로 '자신의 현장을 스스로 책임지고 관리하는' 기업문화를 창조해 현장에 대한 사장의 지적과 추궁을 최소화시킴으로써 사장과 사원들의 인격을 동시에 보호할 '자주관리운동'을 임원들이 앞장서서 조기에 정착시켜 달라는 당부.

박태준이 '자주관리운동'을 역설하고 있는 6월에 갑자기 귀한 손님이 포항으로 찾아왔다. 후쿠다 다케오였다. 1965년 일본 내각의 대장상을 맡았을 때부터 한일 양국의 국교정상화에 적극적인 역할을 했고, 포철이 대일청구권 자금을 전용하는 과정에서 크게 도와줬던 인물이다. 1978년 수상에 오른 뒤로도 편안한 자리에선 박태준을 늘 '박 선생'이라 불렀다. 그가 박정희의 초청으로 서울을 방문한 걸음에 공식일정에도 없던 영일만까지 내려온 것이었다. 박태준은 현장을 살피는 중에 소식을 듣고 마중을 나갔다. 그 경황없는 만남에서, 후쿠다는 비행장에 내린 순간에는 '박 선생'이 안 보여 몹시 섭섭했다고 했다. 하지만 박태준은 포항 해병사단 비행장에 한 걸음 먼저 도착해 기다리고 있었다. 다만 그가 작업복 차림이어서 귀빈이 얼른 알아보지 못했을 뿐이었다.

1979년 7월 초순, 장안의 화제는 2박3일 방한 일정을 마치고 7월 1일 서울을 떠난 지미 카터 미국 대통령과 박정희 대통령의 정상회담이었다. 인권 문제, 주한미군철수 문제를 놓고 양국 수뇌가 심하게 얼굴을 붉혔다는 소문이 장삼이사의 술안주 거리였다. 유언비어가 아니라 실상에 가까운 거였고…….

도쿄에서 7개국 정상회의를 마치고 서울로 들어왔던 미국 대통령 일행은 '포철의 귀중한 한 사람'에게 자유를 선물하기도 했다. 영어생활을 6년 넘게 감당한 뒤에도 여전히 옥중에 있던 김철우 박사가 그해 8월 15일 광복절 특사로 풀려나는 것이다. 냉전체제의 이념대결이 세계에서 가장 엄혹하게 관철된 한반도의 한 희생양이 그토록 지난하게 자유를 회복한 과정에는 그의 일본인 친구들의 조력도 작용했다. 김철우를 잘 아는 그들(과학자)이 지미 카터를 수행한 비서와 따로 만나서 '김철우는 스파이가 아니다'라는 진정을 했고, 그것이 한국 정부의 요로에 강하게 전달되었다.

박태준을 만나러 와서 기념휘호를 쓰고 있는 후쿠다 다케오

여름의 한복판, 때아니게 여의도 국회가 임시로 문을 열었다. 7월 23일 언론의 초점은 야당 총재 김영삼의 '질의'에 집중되었다. 그는 두 달 전 신민당 전당대회에서 대표로 뽑혀 "민주회복의 새 시대가 마침내 열렸다.", "새로운 김영삼으로 새 출발함을 믿어 달라." 하고 장쾌히 선언했었다. 어떤 내용을 어느 수위에서 조리 있고 맛깔스럽고 시원하게 발언해줄 것인가. 시민은 더위에 지쳐 소낙비를 기다리는 심정으로 여의도의 통쾌한 소식을 바라고 있었다. 그러나 김영삼의 발언은 밋밋했다.

서울시민이 지미 카터의 방한 뉴스를 잊어 가는 7월 24일, 청와대에서 대통령이 주재하는 회의가 열렸다. 안건은 포항제철 제2공장 입지 선정이었다. 고재일 건설장관, 최각규 상공장관, 박태준 사장이 참석했다.

한여름 밤에 박태준은 박정희의 부름을 받았다.

"임자하고가 제일 편해. 머리를 몇 개씩 달고 마시는 술이 술이야? 간장이지."

"오늘 저녁에는 틀림없이 술을 드시게 됩니다."

두 사람은 편안히 웃었다. 그러나 박태준은 박정희가 몹시 고독해 보였다. 분위기가 좋지 않다는 소문을 나돌게 만든 한미정상회담의 후유증인가. 이런 짐작을 그는 해보았다.

"각하와 카터의 회담이 처음엔 어색했지만 결말은 비교적 잘된 것이라고 들었습니다만."

박정희가 설명했다.

"주한미군을 철수하지 않겠다는 약속만 보면 결말이 좋았다고 보이겠지. 나는 생각도 느낌도 달라. 단단히 벼르고 있었는데, 카터가 회담 자리에 앉자마자 일방적으로 쏘아버렸어. 배석자들 말로는 통역까지 그게 45분이나 걸렸다는데, 주한미군의 역할이 무언가, 얼마나 중요한가, 이걸 교사가 학생을 훈육하는 것처럼 들려줬던 거야. 그간에 카터가 괴롭혔던 것에 대해 갚아줬던 거지. 카터는 화를 꾹 참고 있다가 다 듣고 나서는 반격도 하더군. 한국이 북한보다 인구도 많고 경제력도 강한데 왜 북한이 군사적 우위를 점하도록 허용하느냐. 이거였어. 우리가 자주국방을 실제로 해야 돼. 언제까지 매달리고 끌려갈 수는 없잖아? 지금 내 소원이 뭔지 아나?"

박정희가 박태준을 똑바로 쳐다보았다.

"자주국방 계획을 완수하는 날, 그날로 국군의 날 행사처럼 보란 듯이 시가행진 하고, 사열 받고, 즉시 하야성명 발표하고, 청와대를 떠나서 시골 농부와 같은 사람으로 돌아가는 거야. 뭐 그리 먼 일은 아니야. 준비가 잘되고 있어."

자주국방을 위한 어떤 비장(祕藏)의 계획이 완성 단계에 접어들었다는 뜻이었다. 박태준은 박정희의 얼굴에 얼핏 피어나는 낭만적인 청년의 표정을 포착할 수 있었다. 순간적으로 혁명을 꿈꾸는 장군 시절에 시인 구상을 비롯한 친구들과 어울리는 기개(氣槪)의 술자리로 돌아간 사람 같았다.

"저는 철모 같은 작업모가 어울리지만 원래 각하는 허름한 밀짚모자가 어울리지 않습니까?"

박태준이 밝게 받았다.

"그래. 나는 시골 농부들이 좋아. 순박하지. 그 사람들하고 논둑에 주저앉아 막걸리를 마시면서 남은 세월을 보내고 싶은데……."

박정희가 말끝을 흐렸다. 다시 표정도 어두워졌다.

"카터를 재차 만나서는 기분을 좀 풀어줬지. 김포공항으로 가는 리무진에 동승을 했는데, 나한테 종교가 있느냐고 물었어. 기독교라는 답을 기대하는 줄이야 알았지만, 나는 어린 시절에 고향에서 주일학교에 다닌 경험밖에 없었으니까 없다고 했더니, 대통령 각하께서 예수 그리스도를 만나게 되기를 희망한다고 하더군. 말이야 정중했지만, 끝까지 인권문제를 건드렸던 거지."

박태준은 묵묵히 있었다.

"재차 만났을 때도 카터는 양국간 가장 중요한 문제가 인권개선 조치라고 하더군. 그때는 나도 예의를 차렸어. 현재로서는 어떤 조치를 취해야 할지 확언할 수 없으나 대통령 각하를 만족시키기 위해 최선을 다하겠다는 말을 해줬던 거야……. 왠지 모르겠어. 나는 여기까지가 아닌가 하는 느낌이 들어."

나는 여기까지가 아닌가 하는 느낌, 이것이 1979년 한여름 밤에 박정희가 박태준에게 털어놓은 자기 운명에 대한 예감이었을까. 박태준은 인생의 황혼에 이르러서도 그날 마지막 만남과 마지막 대작의 독백 같았던 그 말을 박정희의 유언처럼 기억하게 된다.

건설부가 다시 제2제철소 입지로 '아산만'을 밀었다. 입지선정의 주체적 권한이 없는 포철은 여전히 들러리 위치에 머물렀다. 건설부 발주로 북평항 건설공사에 참여하고 있는 일본의 다이토는 건설부 발주의 아산만 조사용역을 받았다. 7월 24일 결과가 나왔다. 준설을 해도 항로의 유지 관리나 선박의 항해에 문제가 없다고 했다. 그 내용이 대통령에게 보고되었다. 박정희는 제2제철 입지를 아산으로 확정했다. 박태준은 아산(평택군 포승면)에 건설사무소를 개설하고 유상부를 공사부장으로 보냈다. 포철이 직접 '상세 지질조사'를 실시할 차례였다. 박태준의 이 지시는, 제2제철소 입지선정에 대한 정부와의 갈등을 잉태한 일이었다.

영일만에 '큰 배탈사고'가 일어났다. 연간 300만 톤 쇳물을 생산할 수 있는 대형용광로인 3고로가 말썽을 일으켰다. 포철엔 팽팽한 긴장이 흘렀다. 1고로와 2고로의 용량을 합친 것보다 더 큰 3고로의 불이 꺼지는 사태가 발생한다면…….

고로의 말썽을 '배탈'이라 부릅니다. 300만 톤짜리를 세운다고 했을 때, 솔직히 겁을 먹었습니다. 우리 기술력에는 아직 너무 과하지 않나 했던 겁니다. 나는 3고로 공장장으로 갔습니다. 그런데 겁먹고 있었던 것을 용케도 고로가 알아차린 것처럼 말썽을 일으키더군요. 음식을 잘못 먹었는지, 고로가 탈났는지……. 원료에서 잘못되었다면 음식이 상했다고 볼 수 있지요. 550만 톤 쇳물 공장에서 300만 톤이 문제를 일으켰다, 그걸 돌리는 일선 책임자로서는 대역죄를 저지른 기분이었지요. 꼬박 2주일 동안 거의 뜬눈으로 고로에 층층이

구멍을 뚫어 확인하는 사투를 벌인 끝에 간신히 배탈을 잡았어요. 회복에 1주일이 더 필요했고. 3주간의 영업손실은 60~70억 원……. 그런데 박 사장께서 '배탈을 경험하고 극복한 기술자들이 제철회사의 자산'이라며 오히려 격려해주시더군요. 밤샘 작업에 매달려 있었을 때는 '센트롬'이란 미제 비타민을 주셨는데, 그것도 잊혀지지 않는 일입니다.

강창오(전 포스코 사장)

배탈의 현장에서 잠을 설치는 사원들을 격려한 박태준은 임원회의에서 두 가지를 지적했다.

"포철이 현재까지 습득한 여러 기술은 개인만 소유했지, 회사 내에 공유하여 축적되어 있진 않소. 우리 기술원들은 데이터를 중시하지 않는 경향이 있고 그저 상식으로 적당히 판단하는 경우도 많아요. 이제부터 이를 시정해 나가시오."

영일만의 박태준이 '제3고로의 배탈' 치료에 신경을 곤두세우고 있는 뙤약볕의 어느 날, 서울에선 YH무역 여성노동자 170여 명이 회사운영 정상화와 노동자 생존권보장을 요구하며 신민당사를 점거하고 농성에 돌입했다(8. 9.). 이틀을 견디지 못한 공안당국이 경찰 1천여 명을 투입했다. 강제해산 과정에서 노동자 1명이 추락사하고 100여 명이 부상당했다. 여성노동자들과 야당 의원들과 취재기자들에 대한 무차별 폭행으로 아비규환의 한여름 밤을 만들었던 'YH사건'은 그러나 유신체제의 종말을 알리는 전주곡으로 승화될 가능성을 비쳤다. 갈래가 많기로 소문난 한국 민주화운동세력을 대동단결의 대오로 '유신타도'라는 이름 앞에 결집시키고, 유신체제의 수뇌부에 초조감과 위기감을 안기고, 청와대와 백악관의 관계를 한층 더 악화시켰기 때문이다.

동일한 역사의 무대에 공존할 수 없는 것처럼 '억압과 저항의 관계'를 형성해온 '경제개발과 민주화'의 대립은 바야흐로 절정의 시기로 다가서고 있었다. 싸움의 양상은 간단했다. 독재권력은 물리적 폭력으로 저항의 현장을 손쉽게 제압하는 연승을 거듭해왔지만, 민주화 세력은 패배의 반복에도 불구하고 정의와 시간이 자신들의 편이라는 확신 위에서 패배의 탑을 쌓으며 그것을 결정적 역전의 저력으로 비축하고 있었다.

가을의 전설

포항 4기 설비는 착공 후 여섯 달 만에 공사 절정기를 두어 달포 앞두고 있었다. 박태준은 외국에서 들어올 설비의 선적시기와 국산화 설비의 품질상태를 확인하는 한편, 자주관리운동을 기업문화로 만들기 위해 임원과 간부사원들을 독려해나갔다. 비서실에다 작업장과 조장에게 직접 강의할 스케줄을 짜보라는 지시도 내렸다. 그는 확신했다. '현재 1만4천 명에 육박하고 앞으로 갑절이나 더 늘어날 대조직을 효율적으로 운영하려면 반드시 자주관리운동을 기업문화로 정착해야 한다.'

9월 하순의 어느 날, 박정희의 오랜 친구 한 사람이 청와대를 방문했다. 시인 구상이었다. 대통령과 시인의 인간관계는, 시인이 술자리에서 대통령을 "박첨지"라 부를 만큼 서로 흉허물 없이 마냥 이무러운 사이였다. 구상은 착잡하고 안쓰러운 진심을 담아 박정희에게 말했다.

"임자가 물러날 때가 되었어."

이어서 구상은 '뒷일 수습의 인사 문제'에 대한 생각도 털어놓았다. 박정희는 답이 없었다. 그저 묵묵히 듣기만 했다. 하지만 극진한 우정을 마음으로 받고 있었다. 대통령은 문앞까지 나와서 시인을 배웅했다.

10월이 열리기 바쁘게 신민당 총재 김영삼은, 한국 기관원들이 사전에 검열할 수 없는 뉴욕타임스와의 인터뷰를 통해 '한 건'을 올렸다.

"미국이 공개적이고 직접적인 압력을 통해 박정희 대통령을 제어해줄 것을 요청한다."

모국어 발음에 어설픈 그가 모국어로 발음했다면 '제거'로 들렸을지도 모르지만 통역자의 영어 발음과 미국신문의 표기로는 완전히 구분되게

'박정희를 제어해'달라고 부탁했건만 마치 '박정희를 제거해줄 것'을 요청한 것처럼 청와대와 여당이 난리를 부렸다. 10월 3일, 공화당과 유정회는 긴급히 합동조정회의를 열어 '김영삼의 국회의원 제명'을 결의했다. 그들이 발표한 9개항의 징계사유는 그럴싸하게 포장되었다. 특히 이라크 사태를 통해 반미(反美) 정서를 느끼는 2004년 봄날의 한국 젊은이들이, 만약 25년 전에 형성되어 있던 시국의 앞뒤를 모두 잘라내고 오직 징계사유 제1항 '반민족적 사대망동을 했다'만 읽는다면, 고개를 끄덕일지도 모를 노릇이다.

10월 4일 여당은 '김영삼 제명'을 물리적 강행으로 밀어붙였다. 국회의장이 경호권을 발동했다. 야당 의원들의 격렬한 저항은 간단히 제압되고, 국회 별실에 모인 여당 의원 159명이 십여 분 만에 안건을 통과시켰다. 여의도에서 저지른 여당 의원들의 이 폭거는 자신들의 상전인 권력핵심부의 안방에 묻혀 있는 민심의 폭약더미를 건드린 꼴이었다.

10월 13일 야당의원 69명이 의원직 사퇴서를 제출했다. 김영삼을 야당 대표로 키운 부산시민의 민심은 폭풍 직전의 바다처럼 출렁이고 있었다. 야당 지도자를 길러낸 도시가 독재권력으로부터 희생당한 그를 어떤 방식으로 보호하는가? 또한 그것이 민주주의의 진보에 어떻게 이바지하는가?

10월 16일 교내시위를 벌이던 부산의 대학생들이 거리로 진출하여 오후 8시 부산시청 앞에 집결했다. '유신철폐, 야당탄압 중지, 독재타도'를 외치는 격렬한 대열에 시민이 합세했다. 독재권력은 급기야 18일 자정을 기해 부산지역에 비상계엄을 선포하고 공수부대를 투입했다. 야당 총재의 고향과 다름없는 마산도 들고일어났다. 마산수출자유지역 노동자와 고교생까지 나섰다. 마치 1960년 4월을 방불케 하는 상황에서 독재권력은 주저 없이 가장 손쉬운 물리적 폭력을 선택하여 20일 마산·창원지역에 위수령을 선포했다.

군대와 시위대의 물리적 대결에서 군대가 간단히 승리를 거두는 것처럼, 독재권력과 민주화세력의 물리적 대결에서 독재권력은 또다시 간단히 승리를 거두고 민주화세력은 패배의 탑에다 또 한 층을 더 올리는 듯했다. 그러나 무자비한 진압의 채찍에 얻어맞은 저항의 불씨들은 민주화 바람을 타고 대구와 광주와 서울의 캠퍼스에 차례차례 내려앉아 '유신철폐·독재타도'의 뜨거운 함성으로 타오르고 있었다. 단풍이 한국의 온누리를 물들인 것처럼 그 함성의 물결이 한국의 모든 대학가와 도시를 뒤덮을 기세였다. 그리하여 패배의 탑에다 저항의 에너지를 비축해온 민주화세력에게 결정적 역전의 시간이 다가서고 있는 것 같았다. 동일한 역사의 무대에 공존할 수 없는 모순으로 치부되어온 '경제개발과 민주화'의 대결이 종국엔 후자의 극적 역전으로 귀결될 가능성을 내비치고 있었다. 그 둘이 상보(相補)의 관계로 동일한 역사의 무대에서 공존하지 않는다면 마침내 그 나라는 불행한 파국을 맞을 수밖에 없을 테지만, 어쩌면 후자에 은근히 힘을 실어주려는 것처럼 10월 25일 주한 미군사령관 존 베시가 아시아협회 만찬에서 미국이 더 이상 박 정권을 지지하지 않는다는 뉘앙스의 발언을 했다.

10월 26일. 박태준은 평범한 아침을 열었다. 8시 30분부터 영일만의 포철 본사 제1회의실에서 임원간담회를 주재했다. 이날 회의가 조금 특별했다면 배석자가 여느 날보다 많았다. 부사장 고준식 이하 11명의 이사, 그들의 뒤를 에워싸고 앉은 23명의 부장급 간부. 박태준은 기업체질강화 세부시행계획에 대한 보고와 각 이사의 담당업무 보고를 받았다. 한 주일 만에 열린 간담회는 업무 보고가 많았다. 그만큼 시간도 길어져 11시 35분에 마쳤다. 그는 꼬박 3시간 걸린 보고와 회의를 마무리하면서 이렇게 역설했다.

"일반적으로 우리 회사 기술자들이 평소에 공부를 잘 안 하는 경향이 있는데, 이것은 자기 주위에 공부할 자료도 많지 않을뿐더러 항상 기초적인 문제에 대해서 지적을 당하고 쫓기게 되니까 기본적으로 공부할 시간을 못 갖는 것입니다. 그러나 나도 앞으로 공부하는 분위기 조성과 환경개선을 위해 노력해나갈 테니, 이 역시 자주관리의 차원에서 시행될 수 있도록 해나갑시다. 73년도에 국내차입금 총액이 156억 원밖에 안 되던 것이 금년 8월 말 현재 1천812억 원에 달하고, 이자만 해도 국내차입금 이자 230억 원, 차관이자 691억 원으로 연간 921억 원 정도를 물고 있습니다. 또한 73년에 톤당 원가에서 이자부담이 9달러였던 것이 현재는 39달러나 되고 있는 실정인데, 정말 이제는 우리가 정신 차려서 체질개선을 하지 않으면 국제적으로 도저히 살아남을 수 없습니다. 이제는 명실공히 완전한 '성인(成人) 제철소'를 만들지 않으면 안 되겠다는 각오로 기업체질 강화작업에 임해야 할 것입니다."

이날 오후 박태준은 4기 건설현장을 둘러본 뒤 단위 현장의 책임자들이 세미나를 열고 있는 제철연수원으로 갔다. 자주관리운동의 의의와 필요성에 대한 특강이 잡혀 있었다. 주제는 '국제수준의 안목을 키우자'.

'박정희와 박태준의 독특한 인간관계'에서 1979년 10월 26일은 참으로 기묘한 날이었다. 정작 두 당사자는 느낄 수 없는 불가사의한 인연의 끈이 서울과 포항의 먼 거리를 아슬아슬하게 연결하고 있었을까. 그날따라 박태준은 '기업의 성장과정과 지도자의 역할'을 좀 더 알기 쉽게 설명하기 위해 '국가의 성장과정과 지도자의 역할'에 비유했다. 한국을 '청년기'에 들어섰다고 하면서 포철도 '청년기'에 들어섰다고 했다.

먼저, 그는 국가의 성장과정과 리더십의 역할에 대해 말한다.

"국가가 성장, 발전하는 과정은 사람과 똑같이 유년기, 소년기, 청년기, 장년기, 노년기의 단계를 거쳐야 하는 것입니다. 국가와 사람의 성장과정에 다른 것이 있다면, 사람은 대략 60~70세를 일기로 끝나버리는 사이클이지만, 국가의 경우 이 성장 사이클이 훨씬 더 길고 국민적 의지에 따라 얼마든지 달라질 수도 있다는 것일 뿐입니다.

국가발전의 사이클에 있어서 가장 중요한 것은 유년기와 소년기의 리더십이라고 봅니다. 이 시기에는 국가발전의 에너지원이 되는 국민적 경륜이나 경험, 축적된 지식 등 모든 것이 결여되어 있습니다. 이 경우에 국가발전은 뛰어난 리더십의 존재 없이는 대단히 힘들다는 것이 일반적인 견해입니다. 지도자가 사심을 버리고 국가이익의 수호와 증진을 위하여 국가를 이끌어나가야 합니다.

그러나 국가의 발전 주기가 청년기에 접어들게 되면 지도자 한 사람의 역량만으로 이 모든 일을 감당하기에는 어려움이 뒤따르게 됩니다."

다음, 그는 회사의 성장과정과 리더십의 역할을 규정한다.

"하나의 기업이 성장, 발전하는 과정도 국가와 꼭 마찬가지라고 생각합니다. 회사 창립 초창기, 즉 유년기와 소년기에는 리더가 회사를 어떻게 이끌어나가는가에 따라 회사의 장래와 성패가 좌우되는 것입니다. 우리 회사에서도 유년기와 소년기에 해당하는 이 시기까지는 본인이 앞장서서 본인의 방침대로 회사를 이끌어왔습니다. 본인은 회사의 최고목표를 수립하는 데 있어 회사 이익의 극대화에 초점을 맞추고, 오늘날 이만큼이라도 회사를 성장시켜 놓았습니다.

이제 우리 회사는 청년기에 접어들었다는 것이 본인의 판단입니다. 한 국가가 성장단계에 따라서 필요로 하는 리더십의 패턴이 상이(相異)한 것과 마찬가지로, 이제는 우리 회사에 있어서 리더십의 패턴도 지금까지와는 달라져야 한다고 생각합니다. 청년기에 접어들었기 때문에 회사가 사장 한 사람의 판단이나 능력에 의존하는 식으로 운영되어서는 안 된다는 것이 본인의 생각입니다."

이러한 비유를 바탕으로 박태준은 '자주관리'의 참뜻과 중요성을 역설한다.

"여기서 여러분들은 자주관리를 토착화하려는 본인의 뜻을 충분히 깨달았으리라고 생각합니다. 본인이 평소에 생각하는 바로는 우리 포항제철 직원들의 안목은 최소한 국제수준의 안목으로 표준화되고 평준화되어야 한다는 것입니다. 우리 회사는 이미 국제적인 수준의 기업으로 성장하였습니다. 그런데 왜 우리는 계속 일본에 뒤지고 있는가? 물론 축적된 기술력의 격차나 일천한 역사 등 모든 면에서 아직 부족하다는 점을 도외시할 수는 없겠지만, 우리의 안목이 일본 수준에 미치지 못한 데에도 중요한 원인이 있습니다. 안목의 국제화가 우리 자주관리의 성공의 요체가 될 것입니다. 그러므로 여러분이 국제수준의 안목을 가지는 것이 곧 회사를 반석위에 올려놓을 수 있는 오직 하나의 힘이라는 생각을 가져야 합니다."

박태준이 포철은 청년기에 들어섰다며 현장 책임자들에게 '안목의 국제화와 자주관리'를 역설한 바로 이날 저녁, 1979년 10월 26일 오후 7시 35분, 서울 궁정동 중앙정보부 밀실에서 중앙정보부장 김재규가 권총으로 발사한 세 번째와 네 번째 총알이 대통령 박정희의 목숨을 끊었다.

10월 27일 아침에도 박태준은 포항 '효자사'에 혼자였다. 음식도 장만하고 옷가지도 챙겨주는, 마치 군대 장교시절의 당번병 같은 비서(총각)만 거실을 서성거렸다. 라디오를 통해 엄청난 뉴스를 들은 비서는 입을 꾹 다문 채 바짝 긴장을 죄고 있었다. 마냥 기다리지 못한 비서가 살그머니 침실의 문을 열었다. 여느 아침과 달리 박태준은 단정히 책상 앞에 앉아 눈을 감고 있었다. 그의 가슴 앞에 놓인 라디오를, 비서는 보았다. 라디오는 잠잠했다. 어떤 소리도 내지 않았다. 꺼진 상태였다. 비서는 아무 말 없이 도로 문을 닫았다.

꼬박 하루를 두문불출로 보낸 박태준은 이튿날 평소와 다름없이 작업복 차림에 안전화를 신고 숙소를 나섰다. 그러나 회사에 당도하여 먼저 회의를 주재하지 않았다. 혼자서 묵묵히 걸었다. '나는 여기까지가 아닌가 하는 느낌'이라고 하셨던 그 말씀이 정녕 이것이었단 말인가? 몇 차례나 부질없는 원망처럼 그 말을 되뇐 박태준의 납덩이같은 발길이 이어 나가는 동선(動線)은 박정희의 포항제철소 방문 발길이 그려놓은, 지표에는 없지만 그의 머리에는 뚜렷이 남은 동선이었다. 1978년 12월 포철을 열두 번째로 찾은 박정희가 걸어갔던 동선을 따라 무거운 걸음을 옮기는 박태준은 견디기 어려운 슬픔 속에서도 박정희와 약속하고 박정희와 함께 꿈꾼 '철강 2000만 톤 시대'를 놓칠 수 없었다.

'이제 어떻게 할 것인가? 어떤 방법을 쓰든 그 약속을 실현해야겠는데, 과연 어떤 방법이 있는가?'

졸지에 박정희가 사라진 날, 박태준이 지휘하고 박정희가 엄호한 포항종합제철은 이미 대한민국 국민경제의 금자탑으로 우뚝 솟아 있었다. 임자 뒤에는 내가 있으니 소신껏 밀어붙여 봐. 이 격려성 언약을 박정희가 고스란히 실천함으로써 박태준은 온갖 정치적 외풍과 음모를 돌파할 수 있었다. 그러나 별안간 박정희는 지상에서 사라졌다. 이것이 엄연한 현실이었다.

'10·26사태' 발발. 헌법에 따라 최규하 국무총리가 대통령 권한대행을 맡았다. 그는 27일 새벽 4시 비상계엄을 선포했다. 김재규를 대통령 시해범으로 체포한 보안사령관 전두환이 10·26사태의 수사 책임자로 나타나 하루아침에 크게 부각한다.

10월 26일 저녁 궁정동의 총성은 유신체제를 붕괴시켰다. 대통령 박정희의 실존은 역사의 무대에서 사라지고, 그의 공과(功過)가 고스란히 역사로 남겨졌다. 그가 정권을 잡은 해에 3천600만 달러였던 한국의 수출은 그가 쓰러진 해에는 무려 150억 달러를 돌파했다. 그가 정권을 잡은 당시에 '어쩔 수 없는 필연적인 사태'라고 양해해줬던 지식인들을 포함하여 그의 독재에 저항한 숱한 사람들이 그의 급서 소식을 듣고 감옥에서 또는 술집에서 연민은 느낄지라도 '사필귀정'의 현상쯤으로 받아들였다. '박정희 18년'의 공과는 거의 즉각적으로 그렇게 대조되어 나타났다.

6·25전쟁 발발 전에 간신히 숙군(肅軍)의 사선(死線)을 빠져나온 박정희, 그의 전도(前途)가 암울하기 짝이 없었던 그때부터 '술과 노래와 대화'로 끈끈한 우정을 쌓아 그의 생이 비극으로 마감된 그날까지 언제나 한결같고 허물없는 술친구로 지내온 구상(具常) 시인. 박정희가 권유하는 국가재건최고회의 상임고문이나 장관직뿐만 아니라 국립대학 총장직도 번번이 사양했던, 박태준도 군대 시절에 박정희를 찾아온 그 잘생긴 얼굴과 마주친 적 있었던 구상 시인이 경북 왜관의 베네딕트 수도원에서 『나자렛 예수』를 집필하고 있다 '졸지에 유명을 달리한 대통령 박정희'의 고독한 영혼을 위하여 조시(弔詩)「진혼축 鎭魂祝」을 바쳤다.

국민으로서는 열여덟 해나 받든 지도자요

개인으로는 서른 해나 된 오랜 친구

하나님! 하찮은 저의 축원이오나

인류의 속죄양, 예수의 이름으로 비오니

그의 영혼이 당신 안에 고이 쉬게 하소서

이 세상에서 그가 지니고 떨쳤던

그 장한 의기와 행동력과 질박한 인간성과

이 나라 이 겨레에 그가 남긴 바

그 크고 많은 공덕의 자취를 헤아리시고

하나님, 그지없이 자비로우신 하나님

설령 그가 당신 뜻에 어긋난 잘못이 있었거나

그 스스로 깨닫지 못한 허물이 있었더라도

그가 앞장서 애쓰며 흘린 땀과

그가 마침내 무참히 흘린 피를 굽어보사

그의 영혼이 당신 안에 길이 살게 하소서

〈설령 그가 당신 뜻에 어긋난 잘못이 있었거나/그 스스로 깨닫지 못한 허물이 있었더라도/그가 앞장서 애쓰며 흘린 땀과/그가 마침내 무참히 흘린 피를〉 굽어보시기를 구상의 조시는 절절히 희원하건만, 당장에는 그 간곡한 기도의 시어(詩語)에도 숱한 돌멩이가 날아들게 돼 있었다. 실제로 그런 일이 일어났다. "독재자에게 조시를 바치다니!"라는 온갖 비난에 대해 구상은 "친구니까."라고 단 한마디만 반응했다.

박정희의 실존이 없는 지상에는 두고두고 그의 공과(功過)에 대한 시비가 격렬하고도 지루하게 이어질 것이었다. 그런데 박정희의 죽음에 대해 만인이 저마다 다른 시각으로 받아들일지라도 모름지기 포철이란 '법인'의 처지에서만 생각한다면, 포철로 불어오는 정치적 강풍을 막아주던 튼튼한 '울타리'가 복구 불능의 상태로 쓰러진 사건이었다. 박태준은 오싹했다.

이제 누가 어떤 방법으로 '새로운 울타리'가 될 것인가? '정부가 대주주인 포철'로서는 굉장히 심각한 사태가 아닐 수 없었다. 물론 영일만의 기적은 현실로 존재했다. 4기 확장공사가 진행되고 있어도 영일만의 신화는 완성의 종점에 들어서고 있었다. 기적이든 신화든, 그 창조의 역정은 혹독한 고통으로 점철된다. 그러나 그것을 파괴하는 과정은 얼마나 간단하고 손쉬운가? 전쟁의 대포와 폭격기가 잘 가꾼 도시를 파괴하는 것처럼, 꼭 그렇게.

1979 | 1981

울타리 되어 광양만 가기

아산만 철수

대통령 박정희를 연결하는 국장(國葬)기간에 따로 포철 안에다 빈소를 마련한 박태준의 영혼에는 '기필코 제2제철소까지 세계적 기업으로 성공시키겠다'는 고인과의 마지막 맹세가 강철로 빚은 알처럼 박혀 있었다. 어쩌면 그것은 허튼 맹세로 끝날 가능성도 높았다. 통치권력의 공백기에 치열하게 전개될 권력투쟁에서 최후의 승리를 거둔 세력이 정부소유 대기업의 기존 경영자를 어떻게 다룰 것인가? 이는 최후의 승자를 예측하는 것보다 까다로운 문제였다.

박태준은 자신의 맹세를 실천할 수 있는 길을 골치 아프게 찾으려 하지 않았다. 복잡한 상황일수록 단순화시켜 해법을 구해온 그는 '현재의 직분을 과거와 다름없이 꿋꿋하게 수행한다'라는 원칙을 세웠다. 그의 믿음은 단순했다.

'누가 정권을 잡든 그가 포철 10년사와 미래의 비전을 진정으로 이해한다면, 그리고 우리 회사의 국가적 중요성을 제대로 평가한다면, 포철과 박태준을 건드리지 않을 것이다.'

1979년 10월 30일, 박태준은 임원간담회의를 주재했다. 간부들이 둘러앉았다. 분위기는 저절로 숙연했다. 그는 엄숙히 특별훈시를 했다.

"우리에게는 부과된 임무와 국가적 사명이 있습니다. 그런 사명에 대해서 계속 충실하게 해나갈 것을 고인께서도 바라고 계실 겁니다. 우리 회사가 11년의 연륜을 쌓아오는 동안, 회사의 기본 성격을 잃을 뻔한 중대한 고비가 몇 차례 있었습니다. 그러나 그럴 때마다 고인께서 단호한 결단을 내려주셨습니다. 그것은 후일, 아직 밝히지 못한 다른 일들을 포함하여 우리 회사의 역사라든지 혹은 비사로 반드시 남기려고 합니다."

그때까지 박정희의 완전한 신뢰의 상징과 같은 '종이마패'마저 그냥 가슴속에 품고만 있었던 박태준은 비장한 훈시를 이어나갔다.

"앞으로는 과거보다 더 엄청난 장애요소가 가로놓일 것입니다. 그것을 헤쳐 나가는 데는 엄청난 결단과 행동이 수반됩니다. 과거처럼 쉽게 해결되겠지, 이런 안일한 생각을 지금 이 순간부터 여러분은 버려야 합니다. 그렇지만 현시점에서 지금까지 우리 회사가 추구해온 정책이나 행정적 결단을 변경하지는 않습니다. 종래의 정책대로 꾸준하게 밀고 나갈 작정입니다.

무엇보다 시급한 것은 우리 스스로 자주적으로 걸어갈 수 있는 힘을 축적하는 것입니다. 마침 얼마 전에 우리 회사의 기업체질을 굳건히 할 수 있는 계획을 경영정책실에서 발표했는데, 그 계획을 단계적으로 강력히 추진할 생각합니다.

고인의 유지를 받들고, 이 땅에 영원한 포항제철을 건설하기 위해 배전(倍前)의 노력과 협력을 해나가야 한다는 점을 이 자리에서 여러분께 거듭 강조하는 바입니다."

그의 특별훈시는 무엇보다도 '포철을 보호해주던 울타리가 사라졌으니 순수하게 우리의 힘으로 모든 정치적 장애물을 극복해나가야 한다'는 역설이었다. 이 무렵, 포철이 당면한 과제는 크게 3가지였다. 포항 4기 건설 조기완공, 빈틈없는 정상조업, 제2제철소 입지선정. 셋 중 포철이 주도할 수 없는 사안은 맨 나중의 것.

정부는 아산을 제2제철소 후보지로 결정했다. 포철은 일단 현지에 형식적으로 차려둔 건설사무소를 강화할 수밖에 없었다. 1979년 11월 포철은 아산만 허허벌판에 세워둔 310평 단층건물에 '포항종합제철주식회사 제2공장건설사무소'란 간판을 달았다. 그러나 아직 포철 사장이 아산만에 짓겠다고 결심한 것은 아니었다. 포철의 눈으로 직접 아산만의 자연환경을 면밀히 검토하고 나서 최종결론을 내리겠다는 복안이었다.

12월 12일 밤, 서울의 한 공관에서 총성이 터졌다. 육군 참모총장 정승화가 체포되었다. 바깥세상으로는 대통령 시해사건과 관련된 혐의라고 발표되었다. 한국 군부의 힘이 전두환을 중심으로 하는 이른바 '신군부'에 집중되는 계기였다. 이를 '12·12사태'라 부른다.

거리는 침묵의 겨울이었다. 민주화 세력은 말을 안으로 가두었다. 그러나 눈빛은 시퍼렇게 살아 있었다. 그들의 잠들지 않는 동면(冬眠)의 겨울은 1980년대에 처음 맞는 새봄을 '서울의 봄'으로 흐드러지게 피우려는 겨울잠이었다.

통치권력의 향방은 아직 오리무중이었다. 눈앞의 통치권은 '12·12사태'에 승리한 신군부가 장악한 것처럼 보였다. 그러나 그들이 군인으로 남을지 정치인으로 변신할지의 향후 선택은 여전히 모호한 상태인 데다, 봄이 돌아오면 현재의 얼음장 밑에서 저마다 대권을 바라보며 치열한 각축을 벌이는 3김(김대중·김영삼·김종필) 세력 중의 하나 또는 그들의 연합세력이 새 정권을 거머쥘 가능성도 열려 있었다.

이 미묘한 겨울에 포철의 아산만 지질조사가 마무리 단계에 이르렀다. 박태준의 지시에 따라 여름부터 아산만에 내려가 있던 유상부는 건설부의 기존 조사내용에 문제가 많다는 사실을 간파했다. 건설부 자료에는 아산만의 토질이 모래라고 되어 있지만 실제는 점토질의 악성 연약지반이 넓게 깔려 있었다. 더욱이 아산만에 대형선박이 드나들자면 갑문을 건설해야 했다. 제철소 입지로는 결정적 결함이었다. 1980년 1월, 유상부 일행은 '아산만 기초조사 최종보고서'를 작성했다. 지질조사, 지형측량, 갑문건설의 필요성, 해상조사, 보상물조사 등 여러 측면에서 아산만은 제철소 입지로 '부적절하다'는 판정을 담았다.

보고를 받은 박태준은 단호했다.

"아산에서 철수해!"

그의 이 한마디는 포철이 자신의 대주주인 정부와 한판 붙어야 한다는 예고였다. 박정희 대통령 시해사건 뒤 첫 임원회의에서 엄청난 결단과 행동을 요구했던 그가 스스로 그 약속을 실천하는 것이기도 했다. 정치적으로 매우 곤혹스러운 시기에 과감히 정부의 기존 결정에 도전장을 던지는 국영기업체 대표로서 그의 생각은 명료했다. 권력공백기의 살벌한 권력투쟁에서 어느 세력이 최후 승자가 되든 국가에 치명타를 입힐 수 있는, 제철소 입지 선정의 오류에 대해 최선을 다해 막아야 한다는 것이었다. 그렇다면 신뢰하는 직원들과 함께 '아산'의 대안을 준비해야 했다.

그즈음 박태준은 몽상가처럼 이따금 광양만에 이끌렸다. 7년 전 처음 제 2제철소 건설안이 대두했을 때 광양만이 입지후보에 올랐다는 사실이 떠오르면서, 그곳으로 내려가면 신통한 일이 벌어질 것 같은 예감이 들었다. 먼저 한국의 해안을 잘 아는 전문가의 의견부터 묻기로 했다. 그는 해군제독을 지낸 예비역 장성을 찾아갔다. 창군시대부터 우리 해군을 이끌어온 이맹기 – 일찍이 영일만을 제철소 입지로 찍을 때도 크게 도와줬던 탁월한 안목의 소유자.

"철에 미쳐 있다는 사장님이 어쩐 일이오? 혹시 포항의 철로 구축함 건조해보라고 장사하러 온 건 아니오?"

선배는 건설현장에서 고생하는 후배를 푸근한 넉살로 맞았다.

"우리의 철로, 우리의 손으로, 최신예 함정을 만들고 싶습니다. 그런 날이 올 겁니다."

쾌활하게 맞장구친 후배가 대뜸 질문부터 던졌다.

"오랜 경험으로 미뤄보실 때 우리나라에서 함정이 가장 안전하게 대피할 수 있는 항구를 하나 꼽으라면 어디를 추천하겠습니까?"

"그거야 광양만이지요."

"광양만요?"

선배의 스스럼없는 대답에 후배가 반문했다.

"그렇소, 광양만이오. 일반인들은 잘 모르겠지만, 나의 경험으로는 광양만이 가장 안전하고 편안한 곳이오. 6·25전쟁 때 전함들을 모아봤는데, 우선 바다가 그렇게 잔잔할 수 없습니다. 양쪽 반도에 싸여 있는 만은 최적의 진입로이고 수심도 아주 깊지요."

박태준은 포철의 실무자들도 경청해야 할 의견이라고 생각했다. 1980년 대의 첫 달력은 어느새 2월에 들었다. 계절의 순환은 봄의 문턱에 닿았으나 정치적 상황과 사회적 분위기는 엄혹한 얼음장 속에 갇혀 있었다. 2월 19일, 박태준은 포철 임직원들에게 '제철보국'에 내재된 기업가정신을 강하게 피력했다. 혼돈의 정국이 몰아올 수 있는 정치적 외풍을 생각하며 방어의 맥을 짚듯 포철의 길을 일깨우는 것이었다.

"기업은 정의실현과 영리추구가 조화돼야 합니다. 장사하는 기업이 이윤추구를 못한다면 존재 가치가 없는 것입니다. 그러나 이윤 추구의 방법에 있어서 어떠한 방법으로든 국민과 사회에 해를 끼쳐서는 안 됩니다. 정치가가 정치를 통해서 사회정의를 실현해야 하듯이, 기업가도 기업을 통해서 사회정의를 실현해야 합니다. 이것이 제철보국을 지향하는 포항제철의 길입니다."

광양만 가기 전초전

겨울이 꼬리를 접었다. 봄기운과 더불어 대학생과 시민이 거리로 몰려나왔다. 봄을 만끽하는 봄이 왔다. 시가지엔 도도한 인파의 물결이 강물처럼 흘렀다. 경찰도 최루탄도 덤비지 않았다. 군대는 아예 얼씬대지도 않았다.

1968년 여름 체코의 프라하에서 일어났던 반소(反蘇)민주화운동을 '프라하의 봄'이라 부른 기억에 기댔을까. 1980년 봄에 한국의 수도를 비롯한 전국 주요 도시에서 일어난 반독재운동을 '서울의 봄'이라 불렀다. 딱히 계절이 봄이 아니었더라도, 단풍이 붉게 타오르는 가을이었더라도, 식자들은 '기나긴 겨울공화국'이 비극적 종말로 끝나 너도나도 "타는 목마름으로 민주주의여 만세!" 하는 아주 특별한 역사적 기간을 시적(詩的) 함축의 언어인 '봄'으로 규정했을 터. 그래서 한국의 1980년 봄은 '서울의 봄'으로 불려야 했다.

'서울의 봄'에 한국경제는 곤두박질쳤다. 정치적 대혼란과 석유파동이 한꺼번에 덮친 탓이었다. 성장지표는 19년 만에 처음으로 마이너스의 내리막길에서 빌빌거렸다. 포철도 긴장을 조여야 했다. 4기 설비의 공기단축이 과거의 어려운 고비에서 그랬듯이 매우 중요한 관건으로 떠올랐다. 3월 28일 박태준은 3차 수정 공기를 결정했다. 1981년 6월 29일로 잡혀 있던 종합준공일을 80일 앞당겨 4월 1일로 잡았다.

그리고 박태준은 더 미룰 수 없는 '아산만 대안 찾기'에 돌입했다. 실무 책임자 유상부를 불렀다.

"아산은 기술적인 문제가 있을 뿐만 아니라, 지금 정부에는 제2제철소 건설에 지원해줄 재원이 없다. 거기다 한국중공업까지 계속 적자여서 정부가 보조금으로 막아주지 않으면 도산할 위기에 처했다. 그래서 최소 비용으로 가장 빨리 제2제철소를 지을 수 있는 입지를 찾아내야 국내 건설업과 중공업의 가동률을 올려서 국가경제를 활성화시킬 수 있다. 우선 입지조사반을 구성해서 전남 광양만을 조사해라."

이때부터 유상부 일행은 김장수로 위장하고 현지답사에 나섰다. 그는 기존 자료부터 검토해보았다. 1973년 한국종합기술공사에서 광양만 108개소를 시추한 데이터가 있었다. 놀랍게도 해저 토질에는 모래가 많이 섞여 있었다. 바다 밑의 모래를 준설선으로 퍼내면 25만 톤급 원료선박이 직접 접안할 수 있는 항만을 건설하기가 쉬워 보였고, 바다 매립을 통해 최소비용으로 신속히 부지를 조성할 수 있는 가능성이 커 보였다. 인근에 댐과 섬진강이 있어서 공업용수 확보에도 유리했다. 그는 희망이 보이는 것 같았다. 남은 문제는 상세한 토성(土性) 조사와 기존 자료에 대한 철저한 검증이었다.

포철이 광양만에서 희망의 단서를 잡은 4월 하순의 어느 날이었다. 영일만을 지키고 있는 박태준 앞으로 예쁜 꽃봉투 하나가 배달되었다. 그가 인생에서 처음 받은 꽃봉투. 발신인은 박진아. 바로 그의 맏딸이었다.

'아, 그래.'

문득 아버지로 돌아간 박태준은 맏딸의 결혼식이 다가온다는 사실을 알아차렸다.

……아버지께서 포항제철로 가신 것은 제가 국민학교 5학년 때였습니다. 저는 그후 아버지를 간절히 뵙고 싶을 때가 한두 번이 아니었습니다. 아버지

를 빼앗아간 포항제철이 원망스러울 때도 있었지만, 아버지께서 늘 들려주시던 말씀을 기억하며 쓸쓸해지려는 마음을 달래고는 했습니다. "어느 나라보다도 불행했던 역사를 안고 있는 우리나라가 이제 그 불행을 딛고 우뚝 서기 위해서 많고 많은 가정이 새로운 이산가족이 되고 있다. 지금 이 순간에도 중동지역에서 구슬땀을 흘리며 건설공사를 하는 아버지가 있는가 하면, 머나먼 바다에 원양어선을 띄우고 폭풍우와 씨름하는 아버지도 있단다. 그분들의 자녀들도 너처럼 아버지를 그리워하겠지. 하지만 우리가 이 고비를 훌륭하게 넘기면 우리의 다음 세대는 고통을 덜 당하며 살게 되지 않겠니?" 하시면서 저희들을 달래주시던 모습을 떠올리며 잘 견뎌왔습니다. 이제 한 달 뒤면 저는 결혼을 하고 남편을 따라 미국으로 떠납니다. 이 길이 부모님 곁을 떠나 새로운 인생이 시작되는 길이라 생각하니 애틋하여 통 잠을 이룰 수가 없습니다. 아버님이 집을 비우다시피 했던 10여 년 간, 아버님의 가르침을 잘 지키려고 했지만 아버님의 사랑을 더 받았더라면, 이런 아쉬움도 남고 아버님께 마음껏 효도하지 못한 회한에 가슴이 저립니다…….

편지를 읽은 아버지는 뭉클해졌다. 딸이 언제 이렇게 컸나 싶으면서 마냥 미안했다.

5월 중순에 들며 서울의 봄은 위태위태했다. 누가 '서울의 봄'을 '프라하의 봄'에 빗대어 불렀을까? 프라하의 봄은 별안간 왔다가 일장춘몽의 허망한 꿈자리처럼 사라졌다. 쓰라린 상처를 미래의 저력으로 남기긴 했지만. '서울의 봄'이라 부른 이들은 1980년 한국의 봄이 체코의 그것처럼 일장춘몽의 허망한 꿈자리로 사라질 것이란 예견을 했을까. 쓰라린 상처를 내일의 희망으로 부여잡아야 한다는 것까지도……. 서울의 봄을 파괴한 폭약은 5월 17일 터진 '비상계엄 전국확대'였다. 그것은 곧 광주를 피로 물들이는 참혹한 사태로 발전했다.

5월 하순부터 한국 통치권력의 향방은 신군부 쪽으로 완전히 기울어졌다. 이를 반영하듯 5월 31일 국가보위비상대책위원회(국보위)가 설치되고,

전두환은 상임위원장에 앉았다. 새 권력기구는 국가기강 확립을 위한 4대 기본목표를 내걸었다. 안보태세 강화, 경제난국 타개, 경제발전과 내실 도모, 사회악 일소. 국보위는 1961년 5월로부터 무려 20년이 지났는데도 겉보기엔 5·16군사정권을 교과서로 삼는 것처럼 행동했다. 특히 정치인의 구속이나 정치활동 금지, 권력형 부정축재자 일제조사, 공무원 숙정 등이 그랬다. 숱한 사람이 직위에서 쫓겨났다. 고급공무원 232명, 정부투자기관과 산하 127개 임직원 1천819명을 포함해 약 8천500명이 '숙정'의 딱지를 이마에 달고 해직되었다.

국보위의 렌즈는 당연히 최대 규모의 국영기업을 이끌어온 포철 박태준에게도 초점을 맞추었다. 그 렌즈의 일차적 관심은 부정축재 유무였다. 부정축재가 있다면 몰수와 징벌이 병행될 것이었다. 그러나 박태준은 깨끗했다. 이 지점에서 아주 중대한 하나의 길목이 열렸다. 바로 박태준 자신이 포철의 새 울타리가 될 수 있는 가능성이었다. 물론 된다고 해도 박정희의 그것보다야 허술할 테고, 더구나 안심할 상황도 아니었다. 다음에는 국보위가 그에 대해 2차 결정을 내릴 차례였다. 국가 최고통치권자가 인사권을 행사하는 가장 큰 국영기업인 포철의 책임자 자리에 박태준을 유임시킬 것인가 퇴임시킬 것인가. 국보위에는 그에게 호의를 품은 시각도 있지만 삐딱하게 보는 시각도 없지 않았다. 이제 박태준의 자리는 전두환과 그를 보좌하는 핵심 참모들의 판단에 맡겨졌다. '5공의 설계자'라 불리게 되는, 포항 출신의 허화평은 그때 국영기업을 가장 모범적으로 경영해온 박태준 사장에게 포철을 계속 맡겨야 한다고 주장했다.

1980년 상반기 한국경제가 마이너스 성장을 기록한 6월, 박태준은 그 지표를 심각하게 주시했다. 포철까지 흔들려선 안 된다. 사회적·경제적으로 매우 불안정한 6월 11일, 그는 다시 연수원을 찾아갔다. 현장 분임조의 조장들이 한자리에 모여 자주관리 세미나를 열고 있었다.

편안한 인사말로 강의를 시작한 박태준은, 국가가 마이너스 성장을 하는 여건에서도 포철은 지난 5월 한 달 동안에만 200억 원의 이익을 올렸다는 사실을 발표한 뒤 가슴을 활짝 열었다.

"본인은 정치인이 아니라 오로지 경제에 종사해온 사람이기에 정치는 잘 모르지만, 국민경제가 지금 참으로 어려운 국면에 처한 현실이 안타깝습니다. 그러나 우리 포철만은 이러한 상황에서도 굳건히 지속적인 성장을 유지하고 있습니다. 이것은 여러분이 회사발전을 위해 전심전력을 다해주었고, 남들이 한때의 호경기 물결 속에서 흥청거릴 때도 꾸준히 회사의 내실을 다져왔기 때문입니다. 우리는 정말 최선을 다했다고 자부합니다. 솔직히 우리 회사에 대해서만 얘기한다면, 우리는 자신 있습니다."

이어서 그는 새삼 '자주관리'의 중요성을 역설했다.

"본인은 자주관리에 대해서 신앙적 확신을 가지고 있습니다. 규제와 타율에 의해서만 움직이는 인간상을, 일을 통하여 자아성장과 자아실현을 추구해나가는 탐구적 인간상으로 승화시키자는 것이 바로 본인의 자주관리에 대한 이념입니다. 여러분, 우리 모두 자주관리의 성공을 통해 주체적 인간으로서의 자각을 기르고, 일하는 보람을 찾으며, 인간의 능력을 발휘하여 무한한 가능성에 도전하는 기쁨을 함께 성취해나갑시다."

자주관리에 대해 특강하는 박태준

공식석상에서 한 자신의 '말'에 대해 늘 최선의 실천을 보여준 그의 강의는 확고한 약속으로 끝났다.

"본인은 여러분의 노고에 보답하는 방법으로 그동안 자가주택제도, 자녀장학제도, 교육시설 확충 등 여건이 허용하는 범위 내에서 여러분의 복지후생제도를 확대하고 질적으로 향상시키기 위해 노력해왔습니다. 국내 다른 기업체보다도 잘해보려고 애쓰고 있습니다. 여러분, 회사를 믿고 그러한 문제는 본인에게 맡기고, 자주관리 활동만 잘해주세요. 그것이 곧 회사를 발전시키고 여러분 자신을 향상시키는 것이기 때문입니다."

잡혀가고 끌려가고 공복을 벗는 사람들이 부지기수로 늘어나는 숨 막히게 살벌한 계절에도 영일만은 잠들지 않았다. '일면 조업, 일면 건설'의 포철은 평소와 똑같은 일과로 톱니바퀴처럼 돌아갔다. 박태준은 제2제철소 입지선정에 대한 특단의 결정을 내려야 했다. '아산만 대안'을 띄우려면 더 늦기 전에 '말썽'을 한 번 일으켜야 했다. 그는 광양만에 대한 종합조사 보고서가 올라오기 바쁘게 '아산만보다 광양만이 상당히 좋다'는 의견을 국보위 쪽으로 전달했다. 1979년 10월 26일 이후 그가 처음 정부로 들여보낸 '도발적 건의'는 국보위 건설분과위원회의 건설부 고위관료들을 펄쩍 뛰게 만들었다. 정부의 결정은 '아산만'으로 굳어져 있었던 것이다. 그들은 험악해졌다.

1980년 6월 20일, 서울사무소로 국보위에서 전화가 왔다. 빨리 국보위로 들어오라는 것이었다. 삼청동 국보위에 도착해 건설분과위원회 사무실에 들어서자 Y국장, C대령 등이 자리에 앉아 있었으며, Y국장은 내가 자리에 앉기도 전에 언성부터 높였다.

"너 인마, 왜 말도 되지 않은 것을 박 사장한테 보고해서 이미 결정된 아산을 가지고 혼선을 가져오게 하는 거야! 광양은 연약지반인데, 어떻게 호안을 쌓고 제철소를 짓는다는 거야! 100년이 걸려도 돌 하나 물위로 올라오지 않아! 나는 항만을 27년간 해온 사람이야. 네가 항만에 대해 뭘 안다고 그래!"

나는 일본에서 보고 온 여러 예를 들면서 국내에서는 시도한 적 없었던 연약지반 개량공법을 설명했다. 그랬더니 Y국장은 더욱 노발대발했다.

"야, 박태준의 새끼야! 기술자라면서 양심도 없고 말이지, 박 사장이 시키는 대로 되지도 않는 걸 된다고 고집을 부리고 말이야! 네가 그렇게 밥 얻어먹을 데가 없으면 내가 당장 직장을 구해줄 테니까 거기 그만 둬. 그리고 너는 토목기술자로서 자격도 없는 놈이야!"

그 뒤에 계속된 실랑이와 모욕은 내가 태어나서 받은 최고의 수모였다. 집에 돌아온 즉시 노트에 적어놓고 언젠가는 광양의 입지조건을 증명하여 반드시 되갚고야 말겠다고 다짐했다.

유상부(당시 설비기획본부장, 전 포스코 회장), 『신들린 사람들의 합창』

박태준은 좀 더 적극적으로 움직여야 한다고 판단했다. 크게는 국가경제의 앞날에 치명타를 안길 큰 잘못을 막아야 했고, 작게는 부하가 억울하게 당한 모욕을 외면할 수 없었다. 그는 유상부에게 자네가 어제 당한 걸 적어둔 노트를 복사해 보내라고 했다. 부하가 받은 모욕을 공유하겠다는 위로와 애정의 표현이었다.

유상부가 모욕을 덮어쓰고 돌아온 바로 이튿날 박태준은 그와 나란히 정부청사의 상공부 장관실에 들어섰다. 권총 없는 사무실이었다. 유상부는 그 점이 좋았다. 그러나 건설부에는 국보위 건설분과위원회 소속 Y국장이 기다리고 있었다. 사범학교를 갓 졸업한 청년교사 박정희의 제자로 알려진 Y국장은 십여 년 전부터 건설부의 실력자로 군림했다. 정부 내에선 제철소 입지선정에 대해 그의 입김이 셀 수밖에 없었다.

박태준의 도발적 건의는 7월 초순에 국보위 건설분과위원회의 '제2제철 입지 재심의'를 불렀다. 새 얼굴의 최고권력자 전두환 상임위원장이 주재하는 자리. 제2제철소 건설을 맡기로 된 포철의 사장과 실무자를 배제한 재심의는 다시 아산으로 결정했다. 재심의가 아니라 Y국장의 주도로 아산을 재확인하는 자리였던 것이다.

그 결과는 7월 7일 포철 사장실로 통보되었다. "박태준 선배께는 죄송하지만 전직 대통령께서 정하신 아산이 역시 좋더군요." 하는 전두환 위원장의 주석이 붙은 아산 재확인 통보였다. 마침 사장은 회사에 없었다. 그것은 실무책임자 유상부의 손으로 넘어왔다. 유상부는 속이 탔다. 언 발에 오줌 누는 격의 긴급대책이라도 강구할 수밖에 없었다. 몇 사람이 의논을 했다. 전두환 앞으로 진정서를 쓰기로 했다.

마침 진정서를 신속하고 정확하게 배달할 통로는 있었다. 포철 서울사무소 조말수 소장과 당시 서울지역 보안대장 이학봉이 연결되고 있었다. 둘은 고등학교 동창이고, 이학봉은 정보 보고를 위해 날마다 전두환을 만나는 위치에 있었다. 유상부는 펜을 들었다. 밤을 새워 진정서를 작성했다. 새벽 5시에 조말수와 함께 한남동 이학봉의 집으로 찾아갔다.

하필 일을 저지른 날은 박태준이 미국 출장을 떠나야 했다. 유상부는 호된 꾸중을 각오하고 진정서 사본을 박태준에게 건넸다.

"자네 지금 전두환 상임위원장이 누군 줄 아나? 지금 그 양반이 국가 최고통치권자야. 최고통치권자가 결정한 사항은 결정적인 과오가 없는 한 번복이 어려운 거야. 그러나 좋아. 국가경제를 위해 끝까지 밀고 나가자."

유상부는 박태준의 격려에 힘이 솟았다.

그날 오후에 이학봉의 재확인 전화가 걸려왔다. 상임위원장에게 보고를 드렸더니 정말 이것이 박태준 사장의 뜻이냐고 되물었다는 것. 그럴 사정은 있었다. 진정서에는 회사대표 서명이 없었던 것이다. 명백히 사장님의 뜻이라고 답변한 유상부는 '뭔가 변화가 오겠다'는 느낌을 받았다.

새 국가권력의 최고실세 앞으로 겨우 '진정서'나 날려야 하는 처지로 떨어진 박태준과 포철 경영진은 그래도 묵묵히 여태껏 걸어온 걸음걸이로 걷고 있었다. 박태준은 침착하게 회사의 중대한 일을 챙기면서, 급격히 침체된 한국경제가 제2제철 건설시기를 지연시킬 가능성을 예견했다. 제2제철 1기 완공이 1984년에서 1987년으로 밀려난다고 가정할 경우, 1981년 2월로 예정된 포항 4고로 화입으로부터 향후 6년 동안 조강능력이 정체될 것이다. 가정의 현실화를 대비해 '포항 4기 2차 확장사업계획'을 세워야 했다. 그의 판단은 빠른 행동으로 옮겨졌다. 정부는 포철이 제출한 추가증설 계획을 8월에 승인했다.

포항제철소를 연산 출강 960만 톤, 조강 910만 톤 규모로 확장하기 위해 1981년 9월 착공, 1983년 6월 준공의 목표를 내건 '포항 4기 2차 사업'은 총 28개 단위설비로 구성되었다. 내자 1천487억 원과 외자 1억6천256만2천 달러, 합계 2천850억 원이 소요될 예정으로, 설비의 국산화율을 42% 안팎으로 높여 잡았다. '포항 4기 2차 사업'에는 반드시 필요한 인프라로서 부두시설 확장이 요청되었다. 10만 톤급 선박까지 접안할 수 있는 기존시설을 15만 톤급으로 늘리는 공사, 이는 이미 1968년 항만시설 기본계획을 세울 때 박태준의 고집으로 포함시켜 놓았으므로 접안시설만 340미터쯤 증설하면 되었다. 그의 선견지명이 또다시 국가예산을 대폭 절약하는 대목이다.

울타리 되기

1980년 가을이 왔다. 억압과 저항의 아비규환을 아스라이 잊은 듯, 한반도의 남녘 들판엔 황금빛이 물들고 있었다. 서울 한복판의 신군부 수뇌에게도 결실의 절기였다. 그들의 결실은 통치권력의 완전한 장악.

어느 날이었다. 영일만의 박태준을 찾는 전화가 있었다. 유신헌법의 통일주체국민회의가 8월 27일 옹립한 제11대 대통령이자 국보위 상임위원장인 전두환. 명실상부한 국가최고권력자의 목소리는 댓바람에 거침없이 괄괄했다.

"박 선배님, 어떻게 지내고 계십니까?"

박태준은 직감했다. 이 전화가 자신과 회사의 미래에 엄청난 영향을 끼칠 것이라고. 하지만 태연히 받았다.

"비상시기에 지휘관은 자신의 자리를 확고하게 지켜야 하는 것 아닙니까?"

"그래도 너무 지키고 계십니다. 서울로 올라오십시오."

"포철을 비울 수는 없습니다."

"거기 부사장도 있을 것 아닙니까? 좀 맡겨놓고 올라오십시오."

"언제쯤이면 좋겠습니까?"

"내일 만납시다. 부담 없이 편안한 장소에서 기다리겠습니다."

박태준은 이튿날 아침 5시에 승용차로 포항의 숙소를 출발했다. 그의 머리는 다소 어지러웠다. 두 가지 경우를 가상했다. 하나는 그동안 고생이 많으셨으니 이제 그 일을 후배에게 맡기고 쉬라는 점잖은 퇴임 권유, 또 하나는 국보위를 도와달라는 제의. 미리 생각의 가닥을 잡았다. 만약 전자라면? 깨끗이 손을 털고 물러날 수밖에 없다. 만약 후자라면? 먼저 겸손을 부려 사양하겠지만 구체적 사안을 들고 진심으로 부탁해온다면 하나의 조건을 달아서 수락하겠다.

박태준에게 전두환은 낯선 후배가 아니다. 육군대학을 수석으로 졸업한 그가 '금시계'란 별명을 얻으며 육사 교무처장으로 부임했을 때, 전두환은 육사 11기로 4년제 정규 육사의 첫 4학년이었다. 노태우도 마찬가지였다. 그렇게 육사에서 처음 만난 두 사람은 같은 연대에 근무한 적도 있었다. 1950년대 후반, 대령 박태준이 참모장이었을 때 대위 전두환은 중대장이었다. 그 시절에 후배가 선배에게 톡톡히 신세지는 사건이 있었다. 하루는 장교숙소를 지으려고 구입한 목재들이 감쪽같이 사라진 도난사고가 발생했다. 즉각 연대 헌병대가 진상조사에 들어갔다. 전두환 대위의 중대원들이 그 목재로 교육기자재 제작 등 엉뚱한 목적으로 썼다는 사실이 밝혀졌다. 설령 중대장은 모르는 사고였더라도 군대조직의 특성상 지휘관이 문책을 받아야 했다. 위기에 빠진 전두환이 육사 생도시절에 얼굴을 익힌 박태준을 찾아가 사건의 전말을 보고하고 선처를 부탁했다. 박태준은 매섭게 호통을 치긴 했으나 연대 헌병대장에게 전화를 걸어 더는 소리 나지 않도록 무마시켰다. 개인적 비리 혐의도 아니고 사소한 관리 소홀이어서 한

번쯤 그냥 넘길 수 있다고 판단했던 것이다.

그러나 이제는 뒤바뀐 관계였다. 과거엔 박태준이 선배요 상관으로서 호통도 쳤지만 현재는 전두환이 상관이며 그의 인사권자다. 혹시나 옛날의 그 일을 고깝게 여겼다면 거꾸로 당할 수도 있었다. 말투도 당연히 달라져야 했다. 과거엔 박태준이 일방적으로 하대를 했지만 현재는 서로 존대를 해야 했다. 간신히 남은 과거의 흔적이라곤 새 권력자의 말투뿐이었다.

오전 10시쯤 한강을 건넌 포철 사장의 차는 한강맨션 주차장에 멈췄다. 박태준은 엘리베이터를 타고 최고권력자가 기다리는 곳으로 올라갔다. 경호원들이 '안가(安家)'라 부르는 아파트엔 육사 11기생 두 명이 더 기다리고 있었다.

"아이구, 박 선배님, 어서 오십시오. 이거 오래간만입니다."

시민들이 '대머리'란 별명으로 부르는 사람이 서글서글한 표정으로 손을 내밀었다.

"예, 오랜만입니다."

선배가 후배의 손을 잡았다. 육사 교무처장과 4학년 생도, 대령과 대위로 만났던 두 사람의 위계가 완전히 뒤집힌 후 단독으로는 처음 만나는 자리였다. 두 사람은 마주앉았다. 차를 마시며 서로의 안부를 확인하는 절차를 마쳤다. 본론의 뚜껑이 열릴 대목에서 선배는 분위기가 나쁘지 않다는 것을 피부로 느꼈다. 그래도 긴장을 놓을 수는 없었다.

"박 선배께서 도와주셔야 하겠습니다."

후배가 불쑥 내밀었다.

"포철을 잘 관리하고 키워나간다면 그게 돕는 일 아니겠습니까?"

선배가 깔끔하게 받았다.

"포철은 부사장한테 맡겨놓고 서울로 올라오셔야 하겠습니다."

후배는 어제 전화로 쾌활한 농담처럼 던졌던 말을 되풀이했다. 선배는 다시 직감했다. 예상했던 대로 '포철의 미래'가 걸린 자리란 점을.

"지난 12년 동안 철에만 미쳐서 살아온 사람에게 도와드릴 능력이 있겠습니까?"

"철이야 박 선배가 대가 아닙니까? 그거야 나도 잘 압니다. 이제 비로소 혼란이 수습되고 있습니다. 헌법 개정안도 거의 마무리 단계라고 합니다. 내년 봄에 새로 국회의 문을 열게 될 때까지 국회를 대행할 임시 입법기구로서 조만간 '국가보위 입법회의'를 발족할 계획입니다. 과도적인 입법기구가 되는 거지요."

선배가 조용히 물었다.

"기존에 일해온 사람들이 있지 않습니까?"

"급하게 해서 인선에도 문제가 많아요. 부정축재 비리조사도 끝났고 쓸 만한 사람들에 대한 검증도 끝났으니 임무를 마쳐야지요. 이번에는 사람들을 제대로 모을 수 있을 것 같은데, 박 선배께서 아무래도 입법회의의 부의장을 맡아주셔야겠습니다."

"부의장을요?"

선배의 짙은 눈썹이 꿈틀거렸다.

"예, 부의장을 맡아주세요."

"감당하기 어려운 자리일 것 같습니다. 포항제철만 해도 아직 난제들이 많습니다."

"포항제철만 너무 걱정하시는 것 같습니다. 포항제철이야 박 선배께서 계속 관리를 하셔야지요. 이건 틀림없는 약속입니다."

선배는 속으로 한숨을 돌렸다. '단 하나의 수락조건'이 성립되었다. 비로소 박태준이 포철의 울타리가 될 수 있는 길이 열린 순간이기도 했다. 그는 더 사양할 수 없었다. 그래도 부의장은 부담스러웠다.

"아무래도 전문적인 경험이 중요할 것 같습니다. 법률 제정과 같은 일에는 거의 문외한이고, 차라리 경제 분야에서 해야 할 일이 있다면 맡을 수 있을 것 같습니다."

"듣고 보니 그거 참 좋은 생각입니다. 당연히 경제위원회도 두게 되지요. 제1경제위원회를 맡아주시면 어울리겠습니다. 그 자리에서 박 선배께서 한일경제협력관계도 원만하게 이끌어주세요. 사실은 부의장이라는 보다 높은 자리에 모시더라도 경제의 경륜을 얻고 싶었습니다. 한일경협도 그 중의 하나 아닙니까?"

후배가 구김살 없이 웃었다. 하지만 완벽주의자 박태준이 가만있지 않았다.

"한 가지 확인을 거치는 것이 좋을 것 같습니다. 포철은 상법상 주식회사이기에 별 문제 없을 것 같습니다만, 국가가 포철의 지배주이기 때문에 간단히 '국영기업'으로 알려져 있습니다. 혹시 포철 사장으로서 입법회의에 직책을 맡는 것이 법률적인 문제는 없을까요? 법제처에 한번 확인해봤으면 합니다."

"그러한 문제도 있나요? 이왕이면 말썽 없이 해야지요. 알아봅시다."

전두환은 즉시 법제처장에게 전화를 걸었다. 박태준이 제기한 문제를 넘겨받은 법제처장의 답변은 '검토할 시간이 조금 필요하다'는 것이었다. '조금'의 길이는 30분을 넘기지 않았다. 그의 보고를 받은 이가 반갑게 전했다.

"법제처장도 처음에는 포철에 관한 특별법 같은 것이 있는 줄 알았답니다. 그런데 조사를 해보니 법률상으로 완전한 상법회사이기 때문에 박 선배께서 그 자리에 취임하는 데는 아무런 법률적 하자가 없다는 겁니다. 아시다시피 지금은 경제가 어렵습니다. 경제야 내가 뭘 압니까? 새로운 경제팀과 손발을 잘 맞춰서 현재의 경제난국을 하루빨리 해결할 수 있도록 최선을 다해주십시오. 거듭되는 얘기지만, 특히 한일경협은 박 선배께서 중요한 역할을 해주셔야 합니다."

"앞으로 주 근무처는 서울이 되고, 포항엔 틈을 내서 자주 내려가게 될 것 같습니다."

국가적 비상시기에 조용하고 확고히 자신의 자리를 지키던 포철 사장이 10월 28일 입법회의 제1경제위원장에 내정됐다. 박태준이 정치적 외풍으로부터 포철을 지키는 울타리가 된 날이었다. 그러나 자신이 정치인으로 변신했다고는 생각하지 않았다. 정치인으로의 변신을 스스로 인정하려면 무엇보다 자신의 내면이 '정치인이 되겠다'는 의지와 욕망을 지녀야 했다. 그에게는 도무지 그게 없었다.

'이제부터 제2제철 건설을 마칠 때까지는 내가 포철의 울타리가 되어야 한다.'

이것은 정치의 장으로 한 발을 디디는 박태준의 가장 강렬한 목적의식이었다. 덤으로 다른 사명도 생겨났다. 경제인의 한 사람으로서, 개발시대의 현장을 헤쳐 나온 주역의 한 사람으로서 마이너스 성장으로 무너져 내리는 한국경제의 회생을 위해 열심히 뛰겠다는 것이었다.

광양만의 겨울

10월 29일 박태준은 입법회의 제1경제위원장에 취임했다. 11월 1일 포철은 포항 4기 종합준공의 카운트다운에 돌입했다. 그는 풍부한 자료와 정보를 바탕으로 '포철 제2제철소 프로젝트'를 국가경제의 총체적 상황과의 관련성이란 거시적 안목에서 거듭 면밀히 검토했다. 그의 결론은 '침체에 빠진 한국경제에 활력을 불어넣기 위해서라도 파급효과가 높은 제2제철소 건설을 조속히 추진해야 한다'는 것이었다. 이제 숙정이 거의 마무리되고 새로 발족된 '사회정화위원회'가 상대적으로 덜 살벌한 활동을 시작했다. 통치권력의 핵심부가 이른바 '구악일소'와 '치안확보'에 밀집시켰던 역량을 다른 분야로 분산시키는 중이었다. 마치 전시(戰時)의 작전에서 특정 전선에 밀집시켰던 병력을 빼내 여러 전선으로 분산시키는 것처럼.

그러한 재배치 시기에 박태준은 국가경제 영역에서의 판단으로 '독자적으로 광양만 조사계획을 수립하고 그에 따른 장비와 조직을 확보하라'는 지시를 포철에 내렸다. 제2제철소 입지선정의 논의를 앞당겨 매듭짓고 그만큼 조기에 착공하여 국내 건설업과 중공업에 활력을 불어넣겠다는 복안이었다.

11월 22일 박태준은 한일의원연맹 한국측 회장으로 뽑혔다. 1980년대의 첫 세밑은 그에게 세 가지 중요한 임무를 맡겼다. 당초 예정일보다 공기를 4개월 단축시킨 포항 4기 종합준공, 제2제철소 입지선정과 건설착공, 일본의 특별한 경제협력을 받아내기 위한 외교적 노력.

그때 그는 오랫동안 미뤄둔 숙제 하나를 해치우자는 작정을 했다. 세세한 건강검진을 받는 일. 제2제철소에 앞으로 또 10년 넘게 바치려면 무엇보다 건강이 뒷받침되어야 했다. 늘 멀쩡한 몸이지만 어느 구석에 어떤 못된 놈이 숨어 있을지 몰랐다. 최신 의료기기가 그의 몸을 샅샅이 찍었다. 딱 한 군데 의심스런 놈이 발견되었다. 폐 밑의 포도알만 한 종양. 그는 긴장을 죄지 않을 수 없었다. 정밀검사를 받았다.

"물혹입니다. 아주 천천히 자랄 수는 있지만, 건강에 지장을 주는 수준은 되지 않을 것 같습니다. 잊어버리고 지내십시오."

박태준은 한숨 돌렸다. 툭툭 털고 병원을 나섰다. 의사의 말대로 그는 금세 놈을 까맣게 잊어먹었다.

포철은 12월 16일 유상부 설비계획부장을 책임자로 하는 '임해기지 지반 조사반'을 구성했다. 그들은 '김장수'에서 '지질학자'로 다시 태어나 광양만으로 갔다. 크리스마스이브에는 미국의 기술용역단도 광양 현지에 합류하기로 했다.

12월 19일 선발대 출발, 24일 본대 출발, 29일 시추 개시, 1981년 2월 3일 작업 종료. 총 36일간의 짧은 공기에 맞춰 12공의 지질조사를 끝내야 하는 돌관작업 일정. 12월 24일, 현장지휘자 이명섭이 광양에 도착하자 눈이 내리고 있었다. 선발대와 합류한 그는 별교여관 마루방에 간판도 없는 사무실을 개설했다. 화이트 크리스마스, 출발 파티는 즐거웠다.

그러나 12월 28일 아침부터 바람이 세차고 기온이 뚝 떨어졌다. 이틀 지나자 강추위가 몰아닥쳤다. 섬진강 하구의 바닷물이 꽁꽁 얼어붙었다. 유일한 교통수단인 선박마저 바다에 묶였다. 36일밖에 없는 공기 일정에서 며칠을 그냥 허송할 판국이었다. 그들은 멈출 수가 없었다. 그야말로 얼어 죽을 각오로 시추 준비에 몰입했다. 작업시간이 길어질수록 그들의 움직임이 둔해졌다. 그래도 모두 이를 악물었다. 손발이 얼었다. 다리가 나무줄기 같았다. 극한의 순간을 기다렸던 것처럼, 드디어 굴진기가 샘플을 채취할 깊이에 도달했다. 모두가 환호성을 질렀다. 하지만 조용했다. 입이 얼어 말이 안 나온 것이었다. 눈웃음만 활짝 피었다. 그들은 '샘플단지'를 신주단지 모시듯 끌어안았다.

1차 임무는 성공했다. 육지로 돌아왔을 때 미국에서 건너온 MIT대 출신의 젊은 박사 게리 추트가 그의 상사인 토질전문가 푸트 박사와 나누는 대화 중에 인상적인 말을 남겼다.

"나이지리아에서 악어가 사는 늪에 들어가 목까지 차오르는 물속을 헤매면서 일해 봤지만, 이곳보다는 나았어요."

포철이 광양만에서 지질조사를 시작한 직후(12. 27.), 청와대 비서실에서 아산만 개발계획 회의가 열렸다. 이 자리엔 건설부, 상공부, 동력자원부, 그리고 한국전력과 포철의 관계자들이 참석했다. 한국전력은 '아산만 조력발전소 건설' 타당성에 대한 용역조사, 포철은 '제2제철소 입지선정' 용역조사와 관련이 있었다.

이날 회의에서 아산만과 광양만의 비교검토 용역을 프랑스의 르아브르 항만청과 한국의 국토개발연구원에 맡기기로 결정했다. 아산만을 물고 늘어진 건설부가 한 걸음 비켜선 배경에는 물론 입법회의 제1경제위원장 박태준의 입김이 작용했다. 건설부의 태도가 바뀐 것은 아니었다. 어디까지나 '일보 옆으로 이동'이었다. 새로운 문제가 발생될 수도 있었고 전혀 그렇지 않을 수도 있었다. 포철과 미국 DM사가 공동으로 진행하는 광양만 지반조사의 결과가, 국토개발연구원과 르아브르 항만청이 공동으로 진행한 결과와 거의 일치한다면, 마찰은 일어나지 않을 것이다. 그러나 양측의 결과가 일치하지 않고 상반된다면, 건설부와 포철은 최후의 결전을 벌일 수밖에 없다. 만약 불행히도 후자라면, 그리고 이때 박태준의 정치적 입지가 국영 철강회사 대표에 불과하다면, 그 결과는 보나마나 포철의 패배로 귀결될 것이었다.

일본의 '부메랑'을 반박하고 아버지를 보내다

1980년이 저물었다. 81년 2월 청와대에서 다시 제2제철소 입지선정 회의가 열렸다. 국가가 그 문제를 최초로 다룬 날은 1973년으로 거슬러 올라가니 어느덧 9년째 접어든 셈이었지만, 회의 분위기는 팽팽한 입씨름이었다. 대통령 비서관 앞에서 포철의 실무대표는 광양을, 건설부의 관료들은 아산을 주장했다. 양측의 주장이 평행선을 달린 끝에 다시 제3기관에 용역을 주자는 결론을 낳았다.

건설부와 포철의 의견 대립으로 제2제철소 입지 선정이 표류된 1981년 2월, 박태준은 사단법인 한일경제협회 회장에 뽑힌 다음 성대한 잔치를 마련했다. 연산 조강 850만 톤 규모의 위용을 갖춘 '포철 4기 설비 종합준공식'. 2월 18일 대통령과 외교사절단 240명, 포철의 은인인 신일본제철의 이나야마 회장과 한국 전경련 정주영 회장 등 500명의 내빈들이 영일만으로 모여들었다.

오전 10시에 박태준은 새 고로에 불을 넣었다. 1968년 창업 이후 4단계 확장공사를 통해 11년 만에 세계 11위의 대단위 일관제철소로 웅비한 포철. 마침내 '영일만의 신화'를 완공한 주연이 단상에 올랐다. 평소엔 카랑카랑한 그의 목소리가 감회에 젖었다. 그의 마음에는 평민의 자격이든 대통령의 자격이든 박정희의 모습이 보이지 않는다는 것이 그림자처럼 어른거렸다.

"유류파동, 자원 내셔널리즘, 불황 등으로 중첩된 악조건 속에서도 철강 자급도 향상을 위한 집요한 도전을 지속하여, 오늘, 당 제철소 최종 목표인 850만 톤 체제를 완성했습니다."

850만 톤 체제는 애초의 목표였다. 60만 톤을 더 늘리는 4차 2기 확장공사가 한창 진행 중이었다. 이제 그것은 영일만의 신화에 에필로그로 남겨졌다. 이튿날 오전 8시 30분, 화입 22시간 30분 만에 4고로는 첫 쇳물을 쏟아냈다. 영일만의 하루 출선능력은 1고로 2천600톤, 2고로 3천800톤, 3고로 7천540톤, 4고로 7천540톤으로 총 2만1천560톤을 기록하게 되었다.

포항제철 4기 종합준공식은 국내외 주요 언론의 주목을 받기에 충분한 역사적 사건이었다. KBS와 MBC는 TV로 준공식 실황을 녹화·방영하고 건설역군들의 활약상과 제철소 현황을 담은 특집을 제작·방영했다. 국내 일간지와 미국 뉴스위크를 비롯한 세계 유수의 언론들은 포철의 쾌거를 큰 비중으로 다루었다. 포철이 조업을 개시한 이래로 줄곧 흑자경영을 유지하여, 4단계에 걸친 확장사업에 소요된 내자 8천812억 원의 75%(6천566억 원)를 스스로 조달했다는 놀라운 사실도 그들의 주목거리였다.

4기 완공까지 포철의 공해방지설비 투자비율은 총 투자액의 8.8%에 이르렀다. 제철이란 거대 제조업은 거대한 공해배출을 피할 수 없지만, 적극적인 환경설비 투자는 건설의 첫걸음부터 모든 공해배출 기준치를 국제적 규제 수준보다 훨씬 밑으로 끌어내려 궁극적으로 친환경을 실천해야 한다는 경영방침의 결과였다.

2월 28일 포철은 제13회 정기주주총회를 열었다. 가장 중요한 안건은 정관 변경으로 '대표이사 회장'을 신설하는 것. 13년 동안 사장 자리를 지켜온 박태준을 회장으로 올려야 하는 배경에는, 규모가 방대해지고 제2제철소를 건설해야 하는 회사의 내부 사정과 제11대 국회의원선거 민정당 비례대표 후보로 나서게 되는 박태준 개인의 형편이 맞물려 있었다. 3월 2일 사장 박태준은 초대 회장으로 옮기고 수석부사장 고준식이 제2대 사장으로 취임했다.

1981년 3월 박태준은 포철 최고경영자, 입법회의 경제 제1위원장, 제11대 총선 비례대표(전국구) 후보, 한일의원연맹 회장, 한일경제협회 회장 등 막중한 직함을 어깨에 얹고 있었다. 그럼에도 교육에 대한 그의 관심은 더 깊어졌다. 3월 6일 '학교법인 제철학원' 이사장으로서 포항시 지곡동 포철주택단지 안에 문을 여는 포항제철고등학교 개교식에 참석했다.

3월 18일 포철에 즐거운 외신이 떴다. 크리스천 사이언스 모니터가 '포항제철은 한국의 점증하는 경제적 자신감의 상징'이라며 '포항제철의 설비는 초능률적인 일본 제철소보다 더 현대적이어서 전반적으로 한국의 철강산업은 미래에 대해 낙관할 수 있다'고 높이 평가했다. 1주일 후에 박태준은 제11대 국회의원선거에서 비례대표로 당선되었다. 보좌역을 뽑아야 했다. 경북 문경 출신으로 서울대 법대를 나온 조용경을 발탁했다. 뒷날에 그는 포철 홍보팀으로 합류한다.

4월 초순, 박태준은 갓 교문을 벗어난 사회 초년생들과 만나는 자리로 나갔다. 그의 격려는 '10년 후의 자기 모습을 그려야 한다'는 것이었다.

"아직 10년 후의 자기 모습이 모호한 사람은 몇 밤이고 진지하게 10년 후의 청사진을 구워내야만 합니다. 인생은 건물과 같아서 청사진이 확정되어야 비로소 주춧돌을 놓을 수 있습니다. 일단 10년 후의 자기 모습이

재무위원장 시절의 박태준(ⓒ중앙일보)

뚜렷이 나타난다면 두려움이나 수치심은 사라지고 용기와 자부심이 샘솟을 것입니다."

이 역설은 며칠 뒤 한 일간지의 명사칼럼에도 게재되었는데, 정치적 격동기를 거치며 사회에 첫발을 내디딘 젊은이들에게 오늘의 암울에 좌절하지 말고 10년 뒤의 희망을 설계하라는 위안과 격려의 메시지였다.

4월 12일 박태준은 국회 재무위원장으로 뽑혔다. 1970년대에 비해 서울 거주가 훨씬 더 잦아질 상황이었다.

제2제철소 입지선정은 여전히 문제로 남아 있었다. 건설부 관료들은 변함없이 아산으로 가야 한다고 주장했다. 그는 일거에 돌파하는 방법도 고려할 수 있었지만 부질없는 뒷말까지 깨끗이 없애기 위해 '아산파'들을 설득할 과학적 근거를 확실히 마련하는 길을 택했다. 광양만의 유일한 단점은 연약지반이었다. 그가 유상부를 불렀다.

"내가 납득할 수 있도록 해외전문가를 불러서 광양을 철저히 조사하고 연약지반 개량공법에 대한 결과를 보여주게."

"네, 좋습니다. 그러나 제가 전문가를 초청하면 제 입김이 들어갔다는 의심을 받을지 모르니 회장님께서 직접 초청하십시오."

이런 과정을 거쳐 그 방면의 권위자가 대한해협을 건너왔다. 미히로기 박사였다. 박태준은 광양만으로 들어가기 위해 돌다리를 다시 두들겨보는 심정으로 그에게 객관적이고 과학적인 검증을 당부했다.

그런데 1981년 여름이 다가오는 무렵, 일본 철강업계가 앞으로 포철을 몹시 괴롭게 될 '찬바람'을 일으켰다. 그것은 지난 2월부터 솔솔 일어난 '부메랑 효과'였다. 포철이 850만 톤 체제를 완성하자, 일본 철강업계는 '우리가 지원한 포철이 결국 부메랑으로 돌아와 일본 철강업계를 어렵게 만든다'라는 여론에 부채질을 시작했다. 박태준의 눈에는 제2제철소 건설을 방해하려는 속셈으로 보였다. 때마침 세계 철강업계가 불황에 허덕이고 있었다. 석유파동과 경기침체가 철강재 소비를 둔화시켜 포철을 제외한 세계 철강업체들이 모두 감산조업에 들어간 실정이었다.

일본 철강업계와 포철 사이에 미묘한 기류가 흐르는 가운데, 1981년 6월 10일 제13차 한일민간합동경제위원회가 서울에서 열렸다. 일본 재계의 거물이 대거 참석했다. 박태준은 한국측을 대표하는 인사말에서, "한일양국의 경제협력은 양국 간의 공동이해와 번영을 위하여 단순한 협력의 차원을 넘어 이제는 공동의 경제안전보장체제를 구축해야 할 중요한 전환점에 처해 있다." 했다.

'경제안전보장체제'란 용어는 1980년 마이너스 5.7%를 기록한 한국경제의 위기상황이 일본경제에도 심각한 타격을 미칠 수 있다는 사실을 각성시키는 효과를 노렸다. 이어서 그는, 한국경제는 70년대의 관 주도 성장정책을 탈피하여 민간 주도의 발전을 지향하는 전환의 시대에 들어섰다고 천명하며 양국 경제협력의 질적 승화를 역설하였다. 첨단기술 이전, 무역장벽 제거를 위한 상설창구 설치, 근원적인 무역 역조 시정을 위한 무역협력 등이 그가 지적한 질적 목록이었다.

그날 회의에서 박태준은 신일본제철의 사이토 사장과 짧지만 매서운 논쟁을 벌였다. 먼저 시비를 건 쪽은 손님이었다.

"한국기업의 요구에 대해 양국 정부 차원이 아니라 거래하는 기업들 차원에서 논의할 필요가 있습니다. 한국 기업가들은 이번 회의에서도 무작정 기술을 달라고 요구하고 있습니다."

"산업화에 늦게 뛰어든 개발도상국의 한계를 극복하려면 당연히 기술발전이 동반되어야 하지 않겠습니까?"

"그건 그렇습니다. 그러나 일본기업의 입장도 고려해줘야 합니다. 일본이 한국에 기술을 이전하면 한국은 그 기술로 비슷한 수준의 제품을 생산합니다. 그런데 문제는 임금입니다. 일본기업의 기술을 전수받은 한국기업은 싼 임금으로 똑같은 제품을 생산하여 일본시장이나 수출시장에서 일본기업과 경쟁합니다. 그러면 일본기업은 가격면에서 경쟁력이 떨어질 수밖에 없어, 결과적으로는 한국기업과의 경쟁에서 패배하는 사례들이 나오고 있습니다."

'부메랑'이란 단어는 쓰지 않았으나 일본 철강업계가 고안한 '부메랑 효과'를 알기 쉽게 설명한 격이었다. 박태준은 물러설 수 없었다.

"한일의 경제관계를 정확히 이해하려면 미일의 경제관계부터 정직하게 이해하고 인정할 필요가 있다고 봅니다. 제2차 세계대전이 끝난 뒤에 일본의 절대적 과제는 산업시설의 복구였습니다. 그러나 일본에게는 자본이 없었고 기술력도 크게 떨어져 있었습니다. 일본은 미국의 자본과 기술력으로 산업화에 나섰고, 미국은 유럽의 베를린 사태와 한반도의 6·25전쟁을 계기로 일본의 전후복구에 적극적인 지원을 아끼지 않았습니다. 그런데 미국의 지원으로 일어난 일본 산업은 공교롭게도 미국을 최대의 시장으로 삼았습니다. 만약 미국이 일본의 성장을 두려워하면서 방해를 놓았다면 일본 산업은 지금 어떻게 되었을까요?"

손님의 표정이 굳어졌지만 그는 내친 김에 철강업의 실례도 들었다.

"철강업을 보면 더욱 명백하지 않습니까? 유에스스틸은 일본 철강업계의 스승이었습니다. 유에스스틸이 창립되고 일본은 국영 야하타제철소 고로에 불을 붙였습니다. 그때 미국은 연산 1천만 톤, 일본은 10만 톤이었으니까, 100대 1의 격차였습니다. 그러다가 일본이 태평양전쟁을 일으켰을 때 일본은 500만 톤이었고, 미국은 6천만 톤이었습니다. 1950년대 초에 일본이 철강재건에 박차를 가하기 시작했을 당시 미국은 1억 톤이었고 일본은 겨우 500만 톤을 회복하고 있었습니다. 이때 미국 철강업계는 일본 철강업계를 전폭적으로 지원했습니다. 그런데 20년이 지난 뒤에 어떻게 되었습니까? 일본도 1억 톤, 미국도 1억 톤이며 오히려 일본은 신설비와 신기술로 미국 철강업계를 압도하고 있습니다. 지금 미국에는 일제 자동차, 일제 전자제품, 일제 기계들이 활개를 칩니다. 미일의 철강 사제(師弟) 관계가 뒤바뀐 때문이지요. 한일관계를 봅시다. 포철은 이제 겨우 850만 톤입니다. 그렇다면 일본 기업인들의 태도에 문제가 있다고 보아야 하지 않겠습니까? 세계경제는 정해진 길을 따라 가게 되는 것 아닙니까? 선진국이 먼저 가고, 그 뒤를 중진국이 가고, 후진국은 또 그 뒤를 따라갑니다. 이런 사이클을 반복하면서 세계경제는 성장합니다."

우리 속담에 개구리가 올챙이 시절을 모른다는 말이 있는데, 박태준이 보낸 비판의 요지가 바로 그것이었다.

늦은 봄날이었다. 박태준은 생애 처음으로 국회의사당에 앉아 이따금 의사진행의 방망이를 두들기는 한편, 제2제철소 입지선정에 낚시줄처럼 정신의 한 가닥을 걸어놓고 있었다. 부산의 한 병원에서 동생이 전화했다.

"아버지가 곧 임종하실 거라고 해서 형제들이 다 모였어요. 그런데 의사 말을 비웃는 듯이 정신을 차리셔서는 우리하고 두 시간이나 얘기했어요."

문득 박태준은 촛불의 최후를 생각했다. 그러나 당장 부산으로 내려갈 수 없었다. 일본의 유력한 차기 수상 후보로 떠오른 아베 신타로 의원과의 저녁약속이 잡혀 있었다. 마이너스 성장의 골짜기를 빠져나와야 하는 한국경제가 그 약속을 무산시킬 수 없게 했다. 약속장소로 나가면서 내일 첫 비행기로 부산에 가야겠다고 생각했다. 그러나 아버지는 밤을 넘기지 못하고 눈을 감았다. 장남이 6·25전쟁에 나간 뒤부터는, 첫째는 나라에 바쳤다며 집안 대소사에 부르지 않은 당신. 유언은 간명했다.

"울지 마라. 열심히 살고 간다. 언젠가 너희도 따라올 텐데, 울지 마라."

향년 80세. 이웃어른들이 호상이라 위로했지만 상복을 입은 54세의 장남은 고난의 20세기를 고달프게 헤쳐 나온 한 평범한 존재가 사라졌다는 슬픔에 잠겼다. 그는 마을 뒷산의 양지바른 자리에 유택을 만들며 아버지에 대한 기억을 떠올렸다.

아다미에서 나눈 고무옷 대화, 이야마에서 공부하라던 훈계, 중위 때 늑막염에 걸려서 당신의 등에 업혀 병원을 나선 일……. 겨우 몇 장면만 그의 눈물 너머로 아롱아롱 맴돌았다.

건설부와의 최후 결전

8월 초순에 박태준은 도쿄를 방문했다. 공식 스케줄에 따라 움직이는 한

일의원연맹 한국측 회장의 모습이 일본 텔레비전에 크게 나간 다음날 오후, 그는 포철 도쿄사무소에 들러 업무보고를 받았다. 그런데 문 밖이 소란스러웠다. 잠시 귀를 기울였더니 예고 없이 자신을 만나러 온 낯선 얼굴을 직원들이 말리는 듯했다.

"가만."

그는 야릇한 예감에 이끌려 사무실로 나섰다.

"아이구, 형님!"

"이게 누구야!"

손님과 박태준이 얼싸안았다. 포옹을 푸는 두 사람의 눈은 똑같이 젖어 있었다. 손님은 김수용이었다. 1950년 가을의 북진하는 전쟁터에서 처음 만났다가 휴전한 뒤로는 감감 무소식으로 지내왔으니, 거의 28년 만의 상봉이었다. 무공훈장을 두 번이나 받으며 중령까지 진급했던 재일동포 지원병은 휴전한 다음에 도쿄로 돌아가 학업을 마치고 조경회사에 몸을 담았다고 했다. 청춘과 중년의 세월을 몽땅 나무와 보낸 그의 인생은 어느덧 굴지의 조경회사 대표로 변신해 있었다. 황궁에도 소나무를 심었다고 했다.

"최고 수준이구나."

"형님, 내가 다시 조국에 기여할 길은 조경밖에 없습니다. 어젯밤 텔레비전에서 형님 얼굴을 보고 밤새 생각한 끝에 내린 결론입니다."

"고맙다. 포철에 와서 조경을 자문해줘라."

김수용은 곧 포항으로 날아왔다. 톱과 온도계까지 챙기고 나타난 그를, 1971년부터 포철의 녹화를 맡아온 홍대원이 맞이했다. 김수용의 딸깍발이 같은 면모가 두드러졌다. 늘 일꾼 복장에 교통비, 숙박비도 거절했다. 홍대원은 이런 사정을 상부에 알렸다. 박태준의 반응은 미소에 곁들인 한마디였다.

"돈은 많으니까 조국을 위해 쓰도록 놔둬."

박태준은 그로부터 4년 뒤에나 김수용을 포철의 조경 자문역으로 위촉

한다.

1981년 9월 1일 포철은 포항 4기 2차 종합착공식을 열었다. 연산 60만 톤을 추가하는 이 공사가 83년 상반기 중에 완공되면 영일만의 신화는 연산 910만 톤 체제를 갖추게 된다. 1973년 7월 이후 벌써 8년 넘게 '일면 조업, 일면 건설'을 성공적으로 수행해온 역량에는 60만 톤 증설쯤이야 만만했다.

이 가을의 포철 경영진에게 여전히 벅찬 상대는 포철 경영자의 인사권을 쥔 정부에 소속된 건설부 고위관료들이었다. 제2제철소를 아산만에 세워야 한다는 그들의 고집은 수그러들 낌새를 보이지 않았다. 그럴수록 박태준은 '힘의 게임'이 아니라 '합리적 근거'로 눌러야 한다는 방침을 더욱 다잡았다. 이미 미히로기 박사가 광양을 답사한 뒤 '충분히 가능하다'는 결론을 내려줬지만, 국가대사를 위해 마지막으로 한 번 더 돌다리를 두들겨보는 심정으로 광양만 재조사를 의뢰했다. 이 결정에 대해 실무책임자 유상부는, "박 회장님은 한 번 더 확인하기 위해 신일철 나가노 시게오 회장에게 연약지반 위의 제철소 부지조성 경험을 가진 전문가를 소개해달라는 부탁을 했다."고 증언했다. 나가노 회장은 일본 해양컨설턴트의 가마모토 사장을 소개했다. 그가 1981년 10월 김포공항에 내렸다.

광양만에 대한 기존 조사자료를 면밀히 검토하고 현장을 직접 조사한 가마모토는 연약지반에 대한 문제는 '충분히 해결 가능하다'는 결론을 내렸다. 이보다 한 발 앞선 시점, 그러니까 박태준이 가마모토를 추천받은 직후인 9월 하순에는, 지난 2월 청와대 회의에서 결정했던 제3기관의 용역 결과 중간보고서가 제출되어 있었다. 프랑스 르아브르 항만청과 한국 국토개발연구원이 함께 수행한 아산과 광양의 비교는 아산으로 기울어져 있었다. 유상부의 눈에는 국토개발연구원이 건설부 산하여서 객관성을 잃고 아산이 유리한 쪽으로 결론을 도출해가는 것으로 보였다.

양쪽 의견의 격차 앞에서 박태준은 더 참을 수 없었다. 뭔가 잘못된 구조가 있다고 단정할 수밖에 없었다. 그대로 방치하다간 질질 끌어서 국가

대사의 적기를 놓치거나 최악의 경우에는 망칠 수도 있을 듯했다. 그는 광양만 재조사 지시와는 별개로 지반조사와 무관한 새로운 근거를 찾아야한다는 판단을 내렸다. 상식적으로 이해할 수 없는 결론을 억지로 끌어대는 배경에는 과학적 행위와 무관한 경제 논리가 흐르고 있을 것이었다. 그는 안기부장을 만났다. 안기부가 아산만과 광양만의 토지소유자 현황을 조사했다. 포철 경영진과 건설부 고위 공무원에 대한 그 방면의 뒷조사가 이뤄졌다. 그 결과, 포철이 유리해지는 조건 하나가 더 생겼다.

11월 4일 이른 하오였다. 박태준은 국회 재무위원장으로서 상임위원회를 열었다. 별안간 쪽지가 들어왔다. 오늘 오후 3시부터 청와대에서 대통령이 주재하는 제2제철소 입지선정에 대한 최종회의가 열린다는 것. 그는 만사를 제쳐두고 달려가야 했다.

대통령과 부총리를 비롯한 경제장관과 고위 관료들, 대통령 경제비서들이 모였다. 먼저 건설부의 담당국장이 미리 차려둔 차트 앞으로 나와 아산만의 타당성을 자세히 설명했다. 박태준은 이미 훤하게 꿰찬 내용을 경청하면서 아산만의 문제점을 메모해나갔다.

"의견이 있으면 말씀들 하세요."

대통령의 말을 냉큼 받는 이가 나서지 않자, 그가 지명을 했다.

"부총리께서는 특별한 의견이 없습니까?"

"없습니다."

"건설부 장관은요?"

"의견이 없습니다."

몇 사람이 같은 답을 냈다. 특별한 의견이 없다는 말은 건설부의 안에 반대하지 않는다는 소극적 동의였다. 이윽고 대통령의 시선이 포철 회장의 얼굴에 멈추었다.

"아무래도 박 위원장께서는 의견이 많으시겠지요?"

"그렇습니다, 30분 정도 말씀드려야 할 것 같습니다."

"좋습니다, 말씀하세요."

박태준의 반론은 지반조사 용역을 수행했던 실무 책임자처럼 가지런하고 날카로웠다. 서론·본론·결론으로 탄탄히 짜인 반론은 결론에 이르러 거듭 두 가지의 결정적 결함을 강조했다.

"첫째, 아산만의 지하암반은 45도 기울어져 파일을 안정시키기 어렵습니다. 둘째, 아산만은 간만의 차가 10미터를 넘기 때문에 24시간 대형선박이 접안하려면 15만 톤짜리 도크를 만들어야 합니다. 인천항에 5만 톤짜리 도크를 만드는 데 10년이 걸렸으니 그 3배짜리를 건설하자면 너무 긴 세월을 소모해야 하고 막대한 건설비 때문에 제품을 생산해도 적자를 면할 수 없습니다."

마지막으로 그는 광양만의 결함을 극복할 방법을 제시했다.

"광양만의 유일한 약점은 연약지반이란 것입니다. 그러나 일본기술자들과 포철의 면밀한 지질조사를 통해 그것은 모래말뚝공법이란 신공법으로 충분히 개량할 수 있는 것으로 판명되었습니다."

대통령이 시선을 벽면에 걸린 큼직한 지도 쪽으로 옮겨갔다.

"나는 철은 몰라도 안보는 압니다. 태안반도는 휴전선과 가까운 편이고 또 오래된 간첩잠입 루트입니다. 저기 산동반도까지 올라간 공작선이 공해를 통과해서 진입해오는 목표지점이 태안반도라는 겁니다. 안보에선 최악의 상황을 가정해야 합니다. 그러면 현재의 남북관계로 볼 때 아산만에 중요한 국가기간산업을 건설한다는 것은 바람직하지 않습니다. 여러분의 특별한 의견도 없으니, 제2제철소는 실수요자인 포철의 판단을 존중하고 국가안보를 고려하여 광양만으로 최종 결정합시다."

대통령이 높다랗게 쌓인 서류의 맨 위에다 사인을 했다. '아산만 불가, 광양만 인가'라고 친필을 적는 좀 유별난 결재였다. 장장 9년에 걸쳐 국내외 언론과 재계의 주목을 받아온 제2제철소 입지가 마침내 광양만으로 확정되었다. 회의실 밖에서 초조하게 기다리던 유상부가 가장 먼저 발견한 것은 회의를 끝내고 나온 박태준의 미소와 윙크였다. 그는 밖에 나가서 환호성이라도 외치고 싶었다.

제2제철소 입지선정 과정에서 박태준이 결정적으로 긴요했던 최후의 두 단계, 즉 그가 안기부장을 만난 것과 긴급히 청와대로 불려간 것은 바로 '포철의 울타리' 역할이었다. 그것은 박정희의 서거 후에 그가 포철과 국가경제의 미래에 결정적으로 공헌하는 첫 결실이기도 했다.

만약 박태준이 살벌하게 진행됐던 부정축재 조사에 걸리거나 자신은 철밖에 모른다며 유연한 정치적 판단을 내리지 못했다고 하자. 그래서 인사권자가 그를 해임시켰다고 하자. 또는 그가 국가 경제정책에 직접 관여할 수 있는 위치에 없었다고 하자. 그랬다면 과연 제2제철소 입지가 포철의 판단과 의지에 따라 광양만으로 정해질 수 있었을까? 물론 유능하고 투철한 포철 사내들이 강력하게 아산만을 반대하고 나섰겠지만, 그들의 힘으로 설득하거나 승복시키기 어려웠던 권력구조는 엄연히 존재했다.

부메랑 출현

1980년 5월의 선혈이 아직 마르지 않은 전라남도 도청 앞에는 오랜만에 경축아치가 세워졌다. 광양읍 광양농고 교정에선 농악대를 앞세운 경축잔치가 열렸다. 포철 사람들은 광양제철소 건설이 전남 도민에게 위안의 선물이 되기를 바랐다. 또한 영일만에 근무하는 많은 호남 출신은 고향 근처로 돌아갈 길이 열린다는 설렘과 기대를 품었다.

그런데 광양만으로 가서 제2의 도약을 준비하려는 포철과 박태준의 앞길에 곧바로 강력한 방해세력이 등장했다. 일본의 '부메랑'이었다. 1981년 이른봄부터 포철의 제2제철소 건설을 노골적으로 반대해온 일본 철강업계. 그들은 '광양 결정' 소식을 듣고 이틀도 참지 못하여 준비한 무기를 집어 들었다. 일본의 부메랑이 대한해협 건너로 표창처럼 날아왔다. 11월 8일 요미우리신문은 '전형적인 부메랑 현상'이란 제목을 들고 나섰는데, 그것이 곧 전형적인 부메랑이기도 했다.

일본의 기술협력으로 힘을 붙인 한국 철강업계가 이젠 오히려 일본시장을 잠식하고 있다. 한국의 대일 수출공세에는 일본 철강업계의 수뇌도 속이 편하지 않다. 한국에서 수입하는 철강은 올해 보통강재만 100만 톤을 돌파할 기세다. 일본의 보통강재 전체 수입량은 올해 들어 9월까지 86만 톤으로 지난해 동기비(同期比) 2배에 가까운 증가 추세. 이 중에 한국 제품이 80%를 차지한다.

박태준은 '일본 철강업계의 수뇌도 속이 편하지 않다'라는 표현에서 문득 신일본제철 사이토 사장의 찡그린 얼굴이 생각났다. 서울에서 그가 시비를 걸던 바로 그 논리로 만든 옹졸한 부메랑 같았다.

포철의 교사였던 일본 철강업계가 눈을 부릅떴지만, 박태준은 12월 1일 광양만 현지에 '포항종합제철주식회사 제2공장건설사무소' 간판을 걸었다. 선발대 48명이 이날 광양군 진월면 면사무소 앞마당에 모여 개소식을

제2제철소 부지로 결정된 당시의 광양만 금호도 앞바다

열었다. 1968년 4월 1일 서울시내 한 모서리에 39명이 모여 있었던 것처럼, 바다 위에 세계 최신예 연산 조강 1천만 톤 종합제철소를 건설하겠다는 새로운 대역사의 공식적 첫발은 그렇게 조촐하고 소박했다. 그러나 이겁 모르는 도전자들은 멋진 도전장을 품고 있었다.

"포항에서 쌓은 기술, 광양에서 꽃피우자!"

1981
1985

바다에 그리는 꿈의 설계도

성장의 진입로

광양만의 제철소 부지는 섬진강·수어천 삼각주지대의 섬들로 구성되었다. 행정구역은 전라남도 광양군 골약면, 섬의 이름은 태인도·금호도·소당도·금당도……. 김 명산지로 알려진 호젓한 바다가 1982년 새해부터 산업화 바람을 받으며 술렁술렁 물결을 일으키고 있었다.

섬진강 하구, 섬들, 얕은 바다, 만 입구의 깊은 수심. 제철소 입지로서 양호한 환경이었다. 양질의 모래는 양질의 건설자재로 쓰일 수 있고, 가뭇없이 사라질 몇몇 섬의 파편은 매립과 호안(護岸)공사의 소중한 자재로 쓰일 수 있었다. 뭍과 가까운 얕은 바다는 매립비용을 경감시킬 것이고, 만 입구의 20~25미터 수심은 대형선박이 드나들 안전한 길목이었다. 공업용수 확보도 손쉬웠다. 하루 25만 톤 급수능력을 지닌 수어천댐 물을 여천공단이 14만 톤만 쓰고 있어 여유분 11만 톤으로 제철소 가동 초기의 용수를 끌어올 수 있고, 공장 증설에 맞춰 섬진강 양수장을 확장해나가면 장차 하루 55만 톤 용수를 거뜬히 확보할 수 있었다. 이 밖에 경전선과 남해안 도로가 근접해 철도·도로의 연계문제도 골칫거리가 아니었다. 물론 광양만에는 14년 전 영일만과 유사한 몇 가지 난제도 있었다.

첫째, 부지조성에 앞선 보상문제. 이는 영일만보다 광양만이 훨씬 까다로웠다. 1968년과 1982년이란 거리에 내재된 '민의의 성장'을 반영한 것이었다. 1968년의 '국가재건'과 1982년의 '국가경제'를 맞대면 후자의 공공성이 크게 떨어졌다. 이제 농어촌 주민들도 사유재산의 권익행사를 위해 시위나 점거농성을 주저하지 않았다.

둘째, 차관과 설비와 기술을 조달하는 문제. 영일만에서 무(無)로 출발한 포철에게는 박태준의 '하와이 구상'이 일본의 협력을 끌어들이는 전환점을 만들었지만, 1982년 광양만에서 '21세기형 최신예 제철소 건설'을 시작하려는 포철에게 일본은 '부메랑'을 날리며 '기술력 제공'을 반대했다. 또한 가동률 60%라는 불경기의 몸살을 앓는 선진국 철강업계들도 독불장군처럼 '연산 1천만 톤 규모 제2제철소 건설'을 선언한 포철을 못마땅해

하고 있었다. 이 장벽을 뚫는 책임은 포철 최고경영자가 짊어져야 했다.

셋째, 회사 경영체제의 변화. 포철은 영일만 1기를 준공한 뒤부터 십여 년에 걸쳐 '일면 조업, 일면 건설'의 체제로 운영되었지만, 이제 건설현장이 두 지역으로 갈라진 데다 건설의 주력을 광양만으로 이동시켜야 했다. 불원간 '1사2제철소 체제'에 대비한 조직의 대혁신을 추진해야 할 상황이 다가오고 있었다.

포철의 조직혁신은 '영일만시대 포철'과 변별되는 '영일만·광양만시대 포철'의 경영전략에 대한 성찰을 요구하는 과제이기도 했다. 이때 포철이 추구한 경영전략의 기본방향을 율곡 이이의 '시무론(時務論)'에 나오는 시대적 인식론이라 할 '창업 - 수성 - 경장'의 틀에 대입한 흥미로운 분석(윤석만, 「포항제철의 기관형성 전략에 관한 연구」)이 나와 있다. 그것은 1968년부터 광양제철소 착공까지의 포철 13년을 시무론의 '창업기'로, 그로부터 광양제철소를 완공하는 1992년까지의 포철 13년을 '수성기'로, 그 뒤부터 21세기 벽두에 이르는 기간을 '경장기'의 한 부분으로 설정한다. 창업기의 포철에선 '창업가의 탁월한 능력과 시대 조건과 민심'이 성공의 밑바탕이었으며, 수성기에는 기존 성취를 잘 관리해나가면서 새로운 관리전략을 도입했다고 규명한다. 품질향상과 기술개발 활동 및 품질관리의 전산화 등에 역점을 두면서 생산능력의 확장을 이루어감으로써 본격적인 성장 궤도에 진입하게 되었다는 것이다.

포철의 광양만 부지조성 공사는 '본격적인 성장궤도'와 '상호보완적인 1사2소 체제'의 진입로를 만드는 것과 진배없는 대공사였다. 공장부지와 주택단지를 합쳐 총 450만 평. 바다 매립에는 '김 양식장과 어업권' 보상문제가 앞을 막아서고, 섬 폭파와 육지 매입에는 '주민 이주와 수용토지' 보상문제가 앞을 막아섰다. 포철은 1982년 1월 전라남도·경상남도와 보상업무 위탁협약을 체결했다. 하지만 포철이 발을 빼거나 뒷짐을 진 것은 아니었다. 오히려 '분위기'를 다치지 않으려고 '말조심'에 주의를 기울이며 주민들과 만났다. 이 일엔 박태준도 예외가 아니었다. 그는 광양으로 내려가는 일정을 자주 만들었고, 관공서에 들어가 협조를 부탁하고 사라질 학교에 찾아가 위로와 격려를 아끼지 않았다.

　행정기관의 협조와 이주 주민의 이해와 포철의 자세, 이것은 여러 보상문제를 실은 '협상의 마차'를 그럭저럭 말썽 없이 이끌어나가는 세 마리의 말과 같았다. 그러나 복병이 나타났다. '무면허 어업권 보상'. 포철의 문의에 건설부는 '보상불가'라는 유권해석을 내렸다.

　포철은 어업권 보상과 관련된 지역민원에 '최대한의 성의를 바탕으로 과학적 법률적 근거에 따라 풀어나간다'는 원칙을 수립했다. 이것은 '어업권 피해의 원인과 규모'를 과학적으로 연구·분석하는 용역조사를 불러들였다. 이 결과에 대한 쌍방의 의견 차이는 법정의 심판에 맡기는 사례를 낳기도 했다.

　보상절차가 진행되는 1982년 2월 9일, 포철은 광양제철소 1기 사업계획

광양제철소 건립부지 확정으로 폐교되는 금호도 금도초등학교를 방문한 박태준(1982년 8월)

을 최종적으로 확정했다. 연산 조강 270만 톤 규모, 소요자금은 내자 1억 5천800만 달러와 외자 8억1천400만 달러(총 9억7천200만 달러, 1조5천200억 원), 1985년 7월 1일 착공, 1988년 3월 말 준공. 영일만의 상식이었던 공기단축이 그대로 적용될 테니 최초의 준공예정일은 당연히 앞당겨질 것이다.

'영일만의 기적, 영일만의 신화'란 세계적 명성을 얻은 포철은 자신감에 넘쳤다. 국가백년대계의 위업에 참여한다는 애국적 사명감이 싱싱하게 살아 있었다. 포철과 최고경영자의 국제적 신인도가 이때 한국의 사정으로는 보기 드물게 최상위 등급을 확보하였다. 박태준은 감도 좋았다. '해를 맞이하는 바다'라는 뜻의 영일만(迎日灣)이란 이름이 썩 마음을 당겼던 것처럼, '햇빛 바다'라 풀어도 좋은 광양만(光陽灣)도 근심을 녹여주는 이름 같았다. 한국 산업화의 횃불과 같은 빛이 되어야 한다는 포철의 이미지를 느낄 수 있었다.

박태준은 자주 여의도를 지켜야 했지만 포철의 시간표를 찬찬히 헤아렸다. 1982년에 우선적으로 해결해야 할 과제는 순조롭게 진행되는 포항 4차 2기 건설을 독려해나가고, 광양의 부지조성 공사를 차질 없이 진행하는 일이었다. 그의 관심은 포항보다 광양에 더 기울어졌다. 새로운 시작도 시작이거니와, 출발단계에서부터 뒤뚱거리지 않아야 10년 역사의 총체적 전개가 강물 흐르듯 유장하게 자연스러워질 것이었다. 보상업무를 서둘러 매듭지어 늦어도 올해 여름에는 부지조성 공사를 시작해야 하고, 내년 여름까지는 외자·설비구매·기술도입의 길을 확정해야 했다. 그래야만 85년 7월 '광양 1기 착공'이란 목표를 맞출 수 있었다.

박태준은 초여름의 광양만에 내려와 이따금 광양제철소의 전체 배치도를 뇌리에 그려보곤 했다. 부지조성의 기본설계 초안은 4월에 나와 있었다. 연관단지·지원단지·주택단지를 고려해 조감도를 조금 수정하면 되었다. 문제의 핵심은 '바다 위의 멋진 제철소 건설'이었다. 대역사가 완성된 뒤 공중에서 내려다보더라도 공장건물이 4열로 그림처럼 네모반듯해 보이고 멋지게 장대한 스카이라인 같은 제철소. 이런 레이아웃을 상상하면 그는 아이처럼 신이 났다. 전천후 제품부두도 만들고 싶었다. 비가 오든 눈이 오든 창고의 제품을 바로 선적할 수 있는, 지붕 달린 부두. 그는 오래 묵힌 꿈을 반드시 실현하고 싶었다. 영일만의 아쉬움을 마치 한을 푸는 것처럼 광양만에서는 모조리 해결하고 싶었다.

그는 극비의 결심도 보듬고 있었다. '광양 1기, 2기, 3기, 4기의 제선·제강·열연공장 등을 똑같은 사양으로 통일하겠다'는 것. 이는 영일만의 체험에서 나온 발상의 대전환으로, 굉장히 획기적인 구상이었다. 세계 제철소의 역사에 최초로 도전하는 구상이었다. 용광로 하나만 놓고 보아도 그랬다. 4기가 사양이 동일하다면 첫째 도면이 똑같으니까 뒤의 3개는 도면을 새로 그릴 필요가 없고, 둘째 예비품도 똑같이 준비하면 되고, 셋째 기술훈련과 조업훈련이 편하고, 넷째 4기 중 어느 하나가 배탈을 일으켜도 진단이 쉽고 상호지원이 쉽다. 원가절감과 조업효율성을 이보다 더 극대화할 수는 없다.

이렇게 박태준은 영일만의 고난을 광양만의 영광으로 승화시킬 가장 소중한 설계도를 가슴 깊이 간직하고 있었다.

여의도에서, 광양만에서

그런데 포철은 5월에 자존심을 긁혀야 했다. 신일본제철이 포철의 제안을 뿌리치는 사건이 발생했다. 포철이 올해 1월부터 넉 달에 걸쳐 작성한 '광양 1기 설비 기본기술계획 초안'에 대한 검토용역을 거절한 것이었다. 끄응, 박태준은 단전에 힘을 모았다. 아직 서두를 사안은 아니었다. 여섯 달 넘는 여유가 있었다. 그 제안은 영일만에서 크게 신세진 상대에 대한 예의도 차릴 겸하여 반응을 떠본 조치였는데, 그 거절은 '부메랑'을 거둬들일 의사가 전혀 없음을 알려준 것이었다. 그는 신일본제철 사이토 사장의 한 발언을 떠올렸다. 근래에 사이토는 세계 철강업계 지도자들이 모인 자리에서 얄궂은 해석을 들이대며 떠든 적이 있었다.

"철은 '金 +戈 +王'으로 되어 있는데, 이것을 풀이하면 '돈(金)벌이의 왕 (王)이 되는 쇠붙이(戈)'라는 뜻입니다. 그런데 요즘 일본에서 사용하는 약 자인 '철'은 '金 +失'로서 '돈(金)을 잃는다(失)'는 의미로 되어버렸어요. 철강업의 현상을 상징하는 것 같아 유감입니다."

부잣집의 그 엄살은 포철을 겨냥하는 부메랑을 '언중유골'로 담았지만, 참작할 만한 사정이 있긴 있었다. 세계 철강경기의 하강곡선 속에서 미국 은 47%, 유럽은 58.3%, 일본은 60%의 조업률을 기록하는 상황이었던 것 이다. 그러나 포철은 반박할 증거도 쥐고 있었다. 1982년 기준으로 선진 국의 1인당 철강소비 기준이 500킬로그램인데 한국은 200킬로그램 이하 로 여전히 철강소비의 잠재력이 높을 뿐만 아니라 한국 철강업계의 총 생 산량은 국내 소비량에도 300만 톤이나 부족한 실정이었다.

1982년 7월 24일 광양만에는 폭음과 함께 허연 물기둥이 높다랗게 솟 구쳤다. 1단계 부지조성 공사 착공. 태고 이래의 정적이 깨졌다. 김과 조개 의 바다, 꽃봉오리 같은 섬들이 사라져야 하는 가슴 아린 일이 '국민소득 1만 달러 시대'를 위한 도약대로 거듭날 수 있어야 했다. 오직 그것만이 자연의 상처에 돌려줄 수 있는 최상의 보답이었다. 성공이냐 실패냐. 만약 실패한다면 '광양만을 두 번 죽이는 것'이 된다.

불안의 요인이 내부와 외부에 최소한 하나씩은 있었다. 전자는 부실공 사, 후자는 포철에 비협조적이고 공격적인 국제환경. 두 가지를 영일만의 경험과 비교한다면, 전자는 오히려 광양만이 심각할 수 있고, 후자는 광 양만이 수월할 수 있었다. 외자·설비구매·기술도입의 문제는 십여 년 동 안 쌓아온 포철의 실력과 최고경영자의 명성에 일임한다 하더라도, 초기 단계의 부실공사에 대한 철저한 감시와 확인은 광양만이 힘겨울 수밖에 없었다. 특히 호안축조에 수중공사가 많은 탓이었다. 바다를 메워 총 연장 13.6킬로미터의 거대한 제방을 쌓는 호안축조 공사. 물속 기초공사가 부 실하면 홍수나 만조에 둑이 무너질 수 있다. 그러나 감독자는 수중공사의 실태를 육안으로 직접 확인할 수 없다. 이게 딜레마였다.

광양만의 바다가 어지러운 가을, 서울 여의도에서는 정기국회가 열렸다. 재무위원장 박태준은 여야 의원들과 허물없이 지냈다. 그는 스스로 부담을 만들 필요가 없었다. 앞으로 정치하겠다는 야망을 품고 있다면 이른바 '계파'를 형성하고 '보스'로 등극하는 길을 모색하느라 머리가 지끈거릴 테지만, 국회의 그는 '국정을 원만하게 잘 이끌어나가는 역할'에 충실하면 되니 처신에 거리낄 데가 없었다.

주돈식(조선일보 정치부장 역임)은 여의도의 초년생 박태준을 '배짱과 정치 감각을 가진 원칙주의자'로 관찰했다. 이때 재무위에는 통상적으로 처리하는 예산관련 세법 개정 외에도 '장영자 사건', '영동개발 사건', '교육세 신설', '실명제 파동' 등 세인의 관심을 집중시키는 굵직한 안건이 많았다. 여기서 박태준은 유연성을 잃지 않았다. 여야 의원들과 대화하며 순탄하게 끌고 가는 박태준의 비결에 대해 관찰자는 '첫 번째 무기는 최선을 다하는 성실함, 두 번째 무기는 인간관계 존중이라는 휴머니즘'이라고 보았다.

제2제철소가 광양만으로 오는 길의 이른바 '과학적'인 가장 큰 장애물은 '연약지반'이었다. 1983년 1월 중순, 박태준은 바로 그와 관련된 보고를 받았다. 일본 해양컨설턴트와 '상세설계용역 계약'을 체결하겠다는 것. 바다를 매립하는 공사가 예정대로 1년 걸린다면, 그 다음이 연약지반 개량 공사였다. 이 자리에서 박태준은 명백한 지침을 내렸다.

"시료 채취와 분석을 통해 서로 충분히 토의할 것, 적절한 시기에 우리 담당자들을 일본 현장으로 보내 견학시키고 토질시험 방법을 습득케 할 것, 일단 공법을 수입하되 장비는 최대한 국산화할 것, 최종적으로 공법을 완전히 숙지하여 국산화할 것."

제철소 부지의 연약지반 개량공사에 대한 경험과 이론을 겸비한 일본 해양컨설턴트와 '광양만 지반조사에 대한 상세설계 용역 체결'을 맺은 포철로서는 광양만 부지조성 단계의 가장 심각한 골칫거리에 대한 해결사를 초빙하는 격이었다.

부지조성 공사보다 먼저 완성해야 할 광양 1기의 '기본기술계획'은 아직 완성본이 아니었다. 제3의 정확한 눈을 거쳐야 하는데, 신일본제철이 검토용역을 거절했기 때문이었다. 신일철에 대한 예의는 미리 갖춰뒀겠다, 하고 박태준은 더 멈칫거리지 않았다. 과감하게 유럽으로 방향을 틀자는 결심을 세웠다. 일석이조의 포석이었다.

'기술도입의 다변화를 추구하고, 일본의 자만심을 자극하여 그들 스스로 태도를 고치게 하겠다.'

1월 28일 포철은 세계적 철강회사인 독일 티센에 '기본기술계획 검토'를 의뢰했다. 앞으로 여섯 달이 소요될 용역비는 약 270만 마르크였다.

4월 초순에 제15차 한일민간합동경제위원회가 서울에서 사흘 일정으로 개최되었다. 이 회의는 '기술이전 문제'를 중점적으로 다루었다. 한국 측 단장 박태준은 '부메랑'에 대한 일본의 진의를 파악하고 일본을 설득하는 기회로 삼을 계획이었다. 하지만 일본의 태도는 완강했다. '부메랑'이란 단어를 쓰진 않았으나 여전히 일본은 한국을 '부메랑'으로 여기고 있었다. 일본측 수석대표 히다카 위원장이 "현 단계에서 일본이 한국에 기술을 이전하는 데는 어려움이 많다."며 난색을 표명했다. 광양제철소에 대한 일본 철강업계의 기술이전을 기대하지 않는 게 좋다는 간접적 통보 같았다.

박태준은 자신의 생각을 밝힐 때가 무르익었다고 판단했다. 10년 전 '김대중 납치사건'의 여파에 시달렸을 때와 유사한 방식의 돌파구를 뚫어야 했다. 그는 포철 임원간담회의에서 명쾌한 방향과 목표를 제시했다.

"일본의 협력 없이도 세계 최고 수준의 제2공장을 반드시 건설하고 말겠다는 각오를 세웁시다. 국산화 비율도 최대한 끌어올립시다. 우리는 다시 한번 해낼 수 있다는 자신감과 도전정신으로 뭉칩시다."

이미 포철은 광양제철소의 국산화 비율을 최대한 끌어올리기 위해 세밀한 실태조사를 벌이고 있었다. 포철의 설비 국산화에 참여한 실적을 가진, 자본금 30억 원이 넘는 국내 15개 업체가 후보군이었다. 3월 한 달을 거친 이 작업이 4월에는 한국중공업·현대중공업·삼성중공업·대한중기·강원산업·대우조선·대한조선공사·동국중기 등 8개 업체를 '적격'으로 뽑았다. 남은 절차는 5월 중순에 열릴 '기술자문위원회'를 거치는 것이었다.

스위스에서 박정희의 육성을 듣는 밤

5월 3일 박태준은 비행기에 올랐다. 목적지는 유럽. 설비구매와 기술도입을 다변화하기 위한 장도에 오른 그는 여전히 '일석이조'를 노렸다. 일본의 자만심을 자극해서 그들 스스로 태도를 바꾸도록 하겠다는 또 하나의 효과, 이것을 기대하는 포철 회장의 마음은 물론 '신일본제철이 소유한 최신기술'에 매력을 느꼈다. 또 포철과 신일본제철이 서로 불편한 관계를 오래 지속한다는 것은 양사에 전혀 도움이 되지 않는 일이었다.

제철의 모든 분야에서 일본의 기술이 가장 앞선 것은 아니었다. 전반적으로는 일본이 최고 기술수준을 보유하지만, 세부적으로는 유럽이 일본보다 앞선 분야도 많았다. 문제는 국가마다 서로 체계가 다른 설비와 기술을 어떻게 하나의 제철소에 집중적으로 적용하느냐에 달려 있었다. 다행히 포철은 이 문제를 영일만에서 경험했고, 그것이 자신감이란 자산으로 비축되어 있었다.

박태준 일행의 일정은 빡빡했다. 5월 5일 파리에 도착, 곧바로 프랑스의 클레심을 방문하고, 이튿날 크뤼소 로레를 찾았다. 8일부터는 독일이었다. 오토, 피르마 칼 스틸, 티센, 지멘스, 린데, 지그마 등 독일의 대표 철강업계를 차례로 순방했다.

24일엔 스위스로 넘어갔다. 이날 깊은 밤, 박태준은 혼자 깨어 있었다. 가슴의 가장 깊은 밑바닥으로부터 솟아오른 감정이 불면으로 이어졌다. 그의 뇌리엔 긴 파노라마가 펼쳐졌다. KISA의 배반, 하와이 구상, 야스오카와 이나야마, 일본기술단, 롬멜하우스, 우향우, 제철보국, 원료구매, 열연비상, 공기단축, 첫 출선의 환호와 눈물, 1기 종합준공식, 저우언라이 선언과 김대중 납치사건의 파고들, 함부르크의 크리스마스 파티, 스위스 대사가 낀 아이젠버그의 음모와 가택수색, 주택단지와 학교들…….

1983년 5월 25일은 바로 영일만에서 '포항 4기 2차 설비'의 종합준공식이 열리는 날이었다. 그 시간에 광양만의 내일을 위해 멀리 스위스에 머물고 있는 박태준. '포항제철소 910만 톤 체제'를 완공하는, '영일만 신화'의 에필로그까지 마치는 대역사의 종착기념 잔치에 정작 주인공은 빠진 것이었다. 특별한 날의 감회를 머나먼 이국땅에서 혼자 감당하는 것이 불면으로 이어지긴 했으나, 그 자리를 지키지 못하는 것이 조금도 섭섭하진 않았다. 다만, 영혼의 어느 자리에 슬픔 같은 것이 엉겨 붙었다. 그 정체는 박정희라는 이름이었다. 자신과 함께 반드시 그 자리를 지켜줘야 할 사람이 '대통령이 아니라 평범한 농부로 있을지라도' 이 세상에 살아있기만 하다면 유럽의 일정을 조정해서라도 기필코 그분을 모시기 위해 포항으로 돌아갔을 것이었다. 그는 콧잔등이 시큰했다.

"영일만에서 열리는 최후의 종합준공식에 그분 없이 나 혼자 참석할 바엔 차라리 못 가게 된 것이 잘됐는지 몰라……."

혼잣말을 중얼거린 박태준의 귓전으로 국립묘지에 묻힌 박정희의 카랑카랑한 목소리가 환청처럼 들려왔다.

"산업화를 시작하는 우리는 고속도로와 종합제철소를 반드시 건설해야 돼. 고속도로는 내가 직접 감독할 테니까, 제철소는 임자가 맡아."

1965년 어느 날의 그 약속은 실현되었다. 숱한 반대를 넘어 1970년에 경부고속도로가 개통되었고, 포철은 그 도로로 철강제품들을 실어 나르게 되었으니…….

"임자 뒤에는 내가 있어. 소신껏 밀어붙여봐."

1967년 어느 날의 그 약속도 실천되었다. 생전의 박정희는 끝까지 박태준을 신뢰하면서 포철의 든든한 울타리가 되어주었고, 박태준은 소신에 따라 사심 없이 그 무거운 '철'을 짊어진 채 103만 톤, 270만 톤, 550만 톤, 850만 톤, 910만 톤의 가파른 오르막을 지치지도 않고 꿋꿋하게 걸어왔으니…….

박태준은 눈앞에 어른거리는 깡마른 얼굴을 바라보며 다짐을 걸었다.

'앞으로 10년만 더 기다려주십시오. 우리가 꿈에도 그렸던 연산 2천만 톤 체제를 기필코 성공리에 완수하고, 그때 정중히 보고 드리러 가겠습니다. 그날이 오면 저도 무거운 철의 짐을 내려놓아도 되지 않겠습니까? 오늘은 포항에서 열리는 마지막 종합준공식에 혼령만이라도 참석해주십시오. 저도 멀리서 마음만 보내고 있습니다.'

창업으로부터 지난 15년 동안 숱한 애환과 극적 드라마를 연출했던 '영일만 신화'의 에필로그를 보태는 자리에서, 포철 사장 고준식은, "4기 2차 사업 준공을 계기로 포항제철소는 생산력 증대뿐만 아니라, 일부 노후설비를 최신예설비로 보완하고, 최신기술을 채택하여 투자효율을 극대화하고, 고급강 생산체제를 갖춤으로써 막강한 대외경쟁력을 확보하게" 되었다며 감개에 젖었다.

일본 철강업계가 스스로 움직이다

박태준은 스위스의 BBC 방문을 마치고 오스트리아로 넘어갔다. 오스트리아에서 영국으로 건너가 데이버, 에어프로덕트를 방문하고 거기서 미국으로 날아가 JMC 등과도 만날 일정이 남아 있었다. 하지만 그는 빡빡한 가운데도 빈에서의 시간을 길게 잡았다. 인간적으로 서로 신뢰하는 두 신사와 재회하는 기쁨을 길게 누리려는 것이었다. 물론 중요한 사업도 지니고 있었다.

포철 회장을 기다리는 빈의 두 신사는 푀스터 알피네의 아팔터 회장과 오스트리아 국영은행 하세 총재였다. 박태준은 일본이 비트는 설비·기술, 미국이 비트는 차관도입 문제를 두 친구와 만나서 해결하고 말겠다는 작심을 단단히 하고 있었다.

푀스터 알피네는 포철과 인연이 남달랐다. 포철을 통틀어 최초 공장이며 최초 제품을 생산했던 '포항 1기 중후판공장' 건설에서 첫 인연을 맺어, '김대중 납치사건'으로 일본이 모든 대한(對韓) 경제협력을 거부하던 포항 2기 건설 때도 소결공장, 석회소성공장, 연속주조공장, 냉연공장의 설비공급자로 참여했다. 아팔터는 자신의 집무실에 박태준 사진을 걸어놓았는가 하면, 포철에 와서 작업복으로 차려입고 그의 앞에 서서 신나는 아이처럼 '명예사원 선서'까지 했다.

포철이 대일청구권자금을 종자돈 삼아 간신히 일어선 시절에 바로 중후판공장에 거금을 투자하여 '자살행위'란 소리까지 들었던 헬무트 하세. 그는 무(無)의 영일만 시대에 벌써 박태준의 인품과 신념을 가장 신뢰할 수 있는 파트너로 판단한 인물이었다. 그의 신뢰는 상대의 영혼에 닿아 있었다.

1983년 5월 하순의 빈에서도 두 신사는 박태준을 전폭적으로 신뢰하고 지지했다. 미국·일본·유럽 철강업계들의 반대를 무릅쓰고 한국의 포철을 위해 은행금고의 문을 열었다. 푀스트 알피네가 공급할 제철설비에 대해 연리 6.75%의 조건으로 차관을 제공하겠다고 계약했다. 이때의 연리 6.75%는 미국의 우대금리 10.5%나 영국의 리보(Libor)금리 10.75%에 견주면 월등히 유리한 조건이었다. 더구나 그것은 그 뒤로 포철이 설비구매 견적을 요청할 때의 '차관금리 가이드라인(7%)'으로 굳어졌다.

서류에 사인을 마친 날, 세 친구는 즐겁게 저녁자리에 둘러앉았다. 하세 총재가 웃으며 말했다.

"박 회장은 여전히 조국근대화 일념으로 뭉쳐 있군요."

"그렇습니다. 그런데 근대화는 산업만으로 안 되지 않습니까? 정신적이고 과학적인 분야가 중요한데, 그래서 교육에 투자할 생각을 정리하고 있습니다."

아팔터가 거들었다.

"연구개발, 교육. 이것은 박 회장의 이름표와 같은 거지요."

박태준이 두 친구에게 던진 '교육'은 대학설립이었다. 어렴풋이 윤곽만 그려본 대학, 이걸 구체적으로 드러낼 시기를 그는 막연하게 '광양 1기 종합착공'을 전후한 때가 적당할 것으로 재고 있었다.

　한 달 걸린 '구미 순방'을 성공적으로 마치고 한국으로 돌아온 박태준은 일본 제철설비업체들의 움직임을 주시했다. 그의 예상대로 일본 업체들은 자극을 받았다. 철강 선진국끼리의 제법 단단해 보이던 동맹에 쩍쩍 균열이 생기는 소리가 그들의 귀에도 들려오는 모양이었다. 그들은 점잖게 침묵을 지키는 것이 곤혹스러웠다. 점잖은 침묵은 어디까지나 정치·외교의 논리에 불과하다. 경제의 논리는 눈앞에 '큰 이윤'이 걸린 상황에서 결코 '점잖은 침묵'을 허용하지 않는 법이다.

　일본 업계는 스스로 중지를 모았다. 오스트리아를 비롯한 유럽이 철강 경기의 불황타개를 위해 개도국의 설비증대를 반대하자는 세계 철강업계의 분위기를 무시하고 '이기적인 돈벌이'에 나섰다고 비난할 것인지, 한국의 포철에게 우리도 참여하겠다는 적극적 의사를 표명할 것인지. 그들은 양자택일의 지점으로 다가서고 있었다. 경제논리에서 비난은 '기분풀이의

'포철 명예사원 선서'를 하는 아팔터 회장(오른쪽)

낭비'에 지나지 않는다. 명분을 만들어 이윤 덩어리 쪽으로 접근해야 한다. 그것이 실속을 챙기는 길이다. 일본 철강업계는 자신들이 조금 지각한 결례에 대해 포철 회장이 양해할 것이란 계산도 놓치지 않았다. 강산도 변한다는 10년 동안에 쌓은 교분으로 보든, 일본이 가진 최신기술에 대한 박태준의 관심으로 보든.

가와사키중공업, IHI, 미쓰비시중공업 등 굴지의 제철설비 제작업체들이 먼저 나서서 광양제철소로 눈길을 던지기 시작했다. 세계적 철강불황으로 대형제철소 설비 공급이 끊긴 상태에서 고전을 겪는 그들의 처지에서는, 유럽의 움직임이 차라리 울고 싶은 참에 뺨을 때려준 격이었다. 그들은 다급했다. 포철과의 냉랭한 관계가 계속된다면 23억 달러에 달하는 막대한 제2제철 설비를 모두 유럽 업체들에게 빼앗길 우려가 있었다. 그들이 자발적으로 신일본제철에게 압력과 부탁을 넣기 시작했다. 포철과 협력해주시오!

부메랑으로 만든 월계관

1983년 7월 11일 독일 티센에 의뢰했던 '광양 1기 설비 기본기술계획 검토'에 대한 용역결과가 나왔다. '바다에 그린 꿈의 설계도'가 거의 완성된 셈이었다. 35리나 뻗어나간 호안공사도 열 달째 들어 기다랗게 둑 모양을 갖추었다. 그것이 만조 때는 바다 위 외길이 어디론가 미지의 세계로 하염없이 멀어져가는 듯한 풍경으로 바뀌었다.

시공은 3공구로 나눠 대우·삼성·코오롱건설이 맡았다. 포철이 자나깨나 염려한 것은 '부실공사'였다. 설계도마저 몹시 까다로웠다. 단면도만 보아도 본체를 구성하는 내부석(內部石), 외부의 파랑을 견뎌내고 방지하는 피복석(被覆石), 앞면의 구멍을 방지하는 근고석(根固石)과 매트, 뒷면의 토사 유출을 막기 위한 방사(防砂)필터로 구성되었다.

석재는 부지 안의 소당도·금당도·비운도·내도 등 14개 섬을 발파하여 충당하기로 했다. 섬의 파편들에는 불량석이 많았다. 그것을 쓰면 부실공사로 이어진다. 대충대충 하는 식으로 덤벼도 부실공사로 이어진다. 부실공사는 미래의 재앙이다.

7월 1일 박태준은 호안공사 감사를 지시했다. 한종웅, 박두균 등이 광양으로 달려갔다. 그들은 눈에 불을 켰다. 공구마다 불량한 곳이 많았다. 그냥 지나칠 문제가 아니었다. 돌의 강도, 규격, 시공상태 등에 대한 보고서를 만들었다.

7월 13일 임원회의가 열렸다. 한종웅의 보고가 끝나자 박태준이 물었다.

"시공상태는 확인했어?"

"예에?"

여태 보고한 내용이 바로 그것이었다.

"바닷속의 시공상태도 점검했느냐 말이야! 안 했지?"

"바닷속까지는……."

"무너지면 물 속에서부터 터지지 물 밖에서 터지는가!"

바닷속의 돌까지 자세히 살피라는 엄명을 내린 박태준은 네덜란드를 떠올렸다. 바다를 막아 육지를 만든 나라를 상상하면, 바다부터 막고 바다를 메워 육중한 제철공장을 세우려는 그는 '호안축조 공사'의 부실 방지에 집착할 수밖에 없었다.

감사팀은 먼저 포항시내에 나가 스쿠버 장비부터 맞추었다. 그들은 잠수복을 어떻게 입는지 오리발 헤엄을 어떻게 하는지도 모르는 사람들이었다. 책을 구해 읽고, 전문가를 불러 교육도 받았다. 다시 광양으로 갔다. 7월 하순, 마침 장마철이었다. 그들은 비를 무시했다. 35리 호안을 따라 '물 속의 돌'과 '물 밖의 돌'을 하나하나 확인해나갔다. 규격미달은 삼각표, 석질불량은 엑스표, 짜임새불량은 동그라미표. 건설회사 책임자들은 더럽게 독한 시어머니가 나왔다고 쑥덕거렸다. 그러나 그들은 소용돌이가 상존하는 위험 지점도 빼먹지 않았다.

8월 초에 그들이 서울로 올라갔다. 불량시공의 실태보고를 들은 박태준은 눈썹을 치켜세웠다.

"대형 간판을 100미터 떨어져서도 보일 정도로 크게 세워!"

그의 지시에 따라 '공사불량 재시공지구'라는 간판이 광양만 호안공사의 문제 지점에 세워졌다. 대문짝만 한 붉은 글씨였다. 그 뒤로는 공사 품질이 눈에 띄게 좋아졌다. 물론 드문드문 감시도 이뤄졌다. 바다 위의 큼직한 붉은 이정표는 '포철의 사전에 부실공사는 없다'는 강력한 경고문이었다.

박태준이 광양만의 인공 둑 위에다 '공사불량 재시공지구'라는 대문짝만 한 간판을 세우게 만든 다음이었다. 경험도 없으면서 뻘물 속을 자라처럼 헤집고 다니며 어려운 임무를 완수한 부하들에 대한 고마움과 미안함을 안고 있는 그에게 뜻밖의 전화가 걸려왔다.

"자네 어디 계시나?"

삼성그룹 이병철 회장이었다.

"서울입니다."

"내일 특별한 스케줄 있나?"

"조절할 수 있는 일들입니다."

"그러면 건너와. 내일 저녁을 같이 하고, 모레는 골프나 하세."

이병철은 가루이자와라고 했다. 일본 중북부의 해발 1천800미터 고지대, 영국인이 개발한 여름철 휴양지, 골프장만 72홀을 갖춘 가루이자와. 뜻밖의 두 사람이 함께 있었다. 이나야마, 세지마. 박태준은 일본 철강업계의 원로 이나야마와 마주친 순간에 초대한 이의 속뜻을 알아차릴 수 있었다.

한국 재계의 어느 누구보다 박태준을 아끼고 신망하는 이병철은 일본 철강업계가 '부메랑'으로 포철을 괴롭힌다는 소식을 익히 알고 있었다. 그래서 먼저 이나야마와 세시마를 휴양지로 초청했고, 하루 간격을 뒀다가 후배를 불렀다.

이병철과 박태준, 이나야마와 세지마. 한일 재계의 네 거두는 저녁식사

자리에 오붓하게 둘러앉았다. 화제는 주로 '한국 정세'였다. 서로 의견을 교환하고, 정계에 한 다리를 걸친 박태준은 두 일본인의 질문에 성실히 답변했다. 술을 곁들인 분위기는 화기애애했다. 하지만 박태준은 조금 묘한 느낌을 받았다. 반드시 다루고 싶은 광양제철소와 부메랑 얘기를 아무도 꺼내지 않는 것이었다. 그렇다고 자신이 먼저 화제에 올릴 사안은 아니었다. 무슨 복안이 있겠지……. 식사가 끝났다. 박태준은 일본의 두 선배와 같이 자리를 뜨려고 했다.

"박 회장은 조금 더 앉아."

비로소 이병철은 후배를 급히 불러낸 사연을 털어놓았다.

"내가 이나야마 회장에게 이런 말을 했어. '국가경제를 발전시키는 가장 쉬운 방법은 잘되는 분야를 더 확대재생산하는 것인데, 한국에선 포철이 가장 잘되고 있다. 박태준 회장이 있기 때문이다. 그런 사람이 제철소 하나 더 만들어서 수출하려고 한다. 다행한 일이고 격려하고 협조할 일이 아니냐?' 여기에 대해 이나야마 회장은 이런 말씀을 하셨네. '경제원리든 뭐든 다 떠나서 일은 일할 수 있는 사람이 있을 때 해야 한다. 사람은 영원하지 않기 때문이다. 박 회장은 세계가 다 인정하고 있다. 우리 사이토를 비롯한 후배들이 협조하지 않는다고 듣고 있는데, 곧 협조하게 만들겠다.' 내가 이 선물을 주려고 자네를 부른 거야."

박태준은 체증이 쑥 내려가는 기분이었다. 자신의 구미 순방 직후부터 일본 철강설비업계의 태도가 달라지긴 했지만, 신일본제철의 협조는 여전히 놓칠 수 없는 매력으로 건재했다.

"내일 공 치러 나가서 이나야마 회장께 고맙다는 인사만 드리게. 다른 말은 안 해도 돼."

그는 인생의 황혼녘에 나란히 선 두 선배의 각별한 애정을 다시금 따뜻한 손바닥처럼 느낄 수 있었다.

1983년 8월 초순의 무더위에 일본 철강업계의 회의가 소집되었다. 8월 6일 가루이자와의 합동제철소 별장. 이 회의의 주요 의제는 '일본 철강업계의 광양제철소 건설참여에 관한 건'이었다. 긴 시간의 토의 끝에, 일본 철강업계는 광양제철소 건설에 간접협력 방식으로 기술협력을 한다는 어려운 결정을 내렸다. 그러자 이나야마는 포철 도쿄사무소장 장경환을 불러, 그동안 기술협력을 거부한 이유와 기술협력 결정 경위를 설명한 녹음테이프를 박태준에게 전해줄 것을 요청했다. 포철이 유럽과 일본 업체들의 경쟁입찰을 유도할 수 있는 길이 열린 것이었다.

1983년 가을바람이 불어왔다. 포철 경영진은 기지개를 켜고 한숨을 돌렸다. 오스트리아를 비롯한 유럽의 참여를 받아냈고 일본의 협력이 결정되었으니, 세계철강협회가 어떤 소리로 윽박지르든 '조자룡의 헌 창'에 불과했다.

포철도 세계철강협회 정회원이었다. 6년 전에 가입했다. 1973년부터 5년쯤은 서러운 준회원 신세로 지내야 했다. 연산 200만 톤을 넘어야 정회원 자격이 생긴다는 규정에 따라 1977년 1월에야 정회원 가입신청서를 제출했다. 그해 4월 18일 박태준이 이사 겸 집행위원으로 선출됐고, 10월 9일 제11차 정기총회가 포철의 정회원 가입을 승인했다.

제17회 세계철강협회 정기총회는 오스트리아 빈에서 개막하였다. 이 회의는 '고전음악의 도시'와 어울리지 않게 총회 개막 직전에 조금 어수선했다. 포철의 제2공장 건설에 대한 철강 선진국끼리의 의견 차이를 반영하는 분위기였다. 오스트리아는 노골적으로 포철을 지지하고 일본은 '간접협력'에 부합할 수준만 지지한 반면, 미국 대표인 유에스스틸의 로데릭 회장을 비롯해 광양제철소에 참여하지 못한 유럽의 여러 철강사 대표들은 포철을 비난했다. 포철은 얻어맞고 있을 수만 없었다. 부사장 최주선이 발언할 기회를 얻으려고 분주히 움직였다. 그는 총회 개막 하루 전에 열린 이사회에서 '특별연설'의 마이크를 잡을 수 있었다. 국가 간의 사정을 대비하기 위한 몇몇 수치를 동원한 그의 원고는 당당한 결론에 이르렀다.

"새로운 설비와 새로운 기술을 시험하기 위한 포철의 시도와 도전이 인류의 번영과 발전을 위한 철강인 모두의 공동사업으로 승화하도록 회원사들의 아낌없는 협조와 지원을 요청하는 바입니다."

철강 선진국 이사들의 반응은 시큰둥했다. 그것이 그대로 이튿날의 총회 분위기로 이어졌다. 홀슈 사무총장은 연례보고에서 "세계적으로는 설비확장을 하지 않는데 개도국은 설비확장을 계속한다."며 빙 둘러 광양제철소를 비판했고, 라이오넬 올머 미 상무차관은 "현재 세계 철강설비 능력의 과잉상태를 감안하여 일본과 여타 설비공급국이 광양제철소 건설에 필요한 자본과 설비를 공급하지 말아야 한다."며 대놓고 반박했다.

이날 빈 총회는 '박정희'를 설득했던 박태준의 예언이 적중한 장면이었다. 1978년 가을에 제2제철소를 놓고 포철과 현대가 자웅을 겨루었을 때 박태준은 박정희에게 포철 확장 하나만으로도 세계 철강업계의 압력을 이겨내기 어렵다는 주장을 펼쳤었다. 1968년 봄에 포철의 회사 설립형태를 놓고 박정희와 박태준의 의견이 어긋났을 때, 그는 세 번째 토론에서 앞으로 미국에도 포철의 철을 수출해야 하는데 만약 상법상의 회사로 설립하지 않으면 미국의 관세법에 저촉될 것이란 주장으로 대통령을 움직였었다. 만약 두 차례의 결정적 고비에서 박태준이 박정희를 설득하지 못했더라면, 대통령이 아집에 빠져 있었거나 포철 사장이 아부에 빠져 있었다면, 1980년대 초반의 한국 제철산업은 성장과 수출의 길이 동시에 막힐 수 있는 위기를 맞았을 것이다.

빈에서 비협조적 철강 선진국 대표들에게 기어코 '할 말'은 한 포철은 광양제철소 1기 착공을 향한 큰 걸음을 내디뎠다. 10월 15일 제선·제강·연주·열연 등 4개 주설비에 대한 '견적사양서' 접수를 마감했다. 국내외 36개 사로부터 약 5만 쪽 분량이 들어왔다. 그 서류들을 정밀히 검토·비교할 기간은 앞으로 두 달. 박태준은 검토의 주안점을 '최신예설비 공급가능성·공급가격·금융조건'에 맞춰 '최저비용의 최신예 제철소 건설'이란 목표 밑에 두 가지 기본지침을 달았다. '입찰경쟁을 통해 최저비용의 최고 품질을 확보할 것, 외국 공급사와 국내 업체의 컨소시엄을 형성하도록 유도하여 국내 업체가 신기술을 제공받을 수 있도록 할 것.'

포철은 1·2차 견적 검토과정을 거치면서 4개 주설비에 대한 응찰조건을 명시했다. '외국 업체는 한국의 8개 중공업 업체와 컨소시엄을 형성해야만 입찰자격을 부여받을 수 있다. 외국 업체가 최종견적서를 제출할 때는 필히 한국 업체에 대한 신기술제공 확약서를 첨부하라.' 세계적 철강설비 업체들을 곤혹스럽게 만든 특단의 조건을 매긴 박태준의 목적의식은 뚜렷했다. 장기불황에 고전하는 국내 중공업업체의 수주확대와 기술향상에 기여하겠다는 것.

포철의 설비구매 부서에 견적사양서가 쌓일 때, 박태준은 건설부서의 직원을 일본으로 급파하라는 지시를 내렸다. 8명이 뽑혔다. 그들의 목적은 일본의 연약지반개량 현장을 견학하고 토질시험 방법을 습득하는 데 있었다. 이는 몇 달 뒤와 몇 년 뒤를 내다본 조치였다. 해가 바뀌면 정초부터 광양만 매립부지에서 일본이 개발한 '모래말뚝공법'과 '모래다짐말뚝공법'이 시작될 테니 그때를 대비해 미리 예습을 해두라는 뜻과, 일본기술자들과 훈련하는 과정에서 그 기술을 우리의 것으로 만들기 위한 예비지식을 습득해두라는 뜻이었다.

광양 1기 종합착공을 열다섯 달쯤 앞둔 이해 가을에 박태준이 착착 진행시킨 두 준비(설비구매의 입찰조건 마련과 지반개량 공사에 대비한 기술자 파일)는 설정한 목표를 완전히 달성한다.

설비구매에서 빛나는 성과는 무엇보다 금액이 말해주었다. 세계적인 설비업체들을 경쟁시스템으로 유도한 결과, 당초 계획가격 7억9천680만 달러보다 2억6천380만 달러나 줄어든 5억3천300만 달러에 낙찰시킬 수 있었다. 무려 33% 절감효과였다. 이는 광양 1기의 톤당 건설단가를 당초 계획보다 60달러 낮춘 637달러로 끌어내리는 결정적 요인으로 작용했다. 차관조건도 이미 오스트리아 국영은행과 체결한 기준을 고집하여 OECD의 국제금리 가이드라인 7%에 밑도는 저리로 체결했다. '최저비용의 최신예 제철소건설'을 위한 개가였다.

국내 중공업 업체들과의 컨소시엄 형성과 신기술 제공도 그대로 관철시켰다. 제선설비는 영국의 데이비 미키와 한국중공업, 제강설비는 오스트리아의 푀스트 알피네와 현대중공업, 연주설비는 독일의 만데스만과 현대중공업, 열연설비는 일본의 미쓰비시와 한국중공업이었다. 아직 외국 설비공급업체들은 모르는 일이었지만 박태준은 앞으로 2기, 3기, 4기도 똑같은 발주를 낼 계획이었다. '설비사양 통일'의 강점을 극대화하려는 꿈이 그의 가슴속에 숨어 있었다. 미래의 문제는 가격이고, 여기엔 상호신뢰가 깔려야 했다.

예산절감과 건설단가절감을 통한 국제경쟁력 확보, 차관금리의 7% 가이드라인 확보. 광양제철소의 희망찬 내일을 위한 그 엄청난 자산들은 일본이 날린 부메랑을 박태준과 그의 동지들이 포철의 용광로에 녹여 월계관으로 제조한 쾌거였다. 드디어 광양만의 질척한 인공부지에 '햇빛 바다'의 햇빛이 비치고 있었다.

한일관계에 새 다리를 놓다

1984년 1월에 열린 한일외교장관회담이 양국 언론의 특별한 주목을 받았다. 1981년부터 한국의 5공 정부가 요청해온 대규모 차관 협력에 대하여 일본 나카소네 내각이 마침내 '제공'을 결정했다고 한국 외교장관에게 공식으로 통보한 만남이었다.

'스스로 포철의 울타리가 되어야 한다'는 결심을 단단히 세우고 한 발을 정치에 들여놓은 박태준에게 맡겨진 국가적 주요 과제의 하나가 한일관계 개선의 새로운 다리를 놓는 일이었다. 그것은 두 갈래로 추진되었다. 정부와 정부의 관계, 그리고 민간과 민간의 관계.

1980년대 초기 한일관계에서 중대한 이슈는 박정희 급서 후 마이너스 성장으로 곤두박질친 위기의 한국경제를 위한 일본의 긴급 수혈이었다. 이것을 전두환 정권은 '안보경협 차관'이라 명명했으며, 1981년 4월 노신영 외교장관이 주한 일본대사 스노베 료조를 외교부로 불러 처음 공식으로 전달한 때는 그 규모가 100억 달러였다. 한국 대통령은 미국 대통령 레이건의 사전 이해와 협조까지 얻어뒀다. 그러나 일본 내각은 난감하게 보았다. 규모도 규모거니와 '안보경협'이라는 명분도 규모에 못잖은 문제였다. '안보동맹'과 '경제협력'은 별개라는 일본 정부의 완강한 원칙에 위배되는 것이었다.

박태준의 역할은 물밑에서 일본을 설득하고 분위기를 조성하는 일이었다. 그는 일본 재계와 정계의 광범위한 인맥을 체계적으로 접촉해 나갔다. 한국경제가 다시 일어설 채비를 갖추는 1982년 6월경에는 차관 규모를 40억 달러로 조정한 협상안이 타결되고 있었다. 그러나 일본 스즈키 내각이 역사교과서 검정 파동을 일으켰다. 한국인의 대일감정이 급격히 악화되면서 다시 한일관계는 급랭 기류에 휘말렸다. 차관 타결의 테이블도 치워져야 했다.

그해 11월 나카소네 내각이 출범했다. 그는 일본외교의 최우선 과제가 미일관계와 한일관계의 정상화라고 판단하는 인물이었다. 1983년 1월 방미를 앞둔 나카소네가 전격적으로 한국을 방문했다. 서울에서 박태준도 만난 나카소네는 세지마 류조를 특사로 밀명했다. 한국과 일본, 두 나라의 비공식 채널은 박태준과 세지마였다. 일본의 40억 달러 차관 제공은 그때로부터 일 년 남짓 더 걸렸다. 물론, 대상 프로젝트는 '안보'가 아니었다. 상하수도, 교육시설, 의료시설, 다목적댐, 공해방지시설 등 5가지 항목으로 한정했다.

박태준의 한일민간외교는 경제 분야에 집중되었다. 그가 주도한 '한일경제협회'의 한국측 발기인 대회가 열린 것은 1981년 2월 4일이었다. 전국경제인연합회, 대한상공회의소, 한국무역협회, 중소기업협동조합중앙회 등 한국 재계를 대표하는 4단체와 포철이 동참했으며, 박태준은 발기인 대표로 선임되었다. 발기 취지문은 '일본은 제1의 교역 대상국(과거 15년간 통계 : 전체 교역양의 30%)의 위치를 점하고 있다. 그러나 한일 양국의 경제협력은 매우 부진하며 자본 도입의 측면에서 볼 때 전체의 16%에 불과한 실정이고, 또한 국교 정상화 이후 15년간 만성 무역적자가 203억 불에 달하고 있다'라는 사실을 주목하고 있었다. 한일국교정상화(1965년)를 이룬 뒤 1969년부터 해마다 '한일민간경제합동위원회'를 열어왔으나 자랑할 만한 결실을 맺지 못하고 있는 것이었다.

한국 정부의 요청을 받은 박태준이 한일경제협회 설립을 위한 준비회합 성격의 자리를 마련한 때는 1980년 가을이었다. 도쿄의 신일본제철 본사 회의실에 마련된 양국 경제인 간담회에는 거물들이 마주앉았다. 한국 측에서는 박태준과 정주영(전경련 회장)을 비롯해 정수창 대한상의 회장, 유기정 중소기업중앙회 회장이 참석하고, 일본 측에서는 이나야마 경제단체연합회 회장, 나가노 시게오 일본상의 회장, 후지노 츄지로 미쓰비시상사 사장, 세지마 류조 이토츄상사 특별고문 등이 참석했다. 그날 간담회는 만찬과 이튿날의 골프회동으로 이어졌다. 한국경제협회가 탄생한 것이나 진배없는 모임이었다.

박태준은 8년 동안 한일경제인협회 회장을 맡는다. 1984년 일본의 40억 달러 차관 제공이 확정된 다음에는 1985년부터 이 협회를 통해 양국 대학생 교류에 정성을 기울인다. 다소 껄끄럽게 여기는 일본을 '한일국교정상화 20주년'의 명분으로 다독거리며 강하게 밀고 나간 그 사업은 '미래의 한일관계를 건강하고 건설적인 방향으로 이끌어나갈 주역을 육성해야 한다'라는 그의 평소 지론을 실천한 것이었다. 한일국교정상화 40주년에 이를 때까지 스무 해 동안의 교류 실적을 보면, 총 20회에 걸쳐 한국 대학생 803명, 총 17회에 걸쳐 일본 대학생 446명이 참가한다. 또 다른 성과는, 처음 몇 년 동안은 한국인의 대일감정을 염려하느라 주저하며 미적거렸던 일본 측이 2005년에 고교생 교류도 시작하자고 먼저 제안한 것이다.

미국 진출의 교두보

일본이 한국에 40억 달러 차관을 제공하기로 결정한 그즈음, 광양만에는 섬이 보이지 않았다. 고작 한 해 사이에도 상전벽해가 일어나, 매립부지가 황량한 벌판처럼 펼쳐졌다. 토목공학이 '연약지반'이라 부르는 인공의 벌판, 그 위에 높이 40미터나 되는 '모래기둥 타설기'들이 공장의 굴뚝처럼 빽빽이 들어섰다. 골칫거리는 강풍과 높다란 기계의 부조화였다. 바람이 강하게 몰아치면 타설기가 쓰러질 수 있고, 타설기를 이동시키는 중에 그런 사고가 일어날 수도 있었다. 일본에서 초빙한 기술자들도 강풍에 대한 뾰족한 대책을 세우지 못하여 공사는 자꾸만 지체되었다.

그러나 포철에는 영일만 모래벌판에서 쌓아올린 '비상체제'와 '돌관작업'의 전통이 있었다. 그것으로 추위와 강풍에 맞서나갔다. 넉 달 만에 작업진도를 정상궤도로 끌어올리는 투쟁의 과정에는 일본을 견학하고 돌아온 사원들의 역할이 컸다. 기술식민지 극복과 기술개발을 역설해온 최고경영자의 뜻을 실현하려는 일꾼들은 나날이 '남의 기술'을 '우리의 기술'로 익혀나갔다. 조만간 포철의 기술자산 목록에 '대외판매 가능 기술'로 등재될 연약지반 개량공법. 우리 기술자들의 하루 평균 사항(砂杭) 타설본수(打設本數)가 일본의 실적을 능가하면서 이윽고 작업진척이 정상궤도에 올랐을 때, 광양만의 고로쇠나무에도 새순이 움텄다.

이 봄날에 박태준은 광양의 주택단지와 교육시설을 착공했다. 영일만에서 했던 그대로 공장보다 먼저 사원주택과 학교를 세우는 것이었다. 다만 교육시설은 포항과 달리 유치원부터 중학교까지 한꺼번에 설립하고 이듬해 바로 고등학교를 개교했다. 광양의 사원들은 장년층에서 청년층까지 고루 섞여 있었다.

이제 박태준의 포철이 바다 위에 그린 꿈의 설계도는, 상전벽해의 인공부지 위에서 지붕들이 일직선의 스카이라인 같은 실체로 드러날 막바지 준비에 돌입하였다. 이때 그의 머리엔 또 다른 '설계도'가 움직였다. 단수가 아니라 복수였다. 하나는 세계 최강국 미국에 상륙하기, 또 하나는 세계적 명문대학 설립하기. 먼저 그는 전자를 위한 행동에 들어갔다.

1984년 4월, 스웨덴 스톡홀름에서 세계철강협회 임시이사회가 열렸다.

박태준은 유에스스틸 로데릭 회장에게 적절한 기회에 한국을 방문해줄 것을 정중히 요청했다. 상대는 반갑게 동의했다.

지난해 빈에서 광양제철소 건설을 못마땅해 했던 로데릭. 박태준보다 세 살 더 먹은 그는 카네기 시대부터 세계적 철강도시의 명성을 누려온, 유에스스틸의 본사가 있는 피츠버그 출신이었다. 경력도 녹록치 않았다. 1956년 32세에 통계이사 보좌역으로 유에스스틸에 입사한 뒤, 19년 만에 사장이 되고 23년 만에 회장이 되어 지난 십여 년 동안 회사를 이끌어온 인물이었다. 국가 배경으로 보나 개인 배경으로 보나 세계철강협회에서 발언권이 세고 콧대가 높았다.

박태준은 미국 철강업계의 콧대가 조금은 꺾일 때가 다가오는 것을 주시하였다. 미국경제는 전반적으로 경쟁력을 잃어갔다. 특히 제조업 공동화 현상이 사회문제로 대두했다. 이것은 거꾸로 미국 내의 '보호무역'에 힘을 실어줬다. 미국 의회와 재계는 수입상품에 대처하기 위해 수입규제를 강화하라는 목소리를 높였다. 툭 하면 '덤핑 제소'를 내밀 판국이었다.

미국시장에 철강을 수출하는 세계 철강업계들도 상당한 타격을 입었다. 미국의 제자로서 스승의 나라를 거의 점령한 일본 철강업계도 비상한 대책을 강구하였다. 그들이 궁리하는 타개책은 박태준의 설계와 유사한 방향이었다. 미국 철강사들과의 합작을 통한 미국 진출. 1984년 7월에 가와사키제철이 캘리포니아스틸에 25%의 지분 참여를 달성한 데 이어, 8월에는 니혼강관이 3억1천만 달러를 투자해 내셔널스틸의 주식 50%를 인수했다. 또한 신일본제철, 고베제철, 스미토모 등 철강 대기업들도 미국의 7대 제철회사들과 합작할 선을 찾고 있었다.

박태준은 유에스스틸을 파트너로 찍었다. 이왕에 최고와 손잡으려는 그는 '조그만 나라의 박태준이 벌써 카네기의 800만 톤도 넘어섰으니 로데릭과 박태준, 유에스스틸과 포철이 짝을 이뤄도 당신네의 자존심이 상할 것은 없다'는 자부심과 배짱이 있었다. 하지만 미국 철강업의 지존(至尊)은 그에 어울리는 무게를 보였다. 박태준의 방한 초청을 수락한 지 몇 달이 지났으나 일언반구의 연락이 오지 않았다. 박태준은 마냥 기다릴 수 없었다. 미국 철강의 지존을 움직이기 위해 한국 철강의 지존이 한번쯤 먼저 '조용히' 움직여야겠다는 판단을 내렸다.

박태준은 가을바람을 타고 미국으로 날아갔다. 자존심 구겨지게 로데릭을 찾아갈 생각이 아니었다. 의논할 상대는 윌리엄 호건. 독특한 인물이다. 미국 포담대학 경제학 교수로 30년 재직한 경제학자이자 가톨릭교회 신부로서, 미국 상무부 경제담당 자문위원, 백악관의 산업 및 세금 특별위원회 위원, 세계철강협회 명예회원으로 위촉되기도 했다. 로데릭과는 절친한 친구이고 박태준과도 무척 가까운, 포철의 해외자문역이었다.

"샌프란시스코 근교의 피츠버그시에 있는 유에스스틸 산하 냉연강판 공장의 지분 50%를 인수하는 합작 형태로 미국 진출의 교두보로 삼고 싶어. 현재 그 공장의 낙후 상태로 보아서 포철의 참여는 윈윈을 창출할 거야."

박태준의 아이디어를 호건은 흔쾌히 받아 곧 로데릭과 만났다.

"포철은 승승장구의 일로에 있어. 지금 자네가 포철과 손잡지 않으면 박

유에스스틸의 로데릭 회장과 상호협력에 관한 양해각서를 쓰는 박태준

회장은 다른 회사와 합작할 가능성이 농후해."

호건의 이 충고는 즉효를 냈다. 11월 22일 로데릭이 수석부사장과 고문 변호사까지 데리고 김포공항에 내렸다. 미국 철강의 지존이 타고 온 비행기는 그 명성을 지키듯 민항기가 아니라 전용기였다. 박태준은 그의 기분을 우쭐하게 해줄 만반의 준비를 갖추었다. 먼저 청와대, 재정경제원, 상공장관실, 그리고 영일만과 광양만으로.

포철을 둘러본 로데릭은 함박웃음을 지었다.

"포철이 보유한 장기적 경영비전, 강력하고 치밀한 추진력, 사원들의 근면한 근무 자세와 높은 사기, 깨끗한 공장관리에 큰 감명을 받았습니다."

이 감명이 11월 24일 기술협력, 포철 제품의 미국판매, 유에스스틸을 통한 안정적 원료구매 등 상호협력에 관한 '양해각서 교환'으로 이루어졌다.

1984년 세모, 박태준의 가슴은 오랜만에 청년처럼 설레고 있었다. '햇빛 바다'에 그린 꿈의 설계도를 실현하기 위한 모든 준비를 거의 마쳤다. 미국 진출의 교두보를 확보할 길을 열었다. 그리고 세계적인 공과대학을 설립하겠다는 오랜 소망이 용틀임을 시작했다.

1970 1985

한국 사학의 새 지평을 열다

캘리포니아공과대학

승용차가 오른쪽으로 굽이돌았다. 거기서부터는 야자수가 길가에 늘어서 있다. 뒷좌석에 앉아 줄곧 깊은 생각에 잠겨 있던 초로의 신사가 언뜻 손목시계를 보았다. 로스앤젤레스 다운타운을 출발한 지 30분쯤 지났다. 유난히 인중이 길고 눈빛이 형형한 그는 거의 목적지에 닿았다는 것을 짐작했다. 출발에 앞서 거리가 15마일쯤 되며, 대학 들머리에 야자수가 늘어서 있다는 안내를 들었던 것이다.

마침 그의 왼쪽 차창 너머로 널빤지처럼 널따란 입석(立石)이 기다리고 있었다. 'California Institute of Technology'. 유명한 캘리포니아공과대학(CIT), 흔히 '칼텍'이라 부르는 대학 입구를 지나는 중이었다. 그것 외에 특별한 상징물은 눈에 띄지 않았다.

초로의 신사가 탄 차는 사뿐히 달렸다. 그것은 한국의 과학사(科學史), 공학사(工學史), 대학사(大學史)에 새로운 지평이 열리는 순간이었다. 1985년 5월의 어느 환한 대낮, 박태준은 원대한 꿈을 품고 차창 밖을 내다보다가 조금 어리둥절해졌다. 세계 최고의 연구중심대학이 아니라 우거진 숲속의 연구소를 찾아온 게 아닌가 하는 착각에 빠졌던 것이다.

그는 눈길을 바삐 움직였다. 묵중한 전통을 유감없이 드러내는 올리브나무들, 그 사이로 고풍스런 건물이 드러났다. 회를 발라놓은 벽, 빨간 기와지붕. 스페인풍이 물씬한 그 건물이 기숙사라고 했다.

캠퍼스는 한산하고 조용했다. 다시 살펴보아도 숲속의 연구소 같았다. 원통형의 꼭대기에 마치 베트남삿갓을 덮어놓은 듯한 베커만강당, 구겐하임실험실(항공학과), 토마스실험실(기계공학과), 정원, 인공 시냇물, 사각형 연못, 도서관 등을 박태준은 그저 묵묵히 살펴봤다. 그의 머리엔 건물 하나, 나무 한 그루에도 철학을 담아야 한다는 생각이 깨어나고 있었다. 미리 수집한 정보를 현장에 와서 직접 확인해보니 더욱 매력적이었다. 그는 자신에게 엄숙히 다짐하듯 되뇌어보았다.

'포철이 바로 이런 연구중심대학을 만들어야 한다. 지금 대한민국엔 이

런 대학이 절실히 필요하다.'

영화 〈스파이더맨〉의 촬영 장소였다는 칼텍의 31번 건물 파스게이트. 그 앞을 지나며 그는 거듭 마음을 다잡았다. 지금 그를 기다리는 과제는 칼텍의 재정담당 부총장으로부터 이른바 연구중심대학의 노하우를 얻어 듣는 일이었다.

이미 박태준은 세계의 유수한 공과대학을 둘러보았다. 오스트리아 레호벤공대, 스위스 취리히공대, 독일 아헨공대, 영국 임페리얼공대·버밍햄공대·셰필드공대, 미국 매사추세츠공대(MIT)·버클리공대·일리노이공대…….

MIT가 북아메리카 대륙의 동부를 대표하는 공과대학이라면 CIT는 서부의 자존심을 상징하는 공과대학이다.

미국이 남북전쟁을 전후해 산업사회로 진입하려는 새로운 조류에 호응하여 1865년에 개교한 MIT, 이 대학은 1920년에 이르러 응용과학과 공학 프로그램을 바탕으로 산업체와 연대를 강화하여 매우 부유한 사립대학으로 성장한다. 하지만 그것이 대학을 지나치게 산업적 연구에 편중시킴으로써 기초과학 분야의 연구를 소홀히 하는 풍토를 조성했다. 그 부작용으로 기초과학 분야의 저명한 교수들이 MIT를 떠나면서 MIT 명예에 깊은 상처를 남겼다. 그리고 심각한 정체성 문제도 야기되었다. 교수들이 수입의 절반을 산업체의 자문이나 연구용역으로 벌어들이고 있어서, 대학은 마치 교수들의 그런 돈벌이를 보조하는 것 같은 기관으로 변모해 갔다.

MIT가 그렇게 속병을 앓고 있는 틈새를 비집으며 비약적으로 성장한 대학이 바로 CIT다. 제1차 세계대전 이전에는 '스룹공과대학'이란 이름으로 한 해에 고작 10여 명의 엔지니어를 배출하던 조그만 대학은, 1907년 천체물리학자 조지 헤일이 이사로 참여하는 것을 계기로 명문대학으로 발돋움한다. 특히 MIT를 떠난 노이즈 박사가 들어온 1917년부터는 엄청난 변화가 일어난다. 그의 건의에 따라 동부의 MIT와 필적한다는 의미를 지닌 '캘리포니아공과대학'이 비로소 탄생했다.

그 전환의 시기에 칼텍은 매우 적절한 행정적 조치도 강구했다. 서부 캘리포니아지역에 위치한다는 지역적 불이익을 극복하기 위하여 동부지역과 긴밀한 관계를 유지한다는 원칙을 세우고 로렌츠, 다윈, 에렌페스트, 라만, 좀머펠트, 아인슈타인 등 유럽의 여러 뛰어난 과학자를 초빙하여 연구와 강의를 맡겼다. 후원도 줄을 이었다. 남캘리포니아 에디슨회사는 100만 볼트급 고압연구소를, 재단이사인 미국의 목재왕 아서 플레밍은 700만 달러를 기증했다. 헤일은 당시 세계에서 최고 권위를 자랑하던 윌슨산 천문대의 사용권리와 개인적으로 확보한 카네기 기금을 내놓았다. 록펠러 재단도 막대한 지원을 보내왔다.

　짧은 기간에 우수한 연구조건을 갖추고 뛰어난 학생과 연구자를 모은 칼텍은 큰 걸음의 성장을 거듭하여 큼직큼직한 연구 실적을 낳았다. 밀리컨이 이끄는 물리학 분야에서는 앤더슨이 양전자를 발견하여 노벨상을 수상하고, 노이즈가 이끄는 화학 분야에서는 X선 결정학과 양자화학, 생유기화학의 중심지가 되어 노벨상을 두 번이나 수상한 라이너스 폴링을 배출한다. 또한 모건이 이끄는 생물학과에서는 막스 델브릭을 비롯한 파지그룹의 분자생물학자들이 모여들고, 유럽에서 건너온 카르만은 구겐하임항공연구소를 세워 칼텍을 항공공학의 중심지로 발전시킨다. 카르만이 세운 이 연구소가 모태가 되어 제2차 세계대전 중 칼텍에는 제트추진연구소가 설립되는데, 소련이 발사한 스푸트니크호에 충격을 받은 미국이 1958년 NASA를 설립할 때 제트추진연구소는 이미 2천800명을 고용한 거대 연구소로 성장해 있었다. 칼텍의 제트추진연구소, 미국항공자문위원회, 그리고 독일에서 건너온 폰 브라운을 비롯한 탄도미사일 연구팀이 합쳐져 NASA 설립의 기초를 이룬다.

　이러한 칼텍의 역사와 전통을 통해서 박태준은 짧은 기간에 세계적 수준의 포항공대를 만들기 위한 몇 가지 중대한 시사를 얻었다. 첫째 아낌없는 재정적 지원이 필요하다, 둘째 소수정예의 연구중심대학으로 가야 한다, 셋째 최고 수준의 교수들을 최고 예우로 선발해야 한다, 넷째 공학 분야와 기초과학 분야의 단단한 연결이 있어야 한다, 다섯째 산학연 협조체제를 구축해야 한다.

칼텍 재정담당 부총장과 악수를 나눈 박태준이 진지하게 부탁했다.

"칼텍과 같은 대학을 대한민국에도 하나 만들려고 합니다. 선험자로서 여러 조언을 부탁드립니다."

불현듯 키다리 백인의 안면에 장난스런 웃음이 번졌다. 농담이 지나치지 않느냐는 말 같았다. 세계 과학사에 찬란한 금자탑을 세운 칼텍의 헤드 속으로 불쑥 쳐들어온 키 작은 동양인이 대뜸 칼텍과 같은 대학을 세우고 싶다고 했으니, 뭐 이런 당돌한 황색인이 다 있나 싶었을지 모른다. 박태준은 포항제철의 현황부터 개괄적으로 들려주었다.

"제철공장을 성공시킨 것과 이런 대학을 세우고 성공시키는 것은 전혀 다른 차원의 문제입니다."

칼텍 부총장이 부드러운 미소를 머금었다. 박태준은 더 차분해졌다.

"단순히 제철을 위한 대학을 세우겠다는 뜻이 아닙니다. 대한민국도 더 늦기 전에 과학과 공학의 발전을 위해 새로운 전기를 마련해야 한다는 것이 나의 생각입니다. 그것은 반드시 기업 차원에서 시작해야 합니다."

이렇게 서두를 연 박태준은 한국의 사정을 솔직히 털어놓았다.

"과학과 공학에 관한 한국의 대학교육은 일본 식민지시대의 전문대학 수준을 물려받은 것에서부터 출발했습니다. 그래서 기초가 형편없이 미약하고 경험과 전통도 일천합니다. 매우 늦었지만 지금부터라도 대기업이 먼저 21세기를 내다보는 원대한 계획을 세우고 아낌없이 투자해야 한다는 것이 나의 확고한 생각입니다."

그의 역설은 그의 오랜 신념이었다. 슬그머니 칼텍 부총장의 표정이 진지해졌다. 박태준은 구체적인 계획을 더 펼쳤다.

"산학연의 유기적 협조체제를 구축하고 그 핵심 고리로서의 역할을 수행하는 연구중심대학을 설립하려고 합니다. 연구소는 엑슨연구소를 모델로 한 종합연구소를 구상하고 있습니다."

결코 허장성세를 부리는 것이 아니었다. 그는 산학연 협동연구체제의 이상적인 모습을 추구하는 설계자로서 '칼텍'과 '엑슨연구소'의 결합을 모델로 찍어두고 있었다. 백인이 고개를 갸웃거렸다.

"당신의 생각과 당신네 나라의 사정은 이해할 수 있고 또 돕고 싶은 마음도 생깁니다. 그러나 그 기획엔 엄청난 자본이 뒷받침되어야 합니다. 나는 아무래도 그 점이 의문입니다."

박태준은 여유를 부렸다.

"자금의 문제라면 포철의 자본으로 얼마든지 투자할 수 있습니다. 문제는 돈이 아니라, 어떤 대학을 만드느냐가 관건일 뿐입니다. 거듭 밝힙니다만, 나는 칼텍과 같은 대학을 추구할 것입니다."

이 대목에서 그는 미시간대학을 제외한 미국의 거의 모든 명문대학이 사립대학이며, 하버드대학을 제외한 거의 모든 대학이 기업가가 설립한 것이 아니냐고 반문했다. 그리고 기업가로서 자신의 철학을 함축한 '천하는 곧 공(公)'이란 말을 인용했다. 기업의 이윤을 사회와 국가에 환원한다는 차원에서 연구중심대학을 설립하겠다는 뜻이었다.

"포항제철의 대주주가 정부라고 하셨는데, 당신이 그 대학을 완전히 키울 때까지 현재의 자리를 지킬 수 있다는 보장이 있습니까?"

듣기에 따라서는 뚱딴지같은 엉뚱한 질문을, 그러나 백인은 당연한 질문을 던진다는 표정으로 묻고 있었다.

"하느님은 나에게 포항공대를 세우고 성장시킬 수 있는 시간은 허락하실 것이라고 믿고 있습니다."

박태준이 맑게 웃었다. 그건 기우(杞憂)에 불과하다는 부드러운 반박이었다.

1985년 화창한 봄날의 한국사회에 '포항제철과 박태준'을 분리시키는 상상은 존재하지 않았다. 그러나 그로부터 8년 뒤, 박태준은 포항제철로부터, 영일만과 광양만으로부터, 대한민국으로부터 추방당한다. 그 보복정치의 소용돌이 속에서 그나마 다행이었던 것은, 포항제철이 광양4기 설비까지 완공하여 연산 2천100만 체제를 갖추었고 포항공대는 한국 최고의 명문대학으로 굳건히 뿌리를 내렸으며 포항방사광가속기도 한창 건설 중이라는 사실인데…….

최고 유치원부터 최고 대학까지

1985년 5월, 포철은 세계 철강업계의 주목을 받으며 광양제철소 1기 설비 '연산 270만 톤 체제' 종합착공식을 갖는다. 국내 언론의 시선이 광양만에 집중되었을 때, 영일만에선 세계적인 연구중심대학을 설립하기 위한 프로젝트가 빠른 속도로 추진되고 있었다.

1984년 12월 10일과 1985년 1월 10일, 두 차례 대학설립계획안을 보고받은 박태준은 2월 5일 상무이사 이대공의 관장업무에 대학설립 임무를 추가시키고 2월 21일 '대학설립추진반'을 구성했다. 그때부터 포항공대 설립의 본격적인 실무가 시작되어 광양 1기를 착공했을 때는 벌써 저명한 물리학자 김호길과 이대공의 접촉이 이뤄지고 있었다.

그러나 포철과 학교의 관계, 박태준과 교육의 관계를 살펴보려면 최소한 1970년 가을 무렵까지 거슬러 올라가지 않으면 안 된다. 그때 저절로 굴러들어온 보험회사 리베이트 6천만 원을, 그가 '포철의 학교'를 낳는 모태로 만들었기 때문이다.

1970년 가을 뜻밖에 공짜로 굴러들어온 거금으로 '재단법인 제철장학회'를 설립할 때부터 교육에 대한 박태준의 집념은 결코 예사로운 것이 아니었다.

앞에서 살펴보았듯, 박태준의 요청으로 장학회 설립이사회가 열린 것은 1970년 11월 5일, 이날 발족된 제철장학회는 11월 27일 설립취지, 정관, 향후 2년 동안의 사업계획서·예산서를 문교부에 제출했다. 아직 본사가 서울에 있는 때여서 서울시교육위원회를 경유했다. 1971년 1월 6일 문교부는 공익성이 경시되어 있다며 서류를 반려시켰다. 하지만 제철장학회는

문을 열기 직전의 제철유치원 전경(1971년 8월 29일)

제철유치원 어린이들이 포항제철소로 견학온 모습(1975년 6월 25일)

정관의 일부를 수정하여 회사 임직원의 직계 비속에 대한 장학사업의 중요성을 환기시키며 1월 11일 이의를 신청했다. 제철장학회의 설립 승인이 떨어진 것은 1월 27일, 이날은 한국 사학(私學)의 새 모델을 세워나갈 하나의 토대가 마련된 날이었다.

포철이 최초로 설립한 교육기관은 1971년 9월 25일 개원한 '효자제철유치원'이다. 주거정책과 복지후생정책으로 직원들의 삶은 안정되었으나 자녀교육시설과 장학수혜정책 수립이 시급한 과제로 대두된 즈음이었다. 운영은 제철장학회가 맡았다. 유치원 개원식에 참석한 박태준은 귀여운 꼬마들과 어울려 기념사진을 찍었다. 아직 할아버지와는 먼 아버지의 얼굴이었다.

1970년대의 포항제철은 성장과 건설의 시대였고, 사원 자녀들은 무럭무럭 자라났다. 박태준은 사원 2세들에게 최고 교육환경을 제공한다는 자신의 소망을 챙겨야 했다. 문제는 돈이었다. 조업 원년부터 흑자를 올린 포철은 날이 갈수록 흑자규모를 늘리고 있었지만 2기 3기 4기로 설비를 계속 확대해나가기 위해서는 스스로 충당할 건설자금을 비축해 나가야 했다. 그래서 그는 포철의 손으로 직접 설립하고 운영하는 '포철 사학의 시대'를 몇 년 더 미룰 수밖에 없다는 판단을 내리고 사원주택단지 안에 먼저 공립학교부터 유치하였다. 1974년 3월 1일 공립 지곡초등학교가 문을 열고, 1978년 3월 1일 공립 지곡중학교가 문을 열었다.

포항 3기를 완공하고 4기 건설을 시작할 무렵, 그는 '포철 사학의 시대'를 개막할 때라고 판단했다. '최고 유치원에서부터 최고 대학까지'. 이 구상에 따른 획기적 준비는 1976년 11월 16일 이루어진다. 장학회로서는 유치원밖에 설립할 수 없어서 기존 제철장학회는 그 이름에 어울리게 '장학금 지원사업'을 전담하기로 하고, 학교들을 운영해나갈 '학교법인 제철학원'을 설립한 것이다.

학교법인 제철학원은 맨 먼저 공립 포항공업고등학교를 인수하여 사립 포항제철공업고등학교로 만들었다. 포철에 필요한 기술인력의 안정적 공급원을 확보하기 위해서는 공고를 신설하는 것보다 기존 공고를 인수하는 쪽이 더 효율적이었다. 1970년 3월에 개교한 공립 포항공고는 1978년 3월부터 특수목적 공고로 변신하기 위해 '포항제철공업고등학교'란 교명 변경을 승인받고, 학교법인 제철학원은 1978년 9월 1일 포철공고를 정식으로 인수했다. 이 자리에서 박태준은 제철학원 이사장으로서 자신의 교육 신념의 고갱이를 피력했다.

"교육은 천하의 공업(公業)이며 만인의 정성으로 이루어지는 것이라고 믿습니다."

제철학원은 1980년 3월 공립 지곡중학교를 사립 포철중학교로 인수하고, 1981년 3월 사립 포철고등학교를 설립했다.

공립 고등학교들이 한 학급 60명을 기본으로 하는 시대에 한 학급 40명으로 모집한 학교법인 제철학원은, 전국에서 우수교원을 초빙하기 위해 주요 일간지 공고를 통한 공개채용, 전국 주요 대학의 우수졸업예정자 초청, 제철수당 제공, 주택 및 주택 융자금 제공 등을 시행했다. 물론 이러한 제도는 고스란히 광양만으로 옮겨진다.

2004년 포철은 포항공대를 따로 빼놓더라도 교육재단 산하에만 포항 8개교(유치원 2, 초등학교 3, 중·고등학교 3)와 광양 6개교(유치원 2, 초등학교 2, 중·고등학교 2)의 14개 학교를 두었다. 학생의 80% 정도가 직원 자녀들이다. 한국 최고 교육시설, 각종 경시대회 최상위권 입상, 브라질 코치가 지도하는 축구부, 러시아 국가대표 코치를 영입한 체조부, 국내 유일의 국제경기 규격을 갖춘 체조체육관……. 이 학교들은 모든 분야에서 명실상부의 한국 최고 교육기관으로 명성을 날린다. 더구나 한국의 사학재단이 학교경영 예산의 1%도 출연하지 않는 것과는 아주 대조적으로, 설립에서부터 운영예산의 전액이 완전히 포철의 출연으로 이루어졌다. 이는 박태준의 결정과 의지였다.

박태준과 교육

박태준의 건학이념은 '교육보국(敎育報國)'이 핵이다. 교육을 통해 민족 중흥과 국운융성에 기여하겠다는 그의 의지가 깃들어 있다. 포철의 창업 정신인 '제철보국'과 같은 맥락이다. '교육보국'은 '제철보국'과 나란히 세워진 깃발이다.

사소한 일 같지만, 가령 그가 2003년에 희수(喜壽)를 앞둔 할아버지로서 학교로 띄운 축하 전문에도 자신의 교육이념에 대한 애착이 응축되어 있다.

1천407개교가 참가한 MBC아카데미 주최 전국 영어·수학 학력평가에서 최우수상을 수상한 귀교에 진심으로 축하를 보내며 학교장을 비롯한 모든 교직원의 노고에 심심한 치하를 드립니다. 조국의 미래는 인재를 양성하는 교육 수준에 달려 있습니다. 다시 한번 '교육보국'의 참뜻을 되새기는 계기가 되기를 바랍니다.

포철 초창기에 채록된 박태준의 어록에서도 그의 교육관을 읽어낼 수 있다.

유치원 건물을 지을 때에도 일반건물과 같이 교육적, 예술적 감각이 전혀 없게 지을 것이 아니라, 안델센 동화 세계와 같이 어린이들에게 꿈을 심어줄 수 있는 훌륭한 집을 지어야 합니다.

1971년 7월

관리자에게는 부하에 대한 교육 책임이 항상 따라다니는 것입니다.

1975년 9월

어떤 방법으로든지 주택시설을 확충하고 중학교도 세워서 장래에 안정된

628

생활을 할 수 있다는 것을 직원들 스스로 느끼고 명확한 장래 설계를 할 수 있도록 만들어줘야 합니다. 그리고 교육만 잘 시키면 얼마든지 훌륭한 일을 해낼 잠재력을 지니고 있다는 것이 우리나라 젊은 사람들의 장점인데, 회사에서 뒷받침해야 합니다.

1976년 9월

박태준의 인재양성을 향한 웅대한 집념은 '포항공과대학교(포스텍, POSTECH)'를 탄생시킨다. '민족의 장래를 위하여 오늘을 극기하고, 자원 빈국인 우리나라의 지상 과제인 무한한 창의력을 계발하는 것도 교육이 짊어져야 할 역사적 소명'이라고 역설해온 그는, 바로 자신이 제시한 소명의 길을 따라 순수한 자신의 의지대로 뚜벅뚜벅 걸어 나갔다.

정치에서 발을 뺀 봄날

1985년 2월 포항공대 설립 책임자로 선정된 이대공은 설립인가 준비와 더불어 개교 준비를 주도할 초대 총장을 초빙하기 위해 안테나를 높이고 있었다.

이 봄의 길목에 포철은 기억할 만한 일을 맞는다. 2월 5일 제2대 사장 고준식이 고령을 이유로 용퇴를 선언한 데 이어 제3대 사장으로 안병화가 취임했다. 그는 대한중석부터 박태준과 인연을 맺은 포철의 창립 동지였다.

고준식의 퇴임사는 엄숙했다.

"1960년대 후반부터 1980년대 전반에 이르기까지 민족중흥의 시대정신을 가장 절실하고 치열하게 구현했던 당사에 처음부터 동참한 사실을 최대의 영광으로 삼고 자손에게도 유산으로 남길 것입니다."

딴딴한 노구의 저 깊은 내면에서 우러나온 말이었다.

박태준의 작별인사는 숙연했다. 인생의 친구요 조직의 부하이며 사명의 동지인 한 사내와의 고별 앞에서 가슴이 뜨거워졌다.

"30년 가까운 지우이자 동지였던 고준식 사장의 퇴임은 생가지가 찢겨져나가는 아픔입니다. 인생의 황금기인 40대 장년기부터 제철보국의 민족적 숙원을 실현하라는 국가의 부름에 흔연히 나서 험난한 가시밭길에 인생을 아낌없이 불태워온 고준식 사장의 희생과 업적을 높이 치하하지 않을 수 없습니다."

그의 눈앞에 자꾸만 고준식의 차 트렁크에 들어 있던 과일상자가 떠올랐다. '돈상자'가 아니라 진짜 '과일상자'를 싣고서 오해 많고 의심 많고 심통 많고 뒷말 많은 국회의원들을 일일이 찾아다니며 회사의 상황과 경영의 본질을 설명하느라고 몹시도 속을 태웠던 사람. 최고경영자의 부족한 면을 넉넉하게 채워줬던 사람. 그는 살며시 눈시울이 젖었다.

안병화의 취임사는 굳센 다짐이었다.

"지금까지의 정신자세와 행동철학을 추호의 변질됨 없이 일관하여, 회사가 지금까지 쌓아온 찬란한 업적과 전통을 손상치 않도록 최선을 다하겠습니다."

포철의 사장 이·취임식이 열린 때는 2월 12일에 실시될 제12대 총선 선거운동의 막바지였다. 정치의 봄이었다. 아직 3김(김대중·김영삼·김종필)은 막후에 존재했다. 그들의 대리인이 전면에 나섰다.

박태준은 정치에 걸치고 있던 한 발을 거둬들였다. 국회의원선거에 비례대표 후보로든 지역구 후보로든 이름을 올리지 않았다. 1985년 3월 5일 바다를 메우고 섬을 없애버린 광양만에서 '연산 270만 톤 체제'의 광양제철소 1기 건설 종합착공식이 열렸다. 광양 1고로에 불을 넣는 날까지 그는 오직 철만 생각하고 싶었다.

정치현장에서 완전히 발을 빼고 다시 철의 세계로 영혼을 모으는 그의 심경은 '시원섭섭하다'는 형용이 적절했다. 시원하다는 것은 홀가분하게 고향으로 돌아온 기분이었고, 섭섭하다는 것은 전국구 국회의원도 빛 좋은 감투라고 그걸 벗은 직후의 허전함이었다. 그러나 이제 자기 자신이 포철의 울타리가 될 만한 여건이 갖추어졌다는 판단을 내리고 있었다. 정치현장에서 발을 빼는 것이 곧 포철의 울타리 역할을 할 수 없는 것으로 직결된다고 생각했다면, 그는 악착같이 정치현장에 한 발을 디뎠을 터. 1979년 10월 26일 이후부터 편안한 상대에게는, "내 머리의 90%는 포항제철 방어에 쓰고 있다."라는 솔직한 속내를 푸념처럼 드러낸 박태준. 그는 포철의 안정을 확신하며 정치현장에서 빼낸 그 한 발의 상당한 역량을 포항공대로 옮겨놓았다.

김호길을 잡아!

포항공대 설립추진본부장 이대공은 1985년 봄날 경남 진주를 들락거렸다. 럭키금성그룹(현 LG그룹)이 설립한 연암공업전문대학에 특출한 인물이 박혀 있다는 정보를 얻었다. 1985년 2월 초순, 판사 출신의 청와대 민정비서관 손진곤이 대학설립 기초자료를 수집하느라 동분서주하는 친구에게 이런 귀띔을 해준 것이다.

"대통령 앞으로 '대한민주공화국'이라 하지 말고 '대한사기공화국'으로 이름을 바꾸라는 진정서를 보낸 과학자가 있어."

그 장본인이 김호길, 그는 영국과 미국에서 공부한 저명한 물리학 교수였다. 그는 30년 가까운 외국생활에서도 시민권을 신청하지 않았다. 럭키금성의 요청으로 귀국하면서 조국에 세계적인 공과대학을 만들어보겠다는 꿈을 품었다. 럭키금성의 뜻도 그랬다. 1983년 귀국에 앞서 문교부 관계자나 과학기술처 고위인사로부터 4년제 연암공대를 인가해주겠다는 약속도 받아뒀다. 그러나 결과는 '인가 불가'였다. 분을 삭이지 못한 김호길은 대통령 앞으로 마치 조선시대의 낙향 선비가 상소문을 올리는 것처럼 글을 띄웠다. 자신이 겪은 일을 두고 볼 때 우리나라는 '대한민주공화국'이 아니라 '대한사기공화국'으로 규정되어야 한다는 내용이었다.

한국 국민과 세계 시민이 군사독재자로 인식하는 전두환 대통령 앞으로 감히 '대한사기공화국'이라 주장할 수 있는 학자. 이대공은 지체 없이 김호길의 이력을 챙겼다.

1933년 경북 안동군 임동면 지례동 출생. 안동중학교, 의성공업학교, 안동사범학교 등을 거쳐 부산 피란시절에 서울대 물리학과 입학. 1956년 서울대를 졸업하고 공군사관학교 교관이 되어 양자역학과 전자기학을 가르치다가 이론물리학을 전공하기로 결심, 1960년 1월 권봉순과 결혼하여 1961년 국제원자력기구 장학생으로 영국 버밍햄대학으로 유학. 이론물리학에서 가속장치 쪽으로 방향을 수정, 버밍햄대학에서 재발생추출이론으로 박사학위 취득. 1963년 로렌스버클리연구소 초청으로 도미, 캘리포니아에서 연구를 시작하면서 영국과 미국에서 사이클로토론 분야의 권위자로 인정받음. 1966년 미국 메릴랜드대 물리학과 및 전기공학과 교수, 여기서 전자고리가속기라는 새로운 가속장치 구상. 1971년 12월 미국 워싱턴에서 69명의 재미한국과학기술자가 창립한 재미한국과학기술자협회(재미과협)에서 초대 간사장과 제6대 회장을 역임하는 등 협회의 중추적 역할을 맡으며 재미 한국과학자들과 두터운 인간관계 형성.

이대공의 눈에는 김호길 박사가 포항공대를 맡아줘야 할 최적격의 인물로 보였다. 우리나라 과학계의 거물로서, 외국에 근무하는 우수한 교수요원을 초빙하는 일을 누구보다 원만히 감당할 수 있는 조건을 갖추었으며, 대통령에게 그런 용감한 글을 보낸 사람이라면 용기와 지도력도 탁월할 것 같았다.

진주를 드나드는 포항제철 상무이사의 목적은 단 하나, 연암공전의 김호길 박사를 포항으로 모셔오는 것. 이대공의 방문이 거듭됐지만 김호길은 움직일 낌새를 보이지 않았다. 삼고초려가 아니라 아마 '십고초려'는 받아야 엉덩이를 꿈틀거릴 품이었다. 포항제철의 초빙을 완강히 거절하는 김호길의 마음에는 '연암공대 유산(流産)'의 생채기가 깊었다. 그것이 미처 아물기도 전에 생판 낯선 사람이 찾아와 아주 괜찮은 대학을 우리가 만드는데 초대 총장으로 와달라고 매달리니 그는 두 번 속을 수 없다는 생각부터 앞세울 수밖에 없었다. 순수한 애국적 과학자가 불행히 한국사회에 대한 불신에 사로잡혀 있었던 것이다.

이대공은 김호길의 불신 씻기가 시급하다는 사실을 깨달았다. 그래서 5월에 또 다시 진주로 달려간 그는 속속 진행되고 있는 포항공대 설립을 위한 구체적 사업들을 열심히 들려줬다. 포항제철의 대학설립추진본부는 부지 매입에 필요한 절차를 마친 상태였다. 포항시 효자동 산 31번지 일대의 약 50만 평을 대학부지로 계획하고, 실지 측량을 통해 44만6천 평을 예정부지 면적으로 확정지은 뒤, 예정부지 지적도 작성과 대학부지 도시계획 사업 추진계획을 수립하고, 포항시에 도시계획 시설결정 승인을 요청하는 한편, 도시계획 시설결정에 따른 공람까지 실시했다. 그러나 이런 실질적인 행위들도 김호길의 마음을 움직이지 못했다. 이대공은 애를 끓일 수밖에 없었다.

"6월에 도시계획 시설결정이 승인될 것이고, 6월 중으로 문교부에 대학설립 계획을 제출하여, 금년에 반드시 승인을 얻어낼 겁니다. 그러니 이번에는 믿고 움직여도 됩니다. 포항제철은, 박태준 회장은, 사람을 속이지 않습니다."

"당신들이 나를 속이지 않는다 해도 정부가 당신들을 속일 수 있어요. 이 본부장은 집권당이 포항에 신설대학 설립을 인가해주겠다고 공약했으니 틀림없이 인가가 날 것이라고 믿는 모양인데, 그런 수준의 약속을 나는 이미 받아봤던 사람이오. 아직도 나는 대한사기공화국이라는 생각을 가지고 있어요."

김호길이 언급한 '집권당의 공약'이란 제12대 국회위원선거를 지원하기 위해 1월 하순에 포항을 방문한 민정당 대표 권익현이 '포항에 4년제 대학을 설립하겠다'고 한 약속을 가리켰다. 그런 공약을 걸 만큼 당시 포항시민은 4년제 대학 설립을 염원하고 있었다. 포항공대 설립의 정치적 조건과 지역적 조건도 성숙된 상황이었다.

이대공은 전술을 수정하기로 했다. 굳이 총장으로 오겠다는 확답을 받지 않더라도 우선 김 박사의 포철 방문을 일차적 목표로 정했다.

"박사님, 우선 포철을 한 번 방문해주십시오. 직접 와보시면 아시겠지만, 포철의 신화를 느낄 수 있을 겁니다. 정말 무에서 유를 창조한 대역사였습니다."

"포철이 성공을 거두었다는 것은 나도 알아요."

김호길의 마음에 틈이 생기는 발언이었다.

1985년 6월 4일 마침내 김호길이 포항을, 포철을 방문했다. 이대공이 진주를 들락거린 지 넉 달, 포항시가 대학설립 부지에 대한 도시계획 시설 결정을 승인한 지 나흘 만이었다.

"당신들이 정말 엄청난 일을 해내긴 해냈군요. 그러나 최고 대학을 만드는 것은 철을 생산하는 것하고는 차원이 다른 문젭니다."

영일만의 신화를 둘러본 김호길의 인상기였다. 열흘이 지났다. 다시 대학설립추진본부가 김호길 부부를 포항으로 초청했다. 공식 일정을 마친 저녁 무렵이었다. 이대공은 귀빈을 모시고 저녁 식사를 대접하기 위해 영빈관으로 이동하고 있었다. 이때 카폰이 울렸다. 박태준이었다.

"김 박사 부부를 모시고 저녁을 함께 하자고."

저녁 6시 30분 박태준과 김호길이 첫 대면을 했다. 손님의 아내와 딸도 동석했다. 이대공은 긴장을 죄어야 했다. 김호길의 거침없는 말씨가 걱정이었다. 아니나 다를까. 초면 대좌의 개봉부터 그렇게 되고 말았다.

"캘리포니아공과대학 같은 대학을 만들고 싶은 겁니다."

"칼텍도 아시네요. 쇠만 만들 줄 아시는가 했더니 대학에 대해서도 좀 아시네요."

무식한 입에서 유식한 소리가 나왔다는 김호길의 농담에는 학자 특유의 자존심에다 만만하게 보이지 않겠다는 심리가 겹쳐 있었다. 학자의 기고만장을 지켜봐야 하는 이대공은 이따금씩 송곳이 방석을 뚫고 올라오는 것 같았다. 그의 속을 태우는 만남은 한밤중까지 계속되었다. 김호길은 이 삿짐을 꾸리겠다는 생각은 얼른 들지 않아도 기분이 좋은 모양이었다. 자주 와인 잔에 손이 갔다. 김호길과의 첫 만남보다 달포 앞서 캘리포니아공과대학을 방문했던 박태준. 그의 설계와 신념은 대화가 진행될수록 야금야금 손님의 강고한 불신의 벽을 허물었다.

우리나라 대학의 이공교육이 안고 있는 고질적 병폐에 대해 박태준과 김호길은 거의 한 시간에 걸쳐 대화를 나누었다. 이것은 어떤 새로운 대학이 왜 필요한가에 대한 두 사람의 생각이 일치함을 확인하는 과정이었고, 그 종점은 대화의 시작에서 기세 겨루기의 농담처럼 등장했던 '칼텍 같은 연구중심대학'이었다.

김호길을 만나러 오면서도 앞으로 초대 총장 후보감으로 열 명쯤은 더 만나야겠다고 생각했던 박태준, 그가 완전히 생각을 바꾸었다. 뛰어난 석학이면서 교육자적인 덕목과 공맹(孔孟)의 인품을 두루 갖춘 이 사나이야말로 내가 설계하는 대학을 맡을 적임자라고 결정했다. 그는 솔직히 속을 뒤집었다.

"김호길 박사, 당신이 우리가 만드는 대학을 맡아주시오."

"뭐가 그리 급하십니까?"

김호길은 웃고 있었다.

"나는 무슨 일을 결정할 때 어떤 경우에는 무척 오래 걸리지만 어떤 경우에는 무지무지하게 빨리 결정합니다."

"아직 인가도 나지 않았습니다."

"그건 됩니다. 좋은 대학을 설립하는 일은 엄청나게 어려운 일입니다. 우리 서로 힘을 합칩시다. 내가 포철을 건설한다고 했을 때 나라를 망칠 행동이라고 강한 비판을 했습니다. 나한테 미친놈이라고 손가락질을 보낸 사람도 있었습니다. 그런데 따지고 보면 포항공대를 세우는 일도 그에 못지않은 어려운 일입니다. 김 박사, 나와 함께 미친놈이란 소리를 들어봅시다."

비로소 김호길이 이삿짐 꾸릴 가능성의 한 자락을 내비쳤다.

"무슨 말씀인지 잘 알겠습니다. 그러나 만약 제가 포항에 온다 하더라도 포철을 보고 오는 것은 아닙니다. 철강은 언젠가는 사양화됩니다. 만약 제가 온다면, 지금은 포항제철 부설 포항공대지만 나중에는 포항공대 부설 포항제철이 됩니다. 그리고 이것은 제가 여기에 온다는 가정 하에 드리는 말씀입니다만, 학교의 조직이나 개설학과, 교수의 수준이나 교수와 학생의 비율 등에 대해서는 전적으로 저한테 맡기셔야 합니다."

이대공은 깜짝 놀랐다. 사립학교법에 규정된 재단이사장의 권한을 넘겨달라는 요구였다.

'정말 무례한 사람이구나.'

그는 새삼 가시방석에 앉은 기분이었다.

박태준과 김호길의 첫 만남이 끝났다. 밤은 깊었다. 집으로 돌아온 이대공은 여간 조마조마하지 않았다. 틀림없이 회장의 불호령이 떨어질 것만 같았다. 어디서 그런 건방진 놈을 골랐느냐, 아마도 이게 화를 삭여야 했던 회장의 고함이 되지 싶었다. 그는 얼른 잠자리에 들 수가 없었다. 아니나 다를까, 전화통이 울렸다.

"A동 전화입니다."

포철 임원은 회장 숙소를 A동이라 불렀다. 이대공은 한바탕 덮어쓸 각오부터 세웠다.

"전화 바꿨습니다."

"어이, 이 상무, 그 사람 괜찮지?"

박태준의 목소리는 기분 좋게 격앙되어 있었다. 순간적으로 그는 귀를 의심했다.

"예에?"

"자네는 어때?"

"괜찮은 것도 같습니다."

그는 얼떨결에 어정쩡한 긍정을 했다.

"초대 총장은 창업자와 마찬가지야. 그런 사람이 해야 돼."

박태준이 포항공대의 초대 총장은 김호길이라고 못을 꽝꽝 박았다. 이대공은 조심스레 되물었다.

"잘되겠습니까?"

"그 사람을 데려오면 틀림없이 성공한다. 무조건 김호길을 잡아!"

박태준은 확신에 차 있었다.

김호길 박사를 잡아라! 이대공은 이 특명을 무조건 성공시켜야 했다. 그는 대학설립인가를 받지 못할 것이라는 불신에 눌려 있는 김호길을 설득하기 위해 대학설립에 관한 공식적 절차들을 그때그때 빠짐없이 전화로 알려줬다.

1985년 6월 17일의 통화.

"오늘 포항공대 설립인가 신청서를 문교부에 접수시켰습니다. 상주농전은 안동대가 4년제로 승격되었기 때문에 인가가 안 납니다. 여수수전도 순천대 때문에 불가능합니다. 연암공전도 경상대 때문에 또 불가능합니다. 그러나 포항공대와 전남 나주의 4년제 대학은 인가가 날 겁니다."

"웃기지 마시오. 나는 2년이나 연속으로 속았소. 내가 대한사기공화국이라고 해도 눈썹 하나 까딱하지 않는 사람들인데, 이 본부장, 괜히 헛꿈 꾸지 말아요."

대통령의 최종 결재를 1주일 앞둔 날.

"오는 7월 2일 오후 3시에 손제석 장관이 청와대로 들어갑니다. 포항공대와 나주의 4년제 대학만 인가 납니다."

이대공은 큰소리를 뻥뻥 쳤다. 청와대에 있는 친구가 너무 속 태우지 말라고 미리 귀띔해준 정보였으니 틀릴 리 만무했다.

"당신이 예언가요? 결재과정까지 중계방송을 해대는군. 괜히 사람 유혹하지 말아요."

김호길은 웃고 말았다.

그리고 7월 2일 오후 4시경.

"방금 대통령의 결제가 났습니다. 포항공대는 세워집니다."

"발표가 나봐야 알지요."

이대공의 들뜬 목소리에, 김호길은 반신반의하는 반응이었다. 그런데 이날 저녁 9시 텔레비전 뉴스에 4년제 신설대학 인가에 대한 보도가 나왔다. 두 사람은 다시 전화로 만났다.

"뉴스 보셨습니까?"

"이 본부장, 이 사기공화국이 뭔가 잘못 돌아가는 거 아니오?"

드디어 김호길은 박태준과 포철의 큰소리를 신뢰하지 않을 수 없었다.

이틀 뒤, 포철은 대학설립추진본부의 확대개편을 단행했다. 명칭을 대학건설본부로 바꾸고 일의 효율적인 추진을 위해 조직을 단순화했다. 박태준은 대학건설본부장 밑의 부본부장에 포항제철소와 광양제철소의 건설을 총괄해온 인물을 보냈다. 또한 대학건설에 관한 결재 라인을 박태준 회장과 이대공 본부장의 직결 체제로 변경했다. 이것은 관료주의적 폐습을 예방하려는 조치였다. 그럼에도 그때까지 대학건설본부는 김호길 박사를 초대 총장으로 모셔오는 막중한 책무를 깔끔하게 완결 짓지 못하고 있었다.

"이제는 맡아주셔야 하지 않습니까? 국가의 장래를 염려하시는 그 마음으로 흔쾌히 부임해주십시오."

이대공의 거듭된 간청에 김호길은 다른 후보를 추천했다.

"당신의 예언이 모두 적중했으니 축하합니다. 포항제철은 대단한 능력을 가졌군요. 그런데 나는 럭키금성과 약속한 것도 있고 하니 다른 분을 추천해드리겠습니다. 조순 박사가 적격이라고 생각합니다. 나도 적극 권유해볼 테니 한번 접촉해보세요."

그러나 박태준은 김호길에 집착했다. 첫인상에서 받은 대로 그가 와줘야만 뜻대로 풀릴 것 같았다. 이대공은 거절하고 사양하는 사람보다 더 강하게 더 줄기차게 설득했다.

"김 박사님의 꿈이 제대로 된 공학교육, 과학교육의 대학을 만들겠다는 것 아니었습니까? 우리는 칼텍을 모델로, 언젠가는 칼텍과 견줄 수 있는 그런 대학을 만들기 위해서 모든 것을 아낌없이 투자할 것입니다. 포항공대는 박태준의 꿈을 실현시키는 대학이기도 하지만 김호길의 이상을 실현시킬 수 있는 대학입니다."

이쯤에 이르자 김호길은 더 이상 물러날 데가 없었다. 마침내 마음을 열었다. 럭키금성측에 양해를 구하기 앞서, 그러니까 포항으로 옮겨오겠다는 뜻을 공식적으로 밝히기 앞서 포항을 방문하여 박태준에게 두 가지 조건을 달았다.

"처음 뵈었을 때 말씀드린 기억이 있습니다만, 오늘 정식으로 말씀드리겠습니다. 학교 설계에 대해서는 외국대학을 참조해서 회장님 마음대로 결정하십시오. 그러나 저는 중요사항만 이사장과 논의할 뿐, 학교운영 자체에 대해서는 재단의 간섭 없이 모두 저에게 일임해주셔야 합니다. 또 하나는 학교에 돈과 시설이 필요한 경우에는 언제든지 포철이 지원해주셔야 한다는 것입니다. 이 두 가지 조건에 대해서 확답해주시면 저도 럭키금성그룹에 양해를 구하겠습니다."

"학교는 학교를 잘 아는 사람이 운영해야 합니다. 나는 간섭하지 않을 것입니다. 그리고 학교에 대한 투자는 그것이 불필요한 것만 아니라면 언제든지 전적으로 지원하겠습니다."

박태준과 김호길은 굳은 악수를 나누었다.

농성장을 지나서

1985년 8월 1일 김호길은 포항제철 대학건설본부 고문 및 포항제철기술연구소 고문이란 보직으로 제철학원 소속의 총장요원으로 부임했다. 아직은 총장이 아니라 포항제철의 직원이었으므로 포항제철의 노란 제복을 입고 안전화를 신어야 했다. 평생을 실험실과 강단에서 보낸 그의 몸에는 아주 어색한 노릇이었다. 그러나 그는 환히 웃는 낯으로 회사의 규율을 따랐다. 자신의 원칙을 관철시킬 줄 아는 사람으로서 타인의 원칙을 존중하는 행동이었다.

2월 4일 대학설립 계획을 공식적으로 출범시켜 겨우 다섯 달 만에 대학

설립 인가를 받아낸 데 이어 김호길이 초대 총장요원으로 부임한 8월 1일, 포항공대건설본부는 애초의 계획을 기준으로 역산하면 제1회 입학식을 불과 1년 7개월 남겨두고 있었다. 아니, 조금 지나면 개교일을 1986년 12월 초순으로 앞당기게 되므로, 실제 남은 기간은 '1년 4개월'에 지나지 않았다. 부지조성과 시설건립, 교수확보와 학사준비, 우수학생유치와 홍보작업…… 어느 한 방면도 소홀히 다룰 수 없었다. 포철의 언어로 표현한다면 부실공사는 용납할 수 없었다. 그렇다면 길지 않은 기간을 빠듯하게 알맞은 기간으로 바꾸는 역할은 대학건설본부의 임무였다. 그것은 영일만의 기적을 이룩한 하나의 요인으로 작용했던 '돌관작업'을 원용해야만 실현시킬 수 있는 일이었다. 대학건설본부 요원들은 앞길을 부담스러워하지 않았다. 영일만에서 네 차례나 체험한 '카운트다운 체제'를 통해 하나씩 따로 점검하는 동시에 전체를 하나로 통찰하는 관리시스템에 익숙해 있었기 때문이다.

8월 17일 박태준과 김호길의 첫 삽으로 대학부지 조성공사의 막이 올랐다. 이제 '돌관작업'의 시작이다. 8월 19일 다시 대학설립심의위원회가 열렸다. 김호길이 주재한 이 회의에서 포항공대가 개교 단계에서 설치할 8개학과 교수초빙에 관한 대강의 얼개를 잡았다.

초빙 대상에 포함시킬 인적 자원은 4천여 명. 분포 실태는 미국 57%, 국내 36%, 유럽 6%. 상당수의 교수를 해외, 주로 미국에서 모셔 와야 했다. 또한 교수의 연령적 조화를 위해 교육과 사회봉사의 측면에서는 원숙한 인격의 50대·60대 원로급 학자를, 연구의 측면에서는 30대 후반에서 40대 후반까지의 중진급 교수들과 30대 초반·20대 후반 학자를, 교양의 측면에서는 전인교육적 풍부한 지성을 갖춘 해당분야 대가들을 초빙한다는 원칙을 세웠다. 또한 1985년 9월 10일부터 10월 11일까지 30일 동안 미국 15개 대학, 영국 4개 대학, 독일 2개 대학, 프랑스 1개 대학 등 세계의 저명한 22개 대학을 순회하면서 450명의 교포 교수들과 만나 설명회를 개최한다는 계획도 잡았다.

교수초빙 계획의 기본방향은 잡혔지만, 부지조성 쪽에서 예상했던 문제가 터져 나왔다. 실지측량과 주민공람을 거친 결과, 포항공대 부지는 국유지 1만6천 평과 포철 소유지 11만9천 평에, 사유지 23만5천 평이었다. 지주는 모두 467명. 철거할 주택도 있고, 이장할 묘소도 많았다.

　대학건설본부는 대다수 지주들의 반발을 심정적으로 충분히 이해할 수 있었다. 수대에 걸쳐 농사를 지으며 살아온 토박이 중에는 이미 포철의 학교와 사원아파트 건설 때 한 번 이주했거나 이장했던 사람들도 포함돼 있었다. 불과 몇 년 사이에 다시 이주와 이장을 요구하니, 그것만으로도 부

포항공대 기공식장에서 공사의 막을 올린 박태준과 김호길(왼쪽)

아가 오를 노릇이었다. 급기야 그들은 포항시와 포철에 반발하는 집단농
성에 돌입했다. 박태준은 긴급지침을 내렸다. '첫째, 우리 대학의 설립이
포항지역의 오랜 숙원사업이란 점을 주지시키고 최대한 협조를 부탁하라.
둘째, 보상가는 최대한 높게 매겨라.'

　그러나 주민들은 좀처럼 공사현장 입구의 바리케이드를 철수할 낌새를
보이지 않았다. 이런 상황에서 박태준은 대학건설 도면을 공사현장에서
직접 자세히 검증할 기회를 갖지 못했다. 이는 '돌관작업'에도 차질을 부
를 요인이었다. 이대공은 주민들의 민원도 민원이지만 최고결정권자에게
현장을 보여주고 최후의 결심을 받아내는 일이 급선무였다.

　박태준은 답답했다. 주민들의 바리케이드를 뚫기 곤란하니 공수작전처
럼 아예 헬기로 날아가 공사현장에 바로 내리겠다는 의견을 냈다. 이대공
은 반대했다. 일을 서두르다가 주민들의 감정을 자극할 것 같았다.

　"그렇군. 하지만 가야지. 가야 대학을 세우지."

　박태준은 헬리콥터를 타고 서울에서 포항으로 내려왔다. 그러나 그는 농
성하는 주민들의 머리 위로 날아가지 않았다. 몇백 미터 앞에 내려 지휘봉
을 쥐고 바리케이드 쪽으로 올라갔다. 박태준 일행과 그들 사이에 문득 긴
장감이 형성되고 있었다. 그가 바리케이드의 서른 걸음 앞까지 다가갔다.
침묵과 긴장이 주위를 에워쌌다. 그는 묵묵히 앞으로 나아갔다. 그러자 농
성자들이 길을 열었다. 두 사람이 지나갈 만한 통로였다. 누구도 그의 앞
을 막아서지 않았다. 그것은 기대감의 반영이었다. 박 회장이 직접 등장했
으니 오늘은 어떤 결론적인 대답을 내놓을 것이라는.

　박태준은 공사현장의 한복판으로 들어가 책임자의 브리핑을 들었다. 몇
가지 질문을 던진 뒤 불만이 없는 표정으로 돌아섰다. 다시 바리케이드를
통과해야 한다. 농성자들이 묵묵히 그의 일거수일투족을 주시하고 있었다.

　그의 머리엔 말들이 가지런했다. 포항공대는 어느 개인의 사리사욕과는
무관하다, 국가의 미래를 위한 선택이자 포철과 포항의 미래를 위한 선택
이다, 그러므로 여러분은 협조를 해줘야 하고 나는 최대한 성의를 표할 것

이다. 하지만 그것은 이미 주민들에게 여러 차례 호소한 내용이었다. 그가 농성자들 사이의 좁은 통로를 빠져나왔다. 그들의 얼굴에는 한결같이 어떤 기대감이 어른거렸다. 그러나 그는 끝내 침묵을 지켰다. 최대한 높게 보상해주라는 자신의 지침이 불변이라며 반복하지 않겠다는 뜻이었다.

포철의 임원들도 지주 설득에 팔을 걷고 나섰다. 박득표 부사장, 김용운 대학기획부장이 일일이 지주를 찾아다녔다. 특히 이주대상의 영세민에게는 자녀 취업을 알선하기도 했다. 실제로 그들 41명을 포철 연관회사에 취직시켰다.

박태준의 포항공대 설립을 향한 집념과 의지는 포철 안에 주요 뉴스로 번져 있었다. 무엇보다도 그것은 그가 행동으로 보여준 결과였다.

> "회장님이 출장 후에 회사로 돌아오는 길에는 거의 매번 회사보다 먼저 포항공대 건설현장을 방문했어요. 그게 무슨 뜻인가요? 요즘 나의 제일 관심사는 여기에 있다, 그러니 알아서 잘 협조해주라. 이런 메시지를 강하게 주신 거지요."
>
> 박득표(전 포스코 사장, 포스코건설 회장)

대공포와 속사포

포철의 '최대한 성의'가 지주들의 불만을 어느 정도 가라앉힌 9월 10일, 김호길과 이대공은 해외 한국인 학자들을 초빙하기 위한 한 달의 장도(壯途)에 올랐다. 미국에서는 '재미과협'의 도움을 크게 받았다. 1971년 12월에 출범한 조직에는 대학이나 연구소에 근무하는 한국인 과학기술자들이 거의 망라되어 있었다.

박태준은 그 준비에 정성을 보탰다. 간담회에 참석은 못하지만 '포항공과대학 설립위원장 박태준'의 이름으로 두 사람이 접촉할 재외 과학자들에게 초청장과 함께 인사편지를 보냈다. 그의 편지에는 〈포항제철은 기술입국에 대한 시대적 사명감을 자각하고 정부와 국민의 아낌없는 신뢰에 보답하기 위해 포항공과대학이 세계적 명문대학이 될 때까지 지속적인 투자와 지원을 아끼지 않을 것)이라는 약속도 포함돼 있었다.

간담회는 김호길이 동행자의 이력을 알리는 것으로 막을 올렸다. 그의 소개는 어느 자리에서나 늘 마무리가 똑같았다.

"이대공 본부장은 대공포입니다. 여러분이 아시다시피 저는 속사포입니다. 속사포와 대공포를 정신없이 쏘아대는데 여러분을 함락시키지 못할 것 같습니까?"

학자들은 고깃덩어리가 쑥 내려가도록 웃음보를 터뜨렸다. 바로 이어서 이대공의 차례. 그는 포철의 어제와 오늘을 브리핑하고 나서 불을 껐다. 이내 영사기가 돌아갔다. 「고난과 시련, 그리고 영광」, 포철의 성장과정을 담은 러닝타임 30분의 다큐멘터리영화였다. 그것은 조국의 포철이 세계적 명문대학을 세우겠다는 선언이 결코 허튼수작이 아님을 인식시키는 지름길이었다. 대공포가 쉬면 속사포의 차례. 김호길의 역설은 언제나 결론에 이르러 듣는 이의 양심을 겨냥했다.

"여러분, 유학을 왔습니까, 이민을 왔습니까? 이민을 온 사람들은 남으시고 유학을 온 사람들은 공부가 끝났으면 조국으로 돌아갑시다."

조국애와 민족애의 희미한 그림자라도 남은 학자들에게는 그 외침이 공명을 일으켰다. 그는 숙연한 분위기를 놓치지도 않았다.

"여러분의 목표가 교수가 되는 것이라면 서울대나 과학기술대로 가시오. 그러나 연구가 목적이라면 포항공과대학으로 오시오. 우리는 여러분의 길러진 두뇌를 최대한 발휘케 하는 데 관심을 가지고 있습니다."

그는 호소를 이렇게 마무리했다.

"한국에서의 일류대학은 이것이 마지막입니다."

대공포와 속사포의 역할 분담이 끝나면 질의와 응답의 차례. 학자들은 주로 포철과 주변 환경에 대한 궁금증을 내놓았다. 마스터플랜이나 대학의 성격에 대한 질문공세도 펼쳤다. 앞의 문제는 대공포가, 뒤의 문제는 속사포가 맏았다. 젊은 얼굴들은 이런 질문도 빼먹지 않았다.

"박태준 회장은 군대식으로 밀고 나가기 때문에 '쪼인트'를 깐다는 소문을 들었습니다. 혹시 학교에서도 그러지 않을까요?"

폭소가 터졌다. 대공포가 환히 웃으며 일어서야 했다.

"제철소에서는 안전사고가 발생하면 인명사고로 직결됩니다. 그래서 항상 정신을 바짝 차리고 있어야 합니다. 박 회장님은 문제가 보이면 책임자를 훈계하면서 주로 지휘봉으로 안전모를 치지만 경우에 따라서는 발을 쓰실 때도 있습니다. 사실은 안전화의 앞부분에 박힌 징을 목표로 삼는데, 그 순간에 상대가 피하려고 한 발짝 움직이면 빗나간 발길이 '쪼인트'를 맞추기도 합니다. 그래서 좀 와전된 것 같습니다. 방금 그 질문은 박 회장님의 그런 안전화와는 아무런 상관이 없는 것 같습니다."

다시 폭소가 터졌다. 속사포는 덤으로 나섰다.

"내가 경험한 박태준이란 사람은 소문으로 듣던 것과는 영 달랐습니다. 나에게 대학운영에 관한 전권을 일임했습니다. 나한테는 정말 편한 사람입니다. 한번 나를 믿더니 모든 것을 나한테 맡겼습니다. 그런 사람을 두고 군대식이니 독단적이니 하는 것은 이해하기 어렵습니다. 염려하지 마시고 이민을 오신 게 아니라면 조국으로 돌아갈 보따리를 꾸립시다."

어느 저녁의 설명회는 자정을 넘겼다. 질문과 질문이 꼬리에 꼬리를 무는 형국으로 이어졌던 것이다. 마지막으로 손을 든 젊은 학자가 자꾸만 빙빙 에두르는 질문으로 시간을 끌었다.

"무엇이 궁금하십니까? 어떤 내용이어도 상관없습니다. 편안하게 핵심을 말씀해주십시오."

대공포의 요청에 그가 용기를 냈다.

"한국에 있는 대학 두 군데에 이력서를 낸 경험이 있습니다. 그런데 두 대학에서 똑같이 교수가 되는 조건으로 5천만 원을 내야 한다고 요구했습니다. 포항공대에서는 얼마를 받을 생각이십니까? 솔직히 대답해주십시오."

대공포는 깜짝 놀랐다. 우리나라의 어떤 사립대학들은 그런 어처구니없는 짓을 저지르고 있다는 사실을, 그는 전혀 몰랐다. 포철에서 청춘을 바치고 포항공대 건설에 참여하면서부터 대학사회에 관심을 갖기 시작했으니 그런 정보에는 어두울 수밖에. 그래서 그의 첫 대답은 반문이었다.

"정말 그런 일이 있었습니까?"

"정말 한국의 그런 실정을 모르신단 말입니까?"

"정말 금시초문입니다. 그러나 명백히 밝히지만 포항공대는 그런 일이 있을 수 없습니다. 그것은 박태준 회장님의 명예훼손에 관한 소송거리가 될 것입니다."

10월 7일 저녁, 김호길과 이대공은 긴 여행의 마무리에 이르러 독일의 한 호텔에 여장을 풀었다. 이튿날 일정은 아헨공대 방문이었다. 그동안의 강행군에 성과가 있어서 그들은 기분이 좋았다. 이미 십여 명의 중진 학자들이 포항공대 설립에 참여할 의사를 밝힌 것이었다. 미국 해군 연구심의관 이정묵 박사, 재미과학기술자협회장 김동한 박사, 반더빌터대 교수이며 NASA 연구원인 이자현 박사, 로웰대 변종화 박사 등이었다.

두 사람이 담소를 나누고 있는데 뜻밖에도 박태준의 전화가 걸려왔다. 세계철강협회에 참석하려고 런던에 와 있다고 했다. 틀림없이 회장의 수행비서가 한국의 이대공 자택에 전화를 걸어 호텔 전화번호를 알아냈을 터.

"나는 여기 와서 버밍햄대 부총장을 방문했어. 좋은 대학을 제대로 알아둬야지. 그래, 어때? 우수한 교수들이 올 것 같아? 그게 제일 중요해."

"아직은 두고 봐야 알겠습니다만, 열심히 설명했고 반응들은 좋은 편입니다."

이대공은 앞지르는 보고를 삼갔다.

"주로 무슨 질문이 많아?"

그가 이번엔 주저 없이 털어놓았다.

"근무조건이나 생활환경에 대한 궁금증이 많았습니다만, 회장님께서 교수들한테도 쪼인트를 깔 거냐는 질문도 있었습니다."

도버해협 건너편에서 웃음소리가 날아들었다. 이대공도 따라 웃었다.

"그래서 뭐라고 했어?"

"그런 일은 절대 없을 거라고 안심시키려고 아주 자세히 설명했습니다."

그는 '박태준의 쪼인트'에 대해 설명회에서 들려준 내용을 고스란히 재방송했다. 서로 콸콸 웃음을 쏟아내는 격의 없는 통화가 20분쯤 계속되었다. 그런 모습을 곁에서 빠짐없이 지켜본 김호길이 즐겁게 고개를 끄덕였다.

"That's it! 참 좋은 장면을 봤습니다. 회장과 상무이사가 그렇게 허심탄회한 대화를 한다는 것을 방금 처음 알았습니다. 그렇게 커뮤니케이션이 원활하게 이루어지고 있는데, 박 회장을 보고 사람들이 독불장군이라 하거나 완력과 힘으로 밀어붙이는 것으로 잘못 알고 있는 것 같습니다."

김호길의 이 즐거운 발견은 좀처럼 바래지지 않는다. 포항공대가 자리를 잡은 다음에도 그는 어쩌다가 동료 교수들에게, "그날 독일 아헨에서 박 회장과 이 본부장이 통화하는 모습을 옆에서 지켜보면서 포항공대가 성공할 것이라는 확신을 가졌습니다. 박 회장의 인간적인 일면을 보았던 거지요. 새삼 사람에 대한 신뢰가 생겼고, 그래서 포항공대도 포철처럼 애초의 뜻대로 잘 성장할 것이라는 믿음을 가지게 되었습니다."라는 고백을 하곤 했다.

포항공대를 탄생시켜야 하는 두 실무책임자가 미국대륙과 유럽대륙의 저명한 대학을 순방하는 동안, 이미 '한국 대학사의 새 지평'은 열리고 있었다. 물론 그들 앞에는 섣불리 속단할 수 없는 문제도 기다릴 것이었다.

우수한 교수들이 선진국 생활을 청산하고 후진국인 조국으로, 게다가 서울도 아닌 동해안 변방의 영일만으로 날아올 것인가? 대학의 학생선발이 전기와 후기로 분리되어 신설대학은 무조건 후기가 되어야 한다는 문교부의 이상한 규칙을 어떻게 뛰어넘을 것인가? 일정한 객관적인 조건을 통과한 소수정예의 이공계 학생들에게만 지원자격을 부여하겠다는 아이디어는 어떻게 실현할 것인가? 모든 시설을 개교일 이전에 완비할 수 있겠는가?

대충 네 가지만 꼽아보아도 어느 하나 호락호락하지 않은 난관이었다. 그러나 포항공대건설본부도 호락호락하지 않았다. 박태준의 강력한 의지와 풍부한 인맥, 무에서 유를 창조한 포철의 실력과 경험, 김호길과 대학건설본부의 뜨거운 사명감, 최고 공과대학을 설립하기 위한 튼튼한 재력, 그리고 동시대인을 공감시킬 수 있는 확실한 대의명분.

포항공대가 탄생과 성장의 과정에서 겪는 난관과 극복은 1986년부터 가끔씩 삽화로 만나는 것이 좋을 듯하다. 다만 주목할 만한 하나는, 이러한 난관들을 돌파하기 위한 도전자들의 기반은 두말할 나위 없이 '박태준의 포철'이라는 점이다. 만약 그의 위치가 흔들리거나 포철이 흔들린다면, 포항공대의 꿈은 형체를 갖추기 전에 파괴될 것이다.

1985년 11월 19일 박태준이 포철 근로자 대표, 기성·기성보들과 만난 자리에서 고충을 털어놓았다.

"우리가 어렵게 이룩한 현재의 위치도 기술개발을 소홀히 하고 끊임없이 경쟁력을 강화하지 않으면 하루아침에 무너지고 말 것입니다. 현재 우리 회사가 당면한 가장 큰 과제는 기업 선진화와 국제경쟁력 향상을 위한 연구, 기술개발능력의 확보라는 것이 나의 판단입니다. 우리 회사가 몸체만 계속 비대해지고 두뇌는 왜소한 공룡같이 되어 결국은 스스로의 체중조차 감당하지 못하고 쓰러져버리지 않을까 하는 걱정도 했습니다."

수성(守成)을 걱정하는 박태준의 토로는 기술개발과 국제경쟁력에 초점을 맞추고 있었다. 두 가지를 수성의 중요한 요인으로 강조하는 그의 마음에는 포철이 포항공대를 세워야 하는 당위성을 설명하는 뜻도 담겨 있었다. 그는 이제 정치적 외풍을 염려하지 않았다. 그럴 만했다. '포철의 울타리'를 자임한 그를 흔들 만한 정치적 풍향은 잠잠했다. 어느덧 대역사의 한복판으로 뛰어든 지 18년째, 봄볕을 닮은 기운이 그를 에워싸는 듯했다. 실제로 온갖 영광이 광양만 제1기 건설공사와 영일만 포항공대 설립을 순조롭게 밀고 나가는 박태준의 삶을 향하여 다가오고 있었다. 거대한 자석에 이끌리는 빛나는 훈장처럼 그렇게, 그도 모르는 사이에.

1986 | 1989

영광의 계절들

태극기와 자폐

1986년 새해에 박태준은 태평양을 건너갔다. 미국 동부에는 포항공대의 장래와 관련된 자리가, 미국 서부에는 뿌듯한 서명식이 기다리고 있었다.

1월 11일과 12일에 걸쳐 뉴욕 파크레인호텔에서 열리는 간담회에는 미주지역 한인 중진과학자 열두 사람이 부부동반으로 참석했다. 초청의 주체는 포항공대 설립자인 포철 회장 박태준이었다. 그는 이 만남에서 아직 망설이는 초대 손님들을 포항공대 주임급 교수로 끌어오는 강력한 자석이 되어야 했다. '부부동반 초청'은 그의 생각이었다. 남편이 마음을 내봤자 아내가 반대하면 이삿짐을 꾸릴 수 없게 되니까.

쟁쟁한 교수들이 모였다. 산업공학의 함인영, 기계공학의 이정묵·염영일, 화학의 변종화·김동한, 물리학의 최상일, 전자공학의 장수영, 수학의 이정림, 제어계측의 최준호, 재료공학의 유기창 등. 토의는 활발하게 진행되었다. 김호길과 대학건설본부가 세운 포항공대의 구체적 청사진, 교수들의 대우문제, 강의와 연구에 관한 사항들……

박태준은 토의의 결론을 완전히 수용하였다. 그의 약속은 곧 그의 실천이란 소문을 들어온 교수 부부들은 의심하지 않았다. 이 간담회에서 교수 예우에 관한 몇 가지 원칙들이 정해졌다. 모든 면에서 한국의 어느 대학보다 좋은 조건이었다. 기업 자문은 1주일에 하루만 허용한다는 것도 포함되었다.

당연히 동석했던 김호길은 한층 더 힘을 얻어 지난해 9월에는 미처 방문하지 못했던 지역으로 날아갔다. 그의 단독 교수초빙 활동은 19일까지 펜실베이니아, 노스캐롤라이나, 오크리지, 디트로이트, 콜로라도 지역을 순방하며 한국인 과학자 120여 명과 만나게 되었다.

1월 19일 박태준은 미국 대륙을 횡단해 샌프란시스코에 내렸다. 피츠버그시 냉연공장을 찾은 그는 유에스스틸 회장 로데릭과 나란히 앉아 '합작 운영 기본계약서'에 서명했다. 합작회사 탄생의 마지막 절차. 84년 11월 하순 로데릭의 포철 방문으로 물살을 타기 시작한 양사 '합작사업' 협상이 일 년 남짓 밀고 당기며 다다른 종점. 사무실 책상 위에 태극기와 성조기가 교차로 꽂혀 있었다. 가장 콧대 높은 미국 철강기업을 파트너로 꿰차고 미국 진출의 교두보를 확보한 박태준의 가슴엔 희열이 고여 있었다. 포철을 세계 최고 제철소로 만들겠다는 이상의 실현이 가능해지는 뚜렷한 증거 앞에서 그는 개인적 감회에 젖기도 했다. 30년 전 처음 샌프란시스코에 왔을 때 주눅 들지 않으려고 안간힘을 썼던 기억이 떠올랐다. 오랜만에 손수건만 한 태극기가 큼직하고 선명하게 보였다.

미국 철강의 지존에게 융숭한 대접을 받고 포항으로 돌아온 박태준. 포항공대의 핵심적 자원인 '우수 교수들'을 초빙하기 위한 가장 확실한 자석이 되어야 할 그의 자력은 넉넉했다. 뉴욕 간담회에 참석했던 대다수가 포항으로 이사하겠다는 결정을 내렸다. 그것은 멀리서 가까이서 크고 작은 영광들이 '박태준의 자석'에 이끌려 다가오고 있다는 신호이기도 했다. 정작 주인공은 못 느끼고 있었지만.

1986년 2월, 한국의 민주화운동은 '대통령직선제 개헌운동'으로 막을 올렸다. 그들의 정치적 거점은 제도권의 신한민주당과 재야의 민주화추진협의회였다. 그들의 정치적 코드는 김영삼과 김대중에 꽂혀 있었다. 두 김은 그물에서 풀려나 있었다. 민주화를 요구하며 단식으로 저항하여 지도력을 크게 인정받은 김영삼, 이른바 '내란음모사건'으로 사형선고를 받았으나 석방되어 미국으로 건너갔다가 한국으로 돌아온 김대중. 장차 서로 협력하든 경쟁하든 배반하든 정치적 운신의 자유를 확보한 두 김은 개헌운동의 들불에 불씨를 놓는 자리에서 '민주주의를 위하여'라는 대의의 깃발 아래 굳은 포옹을 나누었다. 신한민주당과 민추협이 동지적 관계를 맺은 것처럼 함께 '대통령 직선제 개헌 1천만 명 서명운동'에 돌입했다.

때마침 민주주의의 토대로 형성될 '중산층 확대'의 청신호가 켜지고 있었다. 저유가·저금리·저물가란 '3저 현상'이 지속되면서 경기가 크게 살아났다. 수출의존도가 높은 한국경제에 도약의 기회가 왔다. 무역흑자시대로의 진입은 화이트칼라를 민주화의 동력으로 전이시킬 가능성을 높이고 있었다. 역설적이게도 박정희가 사라진 뒤 '박정희의 경제'에 민주주의의 코드가 꽂히는 셈이었다.

1980년대의 개막과 더불어 '경제와 민주주의'의 혹독한 시련과 고난을 헤쳐 나온 한국은 1986년 새봄부터 마치 새봄을 기념하듯 '경제와 민주주의'에 똑같이 '봄바람'을 맞고 있었다. 포철은 80년대 들어 연평균 15% 증가추세로 성장하는 스테인리스강판 수요에 대비한 영일만 설비증설계획을 정부에 제출했다. 광양만에는 한창 1기 설비들의 골격이 올라가고 있었다. 여의도에서 벗어난 박태준은 광양만의 대역사를 진두지휘하면서 포항공대 개교준비 상황을 점검하고 이따금 교육현장을 찾기도 했다. 그가 86년 2월 7일 포항제철고등학교 졸업식에 참석한 것도 정치현장에서 몸을 빼낸 덕분이었다. 그는 누구보다 '교육의 중요성'을 강조해온 어른으로서 시상도 하고 축사도 했다.

1986년 4월 1일, 포철 창립 18주년을 맞는 이날 오전 9시, 19세기 후반의 카네기 시대부터 세계 철강의 메카로 군림해온 유에스스틸, 그 산하의

UPI 준공식장에서 전 미국 대통령 포드와 나란히 앉은 박태준

피츠버그시 냉연공장 본관 앞 국기게양대 꼭대기엔 태극기와 성조기가 휘날리고 있었다. 그것은 박태준과 로데릭이 서명한 문서에 따라 포철과 유에스스틸이 합작한 'UPI(Uss-Posco-Industries)'의 탄생을 알리는 상징이었다. 합작비율은 50대 50, 자본금은 1억8천만 달러. 현지 사정을 고려해 사장은 유에스스틸측에 양보하고, 수석부사장은 포철 창업요원인 여상환을 선임했다. 철강기업의 후발주자인 포철이 세계 최고 전통의 유에스스틸과 동등한 비율로 합작한다는 사실과, 합작규모가 철강업계에서 유례를 찾을 수 없을 정도로 크다는 점에서 국내외 비상한 관심이 쏠렸다. 그 태극기는 포철과 박태준에게 영광의 깃발이었다.

그러나 UPI의 출발선 앞에는 가파른 오르막길이 기다리고 있었다. 미국 철강노조였다. 그들은 이미 지난해 연말부터 '합작이 성사되면 미국 내 다른 철강업체에 값싼 외국산 철강 반제품을 수입하는 길을 터놓게 된다'는 이유를 내세워 여전히 '합작'을 반대하고 있었다. 성이 '여'이고 포철 내에서 언변 좋기로 두루 알려져 별명이 '여포'인 여상환을 UPI의 포철 대표로 결정한 박태준. 그의 머리는 '조만간 부닥치게 될 노조와의 첫 고비'에서 그가 좋은 수완을 발휘할 것이란 기대감도 담고 있었다.

기분 좋은 4월에 박태준은 로마에서 세계 철강업계 지도자들과 회동했다. 세계철강협회 이사회. 회의를 마친 그는 가벼운 일정으로 런던에 들러 아주 특별한 저녁약속을 잡게 되었다.

그때까지도 박태준의 뇌리엔 여전히 한 영국인의 이름이 압정으로 박혀 있었다. 포철이 태어난 1968년에 IBRD의 철강산업 분석담당 실무책임자로「1968년도 한국경제 평가보고서」에 '한국의 외채상환 능력과 산업구조를 볼 때 일관제철소 건설은 시기상조'라는 내용을 기록함으로써 KISA를 해체시키는 결정적 역할을 맡았던 자페. 백인들의 강건한 강철다리들이 '신생아' 포철을 미련 없이 걷어차게 만드는 근거를 제공했던 그 악연의 영국 사나이를 박태준은 갑자기 몸에 좀이 쑤시도록 만나고 싶어졌다. 짓궂은 마음이 꿈틀거리기도 하고, 그의 근황이 궁금하기도 하고, 늠름한 포철을 자랑하고 싶기도 했다.

자페의 거처를 수소문하는 임무는 포철 이사 한영수가 맡았다. IBRD는 퇴역한 일꾼의 연락처를 알고 있었다. 자페는 런던에서 컨설팅회사를 운영하고 있었다.

낯선 한국인이 포철에 근무한다는 신원을 밝히자, 자페는 깜짝 놀라며 맨 먼저 귀사의 최고경영자는 어떻게 지내느냐고 물었다. 한영수의 느낌엔 아무래도 자페가 포철 회장에게 미안한 감정을 품고 있는 것 같았다.

박태준 일행과 자페는 저녁 6시 런던의 '팡스'라는 중국식당에서 만났다. 그는 동행자들에게 미리 주의를 내렸다. 옛날의 일로 상대의 기분을 다치게 하지 말 것.

박태준의 가벼운 대화에 자페도 긴장을 풀었다. 즐거운 식사를 거의 마친 즈음에야 그가 웃는 얼굴로 자신의 뇌리에 박혀 삭을 줄 모르는 압정을 살며시 건드렸다.

"상당히 오래된 이야기입니다만, 한 가지만 질문해도 될까요?"

"좋습니다."

"1968년 IBRD는 당신이 제출한 보고서에 담긴 권고안을 따랐습니다. 그래서 포철에 대한 융자를 거절하고 대신 브라질에 주었지요. 오늘날 브라질의 그 제철소는 생산량 400만 톤 수준에 머무르고 있는 반면, 포철의 생산량은 곧 1천200만 톤을 넘어섭니다. 18년이 지난 오늘날, 한국과 브라질에 대한 당신의 판단을 돌이켜볼 때 어떻게 평가하시겠습니까?"

"당연한 질문이라고 봅니다. 나는 그때 종합제철소를 건설하고 운영하는 데 고려해야 할 요소인 내수규모, 기술수준, 원자재공급 가능성, 신인도, 시장성 및 기타 조건을 철저하고도 공정하게 분석했습니다. 그 분석에 따라 반대했습니다. 제가 보고서를 잘못 쓴 것은 아니었습니다. 지금 다시 쓴다 해도 똑같이 쓸 것입니다."

박태준은 잠자코 듣고 있었다. 자페가 미소를 머금었다.

"그런데 그때 나는 간과한 것이 하나 있었습니다. 그것은 바로 당신이었습니다. 당신이 상식을 초월하여 그 프로젝트를 잘 이끌었기 때문에 성공시켰습니다. 나는 그때 한국에 당신이 있다는 사실을 고려하지 못했던 거지요."

자폐가 잔을 들어 경의를 표했다. 그는 치하를 겸손히 받았다.

"사람들은 어려운 환경 속에서도 순수한 의지만으로 어떤 일을 이룰 때가 있지 않습니까? 그때 우리는 매우 어려웠지만 우리 포철 종업원들은 사명감으로 똘똘 뭉쳤습니다. 바로 그 힘이 상식을 초월하게 만들었습니다. 1988년에는 서울에서 올림픽이 열립니다. 그때 당신을 초청하고 싶습니다. 우리 회사도 한 번 방문해주셔야지요."

"감사합니다."

박태준은 뇌리의 그 압정이 쑥 빠지는 느낌이었다. 자폐가 환히 웃고 있었다.

봄의 길목에 사과나무를 심다

1986년 6월 포항공대건설본부는 '전기 모집'과 '소수정예 모집'을 얻기 위해 문교부 당국과 씨름을 벌이고 있었다. 신설대학은 '후기'로 해야 한다는 장벽을 넘지 못하거나, 학력고사에서 280점 이상(최상위권 2.4% 이내) 받은 수험생에게만 지원자격을 허용하겠다는 원칙을 관철하지 못한다고 하자. 포항공대가 추구하는 '세계적 연구중심대학'과 '소수정예의 이공계 인재양성'이란 건학목표는 출발선에서 좌절될 것이었다. 이 보고를 받은 박태준의 결정은 확고했다.

"후기모집 대학이 되어서 평범한 대학으로 전락해야 한다면 대학설립계획 자체를 재검토하겠다. 만약 지원자가 미달하거나 한 사람도 없는 사태를 맞이한다면 그때는 교수들 중심으로 연구만 하겠다."

김호길은 박태준의 강경한 태도가 오히려 반가웠다. 세계적 연구중심대학을 설립하겠다는 이상에 대한 설립자의 집념을 새삼 확인한 것이었다. 그는 이대공과 함께 부지런히 문교부를 드나들고, 박태준은 도움을 줄 수 있는 인맥을 동원했다. 이런 노력이 문교부 장관과 관료들의 '포항공대의 이상과 포부'에 대한 공감으로 나타났다. '대학정책의 낡은 가이드라인을 특별히 손질할 용의가 있다'는 뜻이었다. 시급한 과제는 문교부가 공감하는 그것을 사회적 공감대로 형성하는 일이었다. 여기엔 무엇보다 언론의 도움이 있어야 했다. 여름이 밀려드는 6월의 서울에서 김호길과 이대공은 문교부 출입기자들을 만나고 신문사와 방송사를 찾아다니며 포항공대 전도사 역할을 수행했다. 포철 서울사무소의 홍보담당 윤석만과 조용경도 가세했다. 이들의 끈덕진 노력이 7월부터 결실을 거두었다. KBS TV, 경향신문, 신동아, 과학동아, 주간조선 등이 잇따라 포항공대의 당찬 청사진과 포부를 다뤘다. 이 기사들을 대학건설본부는 포항공대의 주요소식과 더불어 고스란히 월간 《포항공대소식》에 담았다. 1986년 1월에 창간된 그것은 전국 각 고등학교의 자연계 상위 10% 이내 학생과 해외 교수들에게 발송되고 있었다. 이제 문교부의 인가가 떨어지기만 하면 '280점 이상만 지원할 수 있다'는 사실도 재빨리 그들 모두에게 빠짐없이 알릴 계획이었다.

　대학건설본부가 '세계적 연구중심대학'의 첫발을 성공적으로 내디디기 위한 만반의 태세로 전진하고 있는 여름, 박태준은 광양제철소 2기 설비 종합착공을 위한 막바지 단계를 점검하고 있었다. 당초엔 1987년 3월에 착공한다는 계획이었으나 1990년의 철강재 공급부족이 700만 톤에 이를 것으로 예상되어 착공을 다섯 달이나 앞당긴 이 건설에 소요될 투자비는 내자 6천762억 원과 외자 2억3천637만 달러를 합쳐 9천344억 원으로 잡혔다. 이미 포철에게 차관 조달은 아무런 문제가 아니었다. 84년 2월부터는 외국금융기관이 먼저 좋은 조건을 내밀고 있었다. 그것은 박태준과 포철이 국제적 신인도를 최고 수준으로 확보한 덕분이었다.

　'직선의 레이아웃'으로 '공기단축'과 '완벽시공'을 다짐하면서 한창 완공의 고지로 치닫고 있는 광양만 1기 옆에다 1기와 똑같은 연산 270만 톤 규모의 2기 건설을 준비하는 포철 사내들. 그들의 빛나는 영광 뒤에는 '기술력'이 있었다.

제철설비를 공급하는 한국의 중공업 업체들은 이제 간신히 '국산화 비율 50%'를 넘어서려 했다. 그나마 설비 국산화를 선도하면서 한국 중공업의 성장을 유도하고 견인하려는 포철의 정책적 혜택을 입고 있었다. 포철은 광양 2기 설비의 국산화 비율을 1기보다 6% 높여 55.4%로 잡았다. 남은 문제는 한국 업체들의 실력이었다.

이 여름에 포철 내부에는 삼삼오오의 수군거림이 있었다. 포항공대에 너무 많은 투자를 하는 거 아니냐. 우리에게 돌아와야 하는 대가가 엉뚱한 데로 다 빠지는 거 아니냐. 이러한 종류였다. 박태준은 임원간담회의에서, 정돈된 회장의 발언이 직원들에게 공람되는 그 자리에서 엄격히 직격탄을 날렸다.

"이번에 회사의 사운을 걸고 시작한 포항공대 설립 사업에 관해 당장 눈앞에 닥친 문제만 집착한다면 다소간 오해의 소지가 있다고 생각합니다. 고생 끝에 얻은 성과가 우리에게 돌아오는 것이 아니라 다른 데에 쓰이는 것이 아닌가 하는 의구심이 발생할 소지가 있다는 것입니다. 그러나 포항공대는 회사 백년대계를 좌우하는 구심점이 되고 회사 발전과 국가산업 발전에 기여하며 과학영재를 길러내는 대학이 되어야 합니다. 지금 당장의 이윤추구가 아니라 먼 훗날을 위해서, 국가 장래를 위해서 큰 힘이 된다고 하는 확신을 우리 스스로 가져야 하며, 특히 간부들이 이에 대한 소신을 가져야 합니다."

며칠 사이에 수군거림이 잦아들었다. 거꾸로 공감대가 더 널리 형성되었다. 그래, 우리 회장님은 역시 그런 거지. 조상의 혈세로 시작했으니 우리 회사는 민족기업으로 커나가야지. 삼삼오오는 이런 반응들을 술잔에 담았다.

9월 30일 포철은 광양2기 종합착공식을 거행했다. 앞으로 여덟 달이 더 지나야 광양만에선 영일만처럼 '일면 조업, 일면 건설'의 시대가 열릴 예정이었다. 이때 포항의 대학건설본부는 출발선으로 가는 길목을 가로막고 있던 거대한 바위 덩어리를 한쪽으로 밀어내는 고역에서 벗어나 있었다.

개설학과·모집시기·지원자격에 대해 문교부가 포항공대의 원안대로 승인을 내렸던 것이다. 박태준은 메모로 대학건설의 공기단축을 지시했다. '당초 계획을 앞당겨 11월 말까지 건축공사와 기자재설치를 완료하고, 입학식 때까지 3개월 동안 최종점검과 보완을 실시할 것.'

그의 이 판단이 어떤 역할을 할지, 대학건설본부의 건설담당요원들은 고개를 갸웃거렸다. 제철소의 공기단축은 원가절감으로 직결된다지만, 대학의 공기단축은 무슨 의미인지 알쏭달쏭했다.

포항공대 건설 완공일은 12월 30일에서 11월 30일로 수정되었다. 기자재설치 완료일도 1987년 2월 28일로부터 석 달 앞당겨졌다. 개교기념일은 12월 3일로 잡혔다. 방법은 하나였다. 콘크리트 양생기간·마감공사·조경공사에 소요되는 절대시간을 계산하여 영일만에서 '갈고 닦고 쌓은 실력'으로 남은 40일 동안 '돌관공사'를 감행하는 것.

포항공대 개교식이 하루 앞으로 다가왔다. 최후의 문제는 조경공사였다. 박태준에게 '나무가 많지 않은 캠퍼스'란 상상조차 할 수 없는 일이었다. 이대공은 모든 인력의 총동원을 명령하여 철야작업에 들어갔다. 마침 조경회사는 최고 수준을 자랑하고 있었다. 1971년 이래로 포항과 광양에 '숲속의 주택단지'를 가꾸는 일에 앞장서온 홍대원, 그가 두 팔을 걷었다.

한국 대학사에 새 지평이 열리는 아침에 출근길의 김호길은 눈이 휘둥그레지고 말았다. 하룻밤 사이에 잔디를 다 깔고 나무를 다 심다니, 아무래도 전형적인 전시행정의 속임수 같았다.

"이 본부장, 아무래도 조경공사는 눈속임 같아요."

"그렇게 보십니까? 포철의 사전에 부실공사란 말은 있을 수 없습니다. 조경공사는 지극히 정상적으로 완성된 일입니다."

이대공의 답변은 홍대원의 다짐을 되풀이한 것이었다. 그 대답의 진실성은 잔디와 나무에 맡겨졌다.

1986년 12월 3일 오전 10시 30분. 엊그제 대청소를 마친 깔끔한 포항공대 강당에서 성대한 개교식이 열렸다. 국내외 800여 내빈과 언론 앞에서 박태준은 "우리나라 산업이 선진대열로 웅비하기 위해서는 자주과학, 자립기술의 기반을 갖추는 것이 무엇보다도 선결과제"라 규정하고 "앞으로 포항공대가 숭고한 건학이념을 완수할 수 있도록 필요한 지원을 다해나갈 것"을 분명히 약속했다. 김호길도 "해가 뜨는 동쪽을 향하여 먼 장정을 이룩한 조상들의 끈기와 진취적 태도로 자연탐구에 임할 것이며, 금속활자와 거북선을 만들었던 창의성으로 기술발전에 임할 것"을 굳게 다짐했다.

포항공대 개교식은 한국 언론의 집중적인 조명을 받았다. 그것은 학력고사 최상위권 2.4% 이내 지원자만 받으려는 포항공대의 원칙이 첫 해부터 달성될 것이란 예감을 낳았다. 대학설립본부는 모든 자료를 집대성한《포항공대소식》을 지체 없이 전국의 우수 고교생 앞으로 발송했다. 전기모집 대학의 원서접수 마감은 1987년 1월 8일이었다.

이 지점에서 첫 신입생을 모집하는 포항공대의 '결정적 지원세력'은 셋이었다. 대학건설의 공기를 한 달 앞당기고 기자재설치 완료를 석 달 앞당

대학건설 현장에 들러 관계자들을 독려하는 박태준

긴 결정, 그래서 12월 3일 개교식을 거행한 것, 그리고 개교식 이전에 해외의 우수 교수들을 충분히 초빙해온 것. 만약 박태준이 공기를 한 달 앞당기지 않았더라면, 만약 그의 지시를 이대공과 대학설립 요원들이 뒷받침하지 못했더라면, 만약 김호길이 해외의 동지들을 제때 포항으로 불러모으지 못했더라면, 포항공대는 첫 해부터 '충분한 수험생'을 받기 어려웠을 것이다.

'모든 것을 최고 일류로 갖춰 문을 열게 될 것'이란 미래형 소문과 '모든 것을 최고 일류로 갖춰 문을 열었다'는 현재형 소식, 이 둘의 차이에 대해 인간은 '불확실성과 확실성'의 차이에 대한 것만큼이나 분명히 다른 반응을 나타낸다. 과학·공학의 두뇌가 발달한 인간은 더욱 그렇다. 그러니까 애초의 일정을 앞당기는 결정을 내리지 않았더라면 대학건설본부는 늦어도 '1월 8일'까지 진로를 결정해야 하는 '이공계 우수 수험생'과 그들의 부모에게 '완벽하게 준비된 현재형의 포항공대'를 제대로 홍보할 여유를 얻지 못했을 테고, 이것은 첫 해의 고난으로 이어졌을 가능성이 높다.

1987년 1월 8일 오후 6시, 박태준·김호길·이대공, 그리고 포항공대 설립요원들은 저마다 웃음꽃을 피웠다. 9개 학과 249명 모집에 총 543명이 지원하여 평균 2.18대 1의 경쟁률을 보였다. 학력고사 300점 이상의 지원자만 94명을 헤아렸다. 그들은 술잔을 높이 치켜들었다. 새로운 영광을 창조하기 위하여!

박태준에게 '포항공대 교수'로 넣어 달라는 청탁이 들어왔다. 상대는 매정하게 거절하기 어려운 정계의 권력자였다. 그는 아무런 설명을 달지 않고 이력서만 김호길 총장에게 넘겼다. 곧 반려되었다. '점수 미달'이란 딱지를 달고서……. 포철의 설비구매 방식에 비유하자면, 입찰경쟁에서 탈락한 셈이다. 박태준은 기분이 좋았다. 인사청탁을 거절할 좋은 부적이 생긴 거나 마찬가지였다. 이후로도 여러 건이 들어왔지만, 박태준은 번번이 똑같이 답했다.

"우리 총장은 내 말도 안 듣는 사람이오. 총장에게 이력서를 내보세요."

1987년 이른봄의 정치적 지형도는 '겨울의 세력'과 '새봄의 세력'이 정면대결 양상으로 마주 다가서고 있었다. 이때 '봄은 화염병으로부터 온다'고 절규한 시인이 있었지만, 그해 한국의 봄은 분노한 시민들의 가슴으로 들어와 있었다. 1월 14일 발발한 '박종철 고문치사 사건'. 한 대학생의 죽음은 시나브로 시민들의 가슴으로 들어가 '봄'을 위한 분노로 부활할 준비를 거치는 중이었다. 어느덧 넥타이를 늘어뜨린 샐러리맨도 술자리에 앉으면 비탄의 유행어처럼 "뭐? '턱' 하고 책상을 치니 '억' 하고 숨이 넘어갔다? 이게 말이나 돼!" 하는 대화를 나누며 주먹으로 죄 없는 탁자를 치고 있었다. 그 주먹들이 아스팔트의 광장으로 몰려나오기만 한다면, 바야흐로 민주화운동은 70년대부터 꾸준히 쌓아올린 '패배의 탑' 정상에 올라 승리의 봄기운을 맞이할 것이었다.

겨울이 밀려나는 절기에 포철은 광양제철소 1기 종합준공 카운트다운에 돌입하고 명실상부한 '1사2소 체제'를 출범시켰다. 예산·원가·자산관리의 전산시스템을 포항과 광양으로 분리했다.

포항공과대학교 전경

때마침 포철의 앞마당에 낭보가 떨어졌다. 해를 넘기며 무려 198일이나 끌어온 UPI노사협상이 타결되었다는 것. 주요 내용도 좋았다. '고용계약 기간은 5년으로 한다. 연대투쟁을 하지 않는다. 어떤 경우에도 조업은 계속한다.' 크고 작은 액세서리도 예쁘게 달렸다. '정례적으로 경영설명회를 개최한다. 사원의 생일을 가족의 날로 제정하고, 사원 가족들의 애사심을 고취하고, 모범사원 부부는 한국 등 해외로 여행을 보낸다.'

좋은 일들이 춘신처럼 뒤를 이었다. 3월 3일 세계적 석학들이 포항시 효자동 포항공대에 모여들었다. 포항공대와 자매결연한 해외 대학의 대표들로서 캘리포니아공대 학장 칼 피스터, 카네기멜론대 부총장 안젤 조르단, 임페리얼대 부총장 찰스 펠프스, 버밍햄대 물리학과장 드르골리, 꽁삐엔느대 부총장 모리스 젤루스 등이었다. 국제회의는 양일에 걸쳐 진행되었다. 이어서 5일 오전 11시, 드디어 포항공대 강당에 1천500명이 모였다. 감격적인 제1회 입학식. 먼저 김호길 총장이 말했다.

"포항공대의 사명은 우리나라의 선진화와 문명화를 앞당기고, 인류복지에 이바지하는 데 있습니다. 영일만은 지구의 한 구석이지만 오대양 육대주의 어디에든 닿을 수 있습니다."

다음에 박태준 설립자가 말했다.

"이 학교는 '다음 세대의 행복과 다음 세기의 번영'을 기업이념으로 하는 우리 포철이 지난 19년 동안 열과 성을 다 바쳐 이룩한 정신적·물질적 노력의 정화(精華)이며, 미래사회의 지도자 양성이라는 대학 본연의 임무와 함께 국가산업 발전을 선도할 고급두뇌 육성이라는 막중한 사명을 띠고 있는 국민적 소망의 결정체입니다."

그는 포항공대 첫 신입생들을 "용기 있는 선택을 내린 젊은 인재들"이라 불렀으며, 감사의 선물을 안기듯 아낌없는 지원을 천명했다. 그는 알고 있었다. 그 말의 실천이 곧 자신의 사명을 다하는 길임을. 그는 생각하고 있었다. 조상의 혈세(일제식민지 배상금)가 세계적 기업으로 성장한 포철 창업의 큰 밑천이었고, 그것을 모유처럼 먹고 성장한 포철이 포항공대를 낳았으니, 세계 최고의 연구중심 이공계 대학을 추구하는 포항공대는 이 나라 과학기술의 희망찬 미래를 열어가야 할 사명을 타고났다고. 그는 확신하고 있었다. 그것이 포항공대의 운명이며 존재의 이유라고.

포항공대 입학식을 성황리에 마친 박태준은 '산·학·연 유기적 협력체제를 갖추겠다'는 약속을 실현하는 자리로 걸음을 옮겨갔다. 3월 27일 포항공대 본관 맞은편에서 '재단법인 산업과학기술연구소(RIST, 현 포항산업과학연구원)' 창립식이 열렸다. 누가 무어라든 그는 내일 지구의 종말이 와도 오늘 한 그루의 사과나무를 심겠다는 생각이었다.

서울의 봄, 포철의 봄

위태위태한 격동의 전환기에 한국 과학기술의 미래를 위해 '두 그루 사과나무'를 심은 1987년 봄날, 박태준은 일찍부터 생각하고 약속해온 '사원지주제'를 도입하려는 실질적 조치를 실행하고 있었다. 3월 포철 정기주주총회에서 총 발행주식의 10%까지 사원들에게 배정할 수 있도록 결의한 데 이어, 증권학회 교수들과 관계 전문가들로 구성된 연구팀에게 사원지주제 시행계획에 관한 연구용역을 의뢰했다.

본디 그는 1985년 9월 '사원지주제'를 정부에 건의했다. 총 발행주식의 20%까지 사원들에게 배정할 수 있게 해달라는 안이었다. 그러나 시기도 규모도 묵살했던 정부가 포철의 기업공개(민영화)를 논의하기 시작한 것은 1986년 초. 일 년쯤 솔솔 연기를 피우더니 1987년 초 박태준의 최초 안에서 절반을 줄인 규모로 수용했다. 그런데 포철 주총 뒤부터 어딘가 미심쩍고 야릇한 쪽으로 기울고 있었다. 그는 긴장하지 않을 수 없었다.

3월 25일 드디어 재무장관이 청와대 경제장관회의를 마치고 나와 '금융산업 개편과 주식시장 안정화 방침'을 밝혔다. 과열된 증시를 안정시키기 위해 우량주식의 공급이 필요한데, 시중은행이 보유한 포철 주식을 새로 개설되는 장외시장에서 입찰방식을 통해 매각할 방침이라고 했다.

박태준은 경악했다. '포철의 울타리' 노릇을 자임한 자기 능력의 한계를 시험할 사안이었다. 그러나 그는 국회의원도 아니었다. 통치권력의 핵심부는 포철 같은 데 관심을 기울일 여력이 없는 상황이었다. 이기느냐 지느냐, '새봄의 세력'과 정권의 생명을 건 최후 대결에 몰입하고 있었다.

박태준은 침착하게 일의 선후를 정했다. 진의 파악, 총력 홍보전, 그리고 여의치 않을 경우에 대통령과의 직접 담판. 그의 이 결심에 따라 맨 먼저 포철 임원들과 홍보팀이 분주해졌다. 정부의 인맥을 모조리 건드린 그들의 결론은 심각했다.

포철을 인수하는 재벌이 곧 재계의 정상에 오른다는 것은 재론의 여지가 없었다. 재벌로서는 어떤 대가를 치르더라도 시도해볼 충분한 가치가 있었다. 더구나 입찰로 주식을 매각하는 장외시장에는 어차피 정부가 지명한 소수 기관투자가, 즉 재벌 대리인 역할의 증권회사나 종금사들만 참여하게 된다. 여기서는 정부의 마음먹기에 따라 입찰가격을 조작할 수 있으며 얼마든지 '검은 돈'도 조성할 수 있다. 포철의 용역을 수행하는 대한증권학회의 연구교수들도 정부 당국자들과의 접촉에서 '수상쩍은 낌새'를 맡았다. 3월 28일 저녁 신라호텔 중국관에서 증권학회 연구교수들의 '포철 사원지주제' 용역조사 중간보고회가 열렸다. 고려대 김희집 교수, 책임 연구원 임익순 교수, 심병구 교수, 그리고 김상원 변호사 등 연구진 일곱 사람이 나왔다. 이 자리에 특별히 포철 홍보 실무자들까지 배석시킨 박태준은 보고회를 마친 다음에 그들을 따로 남게 했다. '진의 파악'이 되었으니 다음 차례는 총력의 홍보전이었다.

"우리가 정부를 상대로 싸우다가는 자칫 무슨 화를 당할지도 모르는 일이야. 그러나 방법이 없어. 먼저 이번 조치의 부당성을 언론에 호소해야 돼."

이대공과 윤석만, 그리고 조용경. 포철 홍보의 실무 책임자들이 누구보다 긴장했다. 그들은 다칠 각오부터 했다. 홍보논리의 정리정돈, 그리고 출동. 주필, 논설위원, 편집국장, 경제부, 정치부, 산업부, 증권부, 심지어

만화가까지, 조금이라도 관련 있는 부서들을 찾아다녔다. 대의와 명분은
포철에 있었으므로 부끄러운 청탁이 아니었다. 정당한 제보나 마찬가지였
다. 언론은 포철의 편이었다. 아니, 민족기업의 편이었다. 국가의 미래를
생각하는 편이었다. 신문마다 재무부 방침의 부당성을 제기하고 비판하는
사설과 특집과 해설이 등장했다. 재무부는 무참히 두들겨 맞았다. 재무부
를 움직이게 만든 배후의 세력도 이불 속에서 몽둥이로 얻어맞는 기분일
것이었다. 때는 마침 4월 중순, 거리엔 '직선쟁취'의 함성과 그것을 깔아
뭉개려는 최루탄이 난무하고 있었다.

안기부가 개입했다. 언론이 그들을 자극한 것이었다. 대통령에게 올라가
는 '특별보고서'는 재무부의 방침이 불러일으킬 엄청난 파장을 예상하는
내용이었다. 4월 하순에 재무부의 수정안이 나왔다. '공기업민영화추진위
원회를 구성할 것이다. 포철·한전·통신공사의 정부보유 주식은 88년부터
단계적으로…….' 박태준이 비장한 각오를 품고 청와대로 들어가야 하는

광양1고로 화입식을 치르고 고로에 불을 지피는 박태준(1987년 4월 24일)

노고를 막아준 발표였다.

박태준과 그의 사람들이 '5공의 포철주식 장외매각 음모'를 저지하느라 아슬아슬한 줄을 타며 진땀을 빼는 4월, 시민들은 놀랍게도 '고스톱 판'에 쓰는 '싹쓸이'란 용어를 정치 신생어로 둔갑시켜 긴박한 현실감을 부여할 줄 알았다. 겨울의 세력과 새봄의 세력이 서로 포기할 수 없는 전략적 요충지는 '헌법개정'이었다. 전자는 대통령직선제에 동반될 지역감정·흑색선전·선거과열의 취약점을 선전하면서 별안간 내각책임제를 내세우고, 군정종식을 역사의 깃발로 흔드는 후자는 대통령직선제를 양보할 수 없는 쟁취의 목표물로 삼고 있었다. 시시각각 '싹쓸이'에 더 긴박한 현실감을 부여했다. 전자가 중무장을 갖추고 다시 거리를 점령하든 후자가 그들 쪽으로 밀려가는 도도한 밀물로 변신하든, 머잖아 싹쓸이가 일어날 것이란 말은 극단적 대치국면이 종착점에 다가서고 있다는 시국 시계의 알람과 같았다.

대화와 타협의 낌새는 나타나지 않았다. 국가권력의 사유화와 그 힘의 맹신에 빠진 집단과, 그들을 향한 감정이라곤 분노와 불신밖에 없는 집단. 이들의 관계에서 대화와 타협은 쓰레기에 불과했다. 그들의 중간에 놓인 완충장치도 좀처럼 발견할 수 없었다. 중재자나 중재세력이 어떤 형태의 실체로 나서지도 않았다. 흑이냐 백이냐, 이 바둑판에서 중재자라니. 그런 존재는 어느 쪽의 눈에도 한낱 회색분자로 비칠 따름이었다.

최루탄의 호헌과 화염병의 개헌이 치열한 공방전을 전개하고 있는 4월 하순, 박태준은 광양만에 머물렀다. 4월 25일 오전 9시 광양 1고로에 황금빛 쇳물이 쏟아져 나왔다. 환호성이 터졌다. 다섯 번째 아이를 받아내는 사나이들이 눈물을 맺진 않았지만, 환호성만은 조금도 변한 데가 없었다. 5월 7일 오전 11시 포철은 '광양제철소 1기 종합준공식'을 열었다. 포항의 910만 톤과 광양 1기의 270만 톤을 합쳐 연산 조강 1천180만 톤 체제를 갖춘 포철이 세계 9위의 철강업체로 떠오른 날이었다. 총 투자액 1조6천494억 원의 71%를 차지한 내자 1조1천659억 원 전액을 포철 스스로 조달한 이 당당한 기념식에는, 몇 년 전 일본에서 현해탄 건너로 '부메랑'을 날렸던 신일본제철 사이토 사장도 참석하여 박수를 보냈다.

베서머 금상과 꽃다발

광양 1기 종합준공식을 마치고 돌아선 박태준에게 멀리 런던에서 귀한 선물이 날아왔다. 영국금속학회가 결정한 '베서머 금상'. 철강의 노벨상으로 불리는 이 영예는 '포철 1천만 톤 시대'를 개척한 위업에 대한 칭송과 상찬과 위로였다. 포철을 맡은 지 어언 20년, 어느덧 그의 뜰에는 기나긴 고투로 빚어낸 영예와 같은 상훈(賞勳)들이 배달되는 중이었다.

박태준은 흔한 출장을 떠나듯 런던 가는 비행기에 올랐다. 그랬다. 그의 행차는 단출했다. 한국의 언론도 조용했다. 그가 1992년이나 2002년에 베서머 금상을 수상했다면 현지 특파원의 큼직한 보도가 한국인의 시선을 끌었을 테지만, 1987년 5월의 한국과 한국인은 나라에 돌아온 '세계적 영광'의 의미에 각별한 관심을 기울일 상황이 아니었다. 호헌이냐 개헌이냐, 한국인의 관심은 온통 그 대결에 집중해 있었다.

헨리 베서머(1813~1898). 이 영국인은 1856년 철강업계에 일대 혁명을 불러오는 새로운 제강법을 개발했다. 용광로에서 나온 쇳물을 넘겨받아 '더 단단한 쇠'로 거듭나게 만드는 '제강과정'에 혁신을 일으켜 '무쇠'를 '강철'로 바꾼 베서머 제강법. 이를 세계 철강사는 '무쇠의 시대'를 '강철의 시대'로 전환했다고 한다.

세계의 철강기업인 가운데 예리하게 그 새로운 장래를 포착한 이는 미국의 앤드루 카네기였다. 1869년에 미국 대륙횡단철도가 개통되긴 했으나 1870년도에도 어떤 커브 지점의 무쇠레일은 6주일이나 길어야 두 달마다 교체해줘야 하는 시대. 강철이 등장하면 미국에선 레일 제작만 해도 그 수요량이 끝도 없을 것이었다.

카네기의 예감과 판단은 그를 '19세기의 철강황제'로 등극시켰다. 베서머의 위업을 기리는 영국금속학회는 1904년 철강업계를 은퇴한 카네기에게 베서머 금상을 수여했다. 그로부터 83년이 지나 한국의 박태준이 그의 자리로 추대되었다. 이때 벌써 박태준을 '20세기의 철강황제'로 치켜세워도 좋았으나 1987년 초여름의 한국은 최루가스에 기침하기 바쁜 나날이었다. 이 파묻힌 영예를 오히려 외국인이 몹시 안타까워했다.

퇴직 전에 베서머 메달을 받은 사람은 박 회장이 처음이었다. 다른 수상자들의 경우는 영국금속학회가 그들이 퇴직할 때까지 수상을 유보하였다.

조셉 인너스 & 에비드레스, 『세계는 믿지 않았다』

영국금속학회 애터튼 회장에게서 '베서머 금상'을 받는 박태준(1987년 5월 13일)

아시아에서는 베서머 금상을 받은 사람이 단 두 명이다. 지금부터 70년 전에 베서머 금상을 수상한 사람은 혼다 코타로라는 일본사람이었다. 그 사람은 도후쿠대 교수였으며, 이에 반해 박태준 회장은 현역 제철소의 대표였다. 일본 철강업계도 세계적으로 알아주지만 업계 출신으로 단 한 명도 그 상을 받은 사람이 없었다. 그러니까 한국 사람들은 포철을 얼마든지 자랑스럽게 여겨도 좋다는 게 내 생각이다.

모모세 타다시, 『한국이 그래도 일본을 따라잡을 수 있는 18가지 이유』

근대적 철강문명의 발상지에 사는 자존심 강한 사람들이 극동지역 포철의 박태준에게 영예의 상을 안겼다는 소식에 감동을 받았는지, 시상식에 참석하지도 못하고 꽃다발도 보내지 못했던 것을 안타까워했는지, 아니면 한국 정부와 한국 국민을 대신하고 싶었는지. 브라질 정부가 런던에서 서울로 돌아온 포철 최고경영자를 주한 브라질대사관으로 초대해 빛나는 꽃다발을 안겼다. 남십자성훈장. 브라질의 저명한 기업인 엘리저 바티스타는, 박태준의 공적을 진정으로 이해하려면 포항제철을 설립한 그 어려웠던 한국의 상황으로 돌아가서 살펴야 한다고 했다. 브라질의 한 시골 마을에서도 그의 귀를 즐겁게 만드는 소식을 쏘아 올렸다. 카라자스 광산지역 주민들이었다. 그들은 원료를 안정적으로 구매해주는 포철에 대한 감사와 존경의 표현으로 곧 개관하는 카라자스 스포츠센터의 이름을 '박태준 체육관'으로 결정했다. 축전으로 여기든 화환으로 여기든 그것은 이 세상에서 그가 받는 가장 무거운 축하선물이었다.

여름의 환호, 가을의 분열

때 아닌 여름에 시청 앞 허공에는 함박눈이 쏟아지고 있었다. 하얀 휴지뭉치들이었다. 점심시간이 지났지만 넥타이 맨 젊은 아저씨들이 책상으로 돌아가는 길을 잊은 듯이 거리로 몰려다니며 자꾸만 오른주먹으로 허공에 어퍼컷을 날리고 있었다. 그들의 머리 위에 '겨울의 세력'의 거대한 몸뚱이가 널려 있어서 그것을 운구하는 기나긴 행렬 같았다. 넥타이 부대까지 나왔으니, 1987년 6월 10일은 청와대를 깜짝 놀라게 한 날이었다.

장엄한 운구의 행렬은 하루아침에 느닷없이 나타난 것 같았다. 그러나 그들은 쌓고 또 쌓은 패배의 탑 꼭대기에 운집해 있었다. 그 탑의 꼭대기는 좁았으나 그 지점은 역사의 전환점이기에, 세계지도상의 서울이 하나의 점으로 보이지만 실제로는 1천만 명의 보금자리를 감당하는 것처럼 그렇게 아주 넓은 지역이었다. 역사의 전환점에 서 있다는 자부심과 자긍심으로 충만한 그들에게 하루치의 낮과 밤은 너무나 짧은 시간이었다. 그들은 꼬박 밤을 새웠다. 최루탄에 얻어맞아 찌푸리고 매캐한 서울의 아스팔트에서 새벽을 맞이했다. 여느 날과 다름없는 여명이었으나 그것은 역사의 신새벽이 둥둥 북소리로 달려오는 신성의 시간이었다.

6월 10일 대낮에 노태우는 집권당 대통령후보로 선출됐다. 이미 그는 밀실의 계산서를 작성하고 있었다. '직선허용'이 곧 '군정종식'으로 직결되는가, 그게 아닌 경우의 수는 없는가. 이 방정식을 세우고 푸는 계산이었다.

6월 29일 아침은 그 밀실의 계산서가 완성된 날이었다. 노태우는 특별한 선언을 했다. 핵심은 두 가지였다. 대통령 직선제 개헌, 그리고 김대중 사면 복권. 아마도 밀실에서 계산서를 작성한 팀의 두뇌는 최후로 온통 한 문제에 쏠려 있었을 터. '대통령 직선제 개헌과 김대중 사면 복권은 대선에서 어떤 함수관계를 형성할 것인가?' 이 방정식을 풀기 위해 온갖 경우의 수를 대입하며 머리를 짜냈을 터. 실질적인 정치활동에 들어가 있던 김대중에게 '사면복권'의 조치를 내린다, 이것은 그의 피선거권을 회복시킨다는 뜻. 다시 말해 대통령후보로 출마할 확실한 길을 열어준다는 뜻이었다.

김대중은 환영했다.

"인간에 대한 신뢰감이 생긴다."

김영삼도 환영했다.

"훌륭한 결정이다. 이 시대 국민들에게 희망을 안겨주는 발표로, 전적으로 환영한다."

텔레비전 화면에 승리의 웃음을, 오랜 패배의 탑 꼭대기에서 간신히 피어난 연꽃 같은 표정을 보여준 김영삼과 김대중, 또는 김대중과 김영삼. 70년대 이래 두 정치적 라이벌은 앞으로 6월항쟁이 확보한 민주화 공간 속에서 지난 2년간처럼 연대할 것인지, 1980년 봄을 답습하여 분열할 것인지. 선택은 두 사람의 결단에 맡겨졌다.

밀실의 계산서엔 틀림없이 '두 김의 분열'을 제일의 경우로 놓았겠지만, 그것을 휴지로 만들든 제갈공명의 비책으로 둔갑시키든, 이 천양지차를 드러낼 결과도 실제로는 작성자의 역량이 아니라 두 김의 결단에 달려 있었다. 자신의 추종세력이 어떤 난리를 피우든 두 김이 민주주의와 대의의 승리를 앞세운다면 연대의 길을 택할 것이고, 두 김이 대통령 자리와 정치적 헤게모니 장악을 앞세운다면 각자 '필패'를 빤히 바라보면서도 각자 '필승'의 논리를 계발할 것이었다.

여름의 한복판으로 들어섰다. 이번엔 노동운동이 뜨거운 여름의 아스팔트에서 해방의 함성으로 타오르고 있었다. 시민운동이 확보한 승리의 공간을 일차적으로 노동운동이 장악했다. 공공연히 노동해방의 깃발이 나부꼈다. 아스팔트는 해방구 같았다. 그러나 한국의 특별하게 뜨거운 계절에 고르바초프는 페레스트로이카(개혁)와 글라스노스트(개방)의 엔진을 돌리고 있었다.

마침내 한국 민주주의가 승리를 누리는 여름에, 급진적 노동운동이 아스팔트 밑에 오래 묻혀 있었던 지뢰처럼 속속 터져 나오는 여름에, '비정치인 박태준'은 포항과 광양을 바쁘게 넘나들며 격정 넘치는 특별한 시기의 포철을 여느 때보다 더 세심히 관찰하는 한편, 고르바초프의 신사고에 관심을 기울이곤 했다.

폭발적인 노동운동은 영일만과 광양만에도 일정한 영향력을 미쳤다. 포철의 울타리 안에서 느끼는 강도는 진원지에서 다소 떨어진 여진의 수준이었다. 그만한 안정감을 유지하는 요인은 크게 두 가지였다.

하나는 그때의 다른 기업들과 비교해 임금이 뒤지지 않고 복지후생의 수준이 훨씬 높다는 것. 창업 초창기부터 '주택단지·학교단지·장학제도'의 모델을 추구해온 최고경영자의 철학이 특별히 어려운 시기에 힘을 발휘하고 있었다. 또 하나는 국가 기간산업체에 근무하고 있다는 포철 직원들의 책임의식과 제철공장의 특수성에 대한 인식. 제철공장의 특수성은 자동차공장과 비교하면 곧 알게 된다. 자동차공장의 총파업과 제철공장의 총파업은 엄청나게 다르다. 자동차공장은 세웠던 라인을 재가동하면 쉽게 정상조업에 도달할 수 있지만, 제철공장은 못 쓰게 된 용광로를 통째로 갈아치워야 하는 파국을 맞는다.

거대한 공장의 어느 한 지점을 지키며 반복노동을 감당하는 현장 직원들. 인간의 조건이 그러하듯, 그들은 예외 없이 자기존재의 가치와 의미에 대해 회의할 수 있는 환경에 노출돼 있다. 그래서 박태준은 공장을 가동한 뒤부터 각성의 주사를 찌르듯이 임원들의 의식을 자극하곤 했다. "우리는 생산직 근로자들을 제대로 대우하고 그들에게 직업적인 자부심을 북돋아주어야 합니다. 낡은 관습에 얽매여 구태의연하게 생각하거나 행동하지 말아야 합니다." 이 신념에 따라 그는 1만9천여 포철 가족에게 편지를 띄웠다. 포철 정신과 국가기간산업으로서 포철의 사명을 새삼 헤아려보는 사연이었다.

여름이 물러나는 때와 더불어 노동운동이 아스팔트에서 몇 걸음 비켜서자, 가을과 더불어 6월항쟁의 핵심적 성과물인 대통령직선제 선거운동이 온 나라에 달아오르고 있었다. 밀실의 계산서가 적중할 것인지 빗나갈 것인지. 후보단일화의 통쾌한 연대가 성립될 것이란 전망은 불투명해졌다. 균열을 예상하는 관측이 지배적이었다. 모세 앞의 바다와 같은 균열, 이것은 출애굽의 구원의 길이 아니라 민주화운동의 피 묻은 성과들과 도덕성을 파묻는 커다란 무덤으로 둔갑할 것이었다.

가을이 무르익을수록 균열의 조짐이 노골적으로 드러났다. 균열에서의 승리를 장담하는 높은 목청이 균열에서의 패배를 지적하는 낮은 목청을 압도하는 분위기가 형성되는 가운데, 두 김의 선거운동 진영에 몸담은 지식인들은 김대중에 대한 지지를 '비판적 지지'라 불렀다. 비판적 지지란 간단히 말해 '김영삼보다 김대중이 더 진보적이므로 지지한다'는 내용을 담았다. 김영삼을 지지하는 지식인들은 '현실적 대안'이라 맞섰다. 현실적 대안이란 김대중보다 김영삼이 보수적이지만 군정종식을 위한 선거전에선 김대중보다 김영삼의 경쟁력이 앞선다는 주장이었다. 그러나 아직 대통령 후보 등록마감은 저만치 떨어져 있었다. 거기까지 가는 과정에 어떤 극적 전환이 일어날 가능성도 없지 않았다. 분열에서의 필패를 말하는 낮은 목소리들은 그저 막연히 그것을 실낱같은 희망으로 잡고 있었다.

대통령 선거운동에 국민의 관심이 쏠리고 있는 가을에 박태준은 두 통의 비보를 받았다. 존경하는 은인과 선배의 죽음을 알리는 부음. 달포의 간격이었다. 일찍 당도한 것은 존경하는 은인의 별세를 알렸다. 10월 9일, 신일본제철 회장을 지낸 이나야마 운명. 박태준은 하늘도 말릴 수 없는 자연의 법칙에 기대어 새삼 고인과의 인연을 돌이켜보았다. 긴 생각이 필요하지 않았다. 고인은 그의 하와이 구상을 실질적으로 구현하는 과정에서 '키 플레이어'의 역할을 맡아 무(無)의 영일만에 기술과 자금과 경험이 들어오는 길을 닦은 사람으로, 유아기 시절의 포철을 알뜰히 살펴준 산모와 같았다. 몇 년 전엔 신일본제철이 들고 설치는 부메랑을 거두게 만드는 일에도 결정적 역할을 해주었다. 박태준은 검은 옷을 입고 슬픔을 간추렸다. 그리고 고인의 영전에 바치는 추모사에 인간적 존경심을 솔직히 고백했다.

"당신의 부음을 받고서 평생의 은인이자 마음의 스승, 그리고 영원한 동반자를 한꺼번에 잃어버린 허전함과 안타까움을 금할 수 없습니다."

이나야마의 부음이 비둘기처럼 물어서 나른 것인지. 삼성그룹 이병철 회장의 영면소식이 포철 회장의 방에 떨어졌다. 박태준은 잠시 멍해지고 말았다. 근래에 건강이 악화되고 있다는 소식을 듣긴 했지만, 국내 기업인

중 가장 존경해온 선배가 하필이면 이나야마의 뒤를 따르다니……. 다시 검은 옷을 입는 그는 인연의 오묘함을 느끼지 않을 수 없었다.

이병철과 박태준

이병철과 박태준. 선배에겐 가장 아끼는 후배이고 후배에겐 가장 존경하는 선배인 두 사람의 인간관계는 남다르게 돈독한 데가 있었다.

한일합방이 자행된 비운의 1910년에 경남 서부지역 의령에서 태어난 이병철, 일제 식민지정책이 한반도를 대륙침략의 병참기지로 만들고 있던 1927년 경남 동부지역 기장에서 태어난 박태준. 유년의 박태준이 문명의 중세와 다름없는 갯마을에서 보릿고개를 맞고 있던 시절, 이병철은 도쿄로 건너가 와세다대학에 입학했다. 이병철이 조국에서 사업가다운 수완을 가동하고 있던 일제 말기, 박태준은 와세다대학에 입학했다. 공교롭게도

1976년에 포철을 방문한 삼성그룹 이병철 회장(왼쪽)

두 사람은 똑같이 중퇴하고 말았다. 선배는 건강 문제로, 후배는 조국 광복으로.

두 사람이 처음 얼굴을 마주친 것은 5·16 직후의 어느 날이었다. 이른바 부정축재자 명단에 올라 있던 이병철은 기관원의 안내를 받아 새로 등극한 최고권력자의 방으로 들어선 순간, 정중히 맞는 비서실장의 첫인상을 오래 간직했다. 박태준도 그때 첫 만남을 잊지 못하여 1987년 11월 선배가 이승과 작별하자 추모사를 통해 5·16 후 최고회의 부의장 박정희를 만나러 온 일을 잠시 더듬기도 한다.

"1961년 6월의 어느 날이었지요. 혁명이 지닌 어쩔 수 없는 속성 때문에 정상적 절차보다 '힘'이 우선할 수밖에 없었던, 그래서 모든 사람이 그 시퍼런 서슬 앞에 움츠릴 수밖에 없었던 당시의 상황에서도 회장님께서는 평소의 소신을 굽히지 않고 당당히 설득력 있는 논리를 전개하셨던 것을 저는 분명히 알고 있습니다."

일찍이 1966년에 터진 한국비료사건으로 이병철은 박정희와 척을 졌다. 그러나 대한중석을 맡으며 경제계로 들어와 포철을 이끄는 기업인으로 변신한 박태준과는 항상 '존경하는 선배, 아끼는 후배'로 지내왔다. 선배의 호는 호암(湖巖), 후배의 호는 청암(靑巖)이다. 선배는 사업보국(事業報國)을 생각했고, 후배는 제철보국(製鐵報國)을 맹세했다. 선배는 술보다 애연가였고, 후배는 금연에 호주가였다. 기호식품과 건강의 관계에서 득을 본 쪽은 후배였다. 선배는 1976년에 대수술을 받고 담배를 끊어야 했지만, 21세기 벽두에 대수술을 받는 후배는 금연 덕분에 그것을 이겨낸다.

1980년대 초기에 이병철은 박태준을 자주 불러 삼성그룹 경영에 대한 의견을 묻곤 했다. 선배가 후배에게 어마어마한 선물을 안기려고도 했다. 박태준 개인을 재벌로 변신시킬 수도 있었던 선배의 선물은 '삼성중공업을 주겠다'는 제안이었다.

"삼성중공업이 적자에 허덕이고 있는데, 연간 300억 원씩 5년을 지원할 테니 자네 회사로 받아가서 책임지고 살려라."

"너무 과분한 선물에 감사드립니다. 그러나 아직 저는 제 일이 끝나지 않았습니다. 제가 국가의 일을 맡아 중도에 그만둘 수야 없지 않습니까?"

"자네다운 대답이고, 아름다운 대답이다."

박태준은 선배의 고마운 마음만 받고 돌려드린 그 '어마어마한 선물'을 몇 가지 뜻으로 해석했다. 중공업의 해결사는 박 아무개로 보였을 테고, 포철에서 깨끗하게 물러난 다음의 후배의 남은 인생을 염려했을 테고, 만성적자는 삼성의 자존심에 안 맞았을 테고…….

이병철은 임종을 기다리는 병상에서도 후배의 자그만 부탁을 자상하게 수락한 적 있었다. 1987년 11월에 박태준의 회갑연을 준비하는 사람들이 기념문집을 엮기 위해 삼성그룹 회장에게 원고를 청탁했을 때, 선배는 비서를 불러 자신의 구술을 받아 적게 했다.

단단한 체구, 광채 나는 눈, 굳게 다문 입 등 선이 굵고 선명한 인상에서 무언가 큰일을 해낼 사람이라고 느꼈다. 지금까지 20년 세월 동안 박 회장과 나는 사업보국이라는 길을 함께 걷는 길벗이었다. 그는 부하들에게 무섭고 엄격한 사람으로 알려져 있는 모양이다. 완벽할 것을 요구하고, 결백할 것을 요구하고, 철저할 것을 요구한다. 개개인에게 자기가 가진 능력의 일백 퍼센트 이상을 일에 쏟아 부을 것을 강조한다. 일의 원칙을 어기고 주어진 목표에 미달했을 땐 추상같은 벌이 내려진다. 그러나 내가 알기로 박 회장은 겉으로 칼날처럼 차고 날카롭지만 더없이 따뜻한 사람이다. 벌을 주어서 내보낸 사람도 꼭 다른 곳에 심어주어 일생을 책임지는 자상함을 가졌다. 신앙이 무엇이냐고 물으면 그는 서슴없이 '철(鐵)'이라고 대답한다. 군인의 기와 기업인의 혼을 가진 사람이다. 경영에 관한 한 불패의 명장이다. 우리의 풍토에서 박 회장이야말로 후세의 경영자들을 위한 살아 있는 교재로서 귀중한 존재이다.

'경영의 살아 있는 교재'란 말은 당신에게나 어울린다고 말했던 박태준은 추모사에서 고인과의 인간적 자취들을 더듬으며 삼가 명복을 빌었다.

"부러지되 굽히기 싫어하는 저의 성격 때문에 들리는 이런 말 저런 말로 하여 마음 상해할 때면 '일하는 자에게는 일하지 않는 자가 가장 가혹한 비판자 노릇을 하는 것이 인간사'라며 아우에게 하듯 격려해주시던 모습은 결코 지울 수 없는 기억으로 남아 있습니다."

슬픈 겨울이 가고

대통령선거를 앞둔 11월 29일 한국과 세계를 경악시키는 사건이 터졌다. '115명이 탄 KAL기 추락', '이라크 바그다드를 출발해 아부다비를 거쳐 김포공항에 도착할 예정이던 대한항공 858편 보잉707 여객기가 난기류로 인한 기체이상으로 공중폭발한 듯' ······.

그러나 12월 1일 일본 여권을 소지한 수상쩍은 남녀가 바레인공항에서 체포되면서 상황은 급변했다. 그들은 문제의 항공기가 기착했던 아부다비에서 탑승한 인물이었다. '난기류로 인한 기체이상'이 한 모금 담배연기처럼 흔적 없이 사라졌다. 남자는 현장에서 담배필터 안의 청산가리 앰풀을 깨물어 즉사하고, 여자도 그걸 시도했으나 경비원의 제지에 걸려 중태에 빠진다. 자살에 성공한 나이 많은 남자는 김승일, 자살미수에 그친 젊은 여자는 김현희. 두 사람의 신원이 북한 공작원으로 밝혀진다.

온 나라가 거듭 발칵 뒤집혔다. 선거전에서 치열한 경쟁을 벌이고 있는 노태우, 김영삼, 김대중은 한결같이 '규탄과 분노'를 표시했다. 평양정권이 '88서울올림픽을 방해할 목적'으로 저질렀다고 발표된 천인공노의 참극에 대해 일각에선 슬그머니 공작론을 꺼내들었다. 그것이 광범위한 설득력을 형성한다면 수습할 수 없는 대혼란이 초래될 것이었다. 가장 화급한 일은 바레인에서 체포한 범인을 서울로 인도하는 일이었다. 며칠 더 지나는 사이, 민심도 조금 야박해졌다. 틀림없이 이 세상을 떠났을 115명 실종자의 유족들이 안은 슬픔의 무게를 나눠가지려는 자세보다, 테러가 선거 판세에 미칠 영향력 쪽으로 더 관심이 기울고 있었다.

국제범죄의 범인에 대한 재판 관할권은 범인을 체포한 나라와 그의 국적이 있는 나라의 순이다. 그렇다면 한국 정부는 바레인 정부와 일본 정부의 양해를 얻어야 했다. 청와대가 광양의 박태준에게 전화를 걸었다. 범인을 조기에 인도해올 수 있도록 아는 인맥을 동원해달라는 부탁이었다.

박태준은 얼른 대한항공 조중훈 회장을 떠올렸다. 중동의 왕족들과 친교가 두터우니 닿는 선이 있을 것 같았다. 그는 동생이 아부다비의 왕자와 친하고 현지에 있다고 했다. 다음 차례는 일본. 어디서 불을 땠는지 일본이 KAL기 폭파범을 인도해 평양의 적군파와 교환하려 한다는 소문마저 모락모락 나오고 있었다. 박태준은 다케시다 수상과 통화하고 도쿄로 날아갔다.

"자꾸만 엉뚱한 쪽으로 부추겨 끌고 가려는 세력이 있는데, 이러다간 한국의 치안에 심각한 사태가 발생할 수 있어요."

일본 내각조사실의 보고를 챙기고 있던 다케시다는 그의 설명에 동감했다.

박태준은 크든 작든 자신의 역할을 해줬다. 나라에 엉뚱한 사단이 벌어지는 것을 예방하는 일에 보탬이 된다는 보람을 느꼈다.

투표 하루 전, 드디어 국민의 시선은 김포공항에 내려진 젊은 미녀의 봉해진 입으로 쏠렸다. 일각에선 여전히 조작된 사건으로 의심하는 눈초리가 번뜩이는 가운데, 언론의 포커스를 한몸에 받는 김현희의 일거수일투족과 일언반구는 사건의 진상으로 들어갈 수 있는 비밀의 열쇠처럼 느껴졌다. 바레인 정부가 보내온 수사보고서에는 '김현희의 음독장면, 김현희와 김승일의 혈액·소변·침에서 나온 청산가리 양성반응, 김현희의 자살시도를 제지한 공항경비원의 진술, 12월 1일까지 김현희의 무의식 상태' 등이 기록되어 있었다.

1987년 12월 8일. 한국이 대선운동과 KAL기 테러사건에 갇혀 있었을 때, 미국 대통령 레이건과 소련 공산당서기장 고르바초프가 워싱턴에서 만나 중거리핵전략협정(INF)을 체결하고 핵탄두 장착용 중거리·단거리 지상발사 미사일 폐기에 합의했다. 페레스트로이카가 냉전체제를 해체할 것이란 신호탄이었다. 그러나 휴전선에 남북의 병력이 밀집해 있는 한반도에선 그 놀라운 뉴스가 대수롭잖게 받아들여졌고, 오히려 KAL기 테러사건이 분단체제의 비극성만 더 불거져 보이게 했다.

선거는 끝났다. 밀실의 계산서가 적중한 결과가 나왔다. 민정당 노태우후보 당선. 득표율은 노태우 36.6%, 김영삼 28%, 김대중 27.1%, 김종필 3.1%. 산술적으로 따져도 두 김이 합쳤으면 '압승'이었다.

크리스마스와 망년을 앞둔 한국의 지식인사회는 공황상태와 같은 침묵에 빠져들었다. 대한항공 테러로 혈육과 친지를 잃은 사람들의 슬픔과 유사한 그것이 온 나라의 구석구석으로 번져나갔다. 그것은 곧 한파로 변했다. 허무주의라는 한파였다. 비판적 지지든 대안적 지지든 후보단일화 실패가 초래한 허무주의의 한파가 한반도의 남녘을 덮쳐버렸다.

이윽고 후보단일화를 주장했던 사람들이 분노 섞은 목소리로 쓰라리고 답답한 침묵에 균열을 일으켰다. 그것은 당연히 김대중과 김영삼을 비판하는 화살이었다.

"이번의 분열로 DJ와 YS는 그동안 쌓은 민주화투쟁의 공로를 무너뜨렸다."

"DJ와 YS의 이번 분열은 그들의 민주화 공적을 과거사로 만들면서 그것마저 상쇄시켰다."

승리한 쪽에서도 슬며시 비난을 보탰다.

"DJ와 YS는 원래부터 대통령병에 걸린 환자였다."

"DJ와 YS는 민주화를 팔아서 대통령을 먹으려고 했던 사업가였다."

분명한 사실은 '분열에서의 패배'가 6월항쟁의 대미를 미완으로 남기며 시민사회에 허탈감을 안긴 것이었다. 단순히 개개인의 기분이 아니었다. 개개인의 허탈감이 모여 사회적 허무주의의 한파만 드리운 것도 아니었다. 역사적 계기의 상실이었다. 역사적 에너지의 파괴였다. 시민들의 마음이 새벽의 신선한 공기를 받아들이려는 창처럼 활짝 열리고 무릎에 손자를 안은 촌로처럼 너그러워질 수 있었다. 바로 그 계기를 잃은 것이었다. 신선한 활력과 너그러운 관용이 대립과 갈등으로 점철되어온 과거를 정리하고 역사의 한 단계를 도약할 수 있었다. 바로 그 에너지를 깨뜨린 것이었다. 그러나 김대중도 김영삼도 검은 옷을 입진 않았다.

얼어붙은 세모에 박태준은 미국에서 날아든 기쁜 소식을 받았다. 미국 철강노조의 여섯 달에 걸친 총파업의 영향을 크게 받을 수밖에 없었던 UPI(유에스스틸과 포철의 합작회사)가 큰 흑자를 거두었다고 했다. 합작 전년도인 1985년의 적자액 1천200만 달러와 1987년의 흑자액 1천487만 달러를 비교하면 실로 경이로운 기록이었다. 설비합리화, 노사안정, 포철 반제품을 이용한 최고품질의 냉연강판, 경영진의 노고 등이 결합된 결실이었다.

크리스마스를 앞둔 UPI 부사장 여상환은 행복한 고민에 빠졌다. 모든 직원에게 나눠줄 크리스마스 선물 골라잡기. 박태준은 고급 운동복 두 벌씩이 좋겠다고 했다. 한 벌은 직원에게, 한 벌은 직원의 아내에게. 부부가 같이 열심히 운동해서 서로 건강을 지켜주라는 메시지였다.

흑자체제의 안정된 직장에서 덤으로 뜻밖의 따뜻한 선물까지 받은 UPI 노조원들이 한국의 포철과 박태준에게 감사의 환호성을 보낸 1987년 막바지, 한국의 민주화 세력은 여전히 허무주의에 절어 있었다. DJ와 YS의 분열이 남긴 상처는 그만큼 깊었다. 그러나 6월항쟁과 노동자대투쟁은 정치인과 그 추종세력의 소아적이고 비이성적이고 반민주적인 욕망이 낳은 충격적 패배를 거뜬히 견뎌내고 그것을 뛰어넘을 만한 역사적 에너지로 축적되어 있었다. 그 바탕에서 기획된 새로운 운동의 대표적 사례는 '한겨레신문' 창간운동이었다.

유신시대 말기에 동아일보·조선일보 해직기자들의 조직(동아투위·조선투위) 내부에서 사석의 소회처럼 논의되어온 새 신문 창간의 필요성은 1985년 상반기에 공식적이고 공개적으로 제안되었다. 그들은 두 해의 잉태기간을 거쳐 1987년 6월항쟁과 노동자대투쟁이 확보한 승리의 공간에서 한

겨레신문창간위원회를 탄생시켰다. 대선 직전의 열풍을 타고 방방곡곡 창간기금 모금운동으로 번져나간 창간운동은 12월 15일 한겨레신문주식회사란 법인으로 태어났다. 그러나 바로 이튿날 노태우가 승리하면서 허무주의의 한파를 만났다. 전두환과 노태우는 웃는 낯으로 권력승계의 절차를 밟으며 우정을 확인하고, 김대중과 김영삼은 찌푸린 낯으로 같은 배를 탈 수 없는 정적(政敵)의 관계로 굳어져가는 한국정치사의 한심스러운 겨울 어느 날, 영일만의 박태준은 상무이사 이대공의 보고를 받고 있었다. '정태기 한겨레신문 창간위원장으로부터 시민주주모으기운동에 포철이 협조해달라는 연락이 왔다'는 것. 현 대통령과 다음 대통령에게 부담스러운 세력을 국영기업체 대표가 지원할 수 있겠느냐는 이 민감한 문제에 대해, 이대공은 박 회장이 수용할 것으로 예상하고 있었다. 1976년 조선일보 해직기자(사진부장) 임희순을 채용하자고 건의했을 때 "사진만 잘 찍으면 돼. 우리가 흡수해." 하고 즉각 승낙한 전례가 있었던 것이다.

"그런 사람들의 목소리도 있어야지. 방법이 뭐가 있나?"

"자회사, 협력회사 등 여러 군데서 주주로 참여하는 방법이 있습니다."

"자네가 알아서 도와줘."

보고는 끝났다. 박태준의 승낙을 받은 이대공은 5억 원을 모았다. 그것은 한겨레창준위가 출연자 2만7천223명으로부터 모금한 창간기금 50억 원의 10%에 이르는 금액이었다.

1988년 새해의 박태준은 올해 달성해야 할 가장 중요한 목표를 광양의 두 가지로 잡았다. 7월에 종합준공 하는 광양 2기 설비, 11월에 종합착공하는 광양 3기 설비. 하나는 빈틈없는 마무리를, 또 하나는 구매계획부터 빈틈없는 준비를 요구했다. 올해의 내 위치는 주로 광양이겠구나. 그리고 경영다각화를 검토할 시점이라는 생각을 했다. 철강산업의 장기적·지속적 성장의 한계성과 경기대처능력의 취약성을 감안하여 새로운 사업영역으로의 진출을 준비할 때가 된 것 같았다. 그는 거울 앞에서 깊은숨을 들이쉬었다. 문득 하나의 께름칙한 기억이 돋아났다. 폐 밑의 물혹이란 놈이 얌전히 있는가. 지난 7년 동안 하얗게 잊고 살아온 그놈 생각에 다시 심호흡을 해보았다. 평안했다. 폐의 운동에 좁쌀 같은 방해도 느껴지지 않았다. 멋쩍은 웃음을 머금었다. 아직 할 일이 남았으니 그놈도 꼼짝 못하고 있는 거지.

포철은 3월의 정기주총을 앞두고 신사업개발부를 신설했다. 이 자리를 박태준은 처음 임원으로 승진한 공채 1기생 이구택에게 맡기기로 했다. 3월부터는 그가 바빠져야 할 것이었다. 박태준은 일단 자동차공장을 살펴볼 계획이었다. 이제 이구택은 세계의 이름난 모든 자동차공장을 다 둘러보고, 기아나 쌍용 같은 국내 자동차업계와도 합작의사를 타진해나가야 할 것이었다.

민주화세력에게 허탈한 패배를 안긴 겨울의 꼬리를 잡고 돌아온 봄은 곧바로 정치의 절기로 이어졌다. 제13대 국회의원 선거전이 전개되는 봄, 박태준은 새로 등장한 권좌의 요청에 따라 다시 민정당 비례대표 후보로 뽑혀나갔다. 그러나 그의 마음은 제철소에 있었다. 국회의원으로서 해야 할 기본적 책무를 하겠지만, 광양 4기를 완공하여 드디어 포철이 '연산 2천100만 톤 시대'에 진입하는 날까지 앞으로 약 4년 6개월 동안 그는 가급적 외도를 삼가야겠다고 생각했다. 대한민국 근대화 역사의 대업을 완수하는 날에야 남은 인생의 방향에 대해 깊이 성찰해볼 수 있을 듯했다. 아직은 그에게 '철'이 아닌 일은 어떤 일도 '잡사'였으며 '포철'과 관계된 생각이 아니면 '잡념'에 불과했다.

지역주의가 완벽하게 작동했던 4·26총선의 결과는, 노태우의 기대와는 너무 멀게도, 지역주의가 민주화에 기여하려고 작심한 것처럼 절묘한 여소야대였다. 노태우는 충격에 빠졌다. 민주당 총재 김영삼도 맥이 빠졌다. 지역구로만 봐서 평민당 54석, 민주당 46석. 김영삼 당이 김대중 당의 작은집 신세로 전락한 것이었다. 김종필은 희색을 찾았다. 충청권의 맹주로 추대되면서 지역구만 해도 교섭단체 성립조건을 초과한 27석이었다.

여소야대의 어려움에 대한 노태우의 충격, 김영삼의 불쾌감과 다음 대선에 대한 불안감, 그리고 김종필의 절묘한 회생. 이런 정치권력의 환경은 박태준의 인생에 심대한 영향을 끼치게 된다.

카네기와 박태준

13대 총선을 통한 '3김시대의 종말'을 꿈꿔온 노태우가 오히려 3김에게 꼼짝없이 포위된 1988년 5월, 인생의 덤처럼 두 번째로 금배지를 꽂게 된 박태준은 '앤드루 카네기'라는 철의 대선배이자 세계인이 흔히 '철강황제'라 부르는 백인 옆에 나란히 설 기회를 맞이했다. 카네기멜런대학이 한국의 포철 리더에게 명예공학박사학위를 수여하기로 결정했기 때문이었다.

비행기에 오르는 박태준은 카네기와 비교하고 싶었다. 키와 몸무게를. 그의 호기심에는 청년과 같은 오기와 자부심도 깔려 있었다.

'경제의 세계에서 미국인이나 유럽인이나 일본인만 세계 최고가 될 수 있는가? 왜 한국인은 세계 최고가 될 수 없단 말인가?'

어쩌면 이런 반문은 그의 본능에 뿌리박혀 있었다. 식민지 소년시절의 설움, 전쟁의 비참한 체험, 절대적 빈곤과 구제불능의 부패, 낮은 교육수준과 문화수준……. 일그러진 나라에서 나라다운 나라를 세우는 일에 헌신하겠다고 되뇌어온 젊은 날의 다짐이 그의 내면에서 시나브로 우리도 세계 최고가 될 수 있다는 후천적 본능을 일깨는지 모른다. 하다못해 포철이 소박한 《쇳물》이란 사보를 만들기로 했을 때도 그 창간호에 펜으로 '무엇이든지 첫째가 됩시다!' 하는 휘호를 내린 사람이 바로 박태준이었다.

일찍이 카네기가 세운 세계적 명문대학에서 고풍스런 학위복장을 갖추고 증서를 받은 박태준은 19세기 막바지에서 20세기 막바지까지 그 일백여 년 거리에 기다란 구름다리가 놓여 있는 것 같은 기분을 맛보며 한국어로 기념연설을 했다. 이 자리에서 그는 자신의 경영철학을 꾸밈없이 말하여 뜨거운 박수를 받았다. 그리고 미국 젊은이들 세계에 유행병처럼 번져

나가는 '제조업 경시풍조'에 대한 경고도 잊지 않았다. 인간생활의 질을 높이기 위해서는 제조업의 착실한 성장이 선행되어야 한다는 것이었다.

카네기의 키와 박태준의 키? 카네기의 몸무게와 박태준의 몸무게? 당연히 카네기가 훨씬 크고 훨씬 무겁다. 백인과 황인의 평균적인 체격 차이를 고스란히 반영할 것이다. 그러나 '철의 사나이'끼리는 '철의 인생'으로 견줘야 옳다.

1835년 11월 스코틀랜드 던펌린에서 가난한 직조공의 아들로 태어난 앤드루 카네기는 열세 살 먹은 1848년 새로운 생업을 찾아나서는 아버지를 따라 대서양을 건너 미국 펜실베이니아에 들어선다. 카네기 가족의 이민은 산업혁명이라 불린 문명의 진보에 수공업의 가장(家長)이 제대로 적응하지 못한 결과였다. 카네기는 자서전에서, "수직기(手織機)가 증기직기로 바뀐 것은 우리 가족에게 심한 타격이었다. 아버지는 박두한 혁명의 의미를 이해하지 못하고 낡은 방법에 매달려서 고생하고 있었다."라고 어린 시절을 회고한다.

카네기의 탄생보다 거의 1세기 뒤, 그가 철강왕의 월계관을 받고 타계한 때(1919)로부터 여덟 해가 더 지난 1927년 가을에 탄생한 박태준은 여섯 살에 어머니의 손을 잡고 생계를 찾아간 아버지의 뒤를 좇아 대한해협을 건너 일본으로 들어간다.

두 철인(鐵人)에게 어린 시절의 공통점은 가난과 생계를 위한 이주다. 차이점은 카네기의 고향은 문명이 개화하는 고장이고, 박태준의 고향은 문명과 먼 거리의 갯마을이다. 물론 박태준도 카네기가 펜실베이니아에 도착했던 그 나이를 먹었을 때는 벌써 7년째 일본에서 문명의 세례를 받고 있었지만.

청년 카네기가 사업의 눈을 떴을 때, 미국은 어지럽고 시끄러웠다. 상공업을 하는 사람들이 많은 북부지역은 자유노동·중앙집권주의·보호무역을 주장한 반면, 지주들이 숱한 흑인 노예를 소유한 남부지역은 노예제도·지방분권주의·자유무역을 주장하고 있었다. 이런 대립과 반목의 시대에 새로운 자유의 탄생을 약속한 에이브러햄 링컨이 대통령에 당선되자, 한 해를 못 넘겨 기어코 내전이 터졌다.

1861년 4월 12일 사우스캐롤라이나주 찰스턴의 재스민향기 가득한 축제 분위기에서 역사적 첫 포탄이 터진 미국의 남북전쟁. 이제 막 돈벌이에 군침이 당기기 시작한 젊은이들은 약삭빨랐다.

필립 아머, 제이즈 힐, 앤드루 카네기, 제이 고울드, 짐 피스크 등은 모두 당시 20대 초반으로서 모건이나 록펠러처럼 군대에 가지 않았다. 다른 사람들이 죽어가는 동안 이들은 편안히 살면서 미국의 거대한 부의 바탕을 축적했다.

『알려지지 않은 이야기』

이에 대한 카네기의 변명은 '개전 초기에 회사가 나를 국방성으로 파견했다'라는 것일 테지만, 어쨌든 여기서 새삼스레 1950년의 한반도 내전과 청년장교 박태준이 헤쳐나간 신고(辛苦)의 여정을 들춰낼 필요까지는

미국 카네기멜런대학에서 명예공학박사학위를 받는 박태준(1988년 5월 15일)

없다. 다만 엄연한 차이는 존재한다. 똑같은 국가고난의 시기에 카네기는 '돈벌이를 가장 가치 있는 일로 여기는 사업가'로 살았고, 박태준은 '국가를 위해 죽을 수 있는 군인'으로 살았다. 그래서 남북전쟁이 끝났을 때 청년 카네기는 돈벌이에 대한 지식과 돈벌이를 위한 엄청난 밑천을 자기 미래를 위한 재산으로 비축하고 있었고, 한국전쟁이 끝났을 때 청년 박태준은 '짧은 인생을 영원 조국에'라는 인생관과 '부패에 대한 분노'의 가치관을 자기 미래를 위한 재산으로 비축했으나 물질적으로는 가난한 상태였다. 이렇게 청년기의 카네기와 박태준은 다른 세계에 살고 있었다.

남북전쟁 발발 이래 2년 동안 연전연승을 거듭한 노예주의자들의 군대가 '시간은 자유의 편'임을 증명하듯 패배의 길에 들어선 1865년, 카네기는 철강업에 손을 뻗는다. 그 뒤 그의 철강업은 미국 개발시대의 호황을 타고 성장일로를 달려가며, 베서머 전로제강을 들여오고 1892년 카네기 철강회사를 출범시켰다. 그때 이 기업은 세계 최대의 철강트러스트로, 미국 철강의 25% 이상을 생산하고 있었다. 바로 이 지점까지, 카네기가 세계의 철강왕으로 등극한 57세까지, 카네기의 '철의 손'은 미다스의 손이었다고 할 수 있다. 그 손은 무엇이든 만지기만 하면 황금으로 바꾸는 거나 마찬가지였다. 그만큼 엄청난 돈을 끌어 모았다.

철의 용상(龍床)에 올라앉는 순간까지 과연 카네기는 적극적으로 부의 사회적 환원을 실천하였을까? 아직 그의 이름은 사람들에게 거부를 소유한 부러운 대상으로 떠오르긴 해도 거부의 사회적 환원을 실천한 존경의 대상으로 떠오르진 않았다. 이 방면에서 카네기의 지각은 어쩌면 남북전쟁을 사업의 기회로 활용한 젊은 날의 영리한 두뇌와 무관하지 않을 듯하다. 그의 최초 각성이 크게 늦어졌던 것은 아니다. 1865년 4월 9일 노예주의자 군대의 리 장관이 박살난 상태로 애퍼매턱스에서 백기를 올리고 나서 링컨 대통령이 암살당하여 온 미국이 슬픔에 잠겼을 때, 카네기는 '내 생각을 오로지 가장 짧은 시간 내에 보다 많은 돈을 버는 길을 찾는 데에만 몰두하게 되면 영원히 회복할 수 없을 정도로 내 명예를 더럽히게 될 것이

틀림없다'라는 생각을 품는다.

이 각성을 실천의 자리로 끌어낸 때는, 기나긴 잉태의 기간을 거쳐 19세기가 저문 다음이었다. 그는 1901년 연간 수익이 4천만 달러에 이르고 앞으로도 순이익이 급격히 불어날 철강회사를 5억 달러에 J. P. 모건의 강철회사에 매도한다. 이 합병으로 미국 철강시장의 65%를 지배할, 미국 철강의 지존으로 군림하는 '유에스스틸'이 탄생한다.

예순여섯 살에 닿아 견성(見性)의 수행자처럼 사업가의 자리를 은퇴한 카네기가 최초로 실천한 부의 사회적 환원은 '나의 성공에 막대한 기여를 한 종업원들'에게 돌아갔다. 400만 달러는 곤경과 노경에 들어서 원조를 필요로 하는 사람들에게 연금을 주기 위한 기부금으로 보내고, 100만 달러는 그 이자로 종업원을 위해 세운 도서관과 집회소의 유지비에 충당할 기부금으로 보낸다. 625만 달러를 기부해 뉴욕시에 공공도서관 분관 68개를 세우고 2천500만 달러를 출연해 워싱턴시에다 과학과 문학과 미술 부분에 투자할 카네기협회를 창설하고, 카네기공업학교를 설립한다.

카네기가 남북전쟁 종전 직후 자기 양심에 깊숙이 간직한 각성을 뒤늦게라도 실천하지 않았다면, 그의 삶은 결코 위대해질 수 없었을 것이다.

한국의 박태준이 포철을 끌어온 경로는 두 가지 관점에서 카네기와 차별된다.

첫째, 박태준은 카네기를 능가할 사업가로서의 지도력과 자질을 눈부시게 발휘했지만 동기와 목표가 카네기와 달리 국가적 차원이었다. 그는 포철의 소유자가 아니었다. 시작할 때도 그랬지만, 물러날 때도 단 한 주의 포철 주식을 쥐지 않았다. 공로주 한 주도 챙기지 않았다. 이 세계의 유명 기업인들 가운데 자기 소유 아닌 기업을 '빈곤한 국가를 위한다'는 대의에 따라 박태준처럼 모든 것을 다 던져 훌륭하게 키워낸 인물은 없다. 만약 미국 자본주의의 방식으로 '스톡옵션'을 정해뒀더라면, 그에게 돌아갈 공로주는 얼마나 되어야 합당하겠는가?

둘째, 카네기와 박태준 모두 전후 국내에 펼쳐진 빈곤과 부패, 개발과 갈등의 시대를 맞아 철강에 뛰어들었지만, 박태준은 카네기와 달리 처음부터 종업원의 복지를 당대 최고 수준으로 실현하고 부단히 기업이익의 사회환원을 추구한 경영철학을 품었다. 포철의 돈으로 설립하고 운영하는 14개의 학교들, 아시아 최고 공과대학으로 평가받는 포항공대, 포철장학재단, 포항산업과학연구원, 포항방사광가속기연구소, 종업원 지주제 확립을 위한 노력, 포항시의 현대적 문화예술회관 건립과 공원건설에 대한 지원……. 그는 처음부터 종업원뿐만 아니라 다음 세대의 행복을 위한 사업에 기업이윤을 최대한 환원해온 인물이다.

앤드루 카네기와 박태준. 두 인물의 이런 차별성은 어디서 비롯됐을까? 카네기는 돈벌이에 대한 관심에서 출발하여 서서히 자기 시대에 대한 이해와 책임을 감당해나가는 인생을 살아간 반면, 박태준은 국가에 대한 헌신에서 출발했기 때문에 언제나 자신의 삶으로써 자기 시대의 한복판을 관통해나가면서 당대에 대한 헌신을 아끼지 않았다. 여기가 바로, 같은 업계의 서로 닮은 삶에서 가장 다른 삶을 낳은 세계관의 차이다.

박태준의 정신적 원형질은 '일류국가 완성'이 핵을 이룬다. 청년에서 노년에 이르기까지 그는 일관되게 부강한 국가의 훌륭한 시스템에서 인간다운 삶이 보장되는 사회를 꿈꿔온 인물이다. 하지만 1988년 5월 카네기멜런대학에서 명예공학박사학위를 받는 예순한 살의 박태준은 정치인이 아니라 기업인이었으며 대통령이 아니라 포철 회장이었다. 다시 말해 그가 자신의 설계를 실현할 영역은 포철로 한정되어 있었다. 그 범위 안에서 그는 일류기업의 완성을 이룩하고 부강한 기업의 복지시스템과 사회환원시스템에 대한 가장 모범적인 전형을 창조한 인물이다. 물론 그 전형은 한국 사회에 좋은 영향을 크게 끼쳤다.

카네기는 남북전쟁에서 군복을 입진 않았으나 자신이 근무하던 펜 철도회사 소속으로 전쟁 초기 한때 육군성 안에서 '철도와 전신'을 맡아 어쩌다 링컨 대통령을 만나기도 했다. 그러나 1862년 회사의 유급휴가를 받아 스코틀랜드로 휴가를 떠났다. 1864년엔 남북전쟁 중에 무쇠 값이 껑충 뛰어 피츠버그에서 레일 만드는 회사를 조직했다. 이렇게 모건이나 록펠러에 비해 상대적으로 내전에서의 체면을 살렸던 카네기는 미국의 노동운동이 격렬했던 그의 시대에 비교적 원만한 노사관계를 끌어온 인물로 알려져 있다.

생애에 여러 사건이 있었지만, 노동문제의 분쟁은 반드시 임금 때문이었다고만은 할 수 없다. 쟁의를 방지하는 가장 좋은 방법은 종업원의 존재를 인정하고, 그들의 복지에 깊은 관심을 가지며, 그들을 진심으로 생각하고 있다는 것을 알리고, 그들의 성공을 함께 기뻐하는 일이다.

『철강왕 카네기』

다양한 인종의 거대한 나라를 만들어나가는 시대의 링컨은 "미국은 사랑하지만 노동자는 미워한다고 말한다면 그는 거짓말쟁이"라고 했지만, 카네기가 세운 대학에서 설립자가 떠난 지 거의 70년 만에 초대받은 박태준은 이렇게 말했다.

"본인은 포항제철을 이끌어오면서 몇 가지 평범한 원칙을 지키기 위해 노력하였습니다. 그 하나는 '기업은 곧 사람'이라는 믿음이었습니다. 포철은 인간을 존중하는 동양적인 정신 위에 서구적 합리주의를 효율적으로 접목시킴으로써 착실한 성장을 해왔습니다. 본인은 공장건설에 앞서서 사원주택을 건설했고, 생산에 못지않게 교육과 훈련에 힘썼으며, 단기적인 임금인상보다도 복지후생과 자녀교육 지원 등 종업원의 장기적인 생활수준 향상에 치중해왔습니다."

카네기는 '당대 35년 동안 연산 조강 800만 톤'을 이루었고, 박태준은 앞으로 4년이 지나 1992년 가을을 맞으면 '당대 25년 동안 연산 조강 2천 100만 톤'을 이룬다. 두 사람 사이에는 한 세기의 거리가 놓여 있다 해도, 기술력과 자본력의 무(無)에서 출발했던 박태준의 포철이 카네기보다 짧은 세월 동안 그 3배에 육박하는 철강업을 이룩했다는 것은 경이로운 기록이 아닐 수 없다.

그러나 하나의 세계에 두 사람의 최고와 두 사람의 황제가 존재할 수는 없다. 카네기는 20세기 벽두에 은퇴한 철강기업인으로서 베서머 메달을 받았고, 박태준은 그로부터 83년 지나 현역 철강기업인으로서 그것을 목에 걸었다.

닮은 데가 많고 다른 데도 있는 두 사람을 가리켜 카네기는 19세기 세계 최고의 철강인으로, 박태준은 20세기 세계 최고의 철강인으로 부를 만하다. 19세기 철강황제와 20세기 철강황제라 부를 수도 있겠지만, 박태준은 "철강황제, 철강왕이란 표현이 개인적으로 영광스런 자부심이 될 수는 있겠지만, 나와 더불어 피땀 흘렸던 수많은 동료에 대한 예의가 아닌 것 같다."며 사양한다. 누군가 카네기를 19세기의 철강황제라 부르더라도 우리는 박태준을 20세기 세계 최고의 철강인으로 불러야 한다. 박태준을 한국의 카네기라 부르는 것은 틀렸다. 카네기를 미국의 박태준이라 부를 필요도 없다. 그는 세계의 박태준일 뿐이다. 굳이 세기의 구분을 두지 않으면 박태준은 '세계 최고의 철강인'이다.

긴장의 여름, 가을의 경사

카네기의 대학을 둘러보고 한국으로 돌아온 박태준은 좋은 소식 하나와 긴장되는 소식 하나를 들어야 했다.

좋은 소식이란 6월 10일 포철 주식의 국민주 발행이 국민의 즐거운 참여로 마무리된 일이었다. 정부와의 대결을 감내하며 포철 주식 장외매각을 저지한 1987년 봄 이후로 포철 주식의 국민주 발행은 투명한 절차를 밟아왔다. '특정재벌이나 개인이 포항제철의 주식을 1% 이상 소유할 수 없으며, 외국인의 주식취득을 금지하고 기업 공개 시 종업원에 대한 주식배당을 20%까지 허용한다'는 것이 그해 10월 국회를 통과한 법적 근거였다. 이에 따라 정부는 '국민주 보급방안'을 발표하고 포철을 공개대상 기업 제1호로 지정했다. '세계 철강업계에서 가장 신용도 높은 우량기업의 국제적 공신력과 신뢰도를 지속적으로 유지시키며, 국가기간산업을 특정 인이나 특정기업의 소유가 아닌 국민적 기업으로 유지시킨다'는 취지였

'영광의 계절'을 지나는 어느 날의 박태준

다. 3월 24일 청약공고, 포철 창립 20주년인 4월 1일부터 11일 동안 청약 개시, 6월 10일 주권교부 및 상장.

6월 11일 우리나라 신문들은 '포철주'로 경제면을 도배했다. '포철주 첫 날부터 돌풍', '국민주 시대 열렸다', '포철주 쇼크 증시 강타', '포철주 열풍에 시은주 둥실' ……. 시중은행의 주식에도 활력을 불어넣은 포철 주식은 기업공개 당시에 '정부 20%, 산업은행 15%, 시중은행 및 대한중석 27.7%, 우리사주조합 10%, 국민주 27.3%'의 지배구조를 지니고 있었다. 정부가 행사할 권리는 최소로 잡아도 35%로, 포철은 국민주 발행과 주식 공개를 통해 공기업에서 국민기업으로 변신했지만 여전히 정부가 최고경영자의 인사권을 거머쥔 지배구조에 머물렀다. 그리고 포철 최고경영자 박태준은 단 한 주의 공모주에도 손대지 않았으며 단 한 주의 공로주도 받지 않았다. 그가 그 문제에 침묵하니 모든 임원도 함구했다.

1988년 6월 10일 포철 사원 1만9천419명이 배당받은 발행주식 총수의 10%는 917만8천914주였다. 포철 창립 36주년을 앞둔 2004년 3월 2일 주식시장에서 포철 주식은 한 주에 18만1천 원으로 마감되었다. 1988년 6월에 포철 최고경영자와 임원들이 10%의 공모주를 챙겼다면, 아니 그때 박태준이 '개인은 1% 이상을 소유할 수 없다'는 규정을 준수하여 0.9%의 공로주를 받았다면 그의 사유재산은 2004년 3월 2일 주식으로만 약 1천500억 원이다. 0.1%만 받았더라도 165억 원이다. 아무리 무섭게 에누리해도 포철에 대한 박태준의 공로가 최소한 1%는 넘지 않겠는가? 하다 못해 0.1%야 채우지 않겠는가? 그러나 박태준의 신념은 확고했다.

"포철에는 환금가치로 셈할 수 없는 인간의 영혼이 깃들어 있다."

이것이 늙은 그의 가슴엔 '창업과 초창기 동지들에 대한 미안함'으로 고이게 되지만…….

6·29선언 1주년을 맞는 1988년 6월 29일, 포철에는 노동조합이 설립되었다. 박태준은 긴장하지 않을 수 없었다. 만사를 제쳐두고 포항으로 내려갔다. 총무이사를 포함한 여러 임원과 함께 노측 대표들과 마주앉은 박태

준의 발언은 강한 질문으로 시작되었다. 그것은 프롤레타리아혁명을 쟁취하기 위해 맑스레닌주의를 추구하자는 목표는 아니지 않느냐라는 반문이었다. 맞은편에서 수긍이 나왔다. 그는 자신의 심정을 허심탄회하게 털어놓았다.

"우리나라는 이제 막 빈곤의 시대를 극복했습니다. 본격적으로 노동자의 복지도 말하고 있습니다. 그러나 우리 회사는 벌써 1973년부터 빈곤의 시대를 극복한 회사였고, 처음부터 노동자의 복지를 회사경영의 가장 중요한 원칙으로 확립해 나왔습니다. 노동자 복지의 기본이 무엇입니까? 의식주가 안정적으로 해결되어야 하고 근로기준법에 합당한 근무조건을 누릴 수 있어야 합니다. 또한 우리나라 부모들에게 가장 큰 부담을 주는 것이 자녀교육 문제인데, 우리 회사는 일찍부터 이 문제도 모범적이고 성공적으로 해결해왔습니다. 국가의 정책이 두 자녀만 갖자는 것이고, 그래서 우리 회사는 자녀 두 명에 대한 대학학비까지 해결해주고 있습니다. 나는 우리 회사의 복지제도와 근로조건에 대해 자부심을 가지고 있습니다. 혹시 내가 잘못하고 있거나 빠뜨린 것이 있다면, 여러분이 얘기하시오. 합당하고도 필요하다고 인정되면, 나는 다 들어줄 생각입니다.

여기에 하나 덧붙여서, 나도 여러분에게 한 가지 부탁을 합시다. 우리가 왜 이 회사를 만들었는가? 우리가 어떻게 이 회사를 키워왔는가? 우리나라가 빈곤을 극복하기 위해서는 반드시 국가기간산업인 일관제철소를 세워야 했고, 자금이 없는 처지에 설상가상 KISA마저 배반하여 쓰라린 위기에 놓였던 우리 회사는 대일청구권 자금의 일부를 전용하여 기사회생했습니다. 나는 언제나 동료들에게 이 점을 강조해왔는데, 여러분도 잊고 있진 않을 거라고 믿습니다.

그런데도 우리 회사마저 노사대립으로 시끄럽게 된다면, 이는 국민과 조상에 대한 도리가 아닌 겁니다. 앞으로 잘 의논해가면서 부실한 점은 보완해나가고, 노사가 서로 모범적인 노력을 보여야 합니다. 우리 포철은 국내에 안정적으로 산업의 쌀을 제공하는 회사, 수출해서 달러를 벌어들이는 회사, 이 수준에서 멈출 수 없습니다. 앞으로 100년 또는 200년의 역사에서 세계의 다른 어떤 철강회사와 비교하더라도 항상 세계 최고의 당당한 포철로 존재해야 합니다. 나는 이 목표를 갖고 있습니다. 하지만 여러분의 적극적인 협조와 동참이 없다면, 이룰 수 없는 목표입니다. 이 점을 여러분도 깊이 인식해주기 바랍니다."

노조탄생 이전의 포철은 노사협의회와 고충처리위원회에서 노사관계를 다뤄왔다. 노사협의회는 1981년부터 1987년까지 7년 동안 총 238건의 안건을 협의했다. 개인적 불만이나 애로사항을 사전에 해소하기 위해 노사 공동으로 구성한 고충처리위원회는 총 180건을 조치했다. 포철노조는 수명이 길지 않았다.

1988년 8월 17일 출범한 2대 집행부는 경제적 조합주의 노선에 기초하여 협조적 노사관계를 유지했다. 그러나 3대 집행부는 정치적 조합주의 노선에 따라 급진 운동권의 논리를 광범하게 수용했다. 1991년 초에는 조합원이 급격히 줄어들었고, 1992년 8월 1일에는 집행부가 총사퇴함으로써 노동조합 활동이 사실상 중단되었다.

『포항제철 25년사』

신생 노조 집행부와 첫 만남에서 계급투쟁 성격의 극단적 투쟁을 멀리하자고 역설한 박태준. 그 자리로 찾아가는 그의 머리는 장차 페레스트로이카가 인류사회에 미칠 파장을 예견해보고 있었다. 산업혁명시대에 비해 산업구조가 고도화하여 화이트칼라의 계급성격이 급진적 노동계급의 신분에서 멀어진 시대, 냉전을 녹이는 페레스트로이카까지 현실적 영향력을 급속히 확대해나가는 정세. 그는 20세기의 종착역을 앞둔 한국사회의 노동운동이 현 단계의 폭발적 시기를 넘기고 나면 오히려 노조이기주의가 크게 부각될 것이라고 전망해보았다.

1988년 7월은 박태준에게 영광의 계절을 이어가는 여름이었다. 광양제철소 2기 설비가 모두 준공되어 광양만에서만 연산 540만 톤 체제를 갖추었고, 영국 셰필드대학이 그에게 명예금속학박사학위를 수여하겠다고 했다.

이해 가을은 대한민국도 오랜만에 국제적 위신을 세운다. 88서울올림픽 개막. 9월 17일부터 10월 2일까지 16일 동안 세계 언론의 스포츠 카메라는 서울에 집중되었다. 건국 이후 가장 많은 외국 손님이 한꺼번에 한반도 심장부로 들어와 있었다. 박태준은 여러 나라의 지인들을 서울올림픽에 초청했다. 세계에서 한국의 위치가 세계 철강업계에서 포철의 위치에 육박해가고 있다는 사실을 자랑하고 싶었던 것이다. 더구나 올림픽의 뒤를 이어서 제22차 세계철강협회 총회가 서울에서 열리게 되어 있었다. 그는 뿌듯했다. 서울올림픽이 근대화 건국시대의 대한민국에 세계 속의 한국을 심어준 잔치라면, 세계철강협회 서울총회는 조업과 건설을 병행하는 시절의 포철에 세계 철강업계 속의 확고한 위치를 제공하는 잔치였다.

10월 9일, 한글날에 세계철강협회 총회는 서울 롯데호텔에서 개막되었다. 세종대왕 치세의 창의력을 물려받아 무에서 유를 창조한 포철 사람들이 한국에서 마련한 잔치는 성황을 이루었다. 세계철강협회 로데릭 회장을 비롯하여 사이토 히로시 신일본제철 사장, 프랑스의 메어 프란시스 유지노 회장 등 세계 철강업계 주요인사 309명을 포함, 총 33개국 560여 명이 참여했다.

성대한 대회를 마친 박태준은 다시 한일의원연맹 한국측 회장에 뽑혔다. 대통령 겸 민정당 총재인 노태우가 자기 당 소속 국회의원 박태준에게 주문하는 정치적 역할이 그만큼 불어난 셈이었다. 하지만 그는 가볍게 받았다. 그만한 수준의 정치적 역할은 2천100만 톤 체제를 갖추는 날까지 포철에 전념해야 한다는 자신의 원칙에 부담을 안길 일거리가 아니었다.

이 즐거운 가을날로부터 여러 달에 걸쳐 박태준은 포철의 일로 분주한 나날을 보내야 했다. 11월 1일 광양 3기 건설 종합착공식이 열렸다. 연인원 515만 명이 동원될 또 하나의 대역사 무대가 마련되었다. 3기 설비에는 대림산업, 현대건설 등 국내 유수의 14개 건설회사와 한국중공업, 삼성중공업 등 22개 국내 제작업체, 영국의 데이비 매키 등 14개 해외업체가 참여하게 되었다. 그의 두 발은 더 자주 '철'의 현장을 지켜야 했다.

1988년 12월, 포철은 팀을 꾸려 감사에 대비했다. 그들은 포항의 한 여관을 잡아 함께 숙식해가며 각종 자료를 준비하고 있었다. 그런데 돌연 사고가 발생했다. 9일, 일을 마치고 잠을 자던 한 직원이 그대로 깨어나지 못한 것이었다. 유족은 서른여섯 살의 아내와 딸 셋이었다. 유치원생, 초등학교 2학년과 3학년, 딸 셋을 부둥켜안고 오열하는 미망인 강순남은 눈앞이 캄캄하고 가슴이 터질 지경이었다. 그녀는 회사 노무담당부서에 순직 처리를 요구했다. 그러나 간단한 사안이 아니었다. 담당직원은 부정적 답변을 내놨다. 거리엔 크리스마스를 찬양하고 축복하는 경쾌한 음악이 넘쳐흘러도 미망인의 눈앞은 그저 낭떠러지였다. 그런데 서울올림픽의 그해도 어느덧 이틀밖에 남지 않은 세모의 대낮이었다. 그녀는 전혀 뜻밖의 믿기지 않는 연락을 받았다.

박태준이 미망인을 점심에 초대했다. 포철 회장의 포항 사택인 '효자사'의 식탁에는 밥, 국, 생산구이, 김치 등이 차려져 있었다. 무(無)에서 출발했던 포철에 대한 회고담을 들려준 그가 편안하게 말했다.

"이제 내가 할 말을 마쳤으니, 나에게 하고 싶은 말을 해보시오."

슬픔과 막막함에 짓눌린 시간을 헤쳐 나가고 있는 미망인이 가슴속에 품은 소망을 꺼냈다.

"두 가지를 부탁드립니다. 저의 남편을 포철에 바쳤으니 순직 처리를 해주십시오. 광양제철남초등학교에서 교사를 채용하는데 제가 지원 자격을 갖췄으니 일을 할 수 있게 해주십시오. 아이들을 키워야 합니다."

문득 박태준이 아버지처럼 말했다.

"서른여섯 살이면 내 딸과 동갑인데, 지금 얼굴이 말이 아니니 우선 그 밥그릇을 다 비우면 부탁을 들어주겠소."

미망인은 스무 날 만에 처음 밥그릇을 싹싹 비웠다.

"이거 받으시오. 부의금이오."

100만원 수표 한 장이 든 봉투였다. 그것을 확인한 미망인이 사양을 했다.

"큰딸의 결혼 축의금을 미리 주는 셈 치기로 합시다."

미망인이 도저히 물릴 수 없는 봉투에는 '꿋꿋하게 잘 살아가기 바랍니다'라는 문구가 적혔다. 그리고 해가 바뀌었다. 남편에 대한 순직 처리 소식을 들은 강순남은 잇따라 원하는 학교로 출근하라는 소식도 받았다.

밀실의 계산서와 철의 사나이

1989년 6월은 세계의 이목이 중국 톈안먼 광장으로 쏠렸다. 중국의 대학생들이 한국의 대학생처럼 광장을 점거하여 시위를 벌이고 있었다. 베이징의 심장부가 자유의 광장으로 돌변한 풍경이었다. 정부의 대응방식을 가장 궁금해 한 대학생은 아마도 한국의 대학생이었을 것이다.

늙은 작은 거인의 인내는 오래 가지 않는다. 일찍이 마오쩌둥이 '권력이 나오는 구멍'이라 했던 그 총구를, 덩샤오핑은 주저 없이 체제사수의 불가피한 수단으로 동원한다. 미국을 비롯한 세계의 비난이 쏟아졌지만 베이징의 권력자들은 비정하게 눈도 깜짝하지 않고 톈안먼 광장을 쓸어버린다. 1만5천여 사상자 발생. 그러나 거대한 나라의 권력자들은 그들을 '한 줌'으로 취급한다.

중국이 톈안먼 광장을 피로 물들였을 때, 한국의 청와대에선 1990년 벽두에 일어날 정치적 지각변동의 가능성이 잉태되고 있었다. 6월 2일부터 9일까지 소련을 방문하고 돌아온 민주당 총재 김영삼이 청와대를 예방하여 노태우와 4시간에 걸친 대화를 나누는 가운데 최초로 '합당'이란 표현을 쓴 것이었다.

이 여름에 포철은 제철화학과 동국정유를 인수하면서 경영다각화의 한 방향인 화학분야로 진출할 기반을 다져나갔다. 그러나 박태준의 초점은 첨단산업에 맞추어져 있었다. 이것은 조만간 (주)포스데이타, (주)포스코휼스 설립으로 구체화된다. 첨단 분야로 눈길을 돌린 그의 야심은 세계의 제패를 겨냥하고 있었다. 세계 최고를 목표로 삼는 그의 신념은 첨단산업으로 진출하려는 의지에도 고스란히 반영되어 있었다.

어느 날 박태준은 포항공대 총장 김호길을 불렀다.

"김 총장, 삼보컴퓨터 이용태 회장과 친하지 않소? 정보산업에 1년에 1조 원씩 10년 동안 투자할 결심이오. 이 회장의 자문을 받아보시오."

김호길은 반문을 삼갔다. 빈말을 하지 않는 상대의 성품을 익히 아는 그가 곧 이용태를 찾아갔다. 이용태는 깜짝 놀랐다. 대졸 기술자의 연봉이 1천만 원인 시대, 1조 원은 1년에 10만 명을 먹여 살릴 수 있는 투자였다. 그는 가슴이 벅차올랐다. 컴퓨터회사의 전문경영인으로서 꿈에도 그려온 '한국을 정보기술(IT) 강국으로 만들겠다'는 포부를 실현할 기회가 드디어 왔다는 생각이 들었다. 김호길의 주선으로 박태준과 이용태는 마주앉았다.

"광양제철소가 완공되면 포철은 1년에 2천100만 톤의 철강을 생산하게 됩니다. 건설의 시대를 마친 93년부터 포철은 투자여력이 훨씬 커집니다. 새로운 사업이 필요한 겁니다. 철강이 전통 제조업의 꽃이라면 통신은 미래 정보산업의 꽃이라고 생각합니다. 포철은 2000년까지 현재 철강산업에서 누리는 것과 같은 명성을 정보산업에서도 확보하고 싶습니다. 그러기 위해 과감히 투자할 생각입니다. 우리 내부엔 정보산업을 잘 아는 사람이 없답니다. 이 박사가 투자전략을 마련해주기 바랍니다."

"포철은 물론 우리나라를 위해 훌륭한 결단이라고 생각합니다. 저 또한 이런 기회와 이런 일을 간절히 원해왔습니다. 전력을 다해 한번 해보겠습니다."

두 사람은 쉽게 의기투합했다. 곧바로 포철은 여의도 63빌딩에 번듯한 사무실을 마련했다. 한강이 내려다보이는 근사한 자리였다. 그리고 이용태는 포철 직원 한 명과 포항공대 교수 한 사람을 데리고 미국 출장길에 올랐다. 마이크로소프트의 빌 게이츠 회장과 인텔의 앤디 그로브 회장, 그리고 썬마이크로시스템즈의 스콧 맥닐리 회장을 만났다. 그들은 한결같이 놀라워하면서 기꺼이 협력할 뜻을 보였다. 샌디에이고에 가서는 컴퓨터 하드웨어와 소프트웨어, 반도체, 통신 등 정보산업의 이름난 컨설턴트를 모아 전략회의도 열었다. '한국의 실정과 컴퓨터산업의 미래를 볼 때 포철이 어떤 전략을 수립해야 하는가.' 이 주제에 대해 진지한 의견교환이 이뤄졌다.

박태준이 1993년부터 본격적으로 뛰어들 정보통신산업에 대한 시장조사와 전략수립에 착수했을 때, 광양만 건설현장은 삼각파도에 시달리고 있었다. 광양제철소 건설에 참여한 회사들의 노사분규 장기화로 인한 공기지연과 후유증, 노태우의 주택 200만 호 건설이 초래한 건설자재 품귀와 극심한 인력난, 그리고 건설 노임의 급상승.

박태준은 특히 두 번째 이유가 못마땅했다. 내 집 마련 기회 제공이란 명분에 정권의 진퇴를 건 듯한 태도에 매여 총체적 상황을 읽지 않으려는 대통령 개인의 이해하기 어려운 고집을 따끔하게 비판하고 싶었다. 그가 광양만 건설현장에서 너무 무리하게 추진되는 주택 200만 호 건설의 문제점을 생생히 체득하고 있는 즈음, 청와대와 여권 핵심은 여소야대의 불편한 권력구조를 근본적으로 뜯어고치기 위한 또 하나의 밀실계산서를 작성하고 있었다. 이번의 계산서는 6·29선언 직전에 비해 간단한 셈법이 동원되었다. 3김과의 거래명세서 작성이었다. 김종필, 김영삼, 김대중. 분열에서의 패배에 대한 책임을 통감하여 정계를 은퇴한 것이 아니라, 그와 반대로 패배의 국면에서 지역감정을 자극하여 절묘하게도 3김시대를 개척하여 여소야대라는 민주적 구도를 만들어 당당히 살아남은 3김과 어떻게 거래할 것인가?

김종필. 이 노회한 정객에겐 '보수연합과 내각제'란 카드를 보여야 했다. 그에 따른 문제는 사소한 것들로, 거기엔 당근을 내미는 협상이 필요했다.

김영삼. 김대중의 작은집처럼 전락한 이 패배자에겐 '군과 민의 통합'이 괜찮은 명분이 될 것이었다. 청년시절부터 직업 국회의원을 해왔으니까

의회중심주의적 편향도 있을 수 있어, 그만큼 내각제에 대한 거부반응도 미약할 테고. 게다가 정말 고맙게도 소련 방문을 마치고 돌아온 그가 청와대로 찾아와서 '합당'의 운까지 놓고 갔다.

김대중. 이 패배자와의 연합이 가장 매력적인 선택이긴 하지만 아무래도 '광주'가 그의 용기를 막아설 것 같았다. 그래도 혹시 모르는 일, 제일 먼저 의사를 타진했다가 거절을 당하더라도 '밑져야 예의 갖추기'란 계산은 나올 듯했다.

노태우는 밀실의 계산서를 현실의 흥정자리로 올려놓기 위한 마지막 절차를 감행했다. 그것은 국회 5공청문회에 백담사의 전두환을 불러내기로 한 약속이었다.

정치적으로 매우 복잡한 1989년 세모에 박태준은 런던으로 날아갔다. 버밍햄대학에서 명예공학박사학위를 받는 것으로 시작된 연말연시의 해외 출장, 그의 일정은 빡빡하게 짜여 있었다. 4기 설비 구매협상을 위해 유럽의 몇 군데를 거쳐 뉴욕으로 날아가야 했다. 모든 약속은 벌써 몇 달 전에 잡혀져 있었다.

버밍햄대학에서 영광의 학위모를 쓴 박태준은 크리스마스에 파리로 건너갔다. 유럽 대륙은 겨울의 한복판에 갇혔으나 정치적으로는 냉전의 얼음이 녹아내리는 해빙의 계절을 맞고 있었다. 유럽으로 봄바람을 불어 보내는 진원지는 지중해의 조그만 섬 몰타였다. 1989년 10월 소련의 고르바초프와 미국의 레이건이 만나 발표한 몰타선언. 세계가 열렬한 박수를 보낸 그 냉전체제 종식선언은 제일 먼저 유럽대륙에서 베를린장벽을 허물었다. 11월 9일에 일어난 역사의 기적 같은 현장, 극단의 세기 20세기가 종점에 이르렀다는 사실을 알린 현장, 고르바초프가 미모의 아내를 데리고 나타나 환한 웃음과 박수를 보냈던 그 자리, 브란덴부르크문. 파리의 박태준은 조국의 분단을 떠올리며 거기를 찾고 싶었다. 1962년 정초에 구라파통상사절단을 이끌고 유럽을 처음 방문한 걸음에 찾아가보았던, 그때의 눈 덮인 엉성한 철조망이 떠오르기도 했다. 거기로 가서 해빙의 봄바람을 마셔볼 여유는 없는가 싶어 다시 스케줄을 점검해보았다. 빠듯했다. 도저히 짬을 낼 수가 없었다.

포철이 광양 4기 설비계약에 어려움을 겪는 요인의 하나는 1988년 11월 26일 경제협력개발기구(OECD) 철강위원회가 '선진국들은 앞으로 개발도상국들이 제철소를 신·증설할 경우에 자금 및 기술제공을 금지한다'라는 결정을 내렸기 때문이다. 그러나 포철은 '광양제철소의 1, 2, 3, 4기를 동일한 사양으로 한다'는 원칙을 밀고 나가야 했으므로 4기 설비도 1, 2, 3기 설비를 공급한 업체에 발주할 수밖에 없었다. 이 획기적 발상을 완성할 마지막 단계에 어려움이 나타났다.

포철은 광양 3기 설비공급사로부터 4기 설비에 대한 1차 견적을 접수했다. 당초 추정가격보다 훨씬 높았다. 보고를 받은 박태준은 1989년 11월 20일 견적을 다시 받으라고 지시했다. 하지만 2차 견적도 실망스러웠다. 최고경영자가 직접 나설 수밖에 없었다. 어떡하든 '최저가격·최고품질'이란 원칙을 지켜야 했다.

박태준의 빡빡한 일정은 '포철의 구매원칙'을 관철시키는 일이었다. 유럽의 기존 설비공급사 대표들을 차례로 만나야 하는 그가 분단의 상징에서 하루아침에 통일의 상징으로 돌변한 브란덴부르크문을 둘러볼 여가도 내지 못하고 있을 때, 서울의 노태우는 밀실의 계산서에 일방적으로 박태준을 넣었다.

노태우에겐 멀리 출장 떠난 박태준을 급히 들어오게 할 충분한 힘이 있었다. 과거엔 그가 박태준의 후배요 부하였지만 현재는 포철 최고경영자의 인사권을 거머쥔 국가 최고권력자였다. 박 선배를 끌어들여야만 분위기도 일신되고 전체적으로 균형 잡힌 모양새를 갖추게 된다는 결론을 내린 노태우가 먼저 안기부 쪽으로 사인을 보냈다.

"오랜만이다. 이제 고생은 거의 끝나가지?"

포항의 이대공에게 전화한 이는 국가안전기획부장의 비서실장 서수종이었다. 경주 출신인 그는 1969년부터 1972년까지 포항 분소에 근무한 경력이 있어서 포철 초창기의 고생을 잘 아는 인물이었고, 이대공과는 그때부터 가깝게 지내온 친구이기도 했다. 그가 이대공의 고막을 찌르는 소식을 내놓았다.

"위에서 박태준 회장한테 민정당 대표를 맡아달라고 하신다."

이대공은 파리의 한 호텔로 전화를 걸었다. 그러나 먼 목소리는 조금도 반가운 기색이 아니었다.

"이 사람아, 내가 정치하고 싶어서 국회의원 하는 것 아니잖아? 박 대통령 돌아가시고 내 자신이 회사의 외풍을 막는 울타리가 되려고 한 거야. 나는 정치를 본업으로 할 생각이 없어. 자네가 잘 알면서 그래. 고사한다고 전해주게."

박태준은 일언지하에 잘랐다. 그리고 정신을 간추렸다.

'청와대나 안기부가 처음부터 직접 연락하지 않고 나의 비서실을 경유하는 까닭은 의중을 떠보면서 생각할 여유를 고려한 것이겠지. 나의 의사를 배려해주겠지.'

이대공은 회장의 의사를 토씨 하나 안 틀리게 서수종에게 전달했다. 이틀이 지났다. 그는 다시 서수종의 전화를 받았다.

"법률적 검토는 이미 다 해봤는데, 아무 문제가 없는 것으로 확인됐어. 꼭 도움을 주시기를 바라고 계셔."

이대공은 다시 파리로 전화를 걸었다. 박태준은 흔들림이 없었다.

"나의 대답은 전과 같아. 지금 우리나라 형편에서 정치보다 더 중요한 것은 경제고, 나는 포철 계획을 완성시켜야 해. 나 같은 사람까지 정치를 전업으로 하면 되겠어? 그러니 잘 얘기해서 이해가 가도록 해주게."

12월 31일. 1989년은 하루 남았다. 아니, 대립과 투쟁의 고난으로 점철되어온 80년대 전체가 딱 하루 남아 있었다. 우리 역사는 그 기념으로 무겁고 고달픈 몸에다 하나의 장신구를 달아야 했는지. 마침내 백담사에 은거중인 전두환이 텔레비전 생중계로 등장했다. 이 '공로'에 대한 여야 대표의 목소리는 조금씩 다르다.

1989년 12월 15일, 노대통령과 여야 대표 사이에 5자회담이 열려 내외 현안을 협의했다. 그 자리에서 여당측이 5공비리 청산을 연내에 실시하고 싶다고 했다. 의논 끝에 전두환 전 대통령이 국회에서 증언하는 것으로 청산문제를 매듭짓자고 합의했다.

『김대중 자서전』 2권

나는 노태우가 5공청산을 수용한다면 더 이상의 새로운 요구는 하지 않을 것이라고 여유를 주었다. 김대중이 '전두환의 증언은 녹화로 해도 좋다'는 등 야3당 합의에서 일탈하는 움직임도 있었지만, 계속 밀고 나갔다.

『김영삼 회고록』 3권

5공청산은 누가 직접적으로 내게 건의해서 하게 된 것은 아니다. 국회와 언론, 학생들을 비롯해 국민들의 뜻이 너무도 분명한 상황이었다. 그것을 어떻게 수용하지 않을 수 있었겠는가. 결국은 스스로 판단해 나서지 않을 수 없었다.

노태우, 《월간조선》 1999년 6월호

1990년 1월 1일 새해 첫날, 한국의 모든 조간신문은 증언대에 올라선 전두환의 사진으로 1면을 도배했다. 그의 그 모습에서 90년대의 희망을 발견하라는 시대적 전단이나 포스터 같았다. 전두환이란 이름으로 80년대를 개막했다는 기억을 80년대의 마지막 날에 마지막으로 다시 한 번 되살려준 이날, 이대공은 세 번째로 서수종의 전화를 받았다. 박태준은 뉴욕으로 날아가는 중이었다. 그의 목소리가 좀 뻣뻣해졌다.

"절대 오해는 하지 마라. 대통령은 포철 회장의 인사권자 아니냐? 국가 원수가 먼저 세 번이나 뜻을 전달했으니 들어올 형편이 못 되면 청와대로 전화라도 직접 해주는 게 예의 아니겠나?"

이대공은 뉴욕의 박태준과 연결했다. 먼 목소리가 짜증을 부렸다.

"자네가 내 스케줄을 다 알지 않나. 우리 회사에 얼마나 중요한 인물을 만나는지 다 알고 있으면서 왜 제대로 설명을 못해줘서 자꾸 전화하게 만드나. 6개월 전에 예약한 사람들과의 약속을 취소하고 돌아가면 국제 신인도가 뭐가 되나? 약속은 외국인과의 비즈니스에서 제일 중요한 거야. 나는 맡을 수 없다고 분명히 전해줘."

노태우의 심부름꾼으로서는 일종의 삼고초려를 한 셈이었으나 박태준의 태도는 달라지지 않았다. 십여 분 뒤, 이대공은 뉴욕의 전화를 받았다.

"이러다가 오해만 생기겠어요."

"사모님, 무슨 말씀이십니까?"

그는 긴장을 죄었다.

"방금 애들 아빠께서 전화 끊고 이런 말씀을 하십니다. '우리 임원들이 이제 내가 포철에서 나가도 자기들끼리 포철을 경영해나갈 자신이 있다는 말이구나. 안 그래도 광양 4기 끝나면 회장에서 물러날 생각인데.' 이러니 괜한 오해만 생기지 않겠어요?"

"정말 오해의 말씀이십니다. 저쪽에서 극비로 해달라고 했기 때문에 아무도 모릅니다. 저 혼자 알고 있습니다. 절대 오해하시지 못하게 해주십시오. 다시는 전화 드리지 않겠습니다. 그리고 저쪽에서 국가원수가 요청한 일로 전화를 세 번이나 했는데 직접 전화라도 하시는 게 예의가 아니냐는 반응까지 보였다는 말씀도 전해주십시오. 이 말은 전해드리지 않았습니다."

이대공은 즉시 서수종을 찾아 방금 일어난 자초지종을 들려주었다.

"잘 알았네."

박태준은 어쩔 수 없이 일부 스케줄을 취소하고 도쿄로 날아오는 비행기에 탑승했다. 1990년 새해 벽두, 박태준은 피할 수 없는 멍에를 각오하며 뉴욕을 출발했다. 서수종과 이대공의 통화는 계속되고 있었다. 저쪽의 주문은 두 번 바뀌었다. '도쿄에서 하루만 쉬시고 서울로 들어오시면 좋겠다고 하신다'에서 '도쿄에서 바로 서울로 들어와서 하루만 쉬시고 청와대로 오시면 좋겠다고 하신다'로, 다시 '도쿄에 도착하시면 곧장 서울로 들어오셔서 즉시 청와대로 오시라 하신다'로.

아직 정치부 기자들은 박준규 의원의 대표직 사퇴로 발생한 빈 권좌의 새 주인공에 대한 예측 기사를 쓰고 있었다. '민정당 대표위원 금명 임명', '대표엔 박태준·김윤환 물망', '박태준 의원 물망에 일부 중진들 반발', '김윤환 전 총무 기용도 이미 TK서 견제', '예상 밖 인사 가능성도' 등등.

1월 5일 오전 이대공은 김포공항으로 회장을 맞으러 나갔다. 벌써 공항에는 정치부 기자들이 버글버글 끓고 있었다. 수없이 터지는 플래시와 질문공세. 한 사람이 그의 인생에서 영광의 절정을 맞은 듯한 소동이 벌어졌다. 그러나 박태준은 착잡한 기분을 떨치지 못했다. 그의 승용차가 앞으로 미끄러져 나간 뒤에도 몇몇 카메라기자들이 파파라치처럼 따라붙었다.

노태우는 청와대에서 조금 늦어진 점심을 차려 박태준을 기다리고 있었다. 포철 회장이 육사 교무처장이고 대통령이 육사 4학년이었을 때 얼굴을 익힌 뒤로 군에서의 오랜 세월 동안 각별한 인연을 맺은 적 없었던 두 사람, 과거와 현재의 위치가 뒤집힌 독대는 오후 2시 30분쯤 끝났다. 그러나 오후 2시 라디오뉴스는 '박태준 민정당 대표 취임'을 기정사실로 보도하고 있었다. 두 사람의 뒤집힌 관계를 잘 아는 것처럼.

이튿날 아침, 한국의 신문들은 '서수종과 이대공'의 똑같은 통화를 세 차례나 반복하게 만들었던 '박태준의 속마음'엔 눈곱만큼의 관심도 보이지 않으면서 오직 정치적 전면에 등장한 '새로운 정치 지도자 박태준'에 초점을 맞추고 있었다.

이수정 청와대 대변인은 '노 대통령이 박 의원을 당 대표로 기용한 것은 포항제철 경영을 통해 세계적인 경영인으로 높이 평가받고 있는데다 당의 결속과 유화, 그리고 대야 협조를 위해 가장 적임자로 생각했기 때문'이라고 설명했다.

1990년 1월 6일자 서울신문

박태준은 포철 회장직을 언제까지 유지할 것인가라는 질문도 받았다. 그는 망설임 없이 답했다. 포철이 92년까지 생산량 2천100만 톤이란 목표를 달성할 수 있도록 도움을 줘야 하고 해외수주 관계 등 계속사업 때문에 당장 그만두기는 어려워서 사임문제는 그런 일이 해결되는 대로 차차 생각하겠다고.

'차차'라는 부사어를 달긴 했지만, 그는 아내에게 귀띔했던 대로 광양제철소 4기 설비의 종합준공과 더불어 포철 최고경영자의 자리에서 물러날 생각을 굳히고 있었다. 물론 그렇다고 본업 정치인이 되겠다는 설계를 그리고 있는 것은 아니었다. 포철 회장 자리를 후배에게 물려주더라도 자신의 개인적 신인도가 회사에 기여할 수 있는 힘을 고려하여 해외 업무와 정보통신 사업에 전념하겠다는 대강의 큰 그림을 그리고 있었다.

'민정당 대표위원 박태준'이라는 굵은 제목과 그의 사진이 신문의 1면 머리기사로 오른 날, 그 옆에는 '민주·공화 통합추진 시사'라는 제목이 붙거져 있었다. "연합공천보다 정치개편을 함으로써 책임지고 정당을 대표해서 나갈 수 있도록 해야 한다"라는 민주당 총재 김영삼의 코멘트는 3당 통합을 예고하는 애드벌룬이었다.

노태우와 박태준이 청와대에서 만난 1월 5일, 언론에는 알려지지 않았지만, 두 사람은 아주 중요한 대화도 나누었다.

"합당 얘기가 빈번히 오가고 있었는데, 그건 어떻게 되었습니까?"

박태준은 무엇보다 이 점부터 확인하고 싶었다. 자신의 내심은 '합당 반대'이지만 말릴 수 없는 바에야 적절한 관리자 노릇은 해줘야 한다는 작심까지 해둔 터였다.

"아직 아무것도 된 게 없습니다. 이제부터 시작입니다."

신임 대표위원은 대통령의 웃음에서 야릇한 뒷맛을 맡았다. 그래도 말을 액면 그대로 받아들이기로 했다. 그런데 그의 야릇한 뒷맛을 쓴맛으로 바꾸는 일이 아주 평범한 상황에서 발생했다. 청와대에서 물러난 뒤 얼마 지나지 않아 이른바 6공의 황태자로 불리는 박철언에게 3당합당에 대한 보고를 듣는 자리에서였다.

"이제 다 됐습니다. 서명만 남은 거나 다름없습니다."

박태준은 노태우가 처음부터 속였다는 느낌을 지울 수가 없었다.

'왜 시침을 딱 뗐을까? 합당에 반대하는 내가 혹시 대표 안 맡겠다고 버틸 것 같아서? 아무리 그래도 일을 같이 하자고 했으면 허심탄회하게 나와야지 말이야……'

그는 속이 끓었다. 그러나 이미 엎질러진 물이었다. 자신의 옷으로 닦고 참아야 했다. 그는 벙어리 냉가슴 앓듯 씁쓸한 입맛을 다셨다.

'포철 회장'의 인사권자인 대통령의 요청을 끝까지 뿌리치지 못하고 민정당 대표로 뽑혀나간 일. 세속의 시각은 그의 머리에 씌워진 월계관으로 보았다. 그럴 만했다. 집권여당의 제2인자 자리, 당내 끗발로만 재자면 대통령이 겸직하는 총재의 바로 밑이니까 대단히 높은 권세에 올랐다고 말할 수 있었다. 하지만 그는 아직 정치인이 아니었다. 정치인이 되기 위하여 지역구에 출마한 경력도 전혀 없거니와, 정치적으로 일신을 의탁할 지역이 없다는 것은 지역주의에 패권의 뿌리를 박은 3김과 맞대결을 벌일 수 있는 정치적 기반이 취약하다는 뜻이었다. 더구나 그는 집권여당의 제2인자 자리에 초빙된 시간에도 아직 본업 정치인이 되겠다는 생각이 없는 사람이었다. 그렇다면 세속의 시각이 개인과 가문의 영광쯤으로 우러러볼 그 월계관은 풍랑이 드센 정치의 바다 위에서 어느 순간에 가시면류관으로 돌변할 수도 있었다.

1990년 벽두, 박태준은 나라 안의 모든 이목이 일시적으로는 '영일만의 기적'을 이루었을 때만큼 자신의 몸으로 집중된 가운데 정치의 최전선이며 권력암투의 소용돌이가 끊이지 않는, 썩 내키지 않는 영광의 자리로 올라가 앉았다.

철의 용상에 하루만 앉다

가면무도회

서울이 눈에 덮인 날, 1월 22일이 저물고 있었다. 아직 공식발표는 없고 기자들은 변죽만 울려댔다. 노태우·김영삼·김종필의 청와대 3자 회담은 9시간이나 계속되었다. 지긋지긋한 마라톤 회의였다. 저녁 7시가 지나 '민족·민주세력의 통합을 위한 새 역사 창조'란 선언문이 나왔다. 세 사람의 9시간 회의에 대해 항간에선 정치적 계산서 작성이 오죽 복잡하겠느냐고 비아냥거렸지만, 그것은 통속의 흔적을 깨끗이 지운 역사적 결단의 언어들로 넘쳐났다.

국민의 선택에 의해 출범한 이 공화국의 국정책임을 지고 있는 민주정의당 총재 노태우와, 오랜 세월 이 땅의 민주주의를 위해 몸바쳐온 통일민주당의 김영삼 총재, 그리고 국태민안(國泰民安)의 신념을 꿋꿋이 실천해온 신민주공화당의 김종필 총재, 우리 세 사람은 민주·번영·통일을 이룰 새로운 역사의 장을 열기 위해 오늘 국민 여러분 앞에 섰습니다.

이제 당파적 이해로 분열·대결하는 정치에 종지부를 찍기로 했습니다. 지난날의 배타적 아집과 독선, 투쟁과 반목의 구시대 정치를 활활 타는 용광로 속에 불사르기로 했습니다.

해방 이후 한국정치사에서 벅차게 아름다운 선언이었다. 그러나 용광로를 모르는 그들이 용광로 역할을 해낼지는 의문이었다. 그들은 용광로의 주인공을 부르지 않았다. 노태우는 의전의 격을 따졌을지 모른다. 민주정의당 총재, 통일민주당 총재, 신민주공화당 총재. 이렇게 총재끼리만 머리를 맞대고 앉는 자리에는, 아무리 덩치 큰 여당의 대표위원이라고 해도 어쨌든 총재는 아니니까 빠져야 한다고 판단했을지도 모른다.

그러나 당 총재가 당 대표에게, 또는 후배가 선배에게 미리 양해는 구해야 도리에 어긋나지 않는다. 박태준은 총재와 대표의 차이는 이해했으나 노태우의 결례에는 분을 삭여야 했다.

'대표위원을 맡아달라고 부탁하는 자리에선 어물쩍 넘기더니, 이번엔 사전에 귀띔조차 해주지 않다니……. 이게 뭔가, 물태우라 불리더니 나한테 물 먹이는 건가.'

그는 자존심이 무척 상했다. 하지만 여당 대표위원에 취임하여 겨우 보름을 지낸 이는 스스로 가슴을 쓰다듬을 수밖에 없었다.

가면무도회는 끝났다. 지루하기 짝이 없던 막을 내린 뒤에 오히려 그것은 더욱 화려해졌다. 용광로의 주인공을 뺀 채 용광로까지 동원한 거창한 '화해', 세 주인공이 투명유리처럼 다루어 깨지지 않는 한 소리조차 나지 않을 '내각제', 내각제의 그림자도 내비치지 않는 놀라운 '함구', 놀라는 새조차 없던 '경천동지'. 이런 노회한 축제를 국민은 안방에서 끔벅끔벅 쳐다보고만 있어야 했다.

1월 25일 민주자유당(이하 '민자당'이라 약칭) 창당 일정을 협의하기 위해 청와대로 들어서는 박태준은 마음을 편안하게 정리하고 있었다. 노태우에게 자존심 상한 일은 지우기로 했다. 이왕 벌어진 일이니 발전적으로 받아들일 생각도 했다. 김영삼의 속마음에 거대여당의 대통령 후보가 되고야 말겠다는 집착만이 우거졌다 하더라도, 부단히 대립해왔던 두 정치세력이 한 지붕 밑에 살림을 차리게 된 것은 필경 고르바초프의 페레스트로이카에서 영향 받은 것이라고 '좋게' 해석했다.

그런데 김대중의 평민당이 비밀장부를 빤히 들여다본 것처럼 성명을 발표했다. '내각제 개헌저지 1천만 명 서명운동'을 평화적으로 전개해나가겠다는 것. 거대여당을 만든 세 사람은 저마다 묘한 기분을 맛보아야 했다.

누구보다 김종필은 앞길이 답답해 보였을 것이다. 내각제 주창자로서 그것을 이룰 길이라면 언제든지 고개를 숙이고 2인자 자리도 마다하지 않겠다는 태도였으니까.

노태우는 크게 놀랐을 것이다. '내각제를 지향한다'라는 내용을 명시할 것을 검토했으나 평민당의 거센 반발을 염려하여 빼자고 했는데, 그게 말짱 헛수고로 돌아간 격이었다.

김영삼은 틀림없이 1천만 명의 '내각제개헌 반대서명'을 1천만 명의 '자기 응원군'으로 받아들였을 것이다. 합당 흥정에서 골치 아픈 내각제합의와 맞닥뜨렸을 때도 바깥에는 내각제를 반대하는 DJ가 마치 막강한 지원부대처럼 건재하다는 사실을 충분히 감안했을 것이다.

　6월항쟁의 거친 바다에서 한 배를 타고서도 동상이몽을 꼬불쳐둔 채 서로 다른 계산에 열중하느라 민주화의 결정적 시기에 등을 돌려 똑같이 '패배의 종점'에 서야 했던 YS와 DJ. 1990년대의 개막과 더불어 이제 다시는 손잡을 수 없는 관계로 굳어지고 말았지만, 여전히 두 김은 서로 기댈 수밖에 없는 부분을 공유했다. 서로의 보이지 않는 손을 잡아야만 이쪽도 저쪽도 정국을 주도하는 힘을 받을 수 있었다. 라이벌이 라이벌을 살려내고 라이벌끼리 현실을 주도해가다가 궁극에 이르러 어느 한쪽이 다른 한쪽을 이겨먹는 게임으로의 진입, 이것이 90년대 벽두의 DJ와 YS의 정치적 함수관계였다.

　박태준과 김영삼. 졸지에 한 살림을 차리게 된 이질적인 두 사람은 깊은 친교 없이 얼굴만 엔간히 익힌 사이로 정치적 악연 따위도 없었다. 1957년 국방부로 뽑혀나가 인사업무를 맡은 육군의 젊은 엘리트 박태준 대령이 장관을 따라 국회에 나가 답변을 보완해주던 시절, 김영삼은 패기에 찬 야당의 젊은 국회의원이었다. 박정희가 대통령으로 재임하던 시절, 김영삼은 야당의 길을 걸었고 박태준은 정치와 무관한 신분으로 영일만 모래벌판에서 기적을 만드는 고투에 몰두했다. 서로 험악한 표정으로 으르렁거릴 이유가 없었다. 전두환이 대통령으로 재임하던 시절에도 마찬가지였다. 김영삼이 단식투쟁으로 저항할 때, 박태준은 국회에 한 발만 걸쳐놓은 채 포항을 마무리하고 광양에서 제2의 기적을 일으킬 준비에 분주했다. 김영삼이 최루탄의 거리에서 직선제 개헌을 쟁취하려고 최루탄을 마실 때, 박태준은 정치인의 허울을 벗은 철인(鐵人)으로 돌아가 다시 광양에서 제2의 기적에 도전했다.

　인생을 걸어온 길이 완연히 다르고 성품이 다르고 세계관과 국가관이 다

르다는 의미에서, 한 사람이 '정치 9단'이라면 또 한 사람은 '경제 9단'이
란 의미에서 이질적인 두 사람에게 같은 점도 있었다. 나이가 같고(1927년
생), 고향이 같았다(경남). 또 있다. 자존심이 강하고, 역사에 기여해왔다는
자부심도 강했다. 강한 자존심과 강한 자존심, 강한 자부심과 강한 자부
심. 이것은 앞으로 두 사람의 배짱이 맞으면 서로 힘을 합쳐 큰일을 성취
할 수 있지만, 서로 어긋난다면 서로에게 큰 상처를 입히고 그것이 국가와
당대의 큰 손실로 직결될 수도 있다는 것을 의미했다.

　잘난 인간이든 못난 인간이든 무릇 인간이란, 특히 한국인은 낯선 얼굴
끼리 만나도 '동갑내기에 고향이 같으면' 인간적 친밀감을 높이는 지름길
이 깔린다. 박태준과 김영삼도 예외가 아니었다. 동갑내기이며 고향이 같
다는 조건이 사석에서의 말씨부터 편안하게 해주었고, 그 속에 쉽게 인정
을 담을 수 있었다.

　2월 6일 박태준은 일본 요미우리신문에 실린 김영삼의 회견을 읽었다. 3
당통합은 1955년 일본의 보수대합동에 의한 자민당(自民黨)을 모델로 삼은
것이 아니라, 1966년 빌리 브란트 당수 휘하의 서독 사민당(社民黨)을 참
고로 한 결단이었다는 주장이 담겨 있었다. 합당선언으로부터 보름쯤 지
나 내놓은 논리여서 다소 지각한 느낌이 없진 않았으나, 괜찮은 근거를 끌
어들였다는 생각이 들었다. 다만 한 가지 찜찜한 구석은, 김영삼이 거론한
일본과 서독이 내각제 국가라는 점이었다. 그래서 좀 아리송하기도 했다.
YS도 속마음으로는 내각제를 고려의 대상으로 삼는 것은 아닌지. 하지만
그것은 아닐 것이었다. '지각한 발언'이어서 얼른 신뢰가 가지 않았고, YS
에게 '대통령병'이 있지 않나 하는 의구심을 떨쳐버릴 수 없었다. "일본의
자민당이든 서독의 사민당이든 거기는 내각제를 하잖아?" 하는 농담이라
도 던졌다가는 괜히 부질없는 평지풍파만 일으킬 것 같았다.

　김영삼, 박태준, 김종필. 이들 세 사람이 원만하게 출발한 관계는 3당통
합 선언 직후의 절차를 비교적 순조롭게 이끌었다. 2월 9일 서울 여의도
중소기업회관에서 3당통합 수임기구 합동회의가 열렸다. 통합신당인 민자

당이 공식적으로 깃발을 올린 이날, 민자당은 개헌의결 정족수인 국회의원 재적수 3분의 2를 넘겼다. 마음만 먹으면 국회에서 내각제 개헌을 해치울 수 있는 조건이었다. 당의 총재는 노태우, 대표최고위원은 김영삼, 최고위원은 박태준과 김종필. 이 지도체제는 전당대회를 거치면 법적 완성을 이룰 것이었다. 이제 한국 정계는 민자당과 평민당의 양당체제로 개편되었다. 거대여당의 탄생은 하나의 파괴 위에 서 있었다. 4·26총선에서 지역주의란 악령이 어쩌다 실수로 선행을 하듯이 탄생시킨 절묘한 '여소야대'를 정략적으로 파괴한 것이었다.

2월 15일 민자당 현판식이 열렸다. 당사 출입문 옆에 세로로 내건 당의 간판 앞에서 김영삼·김종필·박태준은 저마다 가슴에 꽃을 꽂고 밝은 표정으로 손을 한데 모아 기념촬영을 했다. 그들의 모습으로만 보면 변함없는 연대의 길이 펼쳐질 것 같았다. 배신과 음모는 다른 세계의 단어 같았다.

2월 하순에 국회가 임시로 문을 열었다. 김영삼은 신생 거대여당의 대표로서 교섭단체 대표연설에 나섰다.

"더 이상 늦기 전에 갈등과 대립의 악순환을 뛰어넘어 화해와 단합, 안정과 번영, 나아가 통일을 위한 역사 발전의 계기를 마련해야 하며, 지금이야말로 그러한 용단을 내려야 할 시기라고 판단했습니다."

정치란 말로 시작하는 것이고, 현실은 그 말을 실천함으로써 변화한다. 이는 누구도 부인할 수 없는 상식이다. 김영삼이 이 연설에서 한 말을 그대로 실천한다면 앞으로 한국에선 보복정치가 자취를 감추고 관용과 화해의 시대가 열릴 것이다.

경제 9단, 정치 9단

3월이 왔다. 박태준은 포철을 지휘할 후배를 찾았다. 여당 최고위원이되었으니, 앞으로 2년 6개월쯤 후에 이뤄질 2천100만 톤 대역사의 대미를 완성할 후계자를 앉혀야 했다. 포철의 대역사가 완성되면 회장 자리에서 물러나겠다는 결심을 굳혔기에, 그에겐 지금부터 회장 수업에 들어갈 적임자가 필요했다.

3월 6일 포철 주주총회는 정관에 명예회장, 부회장을 신설했다. 명예회장은 이태 뒤의 박태준을 위해 공석으로 두고, 부회장엔 포철 상임고문 황경노를 추대했다. 육사 시절에 박태준과 처음 만나 대한중석과 포철을 함께 일으킨 오랜 동지였다.

'경제 9단' 박태준이 포철의 안정적 미래를 준비하는 새봄, '정치 9단' 김영삼은 러시아 재방문을 추진했다. 국가 지도자로서 외교적 이미지를 강화하려는 그의 핵심 목표는 1990년 3월 당시 세계 최고의 지도자로 칭송받는 고르바초프 면담에 맞춰졌다. 노태우는 속으로 짜증냈다.

> 소련과의 수교를 위한 물밑 접촉이 한창 무르익어가는 중에 YS가 소련 방문을 희망했다. 나는 북방정책에 대해 잘 알지도 못하는 그가 소련을 방문하는 것은 위험부담이 없지 않다고 생각하면서도 합당 후 처음으로 내세우는 부탁인지라 받아들이기로 했다.
>
> 노태우, 《월간조선》 1999년 6월호

김영삼은 3월 19일부터 8일간 재차 러시아를 방문했다. 고르바초프를 만날 수 있을지는 자신도 몰랐는데, 갑자기 당일 5시 25분까지 크렘린궁으로 와달라는 연락을 받았다고 했다. 깜짝 쇼처럼 고르바초프와의 면담을 성사시킨 김영삼의 수완. 여기엔 낯 뜨거운 소문이 뒤따랐다. 모 기업인이 뇌물을 썼다느니, YS가 사람 이름을 잘못 말했다느니, 박철언과 마찰했다느니, YS의 돌출행동이 심했다느니…….

김영삼의 소련 방문, 고르바초프 면담은 3당합당 후 첫 시련으로 불거지고 말았다. 모스크바에서의 YS에 대한 소문이 나돌던 4월 초순, 소문의 주인공이 '김영삼 최고위원의 최근 특이동향'이란 제목의 안기부 문건을 확보했다며 공작정치 중지를 요구하고는 당무를 거부하고 부산으로 내려갔다. 그의 표현으로는 이른바 '정면돌파'였고, 그런 행태를 못마땅해 하는 눈에는 '땡깡'이었다.

문제의 문건에는 '외무부 등에서 김영삼의 방소 활동 시 외교관례상의 문제점에 대해 정식으로 이의를 제기한다'는 내용도 담겨 있었다. 부산에 버티고 앉은 김영삼이 기자들의 펜을 마이크 삼아 해볼 테면 해보자는 식으로 방송을 해대자, 그의 소련 방문에 동행했던 정무장관 박철언은 3당통합 과정이나 방소기간 중에 있었던 일을 직접 얘기하고 반격을 가할 경우 김 최고위원의 정치생명은 하루아침에 끝날 것이라고 퍼부었다.

5월 9일로 잡힌 민자당 첫 전당대회를 앞두고 열흘쯤 전개되었던 노태우와 김영삼 또는 김영삼과 박철언의 기세 대결은 김종필의 중재로 4월 17일에야 간신히 막을 내렸다. 이날 청와대 회동에는 노태우, 김영삼, 김종필, 박태준 네 사람이 한 자리에 앉았다. 중간에 김종필과 박태준이 자리를 비키자, 김영삼은 노태우와 단독으로 겨룬 담판에서 판정승을 거두었다. 청와대의 민자당 내분사태에 대한 유감 표명이 있었고, 박철언이 물러난 정무장관 자리를 YS가 추천한 민정계의 김윤환이 차지했다.

박태준은 방소 소문부터 청와대 판정승에 이르기까지 모든 과정을 지켜보면서 김영삼에게 처음으로 실망했다. 최소한 두 가지였다.

먼저, 어떡하든 자신의 실수를 극렬히 부인하고 은폐하려는 경향이 마음에 들지 않았다. 실수가 밝혀지고 알려지면 '지도자 자질론'에 흠집이 생길 테고, 인간적 신뢰가 허술한 사람들과의 연대에서 실수를 인정하면 약점으로 잡힐 테지만, 그런 사정을 감안하더라도 안하무인의 태도는 몹시 거슬리는 것이었다.

다음, 자신의 주장을 관철하는 방법이 싫었다. 아무리 평생을 투쟁의 길로 걸어왔다고 자랑하는 사람이라도 새로운 정치를 시작하겠다고 약속했으면 최소한 '선 대화 후 투쟁'의 방식을 선보여야 할 텐데, 노태우의 과거 (12·12와 5·18)와 현재(정경유착의 징조)의 치명적 결함을 손아귀에 쥐고 있다고 하여 3당합당의 선언문을 휴지조각으로 여기는 태도가 영 마음에 들지 않았다.

그러나 박태준은 속마음을 섣불리 드러내지 않았다. 어차피 노태우 다음의 권좌를 노리고 들어온 사람이고 정치적으로 경쟁할 마음도 없으니 이왕이면 지도자로서 자질이나 좋아지면 좋겠다고 바랄 따름이었다. 나중의 일은 충분히 관찰한 다음에 결정을 내려야 할 문제였다.

3당합당 후 처음으로 노태우와 김영삼의 갈등이 뿔처럼 튀어나온 1990년 4월, 박태준은 일본 미쓰비시그룹에서 온 특별한 손님과 만났다. 손님은 매우 고마운 제안을 했다.

"저희 그룹의 이사회에서 박태준 회장께 감사를 표해야 한다는 결의가 있었습니다. 포철이 세계적 일류 철강기업으로 성장하는 동안에 미쓰비시의 설비가 가장 많이 들어갔습니다만, 우리 회사가 박 회장께 한 번도 인사를 차린 적이 없었습니다. 물론 당신의 확고한 원칙이 그렇게 만들었습니다. 그러나 아무리 그렇더라도 인간사회의 인사, 특히 동양적 예의에 비춰볼 때는 우리 회사가 잘못한 일이라는 것이 우리 이사회의 판단입니다."

"고마운 말씀입니다. 오히려 나와 우리 포철이 귀사에 감사할 일입니다. 정치적으로 어려운 시절에 전혀 정치적 고려를 하지 않은 가격으로 설비를 공급해줘서 큰 도움이 되었습니다."

"아닙니다. 포철의 대성을 우리 중공업에서는 큰 영광으로 생각합니다. 우리가 당신에게 표현할 감사의 방법을 이렇게 정했습니다. 당신이 해운회사를 설립하면, 미쓰비시은행이 돈을 출자하여 화물선을 건조하도록 하는 겁니다. 화물 알선도 미쓰비시가 책임질 것입니다. 그 수익금은 전액 박 회장님께서 관리하십시오."

감사 표현으로는 놀라운 제안이었다. 개인적으로는 공짜로 화물선을 챙겨서 두고두고 돈방석에 앉을 수 있는 굉장한 제안이었다. 박태준은 서슴없이 말했다.

"대단히 감사한 제안입니다. 고맙게 받겠습니다. 그러나 박태준 개인이 받을 수는 없습니다. 우리 회사는 포항공대를 지속적으로 키워나가야 합니다. 수익금 전액이 우리의 장학재단으로 들어가게 하는 방법을 강구해 봅시다."

"역시 훌륭한 아이디어를 내시는군요. 그렇게 하도록 우리 이사회에 알리겠습니다. 서둘러 진행하겠습니다."

"내가 포철을 떠난 뒤에도 포항공대는 계속 발전해나가야 하니까, 그렇게 하는 것이 좋겠습니다."

다시 미쓰비시에서 사람이 왔다. 개인적 선물이 포항공대를 위한 훨씬 거대한 선물로 부풀었다. '화물선은 20척까지 건조해도 좋다. 그 돈은 미쓰비시은행이 좋은 조건으로 융자해준다. 융자금의 95%를 상환할 때까지는 제3자에게 양도할 수 없다……'

박태준이 '장기융자에 95% 상환'이란 조건을 붙인 것은 자신이 회사를 떠난 뒤에도 손대지 못하게 하겠다는 복안이었다. 그는 겨우 50억 원의 포철 자금으로 ㈜거양해운을 만들었다. 화물은 포철 자체의 물량만으로도 충분했다. 원료를 나르고 제품을 나르고……. 거양해운의 수익금이 포항공대로 들어가는 시스템이 만들어졌다.

시한폭탄과 짠 모래

민자당 전당대회를 사흘 앞둔 5월 6일 노태우·김영삼·김종필은 극비 문서에 서명했다. 이른바 '내각제 합의각서'였다. 김영삼이 서명하지 않으려고 꽁무니를 빼기에 '이걸 안 하면 전당대회에서 대표최고위원 경선을 하자는 주장이 나올 것'이란 겁도 주고 '절대 외부에 공개하지 않겠다'는 약속도 한 모양이었다. 합의는 말뿐일지도 몰랐다. 동상이몽의 야심가들이 오월동주의 배를 함께 탔으니, 그 얄팍한 종이 한 장이 졸지에 어마어마한 폭탄으로 돌변할 수도 있었다.

가을의 정기국회가 열릴 때까지 별난 정치행사는 없을 듯했다. 정치가 조용하면 박태준은 그만큼 포철에 더 많은 시간을 할애할 수 있을 것이었다. 5월이 가기 전에 홍역을 예고하는 씨앗이 언뜻 비치긴 했다. 5월 29일 중앙일보가 '5월 9일 전당대회 직전에 노태우 대통령과 김영삼·김종필 최고위원이 내각제 3개항에 합의하고 각서를 만들었다'고 보도한 것이다.

여름에 접어들었다. 김영삼은 '내각제의 그물'로부터 빠져나오려고 청와대에 들어가면 가끔씩 노태우를 괴롭혔다. 그것이 6월 임시국회를 앞두고, 국민과 야당이 반대하는 개헌은 할 수 없다느니, 연내 개헌은 하지 않는다느니 노태우의 신음소리로 흘러나왔다. 그러나 민자당은 대체로 조용한 편이었다.

민자당이 내각제 합의각서를 당사 안에다 시한폭탄처럼 장착해놓은 6월, 정작 나라를 시끄럽게 만든 주범은 노태우의 무리한 주택 200만 호 건설이었다. 임시국회에서도 그것에 대한 원성을 다루었다. 이미 광양제철소 건설현장에서 주택 200만 호 건설의 문제점들을 체감한 박태준은, 국회 건설위원회 소속 여야의원들과 함께 수도권 대단지 아파트 건설현장으로 갔다.

'어느 나라든 산업화 초기에 국가적 역량은 건설에 집중할 수밖에 없다. 도로, 항만, 교량, 철도, 비행장, 발전소, 건물, 공장…….. 그래서 우리 세대의 부실공사는 국가 기초를 위험에 빠뜨리는 범죄행위와 마찬가지다.'

이러한 신념으로 박태준은 포철의 사전에 부실공사는 없다는 신화 창조를 위해 혼신의 노력을 기울여왔다. 완벽주의를 추구하는 그의 까다로운 눈에도 1990년의 한국 건설업계 수준은 상당히 성장했다. 중동 붐을 타고 열사의 나라로 진출했던 건설업체들이 질적 상승을 끌어준 덕분이었다. 그런데 주택 200만 호 건설은 질적으로 상승하는 우리 건설업계에 군웅할거 시대를 초래하여 기술력을 저하시키고 도덕적으로 후퇴시켰다. 건축자재 품귀현상과 가격폭등, 인력과 장비의 부족, 임금상승과 장비임대료 상승 등이 표면의 문제라면, 기술력 저하와 도덕적 후퇴는 이면의 문제였다.

아파트들이 한창 모양새를 갖춰가는 건설 현장에서 소장이 박태준 일행을 맞았다.

"배차플랜트가 어디요?"

"예, 저쪽입니다."

"거기로 갑시다."

소장이 앞장을 섰다. 모래와 시멘트를 섞어 레미콘을 만드는 곳엔 모래가 왕릉처럼 쌓여 있었다.

"이거 바닷모래 아니오?"

"그런 줄 압니다."

박태준은 손가락에 모래알을 찍어 혀에 올렸다. 모두 질린 표정이었다.

"씻지도 않고 쓰고 있어. 이건 완전히 소금이야, 소금! 의원님들 모두 간 좀 보세요."

몇 사람이 그의 의견을 따랐다. 퉤, 퉤, 모래를 뱉어낸 그들은 한결같이 동의했다.

"짜네요, 짜."

"정말 간을 많이 했네."

박태준은 소장에게 물었다.

"모래에 염분이 들어가면 어떻게 되는 거요?"

"콘크리트 강도에 좋지 않습니다."

"잘 아는구먼. 건축자재의 품귀가 바닷모래를 마구 퍼오게 만들었다면, 제대로 씻기라도 해야지. 나중에 아파트가 모래성처럼 부석부석 무너져 내리면 어쩔 거요?"

소장의 얼굴이 벌겋게 달아올랐다.

"이 모래를 병에 담아. 샘플이니까."

박태준이 비서에게 영을 내리자 한 의원이 농을 걸었다.

"어디 쓰시려고 그러십니까? 최고위원님 댁에 소금 떨어졌습니까?"

"우리 집은 아니고, 혹시 모르지 않소? 청와대에 떨어졌는지."

한바탕 웃음보가 터졌다.

"시멘트 창고는 어디요?"

모두 젊은 소장의 뒤를 따랐다. 국산 시멘트 공급이 달린다고 했으니, 틀림없이 국제규격에 미달하는 싸구려가 쌓여 있을 것이라고 짐작했는데, 역시 그의 예상은 적중했다. '메이드 인 차이나'뿐 아니라, '조선민주주의인민공화국'이 찍힌 포대도 수두룩했다.

"중국산, 북한산 시멘트는 현재까지 국제규격 미달이잖소? 그걸 왜 쓰는 거요? 쓰지 마시오."

박태준은 애꿎은 소장을 호되게 나무란 뒤, '중국'과 '조선'이 찍힌 부위를 오려 챙기라는 지시를 내렸다.

"모래와 시멘트가 이 모양이니 자갈은 볼 것도 없겠고, 철근이나 보러 갑시다."

국회의원들은 덜 된 아파트의 7층으로 올라갔다.

"여기에 몇 미리짜리 철근을 쓰는 거요?"

"15미리 씁니다."

박태준의 질문에 소장이 답했다.

"이건 15미리지만, 저건 10미리 아니오?"

"죄송합니다."

소장이 고개를 숙였다. 포철의 현장이었다면 박태준은 틀림없이 젊은 소장의 안전모에다 지휘봉을 한 대 먹였을 것이다. 아니, 모래와 시멘트에서 벌써 야단이 나서 거창한 폭파식을 준비하라는 명령을 내렸을 것이다.

"이런 걸 속여서 돈을 빼돌리는 거요. 너도나도 건설업자로 나서는 세상이니, 도덕적 해이도 이만저만이 아닌 겁니다. 이게 잘 나오게 사진을 찍어."

국회의원들은 이구동성으로 주택 200만 호가 야기한 문제가 심각한 지경이라고 웅성거렸다.

이튿날 박태준은 청와대로 올라갔다. 짠 모래를 담은 통, 시멘트 포대 오린 것, 규격미달의 철근 사진, 이 세 가지 증거물을 챙겨들고서.

"어제 현장조사를 나가셨다고 들었습니다. 수고가 많으셨습니다."

"이거 보통 일이 아닙니다. 물자수급의 균형이 깨져서 큰 부실공사를 초래했습니다. 이것 보십시오. 모래는 소금이고, 철근은 가늘고, 시멘트는 중국산에다 북한산도 있습니다. 이런 자재는 나중에 심각한 문제를 일으킵니다."

묵묵히 듣고 있던 노태우가 입을 열었다.

"중국산이나 북한산 시멘트는 국제규격 미달입니까?"

"현재까지는 대부분 그렇습니다. 이건 너무 무리한 추진입니다. 이 사업이 대선공약이란 것도 알고, 또 주택가격을 안정시켜야 한다는 것도 압니다. 그러나 미래의 안전을 생각하지 않을 수 없지 않습니까? 우리에게는 많아도 1년에 20만 호 정도가 적정 수준이라고 생각합니다. 재고가 필요한 사업인 것 같습니다."

박태준에게 대통령과의 토의는 박정희와의 관계를 통해 몸에 익어 있었다. 하지만 노태우는 결론이 빨랐다.

"수고하셨습니다. 이미 시작해놓은 일을 어떡합니까? 박 선배께서 뒤처리를 잘해주세요."

그는 언짢은 기분으로 청와대를 나왔다.

'문제의 심각성을 이해한 대통령이 생각을 바꾸지 못하다니. 내가 모르는 곳에서 이미 돌이킬 수 없는 사단이라도 벌어졌다는 건가?'

그는 고개를 갸웃거리다가 툭툭 마음의 먼지를 털었다. 옷에 묻은 바닷모래를 터는 것처럼……. 그러나 노태우도 기분이 상했을 것이다. 주택 200만 호 건설을 자신의 대단한 치적으로 여기고 있었으니.

여름의 한복판에 이르러 기어코 이라크 후세인이 쿠웨이트를 침공했다. 세계인의 시선이 중동으로 쏠렸다. 쿠웨이트는 후세인에게 한 접시의 스테이크에 지나지 않았다. 나이프와 포크로 접시의 고깃덩이를 먹어치우는 것처럼, 후세인은 쿠웨이트를 몇 입에 먹어치웠다. 미국이 분노하고 영국이 경고를 보냈다. 한국도 긴장하지 않을 수 없었다. 평화를 사랑하고 침략을 반대하는 분노에도 마땅히 동참해야 하고, 후세인이 일으킬지 모르는 석유파동을 저지하는 일이라면 반드시 동참해야 할 처지였다.

부시와 후세인이 신경전을 벌일 때, 박태준은 중동사태가 우리 경제에 미칠 영향력을 주시하면서 '포철 경영다각화 구상'을 한 걸음 더 진전시켰다. 그것은 체신부가 7월에 발표한 '통신사업 구조조정안'과 관련한 분야였다. 체신부가 내놓은 안들 가운데 그가 초점을 맞춘 사업은 이동통신이었다. '91년에 법령을 정비한 뒤 92년 상반기에 사업자를 선정한다'는 이동통신사업, 여기에 포철이 뛰어들겠다는 판단을 내린 것이었다. 이미 준비도 되어 있었다.

1990년 8월 포철 이동통신 추진팀은 「국내외 이동통신사업의 현황과 향후 전망」이라는 100쪽 분량의 보고서를 회장에게 올리고, 곧이어 미국 무선통신업체인 팩텔의 회장 샘 긴이 박태준을 방문했다. 두 대표의 합의에 의해 포철 자회사 포스데이타와 팩텔이 협정을 체결하는 때는 그해 12월 3일로, 사인은 소문 없이 이뤄진다.

현장 직원들과 즐거운 한때

724

맏형 노릇의 어려움

1990년 한가위가 지나가고 들판이 황금빛으로 물들었다. 지난 5월 9일 전당대회 이후 아무런 말썽도 탈도 없이 지내온 '한 지붕 세 가족'의 민자당은 여전히 조용한 편이었다. 그러나 밀실에서는 권력 쟁탈전의 시간표를 짜고 있었다. 밀실은 셋이었다. 노태우의 직계, 김영삼의 가신, 그리고 김종필의 추종자.

하지만 박태준은 권력쟁탈에 무관심했다. 비록 '민정계'의 맏형 자격으로 맡은 최고위원이지만 민자당 최고위원이란 이름과 자리에 값하는 최고위원으로 지내려 했다. 어쩔 수 없이 개인적 친소(親疎)관계는 생길지라도, 자신이 솔선하여 '세 가족'을 두루 살피는 맏형 노릇을 제대로 해야만 당의 화합에 도움이 된다는 사실을 늘 마음에 담고 있었다.

흔히 사람들은 돈에는 이해관계가 붙거나 인정이 붙는다고 생각한다. 특히 한국 정치판에선 돈이 이해관계에 따라 움직인다고 알려져 있다. 여기서 이해관계란 돈으로 세력을 불린다는 뜻이다. 한국정치의 가장 고약한 병폐로 꼽히는 정경유착의 일차적 원인도 따지고 보면 대권을 꿈꾸는 계파의 보스가 돈으로 자신의 세력을 관리하고 불려야 한다는 데 있다.

1990년 가을 민자당 최고위원 박태준은 계파를 가리지 않고 용돈을 나눠줬다. 민정계든 민주계든 공화계든 가리지 않았다. 당 지도부의 일원으로서 관리인이나 맏형 노릇을 톡톡히 맡아야 했다. 그것은 인화도모의 한 방안이기도 했다.

이 계절의 박태준은 집에 돌아오면 아내에게 "내 이마에 '돈'이라고 써 놨느냐?"라는 푸념을 하곤 했다. 그만큼 내미는 손이 많다는 뜻이었다. 성금이 들어오기도 했다. 포철 덕분에 20년 넘게 안정적으로 사업해서 돈을 많이 벌었다며 자발적으로 돈을 보내왔다. 그들은 한결같이 '돈 없이 어떻게 정치 지도자를 하겠느냐'며, 그의 사정을 지켜본 것 같은 이유를 붙였다. 그는 그것을 고맙게 받아, 작지만 두루 나눠주는 '용돈'으로 활용했다. 그러나 받는 이들의 일부는 박태준이 20년 넘게 포철을 경영하면서 어마어마한 비자금을 만들어놨을 텐데 너무 손이 작다고 의심하기도 했다. 그런 눈초리가 있다는 소리를 들을 때면 그의 반응은 언제나 똑같았다. "내 손에 장을 지지면 지졌지 그런 짓은 안 하오! 우선 내 양심이 허락하지 않으며, 내가 죽어 저승에 가면 박정희 대통령이 나를 배신자라고 용서하지 않을 거요. 내가 포철 재산을 빼돌려? 돼지의 눈에는 사서삼경도 음식으로 보이는 것 아니겠소?" 하고 통쾌한 웃음을 터뜨리곤 했다.

집권 여당이 겉으로는 아주 조용한 9월 6일, 박태준은 당 지도부의 동료들을 포항으로 초대했다. 친목과 인화를 돈독히 하려는 부담 없는 초대에 김영삼·김종필·박준규·채문식 부부가 행차했다.

김영삼이 저녁식사 후 산책마저 마다하고 일행에서 빠져나가 '20시 취침'을 지킨 다음에 이튿날 아침의 조깅을 빼먹지 않은 반면, 김종필은 거의 밤샘으로 가벼운 술을 곁들여 바둑을 즐긴 뒤에도 이튿날 까딱없는 모습으로 설치는 타고난 체력을 과시했다. 다함께 영일만의 기적을 둘러봤다. 김종필은 "박 최고, 고생이 참 많았소." 하며 박태준에게 위로와 치하의 말을 건넸는데, 박태준이 만든 숲에서 조깅했던 단 한 사람만은 칭찬 한마디 하지 않았다. 박태준은 김영삼의 심리를 짐작해 보았다. 당신이 여기서 기적을 만든다고 고생 좀 했던 모양이지만, 내가 민주주의 하자고 야당하면서 단식투쟁까지 했던 것에 비하면 별거 아닌 거야. 이러는 건가…….

10월 25일이었다. 중앙일보가 '내각제 합의각서'를 원본 모양대로 보도했다.

1. 의회와 내각이 함께 국민에게 책임지는 의회민주주의를 구현한다.
2. 1년 이내에 의원내각제로 개헌한다.
3. 이를 위하여 금년 중 개헌작업에 착수한다.

문제의 중앙일보를 손에 쥔 김영삼은 즉각 "나를 궁지에 몰아넣어 고사시키려는 공작정치"라며 반발했다. 민자당에는 곧 폭탄이라도 터져 당사가 붕괴될 것 같은 위기감이 팽배했다.

청와대가 허우적거렸다. 10월 29일 노태우가 "유출된 합의문은 5월 전당대회에서 채택된 당의 강령을 제정하기 위해 작성한 것이며, 연내에는 내각제 개헌논의를 유보하기로 이미 당론을 정한 바 있고, 금번 합의문 유출에 대해 엄중한 문책이 있을 것"이라고 수습방안을 발표했다. 어정쩡하게 꼬리를 내린 형국이었다.

10월 31일 김영삼은 내각제 합의문서에 서명한 것은, 개헌은 국민의 지지와 야당의 동의 아래에서만 가능하다는 것이며, 그 같은 약속이 국민 위에 설 수 없다고 선언했다. 다분히 수사적인 표현이지만, 애초부터 그의 계산서에 정돈된 말이었다. 내각제를 언약으로 합의하든 서명으로 합의하든 DJ가 '1천만 명 서명운동'으로 극렬히 반대할 것이고 아직은 국민의 여론이 대통령제를 선호하므로 얼마든지 뒤엎을 수 있다고 예측한 것이었다. 그는 당무를 중지하고 마산으로 내려갔다. 이 기회에 발목을 잡고 있는 내각제를 '확실히' 팽개치려 했다. 어차피 안 지킬 문서를 불난 마당에 활활 태우기로 했다. '무조건 정면돌파'의 기세 같았다.

당의 위계로 따지면 총재인 노태우가 대표최고위원인 김영삼보다 한 계단 위지만, 둘의 씨름은 김영삼의 승리로 돌아가게 되어 있었다. 김영삼이 노태우의 태생적 결함을 물고 있기 때문이다. 자신을 대통령으로 만들어 준 친구를 백담사로 유폐시킬 수밖에 없었던 노태우, 유폐시킨 친구를 청문회의 텔레비전 생중계 카메라 앞에 세울 수밖에 없었던 노태우. 이것이 그의 태생적 한계였고, 김영삼은 그것을 오지게 물고 있었다.

전두환을 제물로 바쳐 아슬아슬하게 민중의 바다를 헤쳐 나가는 노태우 정권. 바람이 잔잔하면 항해가 수월하지만, 강풍이 몰아치면 전복될 수도 있었다. 김영삼은 노태우의 태생적 결함을 물고 있으므로 바람의 진원지까지 장악한 것으로 믿었다. 정치적 지형도에도 나와 있었다. 김영삼과 김대중, 현재는 두 사람이 정치적으로 등을 돌리고 있긴 하지만, 헌법에서 대통령의 권한을 사라지게 할 수는 없다는 정치적 계산이 맞아떨어진다면, 찢어질 때 찢어지더라도 당장은 얼마든지 연대하여 투쟁의 바람을 일으킬 수 있었다. 물론 '민주주의'란 이름의 태풍으로 몰려올 것이었다.

한 잔의 감로수

10월 29일 청와대의 수습방안을 뻥 걷어찬 김영삼에게 '물태우'가 잔뜩 열 받아 '노(怒)태우'로 변하기라도 한 걸까. 10월 31일 노태우는 청와대 기자실에 들러 "마산에 가고 싶으면 가고, 생각할 것이 있으면 하는 것이지 의미 부여할 게 뭐가 있느냐. 당무는 다른 사람이 대신 보면 된다"라고 볼멘소리를 했다. 얼른 듣기엔 '땡깡' 부리는 김영삼이 스스로 떠나기를 바란다는 뉘앙스였다.

그러나 박태준은 노태우의 말을 믿을 수가 없었다. 김영삼을 향한 큰소리는 자신의 구겨진 체면에 슬쩍슬쩍 다림질이나 해보자는 제스처에 불과하고, 마산의 다 늙은 아버지 곁으로 내려간, 회갑도 훨씬 지난 아들에게 언제라도 굴복할 것 같았다. 노태우에겐 김영삼의 버르장머리를 고칠 만한 배짱도, 김영삼의 멱살을 틀어쥘 용기도 없어 보였다. 바로 이 지점에서 박태준은 곤혹스러웠다. 이제라도 헤어지는 게 좋겠다고 말해도 노태우는 반대할 테고, 어서 수그리는 것이 좋겠다고 해도 반대할 터였다. 그렇다면 '물태우'의 특성이 발휘될 때까지 그냥 기다리는 것이 현명한 선택일 듯했다.

과연 노태우는 고작 이틀을 더 버티지 못하고 11월 2일 정무장관 김윤환을 마산으로 내려 보냈다. "정치인이 결단을 내려야 할 것을 오랫동안 안고 있는 것처럼 불행한 일은 없다"고 떠든 김영삼의 큰소리에 덜컥 겁을 집어먹은 것처럼, 꼭 그렇게.

11월 6일 밤, 노태우와 김영삼은 8개항을 발표했다.

"내각제 개헌 추진을 포기하고, 당 대표의 역할을 강화하고, 당내 기강을 확립하고……."

김영삼이 일방적으로 완승을 거둔 이 싸움의 도화선―내각제 합의각서 유출사건. 김영삼은 노태우의 지시에 의해 이루어진 공작정치라고 주장하고, 노태우는 YS측에서 내각제를 깨버리려고 유출한 거 아니냐고 맞섰다.

어느 쪽이 저질렀든, 종이 한 장의 해프닝이 김영삼에게 더 막강한 힘을 실어준 꼴이 되었다. 박태준은 노태우와 김영삼에게 실망할 수밖에 없었다. 김영삼을 다룰 줄 모르는 노태우, 노태우의 약점을 사정없이 물고 늘어지는 김영삼. 한 명은 지혜와 결단력이 부족해 보이고, 또 한 명은 지도자의 중요한 덕목인 아량과 관용이 협소해 보였다.

내각제 소동이 가라앉은 민자당이 다시 질서를 회복하기 시작한 11월에 박태준은 국내 최초의 축구전용 잔디경기장을 완공했다. 영일만의 포철 본사 옆에 세운, 2만2천여 관중을 수용하는 규모였다. 장차 '2002년 한일 월드컵'을 유치하는 과정에서 FIFA조사단의 실사를 받을 때 한국측의 체면을 간신히 세워준 국내 유일의 축구전용경기장 역할도 해준다.

포항에서 축구전용경기장을 둘러보고 서울로 올라온 박태준에게 빛나는 선물이 기다리고 있었다. 주한 프랑스대사관에서 마련한 영광의 자리였다. 정치와 회사의 빡빡한 일정 탓으로 프랑스까지 날아가지 못하는 박태준에게 프랑스의 미테랑 대통령이 '레종 도뇌르 코망되르' 훈장을 보내왔다.

프랑스 대통령의 특사로 서울에 파견된 대통령의 친형 로베르 미테랑은 박태준에게 훈장을 수여하기로 결정한 이유와 서울에서 행사를 갖게 된 배경에 대해 이렇게 밝혔다.

"박 회장은 프랑스 정부 내에서는 매우 유명한 사람입니다. 박 회장의 능력과 한국산업발전 및 국가철강산업에 끼친 공로를 인정하여 최고훈장을 주기로 결정했습니다. 그런데 아시다시피 프랑스와 한국은 너무 멀리 떨어져 있습니다. 거기다 박 회장이 개인적인 시간을 할애하기 어려웠기 때문에 훈장을 수여할 기회가 없었습니다. 훈장을 수여하기로 결정한 날로부터 꽤 많은 시일이 지난 지금에야 서울에서 훈장을 수여하게 되었습니다."

……한국에 봉사하고 또 봉사하는 것, 그것이 귀하의 삶에는 끊임없는 지상 명령이었습니다.

미테랑 대통령의 축사 중에서

　박태준은 눈두덩이 뜨끔했다. 식민지에서 풀려난 풋내기 청년이 건국시대의 조국으로 돌아와 '짧은 인생을 영원 조국에'의 좌우명을 따라 헌신해온 지 어느덧 45년, 그러나 여태껏 한국의 어느 누구도 그토록 가지런히 정돈된 언어로 그토록 진지하게 자신을 위로해준 사람은 없었는데……. 미테랑 대통령의 축사는, 철처럼 강하기도 하지만 종처럼 여리기도 한 그의 가슴에 한 잔의 감로수로 고였다. 영혼이 지칠 때마다 마실 수 있는, 영원히 마르지 않을 한 잔의 감로수…….

포항제철 축구전용 잔디경기장에서 시축하는 박태준

730

앞으로 가는 말, 뒤로 가는 말

1990년대의 첫 해, 또는 세기말의 첫 해를 마감하는 12월, 박태준은 오랜만에 정치의 자리를 박차고 나가 포철 제복을 입었다. 12월 4일 연산 조강 270만 톤 규모의 광양 3기 설비가 완공되었다. 노사분규와 건축대란의 열악한 환경 속에서도 당초 계획보다 두 달이나 공기를 단축시킨 쾌거였다. 내자 1조8천168억 원, 외자 1억6천700만 달러 등 막대한 건설비가 투입된 광양 3기 설비의 종합준공으로 포철은 연산 조강 1,750만 톤 체제를 구축하여 세계 굴지의 철강기업으로 발돋움했다.

여당 정치권의 일부 고위인사는 준공식 초청에 응하지 않을 뿐만 아니라, 광양 3기 종합준공이 가져온 기술력·생산력의 향상과 포철의 세계적 위상에 심드렁한 반응을 보였다. 그들의 관심은 박태준이 광양 3기 건설에서만 '약 3조 원의 떡'을 주물럭거렸으니 그의 밀실엔 얼마나 많은 떡고물이 쌓여 있겠느냐 따위에 쏠린 듯했다.

세계 철강업계가 포철과 박태준을 거듭 주목하는 때, 고르바초프의 페레스트로이카는 폴란드에서 자유노조 지도자 바웬사를 대통령에 당선시키고 한국 대통령을 꽝꽝 얼어붙은 모스크바로 초대했다. 한반도의 허리에 쌓인 냉전의 얼음벽은 여전히 강고하지만 세계의 냉전이 녹아내리는 확실한 증거였다.

민자당은 조용한 겨울을 보냈다. '조용한'이란 내분이 없었다는 뜻이다. 내각제 합의각서란 시한폭탄을 완전히 제거했으니 대권후보 선출의 계절이 돌아올 때까지는 조용한 날이 이어질 전망이었다.

1991년 정치적으로 조용한 새해에 포철은 광양만에서 대역사의 마지막 공정을 시작했다. 1월 5일 연산 조강 270만 톤 규모의 광양 4기 종합착공식이 열렸다. 이번에도 설비공급은 외국 업체와 국내 업체의 컨소시엄을 관철시켰다. 고로설비는 영국의 데이비 매키와 한국중공업, 제강설비는 오스트리아의 푀스트 알피네와 현대중공업, 열연설비는 일본의 미쓰비시와 한국중공업·제철전기콘트롤, 연주설비는 독일의 만네스만과 일본의 이토

츠상사와 삼성중공업이 각각 맡았다. 설비 국산화율의 목표는 63.1%로 설정하였다.

포철이 25년을 헤아릴 대역사의 대미를 장식하기 위해 발파음을 울리고 돌아서자, 기어코 중동에선 걸프전쟁의 폭음이 터졌다. 전쟁을 영화처럼 생중계하는 미 CNN TV가 이라크 군대의 패퇴 소식을 알려주었을 때, 한국에선 또다시 정경유착의 비리가 폭발했다. 한국 권력층의 치부를 새삼 유감없이 드러낸 이른바 '수서사건'. 제철소까지 건설한다고 덤볐다가 21세기 벽두에는 국가적 우환덩어리로 남는 '한보'와 고위 정치권이 결탁한 사건이었다. 검찰이 칼을 빼들었다. 김영삼은 노태우에게 분통을 터뜨렸다. 정부에 더 큰 책임이 있는데 왜 정치권으로 사정의 칼날을 휘두르느냐고.

청와대로 비난의 화살이 몰려간 수서사건은 슬그머니 가라앉고 한 지붕 세 가족의 민자당이 겉보기로는 한 가족 같은 봄날을 보내고 있던 1991년 3월 중순, 박태준에겐 또 하나의 즐거운 소식이 날아들었다. 노르웨이 정부가 보내온 '대공로훈장'. 그가 철강교역과 철강외교로 세계 속의 한국 위상을 드높인 공로에 대한 답례였다.

포철 창립 23주년을 기념하듯 4월 1일엔 포항공대 기숙사 뒤쪽의 18만 9천 평 대지에 한국 과학기술이 최초로 도전하는 대형 과학프로젝트 착공식이 열렸다. 포항방사광가속기 건설. 포항공대 설립자 박태준과 초대총장 김호길의 합작품이었다.

김호길은 박태준과 인연을 맺고 얼마 지나지 않아 방사광가속기를 건설하고 싶다는 소망을 밝혔다. 박태준의 대답은 명료했다.

"포항공대를 세계적인 연구중심대학으로 만드는 기반을 성공적으로 완수한다면 반드시 내가 그 소망을 풀어드리겠소."

1987년 3월 대망의 제1회 포항공대 신입생 입학식이 성황리에 끝난 뒤, 그는 김호길과의 약속을 실천해야 할 때가 다가오는 것을 알아차렸다. 먼저 정부의 의사를 타진해보았다. 예산 타령부터 나왔다. 그가 주저 없이 대안을 제시했다. 가속기 건설은 포철이 하고 운영비는 정부예산으로 하자. 이 제안을 과학기술처가 수용했다. 이어서 그는 김호길에게 다짐을 걸었다. 정말 우리 손으로 성공할 자신이 있느냐? 김호길은 '물론'이라고 했다.

박태준은 방사광가속기에 대한 기본지식과 현장 감각을 익히려고 일본 출장 중에 일부러 쓰쿠바의 고에너지연구소를 둘러본 적 있었다. 거기서 가속장치와 관련한 대규모 연구시설에 큰 감명을 받았다. 포항공대나 한국과학의 성장에 반드시 가속기가 필요하겠다는 확신을 얻었다.

포철이 '방사광가속기 건설추진본부'를 발족한 것은 창립 20주년을 맞은 1988년 4월 1일이었다. 그러나 여러 곳에서 포항방사광가속기 건설에 대한 부정적 견해가 나왔다. 한때 정부가 대전 대덕단지에 기초과학원을 설립하면서 방사광가속기까지 세운다는 계획을 세운 적이 있는데, 이게 수포로 돌아간 것이 반대논리의 근거였다. 그것을 포철과 포항공대가 살려내면서 포항에 건설하겠다니까 반대의 목소리가 높아졌다.

"서울이나 대전에 세워야지 왜 포항에 세우느냐!"

이 트집 앞에서 김호길은 특유의 괄괄한 목소리로 반대자들을 설득했다. 반대의 이유가 단순한 것처럼, 그의 논리도 단순했다.

"돈을 대는 스폰서가 포철이고 건설주체가 포항공대 교수이므로, 포항에 짓는 것이 당연하지 않느냐? 또 지금 우리가 마련한 돈으로는 서울에서 설비는커녕 땅조차 사기 힘들다는 점을 알아야 한다."

1989년 8월 17일 과기처 장관이 포항공대에서 열린 국제방사광학회에 참석하여 축사를 했다. 그는 방사광가속기 건설에 대한 의견도 냈다.

"정부가 주도하면 문제가 발생할 수도 있으니 포철이 주체가 되고 정부가 이를 지원하는 방식으로 추진하자."

서울과 대전의 반발을 의식한 것이었지만, 박태준의 최초 제안과 비슷한 데가 있었다.

그해 8월 25일 김호길은 청와대 경제수석실에 마련된 과기처 차관 등

과학계 책임자들과의 회의에 참석했다. 활발한 토론이 이루어졌다. 그는 유연하게 대처했다. 방사광가속기 건설에 소요되는 총예산 1천339억 원 중 포철이 이미 내놓은 739억 원을 제외한 나머지 600억 원을 정부가 부담하기로 했다. 다만, 최종 준공일자는 1993년 9월에서 1994년 12월로 1년 넘게 연기되었다.

애초 계획보다 건설비가 훨씬 불어나서 예산이 빠듯했다. 무엇보다 인건비를 줄여야 했다. 이러한 난국에 김호길이 거의 천운 같은 정보를 박태준에게 알려주었다.

"이사장님, 지금 중국에서 건설하고 있는 가속기가 몇 달 뒤에는 완공됩니다. 그러면 그 인력들이 놀게 됩니다. 그들을 불러옵시다. 인건비는 미국 인력의 10분의 1 수준이면 해결됩니다."

박태준은 행운의 카드를 잡은 기분이었다.

"경험 있는 사람들이니 더욱 잘된 일이오. 얼른 데려오시오."

김호길이 중국으로 날아갔다. 인건비를 절약하고 숙련 기술자들을 확보

포항방사광가속기 착공식(1991년 4월 1일)

734

하는 일석이조의 여행이었다.

첫 삽을 뜨기까지 그렇게 우여곡절을 겪었지만, 박태준의 확고한 의지는 흔들린 적이 없었다. 한국 과학기술의 미래를 위해 반드시 방사광가속기를 세워야 한다는 것을 소중한 시대적 소명으로 받아들였다. 과학기술처 장관을 비롯한 국내외 과학계 내빈들이 지켜보는 가운데 치러진 포항방사광가속기 착공식에서, 박태준은 21세기를 앞두고 우리 대기업들에게 발상의 대전환을 촉구했다.

"대기업의 최우선 사회적 책임은 진정한 과학기술의 발전을 위해 혁명적인 투자 결단을 내리는 것입니다."

박태준이 포항에서 한국과학의 희망을 파종한 이날, 포항공대에서 승용차로 한 시간 남짓 떨어진 대구의 한 호텔에서는 상생에 필요한 라이벌 김영삼과 김대중이 만났다. 두 사람은 국민화합·동서화해·지방색타파를 위한 협력, 공안통치 불가, 광역의회선거 6월 실시, 임시국회에서 개혁입법 추진, 내각제 개헌 반대 및 소선거구제 유지 등 5개항의 합의사항을 발표했다. 집권여당의 대표 김영삼은 1991년 4월 1일의 이 발표를 중요한 업적으로 기억했다.

포항방사광가속기를 착공한 박태준은 포항을 환(環)동해권 중심도시로 발전시킬 거대한 구상을 그렸다. 영일만의 해상 신도시, 공항, 컨테이너 부두, 테크노파크 등을 포함하는 그림이었다. 전문가의 손을 거쳐야 했다. 그의 지시로 포철은 가칭 '포항 광역개발 기본구상에 관한 용역'을 서울대학교 환경계획연구소에 맡겼다.

1991년의 봄, 역사의 좌표는 앞으로 십 년도 채 남지 않은 파란만장한 우리의 20세기를 잘 마무리하고 21세기의 비전을 준비해야 하는 중대한 지점이었다. 국가의 수레를 끌어가는 말들이 뛰어나야 했다. 바로 여기서 박태준이 앞으로 가는 말이었다면, 그를 에워싼 집권당의 핵심부는 권력 게임에 몰두하여 뒤로 가는 말이었다.

서로 다른 길

김영삼이 김대중과의 '대구 회동'을 통해 DJ와 협공하여 청와대를 재앙에 빠뜨릴 수도 있다는 제스처를 보인 직후, 체육청소년부 장관 박철언이 마치 이마에 총구가 닿은 경우처럼 돌출적으로 백기를 들었다. '월계수회' 고문 사퇴와 차기 대권도전 포기 선언. 민자당의 이른바 '대권가도'에 파장이 일어났다. '숲 속에서 여우'를 물리친 김영삼 앞에 느닷없이 호랑이가 등장할지도 모를 일이었다. 그런 예측이 공개적으로 제기됐다.

자신의 대권가도에 최대 장애물로 여겨졌던 박 장관의 '실각'이라는 상황을 맞아 축제무드에 젖어 있어야 할 김영삼 대표진영이 딜레마 속에 빠져 있는 이유는 박 장관의 월계수회와의 결별 이후 당내 최대 계보인 민정계가 박태준 최고위원과 이종찬·이춘구·이한동 의원 등 중진의원들을 중심으로 대동단결하는 양상을 보이고 있기 때문이다.

1991년 4월 9일자 한겨레신문

기자는 '대동단결'의 양상이라 썼지만, 아직 박태준은 추호도 박철언의 뒤를 이어받을 생각이 없었다. 맏형 노릇을 하는 수준에서 한 걸음도 더 나가지 않았다. 노태우가 김영삼을 밀기로 작심한 것처럼 박철언을 낙마시킨 터에, 그 기사는 김영삼과 대결하기 위한 대동단결이 일어나야 한다고 부추기는 소리에 불과해 보였다.

4월이 저물 무렵, 박태준은 문득 호흡이 막히는 듯한 고통을 느꼈다. 고준식 별세. 일찍이 대한중석에서 인연을 맺어 영일만 모래벌판에서 동고동락하며 함께 기적을 일궈냈던 한 인물이 자신의 시대적 소명을 다 마치고 눈을 감은 4월 28일, 박태준은 빈소를 찾아 뜨겁게 눈시울을 적셨다.

김영삼은 여당의 대통령후보가 되기 위해 모든 역량을 집중시키고, 박태준은 민자당 관리인 노릇을 감당하며 25년에 걸친 제철의 대역사를 성공적으로 마무리 짓기 위해 신경을 곤두세운 1991년 여름, 한 지붕 밑에 있어도 서로 다른 영역에서 시간과 관심을 바치는 김영삼과 박태준은 대립과 갈등을 일으킬 일이 없었다. 서로 신경전을 벌이지 않으면서 요란한 정치행사도 성공적으로 이끌었다. 6월 20일, 30년 만에 부활한 지방선거에서 민자당이 압승을 거뒀다.

그 뒤에도 노태우와 김영삼은 가끔 삐걱거렸다. 노태우가 내각제에 대한 미련을 버리지 못한 듯이 발언을 하면, 김영삼이 발끈하여 덤벼드는 식이었다. 7월 16일 노태우와 김대중의 만남. 김대중이 "국민이 원한다면 내각제를 하겠느냐" 하자, 노태우는 "김 총재가 먼저 정치권의 합의와 국민적 합의점을 찾아보라"했다. 7월 26일 노태우의 정치특보 최명철이 전경련 주최 최고경영자 세미나에서 "남북통일이 다가오는 시점에서 내각책임제로 권력구조가 전환되는 것이 바람직하다" 했다. 그의 발언에는 1992년에 일어날 민자당 내분을 암시하는 내용도 포함되었다.

"민자당의 차기 대통령후보 선출방식은 결코 지명을 통한 형식적 경선이 아니고, 과거 야당의 후보경선 같은 형태가 될 것이다."

내각제도 후보경선도 김영삼의 아킬레스건을 찌르는 발언이었다. 당연히 김영삼은 당장 버르장머리를 고쳐놓을 기세로 그 무슨 소리냐고 고함을 질렀다.

박태준은 노태우와 김영삼의 신경전에서 한 걸음 비켜서 있었다. 박철언의 대권포기 선언 이후 신문의 추측기사와는 달리, 대권에 도전할 야망을 품은 적이 없었다. 지도적 정치인의 위치를 지키고 있긴 해도, 정치에 남은 인생을 걸겠다는 생각이 들지 않았다. 몸은 정치에 담고 있어도 대뇌의 많은 부분을 포항제철에 두고 있는 사람. 이것이 1991년 여름 박태준의 내면적 초상이었다.

박태준이 'POSCO 2000'의 보고를 받고 돌아선 7월 12일, 이번엔 오스트리아가 '명예훈장'이란 선물을 그에게 보내왔다. 아직 박태준의 '개인적 영광의 계절'은 싱그러웠다. 8월에는 연말까지의 한시적 평온을 예고하는 발표가 나왔다. 노태우와 김영삼이 만나 연말까지는 후계문제나 정치일정을 일절 거론하지 않겠다는 합의를 내놓은 것이다. 말과 행동이 따로 노는 것에 익숙한 정치인들이 제대로 지킬지는 몰라도, 한시적 평온이 보장된다면 박태준은 대역사의 대미를 장식하는 현장으로 더 자주 내려갈 계획이었다.

노태우와 김영삼이 한시적 평온을 약속한 바로 그날, 포철은 회사의 모든 간부사원이 참석하는 'POSCO 2000' 설명회를 개최했다. 이 행사의 단초는 지난해 8월 중순 박태준이 내린 지시였다. 그때 그는 큰 과제를 던졌다.

"다가올 21세기와 2천만 톤 생산체제에 능동적으로 대처하기 위해서는 현재 잘되고 있는 사항뿐만 아니라 앞으로 발생할 문제까지 포함한 전반적인 사항에 대해 보다 높은 차원의 대응책을 강구해야 한다."

이에 따라 포철은 일 년 동안 담당 부사장 책임으로 중장기 경영전략과 각 분야의 주요 목표를 수립했다.

'POSCO 2000'이 확정한 계획은 철강부문의 성장전략인 '9대 전략과제'와 복합경영체제 구축을 위한 '경영다각화 전략'이었다. 철강부문에서 세계 최강의 경쟁력 확보를 위해 중장기적으로 추진해야 할 과제를 집대성한 9대 전략과제는 인력구조 개선, 최적 설비구성, 기술력 확보와 단위시설 최적화, 정비체제 개선 및 부품개발, 전략정보 시스템 구축, 경제적인 원료구매와 사용, 판매력 강화, 협력회사 육성, 물류 합리화 등이다.

경영다각화 전략의 핵심은 경영다각화를 제2의 창업으로 설정하고, 1991년부터 2001년까지 다각화 부문 매출액 신장을 연평균 36%로 책정한 것이다. 이를 달성하기 위해 기존의 철강관련 자회사의 자립기반을 조기에 구축하고, 정보통신·건설 등 핵심 전략사업은 2001년까지 집중육성하며, 신소재 등 미래 성장산업으로의 진출을 강력히 추진해 나간다.

9대 전략과제가 철강기업으로서 포철의 미래를 담보하는 토대라면, 경영다각화 전략은 포철과 21세기 한국경제의 발전에 기여하는 방향이다. 특히 포철 대역사를 마무리하고 나서 향후 10년 동안 1년에 1조 원씩 정보산업(IT)에 투자하기로 한 박태준의 약속이 실현된다면, 21세기 한국의 IT산업은 기술력과 세계시장 점유율 등 모든 면에서 세계 최고를 구가할 수 있을 것이다. 아쉽게도 이태 뒤엔 그가 포철을 떠나게 되지만…….

그 무렵이었다. 박태준은 유럽 출장을 나간 걸음에 일부러 네덜란드 시설재배단지를 방문했다. 이들의 최고기술과 최고작물을 전남의 농업과 접목할 길을 모색하려는 것이었다. 그의 눈에는 자동화유리온실이 퍽 매력적이었다. 시설과 종묘, 거름까지 모든 것을 그대로 지원받을 수 있는 방안을 강구했다.

서울로 돌아온 박태준은 즉시 광양제철소에 지시를 내렸다. 네덜란드의 선진농업기술을 들여오려는 그의 생각은 가지런히 정돈돼 있었다. 네덜란드 자동화유리온실로 녹화부서 직원을 견학 보낼 것. 광양제철소 앞 자투리땅에 유리온실을 짓고, 포항산업과학연구소에서 설비기술력을 국산화할 것. 향후 3년의 실험 재배가 성공적으로 끝나면 전남 3개군에 포철 예산으로 유리온실을 보급하고 재배기술은 무료로 보급할 것. 전남이 한국 유리온실재배의 메카가 됨과 동시에 유리온실이 새로운 농업기반으로 육성될 수 있도록 최대한 협조할 것.

포철의 녹화부 사람들이 네덜란드 현지로 날아갔다. 늦어도 내년 봄에는 광양제철소 앞에 국내 최초의 자동화유리온실 설비를 만들고, 그 안에 네덜란드에서 들여온 토마토와 파프리카와 카네이션을 재배할 것이다.

가을이 깊어졌다. 박태준은 다시 개인적으로 즐거운 소식을 받았다. 캐나다 워털루공과대학에서 명예공학박사학위를 수여하겠다고 했다. 이 여행길에서 그는 캐나다한인총연합회의 초청을 받았다. '모자이크사회'라 불릴 만큼 다양한 민족으로 구성된 국가에서 빛나는 모자이크조각으로 자리잡아가는 교포들에게 위안이 되고 싶었다.

12월에는 포철로 희소식이 날아들었다. 세계 양대 신용평가기구인 미국의 S&P(스탠더드앤드푸어스)와 무디스가 포철에 최고 수준의 신용등급을 매긴 것이다. S&P로부터 받은 A+등급은 국내 제조업체 중 최고, 무디스로부터 받은 A2등급은 세계 철강업계를 통틀어 최고 등급이었다. 포철이 모든 면에서 세계 철강업계의 정상에 서 있다는 객관적 입증이었다.

1991년이 저무는 때에 노태우는 한 언론사와 특별회견에서, 민자당의 차기 대통령후보는 당헌에 명시된 대로 민주적 절차에 따라 선출할 것이지만 자신의 임기가 1년 3개월이나 남았으니 차기 대통령후보 문제가 조기에 거론되는 것은 바람직하지 않다고 밝혔다. 그러나 그의 요구와는 정반대로 민자당 안에 잠복해 있던 대권후보 문제가 하루아침에 분수처럼 수면 위로 솟구쳐 올랐다. 그의 '바람직하지 않다'는 주문을 '웃기네'라며 맞받은 격이었다. 집권여당 의원들이 삼삼오오 분주히 모였다.

서울의 정치권이 뒤숭숭한 중에 멀리 모스크바에서는 고르바초프가 대통령직에서 물러났다. 냉전체제와 사회주의체제를 한꺼번에 허물어버린 인물이 그 복잡한 설거지는 다음 사람에게 넘겨야 했다. 그를 만나지 못해 안달을 부렸던 한국정치의 대표선수들은 예의를 차릴 경황도 없이 그와 찍었던 사진을 사무실에서 냉큼 치워야 했다.

포스코본사, 포항·광양제철소, 서울사무소를 잇는 원격영상회의를 주재하는 박태준

민자당의 민주계 의원들은 눈에 나게 재빨랐다. 소수파로서 다수파를 잡아먹으려니 눈에 불을 켜고 덤벼들었다. 'TK(대구·경북)정치 청산을 위해 TK인사의 배제를 요구해야 한다'라는 분란을 일으킬 만한 말도 만들었다. 민정계 의원들이 발끈했다. 김영삼이 직접 진화에 나서서 그런 말을 한 적이 없다고 발뺌했다. 그래도 민정계는 옹색한 변명이라고 몰아쳤다.

이때 일본에 있던 박태준은 그냥 참을 수 없었다. 최재욱 비서실장에게 전화를 걸어, "민주계에서 정식으로 제기하지 않은 문제에 대해 이러쿵저러쿵하지 않는 것이 도리다." 하고 함구령을 내렸다. 대권에 기울지 않고 당의 관리인으로서 당의 소란을 진정시키려 했다. 그는 일본 정계의 지도자들과 함께, 고르바초프의 퇴장을 계기로 새삼 20세기를 반추하는 대화를 나누었다. 20세기 인류사회의 근본적인 변화에서 무엇보다 과학의 진보를 빼놓을 수 없었다. 그의 의견에 동의하지 않는 사람이 없었다. 그는 서울로 돌아오면서 생각했다.

'한국의 리더십은 20세기의 남은 10년 동안 뒤쳐졌던 과학기술의 진보를 위해 획기적 정책을 펼쳐나가야 할 시대적 책무가 있다.'

그의 판단에는, 빈곤과 독재의 사슬을 동시에 극복한 우리의 저력을 바탕으로 이제부터 정치인만 눈을 크게 뜨면 뭔가 제대로 해볼 수 있을 것 같았다.

분주한 봄날의 설계도

1992년 새해 정초였다. 노태우가 살며시 청와대로 박태준을 불렀다. 이른바 독대였다. 정초 덕담이 오갔다. 그가 웃는 낯으로 엉뚱한 말을 꺼냈다.

"박 선배께서는 왜 운동을 안 하십니까?"

"운동이라니요?"

"경선이 제대로 이뤄지려면 박 선배께서도 운동을 시작해야죠."

"대권은 이미 YS한테 주기로 되어 있는 것 아닙니까?"

"경쟁을 해야죠. 경쟁 없이 민주주의가 되겠습니까?"

박태준은 의아했다. 이 사람이 진짜로 자유경선을 생각하고 있나.

1월 10일 노태우가 청와대에서 연두기자회견을 열었다. 대통령의 뒤를 지키는 국무위원들 앞에는 김영삼, 김종필, 박태준이 나란히 앉았다. 김영삼의 귀를 가장 예민하게 건드릴 질문이 반복해서 나왔다.

"민자당의 차기 대권후보로 김영삼 대표를 지명 또는 내정한 것이냐?"

노태우는 더 이상 답을 피할 수 없자, 국민의 눈만 의식하고 바로 뒤의 김영삼은 깜박 까먹은 것처럼 날을 세웠다.

"국민학교 반장도 선거로 뽑는데 하물며 대권후계를 지명·내정하는 것은 민주주의를 모독하는 권위주의 시대의 발상이므로, 당헌 당규에 따라 14대 총선 후 자유경선의 원칙을 지킬 것이다."

표정마저 엄숙한 선언이었다. 박태준의 귀에는 며칠 전 독대에서 들었던 '운동'이란 말과 뒤엉켰다.

1월 하순부터 여당과 야당은 '총선 올인'의 문턱을 넘어섰다. 1월 31일 민자당은 노태우 총재, 김영삼 대표, 김종필·박태준 최고위원이 청와대에서 오찬협의를 갖고 전국 237개 지역구에 대한 공천작업을 매듭지었다. 민주당도 이날로 공천심사특위의 심사활동을 마감하고 최고위원회를 열어 공천자를 확정한다고 발표했다. 민자당의 비례대표 후보가 결정됐다. 김영삼 대표가 순위 1번, 박태준 최고위원이 순위 2번이었다.

비례대표 선두 순위를 받은 당 지도부가 해야 할 의무는 '지원 유세'였다. 2월 15일엔 주말을 맞아 여야 수뇌부들이 지구당 창당대회나 개편대회에 참석하여 저마다 사자후를 뿜어댔다. 김영삼은 완주에서 '농심(農心)'을 자극하고, 김종필은 강릉에서 '관광 강원'을 들먹이고, 박태준은 대구에서 '겸허한 자세'를 약속했다. 그리고 야당총재 김대중은 서울에 남아 정부의 실정을 강도 높게 비판하고 '민주당의 과반수 확보'를 호소했다.

대구·경북지역 순방을 마치고 서울로 올라온 박태준은 오랜만에 한국인이 마련한 영광의 자리에 초대되었다. 한국무역학회가 수여하는 '무역인 대상' 수상. 2월 18일 시상식에서 그의 연설은 '한일 무역역조'의 시정 방안에 초점이 모아졌다.

"첫째로 우리의 취약한 기술기반을 시급히 보완하고 독자적인 기술개발 능력을 배양함으로써 현재의 조립가공형 무역구조에서 하루속히 탈피해야 합니다. 둘째로 제조업의 육성 및 그 기반 확충에 국가적 역량을 집중해야 합니다. 셋째로 우리의 기술과 제품으로 기필코 일본시장을 석권하겠다는 정신적 재무장이 절실하다는 것을 말씀드립니다."

봄의 길목에서 맞는 꽃샘추위가 물러나자, 한반도의 냉전도 녹여줄 봄바람이 불지 않을까 하는 기대를 걸게 하는 놀라운 사건이 2월 20일 한국인의 안방마다 나타났다. 서울의 정원식 국무총리가 평양의 금수산의사당에 가서 김일성 주석과 악수를 나누었다. 그럴싸한 공동발표문도 나왔다. 정원식과 김일성의 악수를 신뢰하지 않는 시각도 만만찮은 세력을 형성했다. 노태우와 김영삼이 총선용 합작품으로 큼직한 구경거리를 만들었다는 삐딱한 눈초리였다.

3월 광양제철소 앞 자투리땅에는 한국 최초의 자동화유리온실이 태어났다. 포철이 24억 원을 들인 시설재배의 새 농업이 출발한 날이었다. 거듭 박태준은 3년의 실험재배, 그 뒤의 시설무상제공과 기술보급이란 장기적 비전을 강조했다. 그렇게만 진행된다면 유리온실은 한국재배농업의 선진화를 위한 따뜻하고 넉넉한 산실이 될 것이었다.

이때는 지난해 서울대 환경계획연구소에 용역을 맡겼던 '포항 광역개발 기본구상'의 최종 보고서도 나왔다. 박태준이 구상하는 21세기를 위한 영일만 프로젝트의 구체적 청사진이었다. 그는 영일만의 미래상으로 남북화해를 포함한 환(環)동해권 경제적 위상을 그렸다. 일본의 기타큐슈와 니가타, 러시아의 블라디보스토크, 북한의 나진·선봉지역을 연결하는 거점도시로서의 포항. 이 구상은 영일만 앞바다에 1천만 평 규모의 해상신도시 조성, 25만 톤급 대형선박이 접안할 수 있는 대규모 항만 건설, 마하 3급항공기가 이착륙할 수 있는 국제공항 건설을 포함했다. 포항공대와 포항산업과학연구원과 포항방사광가속기를 중심으로 하는 포항테크노파크 설립도 계획했다.

1992년 3월 24일 제14대 국회의원 선거. 주목할 만한 결과는 민자당의 과반수 확보 실패(1석 부족), 국민당의 원내 교섭단체 달성, 민주당의 서울 승리, 그리고 무소속의 대거 당선(21석) 등이었다. 민자당은 친여 성향의 무소속 당선자를 영입하여 과반수 넘는 안정의석을 확보하겠다는 방침을 밝히고, 국민당은 정주영 총재의 대권도전 의지에 주춧돌을 놓았다며 반색하고, 민주당은 서울 승리에 큰 의미를 부여했다.

과반수에 1석이 모자란 민자당에는 책임론이 대두되었다. 김종필·박태준 최고위원과 김윤환 사무총장이 사퇴의사를 밝혔다. 그러나 3월 27일 노태우와 김영삼은 청와대에서 만나 당직자들의 사표를 반려하고, 민자당 차기 대통령후보 선출을 겸한 전당대회를 오는 5월에 개최한다고 발표했다. 민자당은 제14대 국회 원구성을 하기도 전에 '대권경쟁 레이스'에 돌입해야 했다.

음성다중과 YS적 민주주의

3월 31일 언론들은 '박태준·이종찬 씨 민자당 대선후보 출마선언'을 경쟁적으로 다루었다. 이종찬의 선언은 사실이었다. 청와대를 다녀와서 내놓은 소리였고, 노태우는 대권 자유경선은 페어플레이로 아름답게 치러야 한다는 말로 화답했다. 하지만 박태준에 대한 것은 한 걸음 앞지른 추측보도였다. 그의 비서실장 최재욱 의원이 '여러 지구당 위원장들로부터 출마 요청이 쇄도해 박 최고위원이 일신상의 편안함만 추구할 수 없을 것'이라고 밝힌 데서도 짐작할 수 있었다.

그랬다. 아직 공식선언은 하지 않았으나 박태준은 대권후보 경쟁에 출마하는 쪽으로 기울었다. 노태우가 정초 독대에서 권유한 뒤로 거듭 강조해온 것처럼 자유경선이 이루어진다면, 국가비전의 새로운 목소리를 던지며 한 번 겨뤄볼 마음이 일어났다. 대권 레이스에서 이기고 대선까지 이긴다면 경제든 민주주의든 나라를 한 단계 더 끌어올릴 자신도 있었다. 당내 경선에 나선다면 승패에 관계없이 최선을 다할 것이란 생각도 품었다.

민정계 일부 의원들이 조속한 '민정계 단일후보 추대'에 합의했다. 노태우 곁의 김윤환이 김영삼의 오른팔로 변신한 터에 어차피 민정계 절반은 그쪽으로 넘어갔겠지만, 그래도 YS와 겨뤄볼 만한 경쟁구도를 조성하자면 민정계 후보는 단일로 나서는 길밖에 없었다. 그게 안 되면 차라리 김영삼의 박수부대로 나서는 쪽이 낫다는 소리도 나왔다. 이것이 박태준·이종찬의 공식 출마선언을 지연시켰다. '민정계 단일후보 옹립을 위한 6인중진협의체'가 태어났다. 박태준, 이종찬을 포함해 이한동, 박철언, 박준병, 심명보. 며칠 뒤에 양영식 당선자가 합류하여 '7인중진모임'으로 바뀌었다.

자유경선의 페어플레이를 강조한 노태우의 말이 어느 정도 진심인지. 7인의 진로는 그것과 불가분의 관계를 맺고 있었다. 설령 진심이라 하더라도 김영삼이 페어플레이 따위는 집어치우라고 한다면 노태우가 끝까지 페어플레이를 고집할 수 있을지……. 김윤환이 사무총장에서 물러나기 바쁘게 민주계 의원들은 그를 범계파후보추대위원장으로 추천했다. 노태우는 김윤환에게 '민정계를 특별 관리하라'는 밀명을 내렸다. 김영삼의 환심을 얻으며 안심시킨 뒤, 경선의 모양새만은 민주주의로 치장하려는 속셈 같았다.

4월 6일 오전 노태우는 신임 사무총장 이춘구를 불러 완전 자유경선을 거듭 강조하고, 점심시간에는 언론사 간부들을 청와대로 불러 '경선의 공정한 관리자로서 경선의 원칙과 원만한 진행이 확립되도록 하겠다'고 큰소리쳤다. 어떡하든 모양새만이라도 '민주주의의 대통령'으로 남고 싶다는 열망이었다. 5년 전의 6·29선언이 피할 수 없었던 '항복선언'이 아니라 용기에 찬 '민주주의선언'이었음을 과시하려는 계산도 짙게 반영한 발언이었다.

그러나 기어코 사단은 터지고 말았다. 불안감을 떨치지 못한 김영삼측이 즉각 '제한적 경선론'을 들고 반격에 나선 것이었다.

김영삼 대표측이 주장하는 '제한적 경선 방식'은 전당대회 전에 김 대표로 의 단일화, 노태우 대통령의 김 대표에 대한 지지의사 표명, 민정계와 공화계 의 후보단일화 지양 및 특정인사의 불출마 등이다.

1992년 4월 7일자 서울신문

'제한적 경선론'은 경선 대회장을 'YS 대선후보 추대대회'로 만들어 달 라는 주장과도 같았다. 그럼에도 불구하고 꺼림칙한 구석이 남았는지 '특 정인사의 불출마'까지 요구했다. 그들이 지목한 특정인사는 바로 박태준 이었다. 세계의 지도자들로부터 상찬과 주목을 받는 가운데 개인적으로 빛나는 영광의 계절을 맞이하고 있는 '세계 최고의 철강인'의 잠재적 폭발 력을 제대로 평가한 그들은 이른바 '대세론'을 타면서도 그 옹색한 주장을 당당히 내걸었다.

4월 12일 노태우·김영삼·김종필·박태준은 골프 회동을 했다. 갈등 양 상을 보여온 여권 지도부의 단합을 과시하는 그림을 만들자는 모임이었 다. 이날도 노태우는 기자들 앞에서 공정한 자유경선 원칙을 거듭 확인하 며 특정인에 대한 지지의사 표명은 없다고 강조했다. 언론과 정치권의 시 선은 김영삼측이 명시한 '특정인사' 박태준의 선택에 집중되었다. 그의 거 취가 민자당 경선 판도의 분기점을 마련할 것이란 관측이 지배적이었다.

민정계 단일후보를 세우기 위한 7인중진모임도 어느덧 6차 회의를 열었 다. 7차 회의에선 단일화가 이뤄질 것이란 기대를 남기고 헤어졌다. 그러 나 이때 벌써 박태준은 보이지 않는 손이 자신의 발목 근처에 와 있다고 느꼈다. 아니나 다를까. 단일후보가 결정될 결정적인 때를 맞춰 노태우의 심부름꾼이 롯데호텔로 찾아왔다. 그의 말이 몇 번이나 요지를 비켜가자, 박태준은 조금 언성을 높였다.

"확실히 얘기하소."

"김영삼 대표가 경선을 하더라도 박 최고위원을 **빼놓고** 다른 사람하고 하겠다고 합니다."

"그게 무슨 자유경선이야? 그게 무슨 민주주의야? 평생을 민주화투쟁을 해왔다면서 제한경선이란 소리가 나와? 그게 YS적 민주주의야? 내가 이긴다는 보장이 어딨어? 김윤환이가 왜 거기 가 있겠어? '노심'이 뻔한데, 내가 민정계 일부 모은다고 과반수가 올 것 같나? 그런데도 왜 민주주의의 반역자 같은 소리를 하는 거야?"

박태준의 주장은 옳았다. '회장'이 경선에 출마할 것이라는 추측보도가 나간 뒤 포철의 어느 방에서 결과를 예측해봤는데 결론은 승산이 희박하다는 것. 하지만 박태준은 이왕 출마의 연기까지 피워 올렸으니 질 때 지더라도 페어플레이를 해볼 작정이었다. 예측대로 패하여 자신의 마음에 내키지 않고 차지 않는 사람이 승자가 되더라도, 도리에 따라 승자를 위해 일해주고 정치생활을 접어도 된다고 생각하고 있었다. 그러나 이런 소망이 성립하려면 최소한 두 가지 조건은 갖춰져야 했다. 첫째로 수없이 반복된 노태우의 공정한 자유경선이 입에 발린 거짓말이 아니어야 했고, 둘째로 김영삼이 좀 불안하더라도 제한적 경선론 따위를 막무가내로 휘두르지 않아야 했다.

그런데 두 가지가 다 깨졌다. 박태준의 소망이 깨지고 자존심이 엉망으로 깨질 일만 남았다. 노태우의 심부름꾼이 다시 그를 찾아왔다.

"이번에 박 최고위원께서는 경선에 나오지 않아주시면 좋겠다는 말씀이 계셨습니다."

드디어 박태준은 폭발했다. 오래 눌러온 분노를 더 이상 참을 수 없었다. 거침없이 튀어나가는 그의 말들은 상처받은 자부심과 자존심의 파편들이었다.

"야, 이 놈들아! 너희는 시나리오 다 짜놓고 하냐? 뭐, 페어플레이를 해? 특정인을 밀지 않아? 6·29선언의 유종의 미를 거둬? 웃기고 있네. 똑같이 한심해! 언제나 질질 끌려 다니기나 하고 말이야. 내가 청와대로 가겠어!"

노태우와 전화부터 연결되었다.

"나의 얘기대로 양보해주시지요."

노태우가 전화를 끊었다.

"양보해라, 이러고 끊어? 청와대로 가자!"

"지금 제주도로 가시는 중입니다."

4월 18일 신문들은 일제히 '박태준 최고위원 경선 불출마 선언'을 보도했다. 언론을 위해 간신히 차린 명분은 이종찬, 이한동 의원이 출마의사를 고집해 민정계 단일화가 이루어지지 않아 박 최고위원은 출마하지 않는다는 것.

박태준은 경선출마의 뜻을 접었다. 그의 영혼엔 김영삼과 노태우에 대한 실망이 깊이 새겨졌다. 자신의 목적을 달성하기 위해 물불을 가리지 않는 김영삼의 아집과 독선에 대한 실망, 특유의 음성다중 방송으로 자신의 체면유지에 급급하고 원칙을 지킬 정신이 고갈한 노태우에 대한 실망. 그는 당장 민자당 대표위원을 벗고 국회의원 배지도 던지고 싶었다. 자신의 상처를 치유하자면 그것이 가장 손쉬운 방법이었다. 하지만 그는 전쟁터의 혈기 넘치는 청년장교가 아니었다. 조만간 포철 25년 대역사의 대미를 위한 카운트다운이 시작될 것이었다.

4월 22일 노태우는 대권후보 경선출마를 포기한 박태준을 청와대로 불렀다. 점심을 겸한 단독회동. 후배가 선배에게 양해를 구했다. 박태준은 밥이 명치에 얹혔으나 쌓인 실망을 드러내지 않으려고 애쓰는 가시방석이었다. 그와 헤어지는 악수를 나눈 뒤, 노태우가 밝은 표정으로 공개했다.

"박 최고위원이 당의 화합과 경선의 참뜻을 살리기 위해 후보 불출마라는 어려운 결단을 내린 것은 살신성인의 자세로 당의 귀감이 됐다. 앞으로도 당과 나라의 발전을 위해 지금처럼 중요한 역할을 수행할 것으로 기대한다."

대통령 정무수석비서관 손주환이 보탰다.

"현재는 경선의 초기단계로 과열현상을 보이지 않고 있지만, 앞으로 과열을 방지하고 정책대결로 신선한 모습을 보일 수 있도록 조정자 역할을 맡아달라고 노 대통령께서 (박 최고위원에게) 당부하셨다."

노태우가 '살신성인', '당의 귀감' 따위 미사여구까지 동원해가며 '속인 것'에 대해 양해를 표명하고 경선 조정자의 역할을 당부했지만, 당사자의 결심은 이미 다른 쪽으로 굳어 있었다. 노태우의 박태준을 향한 미사여구는 이미 '나는 객관적 조정자 역할을 하지 않는다'라는 자백에 불과했다. 그러면서 자신의 역할을 '살신성인'의 실천자에게 떠넘기는 교언영색을 부린 것이었다. 박태준은 냉소를 지었다.

'경선의 조정자를 맡아? 그건 당신네의 책무이자 나에 대한 일방적 희망사항이지, 나는 7인중진모임이 내는 후보를 돕는 게 나의 인간적 도리야.'

이렇게 주먹을 한 번 쥐고는 가만히 한숨을 쉬었다.

'광양 4기 종합준공만 마치면······.'

여름의 갑옷

실제로 박태준은 이종찬을 밀었다. 노태우가 훈장처럼 달아준 살신성인의 조정자 역할을 보기 좋게 팽개쳤다. 그가 이종찬을 거든 4월 27일, 김종필은 '대세'를 거역하지 않고 차후를 도모하며 김영삼 후보를 지지한다고 공식적으로 선언하고, 공화계 의원 중 김용환을 비롯한 소수는 '보스'의 선택에 반기를 들고 독자행동을 표명했다. 민자당의 차기 대통령후보 경선구도는 김영삼 후보의 압도적 우세 양상을 갖추었다. 이때는 야당도 대선후보를 결정하기 위해 시동을 걸었다. 민주당은 경선의 모양새를 위해 김대중과 이기택의 경쟁을 선택하고, 국민당은 정주영을 추대할 채비를 차렸다.

민자당 전당대회를 사나흘 앞두고 이종찬이 경선 레이스에 급제동을 걸었다. 그는 김영삼 후보추대위원회 해체, 경선 저해인사 추가 문책, 18일

합동연설회 개최 등 세 가지 조건을 요구했다. 한마디로 '노태우의 엄정한 중립'을 요구한 것이었다. 이게 안 되면 그는 후보를 사퇴한다고 선언했다. 신임 정무수석 김중권이 뚱한 반응을 보였고, 일부 신문은 이종찬의 요구가 너무 늦었다고 받았다.

이종찬은 기어코 경선을 거부했다. 그는 당을 떠나 새 진로를 모색할 것 같은 발언을 했다. 노태우는 자신의 음성다중방송과 이중플레이에 대한 해명은 딱 덮고, 당헌·당규에 따라 단호히 조처되어야 할 것이라고 발끈 열을 올렸다. 5월 17일 예정대로 민자당 전당대회가 열렸다. '들러리'가 빠진 대권후보 선출은 투표용지에 '김영삼·이종찬'이 나란히 찍혀 있긴 해도 실제로는 김영삼 단독 출마로 강행되었다. 투표는 김영삼에 대한 찬반 표시나 마찬가지였다. 개표 결과는 김영삼 66.8% 득표.

22일 이종찬은 돌연 '새정치모임 발기인대회'를 개최했다. 그러나 박태준은 참여하지 않았다. 언론은 조심스레 그의 합류 가능성을 점쳤다. 하지만 그것은 껍데기만 더듬고 알맹이를 만지지 못한 추측이었다. 그의 내면에 대한 결례였다.

박태준은 이미 민자당 최고위원에도 관심을 접었다. 노태우와 김영삼에 대한 실망감과 불신감이 컸다. 그렇다고 이종찬의 간판 옆에 나란히 설 생각은 추호도 없었다. 단지 그의 성격상 곤경에 처한 후배에게 칼로 무 베듯 매정하게 자르지 못할 따름이었다.

어쨌든 노태우는 김영삼을 선택했다. 상대의 완력에 못 이겨 체면유지조차 못한 채 마지못해 손을 들어주었든, '문민'출신이 대통령을 해야 할 순서라는 '대세론'에 편승한 것이든. 5월 26일 민주당이 차기 대통령후보로 김대중을 선출했다. 세기말에 접어든 한국정치는 다시 한 번 YS와 DJ 두 김에게 대권경쟁의 길을 열어주었다. 1987년 늦가을에 연출된 두 김의 분열과 그로 인한 막중한 패배의 책임을 기억하는 이들도 5년 전의 그것은 피할 수 없었던 역사적 필연의 과오나 과정쯤으로 받아들이려 애썼다. 그걸 수용하는 이들의 체념과 기대는 이런 거였다.

"그래, 그들도 고생 많았으니 한 번은 해먹겠지. 그래, 내년쯤에는 지긋지긋한 최루탄과 화염병이 거리에서 사라지고 지긋지긋한 정경유착과 고위권력의 부정부패도 사라지겠지."

정치적으로 큰 상처를 입은 1992년 초여름의 박태준, 그러나 개인적인 영광의 계절은 이어졌다. 5월 30일 우리나라 대학의 경영학 교수들로 구성된 한국경영학회로부터 전문경영인에겐 처음 주는 '92한국경영자 대상'을 받고, 6월 16일 모스크바대학으로부터 한러 양국의 경제협력과 기술교류에 결정적으로 이바지한 공로로 명예경제학박사 학위를 받았으며, 6월 23일 미국 뉴욕의 철강생존전략회의에서 지난 25년 동안 탁월한 경영능력과 선견지명을 바탕으로 세계 철강업 발전에 기여한 공로로 '윌리코프(Willy Korf)상'을 받았다. 마침 1992년 상반기를 마감한 포철의 살림살이는 한국경영자 대상과 윌리코프상에 답례하듯 월간 매출 5천억 원 체제를 정착시켰다. 무(無)에서 출발하여 제철보국에 헌신하며 조업과 건설을 병행해온 25년의 투쟁과 고난에 대해 포철이 최고경영자에게 바치는 위로의 선물 같았다.

러시아와 미국에서 날아든 영광은 모처럼 박태준을 '정치의 족쇄'로부터 해방시키는 희소식이기도 했다. 박태준은 모스크바에 들렀다가 뉴욕으로 날아갔다. 지겨운 훈련소에 수용되었다가 철인(鐵人)으로 복귀한 해방감과 즐거움을 맛보았다. 이때 포철의 광양제철소는 4기 설비 종합준공의 카운트다운을 시작했다. 앞으로 100일, 하늘이 눈부시게 푸르른 가을날, 마침내 포철은 일찍이 박정희와 박태준이 꿈꾸었던 '연산 2천100만 톤 체제'에 도전한 4반세기 대장정에 마침표를 찍는다. 그 위대한 자리엔 세계 최고의 철강인을 위한 철(鐵)의 용상(龍床)이 놓일 것이다.

6월을 마칠 때쯤 박태준은 서울로 돌아왔다. 아직 몸에 정치의 갑옷이 걸려 있다는 사실을 새삼 확인해야 했다. 김포공항 귀빈실에는 이종찬이 김영삼에게 머리를 숙인 일, 김영삼의 뒤를 이을 당 대표를 둘러싼 잡음 등이 기다리고 있었다. 누군가 '다음 당 대표는 박태준'이라 했더니 김종필 쪽에서 펄펄 끓는 물을 덮어쓴 것처럼 펄쩍 뛰었다는 소문도 들려왔다. 박태준은 태연했다. 앞으로 석 달을 더 정치의 무거운 갑옷을 입어야 하고 그것을 벗지 못한 몸으로 세계에서 가장 높은 철(鐵)의 정상을 향해 무거운 발걸음을 뚜벅뚜벅 옮겨야 한다고 생각했다.

정상의 막바지에서

국회의장 박준규가 한 달 넘게 공전해온 국회를 하루 속히 열어야 한다고 목청을 높인 결실이었는지, 8월 1일부터 임시국회가 14일간 회기로 문을 열었다. 광양제철소는 뙤약볕을 아랑곳하지 않고 '포철 2천100만 톤 종합준공 D-61'을 힘차게 내걸었다. 앞으로 두 달, 지나온 25년에 비하면 이틀쯤으로 여길 만한 두 달……. 박태준은 임시국회가 끝나는 대로 광양만과 영일만을 다녀올 계획을 잡았다.

윌리코프상을 받는 박태준

8월 20일 박태준은 칠레 정부가 수여하는 '메르나도 하긴스 대십자훈장'을 받았다. 이제 여름은 끝자락만 남았다. 8월 24일 베이징에서 한중 외무장관이 '한중수교공동성명'에 서명했다. 우리의 경제성장과 민주주의 발전이 덩샤오핑과 고르바초프의 개방에 적극 대처한 결실이었다. 이튿날 청와대에서 민자당 주요 당직자회의가 열렸다. 노태우의 총재사퇴와 명예 총재 추대, 김영삼의 총재 취임, 김종필의 대표 취임, 박태준의 최고위원 유지 등이 결정되었다. 김영삼의 대선 레이스에 동참할 권력자들에겐 즐거운 자리였으나 '김영삼·노태우'에게 회의를 품고 이미 마음의 등을 돌린 박태준은 특유의 통쾌한 웃음을 터뜨리지 않았다.

제2이동통신 사업자선정 문제로 시끌벅적했다. 청와대와 민자당 수뇌부의 회동이 열린 날에 맞춘 것처럼, 정부와 민자당의 갈등은 '선경이 사업권을 자진 반납하는 선에서 수습될 것'이란 추측보도로 나왔다. 선경그룹 회장과 대통령은 사돈지간이라, 특혜의혹이 불거질 수밖에 없었다. 김영삼은 정의와 부패척결의 이름으로 윗물이 맑아야 아랫물이 맑아지는 법이라며 공개적으로 노태우를 압박했다. 포철 경영다각화의 핵심 사업으로 제2이동통신 사업에 진출하기 위해 심혈을 기울여온 박태준은 여의도 63빌딩의 전망 좋은 사무실에 들러 호통부터 쳤다.

"왜 졌어?"

이동통신사업추진단장 권혁조가 심사과정의 자초지종을 설명했다. 정부의 추진일정 연기, 자기 자본비율 인하, 회계법인 선정 등 '불공정'의 내용이 상세히 드러났다. 박태준이 매섭게 뱉었다.

"나쁜 사람들이군. 나는 승복할 수 없어."

말도 많고 탈도 많았던 제2이동통신 사업자선정. 결국은 1993년 2월 28일 포철이 15% 지분율을 확보하여 제1지배주주로 선정된다.

8월 28일 올림픽공원 역도경기장에서 민자당 중앙상무위원회가 열렸다. 김영삼을 총재로 추대하는 절차였다. 그는 기염을 토했다. 순수 민간인 출신으로는 31년 만에 처음으로 집권당 총재가 되었다고. 그러나 그것이 반향을 일으킬 여유도 없이 8월 31일 지난 총선 당시의 관권선거를 폭로하는 양심선언이 터져 나왔다. 그때의 충남 연기군수가 기자회견을 통해 "내무장관과 충남지사 등이 노 대통령의 측근 후보를 당선시키기 위해 조직적으로 자금을 살포하고 공무원들을 동원했다."며 구체적인 자료를 제시했다. 김영삼의 인기를 떨어뜨리고 노태우를 당혹스럽게 만들었다. 파문이 눈덩이처럼 부풀어갔다. 김영삼은 다시 노태우를 공격하여 분위기 쇄신을 도모할 수밖에 없었다.

노태우가 움찔했다. 또 다시 김영삼의 칼이 들어오기 전에 먼저 선방을 날렸다. 노·김 주례회동이 열린 9월 18일 노태우가 탈당의사를 밝힌 것이다. 김영삼은 엄청나게 당황하지 않을 수 없었다. 그의 증언에 따르면 김종필도 육두문자를 써가며 노태우를 심하게 비난했다고 한다.

이날 박태준은 점심을 끝내고 당사로 들어오는 승용차 안에서 노태우의 탈당 뉴스를 들었다. 한마디 상의도 없이 뭐 이런 경우가 다 있나. 그는 당사에 도착하자마자 비서실장 최재욱을 불렀다.

"최 실장, 당을 떠나야겠소. 내가 이런 식으로 당할 수는 없는 것 아니겠소. 민정계 수장이 그런 식으로 떠나버리면, 대리자인 나는 어떻게 하라는 얘기요. 탈당하려면 나에게는 한마디 상의는 있어야 될 것 아니겠소. 하는 짓마다 괘씸하기가 이를 데 없어."

"제가 보기에도 최고위원님의 생각이 전적으로 옳은 것 같습니다. 그러나 한 가지 고려할 사항이 있습니다. 지금 당장 나가면, 저는 최고위원님을 이해합니다만, 다른 사람들은 오해할 것입니다."

"그게 무슨 말이오?"

"다른 사람들은 아마 노 대통령과의 합작으로 탈당했다고 생각할 것입니다. 탈당을 할 때 하시더라도 날짜를 따로 잡아서 하는 게 좋다고 생각합니다."

두 사람의 심각한 대화는 박태준의 진로문제까지 다루게 되었다. 최 실장은 김영삼의 당선을 위해 나서는 것도 하나의 길이라고 했다. 그러나 박태준은 고개를 저었다. 김영삼의 선거대책위원장을 맡는 것에 대해 좀처럼 양심이 허락하지 않는다면서 그가 대통령이 돼도 좋다는 마음이 안 생긴다고 털어놨다.

박태준은 노태우에게 분노하면서 김영삼에게 실망했다. 노태우의 일방적 탈당과 김영삼의 아집과 독선. 그는 더 이상 민자당에 남아 있을 이유가 사라졌다는 결론을 내렸다. 민정계의 관리자로 들어왔으니 미우나 고우나 노태우가 민정계 수장으로 있는 동안만큼은 그래도 완전히 등 돌리는 행동을 참으려 했으나 그마저 자신이 모르는 사이에 물 건너 가버렸고, 김영삼의 결함은 어느 누구도 고치기 어려워 보였다. 그 시간의 서울은 그에게 참으로 견디기 어려운 공간이었다.

노태우가 중립내각을 구성하겠다는 제안도 냈다. 김대중이 얼른 화답하여 국회정상화를 선언했다. 대통령이 중국을 방문하고 돌아오는 10월 4일에 4자회담(노태우·김영삼·김대중·정주영)을 열자는 제안도 보냈다. 당황한 김영삼을 더 불안하게 만들기 위한 김대중의 전술적 선택이었다. 김영삼의 눈에는 김대중에게 노태우의 탈당은 커다란 선물 같았고, 실제로 김대중은 고무된 표정을 비쳤다.

김영삼은 노태우에게 처음으로 선방을 얻어맞고 사나흘 대책수립에 동분서주하다가 9월 21일 박태준을 찾았다. 선대위원장을 맡아달라고 부탁하는 자리였다. 그러나 이미 박태준의 마음은 굳어 있었다. 탈당계 제출의 시기만 재는 사람이었다. 노태우든 김영삼이든 어느 쪽과도 정치적 관계를 단절하고 적절한 때에 정치를 청산하겠다는 결의를 세운 사람이었다.

철의 용상

박태준은 두 번을 이어서 김포공항 국제선 청사에 마중 나가지 않았다. 대통령이 9월 25일엔 유엔 방문을 마치고 귀국했고, 9월 30일엔 중국 방문을 마치고 귀국했는데, 여당 최고위원이 의전을 집어치운 것이었다. 그는 영일만에 내려와 있었다. 깨 한 줌씩 머금은 전어 떼가 영일만으로 모여드는 9월이 저물었다. 오랜만에 포항제철소를 찾은 박태준. 4반세기 대역사 완공기념식이 불과 이틀 앞으로 다가왔다. 새삼 영일만의 기적을 둘러보는 그의 가슴엔 희열과 회한, 영광과 고통이 뒤엉켜 뜨거운 응어리를 맺었다.

10월 1일 한겨레신문은 1면 톱뉴스로 '박 최고, 노 대통령·김 총재와 불화'라는 제목을 뽑았다. 정가 소식통들은 그가 이미 내정된 선거대책위원장직을 고사했으며 정계은퇴를 할 수도 있다고 했다. 국군의 날이 저물 무렵에 그는 부산으로 이동했다. 대역사 준공식을 빛내주러 찾아온 외빈들과 만나야 했다. 다시 먼동이 텄다. 10월 2일, 광양만의 대낮은 눈부신 쪽빛 가을날이었다.

광양제철소 4고로에 화입하는 박태준(1992년 9월 25일). 이로써 '철강 2100만 톤 시대'를 열었다.

광양 4기 설비 종합준공식, 그러나 광양제철소 종합운동장 내빈석 꼭대기에는 '포항제철 4반세기 대역사 종합준공'이 내걸렸다. 1968년 창업한 이래 숱한 고난을 헤치며 장장 25년에 걸친 제철소 건설의 대역사를 마무리 짓는 장엄한 식장에 1만2천여 명이 모였다. 박태준 회장과 임직원, 노태우 대통령, 그리고 주한 미 대사를 포함한 외교사절들, 국내외 취재진, 직원 가족들, 지역사회의 축하객들…… 그러나 유독 김영삼의 모습은 보이지 않았다. 재작년에 영일만을 방문했을 때 박태준에게 '고생 많았다'는 인사 한마디도 할 줄 모르던 YS는 근래 며칠 동안 박태준에게 선대위원장을 맡아달라고 강권하더니만 광양만의 위대한 잔치에는 나타나지도 않았다.

박태준의 거듭된 항의 표시에 심기가 불편해도 노태우는 "자본·기술·경험이 제대로 갖추어지지 않은 상태에서 시작해 4반세기 만에 연간 2천100만 톤의 생산능력을 지닌 세계 3위의 철강회사로 성장한 포철의 위업은 세계 철강사에 길이 빛날 금자탑이 될 것"이라 치하했다. 그의 뒤를 이어 세계철강협회장 로튼은 "포스코와 박태준 회장이 이룩한 업적은 추진력과 엄격성과 탁월성으로 세계에 빛나는 모범이며, 4반세기라는 짧은 기간에 이처럼 거대한 기업을 이룬 데 대해 찬사와 존경을 아끼지 않는다."고 격찬했다.

다음은 박태준이 나설 차례였다. 두 개의 마이크가 놓인 자리, 금빛도 은빛도 없는 그저 평범한 자리. 그러나 그 자리는 세계 최고의 철강인에 오르는 '철강황제'나 '철강왕'에게 어울리는, 보이지 않는 '철(鐵)의 용상(龍床)'이었다. 그 자리는 지난 몇 년 동안 박태준의 인생에 펼쳐진 영광의 계절이 마침내 찬란한 절정의 순간으로 꽃피는 자리이기도 했다.

박태준은 감당하기 벅찬 감회에 젖었다. 하지만 목소리는 여느 때와 다르지 않았다.

"오랜 대역사 속에서 민족경제의 초석을 다진다는 일념으로 몸 바쳐 일하다가 유명을 달리하신 동지들의 혼령이 오늘 이 자리를 지켜보고 계실 것을 생각하니 실로 만감이 교차합니다. 제철보국의 정신 아래 '민족기업·인간존중·세계지향'의 기업이념을 더욱 착실히 펼쳐나가는 한편, 21세기를 지향하는 새로운 기업상을 정립할 것입니다. 그리고 국민 여러분의 끊임없는 사랑을 바탕으로 어떤 어려움이라도 헤쳐 나가면서 기필코 다음 세기의 번영과 다음 세대의 행복을 창조하는 국민기업의 지평을 열어갈 것입니다."

박태준이 가장 깊은 속마음을 펼쳐놓을 자리는 따로 있었다. 격정을 안으로 차분히 다스린, 쇳물처럼 뜨거운 울먹임을 찬찬히 풀어놓을 곳이 그에겐 따로 있었다.

성대한 잔치가 끝났다. 손님들이 돌아갔다. 25년 대역사를 마무리하는 장엄한 무대에 올렸던 모든 의자들이 치워졌다. 세계 최고의 철강인이 앉았던 평범한 의자도 치워졌다. 그러나 치워진 것은 평범한 의자가 아니었다. '철의 용상'이 무대를 내려간 것이었다.

한 사람의 손님처럼 광양을 떠난 박태준은 서울 북아현동 자택으로 돌아왔다. 밤이 깊었다. 잠이 오지 않았다. 이따금씩 눈시울이 뜨끔거렸다. 그러나 아직 눈물을 맺을 때가 아니라고, 그는 생각했다. 날이 밝았다. 개천절이었다. 한국의 조간신문들은 기사·사설·칼럼으로 일제히 '포철 대역사의 대미'에 최상의 아낌없는 찬사와 격려를 보냈다. 포철신화를 통해 우리 국민은 뿌듯한 자부를 느낀다고 했다.

이렇게 좋은 날, 신문마다 온통 찬사를 쏟아낸 아침, 박태준은 하얀 와이

광양제철소 전경

셔츠 위에 검은 양복을 입고 검은 넥타이를 맸다. 반드시 가야 할 곳이 있었다. 보고를 들어줄 혼령이 기다리는 곳으로 가야 했다. 보고를 담은 두루마리는 그의 가슴에 꽂혔다.

문힌 영혼의 숫자가 얼마나 되는지 짐작조차 하기 어려운 골짜기. 대한민국 현대사의 영욕을 침묵 속에서 웅변하는 넓은 묘역, 국립묘지.

박태준은 박정희의 유택 앞에 섰다. 그의 뒤에는 아내 장옥자, 고인의 아들 지만과 딸 근영, 그리고 몇 사람의 동행자가 묵념의 자세로 서 있었다. 그가 두루마리를 펼쳤다. 한지에 붓글씨로 쓴 보고문. 비로소 그는 눈물을 흘릴 수 있을 것 같았다. 목소리가 젖어도 좋을 것 같았다. 자신의 인격과 신념과 포부를 완전히 이해하고 신뢰해주었던 한 사나이를, 그는 사무치게 그리워했다.

각하! 불초 박태준, 각하의 명을 받은 지 25년 만에 포항제철 건설의 대역사를 성공적으로 완수하고 삼가 각하의 영전에 보고를 드립니다.

포항제철은 빈곤타파와 경제부흥을 위해서는 일관제철소 건설이 필수적이라는 각하의 의지에 의해 탄생되었습니다. 그 포항제철이 바로 어제, 포항·광양의 양대 제철소에 연산 조강 2천100만 톤 체제의 완공을 끝으로 4반세기에 걸친 대장정을 마무리하였습니다.

"나는 임자를 잘 알아. 이건 아무나 할 수 있는 일이 아니야. 어떤 고통을 당해도 국가와 민족을 위해 자기 한 몸 희생할 수 있는 인물만이 이 일을 할 수 있어. 아무 소리 말고 맡아!"

1967년 어느 날, 영국 출장 도중 각하의 부르심을 받고 달려간 제게 특명을 내리시던 그 카랑카랑한 음성이 지금도 귓전에 생생합니다. 그 말씀 한마디에, 25년이란 긴 세월을 철에 미쳐 참으로 용케도 견뎌왔구나 생각하니, 솟구치는 감회를 억누를 길이 없습니다.

돌이켜보면 참으로 형극과도 같은 길이었습니다. 자본도 기술도 경험도 없는 불모지에서 용광로 구경조차 해본 적 없는 39명의 창업요원을 이끌고 포항의 모래사장을 밟았을 때는 각하가 원망스럽기도 했습니다. 자본과 기술을

국립묘지 박정희 유택 앞에서 임무완수 보고를 올리는 박태준

독점한 선진 철강국의 냉대 속에서 국력의 한계를 절감하고 한숨짓기도 했습니다. 터무니없는 모략과 질시와 수모를 받으면서 그대로 쓰러져버리고 싶었던 때도 있었습니다.

그때마다 저를 일으켜 세운 것은 '철강은 국력'이라는 각하의 불같은 집념, 그리고 13차례에 걸쳐 건설현장을 찾아주신 지극한 관심과 격려였다는 것을 감히 말씀드립니다.

포항제철 4기 완공을 1년여 앞두고 각하께서 졸지에 유명을 달리하셨을 때는 철강 2천만 톤 생산국의 꿈이 이렇게 끝나버리는가 절망하기도 했습니다. 그러나 저희는 철강입국의 유지를 받들어 흔들림 없이 오늘까지 일해 왔습니다. 그 결과 포항제철은 세계 3위의 거대철강기업으로 성장하였으며, 우리나라는 6대 철강대국으로 부상하였습니다.

각하를 모시고 첫 삽을 뜬 이래 지난 4반세기 동안 연인원 4천만 명이 땀 흘려 이룩한 포항제철은 이제 세계의 철강업계와 언론으로부터 최고의 경쟁력을 지닌 철강기업으로 평가받고 있습니다. 그러나 이것이 어찌 제 힘이었다고 할 수 있겠습니까? 필생의 소임을 다했다고 생각하는 이 순간, 각하에 대한 추모의 정만이 더욱 새로울 뿐입니다. "임자 뒤에는 내가 있어. 소신껏 밀어붙여봐." 하신 한마디 말씀으로 저를 조국 근대화의 제단으로 불러주신 각하의 절대적인 신뢰와 격려를 생각하면서 다만 머리 숙여 감사드릴 따름입니다.

각하! 염원하시던 '철강 2000만 톤 생산국'의 완수를 보고 드리는 이 자리를 그토록 사랑하시던 근영 양과 지만 군이 지켜보고 있습니다. 자녀분들도 이 자리를 통해 오직 조국 근대화만을 생각하시던 각하의 뜻을 다시 한 번 되새기며, 각하의 유지를 받들기 위해 더욱 성실하게 살아갈 것이라 믿습니다. 저 또한 옆에서 보살핌을 게을리 하지 않을 것을 다시 한 번 약속드립니다.

각하! 일찍이 각하께서 분부하셨고, 또 다짐 드린 대로 저는 이제 대임을 성공적으로 마쳤습니다. 그러나 이 나라가 진정한 경제의 선진화를 이룩하기에는 아직도 해야 할 일들이 산적해 있습니다. 혼령이라도 계신다면, 불초 박태준이 결코 나태하거나 흔들리지 않고 25년 전의 그 마음으로 돌아가 잘사는 나라 건설을 위해 매진할 수 있도록 굳게 붙들어주시옵소서.

불민한 탓으로, 각하 계신 곳을 자주 찾지 못한 허물을 용서해주시기를 엎드려 바라오며, 삼가 각하의 명복을 빕니다. 부디 안면하소서!

박태준은 자신과 박정희의 독특한 인간관계―완전한 신뢰의, 그 자신의 고백을 그대로 옮기자면 "절대적인 신뢰의" 인간관계를 1992년 개천절의 국립묘지 한 귀퉁이에서 마침내 비장한 아름다움으로 매듭지었다.

1992 | 1997

4시간 담판, 유랑의 4년으로

YS여, 안녕

개천절 오후에 김우중 대우그룹 회장이 북아현동 박태준의 집을 찾아왔다. 손님은 주인에게 신당창당을 권유했다. 현찰 1천억 원을 대겠다는 제안이었다. 박태준은 웃었다. 이종찬 의원에게도 그런 제안을 했던 걸로 아는데, 대우자동차 팔아서 그런 돈 만들 생각이면 회사 재무구조부터 고치라고 충고했다.

"다른 사람은 몰라도 나는 대우를 좀 알고 있지 않습니까?"

김우중에게 그 반문을 선물로 줘서 돌려보낸 박태준은 이튿날 하얏트호텔로 나갔다. 김영삼과 비공개 만남이었다. 선대위원장을 맡아달라는 상대의 요청에 대해 그는 내각제개헌을 포함해 선거공영제와 중대선거구제 등의 수락조건을 걸었다. 비공개니까 그건 사실상 거절이었다.

10월 5일 오전 11시, 박태준은 포철 이사회에 '회장' 사직서를 제출했다. 이 소식은 포항을 발칵 뒤집어 놓았다. 포철과 자회사의 현장 직원들과 그 가족들이 대거 포항의 포철 본사로 모여들었다. 이런 판국에 6일 아침 김영삼으로부터 점심을 같이 먹자는 제안이 들어왔다. 이날 오후 2시부터 잠실체육관에서 민자당 중앙위원회 전체회의가 열리니, '민자당 대통령 후보 출정식'을 앞두고 단합의 모양새를 갖추자는 소리였다. 그는 그것을 받아 온 보좌역 조용경에게 버럭 소리를 질렀다.

"나의 사퇴를 반대하는 직원들과 가족들의 시위 때문에 제철소에 난리가 났는데, 내가 한가롭게 밥이나 먹고 중앙위원회 회의에 참석할 수 있는 상황이냐!"

그날 저녁에 박태준은 입맛이 쓴 보고를 들어야 했다. 이틀 전 호텔에서 김영삼과 둘이서만 나눈 대화가 거의 그대로 가판 신문에 났다는 거였다.

"정말 신뢰할 수 없군. 뭐, 내가 진짜로 내각제를 요구해? 정말 잘난 민주정치구나."

흐응, 박태준은 싸늘히 웃었다. 김영삼과 협조할 가능성의 가느다란 한 가닥이 또 싹둑 잘리는 소리였다. 7일 오후에 박태준은 일방적으로 앉혀준 민자당 명예선거대책위원장을 거부하고 아내와 나란히 포항으로 내려왔다. 포철 본관 주변에서는 3천여 직원이 '회장퇴임 반대데모'를 벌이고 있었다. 덤프트럭의 적재함으로 마련한 연단 위에는 여직원들이 올라가 노래와 구호를 선도했다. '회장님이 물러나서는 안 되는 이유 10가지'라는 유인물도 뿌려졌다. 그는 직원들 앞에 나가 격한 목소리로 자신의 심경을 피력했다.

"나는 그동안 회사의 머슴이라 생각하고 일했습니다. 4반세기를 일해온 나를 더 이상 붙잡는 것은 서운한 일입니다. 이제는 나를 풀어주시오. 여러분이 나를 사랑해주는 것은 정말 고맙습니다. 하지만 지나치면 압력이나 마찬가집니다."

직원들과 그 가족들의 시위는 이날 밤늦게까지 이어졌다. 오후 3시 황경노 부회장 주재로 국내에 있는 모든 이사가 참석한 긴급이사회가 열렸다. 박태준 회장의 사임은 불가하다는 결론이었다. 오후에 모든 임원의 이름으로 '사의철회 건의문'을 냈다. 그러나 박태준은 "충정은 이해하지만 사람은 때가 되면 진퇴를 분명히 해야 한다."며 뜻을 굽히지 않았다. 8일에도 시위는 종일 계속되었다. 이날 오전 이사회는 임원회의실에서 박태준의 '회장 사의'를 수락하는 대신 그를 '명예회장'으로 추대키로 결의했다. 오후에 속개한 이사회에서 그가 그것을 수락했다. 이튿날 열린 포철 제75회 이사회는 박태준 초대회장을 명예회장으로, 황경노 부회장을 대표이사 회장, 정명식 사장을 대표이사 부회장, 박득표 부사장을 대표이사 사장으로 각각 선임했다.

민자당 지도부가 자신의 탈당의사를 수리하든 보류하든 반려하든 그것과 상관없이 탈당의 행보를 알리듯 포항으로 내려온 박태준. '설마, 설마' 하던 민자당 내부에서 한바탕 소동이 벌어졌다. 누구보다 김영삼의 오른팔로서 '킹 메이커'라는, 마치 봉건시대의 유물에 도금을 입힌 듯한 별명을 얻게 되는 김윤환이 바빠졌다. 그가 이춘구와 급히 포항에 내려왔다. 두 사람은 비서실장 최재욱을 잡고 늘어졌다. 성화에 못 이긴 최재욱이 박태준에게 면담을 건의했으나 그는 거절했다.

박태준은 포항의 번잡을 피해 광양으로 이동했다. 최재욱이 혼자서 부랴부랴 광양으로 달려왔다. 그는 최후로 한 번만 더 말리려 했다.

"최고위원님, 꼭 당을 떠나실 작정이십니까?"

"내가 명예선대위원장도 맡지 않으면서 당에 남아 공원산책이나 하라는 말이오? 그럴 수는 없소."

최재욱은 빈손으로 서울로 돌아가고, 박태준은 적막한 광양에 남았다. 그는 며칠 푸근히 쉬고 싶었다. 시끄러운 정치판이 자신을 건드리지만 않는다면 긴 칩거에 들고 싶었다. 25년 대역사를 마무리하고 회장 직위도 후배에게 물려준 걸음에 정치의 무거운 갑옷마저 벗었으니 마냥 홀가분해도 좋은 시간이었다. 조만간 가야 할 곳도 알고 있었다. 이미 포철의 미래를 위한 '남방정책'을 챙기고 있었던 것이다.

1992년 10월 10일 오전 10시, 포철 신임 경영진이 본사 국제회의장에서 취임인사를 진행하는 시간, 광양제철소 영빈관에서는 '박태준과 김영삼'의 담판이 진행되었다. 불청의 손님을 피하지 못한 박태준.

흔히 사람은 자신이 살아온 방식으로 타인의 행동을 읽으려는 버릇이 있다. 아마 그날 아침의 김영삼도 꼭 그랬는지 모른다. 김영삼은 노태우와 갈등을 일으켜 두 번이나 당무를 거부하고 부산이나 마산으로 내려간 전력이 있었다. 그때마다 노태우는 차마 대통령인 자신이 모시러 가진 못하고 심부름꾼을 보냈다. 큼직한 선물보따리까지 함께 보냈다. 어쩌면 광양으로 내려오기로 결정한 김영삼의 머리에는 언뜻 '박태준의 땡깡'을 생각했는지 모른다.

'아, 이 친구도 나한테 한 수 배워서 이러는구나. 어쩌나, 선물 들고 내가 모시러 가야지. 이 친구가 요긴하게 필요한 시기이니 땡깡을 받아줘야지.'

이른 아침에 상도동 대문을 나서는 그의 머리에는 그런 일련의 생각이 스쳐갔는지 모른다. 자신의 선물은 '몸소 방문'과 '영광스런 선대위명예위원장'이라고 여기면서……

　그날 아침 같은 비행기에 오른 김영삼과 최재욱의 대화, 여기에도 자신이 살아온 방식으로 박태준을 읽으려 드는 김영삼의 속내가 마치 속치마에 가려진 살갗처럼 비쳤다. 최재욱은 첫 비행기를 탔다. 우연히 민자당 총재 겸 대통령 후보 김영삼도 같은 비행기에 탔다. 김영삼은 박태준의 비서실장과 마주치자 옆의 민자당 사무총장 김영구를 다른 자리로 보냈다. 여기서 최재욱은 '굉장한 방안'이 아니면 박태준의 고집을 못 꺾을 거라고 슬쩍 튕기듯 말했고, 김영삼은 명예선대위원장을 맡아 정치적 소신을 마음대로 밝히고 다니면 되지 않겠느냐고 덤덤히 받았던 것이다.

　광양제철소의 포철 영빈관인 '백운대' 일층의 맨 오른쪽 공간. 커튼으로 사방을 에워싼 넓은 홀에 뽀얀 천으로 덮은 긴 식탁을 사이에 두고 박태준과 김영삼은 마주앉았다. 밖에는 기자들이 진을 치고 있었다. 오전 10시에 만난 두 사람은 같이 점심을 먹으며 더 앉아 있다가 오후 1시 55분에야 기자들 앞에 나타났다. 4시간의 회동이었다.

　김영삼은 "여러분은 잘 모르지만 박 최고위원과 나는 20대부터 잘 아는 사이고 한마디로 박 최고위원은 포항과 광양에서 신화를 이룬 분"이라고 입을 열었다. 그가 말한 '20대'란, 그는 국회의원이고 박태준은 국방부 인사과장(대령)으로 장관과 함께 국회에 나가기도 했던 1957년 가을을 지칭했을 것이다. 이어서 김영삼은 "그러나 박 최고위원은 정치를 하는 동안 그 길을 잘못 들었다고 생각을 했다는 것"이라면서 "그래서 평생을 바쳐 온 제일 중요한 경제건설을 위해 계속 일하겠다는 생각을 굳힌 것 같다."고 설명했다. "인간적으로 가슴 아프게 생각한다"면서 아쉬움을 드러내고는 "그렇지만 박 최고위원과 나는 인간적인 관계에 있어 어디까지나 과거보다 가깝게 서로 의논하고 협조할 일이 있으면 협조하기로 약속"했음을 강조하듯 알뜰히 챙겼다. 그의 설명을 굳은 표정으로 듣고 있던 박태준은, "정계은퇴를 뜻하는가?"라는 보도진 질문에 "총재 말씀 그대로다."라는 대답을 하고, 신당참여 여부를 묻는 보도진들에게 "나는 절대 거기에 끼지 않을 것"이라고 분명히 밝혔다. 그는 김영삼이 승용차에 오르려 하자, "미안해. 여기 오게 만들어 미안해." 하며 마지막 포옹을 나누었다.

박태준이 정계를 떠나 경제에 전념하기로 했다는 김영삼의 설명은 틀리지 않았다. 민자당을 떠나되 다른 당이나 신당 따위에 끼지 않겠다는 박태준의 약속은 사실 그대로였다. 그러나 언론은, 다른 모든 것은 그저 '정황'으로만 보여줬다. 그의 탈당 사유는 '정계은퇴와 경제전념'이란 정답으로 매겨졌을 뿐이었다. 왜 박태준이 김영삼의 최후 부탁마저 거절했는가, 이 문제는 관심의 영역에서 멀어졌다. 하나의 미궁으로 포착하는 시선도 없었다.

김영삼이 백운대를 떠난 뒤에 박태준의 뇌리에 가장 뚜렷이 남은 그의 말은, "인간 김영삼이를 믿어 달라." 하는 주문이었다. 그는 그것이 싫었다. '인간 김영삼'을 회의하는 사람을 찾아와서 바로 그걸 믿어달라고 하니 기막힌 아이러니가 아닐 수 없었다. 박태준은 건달 세계에서 의리를 거는 것 같은 그런 말을 기대한 것이 아니었다. 그가 마음을 돌리기 위해 남겨둔 최후의 한 가닥은 자신의 취약점을 인정하면서 그걸 보완해달라고 부탁하는 김영삼의 모습이었다. 하지만 끝내 그것은 나타나지 않았다. 세월이 흐른 뒤의 회고에서도 마찬가지였다.

> 나는 10월 10일 모든 유세일정을 취소하고 박태준을 만나러 전남 광양제철소로 갔다. 나는 무엇보다 끝까지 최선을 다하려고 했다. 그날 나는 하루 종일 박태준을 설득했으나, 그는 끝내 탈당하고 말았다.
>
> 『김영삼 회고록』3권

박태준은 돌아올 정치보복도 생각했다. 어느 정도 오겠지. 그저 이렇게 막연히 떠올렸다. 하지만 포철의 대역사가 끝났고, 포철이 굳건한 반석 위에 있다는 사실이 염려를 크게 줄여줬다. 포철 회장에서 물러난 지금 정치판을 기웃거리지 않고 포철이 잘되도록 도와나가는 길이야 건드리지 않겠지. 이런 수준으로 정리했다.

박태준의 결단은 가족과 포철 측근들의 의견까지 뿌리친 것이었다. 측근들이 작성한 건의문은 객관식이었다. 포철 관련 모든 직책을 사퇴하고 정치에 전념하면서 YS와 경쟁하는 선택, 모든 정치적 관계를 청산하고 포철의 미래에 전념하는 선택, YS의 선대위원장을 수락하고 여당 고위직을 유지하면서 포철 명예회장으로 남아 대외업무만 맡기로 하는 중도적 선택. 물론 그들은 '중도적 안'에 의견을 모았다. 그래서 그 안은 일부러 맨 밑에 놓았다. 박태준의 자존심을 배려한 예의였다. 그들은 이미 대권의 향방이 YS쪽으로 기울었다는 사실을 우선적으로 고려했다. 한국적 정치풍토의 강력한 정치보복을 잘 아는 처지에서 '회장님'에게 큰 불행이 닥칠 길을 추천할 수는 없었다.

그러나 박태준은 정치판 같으면 흔히 '가신'이라 부를 오랜 측근과 가족들의 권유마저 물리고 말았다. 양심이 움직이지 않는 선택에 '야합'할 수 없다며 굳게 입을 다물었다. '부러질지언정 휘어지기 싫어한다'고 삼성그룹 회장 이병철이 생전에 늘 염려했던 성품이 잘 드러난 장면이기도 했다.

'인간적으로는 과거보다 더 가깝게 지낼 수 있다'고 한 김영삼의 작별인사는 단순히 기자들의 펜을 의식했는지 몰라도, 그는 꽃잎 같은 말만 남기고 빈손으로 발길을 돌려야 했다. 왜 그는 '자존심과 자부심'을 숙이고 모든 유세일정을 취소하면서 허겁지겁 광양까지 내려왔을까. 이 궁금증이 남았다.

'인간적 배려나 예우'는 가당해 보이지 않는다. 만약 총재가 최고위원에게 그런 예의를 차리려 했다면, 김영삼은 박태준이 탈당 행보에 들어간 뒤에 부랴부랴 광양으로 내려올 것이 아니라 그것을 결행하기 전인 10월 2일의 '4반세기 대역사 종합준공식'에 만사를 제쳐두고 참석하는 것이 옳았다. 아니, 예의의 차원이 아니라 '꼬시려는 차원'이었더라도 그때 광양으로 내려와 박수와 덕담을 보태는 것이 옳았다. 그는 '설마 박태준이 포철 때문에라도 나한테서 등 돌리기야 하겠는가' 했는지 모르지만.

김영삼이 긴급히 광양으로 내려온 이유에는 틀림없이 '박태준의 탈당선언을 만류하고 번복시켜 연쇄탈당을 방지하겠다'는 계산이 포함되었다. '박태준을 붙잡아 TK지역을 비롯한 전국의 산업화세력이 정주영 쪽으로 덜 기울어지도록 하고 그들을 나의 편으로 끌어들여야 하겠다'는 계산도 포함되었을 것이다. 그리고 다른 중요한 이유가 왜 없었겠는가. 김영삼은 가신들과 의논하지 않고 순수하게 혼자만의 판단으로 이른 아침의 광양 행을 결정하진 않았을 것이다. 이 추측을 뒷받침할 만한 물증은 쉽사리 발견되지 않는다. 다만 '상도동'의 가신들이 걱정스런 표정으로 나누었을 어떤 대화의 한 장면을 유추할 만한 근거는 있다.

「YS의 20년 금고지기 ─ 홍인길 최초·최후 인터뷰, 돈과 권력과 인간」이란 글에 이런 문답이 스쳐간다.

　"1992년 대선 때는 선대위원장을 맡기로 했던 박태준 최고위원이 선거 직
　전에 탈당해서 자금 모금이 힘들었죠?"
　"돈도 돈이지만 마음고생을 많이 했죠."

《월간조선》 2004년 2월호

'선거자금'이란 단어, 여기서 김영삼의 가신들은 박태준의 얼굴을 떠올렸을 가능성이 높다. 가끔씩 그에게 손을 내밀었던 그들이 '철강황제'는 엄청난 비자금을 꼬불쳐두고 있는 것으로 착각했는지 모른다. 선거란 무엇보다 '실탄(돈) 확보가 중요하다'는 믿음을 근육처럼 몸에 붙인 그들이 '선거자금과 박태준'을 연결시켰다는 사실은 '김영삼의 금고지기'가 언뜻 내비친 그 한마디만으로도 넉넉히 짐작할 수 있다.

박태준이 김영삼과 '최후의 오찬'을 나눈 다음에 김종필은 자신의 측근 중 박태준과 가까운 구자춘을 골라 광양으로 급파했다. 여기에도 '선거자금과 박태준'을 엮으려 했던 흔적이 뚜렷하다.

그러나 박 최고위원은 구 의원 일행의 면담요청을 거절했다. 그는 이날 아침 행선지를 밝히지 않은 채 어디론가 사라져버렸다. 정치권 인사들을 만나지 않기 위해서였다. 구 의원 일행은 그 바람에 박 최고위원의 얼굴도 못 보고 올라와야 했다. 다만 김종필 최고위원의 메시지를 최재욱 실장에게 남겼다고 한다. 한 정치권 인사의 증언이 자못 흥미롭다. "김종필 최고위원은 '박 최고위원이 200억 원이 됐든 300억 원이 됐든 능력이 되는 대로 모아서 YS에게 가지고 가라. 그리고 잘못했다고 해라. 그러지 않으면 나중에 정치적으로 다친다.' 이런 식의 충고를 했다는 겁니다." 박 최고위원은 JP의 이런 충고를 무시했다.

1997년 8월 11일자 경향신문

남방정책과 '형놈!'

김영삼과 결별한 데 이어 김종필의 심부름꾼도 만나주지 않고 그의 충고도 한 귀로 흘려보낸 박태준은 광양을 떠나 포항의 숙소에 잠시 들러서 포철 사장 박득표를 불렀다. 박득표는 YS의 오른팔로 불리는 최형우와 동향의 친구이기도 했다. 그의 지시는 간단했다. 김영삼이 밝힌 '인간적인' 것을 실천하려는 뜻으로, 우리가 도와줄 수 있는 범위 안에서 성의껏 도와주라는 것이었다.

박득표를 돌려보낸 박태준은 곧 울진의 포철백암연수원으로 갔다. 철의용상에 단 하루만 앉았다가 박정희의 무덤을 찾아가 '4반세기 만에야 마침내 당신과의 약속을 지켰노라' 보고하고 그 자리에서 스스로 물러난 사나이. 그는 오랜만에 고독했다. 밤이 깊어도 쉽사리 잠이 오지 않았다. 그러나 그의 결심은 명쾌했다.

'이제 정치판을 떠난다. 포철 명예회장으로서 대외업무에 전념한다.'

이튿날 박태준은 산뜻한 마음가짐으로 강원도 용평에 갔다. 아내와 함께 고랭지농장에 들러 감자농사를 둘러보고 몇 가마니 꾸려서 포철 임원들에게 보내기도 했다. 산세 수려하고 물 맑고 공기 좋은 강원도에서 이틀을 묵었다. 몸에 새 기운이 도는 것 같았다. 기자들이 따라붙지 않으니 입맛이 돌았다.

박태준은 원주를 거쳐 기흥으로 옮겼다. 국민당 대통령 후보 정주영이 찾아왔다. '함께 일하자, 도와 달라'는 부탁이었다. 재계의 선배에게 박절히 표현하진 않았으나 '도와드리고 싶어도 이제 정치는 접었다'는 뜻을 완곡히 알렸다. 서울로 돌아온 그는 성북동 포철 영빈관에서 민정계 원로와 중진을 만났다. 여기서 신당 얘기가 오갔다. 하지만 그의 결심은 흔들리지 않았다.

박태준의 모습이 다시 언론의 카메라에 포착되고 그를 만난 정치인들이 저마다 자신에게 유리한 뉘앙스의 뒷말을 만들었다. 어떤 시각은 '박태준이 양다리 작전을 구사하면서 자기 존재의 과시를 은근히 즐긴다'라는 식으로 삐딱하게 비아냥거리기도 했다. 그는 불편하고 불쾌했다. 광양 담판에서 김영삼과 주고받은 대화의 한 토막도 떠올랐다.

"앞으로 서로 욕하지는 마세."

김영삼의 이 인사를 박태준은 이렇게 받았다.

"3년을 같이 지내보고도 아직 나를 모르겠나?"

박태준은 이쪽이든 저쪽이든 정치인들과 접촉을 끊고 싶었다. 그러나 아직은 마음의 짐이 남아 있었다. 자신의 정치적 거취를 두고 이런저런 자의적 해석이 분분했지만 며칠 더 침묵을 지켜야 했다. 평소에 자신을 따르던 사람들이 저마다 거취를 결정할 여유를 줘야 했다. 맏형 노릇을 해온 자신의 인간적 책무라고 느꼈다.

김영삼과 결별하고 한 주일이 지났다. 이제 박태준은 명쾌히 거듭 밝혔다. 글자는 고작 여덟 자였다. 신당불참, 정계은퇴.

박태준은 자신의 인생이 쌓여 있는 포항으로 내려갔다. 이따금 광양을 찾기도 했다. '칩거'에 들어가 '대외업무에 전념할 명예회장으로서 남방정책의 구상'을 가다듬었다. 그럼에도 언론과 정치권은 '세계 최고의 철강인'의 동정을 가만두지 않았다. 어떡하든 정치적 의미를 부여하려 애썼다. 이건 삶의 악조건이었다. 그는 대통령선거가 끝날 때까지 국외에 나가 있어야겠다고 판단했다. 부질없는 오해를 불식할 유일한 길 같았다.

11월 5일, 박태준은 아내와 함께 후쿠오카로 날아갔다. 일본에서 며칠 휴식을 취한 다음, 중국·홍콩·베트남·미얀마를 방문할 일정이 잡혀 있었다. '포철 명예회장으로서 남방정책의 구상'을 실현하기 위한 첫 여행을 그는 국내의 정치적 사정 덕분에 '길게' 잡을 수 있었다. 11월 5일부터 12월 18일까지, '김영삼과의 결별, 정치와의 결별'을 차례로 선언하고 나서 곧바로 시작한 '43일간 장기외유' 동안, 박태준의 목적의식은 평소에 누누이 강조해온 '10년 뒤의 자기 모습'을 준비하는 데 있었다. 다시 말해 '포철'의 10년 뒤 활로를 개척하겠다는 것이었다.

스스로 정치권력의 갑옷을 벗어 던진 사나이, 그래서 국내에선 '잘했다, 안됐다, 뭐 그래'라는 칭찬, 동정, 비판을 한몸에 받은 포철 명예회장. 그러나 그가 방문한 나라들은 한결같이 한국의 박태준을 '세계 최고의 철강인'으로 깍듯이 환대했다.

1992년 11월 말 중국 베이징공항. 리무진 두 대가 비행기 착륙지점에서 대기했다. 박태준은 아무런 입국절차도 없이 리무진으로 30분간 모든 차량통행이 통제된 길로 시내 호텔까지 질주했다. 중국 정부가 포철 명예회장 직함만으로도 그에게 대통령에 버금가는 예우를 보낸 것이었다. 그는 수주 챙기기에 바빴다. 베이징 - 홍콩 간 고속도로공사 합작 참여, 수도강철과 보산강철의 각각 1천만 톤 규모 제철소 건설 참여 문제. 중국의 대표적 철강기업 수도강철의 명예고문으로 추대 받은 그가 중국에서 협상을 벌인 프로젝트는 무엇보다도 베이징 - 홍콩 간 고속도로 건설 합작투자가 중요했다. 중국의 베이징 - 홍콩을 잇는 2천400킬로미터 대륙종단 고속도로 건설. 1997년의 홍콩 귀속에 대비하는 중국의 거대한 프로젝트에 포철, 동아건설, 포철 자회사인 거양개발 등 국내기업이 합작으로 참여하기로 했다.

'통일 20년'에 육박하면서 대한민국과도 수교협상을 마무리하고 있는 베트남. 프랑스와 미국을 차례로 내쫓은 자부심 하나로써 자기 민족의 해방전쟁에 참전해 '경제개발의 밑천'을 챙겨간 대한민국에 대해 '미국의 용병으로 왔던 거니까 그 처지를 이해한다' 하는, 이 '관용의 나라'도 '박정희가 가장 아낀 후배'를 극진히 환영했다.

두 모오이 당 서기장. 박태준은 그와의 대화에서 호치민의 제자다운 영혼을 느꼈다. 인민에 대한 사랑과 국가재건에 대한 순수한 열정이 자신의 가슴으로 번져오는 듯했다. 주인은 묻고, 손님은 답하는 만남이 길어졌다. 베트남이 경제를 일으킬 경로에 대해 박태준은 한국경험의 장단점을 간추려서 자세히 알려줬다. 어느덧 보반 키엣 총리와의 약속시간이었다.

"내가 다 말해뒀어요. 오늘 안 만나도 됩니다. 내일 만나세요."

"아, 그래도 결례가 아니라면."

"내가 왜 이렇게 늦게 당신을 만나게 되었는지 원망스럽군요."

두 모오이와 사업 얘기도 나눴다. 연산 20만 톤 규모의 미니밀 건설을 합의하고, 하노이 - 하이퐁 간 5번 고속도로 건설에 참여하는 방안도 논의했다. 나중에 김우중의 대우가 호텔을 짓게 되는 입지를 추천 받기도 했다.

박태준은 바딘광장으로 갔다. 호찌민(胡志明) 영묘 참배. 고난의 조국을 승리의 길로 이끌었던 정신의 횃불, 영원히 부패하지 않도록 처리해둔 청렴의 지도자. 인자한 할아버지가 고요히 잠든 것 같은 지도자의 모습을 살펴보면서, 그는 생각을 가다듬었다. 한국이 극단적인 냉전체제의 최전선을 통과하면서 산업화에 몰두한 시절에 감행했던 월남(베트남) 파병. 베트남전쟁이라는 비극을 오히려 특수로 활용하며 경제개발에 먼저 성공한 한국. 이제 한국이 베트남에 투자하고 베트남의 경제개발에 협력하는 것은 적어도 세 가지 의의가 있겠구나. 베트남에 대한 한국의 역사적인 빚을 갚아나가는 길이고, 동시에 박정희 대통령의 파병 결정에 대한 빚도 갚아나가는 길이고, 한국의 도덕성을 높이는 길이구나. 다시 바딘광장으로 나와서 조금 설레는 느낌을 받은 그의 머릿속으로 문득 묘한 장난기 같은 것이 스쳐갔다.

'20세기의 가장 청렴한 지도자의 육신을 영원히 부패하지 않도록 모셔 뒀는데, 한국에서 가장 부패한 권력자의 육신을 영원히 부패하지 않게 모셔둔다면, 과연 우리 정치를 정화하는 데 얼마나 기여할 수 있을까?'

1992년 12월 중순 미얀마의 양곤공항. 박태준이 트랩을 내려왔다. 미얀마 군사정부 제2인자 세인 아웅 장군이 깍듯이 거수경례를 올리며 외쳤다.

"형놈!"

돌발 사태였다. 어떻게 하면 한국식으로 최상의 존경을 표할 수 있느냐는 장군의 고민에 대해 거수경례와 함께 '형님'이라 외치는 것이 상책이라고 가르쳐준 게 화근이었다.

만찬회장에서 박태준은 세인 아웅에게 농을 걸었다.

"내가 추진하는 사업이 잘 되면 '형님'이라 부르고 잘못되면 계속 '형놈'이라 불러도 좋아요."

통역의 말귀를 알아먹은 세인 아웅은 쩔쩔매는 시늉이었다. 그는 '포철에 반한 사람'이었다. 포항·광양제철소에 매료되어 회사의 명예사원이 되기를 자청하고 회사 배지를 동행한 장관과 수행원들에게 나눠줘 모두 양복에 꽂게 하기도 했다.

미얀마의 포철 팬은 박태준과의 작별을 멋지게 장식하고 싶었다. 그러자면 자신보다 두 살 많은 '세계 최고의 철강인'을 확실히 '형님'이라 불러야 할 것 같았다. 그는 틈틈이 '형님'을 연습했다.

예정된 2박3일의 일정을 마친 박태준이 다시 하노이로 떠나는 비행기에 탑승할 준비를 마쳤을 때였다. 배웅 나온 세인 아웅이 트랩 앞까지 다가왔다. 그의 표정에는 아쉬움과 존경의 마음이 묻어 있었다. 박태준이 석별의 손을 내밀었다. 악수를 푼 바로 다음이었다. 세인 아웅이 거수경례를 붙이며 크게 외쳤다.

"형놈!"

뒤집은 약속

1992년 11월 중순과 12월 중순 사이, 한국 정치판은 남방정책의 현장에 나가 큼직큼직한 국익을 챙기는 박태준을 가만 놓아두지 않았다.

11월 17일 대통령 후보 정주영이 도쿄의 박태준에게 특보 이병규를 비밀리에 보냈다. 심부름꾼은 서신을 품고 있었다. 박태준은 '나는 국민당에 입당하지 않는다'라고 명백히 밝혔다. 그러나 국민당은 집요하게 박태준을 물고 늘어졌다. 심지어 '박 의원이 정부의 압력으로 귀국하지 못하게 되면 일본에서 입당을 발표할 것'이라며 '이를 위해 정주영 대표의 친서가 박 의원의 측근을 통해 전달됐다'고 주장하기도 했다. 그쪽이 '박태준'을 놓고 전개한 '음모의 홍보'는 대통령선거 투표일을 하루 앞두고 터져 나올 '극적 사태'를 예고하는 것이었다.

민자당 국회의원 정석모, 평소에 박태준과 흉허물 없이 지내는 그가 11월 26일 오사카에 머무는 박태준을 찾아왔다. 김영삼을 위해 힘껏 뛰어다니는 그가 어려운 부탁을 정중히 꺼냈다.

"YS와 인간적 관계를 고려하셔서 인간적으로 격려하고 위로하는 서신을 하나 적어주셨으면 합니다."

"그게 무슨 소용이오?"

"영원히 비공개로 하겠습니다."

"국민당에서 자꾸 헛소리를 해대니까 광양 담판에서 서로 했던 약속을 내가 먼저 어기는가 싶어서 염탐하러 왔구먼. 나는 한입으로 두말을 하지 않아. 바로 그걸 못해서 정치판을 떠난 사람 아니오?"

"그건 저도 잘 압니다. 그래도 밖에서 자꾸 시끄러우면 후보 자신이 흔들릴 수도 있으니까, 마음을 편하게 해주는 뜻에서……. 절대 비공개로 하겠습니다."

"그렇다면 좋소. 인간적 관계는 인간적 관계니까."

박태준은 특유의 달필로 짤막한 편지를 썼다.

거산 형, 막바지에 얼마나 고통이 많습니까? 최후의 일각까지 선전하십시오. 반드시 승리할 것입니다. 저의 주변에서 괴롭히는 사람들도 더러 있습니다만……. 광양에서 확인한 우정을 기본적으로 하여 행동규범을 정하고…….

거산(巨山)은 김영삼의 호다. '의례적 수준의 안부편지'였지만 그래도 박태준은 '절대 비공개'라는 약속을 굳게 믿고 보낸 것이었다.

박태준이 홍콩에 머문 12월 12일엔 민자당 탈당파들이 자문을 구하는 메모를 전해왔다. 세 가지였다. 첫째, 당 대 당 통합이 어렵게 된 마당에 이종찬 의원을 뺀 나머지 탈당의원들이 개별적으로 국민당에 입당하는 것이 바람직한가 아니면 순수 무소속으로 남는 것이 바람직한가. 둘째, 국민당에 입당할 경우 박태준 씨가 합류하는 것이 정권창출과 관련해 도움이 된다고 보는데 마지막 단계에서 박태준 씨가 국민당에 합류할 의사는 없는가. 셋째, 현대그룹이 국민당이란 정치적 보호막을 두르듯 박태준 씨도 어떤 정당이든 들어가 보호막을 두르는 것이 박태준 씨 자신이나 포철을 위해 바람직하지 않는가.

박태준은 조용경에게 답신을 줬다. 첫째, 국민당에 개별 입당하거나 무소속으로 잔류하는 문제는 각자의 정치적 장래가 걸린 문제이므로 스스로 판단해서 결정해야지 내가 간여할 성질의 일은 아니다. 둘째, 내가 국민당에 참여하는 일은 결코 없을 것이다. 이 점은 정주영 대표에게도 수차례에 걸쳐 분명히 강조했다. 셋째, 내 개인의 거취문제를 염려해줘서 고맙지만, 포철과 관련해 내 자신의 안위에는 연연치 않는다.

12월 17일 선거를 하루 앞둔 날, 박태준의 '거산 형' 서신이 천하에 공개되고 말았다. 그나마 민자당에 불리하게 읽힐 수 있는 부분은 삭제된 채로. 별안간 그에게 의혹과 경악의 눈초리가 집중되었다. 대강 이런 비난을 담은 것이었다.

'광양에서 YS와 꿍꿍이를 맺었구먼. 혼자서 도도한 신사인 척하더니 정말 실망스럽다. YS쪽으로 대세가 굳어지니까 구애 편지를 보낸 거

지…….'

박득표, 이대공, 조용경. 포철 사람들은 YS쪽에서 일방적으로 편지를 공개했다는 사실을 국외에 있는 박태준에게 보고하느냐 덮어두느냐 망설이다 이실직고 하자는 결정을 내렸다. 베트남을 떠나 홍콩에 도착한 17일 오후, 박태준은 팩시밀리로 들어온 상상 못할 사건을 접하고 나서 치를 떨었다. 아무리 정치판이 개판이라지만 한 인간의 인격을 이토록 잔인하게 짓밟을 수 있단 말인가! 그는 격노했다. 만약 판세가 불리했다면 그나마 이해의 실마리가 되지만, 이건 정말 얼토당토 않은 인간적 모욕이었다.

박태준은 남방정책을 실행하는 동안에도 가끔씩 한국 대선의 정보를 들었다. 김영삼 후보를 '제1전로 또는 제선', 김대중 후보를 '제2전로 또는 제강', 정주영 후보를 '제3전로 또는 압연'으로 지칭했다. 번번이 '제선'의 우위였다. 그것도 김영삼의 특허나 다름없는 말로 표현하자면 '학실히' 당선된다고 했다. '서신공개사건'이 터지기 직전에도 그는 똑같은 판세보고를 들었다.

지금 내가 나의 인격을 지키기 위해 할 수 있는 일이 무엇인가. 박태준은 신경을 곤두세웠다. 뾰족한 방법이 없었다. 애초 18일에 제출할 계획이었던 의원직 사퇴서를 하루 앞당겨 17일에 내는 것. 금배지를 자신의 손으로 빼내 겨우 하루 일찍 던지는 일이 자신에게 남은 최후의 정치적 방패였다.

모든 언론과 국민의 시선이 대통령선거에 집중될 '투표일(18일)'을 정치의 마지막 허울인 '금배지 빼는 날'로 정했던 박태준. 베트남에서 홍콩으로 날아오는 야간비행에 몸을 맡겼을 때 그는 그 택일을 후회하지 않았다. 18일 점심 무렵이면 아직 당선자의 윤곽이 공식적으로 발표되기 전이고, 19일 아침이면 틀림없이 YS가 당선자로 만세를 부를 텐데, 축하의 난이라도 보내줘야 할 시간에 돌멩이 던지듯 금배지를 던질 수야 없지 않은가. 그런데 모욕적인 배반의 사건이 터졌다. 그는 그 날짜를 하루 앞당기기로 했다.

박태준은 17일 조용경에게 의원직 사퇴서를 내라고 했다. 금배지를 빼

그가 대선투표 당일 아침에 분노를 감추지 못한 얼굴로 김포공항 국제선 청사에 나타났다. 카메라들이 그를 기다렸다. 이미 대세는 '학실히' 김영삼의 승리로 굳어졌다는 사실을 잘 알았지만, 박태준은 인격 지키기의 매서운 눈빛을 감추지 않았다.

김영삼에게는 비밀서신의 공개에 격노하는 박태준을 이해해야 할 전과가 있었다. 1990년 10월 25일, 노태우·김영삼·김종필이 직접 서명한 '내각제 합의각서'가 전격 공개되었을 때, 김영삼은 어떤 극단적 행동을 했던가? 그는 모든 당무를 거부하고 늙은 아버지의 집으로 내려가 막무가내 버티고 떠드는 '땡깡'을 부렸다. 혹시라도 그것을 김영삼의 주장대로 노태우의 공작이었다고 인정한다면, 그때는 그토록 약속을 중시하는 사람이었던 사람이 불과 이태 만에 인격이 달라져버렸는지.

'김영삼의 금고지기' 홍인길은 이렇게 자백했다.

"정석모 씨가 일본에 가 있는 박태준 씨에게서 편지를 하나 받아왔어요. '마음으로 거산을 지원하겠다'는 내용의 자필 서신이었어요. 내가 이걸 공개해버리고, 정석모 의원에게, 비밀로 하기로 했는데 하도 급해 공개해버려서 죄송하다고 했어요."

'하도 급해'. 이 변명엔 물음표를 붙일 수밖에 없다. 적중률을 자랑하는 여론조사 전문기관이 '박빙의 아슬아슬한 승부'를 예고했다면 '하도 급해'는 성립된다. 박태준이 밖에서 '반(反)YS'의 언행을 보였다면 그것도 성립된다. 그러나 여론조사는 '학실한' 김영삼 승리를 줄기차게 예고했으며, 박태준은 대선에 대해 침묵하면서 남방정책의 성과를 챙겼다. 그러니까 YS측은 '확실한 승리'를 조금이나마 더 '학실히' 하기 위해 일방적으로 유권자와 국민에게 '박태준의 인격'을 팔아먹었던 것이다.

영광의 마무리

1992년 12월 25일, 김영삼이 대통령 당선의 환희와 영광을 '하나님의 은혜'로 봉헌하기 위해 교회를 찾아 예배를 올린 날, 박태준은 다시 '긴 외유의 길'에 올랐다. 일본, 인도, 오스트리아, 프랑스, 미국을 한 바퀴 도는 일정을 잡은 그의 장도는 아직 '유랑의 길'이 아니었다. 스스로 선택한 정치적 목적과 사업적 목적이 있었다. 전자는 김영삼과의 불편한 관계를 추적하려 안달부리는 '언론의 선정적 시각'을 피하려는 것, 후자는 포철 명예회장으로서 대외업무를 챙기는 것.

어쩌면 1986년에 무대가 열렸던 '박태준 인생의 개인적 영광의 계절'이 시나브로 막을 내리는 기념이었는지 모른다. 1993년 새해를 인도 뭄바이에서 철강인들과 함께 보낸 박태준은 1월 8일 오스트리아 빈 대통령 집무실에서 '은성공로대훈장'을 받은 뒤, 1월 24일 미국 고어 부통령의 초청을 받아 그의 가족들과 즐거운 시간을 보냈다. 박태준은 부통령 고어의 아버지와 절친한 사이였다.

테네시주에서 민주당 상원의원으로 활동한 아버지, 역시 테네시주 민주당 상원의원으로서 부통령에 오른 아들. 미국 부통령으로 뽑힌 고어의 아버지와 동방의 조그만 나라가 배출한 '세계 최고의 철강인'을 각별한 인연으로 맺어준 끈은 그가 소유한 최고 양질의 석탄광산이었다. 웨스트버지니아주에 있는 그의 광산에선 '강점결탄'이 생산됐다. 그것으로 만든 코크스는 단단했다. 포철은 당연히 눈독을 들였다. 실무자끼리의 첫 접촉은 백인의 모욕적 반문이 그 시작이었다.

"한국의 포철은 정상적인 거래가 가능한 기업이냐?"

콧대 낮은 사내는 발끈했다.

"걱정하지 마라. 너희가 직접 조사해봐라."

이 대화는 그들의 조사로 직결되어 그 결과가 상원의원의 책상에 올려졌다. 광산 주인과 포철 회장의 만남이 이루어질 차례였다.

"솔직히 말해 나는 한국과 한국기업에 대한 나쁜 선입견이 있었지만, 당신과 포철에 대한 보고를 듣고 깜짝 놀랐습니다. 우리 잘해봅시다."

"좋은 인연이 되어서 양측 회사와 우리 개인의 인생에도 즐거움이 되길 바랍니다."

이런 과정을 거쳐 최고 품질의 석탄을 수출하고 수입하는 관계로 최초의 악수와 포옹을 나누었던 두 사람은 날이 갈수록 끈끈한 인간적 연대와 두터운 신뢰를 형성해나갔다. 미국이 한국 포철의 철강제품에 무거운 관세를 부과하려는 움직임이 발생했을 때는 고어 의원이 적극적으로 변호해주는 역할을 맡기도 하고, 양쪽 가족끼리 화목한 모임을 갖기도 했다. 박태준이 상원의원에 출마한 친구를 돕기 위해 찬조연설에 나선 적도 있었다.

"고어 후보와 나, 그리고 우리 두 가족은 특별한 친분이 있습니다만, 테네시주와 나의 가족도 즐거운 인연을 맺고 있습니다. 대학시절에 테네시주로 캠프를 나왔던 저의 큰딸이 바로 여기서 결혼할 남자를 만났기 때문입니다. 그때 시카고대학 대학원생이었던 저의 사위가 그 캠프에 안내자로 파견되었던 것입니다. 그때의 만남으로 결혼을 하게 된 젊은 부부는 지금 행복하게 잘 살고 있습니다."

소박한 인연의 소개에 큰 박수가 나왔다. 이건 사실이었다. 그의 맏딸(박진아)이 남편(윤영각)과 처음 만난 배경을 그대로 설명한 것이었다. 그때 상원의원은 자가용 비행기를 보내 친구의 딸을 자택으로 초대하는 온정까지 베풀었다.

키 작은 찬조연설자는 고어의 공약을 뒷받침하기도 했다.

"고어 후보는 테네시주에 GM의 중소형 자동차공장을 유치할 계획을 세우고 있으며, 저에게 포철이 자동차 강판공장을 그 근처에 건설해달라는 부탁을 했습니다. 저는 흔쾌히 동의했습니다. 고어의 계획이 실현되면 반드시 저도 공장을 세우기로 약속했습니다."

환호성이 터졌다. 이것도 사실이었다. 박태준은 고어의 제안을 받고 '당신이 실현하면 나도 하겠다'는 약속을 했다. 나중에 고어의 계획이 취소되어 그의 약속도 취소되었지만.

"테네시주의 제일 서쪽에서 태어난 엘비스 프레슬리를 나도 좋아합니다. 〈테네시 왈츠〉는 또 얼마나 유명합니까? 나는 왈츠가 있는 테네시를 고어가 있는 테네시처럼 좋아합니다."

쉰 살은 먹었을 고어 후보의 여성 사무국장이 찬조연사의 두 뺨에 뽀뽀를 퍼붓고 얼싸안았다. 〈테네시 왈츠〉를 한 곡 부르라는 주문이 아우성을 이루었다. 박태준은 노래의 한 소절을 부르지 않을 수 없었다. 그 다음은 음악에 맞춰 사무국장과 스텝을 밟는 일이었다.

1993년 1월 하순, 정치에서는 승어부(勝於父)를 이룬 '부통령 고어'를 축하하는 두 가족의 재회는 광활한 고어 가문의 목장에서 이뤄졌다. 들머리에는 아버지의 저택이 있고 끄트머리에는 아들의 저택이 있었다. 저녁 파티에는 미 부통령 내외와 그의 양친, 그리고 박태준 내외와 그의 맏사위 부부가 모여 앉았다. 박진아에게 '미국에도 어머니 한 사람이 있다는 사실을 명심하라'고 했던 고어 부통령의 어머니(변호사)는 이날도 그 말을 잊지 않았다. 샴페인 잔을 잡고 일어선 박태준은 조국에서의 피로를 하얗게 잊었다. 어쩌면 여기가 앞으로 오래 누리지 못할 영광의 끄트머리라는 생각도 스쳐갔다. 하지만 그는 부담 없이 즐거웠다. 유쾌한 목소리로 미국 부통령에게 말했다.

"부통령 당선을 진심으로 축하합니다. 4년 뒤나 8년 뒤에는 이 자리에서 다시 대통령 당선의 샴페인을 터뜨리게 되기를 기원합니다."

창업자가 해외에서 활동하는 1993년 새해에 포철 임원들은 그들 나름의 판단에 따라 '회사로 돌아올 정치적 보복의 강도를 최소로 약화할' 방안을 모색하기 위해 새로운 권력의 핵심부와 접촉하였다. 각자 역할을 분담했다. 부산 출신인 박득표 사장은 최형우·박관용 의원을, 조관행 제철학원 전무는 경복고 동기동창인 김덕룡 의원을 각각 맡았다. TJ는 더 이상 정치를 하지 않을 것이며 미국, 일본 등 해외의 정·재계에 두터운 인맥을 형성한 만큼 포철의 명예회장 자리만으로도 국가의 보탬이 되고……. 이때 포철의 지배구조는 '재무부 20%, 산업은행 15%, 시중은행 15%'로 정부가 행사할 지분율이 50%나 되었다.

그런데 문제의 핵심은 김영삼의 마음이었다. 광양 담판을 마치고 "인간적으로 과거보다 더 가깝게 지낼 수 있다"고 했던 말을 지킬 생각이 손톱만큼이라도 박혀 있어야 했다. 정석모가 오사카에서 들고 온 '거산 형'이란 서신을 받았을 때는 '미워도 간신히 고맙게' 여겼는지 모르지만, '서신 공개' 직후 박태준의 반격을 받고는 그마저 빡빡 찢어버렸다면 누가 무슨 용을 쓰든 말짱 헛손질이 될 것이었다.

성인의 말씀은 원수를 사랑하라고 가르치지만, 권력과 이권을 잡기 위해서라면 배은망덕도 손바닥 뒤집듯 저지르는 정치판에서 그걸 찾기란 마치 나무에 올라가 물고기를 잡으려는 것처럼 어리석은 짓이다. 자주 묵상의 포즈를 잡긴 해도 마음의 독한 날을 뽑아내지 못한 권력자들이 박태준 쪽으로 정치적 보복의 첫 신호를 보내온 때는 아직 대통령 취임식도 열리기 전이었다. 2월 10일 포철 서울사무소에 이상한 첩보가 날아들었다. 정부 고위층, 정권인수팀 실세들이 모여 포철에 본때를 보여주자고 의견을 모았다는 정보였다. 2월 12일 저녁 무렵 국세청은 13일부터 세무조사에 들어갈 예정이니 준비를 하라는 내용의 전문을 포철에 보냈다.

국세청의 태도는 험악했다. 정상적 세무조사보다 훨씬 강도가 컸다. 과장 이상 간부와 임원진 전원(903명)의 주민등록번호, 지난 1989년 이후 신상변동 내용, 89년부터 3년간 은행당좌계정 원장과 수표결재 내용, 어음지급 발행대장, 일시에 거액이 오가는 철강수송 담당 선사와의 거래일지, 포철이 원료설비를 구매한 거래처의 목록 및 전화번호……. 자회사, 거래 회사, 금융기관 등에도 조사의 손길이 미쳤다. 주주총회 직전에는 박태준의 측근 인물에 대한 가택수사까지 실시했다.

권력자들이 '정치적 보복의 개시'를 2월 13일에 공식적으로 통보한 까닭은 '정치적 의도가 없음을 보여주기' 위한 하나의 잔꾀일 수 있다. 아직은 노태우가 대통령이고 김영삼은 2월 25일 '정식'으로 청와대의 주인이 되니까, 2월 13일에 정부 조직이 내린 결정에 대한 '법적 권한과 책임'은 엄연히 노태우의 손에 있는 것이다.

서울과 대구에서 수십 명의 국세청 조사국 요원들이 포철에 들이닥쳤을 때, 박태준은 도쿄의 한 병원에서 가벼운 외과수술을 받고 누워 있었다. 정치적 보복이 시작됐다는 보고를 받은 그는 콧방귀부터 날렸다. 그리고 비서와 짧은 문답이 오갔다.

"포철에 세무조사 백 번 해봐야 득 될 것이 없을 텐데, 그래 뭐 나온 게 있다고 하더냐?"

"감가상각이 많아 문제가 되고 있다고 합니다."

감가상각이야 능력이 없어 못하는 것이지, 많이 하면 할수록 좋은 것이다. 내부적 충실을 기하기 위해 감가상각을 많이 하는 것은 기업의 생리다.

박태준은 빤히 짐작했다. 새 권력자들의 목표는 '세금 더 거두는 일'에 있는 것이 아니라 '비자금 찾기'에 혈안이 돼 있음을. 하지만 그것은 헛수고로 돌아갈 수밖에 없다는 점도 그는 잘 알았다. 민자당 최고위원 시절, 그가 국회의원들의 내미는 손에 얹어준 '용돈'에는 포철의 돈이 한 푼도 섞여 있지 않았다. 그럼에도 아주 높은 자리가 '포철을 샅샅이 뒤져 어마어마한 비자금'을 찾아내라는 특명을 내린 모양이었다. 그는 혼자서 이런 짐작도 해보았다. 조사관을 한 부대나 내려 보낸 그의 손에도 이따금 용돈을 얹어줬으니 필경 내가 엄청난 비자금을 조성해뒀다고 믿는 게로군……

2월 25일 김영삼 대통령 취임식이 열렸다. 그 자리에 박태준은 보이지 않았다. 새 권력자들은 포철 명예회장에게 초청장을 보내지 않았다. 곧 엉망으로 조질 사람에게는 불필요한 수고를 아낀 것이었다.

포철 주주총회를 사흘 앞둔 3월 9일, 박태준은 한 임원으로부터 나가 계시는 게 좋을 것 같다는 건의를 받았다. 그는 어금니를 물었다. 개인조사로 들어갈 모양이라는 감을 잡았다. 개인조사를 해봐야 나올 게 없지만 일단 조사를 받으면 가족과 친인척까지 덩달아 조사를 받게 될 텐데 그게 너무 미안했다. 김영삼의 최측근 최형우. 그가 급히 북아현동으로 달려왔다.

"선배님, 여기 계시면 시끄러울 텐데 어떡하시겠습니까? 지금 상황으로 봐서는 밖에 나가 계시는 게 좋겠습니다."

박태준의 고향 후배인 최형우. 그는 선배를 구명하지 못한 것을 못내 송구스러워했다. 박태준은 졸지에 집을 나서야 했다. 수행비서 한 사람을 빼면 혼자였다. 아내는 며칠 뒤에 옷가지를 챙겨 나서기로 했다. 3월 10일 오전 9시께, 김포 벌판은 금세라도 비가 내릴 듯 잔뜩 찌푸린 날씨였다.

해외 유랑, 그리고 360억 원과 36억 원 사이

도쿄 하네다공항에는 한 노인이 박태준을 기다리고 있었다. 서울에서 망명객처럼 날아온 세계 최고의 철강인보다 열댓 살 많은 그는 세지마 류조. 일본 육사를 나와, 제2차 세계대전 종전 무렵 '만주지역 관동군 전황 파악'을 위해 현지에 파견되었다가 소련군에 포로로 잡혀, 시베리아에서 10년 유형을 살았던 독특한 경력의 소유자. 소설 『불모지대』의 실제 주인공으로 널리 알려진 인물. 유형의 동토에서 철저히 자신을 관리하여 건강한 몸으로 일본에 돌아온 그는 마치 천부적 소질은 군인이 아니라 경영자인 것처럼 발군의 실력을 발휘하며 전후 일본의 최고경영인 반열에 올랐다. 지금은 이토츠상사 고문으로 물러나 있었다.

앞길이 막막한 박태준을 세지마는 병원으로 이끌었다. 도쿄여자대학 부속 아오야마병원. 그가 가형처럼 일렀다.

"이번 여행은 언제 끝날지 모르는 일 아니오? 나처럼 10년을 끌지야 않겠지요. 한국 대통령은 임기가 5년이라니까 최소한 5년은 간다고 생각해야겠지요. 이 기회에 건강도 단단히 체크해 보고⋯⋯. 지금 가는 병원에는 나의 주치의가 있는데, 그 친구한테 다 말해놨어요. 일본에 있는 친구들의 배려라고 생각하세요."

박태준이 입원한 날부터 아오야마병원에는 일본 정·재계 거물들의 발길이 끊이지 않았다. 다케시타, 나카소네, 와타나베, 우스미⋯⋯.

이틀 만에 일본 수상 다케시타가 찾아와 고개부터 갸웃거렸다.

"아무리 봐도 당신은 참 어리석은 사람이오."

"그렇지요. 고개를 못 숙여 망명자 신세로 전락했으니, 어리석은 사람이지요."

"그런 게 아니오. 정치를 한다는 사람이 그렇게 숱하게 일본을 드나들고 우리 기업들과 그렇게 많은 거래를 했는데 어떻게 일본에 예금통장 하나 마련해두지 않았단 말이오? 만의 하나로 이런 날을 대비해뒀어야지요. 우리 경시청과 내각 정보실에서 샅샅이 조사해봤는데 하나도 없다는 겁니다. 그래서 어리석다는 거요."

다케시다가 껄껄 웃었다.

"나 같이 어리석은 자도 있어야 나라의 꼴이 좀 잡힐 거 아닙니까?"

"그건 그런데, 일본에 예금통장 하나 없는 당신에 대해 어떤 기록이 있는지 아시오? 매우 흥미로운 기록이 남아 있어요."

다케시다가 미소를 머금었다.

"어떤 겁니까?"

"1964년에 당신은 일본열도를 섭렵하지 않았소?"

"그랬지요."

"그때 홋카이도에서 예쁜 색시를 머리맡에 놔두고 그냥 잤다가 이튿날 그 집의 모든 종업원들로부터 인사를 받으며 빠져 나온 사실이 있지요?"

"아, 예. 그런 적이 있습니다."

"당신의 그 무정하기 짝이 없던 잘못을 우리 정보실은 당신에 대한 존경의 일화로 기록하고 있더군요."

"그래요?"

박태준은 눈을 둥그렇게 떴다.

"우리 정부가 그때부터 당신이란 인물을 알아봤던 모양이오. 그나저나 어떡할 작정이오?"

"세 끼 밥이야 굶겠어요?"

박태준이 싱긋 웃었다.

"그런 배짱이니까 고개를 못 숙인 거지. 우리 친구들이 매달 100만 엔씩 생활보조비로 지원하기로 했어요. 당신에 대한 우정이며 예의니까 거절하지 마시오."

"우정을 물리치면 사람의 도리가 아니겠지요. 조국에선 역적으로 몰려 있는데, 이거 참 면목 없기도 하고 감사하기도 하고……."

"그렇게 말씀해주셔서 오히려 감사합니다."

한 달에 100만 엔, 이 액수가 박태준의 가슴에 쓰라린 파문을 일으켰다. 1964년에 박정희 대통령의 특사로 파견되어 열 달 가까이 일본열도의 방방곡곡을 돌아다니던 시절, 그때 그가 우리 정부로부터 받았던 활동비가 한 달에 100만 엔이었다.

박태준이 도쿄의 병원에 누워 '한 달에 100만 엔씩' 돕겠다는 일본 친구들의 우정을 받아들인 무렵, 포항의 포철 본사 국제회의장에선 정기 주주총회가 열리고 있었다. 황경노 회장이 주총개회를 선언했다. 그는 업무보고와 영업실적을 보고한 뒤, "본인의 임기가 만료돼 사퇴했으며 여러 사정으로 물러난다" 하고는 사회를 신임 정명식 회장에게 넘기고 회의장을 나왔다. 이때 박득표 사장, 이대공 부사장, 유상부 부사장 등이 함께 자리를 떴다. 이른바 박태준 사단에 대한 학살이었는데, 이런 경우에 등장하는 '살생부'라는 문서를 만든 다음에 황경노 회장에게 전화를 걸어 사퇴 압력을 행사한 이는 청와대의 '새파란' 정무비서관이었다. 그는 분노에 앞서 '고약하고 버릇없고 한심한 녀석'이라는 느낌을 받았다.

박태준이 일본 친구들의 배려로 병원에서 심신의 피로를 풀고 있는 봄날, 포철 정기 주주총회가 청와대의 의지대로 임원진을 교체한 뒤에도 국세청 요원들의 장부 뒤지기와 사람 심문하기는 깐깐하게 진행되었다. 그러나 이미 그들 사이엔 조심스레 묘한 말이 돌고 있었다.

"비자금은 없는 것 같다. 모든 장부가 깨끗하고 재무구조도 아주 좋다. 다른 회사에게 견학시켰으면 좋겠다."

이어서 포철의 협력회사들이 곤욕을 겪었다. 25년 넘게 포철의 일거리를 받아 부를 축적한 그쪽 대표들이 '감사의 뜻'으로 수천만 원씩 '박 최고위원의 방'으로 보냈고, 그는 '용돈'으로 여기저기 분배해줬으니…….
그렇다면 거기서 용돈을 얻어간 각 계파의 의원들은 무엇이며, YS의 손에 직접 닿은 것은 또 무엇이며…….

포철과 박태준, 그의 친인척들과 측근들, 자회사와 협력회사들을 국세청 요원들이 해부하여 이 잡듯 샅샅이 뒤지는 것처럼, 도쿄 아오야마병원의 정밀한 MRI는 박태준의 폐와 그 주변을 샅샅이 찍어냈다. 몇 장이 긴장을 불렀다. 가슴과 늑막 사이에 주먹만 한 물방울이 발견됐다. 병원을 세 군데나 돌아다니며 정밀검사를 받아야 했다. 악성이냐 양성이냐. 긴장의 시간을 석 달이나 끌었다. 한국에는 그가 암으로 입원했다는 소문이 떠돌기도 했다.

직경 8~9센티미터의 종양. 이것은 1980년 서울에서 처음 발견했던 포도알만 한 물혹이 지난 13년 동안 시나브로 그만큼 자라났다는 뜻이었다. 언젠가는 이놈이 큰 말썽을 일으키겠구나. 박태준은 쓴 침을 삼켰다.

5월 31일 대구지방국세청장이 포철 세무조사 결과를 발표했다. 국세청장이 직접 나서지 않은 형식적 논리는 포철 본사를 직접 관할하는 세무행정 책임자가 맡아야 한다는 것이었을 테지만, 정치적 계산은 박태준에 대한 정치보복의 인상을 희석시켜야 한다는 데 있었다.

발표 내용인즉 포철과 제철학원, 계열사 및 협력사에 대해 총 730억 원의 법인세를 추징하는 한편, 박 전 회장이 협력회사 등으로부터 56억 원을 부당하게 받은 사실을 밝혀냈다는 것이었다. 국세청은 또 박 전 회장이 타인 명의로 해놓은 부동산이나 자녀 명의로 된 주식 등에 대해 63억 원의 증여세를 추징하겠다고 밝혔다.

발표 현장에서 대구청장이 기자들과 문답했다.

Q : 포철 본사에서 비자금을 조성한 것은 없었는가?

A : 본사의 비자금 조성은 드러나지 않았다.

Q : 박씨를 겨냥해 포철 세무조사가 이루어졌다는데?
A : 그렇지 않다.

김인영, 『박태준보다 나은 사람이 되시오』

이날 발표에서 한국 정계와 재계의 이목이 집중된 대목은 '박태준이 조성한 비자금의 규모'였다.

이번 국세청 조사의 핵심은 박 전 회장의 비자금 문제였다. 포철 세무조사가 재계뿐 아니라 관계에서도 관심을 집중시킨 이유도 여기에 있었다. 이번 조사과정에선 박 전 회장의 정치이력 등에 비추어 그동안 비자금의 규모가 수백 억 원에 달할 것이라는 소문이 그치지 않았다.

1993년 6월 1일자 한국일보

그러니까 청와대의 최초 목표는 헛손질이었던 것이다. 발표자의 손에 쥔 종이에는 없는 문장이었지만, 세간의 관심이 가장 집중된 문제였기에 기자들은 물을 수밖에 없었고, 김영삼 정부의 대리인은 '포철의 비자금 조성은 드러나지 않았다'고 대답해야 했다. 청와대의 최초 목표를 만족시키지 못해 대통령 보기에 송구스러웠는지 발표자는 '없었다'가 아니라 '드러나지 않았다'고 답함으로써 '있지 싶은데 못 찾았다'는 듯이 뉘앙스를 풍겼지만, 신문은 '박태준 씨 포철 비자금은 없어'또는 '물증 못 찾아'라는 굵은 제목을 달았다.

그래서 주요 표적이 바뀌어야 했다. 그 결과로 나온 것이 이른바 협력회사 등 32개사로부터 받았다는 56억 원이었다(이는 보름 뒤의 검찰 발표에서 약 39억 원으로 줄어듦). 이것만으로는 부족해 결혼한 자녀들의 주식, 공동소유의 부동산, 가까운 타인 명의의 부동산까지 몽땅 '박태준의 주머니에서 나간 돈'으로 규정하여 '박태준의 개인재산이 총 360억 원'이라고 밝혔다. 그러나 1997년 7월 24일 포항 보궐선거에서 승리한 박태준이 공동소유의 부동산까지 다 합쳐서 정직하게 신고한 재산 총액은 관보(官報)에 나온 그대로 '36억4천427만4천 원'이었다. 불과 4년을 해외 유랑하는 동안에 그가 약 323억 원을 흥청망청 써버렸단 말인가? 박태준의 개인재산이 '360억 원'이나 된다는 발표는 참으로 터무니없는 날조였다. 그것은 무엇보다 '부정축재자' 비슷하게 몰아세워 도덕적 타격을 먹이려는 작품이었다.

　국세청은 이번 조사를 통해 박 전 회장의 '부도덕성' 폭로에 상당한 노력을 기울인 것으로 보인다.

1993년 6월 1일자 한국일보

검찰이 서둘러 코멘트를 했다.

"박 씨가 계열회사 등으로부터 받은 돈을 지난 14대 대선 기간에 정치인들에게 지원했을 가능성이 큰 것으로 보고 사용처도 조사할 계획이다."

국세청이 철저히 파헤치고 뒤졌으나 포철에는 한 푼의 비자금 조성도 없었다는 사실이 경이로운 기적 같은 일이었다면, 국세청이 결국 '박태준 씨를 특정범죄가중처벌법상 수뢰혐의로 검찰에 고발'한 점은 주목할 만한 대목이었다. 국세청이 개인을 조세범칙 혐의로 고발한 것은 유례없는 조치였다. 국세청의 정치적 보복성에 대한 극구 부인에도 불구하고 그것은 포철 세무조사의 진정한 성격과 목표를 웅변하는 대목이었다.

그러나 모든 언론을 타고 나간 그날 발표의 가장 극적인 효과는 바로 국민의 이목을 집중시킨 '발표' 그 자체였다. '자, 이제 박태준은 어떻게 되나? 감옥으로 가게 되는가, 해외에서 망명자처럼 살 것인가?'이런 관심은 박태준에게도 김영삼에게도 부차적인 문제였다.

그런 방식의 '발표'는 진위 여부를 떠나 그 자체만으로 박태준에게 견디기 어려운 '인격과 명예의 상처'를 입히기 때문이다. 6·25전쟁과 그 뒤의 부패한 군대에서나, 건설비만 14조 원을 다룬 포철 25년 동안에나 어떤 경우에도 단호히 부패와 정치자금 요구에 맞서 싸운 그의 '청렴과 강직'이 심각한 타격을 받을 수밖에 없었다. 25년 동안의 매출액까지 합치면 건설비 14조 원의 몇 배를 헤아릴 천문학적 숫자의 돈을 만졌지만 거기서 단 한 푼도 비자금으로 빼돌리지 않았다고 국세청이 보증해줬음에도, 이 일에 주목하는 눈은 없었다. 설령 뒷날에 허구의 보자기가 벗겨지더라도, 'TV와 시청자'나 '신문과 독자'의 특수한 관계를 고려하면, 그때는 기껏 해야 그가 받은 상처의 크기나 조금 줄어들 것이었다.

김영삼은 그것만으로도 매우 만족할 효과를 거두었다. 국세청에게 검찰에 고발하라는 지시를 내리긴 했을 테지만, 군이 박태준에게 감옥까지 구경시킬 필요는 없었다. 영일만과 광양만에 세계가 놀라게 하는 신화를 창조한 '세계 최고의 철강인'에 대한 정치적 복수로서는 '청렴한 신화'의 집에 먹물을 뿌리는 것만으로도 통쾌한 쾌거였다. 국세청이 발표한 '부당하게 받았다는 돈'에서 새 권력자들은 얼마를 얻어갔건 그건 아무런 문제가 아니었다. 그 돈이 자신의 '보복'에 정당성을 부여해주기만 하면 그만이었다.

그 발표 한 번으로 김영삼은 박태준에 대한 보복의 정당성 확보를 넘어, 정치보복의 차원이 아니라 법치의 차원이었다고 우길 만한 근거를 마련했다. 그 위에서 김영삼은 더욱 매몰찬 표정으로 소박하고 청렴하다는 이미지를 돋보이게 해줄 '칼국수'를 먹고 또 먹었다. 그의 칼국수는 이따금 언론을 탔다. 포철 세무조사 결과에 대한 발표를 보도한 바로 그날, 한국일보는 다른 지면에 큼직하게 김영삼과의 인터뷰를 싣고 있었다.

대통령에 취임한 지 열흘도 지나지 않은 3월 4일, 조선일보 창간 73주년 기념 특별회견을 통해 '앞으로 청와대는 정치자금을 모으지도 분배하지도 않을 것'이니 기업은 정치자금 내지 말고 기술투자를 하도록 하고 '누구든 청와대를 팔거나 나와 가깝다는 이유로 이권운동 또는 권력형 부정을 기도하는 사람이 있다면 엄단할 것'이라고 약속했던 김영삼. 물론 이 대단한 선언을 파렴치한 거짓맹세로 추락시키는 '김현철(YS의 아들)의 권력형 부정부패'와 '김영삼과 강삼재와 김기섭이 얽히고설키는 무려 1천억 원이 넘는 괴자금 사건'이 터지게 되지만. 취임 100일을 앞둔 1993년 6월 1일 한국일보에서도 김영삼은 이미 유행가처럼 들리는 '성역 없는 사정'을 외치면서 '앞으로 다시 표 달라고 할 일도 없을 것이므로 사심 없이 최선을 다할 것'이라고 다짐했다. 공교롭게도 그의 다짐은 '박태준은 나의 성역 없는 사정에 걸려든 것일 뿐'이라고 말하는 것 같았다.

6월 3일 검찰총장은 국세청이 고발한 박태준 전 포철 회장의 특정범죄가중처벌법 위반사건의 수사를 대검 중수부가 맡도록 지시했다. 대검 중수부는 황경노·박득표·이대공·유상부 등 이른바 '박태준의 4인방'으로 지목된 포철 임원들을 비롯해 비서실 직원들, 협력업체 대표들을 줄줄이 불러들였다. 아, 줄줄이 초상을 치는구나. 국민의 눈에도, 포항시민과 광양시민의 눈에도, 포철 직원의 눈에도 '박태준의 시대'는 영원히 막을 내리는 것으로 비쳐질 수밖에 없었다.

"왜 갖다 줬어? 그냥 감사의 인사만 하려 했던 게 아니라, 포철과 계속 거래할 수 있도록 해달라는 부탁의 뜻도 담고 있었잖아?" 하는 검사의 매서운 추궁에 피의자가 "예, 그런 뜻도 조금은 있었습니다." 하고 대답하면 '박태준의 불법자금'이 그만큼 불어나고, 피의자가 끝까지 "순수한 정치자금이었다." 하고 버티면 그게 불어나지 않는 '매우 강력하고 간단한 조사'가 이루어졌다. 6월 16일 대검 중수부는 '박태준 씨가 20개 업체로부터 모두 39억700만 원'을 받았다며 '특정범죄가중처벌법 위반 혐의로 기소중지'하였다. 포철과 계속 거래할 부탁의 뜻도 담았다는 답변이 그만큼 쌓였다는 뜻이었다.

13평 둥지에서

6월 28일 아오야마병원에서 퇴원 수속을 밟은 박태준은 7월 5일부터 13평짜리 아파트에 '보따리 살림'을 풀었다. 도쿄 미나토구 시바고엔 고층아파트 10층. 미국 MIT대학과 스탠포드대학에서 공부한 뒤 일본 미쓰비시에서 일을 배우고 있는 그의 외아들(박성빈)이 쓰고 있던, 미쓰비시가 사원용으로 제공한 둥지였다.

박태준은 현재의 모욕을 씻는 일이든 재기의 싸움을 거는 일이든 많은 시간이 지나야 한다는 것을 직시하고 있었다. 푸른 청춘의 3년을 전쟁터에서 보냈고, 인생의 황금기 25년을 바쳐 제철소도 완성했는데, 앞으로 몇 년의 수모를 못 견딘단 말인가. 그는 자신과의 싸움이 시작된 현실을 마치 새로운 사업을 검토하듯 객관적으로 바라보았다. 마음을 비우고 건강을 지키는 것이 재기의 내일을 위한 최대의 재산이라고 생각했다. 일과의 원칙부터 세웠다.

'오전엔 독서, 점심은 왕복 1만 보 이상이 소요되는 식당에서, 돌아오는 길엔 책방에 들르고, 오후엔 다시 독서, 저녁은 초대받은 자리로.'

칠십 고개를 빤히 바라보는 박태준, 장옥자 부부에게는 어쩌면 신혼 시절 이후로 거의 40년 만에 누려보는 오붓한 일상이었다. 서로 정신적 상처만 거뜬히 견뎌내고 또 아물게 할 수 있다면 차라리 김영삼 정권으로부터 기나긴 무급의 휴가를 얻었다고 치부해버릴 수도 있었다.

일본의 유력한 친구들이 여러 차례 라운딩을 제의해왔다. 그는 번번이 퇴짜를 놓았다. 당분간 골프채를 잡지 않을 작정이었다. 억울하든 원통하든 남의 눈에는 정치적 유랑생활을 하는 몸으로 비칠 테니 골프장에서 소일할 수야 없다고 생각했다. 골프채 대신에 붓을 잡아보았다. 그러나 마음먹은 대로 붓이 말을 듣지 않았다. 겉으로 태연해 보여도 속마음엔 파문이 있다는 증거였다. 차라리 위험을 감수하더라도 귀국해서 시끄럽게 하는 편이 낫겠다는 생각이 불끈불끈 치솟기도 했다. 서예를 거두는 남편에게 아내가 말했다.

"당신하고 결혼해서 어언 40년 세월인데, 우리는 신혼여행도 못 갔잖아요? 군인이었던 신혼 몇 년간은 집에 자주 계셨지만, 64년에 일본 특사 떠났던 때부터 포철 다 마칠 때까지, 그 긴 세월 30년 동안 당신은 가정의 사람이 아니라 국가나 회사의 사람이었지요. 어쩌다가 해외 출장에 따라

가긴 했지만, 소박한 여자의 입장에서 생각하면 행복했다고 할 수 있겠어요? 그래서 나는 결혼 40주년을 앞두고 긴 신혼여행을 얻었다고 생각하고 있어요. 당신도 나처럼 생각해보세요."

남편은 콧잔등이 찡했다. 아무 말도 생각나지 않았다. 몇 번이나 어깨를 쓰다듬어주었다.

박태준은 '걷기'로 건강과 마음을 지키고 '독서'로 머리를 보충하는 여름을 보내기로 했다. 소박한 점심에는 한국인이 경영하는 아카사카 거리의 아담하고 말끔한 '일용설렁탕'에 자주 들렀다. 그를 알아본 한국 젊은이들이 어려워하면서도 반가워하는 인사를 할 때가 잦았다. 그들은 먼저 나가면서 살짝 밥값을 내기도 했다. 박태준은 고맙게 받았다. 그런 날은 식당의 문을 열고 거리로 나서면 다리에 갑절로 힘이 붙는 기분이었다.

가을을 데려오는 소슬바람에 13평 둥지의 늙은 '신혼부부'를 쓸쓸하게 만드는 소식이 실려왔다. 9월 14일 국세청이 '박태준이 추징세금을 다 납부하지 않았다'는 이유로 북아현동 자택과 오피스텔에 압류처분의 절차를 밟았다는 것. 이제 그는 귀국해도 집 없는 신세였다. 빈곤의 시대를 헤쳐나온 아내의 근검과 지혜, 박정희 대통령의 배려로 장만했던 정든 집이 억울한 올가미에 묶인 꼴이었다. 이 소식에 누구보다 분개하는 늙은 몸이 경기도 용문에 살았다. 일찍이 1957년 가을에 '가짜 고춧가루' 사건으로 박태준과 처음 만난 이래로 평생을 한결같은 우정과 신념으로 살아온 정두화. 그는 분한 눈물을 삭이기 위해 자신의 농장에 새로 집 한 채를 짓기 시작한다. 언젠가 박태준이 조국으로 돌아오면 '서울 근교'에라도 '내 집'은 있어야 하니, 그때 여기 들어와서 함께 살자는 우정의 집을 짓는 것이다.

박태준의 다 다스려지지 않은 울화통이 한 번은 터져 나왔다. 본디 그것은 한 개인을 상대한 자리였다. 그러나 만인을 상대하는 목소리로 바뀌고 말았다.

때는 11월 29일(월요일) 오후 12시 30분, 장소는 일본 동경 아카사카의 한 음식점 2층 구석진 곳. 《한국논단》의 이도형 발행인이 민자당 최고위원을 지냈던 박태준 전 포철 회장과 만나 식사를 나누고 있었다. 박태준 씨가 한참 이야기를 하는데 이도형 씨가 녹음기를 꺼냈다. 녹음테이프가 다 되어서 다른 것으로 갈아 끼우려고 하는 것이었다. 박태준 씨가 이 씨에게 뭐냐고 물었다. 그러자 이 씨는 "하나의 기록으로 보관하려는 것이지 다른 뜻은 없다." 하고 대답했다. 박 씨는 그 말을 믿었다.

앞의 책

녹음기에 감긴 말은 결국 인쇄로 찍혔다.

　박태준 씨는 국세청의 세무조사와 검찰수사에 몹시 불쾌했다.

　"세무조사 결과를 보니까 시집간 지 10년도 더 된 딸애들이 가진 주식까지 전부 내 재산이라고 발표해 놓았더군요. 우리 사위들이 모두 하버드, 콜롬비아 나온 사람들입니다. 이런 사위들에게 딸들을 시집보내면서 집사람이 애들 어렸을 때부터 틈틈이 모아온 주식을 혼수 겸 해서 보냈던 것입니다. 그런데 애들이 외국에 나가면서 그것을 저희 엄마에게 관리해달라고 맡긴 것이지요. 그 바람에 집사람이 관리하고 있던 주식 모두 이름만 딸들 명의를 빌린 것이지 실제는 증여인 것처럼 발표가 된 것입니다. 발표가 나가고 난 후 세무서로부터 증여세를 내라는 통고가 와, 지금 우리 딸들은 그간 그렇게 모아온 주식을 팔아 세금을 물고 있다고 합니다. 이 때문에 우리측 변호사들이 '이런 법이 어디 있느냐'며 고소를 준비하고 있는 것입니다."

　"우리 딸들은 물고 있는 세금을 '원한의 세금'이라고 합디다. 우리 사위들은 우리가 장인 덕에 살았느냐고 반문합니다. 그들의 연봉은 굉장히 높습니다. 그런데 왜 장인으로부터 돈을 받아 주식을 샀겠느냐면서 무척 억울해합니다."

　박태준 씨는 또 정치자금에 대해서도 언급했다.

　"(포철 내 측근이) 나를 (외국으로) 나가라고 했을 때는 정치자금과 연관을 시키려 했던 건데, 아무리 조사를 해봐야 회사 돈을 정치자금으로 유용한 흔적은 한 군데도 없거든요. 내가 공화당 때 그토록 압력을 받아도 한 푼도 내놓지 않아 김성곤 씨와 싸움까지 했던 사람입니다. 그런데 정치를 해보니까 여기저기서 이런저런 명목의 성금이 들어오더군요. 이걸 다시 아래에 나눠주는 것이지요. 나는 들어오는 즉시 전부 나눠주었지 내 앞으로 가져온 일은 한 번도 없습니다."

앞의 책

이때로부터 7년이 더 지나도록 꺼지지 않은 불씨로 남는 것은 이른바 '증여세 63억 원' 추징이다. 이 문제는 나중에 변호사의 손을 타고 '법정'으로 옮겨져, 박태준이 전혀 신경 쓰지 않는 가운데 '조용한 재판'으로 진행된다. 그 종점에 이르러선 그것이 누군가의 손에 들어가 갑자기 '부도덕의 폭탄'으로 둔갑하여 요란한 폭음과 함께 터져버리지만.

1993년 봄에 진행된 국세청의 포철 세무조사 과정은 '포철과 전혀 상관없는 한 서울 시민'을 극심한 고통의 도가니에 빠뜨린다. 그해 봄까지도 박태준에겐 익은 얼굴이 아니었던 조창선, 그는 이렇게 증언했다.

40년도 더 지난 것까지 쳐서 내 모든 재산의 형성과정을 다 캐물은 국세청 조사관들이 자기들 기대와는 다른 결론이 나오니까, 결국 한 말이 뭔지 압니까? "문제의 재산은 모조리 다 박태준의 재산이라고 진술해라. 그럼 당신은 끝이다. 억울한 부분은 이 정권이 끝난 뒤에 소송을 걸어라. 공소시효는 충분하다. 우리도 좀 벗어나자. 잘 생각해봐라. 당신이 버틴다고 박태준이 무사할 거 같나." 이거였습니다. 이미 YS의 살생부에 1번으로 적힌 사람이라는 뜻이었겠죠. 제 누님과 사모님이 친구고 그래서 사모님과 잘 안다는 게 무슨 죄나 된 것처럼, 혈뇨까지 보면서 조사를 받았는데……. 여기서 그만 내가 나 자신과 타협을 했던 겁니다. '내가 목숨 걸고 진실을 지킨다고 해도 박 회장이 무사할 수는 없겠구나. 그래, 이놈들 말대로 후일을 도모하자' 이랬던 겁니다. 결국은 그들이 시키는 대로 "당신들이 찍은 부동산들은 다 박태준의 것이다."하고 써주고는 풀려나게 되었습니다.

건국 이후 최대 국가적 프로젝트였던 '포철 25년' 동안에 박태준이 한 푼의 비자금도 만들지 않았다는 것은 누구도 찬사를 보내지 않을 수 없는, 20세기 후반 한국사에 길이 기록될 업적이다. 이거야말로 박태준의 이름을 포철 용광로만큼이나 칭송해야할 위대한 일이다. 건국 이후 오늘날에 이르기까지도 정치권과 대기업의 '검은 돈' 거래로 점철된 정경유착을 감안해볼 때, 그것은 어느 먼 나라의 대단히 부러운 신화로 들리기도 한다. 도저히 불가능해 보이는 그 신화를 박태준은 현실에서 실제의 일로 썼다. 그것은 무엇보다 '제철소'라는 프로젝트를 신성한 국가적 사명으로 받들면서 감히 불경을 저지를 수 없다고 확신했기에 이룬 창조였다. '철은 나의 종교', '철은 나의 신'이라고 말해온 박태준의 그 '철'은 바로 '국가'였다. 국민의 인간다운 삶을 보장해줄 의무가 있는 '국가'였다. 식민지, 전쟁, 분단, 빈곤, 갈등, 투쟁으로 점철된 건국시대의 한복판을 관통해온 그의 세계관에서 국가는 신성한 공동체로 자리 잡고 있었다. 그 국가의 이름을 대신한 '철' 앞에서 그는 결코 허튼 수작을 용납할 수 없었다. 바로 이 신념이 동시대의 모든 사람이 믿으려 하지 않는, 그 눈에 띄지도 않는 불가사의의 '청렴 금자탑'을 만든 힘이었다. 포철의 표현을 빌리면 그것이 불가능을 가능으로, 무에서 유를 창조한 원동력이었다.

박태준의 인생은 숲에 비유될 수 있다. 모든 우거진 숲에는 못생긴 나무와 죽은 나무도 몇 그루 섞여 있기 마련이다. 만약 어떤 인생의 숲에 그마저 없다면, 그는 이미 인간의 경지를 초월하여 신(神)의 경지를 살아간 사람이다. 문제는 숲을 바라보는 시각이다. 숲 속의 못생긴 나무 한두 그루에만 딱 초점을 맞춰서 그게 숲의 진면목이라고 우긴다면, 그것은 그렇게 고집하는 눈의 어처구니없고 더할 나위 없는 위선이다.

'박태준의 정치적 용돈 나눠주기'가 굉장히 엄혹한 절대적 도덕의 눈에는 '못 생긴 나무'로 비칠 수 있다. 모든 위인(偉人)만 아니라 모든 성인(聖人)도 인생의 숲에는 반드시 못생긴 나무와 죽은 나무가 섞여 있기 마련이다. 숲의 아름다움, 숲의 위안은 언제 어느 때나 늘 숲 전체에서 우러나는 숲의 정령(精靈)의 실체이며 향기이다.

박태준과 동일한 역사의 무대에서 정치적 주연으로 살았던 김대중과 김영삼의 인생도 숲에 비유되어야 한다. 만약 제3자가 두 숲에서 오직 '정치자금과 부정부패'라는 못생긴 나무와 죽은 나무에만 초점을 맞춘다면 결국 두 숲은 추(醜)와 악(惡)의 존재로 전락하고 만다. 이런 관찰은 대상에 대한 폭력에 불과하다.

송구영신

낯익은 한 언론인을 상대로 '개인적 대화'의 차원에서 가감 없이 쏟아낸 박태준의 분노가 뜻밖의 풍파를 일으키고 있는 1993년 12월 29일, 그는 약속을 어기고 공개한 사람도 실망스러웠지만 냄비처럼 팔팔 끓다가 금세 식어버릴 풍파마저도 부질없어 보였다. 그것이 여느 새해보다 각별한 송구영신(送舊迎新)을 누리고 싶은 소망으로 모아졌다. 마침 전 일본수상 나카소네가 자기 누님이 경영하는 골프장에서 새해 첫날을 맞자고 제안해왔다.

"새해에 누가 가장 먼저 라운딩을 하느냐, 이건 골프장의 한해 운세에 큰 영향력을 미친다고 합니다. 그래서 나의 누님은 당신과 내가 와주기를 바라는 겁니다. 나는 내 아들을 데려갈 테니, 당신도 당신의 아들을 부르시오."

박태준은 기꺼이 동의했다. 어지간히 거절하기 어려운 경우가 아니면 골프장에 나가지 않겠다는 생각을 지켜왔지만, 이번엔 주저 없이 받아들였다. 송구영신, 바로 그 계기를 맞으려는 것이었다. 그는 샌프란시스코 스탠포드대학으로 돌아가 있는 아들을 급히 도쿄로 불렀다.

12월 31일 박태준의 세 식구는 도쿄에서 자동차로 두 시간쯤 걸리는 이토오 온천장의 골프장으로 옮겨갔다. 나카소네의 세 식구와 제야의 밤을 함께 보낸 그들은 새해의 첫 햇살을 받으며 골프장으로 나갔다.

　"오늘은 나이가 젊은 순으로 합시다."

　"좋습니다."

　나카소네의 제안을 박태준은 환한 웃음으로 받았다.

　맨 먼저 박성빈이 샷을 휘둘렀다. 미국에서 공부하는 틈틈이 골프를 익힌 그의 솜씨가 멋진 장타를 날렸다. 다음으로 나카소네의 아들이 나섰다. 뒷날 문부성 장관을 지내는, 박태준의 아들보다 훨씬 나이가 많은 그의 공은 '벙커'에 떨어졌다. 세 번째는 박태준의 차례였다. 그의 공은 마음먹은 지점에 잘 떨어졌다. 마지막으로 나카소네. 그의 공도 자기 아들의 공을 따라가고 말았다.

　"아무래도 올해는 당신과 당신의 가정에 행운이 찾아올 것 같군요."

　"그 덕담 덕분에 비켜 나가려던 행운이 오고야 말겠습니다."

　나카소네와 박태준은 파안대소를 터뜨렸다. 두 사람의 얼굴에 새해의 첫 햇살이 비치고 있었다.

　도쿄 13평 둥지로 돌아온 '늙은 신혼부부'는 거듭 송구영신을 다짐했다. 이젠 일본 지인들의 알뜰한 우정과 배려를 좁쌀 같은 거리낌도 없이 편안한 마음으로 받을 수 있을 듯했다. 포철 현장의 거대하고 육중한 구조물과는 너무나 대조적인 자잘하고 소박한 일상 하나하나를 마치 어린 시절의 귀중한 흑백사진처럼 안주머니에 꼬깃꼬깃 챙겨 나갈 수 있을 듯했다.

　'늙은 신부'의 마음에는 누구보다 은퇴한 기업가 우츠미 부부의 세심한 잔정이 늘 잔잔한 물살을 일으켰다. 여행 일정을 잡으면 도시락까지 다 준비해주고, 퇴직금의 일부라면서 살며시 생활비를 놓고 가기도 하고……. "경제인으로서 걸어온 박태준의 인격, 식견, 경험이 정치계에서 통용되지 않을 때는 그가 '대미지'를 받지 않겠나." 하고 염려했던 우츠미, 그의 아름다운 우정에는 자신의 말이 적중해버린 데 대한 미안함도 담긴 것 같았다.

일본 친구들이 베푸는 여러 배려 중에는 매월 100만 엔씩의 생계비 지원 말고도 아주 적절한 간격으로 보내오는 티켓 석 장이 있었다. 늙은 신혼부부와 김용기 비서. 세 사람은 그 티켓만 들고 집을 나서면 신칸센을 타고 일본의 어느 역에 내리든 그들을 기다리는 안내인과 만날 수 있었고, 그림자처럼 움직이는 그를 따라가면 일정과 숙식 등 여행의 모든 것이 해결되었다.

여행을 주선해주는 보이지 않는 손은 마츠모도라는 사람이었다. 그는 자위대 정보국 책임자를 지내다 전역한 뒤 일본 경시청 고문으로 있었다. 평생의 직업이 몸에 익은 사람답게 그는 얼굴 한 번 보이지 않았다. 여행 때만이 아니었다. 13평 둥지를 나와 히비야공원이나 내각 수상관저 주변의 숲길을 산책할 때는 전혀 느낄 수 없을 만큼 세세한 경호에 신경을 기울여줬다. 아주 뒷날에 살짝 새나온 소문에 따르면, 그는 늘 부하들에게 '제2의 김대중 납치사건이 일어나지 않도록 하라'는 엄명을 내렸다고한다.

중국 정부는 박태준을 초대하기 위해 애쓰고 있었다. 베이징과학기술대학의 한 교수가 몇 차례나 찾아와 자기 정부의 뜻을 전하곤 했다. 그러나 그는 '망명'이란 헛소문으로 둔갑할지 모르는 비행기에 오르지 않았다.

어느덧 일본에 들어온 지 일 년이 지나고 있었다. 절반은 병원에서 보내고 절반은 13평 둥지에서 신접살림처럼 보낸 한 해였다. 그래도 박태준은 답답했다. 아직 김영삼의 퇴임까지는 4년이 남았다. 영일만에선 귀를 막고 싶은 소식이 건너왔다. 박태준 흔적 지우기니, 회장과 사장이 티격태격 싸운다느니……. 박태준은 어디론가 낯선 풍경 속으로 몸을 놓아야 새 기운이 솟아날 것 같았다.

잔인한 봄은 가고

1994년 3월 8일 포항에선 포철 주주총회가 열렸다. 김만제가 새 회장에

선출되었다. 경제부총리를 지냈고 '대통령 당선자 김영삼'의 경제과외 교사 노릇도 맡았던 얼굴이었다. 주총에서 뽑는 형식을 거쳤으니 '선출'이었지만, 그것은 대통령의 결정을 받들기 위한 요식행위에 불과했으므로 실제로는 김영삼의 '임명'이었다. 회사 창립 26년 만에 최초로 권력의 낙하산을 타고 내려와 포철 맨 꼭대기를 점거한 외부인사, 그를 포철 사람들은 '진주군 사령관'이라고 쑥덕거렸다.

사령관은 혈혈단신이었다. 청와대는 사령관 혼자만 보내는 것이 내부의 반발을 최소화시킬 수 있는 가장 효율적인 방법이라고 판단한 모양이었다. 사령관의 뒤에는 대통령을 비롯한 권력들이 든든히 버티고 있고 사령관의 손에는 임원 인사권과 임금 결정권이 들어 있어서 공기업 포철 점령에는 혼자로서도 충분했다.

김영삼이 보낸 '철을 모르는' 경제관료 출신이 한창 포철을 주무르고 있는 4월 25일, 박태준은 오랜만에 비행기를 탔다. 파리에 내렸다. 빅토르 위고의『레 미제라블』에 나오는 '하수로'를 둘러보았다. 트럭도 다닐 만한 너비와 높이였다. 프랑스 조상들의 도시계획에 새삼 혀를 내두른 그는 해변의 도시 니스로 옮겨갔다. 지중해의 바람과 햇빛으로 심신의 피로를 말끔히 씻고 싶었다. 그러나 너무 뜻밖의 충격적 비보가 귀를 찔렀다.

'포항공대 김호길 총장 별세.' 박태준은 귀를 의심했다. 하지만 이미 돌이킬 수 없이 엄연한 현실의 사건이었다. 4월 30일 한낮, 포항공대와 포항산업과학연구원의 '산학친선체육대회'에 발야구 경기의 선수로 뛰다가 머리를 벽에 부닥쳐 실신, 즉시 병원으로 후송했으나 끝내 영면의 세계로 떠났다지 않는가.

'작년에 겨우 회갑을 맞았던 사람이 벌써 가다니……, 일본으로 회갑기념문집『자연법칙은 신도 바꿀 수 없지요』를 보내온 것이 언젠데……, 아, 그렇게 졸지에 자연의 품으로 돌아가는 것이 운명이란 말인가. 예의도 없이 무정한 사람아…….'

망명객이나 다름없는 설립자가 먼 이국에서 참을 수 없는 눈물을 맺으며 삼가 고인의 명복을 비는 가운데 쓸쓸한 며칠을 보냈다. 5월 4일 포항공대 교정에선 '고 김호길 총장 장례식'이 엄숙한 학교장으로 진행되었다.

이른 아침부터 하늘은 큰 슬픔에 잠긴 듯 잔뜩 흐렸다. 이윽고 고인을 모시고 병원을 떠난 운구차가 학교로 들어섰다. 전교생 모두 입술을 깨물고 뒤따랐다. 그것은 행렬이 아니었다. 물과 같은 흐름이었다. 슬픈 젊음들은 깊이 흐르는 강물처럼 그저 묵묵했다. 문득 한 목소리가 들렸다.

"육대주 기슭들과 잇닿은 영일만 푸른 물을 내다보는 이곳, 나라와 인류의 복지를 위해 배달의 정예들이 모였습니다……"

제1회 입학식 때 연설한 고인의 생생한 육성 테이프. 누가 먼저였는지, 여기저기서 오열을 깨무는 신음소리가 터져 나왔다. 그것이 곧 흐느낌으로 바뀌었다. 포항공대 대강당 앞, 거대한 침묵은 금세 눈물호수를 이루었다.

박태준의 너무 먼 추모사는 긴 세월의 흐름 위에 올려둘 수밖에 없었다. 고인의 10주기가 돌아온 뒤에야 그는 속절없이 꼬박 10년이나 묵힌 추모의 정을 고인의 영전에 바친다.

친애하는 포항공대 가족 여러분, 그리고 고 김호길 총장의 유족과 고인을 사모하는 여러분. 오늘 우리 아름다운 캠퍼스는 십 년 전의 그날처럼 신록이 눈부시고 화사한 꽃들이 만발해 있습니다. '산천은 의구한데, 인걸은 간 데 없다'는 옛 시인의 회한 어린 통탄이 새삼 저의 가슴에 울려옵니다.

십 년 전의 오늘, 저는 일본에 오래 머물다가 잠시 프랑스로 나가 있었습니다. 거짓말처럼 별안간 포항에서 날아든 충격의 비보를 받고도 돌아갈 수 없는 몸이었습니다. 그것이 저의 슬픔을 갑절로 키웠던 기억이 생생합니다. 그러나 그때 저는 마음과 영혼으로 고인의 빈소에 분향을 올렸으며, 고인의 장례식에 참석했습니다. 북받치는 설움을 억누른 채, 우리 포항공대의 모든 구성원들과 더불어 삼가 고인의 명복을 빌었습니다.

십 년 전의 오늘, 우리의 비탄을 가장 절실하게 표현한 말은 무엇이었습니까? 형언할 수 없었지만 그래도 누군가가 만해 한용운 시인의 시를 인용할 줄 알았습니다.

아아, 님은 갔지만, 우리는 님을 보내지 아니하였습니다.

바로 이것이었습니다. 그렇습니다. 김호길 총장은 서둘러 우리의 곁을 떠나갔지만, 아직도 우리는 그를 보내지 아니하였습니다. 모든 포항공대인의 가슴과 정신 속에 그는 의연히 살아 있습니다. 유족들과 모든 지인들의 추억 속에서 그는 호탕하고 소탈한 웃음과 함께 살아 있습니다.

더구나 김호길 총장의 인생은 우리 포항공대에 고스란히 남아 있습니다. 변화무쌍한 세월은 흐르는 물같이 지나가지만, 아무리 세월이 흘러가도 의구한 산천은 인걸의 훌륭한 자취를 기억하고 간직하는 법입니다. 인생이 무상하다지만, 여기에 이르러 비로소 무상과 허무주의를 넘어설 수 있는 길이 열리는 것입니다.

사랑하는 포항공대 가족 여러분. 아무리 애틋했던 슬픔도, 아무리 힘들었던 충격도 십 년의 세월이 흐르는 동안에는 알게 모르게 무디어지기 마련입니다. 또한 쓸쓸한 추억으로 남게 됩니다. 참으로 야박한 인심 같지만, 이것이 인지상정입니다. 오늘 우리를 이 자리에 모이게 만든 그 무정한 고인이 평소에 즐겨 쓰던 말을 빌려오면, 신(神)도 거역할 수 없는 자연의 법칙 중 하나입니다.

그러므로 이 자리의 우리가 십 년 전의 그 슬픔과 충격을 쓸쓸한 추억으로 간직한다고 해서 비난받을 일은 아니라고 하겠습니다. 그러나 만약 이 자리의 우리가 고인의 신념과 이상(理想)을 망각하고 있다면, 이것은 비난받아 마땅한 일입니다. 아니, 고인에 대한 배반이라 할 수 있습니다.

삶과 죽음의 경계를 감히 어느 누가 넘나들 수 있겠습니까? 수명(壽命)에 대한 불가사의를 어느 누가 관장할 수 있겠습니까? 그럼에도 불구하고 인간과 인간의 관계에서 삶과 죽음의 경계를 넘나들고 수명을 초월하는 문제가 있습니다. 이것을 우리는 작게는 신의의 문제로 다루며 크게는 역사의 문제로 다루게 됩니다.

고 김호길 총장과 포항공대인의 관계도 생사를 초월하는 관계에 있다고, 저는 확신합니다. 여러분이 진정으로 고인을 보내지 아니하였다고 말할 수 있다면, 여러분과 고인의 관계는 생사를 초월한 관계이기 때문입니다.

고인의 신념과 이상은 포항공대를 세계 최고의 연구중심 이공계 대학으로 만드는 것이었습니다. 또한 그것은 이 자리에 계신 원로·중진 교수들을 비롯한 여러분 자신의 신념과 이상이기도 했습니다.

우리가 보내지 아니하였지만 김호길 총장은 갔습니다. 그러나 고인의 신념과 이상이 뒤에 남은 우리의 가슴과 정신에 생생히 살아 있기에 고인은 여전히 우리의 곁에 남아 있습니다.

사랑하는 포항공대 가족 여러분. 고인의 10주기를 맞아 각별한 자세로 무은재기념도서관 앞의 빈 좌대에 손을 얹어 보기 바랍니다. 이 시간의 거기엔 따뜻한 햇빛이 주인으로 머물고 있을 것입니다. 여러분은 그것을 고인의 숨결이요 목소리라고 생각할 줄 알아야 합니다. 고인은 지칠 줄 모르고 그 빈 영광의 자리에 앉을 우리의 주인공을 기다릴 것입니다.

"오, 이제야 오셨는가. 정말 반갑고 정말 기쁘네."

이 말을 벅찬 숨결로 호탕하게 외칠 수 있는 그날을 고대하고 있는 것입니다. 여러분은 고인의 그 기나긴 기다림을 헛되이 하지 않게 해야 하는 임무를 안고 있습니다.

세월은 가고, 차례차례 인걸도 가겠지만, 캠퍼스의 나무들이 세월과 더불어 장대해지고 무성해지는 것처럼 포항공대도 그렇게 쉼 없이 발전해나가야 합니다. 그러면 그 자랑스러운 역사와 전통 속에서 김호길 총장도 영원히 살아 있을 것입니다.

고인의 유족들과 친지들에게 다시 한 번 심심한 위로의 말씀을 드리며, 삼가 옷깃을 여미고 두 손 모아 고인의 명복을 기원합니다.

김호길 총장, 이 무정하고 예의도 없는 사람아, 부디 평안하게 영면을 누리시오.

김호길의 비보를 받은 박태준은 애초 계획보다 유럽 일정을 줄여 5월

포항공과대학교 무은재기념도서관 앞의 빈 좌대

22일 미국 뉴욕의 맏사위 집으로 날아갔다. 8월 22일 다시 일본으로 돌아올 때까지의 미국 체류 석 달, 은퇴한 뒤의 여느 평범한 사람과 같은 일상을 꾸려나간 '늙은 신혼부부'는 기억할 만한 일을 하나씩 간직하게 된다.

7월 초순이었다. 박태준은 '김일성 사망'이란 뉴스를 보았다. 그는 주의 깊게 평양과 서울의 동향을 지켜보았다. 평양은 오히려 일시적으로 더 뭉치는 분위기였다. 누구든 섣불리 건드렸다간 호되게 당할 것 같았다. 그러나 서울은 '우왕좌왕'이었다. 좌파적으로 대응하느냐 우파적으로 대응하느냐에 대한 갈피를 잡지 못하는 우왕좌왕이었다. 청와대가 정세를 읽는 능력이나 장기적인 안목의 대응을 갖추지 못하는 듯했다. 사석에서나 선거유세에서는 철저한 반공주의자더라도 통치자의 자리에서는 어떻게 의연히 대처하면서 국민의 6·25전쟁에 대한 기억을 자극하지 않을 것인가. 동족상잔에 대한 책임론과 민족문제에 대한 현실적 해법을 어느 선에서 적절히 조화시킬 것인가. 그는 유심히 관찰했다. 통치권 차원의 구심점이 확보되지 못하고 조문파동이 일어났다. 남북관계가 오래 경색될 조짐이었다. '조선민주주의인민공화국 김일성 주석 사망'은 1994년 7월 8일의 일이었다.

'늙은 신부'는 약간의 건강문제가 있었다. 담석 수술. 맏사위 신세를 져야 했다. 하지만 그보다 그녀에게는 잊지 못할 일이 있었다.

베이징과학기술대학의 교수가 이번엔 뉴욕에 나타났다. 도쿄에서 늘 그랬듯 이번에도 무슨 공무로 나왔다가 찾아뵙는 거라고 했다. 그런데 이번엔 눈치가 좀 달라 보였다. 유난히 건강걱정과 노후를 염려하더니 색다른 제안을 내놓았다.

"중국에 사계절이 뚜렷하고 덩샤오핑의 별장도 있는 좋은 곳이 있습니다. 우리 정부가 그곳으로 모셨으면 합니다. 편안하게 받아주셨으면 합니다."

그녀의 귀에는 참 고마운 제안 같기도 하고 덩샤오핑이 살아 있는 동안에 중국으로 들어오라는 아주 예의를 갖춘 망명 권유가 아닌가 싶기도 했다. 그의 말을 그대로 '늙은 신랑'에게 옮겼다. 대뜸 호통이 떨어졌다.

"조국이 나를 배신해도 나는 조국을 배신할 수 없어!"

그녀는 얼른 시선을 피했다. 한국에서 화낼 때 그랬던 것과 같은 고함, 유랑생활에선 처음이자 마지막 호통이었다.

조국이 나를 배신해도 나는 조국을 배신할 수 없다는 고함을 지르고 미국을 출발한 박태준은 여전히 돌아갈 조국이 없는 신세였다. '짧은 인생을 영원한 조국에' 바치겠다는 젊은 장교로서의 좌우명이 일흔 고개를 빤히 바라보는 늙은 척추 속에서 싱싱한 골수로 흐르고 있건만, 다시 도쿄의 13평 아파트로 돌아가야 했다. 그래도 그는 젊은 날의 전쟁터에서 요행히 살아남은 직후에 깨달았던 '절대적 절망은 없다'라는 믿음을 간직한 늙은이였다.

아, 어머니!

10월 7일 '늙은 신혼부부'는 홍콩으로 떠났다. 하버드대학 경영학박사 출신으로 미국 증권회사 골드만삭스의 홍콩 부지점장을 맡고 있는 막내사위와 막내딸이 공항으로 마중을 나왔다. 외할아버지와 외할머니는 기쁜 낯으로 백일잔치의 주인공을 번갈아 안았다. 하지만 젊은 부부의 얼굴엔 숨길 수 없는 그늘이 어른거렸다. 몇 시간 뒤에 그것은 기어코 아기 엄마의 눈물로 흘러내렸다.

"할머니께서……."

박태준은 숨이 막히는 듯했다.

"아이구, 어머니……."

맏며느리가 오열했다.

고인의 향년 87세. 흔히 '호상'이라 부르는 영면. 그러나 박태준은 맏이로서 노모의 얼굴을 못 본 지가 19개월에다 임종조차 지키지 못했다. 1906년에 태어나 고통과 비극으로 점철된 한반도의 20세기를 감당했던 이 땅의 이름 없는 한 여인, 그이는 고달픈 삶의 눈꺼풀을 닫는 찰나에도 대역죄인처럼 몰린 장남의 얼굴과 손길이 그리웠을 것이다. 그 목소리와 그 숨결을 기다렸을 것이다. 어쩌면 그 그리움과 그 기다림의 무게는 필생의 무게와 맞먹었는지 몰랐다. 그걸 생각하는 늙은 아들은 가슴이 무너지고 있었다.

혈육들은 맏상주의 귀국을 염려했다. 그러나 박태준은 주저하지 않았다. "어머니의 빈소를 지키기 위해서라면 감옥살이도 피하지 않겠다."

장인의 칼 같은 결심 앞에서 막내사위는 즉시 한국으로 들어갈 비행기를 알아보았다. 가장 빠른 길이 후쿠오카를 경유해 김해공항으로 들어가는 것.

박태준은 귀국의 상공에서 어머니의 모습을 그리려 애썼다. 자꾸만 한 장면이 떠올랐다. 1958년 초겨울이었던가, 가을걷이를 마친 뒤에 첫째 아이를 잃고 나서 새로 얻었다는 손녀를 안아보려고 천 리 길을 마다 않고 허술한 연대장 관사로 찾아오셨던 어머니. 그때 당신의 열 손가락은 모조리 쩍쩍 터져 있었다. 묻지 않아도 빤히 알아볼 고된 논일과 밭일의 상처였다. 장남은 어금니를 물었다. 자신의 원칙을 단 한 번 깨고 연대 의무실에서 미제 반창고 한 통을 타내서 그 터진 열 손가락마다 일일이 그것을 골무처럼 꽁꽁 감아줬다.

'아, 내 손으로 해본 효도노릇이란 고작 그것뿐이란 말인가……'

상주 신세로 꼬박 1년 7개월 만에 조국의 땅을 다시 밟는 박태준 부부. 1994년 10월 9일 오후 3시 김해공항 국제선 청사. 대한항공 735편 비행기의 도착을 알리는 신호에 불이 들어왔다. 검은색 싱글에 중절모를 쓴 남편은 잠을 못 이룬 수척한 얼굴에 초췌한 기색이 역력하고, 검은색 투피스를 입은 아내는 고개를 숙이고 있었다.

부부가 나온 출구는 귀빈실이 아니었다. 일반인들과 함께 나왔다. 공항에는 그와 더불어 가시밭길을 걷고 있는 황경노, 그리고 정치 보좌역을 지낸 조용경이 기다리고 있었다. 기자 수십 명이 그를 에워쌌다. 귀국소감을 비롯한 온갖 질문이 쏟아졌으나 박태준은 묵묵부답. 기자들의 포위망을 뚫고 나간 그는 대기한 승용차를 탔다. 조수석에 조용경이 동승했다. 승용차는 포철에서 제공한 것이었다. 고향으로 가는 길, 어머니의 최후를 보내러 가는 길. 박태준은 눈을 감은 채 이따금 한숨만 내쉬었다. 조용경이 조심스레 건넸다.

"상가에 기자들이 기다리고 있으니 한 말씀 하셔야 할지 모르겠습니다."

"죄가 많은 사람이다. 돌아가시는 순간까지 어머님께 걱정만 끼쳐드리고 임종도 못한 불효자식인데 무슨 말을 하겠나."

기장군 장안읍 임랑리 137번지. 조국 근대화의 주인공이 탯줄을 묻고 잔뼈를 키운 갯마을은 언제부턴가 '20세기의 중세'라는 허물을 벗고 번듯한 현대의 티를 내고 있었다. 맏상주는 오후 4시 10분께 고향집에 닿았다. 곧장 그는 동생들과 함께 모친의 시신이 안치된 안방으로 갔다.

안채는 이내 울음바다로 변했다. 그는 모친의 시신 앞에 섰다. 고인에게 술 한 잔 올리고 절을 올린 뒤 꿇어앉았다. 맏며느리는 슬피 우는데 맏아들은 망연히 시신만 바라보고 있었다. 슬픔이 지나치면 눈물의 둑을 무너뜨릴 만큼 눈물이 쌓여야 울음이 나오는 모양이었다. 이미 입관은 했지만 맏상주가 나타나지 않아 관 뚜껑을 덮지 못하고 있었다. 이젠 그것을 닫아야 하는 차례였다. 그의 침묵이 일 분쯤 흘렀을까.

"어머니, 불효자가 왔습니다."

박태준은 어깨를 들썩였다. 눈물의 둑이 터진 찰나였다. 고인의 맏아들에 대한 그리움과 기다림이 당신의 필생의 무게보다 더 무거웠을 것이라고 생각하는 '세계 최고의 철강인'은 한참 동안 어미 잃은 아이의 모습으로 돌아가 있었다.

이십 분쯤 지났다. 그는 마당의 상주자리로 나왔다. 황경노와 잠시 끌어안고 재회의 정을 나누었다. 기다리고 있던 포철의 퇴임 임원들과 일일이 악수를 나누었다. 박득표, 이대공, 유상부 등 그와 함께 '학살당한 인재들'이 여럿 모였다. 현직 포철 사장 김종진도 함께 있었다. 지난 이틀 동안 발길이 뜸했던 정치인들의 문상이 줄을 이었다. 그들 중 첫 조문객은 박철언. 1992년 대통령선거를 앞두고 박태준과 함께 '반김영삼 노선'을 걸었다가 정주영씨의 국민당에 입당했으나 김영삼 정권 들어 일 년 남짓 옥고를 치러야 했던 6공의 황태자. 걸어가는 길은 달라도 서로의 마음은 잘 아는 처지였다.

"마음고생이 얼마나 많으십니까?"

"박 의원, 고생이 많았지."

김영삼 정권의 권력실세 최형우 내무장관이 상가에 들어섰다. 많은 시선과 귀가 일제히 박태준과 그의 대화로 쏠렸다. 맏상주가 그의 손을 잡고 말했다.

"우리 어머니가 최 장관을 무척 좋아하셨는데……."

"죄송합니다."

최형우가 떠났다. 정치인의 문상이 몇 분 간격으로 이어졌다. 전두환도 한참 머물다 떠나갔다. 그리고 날이 어둑어둑해지자 포철 회장 김만제가 도착했다. 맏상주는 만감이 교차했으나 그를 반가이 맞았다.

"우리는 정치 얘기는 안 할 것이니 여기서 앉읍시다."

'진주군 사령관'을 그는 상가 마당의 철제의자로 데려갔다. 둘은 마주앉았다. 김만제는 깍듯이 예의를 차렸다.

"고생이 많지요."

"고생은 포철을 건설하신 박 회장님이 많이 하셨지요."

"아니지, 건설 후에도 어려움은 계속되는 것이지. 고생이 많을 거야. 나야 포철을 키우기만 했지. 포철은 지키고 관리하는 것이 중요하지요."

김만제가 포철의 새로운 사업을 보고하듯 조목조목 일렀다.

"93년 하반기에는 철강경기가 어려웠는데 지금은 경기가 많이 좋아졌습니다. 투자계획도 세워놓고 있습니다."

"경기는 앞으로 더 좋아질 거요. 투자도 해야지요."

"이번에 세계철강협회 부회장에 선임됐습니다."

어머니를 유택으로 모시고 있는 박태준. 영정 든 이는 외아들 박성빈

"축하합니다. 보도를 통해서 알고 있습니다. 일본에 있을 때 신일본제철에서 나온 잡지를 통해 철강업계의 동향을 파악하고 있습니다."

"이번에 미국에 가서 호건 박사와 피터 마커스 씨를 만났습니다."

가톨릭 성직자이며 경제학자인 윌리엄 호건은 박태준의 오랜 친구요, 피터 마커스는 그가 잘 아는 철강전문가이다.

"나도 지난번 뉴욕에서 호건 박사를 만났어요."

"이번에 뉴욕증시에 회사주식을 상장할 계획입니다."

"얘기 들었습니다. 사위 하나가 골드만삭스에 근무하는데, 요즘 포철의 뉴욕증시 상장 때문에 집에도 못 들어갈 정도로 바쁘다는 얘기를 해서 알고 있죠."

"그렇습니까?"

두 사람의 뒤에는 현직 사장 김종진이 서 있었다. 그는 자신의 속마음을 나타내듯 거의 꼿꼿한 부동자세였다. 현직 회장이 아니라 쫓겨난 회장을 모시는 시간이라는 무언의 항의 같았다.

"베트남에 파이프공장을 준공했습니다."

"하이퐁에 있는 것 말이지요. 그건 내가 자리를 잡았지. 하노이는 입지 조건이 안 좋아."

두 사람의 제법 긴 대화에 문상 온 정치인들이 껴들었다. 한 사람이 김만제를 보고, "김 부총리도 오셨네." 했다. 박태준이 그를 쳐다보며 농담처럼 툭 던졌다.

"부총리보다 포철 회장이 높은 것이야. 관 중심의 사고에서 벗어나지 못했군."

만상주의 속에 갇힌 응어리 하나가 툭 튀어나온 격이었다. 문상객이 줄을 이으면서 두 사람의 대화는 중단됐다. 포철을 25년 동안 이끌었던 박태준 사단은 무너졌지만, 상가에 모인 그들의 결속력은 끈끈했다. 수십 명의 전직 포철 임원들이 밤을 지키며 돌아온 회장님 옆을 지켰다. 부인들은 소복을 입고 부엌으로 들어가 궂은일을 도맡아했다. 포항, 광양의 영빈관이나 총무부서에서 나온 직원들이 상가의 온갖 자질구레한 뒷일을 거들었다. 포철 축구선수, 경비과장, 서울사무소장, 포철 축구단장 등을 지내고 옷 벗은 황종현의 말을 그들은 현직 직속상관처럼 따르며 일사불란하게 움직였다.

이튿날 이른 아침에 노태우가 나타났다.

"옛날에 이룩했던 큰일들에서 보람을 찾아야 합니다."

"어머니 수명을 내가 한 2년 앞당긴 것 같습니다."

두 사람은 세월이 만들어놓은 운명의 장난을 덮어두고 선문답 같은 대화를 주고받았다. 그러나 맏상주는 그에게 정중한 예의를 차렸다. 상중이었으나 대문 앞까지 배웅을 나갔다.

모친 장례가 끝났다. 남편이 그랬듯 영가(靈駕)를 '옥정사'에 의탁한 고인은 벌써 13년째 마을 뒷산에서 외로이 기다려온 남편의 곁으로 돌아갔다. 맏상주는 반드시 거쳐야 하는 곳이 있었다. '기소 중지'된 신원이니 그 기소가 살아나 움직일 차례였다. 10월 11일 박태준은 서울로 올라갔다.

덕수궁 돌담

서울에 도착한 그는 서울대병원에 입원했다. 검찰출두를 앞두고 지칠 대로 지친 몸부터 추스르려 했다. '세계 최고의 철강인'은 검찰에 나가야 했다. 그의 처지를 안타깝게 여긴 여러 사람이 문병을 다녀갔다. 엘리트 장교 박태준을 아껴준 박병권 장군도 다녀갔다. 그는 꼿꼿했던 장군답게 죄가 없으니 의연해야 한다고 충고했다. 검찰 출두를 하루 앞둔 날에는 이태전 포철의 주택단지를 둘러보고 낙원 같다는 찬사를 아끼지 않은 김수환 추기경이 다녀갔다.

병상의 박태준은 검찰에 나가지 않겠다고 했다. 그의 주장은 간단했다.

"내가 무슨 죄가 있단 말이냐?"

이것뿐이었다. 하지만 피할 수 없는 길이었다.

10월 21일 오전 9시 25분께 박태준은 서울대병원을 출발했다.

"국가와 민족을 위해 일한 것밖에 없는데, 빨간 줄 한 번 긋는구나."

승용차에 오르면서 그는 이 한마디를 허공으로 날렸다. 덕수궁 돌담 근처 검찰청 청사에는 기자들이 우글우글 끓을 것으로 예상됐다. 누구보다 김용기 비서가 초조했다. '회장님의 망명 아닌 망명생활'을 줄곧 수행해온 그는 미리 카메라기자들에게 '포토라인을 넘어서면 육탄으로 저지하겠다'는 선언을 해뒀지만 그래도 마음이 놓이지 않았다. 현대 정주영 회장이 검찰에 출두했을 때의 사고를 그는 기억했다. 그때 카메라기자들의 북새통 속에서 '대통령 낙선자'는 얼굴에 상처를 입었던 것이다.

9시 55분께 박태준은 대검찰청 청사 앞에 내렸다. 그런데 카메라기자들이 장사진을 치고 있지 않았다. 바로 이날 성수대교가 무너진 것이다. 대한민국의 얼굴을 쥐구멍 속으로 쑤셔 넣는 '부실공사의 대참사'가 부실공사를 철저히 박멸하며 영일만과 광양만에서 기적을 일으킨 주인공의 초췌한 모습을 엔간히 가려준 격이었다.

검찰의 1차 조사는 여섯 시간에 걸쳐 진행되었다. 그로부터 엿새가 지난 10월 27일 다시 두 시간 동안 2차 조사가 실시되었다. 한국사회는 온통 비극의 수수께끼에 빠져 있었다. 성수대교가 무너지면서 한강으로 떨어진 차가 몇 대이며 시민은 몇 명인가? 실종자의 신원을 정확히 확인할 수 있는가? 이런 화제가 장삼이사들의 자리엔 끊이지 않았다. 부실공사로 뒷돈 빼먹고 정치권에 갖다 바친 놈들은 준 놈이나 받은 놈이나 손모가지를 끊어야 한다는 끔찍스런 분노도 그들의 자리엔 자글자글 끓고 있었다.

병실의 박태준을 찾아온 사람들이 바깥의 뒤숭숭한 여론을 들려주기도 했다. 그는 낙담하듯 혀를 찼다. 산업화시대는 국가적 역량이 건설 분야에 집중되기 마련인데 그걸 그렇게 부실하게 하고 부패해서 해먹었으니……. 이런 말을 담은 것이었다. 그는 1950년 6월 하순의 어느 밤을 떠올렸다. 피란길의 시민들을 강물 속으로 처넣었던 그 성급하고 몰염치했던 한강교 폭파, 그때 그 전시에선 하급 책임자만 형장의 이슬로 사라졌는데 이번

성수대교 붕괴엔 또 어떤 하급 책임자만 옷을 벗거나 감옥으로 가게 되는 가…….

음력으로 9월 29일에 태어난 박태준은 11월 2일 서울대병원 입원실에서 만 67세의 생일을 맞았다. 남편이 검찰로 출두하는 모습을 덕수궁 돌담 옆 승용차 안에서 지켜보아야 했던 아내는 누구보다 가슴이 쓰라렸다. 박태준은 아내의 어깨를 다독였다.

"나는 상주야. 괜찮아."

11월 8일 검찰은 '박 씨가 장시간 조사받을 건강상태가 되지 않아 검사를 서울대병원으로 보내 다시 조사하는 방안도 검토하고 있다'고 밝혔다. 11월 23일 박태준은 서울대병원을 나와 고향으로 돌아갔다. 어머니의 49재에 참석하기 위한 귀향이었다. 49재를 마침으로써 상복은 벗었지만 어머니의 무덤은 늙은 맏아들의 가슴에 남았다.

11월 24일 그는 다시 김해공항 국제선 청사로 나갔다. '출국금지 해제'가 내려진 것이었다. 비행기에 오른 이의 마음엔 '이 정권이 물러날 때까지는 귀국하지 않겠다'라는 오기가 오롯이 돋아 있었다.

아름다운 정신이 사라진 날

박태준이 '한결 더 자유로워진 몸'으로 다시 한국을 떠난 직후, 앞으로 몇 년 후에 그와 정치적 생명을 걸고 '진검승부'를 펼치게 되는 한 정치인이 신문의 주인공으로 등장한다. 민주당 대표 이기택이 '12·12사건의 기소 관철'을 내걸고 스스로 의원직을 사퇴한 것이다. 뒷말이 많았다. 김대중과 갈라서기 위한 카드일 것이란 관측이 지배적이었다.

김영삼의 이른바 '역사 바로 세우기'의 빠른 전주곡처럼 터져 나온 이기택의 '11월 25일 결행'은 이듬해 한여름에 민주당 내 최대 세력인 '김대중 계보'가 따로 떨어져나가 '새정치국민회의'란 딴 살림을 차리게 만들고 제1야당 민주당은 '꼬마 민주당' 신세로 전락하는 계기가 된다.

12월 7일 포항공대 옆에선 포항방사광가속기 준공식이 열렸다. 대통령 김영삼이 과기처 장관, 교육부 장관을 비롯한 여러 수행원을 데리고 몸소 포항까지 내려왔다. 이 자리에서 김영삼은 포항공대 이동녕 교수에게 국민훈장 모란장을, 남궁원 교수에게 국민훈장 동백장을, 한경섭 교수에게 국민훈장 석류장을 각각 서훈한 것을 비롯해 우리 손으로 만든 가속기에 두뇌와 정열과 사명감을 바친 많은 포항공대 교수에게 대통령 표창을 수여하였다. 국무총리 표창도 있었다.

　그러나 방사광가속기 탄생의 아버지 역을 맡은 사람과 어머니 역을 맡은 사람은 그 영광의 자리에서 그림자조차 찾아볼 수 없었다. '세계 최고의 철강인'은 불편한 심기로 다시 유랑의 길에 나가 있었고, '한국과학계의 거장'은 이미 지하에 묻혀 있었다. 두 주역의 현장 부재와 서울의 도시가스 폭발사고는 아무런 개연성이 없었을 테지만, 그날 밤 9시 TV뉴스에서 포항방사광가속기는 국민의 주목을 받는 영광을 누리지 못했다. 우리나라 최초의 가속기, 세계 다섯 번째의 첨단가속기, 대통령을 비롯한 정부

포항방사광가속기 전경

요인들과 수많은 과학자의 즐거운 표정……. 박태준과 김호길이 빠진 포항의 빛나는 과학잔치는 그날 오후에 터진 서울 아현동의 엄청난 도시가스 폭발사고에 파묻히고 말았다.

1995년 1월 9일 박태준은 아내와 함께 도쿄 우에노공원의 이나야마 회장 묘지를 찾았다. 처음이 아니었다. 도쿄에 체류한 기간에는 매월 9일에 꼬박꼬박 참배한 곳이다. 오늘의 포철을 있게 해준 은인에 대한 감사와 공경을 그는 곤궁하고 고독한 생활 속에서도 잊은 적이 없었다. 1987년 10월 9일 세상을 떠난 이나야마…….

1월 19일 김종필이 김영삼과 결별했다는 소식이 도쿄 13평 아파트의 텔레비전으로도 들어왔다.

"이제야 걷어차인 모양이구나."

박태준은 그 뉴스에 이런 혼잣말을 보탰다.

1월 하순에 미쓰비시의 몇 사람이 박태준을 찾아왔다. 좀처럼 그런 적 없었던 일본 직장인들의 표정이 침울해 보였다.

"뭔가 나쁜 소식이 있습니까?"

박태준은 무슨 소식이든 침착하게 들을 준비부터 갖추었다.

"예, 거양해운과 관계된 일입니다."

그것은 5년 전 이맘때 미쓰비시가 박태준 개인에게 '감사의 선물'을 내놓겠다고 하여 그가 '포항공대 발전기금'이란 공공의 재산으로 돌려놓은, 미쓰비시은행이 화물선 건조비를 빌려준 바로 그 귀중한 일이었다.

"거기에 무슨 문제라도 발생했습니까?"

"우리의 약정에는 차관의 95%를 상환할 때까지는 제3자에게 양도하지 못하도록 되어 있지 않습니까?"

"그렇지요."

"이제 겨우 20% 상환했는데, 포철 김만제 회장이 거양해운을 처분하겠다고 합니다."

박태준은 깊이 숨을 들이쉬었다. 그런 결정을 내린 사람이나 내리게 만든 사람이 원망스럽고 손님들을 똑바로 쳐다보기가 부끄러웠다.

"포철이 그걸 공식으로 제기해오면 우리는 약정에 의거해 법적으로 이의를 제기할 방침입니다. 이 문제에 대해 우리는 미리 박 회장님의 의사를 확인해두려고 합니다."

미쓰비시는 충분히 그럴 만한 자격요건을 갖추고 있었다. 특약의 위배일 뿐 아니라, 그 서류의 서명자는 '포철 회장 박태준'이었다. 박태준은 잠시 골똘한 생각에 잠겼다. 원망과 질타를 얻어먹어야 마땅한 쪽보다는 미쓰비시의 입장을 먼저 고려했다. 그는 천천히 말했다.

"내가 지금 도쿄가 아니라 미국에 있다면 당신들의 대응에 대해 모른 척할 수 있습니다. 그러나 내가 여기 있다는 것은 한국 정보기관이 다 압니다. 당신들과 만나는 것도 알겠지요. 그렇기 때문에 미쓰비시가 현 포철 회장의 결정에 태클을 걸면, 내가 뒤에서 사주했다고 할 것이 분명합니다. 그렇게 되면 나야 그만이지만, 미쓰비시가 한국 정부에 미움을 사서 불편을 겪게 될 것입니다. 현 포철 회장의 그 결정은 우리의 아름다운 취지를 훼손하는 대단히 수치스러운 단기적 안목의 과오로 기록될 것입니다만, 이것이 나의 의견입니다."

1995년 1월 거양해운은 모두 10척의 화물선을 소유하고 있었다. 삼성중공업 15만 톤급 5척, 대우중공업 20만 톤급 2척과 15만 톤급 2척, 현대중공업 20만 톤급 1척. 이렇게 한국의 조선소가 건조한 화물선들은 포철 자체의 물량만으로도 흑자를 남기고 있었다. 해가 거듭될수록 차관 상환액은 줄어들 테고, 이윽고 그것이 끝나면 포항공대엔 그만큼 발전기금의 규모가 불어날 것이었다.

급기야 '거양해운'의 매각은 진행되었다. 미쓰비시는 박태준의 의견을 존중해 얌전히 대응했다. 유일한 요구는 거양해운을 인수하는 제3자가 미쓰비시은행에 제출할 '차관상환 이행각서'에 반드시 '포철 김만제 회장의 보증서명'이 첨부되어야 한다는 것이었다. 이는 관철되었다. 박태준은 귀를 막았다. 그것만이 분노를 참는 방법이었다. 지분의 53.3%를 포항공대가, 46.7%를 포철이 소유했던 '박태준과 미쓰비시의 아름다운 정신적 결합의 선물'은 1995년 2월 한진그룹으로 팔려나갔다. 회사의 구질구질한 잔가지를 정리한다는 그럴싸한 명분을 내걸고서 포항공대의 먼 미래까지 담보해놓은 훌륭한 장학재원을 팔아치운 날, 김만제 회장의 포철은 '거양해운, 한진중공업에 매각, 711억여 원 낙찰'이란 제목의 기사를 주간 '포철신문'에 올릴 준비를 마쳤다.

아슬아슬한 폐의 위기

서울 영풍빌딩에서 벌어진 거양해운 매각 입찰소식에 박태준은 넌덜머리를 내며 2월 13일 중국으로 들어갔다. 제철소 입지를 둘러보고 몇 가지 중요한 충고를 들려줬다. 극진한 환대도 받았다. 거양해운을 상실한 스트레스가 조금 풀리는 듯했다.

3월 23일 그는 미국 플로리다주에 머물고 있었다. 폐 밑에서 자라고 있는 물혹에 대한 진단을 받기 위해 뉴욕 코넬대학병원에 들렀다가 지인의 초대로 찾아간 고장이었다. 그런데 갑자기 감기증세가 덮쳤다.

"컨디션이 안 좋아."

초대한 이가 박태준을 병원으로 안내했다. 늙은 백인 의사는 마침 한국전쟁 참전용사였다. 이를테면 옛 전우끼리 만난 격이었다. 그는 친절했다. 약국 가는 번거로움을 줄이라는 배려로 자신이 갖고 있는 '샘플 약'까지 챙겨주었다. 그러나 효험이 없었다. 시간이 흐를수록 기침이 격해지더니 피까지 게워냈다. 미국 대륙의 꽁지에서 긴급히 뉴욕으로 후송되었다.

3월 25일 박태준은 각혈의 환자로 코넬대학병원 응급실에 누웠다. 하루가 지나도 응급실을 떠날 수 없는 신세였다. 그만큼 심상찮다는 뜻이었다. 실제로 환자는 거의 반죽음 상태가 되어가고 있었다. 그의 아내가 맏사위를 불렀다.

"그이의 인생이 여기서 끝난다면 나는 억울해서 어떻게 사나? 인명은 재천이라고 했지만, 그래도 모른다. 지난 2년 동안의 억울함과 울화와 스트레스가 한꺼번에 폭발했다는 생각을 해봐라. 감기약이 안 듣고 응급실에 오래 있는 것이 두렵다. 혹시 모르니, 나는 절대로 함부로 할 수가 없다. 윤 서방, 어떡하든 자네가 최고 병실을 잡아주게. 자식들한테 신세를 지게 되는 부모 체면이야 말이 아니지만, 자네가 내 소원을 들어주게. 혹시 잘못 돼도 병원에서의 한만은 남기고 싶지 않네."

맏사위는 눈물이 그렁그렁 고인 장모의 손을 놓고 곧바로 최고 병실을 찾아 나섰다. 마침 비어 있었다. 닉슨 전 대통령이 입원했던, 이스트강의 푸른 물결이 내려다보이는 병실이었다.

'철의 사나이'에게 들이닥친 건강의 위기는 크게 두 가지였다. 폐를 가득 덮고 있는 죽은 피를 스스로의 힘으로 뱉어낼 수 있을 것인가? 그리고 결핵인가 아닌가?

만약 환자의 의지가 부족하여 자력으로 문제의 피를 뱉어낼 수 없다면, 기계를 집어넣어야 했다. 이 경우엔 상대적으로 위험성이 높아지고 후유증이 깊어질 수밖에 없었다. 만약 결핵이란 결과가 나온다면, 이제 '세계 최고의 철강인'은 미국의 어느 요양원으로 격리되어 기약할 수 없는 완치의 시간을 맞을 때까지 고독하고 우울한 나날을 보내야 할 것이었다. 5년이 걸릴지 10년이 걸릴지 또는 생을 마치는 날까지일지.

폐를 덮은 죽은 피 토해내기. 박태준은 이틀에 걸친 지독한 사투에서 젖먹은 힘까지 다 짜낸 끝에 의사의 요구를 완수하고 기진맥진한 상태로 응급실을 벗어났다. 그것은 목구멍으로 기계가 들어오지 못하게 하려는 인내심과의 격전에서 간신히 승리한 늙은이 앞에 열린 회생의 길이었다.

박태준은 닉슨이 거쳐 갔다는 병실에 누워 있었다. 각혈이 멎었다. 호흡 상태도 좋아졌다. 하지만 초조했다. 결핵인가 아닌. 이것은 그의 남은 인생의 운명이 걸린 문제였다. 혹시나 결핵이라면, 여생을 몽땅 미국의 어느 결핵요양소에서……. 그는 상상만으로도 진저리치게 끔찍했다.

드디어 판명의 시간이 임박했다. 환자에게 운명의 패를 던질 두 의사와 두 간호사는 하얀 마스크로 입을 가리고 나타났다. 그들의 입을 가린 백색, 그것을 쏘아보는 병상의 박태준은 순간적으로 절망의 검은색을 보았다. 입을 가리고 있다, 이것이 '당신은 결핵환자'라는 선언 같았다. 네 사람의 백인이 소스라친 환자의 곁으로 나란히 다가섰다. 그들은 일제히 오른손을 오른쪽 귀로 옮겨가 하얀 마스크를 벗었다. 엄숙한 의식을 집행하는 모습이었다.

"축하합니다."

"양성반응이 나왔습니다."

"당신은 단순한 급성폐렴입니다."

"2주일 정도만 치료받으면 당신은 퇴원할 수 있을 겁니다."

한마디씩 던지고 한꺼번에 박수까지 쳤다. 그들은 늙은 동양인 환자를 '세계 최고의 철강인'이 아니라 '한국의 카네기'쯤으로 잘못 알고 있었다.

4월 7일 박태준은 병원을 나왔다. 응급실에 실려간 지 14일 만의 퇴원이었다. 아직 완쾌된 것은 아니었다. 입원으로 보낸 기간보다 훨씬 긴 날들에 걸쳐 통원치료를 받아야 하는 몸이었다. '늙은 신혼부부'는 맨해튼 85가의 한 아파트에 3개월 계약의 세를 들었다.

영혼의 핏덩이 '사필귀정'

며칠 동안 죽음의 문턱에 한 발을 걸쳤던 박태준은 몸과 더불어 마음도 평소보다 쇠약해졌다. 어느 정도 기력을 회복한 5월 7일, 그는 예배당에 몸을 들였다. 유랑의 길을 떠도는 동안 이따금 성경을 읽거나 집에서 예배를 본 적은 있어도 직접 교회를 찾아간 것은 그때가 처음이었다. 억울한 불명예의 멍에와 투병에 지친, 우리 세기의 늙어가는 철강황제의 손을 잡고 교회까지 이끈 목자는 길벗교회의 담임목사 김민웅. 이 목회자는 뒷날에 민주당 국회의원으로 서울시장에 도전한 김민석의 친형이다.

뉴욕 맨해튼 거리는 찜통더위에 갇히고, 한국도 여름의 절정에 다가서고 있었다. 청와대에선 '역사적인 해방 50주년을 기념하는 특별대사면'의 애드벌룬을 띄웠다. 여러 정치인의 이름이 오르내렸다. 한국이 배출한 '세계 최고의 철강인'도 포함되었다.

8월 4일 뉴욕의 박태준은 느닷없이 걸려온 한국 청와대의 전화를 받았다. 김영삼 대통령의 비서실장 한승수였다.

"대통령께서 회장님에 대한 특별사면을 결정하셨습니다."

좋은 소식이었다. 하지만 그는 가깝게 지낸 후배를 좀 시니컬하게 상대했다.

"이봐, 특별사면을 해줘? 내가 들었는데, 우리 유상부가 자기 문제로 헌법소원을 내서 위헌판결을 받아냈다고 하던데, 그러면 나한테도 특가법 적용이 처음부터 잘못된 거 아닌가? 헌법재판소의 그런 판결도 있고 하니까, 그래서 더 미안했던 모양이지."

"아이구, 저로서는 무조건 잘된 일이라 말씀드립니다."

"보소, 대통령 비서실장님. 그나저나 경제소식이 안 좋게 들려. 어쩌려고 그러나."

서로 스스럼없는 두 사람의 국제전화는 잠시 경제 얘기로 옮겨갔다가 덕담으로 맺어졌다. 박태준이 대통령 비서실장에게 들이댄 '유상부의 헌법소원.' 이는 1993년 3월 국세청이 '포철 세무조사'란 허울 아래 'TJ의 가족·친인척·측근들'을 철저히 조사한 과정에서 빚어진 사건이었다. 하필이면 그즈음 포철에 원료를 공급하는 한 외국업체가 유상부에게 '감사의 봉투'를 들고 와서 박태준 회장에게 전해달라고 부탁했다. 그 봉투를 박태준은 도로 돌려주라 했고, 회사 안에서 성품이 깐깐하기로 소문난 유상부는 그걸 잠시 통장에 넣어 그쪽이 출장 나오거나 자신이 출장 나갈 때를 기다리고 있었다. 엉뚱한 탐을 냈다면 머저리가 아닌 다음에야 그런 돈을 자기 통장에 넣진 않는다. 그런데도 바로 그 기간에 그를 조사한 국세청이 무조건 '뇌물'로 규정하고 검찰에 고발했다. 특정범죄가중처벌법에 따라 실형을 선고받은 그는 너무 억울해서 헌법소원을 냈다. 포철은 '특가법' 처벌의 대상이 아니었다. 그는 승소했다. 그러니까 검찰이 포철 임원을 '특가법'으로 기소한 자체가 잘못이었다.

8월 초순의 뉴욕은 찜통더위가 지속되고 있었다. 박태준은 샌프란시스코로 옮겼다. 거의 넉 달 만에야 건강이 정상 컨디션으로 회복되었다.

8월 11일, 막 자정을 넘은 시간에 전화기가 울렸다. 김용기 비서는 잠을 깼다. 방금 언론에 보도된 소식을 회장님께 어서 알려드리라는 한국의 목소리는 흥분되어 있었다.

"회장님에 대한 공소가 취하되었다고 합니다."

잠자리에 들었다가 김용기의 보고를 받은 박태준은 혼잣말처럼 중얼거렸다.

"사필귀정이나, 신병 치료에는 도움이 될 것 같군."

사필귀정(事必歸正), 흔히 사람들은 이 말을 가볍게 들먹인다. 사람마다 삶의 크기가 달라서 쓰는 사람에 따라 그 말의 무게도 달라질 수밖에 없다. 그러나 삶의 크기가 왜소하든 거대하든 그 말에는 '억울했던 이의 회한과 피땀'이 응어리져 있기 마련이다.

그랬다. 1995년 8월 11일 막 새날이 열린 시각, 졸음을 뿌리치고 일어난 '세계 최고의 철강인'이 혼잣말로 불쑥 뱉은 '사필귀정'에도 그의 쓰라린 피와 회한이 담겨 있었다. 견디기 어려운 모욕과 분노가 만든 가슴의 핏덩이, 그것을 그는 넉 달 전 코넬대학병원에서 목숨을 건 사투를 벌인 끝에 남김없이 게워냈지만 심야에 불쑥 뱉은 그 한마디는 그의 영혼에 박혀 있던 핏덩이였다.

박태준의 영혼에 박힌 핏덩이가 어느 한 찰나에 저절로 빠져나왔다는 사실을 용케도 알아차렸는지. 그가 죽지 않고 살아서 돌아올 것이란 사실을, 아니 다시 권좌로 복귀할 수도 있다는 사실을 이기(利己)에 민첩한 상상력으로 그려보았는지. 막강한 권력을 쥐고 있는 몇 사람이 '사과의 서신'을 보내왔다. 그들은 서둘러 거쳐야 하는 곤혹스런 예의의 절차로 계산했는지 몰라도, 어느덧 허위에 신물을 내는 사람의 눈에는 한낱 휴지에 지나지 않았다.

13평 둥지로 찾아든 봄날

박태준이 먼 이국에서 '사필귀정'을 생각하며 건강회복의 기지개를 켤 때, 서울은 어수선했다. 1995년 8월 11일을 앞뒤해서 한국 정치판은 굵직 굵직한 사건이 잇따라 불거져 나왔다. 여름의 절정을 지나온 서울의 정가 (政街)는 폭풍이 지나간 거리를 미처 청소하지 못한 분위기였다.

전두환, 노태우의 '수천억대 가차명 예금 보유설'이 떠돌았다. 김영삼의 측근 서석재가 흘렸으니, 뭔가 큰 꼬투리를 잡았다는 신호였다. 물론 두 전직 대통령은 '법적 대응 불사'의 강경한 오리발을 내밀었다.

8월 11일엔 지난해 11월 25일 이기택의 '의원직 사퇴 결행'이 일찌감치 예고한 야당 분열이 현실로 나타난다. 김대중이 선두에 서서 새정치국민 회의 창당발기인대회를 열고, 민주당이란 간판 앞에는 '꼬마'란 수식어가 붙게 된다.

박태준이 죽음의 문턱을 넘본 투병과 회복의 일과로 점철된 일곱 달의 미국생활을 마쳤을 때, 국민의 인기를 잃은 김영삼 정권은 '역사 바로 세우기'란 이름의 새로운 돌파구를 획책하고 있었다. '5공의 법적 청산'이라 불러야 할 그것은 걸려들 만한 '과거를 가진 사람들을 제물로 삼겠다'는 계획이어서 작년의 김일성 사망 직후에 김영삼이 선택한 '조문반대'에 열렬한 박수를 보냈던 세력에게선 손가락질을 당하고 '조문반대'에 강력한 반대를 보냈던 세력에게선 박수를 받도록 짜인 각본이었다.

10월 11일 박태준은 도쿄로 돌아왔다. 일본 정부의 고위층 인사가 한국 정치판에서 벌어지는 이상한 징후들을 알려왔다. 그의 귀를 자극하는 분석은 두 가지였다.

첫째, 현재 한국 국민의 안방으로 나가는 '제5공화국'이란 TV연속극은 5공의 도덕성을 초토화시켜 국민적 지지 속에서 그들을 구속시키기 위한 대중선동으로, 한국사회는 정권이 기획하고 방송사가 연출한 포퓰리즘에 휘말릴 것임.

둘째, 난립한 종합금융사에 외환거래 권한을 부여하는 것은 내년 총선을 대비한 정치자금 조성과 무관해 보이지 않으며, 외환관리가 방만해지면 수출입에 절대적으로 의존하는 한국경제의 가까운 장래에 심각한 외환위기 사태를 초래할 수 있을 것임.

10월 23일 그는 '망명 아닌 망명생활'에서 두 번째로 김해공항에 내렸다. 어머니 1주기 제사를 모시기 위한 짧은 귀국이었다. 공소가 취하되었으니 뭐 어디 거리낄 것도 없었다. 하지만 음모의 방법론이 작동되고 있다는 땅에 오래 머물고 싶지 않았다. 그는 고향집에서 딱 사흘을 머물고 김해에서 오사카로 떠났다.

11월 30일 대한민국 검찰이 '12·12', '5·18' 전면 재수사를 선언했다. 그리고 술집의 장삼이사들이 예상한 대로 세모에는 5공 핵심 인사들이 굴비 엮이듯 포승줄에 엮이고 있었다. '제5공화국'이란 연속극을 지켜본 숱한 사람들이 예견해온 대로 그들의 구속에 대한 여론조사는 '반대'보다 '찬성'이 높게 나타났다.

12월 9일 박태준은 이나야마 회장의 묘소를 참배했다. 벌써 8년 전에 별세한 은인의 묘소에서 그는 동행한 젊은이들에게 차분히 일렀다.

"은혜를 입은 사람에 대한 고마움은 그가 죽은 뒤에도 잊어선 안 된다. 그런데 필요할 때만 이용해먹고 소용이 끝나면 팽개치거나 심지어 짓밟아버린다면, 그것이 사람의 도리인가? 오늘은……, 신앙을 가진 지 오래되지 않은 내가 섬기는 예수님과 신앙을 가진 지 아주 오래된다는 어떤 사람이 섬기는 예수님이 서로 다른 분인지 깊이 생각하고 싶은 날이다."

'신앙을 가진 지 오래된다는 어떤 사람'은 물론 김영삼을 지칭했다.

12월 20일, 박태준과 장옥자는 13평 아파트에서 결혼기념일을 맞았다.

결혼 41주년에 집이 없어진 '아주 오래된 부부'는 아침 식탁에서 정담을 나누었다.

"결혼한 뒤로 떨어져 있던 시간이 더 많았기 때문에 둘이서 오붓하게 지내는 시간도 몇 년 가져보라고, 하나님께서 당신을 나한테 선물로 보냈는가 봅니다."

"당신한테 내가 진 빚은 국가가 당신한테 진 빚이나 마찬가진데, 당신의 청구를 받아주실 분은 벌써 옛날에 국립묘지에 누워 계시니, 허허 참, 이 일을 어쩌나?"

"그러면 그 대신에 당신이 당신의 건강을 제대로 지켜주세요. 그걸 빚 대신에 받지요."

일본인 의사는 박태준에게 충고했다. 추운 곳에 오래 체류하는 것은 좋지 않다고, 폐에 문제가 있는 늙은이에겐 추위와 감기가 치명적 문제를 일으킬 수도 있다고. 그는 다시 지인들의 신세를 져야 했다. 겨울이 없는 따뜻한 고장에서 그를 반가이 맞아줄 사람들은 하와이와 로스앤젤레스에 살고 있었다.

1996년 1월 중순 박태준은 추위와 감기를 피해 하와이로 날아갔다. 아열대의 섬에 내린 그는 당분간 조국의 정치상황을 외면하고 싶었다. 그러나 하와이를 떠나 로스앤젤레스를 거쳐 뉴욕 코넬대학병원에 들른 무렵, 선거철을 앞둔 한국의 신문들이 다시 '박태준'이란 이름을 다루고 있었다.

여권이 박태준 전 포철 회장의 북아현동 자택에 대한 '압류' 해제를 검토하고 있는 것으로 알려져 관심을 모으고 있다. 여권의 한 고위인사는 '박 씨의 문제가 정치적인 것이었던 만큼 이제 해결할 때가 되지 않았느냐'며 '여권 화합 차원에서 그런 움직임이 있는 게 사실'이라고 말했다.

1996년 2월 9일자 한겨레신문

2월 12일 이기택은 부산에서 출마한다는 선언을 했다. 3김시대의 종식을 부르짖으며 '포스트YS'를 자임하고 나섰다. 부산시민이 이기택을 '포스트YS'로 받아줄지. 1994년 11월 하순에 '12·12사건 기소관철'을 내걸고 그 명분으로 김대중과 결별하며 금배지까지 던져 결과적으로 김영삼의 이른바 '역사 바로 세우기'의 전주곡을 너무 빨리 울려줬던 이기택. 부산시민이 그의 이런 공적까지 평가하여 '포스트YS'로 인정해준다면 이듬해 여름에 '박태준과 이기택의 포항결투'는 성립되지 않을 것이었다.

2월 16일 헌법재판소는 '5·18특별법'에 대한 '합헌'을 발표했다. 재판관 9명 중 '4명 합헌, 5명 위헌'의 절름발이 '합헌'이었다. '위헌'의 1명이 모자라 그것은 법률로서 생명을 부여받았다.

일본열도에 봄바람이 불어왔다. 3월 12일 박태준은 봄의 기운을 맞으며 태평양을 건너와 도쿄의 13평 둥지로 돌아왔다. 현해탄 건너의 한국에선 벌써 뜨겁고 혼탁한 선거운동이 전개되고 있었다. 그의 도쿄 귀환을 애타게 기다린 정당의 총재들이 특사의 편에 서신을 보내왔다. 김대중, 김종필. 두 사람은 거의 비슷한 두 가지 제안을 담고 있었다. 전국구 후보를 주겠다는 것, 귀국해서 같이 일하자는 것. 그러나 박태준은 아직 정치판을 기웃거릴 마음이 아니었다. 명예회복을 서두르거나 복수의 전의라도 불태우려면 당장 한국의 정치판으로 뛰어들어야겠지만 아직은 조용히 쉬고 싶었다.

3월 22일, 서울에서 청와대 부속실장의 37억 원 부정축재 의혹이 불거진 이날, 김영삼의 특사가 도쿄로 날아왔다. 박태준은 그의 목적이 궁금하지 않았다. 들어와서 시끄럽게 하지 말아 달라, 들어와서 이것저것 폭로하지 말아 달라. 기껏해야 이따위 부탁이나 꺼낼 듯했다. 그는 덤덤히 대통령의 심부름꾼을 만났다. 과연 예상은 빗나가지 않았다. 청와대 주인이 보낸 메시지는 크게 세 가지였다. '국세청이 가압류해놓은 북아현동 자택을 풀어주겠다.', '총선이 끝난 뒤에 허심탄회하게 얘기하자.', '이번 총선에는 들어오지 말아 달라.'

박태준은 특사를 날카롭게 쏘아보았다.

"그걸 원해? 그러면 나도 요구조건이 있소. 우선, 황경노 전 회장을 포철에 복귀시키시오."

옆에 앉은 그의 아내가 벌컥 화를 냈다.

"들어오지 마라, 들어오지 마라 하는데, 그거 가지고 되겠어요? 우리가 얼마나 억울했겠어요? 25년 동안 가정도 모르고 뼈 빠지는 고생을 다해서 포철을 성공시켰으니까 그 공로주 값으로 3천억이나 4천억을 내놓으라고 하세요! 퇴직금이 고작 1억이었는데, 그것마저 압류다 뭐다 어디로 사라졌어요, 아시겠어요?"

특사는 돌아갔다.

"당신, 대단했어."

"너무 억울해서 그랬어요."

"좀 시원해?"

인생의 새로운 봄기운을 느끼는 '늙은 신혼부부'는 하얗게 웃었다.

이 봄날에 박태준은 서울로 가는 비행기를 타지 않았다. 그래도 그의 도쿄 13평 둥지에는 바야흐로 조국 산하의 진달래꽃을 흐드러지게 피운 봄날이 돌아와 있었다.

포항의 4월반란

4월 1일 창립 28주년 행사를 마치고 돌아선 김만제 포철 회장은 포항시 북구 국회의원선거에 각별한 관심을 기울이고 있었다. 포항시 북구는 김영삼의 '역사 바로 세우기'에 걸려 재판받는 처지에 옥중출마를 택한 무소속 허화평 후보와 여당 후보의 대결로 압축된 분위기였다. 김영삼 대통령의 아들 김현철이 여당 후보를 지원하며, 그에 따라 포항제철 김만제 회장과 임원들도 여당 후보를 지원한다는 소문이 포항시내에 파다했다. 이 소문을 믿지 않는 유권자는 거의 없었다. '김만제 회장은 임원회의 중에도 김현철의 전화가 걸려오면 반드시 누구의 전화라고 밝히고 전화를 받으러

나가는 사람'이란, 출처를 알 만한 소문까지 나돌았다. 또 김현철이 비밀리 포항에 와서 포항시의원 누구누구를 만나고 갔다는 소문도 나돌았다. 이로부터 5년 뒤에 이때의 강삼재 한나라당 사무총장이, "김영삼 대통령이 빼다지(책상서랍)에서 직접 꺼내 건네줬다"라고 고백한 그 돈의 일부도 포항으로 내려왔을지 몰랐다.

선거운동 기간 중에 김만제가 여당 후보를 지원하고 있다는 소문을 확실히 증명할 만한 현장이 포착되기도 했다. 포항중학교 운동장에서 열린 포항 북구 후보자 합동유세에 그가 몸소 나타난 것이었다. 임원들을 데리고, 챙이 큼직한 낚시꾼 모자를 눌러쓴 채.

김영삼이든 김현철이든 1996년 봄날의 집권층 최고위 실세들은 '포항시 북구'에서의 승리를 갈구했다. 그 이유로는 가장 먼저 '역사 바로 세우기'의 정당성을 확증받기 위한 그들의 조바심을 떠올릴 수 있다. 그때 포항시내에는 '역사 바로 세우기'의 필요성을 어느 정도 인정한다 하더라도 '사람을 실컷 이용해먹은 다음에 감옥으로 보낸 것은 몹쓸 짓이다. 그럴 심보라면 처음부터 이용해먹지 말았어야지.' 하는 여론이 제법 두텁게 형성되어 있었다. 허화평 후보는 1992년 4월 총선에서 '무소속'으로 당선된 뒤 그해 가을에 '여당'으로 영입되면서 "과거에 김영삼 대표에게 진 빚을 갚겠다."라는 약속을 했고, 그에 따라 그해 12월 대선에서 김영삼 후보를 열심히 도왔다. 게다가 포항 북구의 유권자들은 '검은 돈'에 대한 관심이 높았다. 전직 두 대통령과 구속된 인사들이 '검은 돈'을 챙긴 것을 환멸스러워하면서 왜 현직 대통령의 대선자금에 얽힌 '검은 돈' 소문에 대해서는 수사하지 않느냐는 불평과 불만이 퍼져 있었다. 남의 치부를 벗겨 정의를 외치려면 자신의 치부도 벗어야만 '위장하기 위한 정의'를 넘어설 수 있다는 뜻이었다. 이런 판세에 허화평 후보는 대검찰청에 의해 '검은 돈'과는 전혀 관계없었던 것으로 밝혀졌다.

이러한 포항 민심의 밑바닥은 여당 후보가 고전할 만한 조건이었다. 그래서 여권 핵심부의 관심과 지원이 더 강렬해졌다. 물론 그들의 목표는 여당 후보의 승리였다. 그런데 단순히 '역사 바로 세우기'의 정당성 확보에 머물지 않는 듯했다.

그 추리는 간단하다. 옥중에서 출마한 무소속 허화평 후보가 당선된다고 하자. 그가 임기의 절반도 못 채우고 대법원의 선고를 받아 의원직을 상실하면, 포항시 북구에는 보궐선거가 생길 수밖에 없다. 여당은 새로운 후보를 보내면 되겠지만, 이번엔 도쿄의 박태준이 포항으로 날아와 무소속 후보로 나설 가능성이 아주 높았다. YS의 정치적 보복이 만든 법률적 제재로부터 완전히 자유로워진 몸으로 피선거권을 회복한 박태준. 그들의 머리는 YS의 임기 중에 '박태준이 당당하게 재기하는 시나리오'를 미리 파기시키고 싶었을 가능성이 높다.

그러나 1996년 4월 11일 포항시 북구 국회의원 선거는 김영삼, 김현철의 뜻을 꺾어버리는 결과를 낳았다. 옥중의 무소속 허화평 후보를 거뜬히 당선시켰다. 부산은 이기택을 낙선시켰다. 이제 '박태준의 컴백과 재기'는 법원의 '역사 바로 세우기' 재판 속도에 맡겨졌다.

44년 만의 상봉

한국의 총선이 끝났을 때, 도쿄의 박태준은 완전히 건강을 회복했다. 내일 두 달 일정의 보병전투 같은 선거운동에 돌입하더라도 무리 없이 소화할 수 있을 것 같았다. 덩달아 정신적 여유도 넉넉해졌다. 김영삼이 대통령으로 있는 조국으로 돌아가서 피차 불편하게 지내는 것보다야 바깥에서 좀 더 떠도는 편이 훨씬 낫겠다는 생각이 이따금씩 스쳐가곤 했지만, 이제는 그것이 조금도 분노나 울화를 일으키진 않았다.

박태준이 '망명 아닌 망명생활' 중 세 번째로 한국에 돌아온 때는 1996년 10월 초순이었다. 어머니 2주기 제사를 모시고, 오랜만에 포항도 찾아볼 계획이었다. 10월 12일 박태준은 포항공대 정문을 통과했다. 자신이 설립한 캠퍼스를 3년 6개월 만에 다시 밟는 그의 가슴엔 벅찬 감회 같은 것이 자욱이 피어올랐다. 졸지에 세상을 떠난 김호길의 뒤를 이어받은 장수영 총장과 여러 보직교수가 대학본부 현관에서 기다리고 있었다. 설립자가 승용차에서 내리자 그들은 따뜻한 박수로 맞이했다. 준공식에 참석하지 못했던 방사광가속기도 둘러보았다. 대기업 연구소의 빔 예약이 속속 들어오고 있다는 보고를 받았다. 마음이 놓이기도 하고, 새삼 결단을 잘 했다는 생각이 들기도 했다.

포항 방문을 마치고 다시 일본으로 나갔던 박태준은 11월 6일 네 번째 귀국으로 김포공항에 내렸다. 꼬박 4년 1개월 만에 술병을 들고 찾아가는 심정으로 박정희의 유택을 참배하고, 이튿날 고(故) 이재형을 기리는 '운경상' 수상자의 자리에 섰다. 운경상을 받는 박태준, 그가 '컴백과 재기'를 위해 슬슬 맨손체조부터 시작하는 모습이었다. 12월 3일엔 포항공대 개교 10주년 기념식에 참석했다. 사은의 밤을 마련한 포항공대총동창회의 초대를 받아 감사패를 받기도 했다.

1997년 새해. 박태준에겐 '아주 특별해진' 한 해를 그는 대만 CSC(창민스테인리스사)의 초청에 응하는 것으로 공식일정을 시작했다. 포철이 기술력을 전수한 회사로 가서 유쾌한 정월을 보낸 그는 1월 27일 도쿄로 돌아왔다. 반드시 찾아가야 할 곳이 기다리고 있었다. 도쿄 한국문화원. 거기엔 무려 44년 만에 상봉할 한 사내가 와 있었다. 화가 한인현. 그의 전시회가 테이프를 끊는 날이었다.

철강인 박태준과 화가 한인현. 두 사람의 첫 만남은 '1952년의 청년장교 박태준'을 살피는 자리에서 잠시 포착했다. 6·25전쟁 중 5사단 사령부. 박태준 중령은 1·4후퇴의 소용돌이에서 혈혈단신으로 내려온 네 살 아래의 그 '감수성 예민한 문관 청년'을 친동생처럼 보살폈다.

"44년 만입니다."

"벌써 그렇게 됐나?"

뜨거운 포옹을 풀었다. 고희의 철강인, 66세의 화가. 눈시울이 벌건 두 늙은이는 방금 포옹한 두 가슴 사이에 무려 44년이 가로놓였다는 사실을 얼른 믿을 수가 없었다.

"휴전된 그해 가을에 순천의 한 식당에서 우연히 만났던 것이 마지막이 었습니다."

"그래, 그때 만났지. 나는 그때 병력이동작전을 잘 끝내놓고 사령부에서 좀 한가하게 보낼 때였지."

"그때 뭐라고 하셨는지 기억나십니까?"

"뭐라고 했어? 열심히 살아라, 뭐 이딴 소리나 했겠지."

"물론 그 말씀도 하셨지만, 앞으로 어려운 일이 생기면 언제든지 연락하 라고 하셨습니다. 5사단에 계실 때도 늘 저한테 따뜻하게 해주셨지요. 외

포항공대 개교 10주년 기념 사은회에서 감사패를 받은 박태준

국에 나가서 그림공부하면 좋을 텐데 하고 아쉬워하며 같이 있자고도 하셨고요. 그런데 이제야 연락을 드리게 되었습니다."

"참 무정한 사람이구먼. 그래도 자네는 나의 연락처를 쉽게 찾을 수 있었을 텐데."

"찾아뵙는다, 뵙는다, 자주 마음을 냈지만 너무 유명하셔서 못 뵙고 있다가 지금은 평범한 야인으로 계시니 용기를 냈습니다."

"쯧쯧, 못난 사람……. 너무 늦었지만 연락 잘했어. 앞으로는 어쩌다 만날 기회가 오겠지. 그래, 기어이 좋은 그림을 그리는 사람이 되었구나."

'좋은 그림을 그리는 화가' 한인현. 그는 청년장교 박태준의 기원과는 달리 '외국에 나가서 그림공부'를 하지 못했다. 혈혈단신의 그에게 그것은 언감생심이었다. 그러나 천부적 재능을 스스로 갈고 닦았다. 부단한 정진과 절차탁마, 이것이 그가 걸어온 화가의 길이었다. 어쩌면 기질이 박태준과 닮았는지. 그는 1979년부터 그림에 전념한 가운데 삽화나 책 표지그림으로 생계를 꾸려가면서도 고집스레 작품을 팔지 않았다.

도쿄 한국문화원에서 작품 「만남」 앞에 선 박태준과 한인현(왼쪽)

"우리도 사진 한 장 남기세."

"예에…… 밖에 나와서 고생이 많으셨지요?"

"다 지나갔다. 1·4후퇴 뒤의 자네보다는 내 처지가 훨씬 나았을 테지."

"저한테는 그때 박태준 중령이 계셨지요."

"그래, 고맙다. 저기가 좋겠다."

박태준이 지목한 그림은 한인현의 「만남」이었다. 아주 오랫동안 사무치도록 그리워해온 어머니와 상봉한 어린 아들이 어머니의 품에 존재 전체를 안기는 그림. 박태준은 한눈에 알아차렸다. 늙은 예술가의 영혼에는 쓰라린 이산의 고통과 혈육에 대한 그리움이 새겨져 있다는 것을……. 한 영혼을 형상화한 「만남」 앞에서 박태준과 한인현은 44년 만의 상봉을 사진으로 기념했다.

마침 1997년 1월의 한인현은 세상에 널리 알려지는 중이었다. 1983년 도쿄국제미술대전에서 처음 만난 뒤로 줄곧 끈끈한 우정을 나눠온 한 방송인이 쓴 책이 잔잔한 화제의 신간으로 퍼져나간 덕분이었다.

그림은 자식과 같아서 차마 내다 팔 수가 없었다는 화가. 그래서 늘 아름답게 가난했던 화가. 기다림과 그리움의 미학을 일생 화폭에 담고 사는 화가. 어린 시절 진흙탕 속에서 잡은 물고기들에게 죄를 진 것 같아서 사죄하는 뜻이라며 화폭 어느 구석에 물고기의 이미지를 그려 넣고 미소를 짓는 화가.

이계진, 『바보화가 한인현 이야기』

이계진이 '아름답게 가난한 화가'라 부른 투박한 함경도 말씨의 한인현은 '사람 박태준'의 색깔을 이렇게 그려낸다.

가장 외롭고 쓸쓸했던 전쟁 시기에 그분을 만났던 것이 가장 큰 힘이 되었습니다. 사병식당에 가서 국 끓이는 가마솥을 직접 휘저어보는 장교였지요……. 강하면서 부드럽고, 굵으면서 섬세하고, 단호하면서 따뜻한 가슴. 이게 나의 기억에서 일생 변하지 않는 박태준이란 사람의 색깔입니다.

차창에 찍힌 꽃잎

1997년 2월 2일 김포공항에 내린 박태준은 거의 4년을 채운 기나긴 침묵을 깼다. 그의 첫 발언은 경제, 그것도 '철'의 문제였다. 신문에 '여권, 1천억 한보 비리설 국회 청문회서 밝힐 것'이란 제목이 등장한 날이었다.

그는 날카롭게 지적했다.

"한보부도는 그 정책결정 과정부터 문제가 많았다. 당진제철소는 완공되더라도 상당 기간 흑자를 내기는 어려울 것이다."

2월 4일 포항시민회관에는 '영일만 신화'의 주인공을 위한 뜻 깊은 자리가 마련되었다. 제1호 명예시민증 수여. '벌써 5년째 해외로 떠돌고 있는 그대여, 하루 빨리 고향이나 다름없는 영일만의 품으로 귀환하길 바란다'는 꽃다발이었다. 포항시와 포항시의회, 포항의 민간단체들이 주도한 그 행사엔 좀 조심스런 정치적 의미도 담겨 있었다. '조심스런'이란 이때 포항에 형성된 묘한 정치구도였다.

대법원 판결을 앞두고 의원직 상실이 확실시되는 허화평, 반드시 열릴 보궐선거, 민선 박기환 포항시장은 '꼬마 민주당' 소속, '꼬마 민주당' 총재는 고향이 포항인 원외의 거물급 정치인 이기택, 그리고 재기 문제를 심각하게 고민하고 있는 박태준과 원내 진출을 갈망하고 있는 이기택.

만약 이런 구도에서 포항시장이 이기택의 포항시 북구 보궐선거 출마를 염두에 두었더라면, 결코 박태준에게 명예시민증을 바치는 자리를 만들지 않았을 것이다. 그 행사는 포항시장이 반대하면 원천적으로 불가능한 일이었다. 그로부터 불과 다섯 달 뒤에는 '박태준과 이기택의 포항승부'가 찜통더위마저 녹여버릴 수준으로 펼쳐지지만, 2월 초순의 이기택은 '정치의 고향인 부산을 떠나 탯줄의 고향인 포항'으로 옮겨올 계산서를 아직 작성하지 않고 있었다.

박태준이 1천여 시민이 참석한 포항시민회관에서 명예시민증을 받는 시간, 서울의 포스코센터에서는 포철 회장 김만제가 '한보철강 위탁 경영팀의 전격 교체'를 포함한 위탁경영의 방향을 밝히고 있었다. '포철은 당초 한보의 위탁경영인으로 박득표 전 사장, 이대공 전 부사장 등 전직 임원들을 보낼 방침을 정했고 이들도 이를 수락한 것으로 알려졌으나, 4일 김만제 회장은 손근석 포스코개발 회장을 한보위탁경영 최고책임자로 최종 선정했다'는 보도가 떴다. 이를 언론은 'TJ사단 부활견제'라 부르기도 했다.

1997년 김영삼이 대통령 임기를 일 년쯤 남겨둔 시기에 모든 언론이 일제히 보도한 '한보 1천억 원대 비리의혹'. 한 푼도 안 받겠다며 '성역 없는 사정'을 외쳐온 김영삼의 '칼국수'를 떠올리면, 그것은 치욕의 관심거리가 아닐 수 없었다.

5월 5일, '늦은 신혼부부'는 마침내 귀국의 짐을 꾸렸다. 4년 3개월에 걸친 '망명 아닌 망명생활'의 종지부를 찍는 날, 장옥자는 수학여행을 떠나는 소녀처럼 자꾸만 가슴이 두근거렸다.

"서울보다는 고향이 좋을 것 같아요. 주로 고향에서 보내면 어떨까요?"

박태준은 무겁게 아내를 쳐다보았다.

"서울도 아니고 고향도 아니고, 내 인생이 기다리는 포항으로 간다."

"당신 인생은 지금 다른 사람이 차지하고 있는데, 포항에 가면 괜히 속만 상할걸요."

"그래도 간다."

"정말요?"

"보궐선거에 출마하기로 결심했어."

"예에?"

아내는 눈이 둥그레질 수밖에 없었다. 금시초문의 '대사건'이었다.

"미안하오. 미리 말하면, 우선 당신이 반대할 수 있고 그만큼 더 일찍 마음고생만 시키는 게 되고……."

"정말 결심하신 겁니까?"

"그렇소. 신물을 낼 만큼 혐오했던 정치판으로 이번에 내 스스로 결심해서 내 발로 걸어 들어가는 데는 세 가지 이유가 있어. 국가적 이유와 지역적 이유, 개인적 이유. 국가적으로 봤을 때, 이대로 가면 머잖아 엄청난 사태가 닥쳐오게 돼 있어. 그때 민간인의 신분으로는 내가 해야 할 역할을 충분히 해낼 수가 없지. 그렇다고 지금 포철로 돌아갈 수 있나? 그러니 국회로라도 들어가야 해. 거기에라도 있어야 공인으로서 뛰어다닐 수 있게 돼. 지역적으로 봤을 때, 지난 92년에 내 입으로 포항시민들에게 약속했던 일을 직접 내 손으로 챙겨야겠다는 생각이야. 25년 동안 앞만 보고 달려오느라고 포항시민에겐 본의 아닌 오해도 받았는데, 이젠 포철을 성공시키는 과정에서 도움 받았던 포항시민에게 새로운 방식으로 은혜를 갚아볼 거야. 개인적으로 봤을 때, 이대로는 억울해. 누구보다도 나에게 보복을 가한 사람의 양심이 잘 알고 있겠고 하늘이 내려다보고 있겠지만, 그래도 한국사회에선 이대로 물러나면 나는 나쁜 사람으로 남게 돼. 이번에 깨끗하게 명예회복을 해야겠어. '짧은 인생을 영원한 조국에', 이건 변함없는 내 삶의 철칙이야. 나는 명예와 정신적 가치를 어떤 물질적 보상보다도 소중히 여겨온 사람이야. 앞으로도 두 가지는 끝까지 지켜나갈 거야."

"반대하기 어렵네요. 이미 출마의 변까지 다 정리해두셨는데……."

'늙은 신혼부부'는 손을 굳게 잡았다. 마침내 이국(異國)의 좁은 둥지를 떠나는 두 사람 앞에는 새로운 출발선이 기다리고 있었다. 박태준은 깊은 호흡을 들이쉬었다. 포철의 울타리가 되기 위해 비례대표 국회의원 배지를 두 번 달았고 집권여당의 최고위원으로서 더러 지원유세를 다니긴 했어도, 본인이 지역구 국회의원 후보로 직접 나서는 것은 칠십 평생에 처음 겪게 될 일이었다.

5월 7일 박태준은 오사카 간사이공항에서 탑승수속을 밟고 있었다. 김해공항은 폭우 때문에 모든 항공편이 취소되었다. 그는 김포공항으로 바꾸었다. 어차피 목적지는 부산도 서울도 아닌 포항이었다. 그러나 김포에서 비행기로 포항을 가는 경우엔 포항공항에 내려 포항제철소를 관통해야만 포항시내로 들어갈 수 있다. 그것을 그는 피하고 싶었다. 그래서 처음부터 김해로 들어갈 계획이었는데, 이래저래 기상악화가 어긋나게 만들었다. 어차피 선거운동 기간에 한 번쯤은 찾아야 할 곳, 인생이 쌓여 있는 포항제철소.

박태준이 김포공항에 영구 귀국의 첫발을 디뎠을 때, 포항 하늘은 잔뜩 찌푸리고 있었다. 포항공항이 닫혔다. 아직은 포항제철소 울타리를 지나가고 싶지 않은, 사라지기는커녕 당당하게 살아서 돌아오는 꼿꼿한 '노병'의 마음을 어쩌면 하늘이 헤아려주는 것 같았다. 그는 더딘 걸음이 되더라도 열차로 대구까지 내려가 승용차를 타고 포항으로 가게 된 것이 도리어 기분 좋았다. 그것은 포항제철소를 지나지 않고 포항시내로 들어가는 길이었다. 박태준을 태운 승용차가 포항공대 나들목을 지나고 있을 때, 몇 개의 굵은 빗방울이 차창에 부닥쳐 낙화의 꽃잎처럼 찍혔다. 마침 포항은 극심한 가뭄에 시달리고 있는 늦봄이었다.

1997 | 1998

'겡제'는 가라, '경제'가 왔다

뜨거운 칼국수 국물

1997년 5월 7일 저녁, 포항시 북구 용흥동 한 아파트에 짐을 부린 박태준은 이튿날 아침 '죽도시장 번영회' 초청을 받아 지역 인사들과 담소를 나누었다. '보궐선거'의 승리를 위하여 말 등에 올라앉는 순간이었다.

아직 투표일이 발표되진 않았으나 대구·경북지역 신문들은 '포항시 북구 보궐선거'를 특집으로 다루었다. 민주당 총재 이기택은 민주당 소속인 포항시장 박기환을 천군만마로 여긴다 했고, 포철 전 회장 박태준은 지지자와 추종자가 많지만 반대세력도 만만찮다는 지적을 했다. '꼬마 민주당' 총재와 전 포철 회장. 서울시 서대문구 북아현동에 자택을 둔 이웃사촌끼리 포항으로 내려와 '진검승부'에 돌입할 태세를 갖추었다. 포항은 한 사람에겐 태어난 고장이고, 또 한 사람에겐 자신의 인생을 쌓아둔 고장이었다. 두 거물의 등장에 집권여당의 후보 이병석은 관심의 뒷전으로 밀려났다. 그에겐 설상가상으로 김영삼의 대선자금 의혹과 김현철의 비리의혹들이 속속 불거져 나오는 중이었다. '한보 특혜대출 비리 및 김현철 씨 비리의혹 사건을 수사 중인 대검중수부'의 수사과정에서 '김현철의 비리의혹'이 빙산의 일각으로 드러났다.

문민정부 기치 아래 과감한 개혁을 시도했던 김영삼 대통령도 집권 불과 4년 만에 '아들'을 비롯한 개혁 실세들의 각종 비리로 도덕성에 큰 흠집을 내면서 앞날이 불투명한 극히 어려운 처지에 놓였다. 30년 군정을 청산하고 깨끗하고 참신한 문민정부의 전통을 세운 뒤 국정의 원로로 남기를 희망했던 김 대통령의 꿈은 그의 오염된 선거자금 시비에 발목이 잡혀 지금 시련에 봉착해 있다. 참으로 우리 국민들은 불행하다.

1997년 5월 8일자 매일신문

언론이 국민의 불행을 거론한 어버이날 오후 2시, 박태준은 기자회견을 열어 포항보선 출마를 공식 선언했다. 그는 일단 김영삼 정권에 대한 비판의 목소리를 높이지 않았다. 기자들이 김영삼 대통령과 신한국당(여당)에 대한 평가를 요청하자, "꼭 내가 해야 되나?" 하며 웃었고, 자신에게도 칼날이 겨누어졌던 사정에 대한 소감을 묻자, "한국적 특수 정치상황이 빚어낸 것으로 이해한다." 했다.

이튿날 신문에는 '한보그룹이 김영삼 대통령에게 900억 원의 대선자금을 제공했다'는 의혹이 1면 머리기사로 앉아 있었다. 김대중의 국민회의가 목청에 가시를 돋워 논평했다.

"지금이야말로 신한국당 정권이 대선자금의 진실을 밝힐 수 있는 마지막 기회라고 본다. 김영삼 대통령이 검찰 수사에 앞서 솔직하게 밝히는 것이 보다 바람직하다."

부산에서 '포스트YS'를 꿈꾸다가 실패하고 황급히 포항으로 달려와 정치적 재기의 깃발을 꽂은 이기택은 자신의 고향인 포항시 청하면에 교두보를 마련하여 벌써부터 열성으로 뛰고 있었다. 포항에는 민주당 고정표가 있어서 조직으로는 박태준 씨에 비할 바 아니라고 그가 큰소리치는 꼭 그만큼, 박태준에겐 부담이 늘어났다. 하지만 박태준에겐 대규모의 자원봉사단이 있었다. 서울, 호남, 대구 등 전국 각처에서 스스로 찾아온 열렬 지지자들, 정치권 친구와 후배들, 행정구역이 포항시 '남구'에 속해 있어서 투표권은 없지만 틈틈이 뛰어줄 효자주택단지의 포철 응원부대들······.

날씨가 더워질수록 '칼국수 대통령'의 도덕적 상징인 칼국수 그릇엔 점점 더 짙은 먹물이 뿌려졌다. 국민과 언론은 청와대의 곤혹스런 해명을 믿으려 하지 않았다. '한 푼도 받지 않았다'는 대통령 말씀에 무례하게도 콧방귀를 날렸다. '문민정권'이란 배가 실정과 부패의 파고에 휘둘리며 파국의 해안으로 떠밀리는 5월 12일, 박태준은 국립묘지를 찾았다. 국가를 위해 일할 최후의 기회를 얻고 덤으로 자신의 명예도 회복하기 위한 필승의 각오를 다지는 걸음이었다.

6월 하순이니 7월 초순이니 소문과 추측이 무성한 보궐선거일은 아직 오리무중이었다. 6월에 들어서도 확정이 미뤄진 선거날짜는 청와대와 집권당의 손에 달려 있었다. 이러한 와중에 '청와대 등 여권 핵심부에서 전당대회 전후에 치르는 것이 좋겠다는 의견이 나와 전당대회 후인 7월 24일에 치르기로 잠정 결정했다'는 보도가 나왔다. 실제로 그렇게 연기되고 말았다.

투표일 1997년 7월 24일. 무소속 후보는 선거사무실도 없이 사실상 선거운동을 해야 하는 기간이 그만큼 늘어났다. 더구나 연기된 날짜는 '체력전'으로도 박태준에게 불리했다. 그는 정부의 결정이 못마땅했다. 뜨거운 여름에 뜨거운 칼국수 국물로 갈증과 허기를 면해보라는 강권을 당하는 기분이었다. 그러나 어쩔 도리가 없었다. 입안이 데든 목구멍이 데든 마실 수밖에. 그는 야무지게 입술을 한 번 깨물었다.

선거일정도 확정되었으니, 그가 가야 할 곳이 있었다. 법정 선거운동의 치열하고 빡빡한 일정으로 내몰리기에 앞서 고요한 눈빛으로 찾아야 할 곳이 있었다. 6월 12일, 드디어 박태준은 포항제철소로 들어가기 위해 형산강 다리를 건넜다. 포철 울타리엔 넝쿨장미꽃들이 뜨거운 햇살을 받아 빨갛게 웃고 있었다. 그를 태운 승용차가 정문 앞에 잠시 멈추었다. '資源은 有限, 創意는 無限'. 지난 29년 동안 '제철보국'과 더불어 '포철 정신'의 기둥이 되어온 또 하나의 좌우명을 그는 정든 대문의 명패처럼 쳐다보았다. 콧잔등이 시큰했다. 마치 오랜 방랑의 길을 헤쳐 나와 드디어 회심의 말을 몰아 억울하게 빼앗긴 옛 목장을 되찾으려는 서부영화의 주인공 같은 기분이 스쳐가기도 했다.

국회의원 출마예정자라는 퍽 낯선 모습으로 '영일만의 신화' 속으로 불쑥 들어선 박태준. "역시 이곳에 오니 엄숙해지는구먼……." 그는 혼잣말을 하며 1992년 10월 초순 이후 4년 8개월 만에 인생의 고향땅을 밟았다. 임원들이 영접을 나와 있었다. 회장 김만제의 모습은 보이지 않았다. 그는 맨 앞의 포항제철소장 이구택과 뜨겁게 포옹을 나눴다. 다른 임원들과도 차례차례 가슴과 가슴을 맞댔다. 그는 자꾸만 사방을 두리번거렸다. 장대한 설비들이 손때 묻은 가구처럼 느껴졌다. 핑글, 눈물이 돌았다. 목이 멨다. 남몰래 몇 번이나 침을 삼켜야 했다.

'겡제'는 가라, '경제'가 왔다!

선거운동은 무더운 여름의 한복판에서 그야말로 뜨거운 열전으로 전개되었다. 일흔 살에 이르러 생애 최초로 지역구 국회의원 후보로 나선 박태준에게 '이기택 후보'와 '더위'는 강력한 상대였다. '이기택 후보'는 고향의 텃밭을 '이기택 바람의 진원지'로 삼아 '꼬마 민주당'의 모든 당력과 7선의원의 관록을 결합하여 생애 최후의 정치 승부를 걸었으며, '더위'는 박태준 후보에게 자기 체력과의 싸움을 강요하였다.

박태준은 직접 등장하지 않는 후보와의 대결도 상정하지 않을 수 없었다. 청와대 주인과의 대결. 선거운동 현장에선 이기택과 대결이지만, 인생과 국가의 차원에선 대통령 김영삼을 의식하지 않을 수 없었다. 그래서 그는 공식적 선거운동의 막이 오른 날, 청와대 앞에서 일인시위를 벌이듯 슬로건을 내걸었다.

'겡제'는 가라, '경제'가 왔다!

'관광'을 '강간' 비슷하게 발음하여 소주나 막걸리의 술안주로 제공한 것처럼, '경제'마저 '겡제'에 가깝게 발음하는 대통령 김영삼. 그의 내각에서 통일장관을 지내기도 했던 사회학자 한완상의 표현대로 "모국어 발음에 확실히 문제가 있는" 김영삼의 모국어 발음 문제를, 박태준은 고스란히 국가경제 문제로 환치시켰다. 그는 자그만 유세 트럭에 올라 마이크를 잡고 줄기차게 외쳤다.

"김영삼 대통령은 '경제'를 '겡제'로 발음합니다. 그래서 오늘의 한국 정부에서 '경제'는 사라지고 '겡제'만 설치고 있습니다. 여러분, '겡제'가 '경제'를 살릴 수 있겠습니까? 없습니다. 결코 살릴 수 없습니다. 무너져 내리는 한국경제를 살리기 위해 하루빨리 '경제'는 '경제'에게 맡겨야 합니다. 여기, 시민 여러분 앞에 한국경제를 회생시킬 '경제'가 돌아와서 외치고 있습니다. '겡제'를 심판합시다. '경제'를 살립시다. '겡제'는 가라! '경제'가 왔다!"

'겡제'는 가라, '경제'가 왔다! 박태준의 외침은 재미난 동요처럼 포항시내에 퍼져나갔다. 서울의 언론도 툭 튀게 다루었다. 그것은 포항시민이나 포항 보궐선거에 관심을 기울이는 다른 지역 사람들에게 박태준이 왜 보궐선거에 출마했으며 현재의 지역적, 국가적 상황이 왜 그를 다시 부르는가에 대해 생각할 계기를 제공했다.

'포철 신화의 주인공, 실물경제의 대가, 한국 산업화의 영웅, 세계의 철강황제'로 알려진 박태준의 거인 이미지는 자칫 평범한 시민들과 거리감을 형성할 수도 있었다. 이건 그의 인간적 면모를 왜곡시킬 수 있는 이미지이기도 했다. 이 문제를 극복하기 위해 늙은 후보는 몸을 아끼지 않았다. 부단한 악수공세와 거리유세로 '시민 속으로' 들어갔다. 그럴수록 '더위'가 그를 힘들게 했다. 하지만 그에겐 영일만의 구석구석을 누비고 다닌 시절에 단련한 근육과 뼈가 있었고, 자신과의 투쟁에서 패배하지 않으려는 강인한 자존심이 건재했다.

이기택 후보의 박태준 후보에 대한 공격 중에 제법 유권자의 관심을 끌었던 것은 '박태준이 당선되면 김대중과 손잡을 것'이라는 주장이었다. 물론 이것은 현 여당이 김영삼의 정당이란 전제 하에서 박태준이 그 밑으로는 들어가진 않을 것이란 추측으로 만든 가설이었다. 정가에 초점을 맞춘 통속적 계산에는 실현 가능성이 보였다. 하지만 이기택이 노린 효과는 경상도의 '반DJ정서'를 박태준에게 덮어씌우려는 데 있었다. '3김청산'을 외치며 그 다음의 지도자로 떠오르겠다는 '이기택'이야말로 김대중에게 대들다가 버림받아 '꼬마 민주당' 신세로 전락한 진짜 '반DJ투사'라는 뜻이기도 했다. 이 자극으로 그는 '반DJ정서' 덕을 보았다. 그것이 박태준의 표를 갉아먹는 일정 규모의 '쥐떼' 역할을 했던 것이다.

법정 선거운동 기간 중반에 이기택 후보에게 불리하게 작용할 보도가 나왔다. 이른바 '정태수 리스트'. 한보의 검은 자금을 받은 혐의로 기소된 아무개 전 의원이 7월 14일 3차 공판에서 민주당 이기택 총재가 한보사장과 잘 사귀어 보라며 소개했다고 진술한 것이었다.

　시원한 법정의 증인석에 앉은 전 한보사장은 피고인의 진술을 부인하고, 포항 땡볕의 이기택은 펄쩍 뛰며 생사람을 잡는다고 했다. 그러나 어느 쪽이 진실이든 그 소식은 표심에 나쁜 영향을 끼쳤다. 1997년 정초부터 한보사건은 '전형적 정경유착형 부정부패의 온상'으로 찍혀온 데다, 박태준 후보의 법정 선거홍보물에는 한보철강 정태수와의 일화가 당당히 실려 있었다.

　한보사태를 막을 수 있었던 유일한 사람, 박태준.

　"1989년 어느 날, 정태수라는 사람이 저를 찾아와 다짜고짜 '당진에 제철소를 지으려 하니 도와 달라'고 했습니다. 몇 마디 물어봤더니 전혀 공부가 안돼 있길래 '제철소는 망하면 회사만 망하는 게 아니고 나라까지 망칠 수 있으니 그만 두라'고 타일러서 돌려보낸 일이 있습니다."

　단언컨대, 박태준이 국내에 있었더라면 한보철강 사태는 없었을 것이다.

　이 일화는 사실이었다. 한보철강 사태를 막아냈을 거라는 추측도 적중했을 가능성이 높았다. 지난 2월 초 박태준이 '한보 문제'에서 지적한 대로 우리 정부와 철강업계 지도자들이 올바르게 판단했더라면 그런 엉터리 철강회사는 태어나지 않았을 것이다.

　투표일 하루 전에 뜻밖의 사고가 터졌다. 박태준 후보의 여성자원봉사자들이 늘 해온 아침회의를 마칠 즈음에 느닷없이 험악한 사내들이 덮친 것이었다. 담을 넘어 민가에 들이닥친 그들 앞에 당당히 맞선 여인은 후보의 아내 장옥자였다. 사내들은 처음에 선관위 요원 행세를 했다. 신고를 받고 불법선거운동의 현장을 덮치러 왔다는 거였다. 장옥자는 퍼뜩 이상한 낌새를 맡았다. 여기서 돈이든 뭐든 말썽이 될 만한 것을 탈취해가서 시끄럽게 만들려는 수작이구나. 그녀는 신분증을 요구했다. 곧바로 들통난 사내들의 입에서 대뜸 험악한 소리가 튀어나오면서 칠십을 눈앞에 둔 여인과 몸싸움이 벌어졌다. 연락받은 박 후보 측의 남성들이 달려오고, 경찰이 긴급 출동했다. 구급차도 왔다. 실려나간 이는 당차게 맞선 여인이었다.

이튿날 장옥자는 휠체어를 타고 투표장으로 나갔다. 남편의 운명이 걸린 한 표를 쓰러지지 않는 한 포기할 수 없다는 심정이었다.

땅거미가 엷게 깔리고 있었다. 뜨거운 여름의 몹시 뜨거운 열전이 막을 내렸다. 개표는 초반부터 시내 지역은 '박태준 압승'과 면 단위 농촌지역은 '이기택 우세'로 굳어졌다. 시내에선 박 후보의 '겡제'는 가라고 외친 '경제론'이 큰 반향을 일으키고, 농촌에선 청하면을 기반으로 삼은 이 후보의 '고향론'이 먹혀 들어갔다는 증거였다.

밤 11시 무렵 박태준의 선거사무실에선 환호성이 터졌다. '박태준 당선 확정'이란 자막이 텔레비전 화면에 나타났기 때문이다. 개표가 완료됐다. 박태준 후보는 득표율 50%에 육박하는 4만7천935표, 이기택 후보는 3만

선거의 승리를 안겨준 포항시민에게 인사하는 박태준

5천593표. 그의 선거사무실은 자정이 지나서 다시 함성과 박수가 터졌다. 당선자가 들어섰다. 그는 환히 웃고 있었다. 마치 뜨거운 칼국수 국물을 급히 마셔댄 것처럼 입안과 목구멍이 조금 헐었으나, 칼칼한 목소리로 감사 인사를 올렸다.

"여러분, 정말 감사합니다. 오늘의 이 승리를 반드시 국가와 포항에 돌려드리겠습니다."

'경제'가 확실히 시민의 품으로 돌아온 순간이었다. 그 시각, 승자의 아내는 병원에 누워 있었다. 의사는 앞으로 보름쯤 치료를 받아야 한다고 했지만, 그녀는 한참 동안 육체의 고통을 잊었다. 문득 지나간 4년여 유랑생활이 밀물처럼 몰려들면서 주체할 수 없는 눈물로 흘러내렸다. 설움과 회한이 뒤엉키며 자꾸만 북받쳤다. 그게 다 빠져나가야 비로소 이슬 맺힌 한 떨기 장미꽃 같은 희열을 보듬을 것이다.

승리의 환호성, 꽃다발, 그리고 번쩍이는 카메라 플래시. 이것은 '박태준의 화려한 재기'에 따라붙은 장식품들이었다. 그리고 그 큼직한 온갖 축하의 고갱이만 추출하여 손톱 크기로 단단히 뭉친 것이 '금배지'였다. 거의 5년 만에 서울 여의도로 올라가 금배지를 받은 박태준이 포항공항에 내렸다. 많은 지지자가 '새 국회의원'에게 박수를 보냈다. 그들의 시선은 일제히 박태준의 왼쪽 가슴으로 쏠렸다. 이상했다. 꼭 있어야 할 것이 보이지 않았다. 박태준은 곧장 병원으로 달려갔다.

"이건 당신이 직접 달아줘야 돼."

박태준은 병상에 누운 아내의 손에 금배지를 놓았다. 공항에 마중 나왔던 이들은 그제야 의문을 풀었다. 핑그르르, 장옥자의 두 눈에 눈물이 고였다. 기나긴 유랑의 회한이 영롱한 이슬로 맺혔다. 그래도 시선이 너무 많아 부끄럼이 일었다.

"당신이 달지 그러세요."

"안 그러면 의미가 없어. 형산강에 던져버려야지."

"예, 알았어요."

아내가 수줍게 상반신을 일으키자 남편은 반대로 허리를 구부렸다.

"정말 축하합니다."

"고마워, 그동안 고생 많았어."

박태준의 왼쪽 가슴에 금배지가 박히는 찰나, 어느새 병실은 울음바다로 변했다.

21세기의 새벽길을 찾아

'갱제'를 정면으로 비판하며 화려하게 재기한 주인공이 서울로 올라가자 대선에 몰두한 정치인들이 앞다퉈 그의 팔을 끌었다. 7월 28일에는 김종필과 김대중이, 29일에는 신한국당 대표 이회창이 박태준을 잡았다. '연대'를 모색하는 두 김은 '구원투수' 역할을, '거여'의 이회창은 '선대위원장'을 부탁한 것으로 알려졌다. 여의도 63빌딩에서 박태준과 이회창은 카메라기자들의 요청에 따라 환히 웃으며 악수 나누는 포즈를 잡았다. 5년 전 광양에서 서로 등 돌린 '박태준과 김영삼'의 모습과는 퍽 대조적이었다. 그 한 장의 사진만 보면 대구·경북 사람들은 두 사람의 결속을 예견하고도 남을 만한 모습이었다. 하지만 박태준의 마음은 누구든 부담 없이 만날 수 있다는 수준에서 그저 열려 있을 따름이었다.

승자와 패자의 길은 확연히 갈라졌다. 정가에서 박태준의 주가가 연일 폭등으로 치솟는 반면, 이기택은 총재직을 사퇴한 뒤 백의종군하겠다고 밝혔다.

7월 하순과 8월 초순의 포항에는 '김영삼의 로봇인 포철 회장 김만제가 포철의 한보철강 인수를 추진 중'이란 소문이 나돌았다. 포항시의회(의장 진병수)가 공개적으로 '인수 반대'를 결의했다. 서울에서 바쁜 사나흘을 보내고 포항으로 돌아온 박태준이 직격탄을 날렸다.

"현 단계에서 국민경제에 큰 파장을 일으킨 부실기업 한보철강의 코렉스설비와 냉연설비를 인수하겠다는 것은 그 발상부터 잘못되었다. 그것은 원가부담이 높아져 포철 부실화의 요인이 될 수 있다. 국민의 기업인 포철을 이끄는 경영자가 정치논리에 얽매이면 곤란하다."

이제 박태준의 비판엔 강한 '힘'이 실렸다. 박태준이 지적한 '정치논리'는 한보비리와 관련해 부단히 흘러나오는 청와대의 '개입설'이나 '연루설'을 겨냥하였다. 그러니까 현 정권이 저지른 커다란 과오의 덤터기를 포철에 덮어씌우지 말라는 경고였다.

8월 들어 신한국당은 박태준 영입 목표를 구체적으로 드러냈다. 대통령 선거대책위원장에 외부인사를 추대한다는 내부입장을 정리하고 박태준 의원을 영입하기 위한 작업에 나섰다는 보도가 나왔다. 거기엔 '박 의원 본인도 야권보다는 여권에 가담, 선거 승리에 기여하는 게 문민정부로부터 당한 불명예를 극복하는 길로 여기는 것으로 안다'라는 여권 고위실세의 코멘트까지 붙어 있었다. 이는 7월 29일 박태준과 이회창의 첫 회동 뒤에 흘러나왔던 기사를 뒷받침하는 내용이었다. 비록 코멘트는 그쪽의 일방적 희망사항이었지만.

한여름에 박태준은 일본으로 날아갔다. 4년여 유랑생활에서 크게 신세를 졌던 친구들에게 감사 인사를 하고 선거의 피로를 풀기 위한 목적이었다. 그는 체력을 회복해야 했다. 무엇보다 재기에 성공한 희열이 새로운 시작의 활력소였다. 그런데 묘한 노릇이었다. 무엇에 끌리듯 갑자기 어린 시절의 발자취들이 그리웠다. 그 여정을 더듬어가다 보면 정신이 더 순수해지고 더 투철해질 것 같았다. 그렇다면 출발은 시모노세키였다.

1933년 가을 어느 날, 어머니와 함께 부관연락선 밑바닥으로 들어가 멀미에 시달리는 하룻밤을 보내고 나서 감옥을 벗어나듯 닿았던 시모노세키. 여섯 살 먹은 귀에는 그 지명이 마치 '이 놈의 새끼'라는 욕설처럼 들렸던 항구. 그는 그곳을 꼬박 예순네 해나 지나서 70세에야 다시 찾았다. 1960년대부터 숱하게 일본을 드나들었지만, 묘하게도 자신이 첫발을 디뎠던 곳으로는 한 번도 갈 기회가 없었던 것이다.

그때 배에서 내린 직후에 어느 쪽으로 갔나. 박태준은 시모노세키의 물

살 드센 바다를 등지고 기억을 더듬었다. 그러나 좀처럼 짚이지 않았다. 아버지의 심부름으로 모자(母子)를 마중 나왔던 젊은 한국인과 함께 뭘 사 먹고 기차를 탔던 기억만 떠올랐다. 아, 왼쪽으로 걸어갔겠구나. 그는 고 개를 끄덕이고 나서 반대방향으로 돌아섰다.

'춘범루(春帆樓)'라는 유서 깊은 식당. 일본 정부가 최초로 허가해준 복어 요리식당. 그러나 복어는 문제가 아니었다. 거기는 1895년 4월 일본의 이 토 히로부미와 청나라의 이홍장이 '시모노세키조약'을 맺은 곳이다. 바로 조선의 운명을 저희 맘대로 결정한 장소. '청국의 조선에 대한 종주권을 포기한다'라는 것은, 일본이 조선을 중국의 손아귀에서 빼내 자신의 식민 지로 만들러 가는 관문이 되었다.

박태준은 나카소네 수상 시절에 관방장관을 지낸 와타나베 히데오의 안 내를 받으며 그 역사적인 방으로 들어갔다. 복어회도 먹었다. 그러나 야릇 한 감회에 젖지 않을 수 없었다. 이 자리에서 맺었던 옛날의 그 조약이 어 린 나를 시모노세키로 불렀다는 생각이 달라붙었다. 청년이 된 내가 그토 록 국가를 소중히 여기게 된 것도 이 자리와 결코 무관할 수 없을 것 같았 다. 이제부터 무엇을 해야 하나. 조국의 금배지를 의식하는 그의 늙은 가 슴에는 그 값을 제대로 해야 한다는 결의가 새록새록 살아났다.

박태준의 행보가 묘연해지자 언론에는 추측기사들이 무성했다.

8월 31일 박태준은 김해공항에 내렸다. 가을이 오고 있었다. 영일만 바 다가 투명한 하늘의 빛깔을 닮아가고, 포항제철소엔 '박태준 사단의 복귀' 를 점치는 목소리들이 조금씩 높아졌다. 그러나 아직은 때가 아니었다. 김 영삼이 청와대를 떠나야 하고, 그의 뒤를 이어받을 청와대의 새 주인이 포 철에 대한 박태준의 요청을 받아줄 수 있어야 했다. 정부가 행사할 수 있 는 주식의 지분이 50%에 육박하는 '1997년 가을의 포철' 최고경영자 인 사권은 변함없이 대통령의 손에 맡겨져 있었다. 그는 고민이었다. 신한국 당 이회창과 손잡을 것인지, 김종필과 연대할 조짐을 드러내는 국민회의 김대중과 손잡을 것인지. 이인제는 대선후보 경선 패배에 불복하여 '탈당과 출마'를 준비하고 있었다. 박태준의 고민은 대선 정국에서 단연 주목의 대상이었다. 칠십 평생에 최초로 순수한 자신의 판단과 의지로 정치의 길에 들어선 박태준. 1997년 9월은 그에게 다시 한 번 자신의 판단과 의지로써 정치적 결단을 해야 한다고 하루하루 압박의 강도를 높였다.

9월 초순 어느 날, 박태준은 보궐선거의 자원봉사자들을 자신의 고향집으로 초대했다. 기자들이 빠진 이 자리에서 그는 몇 사람과 둘러앉아 앞날의 행보를 예감케 하는 발언을 냈다.

"지금 우리 경제가 굉장히 심각한 위험에 빠져 있어요. 이대로 가면 내가 선거 때 거리에서 몇 번 말했던 것처럼 연말을 못 넘기고 백인 진주군 사령관이 김포공항에 나타날 겁니다. 그렇게 되면 우리는 총과 대포 없는 전쟁을 겪게 될 텐데, 그런 시기를 감안해보면 과거의 산업화세력과 민주화세력이 진정으로 화해하고 협력하는 분위기가 잡혀야 합니다. 또 영남과 호남이 이렇게 갈라져 있어도 안 됩니다. 국가의 총력을 집결시켜야만 전쟁을 이겨낼 수 있는 것 아닙니까? 전쟁은 국가총력전인데.

일본 친구들의 정보나 나의 종합적 검토나 지금은 매우 위험한 상황으로 치닫고 있어요. 다음 정권도 엄청난 부담을 물려받게 될 거요. 그래서 지금 우리는 과거의 정치적 고정관념으로부터 벗어나는 용기를 내야 합니다. 이것을 한국 보수층의 '일정한 페레스트로이카'라 해도 좋아요. 현 상황에 맞는 변화, 이걸 나는 '일정한 페레스트로이카'라 하는 겁니다. 여기서 뭐가 보이느냐. 암울해질 20세기 최후를 돌파해나갈 21세기의 새벽길이 보입니다. 산업화세력과 민주화세력의 화해, 영남과 호남의 화합, 이 두 일을 못하면 21세기가 와도 새벽길이 잘 안 보이게 될 겁니다. 나 자신부터 용기를 내야 하겠지요."

박태준은 현재의 국가적 상황을 직시하는 용단을 내려야 했다. 그것이 내년 3월의 포철 주주총회에 미칠 영향력도 고려해야 했다.

국가적 상황을 고려할 때는, 얼른 '19세기 말의 우리'와 '20세기 말의 우리'를 비교할 수 있었다. 외세의 침략과 집권층의 무능, 이것이 암수의 결합처럼 짝을 이뤄 탄생시켰던 자주적 근대화의 실패와 국권 상실. 신자유주의의 세계화와 집권층의 무능, 이것이 암수의 결합처럼 짝을 이뤄 탄생시킨 부패의 재생산과 국가경제의 일대 위기. 이렇게 19세기 말과 20세기 말에 맞이한 우리의 고난을 나란히 대비시키자, 그의 눈에는 새삼 '위기를 돌파하기 위해 국민 역량을 총결집시킬 수 있는 국가 리더십의 재구성'이 무엇보다 시급하고 절실한 과제로 불거져 보였다.

포철의 내년 봄날을 생각할 때는, 포철의 미래를 위해서나 인간적 정분으로 보나 포철에서 인생을 바친 유능한 후배들이 포철을 이끌어야 옳았다. 자신에 대한 정치적 보복이 그대로 직결된 포철 경영, 그 깊은 상처를 치유하는 일엔 다른 조건이 필요하지 않았다. 자신의 손이 포철 최고경영자에 대한 인사권을 쥐지 못할 바엔 자신의 의견을 군말없이 들어줄 대통령과 나란히 앉을 수 있어야 했다. 이건 대선에서 승리하는 길로 나서는 수밖에 없었다.

그러나 대선의 승리는 섣불리 장담할 수 없었다. 여기에 파트너를 선택하려는 그의 또 다른 고충이 있었다. 그렇다고 저울질에 오래 매달릴 수는 없었다. 선택의 행동은 좀 뒤로 미루더라도 원칙부터 정해둬야 했다. 그는 그 원칙에 '포철의 내년 봄날'도 걸어야 한다고 정리했다. 그것을 그는 '정치권 바깥'의 부담 없는 지인들에게 '21세기의 새벽길'이라 불렀다.

9월 중순, 박태준은 가까운 사람들이 마련한 자리에서 연설할 기회를 맞았다. 시간은 30분, 주제는 '박태준은 이번 대통령선거를 어떤 시각으로 보고 있는가?' 그는 자신의 고민을 어느 방향으로 풀고 있는가에 대해 직접 표명하기로 마음먹었다. 그동안 언론에 슬쩍슬쩍 뉘앙스로만 풍겼던 '대선에서의 선택'과 관련하여 행동 돌입의 출발지점을 눈앞에 둔 시점에서 그것의 넉넉한 배경을 확보해두고 싶었다. 그는 자신의 고민을 뼈대로 하는 '21세기의 새벽길을 찾아서'란 제목의 긴 연설을 했다. 그건 김대중과 손잡을 수 있다는 강한 암시였다.

김대중에게 던진 질문들

9월 28일 박태준은 도쿄에 머물고 있었다. 김대중이 도쿄로 날아왔다. 두 사람의 목적은 이날 도쿄경기장에서 열리는 월드컵축구 한일예선전을 응원하는 것이었다. 하지만 대선을 앞둔 한국의 거물 정치인들에게 응원은 만남을 위한 명분이었다. DJ는 TJ에게 연대를 제의할 생각을 품고 있었다. DJ와 만날 가능성을 열어둔 TJ는 만약 그를 만난다면 정중한 예의를 차리되 정치적 문법으로 말하지 않고 허심탄회하게 직선적으로 대화하겠다는 결심을 세웠다. 이왕이면 잘되기를 바랐다. 그러나 4년 전 YS가 광양에서 보여줬던 것처럼 '인간을 믿어 달라'는 식으로 나온다면 미련 없이 싹둑 자를 작정이었다.

마침 박태준과 김대중은 숙소가 같았다. 도쿄제국호텔. 9월 28일 도쿄경기장에서 열린 축구경기는 '2대 1' 한국 승리. 즐거운 밤이었다. 대한축구협회장 정몽준의 초청만찬이 열렸다. 김대중, 박태준을 비롯한 한국의 정·재계 인사들이 모였다. 만찬이 끝날 즈음, 김대중이 박태준에게 다가와 귓속말을 했다.

"박 최고, 내일 아침을 같이 했으면 좋겠는데……. 내 연락하리다."

그는 피할 수 없는 담판을 받아들이기로 했다. 두 사람은 1988년 국회 경과위에서 함께 활동하면서 서로 남다른 관심을 기울인 적이 있었고, 김영삼 정부 출범 후 박태준이 해외를 떠도는 동안에도 몇 차례 서신 왕래가 있었다.

9월 29일 아침 8시, 국민회의 부총재 유재건이 김대중의 심부름으로 박태준의 방을 찾았다. 그는 김대중의 방으로 옮겨갔다. 두 사람은 배석자를 물리고 식탁을 사이에 두고 마주앉았다.

박태준은 단도직입으로 나갔다.

"김 총재, 내가, 아니 대부분의 영남인들이 미심쩍게 생각하는 부분이 있습니다. 솔직하게 물어볼 테니 나를 설득시켜주셨으면 합니다. 영남권에는 무조건 DJ가 정권을 잡아서는 안 된다는 거부론이 있는데, 이는 맹목적이기 때문에 별다른 대책이 없습니다."

김대중은 진지했다.

"나도 잘 알고 있습니다. 그렇기 때문에 박 최고 같은 분이 필요합니다."

"싫어하는 이유의 하나는 김 총재가 거짓말쟁이가 아니냐 하는 것입니다."

"약속을 지키지 못한 측면이 있는 걸 인정합니다. 그러나 박 최고, 30년 동안 박해받으면서 김대중이란 아이덴티티를 지키기 위해 불가피한 측면도 있었다는 걸 이해해주십시오. 앞으로 약속을 지키는 모습을 보여주겠소."

김대중은 수사적 표현을 치웠다. 박태준은 멈칫거리지 않았다.

"김 총재의 색깔입니다. 진짜 어떤 색깔입니까?"

"박 최고, 손자들이 많지요? 나도 손자가 10명이 넘는 사람입니다. 내 희망은 손자들이 자유로운 체제에서 행복하게 사는 겁니다. 그런 사람이 어떻게 다른 생각을 가질 수 있겠습니까? 나는 온건한 사람입니다. 보안법을 보완해야 한다는 주장을 했지 철폐해야 한다는 주장을 한 번도 한 적이 없습니다."

"마지막으로 하나 더 묻겠습니다. 김 총재가 대통령이 되면 호남사람들이 통반장까지 다 해먹을 거라고 생각하는 사람들이 적지 않습니다. 어떻게 하시겠습니까?"

"과거의 나라면 그렇게 했을지도 모릅니다. 그러나 김 대통령이 PK출신과 자기 사람을 요직에 앉히다가 나라를 망치게 한 것을 보았는데 어떻게 그렇게 하겠습니까. 나를 위해서도 그런 인사는 하지 않을 겁니다."

DJ와 TJ의 도쿄회동과 1시간 20분 동안의 솔직한 대화, 이는 대선의 계절에 들어선 한국의 정치지형도에 큰 변화가 일어날 것이란 예고편과 같았다. DJ의 자세가 마음에 들면 즉각 마음을 열고 그 반대면 미련 없이 닫겠다는 각오로 송곳 같은 질문을 던진 TJ. 자리를 파하기 앞서 "연대를 위해 할 수 있는 일을 다 하겠다."고 약속한 박태준은 그날 뒤로 꼬박 한 달 내내 언행일치의 물밑작업을 진행해나갔다. 김종필의 걸음을 재촉하던 박태준이 기자들 앞에서 아주 내놓고 김종필과 만난 것은 10월 28일이었다. 이날 신라호텔에서 이뤄진 두 사람의 점심회동이 주목을 끈 까닭은 27일 저녁에 김대중과 김종필이 청구동에서 만나 사실상 DJP연합을 최종적으로 타결한 다음이었기 때문이다.

이튿날 박태준은 포항으로 내려와 '김종필 총재로부터 모든 것을 맡길 테니 자민련에 입당해달라는 제의를 받았다'고 밝혔다. 그가 곧 자민련 총재로 취임할 것이라는 뜻이었다. 이제 DJT라는 신조어가 신문마다 '현실의 시사용어'로 정착될 참이었다. 11월 3일 드디어 'DJP연대' 협상의 조인이 끝났다. 그에 맞춰 박태준은 자민련 입당성명을 발표했다.

1997년 11월의 한국은 대선정국과 국가경제의 위기가 겹치는 가운데, 대선 구도는 이회창·김대중·이인제 세력의 3파전으로 굳어졌다. 이회창은 '3김청산'을 부르짖으며 자신을 대통령 후보로 세워준 다음부터 서서히 식물 상태의 대통령으로 변해가는 김영삼을 향해 매몰차게 '하루빨리 여당에서 탈당하라'고 요구했다. DJT연대는 김대중 단일후보를 모양 좋게 옹립하기 위해 공을 들이고, 이인제는 경선에 불복한 부도덕을 가려줄 최첨단 패션이라 우기듯 '세대교체'를 외쳤다.

11월 11일 국민회의와 자민련은 '김대중대통령단일후보 공동선거대책기구'를 만들었다. 박태준은 선대위 상임고문에 선출됐다. 산업화세력과 민주화세력의 화해와 연대, 영남과 호남의 화합과 협력, 이 힘으로 국가위기를 넘어야 한다는 두어 달 전 그의 연설(「21세기의 새벽길을 찾아서」)이 정치적 수사나 허언이 아니었다는 사실을 증명한 날이기도 했다.

박태준이 국가위기의 총체적 상황을 통찰하면서 고민을 거듭한 끝에 'DJ와 연대'를 선택했을 때, 일흔 살 생일을 앞둔 '세계 최고의 철강인'의 내면에는 여전히 하나의 고뇌가 생물처럼 살아 있었다. 그것은 '불확실성'을 영양분으로 받아먹는 존재였다.

불확실성의 정체는 박빙 승부로 예측되는 대선 판세에 떠도는 '승리에 대한 불확실성'이었다. 이는 바로 '포철을 되찾아 철의 사나이들로 성장해온 후배들에게 경영을 맡길 수 있겠는가?'에 대한 '절반의 가능성과 절반의 불가능성'이었다. 이 불확실성에 영양을 공급하는 또 하나의 불확실성은 '영남의 정치적 지역감정'이었다. 과연 영남의 평범한 유권자들이 '산업화세력과 민주화세력의 화해와 연대, 영남과 호남의 화합과 협력을 바탕으로 국가위기를 극복해나가야 한다'라는 그의 호소에 얼마나 진정으로 귀를 열어줄 것인지. 이 난제 역시 박태준에겐 매우 부담스런 불확실성이었다.

 더구나 그의 주위를 온통 '반DJ'의 두꺼운 벽이 에워싸고 있었다. 건국시대의 산업현장을 진두지휘한 상징적 인물로는 최후 현역인 박태준의 곁에는 당연히 보수적 인사들이 넘쳐났다. 그들 중 열에 아홉은 DJ와의 연대를 반대했다. 그건 김대중만 잘되게 해주는 거고 북한과의 협상도 이상하게 풀린다는 거였다. 6·25전쟁을 함께 했던 늙은 전우들 중에는 '돌았다'는 극언을 서슴지 않는 이도 있었다. 그러나 박태준은 물러서지 않았다. 경상도도 살아야 하고 전라도도 살아야 하니 전라도가 잡을 때도 있어야 하고, 북한과의 관계도 총칼로 해결할 생각을 버리고 고르바초프의 페레스트로이카를 배워야 한다고 설득했다.

 과감히 거시적 차원의 결단을 내린 1997년 11월 중순, 박태준이 도전해야 하는 과제는 '불확실성'을 극복하는 일, 즉 '대선 승리'였다. 승리냐 패배냐. 'DJT호' 건조에 동참하여 선장실에 함께 승선한 그는 '진인사대천명(盡人事待天命)'이란 말에다 남은 한 달의 운세를 걸기로 했다.

YS와 재회하다

 DJT호가 '불확실성의 바다'에 막 닻을 올렸을 때, 청와대의 김영삼은 국가경제의 적신호를 염려하며 각계의 의견을 듣고 있었다.

 이경식 한국은행 총재, 한승수 의원, 박상희 중소기업중앙회장, 종교계 지도자, 최종현 전경련 회장, 이건희 삼성그룹 회장, 신격호 롯데그룹 회장, 최기선 인천시장, 신현확 전 총리와 나웅배 전 부총리, 이순목 우방그룹 회장, 장치혁 고합그룹 회장 등을 만났다.

내가 평소에 잘 만나지 않던 재계의 주요 그룹 회장들까지 직접 만난 것은 이들이 실물경제를 직접 다루고 있으므로 나에게 보다 현실적인 경제상황을 말해줄 것이라고 기대했기 때문이었다. 그러나 모든 사람들의 이야기는 한결같았다. 이들은 '지금의 경제상황이 심각하기는 하지만 앞으로는 전망이 좋다'거나 '기초가 튼튼하기 때문에 곧 나아질 것'이라고 말했다. 상황이 어렵기는 하지만 타개할 수 있으리라는 경제팀의 보고와 비슷한 수준이었다. 사실 우리나라의 어떠한 학자나 연구기관, 언론에서도 나에게 IMF로 가야 할 정도의 위기 상황임을 사전에 말해준 사람은 아무도 없었다.

『김영삼 대통령 회고록』 하권

김영삼의 궁색한 변명이 아니라 진실로 위에 등장한 그들 모두가 국가위기를 예측하지 못했을까? 그랬을 수도 있다. 그랬다면, 최고권력자 김영삼은, 유랑을 마치고 돌아온 박태준이 보궐선거에 당선한 다음에 그의 오랜 고생을 위로하기 위해서라도 칼국수 한 그릇쯤 대접하는 관용과 아량을 베풀 줄 알아야 했었다. 그때 벌써 박태준은, 1945년 8월 일본 동경만 함상에 나타난 맥아더가 일본 접수를 선언했듯이 몇 달 뒤 어느 날 어떤 코큰 백인이 진주군 사령관처럼 김포공항에 내려 한국경제 접수를 선언할 수도 있다는 경고를 보냈으니…….

박태준이 자민련에 들어가 보름 남짓 지났을 때 그의 인생에서 오래 기억될 수밖에 없는 묘한 장면이 찾아왔다. 김영삼과의 극적 상봉이었다. 이 배경에는 세 가지의 큼직한 사건이 뒤엉켜 있었다. 국가부도 사태, 박태준의 자민련 총재 취임, 대통령선거. 이 셋이 유기적으로 얽혀 하나의 상황을 형성했다. 대선운동이 치열한 중에 김영삼 대통령이 각 당 총재와 대선 후보들을 청와대로 초청하여 IMF로 갈 수밖에 없는 절체절명의 국가위기에 대한 '통고와 이해와 협조의 회의'를 열어야 했던 것이다.

공교롭게도 11월 21일은 여당과 자민련이 새 지도체제를 도입한 날이었다. 신한국당과 '꼬마 민주당'의 통합을 계기로 몸집을 더 불린 거대여당 '한나라당'은 대전 충무체육관에서 합당 전당대회를 열어 이회창과 조순을 각각 대선 후보와 총재로 선출하고, 자민련은 서울 롯데호텔에서 중앙위원회를 열어 박태준을 총재로 선출했다. '김영삼의 흔적'을 씻어내려는 목적으로 새 간판을 내건 이회창과 조순, 그리고 야당연합의 한 축인 박태준은 마치 김영삼 대통령이 베푸는 공식 축하연에 초대받은 것처럼 그날 저녁에 김대중과 나란히 청와대로 들어갔다. 박태준은 '공교롭게도'라는 말을 되뇌지 않을 수 없었다.

박태준은 '만감'을 다스리고 김영삼과 마주섰다. 5년 전 광양에서 '인간적으로 잘하자'라는 언약을 결별의 꽃잎처럼 남기고 갈라선 뒤로는 처음 보는 자리였다.

"여전하네."

"요절난 줄 알았나?"

김영삼의 미소와 악수와 농을, 박태준도 미소와 악수와 농으로 받았다. 미소를 나누며 손을 맞잡긴 했으나, 농에는 뼈가 돋아 있었다. 어느덧 5년 1개월이나 흘러간 지점에서 두 사람의 어색한 재회는 그렇게 싱겁도록 덤덤히 이루어졌다. 다만, 영광과 굴욕의 자리를 서로 바꿀 차례였다. 과거의 승자는 국가부도 사태와 권력형 부패에 대한 총체적 책임을 짊어져야 하는 '부끄러운 굴욕'의 자리로 옮기게 되었고, 과거의 패자는 그가 파괴한 경제를 수습하고 재건하기 위해 새로운 정책과 리더십을 발휘해야 하는 '험난한 영광'의 자리로 옮기게 되었다.

대통령과 재경원 부총리, 그리고 손님들이 식탁으로 자리를 옮겼다.

"밥 먹읍시다."

아직 손님들을 부른 목적을 밝히지 않은 대통령이 예의부터 차렸다. 김대중은 묵묵했다. 박태준의 머리엔 설핏 장난스런 생각이 돋아났다. 요즈음도 양고기를 자주 즐기시느냐, 오늘은 왜 칼국수가 아니냐. 이런 말이

입 안에 고였다. 하지만 더 이상 농담을 나눌 분위기가 아니어서 침을 삼키고 말았다. 대신 그는 '구원투수'로 긴급히 투입된 임창열 부총리를 쳐다보았다.

"현재 외환보유고가 얼마나 되는 거요?"

'외환'이 바로 그 자리의 주제였다. 박태준은 100억 달러라도 되기를 기대했으나 경악을 감출 수 없게도 그 절반에도 못 미친다는 대답이 나왔다.

"연말까지 갚아야 하는 빚은 얼마요?"

"200억 달러는 됩니다."

"내년 1월 한 달에는 또 얼마가 필요한 거요?"

"100억 달럽니다."

박태준은 힐끗 김영삼을 살폈다. 표정을 지운 얼굴이었다. 그가 다시 임창열을 쳐다보았다.

"어떡할 거요?"

"우선 급한 대로 IMF와 IBRD에 100억 달러를 부탁하고 있습니다."

"나머지는?"

"G7에 부탁할 생각입니다."

"매달 외환보유고 수치가 나올 텐데 어떻게 된 겁니까? 종금사를 22개나 더 늘렸다는데, 거긴 뭐하는 데요?"

"준금융회삽니다."

"외환관리도 하는 거요?"

"예, 권한을 줬습니다."

"여보시오, 우리가 경제개발을 시작했을 때 중앙은행에서 빼내 따로 외환은행을 만들었습니다. 수출과 수입에 절대적으로 의존해야 하는 우리 경제에서 외환관리가 굉장히 중요했기 때문에 외환은행을 독립시켰고, 무역규모가 커졌을 때는 가장 준비가 잘된 은행부터 외환관리 권한을 줬던 겁니다. 그런데 종금사를 30개나 난립시키고 외환관리 권한까지 줘버리다니, 그게 말이나 되는 거요? 오늘의 외환위기에는 그 실책이 거의 결정적 요인으로 작용한 거요."

박태준은 속에 가뒀던 화를 한 움큼 끄집어냈다. 어차피 즐거운 표정으로 음식이나 먹고 있기엔 부끄러운 자리였다. 이윽고 밥상이 나가고 커피가 들어왔다. 갑자기 김영삼이 안주머니에서 종이를 집어냈다.

"지금부터 IMF관리 요청에 관한 회의를 하겠습니다."

국제통화기금(IMF)의 관리를 받지 않으면, IMF에게 국권의 상당부분을 넘겨주지 않으면, 다시 말해 IMF의 부분적 식민지 상태를 수용하지 않으면, 대한민국은 앞으로 열흘도 넘기지 못하여 국가부도사태를 맞이할 수밖에 없다. 이런 상황에서, 대통령이 대선 후보들과 정당 총재들에게 '도리 없이 IMF관리체제를 수용하기로 한 국무회의의 결정을 이해하고 수용해 달라'고 부탁하는 자리가 비로소 '공식적'으로 갖춰지는 순간이었다.

"박 총재께서 이미 다 지적하셨는데, 회의는 무슨 회의를 한다는 겁니까?"

무거운 표정을 지우지 못하던 김대중이 좀 퉁명스레 반문했다. 그러나 김영삼은 종이를 접지 않았다.

"그래도 형식은 남겨야지요."

그가 딱딱하게 원고를 읽어 내려갔다. '경제'는 변함없이 '겡제'에 가깝게 들렸다. 너무 늦었지만 이제 '겡제'는 사라져야 할 때였다. 대한민국의 대표 지도자들에게는 엄청나게 곤혹스런 장면이었다.

국가경제가 풍전등화의 지경으로 내몰리는 한복판, 하필이면 TJ가 자민련 총재로 취임한 날에 '공교롭게도' 김영삼과 박태준이 청와대에서 어정쩡하게 재회의 악수를 나눈 장면을, 정가(政街)는 '역사의 아이러니'라 표현했다.

일본 대장성 후문으로

끝내 '모라토리엄'을 선언해야 하는가? 끝내 '대한민국 부도'를 선언해야 하는가? '문민정부'의 청와대는 초읽기에 몰렸다. '일본의 버르장머리를 고쳐놓겠다'고 큰소리쳤던 대통령이 체면과 자존심을 따지고 앉았을 계제가 못 되었다. 김영삼은 불과 사흘 전 밴쿠버에서 만난 하시모토 일본 총리에게 말해뒀다며 재경원 부총리를 일본으로 급히 보냈다. 치욕의 동냥질을 해야 하는 한국 부총리의 '급전 구하는 급거 방일'이었다. 11월 28일 임창렬은 헐레벌떡 도쿄로 갔다. 대장성 장관과 30분간 회담을 했다.

그는 "구체적인 수치는 논의하지 않았으나 일본이 시장을 설득하는 데 충분한 금액의 지원에 원칙적으로 합의했다."고 밝혔다. 그러나 상대방은 "일본은 한국이 IMF와의 자금지원 협의를 조기에 끝내주기를 기대하고 있다. 그 합의가 이뤄지면 IMF를 중심으로 국제적인 틀 안에서 함께 지원하고 싶다."고 했다. 며칠 전 일본 총리가 한국 대통령에게 들려준 약속의 동어반복이었다. 이에 대해 일본 금융계 관계자들은 "일본이 할 수 있는 최소한의 립 서비스를 한 것"이라 풀이했다. 도쿄의 한국 특파원들은 한결같이 "일본정부의 한국정부에 대한 태도는 냉랭했다."고 쓰지 않을 수 없었다.

한국 부총리가 외교관례를 깨고 황급히 달려갔으나 마치 '김영삼의 버르장머리를 고쳐놓겠다'고 작심한 것처럼 일본 대장성 장관이 냉랭한 반응을 보일 때, IMF는 한국 정부에게 '종금사' 12개의 폐쇄를 요구했다. 전체 종금사 30개 중 40%는 문 닫아라, 이는 금융계에 엄청난 파장을 불러일으킬 것이었다. 일정액 이상의 수많은 예금통장이 휴지로 변할 수도 있었다.

종금사 난립. 뒤늦게 눈을 부릅뜬 국민은 보나마나 거기엔 권력 실세들의 엄청난 뒷거래가 개입됐을 것으로 확신했다. 그러나 숨넘어가는 과제는 한시바삐 외환을 빌려와 국가부도부터 모면하는 일이었다. 그 임무의 하나가 박태준에게 떨어졌다. 일본측에 금융지원을 요청하는 일이었다. 임창렬이 빈손으로 일본 대장성에서 물러난 다음날인 11월 30일부터 그는 '승리의 불확실성'을 벗어나지 못한 선거운동을 내리 사흘씩이나 쉬어야 했다.

무엇보다도 한국 언론들이 '냉랭한 일본 정부의 태도'라고 지적한 그 '냉기'를 '온기'로 바꾸는 일이 박태준의 급선무였다. 그는 알고 있었다. 일본 정·관계에는 이른바 '대장성파'가 막강하다는 사실을, 그들의 보스는 총리를 지낸 다케시다라는 점을, 그리고 다케시다는 일본 대장성의 현직 장관이나 차관과도 가까운 사이라는 점을.

대장성 장관 미쓰즈카 히로시, 심의관(차관 대우) 사카키 바라. 특히 사카키 바라는 IMF에서 10년을 근무하고 G7 차관회의의 간사를 지내는 국제 실물금융의 대가였다. 김포공항에서 도쿄로 날아가는 박태준은 사카키 바라부터 찍었다. 실무책임을 총괄하는 실력파 관료부터 설득해둬야 그 다음의 정치적 해결책이 수월히 풀려나갈 것이었다.

"내가 대장성에 도착하면 6시가 조금 넘을 것 같소."

"그 시간이면 정문이 닫힙니다. 선생님, 후문으로 오십시오. 직원을 기다리게 하겠습니다."

박태준은 후문으로 들어갔다.

"상황은 이미 파악하고 있지 않소?"

"대강 알고 있습니다."

일본의 고급관료는 박태준에게 정중했다.

"길게 얘기할 것 없지 뭐. IMF관리를 받게 됐으니, 일본이 협조해주기를 요청합니다. 어떡하든 연말파산은 막아야 하오."

박태준은 몇 가지 설명을 보탰다. 한국정부의 외환보유고 현황, 앞으로 두 달 안에 갚아야 하는 외채규모, 무역규모가 큰 한국경제가 파산할 경우에 일본과 미국을 비롯한 세계 여러 나라의 경제에 끼칠 심대한 악영향……

"올해 연말까지 IMF가 100억 달러를 구해준다 해도, 나머지 100억 달러를 일본이 G7과 협의하겠다고 하면 시간상 늦습니다."

사카키 바라가 미소를 지었다.

"선생님, 선거는 이기는 겁니까?"

"이기긴 이길 거요. 겨우 30만 표 차이로 이길지 몰라도."

"그렇게만 되어주면 다행이겠습니다."

"나의 예언대로 될 거라고 믿고……. 상황이 급박해요. 가장 간단한 방법이 있어."

"어떤 겁니까?"

"G7에게 일본이 3분의 1을 미리 내겠다고 선언해 봐요. 그러면 될 거요."

"그것 참 묘안입니다."

"균등분배를 찾다간 파산이 나고 말아. 균등분배가 뭐야? 제2의 경제대국이 3분의 1은 내야지."

"알겠습니다. 우리 오야붕을 직접 만나주세요."

"이미 약속이 돼 있소."

"선생님, 최선을 다하겠습니다."

저녁식사 자리엔 한국인끼리 모였다. 포철의 두 사람도 함께 앉았다. 포철 임원과 도쿄사무소 책임자를 지내고 은퇴한 포철 창업요원 홍건유, 포철 도쿄사무소의 김광명. 박태준이 '도쿄 2박3일' 동안에 반드시 만나야 하는 주요 인사들과의 약속시간을 조율해둔 홍건유가 가만가만 말했다.

"김영삼의 자업자득인데, 왜 오셨습니까?"

박태준이 벌컥 화를 냈다.

"지금 개인이 문제야? 대한민국이 문제고, 대한민국 국민이 문제야!"

홍건유는 고개를 떨구었다. TJ를 박해하고 나라를 망쳐먹은 YS 때문에 화가 끓어 던진 푸념이었지만…….

이튿날 오전 10시, 박태준은 유랑생활에서 신세를 졌던 다케시다와 만났다. 그는 선거부터 궁금해 했다.

"선거는 이기는 거요?"

"여론조사를 보면 박빙으로 앞섭니다. 올해 5월에 일본을 떠날 때는, 이

제 신세질 일은 없어지는가 했는데, 또 왔습니다."

"별소리를 다 하시오. 그나저나 김대중 씨는 걱정 안 해도 되나요?"

"그 사람이 당선되면, 일본 의회에 와서 제일 먼저 연설할 겁니다. 걱정 마세요. 실리파니까 일본과 특별한 문제를 만들지는 않을 겁니다."

박태준은 어제 저물녘에 사카키 바라와 나눴던 대화를 다케시다에게 들려줬다. 다케시다는 서로 좋은 의견을 냈다며 다음 차례로 대장성 장관을 만나라고 했다.

"그래도 당신이 미쓰즈카한테 전화를 해놓으세요."

"물론이오. 사사키 바라가 외환관계 전문이니까 그의 의견을 따를 겁니다. 언제 돌아갈 거요?"

"선거운동 해야지요. 내일은 가야 합니다."

"오늘 저녁에 한잔 합시다."

"좋습니다."

다케시다와 헤어진 박태준은 미쓰즈카 사무실로 갔다. 그는 다케시다의 전화를 받았다며 공손하게 'DJT'의 한 축을 맞이했다.

정축국치의 세모

박태준이 도쿄에서 정·관계 요인들과 연쇄적으로 접촉하는 사흘 사이, 한국에선 끔찍한 일들이 지뢰처럼 속속 터졌다. 한국 정부는 2일 재무구조가 불량한 9개 종금사에 대해 예금인출을 금지하는 등 업무정지 명령을 내렸고, IMF는 한국 정부에게 구제금융 지원조건으로 재벌그룹 계열사 간 상호지급보증 금지와 연결재무제표 공표 의무화 등 현행 재벌체제의 대수술을 요구했다. 미셸 캉드쉬 IMF 총재가 한국을 방문한다는 보도도 나왔다. 몇 달 전에 박태준이 예고했던 '진주군 사령관처럼 김포공항에 내린 코 큰 백인'이 모든 한국인의 주목을 받는 사태가 기어코 현실로 들이닥칠 모양이었다.

정축년 마지막 달력이 걸린 12월 3일, 정부 세종로청사의 한 책상에 세 사내가 나란히 앉았다. 한국은행 총재, 경제 부총리, 그리고 미셸 캉드쉬. 심각한 표정의 두 한국인은 만년필로 서류에 서명하고, 노는 두 손을 책상 위에 포갠 '코 큰 백인'은 미소를 머금고서 옆에 앉은 부총리의 서명을 지켜보았다. 이 수치스런 장면은 정책의향서, 그러니까 IMF가 제시한 '정책에 순종하겠다'는 서명식이었다. 국권의 상당 부분을 IMF에 넘기는 정축년의 국가수치, '정축국치(丁丑國恥)'였다.

IMF의 직접지원자금과 미국, 일본 등의 협조융자를 포함해 총 550억 달러 이상의 긴급지원자금을 받기 위해 한국이 꼼짝없이 이행해야 할 의무조건들은 수두룩했다. 내년 중반까지 외국은행 및 증권의 국내 자회사 설립을 허용해야 하고, 외국인의 종목당 주식취득 한도를 현재 26%에서 연내 50%, 98년까지 55%로 확대해야 하고, 기업인수·합병(M&A)시장을 전면적으로 개방해야 하고, 국공채와 기업어음(CP) 등 단기채권시장을 개방해야 하고, 단기금융상품에 대한 외국인 투자를 단계적으로 허용해야 하고, 외국인 직접투자 제한분야를 추가로 허용해야 하고, 상업차관의 도입을 점진적으로 자유화해야 하고, 무역관련 보조금과 수입제한 승인제와 수입선 다변화제도를 폐지해야 하고, 자동차 등 수입형식 승인제도를 대폭 보완해야 하고, 정리해고제와 근로자파견제 등 노동시장 유연성 제고를 위한 대책을 시행해야 하고……

김포공항에 내린 '코 큰 진주군 사령관'은 식물 상태의 김영삼 대통령을 못 믿겠다는 듯이 대선 후보들에게 '이행각서'에 서명할 것을 요구했다. 이회창은 김포공항에서 재경원 차관과 만나 각서에 서명했으나, 김대중은 국가체면과 국제관례를 들어 서명을 거부하는 대신 김영삼 대통령에게 공한을 보내 원칙적인 합의 준수의사를 밝혔고, 이인제는 경기지역 유세 때문에 지방에 있어 후보 직인으로 서명을 대신했다.

12월 5일 김대중은 박태준의 요청에 따라 경북 구미의 '박정희 생가'를 찾았다. '산업화세력과 민주화세력의 화해와 연대, 영남과 호남의 화합과 협력'을 이끌어내기 위한 김대중과 박태준의 상징적 행동이었다. 득표에는 득도 되고 해도 될 테지만, 박태준은 DJ가 고인의 생가에서 고인과 화해하지 못한다면 자신이 외치고 다니는 DJT연대의 목적이 공허해질 수밖에 없다고 판단했다. 이러한 뜻을 그는 국민회의의 젊은 의원 김민석에게 알렸다. 산 자가 죽은 자와의 '과거 매듭'을 푼다고 알려진 자리에는 지역민 500여 명이 모여들었다. 김대중의 머리엔 박태준과 협의한 연설의 핵심이 들어 있었다.

고인이 경제에 7할을 바치고 인권에 3할을 쓴 분이었다면, 고인과 정치적으로 대결하던 시절의 나는 인권에 7할을 바치고 경제에 3할을 쓴 사람이었다. 고인과 나의 차이는 바로 거기에 기인한 것이었다.

이날 박지만이 김대중과 동행했는데 그 배경에 대해 '박태준 총재가 나서서 지만 씨를 끈질기게 설득했다'고 보도되었다. 이건 사실이었다. 박태준은 박지만에게 DJ 행보의 역사적 의의를 알렸고, 어머니와 아버지의 비

구미시 박정희 대통령 생가에서 화해를 말하는 김대중 대통령 후보와 함께(맨 왼쪽은 박지만)

극적 최후에 충격 받아 휘청거리는 젊음을 보내온 그가 그 뜻을 받들었다.

김대중이 박정희의 생가를 찾아 화해를 표명하는 날, 포항에선 박태준의 '반DJ정서 넘기'를 꼬이게 만드는 일이 벌어졌다. DJ의 그 행보를 '쇼'로 몰아치는 세력의 대표 목소리들이 포항의 한자리에 모였다. 이기택 한나라당 선대위 의장이 포항을 방문했다. 그는 앞으로 닷새 정도 포항에 머물면서 옛 민주당 지지자들을 만나 활력을 불어넣고 구 신한국당(현 한나라당) 당원들과 간담회를 가지면서 그들과 협력하여 득표력 극대화를 도모한다는 계획이었다. 지난해 7·24 보선 이후 처음으로 포항을 찾은 이기택은, 자신과 나란히 한나라당으로 이적한 박기환 포항시장과 환담을 나누는 모습을 언론에 보여주었다. 포항 남구의 한나라당 현역 국회의원 이상득과 북구의 지구당위원장 이병석도 함께 있었다.

12월 7일 박태준은 포항에서 김대중 후보의 대통령 당선을 위한 첫 정당연설회를 열었다. 1천500여 당원과 지지자들이 모인 포항시민회관의 무대 정면에는 '박태준에게 힘을! 김대중에게 표를!'이란 슬로건이 걸렸다. 과연 김대중에게 얼마나 더 표를 줄 것인지. 이 난감한 문제를 해결해 나가는 하나의 방안으로 박태준의 참모들은 '김대중에게 많은 표를 줘야만 박태준에게 더 많은 힘이 실린다'는 실리적 홍보를 택했다. 그러나 지난 7·24보선에서 박태준과 싸웠던 이기택과 이병석이 손잡은 데다 현역 국회의원 이상득과 포항시장 박기환도 이회창의 당선을 위해 열심히 뛰고 있었다. 박태준은 그들 넷의 연합은 두렵지 않았다. 가장 두려운 상대는 '무조건 김대중 반대'라는 지역정서였다. 공교롭게도 그것은 박태준과의 독특한 인간관계를 바탕으로 '영일만 신화'의 강력한 후원을 맡아줬던 박정희의 정치적 유산이었다. 다시 말해 '박정희의 정치적 방면'으로 기웃거리지도 않았던 박태준이 박정희의 잘못된 정치적 유산을 청산하는 일에 외롭게 앞장서야 했다.

1997년 12월의 한국은 캄캄했다. 부도, 파산, 자살이 날마다 줄을 이었다. 혹한에 노숙자가 무더기로 불어났다. 모든 국민이 '6·25전쟁 이후의 가장 가혹한 대란'이란 표현에 동의하는 'IMF사태'가 암담한 세모를 드리웠다.

'국민명예협회장'이란 직함을 쓰는 한 시민은 김영삼 대통령과 한국은행 총재 등 '정축국치 5인'을 직무유기로 대검찰에 고발했다. '오만방자하고 독선적인 밀실행정으로 오늘의 난국을 초래했으므로 국민의 이름으로 탄핵하고 문책해야 한다'는 것이었다.

이때 감옥 안에 있었던 노태우는 더 뒷날에 이르러 'YS를 매우 잘못 보았다'는 뜻의 '색맹론'을 내놓았는데, 그가 그렇게 혀를 차도 좋을 만한 근거가 마련된 셈이었다.

신승과 위로

거리를 꽁꽁 얼어붙게 만든 'IMF한파' 속에서 선거운동은 막바지로 치달았다. 어느덧 박태준의 생각은 외가닥으로 정돈되었다. IMF를 제대로 극복하기 위해서라도 국민이 반드시 우리를 선택해줘야 한다고……. '근대화 세대' 한국인의 피땀으로 이룩한 '경제개발'이 하루아침에 무너져 내리는 참담한 현실 앞에서, 그는 빌었다. '영일만의 기적'을 위해 밤낮없이 뛰어다녔던 저 까마득한 젊은 날들의 뜨거운 정열과 사명감으로 돌아갈 수 있는 기회가 다시 한 번 자신의 인생에 맡겨지기를, 그것으로 생애의 황혼을 불태우며 마지막으로 조국에 기여할 수 있게 되기를…….

12월 18일 오후 6시, 대통령선거의 날이 완전히 저물었다. 방송사의 출구조사부터 발표되었다. '김대중 후보 1% 승리 예상'. 전체 유권자 수를 감안하면 30~40만 표 안에서 승부가 결정된다는 뜻이었다. 그것은 '불확실성'이었다. 이회창이 이기느냐, 김대중이 이기느냐. 손에 땀을 쥐고 텔레비전을 쳐다보아야 한다는 뜻이었다.

개표방송은 포항시 어느 투표함의 개표집계로 막을 올렸다. 김대중의 득표율은 겨우 13%에도 못 미친 결과로 나왔다. 박태준은 충격을 받았다. 5

년 전보다 4% 정도 성장한 결과라는 보고가 들어왔지만, 자신의 호소가 거의 먹히지 않았다는 명백한 증거였다. '반DJ장벽'에 꽝꽝 막혔다는 뜻이었다. 산업화세력과 민주화세력이 손을 잡고 영남과 호남이 손을 잡아야 6·25전쟁 이후 최대의 국란을 하루빨리 극복할 수 있다고 그렇게 호소했건만, 그것은 정치적 지역감정의 공고한 장벽에 겨우 미세한 구멍 하나밖에 뚫지 못했다.

이른 저녁부터 이회창 후보가 1위로 달렸다. 출구조사가 빗나간 것 같았다. 그런데 밤10시가 넘어서면서 1위와 2위의 간격이 좁아졌다. 그리고 역전이 일어났다. '김대중 후보 1% 승리'라는 매우 불확실한 승리의 예고가 비로소 현실로 나타난 것이었다.

총 유효투표 2천564만여 표 가운데 김대중 후보 40.3%, 이회창 후보 38.7%, 이인제 후보 19.2%…… 당선자와 차점자의 표차 약 39만 표.

박빙의 승부를 마치고 새날이 밝아왔다. 박태준은 김대중과 김종필에게 미안한 마음이 들었지만, 그나마 몇 퍼센트 성장했다는 사실에 위안을 느꼈다. 이제 그의 앞에는 그가 기원해온 대로 '위기에 빠진 국가를 위해 마지막으로 기여할 수 있는 길'이 열려 있었다. 승리에 대한 불확실성이 불러일으켰던 우려도 말끔히 걷혔다.

12월 19일 김대중의 일산 자택에서 만찬이 열렸다. 박태준은 다소 무거운 마음으로 앉았다. 당선자가 환히 웃는 낯으로 그를 바라보았다.

"박 총재, 마음 편하게 푸세요. 선거란 99%를 100%로 만드는 것보다 9%를 10%로 끌어올리는 것이 훨씬 힘들어요. 누구보다 내가 그걸 잘 알지요."

박태준은 미소를 지었다. 그의 푸근한 말에 마음의 주름살이 펴지는 것 같았다.

사나흘 지나면서 '영남에서 김대중 표가 너무 적게 나왔으나 소폭 상승한 결과'에 대해 박태준을 위로하는 세 갈래 논리가 정돈되었다. 하나는 40만 표 미만의 차이이기 때문에 영남의 미미한 상승이 바로 그만큼 결정적으로 작용했다는 것(이는 TJ가 구원투수 역할을 제대로 해냈다는 뜻), 또 하나는 승리의 바탕은 호남의 김대중과 충청의 김종필이 만들었지만 최종 승리를 결정지은 20만 표는 박태준의 명성과 진가를 지지한 사람들이 썩 안 내키는 발걸음으로 TJ를 따라준 결과라는 것, 다른 하나는 충청도와는 또 다르게 경상도에선 도저히 먹힐 수 없는 후보와 손을 잡았다는 그 자체만으로도 대단한 용기라는 것.

김대중, 김종필, 박태준. 이들 칠십 고개를 넘은 노익장들을 비꼬기 위해 '은하철도 999'란 만화영화의 제목을 살짝 바꿔 '은하철도 777'이라 부른 이들도 있었지만, 그들은 늙은 몸에 쌓인 선거운동의 피로를 풀어볼 여유가 없었다. 승리의 기쁨을 노골적으로 표현할 시간도 짧았다. 국가대란의 극복에 앞장서야 하는 원로급 현역 지도자들로서 오히려 표정관리에 신경을 써야 했고, 민주화세력과 산업화세력의 연대에 값할 수 있는 월등한 힘을 보여줘야 했다.

12월 24일에는 특히 포철과 포항 사람들의 눈길을 끄는 사진이 언론에 잡혔다. 포철 회장 김만제가 미국과 일본의 여러 은행을 방문하고 돌아와 대통령 당선자 김대중과 만나는 장면이었다. 금융지원을 확보하기 위해 애쓰고 돌아온 그가, 암울한 크리스마스이브에 산타클로스의 역할이라도 해낸 것처럼 김대중과 악수를 나누며 즐겁게 웃는 얼굴을 언론에 드러냈다. 그러자 포철과 포항에는 '김만제가 포철 회장 자리를 계속 지키게 될 모양인가' 하며 갸웃거리는 고개들이 많았다.

우울한 새해가 다가오고 있었다. 아직 김영삼의 임기는 한 달 보름 남짓 남았다. 그러나 경제가 붕괴되어 '겡제'는 이미 사라진 것과 진배없었고, 경제를 재건해야 하는 '경제'는 국가정책의 일선으로 돌아와 있었다. 박태준의 그 자리는 대한민국 헌정사상 초유의 '수평적 정권교체'를 이룩한 영광의 자리이며 국가부도사태의 위기를 슬기롭게 이겨내야 하는 사명의 자리였다. 그러나 그 자리는 바로 김대중의 옆이었다. 그가 대통령에 뽑혀도 대구·경북(TK)지역은 '반DJ정서'의 높은 장벽에 에워싸여 있었다. 누구도

부인할 수 없는 그 엄연한 현실에서 TK지역의 여권 최고위 실세로 꼽히는 정치인 TJ, 아무래도 그는 정치적 기반이 불안정할 수밖에 없었다. 이것은 1997년을 마감하는 지점에 선 '정치인 박태준 개인'에겐 일종의 정치적 모순으로, 다시 역사적 고난에 도전해야 하는 국가의 일터로 복귀한 그의 큰 취약점이었다.

1998
2000

'정축국치'를 넘은 뒤

재벌개혁의 선봉

정축년이 갔다. 무인년 새해가 밝았지만 '정축국치'의 검은 그림자가 희망을 덮쳤다. 어떤 방법으로 억눌린 '희망'을 구출하여 밤의 등대처럼 깜박이게 할 수 있나. 일찍이 6·25전쟁터에서 절대적 절망은 없다고 깨달은 박태준은 '위기가 곧 기회'라는 금언(金言)을 새해의 희망으로 내걸 수밖에 없었다.

'DJT연대'의 공동정권을 준비하는 과정에서 박태준의 역할은 무엇보다 대통령 당선자 김대중을 도우며 무너진 경제재건에 앞장서는 일이었다.

1998년 1월 11일 아침, '실물경제의 대가'는 서울방송의 시사프로그램에 출연했다. 이미 그는 김대중과 재벌개혁의 기본방안 5개항에 합의해두고 있었다. 그의 제안을 김대중이 수용한 것이었다. 13일 아침, 그는 김대중 당선자와 함께 5대 재벌 총수와의 조찬회동에 참석했다. 이 자리에서 발표가 나왔다. 결합재무제표 조기도입, 상호지급보증 해소, 재무구조 개선, 주력기업 설정, 지배주주의 책임강화.

대통령 당선자 김대중과 숙의하는 박태준

이것은 재벌개혁의 나침반이었다. 굉장히 빠른 시일 안에 나온 해법의 공식이었다. '준비된 팀'의 손이 마련한 것이었다. 김대중은 '준비된 대통령'이라지만 그의 곁에는 '준비된 재벌개혁의 전도사'가 있었다. '세계 최고의 철강인'의 재벌개혁에 대한 의지와 구상은 IMF사태라는 특수하고 위태로운 상황에서 황급히 마련한 대응책이 아니었다.

국가경제를 위한 박태준의 신념은 재벌기업의 '소유와 경영의 분리'에 있었다. 실제로 그는 1980년대 중반에 재벌기업의 창업주들이 경영일선에서 물러나고 2세들이 물려받는 분위기 속에서 어느 재벌2세와 만나, "소유와 경영을 분리해보라. 1세와 달리 2세는 할 수 있다. 그렇게만 하면 당신은 국민적 영웅이 될 수 있다." 하고 간곡히 제안한 적도 있다. 이러한 그의 기업가정신이 김대중의 마음을 움직인 때는 벌써 지난해 9월이었다.

지난해(1997년) 9월 도쿄에서 두 사람이 만나 나눈 주요 대화는 이른바 DJT 연대. 두 사람이 많은 시간을 할애한 것은 한국경제, 그것도 재벌에 대한 얘기였다고 한다. 지금처럼 재벌이 방만한 경영을 한다면 나라 경제가 큰 위험에 빠질 것이라는 데 의기투합한 것. 이날 TJ는 재벌개혁에 관해 오랫동안 자신이 구상했던 내용을 털어놓았다. 원론적인 얘기가 아닌 재벌개혁에 대한 구체적인 프로그램까지 제시하자 DJ가 무척 놀랐다. 실제 DJ는 도쿄회담을 끝낸 직후 비서실장에게 '만에 하나 TJ가 다른 진영에 서더라도 우리가 이긴다면 모셔야겠다'고 말했다고 한다.

1998년 2월 15일자 일요신문

국가경제가 긴박하게 돌아가는 상황에서 1월 23일 박태준은 '포항 해맞이공원 기공식'에 참석했다. 포철이 지역사회를 위해 200억 원을 후원하는 시민공원 조성. 모처럼 내려온 지역구였으나 오래 머물 수는 없는 형편이었다. 포항공항으로 나가는 박태준의 승용차에는 경상북도 지사 이의근이 동승했다.

두 사람이 어떤 대화를 나누었는가는 중요하지 않다. 경북지사는 포항에 지역구를 둔 새 집권층의 막강한 실력자에게 여러 가지로 잘 도와달라는 부탁이나 했을 것이다. 그러나 묘한 추측이 나왔다. '선거 이야기'를 나눴을 것이라는…….

그랬다. 김대중 대통령의 집권 초반기에 잇따라 선거가 기다렸다. 6월의 지방선거만 아니었다. 그보다 앞선 4월 초에는 경북지역의 국회의원 보궐선거도 있었다.

서너 달 앞으로 다가온 큼직한 선거는 김대중과 연대한 박태준에게 정치적 시험대가 될 것이었다. 집권세력의 한 주축으로서 그가 다시 외칠 '산업화세력과 민주화세력의 화해, 영남과 호남의 화합'이 과연 TK지역에서 어느 정도의 공명을 일으킬지 의문이었다. 외환위기를 수습하고 경제재건의 희망을 보여주겠다는 그의 손짓에 힘이 실릴지, 김대중과 손잡고 있다는 사실 하나 때문에 절박하고 강렬한 호소마저 공허하게 흩어질지.

1월 25일 박태준은 오랜만에 포철에 대한 발언을 했다. 민영화를 통한 공기업의 국제경쟁력 강화를 강조하면서 '새 정부 출범 이후 포철의 민영화 작업이 가시화될 것으로 안다'고 했다. 3월 17일로 예정된 포철 정기주총에서 민영화 계획에 걸맞은 임원교체가 이루어질 것임을 암시하는 말이기도 했다. 이때 정부는 포철 주식의 40%(재경원 19%, 산업은행 14%, 시중은행 7%)를 보유했다. 항간에는 IMF관리체제에서 온전히 남은 대기업은 삼성전자와 포철밖에 없다는 한탄이 퍼졌지만, 새 정부는 나라 재정을 위해 포철의 귀중한 주식마저 외국인에게 팔아야 할 형편이었다.

2월 초순, 박태준은 아직 자신의 시간을 선거에 나눠 쓸 형편이 아니었다. 오직 경제에 매달렸다. 경제 재건에 혼신의 힘을 기울이느라 선거에 투입할 여력이 없는 상황, 역설적이게도 그것이 최선의 선거준비일 수 있었다. 진달래가 꽃망울을 터뜨리는 절기에 이르러 한국이 다시 희망의 길로 들어설 확실한 가능성만 보여준다면, 경북도민이든 포항시민이든 '김대중'과 손잡고 구국의 길에 나선 그의 충정을 너그러이 헤아려줄지 모른

다. 이때 한국경제는 이른바 '노·사·정' 대타협이 절실했다. '노사안정'
이 확보돼야만 '국가대란' 극복의 주춧돌을 마련할 수 있었다. 노사안정은
IMF관리체제를 넘어서기 위한 필수적 전제조건이었다.

2월 3일 박태준은 한국노총을 방문했다. 그는 특유의 솔직한 대화로 협
상 테이블에 앉은 대표들의 마음을 잡으려 했다. 2월 5일 민주노총도 방문
했다. 삼미특수강 해고노동자 문제를 화제로 삼다가 포철 얘기가 나왔다.
김만제의 포철이 삼미특수강을 인수했으니 자연스런 일이었다. 박태준은
분명히 말했다.

"포철이 삼미특수강을 인수한 것은 잘못된 일이다. 포철에 대한 여러 정
보가 들어오고 있다."

삼미특수강 인수를 둘러싼 의혹은 포항지역사회에도 공공연히 떠돌았
다. 포철이 지난해 한보부도사태 직후 삼미특수강을 매입하면서 삼미특수
강의 자산이 3천600억 원 정도에 불과하다는 지적에도 불구하고 기술료
1천억 원을 포함해 7천194억 원을 지불했다는 보도가 나올 정도였다.

2월 6일 미국 월스트리트저널은 곧 탄생할 정권의 한 축으로 떠오른 박
태준의 새로운 역할을 '영웅의 변신'이라 표현했다. 아시아 워싱턴포스트
도 '박정희 전 대통령의 막역한 친구였으며 관 주도 경제를 신봉한 핵심인
물이기도 했던 박태준 씨가 이제 과거 군사정권에 의해 납치돼 암살될 뻔
한 야당출신 대통령 당선자의 핵심고문이 되어 박 전 대통령이 의존했던
족벌경영의 재벌을 직접 손질하고 있다'며 새로 들어설 정권의 '경제전도
사'라 불렀다. 같은 날 LA타임스는 김영삼의 동정을 '임기가 약 3주일 남
았으나 잊혀진 것과 마찬가지다. 보이지 않는 사람이 되어버렸다'고 묘사
했다. 박태준과 김영삼, 두 사람의 개인적 입장으로는 또 한 번 '공교로운
날'이었다.

노사정 합의가 도출됐다. 주가의 끝없는 추락이 문득 소폭의 상승으로
반전되고 환율도 보합세를 형성했다. 한국경제의 희미한 청신호였다. 무엇
보다 소중한 일은, 다시 한 번 해보자는 국민의 결연한 행동이 국가적 재

도전의 분위기를 조성한 것이었다. 그 계기는 2월 초순 한반도 남녘의 거의 모든 가정이 장롱을 열어 '금 장식품'을 꺼낸 '금 모으기 운동'이었다. 전후(戰後)의 폐허와 굶주림을 기억하는 한국인은 주저 없이 조국을 위해 돌반지와 결혼반지를 들고 나왔다. 메달을 들고 나온 이도 있었다. 한국인의 끝도 없이 이어지는 장엄한 금 모으기 행렬은 세계 모든 나라의 안방으로 생생히 중계되었다. 그것은 한국인이 틀림없이 현재의 위기를 극복할 것이라는 믿음을 낳았다. 한국경제의 파란 불은 금빛의 파란 불이었다.

총리서리 체제의 봄날에

제15대 대통령 취임식이 보름 앞으로 다가온 즈음부터 자민련 명예총재 김종필에 대한 국회의 총리인준 처리문제가 큰 뉴스로 떠올랐다. 거야(巨野) 한나라당은 '반대' 당론으로 기울었으며, 소여(小與) 국민회의와 자민련은 공동정권의 존립근거를 지킨다는 자세로 대응하겠다고 했다. '큰집·작은집'과 같은 모양새의 '국민회의·자민련' 지도부는 소속의원들이 저마다 나서서 평소 교분이 남달랐던 야당의원과 개별적으로 접촉할 것을 독려하였다. 김대중 당선자도 예외가 아니었다. 당무위원과 의원 연석회의에서 모든 국민회의 의원이 대야 설득에 나설 것을 당부했다. 박태준은 'JP총리인준'을 공동정권 출범기의 정치적 난제로 생각했다. 여간 신경 쓰이는 일이 아니었다.

대통령 취임식을 사나흘 앞둔 날, 박태준은 광양만에서 올라온 한 기업체 대표를 만났다. 광양제철소 덕분에 사업이 크게 번창한 인물이었다. 그가 성금을 내놓았다.

"저 같은 사람의 성의가 나중에는 엉뚱하게 회장님을 괴롭히는 우환으로 변해서 억울한 유랑생활까지 하셨다는 걸 잘 압니다. 그러나 저의 성의는 받아주십시오. 회장님 덕분에 부자도 됐고 호남사람들 숙원까지 풀었습니다. 적지만 유용한 자리에 써주십시오."

박태준은 잠시 헤아렸다. 평소에 들은 그의 인격으로 보나 눈앞의 태도에 담긴 진심으로 보나 고마운 성금이었다. 급히 쓰일 자리도 헤아렸다.

"뜻에 따라 그대로 쓰겠습니다."

박태준은 10분을 넘기지 않았다. 10분 이상 돈을 쥐고 있으면 사심이 생길 수 있다는 오랜 원칙에 따라 즉시 자민련 당직자 한 사람을 불렀다.

"지금 JP총리인준이 초미의 과제요. 가만히 앉아서 전화만 할 수 없는 일 아니오? 나가서 만나야지요. 이 성금은 전부 나가서 밥값, 술값에 보태 쓰라고 하시오."

박태준은 풀어보지도 않은 꾸러미를 고스란히 넘겼다. 나중에 잘 배분해 줬는가를 묻지도 않았다. 그는 누구보다 'JP총리인준'에 정성을 쏟았다. IMF를 극복해나가야 하는 마당에 총리인준이 안 되면 첫걸음부터 부질없는 정쟁에 휘말릴 것 같았다.

2월 25일 대통령 취임식이 열렸다. 4만5천여 명을 초대한 국회의사당 앞 광장에서 새 대통령은 생애 최고 영광의 자리에서 굳은 표정으로 취임사를 읽어 내렸다. '오늘은 이 땅에서 처음으로 민주적 정권교체가 이루어진 자랑스러운 날'이라고 규정했음에도 '우리 국민에게 피와 눈물만 요구할 수밖에 없다'는 대목에선 언뜻 목이 메고 말았다. 김영삼 정권이 남긴 '정축국치'의 엄청난 그림자가 그의 영혼을 짓누르는 듯했다.

김영삼의 집권당을 물려받은 '거야'는 새 정권의 순조로운 출범에 협조하지 않을 만반의 준비를 갖추었다. 국회는 이날 오후에 본회의를 열어 '김종필 국무총리 및 한승헌 감사원장'에 대한 임명동의안을 처리할 예정이었다. 하지만 야당이 본회의를 무산시켰다. 총리가 없어서 내각을 꾸릴 수 없는 공동정권은 난감한 노릇이었다. 야당은 '무기명 비밀투표'마저 거부한다는 방침을 세웠다. '물'을 먹었거나 '개인적 인간관계'에 끌린 의원들이 당론을 거역할 수 있음을 고려한 결정이었다.

3월 2일 '김종필 국무총리 임명동의안'이 간신히 국회 본회의에 상정되었다. 국회의사당은 아수라장으로 변했다. 여당의원과 야당의원 사이의 낮

뜨거운 고함소리와 몸싸움, 한국국회의 전통처럼 굳어진 고질적 병폐가 국민의 안방에 넌덜머리를 일으키고 총리인준은 무산되었다.

공동정권은 내각구성을 더는 미룰 수 없어 지난 정권의 마지막 총리이자, 새 정권에서 아직 총리 자리를 지켜야 하는 고건에게 형식적인 장관제청권을 부여하고 김종필을 총리서리로 임명할 수밖에 없었다. DJT의 선택은 고육지책이었다. 그것은 여소야대 구조를 혁파할 인위적 정계개편의 필요성, 쉽게 말해 야당의원을 빼내 여당으로 영입시킬 수밖에 없다는 현실적 주장에 힘을 실어주는 계기가 되었다.

김대중 정권(국민의 정부)이 간신히 '김종필 국무총리서리체제'의 제1기 내각을 출범시킨 3월 초순, 야당은 '국무총리서리체제'의 위헌론을 제기하면서 여론몰이에 나섰다. 야당의 무리한 발목잡기는 IMF사태의 책임론을 호도하려는 저의를 깔고 있다는 개탄이 터져 나왔다. 6·25전쟁 이후 최대의 국란을 맞아 머리를 맞대도 국민에게 큰 위로가 안 되는데 거꾸로 정쟁으로 시간을 허비하며 불안과 초조를 더 부풀린다는 비난이 쏟아졌다. 그러나 국회는 국민의 손가락질에 고통을 느낄 양심조차 없는 조직 같았다.

3월 10일 한나라당의 이른바 헌정수호위원회는 국회의원회관 대회의실에서 '국무총리서리체제 위헌여부에 관한 공청회'를 열었다. 1990년부터 1992년까지 김종필·박태준과 더불어 민자당 지도부의 작은 축을 형성했던 이한동은 인사말을 통해, "김대중 대통령은 총리서리를 임명함으로써 헌법을 준수하겠다는 취임선서를 어겼으니 위헌사태를 종식시키기 위해서는 김종필 서리가 용퇴해야 한다."고 주장했다. 국제관계에선 영원한 동지도 적도 없다는 말이 있지만, 한국정치에선 이해관계에 따라 인간관계가 얼마나 무상해질 수 있는가를 확인시켜주는 한 장면이었다. 물론 저녁의 술자리에서 따로 만난 당사자끼리는 입장을 이해한다는 양해를 구할 수도 있겠으나, 그런 풍속을 알 수도 없고 알고 싶지도 않은 평범한 국민의 눈에는 '정치적 인간관계의 몰염치성'으로 비칠 따름이었다.

한나라당이 '총리서리체제'의 위헌성 홍보에 당력을 집중시키는 터에 박태준은 네 가지 중대한 현안을 맞이했다.

'포철 탈환', TK지역의 과다한 요구, 재·보궐선거 준비, 대통령과의 주례회동 준비.

포철 정기주총은 3월 17일로 잡혔다. 김영삼이 앉힌 '비철강인' 포철 회장 김만제만 교체하면 되는 일이었으나, 박태준과 그의 오랜 동지들은 비공식모임에서 '포철 탈환'이란 표현을 쓰지 않을 수 없었다. 이 봄날에 반드시 진주군 사령관을 밀어내서 포철에도 봄이 오게 해야 한다는 각오를 세우지 않을 수 없었다. 4반세기에 걸친 대역사를 '한국 근대화의 신화'로 완성한 직후에 미처 박수갈채를 받을 여유도 없이 정치적 보복의 희생양으로 쫓겨나야 했던 그들에게 '포철 복귀'는, 이열치열의 전투였던 '7·24 포항 북구 보궐선거의 승리'와 피를 말리는 승부였던 'DJT 승리'가 안겨준 가장 빛나는 보상이었다. 그래서 단순한 '복귀'가 아니라 험난한 투쟁의 결과로 얻는 '탈환'이 아닐 수 없었다.

하지만 어느 누구도 공개적으로 '탈환'이란 단어를 발설하지 않았다. 그것은 "포철이 당신네 사유물이냐?" 하는 역풍의 진원지로 둔갑할 가능성이 높았다. 포철을 완성한 주역들이 과거의 억울함에서 벗어나 명예롭게 복귀하는 모습은 위로의 박수를 받아야 하는가, 비난의 손가락질을 받아야 하는가. 한국사회에는 이런 경우에 손가락질부터 준비하는 인습이 엄연히 존재했다. 특히 김대중이 청와대 주인으로 등극한 모습을 눈꼴 시려 못 보겠다는 세력은 더욱 그랬다. 그들의 손가락질을 정치적으로 악용해 포철의 경영권을 잡아먹으려는 세력도 두 눈을 부릅떴다.

대통령선거에서 DJ와 손잡은 TJ의 체면이 손상될 만큼 김대중 후보에게 너무 인색하게 굴었던 TK지역. 그러나 대구·경북의 어려운 경제는 TK를 대표하는 정치인으로 지목된 박태준에게 많은 기대를 걸었다. 이제 다시 '당신의 포철'이 될 테니 어려운 지역경제를 위해 특별한 역할을 맡아달라는 건의가 많았다. 3월 초 대구를 방문한 박태준에게 대구상공회의소 회장은 포철이 2천억 원 정도를 대동은행과 지역 금융기관에 지원하도록 주선해 달라고 건의했다. 이에 자극을 받은 '대구종금사 비상대책위'는 '대구종합금융사 폐쇄로 인해 대구·경북경제가 큰 타격을 받을 것이므로 자금력이 확실한 포철이 이를 인수해 대규모 증자를 해줄 것'을 요청하는 건의서를 곧 포철과 각 정당에 제출할 예정이라고 밝혔다.

TK지역 경제인들의 무리한 건의는 대구·경북의 세 군데서 열리는 '4·2국회의원 재보선 선거'와 맞물려 있었다. 박태준은 곤혹스러웠다. 한 달도 남지 않은 선거, 포철의 형편, 지역경제의 난관, 국가적 차원의 판단. 네 가지 요소를 종합적으로 통찰한 그의 대답은 '검토할 만하다'는 것이었다. 언뜻 진퇴양난을 날씬하게 빠져나가려는 고도의 정치적 수사로 들릴 수 있지만, 단지 그것만은 아니었다. 포철에게 그만한 여력이 있다면 거시적 안목에서 검토해볼 필요성이 있다는 뜻이었다. 그 판단과 결정은 어디까지나 포철 새 경영진의 권한이었다. 실제로 그는 '탈환한 포철'의 새 경영진에 후배들이 배치되고 나서 '대구지역 금융기관 지원 검토'라는 메모를 보냈고, 그들은 '불가' 판정을 내렸으며, 이것은 그대로 되었다.

대구 달성, 경북 의성과 문경·예천의 국회의원선거. DJT 공동정권은 '최소한 한 군데라도 건져야' TK지역에 정치적으로 상륙할 교두보를 확보할 수 있었다. 국민회의는 달성에, 자민련은 문경·예천에 기대를 걸었다. 만약 문경·예천에서 자민련이 승리한다면 단순히 한 군데의 승리로 그치는 것이 아니었다. 정권교체 직후의 지방선거를 앞두고 민심의 풍향계가 매우 민감한 상황에서 한나라당의 확고부동한 요새인 경북지역에 정치적 지각변동을 촉발할 계기가 될 수도 있었다.

김대중 대통령과 박태준 자민련 총재의 주례회동. 이는 DJ가 TJ에게 힘을 실어주면서 DJT 공동정권을 원만하게 이끌어나가는 모습으로 비쳤다. TJ는 대화의 주종을 '경제'로 잡았다. 정치는 최소화하고 경제는 최대화하자. 이 방침을 명백히 세운 그는 마포구 공덕동에 따로 마련한 '총재 특보실'의 경제담당 특보에게 '주간 경제동향'이나 '주요 경제현안'에 대한 국내외 정보를 수집·정리하는 임무를 맡겼다. 사안에 따라서는 포스코 경영연구소의 협조를 받을 수 있도록 했다. 총괄적 실무는 경제관료 출신의 신국환 특보가 맡고, 일본에서 공부한 경제학 박사 한동훈이 그를 도왔다. 김대중과 박태준의 청와대 단독회동은 1998년 3월 11일 막을 올렸다. 2000년 5월 초순까지 매주 또는 격주로 만나 100회를 헤아리게 되는 이 회동은 IMF관리체제 극복에 국가적 총력을 기울여야 하는 김대중 정권의 전반기 국정에서 박태준의 역할을 단적으로 증명한다.

포철의 봄맞이, 관리사장의 고난

3월 17일 포철 정기 주주총회가 열리고, 대구·경북 재보선 국회의원 후보등록이 시작됐다. 포철 경영진은 회장과 사장이 바뀌었다. 신임 회장은 유상부, 신임 사장은 이구택. 이틀 전부터 지역사회에 공공연히 알려진 그대로였다.

김영삼이 박태준에게 혹독한 정치적 보복을 감행한 1993년 봄, 전혀 뜻하지 않은 인생의 수난을 날벼락처럼 맞았던 유상부. '삼성-재팬' 사장으로 옮겨가 도쿄에 근무하던 중 별안간 친정으로 돌아온 그는 환하게 웃었다.

"고향에 돌아온 기분입니다. 개인적으로 박태준 인맥의 재등장이란 표현은 맞지 않다고 봅니다. 김만제 회장을 제외하면 전임 경영진을 비롯한 모든 임직원이 박 회장과 함께 역경을 헤치고 오늘의 포철을 이룩한 그분의 인맥이라고 생각합니다."

공채 1기로 입사해 영일만에서 청춘의 28년을 몽땅 바쳐온 이구택은 회사 운영방안을 묻는 질문에 짤막히 소감을 밝혔다.

"포철이 오늘의 국난을 극복하는 데 앞장서겠습니다. 국익을 중시하는 창업이념을 재정립하겠습니다."

유상부와 이구택의 얼굴이 언론의 조명을 받은 날, 포철은 창업 30주년을 보름쯤 앞두었다. 창업 30주년, 포철 한 세대가 눈앞에 다가왔을 때 그날을 기념하듯 박태준과 그의 동지들은 극적으로 '포철 탈환'을 완수했다.

손가락질이 그들의 이마를 찌르기도 했다. 공개적인 비판과 비난에는 그만한 논리가 있기 마련이었다. 박태준의 한풀이 인사, DJT의 갈라먹기 인사라는 표현이 등장했다. 이번에 물러난 경영진은 별 흠이 없다는 김만제 두둔론도 나왔다. 박태준은 불쾌한 심정을 감추지 않았다.

"지난 5년간 포철경영에 문제가 많았음은 대통령직인수위 활동에서 확실히 드러났다. 그렇다면 철강전문경영인에 의한 포철경영의 원칙과 과감한 내부승진, 포철경영의 공채출신 시대 개막도 생각해야지."

박태준은 당연히 포철경영을 포철에서 성장한 철강전문경영인 후배에게 되찾아줘야 한다는 생각을 품을 수밖에 없었다. 그 논리적 근거를 '김만제의 방만한 경영'이 제공했다.

'김만제의 포철'은 광양제철소에 고철을 녹여 쇳물을 만드는 미니밀 설비를 마치 '스카이라인의 혹'처럼 붙여서 두고두고 말썽을 일으켰다. 동남아에 1조5천억 원을 투자하고 하와이와 서울의 부동산 매입에 돈을 펑펑 써댄 김만제식 방만 경영의 실태와 배경을 해부하고 그를 둘러싼 각종 의혹의 뼈대를 간추린 특집기사도 나왔다.

국회의원 재보선 선거는 일찌감치 자웅의 판세가 짜였다. 한나라당 박근혜 후보와 국민회의 엄삼탁 후보(대구 달성), 한나라당 정창화 후보와 자민련 김상윤 후보(경북 의성), 한나라당 신영국 후보와 자민련 신국환 후보(경북 문경·예천). 경북 두 곳의 자민련 후보는 한나라당 후보와 백중세를 형성했다. 의성의 재선거는 한나라당 정창화 후보가 미세한 우세를 보이면서 자민련의 김상윤 후보와 치열한 선두다툼을 벌였다. 문경·예천은 예천 출신 자민련의 신국환 후보가 선두를 달리면서 문경 출신 신영국 후보가 추격하는 형국이라는 분석이 나왔다.

경북 두 곳의 선거운동은 한나라당 지도부와 자민련 지도부의 총력전 양상으로 치달았다. 한나라당은 이회창 명예총재, 조순 총재, 이한동 대표,

김윤환 고문 등이 상주하고, 자민련은 박태준 총재를 비롯해 TK출신의 전·현직 의원을 투입했다. 확고부동한 요새를 사수하느냐, 그것을 파고들 교두보를 확보하느냐. 지방선거를 불과 두 달 앞둔 한나라당과 자민련은 경북지역에 당의 명운을 걸었다. 자민련이 둘 중 하나만 승리해도 경북의 정치 지형도엔 상당한 변화가 일어날 것이다. IMF관리체제를 초래한 한나라당을 계속 지지할지, 그것을 극복하는 공동정권의 보수정당에 힘을 실어줄지. 경북의 민심은 그런 시각으로 재보선 선거를 지켜보았다. 선거운동이 거의 종착역에 닿자 자민련의 희망은 문경·예천에 남았다. 여론조사는 예측하기 어려운 박빙의 승부를 예고했다.

4월 2일 저녁, 투표함이 열렸다. 대구 달성은 예상했던 대로 한나라당 박근혜 후보의 싱거운 압승이었다. 검증되지 않은 정치 신인이었으나 아버지 박정희의 음덕에다 반DJ정서가 겹쳐진 결과였다. 김대중의 국민회의는 애초부터 '연목구어(緣木求魚)'의 기대여서 쉽게 아쉬움을 떨쳤다. 문제는 경북 두 곳에서 선전한 박태준의 자민련이었다. 기대를 작게 걸었던 의성은 자민련 후보가 1천900여 표 차이로 낙선하고, 기대를 크게 걸었던 문경·예천은 박태준의 경제특보 신국환 후보가 1천300여 표 차이로 고배를 마셨다.

비록 패배했지만 반DJ정서가 기승을 부릴 것이라는 일반적인 관측은 제법 빗나갔다. 한나라당에게 IMF관리체제의 책임을 묻고 공동정권의 경제정책에 격려를 보내는 경북 북부지역의 민심을 확보한 근소한 차이의 패배, 말 그대로 석패였다. 공동정권이 출범하여 달포 만에 맞이한 석패, 그러나 석패도 틀림없는 패배였다. 문제의 핵심은 그것이 담보한 장래성이었다. 두 곳의 석패가 '박태준의 자민련'에게 경북지역에서 정치적 추격의 디딤돌이 되느냐, 현격한 패배로 진입하는 길목이 되느냐. 이게 관건이었다.

박태준은 석패의 아쉬움을 안고 서울로 돌아왔다. 자신의 정치적 기반이 불안정한 상태에 있다는 사실을 생생히 체험한 그에게 여권 고위층은 '그만하면 크게 선전했다'며 환한 웃음을 보냈다. 그는 왠지 떨떠름한 뒷맛을 지울 수 없었다. 날이 갈수록 근소한 패배가 현격한 패배로 다가설 듯했다. 그렇게 진행될 확실한 요인이 잠복해 있었다. IMF사태가 간신히 억누르고 있는 TK지역의 반DJ정서, 그 무대책의 전염병은 언제까지 양전할 것인가? 무시무시한 전염병이 한번 창궐하면 백약이 무효하지 않은가?

석패에 보내는 '말과 표정'의 위로는 어디까지나 '말과 표정'에 불과했다. 조그만 빌미에도 그것은 박태준의 정치능력을 의심하는 눈초리와 목소리로 바뀔 수 있었다. '한국 보수의 일정한 페레스트로이카'를 강조해온 개혁적 보수주의자 박태준이 DJ와 가까운 꼴을 봐주기 어렵다는 세력은 때마침 그의 가시 같은 실수라도 포착해 대들보만 한 잘못으로 비치게 하려고 호시탐탐 노리는 중이었다.

경북 두 곳의 패배는 4월의 자민련 총재실 분위기를 슬그머니 어둡게 만들었다. 말과 표정뿐인 얄팍한 위로의 껍질이 벗겨지면서 '하나도 못 건졌나' 하는 책임추궁이 '관리사장'의 어깨로 몰려들었다. 그는 정치현장에 몸을 들인 뒤 처음으로 '부덕의 소치'라는 말을 했다. 그가 부덕했다면 그 부덕의 핵심은, DJ와 한패가 되어 감히 경북 선거에서 이기려 했다는 것, 통치권력의 한 축으로 활약하지만 정치적 지역분점의 시대에 지역기반이 취약하다는 것이어야 했다. 단순히 당내 역학관계에만 초점을 맞추면 그의 곤혹은 '오너와 관리사장'의 관계에 놓인 '김종필과 박태준의 관계'로 분석할 수도 있었다.

'TJ 잔인한 4월'이란 말까지 나왔다. 광역자치단체장 연합공천 협상과정에서 '박태준이 김종필에게 뒤통수를 맞은 사건' 때문이었다. 그는 자민련의 강한 요구에 따라, 경기지사는 자민련에서 공천하기로 김대중과 합의했다. 그러나 김종필은 김대중과 만나 기존 결정을 뒤집고 인천시장을 자민련 몫으로 하기로 결정했다. 드디어 박태준이 푸념을 했다.

"하기야 나는 고용사장인데……."

'20대 80'을 고칠 힘까지 주시오

1998년 4월과 5월, 박태준은 국가경제의 현안을 챙기며 '자민련 총재'로서 정치적 역할에도 적극 나섰다. 그는 지방선거에 대비하는 두 달 동안을 전국적으로 자민련의 외연을 넓혀갈 기회로 삼았다. 무엇보다 경북에서 미래의 정치적 가능성을 확인할 몇 개의 구체적 승리를 거두는 일이 중요했다. 6·4지방선거를 앞두고 한나라당 소속 포항시장 박기환을 자민련으로 영입하자는 건의를 받아들인 것도 그러한 현실적 고민의 결과였다.

'포항시장 선거'를 두어 달쯤 앞둔 시점에서 박태준의 측근들은 전문기관에 여론조사를 의뢰했다. 포항은 그의 지역구여서 반드시 자민련 후보가 이겨야 겨우 '총재로서의 체면'이나 차릴 터. 3월 하순, 한 권위 있는 여론조사기관은 뜻밖의 결과를 내놓았다.

"누구를 자민련 후보로 세우든 박기환 후보를 이길 수 없고, 박기환을 자민련 후보로 영입해도 박기환이 이기는 결과가 나온다. 자민련이 이기려면 박기환을 영입하는 길밖에 없다."

박기환은 1995년 지방선거에서 '꼬마 민주당' 후보로 나와 예상을 깨고 포항시장에 당선된 뒤, 1997년 7월 포항시 북구 보궐선거에선 이기택 후보의 최고 참모 역할을 했다. 대선을 앞두고 이기택과 나란히 한나라당으로 들어간 그가 과연 자민련으로 옮겨와 여론조사의 예측대로 '절대 승리'할 것인지. 선거와 민심은 생물이라 했거늘, 남은 두 달 동안 아무런 변동이 생기지 않는다면 그 장담은 적중할 터였다.

지방선거를 준비하는 과정에서도 박태준은 '민영화 포철'의 장래가 걸린 중대한 문제에 깊은 관심을 기울였다. 5월 중순, 포철은 조만간 일어날 대변화에 대비했다. 신일본제철과 주식을 공동으로 보유하는 연합전선을 구축해 적대적 M&A세력으로부터 경영권을 보호하는 방안을 진행했다. 이 중대한 문제는 물론 기본적으로 포철의 새 경영진이 주도했지만, '명예회장'도 신일철 회장을 만나 훈수를 놓았다. 포철은 6월 하순까지 정부가 보유한 주식 33%를 뉴욕증시에 매각한다는 일정으로 '민영화의 길목'으로 다가서는 중이었다.

　5월 25일, 한국정부가 IMF에 제출한 이행각서에 따라 한국증권시장의 외국인 투자한도를 공식적으로 폐지한 첫날, 공교롭게도 종합주가지수는 곤두박질치며 장을 닫았다. 331.90, 11년 만의 최저치였다. 기관투자가들의 매물 홍수, 한국경제의 장래에 대한 불안심리, 민주노총의 파업경고 등이 엎치고 덮친 때문이었다. '몇 년 만의 최저치'라는 표현은 언론의 보도용으로나 적합했다. 증권시장의 퍼렇게 멍든 전광판은 파산으로 내몰린 수많은 가계의 '소리 없는 아우성'이었다. 거꾸로 상위 20% 안에 드는 부자들에게는 다시 한 번 재산을 급격히 불리기 위해 어서 빨리 증권시장과 부동산시장으로 달려가라는 '푸른 신호등'이었다.

　이 무렵, 박태준은 포항으로 내려갔다가 한 젊은이에게서 『세계화의 덫』이란 책을 선물 받았다. 독일 슈피겔지의 한스 피터 마르틴과 하랄드 슈만이 함께 쓴 그 책은 오늘날 좁아진 지구촌을 이렇게 규정했다.

　세계를 엮어주는 것은 더 이상 특정 이데올로기도 아니요 팝송문화도 아니요, 국제기구나 생태계 문제도 아니며, 전자통신망으로 얽히고설켜 지구촌을 농락하고 있는 다국적 은행, 보험회사, 투자기금회사 같은 '돈기계'들이다.

　그 책은 조지 소로스 같은 국제금융투기꾼이 컴퓨터 앞에 앉아 '돈기계'를 이용해 단 1분 만에 1억 달러를 번다는 사실을 폭로했다. 한국사회의 신조어로 정착한 '20대 80'의 고통스런 사회구조도 예견했다. 상위 20%에 속하는 사람만이 좋은 일자리를 얻어 안정된 생활 속에서 자아실현을 할 수 있고 나머지 80%는 실업자나 불안정한 일자리, 형편없는 음식, 매스컴에서 쏟아내는 온갖 천박한 대중문화 속에서 별 고민 없이 그럭저럭 먹고산다고. 하위 80%의 대다수가 상위 20%에 빌붙어 먹고사는, 이른바 20대 80의 사회.

　박태준은 『세계화의 덫』을 건네준 젊은이의 속뜻을 '당신이 한국경제를 재건한 주역으로서 이 사회가 20대 80의 사회로 굳어지지 않도록 최선을 다해달라'는 것으로 받아들였다. 그는 답답했다. 두 독일인의 지적과 비판도 옳고, 그들의 목소리를 전달하려 애쓴 한 젊은이의 속뜻도 옳았다. 그러나 한국의 현실은 한마디로 엉망이었다. 무너진 증권시장, 파산의 나락으로 떨어진 가계. 은행에 저당 잡힌 부동산이 헐값에 쏟아져 나왔다. 약육강식 체제의 사냥꾼은 바닥에 떨어져 휴지뭉치처럼 깔린 주식과 시세 폭락의 부동산을 노리며 떼돈 담을 포대를 펼쳤다. 오래지 않아 '20대 80'의 사회를 만들어나갈, 느긋한 눈빛으로 즐비하게 늘린 사냥감을 골라 잡는 사냥꾼. 그러나 공동정권은 불행히 '자본주의의 비정한 사냥꾼'을 당장에 통제할 만한 여력이 없었다. 구조조정과 수출을 독려하고 부실기업을 정리하면서 거대한 공적자금을 마련하는 가운데 늘 외환관리에 신경을 곤두세워야 했다. 박태준은 눈빛이 초롱초롱한 지역구의 젊은이들과 만난 자리에서 자신의 가슴을 치는 듯한 '탄식'으로 선거운동을 대신했다.

"우리 공동정권이 아무리 노력해도 앞으로 십 년 안에는 IMF 이전의 경기를 느낄 수 없습니다. 1995년 미국이 WTO체제를 관철시키면서 금융국경까지 붕괴시켰을 때, 그것이 어떤 의미인지 우리 청와대가 누구보다 긴장된 시선으로 공부해야 했습니다. 그런데 거꾸로 갔고, 이것이 불행의 시작이었습니다. 과거에 민주화투쟁을 해온 사람들은 단순히 인권만 말하지 않았습니다. '부익부 빈익빈'의 사회구조, 그것을 확대재생산하는 사회구조를 개혁해야 한다고 주장했습니다. 나도 일정하게 공감해온 주장입니다. 그러나 지금은 바로 그 민주화운동가라고 자처해온 세력에 의해 '20대 80'이라는, 가장 나쁜 모습의 '부익부 빈익빈'이 굳어지고 있습니다. 나는 당장 그것을 막아낼 힘이 없습니다. 경제회생이 급선무이기 때문입니다. 일에는 순서가 있지 않습니까? 경제회생 다음에는 사회체제를 구조조정해야 합니다. 그 두 번째의 일을 해야 할 시기에 과연 나에게 정치적 힘이 남아 있을지 의문입니다. 이런 나를 믿는다면, 여러분이 내게 정치적 힘을 주어야 합니다. 그 힘은 여러분의 가슴과 손에 있습니다."

그러나 6·4지방선거는 박태준의 자민련에게 경북의 몰락을 안겼다. 그의 체면이 걸린 포항시장마저 떨어졌다. 두 달 전의 여론조사가 '절대적 당선'을 보장한 박기환 후보였지만, 이제 경북은 '박태준의 포철'이 있는 포항마저 한나라당 텃밭으로 변했다. 6·4지방선거는, 재보궐 국회의원선거의 '아쉬운 석패'가 현격한 패배로 진입하는 길목이었다는 점을 명백히 보여주었다. 김대중과 손잡은 박태준이 국가위기상황을 타개하기 위해 어떤 막강한 실력을 행사하고 어떤 훌륭한 공적을 세우든 TK지역의 반DJ정서는 도저히 넘어설 수 없다는 확실한 증거였다. 20대 80으로 굳어지는 체제까지 뜯어고칠 권력은 아무래도 그의 손에 들어오지 않을 조짐이었다.

승리의 보람과 시련의 계절

박태준은 TK에서의 완패를 차라리 홀가분하게 받아들이고 싶었다. 얼굴을 구기고 말았지만 누구든 TK의 반DJ정서를 넘어설 비법이 있다면 자민련 총재를 넘겨주고 싶은 심정이었다. 그럼에도 그는 아직 선거운동을 떠날 수 없는 몸이었다. 또 하나의 선거가 뜨거운 여름을 기다렸다. 부산시 '해운대·기장군' 보궐선거. 김대중과 손잡은 박태준의 자민련이 TK지역에서 두 번 연속 패배한 뒤 이번엔 PK지역에서, 그것도 그의 고향에서 정치적 기반을 검증할 기회였다.

공동정권의 초창기에 '삼수생'처럼 목마른 승리에 도전하는 박태준의 자민련은 김영삼 밑에서 국회의원을 지낸 기장군 출신의 김동주를 선택했다. 박태준은 김동주와 '고향정서'의 순풍을 만들어 반DJ정서의 역풍을 물리치겠다는 전략을 세웠다. 그러려면 고향 발전의 실질적 계획을 제시해야 했다. 이는 공동정권의 한 축을 맡은 박태준의 몫이었다.

'고향론·지역발전론'과 '한나라당 정서'의 대결. 이 결과는 자민련 김동주 후보의 신승이었다. 세 번 도전한 끝에 어렵게 얻어낸 한 번의 승리였다. '삼수'의 험난한 투쟁이 만든 한여름의 승리는 정치권에서 박태준의 구겨진 체면을 말끔히 펴주었다. 오랜만에 그는 쾌활한 웃음을 앞세우고 자민련 총재실로 들어섰다. 꽃다발과 박수가 기다렸다. 그는 속으로 한숨을 돌렸다. 체면을 세워주는 승리의 기쁨도 기쁨이지만 지긋지긋한 선거운동이 마침내 끝났다는 해방감이 뿌듯하게 피어올랐다. 승리와 해방의 기쁨은 국정에 전념할 기회가 돌아왔다는 행복이기도 했다.

박태준은 귀한 승리를 안고 7월 24일 김대중 대통령과의 주례회동에 나갔다. 공동정권의 수뇌부는 모처럼 즐거운 시간을 누렸다. 여당에서 3석을 늘렸기 때문이었다. 국민회의 조세형과 노무현, 자민련의 김동주.

이날 주례회동의 결과를 청와대 대변인 박지원은, "15대 국회 후반기 국회의장 후보로 자민련 박준규 최고고문, 부의장 후보로 국민회의 김봉호 의원을 각각 내세우기로 했으며, 여야가 조속히 총리인준안을 처리하여 김종필 총리서리가 경제살리기 등 국정에 전념할 수 있도록 해야 한다는 데 의견을 같이 했다."라고 밝혔다.

1998년 8월부터 박태준은 승리의 기반 위에서 '정치에 투신한 보람'을 체험하는 계절을 맞았다. 한나라당 총재 이회창이 '여야 영수회담'에서 자민련 총재를 빼야 한다는 심통을 부리기도 했으나 하나의 소극에 지나지 않았다. 이제 그는 국가지도자의 위치에서 대통령의 두터운 신임 아래 까마득한 젊은 날에 세운 '짧은 인생을, 영원한 조국에'라는 좌우명을 당당히 실천해나갔다.

가을바람이 불어오면서 언론은 재벌기업의 빅딜(대규모 사업교환) 추진상황에 대해 박태준의 생각을 주목했다. 9월 9일 경제부처 장관들이 긍정적인 평가를 내렸다.

"재계의 자율적인 노력을 고맙게 생각하며, 특히 핵심 부분의 강화 측면에서 바람직하다. 구조조정을 이만큼 한 것은 상당한 진전이다."

그러나 박태준은 거침없이 비판하며 직격탄을 날렸다.

"재벌그룹의 1차 빅딜은 빅딜이 아니라 지분을 서로 나눠 가지는 것에 불과하며, 대통령도 만족하고 있지 않다. 5대 재벌이 핵심주력업종은 제외하고 처분이 어려운 기업을 골라 합치려는 것에 불과하다. 5대 재벌이 연초에 김대중 대통령과 만나 합의한 5대 원칙을 저버리고 국민을 우롱했다. 재벌이 국가위기 극복보다는 여전히 지분 확보에 집착하는 것 같아 유감이다."

정치권력에 몸담은 가장 큰 보람과 목적이 '국가경제회생과 재벌개혁'에 있다는 사실을 번뜩번뜩 빛나게 하는 대목이었다.

10월 7일 박태준은 특별 빈객 자격으로 대통령 김대중의 3박4일에 걸친 일본 공식방문에 동행했다. 9월 26일 청와대 주례회동에서 대통령이, "일본에 함께 가자."고 요청하면서 이뤄진 일이었다. 대통령 방일에 앞서 그는 9월 16일부터 한 주일 동안 일본에 머물렀다. 사전 정지작업을 해두는 목적이었다. "선배님, 제가 내일 총리대신이 됩니다." 하고 전화로 알려준 오부치 총리를 비롯한 현직 각료들, 나카소네와 다케시다를 비롯한 막후 실력자들을 연쇄적으로 접촉하여 '한일어업협정, 일본의 30억 달러 상업차관 제공' 등 정상회담의 주요 의제가 매끄러운 합의에 이를 수 있는 길을 닦았다.

대통령의 방일에 동행하는 박태준을 위해 '특별 빈객'이란 특별한 명칭이 고안된 것처럼, 자민련 내부에서는 우당(友黨)이긴 해도 집권여당 총재가 대통령을 수행하는 것은 곤란하다고 반발했다. 그는 '의전보다 국익이 먼저'라고 일축했다. 언론은 1997년 9월 29일 김대중과 박태준이 도쿄에서 만나 'DJT연대'를 잉태한 일을 상기시키며 두 사람의 '정치적 밀월'이 더욱 깊어지고 있다고 보도했다.

낙엽이 뒹구는 11월이 왔다. 겨울의 시작과 더불어 박태준은 '정치적 시련'의 계절에 접어들었다. 김대중과 김종필이 연대할 때 합의한 내각제가 자민련 총재의 앞마당을 허연 서리처럼 덮었다. 언론도 "내각제 개헌, 언제쯤 공론화될까?" 하며 불을 지폈다.

11월 3일, 김대중과 김종필이 손잡은 지 딱 1년이 되는 날, 드디어 자민련 대변인이 성명을 발표했다. "양당의 '내각책임제 추진에 관한 협약' 서명 1주년을 맞아 역사적 정권교체의 의미와 향후 정치일정을 되새기고자 한다."라는 내용이었다. 내각제 정쟁(政爭)의 신호탄이었다.

내각제 개헌은 생각도 다양하고 반응도 다양했다. 김대중 대통령은 9월 22일 이미 "지금은 경제난국 극복에 전념하고 내년에 우리가 서로 논의할 것"이란 입장을 밝혀두었고, 조순형 국민회의 총재대행은 10월 30일, "내각제의 운영방식이나 개헌이 실현 가능한지에 대해 회의적 시각이 있으나 약속에 따라 권력구조를 바꾸는 작업과 약속이행의 준비는 내년 들어 시작될 것"이라고 강조했다. 공동정권의 큰집 대표들이 '약속이행'의 원칙만 미지근하게 확인해준 발언이었다. 이에 맞장구치듯 자민련의 '오너' 김종필 총리도, "내년 하반기라고 여러 번 말하지 않았느냐" 하며 아직은 느긋한 반응을 보였다. 그러나 DJP연대의 '내각제 합의' 실무협상 당사자인 자민련 수석부총재 김용환은, "개헌에 필요한 시간은 마음만 먹으면 두어 달이면 충분하다"며 단호한 태도를 보였다.

박태준은 '경제회복 속도와 내각제 공론화 시기'를 함수관계로 보았다. 노태우·김영삼·김종필의 3당합당과 비슷하게 공동정권의 안방에 묻어둔 시한폭탄 같은 내각제 개헌, 이것이 조기에 공론화되면 국력의 분열로 이어질 수밖에 없다는 판단이었다. 묘하게도 이 논리는 김대중의 발언과 일치해 그는 당내 충청권 의원들로부터 미심쩍은 눈길을 받았다.

DJP연대의 1주년이 지나는 이때, 내각제 개헌을 실현할 정치적 지형도는 익명을 요구한 여권 핵심인사의 발언에 적나라하게 나와 있다.

"내각제 개헌은 국회에서의 2/3선 확보나, 국민투표라는 절차를 거쳐야 하는데, 그 과정은 한마디로 험난한 '가시밭길'이다."

어쨌든 김종필의 선택이 결정적으로 작용하여 '내각제 개헌'은 1999년으로 넘겨졌다.

11월 12일 자민련 총재 박태준은 국회에서 '교섭단체 대표연설'을 했다. 생애에 처음 서는 자리였다.

"노숙자, 명예퇴직자, 정리해고자, 대졸 미취업자. 불행한 오늘의 이 현실을 참으로 깊이 생각해야 합니다. 이들은 다름 아니라 정권이 잘못하고 정치가 잘못해서 만들어낸 이 시대의 희생자입니다. 잃어버린 그들의 삶은 우리가 책임져야 할 정치적 굴레이고 멍에입니다.

여기서 경제가 더 나빠지고 실업이 더 늘어난다면 사회 안정은 파괴될 수 있습니다. 자칫 우리 사회의 총체적 파탄을 불러올지도 모릅니다. 우리는 어떠한 일이 있더라도 금년 말까지는 경제·사회적 구조개혁을 끝내고, IMF를 벗어날 수 있는 기반을 마련해야 합니다. 아무리 늦어도 내년 중반 이후부터는 우리 경제가 다시 '플러스 성장'을 회복해야 합니다.

그리하여 희망과 기대를 갖고 새로운 세기, 2000년을 맞이할 수 있어야 합니다. 그러기 위해서는 비장한 마음으로 우리 자신을 우리 스스로 개혁하는 도덕적 결단 위에, 우리 정치가 달라져야 합니다.

'고비용 저효율'의 정치구조를 개선하고 지역화합과 국민통합을 실현하며 선진의 선거제도와 문화를 정착시킬 수 있도록 정치개혁을 해야 합니

국회 교섭단체 대표연설을 하는 박태준(©중앙일보)

다. 정쟁을 지양한 가운데 머리를 맞대고 대화하고 토론하며, 나라를 살리는 데 몸부림쳐야 합니다. 우리 다함께 무한책임을 통감하며 한국정치의 재건을 위해서 혼신의 노력을 경주합시다."

'고비용 저효율'의 정치구조를 '저비용 고효율'로 개혁하자는 박태준의 목소리는 '영일만의 기적'을 창조해나가던 시절의 외침과 무척 닮아 있었다. 그때 그는 '최저 비용으로 최고 제철소'를 건설하자고 역설했다. '저비용 고효율' – 경제 냄새를 물씬 풍기는 이 시대적 요청을 한국의 정치계에서 실현할 수 있는 길이 열릴 것인가? 그는 내각제 개헌이 물 건너갈 경우엔 중대선거구제 도입을 하나의 가능성으로 떠올려보았다. 하지만 그는 김대중이나 김종필과 달리 정당의 '오너'가 아니었다. 자민련 총재로 있지만 실질적 소유자는 김종필이고, 그는 '관리사장' 지위였다. 그의 정치적 구상은 최소한 JP의 지원을 받아야 비로소 현실적인 실천력을 확보할 것이었다.

위기를 넘어 문화의 세기로

'정축국치' 첫 돌이 다가왔다. IMF가 발발한 뒤 마라토너처럼 앞만 보고 달려온 박태준은 국회교섭단체 대표연설을 마친 다음날, 오랜만에 '권좌에서의 1년'과 '개발시대의 의미'에 대한 자신의 생각을 정돈하고 피력하는 시간을 마련했다.

박태준은 '근대화 40년'을 다음과 같이 평가했다.

"6·25전쟁 이후 민주화를 위한 투쟁의 한 정점이 4·19였고, 5·16 이후에 산업화세력과 민주화세력 사이의 갈등과 대립이 본궤도에 진입되었던 셈인데요. 장구한 역사의 흐름 속에서 1960년대부터 오늘까지의 40년에 대하여 어떻게 평가할 것인가, 이 문제는 성급히 다룰 성질이 아닌 것 같습니다. 한 개인의 인생에서야 40년이란 거의 절대적인 시간이지만 역사에서의 40년이란 한 개인의 인생에 비유한다면 몇날며칠에 불과할 수도 있는 거 아닌가요? 그런데 우리 세대가 살아온 지난 40년이 시간의 양이 라는 측면에서는 역사에서 매우 짧은 시기에 지나지 않는다고 하더라도, 질이란 측면에서는 매우 소중하게 다룰 수밖에 없을 거라고 예측해 봅니 다.

지난 40년 동안 우리는 경제도 성공했고 민주화도 성공했습니다. 어디 까지나 한반도의 남쪽, 대한민국만을 염두에 두고 지금 하는 말이지만, 일 단 우리는 두 마리 토끼를 잡은 셈입니다. 물론 지금 IMF체제 속에서 온 갖 고통을 국민들이 짊어지고 있지요. 그러나 5천 년씩이나 대물림 받았던 절대빈곤의 역사에 마침내 종지부를 찍었다는 것은 역사적으로 엄청난 의 미를 부여할 수밖에 없을 것이고, 많은 우여곡절을 거쳤지만 제2차 세계 대전 이후의 서구사회에도 드문 경우이고 동아시아에서는 유례를 찾아볼 수 없는 수평적 정권교체를 우리가 성공시킴으로써 민주주의의 새로운 단 계에 진입했다는 사실에 대해서도 굉장한 의미를 부여할 수밖에 없을 것 입니다. 우리가 우리 자신이 살았던 시대에 대하여 성급하게 평가하는 것 은 금물이지만, 20세기를 마감하는 이 시점을 기준으로 말한다면, 우리 대 한민국은 분명히 경제와 민주주의를 둘 다 성공시킨 나라라고 자부할 수 있다고 생각합니다. 그러고 보면 후세에서는 '그 상상력이 예측한 평가'가 나올지도 모르지요."

박태준이 말한 '그 상상력이 예측한 평가'란, "역설적이게도 산업화세력 과 민주화세력의 대립이 서로에게 사명감을 자극하고 신념을 강화시키는 순정한 힘으로 작용하여 경제도 발전시키고 민주화도 진전시키는 특이한 시대였다는 평가가 나올 수도 있지 않겠습니까?"라고 했던 인터뷰어의 질 문을 가리킨 것이었다.

박태준은 국민회의와 자민련의 '공동정권'이 티격태격 다투는 내각제 개헌에 대해서는 다음과 같이 피력했다.

"나는 현행 대통령선거와 대통령제가 안고 있는 문제점들을 극복하고 새로운 세기를 맞이해야 한다는 생각이 누구보다 강한 사람입니다. 동서

화합이란 것도 수식을 걷어버리면 지역감정의 해소라는 알맹이가 나오게 됩니다. 우리 공동정권이 열정적이고 순수한 노력을 기울이고 국민들도 크게 각성을 해서 일상생활에서는 드디어 지역감정을 많이 해소한 시대가 도래했다고 가정하더라도, 그때 가서도 대통령선거를 하면 투표행위 자체는 지역감정에 종속된 결과가 나올 것이라고 생각합니다. 몇 세대가 지난 다음에는 또 모를 일이지만요.

더구나 통일시대를 고려해보세요. 위기와 소외와 상대적 열등감을 느낀 북한지역의 유권자들은 북한지역 출신의 후보자에게 아낌없이 표를 몰아주게 될 겁니다. 그렇게 되면 그때 우리의 대통령선거는 여전히 천문학적 돈을 쓰게 되고 그로 인한 악순환이 거듭되는, 현재의 '비이성의 갑옷'을 벗어던지지 못합니다. 그것은 불행이지요.

그런데 내각제의 필요성을 지지하는 지식인들 중에도 정치권이 뭔가 근본적으로 개혁돼야 한다는 불만이 많다는 걸 압니다. 비단 지식인뿐만 아니지요. 국민들의 정치권에 대한 정서가 아주 좋지 않다는 것을 나도 잘 알고 있습니다. 나는 내각제라는 새로운 체제를 수립하기 위해서도 우리 정치권이 각성해야 한다고 생각합니다. 우선은 정경유착의 청산입니다. 기부금과 후원금, 이런 것들이 법의 테두리 안에서 이루어져야 합니다. 또 생산적인 국회가 되어야 하고 국회의원들이 국민으로부터 신뢰를 회복해야 합니다. 그러기 위해서 현재 진행 중인 정치관계 법률들이 제대로 정비되어야 할 것입니다."

박태준은 '리더십'에 대해서는 다음과 같이 정리했다.

"리더십만 해도 그래요. 위기의 시대에서는 어느 나라를 막론하고 훌륭한 국가적 리더십이란, 당대를 함께 살아가는 국민들을 어서 빨리 그 위기로부터 구해내기 위해 국민 개개인의 역량을 원래 그 개인이 가졌던 것 이상으로 발휘하게 만드는 것이라고 생각합니다. 처칠이나 루스벨트가 존경받는 지도자가 될 수 있었던 비결도 바로 거기에 있었던 겁니다. 한 번은 어느 언론사와의 인터뷰에서 '최근에 일고 있는 박정희 대통령 붐에 대해서 어떻게 생각하느냐?'하는 질문을 받았던 적이 있습니다. 개인적으로 그분을 존경하는 사람이지만 이렇게 반문했어요. '그분의 리더십은 절대빈곤의 시대를 타파하기 위한 시기에 가장 효율성을 발휘할 수 있는 것이었는데, 지금의 시기에 그런 리더십이 그렇게 효율적으로 통할 수 있다고 생각하느냐?' 그랬기 때문에 나는 '동서화합'과 '산업화세력과 민주화세력의 화합', 이것이 우리 시대의 난제를 해결하고 경제위기를 돌파할 수 있는 리더십이라고 판단했습니다. 그래서 'DJT연대'를 결단했던 것입니다. 이러니 내가 '그런 흑백논리식 고정관념'에 대해서 왜 불만이 없겠어요? 말을 아끼는 겁니다. 지금은 공동정권이 삐걱거리는 소리를 최소화해야 하기 때문입니다."

박태준이 말한 '그런 흑백논리식 고정관념'이란 인터뷰어의 지적에 대한 답이었다. 인터뷰어는, "최근에 청와대나 국민회의의 권력을 등에 업고 정치적인 문제를 발언하는 학자들은 기본적으로 '근대화 과정에서 산업화세력은 악이었고 민주화세력은 선이었다'라는 고정관념을, 그 껍질을 깨고 나오지 못한 것 같습니다." 하고 의견을 냈던 것이다.

박태준은 외환관리와 외환위기의 극복과정에 대해서는 다음과 같이 설명했다.

"우리나라처럼 수출 위주의 경제를 이끌어나가는 나라의 경제 건강성은 첫째 조건이 외환관리에 있습니다. 항상 최소한 수입 총액의 30% 선에서는 외환을 보유해야 합니다. 그런데 외환보유고가 계속 곤두박질을 치는 상황에서 김영삼 정부는 국민들에게 1만 달러씩이나 가지고 해외여행을 가도 좋다는 장려를 했습니다. 외환보유고만 곤두박질을 치고 있었던 게 아닙니다. 문민정부 동안에 외채가 눈덩이처럼 불어나서 무려 1천550억 달러나 되었습니다. 그런 상황에서 97년 말에는 우리나라의 외환보유고가 겨우 이틀 동안의 대외결제분에 해당하는 38억 달러에 불과했던 겁니다.

정권을 정식으로 인수하기 전부터 우리가 떠맡았던 외환위기를 극복하기 위한 노력은 기본적으로 세 가지 갈래에서 전개되었습니다. 첫째는 적

정선의 외환보유 확보였습니다. 천신만고의 노력 끝에 97년 말에 겨우 38억 달러였던 가용 외환보유고가 지금은 452억 달러에 이르렀습니다. 금년 2월, 3월에 나는 목구멍에서 피가 올라오기도 했습니다. 일본으로, 미국으로 하루 종일 전화질만 해댔던 기억이 있습니다. 남들이 다 나를 타고난 강골이라고 하는데 그 시기에는 건강관리에도 구멍이 생겨서 며칠을 설사도 하고, 애를 먹었어요. 우리가 이만한 가용 외환보유고를 확보하기까지에는 정말 정부 차원에서, 집권여당 차원에서 피를 말리는 노력을 기울였던 겁니다. 수출을 증대시켜야 했고, 사치품의 수입을 억제해야 했고, 외국인 투자와 관광객을 유치해야 했고, 단기외채를 장기외채로 전환하는 협상을 벌여야 했어요. 내가 이 자리에서 정치공세를 하자는 것은 아니지만, 야당 지도부에 대해서 섭섭해 하는 것은 그 피 말리는 시기에 우리가 그토록 정쟁을 지양하고 금년 1년만 봐달라고 사정을 했음에도 사사건건 우리의 발목을 잡았다는 사실입니다. 이제야 원망해보았자 소용도 없는 일이지만, 우리가 국민들의 애국심에 호소해서 현명하고 근면한 우리 국민들이 장롱 속에서 결혼반지나 애기들 돌반지까지 들고 나오는 마당에서, 그 우리 국민들을 엄청난 고통 속으로 몰아넣은 책임을 져야 할 사람들이 어떻게 그런 태도를 취할 수 있었을까, 나는 참 의아했습니다."

박태준은 세기말의 한 지도자로서 21세기의 비전을 다음과 같이 챙겼다.

"이제는 누구나 다 말하는 상식이 되었습니다만, 21세기는 정보통신의 시대, 지식산업의 시대, 문화의 시대입니다. 그런데 우리는 그에 대한 대비를 착실하게 해놓지 못한 형편입니다. 최소한 10년 전부터는 이런 21세기의 성격을 내다보면서 차근차근 준비를 해야 했는데, 우리는 그렇지를 못했습니다. 내가 문민정부의 무능을 가장 뼈아프게 생각하는 대목도 여기에 있습니다. 과거의 문제들을 21세기의 전망 속에서 재조정해야 할 긴요한 시기를 허송하고 말았던 것입니다. IMF가 왔다는 것은 우리를 오늘의 이 고통 속으로 몰아넣었다는 단순한 의미가 아닙니다. 미래를 대비해야 할 시간을 **빼앗겼다**는 사실이 가장 **뼈아프**고 중요합니다. 지금의 우리는 일단 경제위기를 극복하기 위해서 국력을 들이부을 수밖에 없지 않습니까? 문화도 정말 중요한데…….

문화와 문화산업을 혼동하는 사례도 있는 것 같습니다. 문화라는 것은 사람들이 생활하고 생각하는 틀이면서 또한 사람들의 삶을 좀 더 쾌적하게 하고 사회를 효율적으로 운영하게 하는 제도적 체계라고 할 수 있을 겁니다. 그런 문화를 소비의 대상으로만 생각한다거나 가시적인 것으로만 생각한다면 문제가 발생할 수밖에 없겠지요. 그런데 일본 대중문화를 개방하는 시점에 와서 자꾸만 문화를 사업의 한 영역으로만 다루려는 경향이 확대되는 것 같습니다. 물론 문화산업을 통해서 외화를 벌어들이거나 아끼게 된다면 그것은 금상첨화일 텐데, 그러나 문화를 지나치게 사업적인 안목에서 다루다보면 저질문화가 소비시장에 나올 수도 있고 자칫 본말이 전도될 우려도 있다고 생각합니다. 그래서 정책을 입안하고 펴는 쪽에서는 문화에 대한 개념부터 더 확실히 하고, 이왕이면 문화산업이 그 개념의 뿌리를 내린 위에서 피어날 수 있도록 해야 할 것입니다. 지역문화의 문제, 우리 포항의 문화에 대해서도 나는 남다른 관심을 가지고 있습니다. 우리가 거대 프로젝트에만 몰두하다보면 자칫 문화와 같은 소프트웨어를 놓치는 수가 있어요. 분명히 오늘의 우리는 위기의 시기를 살고 있습니다. 그러나 우리가 지혜와 용기를 발휘한다면 이 위기를 넘어서 희망의 21세기를 열어젖힐 수 있습니다.

우리는 19세기말의 실패를 20세기말에 되풀이해서는 안 됩니다. 나는 개인적으로 우리 세대가 고생도 많이 했고 고생을 한 만큼 보람도 세웠다고 생각합니다만, 21세기의 기초를 제대로 놓아서 후손에게 물려줌으로써 근대화 창업세대로서의 역사적 의무를 성공적으로 완수해야 한다고 생각합니다. 정보통신, 문화, 환경, 분단극복이라는 이 큼직큼직한 과제들을 화두처럼 항상 머리와 가슴에 간직하고 있어야 한다고 생각합니다. 그래서 마침내는 위기의 시대를 넘어서 인간다운 삶이 꽃피는 문화의 세기에서 우리의 후손이 살아가게 되기를 간절히 소망하고, 또 그것을 위해서 나에게 주어진 책무를 성실하게 이행해나갈 것입니다."

이 늦가을에 언론은 일제히 박태준의 '철저한 성품'을 유감없이 보여주는 기사를 썼다. 국회 보건복지위원인 박태준 자민련 총재가 '역대 여야 총재 가운데 국감 출석률 최고'로 꼽힌다는 것. 그는 직접 질의하기보다는 공방을 지켜보는 쪽이었다. 그러나 답변이 불성실하거나 우물쭈물하는 기관장은 혹독하게 질책했다. 부임한 지 2년이 됐으나 업무파악조차 제대로 못한 기관장을 국정협의회에서 문제 삼은 적도 있었다.

시한폭탄 '내각제'

11월 24일 신문에는 박태준의 총재취임 1주년 기자간담회 발언이 실렸다. 기사의 초점은 1999년 말까지 내각제 개헌을 완료한다는 국민회의와 자민련의 개헌시한 합의에 대한 그의 유연한 자세에 맞추어졌다.

"내각제 개헌합의는 경제가 그런 대로 유지된다는 것을 전제로 한 것으로, IMF라는 특수상황이 생겼으니 경제문제를 해결하면서 논의해야 한다. 경제회생이 빨리 되면 기회가 빨리 오는 것이고 상상 외로 어렵게 되면 그때 가서 협의할 문제다. 순수내각제에도 이탈리아·영국·독일식 등 여러 가지가 있지만, 이원집정부제까지는 안 갔는데, 우리는 그것을 논의할 수도 있지 않느냐?"

박태준의 '선 경제회생·후 내각제공론화' 발언은 김대중과 국민회의의 "내각제 합의(1997. 11. 3.) 직후에 IMF 긴급구제금융요청(1997. 11. 21.)이라는 미증유의 사태가 발생했으므로 개헌합의는 재검토돼야 한다."라는 논리와 같은 맥락에 있었다. 그의 발언은 자민련 충청권 의원들의 반발을 불렀다.

12월 14일 국회의장 박준규가 박태준을 응원하듯 "여야 합의가 안 되면 다음 총선 후에 내각제를 추진해야 할 것"이라고 말했다. 자민련 TK세력이 동맹을 맺은 것처럼 내각제 개헌을 포기하는 것 같은 발언을 잇따라 내놓자 김종필이 못 참겠다고 칼을 빼들었다. 이튿날 여의도 63빌딩에서 열린 자민련 중앙위원회 연수에 참석한 그는, "요즘 함부로 말을 하는 사람이 있는데, 좋지 않다. 입이 있다고 다 하는 것은 아니다." 하고 경고한 뒤, "때를 맞춰야 한다. 안 될 때에는 몽니를 부리는 것이다." 하고 쏘았다.

김종필의 유명한 '몽니'가 튀어나온 자리였다. '몽니'가 금세 인구에 회자되기 시작한 이날, 박태준은 한일의원연맹 회장으로 선출되었다. 현직 일본 수상이 '선배님'이라 부르는 인물을 뽑았으니 원만한 한일관계나 국익에 도움이 될 일이었다.

IMF에 휘둘린 1998년이 저물고 있었다. 언론은 세모 특집으로 '공동정부 1년'의 명암을 조명했다. '경제살리기'에 성공한 반면, 이념적 동질성의 부족으로 마찰이 잦았다는 비판이 주류를 이루었다. 정국의 주도권을 장악했다는 칭찬도 있었다. 정권이 출범할 때는 집권 양당을 합쳐 121석에 불과했지만, 1999년을 앞둔 시점에는 158석(국민회의 105석, 자민련 53석)으로 안정적 과반수를 확보했다. 또 언론은 김대중 대통령이 박태준 총재에게만 독대를 허락했다고 지적하면서 DJ가 자민련 오너 JP를 견제하는 방식이라고 관측했다. 그리고 모든 언론이 거의 똑같은 시각으로 결론을 내렸다. '내각제 합의'라는 공동정부의 연결고리가 시한폭탄으로 둔갑할지는 새해 상반기 중에 판명될 것이라고.

1999년, 20세기의 마지막 새해를 맞아 박태준은 개헌문제라는 뜨거운 감자를 이렇게 굴렸다.

"개헌문제는 김대중 대통령, 김종필 총재가 빨리 결론을 내야 한다. 경제위기 탈출 생각밖에 없는 대통령에게 지금 내각제 문제를 들이대는 것은 예의가 아니라는 심정이다."

김영삼 전 대통령의 IMF청문회 출석 여부에 관한 입장을 묻자 그는 이렇게 반문했다.

"클린턴 대통령은 외도 한 번 했다가 여기저기 청문회를 옮겨다니며 증언했다. 외도 한 번 한 것과 나라를 경제파탄의 위기에 몰아넣은 책임 가운데 어느 것이 더 중대한 사안인가?"

2월 5일 언론은 오전 10시부터 청와대에서 열린 김대중과 박태준의 '회동'을 주시했다. 하루 전 청문회에서 정태수 전 한보그룹 회장이 김영삼 전 대통령에게 150억 원을 전달했다고 증언했다. 어떤 후속조처를 선택할 것인가? 청와대 대변인도 자민련 대변인도 입을 다물었다. 아무런 발표가 없자 그럴싸한 추측을 불러일으켰다.

'YS문제, 내각제, 합당론 등 민감한 정치적 현안을 다루었을 것이다. 보나마나 YS문제는 의견이 엇갈렸을 것이고 내각제에선 의견이 일치했을 것이다……'

박태준은 그 자리에서 한보철강 비리의혹을 국가경제와 한보철강의 미래를 위해서라도 다뤄야 한다고 주장했다. 그는 1997년 1월 한보철강으로 급파된 포철 사람들로부터 천문학적인 규모의 자금이 어디론가 사라졌다는 보고를 받고, 이 내용을 대통령에게 귀띔했다. 그러나 김대중은 감당할 수 없는 판도라 상자를 여는 것이라고 판단했는지 덮자고 했다.

1999년 2월 14일부터 17일까지 일본을 방문한 박태준은 18일 김해공항에 내려 경주에서 여장을 풀었다. 모처럼 포항을 찾아가려는 계획이었다. 기자들은 끈덕지게 내각제를 물고 늘어졌다. 새해 아침에 그는 20세기의 마지막 해를 '한 손엔 경제, 한 손엔 내각제'를 들고 벌을 서게 될 것이라고 예상했지만, 언론은 '박태준의 한 손이 내각제 벌을 제대로 서고 있는가'를 감시하는 격이었다.

설령 대통령과 총리가 밀어붙인다고 해도 야당의 극렬한 반대와 여론의 열세 때문에 험난해질 수밖에 없는 내각제 개헌.

'내각제가 물 건너간다, 이 경우에 나는 무엇을 주장할 것인가?'

어느덧 박태준의 머릿속엔 중대선거구제 도입이 자리를 잡았다. 내각제를 마지못해 양보한 처지에서 '설득과 강행'을 병행해나간다면 얼마든지 쟁취할 수 있을 것 같았다.

'때를 기다리자'.

박태준은 속으로 다짐했다.

3월 중순 포철 정기주주총회가 열렸다. 포철 경영진은 민영화의 굳건한 뿌리를 내리기 위해 새로운 각오를 다졌다. 3월 24일, 지난 1981년부터 주로 박태준의 정치적 방면을 보좌한 자민련 총재 비서실의 조용경이 정치현장을 떠나 포스코건설로 돌아갔다.

4월이 왔다. 공동정권의 고리로 알려진 내각제는 여전히 공동정권 내부의 시한폭탄으로 장착돼 있어서 그만큼 언론에 자주 오르내렸다. 박태준의 태도는 한결같았다. 약속의 당사자인 대통령과 총리가 만나서 하루빨리 어떤 결론을 내려달라는 주문이었다.

4월 8일 마침내 김대중과 김종필이 청와대에서 만났다. 언론은 내각제에 대한 어떤 결론이 발표될 것이라는 기대로 회동의 결과를 기다렸다. 대변인의 발표는 싱거웠다.

"8월 말까지 내각제 개헌 논의를 중단하고 정치개혁에 주력한다."

앞으로 넉 달 동안은 정국운영의 구도가 외형상 내각제에서 정치개혁으로 바뀐다는 뜻이었다. 여기서 박태준은 정치개혁의 핵심을 '중대선거구제 도입과 강력한 선거공영제 도입'으로 잡았다.

어느 날 청와대에서 공동여당 수뇌부의 회동이 있었다. 김대중 대통령과 국민회의 총재권한대행, 김종필 총리와 박태준 자민련 총재. 공동여당의 '정치개혁특위' 가동을 앞둔 이날 만남에서 그들은 '중선거구제 도입'에 합의했다. 자민련의 앞날에도 좋은 제도였다. 본디 중선거구제를 선호하는 JP도 찬성했다. DJ는 이런 덕담도 던졌다.

"이건 자민련을 위한 겁니다. 박 총재께서 열심히 해주신 데 대한 선물이기도 합니다."

박태준은 여론조사기관의 여론조사 결과도 쥐고 있었다. 중선거구냐 소선거구냐에 대한 선호도는 백중세로 나타났다. 선거결과의 예측에선 자민련의 당세가 확장되고 3당 모두가 전국적 정당으로 거듭나는 길이라고 나타났다.

여권 수뇌부 회동을 마친 박태준은 모처럼 정치적인 힘이 솟는 듯했다. DJ와 JP까지 합의했고 여론도 백중세이니 홍보전만 잘 전개하면 여론의 우위를 점할 것 같았다. 야당이 '자민련을 위한 고집'이란 비판을 하겠지만, 그 안에도 중선거구제가 좋다는 세력이 있을 테고, '내각제 개헌 협상'보다야 '중선거구제 협상'이 훨씬 수월할 것이었다.

중선거구제 줄다리기 시작

1999년 5월 초, 공동여권 수뇌부는 중대선거구제 도입에 뜻을 모았다. 여러 신문이 "김종필 총리는 중대선거구제를 선호하고 그것이 내각제나 자민련의 전국 정당화와 논리적으로 맞지만 충청권 의원들의 눈치를 보느라 속앓이를 하고"있으며, "김대중 대통령과는 중대선거구제와 정당명부제 등을 놓고 상당 부분 의견일치를 보고 있는 것 같다."라고 보도했다. 6일 국민회의와 자민련, 큰 여당과 작은 여당은 '8인정치개혁특위'를 열었다. 그러나 이들은 수뇌부의 방침과 다른 내용의 정치개혁방안에 합의했다. 골자는 '소선거구제 유지, 정당명부제 도입'이었다. 호남권의 소수 국민회의 의원과 자민련의 주력부대인 충청권 의원들이 '자신의 지역구가 없어지는' 상황을 틀어막기 위해 똘똘 뭉친 결과였다.

소선거구제 유지냐, 중대선거구제 도입이냐. 이것이 정치개혁의 핵심쟁점으로 떠오른 시기, 자민련 내부엔 힘겨루기가 진행되었다. 5월 13일 박태준은 국무총리실로 찾아가 김종필과 단독 대담을 갖고 정치개혁 방안에 대해 논의했다. 그러나 그보다 하루 앞서 자민련 수석부총재 김용환이 총리공관을 방문해 선거구제에 대한 당내 충청권 의원들의 입장을 전달했다. 물론 소선거구제를 지켜야 한다는 것이었다.

이렇게 선거구제의 향방이 JP의 손에 맡겨진 가운데 5월 18일부터는 '6·3재선거' 선거운동이 시작되었다. '서울 송파 갑'재선거. 원외의 한나라당 이회창 총재가 후보로 나섰다. 단번에 전국적으로 주목을 받았다. 역대 선거결과에 나타난 송파구의 보수적 성향을 감안하여 공동여당은 자민련 후보를 내세웠다. 후보의 무게로 견주어도 한나라당에게 크게 유리한 판세인 데다 설상가상으로 이른바 '옷로비' 사건이 '작은 여당' 후보의 추격 의지에 찬물을 끼었었다. '남편의 권력과 금력, 자신의 학벌'이란 기준에서 재면 한국 여성계의 최고를 자랑할 여성들과 청와대 안주인이 함께 일으킨 모종의 스캔들이 저자에 회자되었다. 투표일을 하루 앞둔 6월 2일 '옷로비' 사건에 대해 검찰이 수사결과를 발표했다. 알맹이 빠진 흐지부지한 내용이었다. 청와대의 안주인과 검찰 총수의 아내가 핵심인물로 지목되었으니 웃기는 소리나 내놓을 수밖에 없을 테지. 이런 민심은 안 그래도 어려운 여권의 선거판세에서 지지표를 낙엽처럼 날리는 강풍이었다. 더구나 김대중은 고집을 부렸다. 총리가 검찰 발표에 앞서 몽골을 방문 중인 대통령에게 전화를 걸어 '법무장관 해임'을 건의했지만 먹혀들지 않았다. 1일 귀국한 김대중은 청와대로 여권 수뇌부를 초청한 저녁자리에서도 여권 이탈의 민심에 대해 '마녀사냥'이란 비판의식으로 맞서고 말았다.

그보다 앞선 5월 23일 저녁, '옷로비' 사건에 대한 검찰수사가 진행될 때, 여권 수뇌부는 공동여당의 '정개특위'가 밀어붙인 '소선거구제 유지'를 뒤엎었다. 김대중 대통령, 김종필 총리, 국민회의 김영배 총재권한대행, 자민련 박태준 총재가 청와대에서 만난 4자회동에서 '1선거구에서 국회의원 3인을 뽑는 중선거구제에 정당명부의 비례대표제를 병행시키는 단일안'을 채택하기로 결정했다. 이런 사실이 보도된 뒤, 박태준은 속으로 한숨을 돌렸다. '옷로비' 사건이 일으킨 여권 이탈의 민심이 뚜렷해지고 재선거의 패배가 분명해졌지만, 여권 수뇌부의 선거구제 변경에 대한 결정과 약속이 굳건하다면 늦어도 2000년 4월의 총선에선 자민련이 현재보다 훨씬 커진 '전국적 정당'으로 거듭날 것이었다.

박태준의 정치 인생에서 20세기의 마지막 여름과 가을은 세 가지 주요 과제가 대두되었다. 경제회생을 위한 최선의 노력, 내각제 연기에 대한 자민련의 반발 무마, 중선거구제 도입을 위한 총력 경주. 이 지점에서 박태준은 JP의 속내가 미심쩍었다. JP가 미래의 내각제를 위해 중선거구제가 바람직하다는 판단을 내린다 하더라도, 지역구가 없어지는 충청권 의원들의 집요한 반발과 로비를 과연 견딜 수 있을 것인가? 만약 JP가 충청도의 '오너'로 만족하고 '2인자로서의 정치적 장수'에 더 큰 매력을 느껴 '야당이 반대한다'는 명분을 끌어들여 소선거구제로 회귀한다면 어찌될 것인가?

청와대로 보낸 공개적 고언

여름이 왔다. 한국의 정치권은 '옷로비 특검제'에 매달렸다. 청와대의 안방을 비호해야 하는 공동여당은 반대, 한나라당은 전면도입을 주장했다. 이런 여야의 대치 속에서 민심은 이미 간추려졌다.

'경제와 민생에 가장 깊은 관심을 기울여야 할 정치권이 잘난 여자들의 옷에나 매달려 있다. 그까짓 옷이 뇌물인지 아닌지는 특검에 맡기면 될 노릇이지 왜 그걸 놓고 서로 쥐어뜯고 있나.'

박태준은 여권 공조에 일시적 균열이 생기더라도 더는 민심을 외면할 수 없다고 판단했다. 6월 하순의 자민련 총재단회의에서 그는 '특검제 도입' 쪽으로 당론의 방향을 틀었다. 그의 결심은 7월 1일 국회 교섭단체 대표연설에 그대로 반영되었다. 야당의원들의 박수와 환호를 받은 그의 연설은 '공동정권의 반성문'에 필적하는 '사과'를 담고 있었다. 그것은 그대로 DJ의 청와대에 보내는 따가운 고언(苦言)이기도 했다.

"되돌아보면 지난 1년 반, 우리들은 참으로 힘든 가시밭길을 걸어왔습니다. 엄청난 대가도 치렀습니다. 사상 초유의 대량실업, 무너져 내린 기업, 산업기반의 위축, 10년 전으로 후퇴한 생활, 고통스럽고 비참하기 그지없었습니다.

그러나 우리는 쓰러지지 않았습니다. 많은 것을 해내며 끝내 일어서고 있습니다.

400억 달러의 경상수지 흑자, 외환보유고 600억 달러, 기업과 금융의 구조개혁, 노동시장의 유연화, 외화유치, 국제적 신용평가의 재획득, 그야말로 비장한 도전이었고 경이적인 성취임에 틀림없습니다. 세계적인 경탄이 결코 과장이 아니라고 저는 생각합니다.

잘 아시는 바와 같이 IMF관리체제의 조기극복은 국가적 최대 현안이었고, 국민의 정부는 '1년 반이란 최소한으로 필요한 시한'을 정권출범의 소명으로서 국민 앞에 제시했습니다. 그리고 우리는 정권의 운명을 걸고 그 약속을 성실하게 이행하고 있습니다.

그런데 불행하게도 오늘 또 다른 국가적 고난들이 야기되고 있습니다. 경제위기 이후 국민의 정부가 맞은 최초, 최대의 어려움이 아닌가 싶습니다. 저는 오늘의 사태가 결국 우리 집권여당의 잘못이며, 책임이라는 사실을 통감하면서 우리의 국정현실을 뼈아프게 반성하고 진실로 국민 앞에 죄송하다는 말씀을 먼저 드립니다.

국회의원 여러분, 국무위원 여러분. 의혹사건이 연발하면서 사회가 혼미합니다. 정책혼선이 적지 않게 일어났습니다. 오랜 권위주의시대로부터 일상화된 부패도 아직 잡히지 않고 있습니다. 지역감정이 커지고 중산층이 무너지고 빈부격차가 더욱 벌어지고 있습니다.

민심파악에 철저하지 못했고 그래서 민의가 왜곡되었습니다. 정부에 등을 돌린 국민도 많습니다. 남북이 바다에서 교전을 하는 준전시사태가 벌어졌습니다. 그런 비상사태에서 국가 공권력의 중추기관인 검찰과 경찰이 수사권을 둘러싸고 공개적으로 충돌하고 있습니다. 국가기강의 전반적 해이현상입니다. 국가지도력이 불신을 당하고 정권의 도덕성이 흔들리지 않을 수 없습니다.

옷로비 의혹사건에서 나타난 지도층 부인들의 행위, 파업유도 의혹사건에서 보여진 국가공권력의 행태, 이것이야말로 정권의 신뢰를 위협하는 것입니다. 가정이 넘어지고 노숙자의 행렬이 그치지 않고 실업자가 거리를 메운 참혹한 지난해였습니다. 그러한 때에 현직 장관 부인들이 고급 의상실로 몰려 다녔다는 것은 사법적 문제 이전에 도덕적으로 지탄받아야 할 수밖에 없는 일입니다. 파업유도 의혹을 불러일으킨 장본인은 다름 아니라 이 나라 공안 실무책임자입니다. 그런 자리에 있는 사람이 파업유도 운운했다는 것은 국가권력의 작동에 무엇인가 잘못이 있다는 증거입니다.

'국민의 정부에 국민이 없다'고 하는 국민의 깊은 회의 속에서 강한 정부, 국민의 정부, 국민을 사랑한다는 정부의 정당성은 도전받을 수밖에 없습니다. 또 이런 현실에서 정상적인 국가운영은 불가능합니다. 민심과 민의를 바탕으로 한 정부만이 강한 정부입니다. 민심을 직시하고 민의를 존중하는 정부가 국민을 사랑하는 정부입니다.

오늘의 위기, 그 본질은 일련의 사건 그 자체가 아닙니다. 그보다는 사건의 핵심을 외면하고 민심의 흐름을 가볍게 여겼던 우리의 독선과 오만입니다. 오만해지면 그 어떤 비판도 비난으로 들립니다. 독선에 빠지면 그 어떤 잘못도 소신으로 착각합니다.

환란의 어려운 고비는 넘겼지만 할일은 태산 같습니다. 국가개혁을 성공적으로 마무리하기 위한 지속적인 사회적 합의와 협력이 절대로 필요합니다. 정치적 안정을 기하고 국민통합을 이루어야 합니다. 국민의 지지는 필수적이고 야당의 협력과 언론의 건전한 여론 형성도 있어야 합니다.

정권출범 당시의 초심으로 돌아가야 할 절박한 시점입니다. 그때의 겸손하고 낮은 마음으로 국민이 의혹을 품고 있는 모든 사건을 국민이 믿을 수 있는 방법과 수준으로 해결해야 합니다. 정부가 또다시 사과를 하고 정권이 크나큰 난관에 처하는 일이 있더라도 실체적 진실을 밝힌다는 단호한 자세를 가져야 합니다.

우리 검찰에게 당부합니다. 검찰 스스로 자아비판하고 있듯이 검찰이 정치의 시녀로, 권력의 도구로 낙인 받고 있습니다. 문자 그대로 검찰의 공황적 위기입니다.

그동안 얼마나 많은 시행착오와 잘못을 저지르며 이 나라 법치와 민주를 왜곡하고 굴절시켰는가, 부끄럽고 두려운 마음으로 진실하게 참회하고 자책해야 합니다. 검찰의 생명은 검찰 자신이 강조하는 것처럼 공정하고 투명한 법집행과 원칙에 따른 중립적인 검찰권 행사입니다. 조직의 사활을 걸고 파사현정의 새로운 검찰상을 구현해야 합니다. 청교도적 금욕으로 한국검찰의 새로운 탄생을 이룩해주기 바랍니다.

검찰권의 중립성을 자극하기 위한 외부기관으로서의 특별검사제는 그것만으로도 충분합니다. 검찰이 특검제를 기피하는 이유 그 자체가 이 제도를 해야 하는 가장 큰 이유로 생각하는 국민정서를 직시할 수 있어야 합니다. 검찰만 바로 서도 나라는 바로 섭니다.

그러나 여기에서도 우리가 절대 놓쳐서는 안될 일은 검찰이 바로 서기 위해서는 정치가 먼저 바로 서야 한다는 사실입니다. 결국 검찰이 바로 서고 나라가 바로 서는 절실한 전제는 정치가 바로 서는 일입니다."

오리무중의 끄트머리

여름이 뜨거워지면서 자민련 내부도 충청권 의원을 중심으로 내각제 추진 열기가 뜨거워졌다. 해법은 그들의 실질적 오너인 김종필의 손에서 나와야 했다. 7월 19일 자민련은 국회에서 의원총회를 열어 '연내 내각제 개헌을 적극 추진한다'라는 당론을 재확인했다. 원내총무 강창희가 강경하게 의총 결과를 알렸다.

"여러 의원이 내각제 연기를 위한 국민회의와의 협상에는 응할 수 없다고 주장했습니다. 개헌 유보를 전제로 한 협상장에는 나가지 않을 것입니다."

강창희의 설명은 '연내 개헌 유보 입장'을 언급한 그들의 오너와는 다른 방향이었다. 이제 오너가 어정쩡한 태도를 버려야 할 차례였다. 김종필은 강창희의 강경한 설명이 나오기 이틀 전인 17일 저녁에 김대중과 워커힐호텔에서 부부동반으로 극비 회동을 가졌다. 21일 김종필은 청와대에서 DJT회동을 마친 뒤 기자회견 자리로 나와 마침내 연내 내각제 개헌을 포기한다는 발표를 했다. 그리고 이렇게 덧붙였다.

"언제 어떻게 실현할 것인지는 양당이 다음에 논의하고 추진할 문제다. 그렇게 생각해서 양당의 8인협의회가 논의하기로 했다."

기자들은 김종필에게 정계개편과 공동여당의 합당에 대해 물었다.

"그게 사실과는 상당히 괴리를 가지고 앞질러서 돌아다니는 얘기다. 물론 대통령께서 내일을 생각해서 여러 구상을 갖고 계신 것을 나도 들었다. 그러나 지금 구체적으로 논의할 단계도 여건도 아니다. 양당간에 8인협의회에서 진지하게 검토하고 논의해서 방안을 세우기로 했다."

또 박태준과의 갈등설을 부인한 김종필은 다음 총선에서 어떤 선거구제를 채택할 것인지에 대해서는 "오늘 논의가 없었다."라고 잘랐다. 이 문제야말로 두 사람 사이에 박힌 갈등의 핵이라는 자백이었다.

박태준은 자민련 총재실에서 기자간담회를 열었다. 합당에 대해 그는 김대중과 김종필이 결론을 내지 못한 것이라 말했다. 그는 두 사람을 위한 버팀목 역할에 어떤 변화가 올 것인가에 대해서도 원론적인 대답을 했다.

"세 사람은 공고한 협력체제를 유지하고 있다. 국민회의와 자민련이 공고하게 협력체제를 갖춰서 경제면에서도 남북문제에서도 난제를 적극적으로 해결해나갈 것이다."

청와대 DJT회동의 결과가 만족스럽지 못하고 피곤한 데가 많았다는 뜻이었다.

7월 24일 아침에 대우그룹 회장 김우중이 박태준의 북아현동 자택으로 왔다. 대우자동차를 삼성에 넘기는 방안을 고려하고 있다는 기사의 진의를 확인할 목적이었다. 박태준은 '사실무근'이란 점을 밝혔다. 그즈음 항간에는 박태준이 김우중을 고깝게 여긴다는 말이 나돌았다. 신문에 보도되기도 했지만 그가 몇 차례 대우와 관련한 발언을 한 것은 사실이다.

"자동차는 현대, 반도체는 삼성, 석유화학은 LG에 맡기는 3각 빅딜 방법을 처음부터 알려주었는데, 전경련(회장 김우중)에서 틀었고 정부도 어쩔 수 없었다. 대우는 해외부문의 부채가 얼마나 되는지 정확히 아는 사람이 없다더라."

박태준이 김영삼의 정치적 박해를 받아 일본에서 고생하던 시절에 조용히 찾아와 위로해준 김우중. 이 사실을 그는 인간적으로 고맙게 여기긴 해도 대우그룹의 방만한 기업운영에 대해 무척 못마땅하게 여겼다. 항간에는 『세계는 넓고 할일은 많다』라는 그의 저서를 빗대어 "세계는 넓고 빚낼데는 많다." 하는 소리가 퍼져나가는 중이었다.

7월 하순, 직장인은 휴가를 떠나고 자민련은 내각제 포기 후유증으로 일종의 공황상태에 빠졌다. 지도부의 리더십은 쉽게 먹혀들지 않았다. 당직자간의 반목과 갈등도 심각한 수준이었다. "어차피 합당될 텐데."라는 자조적인 분위기가 무력감을 조성하고, 그것을 내놓고 건드리면 '해당행위자'로 지목되었다. 개헌도 합당도 선거구제도 모두가 오리무중의 상태로 버려져 있었다.

이렇게 어수선한 가운데 박태준은 DJT가 합의한 대로 공동여당의 '8인협의회' 가동을 추진하고 8월 임시국회에서 활동시한이 만료되는 '정치개혁특위'를 재구성하기로 했다. 당의 분위기를 추스르기 위해 노력하는 그의 눈에는 하나의 모순이 불거져 보였다. 바로 '내각제 포기'와 '중선거구제 도입'의 반비례 함수관계였다. 정치적 수사를 동원해 겉으로 안 드러나게끔 포장했지만 실제로는 '내각제 완전 포기'를 선언한 JP가 '충청권 단속'을 위해 '야당의 반대'라는 명분을 내세우면서 충청권 의원들의 지역구를 모두 존속시키기 위해 슬그머니 '중선거구제 포기'를 택하지 않을까? 그는 이런 불안을 느꼈다. 박태준의 성품과는 다른 코드로 작동되는 한국 정치판에서 그의 불안감은 실제상황으로 나타날 가능성이 높았다.

8월 4일 자민련 당무회의가 열렸다. 결코 유쾌할 수 없는 모임이었다. '연내 내각제 개헌 포기'를 당론으로 확정짓는 자리였기 때문이다.

"연내 내각제 개헌 유보 방침을 당론으로 추인합니다."

박태준 총재가 방망이를 세 번 두드렸다. 곧 강창희가 신상발언을 했다.

"오늘로서 내가 신앙처럼 믿어오던 내각제가 공식적으로 무산돼 더 이상 당직을 맡을 이유가 없어졌습니다."

총재와 당무위원들이 그의 원내총무 사퇴를 만류했다. 당사자는 결심이 확고했다. 김대중 대통령이 '중선거구제와 2여 합당'의 그림을 그려둔 마당에 지뢰처럼 터져 나온 강창희의 당직 사퇴는 그가 조만간 자민련을 떠나겠다는 신호탄으로 읽혔다. 박태준은 그의 심정을 이해했으나 뒷맛이 씁쓸했다. 아무래도 중선거구제 도입에 대한 JP의 변심을 촉발하는 계기로 작용할 것만 같았다.

이미 박태준의 생각은 명료하게 정돈되었다. 어차피 내각제 개헌이 불가능한 상황에서 중선거구제만 도입되면 자민련은 굳이 국민회의와 합당하지 않아도 전국에서 고루 당선해 전국적 정당으로 거듭날 수 있다는 복안이었다. 한나라당이라는 외부의 적은 그다지 두려운 상대가 아닌 듯했다. 내부의 적이 가장 두려웠다. 특히 자민련의 충청권 의원들. JP의 우산만 쓰고 나가면 무조건 당선할 수 있다고 믿는 그들이 중선거구제로 나아가려는 JP의 발목을 잡고 늘어질 테고, 이 경우엔 JP도 모험이나 욕심보다는 자기 지분율의 절대적 우위를 담보하는 현상유지를 택할 가능성이 높아 보였다.

8월 14일 김종필은 넉 달 뒤 박태준의 정치적 행보와 깊은 함수관계를 형성하는 발언을 했다. 삼청동 총리공관으로 자민련 의원들을 초청해 당의 결속을 다지기 위한 만찬을 베푸는 자리였다.

"자민련과 국민회의와의 공조 기반은 총리 자리이기 때문에 본인이 당으로 돌아가더라도 그 자리는 자민련이 이어받도록 하겠다."

자신의 후임으로 박태준을 지목한 것과 진배없었다. JP가 총선 전에 당으로 복귀하고 TJ가 총리 자리를 승계한다. 이것은 곧 TJ가 당과 국회를 떠나게 된다는 시나리오였다.

김종필의 발언을 박태준은 묵묵히 듣고만 있었다. 속은 편하지 않았다.

'내가 당을 떠나야 한다면 JP는 중선거구제를 받지 않겠다는 계산인데, 그렇다면 내년 4월에 자민련의 위상은 어떻게 되는 것인가?'

916

이날 집으로 돌아온 박태준은 그의 성품에 썩 어울리는 하나의 결심을 했다. 만약 내가 JP의 뒷자리를 맡을 수밖에 없는 상황이 온다면 나는 그 길로 국회의원으로서의 정당정치 생활에 종지부를 찍고 새로운 자리에 나가 국가를 위한 최후봉사의 기회로 받아들일 것이다. 당에 계속 남는다면 중선거구제 도입을 위해 최선을 다할 것이다.

정기국회 개회를 앞둔 9월 중순, 공동여당의 합당론이 다시 수면 위로 떠올랐다. 김종필은, "합당여부에 대해 자민련이 내리는 결정에 따르겠다"라고 밝혀 지난여름의 합당불가론에서 한 발 후퇴한 속내를 드러냈다. 이에 화답하듯 박태준은 기자간담회에서, "2여 합당을 공론화하겠다"라는 의사를 밝혔다. 이 발언에 대한 그의 보충설명은 그의 정돈된 생각으로부터 한 발짝도 벗어나지 않았다.

"선거구제가 어떻게 되느냐에 따라 합당을 검토할 수 있다는 것입니다. 현 상태로 1구 1인을 뽑는 소선거구제가 유지되면 내년 총선에서 자민련의 당세 확장을 위해서도 합당이 좋다는 것입니다."

이 말은 '1구에서 3인 이상을 뽑는 중선거구제로 고치면 합당하지 않겠다'는 뜻이었다.

20세기의 마지막 가을이 무르익었다. 박태준은 황금빛 들녘이나 불타는 단풍을 완상할 여가도 없이 중선거구제 도입을 위해 총력을 기울였다. 9월 28일 자민련 의원총회는 합당 및 선거구제 개편에 대한 토론의 자리였다. 대세는 합당불가였다. 합당하면 '호남당'이란 딱지를 피할 수 없어서 다음 총선에 무조건 패한다는 대다수 주장이 극소수 합당파의 목소리를 깔아 뭉갰다. 선거구제 개편에 대한 의견은 대립했다. 충청권은 소선구제 고수, 다른 지역은 중선거구제 도입. 당내 분위기를 바탕으로 10월 9일 박태준은 '합당과 선거구제'에 대한 자신의 견해를 명백히 밝혔다.

"국민회의와 자민련이 거대여당을 만들어 힘을 키워서 어쩌자는 겁니까? 그건 민자당과 같은 악순환을 가져옵니다. 우리 당이 합당을 하지 않는다는 입장은 변함없으며, 선거제도는 반드시 중선거구제로 바꿔야 합니다."

김종필이 발끈 토를 달았다는 소문이 들려왔다. 그가 TJ의 소리는 틀렸다고 했다는 소문이 사실이라면 '합당불가'와 '중선거구제 도입' 약속을 한꺼번에 뒤집겠다는 뜻이었다. 박태준의 측근들이 즉각 반격에 나섰다. 4개월 전 여권 수뇌부가 중선거구제를 하자고 약속하고는 노력도 안한 채 합당 얘기부터 꺼내는 것은 DJ도 JP도 '약속위반'이란 내용이었다.

자민련 관리사장 박태준의 '중선거구제'는 벽을 만났다. 자민련 오너 김종필은 충청권 의원들의 손을 들어주는 쪽으로 기울었고, JP의 반대를 감지한 김대중은 TJ를 위해 적극적으로 나서지 않았다. 국민회의 안에서도 지역구 사정과 공천 역학관계에 따라 중선거구제를 반대하는 목소리가 나왔다. 박태준은 다소 맥이 풀렸다. 묘한 JP의 계산법을 이해할 수가 없었다. 자민련이 전국적 정당으로 거듭나면 자신의 오너 위상이 크게 흔들린다고 믿는 듯했다. 충청도만 거머쥐면 정치적으로 '등 따시고 배부르다'고 믿는 듯했다. 박태준의 내면에는 한 정치인을 향한 실망감이 모락모락 피어올랐다.

10월 18일 박태준은 여야의 정치개혁협상과 관련해 공동여당의 당론인 '중선거구제 도입'을 위해 당력을 결집할 것을 역설했다.

"지역주의 선거를 해결하기 위한 국가운명의 철학을 갖고 중선거구제를 추진해야 한다. 우리 당이 힘이 약해 내각제는 이뤄내지 못했지만 중선거구제는 힘만 모으면 얼마든지 성취할 수 있다. 오늘 청와대 주례회동에서도 최선을 다해 우리 당의 결의를 전달하겠다."

그러나 자민련은 TJ의 결의나 의총의 결정보다 JP의 선택에 결정적인 영향을 받는 정당이었다.

10월 21일 박태준은 국회 교섭단체 대표연설을 중선거구제 홍보의 마지막 기회로 판단했다. 이미 JP라는 반대의 벽이 앞을 가로막은 상황이지만 그는 자신의 충정을 역사에 남긴다는 심정으로 중선거구제와 정치개혁의 깊은 관련성을 연설에 담았다.

"정치문제에 대해 말씀드리겠습니다.

우리는 반세기 전 국권을 회복하고 정부를 수립하면서 민주정치를 대원칙으로 선택했습니다. 국민의 기대도 대단했고 또 국민의 열성적인 성원도 있었습니다. 그 후 50년, 이제 난숙기(爛熟期)에 접어들어야 할 우리의 민주정치는 그러나 매우 안타까운 현실에 당도해 있습니다.

민주정치 자체에 대한 국민의 성원과 기대는 여전히 뜨겁지만 그것을 실행해야 하는 우리 정치인에 대해서는 국민이 차가운 눈길을 보내고 있습니다. 아니, 어쩌면 증오의 시선을 보내고 있다는 것이 솔직한 현실일 것입니다. 국민이 정치를 잘못 이해하기 때문에 빚어진 일이라고 하겠습니까? 국민의 요구가 지나치다고 주장하겠습니까?

저는 한 사람의 정치인으로서, 그리고 한 정당의 대표자로서 국민 여러분에 대해 참으로 죄송한 마음 금할 수 없습니다.

정치인, 그리고 그 정치인의 모임인 여러 정당은 필연적으로 상호경쟁 관계에 놓여 있습니다. 그러나 모두가 같은 직분이고 또 목표도 같으므로 그 경쟁은 어디까지나 선의의 경쟁이어야 합니다. 비유하자면 국리민복이라는 같은 방향을 향해 나란히 뛰는 같은 달리기 선수인 것입니다. 그런 점에서 정치는 '상대를 쓰러뜨리지 않으면 내가 쓰러지는' 로마제국식 격투기가 되어서는 안 된다고 하겠습니다.

우리 정치인 모두는 지난 일들을 되돌아볼 필요가 있습니다. 우리는 과연 공동목표를 향해 선의의 경쟁을 해왔는가? 앞을 보고 열심히 뛴 것이 아니라 옆 선수의 발을 걸어 쓰러뜨리는 데 오히려 더 열중하지 않았던가? 이런 점을 겸허하게 반성해야 하겠습니다.

이와 함께 국민 여러분께도 한 말씀드리고자 합니다.

저는 우리 정치인 개개인의 심성과 자질 자체가 처음부터 국민 여러분의 불신을 받을 만큼 돼 있었던 것은 아닐 것이라고 말씀드립니다. 정치에 입문하기 전에도 각자의 분야에서 인정을 받은 분이 많고 또 국민 여러분의 손에 검증도 거친 분들입니다. 그런데 그런 사람들이 모여서 하는 정치는 왜 이러한가? 이 반문에 대하여 저는 제도의 문제를 지적하겠습니다.

정치인의 사람됨을 탓하기보다는 제도보완을 통하여 문제해결을 도모하는 것이 더 능률적이고 합리적이지 않을까 하는 것입니다. 이것은 정치인의 잘못된 책임을 다른 데에 전가하자고 드리는 말씀이 아닙니다. 제도를 정하는 것도 정치인의 책임이기 때문에 모든 책임을 정치인이 져야 합니다.

저는 감히 말씀드립니다. 지금의 정치제도가 그대로 있는 한, 정당과 정치인이 아무리 바뀌어도 현재의 정치행태는 변하지 않을 것이고 따라서 국민의 질책과 탄식도 결코 사라지지 않을 것이라는 사실입니다.

한국정치의 보스체제를 비판하고 공격하는 소리가 정치권 내부에서 나오고 있습니다. 물론 있을 수 있는 비판이고 있을 수 있는 공격입니다. 그러나 보스체제는 지역주의에 뿌리박고 있으며, 지역주의를 극복해야 보스체제가 청산된다는 이치를 우리 국민은 알고 있습니다. 때문에 보스체제만을 문제삼는 주장은 공허하게 들립니다. 보스체제의 토양인 지역주의의 청산을 함께 외쳐야만 설득력이 생깁니다. 지역주의를 극복하지 못한다면 보스체제는 청산되지 않습니다. 보스의 성씨만 바뀔 뿐입니다.

한국정치의 고질병인 지역주의를 수술할 의사, 한국정치의 고비용 저효율을 수술할 의사는 우리 국회의원 자신입니다. 공동여당이 소선거구제를 중선거구제로 전환하고 완전무결한 선거공영제를 도입하는 것을 주요 내용으로 한 정치개혁입법을 추진하는 것은 바로 이 시점에서 우리에게 맡겨진 역사적 소명을 다하자는 것입니다.

다시는 정경유착이 없어야 하고 부패의 온상이 되어온 '돈 많이 쓰는 선거'와 '돈 많이 드는 정치', 이 낡은 구조를 깨뜨리는 데 우리가 과감히 나서야 한다는 간곡한 호소를 드리는 바입니다. 20세기의 마지막 정기국회에서 기필코 정치개혁을 완수해냅시다."

박태준은 교육문제와 문화정책에 대해 남다른 관심을 역설했다.

"교직사회도 크게 흔들리고 있습니다.

그동안 교직을 천직으로 알고 어려운 여건 속에서도 교단을 지켜온 많은 교사가 교단을 떠나고 있습니다. 뿐만 아니라, 학생 앞에 선 교사의 권위는 빛바랜 박제가 된 지 오래되어 교실이 붕괴되고 있다고 우려하는 목소리가 나날이 높아지고 있습니다.

국가가 지금 당장 해결해야 할 과제가 많고 많지만 그 가운데 가장 우선되어야 할 일은 우리의 내일을 가꾸는 교사들의 교육활동을 지원하는 일이라고 생각합니다. 우리 교사들의 사기를 북돋우기 위한 획기적인 정책이 마련되어야 합니다. 여기엔 정신적 위로와 물질적 보상이 병행되어야 합니다. 그래야만 더 많은 유능한 인재가 교직으로 모이게 됩니다.

다음은 문화 분야에 대해서 말씀드리겠습니다.

문화예산 규모가 내년 총 예산의 1%를 넘었습니다. 뜻 깊은 변화라고 생각합니다. 이 시점에서 주의할 것은 지나치게 문화산업에 얽매이는 경향입니다. 스필버그의 영화 한 편이 몇 만 대의 자동차를 수출한 것과 맞먹는 수입을 올린다는 말이 있습니다. 우리의 둔감한 문화의식을 깨우는 데는 적절한 비유이지만, 여기에는 문화를 상업주의에 빠뜨릴 함정이 있습니다. 우리는 문화를 좀 더 포괄적인 의미에서 이해하고 기획할 필요가 있습니다.

문화는 삶의 체제이며 사물을 보는 가치관입니다. 문화는 미적 가치를 옹호합니다. 부정, 부패, 부실, 흑백논리……. 우리를 괴롭히는 이 야만을 길들이는 부드러운 채찍이 바로 문화입니다.

문화는 토양이 중요합니다. 토양이 가꾸어져야 그 위에서 자생적 문화산업도 활발해집니다. 이렇게 보면 문화예산은 문화산업보다 문화의 토양 가꾸기에 더 많이 투자되어야 합니다. 전시성 일회용 행사들이 문화예산의 대부분을 깎아먹던 과거의 문화행정은 과감히 고쳐져야 합니다.

문화야말로 지방자치가 소중합니다. 지역별 고유문화를 세련되게 정비하는 작업이 제대로 추진되어야 합니다. 이것은 전국의 모든 지역을 국제적 관광자원으로 격상시키는 지름길이기도 합니다. 지역별 문화활동도 적극 장려되어야 합니다. 이 일에는 기업의 자발적 후원도 소중합니다. 정경유착으로부터 해방된 기업의 여유가 '메세나 정신'으로 발전된다면 보람

찬 문화적 결실을 맺을 것입니다.”

　20세기를 불과 두 달 앞둔 11월에도 자민련은 중선거구제의 박태준 세력과 소선거구제의 충청권 세력으로 분열되었다. 충청권 의원들은 겉으로는 총재의 역설을 거역하지 않는 언행을 보여도 속으로는 소선거구제 유지에 동맹을 맺었다. 11월 15일 밤에 열린 여야 총무의 마지막 쟁점으로 남은 ‘선거법 처리 관련 합의문’ 협상 자리에서 그들의 이중적인 태도가 적나라하게 드러났다.

　국민회의 총무가 제시한 ‘11월 말까지 정치개혁특위에서 선거법을 협상하여 처리한다’라는 것이 원안이었다. 한나라당 총무가 반론을 제기하자 이에 순종하여 ‘정개특위에서 합의를 도출하여 처리한다’로 바뀌고 말았다. ‘협상처리’와 ‘합의처리’는 천양지차다. ‘협상’은 최후의 절차로서 ‘표대결’을 담보하지만 ‘합의’는 그것마저 아예 없애는 단어다. 이 과정에서 한나라당 원내총무 이부영은 총재와 긴급 협의까지 거쳤지만, 자민련 원내총무 이긍규는 박태준 총재에게 보고조차 하지 않았다. 뒤늦게 합의문 조정 소식을 접한 그는 분노를 삭일 수 없었다.

　자민련 이긍규 총무는 박 총재로부터 엄청난 질책을 받아 얼굴이 벌겋게 상기됐습니다. 재미있는 것은 자민련 의원들이 박 총재의 호통에 따라 본회의장을 함께 나왔지만 대부분 선거법 ‘합의처리’를 내심 바라고 있었다는 점입니다. 충청권에 지역구를 둔 자민련 의원들은 100% ‘소선거구제 유지’를 선호합니다. 이긍규 총무도 물론 소선거구제 지지입니다.

1999년 11월 17일 조선닷컴

　세모가 가까워질수록 중선거구제는 멀어지고 다시 ‘공동여당 합동론’과 ‘박태준 총리설’이 고개를 들었다. 12월 6일 여권 수뇌부의 연쇄 회동이 열렸다. 청와대에서 김대중과 만나고 나온 박태준은 기자들에게 말했다. “중선거구제에 대한 김 대통령의 종전 생각에 변함이 없고, 오늘은 총리

문제가 거론되지 않았다."

12월 7일 김종필이 남미 순방길에 올랐다. 김포공항 국제선 청사 귀빈실에는 자민련 의원들이 대거 몰려나왔다. 박태준도 있었다. 이 자리에서 김종필은, "중선거구제 얘기는 그만하면 되었고"라는 말을 흘렸다. 박태준은 오너의 속내가 자신이 염려해온 것과 일치한다는 사실을 확실히 알아들었다. 선거구제와 합당론 때문에 서로 소원하고 껄끄러운 관계를 유지해오면서 10월 14일 총리 공관 만찬모임 후 두 달 가까이 JP와 독대를 피한 그는 가슴에 응어리가 맺혔다. "두 사람은 정치 스타일에 워낙 차이가 많아 관계회복이 쉽지 않을 것"이란 주위의 말을 뜨끔하게 확인하는 자리였다. 중선거구제 도입을 위한 박태준의 노력이 연기처럼 사라진 자리, 그는 빈손이었다. 오리무중을 헤쳐 나오며 온갖 공을 들였으나 끄트머리에 이르니 결실이 없었다. 아니, 결실이 남긴 남았다. 그가 깊은 내면에 김종필과 정치적 결별의 선을 명확히 그어버린 것이었다.

위험한 길, 흔쾌한 선택

김종필이 남미로 떠난 뒤부터 공동여당 큰집의 굴뚝은 자꾸만 합당론의 연기를 피워 올렸다. 박태준은 허탈했다. 관리사장의 정치에 환멸을 맛보기도 했다. 12월 15일, 그는 출입기자단과 저녁식사 자리에서 자신의 심경을 솔직히 털어놓았다.

"정당 당수를 해보니 인생을 알 것 같아. 총재 자리는 정말 재미없어. 글쎄, 뭐라고 해야 하나. 중선거구제 도입에 실패한 나를 자위하기 위해 '도전하는 인생은 아름답다'라고나 해야 할지……."

박태준의 이 발언은 이튿날 신문에 고스란히 실렸다. 누가 뭐라고 하든 그는 귀를 닫았다.

텔레비전이 '뉴밀레니엄과 21세기의 개막'을 기념하고 축하하기 위한 현란한 테크놀로지를 동원하는 두 번째 천 년과 20세기의 말미. 한국의 집권여당은 밑도 끝도 없는 '합당론' 연기만 피워 올렸다. 청와대의 DJ와 미국 로스앤젤레스의 JP가 그 문제로 '장군·멍군'의 맞수를 두기도 했다. 김대중이 "연내에 합당문제를 매듭짓겠다."라고 큰소리를 내자, 김종필은 멀리서 "자민련으로 선거를 치르겠다."라고 맞받았다.

12월 21일 김종필이 귀국했다. 입국장은 자민련 현역의원과 충청권의 공천희망자가 대거 몰려들어 북적댔다. 김종필은 행복한 표정으로 말했다.

"김대중 대통령이 생각하시는 대로 들어드리지 못해 죄송하다."

자민련의 충청권 수성에는 아무 문제가 없다는 오만을 풍기는 언행이었다. 이튿날 저녁 김종필이 청와대로 들어갔다. 귀국보고 형식의 30분 독대였다. 관측통은 '합당불가'를 확인하는 자리가 될 것이라 예측했다.

23일엔 김대중과 박태준의 주례회동이 잡혔다. IMF사태의 충격을 엔간히 극복해나가는 서울 거리에 휘황찬란한 크리스마스 불빛이 흐드러지게 피어난 시간에 '세계 최고의 철강인' 앞으로 새로운 길이 다가오고 있었다. 중선거구제를 팽개치고 합당론을 거부하며 자민련으로 돌아가 소선거구제의 총선을 지휘하겠다는 김종필, 체질과 성품에 안 맞는 정치를 집어치우고 총리 자리로 와서 나와 함께 끝까지 가자고 부르는 김대중. 그 길은 DJP의 계산서가 만든 합작품이었다. 주례회동을 마치고 나온 박태준은 인간적으로 가까운 사람들의 의견을 청취했다. 총리로 가느냐 마느냐. 당연히 반대의견도 있었다. 한 젊은 측근은 이렇게 진언했다.

"지금은 때가 아니라고 봅니다. 당에 남아서 전국구를 받으신 뒤, 총선 이후에 총리로 가셔도 됩니다. 끝까지 안 갈 수도 있고요. 이유는 두 가지입니다. 하나는, 이대로 가면 내년 총선에서 공동여당은 반드시 완패합니다. 그러면 그에 대한 책임론이 대두되고 정계개편 얘기가 나오게 됩니다. 이때 DJ가 누구를 택하겠습니까? 이회창은 아닙니다. 다음 대선을 노리는 이회창은 협조적인 파트너가 될 마음도 내지 않을 것이고 계속 DJ를 때리면서 영남의 정서를 확실하게 잡으려 할 것입니다. 그러면 DJ는 다시 JP에게 SOS를 보낼 겁니다. 이때 TJ는 어정쩡해집니다. 지금 JP와 TJ 사이에

금이 갔다는 것은 천하가 다 아는 일이고, 필경 JP는 총선의 득표를 위해서라도 조만간 공동정권과의 결별을 선언할 가능성이 높습니다. 또 하나는, 지금은 DJ가 TJ에게 끝까지 같이 가자는 약속을 하면서 부탁한다고 하지만, 정치의 변화와 그의 마음을 어떻게 믿을 수 있겠습니까? 그의 측근이 음모를 꾸미면서 TJ를 제거할 경우도 상정해야 합니다. 이때 국회의원직 없는 TJ 곁에는 오직 DJ만 남게 되는데, 그래도 DJ가 끝까지 같이 갈 거라고 믿으십니까?"

박태준은 고개를 끄덕였다. 하지만 그의 각오는 굳어져 있었다.

"충분히 가정할 수 있는 일들이오. 그러나 대통령의 뜻이 완강해요. 끝까지 가자는 건데……. 끝까지 같이 간다, 글쎄, 지금은 내가 밝힐 수 없는 개인적 문제가 하나 있지만, 내 생각은 뉴밀레니엄의 첫 정기국회에서 새해 예산을 통과시키는 시점까지 같이 가고 그 다음은 짐을 벗을 생각이오. 1년쯤 열심히 해주고 물러날 계획인데, 이런 나의 사정은 차차 알게 될 거요……. 나는 이제 정치에 아무런 미련이 없소. 나를 잘 알지 않소. 나는 이번 기회를 활용해서 우리 정부가 행정의 21세기를 위해 새로운 틀을 짜는 데 앞장설 작정이오. 그렇게 국가에 대한 마지막 봉사를 하고 적당한 시기에 깨끗하게 손을 터는 게 좋겠다, 이게 현재의 내 소망이오. 그러니 이왕이면 흔쾌히 옮길까 하오."

드디어 2000년 새해가 밝아왔다. IMF관리체제의 후유증이 사회 곳곳에 깊은 질곡을 파놓고 '20대 80'의 구조를 굳혀갔지만, 텔레비전은 지구촌 여러 나라의 '뉴밀레니엄·21세기 맞이하기' 흥거운 축제를 우리의 안방으로 불러들였다. 달력의 수치가 자극하는 흥분은 여느 해보다 많은 국민을 동해안의 해맞이 명소로 끌어냈다. 모든 언론사가 새천년과 21세기의 첫 일출을 카메라에 담기 위해 안간힘을 쏟았다.

박태준은 지구촌 전체를 시끌벅적한 축제로 몰아넣은 유난히 뜻 깊은 망년과 신년의 휴가를 가족과 함께 광양에서 보냈다. 정치에서 벗어나는 가족회의를 개최한 셈이었다. 1월 4일 조간신문에는 그가 '총리 취임' 의사를 청와대로 전달했으며 7일 대통령과의 주례회동에서 직접 뜻을 밝힐 것이란 기사가 나왔다.

2000년 1월 11일 뉴밀레니엄의 대한민국 첫 총리로 지명된 '세계 최고의 철강인'은 자민련 당사에서 최후 당무회의를 주재했다. 축하인사를 받은 그는 한나라당을 탈당해서 이날 자민련에 입당한 이한동 수석부총재에게 총재권한대행을 맡겼다. '만감이 교차한다'는 말로 소감을 대신한 박태준은 자신의 일생을 짤막히 자평했다.

"국가가 전란에 몰려 백척간두에 섰을 때는 장교로 전선에서 싸웠고, 국가가 5천 년 가난에서 헤어나지 못하고 기아선상에 섰을 때는 경제 일선에서 투쟁했는데, 정치 근대화만은 저항에 부딪혀 뜻을 이루지 못했습니다."

1990년 11월에 프랑스 미테랑 대통령이 그에게 훈장을 수여할 때 보내온 축사의 한 부분을 빌린 표현이었다.

1월 13일 오후 국회는 본회의를 열어 국무총리 지명자 박태준 임명동의안을 표결에 부쳤다. 무기명 비밀투표의 결과는 전체 출석의원 279명 중 찬성 174명, 반대100명, 기권 3명, 무효 2표였다. 무려 여섯 달이나 '총리' 뒤에 '서리'라는 딱지를 달고 지내야 했던 JP의 경우와는 무척 대조적이었다.

국회인준을 받은 뒤 박태준은 2000년 1월 13일 오후 국무총리 취임식을 가졌다. 이튿날 신문에 보도된 그의 포부는 '일하는 총리'의 의지와 정열로 넘쳤다.

"근대화과정에서 철강을 통해 경제개발에 참여했던 것처럼 이제 사이버시대를 맞아 정보, 지식경제의 기초를 확고히 다지는 일에 이바지하겠습니다. 21세기 첫 총리로서 사이버시대와 명실상부하는 정부관리를 하고자 하는 포부를 갖고 있습니다. 정보, 지식산업, 문화의 시대에 적극적으로 대응해 21세기 일류국가가 돼야 하는 새로운 목표를 설정해야 하며, 이들 산업의 인프라 구축을 위해 정부투자를 선진국 수준으로 끌어올려야 합니다. IMF관리체제의 후유증도 심각하게 고려해 이제부터 성장과 분배의 조화를 적극적으로 추구해야 하며, 경제 재도약을 통해 2002년까지 국민소득을 1만3천 달러로 끌어올리는 동시에 소외계층의 안정적인 삶을 보장하는 사회를 만들어야 할 것입니다. 시장경제와 생태주의의 모순, 과학기술과 인문정신의 갈등 등 모순과 갈등을 상생의 관계로 풀어내는 지혜는 문화적 역량에서 비롯하기 때문에 정부는 보다 근본적인 차원에서 문화정책을 기획하고 조정해나가야 할 것입니다."

1998년 초여름에 포항으로 내려가 젊은이들에게 "20대 80의 체제를 뜯어고칠 수 있는 힘까지 달라."고 부탁하던 결의가 엿보이는 취임사였다.

1월 14일, 어떤 배경보다 자신의 자부심과 사명감을 가장 큰 근거로 여기는 '세계 최고의 철강인'이 세종로 정부청사 앞에 내렸다. 국무조정실장은 민자당 최고위원 시절에 그의 비서실장을 지냈으며 국민의 정부에서 초대 환경부 장관을 역임한 최재욱, 국무총리 비서실장은 그의 자민련 총재 비서실장을 맡아온 조영장, 민정수석은 포철 시절부터 그의 비서실에 근무해온 김덕윤이었다. 그는 오래 손발을 맞춰온 세 사람과 나란히 국무총리실로 들어갔다. 기자들이 기다렸다. 기자간담회에서 밝힌 그의 소회는 크게 두 가지였다.

"무거운 책임을 느낍니다."

"국가를 위한 내 인생의 마지막 봉사라고 생각하고 마지막 남은 정열을 다 바치겠습니다."

21세기 한국의 첫 총리와 기자들의 문답이 이뤄졌다.

"재벌개혁을 여러 차례 강조하셨는데 그 의미와 배경이 어떤 겁니까?"

"재계 스스로 정보통신 등 신산업 분야를 개척해야 합니다. 이를 통해 기존 기업이 세계 최고의 경쟁력을 갖춘다는 인식을 가져야 하는 거고, 재벌이 스스로 개혁해나가는 과정에서 정부가 도울 일이 있으면 돕겠다는 것입니다."

"총리가 자민련 최고고문직을 겸직하는 것은 공정한 총선관리에 역행한

국무총리 집무실에 첫 출근한 박태준(©중앙일보)

다며 야당측에서 고문직 사퇴를 요구하고 있습니다만."

"김대중 대통령도 임명장을 주는 자리에서 엄정한 선거관리를 강조했는데, 여야를 불문하고 공명선거를 해야 하고, 내 생각도 같습니다. 최고고문은 당에서 나를 대접해주기 위한 것인데, 당분간 잊어버리고 모든 역량을 행정에 집중할 겁니다. 오해받을 일은 하지 않겠습니다."

"경제총리로서 경제현안을 직접 챙길 가능성에 대해 기대와 함께 우려도 있습니다. 앞으로 경제부총리와의 관계는 어떻게 해나가실 계획입니까?"

"총리 입장에서 국민이 가장 기대를 갖고 있는 분야에 관심을 가질 것입니다. 경제정책 전반은 경제부총리가 잘 해나갈 겁니다. 그러나 나도 생각이 있으니까 그 생각의 일단을 얘기할 기회는 얼마든지 있을 겁니다."

첫 출근한 신임총리가 '마지막 봉사'라고 밝힌 말은 진심이었다. 그는 '얼굴총리·대독총리'를 사양할 생각이었다. '실무총리·행정총리'로서의 역할을 정열적으로 수행하고 자신이 미리 예상해둔 적절한 시기에 스스로 물러날 각오를 세웠다. 국무총리 집무실 벽에는 'JP총리' 때 볼 수 없었던 것들이 그림처럼 걸렸다. '경제동향지표 현황판', '벤처 상황판', 주가, 환율, 국제유가 등 주요한 경제지표와 유망 벤처기업 267개의 위치나 전화번호를 한눈에 알아볼 수 있었다.

가끔씩 벤처기업에 전화를 걸어 독려하고, 짬을 내서 테헤란로에 불쑥 찾아가는 것도 '박태준 총리' 특유의 행보였다. 그는 세종로 청사와 과천 청사의 거리, 이에 따른 장관들의 시간낭비를 고려하여 7월부터는 '영상회의'를 열 수 있도록 하라는 지시도 내렸다.

나쁜 조건과 묘한 징조

김종필과 달리 총리인준을 쉽게 받은 박태준, 그러나 총리 취임 보름도 되기 전에 앞날의 불운을 암시하는 암초가 나타났다. 1월 27일 자민련이

'공동여당 공조 및 연합공천 포기 불사' 방침을 밝히면서 최악의 경우엔 박태준 국무총리의 총리직 철수까지 검토한다고 선언했다. 이를 촉발시킨 계기는 24일 총선시민연대가 발표한 공천반대자 명단이었다. 거기에 다수의 자민련 인사가 포함되자 자민련은 '민주당 내 특정세력과 시민연대 인사가 연계된 결과'로 규정했다. 마침 충청권에는 내각제 합의 위배나 '옷로비' 사건의 여진이 있었다.

자민련의 높은 언성은, 새천년을 맞아 '새정치국민회의'를 버리고 '새천년민주당'으로 간판을 바꾼 공동정권의 큰집에 파장을 일으켰다. 청와대는 "위험수위를 넘는 선거전략은 공동여당이 함께 자제해야 하고, 박태준 총리의 철수는 있을 수 없는 일"이라 막아섰다. 민주당 정동영 대변인은 "공동정부는 정당간 맹약이자 국민과의 약속"이란 말로 심각한 사태를 무마하려 들었다.

정치권과 언론의 시선은 박태준의 반응에 쏠릴 수밖에 없었다. 그는 말을 아꼈다. 결정적인 한마디를 간택할 때까지 침묵을 지켜야 했다. 그러나 그의 결심은 확고했다. 총리를 그만두면 그만두지, 지긋지긋한 정치판으로는 돌아가지 않겠다는 것.

뉴밀레니엄의 첫 총리가 '실무·행정총리'로서의 나침반을 마련하는 달포 동안 영남권의 자민련 지지도는 지지부진을 벗어나지 못했다. JP의 정치적 텃밭으로 알려진 충청권의 분위기마저 예사롭지 않았다. 이 소식을 챙긴 박태준은 JP의 공조파기 공식선언이 임박했다는 것을 알아차렸다.

2월 24일 드디어 자민련이 공식적으로 '야당선언'을 했다. 새천년민주당과의 공조를 깬다고 했다. DJ의 '약속위반'을 공격하여 표를 더 얻겠다는 선언이었다. 이제 집권당과 자민련을 연결하는 상징적 고리인 박태준은 어떻게 할 것인가. 자민련이 어느 시점에 그의 총리직 철수를 공식적으로 요구할 것인가. 궁금증은 여기서 멈추지 않았다. JP와 TJ의 확실한 결별을 촉구하는 심문과 같은 질책도 나왔다.

"자민련이 야당선언만 했지 박 총리에게 철수냐 탈당이냐 양자택일을 강요하지 않은 것은 말로만 공조파기를 외치고 선거가 끝나기 바쁘게 다시 민주당과 짝짜꿍하기 위한 정략적 선택에 불과하다는 자백 아닌가?"

총리실 공보수석비서관이 총리에게 기자들의 질문 공세가 끊이지 않는다고 알렸다. 박태준은 빙그레 웃을 따름이었다. 복잡해 보이는 문제일수록 단순화시키길 좋아하는 성품을 드러내는 한 장면이었다. '단순화'라고 말했지만, 그의 결정은 명백했다. 정당으로는 돌아가지 않겠다.

이렇게 미묘한 시기에 박태준은 청와대에서 대통령과 아침식사를 했다. "흔들림 없이 국정을 수행하기로 하셨다."라는 청와대 대변인의 발표가 뒤를 받쳤다. 김대중은 박태준을 원하고 박태준은 정당으로 돌아가지 않겠다는 것. 설령 김종필이 최후의 득표용 카드로 '총리 철수'를 요구하더라도 거부하겠다는 뜻을 미리 던져준 것이었다.

3월이 왔다. 선거운동이 달아오르고 있었다. 차마 못할 소리여서 미뤄뒀는지, 가장 효과적인 타이밍을 노렸는지. 자민련이 박태준에게 '총리 철수'를 요구했다. 그는 오래 억눌러온 한마디를 내뱉지 않을 수 없었다.

"총리가 초등학교 반장인 줄 아는가?"

가시 돋친 한마디는 여러 대답을 함축한 내면의 응어리였다.

이제 얄팍한 정치적 음모에는 신물이 난다. DJT연대의 초심으로 돌아가 국가를 바로 세우는 것이 중요하냐, 먹히지도 않을 정치적 계산서가 중요하냐. 충청권이나 거머쥐겠다고 중선거구제 합의를 헌신짝처럼 버린 것이 언제냐, 나는 국정에 전념하겠다…….

제16대 총선의 열기가 후끈한 절정으로 치달았을 때, 문화관광부 장관 박지원이 '깜짝 놀랄 낭보'를 발표했다. 오는 6월 평양에서 남북정상회담을 열기로 합의했다는 것. 외신기자들도 서울 발 긴급뉴스를 전송하느라 바빠졌다.

대뜸 선거와 연결시키는 의혹부터 제기됐다. 발표자는 "발표시기와 총선은 아무런 관련이 없다."고 서둘러 선을 그었다.

과연 투표일을 사흘 앞둔 엄청난 발표에 청와대와 집권여당의 정치적 의

도가 개입되지 않았을까? 과거의 군사정권이 총선을 앞두고 휴전선에서 '총풍'을 일으켜 유권자의 보수적 안보의식을 자극했던 것처럼, 그 시절에 그 피해를 톡톡히 입었던 세력이 이제는 거꾸로 '남북화해'를 내세워 유권자를 유혹하려 덤빈 것이 아니었을까?

한나라당은 남북정상회담 발표를 "총선용"이라 몰아세우고, 청와대는 "깜짝쇼가 아니다."고 맞받았다. 일각에선 DJ가 노벨평화상 받을 일정에 쫓긴 나머지 억지로 무리하게 합의했을 거라는 비판을 제기했고, 이것이 민심 속으로 빠르게 번져나갔다.

4월 13일 제16대 총선이 실시되었다. 집권여당의 기대와는 딴판으로 한나라당을 거야(巨野)로 만들었다. 민주당은 수도권의 성적이 나빴고, 자민련은 초상집 분위기로 몰렸다. 수도권과 충청권의 민심이 청와대의 남북정상회담 발표나 김종필의 야당선언을 문자 그대로의 진실로 받아들이지 않는다는 명백한 증거였다. '옷로비'사건 후 내리막길에 들어선 김대중 정권에 대한 지지도가 회복되지 않고 있다는 사실을 알려준 것이기도 했다. 물론 영남과 호남에선 다시 한 번 지역주의가 철저히 관철되었다.

중선거구제를 거부하고 당으로 복귀하여 야당선언을 한 JP의 정치적 계산서엔 자민련 의석수가 몇 석으로 나와 있었는지 몰라도, 4월 26일 국회에서 열린 '여야 3당 총무회담'에서 자민련 총무는 수모를 당해야 했다. 국회 운영위원장실에 여야 총무들이 모이면 먼저 사진기자들이 '오프닝'을 촬영하는 관례가 있다. 하지만 이부영 한나라당 총무가 이를 거부했다.

"총무회담은 민주당과 한나라당이 하는 것이고, 자민련 총무는 손님으로 온 만큼 함께 맞잡고 사진 찍을 수 없습니다."

자민련 총무는 얼굴이 벌겋게 달았다. 한나라당 총무의 주장은 터무니없는 억지가 아니었다. 16대 총선에서 자민련이 얻은 의석은 모두 17석으로, 원내교섭단체 구성요건인 20석에 3석이나 미달했다. 간신히 끼어 앉긴 했지만 자민련 총무에겐 가시방석이었다. 회담의 주요 의제마저 '앞으로 총무회담에 자민련 총무를 계속 끼어줄 것이냐' 하는 것이었다. 물론 15

대 국회의 임기가 끝나는 5월 29일까진 자민련도 법적으로 교섭단체를 유지하므로 참석할 자격이 있다는 구차한 주장이 등장하기도 했다.

16대 국회의 의석 구도는 한나라당이 133석, 민주당은 호남지역 무소속 당선자까지 합쳐도 119석이었다. 거야든 소여든 과반수 137석엔 미달이었다. 민주당은 '미워도 다시 한 번' 17석의 자민련과 팔짱을 끼려 하고, 한나라당은 자민련이 '야당선언'의 공약을 팽개치고 새로 민주당과 붙어 '여당 프리미엄'을 챙기려 드는 잔꾀에 쐐기를 박으려 했다.

이러한 틈바구니에서 자민련이 자신의 존재를 알리기 위해 거머쥘 수 있는 유일한 카드는 '캐스팅 보드'였다. 독자적 과반수에 모자라는 여야 사이에 끼어 압살당하지 않으면서 가끔씩 돋보이는 구실을 드러내고 실리까지 챙길 수 있는 유일한 무기였다. 그러나 충청권에서조차 한나라당의 약진이 두드러진 정치적 지형도에서 과연 끝까지 JP와의 의리에 매달릴 의원이 몇 명이나 될지. 여기에 김종필과 자민련의 미래가 달린 듯했다.

비록 김종필이 '공조파기'와 '야당선언'을 강행했을지라도 그것을 득표의 궁여지책쯤으로 이해해주는 제스처를 보여주는 것은 김대중의 몫이었다. 두 사람의 연결을 위한 탐색전은 일단 박태준의 몫이었다. 어느덧 그는 '총리 취임 100일'을 헤아렸다. 자민련의 공동여당 파기선언과 총선 참패 등 자신을 둘러싼 정치적 상황이 급격히 악화됐지만, 총선을 둘러싼 관권선거 시비를 우려하며 행정중심의 실무형 총리로 정착하려고 노력해온 날들이었다. 그러는 동안 총리실 공무원 사이에 '불필요한 것까지 시킨다'라는 불만이 나오기도 했다. 기자들이 그런 불만을 어떻게 생각하느냐고 하면 그는 그저 웃기만 했다. 포철 시절이면 "어떻게 되었겠느냐?"라는 유도성 질문에는 "있을 수 없는 일"이라고 특유의 파안대소를 터뜨리는 것으로 대신했다.

4월 20일 총리실 기자간담회가 열렸다. 이 자리에서도 박태준은 '행정 총리'의 모습을 견지했다. 내각의 총선관리가 무난했다고 자평한 뒤 인천 신공항 건설, ASEM회의, 남북정상회담 준비 등 일련의 중대한 국정과제를 제시했다. 선거 얘기를 꼬치꼬치 캐묻는 대목에선 원론적 소감만 발설했다.

"경상도 지역도 완전 일색이 된 것을 보고 큰일 났구나 생각했다. 세대교체가 많이 돼 정치에 대한 국민의 희망을 읽을 수 있었다."

여당공조 회복을 위한 역할이나 당적포기 문제도 나왔지만 이것도 원론적 수준에서 멈췄다.

"친정이 잘 돼야 한다. 공조가 계속되는 게 바람직하다. 언제든 김종필 명예총재를 만날 생각이 있다."

누군가 다시 정치인이 될 생각이 있느냐고 물었다. 그는 딱 잘랐다.

"지금은 없다."

기자들은 '총리 박태준의 입지'가 불안하다고 읽었다. DJ와 JP가 떨어진 상황에서 민주당과 자민련의 공조회복을 위한 중재자 역할을 다시 TJ가 맡아야 할 텐데, 이게 만만해 보이지 않는다는 것이었다.

4월 26일은 아침부터 총리실에 비상한 공기가 감돌았다. 김종필 자민련 명예총재와 박태준 국무총리가 만날 것이라는 소문이 무성했다. 그러나 뒤늦게 JP가 취소했다는 보도가 나왔다. 맞는 관측이었다.

총선 직후 김대중은 오막살이로 변한 자민련을 위로하기 위해 비서실장 한광옥을 청구동(신당4동) 김종필의 자택으로 보냈다. 남북정상회담을 앞두고 JP와의 공조복원을 희망하는 DJ의 강한 욕구는 자연스레 TJ를 같은 길로 나서게 했다. 이것이 25일 총리실 조영장 비서실장의 전화로 이어졌다. 그는 JP 측근에게 "한 번 만나고 싶어하신다."라는 박태준의 뜻을 보냈다. 약속이 됐다. 신라호텔, 저녁식사. 이 소식이 연합통신에 뜨는 바람에 장소를 롯데호텔로 변경했다. 그러나 JP가 "기자들이 보인다."라는 이유를 들어 취소하자고 통보했다. 회동약속은 불발로 끝났다. 해프닝이었다. 기자들은 "아직 JP가 DJ와 공조를 복원하기에는 섭섭한 감정이 가라앉지 않은 듯하다."고 평했다. 박태준은, DJ - JP의 연결고리는 더 이상 TJ가 아니라는 JP의 시위를 지켜본 것 같은 쓸쓸한 입맛을 다셨다.

몽니를 부리는 JP의 특장은 여기서도 효과적으로 발휘되었다. 청와대나 총리실은 그 참뜻을 쉽게 알아차릴 수 없었다. 그러나 그것은 28일로 잡힌 김대중 대통령과 이한동 자민련 총재의 청와대 회동 후 두 사람의 언행에서 드러났다.

4월 28일 한낮 김대중 대통령과 군소정당 총재 이한동이 청와대에서 만났다. 거여 한나라당 이회창 총재로부터 협력을 얻을 수 없다고 판단한 김대중은 '너무 의석이 줄어 아쉽기 짝이 없지만 아쉬운 대로' 김종필의 마음을 돌려세워 '약속을 지키는 이미지'와 '현실적 협력자 구하기'라는 두 마리 토끼를 잡으려 했을 것이다. 그의 점심대접 효과는 퍽 짭짤했다. 남북정상회담의 성공적 개최와 16대 총선에서 표출된 지역주의 해소를 위해 공동노력하기로 합의하고, 21세기를 희망의 시대로 열기 위해 신뢰를 바탕으로 공존과 화합의 정치를 펼쳐야 한다는 데 의견을 같이 했다. 8개항의 공동발표문도 채택했다. 민주당과 자민련 간의 공조문제는 정식의제로 채택하지 않았으나 대통령이 우회적인 방법으로 자민련 명예총재와의 관계개선 의사를 피력한 것으로 관측되었다.

8개항 중 주목을 끄는 것은 '남북정상회담 성공적 개최를 위한 공동노력', '자민련의 정치적 역할인정', '양당 총재회담 수시 개최' 등이었다. 김종필의 협조를 얻어 남북정상회담·노벨평화상 수상의 여정을 더 순탄하게 이끌어가려는 DJ의 속내와, 그것을 붙잡고 군소정당으로의 추락을 막아보려는 JP의 계산. 이 이해관계가 서로 맞물린 구체적 실증 같았다.

그 무렵에 총리공관으로 소문 없이 두 중국인이 다녀갔다. 중국 정부의 고위 실력자가 추천한 한의사 두 사람. 이들의 왕진 목적은 한방요법으로 한국 총리의 각혈문제를 치유하는 데 있었다. 정초부터 박태준은 과로한 다음날 새벽이면 피를 가래처럼 뱉어냈다. 중국 명의가 정성을 쏟았으나 효험이 없었다. 그는 폐 밑의 물혹이란 놈이 큼직하게 성장했다는 느낌을 받았다. 한방으로는 그놈을 근본적으로 다스릴 수 없다는 점도 깨달았다. 유일한 완치수단은 가슴에 메스를 대는 것. 그는 애당초의 계획대로 연말쯤 공직에서 물러나 수술을 받기 위한 체력비축에 들어가야 한다고 새삼 작정했다. 다만 업무수행에 거의 지장이 없는 현재로서는 지병에 대해 함구하는 것이 상책이었다. 공개한다면 나라에 부질없는 걱정거리나 보탤 노릇이었다. 대통령도 고령인데 겉보기에는 대통령보다 훨씬 더 건강해 보이는 총리가 심각한 신병을 앓고 있다는 사실이 알려지면 덩달아 대통령의 건강에 대한 유언비어마저 나돌 것이었다. 그는 총리로 옮겨가는 문제를 놓고 젊은 측근과 의논하는 자리에서, "일 년쯤 열심히 해주고 물러날 계획이다. 지금은 내가 밝힐 수 없는 개인적 문제가 하나 있다."라고 말한 적이 있었다. 바로 폐 밑의 물혹이 일으키는 고통스런 말썽과 수술 계획이었다.

이렇게 심경이 복잡한 어느 날이었다. 국무회의에서 장관보고가 끝난 다음, 박태준은 처음으로 조금 언성을 높였다. 재경원 부총리, 대통령 경제수석, 금융감독원장의 경제지표 수치에 대한 발표가 서로 다른 점을 지적하고 시정을 지시했다.

"세 사람의 발표가 모두 다르니 국민이 헷갈리지 않겠습니까? 앞으로는 사전 조율해서 혼선이 일어나지 않게 발표하도록 하시오."

김대중 대통령이 몹시 언짢은 표정으로 묵묵히 노트를 덮고 일어섰다. 국무총리는 속으로 흠칫 놀랐다.

7년 전의 나팔소리

5월 들어 박태준은 남북정상회담 준비에 '특별한 무엇'을 마련하고 있다는 낌새를 알아차렸다. '특별한 무엇'이란 곧 '대규모 자금'이었다. 그는 때가 되면 대통령에게 건의할 합리적인 자금조성 방법을 남몰래 궁리해보았다. 정주영의 열렬한 향수를 이용해 현대만 대북교류의 창구로 내세운 것을 '문제점'이라 여겨온 그가 그려보는 미완의 그림은 대강 이러했다.

'전경련 등 경제주체들과 대기업 오너들을 한자리에 모아 남북관계의 진전이 국가에 미칠 전반적 영향, 특히 제조업을 비롯한 우리 기업이 북으로 진출할 기회와 그 경제적 가치 및 통일기반 조성에의 기여도 등을 솔직히 설명한다. 정상회담에 소요될 자금의 규모를 밝히고 적절한 분담을 강구한다. 궁극적으로는 평화를 위한 투자이며 사업을 위한 투자라는 점을 충분히 설득한다. 보상으로는 세금혜택과 대북진출의 우선권을 보장하기로 한다. 야당 대표와 만나서 솔직히 토의하여 협조를 구한다. 이 일련의 과정에서 성패의 관건은 야당과 언론, 그리고 국민의 여론이다. 여기에 대한 복안은 무엇일까? 혹시 대통령은 복안을 가졌을까……'

5월 18일 아침이었다. 박태준은 느닷없이 뒤통수를 얻어맞는 것 같은 신문스크랩을 보았다.

서울행정법원 행정2부는 17일 조모 씨(60세)가 낸 '증여세 부과처분 취소 청구소송'에서 "총 21억 원의 증여세 및 방위세 중 13억 원의 세금징수는 적법하다고 인정하고 나머지 8억 원의 증여세 부과 처분은 취소하라." 하고 판결했다.

1993년 봄 김영삼 정권 때 국세청 조사원의 강압에 못 이겨 피오줌을 싸며 모든 것은 박태준의 재산이라고 진술서에 서명했던 피해자가, 증여세 20억 원은 억울하다고 제기한 행정소송에 대해 법원이 8억 원만 억울한 것으로 인정했다는 내용이었다. 재판부가 조 씨의 억울함을 다 인정하지 않은 가장 유력한 증거는 바로 7년 전에 자신이 서명한 진술서였다. 그때 조사원이 나중에 정권이 바뀌면 행정소송을 하라고 가르쳐준 것이 오히려 그에게 부메랑으로 돌아온 격이었다.

그러나 가장 중대한 문제는 한 시민의 억울함에 대한 시비에 있지 않다. 현직 국무총리가 '과거에 부동산을 취득하면서 그 중 일부는 조세를 회피할 목적으로 조 씨에게 명의신탁을 했다'라는 판결로 해석될 수 있다는 점이었다. 그건 사실도 아니거니와, 그래봤자 새로운 뉴스도 아니었다. 7년 전 정치보복의 차원에서 박태준을 샅샅이 뒤졌을 때 이미 실상과는 동떨어진 채로 시끄러울 만큼 시끄러웠던 일이었다. 차라리 새로운 것이 있다면 '그때 국세청이 부과했던 증여세는 상당히 무리한 억지였다는 점이 이번의 법원 판결로 다시 밝혀졌다'라는 점이었다. 굳이 덧붙이자면, '법원이 인정한 13억 원에 대한 박 총리의 반응이 궁금하다'라는 정도였다.

그럼에도 불구하고 상황은 간단하지 않았다. 언론이 일제히 총리 박태준을 때리면서 엄청난 사건처럼 증폭시켰다. 그들은 정보창고에 보관된 '1993년의 박태준 파일'을 냉큼 꺼내서 옛날의 기억을 환기시켰다. 그때 국세청이 밝힌 재산총액 360억 원과 현재의 36억 원 사이에 존재하는 어마어마한 격차의 진상에 대해서는 어느 누구도 거들떠보지 않았다. 그것이 그에게 덮어씌운 모욕과 수모를 되살피려는 시선은 전혀 나타나지 않았다.

서울행정법원이 원고 조 씨에 대해 내린 일부 승소·일부 패소 판결은 총리 박태준에게는 전혀 법적 시비의 대상이 아니었다. 박태준은 그 판결에 대해 티끌 같은 법적 책임도 질 것이 없었다. 이건 엄연한 사실이었다. 그래서 언론도 총리를 불법행위를 저지른 고위공직자로 공격하진 못했다. 그의 '36억 원' 공직자 재산신고는 정직했다는 보도도 나왔다. 그러나 이런 경우에 해당 권력자를 조지기로 작심한다면 법보다 훨씬 편리한 도덕이란 채찍이 있었다. '아무리 명의신탁 금지법 제정 이전의 일이었다 해도 옛날에 세금을 적게 내려고 명의신탁을 했던 모양'이라는 한마디 의혹 제기만으로도 얼마든지 현직 총리를 괴롭힐 수 있었다.

이상한 노릇은 어떤 시선도 '왜 총리가 사전에 국세청장으로부터 일언반구의 보고도 받지 못했고, 조 씨의 변호사조차 선고 날짜를 몰랐는가?'에 대한 의혹을 어느 누구도 들이대지 않는 것이었다. 만약 박태준 총리가 관련된 것이 아니라 김대중 대통령이 관련된 것이었다면, 그래도 국세청장이 대통령에게 보고하지 않았을까?

원고 조 씨가 상대한 피고는 역삼세무소. 재정경제원의 외청인 국세청 산하기관이다. '통치권력 체제의 핵심부서 책임자'인 국세청장 안정남은 정부조직의 직속상관인 박태준 총리에게 그 재판과 관련해 일언반구의 보고도 올린 적이 없었다. 뒷날에 바로 자신의 비리혐의로 사법처리를 받게 되는 안정남. 그의 개인적 도덕의식과는 별도로, 정부조직의 위계질서로 보아 일어날 수 없는 일이었다. 만약 안정남의 보고를 받았더라면 박태준은 얼굴 모르는 조 씨에게 사람을 보내서 "참을 수 없이 분하고 억울해도 다 지난 일이니 당신 재산의 상당 부분을 국가에 헌납했다 생각하고 참아줄 수 없겠느냐?" 하고 고소 취하를 부탁했을 것이다. 원고가 쉽사리 분노의 응어리를 풀었을지는 모르지만……

박태준은 정치적 결단을 내리기로 했다. 총리실에 남느냐, 스스로 물러나느냐. 이는 순전히 김대중의 판단에 달린 문제였다. 김대중의 선택은 간단할 것이다. 박태준이 계속 필요하고 끝까지 같이 가자는 약속을 지키고 싶다면 사표를 물릴 터, 정치적 지형의 급변에 따라 '토사구팽'의 용도폐기를 택하면 사표를 강요라도 할 터.

2000년 5월 중순, 김대중과 그의 핵심 측근은 어느덧 박태준을 껄끄럽고 불편한 존재로 여겼다. 여러 사정이 얽혔으나 네 가지를 짚어볼 수 있다.

첫째, 김대중이 구상하는 새로운 정치판도에서 박태준의 가치는 실추된 상태였다. 지역구든 전국구든 금배지를 달지 않은 박태준에겐 더 이상 자민련을 움직일 힘이 없었고, 김대중은 김종필과의 재결합을 획책하지만 박태준과 김종필은 척을 졌다. 이것이 박태준과 김종필 회동의 불발로 이어졌고, 김대중은 김종필과 자신을 연결시킬 새 고리로서 새 총선에서 지역구에 당선한 자민련 총재 이한동을 불러들였다.

둘째, 극비리에 추진해야 할 남북정상회담을 위한 4천억 원 자금마련과 대북송금 과정에 대비할 때는 박태준의 성품이 걸림돌일 수 있었다. 박태준은 김대중과 다른 방식의 합당하고 공개적인 모금과 정치권 설득을 궁리했다. 그는 복안의 한 자락을 관계자에게 슬쩍 내비친 적도 있었다.

셋째, 김대중 정권은 '국가경제와 박태준'의 함수관계에 대한 계산서를 두들겨보아도 이젠 박태준의 공백이 아쉽지 않다는 결론을 내릴 만한 조건이었다. 절체절명의 IMF관리체제를 엔간히 극복했으니 '원군(援軍)의 장수'와는 그만 갈라서야 좋았다. 설령 '팽(烹)'을 시키더라도 현재 판세는 '팽'이란 비난이 돌아오지 않을 절호의 기회였다.

넷째, 김대중과 그의 측근에겐 김종필과 너무 다르게 '얼굴총리'를 거부하고 '실무총리'로 나서는 박태준이 고마우면서도 탐탁하지 않았다. 박태준은 철두철미한 업무장악과 엄격한 통솔이 몸에 밴 체질이었다. 그의 최선은 더 높은 권력을 향한 것이 아니라 '국가에 대한 마지막 봉사'를 꿈꾸며 폐 질환마저 이겨내는 순수한 충정의 발로였다. 그럼에도 그것은 대승을 거부하는 한국정치판의 권력투쟁 무대에서 도리어 제거되어야 하는 경쟁자로 찍힐 수 있었다.

박태준은 스스로 고립무원의 존재임을 실감했다. 정당 배경마저 없다. 대통령의 돈독한 신뢰를 믿었지만, 그마저 이해관계에 밀려나 버렸다. 실무총리는 이미 틀린 일이었다. 5월 중순의 쾌청한 하늘 밑에서 졸지에 날벼락을 얻어맞은 그는 말을 아꼈다. 자신의 양심에는 부끄럼이 없었다. 하지만 '총리' 자리에 연연할 마음이 없었다. 정치적 환경이 변하여 '총리 박태준'을 불편하게 여기는 최고권력자가 이번 소란을 작별의 명분과 기회로 활용하겠다고 한다면 머뭇거리지 않고 "물의를 일으켜 미안하다"라는 말을 남기고 돌아서기로 했다. 다만 자신이 살아온 방식에 비추어 그것이 배반으로 판명될 경우엔, 다시는 그와 만나지 않겠다는 결심도 세웠다.

5월 19일 이른 아침, 박태준은 거듭 자신을 둘러싼 상황을 차분히 통찰해보았다. 정치적으로……, 고독한 존재였다. 더는 정당에 기대고 싶지도 않았다. 대통령이나 그 측근과의 역학관계를 볼 때……, 역시 고립무원이었다. 총리로 나가는 것을 반대했던 한 젊은이의 논리대로 기댈 곳은 DJ밖에 없었다. 하지만 현재 DJ의 관심은 남북정상회담과 노벨평화상에 집중

돼 있다는 사실을 그는 잘 알았다. 건강상태는……, 그저 견딜 만한 수준이었다. 이따금 목구멍으로 피가 올라오긴 해도 연말까지는 가슴에 메스를 대지 않아도 될 것 같았다.

불현듯 박태준의 눈앞에 한 장면이 고정되었다. 국무총리가 국무회의에서 정부 경제팀의 손발 맞추기를 주문하며 언성을 높이자 몹시 언짢은 표정을 노골적으로 드러내며 냉랭하게 일어선 대통령. 이것이 떠오른 찰나, 그의 결심은 강철처럼 굳어졌다.

전화가 걸려왔다. 최종영 대법원장이었다.

"박 총리님, 이번 판결을 다 챙겨봤습니다. 그건 조 씨 개인의 일이고 박 총리님과는 무관한 일입니다. 나라를 위해서라도 지금 물러나시면 안 됩니다. 반드시 남아서 지켜주셔야 합니다."

"감사합니다. 여러 가지로 고려를 하겠습니다만, 문제는 제가 일을 할 수 없다는 것입니다."

총리공관을 나선 박태준의 승용차는 청와대로 직행했다. 이것이 DJ와의 마지막 만남인가.

"배려해주신 덕분에 국정 전반을 공부할 기회를 가질 수 있었습니다. 저의 인생에서 귀한 경험이었습니다."

박태준의 명쾌한 작별인사에 김대중은 우물우물 말을 흐렸다. 그가 한마디 더 보탰다.

"이헌재는 쓰십시오. 그 사람은 재벌 구조조정을 끝까지 해낼 겁니다."

그리고 박태준은 등을 돌렸다. 고작 3분 정도. 지난 2년 6개월 동안 '수평적 정권교체'와 'IMF사태 극복', '공동정권의 유지'를 위해 어느 누구보다 탁월하게 '김대중의 조력자' 역할을 했던 박태준. '남북정상회담과 노벨평화상'을 한 묶음으로 판단한 DJ, 이제 그에 소요될 자금 확충의 방법론에 대해 DJ와 불화를 일으킬 가능성이 높은 TJ. 두 사람은 2년 6개월에 걸친 밀월관계의 결별을 애틋할 것도 없이 3분 만에 매듭지었다. 그의 마지막 진언이었던 이헌재는 되레 그 말이 악영향을 끼친 것처럼 얼마 못

가서 물러나게 된다.

국무총리 직위를 버리고 집으로 돌아온 박태준은 부인에게 엄하게 말했다.

"지구상에서 내 명의로 된 부동산은 다 없애."

36년간 살아온 북아현동 자택이 남의 손으로 넘어가야 했다. 그 집은 그해 처분된다. 그리고 주인은 집값 14억5천만 원 중 10억 원을 '아름다운 재단'에 기부한다. 처음에 집을 구할 때 박정희 대통령이 보태줬으니 처음부터 100퍼센트 나의 사유재산이 될 수 없었던 것이라면서……

20세기 후반기의 한국 산업화 무대에서 단연 빼어난 주연이었던 박태준. '영일만·광양만의 신화'를 창조하는 가운데 해방 이후의 우리 역사에

포항제철소 전경

서 그와 동시대를 살아온 모든 방면의 모든 지도자를 통틀어 유일하게 세계가 인정하는 '세계 최고의 철강인' 박태준.

1997년 10월부터 2000년 4월까지 한국이 50년 만에 수평적 정권교체를 달성하고 비참한 국가부도의 위기를 극복해낸 그 절박한 시기에, 그는 정치권력의 무대에서 과거의 순수한 열정과 화려한 경력을 바탕으로 김대중의 자문과 조언을 맡았다. 역사의 관습은 조언에 대한 대접과 평가가 지나치게 옹색하다. 관찰의 시각을 아주 좁혀서 오직 '세기말과 신세기의 벽두에 걸친 절체절명의 급박한 국가적 위기의 2년 6개월 무대'만 살펴볼 때, 박태준은 김대중 옆에서 어떤 자세로 어떤 공헌을 남겼을까?

박태준이 떠난 후 김대중은 건강에 대한 일반인의 우려를 넘어 '국민의

정부'를 완주했다. 역사적인 6·15남북정상회담이 실현되었다. 그는 노벨
평화상을 받았다. 현직 대통령의 영광을 축하하는 관제(官製) 현수막이 방
방곡곡에 걸렸다. 그러나 그것은 대다수 국민의 가슴에는 걸리지 못했다.
불행히 통치권력의 핵심요직을 맡았던 그의 측근들이 비리에 연루되어 줄
줄이 구속되었다. 부패로 얼룩진 정권의 맥을 더 빼려는 것이었는지 평양
의 김정일은 끝내 서울로 오지 않았다. 그 뒤, 북핵문제는 어렵게 꼬였다.
남북관계는 1972년 박정희 - 김일성의 '7·4남북공동성명'을 하나의 큰
기록으로 남긴 것처럼, 2000년 김대중 - 김정일의 그 비싼 '6·15선언'도
그런 전철을 따라 보낼 것인가?

　정치권력의 무대에서 퇴장한 '세계 최고의 철강인'은 지칠 대로 지친 몸
으로 이제 자신의 건강을 되찾으려는 길고 고달픈 여정에 올랐다. 그의 체
력과 의지가 이번엔 바로 자신의 황혼을 폐 밑 물혹의 억압으로부터 해방
시켜야 할 차례로 들어섰다.

2001 | 2011

에필로그

1. 독재의 사슬도 기억케 하고, 빈곤의 사슬도 기억케 하라!

하나, 모래와 먼지

2001년 여름, 뉴욕 코넬대학병원에서 대수술을 받고 회복기에 접어든 박태준은 문병 온 가까운 얼굴들과 곧잘 이런 대화를 나누었다.

"제철소 지으면서 마신 모래들, 정치한다고 돌아다니면서 마신 먼지들, 그게 다 그 물혹 속에 들어 있었던 거요. 이제 그놈을 해치웠으니 홀가분하오."

"퇴원하시면 다시 건강해 보일 테고, 그러면 또 같이 정치하자고 덤벼들 겁니다. 같이 서녘 하늘을 벌겋게 불태우자고 찾아오면 어쩌지요?"

"보소, 그러면 이럴 거요. 제철소 모래만 해도 너무 많았던 건데 당신들하고 정친가 뭔가 한다고 먼지를 더 마셔대서 왼쪽 가슴에 세계 최고 무게의 물혹을 만들었는데, 그런 걸 오른쪽 가슴에도 하나 더 못 만들어줘서 그러느냐. 이렇게 소리 질러버리지 뭐. 제철소 하나 더 짓자고 하면 또 몰라도 말이오."

방안에 거리낌 없는 웃음보가 터졌다. 늙은 환자는 길게 꿰맨 옆구리를 누군가 송곳으로 쿡쿡 쑤시는 듯했다. 그래도 마음이 넉넉했다.

둘, 귀국 일갈

2001년 9월 뉴욕의 한 아파트에 세 든 박태준은 통증에 시달렸다. 승객을 가득 실은 항공기 두 대가 아주 정확한 수학적 충돌로 쌍둥이 빌딩을 무너뜨린 시간, 그는 아파트에 머물고 있었다. 잿더미 뉴욕은 지옥이었다. 바쁜 약속이 없는 몸이었기에 그는 그 파편 하나도 얻어맞지 않고 멀쩡한 구경꾼으로 남았다.

며칠 지나서 다시 미국의 하늘이 열렸다. 하지만 박태준은 뉴욕에 더 머물러야 했다. 이집트인 집도의 알 토끼에게 반드시 한턱내고 떠날 생각이었다.

"당신은 올해 행복한 생일을 누릴 겁니다."

그의 그 한마디에 얼마나 큰 위안과 용기를 얻었던가. 박태준은 그에게 꼭 붉은 와인 한 잔을 따라주고 싶었다. 그 자리에서 한때는 '주호(酒豪)'로 불렸고 골프 실력은 프로선수에 버금간다고 아이처럼 떠들고 싶었다. 그러면 거대한 스핑크스 안에서 부활해 나왔나 싶은 명의가 언제쯤 술을 마셔도 좋고 필드에 나가도 좋다고 정확한 예언을 들려줄 것만 같았다.

불과 십 년 전만 해도 급무에 쫓겨 거의 논스톱으로 뉴욕과 도쿄를 왕복한 적도 있었던 강철 체력의 박태준. 그러나 이제는 한꺼번에 긴 비행을 감당하기 어려운 몸이 되었다. 뉴욕에서 로스앤젤레스, 거기서 하와이, 그리고 일본을 거쳐, 부산으로.

박태준은 하와이에 들렀을 때 와이키키 해변을 산책하며 잊을 수 없는 옛날의 콘도를 찾으려 했다. 벌써 한 세대도 더 까마득히 흘러간 저 1969년 2월 어느 날, 제철소 프로젝트를 야박하게 거절한 부유한 늙은 백인이 측은한 눈길로 알선해준 하와이 콘도, 그때 대일청구권자금이란 구원의 동아줄을 잡고 거기 대롱대롱 매달려 동지들과 희망의 밥을 지어 배불리 먹었던 집. 그러나 찾을 수 없었다. 그때의 흔적이라곤 더 자라난 야자나무뿐, 콘도는 가뭇없이 사라지고 번듯한 호텔이 들어서 있었다.

박태준은 덜 나은 몸으로 2002년 1월 8일 김해공항에 내렸다. 고향의 잔잔한 쪽빛 바다도 바라보고 고향집 대문 옆 장대한 곰솔 두 그루도 쳐다보고 싶었다. 동네 뒷산에 누워 계신 아버지와 어머니에게 밀린 인사도 올려야 했다. 국제선 청사에는 그를 환영하는 인파가 넘쳐났다. 그들은 죽음의 경계를 박차고 태양의 세계로 돌아온 주인공을 위해 박수와 환호성을 아끼지 않았다.

전·현직 국회의원이 공항귀빈실을 가득 채웠다. 주빈 옆에는 '국민의 정부'가 제2막의 대단원으로 접어드는 현재까지도 막강한 권세를 휘두른다는 김대중 대통령 비서실장 박지원이 앉았다. 박태준은 그에게 탁 트인 목소리로 유쾌하게 던졌다.

"요새 당신을 '소통령'이라 부른다고? 젊어서 나도 한때 그런 소리를 들었는데, 열심히 싸우면서 이왕이면 '소통령'이라 부르지 말고 '중통령'이라 불러 달라고 하시오. 소통령 역할을 훌륭하게 잘해내면 이왕에 '중통령'이라 불러야지 말이야."

복작거리는 실내에 한바탕 폭소가 자지러졌다. 그러나 박태준이 농담에 슬쩍 꽂은 가시, 그 일갈(一喝)을 옳게 알아챈 이는 없는 듯했다.

이른 봄날에 서울로 올라온 박태준 부부는 자택이 없었다. 전셋집에 짐을 풀었다. 이때부터 두 사람은 하루 한 시간 넘는 산책을 늘 빼먹지 않는 일과의 하나로 삼았다.

3월 15일이었다. 2000년 10월에 민영화 절차를 마쳐놓은 포철이 사명을 '포항종합제철주식회사'에서 '주식회사 포스코'로 변경했다. 영어 약자는 그대로 POSCO이고, 이것을 한글로 바꾸었다. 외국인에게는 변함없이 '포스코'지만, 한국인은 시나브로 '포철'을 잊어갈 것이었다.

셋, 신의주특구 소동

2002년 10월 12일 이른 아침, 서울 기자들이 동해안 최남단의 임랑리로 모여들었다. '북한이 박태준 씨에게 신의주특구 장관을 제의했다'라는 한국일보 보도를 확인하려는 북새통이었다. 그것은 미주한국일보 기자가 보낸 정보였다. 다른 언론들이 시큰둥하게 믿지 않으려 했으나, 최초 제보자가 재계 고위인사의 말을 인용하면서 본지 기자에게 세 차례나 확인해줬다고 했다.

뉴욕이나 베이징에서 누가 어떤 말을 흘렸는지 몰라도 박태준은 그 문제와 관련해서는 비밀리에 어느 누구와 접촉한 사실이 없었다. 평양의 희망사항인지 아닌지, 그마저 추측이나 해볼 따름이었다. 기자들은 상상력을

대수술 후 회복기에 걷기운동을 하는 박태준·장옥자 내외.

대체로 이렇게 펼쳤다.

'북한이 다시 화교를 임명할 경우 화교자본의 유출을 우려하는 중국의 의구심을 불식시키기 어려울 것이다. 특히 박 전 총리를 거론한 것은 대표적인 일본통이고 미국과 중국 쪽에 광범위한 인맥을 가진 점도 배경으로 꼽히며, 박정희 대통령의 경제개발모델에 호감을 가진 북한이 북·일 수교를 앞두고 경제개발계획에 깊이 참여했던 그의 경험을 전수받고 싶어서……'

그랬다. 눈부시게 찬란한 가을의 '신의주특구 소동'은 주인공이 모르는 해프닝이었다.

넷, 베이징 연설

박태준은 2003년 새해를 맞아 중국 국무원 발전연구중심 산하 '중국발전연구기금회 고문'으로 초빙되었다. 일찍이 1978년에 덩샤오핑이 수입해야겠다고 지목했던 인물에 대해 그의 후배들이 예의를 갖춘 격이었다. 그는 3월 23일부터 24일까지 이틀간 댜오위타이(釣魚臺)에서 열리는 '2003년 중국발전고위층논단'에 참석하기 위해 21일 베이징으로 들어갔다. 마이크 앞으로 나선 때는 24일 오후 2시. 그의 연설은 '소강(小康) - 대동(大同)사회 건설을 위한 몇 가지 제언'이었다. 중국경제의 잠재적 역량에 대한 진단과 전망, 현대화 과정의 중국경제에 대한 몇 가지 의견으로 구성되었다. 특히 경청할 대목은 문제점의 지적과 충고였다. 무엇보다 그는 한국이 산업화 과정에서 겪은 경험을 귀중한 타산지석(他山之石)으로 삼을 것을 제안하였다. 이것은 산업화시대의 한국경제가 이룩한 압축적 성장에 대한 진지한 성찰이기도 했다.

저의 경험으로 볼 때, 중국의 향후 성장방식은 지난 20여 년 동안의 경제발전 방식과는 크게 다를 것이고, 달라져야 할 것으로 생각합니다.

산업정책면에서 보다 다양한 성장의 축을 구축할 필요가 있습니다. 양적 성장과 함께 질적 성장을 중시하면서 산업의 고부가가치화를 서둘러야 한다고 봅니다. 앞으로 중국정부는 성장전략을 보다 고도화할 필요가 있을 것입니다.

경제성장과 함께 분배의 문제도 중요합니다. 특히 개발도상국에서는 성장을 매우 중시합니다. 그러나 성장속도가 가속화할수록 분배구조는 더욱 왜곡됩니다. 이 점에서 중국은 한국의 경험을 참고할 필요가 있습니다.

경제발전과정에서 환경문제를 놓칠 수는 없습니다. 중국은 인구증가와 급속한 도시화, 산업화로 인해 급속히 악화된 환경문제에 국가적 관심을 기울여야 합니다. 대기 오염, 하천과 해양 오염, 서부지역의 물부족 사태, 황사와 사막화 등은 중국의 안정과 번영에 커다란 저해요인입니다. 더구나 중국의 환경문제는 전지구적 공동체의 주목을 받고 있습니다. 중국이 처한 환경현실을 이해시키고 환경보호에 대한 중국 정부의 의지를 확인시키는 노력은 국제사회의 지원을 이끌어내는 교량이 될 수 있습니다. 이런 의미에서 2008년 베이징 올림픽과 2010년 상하이 세계박람회를 전략적으로 '환경'과 연결할 필요가 있으며, 그것을 성공한다면 중국의 국가이미지와 경쟁력은 새로운 단계로 상승할 것입니다.

다음으로, 저는 경제발전에 따라 변하는 인간의 행동양식을 주목합니다. 경제가 고도성장에 진입하면 정부·기업·가계 등 경제주체들의 의식과 행동에서 급변하는 양상이 나타납니다. 저는 이 자리에 오면서 바로 이 점을 중국 지도자 여러분께 반드시 말씀드리고 싶었습니다.

정부는 거대한 기념물을 짓거나 대규모 세계적인 행사를 유치하고 싶어지고, 기업은 내실보다는 외형을 중시하게 되며, 개인은 좋은 집과 화려한 내구소비재부터 사들입니다. 그러나 이런 변화는 어디까지나 표면적인 것입니다. 가장 빠르고 또 예상을 뛰어넘어 변하는 것은 인간의 의식입니다. 이데올로기, 가치표준, 도덕적 규범, 인간관계 등이 하루가 다르게 바뀌고, 사회 저변에 부패문제와 같은 악습이 일상화됩니다.

이것은 앞서 발전한 많은 나라도 모두 경험한 고도성장의 부산물입니다. 한국사회도 마찬가지입니다. 경제가 고도성장을 거듭하면서 부패문제는 더욱 커지고 음성적으로 변해왔는데, 이에 대한 대처가 늦어졌습니다.

　새로운 사회문제에 대한 적절하고 민첩한 대응은 안정적인 경제발전에도 중요한 요소입니다만, 중국 인민이 '소강'과 '대동'의 풍요로운 사회를 마음껏 누릴 수 있도록 하기 위해서는 정부가 경제발전과 더불어 증가하는 '인간의 윤리문제'에 대해 정책적 차원의 깊은 관심을 기울여야 할 것입니다.

다섯, '성장'에서 '성숙'으로

　2003년 4월 25일 포항공과대학교(포스텍)에 '청암학술정보관' 개관식이 열렸다. 연구정보센터, 도서관, 전산센터, 학술교류·교육시스템 등 디지털 시대를 이끌어갈 첨단 도서관이 문을 열었다. 설립자의 발상으로 태어난 이 도서관의 이름을 포스텍은 박태준의 호를 따서 '청암(靑巖)'으로 지었다. 이날 잔치에 참석한 그는 오랜만에 지역신문(대구일보)의 인터뷰 요청을 수락했다. 여기엔 2003년 봄날을 지나가는 그의 내면을 엿볼 만한 발언들이 담겨 있다.

　중국에 다녀온 소감에 대해 박태준은, "중국발전고위층논단이 끝난 뒤에 청도나 상하이의 푸동을 보고 왔는데, 특히 푸동에서는 압도당했습니다. 우리가 서울 강남개발을 먼저 시작했지만 아시아 금융중심지로 도약하는 푸동에 비하면 우리 강남은 아득하다는 느낌을 받았어요." 하고 머리를 흔들었다. 현재 너무 심각한 상태에 있는 북한경제를 생각하면 특별한 역할을 할 수도 있지 않느냐라는 물음에 대해 그는, "우선 북핵문제가 평화적으로 해결되고 그 위에서 남북, 북미, 북일 관계가 원만한 상황으로 접어들어야 중국과 러시아의 협력도 받아가면서 북한의 경제문제를 민족적 차원에서 본격적으로 다룰 수 있게 될 텐데, 그때는 마스터플랜을 어떻게 짜느냐가 중요하고, 남한의 개발경험이 좋은 교과서로 쓰이겠지. 그것도 성공과 오류가 다 나와 있는 책이지. 그때 가서 봅시다. 대통령과 사인이 맞고 건강이 허락한다면 통일의 작은 밑알이 되자는 각오를 할 수도 있고." 하고 답했다.

박태준은 대선 뒤의 뒤숭숭한 지역민심에 대해서는 자신이 바로 1997년에 '산업화세력과 민주화세력의 화해', '영남과 호남의 화합'을 외친 장본인이었는데 국가적으로나 지역적으로나 궂은 일들을 잘 해결해주고도 오히려 자신은 정치적으로 대구·경북의 도움을 받지 못했던 경험을 상기시킨 뒤, "지역감정 문제는 호남이 그래선 안 되는 것처럼 대구나 경북도 맹목적인 지역감정에서 벗어나야지. 이런 전제에서 노무현 정부에 협조할 것은 협조하고 비판할 것은 비판하고 요구할 것은 요구해야, 이게 기질에도 맞을 거요." 하고 지적했다.

　포스코 후배에게 특별히 들려줄 당부를 부탁받자 박태준은, "포스코의 시드머니는 일제식민지 배상금, 다시 말해 조상의 혈세였다는 사실을 잊어서는 안 됩니다. 거기가 포스코의 영원한 출발선이오. 또 대기업 최고경영자에겐 상충되는 요소에 균형을 잡아주는 통찰력이 소중한데, 사원·주주·지역사회·지식인 사이에서 균형을 잡는 조정자가 되어야 합니다."라고 충고했다. 그는 문화에 대한 관심도 깊었다. "지방분권과 지역문화진흥이 동반되어야 하는데, 해당 지역의 대기업들이 메세나정신 차원에서 나서야 해요. 서울에만 문화인이 살아야 합니까?"라는 반문을 던지기도 했다.

　'세대와 세대의 단절, 2030세대의 에너지'에 대한 질문에 대해 그는 작심한 말투로, "중국 지도층은 노·장·청의 조화가 잘 이루어진 것 같았소. 그런 점이 우리는 미흡한데, 여기에는 전직 대통령들의 책임도 크고……. 이렇게 봐요. 우리 세대는 혼신을 다 바쳐 경제와 민주주의를 반석 위에 올려놓았는데, 불행히도 부정부패, 지역감정, 남북분단이란 역사적 과제를 남겼소. 다음 세대에게 큰 짐을 넘긴 꼴인데, 문제는 발랄하고 폭발적인 젊은 세대가 어떤 목적의식을 가지느냐에 달려 있으니까, 여기에는 우리 세대의 경험과 지혜가 요긴하게 쓰일 것이오. 특히 지도자들이 온고지신(溫故知新), 법고창신(法古創新), 이 말을 금과옥조로 새겨야 합니다."라는 견해를 밝혔다.

　인터뷰의 마무리에 이르러 기자가 "현재 우리 사회에 대한 총평을 한마디"로 부탁하자 박태준은, "우리 사회는 현재 '성장'에서 '성숙'으로 진입하는 과도기에 있다."라는 진단을 내렸다.

여섯, 당연한 희소식

성직자지만 '국가경제와 중공업의 상관관계' 연구의 세계적 권위자로서 세계철강협회 고문을 역임한 '독특한 미국인' 윌리엄 호건은 광양제철소가 완성될 무렵에 "박태준과 그의 사람들이 이끄는 포스코의 미래는 아주 밝을 것"이라고 전망한 적 있었다. 그것이 실증되고 있었다.

한국의 국가발전을 위해 자국내 철강회사를 설립하는 것은 굉장히 중요했다. 포스코의 창립자 박태준 회장은 만일 회사가 실패한다면 영일만에 빠져 죽을 것이라고 자신에게 다짐했을 정도다. 다행스럽게 포스코는 한국산업화를 이끌어왔다.

4년 전 완료한 민영화는 포스코를 '공기업으로서의 제약'으로부터 해방시켰다. 포스코는 세계에서 가장 실적이 좋은 철강회사가 되었으며, 국제 투자가들의 사랑을 한몸에 받는 회사가 되었다. 포스코는 2006년까지 총 22억5천만 달러를 중국에 투자할 것이라고 발표했다. 이구택 회장은 인도, 동남아 및 다른 지역에서의 더 큰 투자도 검토하고 있다고 말했다. 그는 포스코의 글로벌화를 위한 야망을 얘기하면서도 포스코의 주된 생산기지는 한국에 남을 것이라고 강조했다. 포항제철소와 광양제철소는 세계에서 가장 크고 가장 효율적인 제철소이다.

2004년 6월 21일자 파이낸셜타임스(영국)

포스코는 3년 연속으로 세계 철강회사 중에서 가장 경쟁력이 뛰어난 기업으로 평가받았다. 세계적인 철강분석 전문기관인 미국의 WSD(World Steel Dynamics)가 세계 철강회사 상위 21개 사를 대상으로 경쟁력을 조사해 발표한 자료에 따르면, 포스코는 종합 평점 7.95점으로 1위를 차지했다. 포스코는

20개 평가항목 중 수익성, 시장지배력, 자금조달, 가격협상력, 품질, 근로자 숙련도 등 6개 분야에서 1위를 차지했고, 재무구조, 기술혁신, 환경 등에서도 높은 점수를 받았다. 종합 2위는 평점 7.90을 기록한 러시아의 시베스틸로 지난해 공동 5위에서 3단계나 뛰어올랐다. 3위는 중국의 보산강철. 일본의 신일철은 11위에 올랐다.

2004년 6월 24일자 포스코신문

두 신문의 기사를 읽은 박태준은 '당연한 희소식'이라 생각했다. 그래도 늙은 영혼의 어딘가에서 힘차게 꿈틀대는 기운을 스스로 감지할 수 있었다. 목숨을 걸었던 기나긴 투쟁, 시나브로 노년의 건강과 맞바꾸게 된 기나긴 고생에 대한 보람, 그리고 실존의 전부를 담은 것 같은 자부심이었는지 모른다.

일곱, "독재의 사슬도 기억케 하고, 빈곤의 사슬도 기억케 하라!"

2004년 여름, 박태준은 뉴욕 코넬대학병원을 찾아갔다. 대수술을 받은 지 3년 만에 집도의 알 토끼와 재회했다. 그의 동료들도 만났다. 그들은 그가 챙겨간 정기검진 자료를 건네받고 새로 정밀진단을 실시했다. 종합적 결론을 모은 그들이 그의 앞에 나타나 일제히 박수를 치며 말했다.

"축하합니다."

"무슨 영문이오?"

"비밀로 했지만, 우리는 3년의 경과를 기다려야 했습니다. 그런 수술은 문제의 자리에서 3년 안에 재발하는 경우가 흔한데, 완전히 깨끗합니다. 이제 안심입니다. 진심으로 축하합니다."

알 토끼가 악수를 청했다. 늙은이의 가슴에서 신생아 무게의 피를 담은 물혹을 끄집어낸 바로 그 조그맣고 신통한 손을, 박태준은 힘껏 잡았다. 아직 앉았다 일어설 때면 갈비뼈 잘라낸 자리로 통증이 뻗쳐와 운신에 조심하는 상태지만, 어쨌든 현재로는 그놈의 폐 밑 물혹의 억압으로부터 그의 황혼이 해방된 모양이었다.

박태준은 무거운 근심 하나를 뉴욕 허드슨강에 벗어던지고 태평양을 건너왔다. 서울은 한창 시끄러웠다. 한국정치가 온통 '과거사'라는 문제로 법석을 떨었다. 그는 고향집에 머물렀다. 가끔씩 막걸리 생각이 났다. 빈곤과 고난의 세월을 헤쳐 나오는 푸른 영혼의 모유와 같았던 희뿌연 술을 그의 늙은 몸이 부르곤 했다.

비가 내렸다. 한낮이었다. '세계 최고의 철강인'은 먼 길을 달려 문안 온 두 젊은이를 데리고 고향집과 가까운 산중턱의 한 음식점으로 갔다. 벽이 황토로 발린 방이었다. 그는 밥보다 먼저 막걸리부터 불렀다. 막걸리 한잔을 단숨에 들이켜는 재롱을 피운 한 젊은이가 물었다.

"인생에서 최후로 큰일을 한 가지만 더 하라면, 무엇을 하시겠습니까?"

박태준은 대답을 주저하지 않았다.

"북한 생각이 나는군. 중국을 본받으면 안 되나? 그런 개방으로만 나오면, 북한은 대일청구권자금부터 받아야지. 일본은 그걸 현금으로는 안 줘. 물자가 가는 건데, 그걸 어디에 우선순위로 쓰느냐. 이 문제에 대해 내가 일본 가서 적극적인 역할도 하고, 평양 가서 코치도 했으면 좋겠어. 북한은 그 돈으로 제철소에 덤비면 안 돼. 도로, 발전소, 전선, 항만, 철도 등 이런 인프라에 집중적으로 투자해야 돼. 그러면 제철소는 어떡하나. 평양이 개방을 서둘러 줘서 나에게 시간이 허락된다면, 포스코의 제3제철소를 원산쯤에 짓는 거야. 포스코엔 역전의 노병이 많아. 북한은 돈 낼 필요도 없어. 우리 포스코의 국제적 신인도로 돈을 마련하고, 북한 군대에서 천 명쯤 뽑아서 포항, 광양에 불러 기술훈련을 시키면서 제철소를 건설해 나가는 거지. 북한도 산업화를 시작하게 되면 어차피 철강수요가 폭발적으로 증가하게 돼 있어. 그 규모에 맞게 제철소를 짓고, 남한 개발시대에 포항제철이 그랬던 것처럼 그 제철소가 국가기간산업의 역할을 해주는 거지. 포스코를 어렵게 해선 안 되는데, 이러면 서로 윈-윈이야. 포스코를 어렵게 하지 않고도 서로 잘되는 길이지. 그러나 뭐야. 평양이 저렇게 답답하게 막혀 있는데."

답답해하는 박태준이 막걸리 몇 모금을 마셨다. 파전 한 접시가 더 나왔다. 화제는 '과거사' 쪽으로 나갔다. 친일문제부터 거론되었다. 그가 강하게 질문을 던졌다.

"을사5적, 용서가 안 되지? 그런데 그들이 아니었으면 조선은 일본에 안 먹혔나?"

두 젊은이는 얼른 대답을 못했다. 그가 말을 이었다.

"국가 전체, 국민 전체의 책임부터 엄중하게 첫째로 물어야 돼. 왜 그때 우리는 남을 때리진 않더라도 남의 주먹을 방어할 능력조차 없었느냐, 이게 식민지문제의 첫 번째 책임론으로 제기돼야 해. 을사5적이다, 반민족분자다, 그런 사람들을 우리 전체의 책임을 면제받기 위한 속죄양으로 동원해선 안 돼. 그러면 오늘의 우리에게 '큰 교훈'이 안 남아. 오늘의 우리는 먼저 전체를 철저히 따져서 '큰 교훈'부터 얻고, 그 밑에서 친일반민족행위자의 책임을 밝히고 물어야 돼. 여기서 방법론의 문제, 각론이 나오는 거지."

그 다음에 자주 오르내린 이름은 '박정희'였다. 간간이 '김영삼', '김대중'이란 이름도 나왔다. 그가 말해온 '산업화세력'이란 용어의 핵이 무엇인지 저절로 드러났다. 그건 자신의 젊은 무대를 중심에 놓은 말이었다. 1980년 이전, 그러니까 1961~1979년까지 박정희가 주도한 압축적 경제성장의 시대를 꿰뚫는 척수를 일컫는 말이었다. 두 젊은이가 저마다 석 잔을 더 비우는 사이에 이윽고 젊은 쪽의 질문은 두 가지로 요약되었다.

6·25전쟁으로부터 2004년에 이르기까지 대한민국을 후세에 바르게 알리고 가르치는 길은 어디서 나올 수 있겠는가? 21세기 벽두의 이 나라가 간절히 기다리는 참된 통합의 리더십은 어디서 나올 수 있겠는가? 이 절박한 과제에 대해 희수(喜壽)의 박태준은 명쾌하고 단호하게 대답했다.

"독재의 사슬도 기억케 하고, 빈곤의 사슬도 기억케 하라!"

여덟, 두 기쁨

박태준은 2004년 8월 1일부터 12월 8일까지 중앙일보에 「쇳물은 멈추지 않는다」라는 회고록을 매일 연재하였다. 독자들의 좋은 반응이 응원처럼 이어졌다. 장교시절에는 우리 육군에서 손꼽히는 주호였다는 고백이 나간 다음에는 얼굴도 이름도 모르는 어느 중국동포가 유명한 백주(白酒)를 보내오기도 했다. 90회에 걸친 연재를 마치는 무렵, 그에게 두 가지 기쁜 일이 생겼다. 박지만의 결혼, 평전『박태준』출간.

2004년 12월 14일, 박정희의 외아들 박지만이 젊은 변호사 서향희와 백년가약을 맺었다. '58개띠'로서 만혼(晚婚) 예식장에 들어서는 신랑은 어느덧 의젓한 중소기업 경영인이었다. 어머니와 아버지가 차례로 비극적으로 생을 마감한 뒤 그 충격과 고통에 짓눌려 젊은 날들을 황야에서 떠돌았던 박지만. 이 외로운 사내를 사업과 경영의 길로 인도한 이는 박태준이었다. 1961년 5월 16일 박태준을 거사명단에서 빼놓았던 박정희가 이틀 뒤에 그를 따로 불러서 털어놓았던 말—"혁명에 실패하여 내가 군사법정에서 사형선고를 받고 형장의 이슬로 사라지게 되면 내 처자를 자네한테 부탁하려 했어."—이 말을, 박태준은 가슴 깊숙한 곳에 소중히 간직해온 것이었다. 18년 동안이나 권좌를 지켰으나 자녀들을 위해 뭣 하나 제대로 챙겨놓지 않았던 박정희……. 신랑 어머니가 진행해야 하는 결혼준비의 예법 차리기는 박태준의 부인이 맡았다. 장옥자는 뒤늦게 장가드는 아들의 일인 양 아주 기꺼운 마음으로 정성을 기울였다. 야당(한나라당) 대표인 신랑의 큰누나 박근혜를 비롯한 친인척들, 김종필 민관식 박준규 이만섭 등 박정희와 인연이 깊었던 하객들이 뜨거운 박수로써 신랑신부의 첫 행진을 축하할 때 박태준은 박수를 치는 손바닥보다 눈시울이 더 뜨거울 따름이었다.

박지만은 신혼여행 출발을 하루 늦추었다. 이튿날, 12월 15일 한낮, 포스텍 체육관에서 열린, 소설가 이대환이 쓴 평전『박태준』(현암사) 출판기념회에 참석한 것이었다. '세계 최고의 철강인'이라는 부제를 '박태준' 앞에 붙인 평전의 출판을 기념하는 자리에는 파란만장한 한국 현대사의 격랑을 멋지게 돌파한 주인공을 위하여 전국에서 수많은 지인들이 모여들었다. 이구택 포스코 회장이 주최한 출판기념회는 회비 없이 책을 증정하고 점심을 대접하는 조촐한 축제였다.

연단에 오른 박태준은 자신의 인생을 짤막히 회고하듯 소회를 밝혔다.

"식민지와 광복, 분단과 전쟁, 폐허와 빈곤, 경제개발과 민주화로 이어진 옛일을 더듬다 보면, 그 험한 길을 어떻게 걸어왔을까 아찔하기도 하고, 그런 대로 손가락질 받을 삶은 살지 않았다는 안도감도 느낍니다.

'짧은 인생을 영원 조국에', '절대적 절망은 없다', '무엇이든 세계 최고가 되자'—저는 이러한 화두를 붙잡고 식민지와 전쟁, 포스코 건설과 경영, 그리고 정치판을 헤쳐 나왔습니다.

쇳물에 손을 담글 때 저는 카네기와 같은 인물이 되고 싶었습니다. 포스코를 당대 최고의 제철소로 키우고 싶었습니다. 베서머 금상 수상은 그 오랜 꿈이 실현됐다는 증표의 하나라고 할 수 있는 일이었습니다.

하지만 저의 영광은 응당 포스코에서 함께 인생을 바친 동료들에게 돌아가야 합니다. 현장에서 인격조차 벗어던진 저의 호된 조련을 감내했던 그들 덕분에 '포스코 신화'는 완성될 수 있었던 겁니다.

포스코 신화도 밑받침이 됐습니다만, 지난 40여 년 동안에 우리 세대는 세계 11위 경제대국을 일궈냈습니다. 미흡한 구석이 있어도 민주주의 역시 상당히 진전했습니다. 이 두 가지만 해도 우리나라 5천 년 역사에 처음 있는 일입니다.

물론 과오도 적지 않았습니다. 남북은 여전히 분단돼 있고, 국내 정치 행태는 후진성을 벗어나지 못한 상태입니다. 그러나 우리 세대가 다져놓은 기반 위에서 지혜롭게 대처한다면 남은 과제를 해결 못할 이유도 없습니다.

분단 극복의 방법은 이미 결정돼 있습니다. 평화통일 말고는 다른 길이 없습니다. 한국전쟁을 겪은 우리 세대가 후세에 전할 가장 큰 교훈은 '다시는 전쟁이 일어나지 말아야 한다'는 것입니다. 그러나 잊지 말아야 할 지혜가 있습니다. 무력을 쓰지 않아야 평화가 유지되지만, 유감스럽게도 평화의 상당 부분은 무력에 의존한다는 사실입니다. 이것은 인류역사의 법칙입니다.

요즘 경제가 어렵다고 아우성입니다. 정치적, 사회적 분열까지 겹쳤습니다. 그러나 원인이 보이면 해법도 보입니다. 국민과 기업과 정부가 힘을 합치면 이까짓 난관은 능히 극복할 수 있습니다. 서로 힘을 합치면 분위기가 바뀌고, 자신감을 회복하면 미래는 보장됩니다. 절대적 절망은 없습니다. 캄캄한 어둠을 뚫고 맨주먹으로 오늘을 건설한 우리 국민이 아닙니까? 역사란 굴러가는 것이 아니라 만들어 나가는 사람들의 몫이란 사실을 기억합시다……."

아홉, 진정한 극일파의 목소리

일본에 친구들이 많고 일본을 잘 아는 지일파(知日派) 박태준, 그의 일본에 대한 궁극적 목표는 극일이었다. 그는 진정한 극일파(克日派)였다. 그의 시대에서 한국은 어느 분야든 일본을 넘어서야 세계 정상을 바라볼 수 있었다. 1970년대 일본은 철강뿐 아니라 총체적인 일류국가였다. 극일하지 않으면 그의 일류주의는 성취할 수 없는 허상에 불과한 것이었다.

더구나 그때 일본 철강사들의 지도를 받는 포스코로서는 반드시 일본을 넘어야 세계일류에 올라설 수 있었다. '조센징'이란 차별과 모욕이 민족의식과 일류의식의 씨앗이 되었던 박태준에게 그것은 물러설 수 없는 과제였다. 극일을 못하면 포스코가 세계일류 반열에 오를 수 없고, 이것이 안 되면 조국은 일류국가에 도달할 수 없다. 이 엄청난 장벽 앞에서 그는 침착하고 치밀하고 집요했다. 명확한 전략이 있었다. 그는 3단계 일본관(日本觀)을 피력했다. 먼저 일본을 알아야 한다(知日), 그래서 일본을 활용해야 한다(用日), 그리고 일본을 극복해야 한다(克日). 지일-용일-극일, 이 전략이었다.

상대도 알아챘다. 일본 최장수 총리를 지낸 나카소네는, "일본에서 하나라도 더 한국에 도움이 되는 것을 가져가려는 박 선생의 애국심"에 감동했고, 미쓰비시상사 회장을 지낸 미우라 료헤이는, "우리가 비즈니스를 위해 한국을 연구하는 것처럼 박 회장은 일본을 연구하는 전략가"라고 간파했다.

2005년 6월 2일 서울 그랜드힐튼호텔에서 한일국교정상화 40주년을 맞아 국제학술회의가 열렸다. 극일의 전략가 박태준이 한국 측을 대표하여 기조연설을 했다. 따끔한 목소리였다. 먼저, 그는 한일관계의 과제를 한국인의 시각에서 알아듣기 쉽게 제시했다.

일본은 한국을 가리켜 '일의대수(一衣帶水)'라 부르곤 합니다. 현해탄을 한 줄기 띠에 비유한 말입니다. 한국은 일본을 가리켜 흔히 '가깝고도 먼 나라'로 부릅니다. 가깝다는 것은 지리적 거리이고, 멀다는 것은 민족감정을 반영합니다. 한국, 일본, 중국이 쓰는 말에 '친(親)'자가 있습니다. 친교, 친숙, 친구 등 한국인은 '친'을 '사이좋다'는 뜻으로 씁니다. 매우 기분 좋은 말입니다. 그러나 '친'을 매우 기분 나쁜 뜻으로 알아듣는 경우가 있습니다. 바로 '친일'이란 말입니다. '친일'의 '친'은 묘하게도 '반민족적으로 부역하다'라고 변해 버립니다. 이것은 국교정상화 40주년 한일관계에 내재된 문제의 본질에 대한 상징입니다. 한국인의 언어정서에서 '친일'의 '친'이 '사이좋다'는 본디의 뜻을 회복할 때, 비로소 한일수교는 절친한 친구관계로 완성될 것입니다.

이어서 박태준은 신랄한 어조로 한반도 분단에 대한 일본의 책임을 추궁하고 반성을 촉구했다.

한국전쟁의 기원은 분단입니다. 분단의 기원은 식민지 지배입니다. 미소 양극 냉전체제가 타협의 산물로 한반도 분단을 강요했지만, 식민지지배라는 일본의 책임이 분단의 근원에 깔려 있습니다. 아무리 패전국이었더라도 일본은 한반도 분단의 고통을 망각하지 말아야 합니다. 해방을 맞았으나 분단에 이은 전쟁이 빈곤의 한국을 비참한 나락(奈落)으로 밀어 넣은 3년 동안, 과연 일본은 한국을 위해 무엇을 했습니까? 이 질문 앞에서 일본 지도층은 엄숙해지길 바랍니다. 한국전쟁에서 일본은 한국의 동맹국이 아니었습니다. 그때 일본은 미군의 군수기지 역할을 담당했습니다. 그것은 패전의 무기력과 잿더미 위에서 일본경제를 일으키는 절호의 기회로 활용되었습니다. 일본 노인들은 1950년대 '진무경기(神武景氣)'라는 호황시절을 잘 기억할 것입니다. '진무'는 일본국 첫 번째 임금의 원호(元號) 아닙니까? 진무경기란 말은 '유사 이래 최고 경기'라는 민심을 반영했던 것입니다. 실제로 진무경기는 막강한 일본경제 성장의 기반이 되었습니다. 한국전쟁이란 특수경기가 일본경제 회생에 신묘한 보약으로 쓰였던 것입니다. 오죽했으면 한국 지식인들이 '한국전쟁은 일본경제를 위해 일어났다'는 자탄을 했겠습니까? 그 쓰라린 목소리는 전쟁 도발자를 향한 용서 못할 원망도 담았지만, 분단의 근원에 대한 일본의 책임의식과 한국경제를 도와야 할 일본의 도덕의식을 촉구하고 있었습니다.

그리고 박태준은 일본 정부를 향해 '때늦은 용기'를 주문했다.

경제부흥을 이룩한 일본에는 패전의 참상을 내세워 일본의 과거를 호도하고 강변하려는 경향이 존재했습니다. 제2차 세계대전 막바지에 미군 폭격기들이 일본 대도시들을 무참히 파괴했습니다. 히로시마와 나가사키에는 원자폭탄까지 투하했습니다. 저는 지옥의 광경을 아직은 기억하고 있습니다. 그러나 그것이 침략전쟁과 식민지지배의 면죄부가 될 수는 없습니다. '일본열도를 파괴한 나라는 미국이고, 한국과 중국과 동남아에 고통을 가한 나라는 일본인데, 왜 일본은 미국한테 당한 것을 내세워 가해자의 과거를 덮으려 하는가?' 이 반문은 일본의 양심을 겨냥하는 것입니다.
물론 일본은 문화의 다원주의가 성숙된 나라입니다. 한국에 극우와 극좌가 있듯, 일본도 당연히 그러합니다. 문제는 극단적 주장에 대한 일본 정부의 대응방식으로, 주변국들의 신뢰를 받을 수 있어야 합니다. 오늘의 신뢰가 없으면 내일의 친구는 없습니다. 한국과 중국, 동남아 국가들은 한결같이 "일본은 과거사 문제에 관해 독일로부터 배워야 한다."고 비판합니다. 일본 정계 지도층부터 겸허하게 귀를 열어야 합니다. 이것은 '세계 지도자'를 설계하는 일본의 '때늦은 용기'라고 권유하는 바입니다.

박태준은 노무현 대통령의 한국 정부에도 '때맞은 용기'를 내야 한다는 고언(苦言)을 마다하지 않았다.

이제는 한국도 새로운 시각이 필요합니다. 한일국교정상화 40년, 이 세월은 한국사에서 경제와 민주주의를 성공시킨 특별한 시대로 기록될 것입니다. 한반도 절반 지역에서만 달성됐지만, 오늘날 한국인이 누리는 역사적 성과는 한국인의 피와 땀과 눈물로 쌓아올린 것입니다. 여기서 먼 미래를 내다보는 한국인은 한일관계를 재조명할 때 국교정상화 '이전과 이후'를 구분해야 합니다. 다시 말해 '식민지의 고통스러운 기억'과 '근대화의 자랑스러운 기억'을 구분하자는 것입니다. 국교정상화 과정에는 한국인의 자존심을 자극하는 요소도 개입됐지만, 그 '이후'의 한국은 평화헌법의 일본과 교류하면서 근대화에 더 힘찬 박차를 가할 수 있었습니다. 그래서 오늘의 한국은 한일관계에서 '국교정상화 이후' 전체를 통찰하는 가운데 미래를 구상하고 전망해야 합니다. 이것은 불과 한 세대 만에 경제도 민주주의도 수준 높게 쟁취한 역동적인 한국의 '때맞은 용기'라고 생각하는 바입니다.

박태준은 힘찬 목소리로 동북아의 비전도 제시했다.

지난 세기말부터 인류사회는 세계화라는 거대한 변화의 물결 속에서 지역중심의 경제블록을 추구해온 가운데, 바야흐로 '동북아 경제권'이 세계의 주목을 받고 있습니다. 한국, 일본, 중국의 경제규모와 잠재력을 고려할 때 21세기의 세계는 동북아를 부럽고도 두려운 눈으로 바라볼 수밖에 없습니다.

동북아의 자유무역협정(FTA)은 이 지역 장밋빛 비전의 실현 가능성에 대한 중요한 척도로 떠올랐습니다. 그럼에도 한일FTA는 이중의 난관에 빠져 있습니다. 제조업은 한국이 불리하고 농업은 일본이 불리한 형세에서 일본 농민의 반대가 높고, 과거사문제가 협상의 장애물로 불거졌습니다. 이러한 교착은 한일 양국과 동북아 미래에 결코 도움이 되지 않을 것입니다. 현 상황에서 해결의 방법론은 양국 최고지도자의 대화와 결단에 달려 있으며, 조만간 개최될 예정인 양국 정상회담을 기대하게 됩니다.

작금의 동북아 정세는 북핵문제가 불온한 그림자를 어둡게 드리우고 있습니다. 초미의 북핵문제, 이 해법은 동북아 비전에도 심대한 영향을 끼치게 됩니다. 그러므로 한국, 일본, 중국은 그 평화적 해법 모색과 아울러, 동북아 비전의 실현방안도 주요현안으로 다뤄야할 것입니다. 조속히 3국간 외교 테이블 위에 올려지기를 바랍니다.

동북아 비전은 경제적, 문화적, 지적 교류를 심화·확대하고 항구적인 선린 우호 관계를 정착시켜 공동번영을 추구하는 데 있습니다. 장기적으로는 동아시아를 포괄하는 유럽연합(EU)과 같은 공동체를 구상할 수도 있지만, 현 단계에는 동북아 3국간에 쌓아온 경제실적을 바탕으로 FTA를 타결하고 문화적, 지적 교류를 더 체계적으로 강화해 나가야 할 것입니다.

동북아 비전을 실현하는 과정에는 반드시 세 나라의 특수성이 마찰과 갈등을 일으키게 됩니다. 세계 유일의 초강대국인 미국과의 관계는 덮어두고 보더라도, 한일·한중·일중 간에는 사소한 문제도 쉽사리 거대한 문제로 증폭시킬 과거를 공유하고 있습니다. 무엇보다 19세기말부터 20세기 전반기까지에 관한 한, 한국인과 중국인은 일본이 머리카락만 살짝 건드려도 민족의식의 중추 신경을 곤두세우게 됩니다. 결코 신경과민증이 아닙니다. 일본과의 불행한 과거사에서 생겨난 후천적 방어본능 같은 것입니다.

이렇게 예민한 메커니즘을 감안할 때, 3국 정계 지도층은 마찰과 갈등을 적기에 조정할 시스템을 고안해야 할 것입니다. 3국간 어떤 문제가 발생했을 때 최단 시일 내에 대화를 시작할 수 있는 '한·일·중 안정시스템'을 마련하기를, 저는 진심으로 바라마지 않습니다.

그리고 박태준은 '동북아의 균형자'를 희망하는 노무현 정부에게 충고를 보냈다. "동서고금의 역사는, 국가와 국가는 힘의 균형을 이루어야 진정한 친구도 될 수 있다는 교훈을"일깨워주는데 "중국과의 고구려사 시비가 단적으로 드러낸 것처럼 한국 민족주의와 중국 중화주의는 불화를 일으킬 개연성"이 높다면서 "한국에겐 어느 때보다 자강의 분발이 요망되고" 있다는 역설이었다.

열, 겸손과 호통

2005년 10월 13일, 박태준은 중국 베이징에 머물고 있었다. 그날 저녁 차이나월드호텔에서 열리는 '세계 최고의 철강인'『박태준』평전의 중국어 완역판 출판기념회에 참석하는 여행이었다. 『世界鋼鐵第一人 朴泰俊』. 중국에서 한국소설의 최고 번역가로 꼽히는 쉰쇼사오가 번역하고, 중국검찰원출판사가 출간했다. 중국어판 출간은, 출판사가 말해주듯 중국 정부의 요인들과 철강기업인들의 요청에 따라 전격적으로 신속하게 이루어졌다. 번역 과정에서 원저자가 양해한 내용은, 가령 마오쩌둥이 6·25전쟁 참전을 결정하는 장면에 대하여 〈그는 중국의 식민지라고 믿어온 조선의 북쪽 절반을 송두리째 미국의 수중에 내줌으로써, 세계에서 가장 강력한 군대가 상시로 자신의 항문에 총구를 겨누게 되는 꼴이 끔찍스럽게 저주스러웠을 것〉이라는 문장을 빼게 해달라는 요청을 어렵사리 수긍해준 것이었다.

박태준을 중국으로 수입해야겠다고 했던 덩샤오핑이 사라진 지도 어느덧 8년째 접어든 '개혁개방의 심장부'에서 그는 겸손한 인사말을 했다.

"저의 살아온 이력이 중국인에게도 알려질 가치가 있다면, 그것은 무엇보다도 파란만장한 대한민국 건국시대의 온갖 난관과 역경을 헤쳐 나오면서 시종일관 자신보다 먼저 국가를 생각하고 행동했다는 사실이라고 생각해 봅니다. 오늘날 다음 세대의 행복과 부강한 국가를 만들기 위해 혼신의 노력을 기울이고 있는 중국인에게 저의 삶이 참고로 활용될 수 있다면 개인적으로 큰 영광이 될 것입니다."

이 자리에는 포스코 현역 경영진을 대표하여 사장 강창오가 하객으로 참석했다. 그는 행사에 앞서 포스코 명예회장과 담소의 시간을 가졌다. 그러나 따뜻하거나 오붓하지 못했다. 박태준이 마음속으로 믿고 아끼는 후배와 만난 기회에 소나기 퍼붓듯 역정을 내고 호통을 쳤기 때문이었다.

문제는 '스톡옵션 폐지'였다. 2000년 10월 민영화 절차를 마친 포스코는 이듬해 이사회에서 최고경영자가 발의한 스톡옵션제를 도입했다. 그때부터 박태준은 그것을 '매우 나쁜 결정'으로 생각했는데, 어느새 4년이 지나서 발의 당사자가 회장 자리를 떠난 뒤에도 여전히 존속하고 있으니 애초의 결정과는 무관했으나 이제 그 폐지에는 거들 수 있는 후배에게 분노를 터뜨린 것이었다.

박태준의 반대논리는 가지런히 정돈돼 있었다.

"차라리 임원들의 연봉을 어느 정도 인상할 것이지, IMF사태 속에서도 굳건했던 포스코 아닌가? 스톡옵션은 미국 기업에서 흔히 해왔고, 삼성에서 그런 걸 도입했는데, 포스코는 그러면 안 되는 거야. 요새 창업을 했나, IMF사태를 얻어맞고 무너졌다가 새로 일어서고 있나? 이것도 저것도 아니지 않나. 그러나 무엇보다 중요한 문제는, 스톡옵션은 포스코의 종자돈이 일제식민지 배상금이라는, 조상의 혈세라는 사실을 망각한 것이고, 제철보국이라는 창업철학에 정면으로 도전하는 것이다. 그렇기 때문에 스톡옵션 도입이 정당했다고 주장하는 임원이 있다면 지금 당장 자기 발로 포스코에서 사라져야 한다."

박태준의 신념에서 우러난 그 강력한 주장은 "진정한 기업가정신은 '천하가 공(公)'이라는 가치관이 있어야 한다."라는 일깨움이기도 했다.

포스코 경영진은 절차를 거쳐 이듬해(2006년) 들어 스톡옵션제를 폐지했다.

열하나, 95세 영웅의 거수경례

2006년 봄날, 도쿄에 막 벚꽃이 피고 있었다. 박태준은 도쿄 외곽 조후(調布)시를 찾아갔다. 나지막한 2층 집의 문간방, 거기 '빈손'으로 세상과 하직할 준비를 마친 노구의 세지마 류조가 누워 있었다. 박태준과 손을 맞잡고 한일관계의 막힌 데를 뚫곤 했던, 소설『불모지대』의 실제 주인공.

박태준의 방문은 이승에서 숨 쉬는 세지마를 마지막으로 보겠다는 일념이었다. 일본이 태평양전쟁에 패전할 즈음 소련군 포로로 잡혀 무려 11년이나 시베리아에서 유형생활을 감당한 뒤 44세에 고국으로 돌아와 종합상사를 일으켜 세우며 '주식회사 일본'의 새로운 번영을 일궈낸 시대적 영웅은 이제 심각한 노환에 시달리고 있었다. 도쿄에 벚꽃이 피는 풍경을 그가 다시 볼 수 있을는지…….

한국 나이로 여든 살의 박태준이 방으로 들어서자 휠체어에 앉아 기다리고 있던 아흔다섯 살의 세지마가 엉덩이를 조금 들더니 사력을 쥐어짜며 일어섰다. 노구의 구석구석 뼛속에 남은 마지막 힘을 다 긁어모으는 것 같았다. 간신히 기립에 성공한 세지마가 이번에는 무겁게 오른팔을 들어 올리는가 싶더니 절도 있는 거수경례를 했다. 순간, 박태준은 깜짝 놀란 듯이 발끝을 모으고 깍듯하게 거수경례를 올렸다.

이 장면을 곁에서 지켜본 중앙일보 기자 김현기는 그로부터 5년 더 지나 박태준이 타계한 겨울, 2011년 12월 14일, 다음과 같은 기억을 중앙일보에 남기게 된다.

거기엔 희로애락의 역사가 압축돼 있었다. 한·일 양국의 대립과 갈등을 막기 위해 피나는 노력을 기울인 두 사람의 우정과 존경, 안타까움이 배어 있었다. 세지마는 박태준과 마지막 만남 이듬해인 2007년 세상을 떠났다.

"세지마 선생은 평생 일본이 우리에게 저지른 일들을 가슴 아프게 생각했다. 그걸 자주 표현했고……." "1990년 노태우 대통령의 방일 당시 일왕의 과거사 반성 표현 수위를 두고 일본 외무성은 '유감이다'란 기존 표현에서 더나갈 수 없다고 물러서지 않았어. 그러자 세지마 선생이 외무성이 눈치 채지못하게 양국을 오갔어. 결국 그의 막후조정으로 '통석의 염을 금할 수 없다'란 진일보한 표현이 나온 거야."

한국을 사랑했던 세지마를 늘 칭송했던 박태준. 결코 티 내지 않고 두 나라 가교 역할을 했던, 그걸 '사명'으로 여겼던 두 사람. 재산 한 푼 안 남긴 것 또한 빼닮았다.

열둘, 즐거운 여행

2006년 한해를 평온하게 보낸 박태준은 체력과 건강에 대한 자신감을 회복했다. 아주 가끔씩 왼쪽 옆구리에 통증이 덤벼들긴 해도 진통제 없이도 너끈히 견뎌내고 있었다.

2007년 6월, 여든 살을 넘어선 박태준은 생애에 세 번째로 베트남을 찾았다. 황경로, 안병화, 장경환, 백덕현, 박득표 등 오랜 동지들과 함께 보름 일정으로 돌아볼 동남아, 홍콩, 중국 여행의 첫 기착지가 호치민시였다. 특별한 목적은 없었다. 베트남의 변화와 발전 양상을 직접 돌아보려는 것이었다. 식사 때마다 그는 베트남의 독한 소주를 반주로 곁들였다. "아주 좋은 술"이라며 기분 좋게 여러 잔을 거푸 마시는 그의 모습은 아직 천진한 청년 같았다. 그것은 기질이기도 하고 건강에 대한 심리적 자신감이기도 했다.

3년 전, 2004년 11월, 박태준은 두 번째로 베트남을 방문했었다. 그때는 첫 방문으로부터 꼬박 열두 해나 지난 즈음으로, 호치민시를 방문한 일흔일곱 살의 포스코 명예회장은 1993년 3월부터 1997년 5월까지 이어진 자신의 해외 유랑과 더불어 물거품처럼 사라진 '베트남 구상'을 회상할 수밖에 없었다. '그때 그런 일만 없었더라면 이 땅에서 많은 일들을 하고, 박정희 대통령 시절의 역사적 부채도 갚고, 근대화에 먼저 성공한 한국의 도덕성도 높이고, 이러한 일거삼득을……' 12년 전 베트남 지도자들과 공유했던 희망과 약속이 희수(喜壽)의 영혼에 회한을 일으켰다. 그는 그들과 재회하고 싶었다. 두 모이 전 서기장은 너무 늙어서 거동이 불편하다며 "진정 그리웠다."는 인사만 전해왔다. 박태준은 예를 차렸다. "너무 늦어서 미안합니다. 저에게 사연이 있었습니다." 다행히 보반 키엣 전 총리는 만날 수 있었다. 어느덧 여든 고개를 넘어선 혁명과 개혁의 노인이 말했다. "왜 이제야 왔소?" 늙은 손님이 답했다. "미안합니다." 두 노인의 포옹과 악수는 길어졌다. 그는 젊은 지도자들도 만났다. 매년 7퍼센트 경제성장을 거듭하여 연간 철강소비량이 500만 톤에 이르는 베트남. 그가 오앙 트렁 하이(47세) 공업부 장관에게 충고했다. "이제 제철소를 세우시오. 조선, 자동차 같은 철강 연관 산업이 일어서야 중진국에 들 수 있소." 이것은 포스코 경영진에 의해 '포스코의 베트남 냉연공장 건설과 일관제철소 건설 프로젝트'로 구체화되었다. 붕따우의 냉연공장은 2009년 10월에 준공되지만, 아쉽게도 일관제철소 프로젝트는 베트남 당국과 포스코의 의견 차이로 무산된다.

동남아 여행을 즐거이 마치고 돌아온 박태준은 서너 달 더 지난 가을 어느 날에 『태백산맥』의 소설가 조정래에게서 책 한 권을 선물로 받았다. 그가 한꺼번에 출간한 위인전 시리즈 다섯 권 중 하나로, 제목이 『박태준』이었다. 박태준과 조정래는, 소설가가 '포항제철 스토리'도 담은 대하소설 『한강』을 집필하는 기간에 친밀해진 사이였다. 책을 받은 포스코 명예회장은 그의 노고를 치하하는 뜻으로 서울 신라호텔에서 성대한 출판기념회를 열었다. 이 자리에는 박태준의 초청을 받은 야당(한나라당) 국회의원들과 여당(열린우리당) 국회의원 김근태, 정동영도 함께했다.

열셋, 과학정예인재를 위하여

2008년 5월 하순, 박태준은 서울 광화문 파이낸스센터 11층 개인 사무실에서 포스코 회장으로서 포스코청암재단 이사장을 겸하고 있는 이구택의 제안을 받았다. 포스코청암재단 이사장을 맡아 주시라는 것. 포철 공채 1기 출신의 이구택은 명예회장의 얇아진 지갑을 생각해서 웃음 섞은 목소리로, "연봉 책정도 많이 해드리고 싶습니다."라고 했다. 이 말에 박태준은 그냥 한 번 그를 쳐다보기만 했다. 서로를 잘 아는 두 사람 사이에는 다른 말이 따로 필요하지 않았다. 그것으로 끝이었다. 그래서 박태준은 순수한 봉사로 이사장직을 수락했다.

연간 100억 원 수준에서 각종 사회공헌사업과 아시아펠로 프로젝트를 펼치는 포스코청암재단. 이 재단이 출범한 때는 2005년 9월이지만 그 뿌리를 추적하면 1970년 11월 박태준이 설립한 '제철장학회'로 거슬러 오르게 된다. 그러니까 포철 1기 중후장대 각종 설비들에 달라붙은 보험료에 대한 리베이트로 6천만 원을 받아 소박하게 출범했던 재단이 그 뒤 35년 동안에 이뤄진 포스코의 비약적 발전과 더불어 승승장구하여 드디어 한국 굴지의 사회공익법인으로 성장한 것이었다.

6월 16일 포스코청암재단 이사회는 이구택 이사장의 청을 받아 그의 후임으로 박태준을 추대했다. 그는 이사들에게 제철장학회와 리베이트 6천만 원에 얽힌 일화를 소개한 다음에 취임 소감을 밝혔다.

"청암이 저의 호입니다. 제가 은퇴한 후에 가장 기념적인 것이 될 수 있다고 생각해서 재단명칭에 청암을 붙인 것 같은데, 재단이 계속 발전을 해주면 고마운 일입니다. 최근에 이구택 회장이 이사장을 맡아달라고 권유했습니다. 처음에 사양을 했는데, 아직까지 몇 년 동안은 일을 할 수 있는 기력과 건강을 가지고 있다고 생각했고, 재단을 발전시켜 나가는 데 있어 설립 당시의 취지 등은 제가 잘 안다는 뜻에서 이사장직을 수락했습니다. 우리나라에서 가장 존경받는 분들인 여러 이사님들의 좋은 의견을 듣고 더 발전시켜야겠다는 생각을 가지고 있습니다. 지난 40년 동안 우리 포스코가 쌓아온 존경과 신뢰를 거울삼아서 포스코청암재단도 국가적으로 좋은 일을 하여 국민으로부터 존경받고 신뢰받는 모범 재단이 되도록 다같이 노력합시다."

신임 이사장 취임의 공식절차를 마치고 자연스러운 토의 시간이 마련되었다. 박태준은 평소에 말해온 지론 하나를 내놓았다.

"일본은 이미 과학분야에 노벨상 수상자를 많이 배출했는데, 우리나라는 한 명도 없어요. 부존자원이 빈약한 우리나라가 선진국으로 진입하려면 무엇보다도 과학정예인재를 길러내야 합니다."

과학정예인재 육성과 지원 방안을 찾아야 한다는 박태준의 제안은 머잖아 포스코청암재단의 '청암과학펠로십' 사업으로 구체화된다.

그리고 박태준은 1987년 5월 자신의 '베서머 금상' 수상을 기리는 뜻에서 지인들이 세운 '베서머상수상기념재단'을 포스코청암재단에 통합할 것을 결심했다. 2008년 12월 9일 베서머재단은 이사회를 열고 총 기금 25억4천만 원을 포스코청암재단에 증여했다. '베서머 금상'을 수상한 '세계 최고의 철강인'의 삶과 정신이 포스코청암재단의 취지에 새로이 아로새겨진 날이었다.

열넷, 하노이에서 젊은 가슴을 울리다

2010년 1월 하순, 박태준은 3박4일 계획으로 베트남 하노이를 방문했다. 마침 하노이 시가지에는 '수도 천 년'의 경축 현수막들이 축제 분위기를 자아내고 있었다. 1010년 리타이또 황제 시절에 처음 수도로 지정된 이래 천 년째 베트남의 중심을 지켜내느라 오욕과 영광을 간직한 하노이. 오욕은 중국, 프랑스, 미국이 남긴 침략의 상처이고, 영광은 그들을 차례로 극복한 자부심이다. 하노이의 기억에 남은 가장 끔찍한 야만의 언어는 무엇일까? "하노이를 석기시대로 돌려주겠다."고 했던 미국 장군 커티스 르메이의 호언장담일 것이다. 항미전쟁 때 저주와 다름없는 미군의 무자비한 폭격에 거의 석기시대로 돌려졌던 베트남의 수도, 그 중심가에 1996년 현대식 특급호텔이 들어섰다. '하노이대우호텔'이다. 여든세 살의 박태준은 한국 경제계의 후배 김우중이 세운 호텔에 여장을 풀었다.

생애 네 번째로 베트남을 방문한 박태준이 하노이대우호텔에 묵는 목적은 베트남 쩨 출판사가 번역 출간한 평전『철의 사나이 박태준』출판기념회 참석과 국립하노이대학교 특별강연이었다. 출판기념회는 1월 28일 저녁 하노이대우호텔에서 열렸다. 베트남의 고위 관료들과 대학 교수들과 철강업계 인사들, 베트남 주재 한국대사를 비롯해 현지 한국 기업인들이 식장을 가득 메웠다. 이대환은 저자(著者)로서 인사를 했다.

　저는 한국에서 제법 유명한 '58개띠'입니다. 한국전쟁 후 베이비붐 세대지요. 고향 마을은 바로 포스코의 포항제철소가 들어선 곳입니다. 그 마을을 열한 살 때 떠나야 했습니다. 포스코 때문이었지요. 어른들이 낡은 트럭에 남루한 이삿짐을 싣는 즈음, 마을에는 '제선공장', '제강공장', '열연공장'이라는 깃발들이 나부끼고 있었습니다. 저게 뭐지? 저는 그저 시큰둥하게 허공의 그

하노이대우호텔에서 열린 베트남어판 평전 『철의 사나이 박태준』 출판기념회에서 인사말을 하는 박태준

것들을 노려보았습니다.

그런데 아주 나중에 듣게 됐지만, 제가 태어난 이듬해 12월 24일, 그러니까 1959년 크리스마스이브, 런던 거리에는 크리스마스트리들이 찬란히 반짝이고 구세주 찬미의 노래들이 넘쳐났을 그날, 영국 BBC가 「a far Cry」라는 40분짜리 다큐멘터리를 방영했다고 합니다. 런던에서는 머나먼 한국, 그 '머나먼 울음'은 굶주리고 헐벗은 한국 아이들의 비참한 실상을 보여주는 것이었지요. 그 아이들이 바로 저와 친구들이었다고 해도 틀리지 않습니다. 인간이라면 눈물 없이는 보지 못했을 다큐멘터리의 마지막 말이 무엇인지 아십니까? "이 아이들에게 희망은 있는가?", 이것이었습니다. 그 절망적이었던 질문에 대한 답변의 하나로서, 쉰 살을 넘어선 제가 보시다시피 조금 살진 얼굴에 점잖은 신사복을 입고 여기에 서 있다는 사실을 말씀드리고 싶습니다.

제가 고향에서 밀려난 무렵에 나부끼고 있었던 포스코의 깃발들이 한국의 희망이요 저희 세대의 희망이었다는 사실을 깨달은 때는 그로부터 이십 년쯤 지난 뒤였습니다. 그리고 저는 서른아홉 살에 박태준 선생과 처음 만나게 되었고, 2004년 12월에 한국어판 『박태준』 평전을 펴냈습니다. 그 책은 2005년에 중국어로 번역 출판되었고, 오늘 이렇게 베트남어판이 나왔습니다. 작가가 왜 전기문학을 써야 하는가? 전기문학은 왜 있어야 하는가?

고난의 시대는 영웅을 창조하고, 영웅은 역사의 지평을 개척합니다. 그러나 인간의 얼굴과 체온을 상실한 영웅은 청동이나 대리석으로 빚은 우상처럼 공적(功績)의 표상으로 전락하게 됩니다. 이 쓸쓸한 그의 운명을 막아내려는 길목을 지키는 일, 그를 인간의 이름으로 불러내서 인간으로 읽어내고 드디어 그가 인간의 이름으로 살아가게 하는 일, 이것이 전기문학의 중요한 존재 이유의 하나라고, 저는 생각합니다.

베트남에 여러 종류의 『호찌민』 전기가 출간된 사정도 다르지 않을 것입니다. 저는 아무리 긴 세월이 흐르더라도 저의 주인공이 어떤 탁월한 위업을 남긴 인물로만 기억되는 것을 강력히 거부합니다. 그의 고뇌, 그의 정신, 그의 투쟁이 반드시 함께 기억되어야 한다는 것입니다. 한국의 가장 저명한 인물인 박정희 대통령과 저의 주인공이 국가적 대의와 시대적 사명 앞에서 어떻게 생각하고 행동했는지, 서로 얼마나 완전하게 신뢰했는지, 그것이 정신적으로 얼마나 귀중한 인생의 가치인지, 이러한 관점에서 함께 기억돼야 한다는 것입니다. 이것이 국가, 민족, 시대라는 거대한 짐을 짊어지고 필생을 완주한 인물에 대한 동시대인과 후세의 기본 예의라고 확신합니다.

이튿날 오전 11시, 국립하노이대학교 강당에는 총장과 보직 교수들, 오백여 대학생들이 앉아 있었다. 순차 통역으로 한 시간 넘게 진행된 박태준의 연설은 여든세 살의 노인이 아니라 현역 지도자처럼 패기와 열정이 넘쳐났으며, 베트남과 한국, 아니 세계의 청년을 향해 던지는 그의 사상이 응축돼 있었다. 그래서였을까. 젊은 청중은 강연을 마친 노인을 향해 환호성을 지르고 열렬한 기립박수를 보냈다. 통역을 맡았던 여성(교수)이 젖은 눈빛으로 함께 경청한 한국인들에게 가만히 고백했다.

"빌 클린턴 전 미국 대통령, 장쩌민 전 중국 주석, 그리고 얼마 전에는 이명박 한국 대통령이 하노이대학에서 강연을 했고, 저는 그분들의 말씀을 경청했습니다. 그러나 박태준 선생의 강연처럼 저의 가슴을 울려주진 못했습니다."

과연 박태준의 어떤 말들이 베트남 젊은 엘리트들의 영혼에 잔잔한 파문을 일으키고 푸른 가슴을 일렁이게 했을까?

인간의 큰 미덕은 인생과 공동체의 행복에 대해 사색하고 고뇌하며, 실천의 길을 모색하는 것입니다. 내가 이 자리에 선 이유는, 한국의 경제개발 경험을 말하려는 것이 아닙니다. 파란만장한 격동을 헤치고 나온 경험을 바탕으로, 젊은 엘리트 여러분과 더불어 다시 한 번 인생과 역사를 성찰해보자는 것입니다. 역사에는 특정한 세대가 감당하는 시대적 고난이 있습니다. 그것은 개개인의 인생에 심대한 영향을 끼치고, 그 세대의 운명이 되기도 합니다.

이렇게 시작한 박태준의 연설은 한국과 베트남의 20세기에 대한 비교와 특정한 세대의 운명에 대한 생각으로 나아갔다.

나는 1927년에 태어났습니다. 한국에서 나의 세대는 일본 식민지에서 유년 시절과 학창 시절을 보내고, 청년 시절에 해방을 맞았습니다. 그러나 한반도는 불행했습니다. 세계적 냉전체제의 희생양으로 남북분단이 확정된 것이었습니다. 분단은 곧 처절한 전쟁으로 이어지고, 그 전쟁이 다시 휴전선이라는, 지구상에서 가장 살벌한 대결의 철책을 만들었습니다. 그때 한국에 남은 것은 민족 간의 적개심과 국토의 폐허, 국가의 빈곤과 인민의 굶주림 그리고 부패의 창궐이었습니다.

한국전쟁에 청년장교로 참전하여 '우연히, 운이 좋아서' 살아남은 나는 인생과 조국의 미래에 대해 숙고하지 않을 수 없었습니다. 폐허의 국토를 어떻게 재건할 것인가? 우리 민족을 천형(天刑)처럼 억눌러온 절대빈곤을 어떻게 극복할 것인가? 미국과 서구가 자랑하는 근대화를 어떻게 이룩할 것인가? 이 시대를 나는 어떻게 살아야 하는가? 엄중하게 좌우명부터 영혼에 새겼습니다.

'짧은 인생을 영원 조국에!'

'절대적 절망은 없다.'

돌이켜보면, 두 좌우명은 필생의 나침반이었습니다. 지금 이 순간에도 그것은 흔들리지 않습니다. 그것을 따라 걸어온 내 삶의 여정(旅程)에 대해 어떤 후회도 없습니다.

한국 정부가 경제개발의 깃발을 올린 1961년, 한국은 1인당 국민소득 70달러로 세계에서 가장 빈곤한 국가였습니다. 당시 경제개발계획에 참여했던 나는 1968년부터 종합제철소 건설과 경영의 책임을 맡았습니다. 자본과 자원이 없고, 경험과 기술이 없는 전무(全無)의 상태에서 포스코라는 종합제철소를 시작하여, 7년쯤 지나서 어느 정도 기반을 잡은 다음, 나는 동지들에게 이렇게 말했습니다. "우리 세대는 순교자처럼 희생하는 세대다. 우리 세대는 다음 세대의 행복과 21세기 조국의 번영을 위해 순교자적으로 희생하는 세대다."

우리에게 지상과제는 '조국 근대화'였습니다. 그것은 나의 세대가 짊어진 폐허와 빈곤, 부패와 혼란을 극복하기 위한 시대적 좌표였고, 마침내 우리는 근대화에 성공했습니다. 시련의 시대를 영광의 시대로 창조한 것이었다고 자부합니다. 그러나 나의 세대는 후세에 엄청난 과제도 넘겨야 했습니다. 바로 남북분단입니다. 남북화해와 평화통일, 이 짐을 다음 세대에 넘겨주게 되어 참으로 가슴 아픕니다.

지난 백여 년 동안, 베트남에도 각 세대가 감당한 시대적 고난이 있었습니다. 편의상 여러분의 할아버지와 할머니 세대, 아버지와 어머니 세대, 그리고 여러분 세대, 이렇게 삼대로 나누어봅시다.

여러분의 할아버지와 할머니 세대는 "자유와 독립보다 더 중요한 것은 없다."는 호찌민 선생의 말씀을 실현한 세대입니다. 헤아릴 수 없는 희생과 고통을 넘어서야 했지만, 당신들의 숙명적인 비원이었던 자유와 독립을 쟁취했습니다. 그러나 1954년 7월에 베트남은 북위 17도선에서 분단되었습니다. 그때 어린 아이였을 여러분의 아버지들과 어머니들은, 통일로 가는 기나긴 전쟁이 자기 세대의 운명이 될 줄은 몰랐을 것입니다. 그분들은 자기 세대의 참혹한 운명을 감당했으며, 드디어 1975년 4월에 종전과 통일을 선언할 수 있었습니다. 그분들 세대는 휴식을 누릴 여가도 없었습니다. 전쟁에서 살아남은 사람들에게는 조국재건의 새로운 책무가 기다리고 있었기 때문입니다. 등소평의 중국이 개방의 길을 선도하고, 베트남은 1986년에 개방의 문을 열었습니다. 그것은 일대 혁신이었습니다. 모든 혁신은 다소간 혼란과 시행착오를 초래하기 마련이지만, 나는 베트남 지도부가 현명한 선택을 했다고 판단합니다. 이 자리에서 언급하자니 슬픈 일입니다만, 개방을 거부한 북한의 오늘이 그것을 반증해줍니다.

베트남은 한국보다 종전이 늦어진 그만큼 경제개발의 출발이 늦어졌습니다. 그러나 베트남은 통일국가고, 한국은 분단국가입니다. 이 자리의 '여러분 세대'는 선배 세대로부터 '자유와 독립의 통일국가'라는 위대한 기반을 물려

받았습니다. 그 기반 위에서 '여러분 세대'의 시대적 좌표가 설정되어야 합니다. 현재 한국의 젊은 세대에게 '평화통일과 일류국가 완성'이라는 피할 수 없는 운명이 주어져 있다면, 베트남의 젊은 세대에게는 '경제부흥과 일류국가 완성'이라는 피할 수 없는 운명이 주어져 있습니다. 통일 문제를 고려할 경우에는, 한국의 젊은 세대가 베트남의 젊은 세대보다 더 무거운 운명을 짊어졌다고 하겠습니다.

두 나라 젊은 세대의 시대적 좌표를 제시한 박태준이 더 목청을 높여서 역설한 것은 부패척결과 자부심이었다.

세계 어느 나라를 막론하고, 한 나라가 일어서는 과정에서 무엇보다 중요한 전제조건은 지도층과 엘리트 계층이 부패하지 않고 자신감을 바탕으로 분명한 비전을 제시하는 것입니다. 물질적 유혹에 약한 것이 인간입니다. 인간은 강철처럼 강인하기도 하지만, 땡볕에 내놓은 생선처럼 부패하기도 쉽습니다. 부패는 인간 정신의 문제입니다. 지도층이나 엘리트 계층에 속한 인간이 부패하지 않는 것은 자기 정신과의 부단한 투쟁의 결실입니다. 역사 속의 모든 위인들은 끊임없이 자기 정신과 투쟁했습니다. 여러분이 훌륭한 지도자로 성장할 꿈을 간직하고 있다면, 지금부터 자기 정신과의 투쟁을 시작해야 합니다.
나는 지도층과 엘리트 계층이 자신감을 바탕으로 당대의 비전을 제시해야 한다는 주문도 했습니다. 그러나 자기 인생의 미래를 설계하지 않은 사람은 지도자가 될 수 없을 뿐만 아니라, 우연한 기회에 지도자가 된다고 해도 당대의 비전을 제시할 수 없습니다. 먼저, 개개인이 10년 뒤의 자기 모습을 그려보라는 충고를 하고 싶습니다. 여러분은 10년 뒤의 자기 모습을 그려놓고 있습니까? 만약 그려놓았다면, 치밀하고도 정열적으로 그 길을 가야 합니다. 만약 그려놓지 않았다면, 몇날며칠을 지새우더라도 10년 뒤의 자기 모습부터 그려야 합니다. 개개인의 비전이 모여서 국가와 시대의 새 지평을 열게 된다는 사실을 명심하기 바랍니다.

거듭 강조하지만, 개발도상국이 경제발전을 추진하는 과정에서 가장 중요한 힘은 지도층이 부패하지 않는 것과 인민의 자신감입니다. 베트남에는 20세기의 세계 지도자 중에 가장 청렴했던 호찌민 선생이 국부로 계시고, 프랑스와 미국을 물리친 자부심과 자신감이 있습니다. 문제는 그 위대한 정신적 유산을, 국가의 부강과 인민의 행복을 성취하기 위한 저력으로 활용하는 일입니다. 모든 역사에는 기복이 있지만, 지도층과 인민이 위대한 정신적 유산을 공유하고 그 바탕 위에서 손잡고 나아간다면, 반드시 일류국가를 만들 것이라고 확신합니다.

2. 박태준의 마지막 계절

기침에 시달리는 2011년 여름

청암(靑巖) 박태준은 생애에 여든네 번째로 맞은 여름의 한 자락을 일본 홋카이도 삿포로에서 보내고 있었다. 2011년 8월, 한낮 수은주가 섭씨 25도에 닿기 어려운 피서 휴양지. 그러나 노인은 겨울철 독한 감기에 걸린 듯이 자꾸만 기침을 하고 있었다. 결코 예사로운 징후가 아니었다. 어느덧 여섯 달째 접어들었건만 사라질 낌새를 보이지 않는 몹쓸 기침이었다.

홋카이도 전통 식당. 박태준과 그의 필생 반려(장옥자), 그리고 그의 평전 작가가 조그만 식탁을 사이에 두고 마주앉았다. 단층 목재건물의 조그만 창 밖에는 저녁 어스름이 내리고 있었다. 따끈한 찻잔을 식탁에 내려놓은 노인이 다시 잔기침을 여남은 차례 거푸 뱉었다. 작가는 새삼 가슴이 짜안해져서 차가운 사케 한 잔을 단숨에 들이켰다.

"그까짓 거야 뭐 밤새도록 마시는 거지. 이 집에 좋은 사케는 아주 많소."

노인이 순정한 웃음을 지었다. '너그러운 아이 같은 표정'이라 해야 적절할까. 대한민국 육군에서 손꼽히는 호주였던 자신의 저 젊은 시절의 어느 아련한 술자리 장면이 떠오르는 모양이었다. 속절없는 세월의 머나먼 거리, 다시는 돌아갈 수 없는 그 과거로의 길. 쓸쓸한 문장 하나가 작가의 머릿속으로 쏜살같이 스쳐 지나갔다. 그는 다시 한 잔을 비웠다.

"이틀 동안 유심히 살폈습니다만 서울에서 뵈었을 때보다는 좋아진 것 같은데 아직도 기침이 떨어지지 않고………."

"이 정도만 돼도 뭐든지 할 수 있겠소."

너무 오래된 끈질긴 기침에 정말 진저리치고 있다는 괴로운 속내를 '늙어도 강인한 사나이'의 절제된 말로 표현한 것이었다.

2박3일 짧은 만남의 작별 전야, 우리의 저녁식사는 세 시간 가까이 이어졌다. 인생의 황혼을 소일하는 노인의 한국전쟁이나 포스코에 대한 추억담, 남북관계에 대한 고담준론, 첨단과학기술이 바꿔놓을 인류의 미래에 대한 상상……. 노인은 이야기 새새에 술 대신 잔기침을 하고, 작가는 이야기 새새에 잔기침 대신 술을 마셨다.

노인이 '박정희 사령관과 술 마신 일화'를 마치자 곁에 앉은 반려가 한마디를 거들었다.

"당신은 평생을 박정희 대통령과 살아가는 사람 아닙니까? 영혼으로 형제가 되거나 영혼으로 결혼한 부부라도 당신만큼은 못할 겁니다. 우리가 김영삼 씨하고 틀어져서 도쿄 단칸방에 살 때도 그랬어요. 새해 정월 초하룻날 아침에는 박 대통령 사진을 상 위에 모셔놓고 정장 차림으로 세배를 올리는 사람이었어요."

살짝 투정 섞은 회상을 노인이 진지하게 받았다.

"우리가 혁명을 계획할 때 약속한 게 있었고, 나는 또 그 약속을 철저히 지키겠다고 내 인격에 약속을 했으니, 내가 그 양반을 자주 봐야 흔들리다

2010년 겨울의 박태준

가도 금세 똑바로 서게 될 거 아니오?"

자기 다짐과 같은 반문, 그 끝에 또 잔기침을 했다. 작가는 숨을 들이쉬었다. 서울 광화문의 소담한 사무실에도, 시골 고향집 거실에도 박정희 얼굴을 놓아둔 박태준의 깊은 속뜻에 새삼 마음이 아릿해진 것이었다.

노조에 대한 대화도 나누었다. 작가가 말했다.

"오래 전에 한 번 말씀드렸습니다만, 벌써 20년쯤 지난 것 같은데, 저도 철강노조를 소설로 다뤘던 적이 있습니다."

노인이 잠시 기억을 더듬었다.

"우리가 처음 만나고 얼마나 지났을 때였나, 이 선생이 그 소설 얘기를 나한테 꺼내기도 전이었는데, 내 주변에 그걸 거론하면서 그 사람은 빨간 물이 들었으니 조심해야 한다고 충고한 사람이 있었소."

그 소설이란 「철의 혀」였다. 두 사람은 건배 대신 하얗게 웃었다. 그리고 노인이 변함없는 소신을 밝혔다.

"나는 우리나라에 노조가 본격 등장하기 전부터 일본, 유럽, 미국 등지에서 노조를 많이 봤던 사람 아니오? 철강노조도 다 봤지. 원래 노조는 크게 두 갈래라고 봐요. 하나는 말 그대로 근로자들의 권익옹호와 확보를 위한 것이고, 또 하나는 이념투쟁, 그러니까 노동해방이다, 프롤레타리아혁명이다, 이걸 위한 것이지. 후자에 대해서 나는 아니라고 보는 사람이고, 전자에 대해서는 이해를 하는 사람인데, 무엇보다도 나는 노조가 해야 할 일들을 그보다 더 높은 차원에서 회사가 선제적으로 해줘야 한다는 생각을 해왔고 또 그렇게 실행도 했다고 자부하는 사람인데……. 특히나 제철공장은 자동차공장하고는 확연히 다르다는 사실을 유념해야 하는 거요. 자동차공장은 파업이다 해서 라인을 세웠다가 다시 하자 해서 다시 돌리면 되지만, 제철공장은 어떻게 되겠소? 제선이나 제강에서 손 놓아버리면 치명적인 손상을 입게 되고, 그러면 다시 하자 해도 몇 달이고 조업이 불가능해지는데, 그러면 회사가 어떻게 되겠소?"

이윽고 자리를 파할 무렵에는 '노벨과학상'이 화제에 올랐다. 아니나 다를까, 노인은 이번에도 격정을 참지 않았다.

"내 생전에 한국인 노벨과학상 수상자가 나오면 그 사람을 초대해서 맛있는 밥 한 끼 내고 싶은데, 이 학수고대는 헛수고가 되는 건가 싶소. 포스텍 세울 때도 그 기대가 참 컸는데……. 작년에는 포스코청암재단에게 노벨과학상을 많이 받은 이스라엘 같은 나라의 교육 시스템에 대한 조사도 시켜 봤소. 일본과 축구를 해서 우리 대표팀이 2:0으로만 져도 난리치는 우리가 왜 노벨과학상에서는 17:0이 돼도 무신경한 거야? 뭔가 크게 잘못 됐어. 교육부터 바로 돼야 하는 거요. 교육의 비교우위가 중요해. 교육이 일본에 앞서야 일본을 앞서는 거고 극일도 하게 되는 거 아니겠소?"

그날 밤에 작가는 자정을 넘은 뒤에도 혼자서 폭탄주를 기울이고 있었다. 호텔 근처 점방에서 구해온 큼직한 삿포로 생맥주, 객실 미니바에서 꺼낸 앙증맞게 생긴 양주. 이른바 '양폭'이었다. '양폭'은 가라, '소폭'은 오라. 이렇게 '소폭'의 첫잔에 찬양을 바쳐온 자(者)가 스스로 그 말을 허물고 말았다. 내년 여름에는 당신을 만나 뵈러 삿포로를 찾아오는 일이 없어질지 모른다. 이 불길한 예감을 쫓아내려 했다. 아니, 귓전에 켜켜이 쌓인 노인의 기침소리를 씻어내려 했다. 그것은 문학적인 감상(感傷)의 발로가 아니었다. 그가 제조한 폭탄주는 꼬박 십 년 전에 박태준이 일흔네 살의 늙은 몸으로 뉴욕 코넬대학병원에서 감당해낸 폐질환 대수술의 몇 장면을 담고 있었다.

그때 이집트 출신의, 손이 자그마한 집도의(執刀醫)는 '환자의 물혹에는 규사(硅砂) 성분이 핵'이라고 일러줬다. 규사, 아주 작은 알갱이의 흰 모래. 그 말을 들은 박태준의 동지들은 누구나 얼른 그 지독했던 영일만 모래바람을 떠올리며 이런 생각에 잠겼었다.

'아, 우리 회장님에게는 그 모래가 직업병을 만들었구나……'

여든네 살의 황혼을 소일하는 노인의 몸에 귀신처럼 달라붙어 계절이 두세 차례 바뀌어도 도무지 떨어질 줄 모르는 기침, 이 몹쓸 놈에 대하여 이제 그들은 십 년 전 코넬대학 대수술과의 관련성을 염려하고 있었다.

'다시 왼쪽 폐에 심각한 문제가 일어나고 있다면 이번에는 또 어떤 결단을 하셔야 하는가?'

모두가 서로 말은 삼가고 있어도 저마다 가슴에는 우울한 질문을 간직하고 있었다.

우리의 추억이 역사에 별처럼 반짝이니

가을이 돌아왔다. 한가위를 맞아 박태준은 고향 바닷가 생가에 머물고 있었다. 기침이 삿포로에서보다 한층 악화된 상태였다. 그러나 한 주일 앞으로 다가온 행사를 연기하지 않고 그대로 참석하겠다고 했다. 포항제철 초창기부터 현장에서 청춘을 불사른, 이제는 함께 늙어가는 퇴역 직원들과의 만남. 그가 회장 자리에서 스스로 물러난 지 19년 만에 이뤄지는 재회. 현장 친구들의 얼굴을 보고 싶다던 그의 의지가 시나브로 그의 내면에서 소원으로 변모한 것 같았다.

2011년 9월 19일 오후 7시. 포항시 효자동 '포스코 한마당 체육관'에

창업 초기 직원들과 19년 만에 재회하여 생애 마지막 연설을 하기 직전의 박태준

포항제철 초창기부터 현장에 근무했던 퇴직사원 370여 명이 모여 들었다. 이윽고 박태준 포스코 명예회장이 천천히 행사장으로 들어서자 참석자 전원이 일어나서 우레 같은 박수를 보냈다. 자리를 벗어나 그의 앞으로 뛰어나온, 그와 같이 늙어가는 몇몇 직원들은 악수를 나누며 벌써 눈물을 글썽이고 목이 메었다. '창업 최고경영자와 퇴직 현장 사원'의 19년 만의 재회, 이 행사의 이름은 〈보고 싶었소! 뵙고 싶었습니다!〉. 말 그대로 보고 싶어 하고 뵙고 싶어 해서 마련된 잔치였다. 세계의 기업 역사상 유례를 찾아볼 수 없는, 인간의 이름으로 만들 수 있는 따뜻한 만남이었다.

「우리의 추억이 역사에 별처럼 반짝입니다」, 이 연설을 박태준이 시작하자 마치 제목 그대로 저마다 하나의 별이 된 것처럼 젖은 눈을 반짝이더니 드디어 체육관은 눈물의 호수를 이루었다. 아, 이것이 박태준의 생애에 대미를 장식하는 마지막 공식 연설이 될 줄이야!

누구도 알 수 없고 오직 하느님만이 그것을 알고 있어서 누구도 모르게 잠시 그에게 청춘을 돌려준 것이었을까. 그는 연설을 하는 동안 간간이 북받치는 감정을 억누르느라 목이 메어 눈시울을 훔쳤다. 그러나 그놈의 끈덕지게 달라붙는 기침을 하지 않았다. 행사를 마치고 헤어지는 삼삼오오가, "우리 회장님, 대통령에 출마해도 되겠더라."는 즐거운 말을 주고받았다. '우리 회장님'이 그들의 기억에 지워질 수 없는 젊은 시절의 그 우렁찬 기백도 발산했던 것이다. 어쩌면 하느님이 그에게 마지막으로 잠시 청춘을 돌려준 것이 아니라, 그의 영혼에서 우러나온 진심이 그에게 제공한 힘이었는지…….

정말 오랜만입니다. 정말 보고 싶었소!

오늘 이 자리에서는 여러분을 그냥 '직원'이라 부르겠습니다. 그 앞에 '퇴직'이란 말을 달고 싶지 않습니다. 여러분도 저를 그냥 '회장님'이라 부르시오!

보고 싶었던 직원 여러분.

이렇게 우리가 다시 만날 수 있도록 건강을 허락해주신 조물주에게 감사를 드려야 하겠습니다. 우리가 얼마만입니까? 제가 회장 자리에서 스스로 물러난 때가 1992년 10월이었으니 어느덧 19년이라는 세월이 흘러갔습니다. 19년만의 재회입니다. 지금 저는, 만감이 교차하고 감정이 북받쳐 오릅니다.

　친애하는 직원 여러분.

　오늘 저녁에 우리는 추억 속으로 걸어가게 됩니다. 우리가 영일만 모래벌판에서 청춘을 불태웠던 시절을 돌이켜보면, 여러분에게 미안한 마음을 금할 수 없습니다. 그때 저는 이렇게 외쳤습니다. "우리는 희생하는 세대다." "우리의 희생과 헌신으로 조국 번영과 후세 행복을 이룰 수 있다." 여러분은 그 외침에 공감하고 기꺼이 동참했으며, 저는 솔선수범으로 앞장섰노라고 자부합니다.

　오늘의 대한민국은 그때의 대한민국과 비교할 수 없을 정도로 눈부신 성장을 이루었습니다. 그 바탕, 그 동력은 바로 여러분의 피땀이었습니다. 현재 여러분의 후배들은 한국 최고 수준의 연봉을 받습니다. 그러나 저는 여러분에게 당시 한국에서 중간 수준을 유지할 수밖에 없었습니다. 여러분은 맞교대나 3조 3교대였고 비상시에는 밤잠마저 반납했습니다. 우리 임직원들에게 희생과 헌신을 요구한 저에게 위안이 있었다면, 자녀 교육과 주택 문제, 후생 복지와 문화 혜택을 당시 한국에서 최고 수준으로 보장하는 가운데, 어려운 시대에 안정된 직장을 제공하고 있다는 것이었습니다.

　그런데 우리는 남들이 갖지 않은 특별한 것을 공유하고 있었습니다. 연봉이나 복지보다 더 소중한 정신적 가치, 그것은 제철보국이었습니다. 기필코 회사를 성공시켜서 조국 근대화의 견인차가 되자는 투철한 사명의식을 가슴에 품고, 실패하면 영일만에 빠져 죽자는 '우향우' 정신으로 무장하고 있었던 것입니다. 우리의 그 열정, 우리의 그 헌신, 우리의 그 단결이 마침내 '영일만의 기적'을 창출하고 '영일만의 신화'를 쓰게 되었습니다.

　그러나 우리의 힘만으로는 그 기적, 그 신화를 이룰 수 없었을 것입니다. 저는 언제나 잊지 못하는 사람들이 있습니다. 여러분도 그분들을 기억하고 있을 것입니다.

가장 먼저 기억할 것은, 회사의 종자돈이 조상들의 피의 대가였다는 사실입니다. 대일청구권자금, 그 식민지 배상금의 일부로써 포항 1기 건설을 시작할 수 있었습니다. 그래서 우리가 외친 제철보국과 우향우는 한층 더 우리의 가슴을 적시고 영혼을 울렸을 것입니다. 바로 여기서 포스코에 요구되는 고도의 윤리의식이 나옵니다.

고(故) 박정희 대통령을 잊을 수 없습니다. 제철소가 있어야 근대화에 성공할 수 있다는 그분의 일념과 기획과 의지에 의해 포항제철이 탄생했고, 그분은 저를 믿고 완전히 맡겼을 뿐만 아니라, 온갖 정치적 외풍을 막아주는 울타리 역할도 해주셨습니다. 이 사실을 우리는 망각하지 말아야 합니다.

지역사회의 이해와 협력도 기억해야 합니다. 포항제철을 위해 수많은 주민들이 정든 고향을 떠나야 했고, 신부님과 수녀님들은 귀중한 시설을 포기했으며, 포항시민은 인내와 협조를 보내주었습니다. 그래서 지역사회와 포항제철은 공생공영의 공동체로 거듭날 수 있었습니다.

해병사단은 포항제철의 듬직한 이웃이었습니다. 오늘 이 자리에도 해병 의장대가 우정 출연을 하고 있습니다만, 국가 안보가 요즘보다 훨씬 더 불안했던 그 시절부터 해병사단은 우리 회사를 잘 지켜주었습니다.

일본에도 포스코를 위해 진심으로 협력해준 사람들이 있었습니다. 특히 두 분을 잊을 수 없습니다. 이미 오래 전에 고인이 되신 신일본제철의 이나야마 회장과 양명학의 대가 야스오카 선생입니다.

그리고 우리 모두가 간직해야 할 이름들이 있습니다. 여러분의 현장에는 위험이 상존했고, 크고 작은 안전사고가 발생했습니다. 조금 전에도 그분들을 위한 묵념이 있었습니다만, 조업과 건설 중에 유명을 달리하신 분들은 우리의 마음과 포스코의 역사 속에 영원히 살아 있어야 합니다.

친애하는 직원 여러분.

인생의 황혼에 들어선 사람은 누구를 막론하고 '인생은 짧다'는 생각을 해보기 마련입니다. 저도 그런 생각에 잠길 때가 있습니다. 그러나 인생은 사람이 세운 큰뜻을 이루지 못할 정도로 짧은 것은 아닙니다. 이 자리에 모인 우리는 제철보국이라는 큰뜻을 함께 이룬 동료들입니다. 현재까지 85년에 걸친 저의 인생에서 여러분과 함께 그 큰뜻에 도전했던 세월이 가장 보람차고 가장 아름다운 날들이었습니다.

여러분은 저의 인생에 가장 보람차고 가장 아름다운 선물을 안겨준 사람들입니다. 여러분에게 진심으로 감사를 드리고, 여러분과 함께 청춘을 바쳤던 그날들에 대하여 하느님께도 감사를 드립니다.

사랑하는 직원 여러분.

우리의 추억이 포스코의 역사 속에, 조국의 현대사 속에 별처럼 반짝이고 있다는 사실을 잊지 맙시다. 그것을 우리 인생의 자부심과 긍지로 간직합시다.

여러분, 부디 건강해야 합니다. 부디 행복해야 합니다. 여러분 모두의 건승과 모든 가정의 행복을 빌면서, 포스코의 무궁한 발전을 기원합니다.

과학자의 길이 부자가 되는 길은 아니지만

보고 싶었던 얼굴들과 아쉬운 재회를 마친 박태준은 고향집으로 돌아가 며칠을 더 머물고 서울로 돌아갔다. 크고 작은 일정들이 그를 부르고 있었다. 그는 빠짐없이 참석했다. 그러나 기침에 시달려야 했다. 가을이 깊어갈수록 그의 기침은 더 심각해지고 있었다.

10월 27일 오전, 박태준은 오랜만에 서울 강남구 대치동 포스코센터를 찾았다. 일찍이 이십여 년 전에 손수 기획하고 결정했으나 정작 그는 한 시간도 근무해보지 못한 빌딩. 차에서 내리는 노인을 포스코 최고경영진이 정중히 맞았다. 포스코청암재단이 3기 청암과학펠로들에게 연구지원금 증서를 수여하는 식장에는 학문별 선발위원장인 오세정 서울대 교수, 노혜정 서울대 교수, 김인묵 고려대 교수, 김병현 포스텍 교수를 비롯해 3기 펠로 30명, 2기 펠로 20명 등 60여 과학자들이 이사장(박태준)을 기다리고 있었다.

포스코청암재단이 박태준의 발의에 따라 한국에서 기초과학을 연구하는 젊고 유능한 인재들을 세계적 수준의 과학자로 육성하는 대업을 지원하기 위해 마련한 청암과학펠로십. 2009년부터 시행된 이 제도에는 한국 과학기술의 세계일류를 희원하고 한국인의 노벨과학상 수상을 염원하는 박태준의 의지와 정신이 투영돼 있다. 그는 한국 기초과학에 대한 관심을 한마디로 표명했다.

"철강산업이 국가 기간산업인 것처럼, 기초과학은 과학기술 발전의 기간이다."

청암과학펠로 선발 분야는 수학 물리학 화학 생명과학으로, 기초과학만이다. 2011년부터는 박사과정 10명, Post-doc 10명, 신진교수급 10명 등 한 기에 30명을 선발하여, 박사과정 한 사람마다 연간 2천500만 원씩 3년간, Post-doc 한 사람마다 연간 3천500만 원씩 2년간, 신진교수급 한 사람마다 연간 3천500만 원씩 2년간 각각 지원한다. 매년 5월에 선발 공고를 하고, 8월부터 엄정한 심사를 해서, 10월 하순에 증서수여식과 워크숍을 개최한다.

박태준은 3기 증서수여식에서 앞날이 촉망되는 젊은 과학자들과 만나 감회 어린 격려를 했다. "산업화에 매진한 우리 세대는 실용적인 과학기술을 우선시할 수밖에 없는 환경에서 뛰어야 했고, 그것이 효율성 측면에서 큰 장점을 발휘했지만, 장기적인 투자와 지원이 요구되는 기초과학을 제대로 육성하지 못하는 결과를 남겼으며, 아직도 그 영향이 잘못된 풍토"로 남아 있다는 미안한 마음을 밝히고, "자연의 신비를 탐구하고 그 속에 숨은 원리와 법칙을 찾아내는 과학자의 길이 부자가 되려는 길은 아니지만 인류사회의 고귀한 가치를 창조하는 길이니, 그 자부심, 그 사명감이 과학자의 인생에서 나침반이 되기"를 당부했다.

청암과학펠로들은 '기침을 하는 늙은 철강왕'의 격려와 기대를 직접 눈으로 확인하면서 일제히 숙연한 표정을 지었다. 3기를 대표해서 박문정 포스텍 교수가 답사를 했다. "그 성과가 당장 어떠한 제품이나 결과물로 눈앞에 가시적으로 나타나지 않는 기초과학에 대한 투자는 긴 호흡으로 멀리 보고 해야" 하는데 "포스코청암재단의 청암과학펠로십은 국내의 우수한 젊은 과학 두뇌들이 안정적으로 연구할 수 있는 여건을 만들어주는 사업"이라는 감사를 표하고, "꿈을 위한 목표를 다시 한번 되새기고 다짐을 공고히 하게" 되었다며 "길고 긴 자신과의 싸움"을 계속하겠다는 결의를 다졌다.

청암과학펠로십이 한국의 유망한 젊은 과학자들의 인생과 한국 과학계에 어떤 의미로 다가서는 것일까? 생명과학 분야의 추천위원을 맡아온 이현숙 서울대 교수가 에세이 「아름다운 청년 청암 박태준」에서 미켈란젤로, 레오나르도 다 빈치 같은 천재를 키우며 르네상스의 꽃을 피우는 데 앞장섰던 로렌조 메디치가의 사례를 언급한 데 이어서 다음과 같이 밝혔다.

포스코는 철강산업으로 나라를 일으키고 굳건히 받친다는 신념을 실천해온 세계 굴지의 기업이다. 식민지와 전쟁의 폐허였던 이 나라가 이만큼 잘 사는 나라가 되는 데 일등 공신이 포항제철이라는 데 이견을 가질 이는 없다. 철강으로 번 돈을 이제는 기초과학을 육성하여 진정한 선진국의 기틀을 다지겠다는 박태준 회장님의 뜻은 80년대 후반 대학을 다니며 군부에 대해 편견을 가진 나의 고개도 절로 숙여지게 만들었다. 당장 먹을 것이 나오지 않을 기초과학계의 젊은 연구자들을 후원하겠다는 생각은 아무나 할 수 있는 것이 아니다. 앞날을 예견하고 역사를 바꾸는 로렌조 메디치 같은 사람들이 할 수 있는 일이다. 십 년 후 청암과학펠로들이 이끌어가는 과학계를 상상하면 마음이 벅차고 설렌다. 세상은 또 바뀌어 있을 것이지만 과학계의 중심축, 나라를 받치는 인재들이 되어 있을 것이다.

수술대 위에 세 번째 눕다

박태준은 정치에 몸담은 시절에 깊은 인연을 맺었던 오랜 두 친구와 가을여행을 계획하고 있었다. 동행은 국회의장을 역임한 박준규와 국회의원을 지낸 고재청, 기간은 11월 3일부터 11일까지, 여행지는 일본 도쿄 근처의 아따미, 이즈반도, 요꼬하마. 아따미와 이즈반도는 박태준이 유년 시절을 묻은 곳이었다. 소학교, 수영대회, 밀감, 두부, '센징'이라 불린 차별에 대한 설움과 분개, 그리고 바지 같은 긴 장화를 신고 이즈반도의 기차 터널 공사장에서 일한 아버지……. 그러나 여행은 출발 당일 아침에 취소되고 말았다. 여행을 준비한 이의 갑작스런 건강악화, 정확히는 그 몹쓸 기침이 갑자기 심통을 더 부려서 드센 고통을 불러온 것이었다. 하루를 집에서 쉰 그는 이튿날 아내와 함께 강원도 평창으로 떠나기로 했다. 노부부가 가벼운 짐을 꾸리며 살가운 대화를 나눴다.

"공기 좋은 데 가서 며칠 쉬어 봅시다. 좋아질 겁니다."

"그럽시다. 다녀옵시다."

장옥자는 애써 어두운 표정을 감추고 있어도 마음 한 구석이 자꾸만 허전하였다. 우리 부부가 언제 다시 여행을 떠날 수 있으려나. 이러한 회한 같은 감정이 돋아나는 그 자리는 머잖아 무덤처럼 들어앉을 슬픔의 자리인지 몰랐다.

평창에 짐을 푼 박태준은 수많은 시민들이 모인 자리에서 단상에 올라야 할 중대한 축사를 생각하고 있었다. 어쩌면 그의 생애에서 최후의 연설이 될 수도 있을 그것은 11월 14일 경북 구미시 상모동 고 박정희 대통령 생가 근처에서 열리는 '박정희 대통령 동상 제막식' 행사였다. 구미시장 남유진의 초청을 받은 그는 짧은 축사에 담을 내용에 대해 깊은 사색에 잠기곤 했다. 2008년 가을에 포항시민을 대표할 만한 포항시의회 의장 최영만이 찾아와 포항시민의 성금을 모아 형산강 다리 입구나 시내의 적절한 곳에 '박태준 동상'을 세우겠다는 제안을 했을 때, 그는 단호히 사양했었다. 대단히 감사한 일이지만 아직 박정희 대통령의 동상 하나 제대로 세우지 못한 상황에서 내가 먼저 받을 수는 없는 것이라고. 그랬던 그가 2011년 12월 3일 포스텍 개교 25주년을 맞아 캠퍼스 내 노벨동산에 설립자 조각상을 세우겠다는 제안에 대해 오래 망설이다 어렵게 수락한 것은 교내라는 점도 감안했지만 그에 앞서 박 대통령의 동상이 제막된다는 사실을 고려한 사정이었다. 평창에서 컨디션 회복을 염원하는 그는 우선 박 대통령 동상 제막식에 참석해서 축사를 하겠다는 뜻을 알렸다.

노부부의 여행은 오붓했다. 그러나 즐거운 시간을 오래 누릴 수 없었다. 그의 기침이 머잖아 엄청난 사단을 일으킬 기세였다. 더 이상은 그냥 기다려볼 수만 없는 지경에 도달해 있었다. 남은 것은 결심이었다. 목숨을 걸어야 하는 결심. 주치의도 가족도 그의 결심을 주문했다.

"가자. 한 번 더 하자."

그가 말했다. 그것은 목숨을 걸고 다시 수술대 위에 눕겠다는 뜻이었다. 이 무렵에 서울 종로구 청운동 한 곳에는 그의 외아들 박성빈이 부모의 거처를 마련하는 중이었다. "내가 남의 집에서 죽는 거 아냐?"라고 했다는 아버지의 말씀을 어머니한테 전해들은 아들이 손수 장만하는 집. 아들은 아버지와 어머니를 찾아뵙고 그 집을 아버지의 명의로 해드리고 싶다는 간절한 소망을 알려드렸다. 그러나 박태준은 완강하게 거절했다. "그러면 십 년쯤 전세 들어 사는 걸로 하자"라고.

11월 8일 이른 오후, 박태준은 연세대 세브란스병원 본관에 들어섰다. 주치의 장준 박사의 안내에 따라 움직이는 그의 걸음걸이는 평소처럼 곧은 자세였다. 그러나 그것은 사생결단의 시간을 향하여 걸어가는 걸음이었다. 그리고 박 대통령 동상 제막식에 참석할 수 없는 길로 들어서는 것이기도 했다. 그가 신형구 비서(현재 POSCO-JAPAN 근무)에게 일렀다. 구미시장과 박지만(박정희 대통령의 외아들)에게 연락해서 갑작스런 내 변고를 통지해주라고.

이튿날 수술을 전제로 하는 여러 가지 검사가 선행되었다. 그는 웃는 얼굴로 의료진과 편안히 대화를 나누었다. 십여 년 전, 2001년 여름의 뉴욕 대수술이 화제에 오르기도 했다. 속으로 그는 생각했다. 그때보다 나이는 열 살을 더 먹었지만 그때나 이번이나 그게 그거지 뭐. 그의 몸은 수술을 할 수 있는 완벽한 데이터를 보여주었다. 그놈의 기침, 그것을 일으키는 왼쪽 폐만 아니라면 다른 건강상태는 까딱없다는 뜻이었다.

수술 시간은 입원 나흘째인 11월 11일 아침 7시 30분, 집도의는 흉부외과 권위자 정경영 교수. 집도의가 모든 가능성에 대한 계획을 환자와 가족에게 설명하고 동의를 구했다. 박태준은 수술복으로 갈아입으며 문득 속으로 혼잣말을 했다. 이게 세 번째지. 그래, 세 번째구나. 메스가 그의 몸을 가르는 것이 세 번째라는 회고였다. 첫 번째는 저 1950년 혹한의 흥남 야전병원에서 마취도 없이 몸을 맡겨야 했던 맹장수술, 두 번째는 뉴욕의 대수술, 그리고 이번. 그는 입술을 굳게 다물었다.

이동식 침대에 누워 입원실에서 수술실까지 이동하는 물리적 시간은 아주 짧았다. 그러나 환자와 가족에게는 그것이 얼마나 긴 시간인가. 만감이 교차한 그 끝에 영원한 작별의 순간이 어른어른 그려지기도 하는 시간, 그럼에도 마치 나쁜 징조를 물리치려는 것처럼 누구 하나 의연한 자세를 한 치도 흐트릴 수 없는 시간.

8시 43분, 가족대기실 전광판이 박태준 환자의 수술 시작을 알렸다. 마취가 잘됐다는 신호이기도 했다. 전광판에는 열 명 넘는 성명들이 올랐다. 점심시간이 되기 전에 기존 성명들은 거의 사라지고 새로운 성명들이 나타났다. 정오를 넘기고 오후 2시를 넘겼다. 새로운 성명들도 더러 사라졌다, 그러나 오후 3시가 지나도 '박태준'은 그대로 있었다. 예정 시간을 벌써 두 시간이나 넘기고도 계속되는 수술. 환자의 상태가 진단의 소견보다 훨씬 더 심각하다는 뜻이었다. 가족대기실에는 초조와 불안이 감돌았다. 그러나 나쁜 쪽으로 생각하지 않으려 했다. 환자에게 힘을 보내려는 묵상에 잠길 뿐이었다.

오후 6시 15분. 마침내 전광판이 수술의 종료를 알려줬다. 장장 9시간 28분이나 걸린 대수술. 환자는 곧바로 중환자실로 옮겨지고, 집도의 정경영 교수와 주치의 장준 교수가 가족들을 상담실로 불렀다.

"수술은 잘됐습니다."

집도의가 낭보를 알렸다. 가족들은 감사의 한숨을 돌렸다. 그가 뻣뻣해진 손으로 그림을 그려가며 설명을 했다. 왼쪽 폐 전체와 흉막 전체를 적출했다, 십 년 전에 물혹을 적출한 그 자리에 다시 혹이 자라고 있었다……. '흉막-전폐 절제수술'은 긍정적 예측을 불러오는 쪽으로 일단락되었다.

중환자실에 누워서

11월 12일 새벽 1시 30분. 집에 돌아와 깜빡 눈을 붙이고 있던 신형구 비서가 휴대폰을 받고 부리나케 옷을 갈아입었다. 회장님께서 찾으신다는 중환자실 간호사의 연락이었다. 차를 몰아 달리는 30분 동안 젊은 비서의 가슴은 내내 쿵쾅거리고 있었다. 혹시 긴급 상황이 벌어진 것은 아닐까? 이 불안감과 초조감을 떨쳐낼 수 없었다. 새벽 2시의 중환자실은 괴괴했다. 밤 11시에 환자가 마취에서 깨어나고 가족 면회가 이뤄진 다음이어서 오랜만에 창업 회장과 젊은 비서, 단 둘만 마주하는 시간이었다.

"회장님 찾으셨습니까?"

젊은 목소리가 조금 떨렸다.

"자네 왔나? 지금 몇 신가?"

환자의 목소리가 예상보다 맑게 들려서 비서는 불안한 긴장을 조금 풀었다.

"두 시입니다."

"낮이야, 밤이야?"

"새벽 두 시입니다."

긴 마취와 10시간에 육박한 수술이 시간의 혼돈을 초래했을 거라고 비서가 짐작하는 사이, 환자가 불쑥 강하게 물었다.

"유럽은 어떻게 되었나?"

비서는 깜짝 놀랐다. 죽음과 싸우는 상황에서도 세계와 국가의 문제를 먼저 떠올리는 사람! 그러나 비서는 얼른 정신을 가다듬었다.

"그리스, 이탈리아에 이어 프랑스까지 영향이 미칠 것 같습니다."

그리스에 이어 이탈리아에 재정위기가 닥치는 상황에서 그것이 프랑스로 전염되면 신용경색에 빠진 프랑스 금융기관이 해외투자자금을 회수하면서 유럽 전역으로 위기가 전파될 수 있다는 시나리오에 대한 간략한 보고였다.

"불란서가 이태리 국채를 많이 가지고 있지. 불란서나 독일까지 영향이 미치면 큰일이야. 유럽의 두 강대국마저 흔들리면 유럽 전체가 위험해져. 우리나라도 단단히 대비를 해야 돼."

자나 깨나 나라 걱정이란 말이 있지만, 어느덧 그 말이 내포하고 있던 어떤 울림마저 다 말라버린 시대이지만, 이분은 정말 특별한 분이시구나. 당신이 처한 상황과 관계없이 자동으로 설정된 채널처럼 나라에 대한 걱정과 미래에 대한 통찰이 작동되는 분이시구나. 이래서 어른이시고 큰 분이시구나. 비서는 콧잔등이 시큰했다.

빈사의 경계에 머무는 늙은 환자가 축구를 화제로 꺼냈다. 지난여름에 홋카이도에서 열렸던 한국과 일본의 축구국가대표 평가전 때 한국이 3:0으로 완패했던 '일대 사건'이 여전히 마음에 걸려 있는 모양이었다. 대표팀을 탓하는 것이 아니었다. 한국 축구에 대한 끊임없는 애정을 드러내는 것이었다.

그리고 늙은 환자는 박정희 대통령 동상 제막식에 참석하지 못하는 아쉬움을 토로했다. 행사는 이틀 뒤였다. 인생의 막바지에 다다른 박태준, 10시간에 육박하는 대수술을 마치고 중환자실에 외로이 누운 박태준, 그의 앙상한 가슴에는 박정희에 대한 그리움이 뜨거운 덩어리로 엉겨 있었다.

"구미에는 못 가는구나……."

이번에 앞서 검토와 결재를 마쳐둔 짤막한 연설. 비서는 그것을 꺼내 읽어드리고 싶었으나 차마 그럴 수는 없어서 짐짓 못 들은 척 하고 말았다. 유고(遺稿)처럼 남은 거기에 박태준은 저승에서 박정희와 재회하여 막걸리를 마시고 싶다는 소망도 담고 있었다.

돌이켜보면, 63년 전 저 태릉 골짜기의 초라한 육사 강의실에서 저는 처음으로 박정희라는 특출한 분의 눈에 띄었고, 결국 그것은 저의 운명이 되었습니다. "나는 임자를 알아. 아무 소리 말고 맡아!" 이 한 말씀에 따라 저는 제철에 목숨을 걸고 삶을 바쳐야 했습니다. 지난 1992년 10월 3일, 4반세기 대역사 끝에 포항제철소와 광양제철소를 완공하고 동작동 국립묘지의 영전 앞에서 임무완수 보고를 올렸습니다. 그때, "각하께서 저를 조국 근대화의 제단으로 불러주셨다"고 토로했습니다만, 박정희라는 한 사람을 조국 근대화의 제단으로 불러낸 것은 우리의 시대였고 대한민국의 역사였습니다. 또한 그것은 각하의 피할 수 없는 운명이었습니다.

드디어 대한민국은 세계 10위권 경제강국으로 일어섰습니다. '5천 년 빈곤의 대물림'을 확실하게 끝장냈습니다. 그 물적 토대 위에서 민주주의를 성장시키고, 문화를 꽃피우고, 평화통일을 추구하고, 복지사회를 다시 설계하고 있습니다. 정치 후진성, 청년실업, 남북관계 등 거대 과제들을 안고 있지만, 우리의 역량과 자신감은 얼마든지 해법을 구할 것입니다.

문제는 지도력의 위기입니다. 무에서 유를 창조하는 것과 다름없었던 조국 근대화의 성공 비결은, 현명하고 근면한 국민과 사심 없고 탁월한 지도력이 좋은 짝을 이루었다는 것입니다. 21세기 대한민국은 국민의 역동성과 다양성을 '성숙한 사회'로 나아가는 힘으로 승화시킬 지도력을 부르고 있습니다.

시민의 이름으로 세운 이 동상은 하나의 기념물이 아닙니다. 한국사회에는 여전히 '박정희 대통령의 공과(功過)'를 따지는 시비가 있지만, 무엇보다 지도력에 대하여 진실로 고뇌하는 사람은 여기에 와서 사색해야 합니다. 박정희 대통령은 이제 조국번영, 민족중흥, 민안(民安)복지의 영원한 길잡이로서 여기 생가 곁에 서 계시는 것입니다.

각하, 이제는 저의 인생도 얼마 남지 않았습니다. 우리가 재회하여 막걸리를 나누게 되는 그날, 밀리고 밀린 이야기의 보따리를 풀어놓겠습니다. 며칠은 마셔야 저의 이야기를 어느 정도는 마칠 것 같습니다. 부디 평안히 기다려주십시오.

문득 비서가 흐트러진 눈썹을 발견했다. 포스코 시절에 '호랑이 눈썹'으

로 유명했던 박태준의 눈썹. 그 허옇게 센 눈썹을 가지런히 하려고 최근에
도 나들이 때는 눈썹 빗을 챙기던 당신을 떠올렸다.

"회장님 눈썹이 흐트러졌습니다. 바로 하겠습니다."

"응, 그래. 바로 해."

비서는 급한 대로 손가락으로 두 눈썹을 가지런히 다듬었다.

"됐어?"

"예."

"수고했어."

날이 밝았다.

박태준에게는 새날이었다. 앞으로는 기침이 없는 황혼의 시간대를 길게
누릴 수 있을 것인가. 이른 아침부터 가족 면회가 이루어졌다. 모두가 안
도하는 표정을 짓고 있었다.

강철거인, 겨울에 떠나다

11월 13일, 박태준은 일반병실로 옮겼다. 십여 년 전에 뉴욕의 이집트인
의사가 그랬던 것처럼, 담당의가 힘이 들더라도 많이 움직이는 것이 회복
에 도움이 된다는 말을 했다. 십여 년 전에 코넬대학 병원에서 그랬던 것
처럼, 그는 영양제와 항생제 등을 주렁주렁 매달고 병실 복도를 걸었다.
그리고 십여 년 전에 그랬던 것처럼, 이번에도 강인한 정신력으로 타인의
도움을 거절하며 스스로 하겠다는 고집을 부렸다. 15일부터 시작한 병실
복도 걷기. 처음엔 한 바퀴, 다음엔 두 바퀴, 그 다음엔 오전과 오후에 두
바퀴씩. 운동량을 늘려가는 사이에 회복도 순조롭게 진행되고 있었다. 십
여 년 전에 뉴욕에서 그랬던 것처럼, 담당의가 놀랐다. 조만간 퇴원해도
될 거라는 고무적인 의견도 들려줬다.

수술 후 12일째, 11월 22일. 드디어 외부인 면회가 허락되었다. 포스코
초창기부터 필생에 걸쳐 동고동락해온 황경로, 안병화, 박득표, 그리고 현
역 포스코 최고경영진……

포스텍 노벨동산의 박태준 전신 조각상

"왼쪽 폐가 완전히 없어졌어."

환자의 유쾌한 목소리, 동지들과 후배들의 웃음소리. 병실은 넘치는 인정(人情)으로 마냥 따뜻했다. 바람은 자고 볕살은 오진 어느 봄날의 산모퉁이 양달 같았다. 그러나 그것이 신(神)이나 자연이 박태준에게 허락한 마지막 인간적인 시간이었을까. 이튿날 아침에 그의 몸에서 급격한 변화가 발생했다. 오한과 발열, 혈압과 맥박 상승. 담당의가 다시 그를 중환자실로 옮겼다. 급성폐렴이 덮친 것이었다. 남은 오른쪽 폐가 그놈을 극복할 것인가, 그만 지쳐서 그놈에게 먹힐 것인가. 싸움은 길었다. 호전과 악화를 반복했다. 처절한 사투였다.

12월 2일 포스텍 노벨동산에서 개교 25주년을 하루 앞두고 포스텍 설립자 청암 박태준 조각상 제막식이 열렸다. 포스텍 총장을 비롯한 보직 교수들과 포항 시민단체 대표들이 '청암 박태준 선생의 교육 공적'을 영구히 기념할 수 있는 조각상을 '성의를 모아 건립하자'는 뜻을 모아서 이뤄진 일이었다. 포항시민, 포스텍 사람들, 퇴역한 포스코 사람들을 비롯한 22,905명이 7억 원 넘는 성금을 보내왔다.

전신상과 흉상, 이 박태준 조각상은 중국 미술원장이며 세계적 작가로 꼽히는 우웨이산(吳爲山)의 작품이다. 흉상은 포스텍 박태준학술정보관 안에 자리를 잡았다. 이대환이 쓴 평전 『박태준』의 중국어 완역본을 읽고 주인공과 여러 차례 대화를 나눈 그는 박태준의 정신세계를 깊이 이해하고 있었다. 태연자약하고 기백과 도량이 넘치는 전신 조각상의 모습은 박태준 선생에 대한 작가의 우러러봄을 나타냈다며, 특히 젊은이들이 선생의 정신을 본받게 되기를 염원한다고 밝힌 우웨이산. 뛰어난 서예가이기도 한 그는 전신상 받침돌에 '鋼鐵巨人 教育偉人'을 바쳤다. 강철거인과 교육위인, 이것은 박태준에게 필생의 두 축이었던 제철보국과 교육보국이 최후에 남겨놓은 결실로, 그의 삶에서 고갱이 중의 고갱이를 추출해낸 두 단어였다. 건립취지문은 받침돌 뒷면에 새겼다. 그의 평전 작가는 이렇게 썼다.

짧은 인생을 영원 조국에, 이 신념의 나침반을 따라 헤쳐 나아간 청암 박태준 선생의 일생은 제철보국 교육보국 사상을 실현하는 길이었으니, 제철보국은 철강 불모지에 포스코를 세워 세계 일류 철강기업으로 성장시킴으로써 조국 근대화의 견인차가 되고, 교육보국은 14개 유·초·중·고교를 세워 수많은 인재를 양성하고 마침내 한국 최초 연구중심대학 포스텍을 세워 세계적 명문대학으로 육성함으로써 이 나라 교육의 새 지평을 여는 횃불이 되었다. 이에 포스텍 개교 25주년을 맞아 포스텍 가족과 포항시민이 선생의 그 숭고한 정신과 탁월한 위업을 길이 기리고 받들기 위해 여기 노벨동산에 삼가 전신상을 모신다.

청암 박태준 전신 조각상의 좌우에는 이름을 빼곡히 새긴 동판들이 있다. 건립위원회가 성의를 보내온 모든 이들에 대한 답례로 만든 것이다.

12월 13일 오후, 환자는 마지막 사투를 벌이고 있었다. 상황이 아주 나쁜 쪽으로 기우는 중이었다. 가족들, 지인들이 속속 병원으로 모여들었다. 아, 그것은 회자정리를 준비하는 착잡한 시간이었다.

그날 오후 5시 20분, 국내외 언론들이 긴급 뉴스를 보도했다. 박태준 타계, 향년 84세. 빈소는 연세대 세브란스병원 장례식장. 세계 최고의 철강인—강철거인은 홀연히 세밑 겨울에 떠났다. 십 년쯤 전세로 살겠다고 했던, 외아들 박성빈이 장만한 집에는 한 걸음도 들지 못한 채……

장례는 닷새의 사회장. 장지는 서울 동작동 국립현충원 국가유공자 묘역으로 결정되었다. 고인의 유택을 마련하는 과정에는 박지만의 역할이 컸다. 박정희를 그리워한 박태준. 박정희의 아들이 고인을 아버지의 이웃으로 모셔주기 위해 뛰어다닌 것이나 다름없었다.

정부가 고인의 영전에 청조근조훈장을 추서했다. 수많은 사람들이 조문을 다녀갔다. 이명박 대통령부터 평범한 시민들과 다문화가정 아이들까지, 조문은 끝없이 줄을 이었다. 빈소 입구에 진을 친 기자들이 널리 알려진 얼굴에 다가가 고인에 대한 촌평(寸評)을 얻곤 했다.

박근혜 새누리당 비상대책위원장은 추억했다.

"고인은 우리나라 경제의 토대를 만드신 우리 시대의 거인이시고, 선친

빈소를 찾아온 다문화가정 어린이들

과도 각별한 사이이셨다."

박원순 서울시장은 기억했다.

"고인은 강철 같은 이미지이지만 마음은 따뜻하고 넓은 품을 가진 분이시다."

미무라 아키오 신일본제철 회장은 평가했다.

"박태준 회장은 하나의 기업을 일으킨 훌륭한 경영자이기도 하지만 거기서 그치지 않고 국가 그 자체를 걱정하고 경영한 큰 인물이었다."

스즈키 노리모 전 신일본제철 임원은 고백했다.

"고인은 일본인을 포함해 내가 가장 존경하는 분이다. 그만큼 훌륭한 분을 뵌 적이 없다."

정몽구 현대차그룹 회장은 이런 말을 남겼다.

"인격적으로도 훌륭하고 국가를 위해 많은 일을 해주셨다. 고인의 뜻을 받들어 저희들이 더욱 잘하겠다."

이재용 삼성전자 사장은 말했다.

"스티브 잡스가 정보통신(IT) 업계에 미친 영향보다 고인이 우리나라 산업과 사회에 남기신 공적이 몇 배 더 크다."

'2011젊은 과학자상'을 받은 안종현 성균관대 신소재공학부 교수는 추억했다.

"1998년 초 이른 새벽부터 연구를 하고 있었는데 학교(포항공과대학교)를 둘러보시던 박태준 회장님과 우연히 만났다. 그때, 나라를 위해 큰일을 해달라며 따뜻하게 격려해주시던 모습이 잊히지 않는다."

1978년 12월에 포철 사장 박태준을 '올해의 인물'로 선정했던 동아일보는 그로부터 꼬박 33년이 지난 12월에 막 '고인'이라 불리는 그를 기리기 위해 특별히 '박태준의 50년 동지' 황경로의 목소리를 담았다.

50여 년을 함께한 동료이자 상사의 영정 앞에서 백발의 사내는 연신 눈물을 훔쳤다. 연세대 세브란스병원에서 만난 황경로 전 포스코 회장은 침통함을 감추지 못했다. 육군에서 인연을 맺은 두 사람은 대한중석과 포항제철(현 포스코)에서 함께 일했다.

"무섭다고 알려져 있는데, 조금만 같이 지내보면 절대 그렇지 않다는 걸 알지. 정이 많고 인간적인 분이야."

황 전 회장에게 박 명예회장은 업무시간에는 '호랑이 상사'였지만 그 이면에는 깊은 정을 가진 사람이었다.

"1970년대 초의 일이야. 유능한 젊은 직원 하나가 그만두겠다며 회장님을 찾아왔어. 왜 그러느냐 물으니 퇴직금으로 빚을 갚으려 한다 하대. 회장님이 어떻게 했는 줄 알아? 알았다고 하시더니, 그날 밤에 적잖은 돈을 주셨어. '자네는 회사 나가면 안 돼.' 딱 한마디만 하시고."

황 전 회장은 "회장님 리더십의 근간은 청렴결백이었고, 그 때문에 수십 동안 포스코를 이끌 수 있었다."며 "경영일선에서 물러난 뒤에도 머릿속에는 언제나 포스코가 자리 잡고 있었다."고 말했다.

옛 기억을 떠올리며 때로는 웃음을 보였던 그의 표정이 이내 어두워졌다.

"서울파이낸스센터에 있는 회장님 집무실에 가면 벽에 5개의 지도가 있지. 중국, 북남미, 유럽, 아프리카, 오세아니아. 그 지도에 포스코의 진출 현황이 표시돼 있어. 글로벌 사업 현황을 항상 보고 계셨던 거지. 이제 사무실도 비워야겠지만, 그 지도를 떼어낸다면 참 마음이 아플 것 같은데……."

김민웅 성공회대 교수는 12월 14일 프레시안에 공인(公人)이 가야 하는 정도(正道)의 주인공을 담담히 추모했다.

세상은 회장님과 저의 만남을 기이하게 여겼습니다. 한 사람은 보수인사로 알려져 있고, 다른 한 사람은 진보인사로 알려져 있었으니 말이지요. 게다가 한 사람은 박정희 대통령의 뜻을 받들어 국가의 산업기반을 다지는 일에 평생을 바쳤고, 다른 한 사람은 그가 통치하던 시절과 마주해 젊은 시절 싸웠던 세대의 하나였으니 말이지요. 그러나 회장님과 저는, 공을 앞세우고 사를 뒤로

하는 국가관과 모두가 고르게 잘 살 수 있는 미래에 대한 비전을 열심히 나누면서 서로 얼마나 감격적으로 마음을 통할 수 있었던지요. 회장님이 어디 항간에서 보수요, 하는 이들과 같은 보수입니까? 결코 아니었지요.

국가를 위해 필요하다면 그 정치적 입장이 무엇이든 지지하고, 고루하게 썩어 있으면 그대로 앞으로 밀고 나가는 진보적 해법을 가지고 계신 분이 아니셨습니까? 저는 회장님을 통해 국가를 위해 자신을 바친 참된 보수의 존경스러운 분을 만났고, 회장님은 저를 통해 민주화를 위해 진보적 의지로 살아온 이들의 생각을 더욱 깊이 이해하게 되었다고 하셨습니다.

우리가 참 많은 빚을 졌습니다. 이 나라가 회장님의 헌신에 감사드릴 일이 너무도 많습니다. 전쟁으로 망가지고 가난한 나라가 제철공장을 세운다고 했을 때 세계가 비웃던 시절, 그걸 돌파하고 포항에 뒤이어 광양에 세계적인 제철공장을 세우셨습니다. 그 덕에 우리는 21세기 철기시대 주역 가운데 하나가 되었습니다. 포항공대는 어디 내놓아도 탁월한 인재를 기르고 있습니다. 무엇보다도 공인의 삶이 가야하는 정도를 역사로 만드셨습니다. 진심으로 감사합니다.

박, 태, 준. 이 이름 석 자는 우리의 가슴에 언제나 빛나는 자랑스러움이 될 것입니다. 위대한 이름으로 조국의 역사에 영원히 기록될 것입니다.

특별한 문상객이 몰려왔다. '지구촌 국제학교'의 다문화가정 어린이 30여 명이었다. 그들은 이구동성으로 감사의 말을 바쳤다. "박태준 할아버지, 저희 지구촌 국제학교를 만들어주셔서 고맙습니다." 어린이 몇몇은 크레파스와 물감으로 그린 고인의 모습을 영정처럼 가슴에 품고 있었다. 한 어린이가 영전에 바치는 편지를 읽었다.

"우리가 공부하는 이 멋진 모습을 더 많이 보여주고 싶었는데 너무 아쉽고 마음이 아픕니다. 저희도 열심히 공부해서 나중에 많은 사람을 도울 수 있는 할아버지 같은 큰사람이 되겠습니다."

12월 15일에는 여러 신문이 고인을 추모하는 글을 실었다. 연세대 사회학과 명예교수 송복은 매일경제에 이렇게 썼다.

거인(巨人)은 갔다. 위인(偉人)도 갔다. 그가 가면서 이 둘이 함께 갔다. 산천이 모두 빈 것만 같고 하늘도 땅도 공허하다.

그가 거인인 것은 철강 때문만이 아니다. 그가 위인인 것은 교육 때문만도 아니다. 자본도 기술도 경험도 없는 불모지에, 더구나 용광로 구경조차도 못해본 나라에 세계 최고의 철강회사를 만들었다는 것, 그것만으로도 그는 확실히 거인이다. 교육열은 치열하되 교육이 제대로 안 되는 나라, 교육 선진국이니 교육의 세계화는 꿈도 못 꾸던 시절에 세계를 겨냥하는 교육의식과 교육방법론을 이 땅에 처음 열어준 것만으로도 그는 명확히 스승이고 위인이다.

그러나 그는 그 이상을 우리에게 남겼다. 그는 우리에게 영원히 남을 철학과 의지, 신념을 주고 갔다. 모두가 절망하고 모두가 불가능하다고 단념하고 모두가 사익만 좇던 때에 그는 '절대적 절망은 없다' '절대적 불가능은 없다' '절대적 사익은 없다'는 가치를 실현했다. 절대는 상대할 만한 것이 없는 것이고 일체의 비교를 초월하는 것이다. 그것은 극한 상황이고 끝나는 상태다. 천길 벼랑 끝에 서 있는 것이다. 우리는 지난날을 그 천길 벼랑 끝에 서 있는 극한의 절망, 극한에 선 불가능, 극한까지 가는 빈곤 속에 살았다.

그런 절대적인 절망에서 어떻게 무너지지 않고 높이 솟아오를 수 있었는가. 그런 절대적인 불가능에서 어떻게 오늘의 대성취를 이룩할 수 있었는가. 그런 절대적인 빈곤, 그 빈곤이 가져오는 절대적인 사익(私益) 추구에서 어떻게 우리 모두의 이익을 추구하는 공(公)의 세계를 세울 수 있었는가.

그 '절대적 상황'의 극복, 그렇게 해서 전혀 새롭고도 다른 현실을 창조해낸 그의 철학과 의지 신념, 그것이 그가 우리에게 남겨준 최고 최대의 유산이다. 그 유산으로 해서 그는 거인이면서 거인 이상이고, 위인이면서 위인 이상의 존재로 우리에게 남아있다.

돌이켜보면, 우리 역사를 만든 큰 별들은 누구인가. 지난 60년, 우리는 새로운 국가를 건설했고 새로운 역사를 만들었다. 우리의 긴 역사에서 처음 등장하는 국가다운 국가가 지금의 대한민국이다. 이 엄청난 역사의 건설자, 이 새로운 나라를 만든 사람들은 누구인가. 말할 것도 없이 대한민국 국민이다.

그러나 아무리 훌륭한 국민도 유능한 지도자를 만나지 못하면 하루아침에 우매한 대중으로 전락한다. 그것은 우리보다 앞서 선진화를 실현하고 경험한 나라들이 보여준 사례다. 어떤 지도자를 만났느냐가 어떤 국가, 어떤 역사를 만드느냐를 결정한다.

우리는 지난 60년의 현대사에서 다섯 사람의 유능한 지도자를 만났다. 그 만남은 대한민국의 행운이고, 국민으로서 우리의 축복이었다. 그 지도자는 정치인으로 이승만·박정희이고, 경제인으로는 이병철·정주영이며, 또 다른 범주로써 박태준이다. 박태준은 정치·경제 그 어느 카테고리에도 꼭 끼워넣기 어려운 위치의 지도자다. 정확히 자리매김하면 독보적 위치다.

지난 60년의 우리 역사가 기적의 역사이듯이 박태준의 포스코 역시 그 탄생부터가 '기적의 탄생'이고, '기적의 존립' '기적의 발전'이었다. 그 기적의 뒤에는 박정희라는 페이트런(patron)이 있었다. 그것을 부인할 사람은 아무도 없다. 그러나 박태준 없이도 박정희가 그것을 해낼 수 있었을까. 박태준을 찾아낸 박정희의 형안(炯眼)은 위대했다. 그러나 아무리 형안이 빛났어도 그 형안만으로 또 다른 박태준을 찾아낼 수 있을까. 박태준 역시 박정희를 만나지 않고서도 그 같은 '대성취'가 가능했을까.

박정희와 박태준, 그 두 사람의 만남은 우리 현대사의 숙명이고, 우리 국민으로서는 더할 수 없는 행운이었다. 그 행운은 '짧은 인생 영원한 조국에'라는 두 사람의 의지와 신념, 조국애의 소산이다. 두 사람만큼 이해(利害)를 초극해 조국애라는 가치를 내재화(內在化)하는 지도자를 오늘날 우리 젊은이들에게서 기대할 수 있을까.

어떻게 눈을 감으셨을까. 오매불망하는 그 나라를 두고.

중앙일보에 쓴 소설가 조정래의 추모에는 이런 문장이 담겼다.

적지 않은 사람들이 오늘의 포스코가 그분의 것인 줄 알고 있습니다. 또는 그분이 엄청난 재산을 가진 부자인 줄 아는 사람도 많습니다. 20여 년 전 광양제철을 준공시킨 다음 몇 개월 후에 어이없는 정치 보복을 당해 포스코를 떠나 망명길에 오를 때 그분은 퇴직금을 전혀 받지 않았을 뿐만 아니라, 명예회장으로 복귀하신 다음에도 주식을 한 주도 받지 않았고, 당연히 받는 것처럼 되어 있는 스톡옵션이라는 것도 전혀 탐하지 않았다는 사실은 세상에 별로 알려져 있지 않습니다. 그 정직과 청렴은 포스코를 세워 조국의 경제를 일으킨 업적에 못지않은 참된 인간의 길을 보여준 우리의 영원한 사표입니다.

서울대학교 환경대학원 교수 전상인은 경향신문에 박태준을 '보국과 위민의 선각자'라 평했다.

다양한 경력을 관통하는 그의 핵심적 정신은 국가와 국민에 대한 봉사였다. 제철이든 교육이든 도시든 그는 항상 보국(報國)의 신념으로 임했다. 그리고 그의 보국정신은 항상 위민(爲民)사상과 결합되었다. 그가 사원용 주택단지를 전원도시처럼 꾸민 것이나 사원들을 위한 자녀교육에 거의 완벽을 기한 것은 다 이런 맥락에서다. 국가와 국민을 위하는 그의 태도는 그가 누구보다도 미래를 멀리 내다보는 혜안을 갖추었기 때문에 가능한 것이었다. 동시대인이 미처 생각하지 못한 것을 예견하고 예상했다는 점에서 그는 선각자이자 선지자였다.

그리고 서울의 모든 언론이 닷새 내내 '청암 박태준 추모'를 마련했다. KBS MBC YTN 연합뉴스TV 등 거의 모든 방송이 박태준을 위한 특집다큐나 대담을 긴급 편성하고, 경향신문 동아일보 조선일보 중앙일보 한겨레 한국일보 매일경제 한국경제 등 거의 모든 신문이 박태준을 위한 특집 지면을 긴급 구성했다. 세계의 여러 언론도 그의 삶과 죽음을 비중 있게 다루었다. 프랑스의 르몽드는 '한국의 영웅이 떠났다'고 했으며, 뉴욕타임

즈(NYT)는 '박태준 회장은 한국이 전근대 사회에서 산업사회로 넘어가는 근간을 닦은 인물이었다'라고 알렸다.

대한민국의 큰일꾼 박태준, 그에게 대한민국이 차린 '아주 지각한 예의'이자 '마지막 예의'는 서울 동작동 국립현충원에 두세 평짜리 유택 자리를 마련해준 일이었다. 평양의 국방위원장 김정일이 사망한 12월 17일, 이날 이른 아침, 두터운 외투차림의 문상객들이 속속 빈소에 모여들었다. 한파가 서울거리를 장악하고 있어도 7시 30분부터 시작되는 발인예배에 늦지 않으려는 총총걸음들이었다.

목사가 성경을 접었다. 빈소를 떠난 고인이 가야할 곳이 있었다. 노제(路祭)라 불리는 그 영결의식은 서울 강남구 대치동 포스코 사옥빌딩에서 열렸다. 임직원들 일천여 명이 엄숙히 도열하여 창업회장의 마지막 회사 방문을 환영하고 석별했다.

영결식은 9시 30분부터 국립현충원 현충관에서 열렸다. 황경로가 고인의 약력을 보고한 다음에 추도사들이 이어졌다. 잊을 수 없는 장면은 국회의장을 지낸, 불과 달포 전에 박태준과 함께 떠나는 일본여행을 준비했던 박준규의 추도 모습이었다. 박태준보다 한 해 앞선 1926년 이 땅에 태어난 박준규, 2014년 5월에 먼저 보낸 친구를 따라가게 되는 그는 준비한 추도사를 고인의 위패 앞에 편지처럼 얹어놓고 그저 대화를 걸듯 말했다.

"우리를 남기고 가니 좋겠죠. 위에 가시면 그래 좋겠지. 이승만 박사 계시지, 박정희 대통령 계시니까."

그러나 박준규는 이내 울먹였다.

"적시에 잘 가셨다. 나는 이제 농담할 친구도 없어졌지만, 나라를 이렇게 키워놓고 갔으니 마음속 깊이 존경한다."

천상병의 시 「귀천(歸天)」, 흰옷을 입고 부른 소리꾼 장사익의 그 조가(弔歌)는 모든 조객의 깊은 애도 안으로 스며들어 돌아오지 않는 메아리로 가라앉았다.

나 하늘로 돌아가리라
새벽빛 와 닿으면 스러지는
이슬 더불어 손에 손을 잡고,

나 하늘로 돌아가리라
노을빛 함께 단 둘이서
기슭에서 놀다가 구름 손짓하면은,

나 하늘로 돌아가리라
아름다운 이 세상 소풍 끝내는 날,
가서, 아름다웠다고 말하리라……

영결식을 마쳤다. 오전 11시. 태극기로 감싼 고인의 관은 운구차에 실려 국가유공자 3구역의 한쪽 가장자리로 옮겨졌다. 영하 10도의 차디찬 동토의 유택이 고인을 기다리고 있었다. 한강이 내려다보이는 자리, 부디 춥지 않고 늘 안녕하기를 간절히 비는 유족과 지인이 하토를 마친 12시 30분, 군 의장대가 조총을 발사했다. 조총 소리는 박태준이 '소풍'을 끝냈다는 엄숙한 공표였다. 짓밟히고 갈라지고 찢어진 피투성이에다 굶주리고 헐벗고 썩어문드러졌던 나라에서 기나긴 투쟁의 험난한 소풍을 훌륭하게 끝냈다고, 마침내 '짧은 인생을 영원 조국'에 남김없이 몽땅 다 아름답게 바쳤다고, 조총 소리는 얼어붙은 하늘을 울리고 나서 너른 골짜기의 숱한 비석 위에 한 줄기 따사로운 숨결처럼 스러져 내렸다. 그때, 만해 한용운의 「님의 침묵」 결련(結聯)을 헤아리는 이들도 있었다.

우리는 만날 때에 떠날 것을 염려하는 것과 같이
떠날 때에 다시 만날 것을 믿습니다.

아아 님은 갔지만

나는 님을 보내지 아니하였습니다.

과연 박태준의 죽음을 한국 시민사회는 어떻게 받아들였을까? 그가 이 승을 떠나고 머잖아 맞은 새해, 한 언론인의 칼럼에 다음과 같은 묘사가 있었다.

박태준이 작고하고 영결식 날까지 닷새 동안 일반 시민을 포함해 각계 조문 객 8만7천여 명이 서울, 포항, 광양 등 전국 일곱 곳의 분향소를 찾았다. 우리 사회는 "세종대왕이 다시 와도 두 손 들고 떠날지 모른다."라는 자조의 농담 까지 나올 만큼 갈등과 반목이 심하다. 김수환 추기경, 성철 스님, 한경직 목 사 등 극소수 원로를 빼면 이번만큼 범국민적 추모 열기가 뜨거웠던 적은 드 물었다.

— 권순활, 동아일보 2012년 1월 5일 자

왜, 무엇을, 어떻게 기억할 것인가?

다산 정약용의 실체적 공적은 방대한 저술들이다. 그것들이 정약용 연 구의 텍스트다. 청암 박태준이 20세기 한국사에 끼친 실체적 공적은 지대 하다. 다만 저술들을 남기지 않았다. 그러나 저술들은 결국 언어의 체계이 고, 언어의 체계는 정신이고 철학이고 사상이다. 박태준은 수많은 현장의 언어를 남겼다. '박태준 어록'을 국판 크기로 편집하면 일만 쪽을 넘길 것 이다. 박태준 연구의 텍스트는 넉넉히 준비돼 있다. 포스코, 포스텍, 포스 코의 학교들, 포스코청암재단, 한국 현대사에 끼친 지대한 공로 그리고 그 의 방대한 어록……

박태준은 이병철·정주영과 동시대를 감당하며 탁월한 위업을 성취했다. 그들은 하나같이 대성취를 이루었다. 그러나 박태준에게는 이병철·정주영에게 없는 매우 독특한 무엇이 있다. 그것은 '나'를 위해 일하지 않았다는 점이다. 나의 사업을 하지 않았으며, 나의 대성취를 나의 재산이나 가족의 재산으로 여기지도 않고 만들지도 않았다는 점이다. 국가의 일을 맡아 자기 소유의 일보다 더 성실하게 더 치열하게, 세계적 유일 사례로 기록될 만큼 가장 탁월하게 가장 모범적으로 성취했다는 점이다. 바로 이 지점에서 박태준은 이병철·정주영과 갈라지게 되며, 여기서 송복은 박태준의 사상과 대성취를 '태준이즘(Taejoonism)'이라 명명했다.

"나는 군에서도 그랬지만 바른 일을 해서 모가지 잘리는 것이라면 언제든지 좋다고 생각했다." 2008년 7월 20일, 여든 살을 넘은 한 노인이 인터뷰에서 당당히 밝힌 말이다. 그가 박태준이었다. 이러한 인물을 연구하는 수고는 보수와 진보, 여당과 야당의 풍향을 탐지하느라 명민한 촉각을 곤두세우고 약삭빠르게 눈치나 살피는 '비겁한 먹물'에게는 어울리지 않는다. 무엇보다도 박태준이 부패를 경멸하고 혐오했기 때문인데, 비겁함이야말로 지식인의 '상(上)부패'다. 이제 태준이즘은 지식인의 '상부패'를 배격하며 기업가정신 연구와 기업경영 연구에서 '한국의 이즘'을 창출하려는 우리나라 학자들의 학구적 조명을 기다리고 있다.

'박태준 타계 1주기'를 앞두고 한 신문기사가 우리 사회에 잔잔한 감동의 물살을 일구었다.

사람들은 고 박태준 포스코 명예회장(1927~2011)을 '철강왕'이라 부르지만 장옥자(82) 여사에게는 '효자사 주지스님'으로 기억된다. 1968년 시작된 포항제철(지금의 포스코) 건설이 92년 광양제철소 4기 설비 준공식으로 마무리되는 동안 남편 박 회장이 서울에 가족을 두고서 꼬박 지냈던 곳이 포항 효자동이다.

"서울에서 아버지(남편을 지칭) 숙소로 내려갈 때면 아버지는 나를 기다리며 창문 앞에서 물끄러미 내려다보곤 했습니다. 그 모습에 얼마나 눈물이 났던지……."

장 여사의 회고다. 13일은 박 회장 타계 1주년 되는 날. 장 여사는 남편이 묻혀 있는 서울 동작동 현충원 묘소를 하루도 빠짐없이 찾았다.

본지는 올 초부터 현충원에서 장 여사를 10여 차례 만나 박 회장과 57년간 생을 함께한 그의 '현충원 망부가(望夫歌)'를 지켜봤다.

입구에 선 초소병은 두말없이 차를 향해 경례를 했고, 차는 국가유공자 3구역을 향해 천천히 올라갔다. 박 회장 묘소 앞에는 천막이 쳐져 있는데, 검은색 정장 차림의 장 여사는 매일 그곳에서 5시간가량을 보낸다.

묘소에 도착하자마자 그는 꽃무늬 사기 찻잔에 믹스 커피를 타는 일부터 한다. 그러고는 커피 잔을 묘소 상석 위에 깔아 놓은 주황색 보자기 위에 살포시 놓고 한참 동안 묵념한다. 장 여사는 "아버지가 참 커피를 좋아하셨다."고 했다. 천막 안은 방문객을 맞이하는 장소이기도 하다.

현충원에 산책 나온 동네 주민도 박 회장 묘소를 그냥 지나치지 않았다. 장 여사는 이들을 위해 커피 믹스와 따뜻한 물이 담긴 보온병을 늘 준비했다. 테이블 위 손님맞이용 간식 그릇엔 쥐눈이콩·아몬드가 담겨 있었다. 장 여사의

변종곤 작, 「박태준 초상」 곁에 선 미망인 장옥자 여사

이 같은 시묘살이에 현충원 관계자는 "역사상 유례없는 일"이라고 전했다.

－애초부터 시묘살이를 계획했는지.

"100일 탈상이 끝났는데도 하루에 30~40명이 묘소를 방문했어요. 아버지에게 인사하러 왔는데 아무도 맞아주지 않으면 어떡하겠습니까. 방문객에게 커피 한 잔이라도 대접해야겠다고 곁을 지켰던 것이 벌써 1년이 됐네요."

－1년간 심정은.

"아버지가 돌아가신 날은 앞이 캄캄해서 아무것도 안 보였습니다. 지금도 집에서 어쩌다 생일 때 받은 선물 같은, 추억이 담긴 소지품을 발견하면 충격받아요. '내가 존재하는 게 가치가 있나' 하는 생각이 들 정도입니다. 집에서 나 혼자 있을 때면 방문을 잠그고 웁니다."

장 여사는 "소지품 하나를 봐도 추억"이라고 말했다. 그러면서 휴대전화 메인 화면으로 등록해 놓은 명예회장의 사진을 슬쩍 보여줬다. 그는 "내겐 세상에서 둘도 없는 사람이다. 나는 다시 태어나도 우리 아버지랑 두말없이 결혼할 것"이라고 덧붙였다. 이제 현충원은 그런 장 여사에게 '힐링캠프' 같은 곳이 됐다.

박 회장은 낮잠도 소파에 바른 자세로 앉아 잘 정도로 엄격했지만, 엘리베이터를 타고 내릴 때 늘 아내부터 배려하는 남편이었다. 장 여사는 "아버지는 내겐 둘도 없이 자상한, 신사 남편이었다."고 회상했다. 장 여사는 "늘 '명예도 직위도 없이 나 하나 보고 시집온 아내를 어디 이길 데가 없어서 이겨야 하나. 내가 양보한다.'고 말씀하셨다"고 말했다.

-중앙일보, 2012년 12월 10일자

박태준을 영결할 때 포스코 최고경영진은 "회장님의 정신세계를 체계적으로 밝혀내서, 우리 사회와 후세를 위한 공적 자산으로 환원할 것이며 앞으로 맞을 난제에 대한 해법을 구할 것"이라는 약속과 다짐도 했다. 그 약속, 그 다짐을 실천하는 방법은 물론 미망인이 가슴속에 고이 보듬은 '님'을 추억하는 것과는 다를 수밖에 없다.

뒤를 이어가는 사람들이 '님'을 보내지 아니하는 것은 당연히 '님'의 공적만 쳐다보고 기억하는 일이 아니다. 박태준의 고뇌, 박태준의 정신, 박태준의 투쟁을 체계적으로 연구하고 공부하여 사회적 자산으로 환원하는 것이다. 그래야 송복이 말한 '그의 철학, 의지, 신념'이 우리에게 '최대의 유산'으로 그 고귀한 가치를 발휘할 수 있다.

2012년 4월 『청암 박태준 연구서』(도서출판 아시아) 5권이 출간되었다. 경제학, 경영학, 철학, 사회학, 심리학, 역사학을 망라한 교수들이 박태준의 정신과 경영철학을 탐구한 결실이었다. 그에 대한 학문적 연구의 첫 성과로서, 앞날에 이뤄질 박태준 연구를 위한 선행연구의 첫 목록이기도 했다. 그 연구서 발간의 참뜻은 이렇게 밝혀져 있다.

2011년 12월 13일 청암 박태준은 위업을 남기고 향년 84세로 눈을 감았다. 그의 부음을 알리는 한국의 모든 언론들과 해외의 많은 언론들이 일제히 헌화하듯이 그의 이름 앞에 영웅·거인·거목이란 말을 놓았다. 시대의 고난을 돌파하여 공동체의 행복을 창조한 그의 인생에 동시대가 선물한 최후의 빛나는 영예였다. 그러나 어쩌면 그것이 망각의 늪으로 빠지는 함정일지 모른다. 영웅이란 헌사야말로 후세가 간단히 공적으로만 그를 기억하게 만들 수 있는 것이다.

영웅의 죽음은 곧잘 공적의 표상으로 되살아난다. 이것이 인간 사회의 오랜 관습이다. 세상을 떠난 영웅에게는 또 하나의 피할 수 없는 운명으로 강요된다. 여기서 그는 우상처럼 통속으로 전락하기 쉽고, 후세는 그의 정신을 망각하기 쉽다. 다만 그것을 막아낼 길목에 튼튼하고 깐깐한 바리케이드를 설치할 수는 있다. 인물 연구와 전기문학의 몫이다.

인물 연구와 전기문학은 다른 장르이다. 하지만 존재의 성격과 목적은 유사하다. 어느 쪽이든 주인공이 감당한 시대적 조건 속에서 그를 인간의 이름으로 읽어내야 한다. 작업을 진행하는 과정은, 그의 얼굴과 체온과 내면이 다시 살아나고 당대의 초상이 다시 그려지는 부활의 시간이다. 이 부활은 잊어버린 질문의 복구이기도 하다. 어떤 악조건 속에서 어떻게 위업을 이룩할 수 있었는가? 이것은 관문의 열쇠이다. 그 문을 열고 천천히 안으로 들어가야 비로소 그의 신념, 그의 고뇌, 그의 투쟁, 그의 상처가 숨을 쉬는 특정한 시대의 특수한 시공(時空)과 만날 수 있으며 드디어 그의 감정을 느끼는 가운데 그와 대화를 나누는 방에 이르게 된다.

거대한 짐을 짊어지고 흐트러짐 없이 필생을 완주하는 동안에 시대의 새 지평을 개척하면서 만인을 위하여 헌신한 영웅에 대해 공적으로만 그를 기억하는 것은 후세의 큰 결례이며 위대한 정신 유산을 잃어버리는 사회적 손실이 아닐 수 없다. 그러므로 후세는 박태준의 위업에 내재된 그의 정신을 기억하고 무형의 사회적 자산으로 활용할 수 있어야 한다.

박태준보다 여섯 해 늦게 이 땅에 출현한 시인 고은(高銀)이, 일찍이 청춘의 하루는 원시 처녀지처럼 버려진 영일만 바닷가 드넓은 세모래 백사장을 소요(逍遙)했다. 달빛은 파름하니 교교하고 파도소리는 구성지게 부서지는 밤이었다. 그때로부터 서른 해도 훨씬 더 흘러간 1990년대 중반의 어느 날, 고은은 한 번도 자리를 함께한 적 없었던 박태준을 호명하여 큰 사나이의 호흡으로 시를 읊고 있었다. 세모래(고운 모래) 몇 알갱이가 속절없이 묻어 나왔다.

> 일본의 제철을 억척으로 배워다가
> 일본 제철을 능가한 대장부였다
>
> 포항 영일만 갈대와 세모래 갈매기 대신
> 시뻘건 쇳물이 흘러가며
> 식어가며
> 한 덩어리 무쇠가 되는 곳

세계 6대주가 그를 탐냈다

박태준 그로 하여금

석기시대

청동기시대 지나

철기시대 지나

이제야말로

그의 무쇠와 더불어

한국이 중공업의 나라가 되었다

— 「박태준」 부분 (『만인보』 12권)

이 시를 쓴 즈음부터 21세기 초반의 십수 년까지 그 한 세대 동안 우리 모국어를 세계 만방에 가장 널리 가장 높이 빛내준 시인이 〈세계 6대주가 탐냈다〉는 전광석화 한 구절에 함축한 '큰 인생'을, 특히 공동체의 안녕을 최우선 가치로 받들어 이바지하는 천하위공의 무사심(無私心) 일류국가주의와 무소유 대기업가정신을 생애에 두루 걸친 실천의 삶으로써 이 대지에 심어둔 박태준……

왜 박태준을, 박태준의 무엇을, 그래서 박태준을 어떻게 기억할 것인가? 이미 그 길은 미래의 지평선 쪽으로 아스라히 뻗어나 있다.

왜 나는 박태준 평전을 쓰는가?

-2004년 12월, 현암사판 평전 『세계 최고의 철강인 박태준』의 '작가의 말'

이 책을 쓰는 나는 기본적으로 세 가지 출발지점이 있었다. 개인적인, 시대적인, 그리고 한국인으로서의.

1968년 여름, 영일만 안쪽의 형산강 하구 옆. 나는 열한 살의 분교 4학년. 전기도 만화책도 없는 우리 갯마을엔 낯선 깃발들이 높다란 허공에 꽂혀 있었다. '제선공장', '제강공장'. 그건 슬픈 이별의 신호였다. 친구들과 고아원의 공짜영화, 모래밭과 물새알, 바닷가 소 먹이기와 파도, 밀밭과 종달새, 강둑과 저녁놀……. 푸짐한 가난만 남루한 이삿짐에 따라붙었다. 어느덧 마흔여덟 살에 다가서는 지금도 내 안의 그 깃발은 '소리 없는 아우성'으로 흔들릴 때가 있다. 나는 토박이로 포항에 살지만 '포항제철'은 돌아갈 수 없는 영원한 나의 고향이다. 포항공과대학교, 포항산업과학연구원, 포항방사광가속기는 나의 이웃이다. — 이것이 내가 이 책을 쓴 개인적 출발지점이다.

21세기 벽두, 한국사회는 '산업화와 민주화'의 토대를 만들어놓았다. 오른발은 산업화 위에, 왼발은 민주화 위에 올려두었다고 해도 좋다. 그러나 어느 한쪽 발로만 서지 못하여 안달 부리는 갈등과 대결이 득세하는 세상이다. 과거의 산업화세력은 무조건 현재의 악의 일원이요, 과거의 민주화세력은 무조건 현재의 선의 일원이란 단세포적 흑백논리가 칼바람을 일으키고, 그에 맞서는 방식도 부창부수와 같은 수준이다. 서로 존재의 정당한 근거를 확충하기 위해 '적과의 전략적 동침'을 노린 것이라는 의혹마저 불러일으킨다.

절대적 빈곤으로부터 국가주의 방식의 압축적 성장까지. 이는 20세기 후반기 한국산업화의 시발과 종점을 가리킨다. 그것은 민주주의가 수난을 극복해나간 형극의 길과 거의 일치한다. 그래서 지금 우리의 두 발이 경제와 민주주의를 밟고 서 있는 것이다. 지나간 격동의 시대는 그 한복판을 꿰뚫는 여러 걸출한 인물을 배출했고, 작가의 시선이 어느 특정한 인생에 오래 머물러 당대의 초상과 같은 전기문학을 제출했다. 대다수가 저항운동사의 산맥을 형성해온 인물의 기록이다. 당연한 현상이다. 한국사회는, 오랜 세월을 '저항'이 인간의 이름을 아름답게 빛내는 현장이었기 때문이다. 그런 한편, 빈곤이 민중을 몸서리치게 억압했던 것도 숨길 수 없는 사실이다. 바로 여기서 경제발전사의 산맥을 형성해온 인물들의 역사적 공적이 돋보이게 된다. 그들의 인생도 더러는 기록으로 제출되었다. 하지만 그들이 산업을 일으키는 현장에서 혼신의 열정을 기울인 모습과는 대조적으로, 역사기술에도 그러고 있지만 단행본 기록으로서의 대접도 소홀한 편이었다. 마치 건설의 부실공사처럼 엉성한 날림공사도 없지 않았다. 이러한 공백은 현재의 이상(理想)을 '인간의 얼굴을 한 자본주의'에 걸어둔 눈에도 바람직해 보이지 않는다. − 이것이 내가 이 책을 쓴 시대적 출발 지점이다.

박태준은 식민지와 전쟁, 빈곤과 부패의 시대를 관통하면서 당대의 변혁에 대한 신념을 확립했다. 그는 그의 방식으로 빈곤과 부패에 저항했다. 사람다운 삶이 보장되는 공동체를 설계하고, 자기 영역의 전체를 세계 최고로 끌어올리는 꿈을 꾸었다. 그래서 철(鐵)에 목숨을 걸었다. 그의 철은 곧 국가였다. 포철의 오너가 아니었지만, 철이 국가였기에 모든 것을 바쳤다. 장장 25년에 걸친 도전, 마침내 한국경제의 튼튼한 기둥을 세우고 포철을 세계 초일류 기업으로 키웠다. 그는 명실공히 세계 최고의 철강인에 등극했다. 이내 그 자리를 빈손으로 물러났지만 그의 머리엔 찬란한 월계관이 남았다.

일흔 살에 이르러 그는 '산업화세력과 민주화세력의 화해', '영남과 호남의 화합'을 외치며 '50년 만의 수평적 정권교체'에 앞장섰다. 필생의 저력을 쏟아 국가부도 위기사태의 IMF관리체제를 극복하는 대업에 헌신했다. 20세기의 최후를 그는 다시 '국가'에 온몸을 던졌던 것이다. 뿐만 아니라, 그는 한국 사학(私學)의 새 지평을 열고 복지제도의 모범을 만들었다. '기업이윤의 사회 환원'에 대한 전형을 세웠다. '대한민국 60년 무대'에 금자탑으로 빛나는 삶은, 그가 최후의 실존이기도 하다. 이 인물의 자취와 신념체계에는 20세기 후반기의 한국사회가 투영되어 있다. 지금, 바깥은 경제가 어렵다고 아우성이다. 통합의 리더십을 갈구한다. 오른발이나 왼발의 어느 한쪽 발로 서서 과거를 일방통행으로 재단하지 말아야 한다. 박태준의 소중한 진면목은 '경제와 과거'에 대한 올바른 이해의 길을 제시하는 장면에서도 유감없이 발현된다. 당연히 그 길은 희망의 미래로 뻗어나간다.

내가 중학생 때 읽은 앤드루 카네기의 일대기는, 철강산업으로 어마어마하게 돈 벌어 늘그막에 좋은 일 많이 한 '위대한 철강황제'로 찍혔다. 감히 범접할 수 없는 거인의 이미지로 남았다. 소년 시절의 나에겐 미국이 카네기와 같았다. 그로부터 거의 한 세대가 지난 다음에야, 머나먼 저곳 피츠버그의 카네기와 내 고향의 박태준을 나란히 세웠다. 두 인물의 키와 몸무게, 삶의 질을 견줘보았다. 어느 면으로 재고 따져도 덩치 큰 백인은 키 작은 한국인에 훨씬 못 미쳤다. ─ 이것이 내가 이 책을 쓴 한국인으로서의 출발지점이다.

그러나 단언컨대, 주인공과 내가 남달리 깊은 인연을 맺지 않았더라면 아마 나는 이 책을 쓰지 못했을 것이다. 1997년부터 지난 8년 동안 숱한 시간을 주인공과 대화했다. 그것이 어느새 나를 기록의 자리로 이끌었다. 그의 영혼과 신념체계를 이해하고 기나긴 자취를 간추린 세월. 막걸리 잔이 놓인 날에는 나의 질문과 발언이 거침없어지기도 했다. 주인공은 더듬거리거나 피해간 적이 없었다. 기억력도 놀라웠다. 가령, 50년도 더 지난 군대시절의 특별한 체험담을 확인하기 위해 그의 장교 연표나 관련 기록물을 찾아 대조해봤을 때, 최소한 월(月)까지는 일치했다. 나도 호락호락하게 굴진 않았다. 예컨대 5·16 뒤에 반대편 장성들을 미국으로 유학 보내자고 건의했다는 그의 회고에 대해서도 나는 케케묵은 시사 잡지를 뒤적여 기어이 확인하고 말았다. 나의 믿음을 독자의 믿음으로 넘겨주려는 노력이었다. 거의 모든 대화는 나의 상상력이 만든 것이 아니라 그의 기억력, 증언한 이의 기억력에서 잠을 깨고 나왔다. 물론 기록에서 불러낸 것도 있다.

"모든 우거진 숲에는 못생긴 나무와 죽은 나무도 몇 그루 섞여 있기 마련이다. 만약 어떤 인생의 숲에 그마저 없다면, 그는 이미 인간의 경지를 초월하여 신의 경지를 살아간 사람이다. 모든 위인만 아니라 모든 성인도 그의 인생의 숲에는 반드시 못생긴 나무와 죽은 나무가 섞여 있기 마련이다. 문제는 숲을 바라보는 시각이다. 숲 속의 못생긴 나무 한 그루에만 딱 초점을 맞춰서 그게 숲의 진면목이라고 우긴다면, 그것은 그렇게 고집하는 눈의 어처구니없고 더할 나위 없는 위선이다." ― 나는 이렇게 생각한다.

김갑수 작, 「쇳물의 힘으로 포항공대를 설립한 박태준」

박태준 연보

1927년 경남 동래군 장안면(현 부산시 기장군 장안읍) 임랑리에서 박봉관(父)과 김소순(母)의
       7남매 중 장남으로 출생(음력 9월 29일)

1931년 (4세) 백부 박봉줄 도일(渡日)

1932년 (5세) 천황제 파시즘 체제 등장. 부 박봉관 도일.

1933년 (6세) 어머니와 도일하여 아다미에 정착. 이듬해 초등학교 입학.

1936년 (9세) 아버지가 찌구마가와(千曲川) 수력발전소로 옮겨 나가노현 이야마로 이사.

1939년 (12세) 초등학교 6학년으로 스키(활강,점프)대회 참가.

1940년 (13세) 5년제 이야마북중학교 입학.

1944년 (17세) 일본육사 입교 권유 거부. 와세다대 공대로 진학 결심. 소결로공장에 노력봉사
       대원으로 배치, 제철과 초면.

1945년 (18세) 와세다대 기계공학과 입학. 미군의 도쿄3월대공습으로 죽을 고비 넘김. 8·15광
       복을 맞아 가족과 귀향. 서울에 가서 학업을 계속할 길을 모색하나 좌절.

1946년 (19세) 와세다대 기계공학과 2년을 마치고 중퇴.

1948년 (21세) 귀국 후 취업 좌절로 칩거하다 부산 국방경비대에 자원. 훈련 중 남조선경비사
       관학교(육군사관학교) 6기 생도로 선발되어 입교. 제2중대장으로 탄도학을 강의하던
       박정희 대위와 초면. 단기과정 수료 후 육군소위로 임관(7월 28일), 육군 제1여단 제1
       연대 소대장으로 부임.

1949년 (22세) 미군 철수. 육군대위로 7사단 1연대 중대장에 부임하여 철원 배치.

1950년 (23세) 미아리에서 한강 이남으로 철수하라는 전문을 받고 후퇴, 8월에 포항 형산강전
       투 참전. 이후 북진하여 청진까지 올라갔다 1·4후퇴 대열에 오름.

1953년 (26세) 육군중령으로 5사단 참모. 충무무공훈장, 은성화랑무공훈장, 금성화랑무공훈장
       받음. 화천수력발전소 방어를 위한 중공군과의 교전 지휘(부연대장). 5사단의 지리산
       잔비토벌작전을 위한 부대이동작전 수립 뒤 11월 육군대학 입교.

1954년 (27세) 금성화랑무공훈장 받음. 육군대학 수석 졸업. 육사 교무처장 부임, 진해에서 태
       릉으로 육사이전계획 수립. 12월 20일 장옥자와 결혼. 후배 장교 황경노와 만남.

1955년 (28세) 육군 대령으로 진급.

1956년 (29세) 국방대학원 입교. 첫 딸을 폐렴으로 잃음. 8월 국방대학원 수료 후 국가정책 수
       립담당 제2과정 책임교수 부임. 11월 국방부 인사과장으로 전임, 공군 고준식 대령과
       만남. 국회에서 국방위 소속의원 김영삼과 초면.

1957년 (30세) 장녀(진아)출생. 10월 박정희 장군(1군단 참모장)과 재회. 25사단 참모장으로
       옮김. '가짜 고춧가루' 사건을 계기로 군납 부패 척결.

1958년 (31세) 25사단 71연대장으로 국군의 날 시가행진 부대 지휘. 꼴찌사단이던 25사단을
       최고사단으로 바꾼 뒤 육군본부 인사처리과장 부임. 야스오카 문하의 박철언 초면.

1959년 (32세) 도미시찰단장 미국 초방.

1960년 (33세) 부산군수기지사령부 사령관 박정희의 인사참모. 박정희 좌천 후 두번째 도미, 미국 육군부관학교 3개월 교육.

1961년 (34세) 육군본부 경력관리기구 위원으로 근무 중 5·16 발발, 박정희의 배려로 거사명 단에서 빠짐. 5월 16일 아침부터 계엄사령부 요원 근무. 국가재건최고회의 의장 비서 실장, 국가재건최고회의 재정경제위원회 상공담당 최고위원 취임. 구라파통상사절단 장으로 유럽 초방, 산업실태 시찰. 차녀(유아) 출생. 육군준장 진급.

1962년 (35세) 제1차 경제개발5개년계획에 참여, 무연탄 개발을 통한 국토녹화사업 적극 건의.

1963년 (36세) 박정희의 정치참여 및 장관직 제안을 거절하고 미국 유학 준비. 3녀(근아)출생, 육군소장으로 예편. 대선에서 윤보선을 이긴 박정희의 대통령 취임.

1964년 (37세) 박정희의 강력한 요청으로 미국 유학 포기, 일본 특사로 홋카이도에서 규슈까지 일본 전역 10개월간 순방. 야스오카와 초면. 대한중석 사장으로 발령(12월 8일), 전무 고준식과 재회.

1965년 (38세) 육군 경리장교 출신의 황경노, 노중열, 홍건유 등 합류. 대한중석 1년 만에 흑자 체제로 전환. 박정희의 요청으로 일본 가와사키제철소 사장 내한 주선 및 한국 제철소 후보지 탐방 동행. 4녀(경아) 출생. 박정희 피츠버그 방문, 코퍼스사 포이 회장과 종합 제철 건설에 대한 의사 교환(5월 26일)

1966년 (39세) 외아들(성빈) 출생. 경제기획원 종합제철 건설 기본계획 확정. 대한국제제철차 관단(KISA)발족. 제2차 경제개발5개년계획 확정, 종합제철소건설 핵심사업으로 포함.

1967년 (40세) 정부와 KISA 종합제철소 건설 가협정 조인(4월 6일). 종합제철건설사업추진위 원장에 임명, 박정희 '제철공장 완수' 특명.

1968년 (41세) '포항종합제철주식회사' 사명 확정(영문 약자 'POSCO') 및 유네스코회관에서 창립식(4월 1일) 개최, 초대 사장 취임. 고준식, 황경노, 노중열, 안병화, 곽증, 장경환 등 대한중석의 인재가 대거 합류. 영일만에 건설사무소(롬멜하우스) 개설. 공장 부지조 성공사 착수. 사원주택단지 매입 및 건설 착공.

1969년 (42세) 1월 하순 KISA 차관 약속 사실상 무산 확인. 대일청구권자금 잔여금 포항 1기 건설자금 전용 발상(하와이 구상). '3선개헌안 지지성명' 동조서명 요청 거부. 연수원 개원 및 기술자 해외연수 파견. 한일 각료회담에서 종합제철 건설지원 원칙과 대일청구 권자금 전용 원칙 합의. 일본조사단 영일만 방문, 종합제철건설 자금조달을 위한 한일 기본협약 체결(12월 3일).

1970년 (43세) 박정희 설비구매에 관한 재량권 위임(일명 '종이마패'). 도쿄연락소 설치. 포항 1기 건설착공(4월 1일). 열연공장, 중후판공장 착공(오스트리아 푀스터 알피네 차관).

1971년 (44세) 재단법인 제철장학회 설립. 효자제철유치원 개원. 제선공장, 제강공장 등 주요공 장 착공. 호주와의 원료구매 협상에서 일본과 대등한 조건의 장기공급계약 체결.

1972년 (45세) 영일만의 첫 공장으로 중후판공장 준공(7월 4일), 첫 제품 출하(7월 31일). 포철 후판제품 첫 미국 수출. 본사 포항으로 이전(서울은 서울사무소로 존속).

1973년 (46세) 제1고로 첫 출선 성공(6월 9일), 포항 1기 설비 종합준공(7월 3일), 일관·종합제철공장 완공(연산 조강 103만 톤 체제). 포항 2기 건설 종합 착공.

1974년 (47세) 오스트리아 은성공로 대훈장 받음. 공립 지곡초등학교 유치. 조업 6개월 만에 흑자체제 확립, 조업 1주년 흑자 242억 원 실현. 1고로 출선 100만 톤 돌파. 2고로 157만 톤 착공. 수출 1억 달러, 제품출하 100만 톤 달성(12월 1일). 제2제철소 건설을 위한 '한국종합제철' 설립(초대 사장 태완선 전 부총리 취임).

1975년 (48세) 뒤셀도르프, 뉴욕, 로스앤젤레스, 싱가포르, 상파울루에 연락소 설치. 한국종합제철 인수합병. 사단법인 한국철강협회 설립 및 초대회장 취임.

1976년 (49세) 포항 2기 설비 종합준공(연산 조강 260만 톤 체제 확립). 포항 3기 설비 종합 착공. 학교법인 제철학원 설립 및 초대이사장 취임.

1977년 (50세) 세계철강협회(IISI) 이사 피선. 기술연구소 설립. 제1제강공장 사고, '안전의 날' 선포(4월 24일)

1978년 (51세) 미 씨티은행과 정부 무담보 1억 달러 차관계약 체결. 포항제철공업고등학교 개교. 현대와의 제2제철소 실수요자 경쟁 종식과 실수요자로 확정. 포항 3기 설비 종합준공(연산 조강 550만 톤 체제 확립). 동아일보 '올해의 인물'로 선정.

1979년 (52세) 오스트리아 금성공로대훈장과 페루 대공로훈장 받음. 포항 4기 설비 종합착공. 기업체질강화위원회 구성. '자주관리' 시스템 정착 강조. 타노마 사무소 개설.

1980년 (53세) 포항제철중학교 개교. 밴쿠버, 멕시코시티 사무소 개설. 국가보위비상대책위원회 입법회의 제1경제위원장, 한일의원연맹 한국측 회장 피선. 부친 별세.

1981년 (54세) 사단법인한일경제협회 회장 피선. 포항 4기 설비 종합준공(연산조강 850만 톤 체제 확립). 포철 초대 회장 취임(사장 고준식 취임). 포항제철고등학교 개교. 제11대 국회의원 민주정의당(민정당) 비례대표, 국회 재무위원장. 포항 4기 2차 설비 착공. 새 정부와의 긴 씨름 끝에 제2제철소 입지를 광양만으로 확정. 브라질 십자대훈장 받음. 호주 마운트·솔리탄광 합작개발 착수.

1982년 (55세) 마닐라, 뉴델리에 주재원 파견. 광양만 부지조성공사 착공. 타노마 탄광 준공.

1983년 (56세) 포항 4기 2차 설비 종합준공(연산 조강 910만 톤 체제 확립). 광양제철소 준설 매립공사 착공, 광양제철소 개소식. 캐나다 그린힐스 광산 합작개발 준공. 독일 공로십자 훈장 받음.

1984년 (57세) 광양제철소 1기 열연공장 착공.

1985년 (58세) 포항공과대학교(POSTECH, 포스텍) 설립 착수. 고준식 사장 퇴임(사장 안병화 취임). 광양제철유치원, 초등학교, 중학교 동시 개교. 광양 1기 설비 종합 착공. 백암수련관 준공. 미국 USS(유에스스틸)과 합작회사 설립 합의.

1986년 (59세) USS와 합작회사 UPI 설립. 광양 2기 설비 종합착공. 광양제철고등학교 개교. 내방객 500만 명 돌파. 포항공과대학교 개교. 포항산업과학기술연구원(RIST) 착공. UPI 설비현대화 공사 착공. USX(USS의 변경사명) 노조 전면파업 돌입.

1987년 (60세) 포항공대 첫 입학식. 재단법인 RIST 창립 및 초대이사장 취임. 포항제철초등학교, 포항제철서초등학교 개교. 광양 1기 설비 종합준공(연산 조강 270만 톤 체제, 전체 1천220만 톤 체제 확립). 영국금속학회 제114회 베서머금상(5월 13일), 브라질 남십자

성훈장, 페루 대십자공로훈장 받음. 회갑기념문집 『신종이산가족』 상재. 정부의 공기업 민영화 방안 확정. 종합 설비관리 전산시스템 개발.

1988년 (61세) 제13대 국회의원 민정당 비례대표 당선. 미국 카네기멜런대학 명예공학박사학 위, 영국 셰필드대학 명예금속공학박사학위 받음. 한일의원연맹 한국측 회장 피선. 포 철 주식 상장(국민주 1호). 광양2기 설비 종합 준공(연산 조강 540만 톤 체제 확립). 광 양3기 설비 종합착공.

1989년 (62세) 포항제철소 누계출강량 1억 톤 달성. 영국 버밍햄대학 명예공학박사학위 받음. 포항스테인레스 1공장 준공.

1990년 (63세) 민정당 대표 취임. 노태우, 김영삼, 김종필의 3당합당으로 민주자유당(민자당) 출범 및 최고위원 취임. 포철 부회장 황경노 취임. 비엔나, 테헤란 사무소 개설. 광양 3 기 설비 종합준공(연산조강 810만 톤 체제 확립). 프랑스 레종 도뇌르 훈장 받음. 국내 최초 축구전용 잔디구장 포항 준공.

1991년 (64세) 광양 4기 설비 종합착공. 포항공대 제1회 졸업식. 노르웨이, 오스트레일리아 최 고훈장 받음. 포항방사광가속기 착공. 캐나다워털루대학 명예공학박사학위 받음. 고준 식 별세.

1992년 (65세) 한국무역협회 '무역인 대상' 수상. 베트남과 포스비나 합작 설립. 윌리코프상 수 상. 모스크바대학 명예경제학박사학위, 칠레 베르니르드 오히긴스 대십자훈장 받음. 베 이징과학기술대학 명예교수. 광양 4기 설비 종합준공 및 '포항제철 4반세기 대역사 준 공'(연산 조강 2천100만 톤 체제 확립). 포철 회장 사퇴 및 명예회장 추대. 김영삼의 대 선 선대위원장 제의 거절과 정치적 결별, 민자당 탈당 및 정계 은퇴. 남방정책(중국, 베 트남, 미얀마) 시작. 포철 회장 황경노, 부회장 정명식, 사장 박득표 취임.

1993년 (66세) 해외 유랑, 도쿄 13평 아파트 생활 시작. 포철 회장 정명식, 사장 조말수 취임 (황경노, 박득표, 이대공, 유상부 등 이른바 'TJ파' 퇴임). 포철 세무조사를 빙자한 '박 태준의 비자금 조성' 및 '비자금 없음' 확인.

1994년 (67세) 포철 회장 김만제 취임. 포항공대 초대총장 김호길 별세(4월 30일). 중국의 초청 거부. 모친 별세. 포항방사광가속기 준공. 포스코 신문 창간. 포철 주식 뉴욕 증시 상장.

1995년 (68세) 뉴욕 코넬대학병원에 폐렴으로 입원. 포스코센터 준공. 학교법인 제철학원에서 포항공대 분리.

1996년 (69세) 총선 앞의 여야 영입제의 거부.

1997년 (70세) 5월 초 귀국, 포항 북구 보궐선거 당선. 김영삼 정권의 경제적 실정 중점 비판, 비전 역설. DJT연대, 자민련 총재 취임, IMF관리체제의 국가부도 위기사태를 수습하기 위해 동분서주. 사보《쇳물》폐간(통권 309호). 베네수엘라 포스벤 합작계약 체결.

1998년 (71세) '재벌개혁의 전도사'로 불림. 포철 유상부 회장, 이구택 사장 취임.

1999년 (72세) 김대중과의 주례회동으로 현안을 조정하며 경제회생과 정치개혁에 주력. 광양 5 고로 완공(연산 291만 톤 증설)

2000년 (73세) 자민련 총재 사퇴, 국무총리 취임. 소량의 각혈 시작. 4월 총선의 여권과 자민련 패배. 5월 19일 총리 사임. 신세기통신 지분 SK에 매각. 포항테크노파크 이사회 창립.

포철 민영화 완료(10월 4일).

2001년 (74세) 뉴욕 코넬대학병원에서 폐 밑 물혹 제거수술. 뉴욕에서 9·11테러 현장 목격. 포스코 이사회 '스톡옵션제' 도입. 포철 명예회장 재위촉.

2002년 (75세) 수술 후 7개월 만에 귀국, 포철 이사회의 스톡옵션제 도입에 반대의사 표명. 신의주특구 장관 내정설. 사명 '포항종합제철주식회사'(포철)를 '주식회사 포스코'로 변경(3월 15일)

2003년 (76세) '중국발전연구기금회' 고문으로 초빙되어 베이징 댜오위타이 '2003년 중국발전고위층논단'에 참석, 중국경제에 대한 연설. 포스코 이구택 회장, 강창오 사장 취임.

2004년 (77세) 미국의 세계적 철강분석 전문기관 WSD가 포스코를 세계 철강회사 중 3년 연속 경쟁력 1위로 선정. 희수와 금혼식의 해. 중앙일보에 회고록「쇳물은 멈추지 않는다」연재(90회). 이대환의 평전『세계 최고의 철강인 박태준』출간(현암사).

2005년 한일국교정상화 40주년 기념 국제학술회의 기조연설. 평전『세계 최고의 철강인 박태준』의 중국어 완역본『世界鋼鐵第一人 朴泰俊』출간 및 베이징 출판기념회. 포스코 스톡옵션제 폐지에 대해 내부적으로 강력 요구. 1970년 출범한 재단법인 제철장학회가 포스코청암재단으로 거듭남(이사장 이구택).

2006년 한일관계의 막후조율 파트너 세지마 류조 문병(세지마는 2007년 별세. 향년 96세). 포스코 스톡옵션제 폐지.

2007년 황경로, 안병화, 장경환, 백덕현, 박득표 등 포철 동지들과 베트남, 홍콩, 중국 여행. 소설가 조정래의 위인전『박태준』출간 및 출판기념회.

2008년 포스코청암재단 2대 이사장 취임(봉사직). '베서머상수상기념재단'을 포스코청암재단에 통합. 한국 기초과학계의 젊은 유망주들을 지원하는 '청암과학펠로'사업 제안 및 추진.

2009년 포스코청암재단의 청암상 시상, 청암과학펠로 사업 시행 및 1기 증서 수여.

2010년 평전『세계 최고 철강인』의 축약 베트남어판『철의 사나이 박태준』출간. 국립하노이대학교 특별강연.

2011년 왼쪽 폐질환 재발. 9월 19일 포스코한마당체육관(포항)에서 포철 초기에 입사했던 현장 직원 370여 명과 19년 만에 재회, 여기서 생애 마지막 공식 연설을 함. 3기 청암과학펠로 증서 수여. 포항공과대학교 개교 25주년 기념으로 22,905명이 성의를 모아 캠퍼스 노벨동산에 '박태준 조각상'을 세움. 12월 13일 연세대 세브란스병원에서 타계. 청조근조훈장 추서. 12월 17일 서울 동작동 국립현충원 국가유공자 묘역에 안장. 향년 84세.

참고문헌

단행본

강만길, 『고쳐 쓴 한국현대사』, 창비, 1994.

고은, 『만인보』 12권, 창비, 1996.

고지마 노보루 저, 김민성 역, 『한국전쟁』, 종로서적, 1982.

기장군사편찬위원회, 『기장군지』 상권, 2001.

김대중, 『김대중 자서전』, 인동, 1999.

김성환·김정원 외, 『1960년대』, 거름, 1984.

김소월, 『진달래꽃』, 1925.

김영삼, 『김영삼 대통령 회고록』, 조선일보, 2001.

김영삼, 『김영삼 회고록』, 백산서당, 2000.

김용운, 『한·일민족의 원형』, 평민사, 1987.

김인영, 『박태준보다 나은 사람이 되시오』, 자작나무, 1995.

나카소네 야스히로 저, 성완종 역, 『정치가는 역사의 법정에 선 피고』, 한송, 1998.

네루 저, 최충식·남궁원 편역, 『세계사편력』, 일빛, 1996.

루스 베네딕트 저, 김윤식·오인석 역, 『국화와 칼』, 을유문화사 2008.

모모세 타다시, 『한국이 그래도 일본을 따라잡을 수 있는 18가지 이유』, 사회평론, 1998.

미 하원 국제관계위원회 국제기구소위원회 편, 서울대 한미관계연구회 옮김, 『프레이저 보고서』,
    실천문학사, 1986.

박정희, 『국가와 혁명과 나』, 지구촌, 1997.

박철언, 『나의 삶, 역사의 궤적』, 한들출판사, 2004.

박태준, 『신종이산가족』 1987.

백범사상연구소편역, 『알려지지 않은 이야기』, 1977.

브루스 커밍스 저, 김자동 역, 『한국전쟁의 기원』, 일월서각, 1986.

송건호, 「해방의 민족사적 인식」, 『해방전후의 인식』 제1권, 한길사, 1979.

송복 외, 태준이즘, 아시아, 2012

안상기 엮음, 『우리 친구 박태준』, 행림출판, 1995.

에드가 스노우 저, 신홍범 역, 『중국의 붉은 별』, 두레, 1985.

에릭 홉스봄 저, 이용우 역, 『극단의 시대 : 20세기의 역사』, 까치, 1997.

오다 마코토 저, 이규태·양현혜 역, 『전쟁이냐 평화냐』, 녹색평론사, 2004.

육군대학사편찬위원회, 『육군대학 30년사』.

육군사관학교사편찬위원회, 『육군사관학교 30년사』.

육군사관학교사편찬위원회, 『육군사관학교 50년사』.

육성으로듣는경제기적편찬위원회 지음, 『코리언 미러클』, 나남, 2013.

윤영천, 『가두로 울며 헤매는 자여』, 실천문학사, 1988.

이계진, 『바보 화가 한인현 이야기』, 디자인하우스, 1996.

이대환, 『노벨동산의 신화』, 출판시대, 1997.

이대환, 『쇳물에 흐르는 푸른 청춘』, 아시아, 2005.

이대환, 『한국의 MIT 포항공대』, 우연기획, 1994.

이병주, 『관부연락선』, 중앙일보사, 1987.

이병주, 『지리산』, 기린원, 1988.

이병철, 『호암자전』, 중앙일보사, 1985.

이영희, 『베트남전쟁』, 두레, 1985

이완범, 「한반도 신탁통치 문제 1943~46」, 『해방전후사의 인식』 제3권, 한길사, 1987.

이재오, 『해방 후 한국 학생운동사』, 형성사, 1984.

이태, 『남부군』, 두레, 1988.

이호 엮음, 『신들린 사람들의 합창』, 한송, 1998.

이희승, 딸깍발이 선비의 일생, 창작과비평사, 1996.

장도영, 『망향(望鄕)』, 숲속의 꿈, 2001.

장창국, 『육사졸업생』, 중앙일보사, 1984.

조갑제, 『박정희』, 조갑제닷컴, 2012.

조동성 외, 『한국 자본주의의 개척자들』, 조선일보사, 2003.

조셉 제이 인너스&애비 드레스 저, 김원석 역, 『세계는 믿지 않았다』, 에드텍, 1993.

조영래, 『전태일 평전』, 돌베개, 1991.

조용경 엮음, 『각하, 이제 마쳤습니다』, 한송, 1995.

조정래, 『한강』 7권, 해냄, 1994.

조지프 굴든 저, 김쾌상 역, 『한국전쟁-알려지지 않은 이야기』, 일월서각, 1982.

포철교육재단, 『포철교육재단 30년사』, 2001.

포항제철사사편찬위원회, 『영일만에서 광양만까지-포항제철 25년사』.

포항제철사사편찬위원회, 『포항제철 10년사 별책』.

포항제철사사편찬위원회, 『포항제철 10년사』.

포항공과대학교, 『포항공대 10년사』, 1997.

포항시사편찬위원회, 『포항시사』, 1998.

포항제철, 『임원간담회의록』, 1985.

포항지역사회연구소, 『한 권으로 보는 포항의 역사』, 2003.

한국사사전편찬위원회, 『한국근현대사사전』, 가람기획, 1990.

한수산, 『까마귀』, 해냄, 2003.

한스 피터 마르틴 & 하랄드 슈만 저, 강수돌 역, 『세계화의 덫』, 영림카디널, 1997.

허남정, 『박태준이 답이다』, 씽크스마트, 2014.

4월혁명동지회 출판부, 『4월혁명』, 1964.

A. 카네기 저, 신일성 역, 『철강왕 카네기』, 일신서적출판사, 1993.

D. 만델 외 저, 신평론편집부 편, 『페레스트로이카란 무엇인가』, 신평론, 1989.
F. 휠덜린 저, 홍경호 역, 『히페리온』, 범우사, 1975.
K. K. SEO 저, 윤동진 역, 『최고기준을 고집하라』, 한국언론자료간행회, 1997.
L. 트로츠키 저, 박광순 역, 『나의 생애』, 범우사, 2001.
T. R. 피렌바크 저, 안동림 역, 『실록 한국전쟁』, 문학사, 1962.
『국방대학교 요람』, 2003.

논문

김세원 외, 『포항종합제철의 국민경제기여에 관한 연구』, 서울대학교 사회과학연구소, 1988.
송성식, 「한국 종합제철사업계획의 변천과정:1958-1969」, 《한국과학사회학지》, 2002.
윤석만, 『포항제철의 기관형성전략에 관한 연구』, 중앙대 대학원 행정학과, 2000.
조명환 외, 『포항종합제철 기업이념의 체계화를 위한 연구』, 서울대학교 사회과학연구소, 1992.
한국노동연구원, 『철강산업의 인적자원관리와 노사관계 : POSCO사례연구』.

신문

경북매일 1997/7/15 1997/7/31 1998/2/6
경북일보 1992/3/9 1997/7/25 1997/11/21 1998/1/1 1998/1/24 1998/2/6 1998/3/16
    1998/3/27
경향신문 1958/1/31 1958/6/17 1958/6/20 1963/8/14 1973/7/4 1997/8/4 1997/8/11
    1997/8/20 1997/12/1 2000/5/18 2002/10/11
니혼게이자이신문 1965/6/23
대구일보 2003/4/25
동아일보 1958/1/14 1958/1/25 1958/1/14 1958/4/15 1958/5/25 1961/3/22 1963/10/18
    1965/6/22 1969/5/23 1969/5/30 1970/4/3 1975/9/1 1976/8/4 1979/6/1 1986/12/4
    1992/10/11 1995/8/10 1995/8/12 1996/2/13 2004/7/6
로동신문 1967/1/2
로이터통신 2000/4/10
매일신문 1997/5/8 1997/5/9 1997/5/10 1997/6/5 1997/9/5 1997/12/6 1998/4/9
문화일보 2002/10/12
미디어오늘 2002/10/20
산업경제신문 1970/1/8
서울경제신문 1980/4/19
서울신문 1990/1/6 1992/3/31 1992/4/2 1992/4/7 1996/2/12 1997/11/14 1997/11/12
    1998/4/9

세계일보 1997/8/5

아시아워싱턴저널 1998/2/26

영남일보 1997/4/1 1997/2/4 1997/2/5 1997/9/5 1997/12/6

요미우리신문 1981/11/6

월스트리트저널 1998/2/6

일본경제신문 1987/10/28

일요신문 1997/11/9 1998/2/15

조선닷컴 1999/11/17 2000/4/28

조선일보 1965/6/24 1974/7/4 1976/8/8 1978/4/18 1981/2/18 1986/12/3 1992/10/11
　　1994/11/26 1996/2/9 2004/1/14 1998/3/17 1998/5/19 1998/7/17 1998/7/23
　　1998/9/17 1999/1/13 1999/5/14 2000/4/21

중앙일보 1974/7/4 1981/4/10 1987/6/27 1987/11/21 1990/5/29 1990/10/25 1997/6/13
　　1997/11/29 2000/4/29

파이낸셜 타임스 2004/6/21

포스코신문 2004/6/24 2013/9/12 2014/2/13

한겨레 1991/4/9 1992/5/15 1992/5/23 1992/6/28 1992/10/1 1992/10/11 1996/2/9
2004/1/14 1997/9/9 1997/10/29 1998/3/20 1998/4/15

한국경제신문 1984/10/19 1985/9/15/ 1985/11/10 1987/3/8 2000/1/14

한국일보 1960/3/1 1961/5/19 1961/8/13 1979/7/26 1990/1/1 2004/10/20 1993/6/1
　　1995/12/7 1997/11/22 1997/2/1 1997/12/4 1997/12/10 1998/2/4

LA타임스 1998/2/6

잡지

『주간동아』 제433호

『뉴스플러스』 2004/6/24

『사상계』 1958/1 1961/6 1970/5

『신동아』 1964/10 1969/10 1969/11

『포항연구』 1998/가을(통권26호)

『월간조선』 2004/2 1999/6 1999/7

『쇳물』 1971/4(창간호)~1976/7

『창조』 1971/10

'청암 박태준 연구서'(도서출판 아시아)와 수록 논문의 목록

제1권 태준이즘

· 박태준의 삶과 정신 - 이대환
· 어록의 내용 분석을 통한 청암 박태준의 가치 체계 연구: 허만의 리더십 특성 연구 방법을 중심으로 - 최동주
· 특수성으로서의 태준이즘 연구 - 송복
· 발전국가와 민족중흥주의: 청암 박태준의 '보국이념'에 대한 지식사회학적 탐구 - 김왕배
· 최고경영자의 복지사상과 기업복지 발전: 포스코 기업복지 발전에 관한 연구 - 이용갑
· 박태준과 지방, 기업, 도시: 포철과 포항의 병존과 융합 - 전상인

제2권 박태준의 정신세계

· 국가와 기업을 위한 '순교자적 사명감': 박태준에 대한 정신사적 반성과 존재론적 성찰
  - 최진덕, 김형효
· 양명학 관점에서 본 청암 박태준의 유상정신 - 정인재
· 청암 박태준의 무사사생관: 생성·실천·의의 - 서상문
· 청암 박태준의 포스코학교 설립 이념에 대한 해석학적 연구: '공교육 정상화'의 교육학적 담론 형성을 위하여 - 이상오
· 박태준과 과학기술 - 임경순
· 청암사상의 철학치료 모형 - 이영의
· 한 사상 관점에서 본 포항제철 신화: 선과 무의 만남 - 강구영

제3권 박태준의 리더십

· 청암 박태준의 리더십: 근거 이론과 결정적 사건법을 활용한 종합 모델 도출 - 백기복
· 청암 박태준의 교육 리더십 연구 - 이상오
· CEO 리더십과 작업장 혁신: 포스코 자주관리·QSS 사례 - 이도화, 김창호
· 산업재 시장에서 최고경영자의 리더십이 시장 지향성과 경영 성과에 미친 영향: 콘저-캐눈고 모델을 중심으로 - 이명식
· 최고경영자의 연설문을 통해 살펴본 조직 맥락과 리더의 심리적 발언 간의 관계: K-LIWC 분석을 중심으로 - 김명언, 이지영
· 개인적 요인 분석에 의한 청렴 리더십 - 김민정

제4권 박태준의 경영철학 1
- 청암 박태준의 군인정신과 기업가정신의 상관성 연구 - 서상문, 배종태
- 청암 박태준의 '도기결합'의 성인경영: 유교의 새로운 성인상 모색을 중심으로 - 권상우
- 긍정 조직 윤리에 대한 창업 CEO의 영향력: 가치 일치의 매개 효과 - 박헌준
- 최고경영자가 행한 연설문에 나타난 현실적 낙관주의의 분류 체계와 그 효과: 포스코 사례 - 김명언, 김예지
- 신뢰 선순환을 통한 시너지 경영: 포스코의 신뢰 형성 과정에 대한 역사적 분석 - 박호환
- 전략적 예지력: 박태준과 포스코의 사례 연구 - 김동재

제5권 박태준의 경영철학 2
- 포스코 신화와 청암: 청지기 경영자와 기업 경쟁력 - 박철순, 남윤성
- 포스코와 한국경제: 서지적, 실증적 분석을 중심으로 - 김병연, 최상오
- 최고경영자의 전략적 의지가 기술발전과 기술경영에 미치는 영향: 포스코의 창업 및 성장 과정을 중심으로 - 배종태
- 포스코의 인적 자원 관리: 1968~1992년 - 허문구, 김창호
- 기업의 기술 추격 및 선도화 과정 연구: 포스코 경영정보시스템 사례 - 박원구
- 포스코 포항제철소 건설 프로젝트 성공 요인 분석 - 김정섭
- 세계 철강기업 경영 성과 분석: 요인 분석을 활용한 종합 점수화 기법 - 곽강수, 김대중, 강태영

제6권 박태준 사상, 미래를 열다
- 선비의 전형(典型), 박태준의 선비사상 - 송복
- 우리 현대사의 비극과 박태준의 결사적인 조국애 - 최진덕
- 박태준 영웅론: 제철입국의 근대 정치사상 - 전상인
- 박태준의 국가관과 사회관 - 김왕배
- 박태준의 용혼(熔魂) 경영사상 - 백기복

제7권 박태준의 리더십 2
- 박태준 리더십 - 백기복
- 청암 박태준의 경영철학과 리더십에 관한 연구 - 김창호
- 청암 박태준의 대학경영 리더십 연구: 포항공과대학교의 사례에서 - 김영헌, 장영철
- 박태준의 미션리더십: 격(格), 목(目), 행(行), 심(心) - 백기복

제8권 한국 경제성장에서 박태준 리더십의 역할과 개발도상국 적용방안에 대한 연구
A Study on the Role of TJP Leadership in the Korea Economic Development and Application to the Developing Economies
- 김동헌(Dong Heon Kim)

세계 최고의 철강인

박태준 평전

발행일	완결 초판 1쇄 발행 ㅣ 2016년 12월 1일
	(현암사판 22쇄의 증보)
	완결 개정 6쇄 발행 ㅣ 2021년 3월 15일
펴낸이	김재범
펴낸곳	(주)아시아
지은이	이대환
편집	김형욱, 강민영
관리	박수연, 홍희표
출판등록	2006년 1월 27일 제406-2006-000004호
인쇄·제본	굿에그커뮤니케이션, 대원바인더리
종이	한솔 PNS
디자인	나루기획
전화	031-955-7958
팩스	031-955-7956
주소	경기도 파주시 회동길 445
이메일	bookasia@hanmail.net
홈페이지	www.bookasia.org
페이스북	www.facebook.com/asiapublishers
ISBN	979-11-5662-293-2 (03810)